BASTEI
LÜBBE

Nicholas Guild

Der Assyrer

Aus dem Amerikanischen von
Dorothee Asendorf

BASTEI
LÜBBE

BASTEI-LÜBBE-TASCHENBUCH
Band 11 604

1. Auflage 1990
2. Auflage 1991
3. Auflage 1992

Titel der Originalausgabe: The Assyrian

Lizenzausgabe: Gustav Lübbe Verlag GmbH, Bergisch Gladbach
Printed in Germany
Einbandgestaltung: Klaus Blumenberg
Titelfoto: Archiv für Kunst und Geschichte
Karte: Eduard Böhm, München
Satz: hanseatenSatz-bremen, Bremen
Druck und Bindung: Ebner Ulm
ISBN 3-404-11604-6

Der Preis dieses Bandes versteht sich
einschließlich der gesetzlichen Mehrwertsteuer

Für Mikey und seine Mutter

KASKÄER
Euphrat
SCHUPRIA
GURGUM
Tigris
Tarsos
Berg Ep
Karkemisch
Aleppo (Haleb)
CYPERN
Euphrat
Khanirabbat
Hamath
NORDMEER (MITTELMEER)
Arvud
Tadmor (Palmyra)
LIBANON-GEBIRGE
Baalbek
Byblos
Sidon
Damaskus
Tyros
HAURAN
Kinneroth-See
Jordan
MOAB
Jerusalem
HARRA
Totes Meer
EDOM
0 50 100 150 200
Kilometer

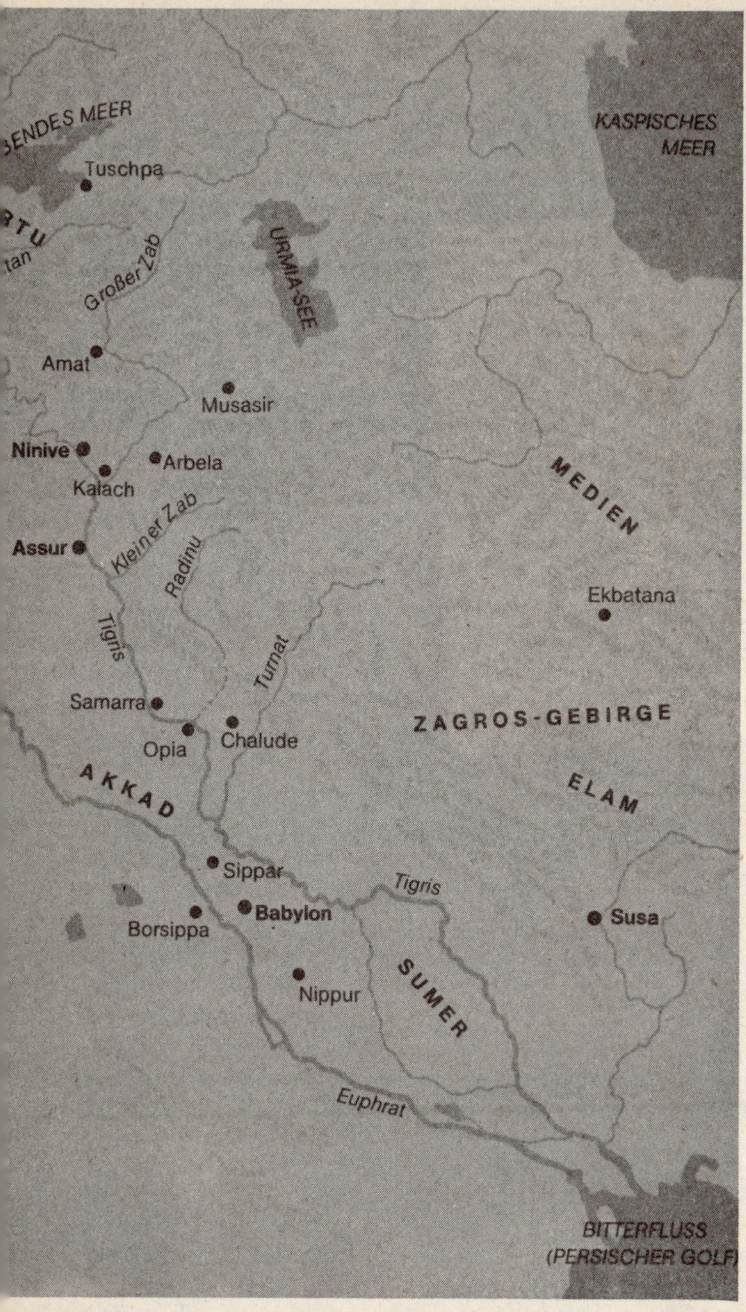

BENDES MEER
KASPISCHES
MEER
Tuschpa
RTU
tan
URMIA-SEE
Großer Zab
Amat
Musasir
Ninive
Arbela
Kalach
MEDIEN
Kleiner Zab
Assur
Radinu
Ekbatana
Tigris
Turnat
Samarra
ZAGROS-GEBIRGE
Opia
Chalude
AKKAD
ELAM
Sippar
Tigris
Babylon
Borsippa
Susa
Nippur
SUMER
Euphrat
BITTERFLUSS
(PERSISCHER GOLF)

I

Draußen, vor meiner Schlafkammer, seufzt der Wind des Nachts in den Bäumen. Bei Einbruch der Nacht aufkommende Gewitter rütteln an den nadligen Ästen der hohen Tannen, die so alt sind wie die Grundfesten der Erde. Ich werfe mich auf meiner Schlafmatte hin und her, liege wach und lausche, denn ein alter Mann findet nur selten noch Schlaf. Andere hören nur den Wind, ich aber höre die stummen Worte des Gebieters Assur, des Herrschers der Himmel. Der Wind ist seine Botschaft, und in ihm höre ich die Stimmen der Sterbenden.

Sogar hier, am Ende der Welt, habe ich den Leichengeruch in der Nase. Bei diesen Menschen hier, welche die kieselharte Sonne meines Geburtsortes nicht kennen, ist keine Rede von bösen Vorzeichen, und doch weiß ich Bescheid. Im Osten ist die Erde, in der meine Vorfahren bestattet liegen, sumpfig von Blut. Die Götter werden in die Sklaverei verschleppt, und hinter ihnen brennen ihre Städte. Die üppigen Gerstefelder, das wogende Gras, nichts als Ödland. Ich sehe alles vor mir. Ich brauche nur die Augen zu schließen.

Sind diese Hirngespinste nur unruhige Träume? Sind sie weiter nichts? Wenn sich das Leben eines Menschen mit jedem Tag mehr dem Ende zuneigt, ist sein Kopf zuweilen voller Schatten.

Doch ich glaube, es ist mehr. Schon damals, als ich noch ein Knabe war, meinte der Gott Assur, mir einen Blick in die Zukunft gewähren zu müssen. Er hat mich auch jetzt nicht verlassen. Die Mauern Ninives sind geborsten, und die Menschen dort sterben durch das Schwert der Fremdlinge. All das war vorhergesagt, ein Geheimnis, das ich Jahr um Jahr in meinem Herzen getragen habe, eine schwarze Vision dessen, was kommen muß. Was ich mit der Seele sehe, ist – oder wird – geschehen.

Und wenn das Ende gekommen, wenn der Thron des Weltreiches gestürzt ist und die Mächtigen zu Staub geworden sind, wer außer mir, der ich unter Fremden eine Heimat gefunden habe, dessen Enkel in geliehener Zunge sprechen, wer außer mir sollte sich entsinnen, wie alles anfing?

So laßt mich meine Erzählung beginnen, denn der Gott, welcher in diesem wie im nächsten Leben herrscht, läßt unseren Fuß seltsame Wege wandeln. Ich bin Tiglat Assur, der Sohn Sanheribs des Glorreichen, des Schreckens der Völker, und meine Worte sind so wahr wie klingende Silbermünze.

Merope, eine Frau, die einer der sieben Könige von Cypern dem König der vier Enden der Erde als Tributgabe gesandt hatte, war meine Mutter. Da der König schon im Nachmittag seines Lebens stand, schickte er sie seinem Sohn, denn dessen zwei rechtmäßige Frauen hatten ihm nur wenig männliche Kinder geschenkt, so wie es den Göttern wohlgefällig ist. Und so geschah es, daß ich im Schoß dieser Ausländerin, dieser Fremden in der Königsstadt Dur-Scharrukin, durch die Säle des Frauenhauses im Palast des Erben und Prinzen, des Gebieters Sanherib, getragen wurde. Dort wartete sie, schwer von ihrer Bürde, während der Gott waltete, wie es sein Wille war.

Und als die Zeit für meine Mutter herannahte, überzog der große König Sargon, der Herr der Erde, der Vater meines Vaters, das Land der Kullumiten mit Krieg, kämpfte gegen ein Volk, das in Zelten lebte und von einer Wasserstelle zur anderen zog. Sargon führte die Heere Assurs in die Berge des Ostens, auf daß diese Nomaden unsere Macht zu schmecken bekämen und sich in die Wildnis zurückschlichen, um sich nie wieder gegen Akkad und Sumer am rasch fließenden Tigris zu erheben.

Unwirtlich ist es im Lande der Kullumiten. Selten zwängt sich ein Grashalm durch die scharfen Steine. Es gibt dort keinerlei Annehmlichkeiten, weder für Mensch noch für Tier. Es ist ein gebirgiges Land, in dem der Streitwagen des Königs nur auf dem Rücken seiner Soldaten getragen werden kann; er selbst muß vom gesattelten Pferd absteigen und zu Fuß gehen, muß wie die Ziegen die harten, felsübersäten Pfade erklimmen. Und der Gebieter Sargon war bereits alt.

Am zwanzigsten Tage, nachdem sein Heer das letzte Mal die Sandalen im großen Turnat genetzt hatte, befahl der König, in einer Ebene zwischen namenlosen Schiefer- und Kalkfelsen, in der Nähe einer Quelle mit lebendigem Wasser, das aus dem Boden hervorquoll wie Blut aus einer frischen Wunde, ein Lager aufzuschlagen. Er verfügte, daß alle zwei Nächte lang ruhen, den Geist erfrischen und neue Kräfte schöpfen sollten. Der König schlug sein Zelt auf, nahm davor Platz und ließ die Hände auf den Knien ruhen, während sich der Heerbann Assurs in seinem mächtigen Schatten einrichtete. Man kramte die Kochtöpfe hervor, und Männer, die das Gesicht ihrer Frau und den Geschmack von frisch geschlachtetem Lamm vergessen hatten, legten die Rüstung ab, wuschen sich den Schweiß vom Gesicht und tanzten in den kalten, klaren Tümpeln wie die Kinder. Ein Soldat ist mit wenig zufrieden und macht es sich behaglich, wann und wo er kann, und der König lächelte ihnen zu wie ein Vater, der plötzlich merkt, wie alt er doch ist.

Der Gebieter Sargon hatte die weite Welt sieben und zehn Jahre lang regiert. Die Könige von Tyros und von Sidon am Rande des Nordmeeres, die reichen Städte Karkemisch, Aleppo und Damaskus, sie alle trugen sein Joch. Er hatte zum Neujahrsfest am Kult der Ergreifung von Marduks Händen teilgenommen und sich zum König von Babylon gemacht. Selbst aus so fernen Landen wie Ägypten und

Lydien und Einöden wie der arabischen Wüste sandte man ihm reiche Geschenke und erzitterte bei seinen Worten, denn er war mächtig, und sein Zorn reichte weit. Das Land Assur hatte viele große Könige gesehen, rastlose Eroberer mit Heeren, unter deren Fuß die Erde gebebt hatte, doch Sargon war bei weitem der größte. Sein harter, alter Körper trug die Narben vieler Verwundungen, denn seine Feldzüge reichten bis in die Tage seiner bartlosen Jugend zurück. Er war tapfer wie ein wilder Eber und listig wie eine Natter, und seine Soldaten liebten und verehrten ihn, als wäre er der strahlende Gott in Person.

Und dennoch war er alt und müde und fand keine Freude mehr am Krieg. Wie ein schwarzer Vogel umkreiste der Tod seinen Kopf.

An diesem Abend bewirtete er seine Soldaten, teilte das Brot und das dunkle Bier aus, lauschte den Geschichtenerzählern und wartete darauf, daß er die Augen schließen und schlafen könne. Die Lagerfeuer des Heeres brannten, während die Männer würfelten, lachten und das Ungemach des Feldzuges vergaßen. Doch die Kullumiten in den Bergen schauten zu und zählten die Stunden.

Ich kann mir nicht alles erklären, was dann geschah. Die Annalen, die ohnedies stets lügen, schweigen hier; und die Erinnerung war in den Jahren, ehe ich mich dafür interessierte, trübe geworden. Es gab nur wenig Überlebende jener Schreckensnacht, und die sprachen – wer will es ihnen verdenken – nicht gern über derlei Dinge. Denn wer traut sich schon, schlecht über Sargon den Großen zu reden, und das noch vor des Königs Sohn, dem Sohn seines Sohnes? Doch werden Männer, die dem Feind viele Tage nicht begegnet sind, sorglos – dergleichen habe ich mit eigenen Augen gesehen –, und das Heer eines großen Volkes, welches gegen Wilde kämpft, bildet sich nur zu leicht ein, es wäre unbesiegbar. Wie auch immer, man hatte keine Späher in die Berge geschickt, und die Wachen im mächtigen Heerbann des Königs waren blind und taub.

Und in jener dunklen Stunde, gerade ehe sich die Morgenröte regte, kamen die Reiter der Kullumiten und trugen den Brand ins Lager. Sie hatten sich die Gesichter geschwärzt, ritten durch das Lager, trampelten die Zelte nieder, in denen unsere Soldaten im Schlaf lagen und setzten sie mit ihren Fackeln in Brand. Männer stürzten ins Freie, taumelten von ihren Decken hoch, blinzelten wie die Eulen, standen da mit leeren Händen und wurden erschlagen. Sie merkten kaum, was um sie herum geschah, und lagen schon am Boden, die Brust aufgerissen und das Hirn verspritzt. So manch tapferer Soldat Assurs fiel durch die lange Lanze mit der Kupferspitze und das Sichelschwert, das kein Erbarmen kennt. Die Pferde wieherten wie verrückt und schlugen die harte Erde mit den Hufen, so daß sie dröhnte wie das Fell einer Trommel. Schlachtrufe waren zu hören und panisches Gebrüll und das Gestöhn der Sterbenden. Und die Erde bekam. Blut zu trinken. Die grausame Göttin Ereschkigal, die Göttin des Todes, konnte sich an Kadavern gütlich tun.

»Und dann war es vorbei. So schnell wie er gekommen war, verzog sich der Feind, ritt zurück in seine Berge, die Beute, die er gemacht hatte, über den Sattel geworfen, und freute sich an seinem Reichtum und Ruhm. Wir wenigen Überlebenden blickten uns um, denn die Angst und das Durcheinander hatten uns das Hirn vernebelt. Wir verstanden gar nichts, nur daß wir dem Tod um Haaresbreite entronnen waren. Wir konnten an nichts anderes mehr denken – diese panische Hilflosigkeit war fast so, als wären auch wir tot. Hirn und Sinne pochten wie eine Wunde. Die feste Welt schien sich aufzulösen, gleichsam als wären wir bereits Geister. Und dann fanden wir das, was uns das Leben wiedergab, denn hinter sich im Staub hatten sie den Leichnam Sargons des Großen im blutbespritzten Nachtgewand liegenlassen, zerhackt wie ein Stück Fleisch und von einer Lanze durchbohrt. Sein Tod war das Werk vieler Hände, denn ein Hieb, Prinz, härte ihn nie und nimmer getötet.«

So erzählte man mir die Geschichte viele Jahre später. Dann starb er also dort in den Bergen. Er fiel im Kampf, wurde erschlagen von Banditen, die sich auf nichts weiter als Stehlen und Ziegenhüten verstehen. Sein Sohn, mein Vater, mußte seinen Mördern die Leiche abkaufen.

Ich will mir hier nicht die Mühe machen zu berichten, wie die Reste des großen Heeres den Weg nach Hause fanden, wie sie von Plünderern verfolgt wurden und wie sie hungerten und litten und starben. Das gehört nicht zu meiner Geschichte. Es vergingen viele Wochen, ehe man im Land Assur von ihrem Schicksal und vom Tod Sargons des Großen hörte. Sie wußten es nicht, die Untertanen des Königs, doch sie errieten es, denn die Götter, denen nichts verborgen bleibt, hatten ihnen ein Zeichen gesandt. In der Nacht von Sargons Tod sah man einen Stern im Osten, der tief über den Bergen stand. Als die Menschen ihn erblickten, zitterten sie, versteckten sich in den Häusern und murmelten Gebete, um Böses vom Lande abzuwenden, denn der Stern war ein schlimmes Vorzeichen und so rot wie Blut.

In dieser Nacht kam ich im Frauenhaus, im Palast Sanheribs, des *marsarru,* des Erben, der König war, ohne es zu wissen, brüllend zur Welt; und so wurde mein Geburtsschrei zur ersten Totenklage für den erschlagenen Gebieter.

*

»Siehst du, mein kleiner Lathikadas, du kannst es. Du kannst alles. Du kennst alle Geheimnisse. Siehst du, wie leicht cs ist, mcin süßer, kleiner Prinz? . . .«

Die Stimme meiner Mutter, die mich lehrte, auf dem kühlen Ziegelsteinboden des Säulenganges, der unseren Garten umschloß, auf Händen zu gehen – ich rede davon, als wäre er unser gewesen, und in meiner Erinnerung ist er das auch, doch er gehörte allen, die im Frauenhaus wohnten, all den Ehefrauen und Konkubinen und den Kindern des Königs. Sie mußte meine Füße festhalten, damit ich nicht umfiel, aber ich konnte mich schon hochstemmen und geradeaus gehen, bis wir vor dem großen Springbrunnen ankamen, dessen herabfallende Wasser zu lachen schienen. Sie wollte, daß ich starke Arme bekäme. Sie sagte, der Gott hätte mich gezeichnet, und ich würde sie brauchen. Ich war vielleicht vier oder fünf Jahre alt.

»Der Stern ist ein Zeichen Ischtars, der Göttin der Wollust, der Königin der Schlachten, und Rot ist die Farbe der Trauer. Was für ein böses Omen, das dein kleiner Junge da mit diesem Geburtsmal trägt.«

Nakija lächelte, und ihre Augen verengten sich zu Schlitzen, gleichsam als wolle sie für mein Grab Maß nehmen. Sie saß am Rand des Springbrunnens, hatte die Arme verschränkt wie ein Mann und beobachtete uns. Sie war eine der beiden rechtmäßigen Frauen des Königs und nach allem, was man so hörte, seine Favoritin, obwohl noch nicht Herrin des Palastes – denn noch lebte die Mutter des Erben. Man sagte, daß Schönheit, wie die Nakijas, das Herz eines steinernen Götterbildes erweichen könnte, aber davon merkt ein Kind nichts; und so hatte ich lediglich Angst vor ihr. Sie war voller Ehrgeiz für ihren eigenen Sohn und haßte mich und auch Merope, weil sie mich geboren hatte. Hinter dem Rock seiner Mutter hervor spähte der kleine Assarhaddon nach uns. Ich streckte ihm die Zunge heraus, und er verbarg die Augen.

»Laß das Kind herunter, Frau. Siehst du denn nicht, wie ihm das Blut ins Gesicht steigt?«

Meine Mutter ließ meine Beine los, und ich zog den Kopf ein und rollte mich so ab, wie sie es mich gelehrt hatte. Dann kam ich wie eine zuschnappende Falle auf die Füße.

»Selbst ein Blinder kann sehen, daß er ein Ionier ist, Frau. Ein Fremdling wie du. Er wird sein Leben als Lehmziegelmacher für die Stadtmauer beschließen.«

»Etwa als Sklave, wie deine ganze Familie, *Zakatu?*«

Denn natürlich wußten alle, daß Nakija eine babylonische

Freigelassene war, die der große König Sanherib einem Schenkenbesitzer in Borsippa abgekauft hatte. In ihrer Glanzzeit tat man gut daran, nicht auf diese Dinge anzuspielen und zu vergessen, daß der akkadische Name, den ihr der König gegeben hatte, »die Freigelassene« bedeutete, aber wahr bleibt wahr.

Das Lächeln schwand von Nakijas Lippen wie schmelzender Schnee.

»Mein Sohn, *Zakatu,* wird einmal ein Großer im Lande Assur sein«, sagte Merope, hob mich hoch und drückte mich an sich. Sie nahm meine Hand und bedeckte das sternförmige, feuerrote Geburtsmal, das auf dem weichen, hellen Fleisch meines Handtellers glühte. »So ist vorhergesagt. So ist es an seiner Geburtsstunde abzulesen, denn der Gott ist ihm wohlgesonnen.«

Ich habe meine Mutter stets geliebt, doch schon damals wußte ich, daß sie nicht immer klug handelte.

Und Nakija, die stets auf Böses sann, saß gelassen am Springbrunnenrand und ließ den Saum ihres schwarzen Leinenschals durch die Fingerspitzen gleiten. Vor meinem inneren Auge sehe ich sie dort sitzen, vor so vielen Menschenaltern, nicht wie sie damals war, sondern wie ich sie als junger Mann im Gedächtnis habe, immer noch schön, mit Grau im glänzend schwarzen Haar und Fältchen um den Mund vom jahrelangen Ränkeschmieden. Aber an jenem Morgen im Garten von Ninive muß sie fast noch ein junges Mädchen gewesen sein, wenn sie überhaupt einmal jung war? Ich kann es mir nicht vorstellen. Wer zur Mutter eines Königs bestimmt ist, kann einfach nicht jung sein.

»Lathikadas, geh und spiele mit dem kleinen Prinzen, deinem Bruder«, sagte meine Mutter und setzte mich ab, daß meine Sandalen über den Ziegelboden scharrten. »Und gib acht, daß du dich dem nächsten König gegenüber benimmst, mein Großer im Lande Assur.«

Als ich mich näherte, berührte Nakija mein Haar, so als ob sie immer wieder über seine Farbe staunen müßte. Ich blickte ihr in die Augen, war wie gebannt von der Nähe meiner Gefahr. Der kleine Assarhaddon kam hinter dem Rock seiner Mutter hervor. Er war nur ein paar Wochen jünger als ich, aber kleiner, so wie die meisten der Königssöhne, die ich im Haus der Frauen zu meinen Spielgefährten zählte. Ich streckte ihm, wie man mir geheißen hatte, die Hand hin, und er nahm sie und lächelte. Mochte er auch seiner Mutter Kind sein, Assarhaddon hielt sich bereits damals für meinen Freund.

»Ja – so ist's richtig, mein Sohn.« Nakija beugte sich vor und packte jeden von uns bei der Schulter, so als schöbe sie uns fort wie Boote vom Liegeplatz. »Lauf und spiele mit dem kleinen Götterliebling, auch wenn seine Mutter nur eine Konkubine ist. Lerne, was es mit den Großen des Landes auf sich hat, die in ein paar Jahren nur Sklaven unter deinem Fuß sein werden.«

Wenn ich mich an diese Zeit zurückerinnere, so erkenne ich, was mir damals verborgen blieb, daß nämlich das Frauenhaus ein seltsamer, unnatürlicher, trostloser Ort war. Immer wimmelte es dort von Frauen – von jungen Mädchen, von Mütter mit ihren Kindern, von alten Weibern, die Bettgenossinnen längst verstorbener Könige gewesen waren und nirgendwohin wußten –, doch am besten erinnere ich mich an die Stille. Wir sprachen mit leiser Stimme, sogar die kleinen Kinder, als fürchteten wir uns, einen Bann zu brechen. Es war der Ort, wohin der König, mein Vater, kam, um seinen Vergnügungen nachzugehen, doch außer ihm wurde dort niemand froh.

Das Frauenhaus war ein Gefängnis, ein Käfig mit goldenen Stäben, denn niemand durfte es ohne Erlaubnis des großen Königs betreten oder verlassen. Doch davon weiß ein Kind nichts, und unser Garten, der an vier Seiten von den Wohnungen der Ehefrauen und Konkubinen umgeben war, stellte für mich einen verzauberten Ort dar. Die gekachelten Teiche waren voller Fische, die im Wasser funkelten wie Blitze und uns immer wieder entwischten; und der König hielt sich eine zahme Gazelle, die von klein auf dort und gar nicht scheu war und immer herbeikam, um uns das Salz von den verschwitzten Armen zu lecken.

Und dann war da noch ein Lindenbaum, eine große Seltenheit. Man hatte mir verboten, an seinen tief herunterhängenden Ästen zu schaukeln, damit sie nicht abbrachen, aber ich scherte mich nicht darum. Und zu eben diesem Lindenbaum nahm ich Assarhaddon mit, denn ich wollte ihn mit meinem Wagemut im Schaukeln beeindrucken, doch alles, was er lernen wollte, war das Geheimnis, wie man mit dem Kopf nach unten geht.

»Zeig's mir, zeig's mir, zeig's mir«, zwitscherte er, und seine schwarzen Augen glänzten und er tanzte dazu nicht gerade geschickt auf seinen dicken Beinen herum. Assarhaddon war nicht so behende wie andere kleine Jungen seines Alters, aber bis zu seiner Todesstunde war er beständig und so unverrückbar wie eine Mauer. »Zeig's mir, wie – bring's mir bei, Laf'kos.«

Das gefiel mir nicht, und so wandte ich mich mit einem Achselzucken ab.

»Ich bin Tiglat«, sagte ich kalt. Ein Kind, das im Frauenhaus aufwächst, lernt frühzeitig, seine Würde zu wahren, und so hatte ich den gewünschten Erfolg. Assarhaddon starrte mich verwundert an.

»Deine Mutter hat dich aber ›Laf'kos‹ genannt. Ich hab's gehört.«

»Sie nennt mich ›Lathikadas‹ – aber nur sie, niemand sonst. Das ist ein Wort in ihrer Sprache.«

Assarhaddon, der in diesem Alter kaum seine eigene Sprache beherrschte, legte den Kopf schief, als ob er etwas abschütteln wollte. »Was heißt das?« fragte er zuletzt. Dieses neue Geheimnis ließ ihn das andere, wie man nämlich mit dem Kopf nach unten geht, ganz vergessen.

»Es heißt, daß ich Tiglat heiße. Und du wirst mich Tiglat nennen, und sonst gar nichts. Geht das wohl in deinen Kopf hinein?«

Und der kleine Junge lächelte und sagte »ja«, denn anscheinend war er sich nicht bewußt, daß wir einen Ehrenpunkt geklärt hatten; und da ging in meinem Herzen eine Tür für ihn auf, eine Tür, die sich nie wieder schließen sollte. Das konnte nicht einmal der Tod. Sogar jetzt noch steigen mir die Tränen in die Augen, wenn ich daran denke, wie wir beide Kinder waren. Assarhaddon, mein Bruder, mein Freund, dem ich Unrecht tat, und der mir seinerseits Unrecht tat, den ich aber stets geliebt habe. Den ich auch jetzt noch liebe, da er zu Staub geworden ist.

»Bring mir den Trick bei«, sagte er und streckte die Arme gerade in die Höhe. »Zeig's mir, Tiglat.«

»Gut. Aber gib nicht mir die Schuld, wenn du dir den Hals brichst.«

*

»Was heißt das?« Mein Bruder Assarhaddon hatte gut fragen, denn der Name, mit dem mich Merope rief, war ein Rätsel, sogar mir, der ich mir selber ein Rätsel war.

Wir waren Fremde, sie und ich, Außenseiter. Schon als Kind war ich mir dessen bewußt. Immer wieder kamen die Damen aus dem Palast des Königs, um mich anzuschauen und sich davon zu überzeugen, daß ich »ein Kind war, dessen Augen blau blieben«. Die Männer Assurs sind gedrungen, schwarzhaarig, ich aber war groß, schlank und hatte in meiner Jugend hellbraunes Haar. Da mich Schamasch, der Schicksalsgott, zum Wanderer durch alle Länder seiner Welt gemacht hat, habe ich erfahren, daß daran nichts Widernatürliches ist, daß die Menschen jenseits des Nordmeeres, ja sogar die Nilbewohner im Lande Kem, obschon brauner, sich nicht viel von uns unterscheiden. Die weite Welt beherbergt gar mannigfaltige Völker, aber das sollte ich erst viele Jahre später erfahren. Ich wußte nur, daß meine Mutter blaue Augen und bronzefarbenes Haar hatte und eine Sprache sprach, die niemand außer mir verstehen konnte und daß ich ihr Sohn war und mich von allen anderen, die mich umgaben, unterschied. Kinder fürchten den Spott der anderen, und so erschien mir meine Andersartigkeit wie ein Fluch. Und dabei war ich doch am rasch fließenden Tigris geboren – wie muß erst meine Mutter, die Fremde im Frauenhaus, gelitten haben?

Meine Mutter war, was die Leute in Assur eine Ionierin nannten, oder wie sie es ausgedrückt hätte, eine Griechin, da sie auf dem Festland, in einer Stadt namens Athen geboren worden war. Ihr Vater, so erzählte sie mir, war ein Sandalenmacher, der allzu gern auf Handelsschiffe spekulierte, die übers dunkle Meer fuhren. Davon verstand ich nichts – hatte ich doch noch nie ein Schiff gesehen oder von einem Volk, das sich »Händler« nannte, gehört –, aber sie erklärte mir, daß er in Not geraten wäre und sich gezwungen sah, seine älteste Tochter als Sklavin zu verkaufen. Er war ein sentimentaler Mann und hatte geweint, als er sie an jenem letzten Tag aus seinem Haus führte, aber sie trug es ihm nicht nach. Und so befand sie sich denn im Alter von dreizehn Jahren an Bord eines Schiffes auf dem Weg nach Cypern, wo hellhaarige Frauen einen besseren Preis erzielten. Und dort, durch welchen Zufall weiß ich nicht zu sagen, wurde sie Teil des Tributs, den die Könige jener Insel in ihrer Furcht dem Herrscher Sargon schickten. Das Land ihrer Geburt sah sie nie wieder.

Lathikadas, »der, der Sorgen vertreibt«. Der große König, mein Vater, wählte für mich den Namen Tiglat Assur, um damit seinen Großvater und seinen Gott gleichermaßen zu ehren, doch meine Mutter mit ihrem trostlosen Leben nannte mich Lathikadas. Ich kann nur hoffen, daß es irgendwie für sie ein wenig wahr geworden ist.

Aber der kleine Bruder Assarhaddon, in Farbe und Form einem Lehmziegel gleich, dieser schwarzhaarige Knabe wußte nichts von derlei Dingen, als er seine arglose Frage stellte. Mochte Nakija auch intrigieren, um ihn auf seines Vaters Thron zu bringen, sein Herz war voller Unschuld. Er wollte niemandem Böses zufügen außer den Feinden Assurs, und zu jener Zeit auch denen nicht gerade viel.

Und während Nakija von seiner Pracht und Herrlichkeit träumte, konnte sich niemand, am allerwenigsten Assarhaddon selber, eine andere Zukunft als die des Soldaten vorstellen. Er wollte ein *rab shaqe* werden, wollte die Heere des Königs führen. Noch weinte er, wenn eine der königlichen Tauben einging, und doch träumte dieser süße, kleine Junge genau wie wir anderen, daß sein Schwert vom Blut der Elamiter und Meder nur so tropfte.

»Ich hasse Schreiben«, flüsterte er mir immer zu, wenn wir uns über unsere Tafeln beugten, um die Zeichen einer Beschwörung des Gottes Nabu abzuschreiben, die wir auswendig lernen sollten. »Das ist etwas für Schreiber und Priester, nichts für heldenmütige Männer. Es ist aussichtslos. Ich behalte doch nicht einmal den zehnten Teil davon.«

Es stimmte, mit dem Geheimnis, dessen Schutzpatron Nabu war, tat man sich schwer, denn das war Kunst in höchster Vollendung. Wir schrieben auf feuchten Tontafeln, die nach dem Brennen, so sagte man uns, bis zum Weltuntergang erhalten bleiben würden, darum müßten wir uns viel Mühe geben mit dem Ritzen der langen, spitz zulaufenden Linien, aus denen ein Zeichen, der kleinste Teil eines Wortes, bestand, daß sich keine unansehnlichen Höcker auf der glatten Oberfläche bildeten. Und Zeichen gab es Hunderte ohne Zahl, und was ein echter Schreiber war, der schrieb nicht das Akkadisch des gemeinen Mannes, sondern einen alten Dialekt, der seit den Tagen der Helden nicht mehr im Land Assur gesprochen wurde. Und dann mußte auch Sumerisch gelernt werden, die heilige Sprache, die mit den gleichen Zeichen geschrieben wurde, jedoch andere Bedeutungen und Laute hatte, eine Sprache, die einem den Verstand verknäuelte und die keinem Menschen leicht von der Zunge gegangen sein konnte, nicht einmal zu Urzeiten, die aber dennoch dem Gott wohlgefällig im Ohr klingt.

Assarhaddon hielt den seitlich abgeflachten Griffel in seinen dicken Fingern und schrieb die dolchförmigen Striche unseres Textes ab, wobei er jeden einzelnen haßte, während sie durch sein Gedächtnis rannen, wie Wasser durch ein Sieb, und auch den alten Schreiber, der uns unterrichtete haßte, mit seinem weißen Haar und seinem bartlosen Gesicht und seiner entsetzlichen Angst vor dem Zorn des Königs. Das alles zählte zu Assarhaddons Kindheitsqualen, denn seine Mutter, die nicht einmal die Symbole ihres eigenen Namens formen konnte, machte sich große Sorgen um seine Fortschritte. Und es schien, als hätte Nakija ihre Augen überall.

»Mutter, kannst du schreiben?«

Merope blickte mich an, als ob sie erwartete, daß mich die Götter für meine Unverschämtheit in Salz verwandeln würden, seufzte und fuhr sich mit der Hand durchs bronzefarbene Haar.

»In Athen kann jeder schreiben, der nicht ein Säugling oder ein Dummkopf ist. Nur Landbewohner mit Mist in den Ohren können nicht schreiben.«

Eigentlich konnte sie nur zehn, zwölf Zeichen formen, genug jedenfalls, um ihren Namen und den der Schutzgöttin ihrer Stadt und noch etliches weniges mehr zu buchstabieren, doch die lehrte sie mich.

Schreiben ist etwas Seltsames, Widernatürliches. Ich habe sagen hören, daß der Gott Nabu den Menschen die dolchförmige Schrift aus Mitleid schenkte, damit sie sich ihrer Fürbittgebete erinnerten, doch das mag ich nicht glauben. Die Griechen können jedes gewünschte Wort mit vier und zwanzig Zeichen, welche sie »Buchstaben« nennen, bilden, warum also sollte Nabu den Menschen von Akkad und Sumer wohl Hunderte von Symbolen aufbürden, die ebenso schwierig zu formen wie zu behalten sind? Die Schrift des Nilvolkes, die ich nie erlernt habe, ist sogar noch schlimmer. Etwas so Abartiges können sich nur Menschen ausdenken. Die Götter haben daran keinen Anteil.

»Die Götter haben dich mit guten Ohren gesegnet«, sagte

der alte Bag Taschub zu mir, und seine Stimme tremolierte wie eine Rohrflöte, während er sich den Schweiß vom bartlosen Gesicht wischte. »Als Schüler kommt dir kaum einer deiner königlichen Brüder gleich – nicht einmal Nabuscharusur, der ein Vierteljahr älter ist als du, hat deine gute Auffassungsgabe. Wenn der König, dein Vater, beschließt, aus dir einen Priester zu machen, wirst du einmal ein ausgezeichneter Omendeuter werden.«

Eines Tages behandelte unser Text die Geschichte von Assurs Sieg über Tiamat, das Ungeheuer des Chaos; wie Assur den Wind ausnutzte, der ihr den Mund aufriß, während er ihr einen Pfeil ins Herz schoß; wie er ihren Körper in zwei Teile spaltete und aus dem einen den Himmel und aus dem anderen die Erde schuf und so zum Herrscher über alle anderen Götter wurde, die ihm fünfzig Ehrennamen gaben.

»Prinz Assarhaddon, lies uns die Zeilen auf der zweiten Tafel vor, dort, wo es Ea nicht gelingt, das Ungeheuer zu unterwerfen. Da – nimm.«

Mein Bruder, das Häufchen Unglück, nahm das zerbrechliche, kleine Rechteck aus Ton entgegen, dessen Ränder die liebkosenden Hände von Generationen von Schreibern glatt- und rundgerieben hatten, und warf mir über die Schulter einen flehentlichen Blick zu.

»› ... Schrecken ... Kiefer ...‹« Er bohrte sich die Spitze seines Schreibgriffels in die Wange, als wollte er sich wachpieksen. »›Der Schrecken ihres ...‹ so etwas wie ›Kiefer‹.«

Nabuscharusur, der einzige, der es mit mir in unserem kleinen Klassenzimmer aufnehmen konnte, ein aufgeweckter, lebhafter Junge und nach Assarhaddon mein bester Freund, warf mir einen Blick zu und lächelte schadenfroh. Ja, es war nur zu menschlich, angesichts der Not unseres Bruders eine gewisse Selbstzufriedenheit zu empfinden. Vermutlich lächelte ich auch.

»Was für ein *so etwas,* Prinz?«

Und Assarhaddon, der sich sein Leben lang vor nichts Lebendigem fürchtete, außer vor seiner Mutter, verfinsterte sich vor Zorn über den bejahrten Schreiber.

»Gleich zeige ich dir *so etwas*, du schwabbeliger, alter Kastrat – der Beutel zwischen deinen Beinen ist so leer wie der Bauch eines Bootsmannes!«

Das Tontäfelchen flog durchs Zimmer wie eine Waffe und zerbrach keine Handbreit von Bag Teschubs Kopf an der Wand.

Ich glaube, Assarhaddon war sogar froh, daß er Prügel bekam, so als ob jeder Hieb mit dem Ochsenziemer – der alte Mann schlug nur sanft zu, denn das hier waren Söhne des Königs, und als Erwachsene würden sie vielleicht einmal seine runzlige, alte Haut an die Stadtmauern nageln wollen – ein Ehrenmal wäre. Assarhaddon mochte beinahe alles, nur nicht laut vortragen, und als wir von der Mühsal dieses Tages erlöst waren, war er so munter wie ein Zeisig. In einer Stunde, wenn Nakija das Vorgefallene auf geheimnisvollen Wegen doch unvermeidbar zu Ohren gekommen war, würde er Kummer in gar mannigfaltiger Form kennenlernen; doch jetzt, während wir unter dem Lindenbaum saßen und unsere Tücher aufknoteten, in denen sich unser Mittagsmahl befand, da war er ausgesprochen zufrieden mit sich selbst.

»So etwas solltest du nicht mit Bag Teschub anstellen«, verkündete ich großspurig, und dann trafen sich unsere Blicke, und wir konnten uns wie alle kleinen Knaben nicht halten vor Lachen. »Und du solltest auch nicht solche Sachen sagen.«

»Aber – stimmt es denn nicht?« Assarhaddon hatte den Mund voll getrockneter Datteln, die voller Süße, aber so schwer zu kauen sind wie Sattelleder. Und weil er endlich etwas sagen wollte, schluckte er einen so großen Bissen hinunter, daß ihm die Tränen in die Augen schossen. »Hast du noch nie gesehen, wie der alte Dummkopf Wasser läßt? Sein Schwanz ist so verschrumpelt, daß die leere Haut schlabbert wie Zwiebelschale. Und das Übrige daran ist einfach weg! Nur noch eine glänzende Narbe ist da, so als ob jemand die beiden Kügelchen aus seinem Sack ausgekratzt hätte wie angetrocknetes Essen aus einem Kochtopf!«

Assarhaddon lachte, wie bei einem Witz, den er zum ersten Mal hörte, aber ich erschrak – warum, das hätte ich nicht genau zu sagen gewußt. Natürlich war uns allen klar, daß Bag Teschub irgendwie anders war. Zum einen war er im Frauenhaus zugelassen, was für jeden anderen den Tod bedeutet hätte. Und dann hatte er natürlich keinen Bart.

Wir waren jetzt in einem Alter, Assarhaddon und ich, in dem man uns hin und wieder aus unserem goldenen Gefängnis herausließ, damit wir bei irgendeiner feierlichen öffentlichen Zeremonie zugegen sein oder den Neujahrsfeiern aus sicherer Ferne zusehen konnten. Das geschah nicht oft wir waren noch zu klein –, aber man war der Auffassung, daß wir langsam begreifen müßten, daß außerhalb des Frauenhauses ein Leben auf uns wartete, in dem wir eines Tages unseren Platz einnehmen würden.

Und so wußten wir denn, daß den Männern Haar im Gesicht wuchs, große, glänzend schwarze Bärte, geölt und gelockt. Die Edlen an unseres Vaters Hof sahen aus wie die Götter, ein Eindruck, der zweifellos noch dadurch verstärkt wurde, daß wir sie nur aus der Ferne erblickten.

Aber Bag Teschub sah so gar nicht aus wie sie.

»Wie ist er wohl so geworden?« hörte ich mich fragen. Ich fürchtete mich beinahe vor der Antwort.

»Meine Mutter sagt...« Assarhaddon beugte sich zu mir, denn er wußte genau, daß er mir ein großes Geheimnis verriet. »Meine Mutter sagt, daß man ihm das angetan hat, daß die Priester ein Messer genommen und ihm seine Mannheit abgeschnitten haben, als er noch ein Kind war. Sicher weißt du, daß er zu den nachgeordneten Brüdern des alten Königs gehört, der tot ist.«

Während mir das Herz in der Brust hämmerte, schüttelte ich den Kopf. Es war, als blickte ich in eine dunkle Zukunft.

»Wenn er der Bruder des alten Königs ist, wer würde

dann wagen, ihm so etwas anzutun? Wer würde so etwas wünschen?«

Assarhaddon bot mir in der Unschuld seines Herzens eine seiner Datteln an, und ich nahm sie, ohne recht zu wissen, was ich tat.

»Was für eine dumme Frage, Tiglat. Ich muß mich wundern. Weißt du denn nicht warum? Ein König hat viele Söhne, und er weiß, daß sie nach seinem Tod nicht alle in ewiger Freundschaft zusammenleben. Er muß doch wünschen, daß sein Erbe ihm unangefochten nachfolgt, und ein Kastrat kann nicht nach dem Thron trachten.«

*

Einige Nächte lang verfolgte mich das Messer des Kastrierers bis in meine Träume – schließlich war auch ich einer der nachgeordneten Söhne des Königs, oder? Die Gebieterin des Palastes, die Herrin Taschmetum-scharrat hatte zwei Söhne, beinahe schon erwachsene Männer, und dann gab es noch Assarhaddon selbst. Und meine Mutter war lediglich eine Konkubine und dazu auch noch eine Ausländerin. Hatte ich nicht Grund zur Angst? Doch ein Knabe ängstigt sich nicht lange.

Außerdem gab es andere Dinge, die mich beschäftigten, denn eine neue Gefangene war in die Gärten des Frauenhauses gekommen. Im Alter von acht Jahren, in dem ich schon die dolchförmige Schrift meisterte, die für mich alles Wissen zu enthalten schien, das mir die Welt zu bieten hatte, entdeckte ich, was es heißt, sich zu verlieben.

Was kann ich über Assarhamat schreiben – Assarhamat, die so schön anzusehen war und deren Andenken meine Leber besänftigt, wie weicher Ton in der Hand des Töpfers –, wie kann ich in Worte fassen, was auch nur einen Hauch ihrer strahlenden Schönheit vermitteln könnte? Wer diese Kinderliebe erfahren hat, die so ganz Zärtlichkeit und süßer Schmerz ist, der braucht meine Worte nicht. Und wer sie nicht erfahren hat, wird mich nie verstehen können. Ich habe sagen hören, daß die Zeit alle Wunden heilt, doch dem ist nicht so. Einige Wunden, früh genug empfangen, schmerzen bei kaltem Wetter stets aufs Neue. Von dieser Art war meine Liebe zu Assarhamat.

Wir waren Vetter und Kusine, da auch Assarhamat den Gebieter Sargon zu ihren Vorfahren zählte. Assarhamats Vater war ein Babylonier aus vornehmem Geschlecht, dessen Großmutter das königliche Bett geteilt hatte, während noch der fünfte Schalmaneser regierte. Doch der große König Sargon hatte seinen Samen weit über die Länder Akkad und Sumer verstreut, und so wurde sie nicht aus Achtung vor ihrer entfernten Verwandtschaft mit dem Herrscherhaus nach Ninive gebracht, um dort zusammen mit den Kindern Sanheribs, des Herrschers über alle Welt, erzogen zu werden. Die Götter hatten entschieden, daß mein kleines Mädchen aus Nippur eine nicht unbedeutende Rolle beim Schmieden des Geschickes von Völkern spielen sollte.

Wo ich geboren bin, da herrscht der Gott. Assur gab unserer alten Hauptstadt und dem Land selbst den Namen. Wir alle sind seine Sklaven und dazu geboren, ihm zu dienen, sogar der König. Niemand mehr als der König. Am Tage seines Amtsantritts folgen ihm die Menschen vom Tempel nach und rufen »Assur ist König! Assur ist König!«, und das ist die reine Wahrheit. Und Assur hatte seinen Willen kundgetan, daß ein in Nippur geborenes Mädchen vom Geschlecht Sargons in diesem Land Mutter von Königen werden sollte, bis Ninive und Kalach und Assur selbst nur mehr Worte im Munde von Fremdlingen waren.

Und so war denn Assarhamat nicht für den Welpen einer griechischen Sklavin bestimmt. Sie würde die Gemahlin von Sanheribs Erben sein, wenn sie in das Alter kam, um Söhne zu gebären. So stand es geschrieben. So wollte es das Gesetz, und so gefiel es dem Gott, vor dem alle Menschen machtlos sind.

Doch ein Kind, das weder die Leidenschaft des Fleisches

noch die Bedeutung des Gesetzes kennt, ein Kind liebt nur mit Augen und Ohren, und die Berührung seiner Hand weiß nichts von dem, was dem Gott gefällt. Assarhamat würde eines Tages Königin werden, vermutlich die Gemahlin des *marsarru* Assurnadinschum, der viele Jahre älter und schon längst in das Haus der Erbfolge aufgenommen war, wo er so fern von uns lebte wie der König selbst. Was bedeutete mir das schon? Die Liebe eines Kindes kennt keine Hindernisse. Es liebt einfach. Und ich liebte Assarhamat.

Was kümmerte mich auch Assurnadinschum? War ich nicht Herr über alle Welt? War ich nicht der beste Schüler des alten Bag Teschub, meisterte ich nicht die dolchförmige Schrift und konnte ich nicht die Zunge der Sumerer sprechen? War ich nicht einen halben Kopf größer als alle meine Brüder? Konnte ich nicht ohne Hilfe meiner Mutter auf Händen laufen? Und war ich nicht in Assarhamats großen schwarzen Augen ein Ausbund an Schönheit und Vollkommenheit?

»Uuiii, Tiglapf«, sagte sie mit ihrer Kinderstimme in ihrem südlich lispelnden Akzent, wenn ich ihr die Handfläche küßte – das Spiel hatten wir uns selbst ausgedacht –, »was bist du doch für ein böser Bu-u-u-b-e!«

Und dann streckte sie mir immer die andere Hand hin, die Handfläche nach oben, und ich küßte auch die, und dann kicherte sie wie wild, verbarg ihr Gesicht im Saum ihres rosa Leinenschals und warf mir dahinter hervor verstohlene Blicke zu.

Ich liebte sie. Sie herrschte strenger in meinem Herzen als je ein König über Assur herrschte. Ich verlangte nichts vom Leben, als mit ihr unter einem Lindenbaum zu sitzen, Datteln zu teilen und zusammen über dieses wunderbare Geheimnis zu lächeln, das irgendwie uns gehörte und niemand sonst. Eine Zukunft, in der das nicht so sein würde, war für uns nicht vorstellbar.

Und Nakija beobachtete uns und lächelte ihr typisches Lächeln, welches wohl nicht so harmlos war wie unseres.

»Siehst du? Noch nicht einmal ganze neun Jahre, und schon zappelt er in Ischtars Netz. Wenn es die Götter waren, die ihm dieses Mal auf dem Handteller bescherten, dann hatten sie damit nichts Gutes für ihn im Sinn.«

Doch meine Mutter tat Nakijas Worte mit einem Achselzucken ab. »Sie sind Kinder«, sagte sie. »Was ist denn schon dabei?«

O Merope, das war damals unklug von dir. Ich war nur ein Kind mit den Augen eines Kindes, aber hättest du denn nicht sehen können, wie das Böse den Kopf deines Sohnes umkreiste?

Doch sie wollte es nicht sehen, und ich konnte es nicht. Für mich war das Frauenhaus noch das Paradies, obschon ich in meinem Glück allmählich unruhig wurde. Ich wußte, bald schon würde ich diesen Ort verlassen und in die Welt der Männer aufgenommen werden, und darauf brannte ich.

Am Ende seines neunten Lebensjahres, zu den Festtagen, die ein Zeichen für das Ende der Sommerpflanzzeit sind, verläßt ein Sohn des Königs den Garten und nimmt seinen Dienst als Diener Assurs auf. Nach jenem Tage, ganz gleich ob er nun Schreiber oder Soldat oder ein Gefährte des Königs, einer der wenigen Auserwählten wird, die zur Rechten ihres Gebieters stehen und ihm bei den Staatsgeschäften helfen, ist er kein Kind mehr. Es gibt keine Rückkehr – die Tür zum Frauenhaus bleibt ihm verschlossen. Ich wußte das alles, und doch verstand ich nicht, warum meine Mutter mich mit solch hungrigen Augen anblickte, warum sie des Nachts im Dunkel unseres Zimmers weinte. Ich konnte mir nicht vorstellen, daß wir dabei waren, einander zu verlieren, vielleicht für immer. Das behielt sie für sich.

Und natürlich würde ich an jenem Tage auch Assarhamat verlieren, aber auch das behielt sie für sich.

Denn für Assarhaddon und mich gab es nur eine Wirklichkeit, nämlich daß wir bald in das Haus der Krieger aufgenommen würden, um dort für das einzige Leben ausgebildet zu werden, das einem Manne geziemte, jenem sicheren

Weg zu Ruhm und Ehre, das Soldatenleben. Das galt für uns als erwiesen. So wollte es unser *simtu,* unser Schicksal. Wir wollten es so, und deshalb auch der Gott. Etwas anderes war nicht möglich.

»Es kann jedoch sein, daß dergleichen dir nicht mehr zusagt«, meinte Assarhaddon und lächelte boshaft, während er auf der Erde saß und mir zusah, wie ich an den Armen vom verbotenen Lindenbaum schaukelte. »Vielleicht hat dir das Mädchen den Kopf verdreht, und du sehnst dich danach hierzubleiben, auf einem Kissen zu ruhen und von ihren Augen zu träumen.«

Ich ließ den Ast fahren und zielte beim Herabfallen mit dem nackten Fuß nach Assarhaddons Brust. Natürlich daneben; er hatte es kommen sehen und war mir ausgewichen. Er griff nach meinem Fuß und verdrehte ihn so, daß ich krachend neben ihm zu Boden ging. Er war schon immer ein hervorragender Ringer gewesen – nicht flink, aber stark, und im Nahkampf zählte nur das. Binnen Sekunden hatte er mich mit dem Rücken auf der Erde.

»Gib's zu!« schrie er und lachte mir mitten ins Gesicht, während er mich festhielt. »Gib's zu – sie hat dich so weich wie Frühlingsschlamm gemacht. Vor ihrer Ankunft hier hättest du dich nicht so dumm angestellt, nicht einmal beim Ringen, wozu du keine Begabung hast. Du wärst auf Entfernung geblieben, bis du mich erschöpft hättest und du mich mit einem deiner faulen, ionischen Tricks aufs Gesicht hättest werfen können. Mädchen – pa!«

Das war alles ein herrlicher Spaß, und ich stimmte in sein Lachen ein. Es machte mir nichts aus, Assarhaddon gegenüber zuzugeben, daß an dieser Leidenschaft, die ich zu meiner kleinen Kusine gefaßt hatte, etwas Abartiges war, wenn auch nur eine Spur. Sie konnte nicht mit dem Holzschwert kämpfen oder auf Händen gehen, ja, nicht einmal ringen; sie weinte, wenn der Blitz sie erschreckte, sie konnte nur lächeln und bewundern und verhexen.

»Du bist freilich ein Fremdling – denn wenn du ein richtiger Mann aus Assur wärst, würdest du dich hüten, wie Bienenwachs dahinzuschmelzen, nur weil sie dich anschaut.«

»Ich bin genauso wenig ein Fremdling wie du, du Sohn einer Babylonierin!«

Dieses Mal war er nicht schnell genug, um dem Fuß zu entgehen, den ich ihm zwischen die Knie stieß, so daß er auf den Rücken fiel.

Eine Viertelstunde später, nachdem wir uns beide im Fischteich den Schmutz vom Gesicht gewaschen hatten, war es immer noch ein herrlicher Spaß.

»Na ja, du wirst schnell genug kuriert sein. Wenn sie erst die Frau von Assurnadinschum ist, und das kommt schneller als du denkst, dann mußt du dir diese Torheit aus dem Kopf schlagen.«

»Ich sehe nicht ein, warum«, gab ich, vielleicht ein wenig zu laut, zurück – denn ein Teil von mir wußte sogar schon damals, daß an meinen Gefühlen für Assarhamat etwas Gefährliches war. »Nur weil sie Königin ist, sehe ich nicht ein, warum wir uns nicht weiter lieben können. Was sollte das Assurnadinschum schon ausmachen?«

»Tiglat, mein Bruder, du magst ein schlauer Ionier sein, aber es hat, Assur behüte, wohl noch kein größerer Lehmkopf das Licht der Welt erblickt.«

*

Wie bei einem herannahenden Gewitter schien die Luft, als die Zeit zum Abschied herannahte, im Frauenhaus schwer zu werden und sich auf die Brust zu legen. Bag Teschub wurde immer ängstlicher und brachte sich fast um vor Geschäftigkeit, während er uns auf unsere letzte Vorlesestunde vorbereitete; und diejenigen unter den Frauen und Konkubinen des Königs, die Söhne hatten, die sie ziehen lassen mußten, zogen sich in die Stille ihres eigenen Herzens zurück. Und wenn Nakija mich vom Springbrunnenrand aus beobachtete, lächelte sie, als wüßte sie um alle Geheimnisse meines künftigen Lebens.

Und als meine Mutter schließlich ihre Tränen nicht mehr vor mir verbergen konnte, da nahm sie mich in die Arme, barg meinen Kopf in dem schweren Bronzevorhang ihres Haares und weinte, als ob sie mich an den Tod verlieren sollte. Und zum ersten Mal erfuhr ich, was Angst ist.

»Warte nur ab, mein kleiner Prinz«, sagte sie zwischen Schluchzern. »Warte nur ab, wie der Gott dieses Landes dich vor deinen Feinden schützt. Dein Gottesmal wird dich vor aller Gefahr bewahren – warte nur ab. Warte nur ab.«

»Welche Feinde könnte ich denn in meines Vaters Haus haben?« fragte ich. Die Frage erschien mir auf einmal wichtig.

»Keine, vor denen dich die Größe deines Geschicks nicht schützen könnte. Du brauchst dich vor niemand zu fürchten.«

Und als ich in ihre Augen blickte, aus denen die Tränen flossen, da wußte ich auf einmal, daß sie ihren eigenen, tapferen Worten keinen Glauben schenkte, und mein Herz wollte verzagen.

»Man kann uns nicht lange trennen, Merope. Wenn ich erst ein großer General bin und hoch in der Gunst des Königs stehe, dann hole ich dich hier heraus.«

Meine Mutter lächelte, als ob sie mir glaubte.

Nachdem ich mich aus der Umarmung meiner Mutter gelöst hatte, war mein einziger Gedanke, Assarhamat zu finden, denn ich war beunruhigt. Sie saß unter dem Lindenbaum, als ob sie dort wartete, aber auch sie konnte mir keinen Trost spenden, denn die Angst hatte sogar die kleine Assarhamat angesteckt.

»Ich werde dich nie wiedersehen«, sagte sie mit einer Stimme, die nur noch ein Flüstern war. »Man wird mich in Assurnadinschums Frauenhaus einsperren, und du wirst mich vergessen. Wenn du diesen Garten verläßt, wirst du aufhören, mich zu lieben.«

Das waren seltsame Worte – ich hatte keine Ahnung, was sie meinte, und sie vermutlich auch nicht. Aber eine böse Vorahnung quälte sie, obschon sie noch ein Kind war, und sie ängstigte sich und konnte sich doch nicht helfen. Ich war erst neun Jahre alt, sie sogar noch weniger, und da saßen wir nun zusammen unter den ausladenden Ästen des großen Baumes, und die Zukunft kam uns vor wie die eisernen Stäbe eines Käfigs.

Am nächsten Tag standen vier von uns im Angesicht des Fürsten Sinahiusur, des Bruders des Königs, der ihm zu seiner Rechten als *turtanu,* als Heerführer des königlichen Heeres, und als verläßlichster und mächtigster Untertan der Krone diente: ich selbst, Assarhaddon, Nabuscharusur und ein Junge namens Beluschezib, das Kind einer Konkubine, die noch mehr verachtet wurde als meine Mutter, denn sie war eine Halbwilde und die Frau eines Mannes aus dem Gebirge im Osten, die der Gebieter Sanherib auf dem Schlachtfeld erbeutet hatte, wo ihr Mann erschlagen lag – es stand nicht einmal fest, wessen Kind er war, das des Königs oder das des toten Meders. Da standen wir nun alle vor dem alten Bag Teschub und warteten darauf, der Reihe nach die dolchförmige Schrift von den Tontafeln abzulesen. Es war der letzte Augenblick, daß wir zusammen Schuljungen waren. Heute wurden wir Männer, in guten wie in schlechten Tagen.

Bag Teschub gab mir eine Tafel in der Zunge der Sumerer, vermutlich um seine Tüchtigkeit als Lehrer unter Beweis zu stellen – es war ein einfaches Gebet zu Enlil, einem alten Gott, dem Hüter der Unterwelt. Ich las es stockend, doch der *turtanu* Sinahiusur, prächtig anzusehen in einer blau und grün bestickten und mit Silber durchwirkten Tunika, nickte, während er sich beifällig über den schwarzen Bart strich. Wie die anderen vorgelesen haben, weiß ich nicht mehr, nur noch, was Assarhaddon bemerkte, als wir entlassen wurden.

»Ich lese gut genug, um klug aus einer Eilbotschaft zu

werden«, sagte er. »Und mehr braucht doch ein Soldat nicht, oder? Es wird schon reichen.«

Bag Teschub und Fürst Sinahiusur führten uns vier kleine Knaben, die wir die Kindheit mit ihren Aufgaben hinter uns ließen, einen Flur entlang, den wir noch nie gegangen waren, durch eine Tür, die ich noch nie offen gesehen hatte, und in das helle Licht der Welt da draußen. Das war der Augenblick des Abschieds. Der *turtanu* stand da, hatte die Hände auf Assarhaddons Schultern gelegt, denn Assarhaddon war der Sohn der zweiten rechtmäßigen Frau des Königs – anders als ich, dessen Mutter nur eine der zahllosen königlichen Frauen war – und so war er unter uns schon der Erwählte. Doch während Fürst Sinahiusur meinen Bruder mit den Händen hielt, waren seine Augen die ganze Zeit auf mein Gesicht gerichtet. Er schien sich mein Bild unauslöschlich einprägen zu wollen. Was er gedacht haben mag, davon hatte ich keine Ahnung. Er sagte kein Wort.

»Kommt, meine Kinder«, murmelte Bag Teschub und wandte den Blick von Assarhaddon ab, so als ob ihm der Anblick Gewissensqualen bereitete. »Kommt jetzt – ihr sollt alle Schreiber werden. Ihr werdet hier im Palast des Königs leben. Möglicherweise erwartet euch Großes.«

Noch nie im Leben hatte ich etwas so stark empfunden, wie meine Enttäuschung in diesem Augenblick. Dann sollte ich also doch nicht Soldat werden. Eroberungen, Ruhm und Ehre, sie waren nicht für mich gedacht. Ich würde meine Tage damit zubringen, Tafeln abzuschreiben. Ich verfluchte den alten Eunuchen in meinem Herzen, weil er mich vor des Königs *turtanu* ausgezeichnet hatte – ich war derart naiv, daß ich mir einbildete, dieses wäre der Grund für mein trauriges Los. Ich hatte das verhaltene Lächeln der Herrin Nakija vergessen.

»Hier entlang«, fuhr er mit piepsiger Stimme fort. »Der Augenblick ist gekommen – eure feierliche Aufnahme.«

Während der *turtanu* meinen Bruder Assarhaddon fortführte, wurden wir drei in einen großen Hof, weit entfernt vom Frauenhaus geführt. Dort warteten vier Männer in Priestergewändern mit aufgekrempelten Ärmeln auf uns; ihre Arme wiesen schwellende Muskeln auf, und sie machten eine Miene, als ob sie gegen Knaben unseres Alters einen besonderen Groll hegten. Ihren Gesichtsausdruck werde ich mein Leben lang nicht vergessen. Seither habe ich ihn noch häufig gesehen, doch hier zum ersten Mal.

Wir zögerten, wir drei. Wir fürchteten uns und versuchten, uns hinter Bag Teschubs Gewändern zu verstecken. Doch nicht einmal der war an diesem Ort noch unser Freund.

»Fangt mit diesem an«, sagte er mit seltsam veränderter Stimme. Er griff Beluschezib bei der Schulter und schob ihn nach vorn. Beluschezib machte seiner Würde als Sohn des Königs keine Ehre – er stieß einen Schreckensschrei aus, als zwei der Priester seine Arme ergriffen, sie unbarmherzig verdrehten, während sie ihn zu einem niedrigen Steinaltar in der Mitte des Hofes zerrten.

Im Spätsommer trugen wir Kinder nichts als ein Leinenhemd und ein Lendentuch. Dieses rissen die Priester Beluschezib so roh vom Leibe, gleichsam als häuteten sie ein Kaninchen. Und die ganze Zeit schrie der Knabe, wie wenn man ihm die Haut wirklich bei lebendigem Leibe abzöge.

Zunächst begriff ich nur sehr wenig, von dem, was da vor sich ging. Ich sah, wie zwei der Priester Beluschezib an Armen und Beinen auf dem Altar festhielten, während ein anderer mit einer Lederschnur in der Hand vortrat und damit eine Schlinge um Beluschezibs Geschlechtsteil legte, sie zuzog und so den Hodensack abschnürte. Das alles geschah ganz gelassen und völlig fachmännisch, als wären sie Köche, die in der Küche ein Schaf für das abendliche Festmahl zubereiteten. Entsetzt sahen Nabuscharusur und ich zu, wie der vierte Priester ein Messer mit gebogener Klinge hervorzog, den Hodensack aufschlitzte und seinen blutigen Inhalt auf Beluschezibs Beine fallen ließ. Ich meinte, die Luft müßte von seinem Schreckens- und Schmerzgebrüll zerspringen.

Und nun war mir natürlich alles klar.

»Wie können sie es wagen?« dachte ich. »Wie können sie es wagen, so etwas zu tun?« Und ob sie es wagten! Als ich Bag Teschubs Hand auf meiner Schulter spürte, da wußte ich, daß die Reihe an mir war.

Ich blickte ihm ins bartlose Gesicht – er lächelte mir zu. Die Haut an seinem Hals hing lose herab und zitterte bei jeder Bewegung. Er war fett und kraftlos, und dabei war er einmal der Bruder des alten Königs gewesen.

Plötzlich begriff ich, warum meine Mutter sich so gefürchtet und warum Nakija gelächelt hatte.

Ja, natürlich. Assarhaddon war nicht hier. Der war außer Gefahr, denn der Thron könnte ihm ja einmal zufallen. Aber ich war hier, mir wollte man meine Mannheit nehmen, ehe sie noch recht begonnen hatte.

Und da wagte Bag Teschub noch zu lächeln.

»Nein, mit mir nicht.«

Ob ich diese Worte tatsächlich aussprach, weiß ich nicht zu sagen, aber ich konnte an nichts anderes denken. Mein Vater war der König, und mit mir würden sie das nicht machen.

Jetzt waren sie mit Beluschezib fertig. Einer von ihnen nahm eine Fackel, von der das brennende Pech tropfte, und verschmorte seine Wunde. Er schrie noch einmal auf, aber niemand achtete auf ihn. Sie richteten schon den Blick auf mich.

»Geh schon, Tiglat«, flüsterte Bag Teschub. »Es dauert nur einen Augenblick. Zeig ihnen, was für ein tapferer Knabe du bist.«

Er schob mich sanft vorwärts. Die Priester warteten schon auf mich. Der mit dem gebogenen Messer balancierte es fast spielerisch auf der Hand. Ich machte einen Schritt, dann noch einen, dann einen weiteren. Ich wußte kaum, was ich tat.

Ich hatte Krieger werden wollen, und ein Krieger redet sich ein, daß er Leiden und Tod nicht fürchtet. Ich hatte keine Angst vor dem Schmerz und ich wußte kaum, was der Tod bedeutet. Doch diese schmachvolle Entehrung... Nein, ich durfte nicht zulassen, daß es geschah.

Ich wußte, was ich zu tun hatte.

Wenn sie auf etwas nicht gefaßt waren, dann auf Widerstand. Ich näherte mich ihnen unterwürfig, hatte die Augen niedergeschlagen wie der Knabe, für den sie mich hielten. Der mit dem Messer stand mir am nächsten und mit dem Rücken zum Altarstein. Er war sich seiner Sache so sicher, daß es fast einer Aufforderung gleichkam.

Ich war nur ein Knabe, doch meine Mutter hatte mich Behendigkeit und Schnelligkeit gelehrt. Ich schlurfte beim Näherkommen mit den Füßen. Den Blick hielt ich zu Boden gesenkt.

Und im letzten Augenblick, als er schon die Hand nach mir ausstrecken wollte, stürzte ich mich mit all der ungestümen Kraft, die mir zur Verfügung stand, auf ihn. Es genügte – ich traf ihn mit einem harten Handtellerschlag knapp oberhalb des Knies, er kam ins Wanken und verlor das Gleichgewicht. Dann fiel er rücklings auf den Altar, und wie ich gehofft hatte, entglitt das Messer seiner Hand.

Es schepperte auf den Steinboden. Während sich alle noch von ihrer Überraschung erholten, fand ich gerade genug Zeit, das Messer aufzuheben, und lief zu einem der Pfeiler, welche den Bogengang am entgegengesetzten Ende des Hofes stützten. Ich lief wie ein Hase, und mein Herz hämmerte. Ich hielt erst an, als ich den mächtigen Granitpfeiler in meinem Rücken hatte. Dann drehte ich mich mit dem Messer in der Hand um und stellte mich meinen Peinigern.

»Ich bin Tiglat Assur!« schrie ich halb verrückt vor Angst. Doch in die Angst mischte sich ein so seltsames Frohlocken, wie ich es noch nie erlebt hatte. »Mein Vater ist Sanherib, der Herrscher der Erde, der König der Könige! Wer sich nähert, tut es auf eigene Gefahr!«

Einen Augenblick lang herrschte nur Schweigen. Ich konnte sogar das leise Raunen des Windes über mir hören. Einen Augenblick lang dachte ich, der Sieg wäre wirklich mein.

Doch dann antwortete mir Gelächter, ein Lachen, das dröhnte wie der Donner, wie das Lachen des Gottes Assur selbst. Wie konnten sie es wagen? Ich war so zornig, daß ich am liebsten geweint hätte, bis ich merkte, daß nicht die Priester lachten. Die lagen auf den Knien und drückten das Gesicht auf die staubigen Steine.

Und dann erblickte ich sie, am entgegengesetzten Ende des Hofes, im Schatten des Bogenganges; es waren zwei Männer. Ich bemühte mich, sie auszumachen, und dann traten sie, als wollten sie mir den Gefallen tun, hinaus in den hellen Sonnenschein.

Den einen kannte ich. Es war der *turtanu* Sinahiusur, der Bruder des Königs; er stand genauso schweigsam und majestätisch da, wirkte so klug und heldenhaft wie zuvor.

Aber ich hatte kaum Augen für ihn. Ich schaute seinen Begleiter an, den, der es gewagt hatte, mich auszulachen. Seine Tunika war goldbedeckt. Ich meinte, im Angesicht eines Gottes zu stehen.

Er winkte mich zu sich, und seine Lippen lächelten immer noch.

»Bag Teschub-Onkel«, sagte er. »Das ist zwar nur ein Knabe, doch er brüllt wie ein Löwe, äh? Nehmt ihm das Messer ab.«

Bag Teschub erhob sich von den Steinen und kam auf mich zu, wobei er sich sogar noch im Gehen verneigte.

»Gib mir das Messer, Tiglat. Wir sind nicht mehr in der Schule. Dieses ist das – autsch!«

Er war mir zu nahe gekommen. Das Messer stieß zu und fuhr ihm über die Hand, so daß rotes Blut auf seinen Arm spritzte und auf den Boden tropfte. Ich schwenkte meine kleine Waffe bedrohlich, und er sprang zurück und entzog sich der Gefahr. Und wieder erklang das Donnerlachen.

»Er ist so, wie er sich tituliert, äh, Bruder?« sagte der goldene Mann und drehte sich etwas zu Sinahiusur um. »Der da hat das Herz eines Prinzen, äh? – Ja? Ich bin davon überzeugt; es geschehe also, was du für richtig hältst. Ersparen wir ihm das Messer.«

Sinahiusur sagte nichts. Er legte lediglich die rechte Hand auf die Brust und verneigte sich. Und dann wandte er mir den Blick zu.

»Verbeuge dich tief, Tiglat Assur«, sagte er, und seine Stimme klang wie ein Axthieb. »Verbeuge dich tief vor dem König, deinem Vater.«

Meine Knie wurden zu Wasser, und ich fiel auf den Steinboden und berührte ihn mit der Stirn. Ich lag im Angesicht des Erwählten Gottes, und mein Kopf war vor Ehrfurcht ganz umnebelt. Denn vor mir stand Sanherib, den ich selbst als den Herrscher der Erde bezeichnet hatte.

»Komm her zu mir, Junge«, sagte er mit ganz sanfter Stimme. »Komm und laß dich anschauen.«

In meinem ganzen Leben hatte ich den König, meinen Vater noch nie gesehen, und jetzt stand ich vor ihm. Er ließ die Hände auf meinen Schultern ruhen, und mein Blick wurde trübe von Tränen.

»Hab keine Angst, mein Sohn. Hab du nur das Herz eines Löwen, und ich werde dich im Lande Assur groß machen. Wie gefällt dir das, äh? Besser?«

Ein leises Geräusch; das war Bag Teschub, der die blutende Hand in einen Leinenlappen gewickelt hatte und sich räusperte.

»Ja – was ist, Onkel?«

»Und der andere, Erhabener?«

Denn natürlich hatten wir Nabuscharusur ganz vergessen. Er stand im Schatten eines Pfeilers, als wollte er sich in Luft auflösen. Ich weiß nicht, was ich in diesem Augenblick für ihn empfand; vielleicht war mein Herz zu voll, um überhaupt noch etwas zu empfinden.

»Ja, natürlich.« Das Gesicht des Königs wurde hart, obschon seine Hand noch immer leicht auf meiner Schulter lag. »Ich glaube, ein Löwe ist für heute genug, äh? Walte deines Amtes, Onkel.«

Dieses Mal waren die Priester schnell. Sie gaben Nabuscharusur keine Gelegenheit zum Widerstand, sondern hoben ihn an Armen und Beinen vom Boden auf. Er schrie, er erfüllte die Luft mit seiner schrillen Stimme, doch in Windeseile lag er auf dem Altarstein, und das grausame Messer hatte seine Arbeit begonnen.

»Nein, wende dich nicht ab, mein Sohn«, sagte der König und legte mir die Hand auf die Wange, so daß ich nicht anders konnte. »Du mußt lernen, ein Mann zu sein und nicht vor Schmerz und Blut zurückzuschaudern.«

Und so geschah es, daß ich in meinem neunten Jahr lernte, was es hieß, ein Mann von Assur zu werden.

II

Sinahiusur war ein frommer Mann und achtete ein Omen. Er hatte sich des Kindes erinnert, das in der Nacht geboren wurde, in welcher der große Sargon starb, und so kam es, daß das Gottesmal, welches ich trug, meine Rettung war, wie meine Mutter es vorhergesagt hatte. Und so wurde ich am Ende doch ins Haus der Krieger geschickt, und die Augen des Königs, meines Vaters, ruhten auf mir. »Ich will dich groß machen im Lande Assur«, hatte er gesagt. Es schien, ich sollte alles bekommen, was die Welt zu bieten hatte.

Und im Haus der Krieger stieß ich auf Assarhaddon.

Unsere Augen trafen sich auf der Schwelle zur königlichen Kaserne, wohin man mich geführt hatte, nachdem ich Segen und Abschiedsgruß des Königs erhalten hatte. Es war Abend, und Assarhaddon trug noch seinen ledernen Brustharnisch, saß auf seiner Schlafrolle und polierte sein neues

Schwert. Beim Klang von Fußtritten blickte er auf, und selbst im flackernden, gelben Schein der Öllampe auf dem Fußboden konnte ich die Mischung aus Überraschung und Freude auf seinem Gesicht erkennen.

»Bei den sechzig großen Göttern, bist du's wirklich, Tiglat?«

Er sprang auf und kam mit dem Schwert in der Hand auf mich zugestürzt, als wollte er mich durchbohren, nur um seine freundlichen Absichten zu demonstrieren. Und schon lagen wir uns in den Armen, und bis heute weiß ich nicht zu sagen, wie er es schaffte, mir dabei nicht den Kopf abzuschneiden.

»Da bist du also leibhaftig, bist nicht so ein falscher *gallu*, den Zaqar, der Gott der Träume, mir schickt? Und ich glaubte, du würdest ins Haus der Tafeln kommen und zum Lehmkratzer gemacht werden wie die anderen.«

»Um Haaresbreite hätte man mich zu etwas gemacht, was zu nichts anderem mehr taugt«, sagte ich und erzählte ihm, was sich zugetragen hatte. Es schien ihn nicht zu überraschen, und Beluschezibs und Nabuscharusurs Schicksal rührte ihn ganz und gar nicht. Hätte er ebenso empfunden, wenn es mein *simtu* gewesen wäre, unter das Kastriermesser zu kommen? Hätte er dann selbstgefällig gelächelt und so nichtssagende Worte über den Willen des Gottes gesagt? Ich werde es nie wissen. Doch als ich beschrieb, wie ich dem alten Bag Teschub die Hand aufgeschlitzt hatte, da warf er den Kopf zurück und lachte.

»Hast du das wirklich getan, Tiglat? Bei Adads Donner, wie gern wäre ich dabei gewesen und hätte ihn brüllen hören! Tiglat, mein tapferer Bruder, für jeden Tropfen Blut, den diese alte Jungfer vergossen hat, werde ich dich bis zu meinem Tode lieben. Und du hast wirklich den König gesehen?«

»Ja, und er hat mir die Hand aufgelegt und mich ›mein Sohn‹ genannt.«

»Du Begnadeter, du. Vergiß deinen armen Bruder nicht,

wenn der König dich zum *shaknu* von Babylon gemacht hat und die Schwarzköpfe deinen Fuß im Nacken spüren, als weilte der Gebieter Sargon wieder unter den Lebenden.«

Und schon wieder mußte er lachen – das war nichts weiter als seine überschwenglich gute Laune, denn Assarhaddon besaß ein liebevolles Herz.

»Wie ist es denn in diesem Gemäuer?« fragte ich und blickte mich mit kaum verhehlter Neugier um, denn die königliche Kaserne war genauso mein Traum gewesen, wie der meines Bruders.

»Wie ist es denn in diesem Gemäuer?« Assarhaddon legte mir den Arm um die Schulter und führte mich in das winzige Zimmer, das wir für die nächsten vier Jahre teilen sollten. »Dieses Gemäuer', wie du, Bruder, zu sagen beliebst, ist der Tempel des Ruhms.«

*

Was soll ich vom Haus der Krieger berichten, wo Assarhaddon und ich eine so herausragende Stellung einnahmen? In meiner Zeit dort lernte ich reiten, einen Streitwagen fahren und mit Schwert, Dolch, Bogen und Speer kämpfen. Ich lernte militärische Umgangsformen. Ich lernte Taktik. Ich lernte Disziplin und Menschenführung. Und vor allem, ich lernte Arroganz.

Ich lernte, daß ich ein Prinz von Assur war, daß alle Völker nichts als Staub unter dem Fuß der unbesiegbaren Heere waren, die ich einmal führen sollte. Ich lernte, daß ich allen Grund zur Zufriedenheit mit mir und zur Verachtung aller anderen hatte, denn ich würde Soldat sein, und mein Vater war der König. Das war eine höchst notwendige Lektion, da Arroganz die alleinige Triebfeder für Wagemut als auch für Grausamkeit ist, und ohne die ist seit dem ersten Wechsel von Tag und Nacht noch kein Krieg gewonnen worden.

Wir Männer von Assur sind Bauern. Wir ernten unsere

Gerste und unsere Reben. Unser Leben ist an die Scholle und das lebensspendende Wasser gebunden, beides die Gaben des großen Tigris. Aber unser Land ist flach und bietet keinen Schutz vor den Räubern der östlichen Berge, und es ist arm an Metallen. Gold kommt aus Ägypten, Silber aus Bulghar Maden nördlich der Kilikischen Pforte. Ein Volk kann ohne sie bestehen, doch nicht ohne Kupfer, das aus Haldia und sogar aus Cypern kommen muß. Unser Zinn schürfen wir im Norden, jenseits des Urmia-Sees und unser Eisen am südlichen Ufer des Oberen Meeres. All diese Orte liegen nicht in den großen Ebenen, wo unsere Väter ihre ersten Ziegelsteinhütten bauten und den Gott anbeteten, dem wir unseren Namen verdanken. Und weil die Menschen uns unsere reichen Ernten neideten und weil man aus Lehm und Schilfrohr keine Waffen schmieden kann, wurden wir Krieger und breiteten den Ruhm Assurs aus bis zu den vier Enden der Erde.

Und unsere Herrschaft brachte die Segnungen des Friedens. Das wird meines Wissens von jedem Eroberer behauptet, aber wahr bleibt wahr. Die winzigen westlichen Königreiche, die uns eine Löwengrube hießen und um ihre verlorene Freiheit zeterten, hatten sich in den tausend Jahren vor uns gegenseitig aufgerieben. Jeder wollte den anderen unterjochen und verfluchte uns nur deswegen, weil wir den Platz einnahmen, den er für sich beanspruchte. Und so mochten sich denn Händler und Handwerker und der gewöhnliche Bauer, die sich nicht um den Ruhm von Fürsten scherten, niedriges Volk also, beklagen, denn wir besteuerten sie, doch sie hätten keinen Grund zum Jubeln gehabt, hätte man uns niedergeworfen. Die Handelswege waren offen, und die Menschen konnten in Frieden leben. Und das ist nicht gering zu achten.

So lehrte man mich im Haus der Krieger.

Aber was sagt einem das schon, wenn man jung ist. Ich für meinen Teil liebte die Pferde und die Pfeile mit den Bronzespitzen und die wachsende Kraft meines eigenen Leibes. Ich würde groß sein im Lande Assur. Dafür hatte ich das Wort des Königs, meines Vaters. Glücklich der Knabe, der sich sehnt, ein Mann zu werden und in dessen Hand man ein Schwert legt.

Am ersten Morgen nach meinem Eintritt in die königliche Kaserne wachte ich mit einem überraschten Ruck auf, denn ich stellte fest, daß ich an meiner Schlaftunika hing und mit den Zehen vergeblich nach der Binsenmatte unter mir hangelte.

»Du bist jetzt nicht mehr im Frauenhaus, Prinz«, sagte eine Stimme ganz nahe an meinem Ohr. Ich versuchte, mich zu drehen und war etwas überrascht, in das sonnengebräunte Gesicht eines Mannes in der grünen Uniform eines *rab kisir* zu blicken. Sein Haar und Bart wiesen graue Strähnen auf. Er erschien mir damals unbeschreiblich alt, obwohl er erst an die vierzig war. Er wirkte zornig. Er hielt mich mit einer Hand im Genick gepackt. Die andere fehlte – nur noch ein Stumpf schaute aus seinem Ärmel hervor.

»Ich bin Tabschar Sin, Prinz Tiglat, zu deinen Diensten. In der Armee deines Großvaters Sargon habe ich hundert Männer gegen die Nairianer geführt. An jenem Tage errangen wir einen großen Sieg. Ich verlor die linke Hand, wie du sehen kannst, aber ich habe viel Blut vergossen, und der große König gewährte mir die Gunst, seine Enkel zu Soldaten zu erziehen. Und Soldaten, Prinz, schlafen nun einmal nicht bis zum Mittag wie Schenkendirnen. Zieh dich an und wasch dir das Gesicht. Hier ist niemand, der dir dabei behilflich ist.«

Ich wurde fallengelassen wie ein zerbrochener Wasserkrug. Zwei Minuten später hatte ich mich gewaschen und stand im grauen Licht des Morgens vor dem Haus. Tabschar Sin wartete auf mich. Wir waren allein auf dem staubigen Exerzierplatz.

»Das tut mir aber leid, Prinz – es hat den Anschein, daß du das Frühstück versäumt hast!« Er grinste mich an, wobei er kräftige, weiße Zähne entblößte. Ich kam mir vor wie ein

Kaninchen in der Tatze eines Löwen. »Aber es wird uns schon etwas einfallen, womit wir dich beschäftigen können.«

Das war meine Einführung in das ruhmreiche Leben. Vom ersten Tageslicht bis zur Abenddämmerung, ohne daß mich jemand sah und mit leerem Magen, erlernte ich die Kunst, wie man die königlichen Streitrösser füttert.

Die Ställe des Königs rühmten sich, mehr als hundert Pferde zu besitzen, große Hengste, jeder noch ungebärdiger und wilder als der andere, mit geblähten Nüstern und steinharten Hufen, die einem Mann den Kopf so sauber hätten abschlagen können wie die Axt des Scharfrichters. Zwischen ihnen suchte ich mir einen Weg durch die engen Boxen und schleppte riesige Heubündel und Säcke mit Gerste. Ich fühlte mich ausgenutzt, und mehr als einmal setzte ich mich auf einen leeren Getreidekrug, um mein trauriges Los zu beweinen, das mich meiner Mutter entrissen und der erbarmungslosen Fremde ausgesetzt hatte. In der königlichen Kaserne gab es kein Mittagsmahl – ein Soldat muß lernen, den ganzen Tag mit seinem Frühstück auszukommen –, aber das wußte ich nicht und dachte, man hätte mich völlig vergessen.

Doch bei Einbruch der Dunkelheit, als ich schon fest davon überzeugt war, daß man mich dem Hungertod und der Verzweiflung überantwortet hatte, da kehrte Tabschar Sin zurück, schaute sich um und schien angetan, daß ich die mir übertragenen Aufgaben ausgeführt hatte.

»Das, Prinz, ist Soldatenlos«, sagte er und legte mir die Hand auf die Schulter, als wüßte er um meinen Kummer. »Die meiste Zeit ist es stumpfsinnige Schinderei und Langeweile, der Rest Angst, Schmerz und am Ende der Tod. Nur wenige erwartet Ruhm und Ehre, und auch nur diejenigen, welche alles übrige auf sich nehmen. Komm. Es ist Essenszeit, dann kannst du schlafen. Morgen sieht alles ganz anders aus.«

Unser Essen an jenem Abend bestand aus Brot, Ziegenkäse und starkem, braunem Bier. Ich saß unter den königlichen Prinzen und zu Tabschar Sins rechter – in der Tat seiner einzigen – Hand. Das sollte allem Anschein nach eine besondere Ehre sein. Tabschar Sin erzählte von seinen Feldzügen, und ich und meine Brüder lauschten voll Aufmerksamkeit und Bewunderung. Noch nie hatte ich so gutes Essen gekostet oder war in so angenehmer Gesellschaft gewesen. Die Ställe des Königs hatte ich darüber völlig vergessen. Das war der glorreichste Abend meines Lebens.

Assarhaddon war nicht zugegen. Als ich nach ihm fragte, stieß ich zunächst auf verlegenes Schweigen, dann berichtete man mir, daß er unter freiem Himmel schlafen mußte, wirklich eine harte Strafe, denn die Nächte waren kalt. Man hatte ihn bei einer Prügelei ertappt. Ich brauchte mich nur umzublicken, um zu wissen mit wem – am Tischende saß ein Knabe mit einem blauen Auge. Er hieß Arad Malik, und ich kannte ihn von ferne, da er das Frauenhaus erst vor einem Jahr verlassen hatte. Er besaß ein breites, dümmliches Gesicht, und er starrte mich den ganzen Abend über haßerfüllt an, denn er wußte, Assarhaddon war mein Freund.

Der einzige meiner königlichen Brüder, den ich vom Ansehen her kannte, war Arad Ninlil, der zweite Sohn der Herrin Taschmetum-scharrat. Er war ein dünner, kränklich wirkender Junge von ungefähr vierzehn Jahren, mit blauen Schatten unter den Augen. Er sagte nichts, und er lächelte auch nicht und schien Tabschar Sin kaum zuzuhören, so als beschäftigte sich sein Hirn mit irgendeiner geheimen Sorge. Seine Ausbildung war nahezu abgeschlossen, und in etlichen Monaten würde er uns verlassen und zum Heer im Norden gehen. Nach seinem Bruder Assurnadinschum war er der Thronerbe.

Als das Mahl beendet war, gelang es mir, einen halben Brotlaib und einen der kleinen versiegelten Bierkrüge zu entwenden. Es hätte mich nicht überrascht, wenn Tabschar Sin meinen Diebstahl bemerkt hätte, doch wenn, so sagte er nichts. Ich kehrte zur Kaserne zurück, rollte meine und Assarhaddons Decke auf und machte mich auf die Suche nach ihm. Ich fand ihn auf dem Dach, die Hände hinter dem Kopf verschränkt, wie er die Sterne betrachtete. Er freute sich, mich zu sehen, mehr jedoch freute er sich wohl über Brot und Bier.

»Warum hast du Arad Malik ein blaues Auge geschlagen?« fragte ich ihn.

Assarhaddon lächelte bei der Erinnerung mit vollem Mund, während seine schwerfälligen Finger das Siegel des Bierkruges erbrachen.

»Er hat mir keine Wahl gelassen«, gab er zurück. »Er wollte sich prügeln, und nur, weil ich gesagt habe, daß die Brüste seiner Mutter so rund wären wie Melonen im Sommer und ebenso grün. Und das stimmt, wie du weißt – ich habe sie einmal gesehen, als ich erst sechs war. Den Anblick vergißt man so leicht nicht.«

Nun mußten wir beide lachen – es ließ sich nicht unterdrücken. Arad Maliks Mutter kam aus Hamath, war eine Gabe seines Königs aus dessen eigenem Harem, und die Männer aus Hamath sind für hartes Feilschen berüchtigt. Es überraschte mich nicht, daß man den Gebieter Sanherib übers Ohr gehauen hatte.

»Aber es ist dumm, sich ohne Not Feinde zu machen, Bruderherz.« Ich griff nach Assarhaddons Bierkrug und nahm einen tüchtigen Schluck. Ich war Bier nicht gewohnt und vermutlich schon beim Essen ein wenig betrunken gewesen. »Du mußt lernen, dich in acht zu nehmen. Arad Malik ist zwar ein dummer Flegel, doch eines Tages könnte er dir schaden.«

»Sich Feinde zu machen, ist Soldatenlos; und sollte einmal der Tag kommen, an dem ich diesen Sohn einer Kuh fürchten müßte . . .«

Und wir mußten schon wieder lachen und reichten den Bierkrug hin und her, bis er ganz und gar leer war und es in unserem Kopf summte wie in einem Termitenhügel. Und dann rollte der leere Krug über die Dachkante und zerbrach splitternd auf der Erde, und wir mußten noch mehr lachen.

Wir lachten immer noch, als wir uns in unsere Decken einwickelten.

Schließlich blickte Assarhaddon zu den funkelnden Sternen auf und lächelte.

»Wenn es doch noch andere Welten als nur die unsere zu erobern gäbe«, sagte er verträumt. »Wenn es doch soviele gäbe wie Sterne am Himmel.«

»Eine reicht, Bruder. Du und ich, wir werden noch genug Schlachten erleben, bis es mit uns vorbei ist.«

Es kam keine Antwort. Assarhaddon lag mit geschlossenen Augen neben mir und träumte bereits von den Herrlichkeiten des Krieges.

In dieser Nacht schliefen wir zusammen unter dem Himmelszelt, waren zufrieden mit unserem Los und unserem Leben miteinander, denn wir waren Brüder und liebten uns brüderlich, und wir glaubten, das müßte zwischen uns immer so sein, glaubten, daß das Herz fest wäre. In den Augen eines Kindes ist die Welt die einfachste Sache schlechthin.

Am folgenden Tag teilte man mir einen Bronzehelm und einen Lederharnisch zu, und Tabschar Sin begann, mich in die Anfangsgründe der Fechtkunst einzuführen. Er schliff mich, bis ich meine rechte Hand nur noch bis zur Schulter heben konnte, und dann band er mir den kleinen, runden Schild an den anderen Arm, zog sein eigenes Schwert und befahl mir, mich zu verteidigen oder mir Narben zu holen. Am Ende holte ich mir zwar keine Narben, aber vermutlich nur, weil Tabschar Sin sich zurückhielt und nicht, weil ich so geschickt war. Gegen Nachmittag fühlte sich alles oberhalb meines Nabels so steif an wie Holz, und ich war sicher, ich würde für den Rest meines Lebens ein Krüppel bleiben. Endlich führte mich Tabschar Sin in den Schatten einer Mauer, hieß mich niedersitzen und goß mir Wasser über Kopf und Leib, bis ich mein Gesicht in den Armen barg und ihn bat aufzuhören.

»›Ich bin Tiglat Assur, der Sohn Sanheribs!‹ Ja, Junge, ich habe von deiner Fertigkeit mit dem Messer gehört. Es hat jedoch den Anschein, daß du nur angesichts von Priestern und Eunuchen grimmig bist.«

Ich verwünschte ihn, beschimpfte ihn mit den übelsten Namen, die mir einfielen, doch er lachte nur. Er war ein alter Hase. Den konnte nichts erschrecken, und er kannte kein Erbarmen. Tabschar Sin hatte entschieden, daß ich das Zeug zum Soldaten hatte.

Ein Knabenkörper härtet sich schnell ab, und so dauerte es nicht lange und ich konnte von Sonnenaufgang bis Sonnenuntergang exerzieren, den ganzen Abend zechen und meinen Spaß haben, ins Bett torkeln und am nächsten Morgen frisch und fröhlich aufstehen, wie eine Braut an ihrem Hochzeitstag. Ich liebte das Haus der Krieger.

Die königliche Kaserne war freilich nur Teil eines riesigen Komplexes, der ursprünglich dazu gedacht war, dem König eine Leibwache und Ninive eine Garnison zu stellen. Die Prinzen von Geblüt standen mit Offizieren und Mannschaften auf gleich gutem Fuß, denn die Männer von Assur sind eine stolze Rasse, und nur der König selbst ist heilig. Obwohl ich noch ein Knabe war, lebte ich doch schon das Leben eines Mannes unter Männern, und ich war unendlich glücklich.

Die Zeit dort verging mir wie im Fluge. Ich lernte die Kunst der Belagerung und des Angriffskriegs und entwikkelte in einigen Bereichen viel Geschick. Assarhaddon, mit dem ich im grimmigen Wettstreit lag, war immer der bessere Fechter, doch ich konnte besser mit dem Bogen umgehen und ganz besonders gut mit dem Speer. Im Wagenlenken tat es mir niemand gleich, doch war er der bessere Reiter. Assarhaddon war ein ausgezeichneter Ringer, wie ich schon Gelegenheit hatte zu bemerken, doch ich war behender und konnte lange Entfernungen laufen, ohne zu ermüden. Wir bekamen diesen Wettstreit nie satt. Wir bekamen unser Zusammensein nie satt und auch nicht unseren Glauben, wir wären die liebenswürdigsten, vielseitig gebildetsten und glücklichsten Knaben überhaupt. So verging jede Stunde eines jeden Tages eines jeden Monats in der friedlichen Gewalttätigkeit des Feldlebens.

Eine Abwechslung allerdings gab es, nachdem ich ungefähr ein halbes Jahr in der königlichen Kaserne gewesen war, und das in Form eines unerwarteten Geschenkes von meinem Onkel, dem Fürsten Sinahiusur.

Es war mitten am Nachmittag, als ein Läufer kam und mich vom Exerzierplatz holte. Er sagte lediglich, ich hätte einen Besucher, was mich vom Drill entbinden würde. Es tat mir nicht leid zu gehen, denn ich war müde und schmutzig, und mein Rücken war von der Mitte bis zum Hals wund von einem Sturz vom Pferd. Mein Fuß war im Steigbügel hängengeblieben; und die dämpfige alte Schindmähre, die kleine Knaben, welche sich schon als Anführer der königlichen Reiterei sahen, nur zu gut kannte, hatte augenscheinlich beschlossen, mir Achtung vor Ranghöheren einzubleuen und mich wohl an die zwanzig Fuß hinter sich hergeschleift, ehe Tabschar Sin sich von seinem Gelächter erholte und mich befreite. An diesem Tag war mir das Glück nicht hold gewesen, und so begrüßte ich jede Ausrede, um den Schauplatz einer solchen Schande verlassen zu können. Was kümmerte es mich, wer etwas von mir wollte, oder was.

»Geh zur Wohnung des Lagerkommandanten«, sagte man mir. Mir kam der Gedanke, daß ich mich wohl so mit Schmach bedeckt hatte, daß ich unehrenhaft entlassen würde, aber mir war alles gleich.

Doch es war nicht der Lagerkommandant, der mich auf einem Schemel unter einem Weinstock in dessen Garten sitzend erwartete und dabei Bier aus einem glänzend glasierten Krug trank, sondern Fürst Sinahiusur.

Der *turtanu* des Königs hatte seit unserer letzten Begegnung vor beinahe sieben Monaten nichts von seiner Majestät eingebüßt. Damals hatte er mich vor dem Verschneiden bewahrt. Seine Tunika in der Farbe der heißen Sommersonne funkelte von Silberfäden, und sein Bart war so schwarz wie Pech. Er saß dort gelassen und unbeweglich wie ein

Denkmal und schien nichts wahrzunehmen, den Krug hielt er so vorsichtig in der rechten Hand, als überlegte er, ob er ihn fallenlassen sollte. Ich näherte mich, um niederzuknien und die Hände als Zeichen der Achtung auf seine Knie zu legen. Er hatte keinen Diener im Gefolge, und so waren wir ganz allein. Schließlich berührte Fürst Sinahiusur meinen Kopf und hieß mich aufstehen.

»Was ist dir zugestoßen?« fragte er und befahl mir, mich umzudrehen, damit er sich die Schürfwunden hinten an meinen Armen ansehen konnte.

»Ich bin vom Pferd gefallen, Fürst.«

Das Thema wollte mir nicht recht behagen, und so war ich froh, als ich meine Abschürfungen wieder bedecken durfte. Sie taten recht weh, da die Wintersonne sie ausgedörrt hatte, daß sie platzten wie Lehm, doch was am meisten schmerzte, das war mein verletzter Stolz.

»Und bist, wie man sieht, mitgeschleift worden.«

»Ja, Fürst.«

»Dann bist du also noch nicht so weit, einen Angriff führen zu können?« Er blickte mir prüfend ins Gesicht und lächelte, obschon etwas an seinem Lächeln anzudeuten schien, daß es mehr mich beruhigen sollte, als seine Leber besänftigen. »Aber man berichtet mir Erfreuliches über deine Fortschritte, Tiglat Assur. Dann kommst du also gut zurecht? Das Leben hier gefällt dir?«

»Ja, Fürst.«

»Und du kannst dir vorstellen, daß du einmal ein guter Soldat unseres Herrn, des Königs, wirst?«

»Ich hoffe es, Fürst.«

»Gut, aber das Kriegshandwerk besteht aus mehr, als man im Haus der Krieger lehren – oder auf dem Rücken eines Pferdes lernen kann. Du tätest gut daran, das nicht zu vergessen, Tiglat Assur.«

Ich wußte darauf nichts zu antworten, also schwieg ich. Statt dessen hielt ich seinen klugen, alten Augen stand und wartete, denn der *turtanu* war nicht in diesen Garten gekommen, um lediglich mit einem Knaben Höflichkeiten auszutauschen – das mußte mir nicht erst Tabschar Sin erzählen.

Und auch er schien zu warten. Ich weiß nicht, welches Zeichen er sich erhoffte, aber vielleicht sah er es am Ende, denn er lächelte noch einmal, dieses Mal wohl wirklich ein wenig erfreut, und seine Hand legte sich auf meine Schulter.

»Du wirst in einer schwierigen Welt leben, Tiglat Assur. Du wirst viele Freunde brauchen. Würdest du mich wohl dazurechnen? Was meinst du? Wollen wir Freunde werden, Junge?«

Er legte den Kopf zur Seite und hielt dabei immer noch meine Schulter in seinen starken, braunen Händen.

»Aber ich stehe doch schon ganz in deiner Schuld, Fürst«, sagte ich – ich weiß nicht, woher ich den Mut nahm zu sprechen, denn mein Herz war völlig verwirrt, und ich begriff gar nichts mehr. »Alles, was ich bin, steht zu deiner Verfügung, und wenn du Freundschaft mit einem so unbedeutenden . . .«

»Also gut, einverstanden«, sagte er laut, packte fester zu und schüttelte mich, dann ließ er mich los. »Deine Rede ist wohlgesetzt für einen Knaben, aber zuweilen ist es besser zu schweigen. Das wirst du schon noch lernen. Vielleicht hast du es bereits gelernt. Komm.«

Er erhob sich von seinem Sitz, und wir gingen vor das Haus des Lagerkommandanten, wo Fürst Sinahiusurs Sänfte auf ihn wartete. Die Träger mit ihren von der Sonne gebräunten Leibern kauerten auf der Erde wie Hunde, sie blickten zu uns auf mit Augen, die uns nur nach unserem Gewicht zu bewerten schienen.

»Ich halte es für möglich, mein Freund Tiglat Assur, daß du als Erwachsener deinem König, dessen Diener wir beide sind, von nicht geringem Nutzen sein wirst. Und so möchte auch ich dir von Nutzen sein – ist das nicht die wahrhaftigste Bedeutung von Freundschaft? Ja, natürlich, so ist es. Darum habe ich dir ein Geschenk mitgebracht. Wo ist er?«

Ich blickte mich bei dieser Frage um, als gälte sie mir, doch die Augen des *turtanu* waren auf den Hauptträger gerichtet, einen riesigen Burschen mit dem Gefangenenring in der Nase, welcher den Daumen dazu benutzte, um rückwärts zur verhangenen Sänfte zu deuten.

»Raus da, verfluchter Schurke!«

Auf einmal war Fürst Sinahiusurs Miene zornesdunkel. Mit ein paar raschen Schritten war er bei der Sänfte, zog den Vorhang mit einer ungeduldigen Bewegung auf und enthüllte den verfluchten Schurken, der eben erst von seinem gemütlichen Nickerchen erwachte. Noch nie hatte ich eine solch lächerliche Mischung aus Überraschung und feiger Furcht gesehen, als der *turtanu* ihn beim Kragen seiner Sklaventunika packte und ihn mit solch einem Ruck herausriß, daß er vier, fünf Schritte entfernt in den Staub fiel. Bei diesem Anblick lachten die Träger dröhnend und beifällig, und ich lachte mit. Sogar der Bursche lächelte dümmlich, wie er da mit flehentlich erhobenen Händen im Staub kniete, als wollte er die ihm gebührenden Schläge abwehren.

Doch der *turtanu* schlug nicht zu. Die Peitsche blieb in seinem Gürtel, während er den Sklaven mit offensichtlichem Abscheu musterte.

»Das muß dir als ein armseliges Geschenk erscheinen, was ich dir da bringe«, sagte er schließlich. »Aber vielleicht, Tiglat Assur, erweist es sich ja, daß er dir nützlicher ist, als er es mir je war. Er hat einige Gaben, und er ist gerissen — mache mit ihm, was du willst. Und du da, kümmere dich um den Rücken des Knaben.«

Der Sklave duckte eifrig und willfährig den Kopf, die Hände hielt er sich immer noch vors Gesicht, obschon klar war, daß ihm jetzt nichts mehr drohte. Fürst Sinahiusur blickte ihn böse an, wie die Katze einer Ratte nachblickt, die ihr aus dem Maul entwischt ist.

Er sagte nichs mehr, streckte jedoch die Hand aus, daß ich sie mit der Stirn berührte, bestieg seine Sänfte, die gerade frei geworden war, und zog den Vorhang zu. Als man ihn forttrug, drehte ich mich zu dem Sklaven um, der immer noch im Staub kniete und fragte mich, was ich mit diesem merkwürdigen, neuen Besitztum anfangen sollte.

Ich betrachtete ihn verwirrt. Schließlich stand der Sklave auf und blickte sich um. Er war vielleicht fünfundzwanzig Jahre alt, zeigte jedoch nicht die Haltung eines jungen Mannes. Er hatte eine helle Hautfarbe, die in unserem Teil der Welt darauf schließen läßt, daß er die meiste Zeit seines Lebens im Haus zugebracht hatte, und er hatte irgendwie etwas Unverschämtes an sich, so als ob ihm die Vorstellung, Sklave eines noch nicht zehnjährigen Knaben zu sein, nicht sehr behagte. Das allein störte mich sehr, denn ich hatte heute schon zur Genüge erfahren, daß ich noch weit davon entfernt war, ein erwachsener Mann zu sein.

Er wartete und wußte dem Anschein nach ebensowenig wie ich, woran er war.

»Ich bin Soldat«, sagte ich schließlich. »Ich brauche keinen Leibwächter, was man ohnedies in der königlichen Kaserne nicht gestatten würde. Vielleicht weiß ja der *rab kisir*, was er mit dir anfangen soll.«

Zunächst zeigte er keinerlei Reaktion, dann schien sein Hirn die Worte zu erfassen.

»Herr, du mußt mich nach dem da nicht zu streng beurteilen . . .« Er deutete auf die Stelle, wo die Sänfte des *turtanu* gestanden hatte und verzog das blasse, bewegliche Gesicht zu einem recht dümmlichen Grinsen. »Du wirst feststellen, daß ich ein ausgezeichneter Diener und . . .«

Die Rede klang einstudiert, doch inzwischen waren ihm anscheinend die Worte ausgegangen. Sie kamen schwerfällig daher, denn er war ein Fremdling, dessen Akkadisch so rauh im Ohr kratzte wie ein Axtblatt auf dem Schleifstein . . . ein Fremdling im Lande Assur. Und man hatte ihn lächerlich gemacht. Nun ja, ich wußte genau, was in ihm vorging, und er konnte mir leidtun.

»Ich werde sehen, was sich machen läßt«, sagte ich in Aramäisch. Das war die Sprache, welche viele Soldaten und wahrscheinlich halb Ninive sprach, und so ging man einfach davon aus, daß jeder Fremdling sie verstand. »Was erwartest du dir von mir?«

Mein Rücken machte mir zu schaffen, als wir dort im kalten Wind standen. Ich hätte diese Sache gern hinter mich gebracht, wollte ins Haus, mich waschen und umziehen, doch der Sklave starrte mich nur an, und sein Blick war mittlerweile zum hilflosen Flehen geworden. Und dann begriff ich endlich, daß er kein einziges Wort verstanden hatte.

Ich blickte ihm ins Gesicht, sah seine hellen Augen und die scharfen, beinahe zarten Züge, die so ganz anders waren als die der Gesichter, welche ich jeden Tag um mich herum sah, und auf einmal verstand ich.

»Was erwartest du dir von mir?« wiederholte ich, doch dieses Mal in der Sprache meiner Mutter. Der Wandel war jäh und unverkennbar.

»Lieber, junger Herr!« Ehe ich ihn daran hindern konnte, hatte er sich zu Boden geworfen und umschlang meine Füße. »Ach, das hätte ich an einem Ort wie diesem gewiß nicht erwartet . . .«

Und so geschah es, daß Kephalos sich mit meinem Geschick verband.

*

»Ich wurde nicht als Sklave geboren, junger Herr«, sagte er, als er mir in der dunklen Kühle meines Kasernenraumes unter Verwendung eines Wasserbeckens und eines weichen Tuches den Dreck aus den Schürfwunden auf meinem Rükken wusch. Er faßte mich so sanft an wie eine Frau. »Ich bin Kriegsgefangener.«

Das sagte er voller Stolz, doch ich hatte es schon an dem Einschnitt in seinem linken Ohr bemerkt – ein entlaufener Sklave, den man wieder einfängt und der dieses Zeichen trägt, ist auf der Stelle des Todes. So will es das Gesetz.

Die meisten Kriegsgefangenen jedoch müssen als

Zwangsarbeiter Kanäle ausheben oder Steine für die Bauvorhaben des Königs schleppen. Sie werden erbarmungslos angetrieben und sterben schnell, doch dieser Sklave hier besaß nicht die Hände eines Mannes, der Plackerei oder etwa die Härte des Drills auf einem Exerzierplatz erduldet hätte. Kaum zu glauben, daß mein neuer Besitz überhaupt einmal Soldat gewesen war.

»Welcher Krieg?« fragte ich ihn. Ich war ganz einfach neugierig darauf, was für Lügen er sich wohl ausdenken würde, um als Held dazustehen. »Wie wurdest du gefangengenommen?«

Doch der Grieche hob nur die Schultern, als ob er eine verpaßte Gelegenheit bedauerte. Er brauchte beinahe fünfzehn Sekunden, bis er sich zu einer Antwort aufraffen konnte.

»Vor fünf Jahren war ich auf dem Heimweg von Aleppo und befand mich zu meinem Pech in Tyros, als die Assyrer kamen. Erst zwei Tage zuvor hatte man mich vor einer Schenke überfallen und ausgeraubt, so daß ich in der darauffolgenden Panik nicht in der Lage war, mir die Flucht übers Meer zu kaufen. Die Bewohner von Tyros preßten mich in ihr Heer, und so verbrachte ich die Belagerung oben auf den Mauern beim Glücksspiel, während wir darauf warteten, daß die Stadtväter die Übergabebedingungen aushandelten. Ich gewann viel Geld, und das erregte wohl Unmut— ein Fremdling in einer belagerten Stadt ist immer in einer heiklen Lage. Als jedenfalls der Zeitpunkt der Gefangenenübergabe gekommen war, fand ich mich plötzlich in Ketten wieder und wurde mit der Speerspitze zum assyrischen Lager getrieben. Und das ist die ganze Geschichte meiner militärischen Karriere.«

Er seufzte und öffnete einen kleinen Holzkasten, der neben ihm auf meinem Feldbett stand und holte einen winzigen Tonkrug mit einer grauen Salbe hervor, die, kaum daß sie in Berührung mit meiner wunden Haut kam, auch schon die Schmerzen auf meinem Rücken linderte.

Ich merkte, daß meine üble Laune verflog, daß sich meine belustigte Verachtung für diesen Mann gelegt hatte und daß ich ihm gern vor unserem Abschied einen Gefallen getan hätte, denn es schien mir unwahrscheinlich, daß ich ihn behalten durfte.

»Als was bist du ausgebildet worden?« fragte ich ihn und betrachtete den Holzkasten, während er mir wieder in meine Tunika half. »Wie hast du bislang der Zwangsarbeit entgehen können?«

Ein listiges Lächeln zuckte um die Mundwinkel des Sklaven und war auch schon wieder verschwunden.

»Ach, junger Herr«, stieß er hervor und richtete den Blick zur Decke, »hüte dich davor, deine Jugend mit nutzlosen Narreteien zu vergeuden. Hätte ich in jener Nacht, als man mich in Tyros beraubte, weniger getrunken, ich wäre heute kein Sklave. Wäre ich weniger träge gewesen, ich säße zu Hause in Naxos und häufte als Arzt Reichtümer an – denn das ist seit unzähligen Generationen der Beruf in meiner Familie.

Aber ich bin immer noch der Sohn eines Arztes, und ich bin nicht mit völlig geschlossenen Augen durch meines Vaters Haus gegangen. Ein paar Dinge habe ich gelernt, und die Hauptfrau des *turtanu* leidet, wie du nicht wissen kannst, unter Beschwerden im Zusammenhang mit ihrer Monatsblutung, deren genaue Natur ich dir wegen deiner Jugend nicht erklären kann, die aber für ihren Mann eine Quelle großen Ärgernisses sind. Mit Hilfe etlicher kleiner Tricks, die ich auf meinen Reisen aufgeschnappt habe, ist es mir gelungen . . .«

Er trat zurück, als wollte er überlegen, wie er meine Tunika noch besser ordnen könnte, und dabei schien das Thema der Herrin des *turtanu* seinem Hirn gleich einem flüchtigen Schatten zu entweichen.

»Und jetzt schenkt der *turtanu* dich mir?« fragte ich und ärgerte mich, daß er nicht mit der hochinteressanten Geschichte fortfuhr.

Er lächelte wie jemand, der aus einer Trance erwacht.

»Wer bin ich, Herr, daß ich die Geheimnisse des Ehebetts enträtseln könnte? Die Herrin ist nicht mehr in der Blüte ihrer ersten Jugend, so mögen sich die Beschwerden von selbst gegeben haben. Vielleicht ist der *turtanu* ihrer überdrüssig geworden und hat jenes Mittel entdeckt, das – nein, nein, junger Herr, schau nicht so erschreckt. Wenn die Götter es für richtig halten, dich mit einer Frau zu schlagen, wirst du schon merken, wie anstrengend sie sein können. Ich selbst habe mich nie vermählt, doch jeder Mann hat eine Mutter, und von meiner könnte ich dir Geschichten erzählen ... Doch genug davon. Es ist Zeit für dich, zum Essen zu gehen, wo du meinen Fall dem *rab kisir* vortragen mußt, denn wenn ich schon unter Assyrern als Sklave dienen muß, so mögen die Götter mir zumindest einen Herrn schenken, der Grieche ist.«

Ich öffnete den Mund, um ihn daran zu erinnern, daß ich hier nicht Fremdling wäre wie er, sondern der Sohn des Königs selbst, doch beim Anblick seiner Miene unterließ ich es lieber. Das Land Assur mochte meine Heimat sein, aber ich wußte, wie man sich als Fremdling fühlt und verstand deshalb, was in Kephalos vorging. Ich war zwar nur ein Knabe, aber doch nicht mehr so klein, wie ich sonst wohl gewesen wäre.

*

»Dieser Sklave, Prinz, der ist also ein Geschenk des *turtanu?«* Tabschar Sin rieb sich das Kinn mit den Fingern seiner einen Hand, wobei er sich zu mir beugte und mit dem Ellenbogen beinahe den Bierkrug umwarf.

Er griff nach seinem Messer und begann, mit der Klinge an die Tischkante zu klopfen, ein sicheres Zeichen dafür, daß er beunruhigt war. Er hatte an diesem Abend zu tief in den Becher geschaut, doch eine Sache wie diese hätte in ihm zu jeder Zeit ungute Gefühle geweckt. Er war verantwortlich für gute Disziplin in der königlichen Kaserne, doch der *turtanu* unterstand als Befehlshaber des Heeres nur dem König.

Ich nickte ohne zu lächeln. Kephalos hatte das sehr sorgfältig mit mir einstudiert, aber ich spürte wohl, daß er gar nicht glücklich darüber war, sein Schicksal einem Kinde anvertrauen zu müssen. »Ich habe den Eindruck, Fürst Sinahiusur wünscht, ich soll die Gelegenheit nutzen, die ionische Sprache zu sprechen, damit ich nicht vergesse, was in künftigen Jahren einmal von Nutzen sein könnte. Die Ionier sind ein ehrgeiziges Volk, Tabschar Sin, und wer weiß, eines Tages vielleicht . . .«

Es bedurfte nicht mehr als eines zweideutigen Achselzukkens, daß sich die Stirn des *rab kisir* in besorgte Falten legte. Wenn ich schon wenig Ahnung hatte, was die Worte bedeuteten, die Kephalos in mein Hirn gestopft hatte wie Stroh in ein Kissen, so hatte es den Anschein, daß Tabschar Sins Verständnis von diesen Dingen noch begrenzter war als meines. Er war Soldat und besaß Soldatentugenden. Er war tapfer, er verstand sein Handwerk, und er befolgte Befehle in blindem Gehorsam. Staatsfragen, so geheimnisvoll wie die Zauberei, waren Sache des Königs und der Götter.

Wenn also der *turtanu,* aus dem die Stimme des Königs sprach, wünschte, daß Tiglat Assur einen Sklaven aus einem noch nie gehörten Erdenwinkel besitzen sollte, so war das für Tabschar Sin genug.

»Hab aber acht, Prinz, daß dieser verweichlichte, kleine Ionier keinen Unfug anstellt«, sagte er schließlich und fuchtelte mit dem Messer, daß dessen Spitze beinahe auf meiner Brust tanzte. »Und hab acht, daß du von ihm keine fremdländische Faulheit lernst. Nur ein gottverlassener Tor vertraut einem Sklaven die Werkzeuge seiner Zunft an, hab also acht, daß du selbst dein Schwert polierst und suche dir andere Dinge, mit denen du den Schurken beschäftigst. Hab acht, Prinz.«

Seine Miene war so grimmig und seine Messerspitze so

dicht an meinem Herzen, daß ich rasch den Kopf einzog und allem zustimmte.

»Die Götter wissen«, sagte ich schnell, »daß ich recht wenig mit einem Diener anfangen kann, doch der Bursche scheint einige Kenntnisse im Heilen von Wunden zu besitzen, und so ...«

»Gut. Abgemacht.«

Und so jäh, als ob ihm die Idee gerade gekommen wäre, stand Tabschar Sin vom Tisch auf und schlurfte nach draußen, um sich an der Kasernenwand zu erleichtern. Es war schon spät, er würde jetzt sein Bett aufsuchen, und morgen würde es so aussehen, als ob der Sklave Kephalos von Anbeginn an seine Eingebung gewesen wäre.

Ich hatte nie Gelegenheit, Fürst Sinahiusur für sein Geschenk zu danken, wie es sich gehörte, denn nach jenem Tage sah ich nur wenig von ihm und wenn, dann nur aus der Ferne und in der ehrfurchtgebietenden Stellung seines Amtes, was Mitteilungen persönlicher Natur nicht zuließ. In Wahrheit waren der König und seine Gefährten so unnahbar wie Götter. Und wenn der Gebieter Sanherib mir die Hände aufgelegt und mich ›Sohn‹ genannt hatte, so bekam ich ihn doch im Verlauf der nächsten beiden Jahre nur zweimal zu sehen, und seine Stimme hörte ich nur einmal.

Das erste Mal sah ich ihn bei einer Militärparade, als der König zu einem Feldzug aufbrach. Ich stand mit den anderen Knaben aus der königlichen Kaserne in Habachtstellung, als er auf seinem Streitwagen vorbeifuhr, gar prächtig anzusehen in seinen Gold- und Silbergewändern, die im Sonnenschein funkelten wie tanzender Feuerschein. Er blickte im Vorbeifahren weder nach rechts noch nach links – er hätte ein steinernes Götterbild sein können. Aber so machen es die Könige. So demonstrieren sie ihre Majestät.

Das zweite Mal war aus Anlaß seiner Rückkehr, und obschon der Abend erfreulich genug begann, so wird er mir doch immer als eine der schmerzlichsten Nächte meines Lebens im Gedächtnis bleiben.

Es wurde ein großes Festmahl gegeben, um den Triumph unserer Waffen über die Gebirgsstämme zu feiern, welche sich den Heuschrecken gleich östlich des Tigris sammelten. Es wurde in einem der großen Säle des Palastes gegeben, wo die Wände mit gemeißelten Steinfriesen bedeckt sind, die zeigten, wie Assurs mächtiger Herrscher seine Feinde unterwarf. In den Wandleuchtern brannten in Wachs getauchte Fackeln, und viele Stimmen erklangen und Musik von Musikern von den vier Enden der Erde, die der König als Beute nach Ninive gebracht hatte. Frauen in Gold und feinem Leinen tanzten, und ihre Leiber wiegten sich im Rhythmus der Zimbeln und Trommeln, und die Luft war schwer vom Duft der Spezereien.

Ich wartete als Page auf, denn bei solchen Anlässen hatte der Gebieter Sanherib gern seine Söhne um sich, daß sie ihn in seiner Herrlichkeit sähen. Ich wartete am Eingang in der sauberen Uniform eines königlichen Kadetts, doch ohne mein Schwert, denn in Gegenwart des Königs durfte niemand eine Waffe tragen. Ich beobachtete meinen Vater, wie er mit seinen beiden ältesten Söhnen, Fürst Sinahiusur und ein paar Dutzend seiner wichtigsten Höflinge, deren Namen mir schon lange entfallen sind, an der Tafel saß.

Ich kam mir dort unsichtbar vor – bei solch einem Lärm und solchem Durcheinander würden diese prächtigen Edelleute, während sie sich ihren Vergnügungen widmeten, jemanden wie mich nie bemerken. Das ist wohl als Lektion in wahrer Größe gedacht, sagte ich mir, denn das hier waren die Männer, die das Land Assur regieren würden, solange ich lebte.

Der König und der *turtanu* blendeten in ihrer Majestät. Die Größe ihrer Macht umgab sie wie eine lebendige Aura, und mir war, als müßte ihr Anblick mir die Augen ausbrennen. Sie waren nicht Fleisch und Blut wie ich, sondern fast schon Götter.

Den *marsarru* Assurnadinschum, den ich noch nie zuvor gesehen hatte, fand ich weniger eindrucksvoll – und das trotz der Tatsache, daß er von seines Vaters Gnaden schon König von Babylon war. Er war zu seiner Hochzeit aus dem Süden angereist, so hatte ich gehört, doch die Aussicht schien ihm recht wenig Freude zu bereiten. Er hatte ein mageres, unzufriedenes Gesicht und schien den Mund nicht aufmachen zu wollen. Er saß zur Rechten des Königs, seine Finger trommelten auf der Wandung eines goldenen Weinkelches, er schwieg fast geistesabwesend.

Und das, so dachte ich bei mir, ist nun der Mann, der Assarhamat heiraten und sie mir für immer nehmen wird – denn inzwischen wußte ich, daß mein Bruder Assarhaddon die Wahrheit gesagt hatte und daß jene Trennung endgültig sein würde – und in meiner eifersüchtigen Verzweiflung verfluchte ich Assurnadinschum, denn ich war jung, und sein Anblick ging mir an die Leber. Ich wünschte ihm Verderben und Untergang. Ich bat die Götter, ihm das Leben zu nehmen. Wenn sie auf mich hörten, so möge sein wandernder Geist mir vergeben.

Doch ich sollte dort nicht ewig unsichtbar stehenbleiben. Schließlich blickte der König in meine Richtung, und dann, als er den Blick wieder abwenden wollte, schien etwas an mir seine Aufmerksamkeit zu erregen. Er wandte sich an den *turtanu,* murmelte ein Wort und nickte dann ernst zu der Antwort. Im nächsten Augenblick hob er die Hand und winkte mich zu sich. Ich kam, kniete nieder und umfaßte seine Knie als Zeichen der Ergebenheit, und er hob mich eigenhändig auf.

»Das ist also aus dem mächtigen Tiglat Assur geworden, äh? ›Mein Vater ist Sanherib, der König der Könige‹, war's nicht so? Ja? Ha, ha, ha!«

Ich war nicht verlegen, denn ich hatte dieses Lachen schon einmal gehört, und jetzt kam das Echo aus vielen Kehlen. Der König legte mir die Hand auf den Arm und zog mich näher heran, als wolle er mich anschauen.

»Dieser wird seinem Gebieter in ein paar Jahren viele Köpfe zu Füßen legen.«

Ich weiß nicht, wer das sagte, doch als Antwort lachte der König noch einmal, und dieses Mal wirkte sein Lachen wie ein Fausthieb auf mich. Er versetzte mir aus Spaß einen Schlag mit dem Handrücken und täuschte Verwunderung vor, als ich ihm standhielt. Noch einmal erfüllte sein Lachen den großen Saal, denn der Gebieter war angetan von uns beiden, von sich und von mir.

Ich hob den Blick, um ihm ins Gesicht zu sehen, denn es schien mir unwürdig, daß der Sohn des Königs stumm und dumm zu Boden starren sollte wie ein Bauernlümmel und war überrascht, daß er den Blick auf der Stelle abwandte. Er wollte mir nicht direkt in die Augen sehen, und so hatte ich einen Augenblick – einen einzigen Augenblick, denn die Großen verabscheuen es, wenn man sie anstarrt –, um sein Gesicht zu mustern.

Ja, ich hatte mich nicht getäuscht. Ich konnte in seinen Augen lesen, was ich mit dem Scharfblick eines Kindes erspürt, aber nicht in Worte hatte fassen können. Der Erhabene, der Erwählte Assurs, der Gebieter des Universums fürchtete sich, war müde und fürchtete sich. Nicht vor mir, denn wer ängstigt sich schon vor einem Knaben? – doch vor dem Leben. Schließlich war auch er nur ein Mensch, und seine Bürde drückte ihn. Und voller Mitleid hieß ich ihn in meinem Herzen, ›Vater‹.

Es war nur ein Augenblick. Er war so schnell vorbei, wie man Zeit zum Atemholen braucht, und dann war er wieder der König. Er lächelte mich an, und ich spürte, wie seine Hand meinen Arm drückte, und sein dunkles, gefurchtes Gesicht strahlte wieder Majestät aus, doch jenen Eindruck sollte ich mein Leben lang nicht vergessen.

»Ich habe eine Überraschung für dich«, sagte er. »Wer, glaubst du wohl, wartet heute abend auf dich, Junge. Äh? Ja?« Er hob den Arm und deutete in eine dämmrige Ecke des Raumes. Ich bemühte mich, konnte aber nichts als eine halb geöffnete Tür erkennen. »Deine Mutter, Junge! Äh? Ja, du darfst gehen. Lauf zu ihr!«

Der große König, der Geber aller Gaben, hätte mich nicht mehr für sich einnehmen können, wenn er mir halb Asien zu Füßen gelegt hätte. In meiner Verwirrung nahm ich nicht einmal unter Verneigungen von ihm Abschied. Das Blut pochte mir in den Adern, und ich stürzte mich in jene verschattete Ecke wie ein Habicht auf seine Beute.

Da war sie, meine schöne, bronzehaarige Mutter, kniete dort in dem trüben Licht, öffnete die Arme und drückte mich an sich. Ich konnte ihr Herz vor Freude wie in Todesangst klopfen hören, als sich ihre Finger in meinen Rücken bohrten. Und sie weinte – sie wiegte mich in Weinkrämpfen hin und her, und ich fühlte ihre Tränen auf meinem Rücken. Bis zu diesem Augenblick hatte ich nicht gewußt, wie ich mich nach ihr gesehnt hatte. Was waren Ruhm und Ehre, was war die Gunst von Königen verglichen mit der holden Umarmung meiner Mutter, der mich diese Dinge entrissen hatten. Wo anders als in ihren Armen würde ich mich je glücklich fühlen können? Lange Zeit sprachen wir nicht. Wir konnten nicht sprechen. Unsere Zungen waren wie festgefroren.

»Mein Lathikadas, mein schöner Junge, wie bist du gewachsen«, sagte sie schließlich. Sie schob mich ein wenig von sich, um sich von der Wahrheit zu überzeugen, und, ja, ich war ihr schöner Junge – ich konnte es in ihren Augen lesen, die so blau waren wie meine eigenen. Ihr schöner Junge. Lieber das, so fand ich, als *rab* shaqe. Ich richtete mich auf, lächelte und ließ sie sich an meinem Anblick satt trinken.

»Du bist gewachsen, ja. Du bist jetzt schon fast ein Mann.« Sie gab das Lächeln zurück, aber ich sah den Kummer in ihrem, so als mäße sie die Kluft, die zwischen uns gähnte. »Erzähle, erzähle mir alles, was du erlebt hast. Bist du gern Soldat? Ist es genauso, wie du es dir immer vom Haus der Krieger erträumt hast?«

Und was mochte ich in diesem Augenblick ihrem Gesicht ablesen? Hatte sie Angst, sie würde mich sagen hören, daß ich die Kaserne und meine Pferde und all die grausamen Kriegswerkzeuge liebte? Fürchtete sie, daß jenes neue Idol sie möglicherweise aus meinem Herzen verdrängt hätte? Oder wollte sie nur wissen, daß ich dort glücklich war, daß sie glauben konnte, mich zu verlieren sei alles wert gewesen, was sie an Qual und Einsamkeit dafür hatte zahlen müssen? Ich wußte es nicht. Ein Kind kann solche Dinge nicht wissen, denn es kennt kein anderes Glück oder Elend als sein eigenes; und doch spürte ich in jenem Augenblick, daß es nicht in meiner Macht lag, ihr Leiden zu lindern, es aber durch ein falsches Wort noch verschlimmern konnte.

»Ach, Merope«, sagte ich und umfaßte ihr Gesicht mit den Händen, »wenn du doch nur die Pracht dort sehen könntest, wenn du mich doch nur da sehen könntest! Du würdest dich nicht schämen, mich deinen Sohn zu heißen.«

Ich erzählte ihr alles, von Tabschar Sin, der nur eine Hand hatte, und von meinem griechischen Sklaven, von meinen Heldentaten mit dem Speer, von Assarhaddons Geschicklichkeit im Ringen und von den Streitwagen, die Staubschleier hinter ihren sich wie rasend drehenden Rädern aufwirbelten, und wie der Sonnenschein beim Fechten auf den Waffen funkelte. Jetzt gebrauchte ich meine Zunge. Die Worte entströmten mir wie Wasser um die Zeit des Hochwassers, und sie war es zufrieden zuzuhören, zu bewundern und zu schweigen. Es war nicht falsch, von derlei Dingen zu reden. Gerade das schien sie hören zu wollen, wußte sie doch, daß sie mich nicht an diese Dinge verloren hatte. Daß ich frei war, machte auch sie frei, denn ich trug sie noch immer im Herzen.

Als ich aber nach ihr und dem Frauenhaus fragte, schwieg sie und machte Ausflüchte.

»Ach, mein Sohn – es ist so wie immer.« Ihre Augen wandten sich von mir ab. »Die Springbrunnenwasser lachen immer noch wie unartige Kinder. Erinnerst du dich an den Springbrunnen, Lathikadas? Und an die kleine Gazelle? Sie ist jetzt groß, und da hat man sie weggebracht . . .«

»Und Assarhamat, Mutter? Ist sie immer noch so hübsch? Fragt sie überhaupt noch nach mir?«

Die Frage war eigentlich unschuldig, doch meine Mutter bedeckte meinen Mund mit ihrer Hand, als hätte ich einen schrecklichen Fluch ausgesprochen, der auf mich zurückfallen könnte.

»Du darfst nie von ihr sprechen, mein Sohn. Du mußt sie vergessen. Du mußt vergessen, daß es sie gibt.«

Sie zog mich wieder an sich, und obschon sie nicht weinte, wußte ich, daß ihr elend zumute war. Jung, wie ich damals war, erriet ich nicht warum.

»Vergiß uns beide, und werde ein Großer im Lande Assur. Geh jetzt«, sagte sie jäh und schob mich von sich. »Du bist nicht mehr mein eigen, mein Lathikadas. Geh zurück zu deinem Vater – du gehörst jetzt ihm. Du gehörst ihm und seinem Gott. Vergiß mich und sei glücklich.«

Ich glaubte, es nicht ertragen zu können. Der Augenblick des Abschieds war beinahe gekommen, und ich begriff, wie ganz und gar ich sie dieses Mal verlieren sollte. Tränen schossen mir in die Augen. Mir war zumute, als sollte mir das Herz in der Brust zerspringen.

»Ich werde dich aus dem Frauenhaus freikaufen, Mutter«, sagte ich und brachte es kaum heraus. Ich hielt sie in den Armen, als ob ich ohne sie in der Erde versinken müßte. »Warte nur ab. Der König findet Gefallen an mir. Ich werde dich auslösen. Ich werde dich nie vergessen.«

Die Tür hinter uns öffnete sich etwas weiter, und ich erblickte den Eunuchen, der darauf wartete, meine Mutter wieder in ihren goldenen Käfig zurückzubringen. Ohne daß ich es wollte, stieg ein Schluchzen in meiner Kehle hoch.

Doch Merope war schon aufgestanden und wich in den Schatten zurück. Ich wäre ihr nachgestürzt, um sie noch einmal in die Arme zu schließen, aber sie streckte die Hände aus, um mich davon abzuhalten. Sogar in dem gedämpften Licht konnte ich sehen, daß ihr Gesicht tränennaß war.

»Auf Wiedersehen, mein Lathikadas, mein Sohn«, wisperte sie. »Ich kann dir mit meiner Liebe jetzt nicht mehr helfen. Vergiß mich, mein Sohn. Denk aber immer daran, daß ich dich mehr liebe als mein Leben.«

Und dann war sie fort. Die Tür schloß sich. Ich war allein.

III

Ich weiß nicht, wie ich an jenem Abend den Weg zur königlichen Kaserne zurückfand. Ich entsinne mich noch, daß ich auf meinem Bett lag, daß mir zumute war, als müßte ich vor Kummer sterben, daß meine Tränen mich erstickten und mir in der Kehle brannten. Ich war noch ein Knabe, und nichts schmerzt so sehr wie Kinderleid.

Meine Mutter hatte mich tiefer getroffen, als sie sich wohl vorgestellt hatte, denn sie ließ mich den furchtbaren Schmerz, sie zu verlieren, von neuem kosten. So ging es viele Tage. Während die Sonne schien, ging ich meiner Arbeit nach, nämlich das Kriegshandwerk zu erlernen, und niemand bemerkte einen Unterschied an mir, doch des Nachts überwältigte mich der Kummer. Nur Assarhaddon war mein Zeuge, und Assarhaddon sagte nichts. Dafür war ich ihm dankbar.

Und dann wurde die Qual schließlich zu einer Art Verdrießlichkeit, die mich zwar stets begleitete, mir aber Zeit ließ, an andere Dinge zu denken. Ich war unglücklich, doch das Interesse am Leben hatte ich nicht verloren. So stand es um mich, als Kephalos eines Tages zu mir kam.

Ich hatte nichts als die Wahrheit gesagt, als ich Tabschar Sin erzählte, ich hätte kaum Bedarf für einen Diener. Ich war nur ein Knabe, ich hatte ein paar Habseligkeiten, die aber nicht gepflegt werden mußten, und was ich an Essen, Kleidung und Unterkunft brauchte, erhielt ich in der königlichen Kaserne, und den größten Teil meiner Zeit brachte ich mit meiner militärischen Ausbildung zu. Es stimmte schon, daß Kephalos mich den Rest des griechischen Alphabets lehrte, doch das war schnell geschehen, und es gab hier ohnedies nichts in dieser Sprache zu lesen. Im übrigen schien er den größten Teil des Tages mit Herumlungern auf dem Exerzierplatz zu verbringen, war faul und nutzlos.

»Junger Herr«, sagte er zuletzt, »ist es in diesem Lande nicht Sitte, daß man Sklaven zuweilen gestattet, sich eine Beschäftigung in der Stadt zu suchen, damit sie nicht nur sich, sondern auch ihrem Besitzer zu Wohlstand verhelfen? Ist das nicht Brauch?«

Ich saß auf meiner Schlafmatte, band mir die Beinschienen ab und blickte dann zu ihm hoch, wie er da auf der Schwelle stand. Es war beinahe Abend. Ich hatte einen anstrengenden Tag hinter mir, war müde und hungrig, aber ein eher angenehmes Gefühl – in einer Viertelstunde würde ich aus dem Dampfbad kommen, sauber geschwitzt und fertig zum Abendessen. Und so lauschte ich seiner Rede, wie ich auch einem gutmütig knurrenden Lagerhund zugehört hätte: ohne rechtes Verständnis oder Interesse, aber doch ziemlich willig.

»Ja, natürlich, Kephalos, so ist es in der Tat Brauch.«

»Also, habe ich mir gedacht . . .«

»Ja, Kephalos?«

Er zeigte nervös lächelnd die Zähne, sein Eingeständnis, daß er – wie wir beide wußten – wieder einmal in der Tinte saß. Und sogar daran hatte ich mich schon gewöhnt.

»Junger Herr, ich bin hier, wie du weißt, zu wenig nutze. Und die Luft in einer Kaserne ist nicht so recht nach meinem Geschmack. Ich wüßte gern, ob es dir recht wäre, wenn ich meinen alten Beruf wieder ausübte . . .«

»Und welcher Beruf ist das, Kephalos?«

Das Lächeln auf seinem Gesicht wurde noch ein wenig angespannter, denn ihm war klar, daß ich ihn hänseln wollte.

»Mit deiner Erlaubnis, junger Herr, würde ich gern als Arzt arbeiten.«

Ich schleuderte meine Sandalen fort, er stürzte sich darauf, um sie vom Fußboden aufzuheben und drückte sie an die Brust, als ob ihm die Idee gekommen war, ich müßte sie irgendwie bei ihm auslösen.

»Junger Herr, du mußt wissen, daß ich . . .«

»Hast du die Gesetze gelesen, Kephalos? Weißt du, wie der König einen Arzt bestraft, der nachlässig oder lediglich unfähig ist? Wenn du einen Menschen auf einem Auge blind machst, dann schickt der König dir einen Soldaten ins Haus, der dir mit der Dolchspitze eines deiner Augen ausstößt. Ich war der Meinung, daß du zur Zeit deiner Gefangennahme deine Lehrzeit noch nicht beendet hattest. Sollte ich mich da geirrt haben?«

»Herr, du bist jung – laß mich dir etwas erklären«, sagte er, kniete neben mir nieder und stellte die Sandalen ordentlich neben meine Schlafmatte. »Du mußt nämlich wissen, Herr, daß man als Arzt nicht reich wird, wenn man Kranke behandelt . . .«

Das Vorhaben, so wie es mir Kephalos in groben Zügen schilderte, war mehr als einfach. »Ich nämlich, junger Herr, der du noch keine Weltläufigkeit besitzt, ich habe etwas, das mehr wert ist als Gelehrsamkeit – ich habe das Ansehen, was einem großmächtige Gönner verleihen. Ich bin der Sklave eines königlichen Prinzen und habe der Frau des *turtanu* in Person als Arzt gedient. Bei derartigen Empfehlungen werden sich die Patientinnen an meiner Pforte drängen, und wenn auch nur deswegen, daß sie später ihren Freunden und Bekannten erzählen können – ›Aber natürlich, unser Arzt ist dieser kluge Ionier Kephalos, der sogar die Königsfamilie behandelt!‹ – und von denen werde ich nur solche Frauen als Patientinnen annehmen, die keine andere Beschäftigung haben als sich Krankheiten einzubilden, und an solchen, des kannst du gewiß sein, hat es in dieser Stadt noch nie gemangelt. Die übrigen, die wirklich krank sind, werde ich an meine assyrischen Kollegen überweisen, damit bei ihnen keine Eifersucht aufkommt. Ich garantiere dir, ich mache uns beide im Zeitraum eines Jahres reich.«

Er blickte mich forschend an und legte dabei den Kopf schief, als ob er über eine gewichtige Angelegenheit nachdächte.

»Selbstverständlich, junger Herr, würde ich die Gewinne gerecht mit dir teilen. Ich weiß um die natürliche Ordnung der Dinge, und du hast ein Recht auf einen angemessenen Gewinn aus deinem Anlagekapital. Sagen wir, eins zu vier? Mein Gebieter ist Soldat, und sein Vater ist der König, also wird er in künftigen Zeiten nicht so nötig Geld brauchen wie ich. Eins zu drei also?«

»Kephalos, wer sich als Arzt niederlassen will, braucht Geld. Ich bin zwar noch ein Knabe, aber soviel weiß ich doch. Du brauchst ein Haus, Instrumente und Arzeneien. Ich kann dir kein Geld geben, auch wenn du mich noch soviel als königlichen Prinzen titulierst. Woher willst du es bekommen?«

Er biß sich auf die Unterlippe, und auf einmal war mir klar, daß an dieser jähen Eingebung mehr war, als er mir bis jetzt hatte anvertrauen wollen. Ich griff nach meinem Schwert und kitzelte ihn mit der Spitze an seiner weichen Kehle.

»Kephalos . . .«

»Junger Herr, die lästigen Details brauchen dich nicht zu kümmern. Überlaß nur alles mir, und . . .«

»Kephalos, du hast wieder mit den Soldaten gewürfelt! Um wieviel hast du sie dieses Mal beraubt? Sag mir die Wahrheit.«

»Herr, ich . . . Ja, es ist wahr, ich habe gerade kürzlich Glück gehabt und . . .«

»Und deshalb hat sich wieder einmal jemand erbötig gemacht, dir die Gedärme herauszuschneiden und dich an ihnen aufzuknüpfen?«

»Ehrlich, junger Herr, es wäre besser, wenn man mich hier eine Weile nicht zu Gesicht bekäme – verstehst du. Sagen wir, gleiche Anteile?«

Und noch an diesem Abend nahm Kephalos seine Habseligkeiten und verzog sich in die Stadt.

Als ich ihn zehn Tage später wiedersah, konnte ich kaum glauben, denselben Mann vor mir zu haben, so reich war er gekleidet. Sein Wollgewand war mit Blau-, Rot- und Gelbtönen bestickt. Es war eine wundersame Verwandlung. Und er hatte ein Haus und einen eigenen Diener, und er gab mir als Anteil an seinen ersten Honoraren zwölf Schekel Silber.

»Es übertrifft all meine Vorstellungen, Herr. Die Tatsache, daß ich ein Fremdling bin, ist ein großer Vorzug, denn sie verleiht mir den Reiz der Neuheit – vor allem Frauen brennen auf Neues, wie du ohne Zweifel eines Tages auch entdecken wirst –, und die Gelehrsamkeit ferner Länder steht bei der Kaufmannschaft in hohem Ansehen. Unser Geschäft wird gewaltig blühen, Herr! Ich habe einen ganz erstaunlichen Erfolg mit einem gewissen Aphrodisiakum gehabt, einer Rezeptur, die mir so ganz zufällig in Aleppo in die Hände geriet. Ich verkaufe es so schnell, wie ich es herstelle, obschon man richtiggehend Mitleid mit den armen Ehemännern haben kann – falls es sich um solche handeln sollte –, denn es riecht abscheulich, und man hat den Geschmack noch stundenlang hinterher auf der Zunge . . .«

Ich sagte Kephalos, er solle meinen Anteil am Gewinn behalten und für mich anlegen. Dafür hatte ich zwei Gründe. Zum einen brauchte ich im Augenblick kein Geld, und zum anderen wuchs mein Respekt für die Gerissenheit meines Sklaven. Weiß Gott, er konnte uns wohl beide reich machen; und irgendwo, tief im Herzen, hegte ich noch immer die vage Hoffnung, ich könnte meine Mutter aus dem Frauenhaus freikaufen. Eine absurde Idee, das wußte ich bereits damals – der König, mein Vater, handelte nicht mit Fleisch wie ein Händler, und im übrigen würde eine Handvoll Silberschekel wohl kaum Eindruck auf ihn machen –, doch mir gab es Hoffnung.

In der königlichen Kaserne lief das Leben weiter. Tabschar Sin war sehr zufrieden mit mir. Ich wurde mit jedem Tag größer und kräftiger. Fast war ich schon ein Mann, wie meine Mutter vorausgesagt hatte, und fast schon ein Soldat.

Und dann war da ja auch Assarhaddon, dem ich meine Gefühle anvertrauen konnte, der zwar wenig davon verstand, aber doch mein Freund war.

»Du sorgst dich zuviel«, sagte er und gebrauchte seine Schwertspitze zum Öffnen eines weiteren Bierkruges, denn inzwischen mochte er Bier genauso gern wie Ringen. Er lehnte sich mit halbgeschlossenen Augen auf seiner Schlafmatte zurück, ein Abbild schläfriger Zufriedenheit. »Meine Mutter ist doch auch im Frauenhaus, und ich kann nur hoffen, auf ewig. Bei den sechzig großen Göttern, ich würde lieber tausend Medern mit nichts als einem kupfernen Gartenmesser gegenüberstehen, als noch einmal mit ihr unter einem Dach leben zu müssen.«

Sein Lächeln zeigte, daß er recht zufrieden mit sich selbst war. Mein Bruder hatte schon immer die Gabe, das Leben als eine feststehende, einfache, private Wirklichkeit zu sehen, gleichsam als könnte ein Mensch durch seinen Willen seine Bedürfnisse und Wünsche zum Naturgesetz erheben.

»Diese Mütter – sie sind schlimmer als alle Teufel an allen verhaßten Orten dieser Erde«, fuhr er fort und fuchtelte mit seinem Bierkrug in der Luft herum, um mir den kosmischen Charakter seiner neuen Weisheit zu veranschaulichen. »Du solltest eine Mutter wie Nakija haben, Tiglat, dann würdest du wissen, wie glücklich du dich jetzt schätzen kannst.«

*

Nicht lange danach, im Monat Ab, der wie ein Feuerofen brennt, hockte ich am Eingang zu meinem Quartier – es war um die heißeste Stunde des Tages, wenn Mensch und Tier gleichermaßen nichts als Schatten und Ruhe suchen –, ganz in den Versuch vertieft, einen Sandalenriemen zu reparieren, als sich ein Knabe von etwa sieben oder acht Jahren vor mir aufbaute, sich ganz tief verneigte und fragte, ob er ›die Ehre hätte, mit dem Gebieter Tiglat Assur zu sprechen‹. Es war hübsch und zart wie ein Mädchen, dieses Kind, hatte große, braune Augen und lange Wimpern. Als ich nickte, verneigte er sich abermals und überreichte mir ein gefaltetes Stück Leder. Die Schrift darauf war Griechisch, das ersparte mir die Mühe, die Identität des Absenders zu erraten. Man hatte den Knaben augenscheinlich angewiesen, auf Antwort zu warten, denn er stand gewissermaßen in Habachtstellung, während ich las.

»Dein ergebener Sklave, der Arzt Kephalos aus Naxos, gibt sich die Ehre, den Erhabenen, den Prinzen Tiglat Assur, Sohn Sanheribs, des Königs der Könige und Königs von Assyrien, heute abend an seine armselige Tafel in seinem Hause beim Adad-Tor zu bitten. Die Gegenwart des Prinzen Assarhaddon wäre eine zusätzliche Freude.«

»Du kannst dem Arzt Kephalos ausrichten, daß wir uns glücklich schätzen und die Einladung annehmen«, sagte ich, »doch wir sind Soldaten und müssen um Urlaub bitten.«

Der Knabe verneigte sich ein drittes Mal und abermals noch tiefer, wenn solches überhaupt möglich war, und entfernte sich.

Ich machte mir nicht die Mühe, Assarhaddon zu fragen, wußte ich doch, daß er sich wie ein verhungerter Schakal auf die Gelegenheit stürzen würde, für einen Abend der Kaserne zu entkommen. So ging ich geradenwegs zu Tabschar Sin, der auch vor der Sommerhitze Schutz gesucht hatte und auf seiner Schlafmatte lag, von Zeit zu Zeit einen Lappen in einen großen Tonkrug mit Wasser tauchte und ihn auf Gesicht und Bart ausdrückte. Wie jeder gute Soldat hatte er längst gelernt, seine Ruhestunden voll zu nutzen, und so blickte er finster und verärgert hoch, als mein Schatten über seine Schwelle fiel.

»Was willst du, Prinz?« fragte er in einem Ton, der klarmachte, ich könne mich seinetwegen zur Arallu scheren, welche bei den Griechen ›Hades‹ heißt.

»Ich bitte für heute abend um Urlaub, *Rab Kisir.* Ich habe eine Einladung zum Essen erhalten.«

Ich zeigte ihm den Lederlappen, doch er warf nur einen Blick darauf, ehe er ihn zu Boden fallen ließ. »Von diesem verweichlichten, würfelspielenden Sklaven, der dir gehört, wie? Der läßt also neuerdings Einladungen ergehen, wie? Er soll gute Geschäfte machen, wie man hört.«

»Darf ich nun gehen, *Rab Kisir?*«

»Ist deine Ausrüstung für morgen in Ordnung?«

»Ja, *Rab Kisir.*«

»Dann darfst du gehen. Ich nehme an, man wird euch dort besseres Essen vorsetzen, als die königliche Offiziersmesse bieten kann.«

»Und Assarhaddon?«

»Der auch?« Tabschar Sin drehte den Kopf ein wenig in meine Richtung, um sein Erstaunen zu unterstreichen. »Na gut. Aber paß auf, daß er nicht zuviel Bier trinkt. Und kommt auf dem schnellsten Wege zurück, wenn das Festessen beendet ist. Ihr seid königliche Prinzen, und Ninive wimmelt heutzutage von Fremdlingen.«

Die Schatten wurden schon länger, als Assarhaddon und ich uns auf den Weg machten. Was für ein herrliches Abenteuer. Das Lager und der Palast waren bislang unsere Welt gewesen, und so war uns die große Stadt Ninive, wo wir unser ganzes Leben verbracht hatten, ebenso fremd wie das hinterste Judäa.

»Lies mir noch einmal vor.«

Ich zog den Lederlappen abermals aus meinem Beutel und übersetzte seinen Inhalt zu Assarhaddons Vergnügen ins Akkadische.

»Warum nennt er unseren Vater König von ›Assyrien‹? Was ist Assyrien?«

»Bei den Ioniern heißt, Assur ›Assyrien‹.«

»Dein Sklave da ist ein spaßiger Bursche, Tiglat. ›Assyrien‹. Bei den Göttern, was für ein spaßiger Bursche.«

Der Palast und seine Nebengebäude befinden sich auf einem großen Plateau aus Ziegelsteinen und überragen deshalb die umliegende Stadt um viele Ellen. Wir mußten eine lange Treppe hinuntergehen, bis wir die Straße erreichte hatten; und es war, als stiegen wir von einem Berg hinunter in einen Wald. Auf einmal gingen wir im Gewimmel einer geräuschvollen Menschheit unter, Leute stießen sich gegenseitig im Vorbeigehen, Händler schrien, es roch nach Essen, menschlichem Schweiß und verfaulenden Abfällen. Seitdem bin ich in vielen großen Städten gewesen, doch keine hat sich mir so eingeprägt wie Ninive.

Da gab es Frauen auf der Straße, und darauf war ich nicht gefaßt. Sie kleideten sich in die leuchtend bunten Trachten aus vieler Herren Länder – grüne, blaue, gelbe, ja, sogar rote, eine Farbe, die Frauen in Assur nur tragen, wenn sie in Trauer sind –, Schleier verbargen ihr Gesicht, so daß man nichts als ihre großen, schwarzen Augen sehen konnte. Etliche trugen keinen Schleier, was hieß, sie waren Konkubinen, und manche bedeckten nicht einmal ihr Haar.

Bei den Männern hörte man mehr Aramäisch als Akkadisch, und oftmals hätte ich nicht sagen können, welche Sprache gesprochen wurde. Bei einigen erkannte ich an der Kleidung, daß es sich um Hethiter oder Hebräer, oder an dem gefalteten Leinen und den rasierten Gesichtern, um Ägypter handelte.

Wir kamen an einer Stelle vorbei, wo drei Männer auf dem Pflaster hockten und aus einem gemeinsamen Krug Bier tranken. Sie saugten es mit Strohhalmen auf, denn beim gewöhnlichen Volk ist es nicht Sitte, die Hülsen herauszuseihen – etwas, das mir vorher nicht klar gewesen war. Mir fiel auf, daß man einem der Männer die Nasenspitze abgeschnitten hatte, zweifellos die Strafe dafür, daß er unter Eid gelogen hatte.

Assarhaddon bestand darauf, an einem Stand stehenzubleiben, wo eine alte Frau ohne Schleier und mit wellenförmigen Tätowierungen auf der Nase und der linken Wange in Zucker eingelegte Früchte feilbot. Fliegen schwärmten über dem Obst, doch Assarhaddon gab keine Ruhe, bis wir ein paar Früchte gekauft hatten. Wir bezahlten dafür mit ein paar kupfernen Halbschekelstücken, fast unsere ganze Barschaft, doch dann stellte es sich als Reinfall heraus. Kaum hatten wir nämlich hinein und durch den Zuckerüberzug hindurchgebissen, da stanken sie auch schon und waren innen schwarz und verfault. Wir warfen den Rest in die Gosse.

Ab und an erklang Musik und zuweilen das helle Lachen von Frauen. Offene Tore luden uns in Gebäude aus gelben Lehmziegeln ein.

Die Menschen auf der Straße, Einheimische ebenso wie Fremdlinge, starrten uns an und traten zur Seite, denn wir waren in die Uniform der königlichen Kaserne gekleidet. Zwar waren wir noch Knaben, doch hätte kein Mann gewagt, die Hand gegen uns zu erheben.

Es gab keine Bettler auf der Straße, wie ich sie an andren Orten gesehen habe, denn der König stellt Betteln unter Strafe. Ninive ist eine reiche Stadt, und für den, der arbeiten will, gibt es Arbeit. Wer zahlungsunfähig ist, kann sich immer noch als Sklave verkaufen, was als ehrenhafter als Betteln gilt, denn man kann sich aus der Sklaverei freikaufen; doch Betteln gilt als Fleck auf der Ehre.

Nachdem wir uns viele Male nach dem Weg erkundigt hatten, erreichten wir zuletzt das Adad-Tor. Dieser Stadtteil zollte seinem Gott, dem Kriegs- und Gewittergott, darum auch ›der Donner‹ geheißen, ständig Tribut, denn überall erklang das Gelärme von Hammer auf Amboß, und aus den Schmiedefeuern kam ein glühender Wind. Die Männer hier liefen mit nackter Brust herum, und alle zeigten reichlich Narben von früheren Verbrennungen. Als wir nach dem Haus von Kephalos, dem Arzt, fragten, zeigte man uns eine Straße, der wir folgen sollten, die etwas breiter war als die meisten; und als wir dann vor seiner Tür standen, war vom Lärm der Hämmer nichts mehr zu hören. Kephalos mußte wohl Späher ausgeschickt haben, um ihn von unserer Ankunft zu unterrichten, denn er war zu unserer Begrüßung in seiner ganzen Pracht angetreten, trug eine Tunika aus blauer

Wolle, deren Ärmel mit Gelb bestickt waren. Er hatte sich einen Bart stehen lassen, so braun wie Tigris-Schlamm, der ihn noch würdiger wirken ließ. Er kniete vor uns nieder und öffnete die Arme, um unsere Füße zu umfassen.

»Junger Herr, willkommen, tausendfach willkommen im Hause deines Dieners Kephalos. Und du, Prinz Assarhaddon, willkommen als der Bruder meines königlichen Herrn und um deiner selbst willen. Ich bin so geehrt, daß mir die Worte fehlen.«

»Die Worte offenbar doch nicht, Kephalos. Komm, erhebe dich, ehrenwerter Arzt, sonst beschmutzt du dir noch deine Gewänder.«

Diese Überlegung schien irgendwie Eindruck zu machen, und so konnten wir ihn am Ende überreden, aufzustehen und den Rest seiner überschwenglichen Begrüßung ins Innere des Hauses zu verlegen.

Sein Gesicht glänzte von Öl, und sein Wohlstand fiel überall ins Auge, als er uns in die Privatzimmer seines Hauses führte. Da lagen Teppiche auf dem Fußboden, vor jeder Wand schienen Truhen zu stehen, die man offen gelassen hatte, um vielfarbiges Leinen und reich bestickte Wollstoffe zur Schau zu stellen. Ehe wir uns noch zu Tisch setzten, drang schon der Duft von gewürztem Lamm zu uns aus der Küche. Mein Sklave war ohne Zweifel reich geworden.

»Die Hälfte davon gehört dir, junger Herr, gemäß unserer Vereinbarung.« Kephalos bewegte die Hand, so daß das Licht der Laterne auf seinen beringten Fingern blitzte. »Außerdem, ich habe Geld bei aramäischen Händlern angelegt – klug natürlich, denn ich bin vorsichtig mit dem Gut meines Herrn – und im nächsten Jahr können wir uns einen netten Gewinn erhoffen, wenn die Karawanen vom Nordmeer zurückkehren. Ja, komm her, mein lieber Junge.«

Es war der Knabe, der mir heute morgen Kephalos' Einladung überbracht hatte. Er setzte sich neben seinen Herrn, dicht genug, daß er ihn berührte, und Kephalos legte ihm den Arm um die Schulter, als wären sie schon lange so vertraut. Assarhaddon und ich wechselten einen Blick, sagten aber nichts; und Kephalos redete weiter und weiter, denn ihm schienen die Gepflogenheiten seines Hauses zuzusagen. Er sprach in einer Art und Weise über den Goldhandel, daß jeder überzeugt sein mußte, er wäre der geborene Händler. Beim Reden trank er viel Wein, und je mehr er trank, desto offener liebkoste er den Sklavenjungen, der sich das ganz unbefangen wie ein Säugling auf dem Schoß der Mutter gefallen ließ. Als es kurz davor war, anstößig zu werden, brachte eine fette, kleine Frau mit dem breiten, braunen Gesicht einer Phrygierin und Goldreifen an den Knöcheln, den ersten Gang unseres Essens herein und setzte ihn vor uns ab. Im Hinausgehen griff sie sich den Knaben mit der geübten Handbewegung eines Bootsmannes, der Frachtgut lädt. Kephalos schenkte ihr ein nachsichtig-lüsternes Lächeln.

»Mutter und Sohn«, sagte er, nachdem sie in ihre Küche zurückgegangen war. »Vor zwei Jahren in dieses Land gekommen. Der Knabe ist jung, und Philinna ist zwar süß wie eine Feige, aber ein schlichtes Geschöpf, das kaum ein Wort Akkadisch spricht. Griechisch versteht sie recht gut, aber wer sonst tut das schon in diesem Teil der Welt? Ich habe sie für eine lachhafte Summe erstanden. Der Knabe heißt Ernos. Kostet einmal, ihr jungen Herren – Heuschrecken in Honig. Ich würde mich nicht schämen, sie dem König selbst, Eurem Vater, vorzusetzen. Philinna versteht sich gut auf derlei Leckereien ...«

Nach dem Essen führte uns Kephalos in seinen Garten, und dann saßen wir unter einem Rebstock und tranken Wein mit einem Drittel Wasser vermischt und so stark, wie ich ihn noch nie gekostet hatte. Es dauerte denn auch nicht lange, und mir war so benebelt zumute, wie einem Mann, der vom Pferd gefallen ist, und Assarhaddon war so betrunken, daß er kaum noch der Sprache mächtig war.

»Wir können nicht zulassen, daß der Prinz in solch einem Zustand in die Kaserne zurückkehrt«, sagte Kephalos schließlich und schüttelte den Kopf, als er sah, wie Assarhaddon gegen den Rebstock gesackt war. »Ich habe da etwas, das wird ihn ins Leben zurückbringen.«

Er ging ins Haus und kam einen Augenblick später mit einem Fläschchen zurück, das er in den Rest Wein schüttete, der sich noch in Assarhaddons Becher befand.

»In einer Stunde ist er wieder taufrisch.«

Während wir darauf warteten, daß Kephalos' Zaubertrank seine Wirkung tat, lauschten er und ich den Grillen und genossen die erfrischende Nachtbrise. Noch nie hatte ich einen so angenehmen Abend verlebt.

Zuletzt stand Assarhaddon auf, torkelte in eine Ecke des Gartens und erbrach sich lautstark. Als er zurückkam, lächelte er, war gesprächig und bat um weiteren Wein.

Es war schon stockdunkel, als wir uns endlich von Kephalos verabschieden konnten. Als Abschiedsgeschenk überreichte er mir einen prallen Beutel Silbermünzen.

»Du kommst jetzt in ein Alter, junger Herr, in dem man schnell einmal Geld zur Hand haben muß«, sagte er, hielt dabei meine Hände umfaßt und schloß sie um den Beutel. »Außerdem ist die Nacht noch jung, und es ist weit bis zur königlichen Kaserne.«

Und dann fiel er auf der Schwelle seines großartigen Hauses noch einmal auf die Knie und umfaßte meine Knöchel.

»Ich bin dein Diener«, sagte er. »Und obgleich ich als freier Mann geboren wurde, könnte ich mir keinen besseren Herrn wünschen. Denk immer daran, in diesem Leben sind ich und mein Haus und alles, was mein ist, auch dein, mein Prinz.«

Auch er hatte mehr getrunken als ihm guttat, aber ich wußte, er meinte, was er sagte, und Tränen schimmerten in seinen Augen, als er sich vom Boden erhob. Ein Schurke und Schlimmeres, ja, das alles war mein Sklave, aber aus unerfindlichen Gründen hatte er beschlossen, zugleich mein Freund zu sein, und so mußte ich ihn einfach gern haben.

Er winkte uns nach, als Assarhaddon und ich die Straße zum Adad-Tor hinuntergingen.

Im Licht, das aus dem Eingang zu einem Schneiderladen fiel – Ninive schläft nie, und der Schneider, der immer noch mit seiner Nadel an der Arbeit war, blickte auf, um uns zu mustern und dachte wohl schon, wir führten Böses im Sinn –, teilte ich den Inhalt des Beutels mit Assarhaddon. Wir teilten immer alles, Brot, Bier, warum also nicht auch das Geld? Es war mehr Silber, als wir beide je im Leben gesehen hatten.

»Mit wem von beiden er wohl ins Bett geht?« sagte er, nachdem wir uns wieder auf den Weg gemacht hatten – inzwischen langsamer und aufmerksamer, weil Assarhaddon bei sich beschlossen hatten, wir sollten unseren plötzlichen Reichtum der richtigen Verwendung zuführen. »Mit der Mutter oder dem Sohn, oder möglicherweise mit beiden, was meinst du? Vielleicht mit beiden auf einmal?«

Er grinste, denn er wußte, ich war entsetzt, und dabei gab es gar keinen Grund, entsetzt zu sein. Beide waren wir uns darüber im klaren, wenn auch recht abstrakt, wie eben Knaben auf der Schwelle zum Mannesalter, daß Frauen zu mehr taugten, als Heuschrecken in Honig zuzubereiten; denn niemand, der eine Weile in einem Feldlager, auch wenn es sich dabei um die königliche Kaserne handelte, gelebt hatte, konnte die Augen vor der Tatsache verschließen, daß es Männer gab, die Knaben den Vorzug vor Frauen gaben, auch wenn sie so süß wie Feigen waren. Und doch war ich entsetzt. Auf einmal wußte ich, was Kephalos' Benehmen bei Tisch, das mich über die Maßen verwirrt hatte, zu bedeuten hatte. Doch dann mußte ich plötzlich laut lachen, als hätte ich gerade etwas Komisches gesehen.

»Ja«, sagte ich immer noch lachend – wir lachten jetzt beide. »Ja, so wie ich Kephalos kenne, würde ich sagen mit beiden auf einmal.«

Arm in Arm und mit Geld im Gürtel machten wir uns auf die Suche nach Abenteuer und Lustbarkeiten und was sonst noch die Silbermünzen uns in den Straßen Ninives kaufen konnten.

Zuletzt fanden wir eine Weinschenke, keine hundert Schritt von den Palastmauern entfernt.

Seit damals habe ich Hunderte solcher Orte aufgesucht, denn man findet sie überall auf der Welt, aber natürlich erinnert man sich am besten an das erste Mal. Es waren nur ein paar winzige Räume, und die Lehmwände hatten noch nie Farbe gesehen. Überall Tische und Bänke, alle aus rauhem, dunklem Holz, an denen barhäuptige Männer in schlichten Wolltuniken saßen und mit verdrossener Konzentration tranken. Die Luft roch säuerlich und war an sich schon fast dick genug zum Trinken. In einer Ecke hockten drei Männer mit Musikinstrumenten, und vor ihnen tanzte eine Frau. Auf den ersten Blick meinte ich, noch nie ein so bezauberndes Geschöpf gesehen zu haben, denn ihre Brüste waren rund und braun wie Äpfel, und ihr Bauch schien ein Eigenleben zu führen, während sie sich zur Musik wiegte. Abgesehen von meiner Mutter, hatte ich noch nie eine Frau nackt gesehen.

Andere Frauen trugen Wein zu den Tischen und beugten sich zuweilen über die Männer, die sie bedienten, und die – es traf mich wie der Blitz – waren auch nackt. Eine von ihnen wandte sich um, als Assarhaddon den Vorhang vor dem Eingang zurückfallen ließ, und sie schenkte uns ein Lächeln, das alle Wonnen dieser Welt zu verheißen schien.

»Bei den sechzig großen Göttern, Tiglat, mein Bruder, ich glaube, wir haben gefunden, wonach wir gesucht haben.«

Und das hatten wir in der Tat.

Alles starrte uns an, als wir auf einen leeren Tisch zugingen und uns setzten. Es schien ein Ort zu sein, den die Kadetten der königlichen Kaserne nicht häufig aufsuchten, doch das gereichte uns, so schien es, nicht zum Nachteil. Das Mädchen, das uns zugelächelt hatte, kam mit einem Weinkrug und zwei Tonbechern zu uns herüber, und als sie alles absetzte, rochen wir den Duft ihres nackten Leibes. Ich weiß nicht, was Assarhaddon empfand, ich jedenfalls hatte eine Todesangst. Und wenn es mich auch noch so sehr danach gelüstete, lieber hätte ich meine Hand in das Schmiedefeuer des Waffenschmiedes gelegt, als ihre braunen Schenkel berührt. Sie jedoch war nicht zimperlich.

»Junge Herren«, murmelte sie und ließ die Hand über Assarhaddons Wange gleiten. »Euer Besuch ehrt uns.« Sie schenkte Wein ein, und dabei berührte eine ihrer Brüste, die weiß Assur, nicht unterentwickelt waren, den Ärmel meiner Tunika. Einen Augenblick meinte ich, vor lauter Wollust ersticken zu müssen. »Alles, was ihr wünscht, steht zu eurer Verfügung. Essen, Wein, eine Frau, die euch beim Trinken Gesellschaft leistet – eine Frau, die euch hilft, eure Sorgen zu vergessen. Ihr braucht es nur zu sagen.«

Wir brachten kein Wort heraus. Die Zunge klebte uns am Gaumen, und wir trauten uns nicht, auch nur die kleinste Silbe zu äußern. Da fiel mir plötzlich auf, daß Assarhaddons Gesicht feuerrot angelaufen war.

»Dann vielleicht später?« Sie blickte von einem zum anderen, aber wir waren beide gleichermaßen hilflos. »Ich komme wieder – oder wenn ihr etwas wünscht, dann hebt nur den kleinsten eurer Finger.«

Sie ergriff meinen kleinen Finger, hakte ihren hindurch, hob ihn zum Mund und tat so, als wolle sie mit ihren weißen Zähnen hineinbeißen. *Ich habe mein Leben vergeudet,* dachte ich. *Bis zu diesem Augenblick habe ich nichts gelernt und nichts getan, was auch nur den geringsten Wert hätte.* Unter meinem Lendentuch war mein Glied so steif wie ein Zeltpflock.

Sie ging fort, und ich hob den Becher an die Lippen, und der säuerliche Geschmack brachte mich mit einem Ruck wieder auf die Erde zurück.

Die Frau, die getanzt hatte, hob wieder an; und die ganze Zeit, während sich ihr Körper zum Rhythmus der Flöte und zum Schlag der Trommeln wiegte, schien sie uns nicht aus den Augen zu lassen. Sie hob die Schulter, und ihre Brust schwang zu einer Seite, ihre Hüften schaukelten vor und zurück, und das dichte Vlies zwischen ihren Beinen tanzte auf und ab.

»Bei den sechzig großen Göttern«, wisperte Assarhaddon, und seine Stimme war kaum noch ein Flüstern. »Was würde ich nicht für eine einzige Viertelstunde allein mit ihr geben. Was würde ich nicht darum geben.«

Es schien jedoch, daß manch einer nicht so zimperlich wie mein Bruder war, denn als die Frau ihren Tanz beendet hatte, näherte sich ihr ein Mann in der Tracht eines Amoriters, gab ihr aus dem Weinkelch in seiner Hand zu trinken und verwickelte sie in eine Unterhaltung über ein Thema, das mehr als eindeutig war. Am Ende griff er in die Tasche und zählte ihr etliche Kupfermünzen hin. Sie lehnte sich gegen die nicht gestrichene Wand und stellte den Fuß auf einen Schemel, den sie wohl zu eben diesem Zweck dort stehen hatte, und der Amoriter hob das Vorderteil seiner Tunika und drückte sich gegen sie.

Derlei habe ich oft gesehen, denn die Menschen, die an den beiden großen Strömen leben, schämen sich ihrer Bedürfnisse nicht. In allen großen Städten des Ostens kann man am hellichten Tag die Straße entlanggehen und sehen, wie es Männer mit Frauen treiben. Das tun sie so beiläufig, wie, sagen wir, ein Grieche oder Ägypter seine Blase an einer Tempelmauer erleichtern würde. Vielleicht kommt es nur daher, daß ich ein halber Fremdling bin, wenn mir dabei unbehaglich zumute ist und ich die Augen abwende, gleichsam als wäre ich zufällig Zeuge von einer Gottlosigkeit. Das macht meine Befangenheit, etwas, das ich nie habe ablegen können.

Aber ich muß gestehen, daß ich dem Amoriter und seiner Tänzerin irgendwie ehrfürchtig zusah. Ich konnte beim besten Willen nicht fortblicken, und ich wollte es auch nicht. Von ihr konnte ich, so beschirmt wie sie durch seine grünweiße Tunika war, nur ein Bein sehen, dessen Fuß auf dem Schemel ruhte, doch man brauchte seine Phantasie nicht sehr anzustrengen, um zu begreifen, was dort vor sich ging. Seine Tunika, das einzige Zugeständnis an sein Schamgefühl, flatterte und schlug wie das Segel eines Fischerbootes in einer Sturmbö. Als es vorbei war – der ganze Akt erforderte nicht mehr als ein, zwei Minuten – und er erschauerte und von ihr abließ, sackte er vornüber, so als ob sie ihn irgendwie ausgequetscht hätte. Als die Frau wieder hinter ihm auftauchte, war sie selbstverständlich unverändert. Es war, als hätte es nicht stattgefunden. Sie ging zu ihren Musikanten zurück, setzte sich und trank einen Becher Wasser. Es hatte sie überhaupt nicht berührt.

»Ich habe oben ein Zimmer – vielleicht sagt dir das mehr zu, Gebieter?«

Das Schankmädchen kam zurück. Sie neigte sich zu uns, dichter zu Assarhaddon als zu mir, so daß man nicht recht wußte, wen von uns beiden sie meinte.

»Ja, ich würde gern . . .« Assarhaddon blieben die Worte in der Kehle stecken. Ich glaube nicht, daß ich überhaupt etwas herausgebracht hätte.

Sie wandte mir ihren Blick zu, doch ich konnte nur die Augen niederschlagen und den Kopf schütteln. Alles Begehren, falls es sich darum gehandelt hatte, war verschwunden. Sie legte Assarhaddon den Arm um die Schulter und gab mich mit einem verkniffenen Lächeln verloren.

»Dann komm, Gebieter, und teile ein Weilchen meine Schlafmatte. Du wirst sehen, daß wir hier den Unterschied zwischen einem schmierigen Karawanenhändler und einem Kadetten der königlichen Kaserne kennen. Komm schon, Gebieter . . .«

Assarhaddon warf mir einen Blick zu, und ich merkte, daß er beinahe so verängstigt war wie ich, doch er stand auf und folgte ihr. Ich blieb zurück, damit ich einsam und allein über mein Versagen nachgrübeln konnte.

Sie machte kurzen Prozeß mit ihm, denn kaum eine Viertelstunde später war er schon wieder unten, und wir standen erneut auf der Straße. Es reichte uns jetzt mit Lustbarkeiten, außerdem wurde es Zeit, die Schritte wieder zum Palast und zu unseren friedlichen Schlafmatten zurückzulenken.

»Du – hast du's getan?«

Soviel Neugier stand mir wohl zu.

»Ich weiß nicht recht – ich *glaube* schon.« Assarhaddon schüttelte verblüfft den Kopf. »Sie hat sich hingelegt und gesagt, ich könne mit ihr machen, was ich wolle, und dann wollte sie wissen, wie ich es lieber hätte, auf dem Rücken oder auf dem Bauch. Zuletzt griff sie nach mir – na, du weißt schon – und es war in einer Sekunde vorbei. Ich kann nicht sagen, ob ich nun in ihr drin war oder nicht.«

»Wie hat es sich angefühlt?«

»Das läßt sich schwer in Worte fassen. Für zwei Silberstücke war es jedenfalls kein gutes Geschäft.«

Er warf den Kopf zurück und lachte, und dann gingen wir Arm in Arm heim.

Sowie wir auf dem Kasernengelände waren, spürten wir die Veränderung – überall brannte Licht, und Stimmengemurmel war zu hören. Wir hatten in unserem Zimmer noch nicht einmal unsere Sandalen abstreifen können, als auch schon jemand den Eingang verdunkelte und wir Tabschar Sins Stimme vernahmen.

»Wo seid ihr gewesen?« fragte er. Freundlich hörte sich das nicht an.

»Wir waren zum Essen im Haus des Ioniers. Tiglat hat um Urlaub gebeten – weißt du das nicht mehr?«

Tabschar Sin starrte uns in der grauen Dunkelheit an, fast als ob er den Sinn unserer Worte nicht erfaßte.

»In fünf Minuten seid ihr fertig zur Waffenüberprüfung«, gab er zurück. »Heute nacht schläft mir keiner. Wir sind in Alarmbereitschaft, bis sie vom Palast aufgehoben wird.«

»Warum? Was ist passiert?« Ich weiß nicht, wer von uns beiden das fragte.

»Wollt ihr damit sagen, ihr habt noch nichts gehört?«

Tabschar Sin drehte sich auf der Schwelle zu uns um, sein Erstaunen wirkte echt.

»Nichts – was ist denn los?«

»Vor einer Stunde ist ein Reiter eingetroffen. Die Elamiter haben mit einem großen Heer den Tigris überschritten. Babylon ist gefallen, anscheinend ohne großen Widerstand, und der *marsarru* Assurnadinschum gefangengenommen. Ob er noch lebt oder schon tot . . .«

»Das bedeutet Krieg«, sagte ich. Die Folgerung lag auf der Hand und war von umwerfender Bedeutung. Die Elamiter waren eingefallen und hatten den Erben des Königs gefangen genommen. Assurnadinschum war vielleicht schon tot, und ich beneidete ihn wirklich nicht um seine Todesart.

Das Land Assur mußte kämpfen, und das nicht einen Tag oder einen Monat oder ein Jahr lang. Es würde viele Feldzüge geben, denn den Sohn des Königs vom Thron Babylons zu holen, das war stark; und zudem waren die Elamiter keine Weiber. Wenn es lange dauerte, würden sogar Assarhaddon und ich in den Kampf ziehen. Blitzartig ging mir auf, daß diese Nacht wahrscheinlich die letzte meiner Kindheit gewesen war.

»Ja, Prinz – das bedeutet Krieg.«

IV

Nergaluschezib hatte zumindest für ein paar Monate den babylonischen Thron unter seinem Hintern gespürt. Jetzt bestand sein Königreich aus einem eisernen Käfig, der an einer Kette am Großen Tor Ninives aufgehängt war. Nackt und schmutzig, auf dem Kopf die mit Kupfernägeln befestigte Krone, die er Assurnadinschum widerrechtlich genommen hatte, so kroch er auf Händen und Knien hin und her, her und hin, während ihn die Bürger Ninives mit Lehm, Exkrementen und Flüchen bedachten. Ich sah ihn am dritten Tag seiner Zurschaustellung, und bereits jetzt hatten ihm der Hunger, die unbarmherzige Sonne, seine eigenen Seelenqualen und vielleicht die Kupfernägel, die man ihm in den Schädel getrieben hatte, den Verstand geraubt. Er heulte wie ein Tier und flehte mit aufgesprungenen, blutigen Lippen, ihn zu töten. Wahrlich, die Götter mußten ihn verachten, denn er lebte noch bis zum sechsten Tage.

So rächte der Gebieter Sanherib, der Diener Assurs, sich dafür, daß man seinen ältesten Sohn abgeschlachtet hatte.

An diesem Tage und an allen, die Nergaluschezib noch lebte, feierte die Stadt. Wahrsager und Dirnen, Verkäufer von Bier, Früchten, Honigkuchen und gebratenem Fleisch, alles ging vor seinen Augen seinem Gewerbe nach. Alle Genüsse dieses Lebens, alle waren sie knapp außerhalb seiner Reichweite, alle konnte er erblicken, während sein Leben Minute um Minute hinter den kotbedeckten Stangen seines eisernen Käfigs verrann. Und wie er so tobte, heulte und um Gnade bei Menschen und Göttern flehte, lachten ihn die Menschen von Ninive vielstimmig aus. Die meisten waren Fremdlinge – es war also nicht ihr Zwist. Sie waren lediglich da, um zuzusehen, und im Kriege blühten die Geschäfte.

Und der Krieg, so schien es, wollte einfach nicht enden, sondern sollte länger und immer länger dauern, denn Nergaluschezib war nicht in irgendeiner Entscheidungsschlacht gefangengenommen, sondern von einem Verräter verkauft worden, dem Sanherib zur Belohnung den Mann in Silber aufgewogen hatte. Die Elamiter und die mit ihnen verbündeten Chaldäer konnten jederzeit eine neue Strohpuppe finden, die für sie in Babylon regierte. War denn Assurnadinschum nicht ausgerechnet in Susa, in den Verließen des Elamiter-Königs Hallutusch-Inschuschinak mit einer Bogensehne erdrosselt worden. Dann war dieser König seinerseits umgekommen, wurde von seinen eigenen Leuten nach Sanheribs Sieg bei Nippur erschlagen. Doch jetzt regierte sein Sohn Kuternahhunte, und der war, wie jedermann wußte, so giftig wie eine aufgerollte Schlange.

Fast zwei Jahre waren seit jener Nacht vergangen, als die

königliche Kaserne in Alarmbereitschaft versetzt worden war. An meinem Kinn sprießte der Anfang zu einem Bart, aber es verdroß mich schrecklich, daß er statt gelockt glatt war und wieder einmal Zeugnis für mein Mischblut ablegte. Ich war beinahe ein Mann, und meine militärische Ausbildung, die man mit Kriegsbeginn sehr beschleunigt hatte, war so gut wie abgeschlossen. All das bedrückte mich, als ich in der Menge stand, die draußen vor der Stadt zusammengelaufen war, um den Todeskampf des Usurpators nicht zu verpassen.

Sein Anblick, seine Nacktheit und seine wahnsinnigen, glitzernden Augen beunruhigten mich, doch ich wußte nicht warum. Er hatte sich mit den Elamitern verschworen, den *marsarru* zu vernichten und schimpflich zu ermorden. Er hatte die Majestät Assurs beleidigt. So war es nur richtig und gerecht, daß er mit seinem eigenen Tod zum Gespött wurde. Und doch brachte mir das Schauspiel keine Befriedigung. Ich schaute eine Weile zu, hatte doch Tabschar Sin gemeint, es wäre heilsam für einen Soldaten, sich diese öffentlichen Zurschaustellungen des königlichen Zorns anzusehen, und die Leiden eines Feindes wären süß, doch ich konnte mich nicht so daran ergötzen, wie ich erwartet hatte. Ich schämte mich meines weichen Herzens.

Die Mauern Ninives erreichten eine derartige Höhe, daß sie beinahe wie das Werk der Großen Erdmutter oder eines der jüngeren Götter wirkten und nicht wie von Menschenhand gemacht. Sie sperrten die Stadt und ihren Lärm aus, so daß man sich fast einbilden konnte, das alles hätte nie existiert. Jenseits der Mauer kam Ackerland mit Gerste, erstreckte sich endlos, und dann der große Tigris, der König der Ströme. Wenn ein Mann des Nachts zuweilen allein vor die Tore ging, um seine Seele zu erfrischen, so hörte er wohl kein anderes Geräusch als dessen reißende Wasser.

Doch jetzt war man nicht allein. Das Gebrabbel von zehntausend Stimmen übertönte das eilige Flüstern des Flusses. Der wirre, wirbelnde Strudel von zehntausend Leibern entzog meinen Blicken die Erde. So würde es weitergehen, bis die Schreie des Usurpators die Massen Ninives nicht mehr amüsierten.

Es war morgens um die sechste Stunde, und die Sonne hatte schon fast ihren höchsten Stand erreicht. Ich stand in der Uniform der *quradu,* eines Soldaten der persönlichen Leibwache des Königs, dicht bei Nergaluschezibs Käfig, in der Hand meinen Speer, den ich überall mit hinnahm. Nur ein Augenblick, und ich hätte meine Waffe heben und zustoßen können. Die Entfernung betrug nicht mehr als zwanzig Schritt; es wäre ein leichtes gewesen, sein Herz wie einen in der Sonne vergessenen Weinschlauch zu durchstoßen; dann hätte die Menge nichts mehr zu belächeln gehabt. Ich fühlte mich irgendwie aufgerufen – die Idee, ich könnte für solch eine Tat bestraft werden, kam mir nicht, denn ich stand so hoch in der Gunst des Königs, daß ich jeden Gedanken an Bestrafung verächtlich beiseiteschieben konnte. Aber ein Soldat der *quradu* führt vor allem getreulich den Willen des Königs aus; und es war nun einmal der Wille des Königs, daß Nergaluschezib seine Leiden bis zum bitteren Ende auskosten sollte. So zügelte ich meine Hand.

»Tiglat, bist du's wirklich?«

Ich verspürte eine zögernde Berührung an der Schulter und drehte mich um. Da stand eine Frau hinter mir. Ihr Gesicht war vom Schleier der verheirateten Frau verdeckt, doch an ihren Augen war etwas, das Erinnerungen wachrief.

Sie war reich und nach der Mode der Damen bei Hofe gekleidet – die Fransen ihres Schals waren mit winzigen Gold- und Silbermünzen geziert, das rote Tuch ihrer Witwentunika mit Silberfäden durchwirkt. Sie war eine hohe Dame, und als ich so geistesgegenwärtig war, mich umzusehen, erblickte ich hinter ihr ein Gefolge aus drei weiteren, ebenso reich gekleideten Frauen und einem Eunuchen, der den Stab des königlichen Haushaltes trug.

Doch an Wuchs war diese hohe Dame kaum mehr als ein Kind. Sie wirkte nicht alt genug, um schon einen Gatten gekannt zu haben, ganz zu schweigen davon, daß sie einen verloren haben sollte; und ihre Augen legten leuchtend und schwarz Zeugnis dafür ab, daß sie noch auf den Mann wartete, der das Blut in ihren Adern zum Singen brachte.

Ich blickte in diese Augen, die mir so vertraut vorkamen wie mein eigenes Spiegelbild, doch ich konnte ihren Namen nicht aussprechen. Zuletzt blickte sie sich um, ob auch niemand auf ihre Kühnheit aufmerksam wurde, löste einen Zipfel ihres Schleiers und ließ mich ihr Gesicht sehen. Ja, mein Herz hatte die Wahrheit schon erkannt gehabt. Da stand Assarhamat.

»Kennst du mich denn nicht mehr, Tiglat?« In ihrer Stimme war ein leises, bebendes Schluchzen zu hören.

Doch sie hätte nicht fürchten müssen, daß ich sie vergessen würde. In den Jahren nach meinem Fortgang aus dem Frauenhaus hatte ich nach besten Kräften versucht, ihr Andenken aus meinem Gedächtnis zu tilgen. *»Wenn du diesen Garten verläßt, wirst du aufhören, mich zu lieben«*, hatte sie gesagt, ich aber hatte meine Liebe mitgenommen, und sie hatte mich nie verlassen. Um unser beider willen wünschte ich, es wäre anders gewesen.

»Ja, ich erkenne dich, Assarhamat«, erwiderte ich, und meine Stimme war nur noch ein belegtes Flüstern. »Ich würde dich im Dunkeln und mit herausgerissenen Augen erkennen.«

»Doch anscheinend erst, nachdem ich meinen Schleier abgenommen hatte.«

Sie lächelte, denn das Zutrauen in ihre Macht war zurückgekehrt, und ihre weiße Hand befestigte den Schleier wieder an seinem Platz.

Und dann konnten wir eine Weile vor lauter Befangenheit nicht sprechen.

Es war immer noch Assarhamat, doch als Kind konnte man sie kaum noch bezeichnen. An seiner Stelle war die Frau, die sie einmal sein würde, und das schon bald. Ihr Anblick war schon immer schön anzusehen gewesen – die herrlich reine, blasse Haut, die fast durchsichtig wirkte, und die zarten Gesichtszüge, wie man sie bei den Menschen am Fluß selten findet –, das alles war noch vorhanden, doch obendrein war sie auch noch berückend. Ihre Augen, diese tiefen Augen, in denen ein Mann sich verlieren konnte, übten einen Zauber auf mich aus, den ich weder begreifen noch abwehren konnte. Mir blieb nichts, als sie hilflos anzustarren. Sie war so vertraut, und doch war mir, als hätte ich sie noch nie wirklich gesehen.

Dann brüllte die verdammte Seele, an deren Elend uns zu ergötzen wir alle hierhergekommen waren, durch die Stangen ihres eisernen Käfigs, und wieder lachte die Menge und drängte sich um uns herum, und der Bann war gebrochen. Wir wandten uns beide um und schauten ihn an, und mein Herz wollte aufhören zu schlagen, als ich sein unverständliches Flehen hörte und sah, wie er mit dem Arm auf uns beide wies.

Nein, nur auf Assarhamat.

»Er scheint dich zu erkennen«, sagte ich. »Wie ist das nur möglich?«

»Ich war gestern hier und auch vorgestern.« Assarhamat schlug die Augen nieder, als ob sie einen schrecklichen Fehltritt gestehen müßte. »Es ist der Wunsch des Königs, denn Assurnadinschum war mein Mann. Ich muß jeden Tag kommen, bis . . . Vielleicht weiß er es und gibt irgendwie mir die Schuld . . .«

Ja, natürlich. Ich hatte von ihrer Eheschließung mit dem *marsarru* gewußt, die erst etliche Monate, bevor die Elamiter in Babylon einfielen, hier in Ninive gefeiert worden war. Anscheinend hatte man sie noch für zu jung erachtet, um die Pflichten einer Ehefrau aufzunehmen, und so hatte sie ihr Mann daheimgelassen, als er zurückkehrte, um die Schwarzköpfe erneut als Unterkönig zu regieren – sonst wäre sie ihm vermutlich in Gefangenschaft und Tod gefolgt.

Aber nein – Nergaluschezib hätte nicht erraten können, wer diese Kindfrau in ihrer Witwentunika war. Fruchtlos, darüber nachzudenken, was seine Aufmerksamkeit erregt hatte, was in diesem gequälten, verwirrten Hirn vor sich ging. Ich wandte mich ab, legte Assarhamat die Hand auf den Arm und zog ihren Blick wieder auf mich.

»Er kann dir keine Schuld geben«, sagte ich. »Was er erleidet, geschieht nach dem Willen des Königs, der sich an jemand rächt, den er zu den Mördern seines Sohnes zählt. Dieser Elende ist jenseits aller Schuldzuweisungen.«

»Danke, Tiglat«, murmelte sie und ließ ihre Fingerspitzen leicht über meinen Handrücken gleiten. »Hast du schon einmal diese ... Scham ... empfunden? Nichts getan zu haben, und doch ...?«

»Ja. Aber wir können doch nicht für unsere Empfindungen.«

»Nein – das können wir nicht.«

Sie wandte sich ab, wollte gehen. Mir war zumute, als hätte ich nicht einmal Zeit zum Atemholen gehabt.

»Dann kommst du also morgen wieder?« fragte ich. Wir waren von Fremden umgeben, so durfte ich mein Herz nicht sprechen lassen. Ich konnte nur hoffen, daß sie mich immer noch ein wenig liebte und alles heraushören würde, was ungesagt bleiben mußte.

Hörte sie es? War das, was ich in ihrem Gesicht sah, nichts als das Spiegelbild meiner eigenen inständigen Bitte, oder bedeutete die Veränderung in ihren leuchtenden Augen, daß auch sie hoffte, wir würden uns nie wieder trennen, nachdem wir uns so wiedergefunden hatten?

»Ja. Morgen.«

»Um diese Stunde?«

»Ja.«

Noch einmal streckte sich ihre Hand nach meiner aus. Einen Augenblick lang berührten sich unsere Hände beinahe, aber vielleicht standen wir dafür schon zu weit auseinander, denn sie fing sich, verbarg den Arm unter dem Witwenschleier, als ob schon sein Vorhandensein an sich ein sündiges Geheimnis wäre. Sie wandte sich erneut ab.

»Morgen«, sagte ich, doch auch wenn sie mich gehört hatte, so gab sie kein Zeichen. Und schon hatte die Menge sie verschluckt.

Ich wußte kaum noch wohin. Mir war zumute, als wäre ein längst abgestorbener Teil meiner Seele jäh wieder zum Leben erwacht. Alles strömte auf mich ein, all die Liebe, die ich in meinem Herzen aufgestaut hatte, daß ich meinte, ertrinken zu müssen. Bei den Griechen gibt es viele, welche die Holdseligkeit der Liebe, ihre wahnwitzigen Freuden besingen, doch das sind lediglich Sänger. Für die wahren Liebenden, welche die Liebe früh im Leben kennenlernen und in denen sie jahrelang wie ein Geist, der sich nicht vertreiben läßt, fortlebt, ist sie eine Marter, welche an die Leber geht. Liebe ist wie ein scharfes Messer in Kinderhand– sie schneidet bis auf den Knochen und hinterläßt eine unauslöschliche Narbe.

Assarhamat war noch ein Mädchen – den Beweis ihrer Unberührtheit würde ich irgendwann bestätigt bekommen –, aber sie war auch Witwe, jemand, deren Ehemann die Erde verschluckt hatte, und darum nach dem Gesetz frei. Ich wußte, daß der König sie sofort nach Ende der Trauerzeit Arad Ninlil, seinem zweiten Sohn mit der Herrin Taschmetum-scharrat und dem neuen *marsarru,* geben würde, aber was kümmerte das mich. Als Witwe hatte sie ihren eigenen Haushalt – war nicht im Frauenhaus eingesperrt – und konnte kommen und gehen, wie es ihr gefiel. Sie war erreichbar für mich.

Was scherte mich Arad Ninlil. Jedermann wußte, daß er ein schwächliches, grausames Scheusal und noch dazu ein halber Idiot war. Ihn sich als Assarhamats künftigen Mann vorzustellen, das war schon abstoßend genug – er gehörte keineswegs zu denen, die Jungfrauen gern mit ins Bett nahmen –, doch er war ein fernes Übel, und für mich gab es keine Zukunft über das Morgen hinaus. Nur dieser Augenblick existierte. Ich verspürte ein Sehnen, das mich ganz zu erfüllen und keinen Raum für anderes zu lassen schien, gleichsam als wäre meine Haut nur noch Behältnis dafür. Ich wußte, daß ich drauf und dran war, mein Leben wegzuwerfen wie eine leere Melonenschale, aber das war mir gleichgültig.

Auf einmal wollte ich nur noch allein sein. Die Menge der Fremden bedrängte mich, ich wollte frische Luft atmen und nur noch meinen eigenen Gedanken nachhängen. So beschloß ich, der Stadtmauer nach Süden zu folgen, bis ich zum Fluß kam, denn ich sehnte mich sehr nach dem Rauschen seiner Fluten. Oh, wenn sie doch über mich hinwegspülen und mich von dieser Marter reinwaschen würden.

Während ich so dahinging, stieß ich die Spitze meines Speeres leicht in die Erde. Er war meine Lieblingswaffe, und ich nahm ihn überall mit hin. Ich konnte ein Ziel von der Größe meiner geöffneten Hand auf siebzig Schritte treffen, und im Nahkampf kann ein geübter Kämpfer mit einem einzigen Stoß seiner kupfernen Spitze einem Mann die Gedärme herausholen, doch ich hatte ihn bislang nur zur Jagd benutzt. Ich würde im Krieg tapfer und furchtbar sein, und ich würde mein Leben mit Freuden für meinen König hingeben, doch all das war reine Theorie. Im Augenblick sann ich darauf, wie ich ihn um die zukünftige Braut seines Erben betrügen könnte.

Ich liebte Assarhamat, und das war ganz und gar nicht theoretisch. Die Befangenheit, die mich in der Nacht von Kephalos' Festessen zu nichts hatte kommen lassen, war längst Sache der Vergangenheit, denn es war einfach, in Ninive zum Mann zu werden. Gleich nachdem ich den Stimmbruch hinter mir hatte, war ich zum Ischtartempel gegangen, hatte einer seiner geweihten Huren eine Silbermünze in den Schoß geworfen, und die Sache war erledigt.

Einmal im Leben schuldet jede Frau der Göttin diesen Dienst – sie wartet an der Tempelpforte, bis ein Mann kommt, und der gibt ihr eine Silbermünze, welche auf diese Weise geweiht ist und niemals ausgegeben wird. Das tut sie, damit die Göttin ihr wohlgesonnen ist und ihre Ehe fruchtbar macht. Eine hübsche Frau braucht dazu nicht mehr als einen einzigen Abend, doch etliche müssen monatelang, ja sogar jahrelang warten. Und einige bleiben gleich dort und weihen sich dem Dienst der Göttin. Die werden dann erfahren in allen Dingen der fleischlichen Liebe und werden verehrt, wohin sie ihre Schritte lenken.

Auf diese beschränkte ich mich, obschon sie mehr kosteten; und wie alle jungen Männer in der königlichen Kaserne besuchte ich sie einmal die Woche routinemäßig und aus Gründen der Gesundheit. Sie gingen mir nicht an die Leber – das war nicht ihre Sorge –, doch schenkten mir meine Besuche im Tempel Seelenfrieden.

Damit war es jetzt vorbei. Ich liebte Assarhamat. Wenn das Schicksal es wollte, daß ich sie mein Leben lang nicht in den Armen halten durfte, so würde ich dennoch keinen Frieden in den Armen einer anderen finden. In einer Sekunde hatte sie mit dem arglosen Lächeln des Kindes von ehedem all diesem ein Ende bereitet. Ich empfand nicht einmal Bedauern.

Es gibt eine Stelle, wo die Stadtmauer etwas zurückzuspringen scheint, um sich nicht das Gewand zu benetzen. Der Fluß eilt vorbei, Ninive scheint sich aus seinen Fluten zu erheben. Zur Zeit des Hochwassers erreichen sie beinahe die Mauer, doch diese Zeit lag hinter uns. Ich setzte mich auf das Steilufer, ließ die Füße fast bis zur Wasseroberfläche baumeln und balancierte den Speer auf den Schenkeln. Ich brauchte mich nur an den Augenblick zu erinnern, als Assarhamat ihren Schleier gelöst hatte, damit ich ihr Gesicht sah, und schon ergriff mich ein solcher Jammer, der an sich schon unendlich viel glückseliger war, als alles, was ich bislang erfahren hatte.

Es bestand nicht der geringste Zweifel daran, daß ich verloren war. So weit reichte die Gunst des Königs nicht, daß er sich in die Geschicke seines Hauses hineinpfuschen ließ. Wenn er also erfuhr, ich hätte die Augen zu der erhoben, die zur Mutter aller folgenden Könige bestimmt war, dann würde er mir die Haut vom Leibe reißen und sie an die Stadttore nageln lassen. Es erschien mir richtig und gerecht – das stand für mich außer Frage. Daß ich Assarhamat lieben mußte, auch das konnte ich nicht verhindern. Und so durfte ich mich wohl schon als toten Mann ansehen. Vielleicht nicht in diesem Jahr, doch bald genug. Ich hatte mein *simtu*, mein Schicksal, gefunden, das Ende, welches die Götter mir zugedacht hatten. Wie hätte es auch anders sein können? Wohin sollte sie sonst auch führen, diese Liebe, die vor dem Hintergrund einer öffentlichen Hinrichtung begonnen hatte? Und doch wollte keine Besorgnis in mir aufkommen.

Daß ich aber Assarhamat in meine Schande mit hineinziehen würde, das quälte mich doch. Liebte ich sie denn nicht mehr als mein Leben, wie also durfte ich für sie etwas anderes erwünschen als Glück und Sicherheit? Doch konnte sie von mir getrennt glücklich werden, wenn ich fern von ihr so elend war? Das schien mir ein Knoten, den niemand je lösen würde. Fast wünschte ich, ich hätte das Messer des Priesters nicht aufgehalten, dann wäre ich jetzt als Verschnittener mit ruhigem Gewissen im Haus der Tafeln und Assarhamat in Sicherheit.

Und zur gleichen Zeit war ich unendlich glücklich. Ich hatte sie wiedergesehen – ich würde sie morgen sehen. War es das nicht wert?

Wie lange ich so weitermachte, weiß ich nicht zu sagen. Auf einmal blickte ich auf, sah, wie mein Schatten länger wurde und merkte, daß es beinahe Abend war. Wenn ich nicht in einer Stunde wieder in der königlichen Kaserne war, würde Tabschar Sin mich morgen den Stall ausmisten lassen, und Assarhamat würde denken, ich hätte sie verlassen. Ich sprang auf, als kochte der Fluß plötzlich über.

»Habe ich dich erschreckt, Prinz?«

Ich sah ihn und hörte im selben Augenblick seine Stimme. Er stand am Rande des Steilufers, sieben oder acht Schritte entfernt, und in seiner rechten Hand hielt er einen

Pilgerstab. Es war ein alter Mann – sein Haar und Bart waren weißer als Taubenflügel, und die Sonne hatte sein Gesicht so lederfarben wie Pferdegeschirr gebrannt. Er stand da barhäuptig im gelben Priestergewand, obgleich ich noch nie einen Priester in etwas so Fadenscheinigem erblickt hatte – das Kleidungsstück wirkte, als könnte er schon darin geboren sein, und sie beide wären zusammen alt geworden.

Überdies hatte ich auch noch keinen Priester gesehen, der nicht glatthäutig und fett gewesen wäre, denn Priester lieben nun einmal den Luxus, doch dieser Mann war hager wie ein aus dem heißen Sand ausgegrabener Leichnam. Unter der dünnen Tunika konnte man deutlich sein Schlüsselbein sehen, und seine Stirn wölbte sich so stark über den Augen, daß sie tief in den Höhlen zu liegen schienen.

Er lächelte, doch schien er eher durch mich hindurch als mich anzusehen. Und dann begriff ich – natürlich, der alte Mann war blind.

»Nein, du hast mich nicht erschreckt«, erwiderte ich. Seine Hand auf dem Stab bewegte sich ein wenig – es war nur eine winzige Geste, und doch auf ihre Art beredt; es reichte, um anzudeuten, er wußte, daß ich log. »Mir war nur eingefallen, daß ich eigentlich woanders sein sollte. Es ist schon spät.«

»Ist es das?« Der alte Mann richtete die toten Augen zum Himmel, daß sie wenigstens die Abkühlung nach des Tages Hitze fühlen mochten. »Nicht für dich, Prinz. Dein Tag hat kaum begonnen.«

Wir standen uns auf dem Steilufer gegenüber. Von den fernen Bergen wehte eine Brise, und mich überkam eine Art träumerischer Unwirklichkeit. Die untergehende Sonne im Rücken des Mannes umgab ihn mit einer Aura wie die *melammu,* welche bei den Griechen ›Nimbus‹ heißt, was bedeuten soll, daß ein Gott zugegen ist.

»Dann kennst du mich also?« fragte ich. Ich war mir gar nicht sicher, daß ich die Antwort hören wollte.

»Ja, ich kenne dich. Du bist Tiglat Assur, nicht wahr?

Und du hast als Mal einen Blutstern auf dem Handteller deiner rechten Hand.«

»Aber – du bist doch blind! Wie . . .?«

»Bin ich das?« Er schüttelte den Kopf, als hätte er Mitleid mit mir, dann lächelte er. »Wer ist nun blind, ich oder du, den der Anblick dieser Welt so blendet, daß er nicht sehen kann, was der Gott ihm zeigen möchte? Nein, du mußt keine Angst haben. Ich bin auch nur ein Mensch und nicht einer, dessen Schultern der Gott mit seinem göttlichen Schein umgibt. Deine Seele ist verstört, Prinz? Hab keine Furcht. Alles wird kommen, wie er es will. Alles ist vorherbestimmt, und du allein bist ohne Sünde.«

»Du redest von Sünde?« fragte ich, denn jetzt begriff ich, daß hier ein *maxxu* stand, ein heiliger Mann, aus dem die Stimme Gottes spricht.

»Ja.«

Ich näherte mich ihm, so wie ein Rotwild durch hohes Gras pirscht. Er wußte, daß ich näherkam, gab aber kein Zeichen. Seine blinden Augen ließen mein Gesicht nicht los – man hätte meinen können, er sah, doch waren seine Pupillen milchig wie der Fluß an einem kalten Morgen. Er war blind und ein Fremder, und doch schien mein Leben offen vor ihm zu liegen.

»Ich komme vom Berg Epi – kennst du den?«

Ich stand still. Ich schüttelte den Kopf. »Er ist Assur geweiht. Nur wenige sind dort gewesen.«

»Nur wenige, ja. Aber auch du eines Tages. Bis dahin höre auf die Stimme deines Herzens, denn der Gott Assur hat deinen Fuß einem *sedu* anvertraut. Alles kommt, wie es der Gott will. Du allein bist ohne Sünde.«

»Welche Sünde, alter Mann?« Ich streckte die Hand aus, aber es gelang mir nicht, ihn zu berühren. Es stand nicht in meiner Macht, ihn zu berühren. »Welche Sünde? Sprich!«

»Willst du es wissen? Ehrlich, Prinz?« Das Lächeln besagte erneut, daß er mit meiner Unwissenheit Mitleid hatte. Er hob den Arm und deutete auf die Stadtmauer.

»Sieh dir Ninive an, Tiglat Assur. Seine Straßen werden Jagdgrund für Füchse sein, und Eulen werden sich ihre Nester im Palast des großen Königs bauen. Glaube nicht, daß dich dort Glück und Ruhm erwarten, Prinz, denn der Gott hat einen anderen Weg für dich ausersehen. Hier wird dir alles bitter werden – die Liebe, die Macht, die Freundschaft. Süß am Anfang, doch am Ende bitter. Der *sedu* behütet dich auf all deinen Wegen. Höre auf dein Herz.«

»Mein *sedu?* Was für . . .?«

»Du trägst sein Mal, Tiglat Assur. Wir treffen uns wieder.«

Er drehte sich um, als hätte er mich schon vergessen, und ging fort – fort von mir und der Stadt, deren Untergang er prophezeit hatte. Mein Kopf schwirrte von Worten, aber ich konnte sie nicht aussprechen. Ich konnte nur hilflos zusehen, wie seine Gestalt in der Ferne kleiner wurde.

*

»Dann ist es also nicht dein *simtu,* daß deine Haut ans Stadttor genagelt wird. Bei den sechzig großen Göttern, ich kann mir deine Erleichterung vorstellen, Bruder.«

Assarhaddon saß auf seiner Schlafmatte und hatte den Kopf in die Hand gestützt. Der Bericht über meine beiden Begegnungen vor der Stadtmauer hatte ihn tief beeindruckt, denn Assarhaddon setzte großes Vertrauen in Omen aller Art.

»Und wenn dir der Gott ein *sedu* gewährt hat, dann hast du ein ruhmreiches Leben vor dir.«

»Er sagt nein.« Ich schüttelte den Kopf – abgesehen von der Prophezeiung, daß Ninive untergehen würde, die zu wiederholen Hochverrat bedeutete, hatte ich Assarhaddon alles erzählt, nur eben das nicht.

»Aber ein *sedu,* Tiglat . . .«

»Vielleicht war es nur ein verrückter alter Mann.«

»Aber er hat dich gekannt, und dabei sagst du, daß er blind war – er hat von deinem Geburtsmal gewußt.«

»Vielleicht hat ihm jemand von mir und dem Mal erzählt – ich verstecke es doch nicht.«

Ich zuckte die Achseln. Wenn ich doch geschwiegen hätte. Ich wollte überhaupt nichts mehr glauben.

Doch Assarhaddon ließ nicht locker. Blinde, heilige Männer, die von geweihten Bergen herabpilgern, Schutzgeister, Geburtsmale, die das Schicksal eines Menschen vorhersagen – all das war ganz nach seinem Geschmack. Für ihn stand es fest, daß mein Besucher ein vom Gott gesandter *maxxu* war.

»Ein *sedu* . . .« Assarhaddon verschränkte die Hände hinter dem Kopf und lehnte sich auf seiner Schlafmatte zurück, während er traumverloren zur Decke starrte. »Wenn doch mir so etwas zustoßen würde . . .«

Vielleicht lag es wieder einmal an meinem Mischblut, daß ich zweifelte, denn die Griechen setzen nicht viel Vertrauen in die Gunst ihrer Götter, die ohnedies ein träger Haufen zu sein scheinen und wohl die Menschen am meisten lieben, die ihrer am wenigsten bedürfen. In der Sprache meiner Mutter gibt es kein Wort für *sedu*, weil die Toten in den westlichen Ländern nicht zurückkehren, wenn man sie richtig mit den drei rituellen Handvoll Erde bestattet hat. Die Götter, welche sie nun nicht mehr erblicken, haben keinen Umgang mit ihnen und schicken sie also auch nicht aus, die Lebenden zu beschützen und zu geleiten. Und im übrigen würde wohl kaum einer der Großen – die Götter suchen sich ein *sedu* immer unter den Seelen von gefallenen Helden aus – für jemanden wie mich zurück auf die Erde kommen.

Assarhaddon wußte darauf natürlich eine Antwort.

»Der Blutstern«, sagte er und nickte ernsthaft. »Du bist in der Stunde geboren worden, in der er in die Arallu geschickt wurde – wer könnte es anders sein, als der verstorbene König? Der große Sargon ist dein *sedu.*«

Das beeindruckte meinen Bruder mächtig, weiß Assur. Die folgende Stunde, bis wir uns schlafen legten, behandelte er mich mit großem Respekt. Doch als die Sonne aufging, hatte er glücklicherweise alles vergessen.

Am Morgen kehrte ich zum Großen Tor zurück. Die Menge hatte sich gelichtet – Nergaluschezib war stumm und teilnahmslos, klammerte sich an die Stangen seines Käfigs, hatte eindeutig nicht mehr lange zu leben und war deshalb ein bei weitem nicht so unterhaltsames Schauspiel. Der Morgen dämmerte noch nicht einmal herauf, als ich schon dort war, die Ungeduld nagte an meinen Eingeweiden wie Ameisen am Rumpf eines toten Schweines.

Sicher kommt sie nicht, dachte ich. *Sie liebt mich nicht und denkt an Ihre eigene Sicherheit, und darum kommt sie nicht. Es ist auch besser so.*

Und doch war ich nicht so selbstlos, als daß mir das Leben nicht furchtbar vorgekommen wäre. Im trüben, grauen Morgenlicht starrten Nergaluschezib und ich einander an, und ich war so jung und töricht, daß ich ihn fast beneiden wollte.

Und dann kam sie doch, ihr leichter, kleiner Fuß teilte das noch feuchte Gras, und die Düsternis hob sich von meiner Seele.

An jenem Morgen konnten wir nicht mehr als ein paar Worte wechseln. Um uns herum war die Menge, und Assarhamat hatte ihr Gefolge bei sich. Aber die Witwe des *marsarru* besaß im neuen Palast des Königs ihre eigene Wohnung. Sie lebte unter dem Schutz ihrer Schwiegermutter, der Herrin Taschmetum-scharrat, die als Gebieterin des Palastes nicht im Frauenhaus eingesperrt war. Doch diese leidgeprüfte Seele, jetzt alt und vom König vergessen und ihres ältesten Sohnes beraubt, hatte sich in eine Einsamkeit zurückgezogen, die weitaus größer war.

Es war also nicht ganz und gar unschicklich, wenn ich meine Kindheitsfreundin in ihren eigenen Gemächern besuchte. Wir waren nie allein, und ich gestattete mir nicht, zu oft vorbeizuschauen. Wir waren ziemlich sicher, vorausgesetzt, wir gingen nicht weiter, und so waren wir beide glücklich. Wir saßen unter den leeren, kummervollen Augen der Herrin Taschmetum-scharrat beieinander am Springbrunnen in ihrem Garten, der dem Springbrunnen unserer gemeinsamen Kindheit so sehr glich, und wir redeten und spielten mit ihren Katzen – Assarhamat hatte eine große Vorliebe für überfütterte Katzen mit langem, weißem Pelz und scharfen Krallen –, und zuweilen brachte ich ihr ein hübsches Schmuckstück mit, das ich für sie im Basar erstanden hatte.

»Was ist es?« fragte sie dann, lächelte mit ihren dunklen Augen und hielt es ins Sonnenlicht.

»Eine Brosche für deinen Schleier – sieh mal, wie geschickt die Nadel verdeckt ist. Sie kommt aus Tyros.«

Dann lachte sie und klatschte in die Hände, wenn ich unbeholfen versuchte, sie aufzumachen. Wenn wir in der Abgeschiedenheit ihres Gartens zusammen waren, trug sie keinen Schleier.

»Aber was sollen diese Figuren sein? Katzen? Sind das wirklich Katzen?«

»Ja. Da sieh mal. Die da sieht genauso aus wie Lamaschtu.«

»O Tiglat – so darfst du sie nicht nennen.«

»Wieso nicht? Ist sie nicht wahrlich der schrecklichste deiner Dämonen? Hast du nicht gesehen, was sie mit meinem Finger gemacht hat, als ich sie letztes Mal von deinem Schoß heben wollte . . .?«

Von Liebe sprachen wir nie. Mir reichte es, wenn ich sie nur von Zeit zu Zeit sehen konnte. Ich glaubte – und das glaube ich auch heute noch –, daß ich nicht mehr begehrte. Meine Leber war friedlich, und ich ging nicht mehr zum Ischtartempel.

Und während Assarhamat und ich uns unserer unschuldigen Liebe hingaben, befand sich das Land Assur im Krieg. Ich kam mir sonderbar zweigeteilt vor – oder vielleicht doch nicht so sonderbar, da der Krieg die Herzen der Männer höherschlagen läßt. Assarhamat war mein Lebensodem, und doch lebte ich nur für den Augenblick, da ich gegen die

Elamiter ins Feld ziehen konnte. Man hatte meine Ausbildung sehr beschleunigt, und mir war klar, daß ich zu dem nächsten Heer gehören würde, das nach Süden marschierte. Ich wollte nur Assarhamat lieben, und ich wollte nur Ruhm und Ehre.

Der Tag, an dem mein Marschbefehl kam, war einer der glücklichsten meines Lebens.

»Und ich«, beklagte sich Assarhaddon, »ich, der ich dir in jeder Weise überlegen bin – mich, Assarhaddon, den Mächtigen, den Heldenmutigen, mich schickt man in eine Garnison im Westen.«

»Sie wissen eben, wer von uns beiden der wahre Krieger ist, Bruder«, sagte ich und duckte mich, um einer Sandale auszuweichen, die direkt auf meinen Kopf gezielt war. »Du würdest nur Schande über dich bringen, wenn du beim ersten Niesen eines Elamiters Wasser in dein Lendentuch ließest.«

Das war zuviel. Er kam mit dem Kopf voran wie ein Bulle durchs Zimmer auf mich zugestürzt. Als er mich endlich am Boden hatte und wir beide zu sehr lachen mußten, um weiterkämpfen zu können, ließ er von mir ab, und wir gingen in die Stadt, um meinen Ruhm mit einem Krug Bier zu feiern.

»Darin erkenne ich die Hand meiner Mutter«, sagte er – er hatte einen Becher zuviel getrunken, aber er mag recht gehabt haben. »Von allen Weibern ist sie die schlimmste. Ewig schmiedet sie Ränke, spinnt Netze wie eine Spinne. Wenn ich einmal mit einhundert Jahren an der Gicht sterbe, dann war das ihr Werk. Diese babylonische Katze. Bei den sechzig großen Göttern, warum quält sie mich so?«

»Damit sie dich zu einem großen Mann machen und das Land Assur durch dich regieren kann«, erwiderte ich. Auch ich war betrunken, und damals kam uns das als recht harmloser Witz vor.

Assarhaddon nickte, als wäre die Idee von ihm selbst und ihm eben durch den Kopf geschossen.

»Recht hast du. Was für eine Katze sie doch ist!«
Und so begannen wir unser Mannesleben.

*

Ich will nun etwas über Land und Leute in Elam berichten, denn diese Geschichte erzählt von mehr als nur von meinem eigenen, unbedeutenden Leben. Sie gehörten einmal zu den mächtigen Völkern der Erde, obwohl die Erinnerung an sie jetzt verblaßt ist, sogar dort, wo sie früher gefürchtet waren. Wenn ich tot bin, bleiben vielleicht nur diese wenigen Worte von ihnen zurück. Es ist grausam, daß die Namen der Menschen spurlos vergehen, und so mögen sie denn in der Chronik eines Feindes von einst ein wenig länger leben.

Wie das Land Assur lebte auch Elam von den Wassern des Tigris. Es lag viele Tage stromabwärts nach Osten hin und Babylon gegenüber am anderen Ufer des Flusses. Es war ein reiches Volk – und seine Erben gleichermaßen, denn das Land vergeht nicht. Der Boden ist tief und vom Tigris, vom Uqnu und vom Idide gesegnet, deren Hochwasser es immer wieder fruchtbar machen.

Jenseits der Ebenen findet man Berge mit Kupfer, Blei, Silber, Zinn, Basalt, Steinen, Holz, Eisen und Pferden. Alles, was die Männer von Assur sich erst erobern mußten, war den Elamitern als Geburtsrecht gegeben.

Man sagt, daß die Sommer dort wie ein Feuerofen sind, daß ein mittags vor der Tür vergessener Hund in einer Stunde verrückt wird und daß eine Eidechse in Susa nicht die Straße überqueren kann, ohne bei lebendigem Leibe gebraten zu werden. Ich bin nie näher an Elams Grenzen herangekommen als bis zum Turnat, und das war im Monat Siwan, wenn die Hochwasser zurückgegangen sind und ehe die Jahreszeit einsetzt, in der die Sonne zuschlägt wie ein Hammer; aber sogar dort hatten die Menschen sich Keller in die Erde gegraben, wo sie etwas Schutz vor der furchtbaren Hitze finden konnten.

Drei Rassen von Menschen nennen sich Elamiter: in den Ebenen sind dunkelhaarige, hellhäutige Menschen zu Hause, die sich nicht von den Babyloniern unterscheiden; aus den Bergen kommt eine Rasse Menschen mit brauner Haut und von hohem Wuchs; und von den Hochplateaus jenseits der Berge stammen Menschen, deren Haut schwarz ist, die aber in nichts den schwarzhäutigen Menschen gleichen, welche ich in Ägypten gesehen habe und welche von dem Ort kommen, wo der Nil entspringt. Aber alle Elamiter, gleich welcher Farbe, werden von ihren Nachbarn sehr mißtrauisch beobachtet, sie gelten bei ihnen als brutal, humorlos, schwächlich, habgierig und unzuverlässig. Die Sumerer hatten ein Sprichwort: »Ein Elamiter ist unglücklich, wenn er nichts weiter als ein Haus zum Wohnen hat.« Die Babylonier halten Elam für ein Land der Hexen, Zauberer und aller Arten von bösen Geistern. Eines weiß ich aber, schwächlich sind sie nicht – ich habe ihnen im Kampf gegenüber gestanden, und sie sind tapfer bis zur Unbesonnenheit.

Von ihren Sitten und Gebräuchen weiß ich wenig zu berichten. Ihre Sprache habe ich nie gelernt, bin auch nie jemandem begegnet, der sie konnte, denn sie ist höchst kompliziert. Ihre Schrift stammt eindeutig von der keilförmigen Schrift ab, und doch konnte ich sie nie entziffern. Dokumente beurkunden sie durch ihren Fingernagelabdruck im feuchten Ton der Tafel. Das gemeine Volk betet Schlangen, die es in jenem Lande reichlich gibt, und eine Göttin namens Pinikir an, deren Abbild sie als Tonfigur um den Hals tragen – von ihr weiß ich nicht mehr als, daß sie immer nackt abgebildet ist und ihre riesigen Brüste mit den Händen hochhält. Die Priester genießen großes Ansehen, bei hoch und niedrig gleichermaßen, und sie laufen nackt herum, selbst dann, wenn sie ihren Heeren in die Schlacht folgen. Ob dieses nun zu Ehren ihrer Göttin geschieht, vermag ich nicht zu sagen.

Doch unter vielem Bemerkenswerten im Land Elam sind die Gebräuche des regierenden Hauses am bemerkenswertesten. Wie alle zivilisierten Völker haben sie einen König über sich, doch er teilt sich die Macht mit seinem nächst ältesten Bruder, Unterkönig genannt, und dem Sohn des Königs, dem Statthalter von Susa, ihrer Hauptstadt. Wenn der König stirbt, folgt ihm nicht sein Sohn sondern sein Bruder, der aber nicht seinen eigenen Sohn zum Statthalter von Susa ernennt, sondern den Sohn des Bruders in diesem Amt beläßt. So folgt Bruder auf Bruder, bis alle dahin sind, und erst dann kommt der Sohn des ältesten Bruders auf den Thron. Dieses System hat eindeutig den Nachteil, daß ein jüngerer Bruder eher zur Eifersucht neigt als ein Sohn; und so ist denn die Geschichte des Königshauses der Elamiter voll von bitterem Zwist. Auch Hallutusch-Inschuschinak, der den Krieg mit dem Gebieter Sanherib begann, kam dadurch zur Macht, daß er seinen Bruder stürzte.

Das Ganze wird noch kompliziert durch den königlichen Brauch aus Urzeiten, die eigene Schwester zu heiraten. Nach dem Tode des Königs heiratet der Bruder die Witwe, die natürlich auch seine Schwester ist, und die Reihenfolge ihrer männlichen Kinder, nicht die Identität ihrer Väter, bestimmt die Thronfolge. Diese Ausübung des Inzests weist den Frauen des Königshauses große Bedeutung zu, und das ist für jedes Land ein Unglück; außerdem schwächt es die Lebenskraft der Linie, wie jeder Viehzüchter zu erzählen weiß. Söhne sterben jung und ihre Lenden sind unfruchtbar, und seit Menschengedenken sind die Könige von Elam der Reihe nach wahnsinnig geworden, ihr Verstand ist davongeflattert wie ein Schilfgraszaun im Wind. Elam ist ein reiches Land, und seine Menschen sind tapfer und begabt, doch ein Volk kann nicht gedeihen, wenn seine Könige wüten und mit Schaum vor dem Mund toben, wie ein Hund, der die Wasserscheukrankheit hat. Und so waren die Elamiter denn ihren Nachbarn ein Ärgernis und dementsprechend verhaßt.

Ich selbst hielt sie kaum für Menschen – sie waren einfach die Feinde Assurs, die geeigneten Objekte meines blindwütigen Heldenmutes. Denn ich zweifelte nicht daran, daß ich im Krieg furchtbar sein würde. Zwar gab ich das Taschengeld von Kephalos für polierte Bronzespiegel und geschnitzte Elfenbeinsächelchen aus, die ich Assarhamat schenkte, doch im Krieg gegen die Elamiter würde ich wie ein Unhold wüten.

So verging ein Jahr, und die Zeit für den Sommerfeldzug rückte heran. Da war das Lager und die letzten, hektischen Tage der Vorbereitung, da war Assarhamat. Sonst ist mir nichts aus dieser Zeit im Gedächtnis geblieben, außer einer einzigen Zufallsbegegnung, deren Bedeutung mir erst Jahre später aufging.

In der Woche vor unserem Aufbruch wartete ich nach Beendigung des täglichen Waffendrills im Schatten eines Schilfdaches, daß auch ich mich vor dem Essen im Dampfbad sauberschwitzen könnte. Da kam Tabschar Sin zu mir herüber. Er hockte sich neben mich auf die Erde, und sein Gesicht war hart und grimmig.

»Du ziehst als Angehöriger der *quradu* in den Krieg«, begann er und rutschte unbehaglich hin und her, so als ob ihm das Gespräch nicht angenehm wäre. »Die *quradu* hat immer viele Verluste, weil sie Vorhut und Leibwache des Königs zugleich ist. Zudem bist du nicht nur wagemutig, sondern auch unerfahren, eine gefährliche Kombination. Ein wenig Angst tut gut, Prinz – ich will nichts gegen deinen Mut sagen, denn Mut ist die Haupttugend des Soldaten, doch wünschte ich mir, du hättest mehr Achtung vor den Schrekken des Todes. Denk daran, daß du bald Männer in die Schlacht führen sollst, und du mußt an ihr Leben ebenso denken wie an deines. Doch darüber wollte ich nicht mit dir sprechen.«

Ich sagte nichts. Ich wartete schweigend, weil Tabschar Sin ein ernster Mann und ein tapferer Soldat war, der Respekt verdiente. Wenn ich den ersten Sturm der Schlacht überlebte, dann würde ich das ihm verdanken.

»Ein umsichtiger Soldat, Prinz, ordnet seine Angelegenheiten, ehe er sich auf einen neuen Feldzug begibt. Dieser faule Ionier hat dich, wie ich weiß, reich gemacht, und du hast eine Mutter im Frauenhaus. Geh ins Haus der Tafeln und setze ein Testament auf.«

Er ging, und ich vermeinte Flügelschlagen über mir zu hören; wohl schon die Herrin Ereschkigal, die Todesgöttin, die über mir kreiste, bereit herabzustoßen und mir das Leben zu entreißen.

Und so ging ich am nächsten Tage zusammen mit Assarhaddon, meinem Zeugen, zum Haus der Tafeln. Die Luft dort war feucht und roch nach Flußufer, wenn das Hochwasser zurückgegangen ist. Wir wurden durch Zimmerchen um Zimmerchen geführt, alle mit Wänden voller Regale mit kleinen Tontafeln; und mir fiel ein, wie nahe ich daran gewesen war, meine Tage an diesem Ort zu beschließen. Bei dem Gedanken erschauerte ich. Schließlich kamen wir in einen etwas größeren Raum, wie das Schulzimmer meiner Kindheit, und dort saß an einem Schreibtisch ein Schreiber in einer weißen Leinentunika und mit schmutzigen Händen vom jahrelangen Umgang mit feuchtem Ton. Er war jung, vielleicht im gleichen Alter wie wir, und sein Gesicht war bartlos und würde es auch immer bleiben. Seine Augen waren dunkel und funkelten vor unterdrückter Wut, fast als hätte er bei sich beschlossen, wir seien schuld an allem, was sein Leben bedrückte. Assarhaddon und ich nahmen auf einer Bank ihm gegenüber Platz, und einen Augenblick lang sahen wir uns wortlos an.

»Was wünschst du, Tiglat Assur?« sagte der Schreiber zuletzt mit schriller Eunuchenstimme. Wenn das nicht eine Überraschung war.

»Dann kennst du mich also?« fragte ich. »Sind wir uns irgendwo begegnet?«

»Du hast dich nicht sehr verändert, und du auch nicht, Assarhaddon. Das Problem ist wohl, daß ich mich so gut wie gar nicht verändert habe.«

Das kam fast einer Einladung gleich, ihn genauer zu mustern, aber lange brauchte ich nicht, um das Rätsel zu lösen. Ja, natürlich. Warum war mir das nicht gleich aufgefallen.

»Nabuscharusur! Bei Assur – bist du's wirklich?«

Ich wollte schon aufstehen, um ihn zu umarmen, doch Nabuscharusur blieb ziemlich ostentativ sitzen. Die Begegnung schien ihn weniger zu freuen als mich. Seine schwarzen, haßerfüllten Augen ließen nicht von meinem Gesicht ab.

»Ja, ich bin's«, gab er zurück, wobei seine Hände gefaltet in seinem Schoß lagen. »Und du, man sieht es, hast deine hochfliegenden Pläne durchsetzen können, während ich das geworden bin, was du hier siehst.«

Er hob die mageren Schultern. Es war die Geste einer Frau, die eines Menschen, der weiß, daß er zum Gespött geworden ist, und noch deutlicher weiß, daß es weder sein Wille noch sein eigener Fehler war. In diesem Augenblick war er allein, als hätte er unter der Last seines unverschuldeten Unglücks unsere Anwesenheit ganz vergessen. Dann faßte er sich jedoch wieder und richtete den Blick auf Assarhaddon. Ich begriff sofort warum – Assarhaddon grinste ihn an.

»Ich bin gekommen, mein Testament zu hinterlegen«, sagte ich rasch, denn Assarhaddon konnte zuweilen ein rechter Grobian sein. Nur zu gern hätte ich ihm einen Tritt versetzt, doch das hätte Nabuscharusur gemerkt. »Der Krieg, weißt du – ich breche diese Woche nach dem Süden auf.«

»Ja.« Assarhaddon grinste noch immer, er schien das Ganze wohl für einen herrlichen Spaß zu halten. »Eine Gefahr zumindest, die dir erspart bleibt, Nabuscharusur.«

Assarhaddon, der mein königlicher Bruder war, und Nabuscharusur, der es nicht weniger war, wechselten einen Blick, der mehr über die beiden aussagte, als ich wissen wollte.

»Ja, Assarhaddon«, sagte Nabuscharusur mit fast zusammengebissenen Zähnen. »Auf die Unvorsichtigen dieser Welt lauern viele Gefahren.«

Wenn man in einer Kaserne lebt, wo die Männer zusammengepfercht sind und Gewalttätigkeit zum Lebensinhalt wird, erwirbt man sich ohne sein Zutun genaue Kenntnisse über alle Abstufungen von Zorn und Haß. Ich hatte Prügeleien wegen eines Kruges Bier oder des Gewinnes in einem Glücksspiel gesehen, bei denen sich die Männer gegenseitig umgebracht hätten, wenn nicht die Kameraden dazwischengefahren wären – einmal sah ich, wie ein Fußsoldat aus Edom einem anderen Soldaten mit dem Daumen das Auge eindrücken wollte, und das nur, weil die Sonne heiß herabbrannte und ein Becher mit Wasser verschüttet worden war. Doch ich hatte noch nie etwas gesehen, was der kalten Wut auf Nabuscharusurs Gesicht gleichgekommen wäre. Sie blieb unter der Oberfläche seiner gelassenen, verächtlichen Ruhe, kam mir deshalb aber um so tödlicher vor. Das war nicht der aufbrausende Zorn, den man noch vor dem Essen vergessen hat. Das war ein Haß, der den Eindruck machte, er könne die Lebensspanne eines Menschen währen.

Und dann wandte sich Nabuscharusur mir zu, als wollte er damit sagen, er wäre dergleichen Beleidigungen gewohnt und trüge sie nicht nach. Als er sprach, war seine Stimme so ungerührt wie ein Regenwassertümpel nach dem Gewitter.

»Wie willst du deinen Besitz verteilen, Tiglat?«

*

Die Stunde kam näher. Am Tag vor dem Abmarsch des Heeres zog ich meine neue grüne Uniform an – ich war nun *rab kisir,* doch ich muß gestehen, dieses nur, weil mein Vater König war, nicht etwa durch eigenes Verdienst – und machte mich auf, eine letzte Stunde bei Assarhamat zu verbringen. Sie empfing mich im Garten, wie es bei uns Brauch geworden war. Ich fand sie am Springbrunnenrand sitzend, und als ich mich näherte, hob sie den Blick zu meinem Gesicht. Nach all den Monaten, die ich sie besucht hatte, sah ich sie zum ersten Mal weinen.

»Was ist?« fragte ich – eine törichte Frage, auf die ich aber doch verzweifelt die Antwort ersehnte, die ich bereits kannte. Ich nahm neben ihr Platz und griff kühn nach ihren Händen. Sie zog sie nicht zurück. »Was hat dich unglücklich gemacht, Assarhamat? Sag's mir.«

»Was soll aus mir werden, wenn man dich tötet, Tiglat?«

Ich brauchte nur in ihre tränenglänzenden Augen zu blikken, um zu wissen, was sie meinte. Die Kinderzeit ist vorbei, wollte sie sagen, und diese Frau hier liebt dich.

»Ich frage mich, was aus dir wird, wenn das nicht geschieht.«

Beide blickten wir zur entgegengesetzten Seite des Gartens zu dem Schattenfleck, wo die Herrin Taschmetumscharrat auf einer Liege aus Rohrgeflecht lag und ins Leere starrte, während eine ihrer Frauen sie fächelte.

»Ich will nicht die Frau ihres Sohnes werden«, murmelte Assarhamat mit eisiger Stimme. »Ich bin Witwe – bald kann ich über Assurnadinschums Besitz verfügen, und dann bin ich frei. Niemand kann mich zwingen, Arad Ninlil zu heiraten; er ist wie eine Schlange und macht mir eine Gänsehaut. Ich kann wählen, wen ich will, und ich wähle dich!«

Ich lächelte, zum einen über ihr immer noch kindliches Vertrauen, daß sie haben könnte, wonach auch immer ihr der Sinn stand – ich spreche dabei nur davon, daß sie wählen konnte, denn es war nicht das Kind, sondern die Frau, die wußte, ich würde um ihretwillen jeden noch so schrecklichen Tod riskieren – und zum anderen, weil kein Mann solche Worte von den Lippen einer Frau hören kann, ohne glücklich zu sein. Ich lächelte, und doch wußte ich, es war unmöglich.

»Wir sind Diener des Königs«, sagte ich – noch nie hatte ich diese Wahrheit so tief empfunden wie in diesem Augenblick. »Dein *simtu* ist es, Mutter von Königen zu werden. Das kannst du nicht abwenden, genauso wenig wie ich die Wahl habe, mir die Krone auf den Kopf zu setzen. Du wirst heiraten, wen der König, mein Vater, bestimmt, so wie ich ihm jetzt in die Schlacht folge.«

»Was bist du auf einmal so schrecklich edelmütig, Tiglat. Ich glaube, unverschämt hast du mir besser gefallen.«

Sie entzog mir ihre Hände. Die Tränen auf ihren Wangen waren bereits getrocknet, und als ich sie anschaute, sah ich jemand, den ich nicht kannte. Diese Frau hatte die kindliche Weichheit abgelegt, und ihr ernster Mund spiegelte einen Willen, der so hart war wie Feuerstein.

»Dieser Krieg ist nicht schnell vorbei«, fuhr sie fort, als erzählte sie diese Dinge sich selbst. »Mehr als nur ein Sohn des Königs kann in ihm fallen. Du hast mir einmal erzählt, daß du ein *sedu* hast – oder war das nur wieder eine deiner üblichen Unverschämtheiten?«

»Ich glaube, es war wohl nichts weiter als die Hirngespinste eines verrückten alten Mannes.«

»Paß auf, daß du lebend aus dem Krieg zurück kommst, Tiglat.«

Sie lächelte mir zu, und auch dieses Lächeln hatte ich noch nie bei ihr gesehen.

»Nichts wäre mir lieber, als . . .«

»Ich glaube, du kommst wirklich zurück.« Dieses Mal ergriff sie meine Hand. »Das war kein verrückter alter Mann – ich glaube an dein *sedu,* Tiglat. Mach, daß der König dich so liebt wie der Gott – und wie ich. Ich werde Arad Ninlil nicht heiraten, und wenn ich Mutter von Königen werden muß, dann mußt du ihr Vater sein.«

*

Als ich zur königlichen Kaserne zurückkehrte, hatte ich einen Besucher. Kephalos wartete auf mich, saß auf einem Schemel vor meiner Tür und sah sehr wichtig und ungeduldig aus, während der Knabe Ernos einen Straußenfederfächer über ihn hielt, um ihn vor der Sonne zu schützen. Er stand auf, als er mich erblickte, und ich hatte einige Mühe, ihn davon abzuhalten, auf alle viere zu fallen und meine Knie zu umfassen.

»Junger Herr, komm – laß uns nach drinnen gehen, es ist so heiß.« Er nahm dem Knaben einen großen Lederbeutel und einen noch größeren Keramikkrug ab und schickte ihn dann fort. »Wie du siehst, habe ich meinem Gebieter den besten Wein aus dem Libanon mitgebracht, an dem wollen wir uns jetzt erquicken.«

»Dann tritt ein«, sagte ich, legte ihm die Hand auf die Schulter und stieß die Tür auf. »Dein Anblick, Kephalos, mein Freund, ist mir stets willkommen, auch ohne den besten Wein, und noch dazu aus dem Libanon.«

Ich freute mich wirklich, ihn zu sehen, denn ich hatte vorgehabt, ihn an eben diesem Abend in seinem Haus aufzusuchen. Die Mühe konnte ich mir jetzt sparen. Ich nahm zwei Kelche aus blauem Glas vom Sims des einzigen Fensters in diesem Raum, erbrach das Siegel des Weinkruges und schenkte uns beiden bis zum Rand ein, während mein Sklave es sich auf meiner zusammengerollten Schlafmatte bequem machte.

Wie üblich bot Kephalos einen imposanten Anblick. Sein Wohlstand hatte ihn beleibt gemacht, und sein Bart, der in den vergangenen Jahren riesige Dimensionen angenommen hatte, war gelockt und duftete nach Granatapfelöl, und er trug mehr Ringe und Armbänder als die teuerste Hure Ninives. Seine Tunika war aus blauer, mit Silberfäden durchwirkter Wolle, wie die eines Edelmanns am Königshof, und reich mit Gelb und Grün bestickt. Den Turban auf seinem Kopf verschönte eine Silberschließe von der Größe eines Kriegsschildes. Niemand wäre bei seinem Anblick auf die Idee gekommen, daß er der Sklave eines Soldaten war.

Nachdem wir beide unser Herz an dem Wein gelabt hatten und Kephalos mich mit Geschichten von seinen zahlreichen Erfolgen als Arzt unterhalten hatte – für ihn nur Vorwand, selbstsüchtige und hirnlose Frauen auszunehmen –, griff er nach dem Lederbeutel und öffnete die Schnur.

»Ich bringe dir Geschenke, junger Herr – schließlich bin ich Soldat gewesen und weiß, du bist ein gedanken- und sorgloser Jüngling, und da dachte ich, ich sollte ein paar Dinge zu diesem wahnwitzigen Feldzug beisteuern. Nein, nein, mein junger Gebieter – alle Kriege sind Wahnwitz und bereichern nur die Krähen und Schakale, doch da dein Herz so an diesem hängt ...«

Er zog zwei kleine, glasierte Krüge, einen grünen und einen roten, aus dem Beutel, deren Öffnungen mit Ton verschlossen waren.

»In diesem«, sagte er und hielt den grünen in der linken Hand, »befindet sich ein Balsam, der von großem Nutzen bei der Behandlung aller Arten von Wunden ist, doch man muß ihn sofort auftragen, damit die Wunde nicht erst eitert.« Er hob den anderen Krug mit Finger und Daumen hoch, als ob er sein Gewicht abschätzen wollte. »Und das hier, das ist ein unübertreffliches Mittel gegen Ansteckungen, die man sich bei unsauberen Frauen holt. Vergiß nicht, Gebieter, daß ein Soldat in merkwürdige Länder kommt ...«

»Hab Dank, mein Freund«, antwortete ich, und schenkte ihm wieder demonstrativ feierlich nach, denn wenn ich ihm hätte ins Gesicht blicken müssen, ich wäre in Lachen ausgebrochen, und ich wollte ihn auf keinen Fall verletzen. Kephalos hielt alle Männer für ebenso schlimm wie sich selbst, aber auf seine Art war er eine ehrliche Haut, und ich liebte ihn.

»Ich habe auch ein Geschenk für dich.«

Damit stand ich auf und ging zu meinem Montursack, aus dem ich einen sorgsam in Leder eingeschlagenen Gegenstand holte. Als ich mich wieder setzte, legte ich ihn Kephalos vor und wickelte ihn aus.

»Ich habe mein Testament gemacht«, sagte ich. »Im Falle, daß ich nicht aus diesem Krieg zurückkehre, soll meine Habe – das Silber, daß du mir mit deinem Fleiß verdient hast – in den Besitz meiner Mutter übergehen, und ich bitte dich, tu mir den Freundschaftsdienst und kümmere dich darum.«

»Es soll geschehen, junger Herr, aber das ist ein melancholisches Thema. Lieber möchte ich ...«

»Ich habe nur noch ein weiteres Besitztum, und das bist du selber.« Er setzte schon zur Gehorsamkeitsgeste an, wollte mir Hände und Stirn auf die Knie legen, doch ich hielt ihn zurück. »Ich weiß nicht, was aus dir werden soll, wenn ich sterbe, und so zählst auch du zu meinen Erben. Sollte mein *simtu* mich im Süden treffen, so bezeugt diese Tafel, von der eine Kopie im königlichen Archiv liegt, daß ich dir die Freiheit geschenkt habe.«

Jetzt ließ er sich nicht länger zurückhalten, warf sich vor mir zu Boden, legte das Gesicht auf die Arme und umschlang meine Füße. Er weinte, und auch ich weinte – vermutlich waren wir beide ein wenig betrunken, denn der Wein aus dem Libanon ist bekanntermaßen feurig.

»Wie du weißt, junger Herr, wurde ich als freier Mann geboren«, sagte er, als er sich wieder gefaßt hatte. »Und ich bin gewiß, daß es mein Los ist, auch als ein solcher zu sterben. Wisse aber, Gebieter, daß ich meine Freiheit nicht für den Preis deines Lebens erkaufen möchte. Komm aus deinem Krieg nicht anders zurück, als du jetzt bist – und nimm dich vor den schmutzigen südländischen Frauen in acht!«

Als er dann endlich aufstand, um sich zu verabschieden, legte er mir die Hände auf die Schultern.

»Und dann, Gebieter, wenn du alles aufgebraucht hast, was die Krüge enthalten, gib acht, daß du sie nicht fortwirfst.«

Die Tür schloß sich hinter ihm. Ich schenkte mir die Neige ein und rätselte, was er wohl damit gemeint haben mochte. Schließlich hob ich einen der Krüge hoch und war überrascht, daß er so schwer war. Dann nahm ich mein Schwert und kratzte mit der Klinge an der Unterseite des roten ein wenig von der Glasur ab. Das Metall darunter schimmerte goldfarben wie Honig und war weich wie Wachs.

»Reines Gold«, flüsterte ich. Ich wog sie noch einmal in der Hand – wenn man den Inhalt abzog, mußte ein jeder an die siebzig Schekel wert sein. »Kephalos, du kluger Schurke, Gott schenke dir ewiges Leben.«

V

Vieles auf der Welt ist schön anzusehen, doch ich war immer der Ansicht, daß es für die Augen eines jungen Mannes nichts Schöneres gibt, als ein Heer, das in den Krieg zieht. Sein Herz ist voller Träume von Ruhm und Ehre, und während Könige um der Rache oder des Gewinns willen Kriege führen und der gemeine Mann, um seinen Schulden oder seiner Frau oder dem Arm des Gesetzes zu entkommen – oder weil er eingezogen wurde –, schultert der verträumte Jüngling seine Waffe und folgt dem Ruf von Größe, Ruhm und Abenteuer. Das Heer Sanheribs war ein Zauberteppich, der sich weit, weit in die Ferne erstreckte und mich tragen würde ... Wohin, das ahnte ich kaum, doch gewiß zu irgendeinem glänzenden Triumph. Unter diesem Eindruck stand ich viele Wochen lang – ja, eigentlich bis zum Morgen meiner ersten Schlacht.

Am Tage unseres Aufbruchs in Ninive beneidete ich beinahe die Menschenmassen, welche die Straße nach dem Süden säumten, denn ich marschierte weit hinten in der Parade, hatte mich um mein Gepäck und meine Kompanie von hundert Mann zu kümmern, darunter etliche erfahrene Krieger und andere, die noch weniger übers Soldatsein wußten als ich. Den König auf seinem Streitwagen sah ich nicht, und der Klang der Trompeten war nur ein fernes Gesumm. Als dann wir durch die Stadttore zogen, jubelten die Menschen schon seit Stunden nicht mehr. Einzige Zeugen unseres Ausmarsches waren etliche verdrossene Ladenbesitzer und die allerärmsten Dirnen, welche Reisende noch mit dem Reisestaub in den Kleidern bedienten; und die lachten uns nur aus, rissen obszöne Witze und hoben die Tunika, damit wir sehen konnten, was wir, vielleicht für immer, hinter uns ließen.

Ich hatte den Rang eines *rab kisir* und befehligte hundert Mann, doch das war rein aus Gefälligkeit. Die Heere Assurs hätten nicht den größten Teil der Welt erobert, wären sie von Toren und grünen Jungen angeführt worden; und so hatte man mir zu verstehen gegeben, daß ich mich, bis ich mich bewährt hätte, als gemeinen Soldaten betrachten solle. Der Mann, den man mir als *ekalli* – das Wort bedeutet weiter nichts als ›Kurier‹ – zur Seite gegeben hatte, führte in Wahrheit den Befehl. Er hieß Nargi Adad und hatte mit Tabschar Sin an den Feldzügen des großen Sargon teilgenommen. Ja, er war Teil jenes Heeres gewesen, das sich nach dem Tode des Königs den Weg nach Hause erkämpft hatte, und von ihm hörte ich auch die Geschichte jener letzten Schlacht.

Nargi Adad war stets zum Lachen aufgelegt. Immer war er hungrig und niemals müde, und es gab kaum einen besseren Soldaten. Von Aussehen war er stämmig und dick und so haarig wie eine Ziege. Er hatte fast gar keine Stirn, und sein Bart schien direkt unter seinen Augen zu beginnen. Auf seinen Händen, ja sogar auf seinen Füßen, wuchs dichtes, schwarzes Haar, und wenn er seine Tunika auszog, sah er wie ein Tier aus, das Bär heißt, und das ich in den Bergen des Ostens gesehen habe. Was ein anderer Mann vielleicht als Entstellung verflucht hätte, ihm war es eine Quelle enormen Stolzes; und er behauptete, die Dirnen aller Völker fänden ihn unwiderstehlich, was ich auch nicht anzweifelte, denn auch Kephalos wies immer wieder gern darauf hin, daß Frauen auf alles Neue brannten.

Gesetzt, es machte Gewaltmärsche und legte während des gesamten Tageslichtes keine Rast ein, so konnte ein Heer in vier Tagen die Entfernung zwischen Ninive und den umstrittenen Gebieten in Akkad, östlich des Tigris, schaffen, doch es würde bei seiner Ankunft nicht kampffähig sein.

Wir ließen uns mehr Zeit, da wir wußten, daß die Elamiter und ihre chaldäischen Verbündeten schon im Feld standen; und als gottesfürchtige Menschen blieben wir während der ungünstigen Tage, von denen ein jeder Monat fünf hat, in unseren Zelten, trugen Lumpen und aßen kein im Topf gekochtes Essen. Und so netzten wir erst am zwölften Tage unsere Sandalen im Radanu.

»Ja, ja, Prinz, wenn wir dies Rinnsal Ochsenpisse erst einmal überquert haben, müssen wir auf der Hut sein, denn zwischen dem da und dem Turnat werden wir sicherlich auf den Feind treffen.«

Nargi Adad lachte und klopfte mir auf die Schulter. Wie die meisten Soldaten Assurs achtete er Geburt gering. Die Uniform eines *rab kisir* machte noch keinen Mann zum Krieger, und ich war nicht wenig stolz darauf, daß mein eigener *ekalli,* der Seite an Seite mit dem mächtigen Sargon gefochten hatte, mich so behandelte, als wäre ich weder sein Vorgesetzter noch der Sohn des Königs, sondern ein alter Waffenkamerad. Ich wußte, es war weiter nichts als eine Marotte, aber es bedeutete, daß Tabschar Sin, sein Freund, Gutes von mir berichtet hatte.

»Was meinst du, wie viele?«

»Ein Heer, Prinz, und ein großes obendrein.« Er nickte zum flachen, braunen Ufer jenseits des Flusses hin, und das Lächeln war verschwunden. »Die Männer dort sind keine Feiglinge, und sie wissen, daß mit deinem Vater nicht gut Kirschen essen ist. Sie müssen ihn hier aufhalten, oder er marschiert direkt auf Susa, beschläft Kuternahhuntes Frauen und gräbt die Gebeine seiner Vorfahren aus. Die da kämpfen für ihre Häuser und Felder, so wie wir vielleicht einmal – wenn wir sie nicht aufhalten können.«

»Aber wir werden sie doch aufhalten.«

Nargi Adad wandte den Kopf auf dem kurzen Hals und blickte mich mit halbem Auge an. Eine Bemerkung lag ihm auf der Zunge, doch er unterdrückte sie und lachte auf.

»Ja, Prinz – mit Assurs Hilfe werden wir sie aufhalten.

Ihre Knochen werden wir von hier bis zum Bitterfluß hinterlassen, so daß ein Mann dorthin ganz auf Schädeln von toten Elamitern gehen kann. Komm. Geben wir unseren Männern zu essen, und dann nichts wie los. Morgen abend lagern wir im Angesicht des Turnat, und am übernächsten Morgen gibt es eine Schlacht, die dich, solltest du sie rein zufällig überleben, für den Rest deines Lebens mit Stoff für Schenkengeschichten versorgen wird.«

Und so überquerten wir den Radanu, und am nächsten Tag schlug das Heer in der Nähe einer elenden, kleinen Ansammlung von Lehmhütten namens Chalule – möge der Name von den Lippen der Menschen verschwinden und die Felder dort mit Salz gepflügt werden – das Lager auf.

Nargi Adad und ich beschlossen, auf eigene Faust die Gegend zu erkunden und machten uns zusammen in das Dorf auf. Die Einwohner waren geflohen, sie wußten wohl, daß eine große Schlacht bevorstand und daß darauf, ganz gleich wer gewann, ein furchtbares Plündern und Morden folgte. Als wir so durch das verlassene Dorf schritten, konnten wir nur einen unseligen Hund bellen hören, den man zurückgelassen hatte. Wenn dieser Ort nicht einen trostlosen Eindruck machte! Wir kletterten auf das Dach des höchsten Gebäudes und musterten das Terrain.

Ich mag die südlichen Länder nicht. Das kommt zum größten Teil daher, daß meine Erinnerungen an sie eine Chronik der Zerstörung sind – keiner, der an den babylonischen Kriegen teilnahm, sehnt sich danach, dieses Schlachtfeld noch einmal zu sehen –, in gewissem Maße aber auch daher, daß ich im Lande Assur geboren war und den Anblick der fernen Berge liebte. Die Ebenen im Süden sind so flach wie ein Trommelfell, nichts lenkt das Auge ab, außer vielleicht der Anblick eines lehmigen Flusses oder einer Gruppe Dattelpalmen – wie jedermann weiß, die häßlichsten Bäume, welche die Götter erschufen. Auf jenem Dach in Chalule kam es mir vor, als erstreckte sich das Land ohne eine einzige Erhebung bis hin in diesige Unendlichkeit.

»Da, siehst du sie kommen?« Nargi Adad murmelte es, als fürchtete er, die Elamiter könnten ihn hören. Er wies mit seinem pelzigen Arm zu dem in der Ferne schimmernden Wasserband, dem Turnat. Auf dem Fluß wimmelte es bereits von runden, kleinen Booten aus verpichtem Schilf, *gufas* genannt. »Sie setzen ihre ganze Truppe über. In zwei Stunden dürften wir ihre Kochfeuer sehen, und am Morgen . . . Die wollen wirklich kämpfen, Prinz. Die denken nicht an Rückzug. Wie du siehst, werden sie mit dem Rükken zum Fluß stehen.«

Als wir dann wieder im Lager waren, konnten wir schon ihre Trommeln wie ein dumpfes, fernes Gewitter hören.

»Das machen sie die ganze Nacht durch. Die wollen uns zweifellos eine Todesangst einjagen.« Mein *ekalli* grinste und zeigte dabei große, fleckige Zähne. »Wie die überhaupt schlafen, weiß ich nicht, ich jedenfalls finde das Geräusch ganz beruhigend.«

An jenem Abend flößte mir Nargi Adad nach dem Essen einen halben Krug starken babylonischen Bieres ein. Dann zog ich meine Sandalen aus und wickelte mich in eine Dekke, die ich mir über die Ohren zog, um dem Dröhnen der elamitischen Trommeln zu entgehen. Es war eine heiße Nacht, deshalb kann ich nicht behaupten, ich hätte vor etwas anderem gezittert als vor Todesangst. Mein Kopf summte vom Bier, und doch kribbelte es in allen Gliedmaßen; und ich kam mir so lebendig vor, wie es jemand, der noch nie an einer Schlacht teilgenommen hat, wohl selten an sich zu spüren bekommt – das macht die Angst aus einem Menschen.

Morgen, beim ersten Tageslicht, dachte ich bei mir, *morgen kann ich schon tot sein. Ein Pfeil vielleicht, oder ich werde von einem Streitwagen überrollt und getötet. Und dann, wenn die Schlacht vorbei ist, verstümmeln sie wohl auch noch meine Leiche. Irgendein Chaldäer hat dann meine Geschlechtsteile am Köcher baumeln, wenn er zu Weib und Kind zurückkehrt.* Mein *sedu* und meine Träume von Ruhm und Ehre hatte ich völlig vergessen. Ich wollte nur noch aufstehen, fort vom Turnat, und laufen, bis ich zu Boden sank. Wenn ich in jener Nacht überhaupt geschlafen habe, dann nur von Zeit zu Zeit für Sekunden, wahrscheinlich aber überhaupt nicht.

Ich war *rab kisir* und schämte mich meiner Angst ganz entsetzlich, doch ich habe seitdem noch so manche Schlacht geschlagen, ohne in der voraufgehenden Dunkelheit die furchtbare Angst davor losgeworden zu sein, darum habe ich gelernt, nicht mehr so schlecht von mir zu denken. Angst ist so natürlich wie Atmen. Wie ein Mensch damit fertig wird, das allein zählt.

Am nächsten Morgen bestand mein Frühstück aus Brot und Trauben, dann legte ich meine Beinschienen, meinen Lederharnisch und den Bronzehelm an. Als ich dann mit meinem Speer in der Hand dastand, merkte ich erstaunt und erleichtert, daß die Furcht verflogen war. Ich würde jedenfalls nicht Fersengeld geben und fliehen, und das war fast das gleiche. Ich stellte fest, daß ich mich tatsächlich auf den Kampf freute. So geht es vermutlich den meisten Soldaten.

Ich will hier nicht von der Aufstellung des Heeres berichten, welche Truppenteile als Reserve dienten und welche nicht, von der Bedeutung der Reitertruppen oder der taktischen Aufstellung der Streitwagen, denn wenn es an jenem Tag überhaupt irgendeine großartige Taktik gab, so habe ich nichts davon gemerkt. Jedenfalls müssen die Pläne beider Befehlshaber hoffnungslos verfehlt gewesen sein, sonst wäre nicht alles so schiefgelaufen. Eine gut geplante Schlacht endet nämlich nicht in einer allgemeinen Metzelei. Ziel des Krieges ist es, Feinde zu töten, und das mit so wenig Verlusten wie möglich. An jenem Tag in Chalule kämpften nicht die Könige und Generäle, sondern Männer. Die Heere waren wie zwei Riesen, die sich im Kampf verkeilt haben, jeder hat die Hand an der Kehle des anderen, und wenn sie sich endlich trennen, dann nicht, weil der eine gesiegt hat, sondern weil beide zu erschöpft und zu verwundet sind, um weiterzumachen.

Und so habe ich denn von jenem Tag keine Geschichte zu erzählen außer meiner eigenen, und die kommt vermutlich der allgemeinen Wahrheit so nahe wie jede andere auch. Als ich dann später Befehlshaber war, stand ich immer auf einer Erhebung, von der aus ich das Schlachtfeld überblikken und prüfen konnte, ob die Schlacht nach meinen vorher erdachten Plänen verlief; und ich glaube, daß meine Pläne so manchem Soldaten auf beiden Seiten das Leben gerettet haben, denn ein klarer Sieg kommt alle weniger teuer zu stehen. Doch in Chalule lief es anders.

Im trüben, grauen Licht des Morgens hing der Rauch von den Kochfeuern wie Nebel am Boden. Die Männer redeten nicht. Abgesehen von dem Geklirr der Waffen und dem Schnauben der Pferde war kein Geräusch zu hören. Sogar die Trommeln der Elamiter hatten aufgehört, denn auch sie wußten, daß die Zeit knapp war; jedermann beschäftigte sich mit so gewöhnlichen Dingen wie Schildriemen und Bogensehnen und konnte sich den Luxus namenloser Ängste nicht leisten.

»Komm, Prinz. Wir wollen sehen, ob die Männer fertig sind.«

Nargi Adad sah in Rüstung und Helm so rund und unangreifbar wie Stein aus. Ich dachte bei mir, wir brauchen ihn nur den feindlichen Linien entgegenrollen, und schon kracht er durch sie hindurch wie durch Schilf. Er legte die dicke, behaarte Hand auf die Muskeln meines rechten Armes und drückte sie.

»Tabschar Sin sagt, daß du sehr geschickt mit dem Speer umgehst«, sagte er und grinste wie ein Drache. »Er behauptet, du kannst auf hundert Schritt das Auge einer Maus treffen. Gebe Gott, daß es nicht zu weit von der Wahrheit entfernt ist, Prinz.«

Meine Kompanie bestand aus Bogenschützen und Speerwerfern, das Rückgrat jedes Heeres. Sie kämpften in Einheiten von je zwei Mann, einer der den Bogen oder den Speer handhabte und der andere, der beide mit einem riesigen geflochtenen Lederschild schützte. Wir sollten in der ersten Linie kämpfen und uns in Keilformation aufstellen; uns gegenüber stand die Reiterei, die versuchen würde, uns niederzureiten, unsere Formation aufzubrechen und uns wie Spreu auseinanderzutreiben. Doch zunächst einmal mußten sie uns erreichen, und da würden sie direkt in unsere Waffen laufen. Erreichten sie uns nicht, oder hielten wir dem ersten Angriff stand, dann würden wir gegen die Linien der Elamiter vorrücken, wo es dann zum Nahkampf mit Schwert und Dolch kommen würde. An die großen, gepanzerten Streitwagen, welche die Leiber der Männer niedermähen konnten wie Weizen auf dem Halm, wagten wir nicht zu denken.

Den ersten Anblick der elamitischen Linien werde ich so schnell nicht vergessen. Sie hatten natürlich viele Verbündete unter den kleinen Staaten im Süden – Männer aus Anzan und Lakabra, Chaldäer und die Iazan- und Harzunu-Stämme, die Pascheru, Völker und Rassen ohne Zahl –, doch die Elamiter bildeten das Zentrum. Ohne sie wären die anderen nur summendes Fliegengeschmeiß gewesen. Wir gehörten zur *quradu* und waren deshalb die Vorhut um die Person des Königs. Wir würden die volle Wucht des elamitischen Vorstoßes zu spüren bekommen.

Wie ich da auf der staubigen, windlosen Ebene mit erhobenem Lederschild stand, um mich gegen die Morgensonne zu schützen, da konnte ich sehen, wie ihre Kriegspferde sich mit Hufen aufbäumten, die wie Dolche schneiden würden. Die Soldaten trugen eine Bronzerüstung und Helme mit Hörnern wie die Bullen. Ihre Schilde waren ohne Zahl, und ihre Waffen schimmerten im trüben Licht wie aufblitzendes Wasser, als sie ihre Speere und Schwerter höhnisch herausfordernd hoben. Ihre Trommeln schwiegen jetzt, auch vergeudeten sie ihren Atem nicht für Kriegsgeschrei. Allein ihr Schweigen genügte bereits.

»Also dann, Männer!« Das war Nargi Adads Stimme, welche die Stille wie ein Hammer durchschlug. »Denkt daran – der Tapfere bleibt am Leben, um weiterzukämpfen. Wenn ihr in Panik geratet, trampeln sie euch zu Boden wie Trauben im Weinbottich. Nur wenn ihr sie tötet, töten sie euch nicht, also ruhig Blut und gut gezielt. Wir sind die *quradu,* die Starken, und uns ist das Leben des Königs anvertraut. Denkt auch daran. Und heute abend wissen wir dann, wie das Bier in Elam schmeckt!«

Alles jubelte ihm zu, ich auch, und das nicht zu knapp. Falls ich jemals an die Herrlichkeit des Krieges geglaubt habe – wenn er jemals herrlich war –, dann in jenem Augenblick.

Und auf einmal bewegten wir uns irgendwie vorwärts, Schritt für Schritt, um in Formation zu bleiben, während wir auf die donnernden Hufe der elamitischen Reiterei lauschten und unsere Waffen bereitmachten. Mein Träger hielt unseren Schild am linken Arm und am rechten in einer Lederschlaufe an die fünfundzwanzig meiner dünnen Speere mit der Kupferspitze. Einen balancierte ich wurfbereit in der rechten Hand. Ich suchte mir bereits ein Ziel.

Ein Speerwerfer muß flink sein, denn seine Kunst ist gefährlich. Der Bogenschütze kann hinter seinem Lederschild bleiben, doch der Werfer braucht mehr Platz und muß deshalb hervortreten und seinen Wurf ganz schutzlos ausführen. Zum Zielen muß er sich Zeit nehmen, sonst riskiert er sein Leben für nichts, doch er muß schnell sein, sonst findet ein Pfeil seinen Bauch, und mit dem Werfen ist es für immer vorbei. Jetzt kamen die elamitischen Reiter – man konnte ihre langen Sichelschwerter aufblitzen sehen. Ich ließ sie nahe genug herankommen. Außer beim Nahkampf zielt man auf das Pferd, denn ein Reiter läuft wie ein Hase, sobald er sein Tier verliert, und das Pferd ist größer und hat weniger Rüstung und kann sogar ohne Reiter eine Formation aufbrechen. Ich wartete auf das Pferd – das war mein Feind, und der Mann, dessen Knie seine Schulterblätter umklammerten, war lediglich ein Schatten. Ich wartete, und mein Arm zitterte vor Eifer, und mein Speer dürstete nach Blut.

Schließlich – endlich – war der Anführer nahe genug. Ich sah ihn nicht, sah nur das Pferd, nur einen braunen Fleck. Ich trat hinter dem Schild hervor, riß den Arm zurück, wartete jenen Bruchteil eines Augenblicks ab, den man zum Zielen benötigt und warf. Alles, all meine Kraft, ging in diesen Wurf. Der Speer flog in hohem Bogen wie ein Beutevogel durch die Luft, und ich stand da und sah gebannt und bewegungslos zu. Er stieg höher und höher, und dann fuhr er nieder und grub sich in den Halsansatz des Pferdes. Das Tier rollte sich vornüber wie ein Karrenrad, sein Reiter machte einen flinken, akrobatischen Überschlag in der Luft und geriet unter sein totes Tier. Er mußte entweder verletzt oder tot sein, denn er versuchte nicht einmal fortzukriechen. Was für ein schöner Anblick. Ich konnte die Augen einfach nicht abwenden.

Ein Pfeil fuhr vor meinen Füßen in den Staub, und mir fiel ein, daß auch ich sterblich war, und ich duckte mich hinter den Schild. Bereits als ich die Hand ausstreckte, hielt mein Träger auch schon einen Speer bereit. Ich suchte das Schlachtfeld nach einem neuen Ziel ab.

Und ich warf, wieder und wieder. Manchmal traf ich daneben, doch die meisten Speere fanden ihr Ziel. Ich weiß nicht, wieviel Männer und Pferde ich tötete, und der Anblick ihres Todes erfüllte mich wie mit göttlichem Atem. Pfeile fielen wie Hagelkörner um mich herum nieder, doch ich nahm sie kaum wahr, denn wer könnte mir wohl schaden. Einmal, aber nur einmal, berührte eine Pfeilspitze flüchtig meinen Schenkel, aber darum konnte ich mich nicht kümmern – ich machte mir nicht einmal die Mühe, das Blut abzuwischen. Ich war in Ekstase. Wenn Männer behaupten, der Krieg sei das größte Vergnügen unter der Sonne, so sind sie gar nicht so dumm und lügen nur wenig, denn die Lust an Gefahr und Tod ist groß und benimmt einem den Verstand. Ich glaube, ich war nicht mehr ganz beisammen.

Als die Reiter uns beinahe erreicht hatten, zielten wir auf sie. Während meine Männer um mich herum starben und wortlos aufs Gesicht fielen, konnte ich nur an den nächsten Wurf denken, und an den nächsten. Einmal stürzte ein Reiter mit Pferd direkt auf mich zu, und als sein Schwert mir mit einem Hieb den Kopf abschlagen wollte, fuhr ihm meine Speerspitze unter den Harnisch und hob ihn geradenwegs über den Schwanz seines Tieres, daß er mit dumpfem Aufprall zu Boden fiel. Ich warf nicht einmal einen Blick auf sein Gesicht. Ich zog nur den Speer heraus und blickte mich nach einem neuen Ziel um.

Sie durchbrachen unsere Linien nicht, und die Reiterei taugt nur zu einem Angriff und danach zum Plündern des Trosses – sie kämpft nur kurz. Wenn sie vorüber ist, kommen die Streitwagen.

Wir hatten Glück – auf uns warteten nur zwei Gefahren, und die Pferde der ersten Gefahr hatten wir getötet, ehe sie uns erreichen konnten. Die andere jedoch überrollte eine Flanke unserer Formation und zermalmte die Männer unter ihren Rädern wie Datteln.

Aber da hatten wir schon fast die elamitischen Linien erreicht, und es war keine Zeit mehr für Speer und Pfeil. Ich zog mein Schwert, und mein Träger warf unseren Schild fort, denn nun mußte jeder Mann für sich allein kämpfen.

Inzwischen war ich wieder zu mir gekommen, zumindest genug, um zu begreifen, daß diese Männer mich töten wollten und daß meine Haut nicht aus Eisen war. Jetzt hatte ich Angst, doch die Angst machte mich um so lebendiger. Es war fast ein Vergnügen, eine Lust der Sinne, derart Angst zu haben.

Um mich herum Lärm, Gebrüll und die Schreie der Verwundeten und Sterbenden und Waffengeklirr. Was von meinen Männern noch lebte, scharte sich zusammen wie Bienen auf einem Baumstumpf. Irgendwie kämpften wir gemeinsam, doch instinktiv, nicht vorsätzlich. Mit der Disziplin war es vorbei, es gab nur den Willen zu überleben und die Gewißheit, daß wir einander brauchten. Doch letztlich war jeder auf sich gestellt.

Ich war mit langen Armen gesegnet, das machte meinen Mangel an Erfahrung wett, aber ich holte mir doch zwei Wunden, die mich irritierten und schwächten. Einmal traf mich ein Speer oberhalb des Ellenbogens, so daß ich meinen kleinen, runden Schild fallen ließ. Ich hatte große Schmerzen, doch nur einen Augenblick lang; größer war jedenfalls die Gefahr, denn ich starb fast zwanzig Tode, ehe ich die Zeit fand, mir meinen Schild wiederzuholen.

Nur ein riesiger, schwarzer Elamiter mit einem narbigen Gesicht war nahe daran, aus meinem Leib Krähenfraß zu machen.

Die Kämpfe, die ziellos hin- und hergewandert waren wie eine Ameise, die über einen Stein krabbelt, schienen sich von mir entfernt zu haben, und zum ersten Mal seit Stunden, so kam es mir vor, konnte ich einen Augenblick einhalten und Atem schöpfen. Dieser Augenblick kostete mich fast das Leben, denn als ich mich vorbeugte und ein wenig Luft holte, während ich die Hände auf die Knie stützte, fühlte ich auf einmal, wie etwas seitlich an meinem Schild kratzte – ich war mir gar nicht bewußt gewesen, daß ich ihn erhoben hatte, doch der Soldat, der überlebt, kämpft instinktiv, und vielleicht ahnte ich etwas von dem, was folgte. Ich blickte an mir herunter und war entsetzt. Das Leder war aufgeschlitzt wie der Bauch eines geschlachteten Ochsen, und ich hatte gerade noch genug Zeit, zur Seite zu springen, als auch schon das Schwert, welches diesen Schaden angerichtet hatte, zu einem zweiten Versuch ausholte und auf meine Eingeweide zielte. Den Mann dazu hatte ich nicht einmal wahrgenommen.

Es dauerte aber nicht lange, und ich konnte nicht umhin, ihn zu sehen – auf einmal stand ich direkt vor einem schwarzen Riesen, dem der Schweiß über Arme und Augen lief und dessen Augen so wild rollten, daß man den geborenen Krieger sofort erkannte. Sein angespanntes Gesicht glänzte, als wäre es mit einer Axt aus Obsidian gemeißelt, und er fletschte die Zähne zu einem wilden Grinsen. Es war ein Gesicht, das mehr als einen Schwertstreich abbekommen hatte, denn auf dem Nasenrücken und am Kinn entlang waren zwei große Narben, wulstig und glänzend wie Sandalenriemen. Als er wieder einen Ausfall machte, ließ allein schon sein Kriegsgeschrei – es glich dem eines großen Beutevogels – meine Knie zu Wasser werden. Wie es kam, daß er mich in jenen ersten Sekunden nicht tötete, werde ich nie wissen.

Wir schienen in der tobenden Schlacht allein zu sein – niemand kam mir zu Hilfe, und dieser Teufel stürzte sich auf mich, als ob er mich wie Gerste auf dem Halm zu Boden trampeln wollte. Er war der Angreifer. Ich fuhr so wild mit meiner Klinge durch die Luft, daß sie zischte wie eine Natter, und so gelang es mir irgendwie, ihn auf Schwerteslänge zu halten, aber das war auch alles. Ich konnte kaum atmen, und das Herz dröhnte mir in der Brust, als wollte es sie sprengen. Wieder und wieder fing mein Schild seinen Stoß ab, bis ich gewiß war, beim nächsten Mal würde er ihn durchstoßen und mich in den Leib treffen. Sicherlich wird er mich töten, dachte ich. Es ist soweit, jetzt muß ich sterben. Wieder und wieder zielte sein Schwert nach mir, suchte nach meinem Leben, und jedes Mal gelang es mir, ihn abzuwehren, doch mit jedem Mal kam er näher. Ein Stoß, und seine Klinge glitt an meiner ab, verfehlte knapp die Schulter. Ein nächster, und seine Spitze kratzte über meinen Lederharnisch. Der Klang von Schwert auf Schwert dröhnte mir in den Ohren. Ich war die Ziege, sollte gleich geopfert werden, und der Augur schärfte bereits sein Messer. Noch ein Ausfall, und er würde mich töten – allein die Spannung war schon qualvoll.

Und dann hörte ich etwas entfernt über dem Schlachtenlärm Nargi Adads Stimme.

»He! Du da, du Scheißkerl!«

Ich drehte mich nicht nach ihm um, denn Umdrehen bedeutete den sicheren Tod, zudem wußte ich, daß er zu weit entfernt war, um mich zu retten. Der Elamiter würde mich zerteilen wie eine Bratente – ich konnte schon sehen, wie sich die Muskeln seines großen Halses für den Todesstoß anspannten. In jenem Augenblick war ich bereits ein Leichnam.

Aber auch er hatte Nargi Adads Ruf gehört und hatte wohl gedacht, er müßte kurzen Prozeß mit mir machen, ehe der große, haarige Mühlstein dort Gelegenheit hatte, ihn zu überrollen. Nur so kann ich mir erklären, warum ich überlebte, denn der große Schwarze stieß zu, aber irgendwie gelang es mir ein letztes Mal, sein Schwert abzuwehren.

Doch nicht genug. Es schnitt durch meinen Lederharnisch und tanzte über meine Rippen, daß ich dachte, der Mann hätte mich getötet. Ich war tot – ich wußte es.

Aber der Schwarze war dicht genug herangekommen, daß ich mich an ihm rächen konnte. Mit etwas, das mein letzter Stoß vor dem Tod sein konnte, stürzte ich mich auf ihn. Mein Schwert fuhr ihm direkt unter den Rippen in den Leib, und ich stieß so tief es ging. Er stieß einen Schrei aus – wohl eher vor Überraschung als vor Schmerz – und als ich mein Schwert herauszog, sank er auf die Knie, während sein Blick mich nicht losließ, dann fiel er vornüber.

Und ich war irgendwie noch nicht tot. Die Wunde in meiner Seite schmerzte wie ein Natternbiß – eigentlich ein gutes Zeichen –, und ich war nicht tot. Ich faßte in meinen Harnisch, und zog meine Hand blutverschmiert wieder hervor, aber ich war am Leben. Ich war nicht einmal schwach, es tat lediglich weh. Ich sah mich nach Nargi Adad um, doch der war bereits im Chaos des Kampfes wieder verschwunden. Ja – alles in Ordnung. Der Elamiter lag tot zu meinen Füßen, und ich war am Leben. Ich lebte und kämpfte weiter. Kurze Zeit danach hatte ich sogar vergessen, daß ich verwundet war, und das war auch gut so, denn die Schlacht endet nicht mit dem Tod eines einzigen Feindes.

Immer wieder warfen wir uns auf die elamitischen Linien, doch sie wichen und wankten nicht. Wir aber auch nicht, denn weichen hieß sterben. Und so ging die Schlacht weiter und weiter, end- und aussichtslos. Zuweilen – es sah wie verabredet aus – ließen die beiden großen Menschenmassen voneinander ab, für einen Augenblick waren sie zu erschöpft, um weiterzumachen. Dann stürzten sie wieder vorwärts, brüllten, und die aufeinanderprallenden Schilde erklangen wie Zimbeln. Und jeder von uns hatte nur Augen für die Männer rechts und links und den Feind vor sich. Wenn ein Mann starb, ganz gleich ob Freund oder Feind, stiegen wir über seine Leiche hinweg, als sei sie ein Stein, denn zu mehr langte weder die Zeit noch der Atem. Und so war die Ebene von Chalule bald mit toten Leibern bedeckt.

Zuletzt erbarmten sich die Götter, welche die Menschen um ihrer Torheit willen hassen müssen, und ließen das Tageslicht schwinden. Man hätte meinen können, nichts anderes wäre nötig gewesen, daß die beiden Heere – langsam und mit etlichen Ausfällen und einigem Zögern – voneinander abließen und sich zurückzogen, jeder in sein eigenes Lager. Niemand hatte gewonnen oder verloren. Es war einfach so, daß wir nicht mehr weiterkämpfen konnten. Menschen aus Fleisch und Blut würden das nicht mehr durchstehen.

Und so setzten wir uns zuletzt auf die Erde und ruhten uns aus, und als ich mich umblickte, da ging mir zum ersten Mal auf, was Krieg bedeutete. Männer, deren Arme und Gesichter blut- und staubverschmiert waren, starrten mit Augen ins Leere, die im Verlauf eines einzigen Tages alt geworden waren. Leichengeruch hing dick wie Nebel in der Luft. Heldenhafte Größe gab es hier wirklich nicht, nur ein furchtbares Entsetzen über das, was sie getan, gesehen und gelitten hatten. Keiner dieser Männer würde je wieder die Welt mit unschuldigen Augen betrachten – ihr Leben war für immer verändert. Das alles sah ich ihnen an. Ich nehme an, sie sahen dasselbe an mir.

»Wo ist Nargi Adad?« fragte ich schließlich, als ich genug Luft hatte. »Das wissen die großen Götter, *Rab Kisir.* Wahrscheinlich tot.«

Sie musterten mich mit müden Augen, und da begriff ich, daß sie auf meine Befehle warteten. Ich war der *rab kisir.* Es schien an der Zeit, daß ich mich daran erinnerte.

»Geht in eure Zelte zurück. Eßt und ruht euch aus. Für heute ist der Kampf vorbei.«

Langsam kamen sie hoch. Ich zählte sie, als sie ihre Rüstungen und Waffen aufsammelten – es waren nur noch zweiunddreißig Mann. Ein paar mochten fortgelaufen sein, andere mochte es verschlagen haben, aber wir hatten den Tag mit einhundert Mann begonnen, und jetzt waren es nur noch zweiunddreißig.

»Kommst du mit, *Rab Kisir?«*

»Nicht jetzt – später.«

Ich wollte Nargi Adad finden.

Das Schlachtfeld von Chalule war zu einem Alptraum geworden. Das hatte nichts mehr mit Krieg zu tun, das war ein gegenseitiges Abschlachten gewesen – überall lagen tote und sterbende Männer, die Glieder ineinander verfangen wie Treibholz. Verletzte Pferde schrien und schlugen mit den Hufen um sich, wollten wieder hoch. Krähen hockten auf den Gesichtern der Leichen und pickten ihnen mit langen Schnäbeln die Augen aus. Fortgeworfene Waffen, tote Menschen und Tiere, die Schreie der Verwundeten, der Gestank von einem Blutbad. Die Erde war schlüpfrig von Blut. Überall, so weit das Auge reichte, das gleiche. Mir fehlen die Worte, das zu beschreiben, doch der Anblick dieses Ortes wird mich bis in die dunkle Erde verfolgen.

Aber ich fand Nargi Adad, und er lebte noch, wenngleich nicht mehr viel.

Er lag auf der Seite, war ganz wachsam, doch der Schmerz glänzte in seinen Augen, und er hatte ein großes Loch im Bauch, das er mit seinen behaarten Fingern zuzuhalten versuchte, die schon ganz blutverkrustet waren. Er lächelte, als er mich sah – nie im Leben habe ich einen tapfereren Mann gekannt.

»Du hast dich heute gut geschlagen«, sagte er. »Du hast wie ein rasender Teufel gekämpft. Der große Schwarze da . . . Und du hast ihn getötet, was? Wenn ich doch noch leben und Tabschar Sin erzählen könnte, wie gut du dich geschlagen hast.«

»Du wirst es ihm erzählen.« Mein Gesicht war tränennaß, denn ich wußte, es gab keine Hoffnung für ihn. »Wir treiben einen Arzt auf . . .«

»Nein, Prinz – ich kann nämlich meine Beine schon nicht mehr fühlen. Ich glaube, der Schuft hat mein Rückgrat verletzt, ehe ich ihn umgebracht habe. Der da ist es.«

Fast genau vor Nargi Adads Füßen lag die Leiche eines Elamiters mit offenen Augen und dem Schwert noch in der Hand. Auch für ihn war es vorbei mit dem Krieg.

»Tut es sehr weh?«

»Ja, Prinz. Es tut weh wie ein Bauch voller Nesseln. Wie steht es mit der Schlacht? Sind sie abgezogen? Da drüben liegt ein umgestürzter Streitwagen – klettere drauf und sieh dich für mich um.«

Ich ging, sah mich um und kehrte zurück.

»Sie überqueren wieder den Fluß. Das Wasser ist schwarz von Booten.«

»Gut. Dann haben wir sie zumindest aufgehalten. Und nun sei ein guter Junge und töte mich, bitte.«

»Das kann – kann – ich nicht.«

»Tu es, Prinz. Erweise mir die Gnade.« Er lächelte immer noch, doch seine Augen flehten. »Keine angenehme Arbeit, das Sterben, und ich möchte nicht die ganze Nacht damit zubringen. Ein einziger schneller Stoß, und es ist geschehen. Erweise mir die Gnade, Prinz.«

Ehe er noch Zeit hatte, den Stoß zu sehen oder ehe mich der Mut verließ, zog ich den Dolch aus dem Gürtel und stieß ihn Nargi Adad ins Herz. Er starb, ohne einen Laut von sich zu geben.

Ich ließ ihn dort liegen und wanderte ziellos umher. Mein Kopf dröhnte, als hätte ich zuviel Wein getrunken, und in meinem Inneren war eine große Leere, kein Mut mehr, kein Wille. Wenn ich auf einen friedlichen Soldaten gestoßen wäre und er hätte die Waffe gezogen, ich wäre auf die Knie gefallen und hätte wie ein Weib um mein Leben gebettelt. Jeder Mensch ist nur bis zu einer bestimmten Grenze belastbar.

Wie lange ich so ziellos über diesen riesigen Schlachthof wanderte, weiß ich nicht zu sagen. Die Dunkelheit hatte sich schon lange über die Erde gelegt; nur noch das Licht der Fackeln im Lager war zu sehen. Sie müssen mich angezogen haben.

Und am Rande des Lagers stieß ich auf den König. Er war allein, saß hinten auf seinem Streitwagen und hatte den Kopf in die Hände gelegt. Er sah aus, als hätte er geweint.

Viele Jahre später las ich über diese Schlacht in den Annalen, las vom glorreichen Zorn des Königs und von seinem Sieg über die Elamiter, deren Knie gebebt hätten wie Schilf im Wind. Alles Lüge. In der Regel besteht die Geschichte von Völkern aus Lügen, den eigenen und denen der Feinde. An jenem Abend war der König nicht glorreich, als ich ihn weinend in seinem Streitwagen fand. Ich berührte seinen Arm und kniete mich neben ihn, denn man konnte jetzt leicht vergessen, daß er der Gebieter der vier Enden der Erde war. Er blickte zu mir hoch, und in seinen Augen zuckte Angst auf, dann erkannte er mich.

»Ach, du bist es, Tiglat, mein Sohn? Du bist trotz allem noch am Leben, äh? Die Götter müssen dir wohl ein *sedu* gewährt haben.«

Ich fuhr bei diesem Wort zusammen, doch er bemerkte es nicht. Ihn ließ alles kalt, vor allem etwas so Unwichtiges wie mein leises, verzweifeltes Erschauern.

»Ja, Gebieter, das bin ich.«

»Und sie sind fort? Äh? Ja?«

»Sie sind über den Fluß zurück, Gebieter. Ich glaube nicht, daß sie so schnell wiederkommen.«

Der König, mein Vater, legte mir die Hände auf die Schultern, dieses Mal nicht, um mich vor dem Kastriermesser zu bewahren, sondern um sein müdes Herz auszuruhen. Er war alt und furchtsam, und so ruhte er sich in den Armen seines Sohnes aus, denn jeder Mensch muß irgend jemand vertrauen können. Und so geschah es, daß wir uns auf den blutgetränkten Ebenen von Chalule fanden.

VI

Am nächsten Tag und am übernächsten sammelten wir unsere Toten auf der Ebene von Chalule ein und bestatteten sie mit Opfergaben, mit Speisen und Wein. Wir plünderten die Leichen der Feinde und überließen sie den Krähen; ihre Verwundeten, welche die Nacht überlebt hatten, töteten wir. Wir nahmen uns ihre Hände und Köpfe als Trophäen mit, denn unser Herz kannte kein Mitleid. Als wir fertig waren, pflegten wir unsere eigenen Verwundeten und ruhten uns aus, warteten auf die Befehle des Königs. Die Elamiter hatten sich zurückgezogen – nicht einmal unsere Vorreiter konnten sie noch finden – und so stand es uns frei, die Schlacht für gewonnen zu erklären, wenn wir wollten, doch ich entsinne mich nicht, daß die Rede von Sieg gewesen wäre.

So warteten wir, daß der König, mein Vater, uns sagte, was er von uns wollte, und beteten aus tiefster Seele, daß er uns nicht über den Turnat, und ins Land Elam schickte, denn wir hatten keinen Mut mehr zum Krieg. Der Boden, auf dem wir gekämpft hatten, war mit stinkenden Kadavern von Mensch und Tier bedeckt und die frisch aufgeworfene Erde voller Gräber. Unsere Verluste beliefen sich auf ungefähr zwei von fünf Mann, und dem Feind mußte es noch schlimmer ergangen sein. Wenn wir sie bis in ihr Königreich verfolgten, würden sie völlig verzweifeln, und kein Feind ist gefährlicher als der, welcher alle Hoffnung auf Leben hat fahren lassen.

Doch der König blieb drei Tage lang in seinem Zelt, verweigerte die Nahrung, wollte keinen Menschen sehen. Niemand wurde vorgelassen, nicht einmal der *turtanu*. Und so warteten wir und maßen das Ausmaß unserer Leiden an dem, was von unserem Mannesmut geblieben war. Keiner dachte an Auflehnung gegen den Diener Assurs, den Herrn der vier Enden der Erde, denn der König war heilig, und die Soldaten des Gottes waren fromme Männer, doch die Stimmung im Lager war düster. Wir warteten, denn was hätten wir sonst auch tun sollen.

Durch den Tod Nargi Adads war ich wirklich zum *rab kisir* geworden, nicht nur dem Namen nach, denn wer sonst hätte wohl die Führung übernehmen sollen. Die Männer meiner Kompanie waren gemeine Soldaten und waren verloren, wenn ihnen niemand Befehle erteilte – und da begriff ich zum ersten Mal, daß Befehle für den Krieger wie die Luft zum Atmen sind und alles, was zwischen ihm und dem steht, was er noch mehr fürchtet als den Feind, nämlich das furchtbare Chaos des eigenen, ungezügelten Willens.

Und so war es denn meine Sache, mit den Verpflegungsoffizieren um Brot und Bier zu streiten; aufzupassen, daß die Ärzte sich um die Wunden meiner Soldaten kümmerten und, wichtiger noch, sie mit Arbeit zu beschäftigen. Ich selbst fand keinen Seelenfrieden – die Wunde an meinem Brustkorb schmerzte und den Balsam aus Kephalos' grünem Krug hatte ich ganz für jene Männer aufgebraucht, die vielleicht ohne diesen gestorben wären. Von einem Tag zum anderen belasteten mich die unbeschreiblichen Erinnerungen derart, daß ich froh war, mich um andere kümmern zu können. Ausübung der Autorität und all die nicht enden wollenden Dinge, die sie nach sich zieht, dienen sehr gut zur Flucht vor sich selbst. Mit jedem Tag, den sich die Soldaten mehr auf mich verließen, wurde ich ihrer Treue gewisser;

und mit jeder Nacht, die ich mich zum Schlafen auf meine Bettrolle legte, zu müde sogar für Träume, heilte die Zeit die Wunden dieses einen langen Tages.

Am dritten Abend nach der Schlacht, als ich mit meinen Männern am Lagerfeuer saß und darauf wartete, daß es im Kochtopf siedete und wir endlich essen und uns zur Ruhe legen könnten, da blickte ich auf und sah am Rand des Feuerscheins einen Mann mit dem weißen Speer des königlichen Boten stehen. Am Speerschaft flatterte ein Silberband, ein Zeichen, daß er eine Botschaft für einen Prinzen von Geblüt hatte. Die Bedeutung des Ganzen ging mir allerdings nicht sofort auf.

»*Rab Kisir* – führe mich zum Gebieter Tiglat Assur«, sagte er. Wie alle Hofbeamten aller Völker war er ein gut aussehender Bursche und offenbar sehr von sich eingenommen. Sein Bart glänzte von Öl, und seine Hände, die weiß wie Elfenbein von seiner herrlich bestickten Uniform abstachen, waren so gepflegt und ausdrucksvoll wie die einer Frau. Was hätte ich nicht darauf gewettet, daß die Waffe für ihn nichts als ein Amtsabzeichen war, ein Ding, das man wie einen Spazierstock mit sich führte; aber ich war schmutzig und müde und zerfallen mit der Welt. Außerdem gefiel es mir nicht, wie er mich anredete.

»Deine Suche ist beendet«, sagte ich, wobei ich kaum hochsah, sondern mit der Schwertspitze im Feuer stocherte. Ich merkte, daß meine Männer die Unterhaltung recht komisch fanden – schon stießen sie sich an und zwinkerten sich zu. Es hatte den Anschein, als wäre der königliche Bote auch nicht so ganz nach ihrem Geschmack. »Was willst du?«

»Du . . .?«

»Ja, ich. Sag, was du zu sagen hast – oder soll ich etwa raten?«

Vielleicht hatte er tatsächlich etwas gesagt, doch wenn, so ging es in dem darauffolgenden Gelächter unter. Als sich der Bote von seinem Schreck erholt hatte – gewiß bekam er einen königlichen Prinzen, der mit einem Haufen schmutziger, verschwitzter Soldaten am Lagerfeuer hockte, nicht alle Tage zu Gesicht –, verneigte er sich aus der Mitte heraus und berührte mit der rechten Hand die Stirn, das Zeichen der Ehrerbietung. Es war eine Geste, die ein wahrer Krieger niemand anderem als dem König zugestanden hätte, und ich verachtete ihn dafür.

»Der Gebieter Sanherib schickt mich, Prinz. Er sendet dir seine Gebete für ein langes Leben und bittet um deine Aufwartung.«

»Jetzt?«

»Jetzt, Prinz.«

Dieser Aufforderung mußte man nachkommen, also stand ich auf und fluchte nur still in mich hinein. Jemand reichte mir einen Krug Bier, und ich spülte mir den Mund mit einem Schluck aus und spuckte den Rest ins Feuer, daß es zischte wie eine Hexe.

»Keine Bange, Erhabener Prinz«, sagte Luschakin, mein neuer *ekalli.* »Ich hebe dir etwas aus dem Topf auf, falls der König, dein Vater, dich nicht zum Essen einladen sollte.«

Die Bemerkung erntete erneutes Gelächter, denn Luschakin war als großer Spaßvogel bekannt. Wie hätte es bei dem Sohn von Bootsleuten, den schnellzüngigsten und besten Geschichtenerzählern aller Völker, auch anders sein können.

»Bemühe dich nicht, Erhabener *Ekalli.* Vergiß nicht, daß der König darum betet, ich möge bis zum Frühstück leben.«

Während ich dem königlichen Boten folgte, konnte ich sie noch lachen hören, bis der Klang im allgemeinen Stimmengewirr des Lagers unterging.

Und als wir so dahingingen, brauchte ich mich nur umzusehen und wußte, daß die erschöpfte Niedergeschlagenheit meiner eigenen Soldaten, die Furcht, die ihnen tief in den Knochen saß, alle im Heer des Königs ergriffen hatte. Die Kochfeuer beleuchteten ihre Gesichter, während die Männer mit hängenden Armen dasaßen und in die Dunkelheit hinausstarrten, als könnten sie dort schon ihren eigenen Tod lauern sehen. Ihre Stimmen klangen gedämpft und hohl, ihre Bewegungen waren langsam. Sie sahen aus wie Männer, die sich gerade von einer Krankheit erholen, außer daß ihre Krankheit nicht eine des Körpers, sondern des Willens und der Seele war. Das alles konnte ich in dem Feuerschein erkennen, der vor der Dunkelheit der Nacht flackerte.

Ich fragte mich nicht, warum der König nach mir geschickt hatte. Mein Kopf war nicht klar genug, um die Frage überhaupt zu formulieren – ich konnte mich nur umschauen und sehen, was auf der Hand lag. Nicht einmal zum Erstaunen reichte es.

Das Zelt des Königs stand genau in der Mitte des Lagers, umgeben von denen seiner höchsten Offiziere. Es war aus schwerem, purpurfarbenen Leinen und fast so groß wie das Haus meines Sklaven Kephalos in Ninive. Es war sogar in einen inneren Raum und einen Vorraum unterteilt, so daß der Diener Assurs seine Majestät wahren konnte. Nur am Eingang gab es Wachen, denn wen sollte mein Vater wohl inmitten seines Heeres zu fürchten haben?

Daß er mein Vater war, wurde mir noch einmal nachdrücklich klargemacht, als der königliche Bote die Spitze seines Speers in die Erde stieß und ihn dort neben dem Eingang zum königlichen Zelt beließ, so daß jeder sehen konnte, der Gebieter Sanherib, der geweihte König, wollte mit dem Sohn seiner Lenden allein sein.

Der Vorraum enthielt lediglich einen Klapptisch, hinter dem ein bartloser Schreiber hockte, der es kaum über sich brachte, von seiner Tafel aufzublicken. Der Stoff vor dem Eingang zum inneren Raum war mit einer Kordel gerafft, und der Schreiber machte mit seinem Griffel deutlich, daß ich hindurchgehen sollte.

»Bist du das, Junge? Äh?«

Der König saß auf der Kante seines Feldbettes und hatte nichts als eine schlichte Leinentunika an, ganz als wäre er gerade aufgestanden, obwohl seine Augen zeigten, daß er viele Tage nicht geschlafen hatte. Er war barhäuptig, und ich konnte ganz deutlich die dicke graue Strähne sehen, die sich durch sein Haar zog. Ich kniete vor ihm nieder und legte ihm die Hände auf die Knie, und er ergriff sie mit seinen und drückte sie fest. Ich blickte auf in sein Gesicht, und er versuchte ein Lächeln, doch dann wandte er den Blick ab und ließ meine Hände los.

»Hol uns Wein, äh? Siehst du ihn? Ja? Dort drüben auf dem Tisch. Bring uns beiden einen Becher, und dann trinken wir auf den elamitischen König, äh? Ha, ha, ha!«

Ich antwortete nicht, tat aber, wie er mir geheißen hatte. Als er den Becher aus meiner Hand nahm, konnte ich sehen, daß die seine zitterte.

»Setz dich, Junge – setz dich. Komm, setz dich neben mich.«

Nach dem zweiten Becher ging es ihm besser, jetzt waren seine Hände ruhig. »Sie sind fort, äh?«

Sein Blick wanderte so ängstlich durch das Zelt, als fürchtete er, Kuternahhunte könnte hinter einem Stuhl lauern. »Sie sind zurück über den Fluß, ja?«

»Ja, Gebieter. Sie kommen nicht wieder, lange nicht. Sie haben zu viele ihrer besten Soldaten als Kadaver zurückgelassen.«

»Haben sie das?« Der König umklammerte meinen Arm mit beiden Händen. »Haben sie das, Junge? Äh? Hast du sie gesehen?«

»Ja, Gebieter. Du mußt nur auf die Ebene gehen, da kannst du sehen, wie der Tod Ernte gehalten hat.«

»Dann wollen wir das tun, Junge. Wir sind doch ganz sicher, nur du und ich, ja?«

Er stand von seinem Feldbett auf, und ich half ihm in seine herrliche Silbertunika und setzte ihm mit eigener Hand den Königsturban auf den Kopf. Er war wie ein Kind, das von seiner Mutter angezogen wird. Als er das Zelt verließ, näherte sich einer seiner Höflinge, doch der König winkte ihn mit einer ungeduldigen Handbewegung fort.

»Nein!« Er funkelte die Gruppe Offiziere um uns herum böse an. »Niemand, nur mein Sohn hier. Eine Fackel!«

Eine der Wachen reichte mir eine Fackel, und der König und ich gingen zusammen durch das Tor in der Palisade; Männer, an denen wir vorbeigingen, starrten uns an, als wäre ein Gott zur Erde herabgestiegen, und dann waren wir auf dem Schlachtfeld von Chalule.

Der Gestank des Todes hing schwer in der Luft. Es gab kein Licht außer den Sommermond und den Schein der Fackel, die ich trug; doch diese schauerliche Landschaft brauchte keine weitere Beleuchtung, um ihre Schrecken zu offenbaren. Blut tränkte den Boden und hatte dort, wo es getrocknet war, große, schwarze Flecke hinterlassen; die Leiber toter Männer lagen grotesk durcheinander und zuhauf. Fast hätte man meinen können, die verzweifelten Schreie ihrer Seelen zu hören, die ziellos im Nachtwind herumschwebten.

»Dann ist es also wahr, äh?«

Der König hielt sich an meinem Arm fest, während wir uns einen Weg durch das Leichengewirr suchten – er humpelte wie ein alter Mann.

»Es ist wahr, Gebieter.«

»Und was ist mit unserem eigenen Heer?«

»Böse zugerichtet, aber intakt.«

»Dann marschieren wir nicht nach Süden nach Elam hinein«, sagte er – zum ersten Mal an diesem Abend sprach er wieder mit der Autorität des Königs. »Hier können wir nicht bleiben, sonst brechen Krankheiten aus – puh, was für ein Gestank! Wir werden nach Westen ziehen, zum Euphrat. Jetzt, wo wir die Elamiter los sind, wollen wir diesen Schwarzköpfen zeigen, wer Gebieter in Akkad und Sumer ist. Wir geben unseren tapferen Männern ein paar Monate mit leichten Siegen; sie sollen reiche Beute machen und ihr Vertrauen zurückgewinnen. Für den Feldzug werden die Babylonier zahlen, so lernen sie, was der Preis dafür ist, meinen Sohn und Erben zu verraten.

Komm, Tiglat – du sollst an meiner Seite stehen, wenn ich die Befehle erteile. Man sagt mir, du hast wie ein in die Enge getriebener wilder Eber gekämpft und bist zweimal verwundet worden, und das auch noch in deiner ersten Schlacht. Die Herren in Assur werden Augen machen, wie hoch ich dich erhebe, äh? Tun dir die Verletzungen noch weh, Junge? Ich weiß noch, wie ich in meiner ersten Schlacht . . .«

Und so nahm mich denn mein Vater zu der Zeit seiner Angst an. Er machte mich groß, wie er versprochen hatte, als ich nichts weiter als ein glattgliedriger Jüngling war, und durch ihn erfuhr ich, was es mit Macht auf sich hat und wie man sie nutzt. Ich habe nie herausgefunden, wie es dazu kam, daß er nach mir schickte, doch alles, was ich späterhin im Lande Assur wurde, verdanke ich jener Nacht.

Wir marschierten also nach Westen, und die Ältesten Sippars warfen sich zu Füßen unseres Königs und baten, daß er die Stadt verschone, denn inzwischen hatte es sich herumgesprochen, daß die Elamiter dieses Jahr nicht mehr in die Länder Akkad und Sumer einfallen würden. Klug, wie der König war, wußte er um die Wirksamkeit eines leichten Sieges und nahm ihre Tributzahlung entgegen, betete an ihren Schreinen zu ihren Göttern und zog nach Süden, immer am Ufer des Euphrat entlang, dessen Wasser schlammig waren, und der sich dahinschlängelte wie eine verstümmelte Schlange. Die Städte Kutach, Kisch und Borsippa, alle huldigten ihm, denn gegen die Heere Assurs gab es keinen Widerstand – und sie würden schon bald heimkehren. Gegen Babylon marschierten wir nicht, denn Muschezib Marduk, der im vergangenen Jahr das Frühjahrsfest mit der Ergreifung der Hände des Gottes Bel begangen hatte und König in jener Stadt war, hatte ein starkes Heer zusammengezogen. Er war in Chalule dabei gewesen, doch als kluger Monarch hatte er seinen Verbündeten das Kämpfen überlassen und war deshalb noch mächtig genug, seine Zitadelle zu halten. Wie jedermann weiß, ist Babylon eine große Stadt, und sie gegen entschlossenen Widerstand einzunehmen, ging in jenem Jahr über unsere Kräfte. Während dieses Feldzuges kämpften wir keine Angriffsschlachten mehr.

Und zu Sommersende wandten wir das Gesicht nordwärts, gen Ninive.

Entlang unserer Marschroute kamen uns treue Untertanen entgegen, um ihrem König zu huldigen: Opia, Samarra, Takrit, das heilige Assur, Kalach, alle großen Städte des Landes. Den Rückweg machten wir mit Blumengirlanden um den Hals, und alte Frauen begrüßten uns mit Wein und Früchten. Wir hatten viel gelitten, um des Gottes und ihrer willen, auf daß alle sicher in ihren Betten schlafen mochten, ohne von Elamitern zu träumen. In Takrit verkleideten sie die Mauern in Grün und Gelb, und in Kalach knieten die Menschen am Straßenrand, daß der mächtige König sie segnete.

Und in Ninive, das wir genau in dem Augenblick sahen, als wir die ersten Tropfen des Winterregens spürten, in Ninive freute sich alles wie verrückt, daß der Diener Assurs wieder einmal in seine Hauptstadt zurückgekehrt war. Frauen mit Brot und Bierkrügen im Arm tanzten ekstatisch bei der Rückkehr ihrer so lang abwesenden Ehemänner; und Männer warfen dem König Münzen zu Füßen, damit die Berührung durch die Räder seines Streitwagens sie weihten. Drei Nächte lang schlief niemand innerhalb der Stadtmauer, es wurde gefeiert. In Weinschenken und Freudenhäusern herrschte geschäftiges Treiben, und Frauen strömten zum Ischtartempel, um die Aufregung über die Heimkehr des Heeres für ihre Pflicht der Göttin gegenüber zu nutzen. Wir waren ein großes Volk, das seine Feinde unter seinem Fuß zermalmte. Wir wurden von unserem Gott geliebt und von allen übrigen gefürchtet, waren mächtig und reich – das glaubte jedermann und frohlockte. Einem Mann in Soldatentunika fehlte es an nichts, ob er nun Geld besaß oder nicht, doch auch der Anteil des gemeinsten Soldaten an der Beute war durchaus nicht gering. Ninive lag weit entfernt von den Ebenen von Chalule, und hier durften wir an unseren Sieg glauben.

Sobald die *quradu* ins Haus der Krieger zurückmarschiert war, legte ich die Rüstung ab und reihte mich in die Schlange vor dem Dampfbad ein, um den Dreck loszuwerden. Dann legte ich eine saubere Uniform an und machte mich auf den Weg zu Assarhamats Gemächern im königlichen Palast. Eine ihrer Frauen führte mich in den umfriedeten Garten, wo Assarhamat an ihrem Springbrunnen saß und ins Wasser blickte.

Sie sah auf, und als sie mich erkannte, schien wieder Leben in ihr Gesicht zu kommen. Sie tanzte über den gefliesten Boden – anders kann ich nicht beschreiben, wie ihre kleinen Füße flogen – und warf sich in meine Arme. Augenblicklich drückten sich ihre Lippen so drängend auf meine, daß es mir beinahe den Atem benahm.

»Ich habe gewußt, du kommst zurück«, flüsterte sie. »Ich habe gewußt, du würdest nicht sterben, ich habe es gewußt, ich habe es gewußt . . .«

Ich küßte sie hungrig. Mir war es gleichgültig, wer uns sah – es schien keine Rolle zu spielen. Ich war wieder in diesem Garten, und Assarhamat liebte mich immer noch.

Erst als wir uns auf den Brunnenrand gesetzt hatten und ich ihre winzigen Hände in den meinen hielt, bemerkte ich, daß sie nicht mehr die rote Trauertunika trug.

»Dann wirst du also demnächst Arad Ninlil heiraten«, sagte ich, und das Herz lag mir schwer wie ein Stein in der Brust.

»Niemals! Ich werde ihn niemals heiraten!« Die Worte schienen ihr im Hals stecken zu bleiben.

»Er kommt manchmal«, fuhr sie dann mit leiser, etwas eisiger Stimme fort, so als fröre sie bei dem Gedanken daran bis ins Herz. »Er bleibt bei seiner Mutter zum Essen und sieht mich mit großen, hungrigen Augen an. Einmal hat er . . . ich hasse ihn. Ich werde ihn niemals heiraten. Ich heirate niemanden als dich, mein Tiglat Assur, den der Gott ebenso liebt wie ich. Niemals.«

Ich brauchte ihr nur in die Augen zu sehen, und wußte,

daß es ihr ernst damit war. Sie würde den Zorn des Königs über uns bringen. Mochten wir beide zugrunde gehen, ich jedenfalls würde es mit Freuden geschehen lassen. Dieser Augenblick schien mir tausend Tode wert.

»Aber du bist nicht mehr in Trauer . . .«

»Ja. Das war ich schon viel zu lange. Ich habe mir nie etwas aus ihm gemacht – er ist nie richtig mein Mann gewesen.«

»Dann war von Arad Ninlil noch keine Rede?«

»Nein.«

Wir lächelten beide, waren gegen alle Vernunft glücklich. Doch das war nur ein Aufschub, wie man Gefangenen noch einen weiteren Tag zugesteht, ehe sie sich dem Messer des Henkers stellen müssen; aber was machte das schon? Diese kleine Zeitspanne war uns noch geschenkt. Alles andere zählte nicht.

Ich versuchte, ihr von dem Feldzug zu erzählen, doch seltsamerweise schien sie schon alles zu wissen. Von dem Gemetzel in Chalule, von dem Marsch durch die Städte des Südens, einfach alles. Sie wußte sogar, daß ich jetzt hoch in der Gunst des Königs stand. Die Nachricht davon hatte Ninive schon vor einiger Zeit erreicht.

Als ich vom König erzählte, lächelte Assarhamat nur und musterte mich aus halbgeschlossenen Augen. Für sie war das alles einfach und naheliegend. Erst nachdem ich sie verlassen hatte, ging mir auf, daß ich nichts begriffen hatte, daß Assarhamat zu der Art Frau geworden war, vor der alle Männer das reine Kind sind.

*

Es war schon fast dunkel, als ich ihren Garten verließ. Zu dieser Tageszeit stand mir der Sinn nicht nach der königlichen Kaserne, und so ging ich statt dessen zu dem Haus beim Adad-Tor.

»Junger Herr!« schrie Kephalos, als er mich erblickte. Er

war im Verlauf eines halben Jahres noch beleibter geworden, und seine grüngelbe Tunika blähte sich wie ein Segel, als er mir an der Tür entgegenwatschelte, um sich auf die Knie zu werfen und meine Füße zu umfassen. »Bin ich immer noch der Sklave meines waghalsigen, jungen Gebieters? Gepriesen seien die Götter aller Völker!«

Er schickte Philinna eilends zurück in die Küche, um uns das Essen zuzubereiten, und der Knabe Ernos erhielt drei Schekel Silber und wurde beauftragt, den besten Wein aufzutreiben, den er finden konnte. Ehe noch die Sterne am Himmel standen, waren Kephalos und ich, wie wir da unter dem Rebstock in seinem Garten saßen, auf dem besten Weg, uns gewaltig zu betrinken, während er mich mit Geschichten darüber ergötzte, was sich in Ninive während meiner Abwesenheit zugetragen hatte.

»Man munkelt in der Ärzteschaft natürlich nur über die Magenbeschwerden des *marsarru* Arad Ninlil— er hat seit dem Abmarsch des Heeres schwer darunter zu leiden gehabt, und viele behaupten, aus Neid auf deine Heldentaten. Ich habe Geschichtenerzähler bezahlt, daß sie von den Taten in der ganzen Stadt erzählen, Gebieter, und die Reaktion darauf ist ein schöner Gewinn für uns beide. Meine weiblichen Patienten kommen, um mich von dir sprechen zu hören, denn selbstverständlich setzen alle Vertrauen in einen Arzt, dessen junger Herr nicht nur ein Held ist, sondern auch das Glück hat, noch am Leben zu sein. Sind dir die Salben übrigens von Nutzen gewesen?«

»Ja, ehem.« Zum Glück blieb mir gerade eine von Philinnas Heuschrecken in Honig in der Kehle stecken, denn der rote Krug befand sich noch in meiner Ausrüstung, das Siegel unversehrt; doch die Aussicht auf einen neuerlichen Vortrag von Kephalos über die Verderbtheit und Unsauberkeit der südlichen Frauen begeisterte mich nicht gerade. »Meine Wunden, ehem . . . Möchtest du sehen, wie gut sie verheilt sind?«

Ich stand auf und hob meine Tunika, um ihm den

Schwerthieb zu zeigen, der in Chalule auf meinem Brustkorb entlanggetanzt war – jetzt nur noch eine dünne, weiße Linie –, und Kephalos hielt eine Öllampe hoch, damit er besser sehen konnte und untersuchte sie sehr interessiert.

»Wärst du eitler, Gebieter, würdest du dir vielleicht sogar wünschen, meine Kunst hätte nicht so gut gewirkt«, sagte er, als ich mich wieder setzte. »Narben stehen einem Krieger wohl an, wenn er sie ehrenhaft erhalten hat. In ein, zwei Jahren braucht es schon ein geübtes Auge, um zu erkennen, daß du dem Tod so knapp entkommen bist.«

»Wie du sagst, Kephalos, diese Art von Eitelkeit plagt mich nicht. Jetzt aber – sag mir, was wird hier über den Feldzug erzählt? Haben die Leute eine Vorstellung von den Verlusten bei Chalule?«

Mein Sklave hob die Schultern. »Sie scheren sich nicht darum, Gebieter. Vergiß nicht, daß Ninive vom König einen Freibrief hat, und da niemand hier eingezogen werden darf, muß man schon zu den Ärmsten der Armen gehen, wenn man Totenklagen hören will. Es wurde als ein ruhmreicher Feldzug dargestellt, und die Händler sind durch den Aufkauf der Beute noch reicher geworden. Die Leute glauben nun einmal gern das, was man ihnen einredet.«

Als ich ihm schilderte, wie es mir in der großen Schlacht gegangen war und wie der König in meinen Armen geweint und drei Tage das Zelt gehütet hatte, da nickte Kephalos nur, als wäre das eine Geschichte, die er schon viele Male gehört hatte.

»Erinnerst du dich nicht, junger Herr, wie ich dich vor deinem Abmarsch gewarnt habe, als du so durchdrungen warst von der Herrlichkeit des Krieges. Von derartigen Unternehmungen profitieren nur die Krähen – und natürlich die Ladenbesitzer und die Dirnen, wenn das Heer erst einmal zurück ist. Nach einer Woche hat keiner der Soldaten, die heute nacht auf der Suche nach Wein und Lustbarkeiten die Straßen durchstreifen, auch noch einen Kupferschekel.«

Das entsprach durchaus der Wahrheit. Als ich mir heimwärts einen Weg durch die Menge der Vergnügungslustigen bahnte, erkannte ich, daß Kephalos klug war. Und so war meine Laune nicht gerade die beste, als ich mir nach meiner Rückkehr in die königliche Kaserne die Sandalen abstreifte und mich zum ersten Mal seit sechs Monaten wieder in einem richtigen Bett zur Ruhe legte. Auf der blanken Erde hatte ich hundertmal besser geschlafen.

Am nächsten Morgen erwachte ich beim ersten Morgengrauen, und mein Kopf fühlte sich an, als würde er platzen wie ein Bratapfel. Ich stand auf und schaffte es, mir das Gesicht zu waschen, doch nach draußen traute ich mich nicht, denn ich fürchtete, ich würde im Sonnenlicht des Heiligen Assur tot umfallen. Ich barg den Kopf in den Händen und verwünschte Kephalos und seine Klugheit und seinen reichlich fließenden Wein, dessen Geschmack ich noch im Munde hatte, als wäre er dort gestorben. Mit der Zeit wurde mir klar, daß der Gott mich nicht zum Nachtschwärmer ausersehen hatte.

»Hier – trink das.«

Es war Tabschar Sin. Er hielt mir einen Krug Bier an die Lippen und zwang mich zu trinken. In dem Bier mußte etwas gewesen sein, denn es roch wie die Holzkohleöfen vor den Stadttoren, doch in ein Paar Minuten schrumpfte mein Kopf auf seine gewohnte Größe zusammen.

»Was machst denn du hier?« fragte er schließlich. »Ich habe dich überall im Haus der Krieger gesucht.«

»Wieso denn? Wo sollte ich wohl sonst sein? Das hier ist mein Zimmer.«

Ich blickte mich um, blinzelte wie eine Eule ins staubige Licht, das durch das einzige Fenster fiel. Aber ja doch, ich hatte mich nicht geirrt. In diesem Raum hatten Assarhaddon und ich fünf Jahre gewohnt.

»Das hier ist ein Knabenzimmer«, sagte Tabschar Sin ruhig, als ob er es einem kranken Kind erklärte. »Ab morgen schläft hier ein neuer Zögling. Du hast eine Unterkunft in der Offizierskaserne – oder ist es dir entfallen, daß du inzwischen *rab kisir* bei der *quradu* bist? Steh auf und geh ins

Dampfbad und schwitze dir das Hirn wieder geschmeidig. Heute abend sollst du dem König aufwarten.«

Ich blickte ihm ins Gesicht und sah, daß er mich angrinste. Und dann fiel das Grinsen augenblicklich in sich zusammen.

»Du hast dich gut geschlagen, Prinz«, sagte er. »Du hast deinem Namen Ehre gemacht, und ich bin stolz auf dich. Jetzt aber reinige dich gründlich und komm dann zurück und erzähle mir, wie Nargi Adad gestorben ist.«

*

Immer wieder habe ich feststellen können, je grausamer ein Krieg und je zweifelhafter sein Ausgang, desto kostspieliger und aufwendiger die Siegesfeiern. Wir hatten im Süden viel Blut vergossen und wenig erreicht, außer daß auch der Feind empfindliche Verluste hatte hinnehmen müssen. Es stimmte schon, daß die Elamiter sich hinter ihre Grenzen zurückgezogen hatten; und alle großen Städte außer Babylon – und nur das zählte wirklich – in Akkad und Sumer hatten uns gehuldigt, aber damit war nichts geregelt worden, und so würden denn beide Heere im nächsten Jahr wieder ins Feld ziehen. Es hatte den Anschein, als sollte sich unsere Zerreißprobe noch mehr in die Länge ziehen. Daher die Prächtigkeit des Festmahles, mit dem der König, mein Vater, seinen Triumph feierte.

An jenem Abend gab es viel Musik und viel Wein, doch ich war nicht in Gesellschaft von Männern, denen ich so vertraute wie Kephalos, und darum trank ich nur wenig. Schwer hing der Duft von Weihrauch und gebratenem Lamm in der Luft. Wachsfackeln brannten in den Wandhaltern, und Frauen tanzten – nur waren sie in diesem Jahr bis auf ihren Schmuck nackt, und ihr Schweiß mischte sich mit dem Öl auf ihren braunen, üppigen Leibern, so daß sie sternengleich glänzten, während sie sich geschickt gleichsam in sinnlich leidenschaftlicher Ekstase wanden.

Doch der König zog aller Augen auf sich, so prächtig war er anzusehen in einer Tunika aus Purpur und Gold. Der Turban, der sein ergrauendes Haar verdeckte, war reich mit grünen Juwelen verziert. Wenn der König lachte, lachten alle Männer mit, und wenn er eine Geschichte erzählte, hörte alles zu. Der König war die Glorie, die Macht und die Verkörperung der Gottheit in Person. Der König hielt uns alle in der Hand wie Würfel, die er gerade werfen wollte.

An diesem Abend gehörte ich nicht zu den Pagen, die am Eingang warteten. Ich war einer der Günstlinge des Königs, die sich an der langen Tafel um ihn scharten. Alle Großen des Reiches waren anwesend: die Kommandeure seines Heeres, der Gebieter Sinahiusur und der *marsarru* Arad Ninlil – der nicht zur Rechten seines Vaters saß, wie man hätte erwarten dürfen, sondern weiter unten am Tisch, nur ein wenig über mir. Der Statthalter von Ninive war anwesend und der *shaknu* von Hindani, der sich so ängstlich umblickte, als ob er darauf wartete, in seine Provinz abberufen und einem ungewissen Schicksal preisgegeben zu werden. Es gab sogar eine Frau, obschon kaum mehr als ein Mädchen, die zur Linken des Königs saß und ihre Schultern an seinen Arm drückte.

Ich hielt sie zunächst für eine seiner neuen Konkubinen, für einen Teil des Tributes aus unserem Feldzug, bis ihr Blick beim Umherschweifen zufällig auf mich fiel und sie lächelte – keine der Frauen des Königs hätte es gewagt, einem anderen Mann ein solches Lächeln zu schenken.

Erst später erfuhr ich, daß dies Schaditu, seine Lieblingstochter, gewesen war, die Freude seiner Leber, wie er sie nannte. Sie war schön anzusehen und nutzte seine Schwäche und seine Angst geschickt aus. Ihre Mutter war eine Ägypterin gewesen, die bei ihrer Geburt gestorben war, und die, so munkelte man, das Kind mit ihrem letzten Atemzug verflucht hatte. Aber der König war blind für ihre Schlechtigkeit, und sie richtete viel Schaden an, ehe man ihrem Leben ein Ende setzte. Sie war meine Schwester, und doch hat mich nie wieder eine Frau, es sei denn eine Dirne, so angelächelt wie sie an jenem Abend.

»... aber dieser war anders als die Kriege unserer Jugend, Bruder, äh? Weißt du noch, die Feldzüge gegen die Hethiter, wie der König von Sidon vor uns ins Meer floh und vor den Augen der ganzen Stadt ertrank? Und wie Sidka, der König von Askalon, sich nicht unterwerfen wollte und wir seine Götter, seine Frauen, seine Töchter und Söhne mitnahmen? Wir verbrannten ihre Leiber in einem großen Feuer – weißt du noch, äh? Wenn der nicht gelernt hat, wie man die Erde zu unseren Füßen küßt! Und die Ägypter – bei Adad, die Ägypter! Wie wir gegen die gekämpft haben! Wie ihre Kadaver die Walstatt vor den Mauern von Alkatu bedeckten! Hättest du das nicht auch gern gesehen, mein kleiner Honigapfel, ja? Damals war dein alter Vater noch nicht so alt ...«

Schaditu blickte ihm ins Gesicht und streichelte seine Hände, die ihren schlanken, jungen Leib umfaßt hielten und flüsterte ihm Dinge ins Ohr, daß er lauthals auflachte. Und der König, der wie alle Könige gelernt hatte, niemandem zu vertrauen, setzte Vertrauen in ihre Liebe.

Doch an jenem Abend war der König von mehr trunken als nur von den Liebkosungen seiner Tochter, und zuletzt wurde sie fortgeschickt, damit er sich um so besser an den Tänzerinnen erfreuen könnte. Am Tisch brüllten alle vor Lachen und erzählten Soldatenwitze, und das Dröhnen der Trommeln wurde zur Faust, die einem zwischen die Augen schlug. Die Tänzerinnen kamen näher – man brauchte nur die Hand auszustrecken, und schon konnte man ihre glänzenden Leiber berühren, und mehr als ein Mann griff zu. Schließlich kam der König taumelnd vom Tisch hoch, und zwei der Frauen faßten schnell zu, daß er nicht fiel – sie kamen ihm so flink zu Hilfe, wie es nur lange Übung mit sich bringt. Er lachte, drehte den Kopf von einer zur anderen und gestattete ihnen, ihm zu helfen, und dann standen auch wir übrigen auf.

»Erhabener, ich –«

»Nein – mir aus den Augen! Komm mir nicht in die Nähe!«

Es war Arad Ninlil, sein Sohn und Erbe, der sich ihm genähert hatte, und der König streckte die Hand aus, als wolle er ihn abwehren wie einen Aussätzigen. Augenblicklich war es still im Raum.

»Komm mir nicht in die Nähe«, wiederholte der König, jetzt etwas ruhiger. Wir wagten kaum, den Blick zu heben, und der *marsarru* starrte uns der Reihe nach an, und Haß glühte in seinen Augen. »Kommt, meine hübschen Vögelchen. Kommt – helft mir in meine Kammer, denn ich habe zuviel Wein getrunken.«

Die Frauen führten ihn fort. Wir, seine Gefährten, standen wie die Holzklötze herum, bis er gegangen war, und dann stolzierte Arad Ninlil aus dem Raum, ohne jemanden anzusehen.

Als ich wieder den Blick heben mochte, traf er sich mit Sinahiusurs. Er sagte nichts. Das war auch nicht notig.

*

Die nächsten Tage vergaß ich lieber, daß ich der Sohn des Königs war – es gefiel mir besser, nur ein schlichter Soldat zu sein, der seine Pflicht tut und Befehle befolgt. Im Krieg war der König mein Gebieter. Das reichte. Ich würde ihm bis durch die Pforten der Arallu folgen; ich würde mein Leben für ihn lassen, wenn er es befahl. Ich wünschte nur, er würde vergessen, daß er mein Vater war und daß ich es auch vergessen könnte. Ich wußte es zwar noch nicht, aber ich hatte bereits den Glauben an Könige verloren.

So kehrte ich also zum Exerzierplatz im Haus der Krieger zurück, um meine Männer zu drillen, damit sie die ganzen bitteren Säfte ausschwitzten, die sich während ihrer Nachtschwärmerei in den Straßen Ninives in ihren Leibern angesammelt hatten. Es gefiel ihnen nicht. Ich selbst arbeitete mich mehr aus als sie, denn ich sehnte mich nach Vergessen in der Erschöpfung, doch das war kein Trost für sie. Und so lernte ich, daß es in der Garnison schwerer ist, Disziplin zu halten, als in der Schlacht.

Doch ich drillte sie gleichwohl, und schon bald hatten sie die Freuden Ninives vergessen. Es waren gute Männer, und sie vergaben mir, daß ich von einer Idee besessen war. Immer wieder mußte ich an die feindlichen Reitertruppen in Chalule denken, wie sie unsere Linien durchbrochen hatten wie eine Axt durch Papier schneidet; und mir war eine Idee gekommen, wie man sie aufhalten könnte.

»Wenn wir unsere Männer ganz dicht beieinanderhalten – eine Mauer aus Schilden errichten und diese Mauer dann mit langen Lanzen sichern, die aus ihr herausragen und deren Enden fest in der Erde stecken, während der Schaft so geneigt ist, daß ihre Reiter keine Wahl haben, als direkt hineinzureiten und durchbohrt zu werden ... dann würde ich wohl lieber abschwenken, als zu riskieren, aufgespießt zu werden wie eine Bratgans. Ich glaube, sogar die Elamiter würden abschwenken, oder?«

Tabschar Sin hörte sehr aufmerksam zu, und betrachtete die Bilder, die ich in den Staub zog. Er verdankte den Verlust seiner Hand einem nairanischen Reiter, deshalb interessierte ihn meine Taktik außerordentlich.

»Die Lanzen müßten aber sehr lang sein«, sagte er zuletzt und schüttelte den Kopf. »Acht, vielleicht zehn Ellen. Ein Reiter müßte wissen, daß er keine Chance hat, deine Linien zu erreichen. Wie würden die Schildträger sie tragen?«

»Zusammen mit den Speeren. Sie sollen sie senkrecht in die Luft halten, um den Feind zu warnen. Seine Reiter sollen lernen, sich vor dem Befehl zum Angriff zu fürchten.«

»Und wenn deine Leute nicht im Glied bleiben?«

»Das werden sie. Drille sie, daß sie laufen, ohne die Formation aufzugeben. Zwanzig Schritt, dann auf ein Knie fallen und die Lanze aufpflanzen. Dann wieder zwanzig Schritt. Was die Reiterei abschreckt, wird die gleiche Wirkung auf die Fußsoldaten haben. Das ist etwas, was ich in Chalule gelernt habe – sobald die Männer nicht im Glied bleiben, wenn sie nicht mehr gemeinsam kämpfen, hört die Schlacht auf und was dann folgt, ist nur noch ein wildes Gemetzel.«

»Na ja, du kannst es ja versuchen, Prinz. Denk aber daran, daß Dinge, die auf dem Exerzierplatz klappen, dieses in der Hitze des Gefechtes nur bedingt tun. Es ist etwas ganz anderes, wenn der Gegner nicht deine Freunde aus der Nachbarkaserne sind, sondern ein Heer von Elamitern.«

»Darum muß man die Männer so drillen, bis sie zwischen Drill und Schlacht kaum noch unterscheiden können.«

»Ein Versuch kann nicht schaden. Wenigstens haben sie dann etwas zu tun.«

Und so verbrachte ich meine Tagesstunden, bildete die Männer an einer Waffe aus, die es noch nicht einmal gab.

»Nein, Prinz, Bronze, die länger als vier Ellen gezogen wird, bricht wie ein Ast unter einer Last nassen Schnees.«

Der königliche Waffenmeister wischte sich das Auge mit dem Handrücken der linken Hand – die Funken von seinem Hammer hatten längst Brauen und Wimpern abgesengt.

»Ich könnte es vielleicht mit Eisen versuchen, aber dazu müßte ich meinen Schmiedeofen umbauen. Wir sind nicht daran gewohnt, Metall zu solchen Längen zu verarbeiten, verstehst du, und Eisen ist so widerspenstig wie meine Frau.«

Er lächelte schüchtern, als wüßte er nicht recht, ob ich ihm diesen kleinen Witz übelnehmen würde, doch ich merkte, daß er sich mein Problem schon durch den Kopf gehen ließ.

»Was ist mit dem Gewicht?« fragte ich. Meine Formationen sollten schließlich keine Igel werden, stachlig, aber träge. »Ich will etwas haben, was die Männer jeden Tag mit sich führen, womit sie laufen können. Ist Eisen dazu nicht zu schwer?«

»Nein, Prinz. Es wiegt sogar noch weniger als Bronze, denn ich kann es dünner ziehen. Deine Soldaten werden sich an das Gewicht ganz schnell gewöhnen.«

»Und im Frühling hast du dann ausreichend für ein ganzes Heer?«

»Für ein Heer? – nein. Aber gewiß für ein paar Kompanien. Genug jedenfalls, daß du damit die neue Taktik ausprobieren kannst.«

Wieder lächelte er. Wahrscheinlich verstand er mehr vom Krieg als ich auch nach zehn Feldzügen, aber wenn er mich als einen törichten Jüngling ansah, so hielt er mit seiner Meinung hinter dem Berg.

»Dann versuchen wir es also.«

Und so drillte ich meine Soldaten, ließ die Schildträger Holzklötze tragen, damit ihnen im Vergleich dazu eine Eisenlanze leicht vorkam. Die Arbeit lief die ganzen Monate Marscheswan und Kislef weiter, während der Wind kälter wurde und die Blätter an den Bäumen welkten. Schließlich hatte auch der königliche Waffenmeister unsere Lanzen fertig, und als die Männer begriffen, daß diese sie vor der elamitischen Reiterei schützen könnten, hörten sie auf sich zu beklagen. Zur Wintermitte arbeitete meine Kompanie, die man durch Aushebungen im Norden wieder auf volle Stärke gebracht hatte, so reibungslos zusammen wie die Finger an meiner Hand.

Das alles tat sich unter dem wachsamen Auge des Königs. Er kam mehrfach, um sich den Drill anzusehen, und als die Lanzen fertig waren, behielt er eine für sich selbst und trug sie bei sich, als er die Verteidigungslinie aus Schilden abschritt.

»Was ist denn mit deinen Speerwerfern, Junge? Äh? Die können doch hinter einem Lederzaun nicht viel ausrichten.«

»Wir bilden diese Formation nur, wenn die Kavallerie uns fast erreicht hat, Erhabener – hier zählt nur das Überraschungsmoment, wenn die Pferde in Panik geraten sollen. Und auf solche Nähe taugt auch ein Speer nicht mehr viel.

Da, siehst du, die Bogenschützen müssen nur ein paar Schritt zurückgehen und können trotzdem noch die feindlichen Fußtruppen erreichen.«

»Meinst du, es klappt, ja? Bruder, was sagst du dazu?«

Der *turtanu* Sinahiusur strich sich einen Augenblick den Bart, dann nickte er schließlich.

»Ich glaube, es könnte klappen, Gebieter.«

»Ja, das könnte es.« Der König schüttelte die Lanze in seiner Hand, gleichsam als wolle er prüfen, ob sie sich in Einzelteile auflöste. Als das nicht geschah, richtete er den Blick auf mich und entblößte die Zähne zu einem grimmigen Lächeln. »Ja, das könnte es in der Tat. Bist ein kluger Bursche, Tiglat Assur, Sohn Sanheribs, des Herrn der Erde, des Königs der Könige. Komm morgen zu mir, wenn ich esse – erzähle mir, ob du noch weitere Pläne hast, wie du das Universum mit Feuer und Schwert erobern kannst, äh? Ha, ha, ha!«

Als man mich an diesem Abend in das Privatgemach des Königs geleitete, fand ich ihn zu meiner Überraschung allein vor. Er saß an einem rohen Holztisch und hatte die Ärmel seiner Tunika aufgekrempelt, während er von goldenen Schüsseln aß, die im Fackellicht glänzten. Ich fiel auf ein Knie, doch sogar diese Zeremonie schien er kaum abwarten zu können, denn er winkte mich zu sich.

»Komm – setz dich«, sagte er. Er goß mir eigenhändig Wein ein. »Tut mir leid, daß ich dir nicht mehr anbieten kann – der Wein gehört mir, doch das Essen dem Gott. Die Priester halten es ihm unter die Nase, und dann bringen sie es mir. Wußtest du das, äh? Und so esse ich denn die Reste, die von seinen goldenen Tellern abfallen wie ein Hund, den man mit Überbleibseln füttert.«

Ich saß unbehaglich da und starrte in meinen Becher. Ich wußte nicht, was ich sagen sollte.

»Das heißt König sein, mein Sohn. Man ist der Wachhund Gottes und liegt angekettet vor der Hütte, um Fremdlinge zu verbellen. Was ich auch immer in den Augen der

Welt bin, mehr ist es nicht. Da, trink deinen Wein. Dein Anblick erfreut mein Herz, und Freuden habe ich wenig genug auf meine alten Tage. Wir wollen auf deinen glorreichen Namen trinken. Tiglat Assur, du Sohn Sanheribs.«

Und so tranken wir darauf, und auf den glorreichen Assur und die Verwirrung der Elamiter und dann auf Ischtar, die Geliebte der Götter und Göttin der Schlachten und dann . . . Inzwischen zweifelte ich nicht mehr am König, der mein Vater und mein Freund war und den ich liebte.

»Der Gott hat mich mit meinen Söhnen geschlagen – mit Ausnahme von dir, Junge.« Er faßte über den Tisch und legte mir den Arm um die Schulter. »Am Tod von Assurnadinschum bin ich schuld. Ich hätte ihn auf keinen Fall in jenes finstere Land schicken dürfen – Babylon, zum Teufel damit! Und was Arad Ninlil anbegeht . . . Na ja, du hast ihn ja gesehen.

Aber hast du auch meine Tochter Schaditu gesehen?« Seine Augen leuchteten. »Ist sie nicht ein liebreizendes Geschöpf – sie spricht häufig von dir, darum bin ich froh, daß du ihr Bruder bist, äh? Ha, ha, ha! Sie ist solch ein liebreizendes Geschöpf und solch ein Trost, eine Trennung von ihr würde ich nicht ertragen. Nein, sie darf nicht heiraten, solange ich lebe. Ist das sehr selbstsüchtig von mir, Tiglat, äh?«

Er wartete meine Antwort nicht ab, wofür ich dankbar war, sondern sprach von anderen Dingen, von seinen früheren Feldzügen und seinen Frauen und der Herrin Nakija und seinem Alter.

»Was geschieht, wenn ich sterbe, äh, Junge? Was geschieht dann wohl?

Aber deine neue Taktik da – die müssen wir im nächsten Feldzug ausprobieren. Und wenn es klappt . . . Bist ein guter Junge. Bist auch ein guter Soldat, und nur das zählt wirklich. Ich habe einmal gesagt, ich würde dich groß machen, aber ich glaube, das tust du am Ende selbst. Und so kann ich dich nur reich machen. Es gibt da einen königlichen Besitz, nur zwei Stunden Galopp flußaufwärts – er gehört dir, mein Sohn. Und später kommt noch mehr, viel mehr. Möchtest du sonst noch etwas von mir haben, Junge, äh? Sag es mir, und wenn es in meiner Macht liegt, sollst du es bekommen.«

Seit meiner Kindheit hatte ich von diesem Augenblick geträumt. Warum sonst hätte ich wohl nach Ruhm und Ehre gestrebt, wenn ich nicht die Gunst des Königs für diese eine Sache gewinnen wollte? Und doch war der einzige Name, der mir durch den Kopf schoß, Assarhamat. Und die durfte ich nicht vom König erbitten, sonst würden seine Augen zornesdunkel werden, denn sie war etwas, das zu gewähren nicht in seiner Macht lag.

Und doch liebte der König mich, und er hatte zuviel Wein getrunken ... Vielleicht würde er, sogar noch jetzt – aber nein. Ich konnte sie mir nicht von ihm erbitten. Ich war der Diener des Königs, war ihm in allen Dingen treu ergeben und durfte ihn nicht überlisten, den Willen des Gottes zu verraten.

Und während mein Herz »Assarhamat« flüsterte, zwang ich meinen starren Lippen einen anderen Namen ab.

»Erhabener ...«

»Ja, mein Sohn – sprich! Nenne es, und es ist dein.«

»Meine Mutter, Gebieter – ich möchte sie wieder bei mir haben ...«

In dem darauffolgenden Schweigen schämte ich mich aufrichtig, zum einen, daß ich die Majestät des Königs um derlei gebeten hatte, und zum anderen, daß ich in Gedanken, ja, sogar in meinen geheimsten Wünschen, meiner Mutter Assarhamat geopfert hatte, die ich nicht lieben durfte, die ich aber lieben mußte, solange noch ein Hauch Leben in mir war.

Der König spähte mir ins Gesicht, sein Arm lag immer noch auf meiner Schulter.

»So wenig, Junge? Ist das alles – nur deine Mutter? So sei es denn! Äh, Junge? Ha, ha, ha!«

Und der König, mein Vater, welcher vielleicht gar nicht so betrunken war, wie ich glaubte, hielt sein Versprechen, denn am nächsten Abend, als ich vom Drill zurückkam, wartete am Eingang zur Offizierskaserne eine geschlossene Sänfte, die von vier Sklaven getragen wurde, eine Sänfte, wie sie einer Königin wohl angestanden hätte. Meine Mutter stieg aus, in der Hand hielt sie die Tafel, welche mir einen königlichen Besitz in der Größe von rund einhundert *beru* übertrug. Ich schob den Schleier meiner Mutter beiseite, damit ich ihr Gesicht sehen konnte, und ihre blauen Augen waren tränennaß.

»Ach, mein Sohn, mein Sohn – dann ist es also wirklich wahr?«

»Ja, Mutter, es ist wahr.«

Und so geschah es, daß ich das Versprechen einlöste, welches ich als Kind gegeben hatte, und durch des Königs Gnade meine Mutter aus dem Frauenhaus befreien konnte.

VII

An jenem ersten Abend brachte ich meine Mutter über Nacht bei Kephalos am Adad-Tor unter. Nachdem ich am folgenden Morgen die Kompanie meinem *ekalli* Luschakin zum Drillen übergeben harte, mietete ich Pferd und Wagen, wie sie einer Dame vom Hofe geziemten, und dann brachen Merope und ich zu meinem neuen Besitz im Norden auf.

Zwar hatte ich sie etliche Jahre nicht gesehen, aber doch war diese ruhige Frau, die da neben mir im Wagen saß, während wir uns auf der schmalen, ausgefahrenen Straße voranarbeiteten, immer noch die Mutter meiner Kindheit. In ihr kupferfarbenes Haar mischten sich weiße Strähnen, und die winzigen Linien um ihren Mund sprachen von ergebener Traurigkeit; aber sie war, zumindest in meinen Augen, so schön wie eh und je. Auf dieser Reise redete sie kaum. Statt dessen beobachtete sie mich verstohlen, wandte aber jedes Mal den Blick ab, wenn ich sie dabei ertappte.

»Ich weiß nicht, wie es dort sein wird«, sagte ich zuletzt – denn allmählich fand ich das Schweigen bedrückend. »Allerdings glaube ich nicht, daß der König mir einen Hundestall zum Geschenk machen würde. Doch wenn das Bauernhaus dir nicht gefällt, dann bauen wir es um. Ich habe Kephalos angewiesen, geeignete Haussklaven und eine Frau zu deiner Aufwartung zu kaufen.«

»Wie kannst du dir das nur alles leisten, Lathikadas?«

Zum ersten Mal nannte sie mich bei jenem Kindernamen, und da wandte ich mich um und lächelte ihr zu. Und dieses eine Mal wandte sie den Blick nicht wie eine Braut auf der Hochzeitsreise ab.

»Mach dir keine Sorgen, Merope. Der König ist nicht der einzige, der darauf aus ist, mich zu einem vermögenden Mann zu machen – mein schurkischer Sklave scheint inzwischen halb Ninive zu besitzen, und ich habe in seinen Büchern genug Silber stehen, daß Leute wie du und ich bis zu unserem Lebensende ihr Auskommen davon haben. Er ist ein Schuft, aber ein guter Freund und bestiehlt mich, glaube ich, nur ein wenig. Hab keine Angst. Ich baue dir ein Haus, das einer Königin würdig ist, und dort sollst zur Abwechslung einmal du die Herrin sein.«

»Ich bin keine Königin, mein Sohn – nur eine seiner Frauen. Und er hat seit vielen Jahren mein Bett gemieden.«

Ich wußte darauf nichts zu sagen, und so schwieg ich. Und als unsere Schatten auf der Straße länger wurden, kamen wir zum Grenzstein mit der geflügelten Sonnenscheibe Assurs, welche anzeigte, daß wir uns auf dem Grund und Boden des Königs befanden.

Nein, der König, mein Vater, hatte mir keinen Hundestall geschenkt. Ich sah, daß sich die Felder, zwar abgeerntet und voll gelber Stoppeln, rechts und links, so weit das Auge reichte, erstreckten. Und das Bauernhaus war nicht aus Lehmziegeln, sondern aus Felssteinen und in hethitischer

Bauweise errichtet, damit die Zimmer den ganzen Tag über Sonnenlicht hatten. Das Herz ging mir auf, führte ich doch meine Mutter in einen Palast.

Als ich den Wagen zum Stehen brachte, hatten sich die Landarbeiter und Haussklaven inzwischen schon vor den großen Holztoren zu unserer Begrüßung aufgestellt. Ich stieg aus, und sie verneigten sich wie ein Mann.

»Ich bin Tiglat Assur«, sagte ich in dem Ton, den ich sonst immer für meine Soldaten gebrauchte – ich wußte nicht, wie man mit Landleuten umging. Meine Jugend wurde mir bewußt, und auf gar keinen Fall wollte ich unhöflich oder schwächlich erscheinen. »Und das ist die Herrin Merope, meine Mutter.«

»Ja, Gebieter – gestern war ein Reiter hier und hat uns von deinem Kommen in Kenntnis gesetzt.« Ein hochgewachsener Mann mit schwarzem Bart und dem verwitterten Gesicht eines Menschen, der sein ganzes Leben in Sichtweite der nördlichen Berge verbracht hat, trat ein wenig vor und verneigte sich erneut. Etwas an seinem Benehmen machte deutlich, daß er das Dienern nicht gewöhnt war. »Ich bin Tahu Ischtar, seit zehn Jahren Aufseher dieses Gutes und in dieser Zeit der Diener des Königs, wie er der Diener Gottes ist, und jetzt der deinige. Wir haben das Haus zu deinem Empfang vorbereitet, und eine Frau wird sich um das Wohl deiner Mutter kümmern. Wenn du mir folgen möchtest, Gebieter.«

An jenem Abend aßen wir gebratene Ziege und Gerstenbrot, das wir mit Bier hinunterspülten – die Menschen hier waren bei Wein noch nicht auf den Geschmack gekommen –, und als wir mit Essen fertig waren und meine Mutter und ich uns an einem Holzkohlebecken in der Mitte des Zimmers wärmten, war mir so behaglich und geborgen zumute, wie ich es kaum für möglich gehalten hätte. Mir duftete die Holzkohle wie Myrrhe.

»Kannst du hier glücklich sein, Merope?« fragte ich. »Ich kann nur die zweite Hälfte des Monats bleiben, aber ich komme, so oft ich kann. Das hier ist von jetzt an dein Heim. Kannst du hier glücklich sein?«

»Ja – es ist wie im Traum.«

Tränen liefen ihr über die Wangen. Sie glitzerten im roten Schein des Feuers. Ich setzte mich neben sie, legte ihr den Arm um die Schulter und dachte bei mir, was für ein schales Leben sie doch im Frauenhaus geführt haben mußte, wenn das hier für sie ein Traum war, dieser abgelegene Landsitz mit keiner anderen Abwechslung als den gelegentlichen Besuchen ihres Sohnes.

»Du mußt heiraten, Lathikadas«, sagte sie plötzlich, und ihre Hand packte mich an der Tunika. »Du mußt eine Frau hierherbringen, ein Mädchen, das deine Schlafmatte teilt und dir Kinder schenkt und dich glücklich macht.«

»Ich bin noch so jung, Merope. Ich habe noch unendlich viel Zeit, bis ich daran denken muß, mir eine Frau zu nehmen; im Augenblick bin ich es zufrieden, daß du hier die Herrin bist.«

Ich hatte geglaubt, meine Mutter äußerte eher ein ungutes Gefühl als eine Hoffnung, doch ich hatte mich getäuscht. Ich spürte, daß sie immer nervöser wurde, während ihre Finger meinen Kragen fester packten – es handelte sich also nicht um einen weiblichen Anfall unbegründeter Besitzgier. Irgend etwas, eine Vorstellung oder Erinnerung, ängstigte sie.

»Ich fürchte, ich kann dir dein Haus nicht führen, wie du es dir vorstellst«, fuhr sie fort – und in ihrer Stimme kam Panik auf. »Mein Sohn, ich bin seit meiner Kindheit Sklavin, und dergleichen lernt im Harem des Königs nicht die Haushaltsführung – ich würde auch bestimmt nicht eifersüchtig sein. Ich möchte doch, daß du bei ihr Liebe findest, daß sie . . .«

»Daß sie was, Mutter?«

Sie blickte mir in die Augen, und ich sah in ihren fast so etwas wie Entsetzen.

»Daß sie die Erinnerung an Assarhamat aus deinem Herzen vertreibt, mein Lathikadas.«

Ich will erst gar nicht versuchen zu beschreiben, was in jenem Augenblick in mir vorging. Ich war zu erstaunt, um das alles richtig einzuordnen – daß meine harmlosen Treffen mit Assarhamat Merope zu Ohren gekommen sein sollten. Wurde darüber im Palast schon geklatscht? Könnte es bis zum König gedrungen sein?

Nein, das sicher nicht. Ich war am Leben und stand hoch in Gunst. Doch die Gunst der Mächtigen ist ein heikel Ding, und auf einmal war mir zumute, als ob der Boden unter meinen Füßen nicht fester war als eine Brotkruste, daß er jeden Augenblick unter meinem Gewicht einbrechen und ich in einen schmachvollen Tod stürzen könnte. Dazu brauchte es nicht mehr als ein Wort.

»Aber, Mutter, wie hast du . . .?«

»Wie? Das fragst du noch?« Sie tat, als ob sie lachte, doch es klang bitter. »Wie habe ich, so eingesperrt wie ich im Frauenhaus war, irgend etwas über Assarhamat und meinen Sohn hören können? Du vergißt, wer dort meine Gefährtinnen waren. Von hier bis zum Bitterfluß macht keine Schlammkröte einen Platsch, den Nakija nicht hört.«

Nakija – natürlich. Wem anders als Nakija würde es Vergnügen bereiten, meine Mutter mit derlei Nachrichten zu quälen? Jetzt verstand ich Meropes Angst, verspürte ich sie doch selbst.

Aber ich nahm ihr Gesicht in die Hände und küßte sie auf die Stirn, genau wie einst als Kind.

»Es ist ganz unschuldig, Mutter. Ich besuche sie von Zeit zu Zeit– das ist alles. Was sollte daraus Böses entstehen?

Und jetzt sollten wir beide lieber zu Bett gehen«, fuhr ich fort, als hätte ich alle ihre Bedenken vertrieben und könnte ihre Gedanken so einfach umkehren wie einen Streitwagen auf einer breiten Ebene. »Deine Frauen warten hinter der Tür auf dich. Und morgen will ich früh aufstehen und mir meinen Besitz anschauen. Die Leute hier sollen wissen, daß ihr neuer Herr Soldat ist und nicht wie eine Schenkendirne bis Mittag schläft.«

Merope schenkte mir ein Lächeln, ein Lächeln, das ich auch schon auf den Lippen anderer Frauen gesehen hatte. Ein Lächeln, das besagte, sie wüßte, was alle Frauen wissen, daß nämlich Männer die reinen Kinder sind.

»Es wäre gut, Sohn, wenn du in allem übrigen auch so klug handeln würdest.«

*

Am nächsten Morgen war die Sonne noch nicht hinter den östlichen Bergen aufgegangen, als ich die Tür meines neuen Hauses öffnete und in das kalte Licht hinaustrat, wo schon Tahu Ischtar, mein Aufseher, auf mich wartete. Mit einer Hand hielt er das Schultertuch seiner groben Tunika, in der anderen einen Stab – das Zeichen seines Standes, wie bei mir der Speer, den ich trug –, so verneigte er sich steif bei meinem Anblick. Neben ihm stand ein magerer, kleiner Knabe, der kaum mehr als zwölf zählen konnte. Der Aufseher warf ihm einen Blick zu, und da verneigte auch er sich, und das so tief, daß ich beinahe seinen Hals von hinten sehen konnte.

»Mein Sohn Qurdi«, sagte Tahu Ischtar, »der, wenn es dem Gebieter gefällt, mir in diesem Amt nachfolgen wird, sollte ich von der Herrin Ereschkigal abberufen werden.«

Der Knabe lächelte schüchtern und senkte dann den Blick zu Boden.

»Möchte sich der Gebieter nun auf seinem Anwesen umsehen?«

Ich trug die Uniform eines *rab kisir* der *quradu*, und mein Vater war der König, doch dieser Mann hatte, ohne irgendwie frech zu wirken, klargestellt, daß er an mir noch nichts erblickt hatte, was ihn vor Ehrfurcht erzittern ließ. Außerhalb der großen Städte, wo sich fremdländische Sitten und die Macht des Geldes noch nicht verderblich ausgewirkt haben, sind die Männer Assurs so – sie sind keine Sklaven.

»Es wäre mir eine große Freude«, sagte ich und lächelte dem Knaben Qurdi zu. Der Aufseher verneigte sich lediglich noch einmal.

Die erste Hälfte des Morgens verbrachten wir mit einem Rundgang durch die Gebäude – über die Tennen, durch die Kornspeicher, die Scheunen und Ställe und die Keller – und zu meiner Freude stellte ich fest, daß ich ein außerordentlich wohlhabender Gutsbesitzer zu sein schien. Ich besaß Schafe, Rindvieh und Pferde. Ich hatte Gerste und Hirse. Gänseherden stolzierten herum, suchten nach für sie ausgestreuten Körnern. In großen, in der kühlen Erde vergrabenen Tonkrügen hatte ich genug Bier und Apfelmost, um darin ganze Kompanien durstiger Soldaten zu ersäufen. Das Land hatte mir reichlich gegeben. Und all diese Dinge zeigte mir Tahu Ischtar, erklärte mir mit ruhiger, gelassener Stimme, als ob ihn das alles nichts anginge. Er war ein stolzer Mann, der nicht gern prahlen mochte.

Ich sagte wenig, stellte ab und zu eine Frage und hörte mir die Antworten schweigend an. Mein Aufseher wollte sich nicht bei mir einschmeicheln und ich mich auch nicht bei ihm, denn ich war kein Knabe mehr, und Männer müssen sich gegenseitig achten. Der Knabe Qurdi folgte uns überall hin, hielt sich dicht bei seinem Vater und ließ die Augen nicht von meinem Gesicht.

»Bald wird es anfangen zu schneien, Gebieter. Augenblicklich gibt es wenig zu tun, darum bleiben die Leute zu Hause und bereiten sich auf den Winter vor. Du siehst ihr Dorf, wenn wir die Felder besichtigen, doch dazu müssen wir Pferde nehmen.«

Wir gingen zu den Ställen zurück, und ich suchte mir ein großes, schwarzes Untier von einem Pferd aus, zäumte es auf und warf ihm eine Decke über den Rücken. Als Tahu Ischtar und ich aufgestiegen waren und Qudri sich hinter seinen Vater gesetzt hatte, brachen wir auf.

Der Rundritt über mein Anwesen dauerte mehr als drei Stunden, führte durch Obst- und Weingärten und über Felder mit blanker, umgepflügter Erde und gut instandgehaltenen Bewässerungskanälen, die breit genug für Lastkähne und randvoll mit schlammigem Wasser waren, das in der kalten Wintersonne wie poliertes Blei glänzte. Tahu Ischtar erläuterte, wie jedes Feld zum Frühling bepflanzt werden würde, wie die Kanalschleusen funktionierten und wo meine Pächter während einer jeden Jahreszeit arbeiteten.

»Wirst du hier bei uns leben, Gebieter?« fragte er zuletzt, vermied es aber sorgsam, mich dabei anzusehen.

»Wenn ich kann – ja.« Woher sollte ich wissen, ob es die Antwort war, die er erwartete. »Ich bin Soldat, und wir befinden uns im Krieg, aber ich lasse meine Mutter hier und will so oft wie möglich kommen.«

Er nickte und sah mich immer noch nicht an.

»Das ist recht. Es ist gut für das Land, wenn der Herr darauf wohnt, und der König war natürlich selten hier. Ich habe ihn die ganzen zehn Jahre nicht einmal zu Gesicht bekommen, obwohl ich seinen Schreibern in Ninive geschrieben habe, wenn ich Rat einholen mußte. Ich nehme an, das wird nun nicht länger nötig sein.«

Wir brachten die Pferde vor einer der Dutzend schmalen Holzbrücken zum Stehen, die über die Kanäle führten, und jetzt erst blickte Tahu Ischtar mich an. Es hatte den Anschein, daß mein Entschluß, mich nicht in irgendeinen Palast in Ninive zurückzuziehen und von den Erträgen von Ländereien zu leben, die ich nie besuchte, es ihm ermöglichte, meinen Anblick zu ertragen.

»Nein, das wird nicht nötig sein. Ich mache meine Fehler lieber selber.«

Jäh wie ein Donner im Frühling öffnete Tahu Ischtar den Mund und lachte. Es war das Lachen eines Soldaten, ungezwungen und furchtlos. Wir waren nicht mehr die gleichen Männer; wir hatten zusammen über einen Witz gelacht.

Er hob den Arm und deutete auf Rauchgekräusel vor den Bergen.

»Komm dann. Dort drüben ist das Dorf, wo deine Leute

dich erwarten. Sie sind doch neugierig auf dich, schließlich gibt es viele darunter, die ihren Herrn noch nie zu Gesicht bekommen haben.«

Wer ein Dorf auf den Hochwasserebenen längs des Tigris betritt, kehrt in die Welt der Vorfahren zurück, denn so lebten die Ahnen unserer Rasse vor den Zeiten der Könige und Städte, damals, als es nur das Land und den Gott gab. Ich hatte schon viele Male solch ein Rund aus Lehmziegelhütten gesehen, Orte, die zu klein für einen Namen waren; doch bislang nur als Soldat, der auf einer Straße vorbeizog, irgendwo anders hin. Ich wußte nicht, wie die Leben waren, die an diesen Kochfeuern gelebt wurden und hatte noch nie Wasser aus den Brunnen dort gekostet. Alle, die im mächtigen Schatten des Königs leben, sind so beschaffen und somit Fremde im eigenen Land, denn gerade hier in diesen Dörfern liegt unser Anfang, und dorthin müssen wir auf der Suche nach den Wurzeln unserer Größe zurückkehren. Wir sind ein Volk von Bauern, weil unser Boden fruchtbar ist; und in allen Kasernen ist es sprichwörtlich, daß die besten Soldaten mit Lehm zwischen den Zehen geboren werden. Die Herren in Ninive vergessen das gern, aber wahr bleibt wahr.

Wir ritten auf das Dorf zu, und da sah ich, genau wie mein Aufseher vorhergesagt hatte, eine Menschenmenge, die zu unserem Empfang zusammengelaufen war. Schon aus der Entfernung konnte man Geschrei aus vielen Kehlen hören, nur galt es nicht uns. Es war Wehgeschrei, und so war denn diese Versammlung nicht zusammengekommen, um ihren neuen Herrn zu begrüßen, sondern um irgendeine Katastrophe zu bejammern, die nur sie selbst anging. Tahu Ischtar hatte sich geirrt – meine Pächter hatten vergessen, daß ich überhaupt existierte.

Frauen mit weißen Wolltuniken und farbigen Schals über dem Kopf – und es waren zumeist Frauen, und um sie herum Trauben von Kindern und etliche alte Männer – warfen die Arme hoch und schluchzten wie die Geister von Unbestatteten. Einige sanken zu Boden, nahmen eine Handvoll Erde und warfen sie sich auf Schultern und Kopf. Die Kochfeuer waren verlassen und brannten aus, überall lagen Wasserkrüge verstreut, deren Inhalt im Boden versickerte.

»Was soll das?« fragte ich. »Was ist passiert? Was haben sie?«

Tahu Ischtar stieg vom Pferd, und da eilten sie herbei und schrien alle auf einmal. Ich verstand kein Wort. Schließlich kam er zu mir, hielt mir die Zügel, während ich abstieg, und sein Gesicht war wie aus Eis.

»Die Löwen sind zurückgekommen.« Seine Stimme war vollkommen ausdruckslos, als verstünde er in diesem Augenblick nicht mehr die Bedeutung von Worten. »Bei kaltem Wetter treibt sie der Hunger aus den Bergen. Zunächst haben sie nur ein paar Ziegen mitgehen lassen, doch heute haben sie sich ein Kind geholt.«

»Mein Sohn, mein Sohn! Mein kleiner Sohn!« Eine der Frauen fiel vor uns auf die Knie, sie konnte sich vor Kummer kaum noch aufrechthalten. »Großer Herr, edler Herr, bring mir mein Kind zurück!«

Und während sie ihr Gesicht in den Dreck drückte, umklammerten ihre Hände flehentlich meine Knöchel. Mittlerweile konnte sie nicht einmal mehr sprechen, ja, kaum noch weinen, so groß war ihre Herzensqual.

»Die Männer sind hinter ihnen her«, sagte Tahu Ischtar mit leiser Stimme. »Sie haben keine Pferde, doch es ist bereits zu spät.«

»Aber wir müssen etwas tun.«

Ich kniete nieder und ergriff die Hände der Frau, und sie blickte zu mir auf. Ich wußte nicht zu sagen, ob sie jung oder alt war, so groß war ihr Kummer, und die Worte, die mir schon auf den Lippen lagen, erschienen mir auf einmal armselig – was konnte ich ihr schon sagen? Daß ich ihr ihr Kind zurückbringen würde?

»Wir müssen etwas tun«, hörte ich mich wieder sagen, dieses Mal zu ihr.

Ich stand auf und stieg aufs Pferd. Tahu Ischtar hob seinen Sohn herunter und übergab ihn einer alten Frau; sie wechselten ein paar Worte, und dann verließen wir beide im Galopp das Rund der Lehmziegelhütten. In Minutenschnelle hatten wir die Gruppe Männer überholt, die wie ein Rudel Jagdhunde über den rauhen Boden liefen.

Wir fanden den toten Knaben, jedenfalls das, was von ihm noch übrig war, direkt unterhalb der ersten Felsen, dort, wo das Gebirge allmählich ansteigt.

»Sie müssen gemerkt haben, daß sie verfolgt wurden und haben von ihrer Mahlzeit abgelassen«, sagte Tahu Ischtar – die Brust des Kindes war aufgerissen, und ein Bein war bis auf den Knochen abgenagt. Überall auf der Erde Blut. Er stieg ab, wickelte das tote Kind in seinen Umhang und reichte es mir hoch. »Wenigstens kann seine Mutter ihn begraben.«

Wir ritten schweigend zum Gutshaus zurück. Was in meinem Aufseher vorging, weiß ich nicht, doch in meinem Kopf gellten immer noch die Schreie der Mutter beim Anblick des übel zugerichteten Körpers ihres Sohnes. Immer wieder fiel mir ein, daß jetzt ich für diese Menschen verantwortlich war, daß die Landpächter nach Urväter Sitte das Recht hatten, sich um Schutz an ihren Herrn zu wenden. Ich war noch nicht einmal einen Tag lang Besitzer, und schon hatte es den Anschein, ich hätte sie im Stich gelassen.

»Wie lange geht das schon so?« fragte ich schließlich. Tahu Ischtar brauchte ein Weilchen für die Antwort, aber er war wohl auch tief in Gedanken versunken gewesen.

»Den letzten Winter und diesen. Die Dorfbewohner lassen nachts Feuer brennen, um die wilden Tiere zu vertreiben, doch die sind seit letztem Monat dreister geworden. Vor einer Woche schnappten sie sich eine Ziege, die man draußen neben einer Hütte angebunden und vergessen hatte, und jetzt . . .«

»Wir brauchen einen Streitwagen«, sagte ich plötzlich – die Idee war mir gerade durch den Kopf geschossen. Warum war ich nicht schon eher darauf gekommen? »Haben wir einen Streitwagen? Wenn nicht, schicke ich nach Ninive.«

»Gebieter, das sind drei ausgewachsene Männchen. Sie jagen zusammen, und man sollte ihre Gerissenheit nicht unterschätzen.«

»Haben wir einen Streitwagen, Tahu Ischtar – ja oder nein?«

Sein kleiner Sohn, der beim Reiten seinen Vater um die Mitte gefaßt hielt, blickte mich mit riesigen, schwarzen Augen an, als ginge es nicht in seinen Kopf, daß ich es wagte, mich mit dem Aufseher anzulegen.

»Ja, Gebieter.« Tahu Ischtar strich sich den großen Bart und fragte sich vermutlich, warum die großen Götter ihn mit einem jungen Toren als Herrn schlagen wollten. »Er ist seit zehn Jahren nicht mehr benutzt worden. Es sind keine Räder mehr dran, und für den Zustand des Geschirrs lege ich keine Hand ins Feuer. Doch das alles läßt sich richten.«

»Also gut dann – bis morgen früh ist alles fertig, und sage den Dorfbewohnern, daß ich sie als Treiber brauche. Morgen geht es auf die Jagd!«

*

Ich machte auf dem Gutshof eine große Runde mit dem Streitwagen. Dieser hatte zwischen gestern nachmittag und den zehn Jahren seit dem letzten Besuch des Königs wie ein verkrüppelter Landstreicher, der das Ende des Regens abwartete, gegen eine Scheunenwand gelehnt gestanden. Tahu Ischtar und seine Männer hatten bei Fackelschein die ganze Nacht durchgearbeitet, und sie hatten gute Arbeit geleistet. Die Räder drehten sich mit lautloser Leichtigkeit – ich machte mir lediglich Sorgen wegen des Pferdegespanns, das zwar so gut zusammenpaßte, wie es meine Ställe hergaben, jedoch nicht daran gewöhnt war, paarweise zu gehen. Überdies konnte ich nur hoffen, daß sie nicht beim ersten Anblick unserer Jagdbeute in Panik geraten würden; aber in der Jagd wie im Krieg muß man manches blindlings wagen.

Meine Mutter stand umgeben von den Hausdienern auf der Schwelle unseres Hauses und sah zu, wie ich den Streitwagen jäh zum Halten brachte. Ich wollte ausprobieren, wie stark das Fußbrett schwankte. Als ich die Pferde erneut anziehen ließ, lächelte ich und winkte ihr zu, und sie winkte zurück. Sie hatte gar nicht erst versucht, mich von dieser Unternehmung abzuhalten, obschon ich sie nur anzuschauen brauchte um zu wissen, daß dieser ›Sport‹, dem ich da frönen wollte, sie ängstigte.

»Es ist doch nur ein Jagdausflug, Merope. Ich bin tausendmal auf die Jagd gegangen, und der König tötet Löwen mit dem Schwert, nur als Nachmittagsbelustigung.«

Ich erzählte ihr natürlich nicht, daß nicht einmal der König ohne ein Gefolge von Bewaffneten auf Löwenjagd ging, aber vielleicht brauchte ich das gar nicht. Meine Gefolgsleute waren nur Bauern, die als Waffen lediglich Sicheln und Gehstöcke besaßen; ich selber hatte noch nie etwas Gefährlichers als Wildschweine gejagt, die auf den Ebenen östlich von Ninives frei herumstrichen. Aber als Krieger wußte ich mit Bogen und Speer umzugehen und konnte genauso gut ein Pferdegespann lenken wie alle anderen im königlichen Heer. Hochmütig wie die Jugend nun einmal ist, hielt ich das für ausreichend.

Ich winkte noch einmal und trieb meine Pferde zum Galopp an.

Im Dorf hatten sich Tahu Ischtar und all meine Pächter versammelt und warteten. Schweigend standen sie da, als ich hielt – wie ein Heer vor der Schlacht, warteten sie in dumpfem Schweigen, denn sie wußten, daß alles seinen Lauf nehmen würde und daß sie jetzt keine Wahl mehr hatten. Sie hatten nur noch einen Wunsch, daß sie nämlich ihr Leben nicht einem Toren anvertrauten.

»Aufseher, sind die Ziegen draußen angepflockt?«

Tahu Ischtar trat vor und legte seine Hand auf das Geländer des Streitwagens. Wir hatten das alles schon am gestrigen Tage durchgesprochen, doch er wußte, was seine Leute brauchten und spielte also die ihm zugewiesene Rolle in meinem kleinen Spiel.

»Ja, Gebieter. Es ist alles vorbereitet.«

Ich sah ihn kaum an. Ich hielt den Blick auf die Dorfbewohner gerichtet, blickte jedem der Reihe nach ins Auge – ein Trick, den alle kennen, die einmal Soldaten befehligt haben; so wird die durch den Befehl entstandene Beziehung irgendwie zur persönlichen Angelegenheit.

»Dann brauchen wir nur noch zu warten«, sagte ich und richtete mich damit an alle miteinander. »Da draußen sind drei dieser großen Katzen, und die haben letztens nicht gut gespeist, also werden sie auf der Suche nach Beute wieder aus ihren Bergen kommen. Sie sollen sie finden – sie sollen sich vollstopfen, bis ihre Bäuche platzen und sie nur noch friedlich im Schatten an irgendeiner Wasserstelle liegen und schlafen wollen. Wir haben ihnen ein Mahl gerichtet, so werden wir wissen, wo wir nach ihnen suchen müssen, wenn es Zeit ist, die Falle zu schließen. Tahu Ischtar, gib acht, daß die Kinder und die alten Leute heute im Haus bleiben. Du weißt, wo du mich findest.«

Ich wäre augenblicklich aufgebrochen, hätte sich nicht ein Mann vorgedrängelt und meine Pferde aufgehalten. Es war ein kleiner Mann, nicht mehr jung und mit Augen, die er diese Nacht gewiß keinen Augenblick zugetan hatte. Ich hob die Peitsche, und er ließ sofort den Zügel fahren, hob aber flehentlich die Hände.

»Herr!« schrie er, »Herr, erlaube mir, dich zu begleiten – als Vater habe ich ein Recht darauf!«

»Dann war das gestern dein Sohn?« Ich sah erst den Mann, dann Tahu Ischtar an, der zustimmend nickte.

»Ja, Herr – mein Sohn.« Tränen stiegen ihm in die blutunterlaufenen Augen, und für einen Augenblick versagte ihm die Stimme. »Mein einziger Sohn, und geboren, als meine Frau und ich schon unsere besten Jahre hinter uns hatten – wir bekommen nun keinen mehr. Nimm mich mit, damit ich sehen kann, wie die sterben, die meinem Kind das Leben genommen haben!«

»Das muß ich dir abschlagen, und möge der Gott dir vergeben, daß du darum gebeten hast.« Ich ließ in meiner Stimme einen Ärger durchklingen, den ich nicht empfand – er hatte mein Herz gerührt. »Du bist ein Bauer und darfst keine Waffe tragen. Was willst du, etwa deiner Frau noch einen Leichnam zum Betrauern bescheren? Überdies ist das, worum du bittest, gottlos. Wir sollen heute das Land von einer Gefahr befreien, nicht aber uns an einem Tier rächen, das nur seinem angeborenen Instinkt folgt und deshalb ohne Sünde ist. Tahu Ischtar, achte mir darauf, daß keiner aus der Reihe läuft – ich warte dann auf den Lärm deiner Treiber.«

Ich verweilte nicht länger, sondern ließ meine Räder auf die weiten Ebenen zurollen, wo ich mir einen Jagdgrund nach meinem Belieben auswählen konnte.

Ein Streitwagen braucht Platz. Er ist ein unbeholfenes Ding, schwer zu wenden und durch alles aufzuhalten, was ihm unter die Räder gerät. Fährt ein Rad über einen Stein, kann der Fahrer herunterfallen, oder aber es bricht, und er bleibt liegen. Sein einziger Vorteil liegt in seiner Schnelligkeit und der Tatsache, daß er wie ein von einer Bergflanke herunterrollender Felsbrocken die Menschen vor sich in Angst und Schrecken versetzt.

Auf den dortigen Ebenen findet man hier und da verkümmerte Bäumchen, eigentlich kaum mehr als Büsche, doch hinderlich genug, daß sich ein Pferdegespann verfangen kann. Es dauerte eine Weile, bis ich eine Stelle fand, die so unbestanden war, daß meine Beute nicht einfach sofort in Deckung springen konnte, wenn die Erde bei meinem Angriff zu beben begann. Dort trat sogar ein wenig Fels zutage, auf den ich hinaufklettern konnte, womit ich dann die ganze Landschaft bis hin zu den Bergen im Auge hatte. Ich würde die Linie der Treiber sehen können, vielleicht noch ehe ich sie hörte und würde möglicherweise auch die Löwen zu sehen bekommen. Ich band die Pferde an, nahm meine Waffen und kletterte auf meinen Ausguckfelsen. Es konnte nämlich noch Stunden dauern, bis ich überhaupt etwas sah.

Die Löwen hatten sich an dem Dorfjungen nicht recht sattessen können, da man sie verscheucht hatte, und wenn sie so verzweifelt waren, daß sie schon in der Nähe von menschlichen Behausungen räuberten, dann hatten sie sicher tagelang nichts zu fressen gehabt. Tahu Ischtar hatte dafür Sorge getragen, daß man fünf meiner fettesten Ziegen nicht weit von einer Wasserstelle angebunden hatte, wo die großen Katzen sicherlich auf Beute ausgingen – sollten sie sich nach Herzenslust vollfressen und dann keinen anderen Gedanken mehr haben, als sich die Sonne auf den Bauch scheinen zu lassen. Zweifellos würden sie unangenehm überrascht sein, wenn sie die hundert Männer und Frauen hörten, die in langer Reihe den Boden mit ihren Dreschflegeln bearbeiteten, und wenn ihnen der Rauch der Feuer in die Nase stieg, welche die Dorfbewohner längs ihres Weges anzündeten. Wenn bei Tahu Ischtar alles wie geplant lief – schließlich war Tahu Ischtar ein Mann, in den man völliges Vertrauen setzen konnte –, dann würden die drei trägen und aufgestörten Männchen mir vor Schreck geradenwegs in die Waffen laufen. Da sie keine Fluchtmöglichkeit hatten, mußten sie sich stellen und kämpfen, und das zu meinen Bedingungen.

Ein ebenso völliges Vertrauen setzte ich in mich, und so verspürte ich keine Angst, sondern nur eine angenehme Erregung. Letzten Endes handelte es sich nur um Tiere – nicht etwa um Elamiter, die selbst mit Schwert und Speer bewaffnet waren. Keine Menschen wie ich. Auch der größte Löwe der Welt bestand nur aus Zähnen und Klauen, und ich hatte nicht die Absicht, diese so nahe an mich heranzulassen, daß ich mich in Gefahr brächte. Ein Jagdausflug, mehr war es nicht. Ich hatte nichts zu befürchten, wenn ich nicht irgendeinen törichten Fehler beging, und die Gefahr bestand wohl kaum. So saß ich ganz fröhlich in der blassen

Wintersonne und wartete auf das Zeichen, daß die Jagd begonnen hatte.

Die Sonne stand schon beinahe eine Stunde nach Mittag, als die ersten Rauchspuren am Horizont erschienen. Ich kletterte von meinen Ausguck herunter, band die Pferde los und spannte meinen Bogen. Der Streitwagen rollte bereits über den sonnengedörrten Boden, als die erste der großen Katzen aus der Deckung sprang..

Die Löwen des Osten sind nicht so groß wie die, welche man in Ägypten antrifft, von wo sie sich der König für seinen Privatsport bringen läßt, doch dieser konnte es mit allen aufnehmen, die ich je im Wildgehege des Königs gesehen hatte. Als er den Streitwagen erblickte, kam er jäh zum Stehen, legte den Kopf schief, als überraschte und ärgerte ihn dieser Eindringling; dann duckte er sich und wartete ab, was nun geschehen würde. Ich ließ das Gespann traben, und schwenkte zu ihm ab, und als er merkte, daß man ihn herausforderte, stieß er ein mächtiges Gebrüll aus – ich hatte alle Hände voll zu tun, daß mir die Pferde nicht vor Schreck durchgingen.

Im Krieg ist jeder Streitwagen mit zwei Männern bemannt; einer lenkt, damit der andere Gelegenheit hat, mit Pfeil oder Speer zu kämpfen. Genauso hält man es auch, wenn der König im königlichen Wildgehege auf Löwenjagd geht. Nur hatte ich jetzt niemanden, der für mich lenkte, und mußte deshalb halten, wenn ich einen Pfeil abschießen wollte.

Ich fuhr ungefähr siebzig Schritt an meine Beute heran, die sprungbereit kauerte und ihr Schlachtgebrüll ausstieß. Vom Wagen abzusteigen, wagte ich nicht, aus Angst, die Pferde würden einfach ohne mich davongaloppieren; so mußte ich mir also auf dem schwankenden Fußbrett des Streitwagens einen Pfeil wählen und zielen. Der Löwe blickte mich mit grimmigen, haßerfüllten Augen an. Als spürte er die Gefahr, tat er einen vorsichtigen Schritt nach links, und noch einen, und noch einen, und während er noch zögerte, schoß ich den Pfeil ab. Er fuhr ihm in die Brust, ehe er brüllend vor Schmerz und Wut den Versuch machen konnte, sich mit dem Kopf voran zum letzten Mal auf mich zu stürzen.

Aber es half ihm nichts. Er lief nur ein paar Schritte, wurde langsamer, stand ganz still und blickte mich mit Augen an, die vor Schmerz schon milchig waren, dann brach er zusammen. Er lag auf der Seite, keuchte schwer, und aus seinem großen Rachen lief ein Blutrinnsal. Mit dem Speer in der Hand stieg ich vom Streitwagen, um ihm den Gnadenstoß zu geben.

Das war der Fehler, den ich hatte vermeiden wollen. Ich stand über ihn gebeugt und wollte ihm den Speer ins Herz stoßen, als ich die Pferde erschreckt aufwiehern hörte. Ich fuhr herum und fiel auf ein Knie, gerade als das zweite Männchen zum Sprung ansetzte. Meine Waffe konnte ich gerade noch in den Boden stemmen, und der Löwe, der sich auf mich hatte stürzen wollen, fiel statt dessen in sie hinein, und die Kupferspitze riß ihm den Bauch auf und brach ab.

Doch ehe er starb, gelang es ihm noch, seine großen Zähne in meine linke Schulter zu schlagen und mir im Todeskampf das Fleisch herunterzureißen. Als er dann leblos zu Boden fiel, hatte er mir eine Wunde beigebracht, die bis auf den Knochen ging – sofort war ich blutüberströmt, und mir war übel vor Schmerz. Die Pferde waren natürlich durchgegangen, so gab es für mich keinen Weg zurück. Ich hatte nur noch das Schwert im Gürtel, vermochte aber kaum noch zu stehen und hörte bereits das letzte der großen Männchen im Unterholz fauchen.

Er ließ sich Zeit – der da machte keinen Fehler. Vielleicht wußte er, daß ich blutete und wartete, bis ich so schwach war, daß ich mich nicht mehr wehren konnte. Er ließ mich wissen, daß er da war, denn kein wildes Tier macht zufällig soviel Lärm.

Ich mochte zwar bluten, doch ihm rückten jetzt die Dorfbewohner auf den Pelz, kamen mit dem Feuer immer näher. Nun konnte ich sie auch hören, ihr Geschrei und die Stöcke, die sie gegeneinanderschlugen. Ich konnte ihr Feuer riechen.

»Komm heraus!« schrie ich. »Komm heraus, du gottverlassenes Tier.« Ich trat von den Kadavern der beiden Löwen zurück, die ich getötet hatte, um mehr Platz zu haben. Ich weiß nicht mehr, wie lange ich wartete, daß er sich zeigte, doch lange kann es nicht gewesen sein.

Auf einmal war er da. Ich hatte ihn nicht kommen sehen – er tauchte einfach auf. Er duckte sich tief und schlich sich an, jeder Muskel seines großen, lohfarbenen Körpers war angespannt und sprungbereit. Angst hatte er nicht – ich konnte in seinen Augen lesen, daß er mich töten wollte. Er knurrte leise und einladend, es klang beinahe wie das Schnurren eines Kätzchens. Geradeso als wollte er mich durch seine Nähe verspotten.

Ich stand mit gezogenem Schwert, merkte, wie ich immer schwächer wurde und wußte, daß ich ihn zum Sprung reizen mußte, ehe ich zu schwach war, um gegen ihn anzukommen.

Den linken Arm konnte ich nur noch unter Qualen heben, doch ich bekam die Hand bis zur Mitte hoch, bewegte die Finger und forderte ihn zum Angriff heraus. Meine Knie fühlten sich an, als wollten sie jeden Augenblick unter mir nachgeben.

»Komm schon, verdammt noch mal. Komm und laß dich töten.«

Aber er war noch nicht bereit. Er fauchte nur verächtlich und schmiegte den struppigen Kopf dichter an den Boden. Der würde warten.

Jetzt oder nie – das war mir völlig klar.

Mit dem Schlachtruf auf den Lippen stürzte ich mich auf ihn und hielt dabei das Schwert so tief, daß ich es nach oben führen konnte, sollte er springen. Ich hatte den Vorteil von ein paar Schritten, ehe sein großer Körper durch die Luft auf mich zugeflogen kam und wir derart aufeinanderprallten, daß die Luft zu erzittern schien.

An mehr erinnere ich mich nicht. Als ich wieder zu mir kam, lag ich in meinem eigenen Bett. Tahu Ischtar gebrauchte ein glühend heißes Messer, um die Wunden an meiner Schulter auszubrennen, und ich konnte jemanden stöhnen hören. Irgendwo im Raum war der Schmerz, doch ich war mir nicht sicher, ob er zu mir gehörte oder zu jemand anderem. Ich entsinne mich noch des tränennassen Gesichtes meiner Mutter. Dann versank ich in Dunkelheit.

*

Ich hatte mir im Haus der Krieger nur für zwei Wochen Urlaub erbeten, und genauso lange dauerte es, bis ich wieder kräftig genug war, um mich überhaupt aus dem Bett herauszuwagen. Gegen den Schmerz trank ich Wein, bis mir der Kopf schwamm, und meine Mutter fütterte mich mit dicken Suppen, um den Blutverlust wettzumachen – ich wurde den Verdacht nicht los, daß ihr das recht viel Freude machte, nachdem sie erst die Gewißheit hatte, daß ich leben würde. Gewiß erwies sie sich in jenen Wochen als eine bessere Hausfrau, als ich von ihr erwartet hatte.

Am Ende der ersten Woche stattete mir Tahu Ischtar einen Besuch ab und trug dabei etwas Aufgerolltes unter dem Arm. Er breitete es auf dem Fußboden aus, damit ich es sehen konnte, und einen Augenblick lang hörte mein Herz auf zu schlagen – das Fell gehörte einem der Löwen.

»Die Dorfbewohner gerben dir alle drei, du sollst doch deine Trophäen bekommen. Dieses ist der erste.«

Er setzte sich auf einen Schemel an mein Bett, ordnete seine Tunika mit großer Würde und vermittelte den Eindruck, daß es sich um einen offiziellen Besuch handelte.

»Sie lassen dir auch durch mich ausrichten, daß du dich nicht beunruhigen sollst, sie haben ein Trankopfer über die toten Tiere gegossen, ihre Geister werden sich also nicht an dir rächen wollen.«

»Wie ist das alles gekommen?« fragte ich, setzte mich ein

wenig auf und lehnte mich an die Kissen hinter meinem Rücken. »Wie haben sie denn ...?«

Tahu Ischtar musterte mein Gesicht und zog erstaunt die Brauen hoch.

»Willst du damit sagen, du weißt es nicht? Dann weiß es keiner.« Er lachte und schüttelte den Kopf. »Wir haben sie tot aufgefunden und dich in kaum besserem Zustand. Diesem da schaute der Griff deines Schwertes aus dem Maul – die Spitze war ihm direkt ins Hirn gedrungen. Meine Leute glauben nämlich, daß du ein wiedererstandener Gilgamesch bist. Sie sind dir dankbar für alles, was du für sie getan hast.«

»Ich bin dankbar, daß ich überhaupt noch am Leben bin.«

Danach plauderten wir eine Weile über landwirtschaftliche Dinge und die Sorgen der Dorfbewohner, und dann merkte Tahu Ischtar, daß ich müde wurde und verabschiedete sich. Er besuchte mich noch oftmals, zuweilen brachte er seinen Sohn Qurdi mit, der dann auf dem umgeklappten Löwenfell saß und ihm ins offene Maul starrte. Langsam, mit der bedächtigen Zurückhaltung der Menschen vom Lande, wurde Tahu Ischtar mein Freund.

In jenem Genesungsmonat kam so mancher Besucher. Kephalos zog beinahe bei uns ein und ertränkte mich fast in seinen Salben.

»Du darfst nicht auf diese assyrischen Ärzte hören, Gebieter. Ihre Kunst beruht doch nur auf der törichten Vorstellung, daß Krankheiten vom Zorn der Götter herrühren; die verbrennen doch nur Weihrauch und beten für dich. Was du brauchst, ist ein wenig griechischer Skeptizismus.«

Und dann beriet er sich endlos mit Merope über meinen Speisezettel – er war schlimmer als eine Mutter –, und als ich sein Getue satt hatte, konnte ich ihn schließlich nach Ninive, zurück zu seinen Patienten scheuchen. Ich glaube, er war froh, daß er fahren konnte, denn das Landleben sagte ihm nicht gerade zu.

Am Ende der zweiten Woche, als ich schon kräftig genug war, um ein wenig umherzugehen ohne zu ermüden, kam ein Landarbeiter mit der Nachricht gelaufen, daß er den Staub einer Reitergruppe gesehen hätte, die in unsere Richtung zu kommen schien; und zwei Stunden später stieg der Gebieter Sinahiusur persönlich vor meiner Tür vom Pferd. Er hatte ein Gefolge von zwanzig Mann dabei.

Es war ein rauher Tag. Nachdem ich seine Soldaten in das Kochhaus geschickt hatte, daß sie es sich gutgehen ließen, führte ich den *turtanu* in den besten Raum, den mein Haus zu bieten hatte. Wir nahmen auf zwei Schemeln einander gegenüber Platz, wärmten uns an einem Holzkohlebecken und einem Krug libanesischen Weines, welcher wie Honig schmeckte und wie eine Wespe stach.

»Der König schickt mich. Er hat erst kürzlich von deinem Pech gehört und möchte durch mich seine Besorgnis zum Ausdruck bringen. Du bist also auf dem Weg der Genesung?«

»Ja, Fürst.« Ich lächelte und hob die Schulter. War das der Grund seines Besuches? Der *turtanu* Sinahiusur machte doch nicht den ganzen Weg von der Hauptstadt bis hierher, nur um einen Krankenbesuch abzustatten. »In gut einer Woche, wenn ich wieder zu Kräften gekommen bin, bleiben mir von diesem Abenteuer nichts weiter als ein paar Narben.«

Er beugte sich vor und legte mir die Hand auf den Arm, als ob er sich selbst von der Kraft überzeugen wolle. Und dann nickte er.

»Gut. Und da es dir so prächtig zu gehen scheint, mein Junge, mache ich Gebrauch von meinem Privileg als dein Onkel und sage dir ins Gesicht, daß du für meinen Geschmack zu sehr auf ›Abenteuer‹ aus bist. Es war einfach dumm, dein junges Leben unter solch einem windigen Vorwand aufs Spiel zu setzen – das Land Assur hat viele Dörfer, doch nur wenige Prinzen von Geblüt. Warte noch ein Weilchen auf einen ruhmreichen Namen, der stellt sich rechtzeitig genug von selber ein. Du wirst demnächst *rab shaqe* – ich habe es aus sicherer Quelle. Überlege dir gut, wie du deine Macht dann am besten gebrauchst.«

Er kostete wieder von dem Wein, als hätte er nichts anderes im Sinn, und setzte dann den Becher auf dem runden Tisch zwischen uns ab.

»Der ist sehr gut«, sagte er. »Woher hast du ihn?«

»Ein Geschenk, Fürst. Erinnerst du dich noch an den Sklaven Kephalos?«

»Ach, dieser ionische Schurke? Ja, ich habe gehört, daß er dir sehr nützlich ist, und das freut mich. Vielleicht hätte ich das auch mit ihm machen sollen – ihn vor die Tür setzen und für sich selbst sorgen lassen. Er ist jetzt reich, nicht wahr?«

»Und hat mich reich gemacht, Fürst. Da dieser ionische Schurke ein Geschenk von dir ist, stehe ich um so tiefer in deiner Schuld.«

Der Gebieter *turtanu* lachte, aber dann wurden seine Augen jäh ernst. »Tiglat, du solltest wissen, daß der König davon überzeugt ist, daß Arad Ninlil ihm nie nachfolgen wird.«

Er hielt einen Augenblick inne, als ob er von mir eine Antwort erwartete. Er blickte mich prüfend an – ich weiß nicht, was er sah, doch zuletzt sprach er weiter.

»Er ist ein schwacher, einfältiger Junge, den die Mutter im Frauenhaus verzogen hat, und für den König eine bittere Enttäuschung. Jedes Omen spricht gegen ihn, und ein Seher namens Kalbi, der Sohn von Nergal Etir, weissagt sogar eine Finsternis, die über das Land kommt. Der König kann Priester nicht ausstehen, seit sie ihm gesagt haben, daß unser mächtiger Vater, der Gebieter Sargon, durch seine eigene Gottlosigkeit umgekommen ist. Der König hat nämlich seinen Vater geliebt. Doch diese Warnungen vor Arad Ninlil erschrecken ihn.«

»Hat er darum die Hochzeit des *marsarru* mit der Herrin Assarhamat aufgeschoben?«

»Ja – das ist der Grund.«

Fürst Sinahiusur musterte mich einen Augenblick mit schmalen Augen, gleichsam als wolle er mich warnen, doch er ging nicht darauf ein. Er war ein kluger Mann und hütete viele Geheimnisse in seiner Brust; wie hätte ich da hoffen können, daß meine Gefühle für Assarhamat ihm entgangen wären. Aber vielleicht erachtete er die Zeit für das Gespräch noch nicht für reif.

»Ich selbst bin in dieser Sache für die rechtmäßige Erbfolge«, fuhr er fort. »Nach Arad Ninlil kommt Assarhaddon, als Sohn des Königs von seiner zweiten Frau. Stimmst du hierin mit mir überein?«

»Ja – selbstverständlich.« Ich konnt das Erstaunen in meiner Stimme nicht verbergen, denn warum sollte Fürst Sinahiusur diese Angelegenheit ausgerechnet mit mir besprechen wollen?

»So wisse denn, daß der König hofft, du würdest ihm auf den Thron von Assur folgen.«

Mir war, als hätte ich einen Schlag auf den Hinterkopf erhalten. Es verschlug mir die Sprache. Der *turtanu* saß gelassen da und schien auf irgendeine Antwort zu warten, doch ich hatte keine.

»Trink einen Schluck Wein, Tiglat«, sagte er schließlich und hielt mir den Becher an die Lippen. »Ich möchte gern wissen, was du zu tun gedenkst?«

»Tun, Fürst?«

»Ja, tun. Würdest du deinem Bruder die Erbfolge streitig machen, Junge?«

»Fürst, ich liebe meinen Bruder – wenn der Gott ihn zum König macht, werde ich ihm mit meinem Leben dienen.«

»Du weißt, daß, wer auch immer König wird, die Herrin Assarhamat zur Frau bekommt, nicht wahr?«

»Ich würde mich nicht gegen den Gott auflehnen, Fürst – nicht einmal für die Herrin Assarhamat.«

»Du bist ein guter Junge, Tiglat Assur«, sagte er und legte mir wieder die Hand auf den Arm. »Ich wußte, du würdest mich nicht enttäuschen.«

»Ich habe es bereits gesagt, Fürst, ich stehe in deiner Schuld.«

»Ja – aber man sollte dabei nicht vergessen, daß weder du noch ich das regeln, nicht einmal der König. Das ist Sache des Gottes.«

*

In jener Nacht war Fürst Sinahiusur Gast in meinem Hause. Am nächsten Morgen brach er wieder nach Ninive auf und ließ mich bedrückt zurück. Ich wollte nicht König werden, und ich liebte meinen Bruder; und doch liebte ich Assarhamat mehr als mein Leben. Welch trauriges Los war mir doch beschieden. All das verstand Fürst Sinahiusur, denn er war ein kluger Mann.

»Vergiß nicht«, sagte er, als wir uns voneinander verabschiedeten, »der König lebt vielleicht noch viele Jahre, und Arad Ninlil folgt ihm vielleicht doch noch nach. Oder Assarhaddon stößt etwas zu, oder der Gott spricht sich gegen ihn aus. Wir wissen nicht, was uns das Schicksal bringt, im Augenblick jedenfalls ist die Herrin Assarhamat Witwe und kann tun und lassen, was sie will. Der König wird noch recht lange warten, ehe er dem Gott diese Frage vorlegt, und bis dahin magst du glücklich sein – eine weitere Belohnung gibt es nicht, Tiglat. Ich jedenfalls verspreche dir, daß sich niemand einmischt, bis der Gott gesprochen hat. Damit mußt du dich zufriedengeben. Ist das genug?«

»Wenn du es sagst, Fürst, muß es genug sein.«

»Ja – das muß es.«

»Fürst?«

»Ja, Tiglat Assur?«

»Wenn mein Bruder Assarhaddon die Nachfolge antreten soll, dann muß man ihn aus dem Westen holen. Der König sollte seinen Sohn kennenlernen, und meinen Bruder würde es ohnedies freuen.«

Der *turtanu* blickte sich kurz um, gleichsam als ob ihm

beim Anblick meines Hauses und Hofes etwas einfiele; dann ruhten seine Augen auf meinem Gesicht, und er nickte.

»Du mußt deinem Landsitz einen Namen geben«, sagte er. »Einen Namen, wie es sich für den Besitz eines Prinzen geziemt. Ich würde ›Drei Löwen‹ vorschlagen, damit deine Heldentat nie in Vergessenheit gerät.«

»Wie du es für richtig hältst, Fürst«, antwortete ich, wußte aber nicht, ob er sich über mich lustig machte oder es ernst meinte.

»Nein, wie du es für richtig hältst, Tiglat Assur. Ich werde mich darum kümmern, daß Assarhaddon zurückkehrt, obschon ich annehme, daß sich dadurch kaum etwas ändern wird. Auf Wiedersehen, Neffe. Und weiterhin gute Besserung.«

Ich sah ihm nach, als er fortritt, und die Augen tränten mir im kalten Winterwind. War es wirklich der Wind? Ich wußte es nicht.

VIII

Ich hatte Assarhamat seit meiner Rückkehr von Drei Löwen nicht besucht, denn in der Zeit meiner Genesung hatte ich kaum mehr zu tun gehabt, als mir den Kopf zu zerbrechen, und das fast ausschließlich über Assarhamat. Ein Mensch, der Zeit zum Nachdenken hat, kann sich wieder auf seine Pflicht besinnen – denn er wird doch nur schwach und sündig, wenn er in Bedrängnis gerät. Aus der Ferne betrachtet kam mir meine eigene krankhafte Liebestollheit reichlich lächerlich vor. Ich hatte einem Kindheitsschwarm zuviel Platz eingeräumt, und schon hatte sich auf Grund meiner törichten Enthaltsamheit in Bezug auf Frauen meine Leber entzündet. Ich beschloß, wie ein vernünftiger Mensch und wie ein treuer Untertan meines Vaters zu handeln und meine

Besuche im Ischtartempel wieder aufzunehmen. Ich würde mich von Assarhamat lossagen.

Und so besuchte ich denn ihren Garten nicht, wo sie in meiner Phantasie am Springbrunnen wartete; ihre Fingerspitzen glitten über das Wasser, während sie von mir träumte. Die Eitelkeit der Jugend kennt keine Grenzen, und so fand ich, während ich litt, eine Art selbstgefälliges Vergnügen an meinem edelmütigen Opfer und an der Überzeugung, daß sie gewiß noch mehr litt. Meine Tage waren ausgefüllt mit Drill und strammem Exerzieren, und nach geraumer Weile schlief ich wieder ganz ruhig. Bald würde ich sie vergessen haben, redete ich mir ein. Am Ende glaubte ich es sogar selbst.

Die Illusion erhielt durch die Heimkehr meines Bruders weitere Nahrung. Assarhaddon kam aus dem Westen mit einem schwarzen Bart zurück, der ihm bis aufs Schlüsselbein hing, außerdem hatte er eine Ammoniterin mit einem Ring durch die Nase. Beides führte er mir in meinem Zimmer in der Offizierskaserne vor, wo er auf mich wartete, während ein Läufer mir seine Ankunft meldete. Meine Kehle schnürte sich zusammen, als ich ihn sah, und selbst nachdem wir uns umarmt hatten, konnten wir kaum sprechen. Mir war gar nicht klar gewesen, wie sehr er mir gefehlt hatte.

»Wer ist das?« fragte ich schließlich und wies auf die Frau in dem Purpurfarben und weißen Gewand, die auf meinem Bett saß, als verbrächte sie dort jede Nacht, und deren goldene Armreifen klirrten, wenn sie sich mit den Fingern durch das Haar fuhr. Haare von solch eigenartiger Farbe hatte ich noch nie gesehen – sie waren schwarz, schienen jedoch von innen her rötlich zu glühen. Sie lächelte mir zu, als ob sie gern mit mir das Fasten brechen würde.

»Was?« Assarhaddon machte eine Drehung und blickte sich um, als hätte er keine Vorstellung, wovon die Rede war. »Ach, das da! Das, Bruder, ist Lea, die ich einem Schenkenwirt in Salekach beim Glücksspiel abgenommen habe – wenn du mich fragst, so war er nicht traurig über ihren Verlust, seine Frau schikanierte ihn ihretwegen ganz schön. Soll ich sie dir ausleihen? Sie taugt wahrhaftig zu nichts anderem, als dir den Samen aus den Lenden zu quetschen wie Saft aus einer Traube. Probiere sie eine Nacht aus – bei den sechzig großen Göttern, was diese Frau für Sachen mit einem Mann anstellen kann! Man könnte meinen, man hätte den ganzen Ischtartempel für sich allein. Hast du Wein da, Bruder, oder müssen wir in die Stadt, um uns zu betrinken?«

Und wir betranken uns – waren furchtbar und herrlich betrunken. Wir tobten durch die Straßen von Ninive, brachten Bierkrüge und Schenkendirnen zu Fall, als wären wir ein Eroberungsheer und hätten die Stadt im Sturm genommen. Lea begleitete uns, Assarhaddon führte sie an einer dünnen Silberkette durch den Ring in ihrer Nase mit sich – der Mann, der ihr den eingezogen hatte, hatte klug gehandelt, denn obschon ich nur eins von drei Wörtern verstand, die sie in ihrem stark gefärbten Aramäisch sagte, so machte sie mir doch zumindest in dieser Zunge klar, daß sie eines der störrischsten Geschöpfe auf Erden war. Schließlich ging ich, betrunken wie ich war und auch schlicht aus Neugier, auf Assarhaddons oft wiederholte Einladung ein; ich nahm sie beiseite, führte sie in den Lagerraum einer Schenke und drang in sie ein. Nie wieder habe ich solch eine gierige Frau erlebt. Sie war nicht zufriedenzustellen, und als ich mich verausgabt hatte, umschlossen ihre Lippen mein Glied, saugten sich an ihm fest; und schneller als ich es je für möglich gehalten hätte, war meine Mannheit wieder kraftvoll und stark. Als sie dann von mir abließ, schmerzten mich meine Lenden wie eine alte Verwundung bei kaltem Wetter.

Als wir ins Haus der Krieger zurücktorkelten, war es bis zum Sonnenaufgang nur noch eine Stunde, und so steuerten wir gleich zum Dampfbad, um uns nüchtern zu schwitzen. Wir saßen auf den Zedernholzbänken und wischten uns den Schweiß vom Leib; und Lea, die ihr schönes Leinengewand ausgezogen und wie einen Lumpen um die Taille gebunden hatte, kümmerte sich um das Feuer und goß Wasser auf die glühenden Steine. Ihr Anblick bereitete mir Kopfschmerzen.

»Wie kommt es, daß ihr Haar solch eine Farbe hat?« fragte ich, denn es strömte in prächtiger Fülle ihren bloßen Rücken hinab und wirkte im matten Schein der Laterne, als wollte es von selbst Feuer fangen.

Assarhaddon hatte seine Orgie noch nicht beendet und war gerade damit beschäftigt, das Siegel unseres letzten Kruges mit babylonischem Bier zu brechen. Er blickte auf um zu sehen, was ich wohl meinte. Dann grinste er und blinzelte mir zu.

»Sie tränkt es sechsmal monatlich in Wein, breitet es über einem breiten Strohhut, der nur aus einer Krempe besteht, aus und läßt es in der Sonne trocknen. Warum? Hast du etwa geglaubt, sie wäre so zur Welt gekommen? Bruder, derlei Frauen haben für alles einen Zauber. Der Westen ist voller wundersamer Dinge – ich bin in Judäa gewesen, wo heilige Männer so zaubern können, daß sie mächtiger als die Könige sind. Und dann erst die ägyptischen Huren in Damaskus – das Land erobere ich eines Tages noch, nur damit ich mich so richtig an ihnen sättigen kann. Bei den sechzig großen Göttern, Tiglat Assur, Sohn Sanheribs, wo um alles auf der Welt hast du dir diese protzigen Narben da geholt?«

»Ich erzähle dir alles für einen Schluck von deinem Bier – meine Zunge fühlt sich so dick und trocken an wie eine Tontafel.«

Und so erzählte ich ihm schließlich alles, was sich seit seinem Aufbruch in den Westen zugetragen hatte, darunter auch meine Unterhaltung mit Fürst Sinahiusur.

»Hast du ihm das etwa abgenommen, Tiglat?« fragte er. Für einen Mann, der soeben erfahren hat, daß er möglicherweise die Weltherrschaft erbt, wirkte er nicht sehr erfreut. »Ich meine, kannst du dir das wirklich vorstellen? Einer von uns König?«

»Ja, ich kann es mir vorstellen. Schließlich könnte der Gott auch einen Ackerbauer auf den Thron von Assur setzen, wenn es ihm in den Kram paßt. Du und ich, wir sind Söhne des Königs, und du sogar einer von seiner rechtmäßigen Frau. Wenn die Omen für Arad Ninlil tatsächlich ungünstig ausfallen – oder falls er sterben sollte –, warum nicht?«

Ich merkte, wie ich Lea ängstlich interessiert beobachtete. Nichts von dem Gesagten war Hochverrat, aber es war nicht klug, zu offen über die Nachfolge zu spekulieren. Sie jedoch war damit beschäftigt, sich mit einem Eimer kalten Wassers zu übergießen, und unsere Unterhaltung schien sie völlig kalt zu lassen, zumal sie kein Wort davon verstand.

»Beruhige dich, Bruder. Sie versteht nicht einmal eins von fünf akkadischen Wörtern, und gleichgültig ist es ihr auch. Sie ist wie eine Katze – wenn sie sich putzen, sich mit vollem Bauch in die Sonne legen und sich von einem heißen Männchen bedienen lassen kann, dann ist sie glücklich. Weiter hat sie nichts im Kopf. Das da ist keine Nakija.«

Kaum war der Name seiner Mutter gefallen, schon verdüsterte sich Assarhaddons Miene.

»Das wäre doch eine Erhörung all ihrer Gebete, oder?« fuhr er in gereiztem Ton fort. »Dann hätte sie die Macht, von der sie ihr Leben lang geträumt hat.«

»Du wärst König in diesem Land, Bruder – nicht sie. Du könntest doch nach Belieben mit ihr verfahren, sie an irgendeinem netten Ort der Vergessenheit überantworten, wo sie sich damit zufriedengeben müßte, ihre Frauen zu beherrschen. Du verbirgst dich doch jetzt nicht mehr hinter ihrem Rockzipfel.«

»Ach nein. Meinst du nicht?« Er warf den Kopf zurück und lachte, doch es klang bitter. »Ich habe sie seit Jahren nicht zu Gesicht bekommen, Tiglat, aber ich fühle immer noch ihre Finger um meinen Hals. Nein – sogar als König wäre ich ihr nicht gewachsen.

Außerdem will ich gar nicht König sein.« Er stand auf und schüttelte sich, daß sein Schweiß wie Regen sprühte. »Du kannst gern König werden, meinen Segen hast du. Du bist der Gescheite – du würdest dich als König sehr gut machen. Was mich anbelangt, so bin ich Soldat und kein Ränkeschmied.«

»Aber du hast doch Nakija, und die schmiedet genug Ränke für euch beide.«

»Bei Adads Donner, du sprichst wahr, Tiglat Assur – aber willst du etwa, daß dieser Schakal mit Brüsten die Geschicke der Welt leitet? Nein, genauso wenig wie ich!«

Und er lachte wieder, und die Wolke zog vorüber. Wir tranken das Bier aus, zerschmetterten den Krug an der Wand des Schwitzbades und waren wieder heiter und sorglos.

»Ich hab's, Bruder!« schrie er, legte mir den Arm um die Schulter und ging nackt mit mir zur Offizierskaserne zurück, während uns Lea die Kleidung nachtrug und uns den Weg mit einer Lampe leuchtete, denn es dämmerte immer noch nicht. »Wenn ich König bin, wirst du mein *turtanu,* und wenn du König bist, kannst du deine ganze königliche Kraft für die Herrin Assarhamat aufwenden, während ich deinem Frauenhaus vorstehe – ha, ha, ha!«

⋆

In jenen Tagen bekam mich der Ischtartempel häufig zu sehen. Wenn ich bei meinem Vorsatz bleiben wollte, mußte ich mich bei den Priesterinnen des Kults erschöpfen; und die Abende, an denen ich der Göttin keinen Tribut zollte, durchzechte ich mit Assarhaddon in der Stadt, trank Wein, bis mir der Schädel dröhnte und trieb es mit Schenkendirnen. Wohin wir auch gingen, stets brachte Assarhaddon Lea mit, führte sie an der Silberkette, die durch den Ring in ihrer Nase lief – und nahm sie sogar mit, wenn er die Schlafmatten anderer Frauen aufsuchte, denn während seines Aufenthalts im Westen war er auf den Geschmack an derlei Lustbarkeiten gekommen. Einmal sagte er, daß er liebend gern ein identisch aussehendes Zwillingspärchen zu Konkubinen hätte. »Zwei Frauen, die sich ähneln wie ein Paar Hände«, pflegte er zu sagen. »Ich möchte sie nicht unterscheiden können, das wäre doch wie eine Frau mit zwei Körpern – ich könnte sie sogar beim gleichen Namen rufen. Wenn das nicht Luxus ist!« Und während er so daherredete und mit einem kalten Lappen und einem Krug Bier auf der Bank im Schwitzbad saß, molk ihn Lea, die zwischen seinen Füßen kniete, so schweigsam und geübt aus wie eine Melkerin.

Und der Mond schrumpfte zu einer Sichel und wurde wieder rund, während ich die Tage mit Kriegsvorbereitungen und meine Nächte mit Zechgelagen zubrachte. Wenn ich aber geglaubt hatte, ich könnte durch meine Beschäftigung mit Drill und Hurerei Assarhamat entrinnen, so hatte ich mich getäuscht. Auch wenn ich erst zwei Stunden vor Anbruch der Morgendämmerung in mein Quartier zurückstolperte, den Kopf betäubt und die Mannheit ausgewrungen und zusammengeschrumpelt wie eine Dattelhülse nach dem Pressen, brauchte ich mich nur auf meine Schlafmatte zu strecken und die Augen zu schließen, und schon überfiel mich ungebeten die Erinnerung an sie. Ich hatte gelernt, wie wenig diese Liebesqualen mit dem Leib zu tun haben, doch mehr hatte ich nicht gelernt – jedenfalls nichts, was mir auch nur einen Augenblick Frieden verschafft hätte.

Und als dann meine Stunde schlug, so wie ich es von vornherein gewußt hatte, als nach der Rückkehr vom Exerzierplatz eine verhangene Sänfte am Eingang zur Offizierskaserne auf mich wartete, da wußte ich, daß darinnen eine von Assarhamats Frauen saß und sich in Schleier und Geheimnis hüllte. Ich brauchte nur den Vorhang beiseite zu schieben, und schon erschien eine schmale Hand und drückte mir eine Holztafel von der Größe einer Damenhand in meine. Auf einer Seite war sie gewachst, und in das Wachs stand Assarhamats Botschaft geritzt: »Warum kommst du jetzt nie mehr? Wie soll ich dieses Leben ertragen, wenn meine Augen nie dein Gesicht erblicken? Komm, oder ich sterbe vor Kummer, damit dich mein Geist im Dunkeln heimsuchen kann. Komm, oder ich weiß, daß du mich nicht liebst.«

Da stand ich nun und starrte die Worte an. Und schon klopfte es in der geschlossenen Sänfte, und die Träger kamen schwankend auf die Beine. Man wartete erst gar nicht auf eine Antwort, Assarhamat mußte gewußt haben, daß sie gewonnen hatte. Ich ging in mein Gemach und warf die Holztafel in das Kohlebecken; und während ich lauschte, wie das Wachs beim Verbrennen aufzischte, wurde mir klar, daß ich eher erleichtert war. Ich würde sie wiedersehen. Jetzt konnte ich mich meinem Verderben überlassen, wie ich es immer hatte kommen sehen. Ich mußte Assarhamat lieben, solange ich lebte.

Am nächsten Morgen ließ ich meine Soldaten zu einem Ruhetag wegtreten, zog meine beste Uniform an und ging durch das Tor. Ich überquerte das staubige Fleckchen Erde, welches das Haus der Krieger vom Palast trennte, wo mein Vater, der König, und alle Mitglieder seines Haushaltes lebten. Die ganze Zeit über hatte mich nicht mehr von ihr getrennt als ein paar Lehmziegelmauern.

Als man mich in ihren Garten führte, saß sie am Springbrunnen und war so gekleidet wie an jenem ersten Morgen draußen vor dem Großen Tor, in das Trauergewand mit dem roten Witwenschal über dem Haar. Ich stand vor ihr, und sie blickte hoch und mir ins Gesicht, und ihre leuchtend schwarzen Augen standen voller Tränen.

»Ich scheine immer um dich zu weinen, Tiglat«, sagte sie und starrte auf den Steinfußboden zu ihren Füßen. »Ob nun wegen deiner Waghalsigkeit oder deiner Lieblosigkeit – das bleibt sich gleich, da es so aussieht, als müßte ich dich an eine von beiden verlieren.«

»Bist du deshalb in Trauer?« fragte ich. Ich mußte gegen meinen Willen lächeln, ihre Taktik war doch zu durchsichtig.

»Hast du etwa mein Herz nicht zur Witwe gemacht, Tiglat?«

Ich nahm neben ihr Platz, aber obschon ich ihr so nahe war, daß mein Arm den ihren berührte, wollte sie mich nicht wieder ansehen. Ich legte meine Hand auf ihre, doch sie zog sie fort. Anscheinend war ich in tiefe Ungnade gefallen.

Und während sie so vor sich hinschmollte, suchte ich krampfhaft nach etwas, was ich ihr sagen könnte. Ich sah mich um und erstaunte und erschrak nicht schlecht, denn wir waren völlig allein. Noch nie zuvor hatte Assarhamat mich ohne zwei, drei ihrer Hofdamen empfangen, die dann in diskreter Entfernung am entgegengesetzten Ende des Gartens saßen und miteinander schnatterten wie die Äffchen. Ihre Herrin mußte sie absichtlich fortgeschickt haben.

»Wie ich höre, verbringst du fast alle Abende bei den Dirnen im Ischtartempel«, sagte sie schließlich. »Und wenn du nicht bei denen bist, dann machst du mit Assarhaddon Zechtouren durch Weinschenken und Freudenhäuser. Wie ich höre, haltet ihr beide euch eine Geliebte, die ihr an der Hundeleine mit euch führt.«

»Und wer erzählt dir solche Dinge, Assarhamat?«

»Niemand – jedermann. Der ganze Palast tratscht darüber. Ich höre zu, und es ist mir gleichgültig, für mich sind das die Taten eines Fremden.«

»Dann bin ich dir also gleichgültig geworden?«

Ich war so kühn, ihr den Arm um die Taille zu legen, und einen Augenblick – aber nur einen – wollte sie sich freimachen, doch dann durfte ich sie in meine Arme ziehen. Es war ein Spiel, nicht mehr. Ich glaube, beide wußten wir recht gut, wer sich hier wem ergab.

»O Tiglat«, sagte sie und barg ihr Gesicht an meiner Brust, »gefällt dir die Gesellschaft solcher Frauen so viel besser als meine? Schenken sie dir denn so viel Vergnügen, daß du mich ganz und gar verlassen wolltest? O Tiglat, wie unglücklich du mich doch machst!«

Sie weinte jämmerlich und zitterte in meinen Armen, als

hätte sie die Fallsucht. Dieser Augenblick zählt zu den schönsten in meinem Leben.

Schließlich, als ihre Tränen an meiner Tunika getrocknet waren, schien sie ruhig zu werden und hielt meine freie Hand mit ihren beiden auf ihrem Schoß. Sie war still, und ich konnte sie tief atmen hören, fast als schliefe sie. Mein Herz schmolz vor Zärtlichkeit – was hätte ich damals nicht um ihretwillen getan oder erduldet? Der Schal war ihr vom Kopf geglitten, meine Lippen fanden den Scheitel in ihrem glänzenden Haar, das so schwarz war wie die Todesflut.

»Du darfst dir dein Vergnügen nicht bei anderen Frauen suchen«, flüsterte sie traumverloren. »Was du auch immer von ihnen bekommst, kann ich dir auch geben. Ich bin nämlich eine Frau geworden, und ich glaube, du wirst mich schön finden.«

Mit einer raschen Bewegung griff sie hoch und öffnete eine Schließe ihrer Tunika. Dann nahm sie meine Hand und schob sie hinein, daß sie auf ihrer Brust zu liegen kam; die war fest und straff, und genau darunter konnte ich ihr Herz schlagen hören. Das Fleisch war glatt wie Alabaster, und die Brustwarze drückte sich wie aus eigenem Antrieb in meine Handfläche. Als ich darüber streichelte, stöhnte sie leise auf und hob das Gesicht, um mich anzusehen; und meine Lippen fanden die ihren und küßten sie hungrig, denn ich war bis in die Seele bewegt.

»Ich möchte das Blut meiner Unberührtheit für dich vergießen, Tiglat. Ich möchte es jetzt, wenn du es wünschst. Ich gehöre dir – mit Leib und Seele, jetzt und immerdar.«

Ihre flinke, kleine Zunge fuhr in meinen Mund und suchte unruhig nach meiner Zungenspitze. Ihr Atem ging schnell und heiß. Es war ihr ernst mit allem, was sie sagte, denn ihre Hände sandten die gleiche Botschaft; sie glitten an meinen Schenkeln hoch und umschlossen mein Glied, das wie aus Bronze war.

Die Begierde raubte mir die Stimme und trübte mir den Blick. Wo mochte sie solche Künste erlernt haben, fragte ich mich, während die Leidenschaft mir die Kehle zuschnürte. Oder ist Frauen dieses Wissen etwa angeboren? Nicht einmal die kundigste Dirne hatte ein solches Begehren in mir wecken können.

Sie löste die zweite Schließe an ihrer Tunika, und sie fiel herab, glitt ihr über die Arme, so daß sie von den Schultern bis zum Nabel entblößt war. Ihre Haut war zartrosa, denn sie war bis zu den Brüsten errötet über ihre eigene Kühnheit. Ich barg sie in meinen Händen, als ob ich mich ihrer Nacktheit schämte, und küßte ihren Hals, ließ meine Lippen auf- und abwandern . . .

»Und genau das mache ich nicht«, sagte ich – und merkte, daß ich es so eben herausbrachte. Ich zog ihr die Tunika wieder über die Schultern und begehrte sie jetzt mehr als je zuvor. »Das ist doch Wahnsinn, Assarhamat, meine Liebe, mein –«

»Ach, geh in die Arallu!« schrie sie, und die Tränen schossen ihr heiß in die Augen. »Geh in die Arallu, Tiglat, du Feigling, du – wie kannst du es wagen, mir noch von Liebe zu sprechen!«

Mit den Sandalen an ihren kleinen Füßen trat sie mir ans Schienbein, als wäre das eine Tür, welche sie eintreten könnte; und als das ihre Wut nicht stillte, wollte sie mir mit den Nägeln ins Gesicht und hätte mir mit ihren Krallen fast die Augen ausgekratzt, wenn ich ihr nicht Einhalt geboten hätte. Ich nahm sie in die Arme und drückte sie an mich, und dabei hielt ich ihre Arme so fest, daß sie sich nicht rühren konnte – sie versuchte sogar, mich zu beißen, so groß war ihr Zorn.

Doch zuletzt beruhigte sie sich. Als ich mir dessen ganz sicher war, berührte ich ihre Wangen mit meinen Lippen, doch sie kämpfte nicht mehr. Aber wenn ich ihr auch an Kraft überlegen war, mehr war es nicht – und sie verstand sich recht gut darauf, nur Waffen ihrer Wahl zu benutzen.

»Ich hätte alles für dich aufs Spiel gesetzt«, flüsterte sie hitzig an meinem Ohr. »Alles, nur für einen einzigen Augenblick deiner Liebe. Und du hast nicht einmal genug Mut, dir den Weg zwischen meine Beine zu erzwingen. Laß mich los, Tiglat, ich tu dir schon nichts.«

Nichts, nicht einmal das schärfste Schwert, schneidet so tief wie die Verachtung einer Frau. Ich ließ sie los; mir war zumute, als hätte man mir das Herz herausgerissen. Alles, sogar der niedrigste Tod, wäre mir lieber gewesen als die kalte Geringschätzung, die ich in ihren Augen las.

»Glaub, was du willst«, sagte ich mit belegter Stimme, »außer, daß ich dich nicht liebe.«

»Ach, ich weiß doch, daß du mich liebst, Tiglat – wenn auch auf deine Weise.«

Was ich auch sagte, ich konnte nur noch törichter wirken, und so wandte ich mich zum Gehen. Assarhamats Garten maß nicht mehr als zwanzig Schritte in der Breite, doch an jenem Morgen kam er mir wie eine endlose Wüste vor.

»Tiglat!«

Ich blickte um mich, und da schob sie sich die Tunika so von den Schultern, daß sie liebkosend an ihrem Leib heruntergleitt, bis sie nackt dastand und sich das rote Leinen zu ihren Füßen sammelte wie eine Blutlache. Ja – sie hatte nicht gelogen. Sie war zur Frau geworden, und ich fand sie schön.

»Zumindest hast du Augen im Kopf – mach Gebrauch davon! Und komm zu mir zurück, wenn deine Liebe stark genug ist, sich das zu nehmen, was man dir anbietet.«

Einen langen Augenblick standen wir da wie Götterbilder aus Stein. Ich weiß nicht, was in ihrem Herzen vorging, ich jedenfalls wußte nicht, wie ich es jemals über mich bringen würde, auf ihren Anblick zu verzichten. Doch als ich schließlich meinen Blick losreißen konnte, wandte ich mich erneut zum Gehen, ohne daß ich auch nur ein Wort über die Lippen gebracht hätte. Das ist es, dachte ich, das ist gewiß der Abschied für immer.

»Tiglat!«

Zwar drehte ich ihr den Rücken zu, doch konnte ich ihre leichten Füße in den Sandalen auf den Steinfliesen hören.

Als ich mich umdrehte, warf sie sich mir in die Arme, und als ich sie hochhob, schlang sie mir ihre nackten Beine um die Mitte, barg ihr Gesicht an meinem Hals und umklammerte mich, als gälte es das Leben.

»Wenn du nur zu mir zurückkommst, Tiglat – meine Liebe, mein Abgott! Ich würde sterben, wenn du nicht mehr kämst.«

Ich war halb wahnsinnig vor Zärtlichkeit und Lust, eine Mischung, die einen Mann glauben machen kann, die Welt begänne und endete in diesem einen, geliebten Leib. Da kniete ich also in Assarhamats Garten, und sie hielt mich noch immer mit den Beinen umschlungen, während sie sich zurückbog, damit meine Lippen über ihre Brüste wandern konnten. Sie rieb ihr schwarzes, kleines Vlies hart an meinen Bauch – ich konnte hören, wie sie bei jeder Bewegung den Atem anhielt, und der liebliche Duft ihres Leibes stieg mir in die Nase. Ja, sie hatte wirklich die Wahrheit gesagt. Kein Preis war zu hoch für diesen einen Augenblick der Leidenschaft.

»Nein – du hast recht. So nicht.«

Sie schob sich von mir fort, als kämpfte sie gegen uns beide; doch sogar noch während wir zusammen im hellen Licht von Assurs Sonne knieten, wollte ich sie nicht aus den Armen lassen.

»Laß mich, ich will mir meine Tunika holen«, sagte sie gleichmütig – ihre ganze hitzige Verzückung schien sie verlassen zu haben. »Langsam komme ich mir ohne sie albern vor.«

Als sie sich bedeckt hatte, kehrte sie zu mir zurück und ergriff meine Hand. Nichts an ihrem Aussehen oder ihrem Benehmen verriet, was zwischen uns vorgefallen war.

»Komm in ein paar Tagen wieder. Bis dahin habe ich mir vielleicht etwas ausgedacht.«

Sie lächelte mich an, und ihre Lächeln erfüllte mich mit bösen Vorahnungen. Ja, der Gott sei allen Männern gnädig, denn sie sind nichts als Würfel in den Händen einer Frau.

»Was gibt es da auszudenken, Assarhamat? Wir lieben uns, doch es darf nicht sein.«

»Darf es nicht?« In ihren Augen blitzte so etwas wie Zorn auf. »Es darf – es muß! Der Gott hat uns füreinander bestimmt. Das spüre ich mit jeder Faser meines Leibes. Wenn er uns die Liebe hat finden lassen, so wird er uns auch einen Weg zur Glückseligkeit finden lassen. Hilflosigkeit, das gibt es nicht für mich. Ich ... Hab Vertrauen zu mir, Tiglat. Du kennst die Durchtriebenheit der Frauen nicht.«

Die Durchtriebenheit der Frauen – so nannte sie das. Ja, eine Durchtriebenheit, die blind ist für alles, was sie nicht sehen will. Armer, glänzender, kleiner Vogel, den blinde Frühlingsleidenschaft verzehrt, dem das Herz in der Brust hämmert, während er am gewitterdunklen Himmel dahinfliegt, um in brüchigen, kahlen Ästen eilends ein Nest aus überall gestohlenen Strohhalmen zu bauen, und dabei nicht merkt, daß der Baum schon tot ist.

Und das nannte sie die Durchtriebenheit der Frauen.

IX

Wie es das Schicksal wollte, sah ich Assarhamat viele Monate nicht wieder. Am nächsten Morgen, noch vor Sonnenaufgang, entdeckte ich einen Boten auf der Schwelle meines Quartiers; er reichte mir eine Tafel mit dem privaten Siegel des Königs, die mich ohne Verzug zum König beorderte. Ich hatte gerade noch Zeit, mir ein wenig Wasser ins Gesicht zu spritzen und mir die Uniform anzuziehen, und dann rannten der Bote und ich auch schon hinüber zum Palast. Wir hätten uns jedoch nicht so zu beeilen brauchen – man ließ mich im Vorzimmer warten und gab mir Gelegenheit darüber nachzudenken, wieviel der König wohl von meinen Vergehen wußte und wie seine Rache aussehen würde.

Als sich dann die Tür zum Schlafgemach des Königs öffnete, kam mir nicht etwa mein Vater oder einer seiner Pagen entgegen, sondern die Herrin Schaditu, nur mit einem dünnen Leinenkleid bekleidet, durch das man im Gegenlicht die Umrisse ihres Körpers so klar erkennen konnte, als sei sie nackt. Beim Anblick meines Gesichtes mußte sie lächeln.

»Ich bin meinen Pflichten nachgekommen. Er mag es, wenn ich ihm beim Baden behilflich bin«, sagte sie und machte sich nicht einmal die Mühe, ihr Gewand vorn zuzuhalten, während sie die mageren Schultern hob. »Er ist alt – was kann er schon noch, außer anstarren? – Ja, aber wenn du das wärst, Tiglat, Bruder . . .«

Sie näherte sich mir, schlang mir die Arme um den Hals und küßte mich ausgesprochen schamlos auf den Mund.

»Also, in Elam«, flüsterte sie heiser, »in Elam gilt es als ein Zeichen hoher Gunst, wenn ein königlicher Prinz mit seiner Schwester schläft. Das bedeutet, er –«

Eigentlich hatte ich die Nase voll von Frauen, die sich mir an den Hals warfen, darum schob ich sie so grob beiseite, daß sie strauchelte und auf den Ziegelboden fiel.

»Wir sind nicht in Elam, Herrin.«

Doch sie beugte sich nur auf weißen Armen zurück und kicherte wie eine betrunkene Dirne.

»Dafür könnte ich dich pfählen lassen«, sagte sie, als ließe sie das alles kalt – sie machte auch gar nicht erst den Versuch aufzustehen. »Es muß dir Spaß machen, dein Leben aufs Spiel zu setzen, Bruder. Entweder das, oder du bist klüger, als du aussiehst und weißt, daß Frauen ein wenig Brutalität aufregend finden. Komm und hilf mir auf, dann darfst du mich noch einmal küssen.«

Als ich mich nicht rührte, kam sie von allein hoch.

»Dann eben ein anderes Mal.«

»Komm herein, Tiglat, mein Junge – ihr schließt wohl Bekanntschaft, äh?«

Es war der König. Sein Kopf war mit einem Tuch bedeckt, als er ihn durch die Tür steckte. Er winkte mich herein.

»Komm herein, komm herein, mein Sohn – und ab mit dir, Schätzchen, wir beide haben nämlich Männerangelegenheiten zu besprechen.«

Er lächelte Schaditu zu, als wäre sie ein Kind, und mit einem Blick, der sich über alle Männer lustig machte, verließ sie auf nackten Sohlen den Raum. Kaum war sie fort, da schien der König sie schon völlig vergessen zu haben. Er legte mir den Arm um die Schulter, und ich ging mit ihm in seine Privatgemächer.

»Ich habe Neuigkeiten, die dich sehr glücklich machen werden, Tiglat Assur, Sohn Sanheribs, des Königs der Könige. Es gibt nämlich Schwierigkeiten im Norden . . .«

Ich sollte eine Strafexpedition gegen einen Barbarenstamm anführen, der aus den östlichen Bergen herabgekommen war und die Unverschämtheit besaß, seine Zeltpfähle in Sichtweite des nördlichen Flußabschnittes des Tigris' zu errichten. Die Bauern aus jener Gegend hatten einen Boten nach Ninive geschickt und sich beschwert, daß ihre Dörfer geplündert und Frauen und Vieh geraubt würden; und so meinte denn der König, wie er mir sagte, es wäre eine gute Gelegenheit für mich, meine neue Infanterietaktik auszuprobieren. Ich sollte auf der Stelle aufbrechen. Binnen drei Stunden hatten meine Männer marschfertig zu sein. Die Zeit reichte nicht einmal, um eine Botschaft zu senden.

Und obschon es mir an die Leber ging, Assarhamat verlassen zu müssen, mußte ich doch der Tatsache ins Auge sehen, daß sich in meinen Kummer auch eine gewisse Erleichterung mischte. Ich war, zumindest für den Augenblick, mehr als nur einer gefahrvollen Liebschaft entronnen.

Außerdem war ich ein Offizier mit seinem ersten selbständigen Kommando – ich hatte drei Kompanien Fußsoldaten und eine Abteilung Reiterei. Die Aussicht auf ein weiteres Treffen mit meiner allzu liebevollen Schwester begeisterte mich gar nicht, und auch Assarhamats Liebe war eine Falle, die stets offen auf mich wartete. Ich konnte unser beider Leben genauso gut ein anderes Mal zugrunde richten.

Nach dem ersten Tagesmarsch lagerten wir beinahe in Sichtweite von Drei Löwen, doch ich ritt nicht hinüber, um meine Mutter zu besuchen. Das hätte keinen guten Eindruck auf meine Männer gemacht, doch war Pflichtgefühl nicht der Hauptgrund meines Fernbleibens. Ich hatte ganz einfach Angst, Merope ins Gesicht zu blicken, denn sie würde gewiß nach Assarhamat fragen, und ich setzte kein Zutrauen in meine Begabung als Lügner.

Wir brauchten sechs Tage, bis wir die Stelle erreicht hatten, wo der Fluß zum Taurus-Gebirge hin eine Biegung in der Form einer gespannten Bogensehne machte. Die Erde war noch fast einen Finger hoch mit Schnee bedeckt, doch die Spuren meiner nomadischen Gegner ließen sich unschwer finden – ich brauchte mir nur die niedergebrannten Dörfer anzusehen und die verwesenden Kadaver von Mensch und Tier zu riechen, und schon war klar, daß sie ganz in der Nähe sein mußten.

»Was für ein sinnloses Gemetzel«, dachte ich bei mir, »wie die Knaben, die Fliegen die Flügel ausreißen, weil sie nichts Besseres zu tun haben. Das sind Menschen, die sich nicht stellen und kämpfen wie Soldaten – ein Blick auf ein Heer im Feld, und schon laufen sie wie die Hasen in ihre Berge zurück.« Mein Herz war schwarz vor Zorn.

Doch ich hätte mir keine Sorgen zu machen brauchen. Die Uqukadi waren zwar Wilde, aber keine Feiglinge. Die Uqukadi – so jedenfalls nannten sie sich selber – sind zweifellos inzwischen von der Erde verschwunden oder in anderen Völkern aufgegangen; zu jener Zeit gab es nämlich nichts Kurzlebigeres als Stammesgruppierungen bei den Gebirgsvölkern.

Kaum hatte ich mein Lager aufgeschlagen, als auch schon eine Delegation von ihnen vor meinem Zelt stand, die über derart beleidigende Bedingungen verhandeln wollte, daß dies allein schon einer Herausforderung zur offenen Schlacht gleichkam.

Es waren ihrer drei, alle mittleren Alters mit dicken, grauen Strähnen im Bart, obschon ihre Rangfolge vom Alter abzuhängen schien; alle in blauer Tunika und schwarzem Wams, was bei ihnen wohl die Kleidung des wohlhabenden Mannes darstellte. Doch weiter ging die Ähnlichkeit nicht. Bei allen Völkern gibt es die gleiche Vielfalt der menschlichen Natur; und so konnte man sich ihren Anführer, einen schweren, unbeweglichen Mann, der gern grundlos lächelte, ebenso gut in Babylonien oder in Äthiopien vorstellen, wo sich die Stammesältesten Knochen ins Haar flechten und in Grashütten leben.

Der nächste in der Rangfolge war ganz eindeutig der Feuerfresser unter ihnen, ein hochgewachsener Mann mit einem starken Gesicht – ich bemerkte, daß er eine Narbe hatte, die ihm vom linken Haaransatz bis fast zum Kinn lief – und mit wilden, schwarzen Augen, die etwas aus den Höhlen hervorzuquellen schienen. Auf der Stelle beschloß ich, sollte ich diesen im Kampf töten, würde ich seinen Kopf vor Sonnenuntergang auf einen Pfahl spießen, denn er war von der Art, die instinktiv die Macht an sich reißen will. Wenn sie diese dann besitzen, sind sie ihren eigenen Leuten und ihren Nachbarn eine ewige Quelle des Ärgernisses.

Der letzte – ich habe mich oftmals gefragt, durch welchen verrückten Zufall der sozialen Rangfolge er wohl so hoch gestiegen war, daß er sogar bei einem Stamm von Bergbanditen zum Unterhändler über Krieg und Frieden wurde – war klein und schmalbrüstig und, so folgerte ich, beinahe ein Idiot. Er sagte kein Wort, sondern nickte nur heftig, wenn der eine oder der andere sprach – zuweilen sogar, wenn ich es tat. Oder war er vielleicht doch nicht so schwach im Kopf? Schließlich er war der einzige, der Verstand genug hatte, um sich zu fürchten. Während unserer ganzen kurzen Unterhaltung schien er nahe daran davonzulaufen, wie Wild, das eine Schlange gesehen hat.

Ich begrüßte sie sitzend hinter einem kleinen Tisch in meinem Zelt. Ich stand nicht auf, als sie eintraten, noch machte ich den Mund auf. Ich war der Meinung, sie verdienten die Lektion, daß sich ein Offizier, der die Soldaten Assurs befehligt, bei zerlumpten, räuberischen Nomaden, die ihren Reichtum nach Ziegen zählen, nicht der Formen der Höflichkeit befleißigt. Und so warteten wir denn vielleicht zwei Minuten lang in gespanntem Schweigen.

»Was denkt sich der große König in Ninive eigentlich dabei, einen Knaben an die Spitze seiner Truppen zu setzen?« sagte schließlich der Älteste in einigermaßen fließendem Aramäisch – und der Idiot nickte mehrmals beifällig und starrte mich die ganze Zeit so flehentlich an wie ein geprügelter Hund.

»Vielleicht findet er, daß dafür nicht mehr als ein Knabe, wie ihr mich zu titulieren beliebt, erforderlich ist.«

Ich rang mir ein Grinsen ab, ein so unangenehmes, wie ich es nur zuwege bringen konnte. Mir war bereits klar, daß wir uns nur nach Zeichen der Schwäche abtasteten – wenn ich ihre Köpfe nicht dem König mitbrachte, würden sie wahrscheinlich einen Sklaven finden, der mir im Schlaf die Kehle durchschnitt. Es gab keinen Ausweg, das hier konnte nur blutig enden.

»Der König in Ninive ist gnädig«, fuhr ich fort und fletschte immer noch die Zähne. »Wenn ihr jetzt abzieht und eure Schwerter, eure Frauen und euer Vieh dalaßt, so gestattet er euch, daß ihr in eure Berge zurückkriecht und dort früher oder später verhungert. Wenn nicht, hole ich mir diese Dinge, und ihr sterbt hier.«

»Du Knabe, du?«

Der mit den wilden Augen machte einen Schritt vorwärts, als wollte er mich für meine Unverschämtheit durchbohren. Doch das traute er sich nicht, wie wir beide wußten, darum machte ich mir auch nicht die Mühe, mich zu bewegen.

»Ja, ich – Tiglat Assur, der in Chalule gegen die Elamiter gekämpft und bessere Männer als euch oder irgendeinen aus eurem Stamm getötet hat. Dabei könnte jeder Mann in Assur eine Made zertreten und derlei von sich behaupten. Seid ihr gekommen, den König um Verzeihung zu bitten? Habt ihr eure Kochtöpfe eingesammelt?«

»Der Boden hier ist fruchtbar.« Der Schwergebaute lächelte. Das bedeutete gar nichts; es war ihm so wenig bewußt wie Schwitzen. »Und wenn wir nun hierblieben, uns einigen würden? Wir sind ein mächtiges Volk, und der König in Ninive würde uns vielleicht gern als Verbündete begrüßen . . .«

»Der König, der hier ebenso König ist wie in Ninive, würde euch gern als Krähenfraß begrüßen. Sprecht mir nicht über eine Einigung – ihr habt die Bedingungen gehört. Das Land Assur kann für euch nichts weiter sein als ein Ruheplatz für eure Knochen, zahlt also euren Tribut und zieht ab.«

Ich wurde zwar zornig, doch nicht laut. Ich durfte mich jetzt nicht wie ein Knabe aufführen. Ich durfte dem Land und dem König keine Schande machen, ich durfte nicht die Fassung vor umherziehenden Dieben verlieren, für die Land einfach das war, was die Hufe ihrer Pferde aufwirbelten. Aber ich war zornig. Ich war zornig, weil ich Angst hatte, Angst, weil ich gesehen hatte, daß sich ihre Kochfeuer auf der Ebene ausgebreitet hatten wie Blumen nach dem Frühlingsregen. Ich war mit weniger als vierhundert Mann gekommen, und nach der Größe ihres Lagers zu urteilen, standen bei ihnen wahrscheinlich an die tausend im Feld. Da durfte ich schon Angst haben, doch sprechen mußte ich mit der Stimme meines Vaters.

»Und wenn wir nun nicht abziehen? Was wird der König dann machen, mächtiger Krieger?«

Ihr mächtiger Krieger gab mein Grinsen zurück, daß sich die Narbe auf seinem Gesicht zusammenknitterte wie Leder.

»Dann wird er euch mit Tod und dem Elend der Sklaverei heimsuchen, so daß die Überlebenden die Toten beneiden werden.«

»Du drohst wortreich, Held.«

»Richtiger, ich drohe nicht grundlos.«

Auf einmal schienen wir uns nichts mehr zu sagen zu haben. Nach einem mürrischen Schweigen von ungefähr dem Bruchteil einer Minute rief ich die Wache, die vor dem Zelteingang postiert war.

»Ja, Prinz?«

Meine beiden Hauptinquisitoren wechselten einen Blick; der Schwergebaute hob überrascht die Brauen, doch dies war nicht der geeignete Zeitpunkt für formelle Vorstellungen, und so ließ ich mir nichts anmerken.

»Gebt unseren Gästen sicheres Geleit zu ihren eigenen Linien zurück – zweifellos möchten sie die Gelegenheit nutzen, Frauen und Kinder ein letztes Mal zu umarmen.«

Ich stand mit meinem *ekalli* am Rande des Lagers. Er hatte schon in Chalule mit mir gekämpft und blickte jetzt mit mir den drei Unterhändlern nach, die über die leere Ebene fortritten, bis sogar der Staub hinter den Hufen ihrer Pferde verschwunden war; und die ganze Zeit wollte es mir nicht aus dem Sinn, daß morgen um diese Zeit dieselbe Erde mit Toten und Sterbenden bedeckt sein würde. Wir wandten uns einander zu, und er zuckte die Achseln, als wollte er sagen, *na ja, das zumindest haben wir hinter uns.*

»Sie sind viele«, sagte er und deutete mit dem Arm zum Horizont, daß man hätte meinen können, die Uqukadi seien so zahlreich wie ein Heuschreckenschwarm. »Und ich habe sagen hören, daß sie zudem keine Feiglinge sind. Morgen, Prinz, müssen wir uns unser Brot redlich verdienen.«

»Und wenn sie zahllos sind und ein jeder so tapfer wie ein Löwe, so werden sie, wenn es soweit ist, jeder allein für sich kämpfen. Ein Pöbelhaufen ist kein Gegner für ein diszipliniertes Heer, Luschakin. Nur keine Bange – wir sind gekommen, um zu siegen, nicht um unterzugehen.«

Ich ging zu meinem Zelt zurück. Der Tag ging zur Neige, und ich wollte allein sein.

In meiner ersten großen Schlacht hatte ich als gemeiner

Soldat gekämpft und in meiner zweiten war ich alleiniger Befehlshaber. Ich muß gestehen, daß meine zweite Nacht vor einem Tag mit Tod und Leiden noch schlimmer war als die erste, soweit das überhaupt möglich ist. Ich wußte, wenn wir morgen nicht siegten, würde meine Leiche ganz gewiß zu denen gehören, die unbestattet im Sonnenschein verwesten, doch was mich quälte, war der Gedanke an all die anderen, die um mich herum liegen würden, die ich ins Verderben geführt hätte. Sterben ist an sich schrecklich genug, aber Scheitern ... Sollte es so ausgehen, dann wäre es ein Segen, daß sich mein *simtu* hier in dem Lande erfüllen würde, das mich hervorgebracht hatte.

Ich machte in jener Nacht gar nicht erst den Versuch zu schlafen. Dieses Mal gab es keinen Nargi Adad, der mir starkes babylonisches Bier einflößte, und so war ich meinen Gedanken hilflos ausgeliefert und machte mir auch nicht die Mühe, mich hinzulegen. Die ganze Nacht kämpfte ich die kommende Schlacht wieder und wieder im Kopf durch, versuchte alles vom Standpunkt des Feindes aus zu sehen, um die Stelle herauszufinden, wo meine Taktik einen schwachen Punkt hatte. Und überall um mich herum schliefen Männer, die nie wieder schlafen würden, es sei denn in den Armen des Todes. Das waren unerquickliche Stunden, und ich fürchtete und hoffte gleichermaßen, die Morgenröte würde niemals kommen.

Doch sie kam. Die Sonne, Assurs große, brennende Scheibe, ging hinter den östlichen Bergen auf und vertrieb den Dunst vom kalten, schneegefleckten Boden, und überall erwachte das Lager zum Leben. Ich konnte das Scheppern von Metall auf Metall und die gedämpften Stimmen vieler Menschen schon hören, ehe ich noch mein Zelt verließ. Männer kauerten um die Kochfeuer herum, während sie frühstückten oder wie gute Arbeiter ihre Werkzeuge für die Schwerstarbeit dieses Tages bereit machten. Ich habe Generäle sagen hören, daß sie ihre Männer verachteten, doch dergleichen habe ich nie verstanden, denn Soldaten sind zumeist tapfere und anspruchslose Seelen mit all den schlichten und aufrichtigen Tugenden einfacher Menschen, die, um zu leben, arbeiten und kämpfen müssen. An jenem Morgen liebte ich meine Männer. Zwar waren viele, oder besser die meisten, älter als ich, doch liebte ich sie mit der Liebe eines Vaters, und mein Herz grämte sich um alles, was ihnen an Leiden in den nächsten Stunden bevorstand.

Mein Plan war ganz einfach. Zwei Kompanien Fußtruppen in rautenförmiger Formation, so daß sie nach jeder Seite hin Angriffe abwehren konnten, würden auf das feindliche Lager vorrücken. Die Uqukadi würden sie mit voller Kraft angreifen – so stand jedenfalls zu hoffen –, denn wenn sie diese nicht auf offenem Gelände, fern von ihren Zelten, ihrem Vieh und ihren Familien zum Stehen brachten, würden sie alles verlieren. Wenn die Schlacht im vollen Gang war, würde ich die verbleibende Kompanie Fußtruppen und auch meine einzige Abteilung mit Reitern von entgegengesetzten Seiten angreifen lassen, so daß sie dem Feind in die Flanke fielen und ihm zur gleichen Zeit von vielen Seiten zusetzten. Es war ein Plan, der nicht von großem strategischen Genie zeugte. Auf Genie verließ ich mich nicht. Ich hatte meine Hoffnungen auf die neuen Eisenlanzen gesetzt, die würden die Reiterei der Uqukadi aufhalten; denn das, was auf dem Exerzierplatz in Ninive so gut geklappt zu haben schien, mußte auch hier klappen. Zudem hoffte ich auf die Disziplin und Tapferkeit meiner Männer.

Diese Männer hatte ich gedrillt, bis sie meinen Namen verfluchten, bis ihre Frauen und Kinder mich verfluchten. Jetzt blieb mir nur noch die Hoffnung, daß wir genug geübt hatten. Wir hatten alle schon früher zusammen gekämpft, und ich kannte sie als Soldaten und vertraute ihnen. Wenn wir scheiterten, würde die Schuld auf ihren Befehlshaber zurückfallen, nicht auf sie. Alles käme dann auf mich.

Ich ging zurück ins Zelt, um meinen Speer zu holen. Dieses Mal würde ich nicht Seite an Seite mit ihnen kämpfen, und so würde ich ihn nicht brauchen, aber mir war wohler, wenn ich ihn in der Hand hielt.

Als die Sonne höher stieg, und der rosa Himmel weiß wurde, sammelten sich die Kompanien in Schlachtordnung, und meine Hauptleute kamen zu mir, um sich letzte Befehle zu holen. Wir murmelten ein wenig, und dann stellte ich mich auf die Deichsel eines Proviantwagens und sprach zu den Soldaten. Mein Herz schien mir im Hals zu stecken wie ein im Ganzen hinuntergeschlungener Apfel.

»Ihr wißt alle, was von euch erwartet wird«, rief ich – und ein schwacher Wind schien meine Worte zu verwehen. »Ich sage euch nicht, kämpft tapfer, denn das tut ihr, ohne daß ich es euch befehlen müßte. Aber ich sage euch, kämpft achtsam. Es sind ihrer viele, und wir nur wenige, aber sie werden kämpfen wie der Pöbel, während wir kämpfen, wie wir sind, das Heer Assurs – diszipliniert, beweglich und wie ein Mann. Bei dieser Schlacht kommt es nicht auf den einzelnen an, sondern auf uns alle. Bleibt also im Glied, und dann werden heute abend nicht eure Leichen auf dem Feld verstreut liegen wie herabgefallene Blätter. Auf geht's!«

Ich weiß nicht, ob es das war, was sie von mir hören wollten, aber sie jubelten mir nach Art der Soldaten zu. Ich weiß nur, daß tief in mir drinnen etwas anderes war, was ich sagen wollte, nur wäre mir das nie möglich gewesen. Ich hätte nicht gewußt, woher die Worte nehmen.

Es ist ein seltsam Ding, aus der Ferne zuzusehen, wie die Schlacht, die man in Gang gesetzt hat, ihren Lauf nimmt. Seltsam und beunruhigend. Männer, die ich beim Namen kannte, deren Kinder ich auf der Straße hatte spielen sehe, waren so klein und so fern, daß ich sie nicht auseinanderhalten konnte. Es war alles so abstrakt, wie ein Kriegsspiel auf einem Schachbrett mit holzgeschnitzten Figuren, und doch hing soviel davon ab – mein Leben, das Leben meiner Männer; vielleicht eines Tages sogar das Schicksal von Assurs Weltreich. Ich saß auf einem Faltstuhl auf einer Anhöhe, von der aus man das Schlachtfeld überblicken konnte, um mich herum etliche Hauptleute und ungefähr ein Dutzend Läufer, die meine Befehle zu den Männern dort unten tragen würden; und ich verwünschte dieses Leben, das ich mir erwählt hatte, während ich lernte, was jeder Befehlshaber schnell genug lernt, daß nämlich die Macht über Leben und Tod bloßen Sterblichen nicht sehr zuträglich ist.

Die beiden rautenförmigen Formationen rückten über die Ebene mit dem zertrampelten, gelben Gras vor. Ich konnte den Staub sehen, den ihre Sandalen aufwirbelten, doch zunächst schienen sie überhaupt nicht voranzukommen. Ihre Eisenspeere waren meinem Auge verborgen. Ich beobachtete sie, wie auch der Feind sie beobachtete, und versuchte mir vorzustellen, wie sie auf ihn wirkten. Sie waren ungefähr bis zur Mitte des Schlachtfeldes gekommen, ehe sich die ersten Reiter der Uqukadi mit im Sonnenschein blitzenden Schwertern zeigten.

Die Männer machten ihre Sache gut – so manch ein Pferd fiel auf die Seite wie ein Schwein, das auf Eis ausgleitet. Sie verschwendeten keine Pfeile, meine Bogenschützen, sondern warteten ab, bis sie sich ihres Zieles gewiß waren. Die Uqukadi hatten ein Meer von Reitern, doch ich bezweifle, daß mehr als die Hälfte überhaupt lebendig bis zu unseren Linien kamen. Und auf die, welche es dennoch schafften, wartete eine häßliche Überraschung, als die Eisenlanzen in ihre Igelstellung gingen. Pferde stiegen bei ihrem Anblick in panischer Angst und zertrampelten die Männer, die sie getragen hatten oder ließen sie zurück, so daß sie mit einem Speer zwischen den Schulterblättern starben.

Es klappte.

Einmal, zweimal, dreimal hoben die Fußtruppen die Lanzen und griffen an, ohne die Formation aufzugeben, senkten sie sodann, damit die Bogenschützen und Speerwerfer in ihrer Mitte den Tod auf den Feind herabregnen lassen konnten. Ich sah einige uniformierte Leichen auf der Erde, doch nicht viele. Und die Uqukadi – jedenfalls die, welche noch lebten – waren verstört. Ihre Reiterei war beinahe nutzlos für sie, ja, sie vermehrte nur noch die wachsende Zahl von Toten. Der Plan klappte.

»Die dritte Kompanie soll angreifen.«

»Und die Reiter, Prinz?«

»Nein – noch nicht. Wenn es an der Zeit ist, machen sie den letzten Angriff. Sie werden jetzt nicht gebraucht.«

Auf einmal gab es für mich nichts mehr zu tun, als dem nun folgenden Gemetzel zuzuschauen.

Gegen Mittag war alles vorbei. Wer von den feindlichen Reitern noch fliehen konnte, tat es. Wer es nicht schaffte und sich nicht ergeben wollte, wurde erstochen. Kaum eine Stunde nach Mittag bestieg ich mein Pferd und ritt mitten ins Lager der Uqukadi.

Etliche Hunde bellten, sonst war es totenstill. Ich sah niemanden, doch das hieß nicht, daß niemand da war. Frauen und Kinder und Männer, die ihr Leben lang tapfer gewesen waren, kauerten in den Zelten und beobachteten mich, wie ich das Durcheinander von zerstörten Kochfeuern und fortgeworfenen Waffen musterte. Sie wußten, was einen geschlagenen Feind erwartete, und doch wagte niemand, gegen mich oder einen meiner Soldaten die Hand zu heben.

»Treibt sie zusammen«, sagte ich über den Hals meines Pferdes gebeugt zu Luschakin, der erstaunt um sich blickte – ihm erschien es fast zu einfach. »Treibt sie wie Vieh zusammen. Wer sich wehrt, wird umgebracht. Bewacht sie, aber nicht zu streng; es soll nicht so aussehen, als fürchteten wir uns vor Besiegten. Laßt sie eine Weile warten. Wir wollen ihnen Zeit lassen zu überlegen, was wir mit ihnen vorhaben. Sammelt ihre Pferde ein, gebt dann unseren Soldaten zu essen und laßt sie ausruhen. Sie haben es verdient. Haltet aber strenge Disziplin aufrecht – es wird nicht geplündert. Ich kümmere mich um unsere Gefangenen, wenn ich gegessen habe.«

Um die zwölfte Stunde des Tages, als die Sonne allmählich rot wie Blut wurde, ritt ich zu einer kahlen Stelle, wo die Reste der Uqukadi in einem großen Rund zusammengepfercht kauerten wie die Datteln im Krug. Als ich mich näherte, fiel alles auf die Knie und drückte das Gesicht in den Staub, denn die Stunde des Gerichts war für sie gekommen, und sie waren voller Angst. Ich ließ sie warten und stieg nicht ab, während mein Pferd schnaubte und die Erde mit den Hufen schlug, als ob selbst ein einfältiges Tier spürte, was nun folgen mußte.

Es mögen dort vielleicht an die zweitausend arme Teufel gewesen sein, die warteten, daß ich die Worte sprach, welche über Leben oder Tod entschieden. Zumeist schien es sich um Frauen zu handeln. Ihre Männer waren entweder Kadaver oder geflohen – meiner Schätzung nach waren an jenem Tag ungefähr siebenhundert Krieger der Uqukadi gefallen; ihre Frauen und Kinder und Greise mußten jetzt den Preis für ihren sinnlosen Mut zahlen.

»Steht auf! Hört mein Urteil.«

Sie erhoben sich von den Knien, diese Leute mit den grauen, besiegten Gesichtern und den niedergeschlagenen Augen. Die Frauen versteckten ihre Kinder hinter ihren bauschigen Röcken, damit ich sie nicht sähe. Die Männer sahen aus, als spürten sie schon das Schwert im Nacken.

»Ich will eure Anführer haben, eure großen Männer – aber alle. Ich will sie hier zu meinen Füßen sehen, und das in fünf Minuten, oder ich verbrenne euch bei lebendigem Leibe und lege eure Kinder in Ketten. Ihr werdet sie mir selber ausliefern, und eure Zeit rinnt aus.«

Sie ließen mich nicht lange warten. In Minutenschnelle hatten sie zwanzig Männer in blauer Tunika und schwarzem Wams, dem Abzeichen ihres Standes, nach vorn geschoben, ausgestoßen aus dem Kreis ihrer Gefolgsleute, die doch nur die volle Wucht der Rache des gefürchteten Assur von sich abwenden wollten. Sie fielen vor mir aufs Gesicht, obschon sie doch erraten haben mußten, daß nichts ihr Leben retten konnte. Augenblicklich umringten meine Soldaten sie mit gezogenem Schwert.

»Du und du!« rief ich zwei Männern aus meiner alten

Kompanie zu. »Lauft in den Hundestall, den diese Leute Lager heißen, und holt eine Axt und etwas, das wir als Hackklotz verwenden können. Beeilt euch – es ist unhöflich, solch vornehme Leute warten zu lassen.«

Meine Männer lachten, doch unsere Gefangenen dürften die Situation gewiß nicht so lustig gefunden haben. Als sie endlich begriffen hatten, daß sie schon so gut wie tot waren, erhoben sich die Ältesten der Uqukadi wieder. Unter ihnen erkannte ich den scheinbaren Idioten, der zu Unterhandlungen in mein Zelt gekommen war und kein Wort über die Lippen gebracht hatte. Ich deutete auf ihn, winkte ihn nach vorn.

»Wo sind die anderen beiden?« fragte ich. Einen Augenblick blickte er verwirrt, schien mich nicht zu verstehen, doch dann schlug er wieder die Augen nieder.

»Nicht mehr da, mächtiger Prinz«, sagte er – anscheinend hatte er am Ende doch die Stimme gefunden. »Einer ist geflohen, und einer liegt dort drüben.«

Er deutete zum Schlachtfeld, wo die Krähen schon fleißig bei der Arbeit waren. Ich brauchte nicht zu fragen, welcher welcher sei – ich fragte mich nur, wie weit in die Berge der Schwergebaute mit dem leeren Lächeln jetzt schon mit dem Pferd gekommen sein mochte.

»Gut. Und für diese Information schenke ich dir das Leben. Geh, stell dich wieder zu deinen Leuten.«

Seine Knie wollten unter ihm nachgeben, und er machte eine Bewegung, die damit hätte enden können, daß er mir die Füße küßte, wenn ich mein Pferd nicht ein, zwei Schritt zurückgenommen hätte. Das war nicht großzügig von mir, ebenso wenig wie die Tatsache, daß die Uqukadi mir ihre Führer zur Bestrafung ausliefern durften. Der da war gewiß ein Feigling, aber vermutlich nicht ganz so dumm, wie er wirkte. Sollte er doch seinen Stamm anführen, wenn ihnen kein Stärkerer geblieben war. Nach dem Verrat von heute würde keiner ihrer Häuptlinge je wieder Vertrauen in die Treue seiner Leute setzen, und das wußten sie. Ein Volk, das seiner Illusionen über sich selbst beraubt ist, wird kein zweites Mal groß.

Inzwischen waren die Soldaten mit einer schönen, zweischneidigen Axt und einem viereckigen Holzklotz zurückgekommen, der jemandem als Schemel gedient haben mochte. Sie wirkten sehr zufrieden mit sich.

»Holt uns einen von den Gehilfen des Kochs«, sagte ich zu ihnen. »Das hier ist Schlachterarbeit.«

Eine Viertelstunde lang stank die Luft nach Blut. Ein Mann nach dem anderen legte den Kopf auf den Block, drückte die Wange in das geronnene Blut seines Vorgängers, und der Küchengehilfe, ein großer, behaarter Klotz von einem Mann, der nackt bis auf das Lendentuch arbeitete, damit er sich nicht die Kleider blutig machte, schlug ihnen den Kopf so sauber ab, als schnitte er Rüben für einen Eintopf klein; und ehe der Kopf noch zu Boden gerollt war, schob er den zuckenden Leichnam schon beiseite, um Platz für den nächsten zu schaffen. Ich blieb auf dem Pferd sitzen, obschon es beim Geruch des Todes anfing zu scheuen; die Uqukadi sahen in stummem Entsetzen zu – ich verstand sehr gut, was in ihnen vorging.

Als es vorbei war, sammelte der Küchengehilfe die abgeschlagenen Köpfe ein und legte sie in einen großen Ledersack. Wir würden sie dem König schicken, und der würde sich freuen.

»Trauert nicht um sie«, sagte ich zu den Uqukadi und deutete dabei auf die kopflosen Rümpfe, die zu meinen Füßen lagen und von denen etliche noch mit den Gliedmaßen zuckten wie Holzpuppen. »Sie haben euch ins Verderben geführt, ich habe euch einen Gefallen getan, in dem ich euch von ihnen befreite. Und jetzt hört von mir die Bedingungen, unter denen der große König dieses Landes euch gestattet, euer elendes Leben zu behalten – nein, ihr sterbt nicht jetzt und hier, obschon ihr es verdient hättet. Die Frauen sollen sich getrennt von den Männern aufstellen, ihre Kinder aber bei sich behalten. Los jetzt.«

Sie taten wie geheißen – sie waren viel zu eingeschüchtert, um sich zu wehren. Es dauerte kaum eine Minute, und schon hatten sie sich geteilt, die Frauen standen links, die Männer rechts. Ich rief Luschakin zu mir.

»Nimm dir dreißig Mann«, sagte ich. »Geht die Frauen durch und holt die heraus, die akkadisch sprechen – das sind die Frauen von Bauern hier aus der Gegend, die werden zurückgegeben. Aus den übrigen sucht ihr die jungen Frauen zwischen zehn und zwanzig heraus, vorausgesetzt sie haben keine Kinder, und nehmt euch davon jede fünfte.«

Luschakin nickte. Das war eine Arbeit nach seinem Geschmack. Schnell hatte er sie erledigt, und die Leute weinten nicht einmal. Sie waren längst über das Weinen hinaus.

»Ich habe euch die Blüte eurer jungen Frauen genommen«, sagte ich zu ihnen. »Eure Jungfrauen und eure jungen Ehefrauen – ich stelle mich nicht zwischen Mutter und Kind, doch die übrigen will ich haben. Sie werden dem Lande Assur als Sklavinnen dienen und dort auch mit grauem Haar im Hause ihrer Herren sterben. Für euch sind sie auf ewig verloren. Außerdem will ich von euch eure Pferde und die Hälfte eurer Ziegen und eures Viehs haben. Blickt euch um, mächtige Uqukadi, und seht euch eure toten Krieger an. Denkt an die Not, die euch in den kommenden Monaten erwartet, während ihr in den öden Bergen ums Überleben ringt. Denkt an die Gesichter eurer Frauen, die ihr nie wieder sehen werdet und freut euch in eurem Elend, daß noch Atem in euch ist. Dieses Mal hat euch der mächtige König Assurs noch verschont – denkt auch daran, und versucht seinen Zorn nicht ein zweites Mal.

Und nun geht, und wenn ich euch beim dritten Sonnenaufgang noch auf diesem geheiligten Boden antreffe, werde ich alle abschlachten, bis hin zum Säugling. Der König ist gnädig mit euch verfahren, denn ihr seid nichts als unwissende Wilde und versteht nichts von den Sitten großer Völker, doch solltet ihr je zurückkehren, gibt es keine Gnade. Macht euch also auf! Geht!«

Solange das Licht vorhielt, ließ ich meine Männer unsere Toten zusammensuchen, damit wir sie mit Grabbeilagen an Essen und Wein bestatten konnten. In jener Nacht konnten wir das Licht von den Lagerfeuern der Uqukadi sehen, die ihre Habseligkeiten zusammensuchten und sich auf den langen Treck zurück in ihre heimatlichen Berge vorbereiteten. Ihre Besten waren in der Schlacht gefallen, und sie hatten ihre jungen Frauen, ihren Besitz und den Glauben an sich selbst verloren. Als Volk konnten sie nicht überleben, sondern mußten verschwinden, würden von anderen Stämmen aufgesogen werden. Sie würden das Land Assur nie wieder bedrohen.

»Du hast sie nicht alle über die Klinge springen lassen«, sagte Luschakin in einem Ton, der mir zeigte, daß er mich zu milde fand. »Das wird deinen Vater, den König, aber gar nicht freuen.«

»Die kommen nicht zurück. Es soll sich unter den Stämmen ruhig herumsprechen, daß sie auf den Ebenen Assurs Tod und Not erwartet. Darüber wird sich der König schon genug freuen.«

Noch an diesem Abend schrieb ich einen Brief nach Ninive.

»An den König, meinen Gebieter, von seinem Diener Tiglat Assur. Möge es dem König, meinem Gebieter, wohl ergehen. Mögen Assur und Schamasch dem König, meinem Gebieter, gnädig gesonnen sein. Mein Gebieter hat hier heute eine Schlacht gewonnen – die Uqukadi sind nur noch ein Schatten, der über das Land weht und auf ewig dahin ist. Ich schicke dir die Köpfe ihrer führenden Männer, auf der Ebene liegen die Leichen ihrer Krieger. Ich habe weibliche Gefangene gemacht. Ich habe Pferde und Vieh und Ziegen erobert. Ich habe in deinem Namen Gnade walten lassen, damit niemand sagen kann, die Soldaten Assurs sind grausam aus Furcht . . .«

Beim ersten Morgenlicht schickte ich den Boten los. Jetzt mußte ich abwarten, was der König dazu sagte.

Und so warteten wir die nächsten Tage. Ich schickte Reiter aus, um mich zu vergewissern, daß die Barbaren auch wirklich das Land verließen. Die Männer ruhten sich aus und freuten sich, wie leicht der Sieg gewesen war, denn wir hatten kaum einen Mann von zwanzig verloren. Um sie zu beschäftigen, ließ ich eine Palisade errichten, in der wir die weiblichen Gefangen einsperrten, welche wir am Hals aneinandergebunden hatten. Keiner belästigte sie, denn die Heere Assurs vergewaltigen und plündern nicht – derlei ist nicht erlaubt, weil es die Disziplin untergräbt –, doch die akkadischen Frauen, die wir aus der Sklaverei befreit hatten, brannten nicht gerade darauf, zu ihren Ehemännern in die Dörfer zurückzukehren, so daß meine Männer doch noch zu ihrem Vergnügen kamen. Nacht für Nacht war im Lager Lachen und Singen zu hören. Nacht für Nacht schlief ich allein und dachte an Assarhamats nackten Leib.

Wir waren drei Wochen lang im Norden. Die Nachricht von einem großen Sieg über die Uqukadi hatte sich überall herumgesprochen, und so kamen Männer auf der Suche nach den Geraubten ins Lager. Ich teilte das Vieh und die Ziegen, wie es mir gerecht schien – die Pferde würden wir für die kommenden Feldzüge im Süden behalten –, und die Männer nahmen ihre Frauen und Töchter wieder mit, so daß der Lärm von den Freudenfesten der Soldaten von Tag zu Tag abnahm. Zuletzt waren zehn, zwölf Bauersfrauen übriggeblieben; einige, die keiner wollte, doch die Mehrzahl hatte Männer gehabt, die man vor ihren Augen umgebracht hatte, als man sie gefangennahm. Jede erhielt von mir eine Mitgift an Vieh und Silber aus meiner eigenen Tasche, und so nahmen etliche Frauen einen Soldaten zum Mann, der ihnen gefiel – diese würden uns in den Süden folgen; solche Frauen sind in jedem Heer von Nutzen. Der Rest verschwand einfach, um sein Glück anderweitig zu versuchen. Die Frauen der Uqukadi mußten darauf warten, was dem König gefiel.

Schließlich kam ein Reiter mit Botschaften und neuen

Befehlen aus Ninive. Ich nahm die Tafel, die er mir übergab – sie war in Leder gewickelt und mit dem Privatsiegel des Königs gesiegelt –, zog mich in mein Zelt zurück und überlegte, ob man mich wohl mit Schimpf und Schande nach Haus beorderte. Ich hätte mir keine Sorgen zu machen brauchen.

»An den Gebieter Tiglat Assur, den mächtigen Prinzen und geliebten Sohn deines Vaters, des Königs. Möge es dir wohl ergehen. Ich habe die Köpfe deiner Feinde vor dem Großen Tor aufspießen lassen, damit die Leute von deinem Ruhm und der Kraft deines Armes erfahren. Du hast weise gehandelt. Möge Entsetzen in den Augen der Bergvölker aufsteigen, wenn sie deinen Namen hören, denn ein großmütiger Feind wird mehr gefürchtet als ein grausamer.

Wenn dich dieses erreicht, marschieren die Heere Assurs bereits nach Süden. Rücke rasch in Gewaltmärschen vor, auf daß du am Kleinen Zab zu uns stößt, wo wir das Lager aufschlagen. Gönne deinen Männern keine Rast, denn dein Vater braucht deine Kraft und deinen klugen Rat, und seine alten Augen hungern nach deinem Anblick. Dieses Jahr wirst du als *rab abru* kämpfen, denn solches steht dir wirklich zu. Behalte die Beute aus deinem Sieg für dich und lerne, dich an den Künsten von Barbarenfrauen zu ergötzen. Komm rasch zu uns.«

Ich war gerettet, sogar zwei Ränge höher befördert, denn den Rang eines *mu'irru* schien ich ganz übersprungen zu haben. Jetzt würde ich nicht mehr einhundert Mann befehligen, sondern einen ganzen Flügel im Heer des Königs. Aber was sollte ich nur machen – oder wie sollte ich in Gewaltmärschen vorrücken –, wenn mir mehr als hundert kreischende Sklavinnen an den Fersen hingen?

*

Auf jede Schwierigkeit gibt es eine Antwort, und meine hieß am Ende Kephalos. Ich schrieb ihm, er solle mit einer

Begleitmannschaft kommen und die Sklavinnen auf den Markt in Ninive bringen. Das war ein Geschäft, was ihn freuen würde.

Ich erteilte die Befehle, und beim ersten Morgenlicht waren wir marschfertig. Damit uns die Frauen nicht zu sehr aufhielten, hatte ich im ersten Dorf, durch das wir kamen, Bauernkarren erstanden und die eine Hälfte aufsteigen lassen, so daß alle Frauen abwechselnd fahren und gehen konnten. Es waren Nomadenfrauen und deshalb waren sie gut zu Fuß; und sie waren drei Wochen lang in der Palisade eingesperrt gewesen, die wir für sie gebaut hatten. Sie schienen die Bewegung zu begrüßen und fingen sogleich an, den zu ihrer Bewachung zugeteilten Soldaten so schamlos schöne Augen zu machen, daß ich mich gezwungen sah, um der Disziplin willen etliche von ihnen auszupeitschen.

Am fünften Tag stieß ich an der Straße, zwei *beru* nördlich von Ninive, auf Kephalos, und dessen Augen leuchteten auf, als ich ihn herumführte, damit er meine Beute prüfen konnte, die da im Schatten der Karren rastete. Die Frauen zischten ihn an wie die Gänse und schwenkten spöttisch die Bäuche, doch mein wackerer Diener ließ sich nicht beirren.

»Junger Herr, da hast du aber ein gutes Geschäft gemacht«, rief er aus und vergrub vor lauter Gier die Finger im dichten, braunen Bart. »Sieh sie dir nur an – fast noch Kinder und wild wie die Tiere! Gebirgsfrauen sind bekanntermaßen leidenschaftlich und geben feine Huren ab. Ich kenne da ein Freudenhaus, das bietet gewiß –«

»Du wirst sie nicht als Huren verkaufen, Großer Arzt – du verkaufst sie an Privatpersonen, die Konkubinen oder Hausmädchen suchen oder billige Bräute für ihre Söhne. Nach dem, was diese Frauen durchgemacht haben, wird ihnen auch die niedrigste Hütte in Ninive paradiesisch erscheinen, doch sie werden nicht an Freudenhäuser verkauft, wo man sie gleich auf die Straße setzt, wenn ihre Brüste erschlaffen. Auf die Art will ich nicht reich werden.«

Kephalos tobte, riß an seinen Gewändern und sagte, ich

würde uns beide mit meinen absurden Ideen an den Bettelstab bringen – war er nicht selbst Kriegsgefangener gewesen und wußte er nicht besser als ich, was unter solchen Bedingungen richtig und schicklich war? Gab es etwa gerade jetzt auf dem Sklavenmarkt nicht eine Flaute wegen der Konflikte im Süden? Wo sollte er so viele anständige Familien auftreiben, die ihre Söhne an Frauen verheiraten wollten, welche nur schnattern konnten und so barbarisch waren, daß sie nicht einmal wußten, wie man auf die Straße pißt, wo es niemanden stört?

»Sieh sie dir an, Gebieter – reif wie Melonen. Vielleicht behalte ich sogar einige von den Besseren für meinen eigenen Bedarf. Und du willst sie an Töpfer und Fischverkäufer verschwenden, die nicht einmal den Brautpreis für eine dreißigjährige Jungfrau mit schlechten Zähnen aufbringen können? Junger Herr, ich fürchte, du hast alle meine Ratschläge zur Erhaltung deiner Gesundheit in den Wind geschlagen und dir die Sonne zu sehr auf den Kopf scheinen lassen, sonst würdest du nicht etwas so Übergeschnapptes vorschlagen. Doch zumindest die Pferde, Gebieter. Der König, dein Vater, hat dir die *ganze* Beute geschenkt, so laß mich also sehen, was man mit–«

»Die gehen ans Heer, Kephalos – wir werden sie im Süden brauchen.«

Jetzt war er vollends außer sich. Er stampfte mit den Füßen und fluchte gottsjämmerlich, und sein blasses Gesicht lief so rot an wie Granatapfelöl.

»Bei allen Göttern von Naxos und den westlichen Ländern, ich bin gestraft«, schrie er. »Ich bin gestraft, daß ich meine Tage als Sklave eines hirnlosen Knaben zubringen muß – verzeih mir, Gebieter, aber das ist nichts als die Wahrheit. Ich bin gestraft wie kein anderer auf dieser Welt.«

Aber als er merkte, daß ich nicht nachgab, schickte er sich schließlich murrend in sein Schicksal und prophezeite mir während des ganzen Essens, ich würde in Armut sterben, denn meine Körpersäfte wären schlecht.

»Und meine Provision beläuft sich natürlich auch auf nichts«, fuhr er fort, während er mich von der Seite ansah und die beringten Finger in eine Schüssel mit heißem Wasser tauchte – eine neue, feine Sitte, die er übernommen hatte. »Ich komme ja nicht einmal auf meine Reisekosten.«

»Zwei *beru*, Kephalos ...?«

»Ja, aber man muß auch standesgemäß reisen, und dann der Preis für die Begleitmannschaft. Doch was tue ich nicht alles aus Liebe zu meinem übergeschnappten, törichten jungen Herrn.«

Er seufzte tief und trank zum Trost einen Schluck Wein, doch der Wein schien ihn in noch tiefere Düsternis zu versetzen.

»Ich weiß nicht, wie das Volk gedeihen soll, Gebieter, wenn du so weitermachst, wenn du einmal König bist. Die Reichen und Mächtigen sind nicht aus –«

Ich langte über den Tisch, packte ihn am Bart und zog ihn herüber zu mir, denn mein Herz war jählings von Finsternis erfüllt.

»Was meinst du mit, wenn ich einmal König bin? Rede, Sklave!«

»Junger Herr, weißt du das denn nicht?« Er blinzelte erstaunt, während seine Finger sanft die Hand ergriffen, die dabei war, ihm den Backenbart abzureißen. »Und ich hatte gemeint, der König, dein Vater, hätte ... Willst du damit sagen, du hast rein gar nichts gehört?«

»Kein Wort – rede.«

»Lieber junger Herr, bitte ...« Als ich ihn losließ, nahm er sich Wasser aus seiner Schüssel und rieb es sich in die Haare im Gesicht. Er spannte mich auf die Folter, doch das schien er kaum zu merken.

»Es steht dir keiner mehr im Weg – außer natürlich der Gebieter Assarhaddon, der wohl ein guter Soldat sein soll, aber mehr auch nicht«, fuhr Kephalos schließlich fort, wobei er mein Gesicht musterte, als sähe er es zum ersten Mal. »Und selbst der ... er hat mich vor noch nicht zwei Tagen besucht und von deiner Erhebung zum *marsarru* wie von einer abgemachten Sache gesprochen. Er macht sich Hoffnungen, daß du ihm ein Kommando bei der Reiterei verschaffen kannst.«

»Aber was ist mit dem gegenwärtigen *marsarru?* Was ist mit Arad Ninlil? Was ist mit ihm?«

Mein gewitzter Sklave hob die fleischigen Schultern wie jemand angesichts eines traurigen, doch unabwendbaren Geschickes.

»Tot, mein Gebieter – am Schlagfluß gestorben, wo doch jeder dachte, daß ihn seine Magenbeschwerden dahinraffen würden. Schon eine ganze Woche tot.«

X

Bei Anbruch der Nacht hatte jeder im Lager von Arad Ninlils Tod gehört, und als ich mich am nächsten Morgen von Kephalos und seiner Fracht Frauen für die Sklavenmärkte verabschiedete, mußte ich hören, wie man mich jubelnd als König begrüßte, so als stünde der Thron leer. Alle Soldaten hegen große Verehrung für den König, und diese hier hatten in zwei Feldzügen mit mir gekämpft – in ihren Augen war ich der *marsarru,* auch wenn noch kein *baru* die Eingeweide einer geweihten Ziege beschaut hatte, um den Willen des Gottes zu erkunden.

An jenem Tag trug ich eine rote Tunika, das Zeichen der Trauer für meinen königlichen Bruder, doch das hielt die Soldaten aus meiner alten Kompanie nicht davon ab, mir sofort zuzujubeln, als ich hinaus in den Sonnenschein trat. »Assur ist König, Assur ist König«, riefen sie, gleichsam als folgten sie mir als Frischgekröntem vom Tempel. Das durfte ich nicht zulassen. So hob ich, als ich aufs Pferd stieg, die zur Faust geballte Hand, auf daß alle schwiegen.

»Es gibt nur einen König in diesem Lande!« brüllte ich

und täuschte einen Zorn vor, den ich nicht empfand, denn ihr Treuebeweis hatte meine Leber besänftigt. »Sein Name ist Sanherib, und er wartet am Ufer des Kleinen Zab auf uns. Wieso seid ihr noch nicht marschbereit, um ihm zu Hilfe zu eilen? Glaubt ihr etwa, die Elamiter schlafen, so daß er sein Heer nicht braucht? Ich mache mich jetzt auf, um ihm beizustehen – ob ihr mir nun folgt oder nicht!«

Ich wandte mein Gesicht gen Süden und ritt fort. Ich beeilte mich jedoch nicht, da dreihundert Mann ein Lager nicht auf der Stelle abbrechen und sich in Marsch setzen können. Als ich dann nicht mehr zu sehen war, ließ ich mein Pferd sein Tempo selbst wählen – Pferde trödeln meiner Erfahrung nach stets, wenn man sie nicht anspornt – und noch nicht einmal eine Stunde nach Mittag, als ich kaum mehr als ein einziges *beru* geritten war, hörte ich meine Soldaten hinter mir herrufen, ich solle auf sie warten. Zuletzt drehte ich mich um und ließ die Zügel fallen.

Ich mußte doch lachen, als ich nach ungefähr einer Viertelstunde ihre verschwitzten Gesichter erblickte. Luschakin kam heran und bat mich im Namen der Männer um Verzeihung, sagte aber, daß es trotzdem ein fauler, fremdländischer Trick gewesen sei, sie mit noch nicht gepackter Ausrüstung und zwölf großen, bereits geöffneten und nun nicht geleerten Krügen ausnehmend guten Bieres sitzen zu lassen, die sie nun hätten zurücklassen müssen und an dem sich nur noch die Sandflöhe erfreuen konnten. Ich mußte noch mehr lachen und verzieh ihm seine Frechheit. An jenem Tag verloren wir kaum Zeit, und während dieses Feldzuges mußte ich mir nicht mehr anhören, daß man mich zum Erwählten des Gottes ausrief.

Aber wenn ein Mensch auch andere zum Schweigen bringen kann, so doch nicht die Stimme im eigenen Herzen. *Marsarru* zu sein – das wäre die Antwort auf allen Ehrgeiz, den ich so viele Jahre insgeheim gehegt hatte. Wenn es wahrhaftig der Wille des Königs war, dann würde er mir Assarhamat zur Frau geben. Ich würde in Pracht und Herrlichkeit leben. Ins Haus der Erbfolge aufgenommen zu werden, das war, weiß Gott, nicht gering zu achten.

Wir brauchten fünf Tage, bis wir das Lager des Königs am Kleinen Zab erreichten, denn das Frühlingshochwasser ging gerade erst zurück, und jedes kleine Wasserrinnsal war über seine Ufer getreten und hatte den Boden dick mit Schlick bedeckt. Ich konnte nur hoffen, daß die Elamiter so vernünftig waren, gemütlich zu Hause zu bleiben, bis Assurs Sonne das Land so ausgetrocknet hatte, daß Männer von Lebensart darauf kämpfen konnten.

Am Tage unserer Ankunft traf ich den König bei den Vorbereitungen für die Bestrafung eines einheimischen Edelmannes, der versucht hatte, seine Stadt gegen den rechtmäßigen Herrn aufzuwiegeln.

»Ach, du bist es, Tiglat – der *Rab Abru,* der Eroberer des Nordens? Ja? Komm, küß mich, mein Sohn. Wie schön, daß du unsere heutige Lustbarkeit nicht verpaßt. Komm, trink einen Becher von diesem entsetzlichen Dattelwein und erzähle mir deine ganzen Abenteuer, äh?«

Wir setzten uns vor sein Zelt, um uns herum Soldaten, die in diskreter Entfernung standen und uns beobachteten, gleichsam als wären wir gefährliche Tiere; und mein königlicher Vater schenkte mir eigenhändig etwas von dem Inhalt des Kruges ein, der auf einem kleinen, runden Tisch neben seinem Ellbogen stand. Er war nicht direkt betrunken, doch der Wein – der in der Tat wie Bootspech schmeckte – hatte seine Augen leicht glasig gemacht, so daß sie wie polierter Marmor wirkten. Ich beschrieb ihm alles, was sich im Norden zugetragen hatte, und er lächelte und brummte und nickte ab und an mit dem Kopf, ohne daß er jedoch richtig zuzuhören schien. Ich verstand das nicht, bis er auf meinen beinahe unberührten Becher deutete und die Stirn runzelte.

»Der Wein sagt dir also nicht zu, Junge? Nicht nach deinem Geschmack, äh? Trink ihn trotzdem, denn er ist stark und betäubt das Hirn. Bist du schon einmal dabeigewesen, wenn man einem Menschen die Haut bei lebendigem Leibe abgezogen hat?«

»Nein, Gebieter – noch nie.«

»Dann also heute, und auch das wird nicht nach deinem Geschmack sein. Mit etwas starkem Wein geht es besser. Trink, Junge.«

Wir tranken schweigend, bis ein Offizier in der Uniform der *quradu* sich näherte und sich mit der rechten Hand auf dem Herzen vor seinem König und Herrn verneigte.

»Es sieht so aus, daß für mich die Stunde gekommen ist, wo ich Recht sprechen muß, äh?« Der Gebieter Sanherib sah mich an und grinste unsicher. »Komm, Tiglat, mein Sohn – wir dürfen einen so wichtigen Teil deiner Ausbildung zum König nicht versäumen. Ha, ha, ha.«

Wir erhoben uns, und mein königlicher Vater, der Herr der vier Enden der Erde, der jetzt vollends betrunken war, legte mir den Arm um die Schultern und stolperte auf seinen Strcitwagen zu.

»Du fährst, Junge«, sagte er. »Man sagt, du kannst gut mit Pferden umgehen, und ich traue mir heute nichts zu – es wäre wohl kaum mit meiner königlichen Würde vereinbar, wenn ich uns in den Graben kippte, äh? Ha!«

Uschnur, oder das, was von der Stadt übriggeblieben war, lag keine zehn *ashlu* vom Lager des Königs entfernt – wir hätten die Entfernung in der gleichen Zeit auch zu Fuß gehen können, außer daß Könige nicht zu Fuß gehen, wenn sie majestätisch auftreten wollen. Ich hatte mich schon gewundert, daß die Hauptleute des Heeres nicht innerhalb der Stadtmauern einquartiert worden waren, doch dann sah ich, daß die Mauern zerstört, die Stadt selbst fast völlig dem Erdboden gleichgemacht war und die Straßen voller Leichen lagen.

Drei Tage war es her, daß die Ältesten auf den Knien zu Sanherib gekommen waren und ihn angefleht hatten, sich ergeben zu dürfen, und immer noch konnte man Rauchsäulen von Feuern erblicken, die auf Befehl des Königs nicht gelöscht wurden. Sogar die Kornspeicher hatte man abgebrannt, und so standen diese Menschen bis zur Sommerernte ohne Nahrung da — vorausgesetzt, sie überlebten bis dahin. Ich hatte Frauen an den Lagertoren betteln sehen, an deren Kleidung und Schmuck man sehen konnte, daß sich darunter die Ehefrauen reicher Männer befanden, die jetzt so tief gesunken waren, daß sie ihren Leib für eine Handvoll Hirse verkaufen mußten.

Die Heere Assurs hatten diesen Ort nicht einmal einen einzigen Tag belagert, und schon war er zu Schutt und Asche geworden; sie hatten ihn totgeschlagen wie eine Fliege, und das beinahe mühelos.

»Ich habe etliche Überlebende mit der Peitsche forttreiben lassen, sie sollen durchs Land ziehen und in anderen Städten erzählen, was sich hier zugetragen hat«, sagte mein Vater und lächelte mir freundlich zu, als wir vor etwas hielten, was einmal ein Stadttor gewesen war. »Ich will, daß dieser Feldzug der letzte ist, den wir im Süden führen müssen, und darum lasse ich dieses Land als Wüste zurück. Die Schwarzköpfe sollen wissen, daß ihre Herrn in Ninive leben, nicht in Susa. Siehst du, wie sie vor uns kriechen, mein Sohn? Die werden den Namen Sanherib so schnell nicht vergessen.«

Wir stiegen vom Streitwagen herab, und man brachte uns Schemel, damit wir inmitten einer erbärmlich wirkenden Menschenmenge, welche die Soldaten zusammengetrieben hatten, das Sterben ihres früheren Gebieters mit ansehen konnten. Männer und Frauen gleichermaßen starrten uns mit einer Mischung aus Furcht und Erschöpfung und abgründigem Jammer an, die alle Angst, ja sogar die Todesangst besiegt. Ich glaube, sie hatten nicht einmal mehr genügend Kraft, uns zu hassen.

»Bringt ihn her!« rief der König mit so lauter und mächtiger Stimme, wie es sich für einen Eroberer geziemt. Es klang sogar eine Spur Ungeduld durch, gleichsam als handelte es sich um eine nebensächliche Angelegenheit, beinahe nicht der Aufmerksamkeit wert; und das gehört sich auch für ein königliches Auftreten. »Bringt ihn her – seine Leute sollen sehen, was die hirnlose Narretei diesem Eidbrecher eingetragen hat.«

Die Kette der Soldaten öffnete sich, und man schleppte einen Mann herbei. Er war nackt und hager, weniger vom Hunger als vom Leiden; Menschen, die man längere Zeit gefoltert hat, haben stets dieses abgekämpfte Aussehen. Seine Handgelenke und Knöchel waren zusammengekettet, und er schien kaum fähig zu stehen. Das wunderte mich, bis ich merkte, daß seine Fußabdrücke auf der Erde Blut hinterließen – man hatte ihm die Fußsohlen mit der geknoteten Peitsche wundgeschlagen. Er konnte anscheinend nicht sprechen; er konnte dem König, meinem Vater, nicht einmal ins Gesicht blicken. Das hier war ein gebrochener Mann.

»Wo ist jetzt Kuternahhunte, oh, Marduknasir?« fragte ihn der König und wartete auf eine Antwort, die, wie er wußte, nicht kommen würde. »In Susa, ja, da ist er – und versteckt den Kopf hinter dem Rock seiner Mutter. Wo sind nun deine elamitischen Gebieter, deren Knie du umarmt hast? Nicht hier, Gebieter. Nicht hier. Nur du bist hier – du und ich. Und in einer halben Stunde bist du eine Leiche ohne Haut, denn die wird man an die Wand jenes Gemäuers nageln, das du einen Palast nennst – was noch davon übrig ist jedenfalls. Also, bringen wir es hinter uns!«

Die Scharfrichter warteten schon, hatten die Arme vor der gewaltigen Brust verschränkt. In jedem Heer finden sich Männer für eine derartige Arbeit, und ihre Kameraden machen stets einen Bogen um sie, und sie ähneln sich überall – große, dumpfe Klötze mit Muskeln und winzigen Augen und einem idiotischen Lächeln. Heute waren sie zu zweit, und nun traten sie vor; einer nahm Marduknasir bei der Kette, die zwischen seinen Handfesseln durchlief, zerrte ihn auf die Knie, während der andere an den vier Ecken eines Quadrats von etwa drei Schritt Seitenlänge Eisenpflöcke einhämmerte. Als er damit fertig war, wurde ihr Opfer in die Mitte geschleift und mit Armen und Beinen an die vier Eisenpflöcke gekettet, und die Ketten wurden so fest angezogen, daß er sich kaum noch rühren konnte. Jetzt machten sie sich richtig an die Arbeit.

Sie fingen mit Marduknasirs linker Hand an. Einer der Scharfrichter zog ein Kupfermesser aus seinem Gürtel. Die Klinge war stellenweise rauh, doch sah es immer noch recht scharf aus. Als er begann, von der Fingerspitze des Mittelfingers nach unten zur Handfläche zu schneiden, goß der andere etwas Wasser in die immer länger werdende Wunde — teilweise, um das Blut abzuwaschen, hauptsächlich aber, um die Qualen noch zu vermehren. Dann legte er einen zweiten, säuberlichen Schnitt von der Spitze des Daumens bis zum Handgelenk, und als das geschehen war, fing er an, die Haut abzulösen, so daß sie diese zuletzt im ganzen Stück von der Hand abgelöst hatten, Fingernägel und alles, was dazu gehörte. Nachdem sie die Handfessel einen Augenblick gelöst hatten, machten sie sich an den Arm.

Ich hatte noch nie jemanden so brüllen hören wie Marduknasir. Vielleicht hatte er einfach nicht glauben können, daß man ihn solchen Qualen aussetzen würde, denn in dem tierischen Gebrüll, das die Luft zerschnitt, klang panische Ungläubigkeit durch, gleichsam als ob er zu allem übrigen auch noch das ganze Entsetzen des Unerwarteten erdulden müsse, den tödlichen Schlag, der aus der Finsternis kommt.

Doch auch damit war es schnell vorbei, sie schienen mit der Haut auch alles Menschliche von Marduknasir abzuziehen. Und schon bald war er überhaupt kein Mensch mehr, sondern nichts als ein Ding, das nur noch Schmerz empfinden konnte und weiter nichts.

Die Menge sah in dumpfem Schweigen zu. Sollten Familienmitglieder bei seinem Martyrium zugegen sein, so traten sie nicht vor, doch vielleicht hatten sie Angst — denn das war ja der Zweck der Übung; die Leute sollten Angst bekommen. Der König und ich saßen nahe genug, um das Blut riechen zu können, das über die bloßgelegten, zitternden Muskeln floß, aber unseren Gesichtern war nichts anzumerken. So machen es Eroberer. Sie verschließen ihr Herz.

Sein Tod ging langsam vonstatten – die Scharfrichter hatten es nicht eilig. Marduknasir, wenn man diese Masse rohen, blutigen Fleisches noch beim Namen nennen konnte, lebte zumindest noch, als man ihm die Haut von Brust und Schenkeln abzog. Am Ende war sein Geschrei nichts als ein leises Gewimmer. Wie lange er danach noch lebte, weiß nur der Gott; er zuckte jedenfalls nur noch mit den Gliedern. Schließlich standen die Scharfrichter auf. Einer, er war blutverschmiert und lächelte – ich sehe immer noch, wie er lächelte –, hielt die heile Haut mit Haar und Bart in der Hand wie ein Kleidungsstück, das er zum Verkauf anbot.

»Nagelt sie an die Wand seines Hauses«, sagte der König und erhob sich von seinem Sitz. Er war inzwischen nüchtern geworden, und er lächelte nicht. »Postiert eine Wache daneben, damit niemand sie herunternimmt und bestattet. Den Kadaver verfüttert an die Hunde.«

Und wieder legte er mir den Arm um die Schulter, doch dieses Mal wohl, um mich zu stützen.

»Komm, mein Sohn. So ist es mir beim ersten Mal auch ergangen – ich beneide dich nicht um die harten Lektionen deiner Jugend.«

★

Die Hinrichtung Marduknasirs hatte gleichsam schlimme Vorbedeutung für den ganzen Feldzug dieses Jahres, denn der König sollte mit niemand Erbarmen haben, der sich ihm widersetzte. Wir verbrannten Dörfer und plünderten Städte, schickten die Überlebenden in die Verbannung, nachdem wir ihre Ältesten auf spitzen Stangen gepfählt hatten.

Nur einmal kamen die Elamiter auf das Westufer des Tigris herüber, um ihren Verbündeten zu helfen. Sie erprobten ihre Kraft an einem Ort namens Lagas – ich entsinne mich, in der Nähe gab es einen See, wohin Assarhaddon und ich am Tage vor der Schlacht zum Schwimmen gingen. Die Schlacht war furchtbar, doch nicht so furchtbar wie die von Chalule. Nach diesem Ausflug, den die Annalen einmal ohne zu lügen als Sieg für Sanherib den Großen bezeichnen, zog sich Kuternahhunte in die Berge seines Landes zurück und fiel kurz danach durch die Hand seiner Untertanen. Es würde viele Jahre dauern, bis das geschwächte und demoralisierte Elam wieder zum Ärgernis für seine Nachbarn würde.

Doch die Saat der Rebellion war unter den Schwarzköpfen prächtig aufgegangen, und unser Ausrottungskrieg war dementsprechend hart und brutal. Das war kein Angriffskrieg, sondern größtenteils eine Belagerung befestigter Städte, eine Art von Krieg, für den sich die Soldaten Assurs besser eignen als andere Völker, und doch ist es grausam, ein Land auf diese Weise zu unterwerfen. Unsere einzige Rechtfertigung lag in der Hoffnung, es wäre nun das letzte Mal, daß wir so grausam sein mußten.

Doch wir dachten nicht an Rechtfertigung, sondern an Sieg und an die Rückkehr nach Hause. Ein langer Feldzug läßt das Mitleid in den Herzen der Männer versiegen – allmählich haßten wir die Menschen des Südens, haßten sie für das, was sie uns an Leid zufügten und für das, was wir ihnen zufügen mußten. Der Schlachter lernt, seine Opfer zu hassen, und der Krieg hatte uns zu Schlächtern gemacht.

Und ausgerechnet in diesem Feldzug lernte Assarhaddon das Kriegshandwerk. Er war ein ausgezeichneter Reiter, war tapfer, einfallsreich und zäh – so störrisch in der Schlacht, daß seine Männer ihn bald »Der Esel« nannten –, doch ich fürchte, er hat nie gelernt, wo die Grenzen dessen liegen, was man mit Gewalt erreichen kann. Er hat nie begriffen, daß die Besiegten mit ihrer Niederlage ausgesöhnt werden müssen, sonst ist der Sieg schal. Er hat nie gelernt, etwas anderes zu sein als ein Krieger –, und das sollte das Land Assur später teuer zu stehen kommen.

Der Gebieter Sanherib erkannte das, und sein Herz verhärtete sich gegen meinen Bruder, den er nie lieben würde.

Doch der, welcher König war, kannte seine königliche Pflicht und begriff deshalb, daß er seinen königlichen Sohn nicht einfach übersehen durfte. Und während er mich beförderte – zunächst mit einem Sitz im Militärrat und dann in jenen inneren Zirkel von Ratgebern, die ihm die Welt aus einem Zelt in den Sümpfen des unteren Euphrat regieren halfen –, beförderte er auch Assarhaddon, doch stets ein oder zwei Stufen unter mir. Ich wurde Ratgeber und Abgesandter des Königs, der mit der Stimme seines Herrn mit souveränen Landesherren auf gleicher Ebene verhandelte, und Assarhaddon wurde ... Was wurde er doch gleich – was durfte er denn werden – außer Soldat, auf dessen Stimme nur seine Truppen hörten?

»Wenn du zu Unterhandlungen mit den Ältesten von Umma gehst«, sagte der König zu mir, »dann nimm den Esel mit.« Bei dem Namen mußte er grinsen – ich glaube, er hatte nicht begriffen, daß es ein Ehrenname war. »Vielleicht geht ihm dann auf, wie sich Edelleute benehmen sollten, und wir machen aus ihm doch noch mehr als einen Stallburschen.«

Ich hörte mir das schweigend an – es stand mir nicht zu, dem König zu sagen, daß er seinen Sohn verkannte – und machte mich auf die Suche nach Assarhaddon.

Machte es meinem Bruder etwas aus, daß er so übergangen wurde? Er sagte jedenfalls nichts. Er schien es nicht einmal zu bemerken. Aber ich glaube, ein solcher Ochse war er nun auch wieder nicht, daß er nicht unter der verächtlichen Hintansetzung durch den König gelitten hätte.

War er unzufrieden? Beide waren wir doch geworden, was wir uns als Knaben erträumt hatten, furchtbar im Krieg, die beiden gepanzerten Fäuste des Königs, die alle Feinde Assurs zerschmetterten? Ja, das waren wir in der Tat. Und wir liebten uns wie früher mit dem völligen Vertrauen von Kindern. Doch Assarhaddon wäre kein Mensch gewesen, wenn er es nicht übelgenommen hätte, wie ich ihm vorgezogen wurde; und ich konnte nur wenig daran ändern, die Dinge wieder ins rechte Lot zu bringen.

So ging ich ihn denn holen, um gemeinsam mit ihm die Ältesten von Umma mit der Pracht Assurs überwältigen.

Assarhaddon eignete sich in der Tat gut für diese Art Diplomatie, denn er konnte gewöhnliche Menschen schlicht und einfach durch sein Schweigen in Angst und Schrecken versetzen – und mir war schon lange klar, daß die Edlen dieser südlichen Städte nicht mehr waren als Ziegenhirten in sauberer Kleidung. Und während ich so meinen Teppich aus Drohungen und Versprechungen wob, ihnen die Gnade meines Königs und die Schrecken seines Zorns schilderte, stand Assarhaddon so fest und schweigsam wie eine Mauer hinter mir, und die Ältesten von Umma hörten ihm ebenso zu wie mir.

»Du bist eine Schlange«, sagte Assarhaddon dann wohl. »Du zischst wie eine Natter, und sie pinkeln sich vor Angst in die Lendentücher.«

»Ja, aber doch nur, weil sie dich sehen und sich ausmalen, wie sich diese dicken Finger um ihren Hals anfühlen würden. Mit einem Bluff hat man noch keine Stadt eingenommen, Bruder.«

»Vielleicht nicht. Wenn aber doch einmal, dann durch dich.«

Die Ältesten baten um eine halbe Stunde Zeit, um über unsere Forderungen zu beraten. Wir warteten vor der Stadtmauer, und eine halbe Stunde später öffneten sich die Tore, und heraus schritt ihr Fürst, ihr Herrscher, dessen Haus in Umma seit vierhundert Jahren regiert hatte, in Lumpen gekleidet und den Strick des Henkers schon um den Hals.

Jener Feldzug sah die Zerstörung vieler Städte, deren Mauern geschleift und deren Paläste dem Erdboden gleichgemacht wurden, während man die Frauen und Töchter ihrer Könige dem Feuer überantwortete. Wir würden Hunger und Tod hinter uns lassen, denn Sanherib wollte alle wissen lassen, wer der Herr über die Länder zwischen den Strömen war. Es war sein Wille, und durch ihn sprach der Gott, darum mußten alle gehorchen.

Und doch verschonte er Umma. Er vergab ihrem Fürsten, der die königlichen Füße küßte und von ihm Leben und Lehen geschenkt bekam. Es war nicht einfach eine Laune, der König wußte nur zu gut, daß man Menschen nicht bis an den Rand der Verzweiflung treiben darf.

»Er hätte ihn hängen sollen«, murrte Assarhaddon, als wir nebeneinander beim Festmahl des Fürsten zu Ehren des Eroberers von Umma saßen. »Er hätte ihn von der Stadtmauer baumeln lassen sollen, bis das Seil verfault ist – bei den sechzig großen Göttern, was ist das für ein scheußliches Zeug, das uns dieser Verräter als Wein anbietet!«

»Du hast schlechte Laune, weil du seit zwei Monaten keine Frau mehr gehabt hast, aber keine Angst – ich habe dafür gesorgt, daß du nicht um den gerechten Anteil betrogen wirst, den dir die Plünderung eingebracht hätte. Diesem Fürsten haben wir einen Todesschrecken eingejagt, er will uns reiche Geschenke machen. Ich habe mich mit seinem Haushofmeister unterhalten, du bekommst zwei Schwestern aus seinem eigenen Harem. Ägypterinnen, sehr kundig.«

»Nein, deswegen habe ich keine schlechte Laune – Schwestern, sagst du? Doch nicht etwa Zwillinge, oder?«

»Nein, keine Zwillinge. Ein Jahr Altersunterschied. Was ärgert dich dann, Bruder? Gewiß hat es auch Assarhaddon, Der Esel, satt, immer nur Städte wie Kochfeuer brennen zu sehen.«

»Ja – nein. Woher soll ich wissen, was ich satt habe und was nicht? Die Herrin Taschmetum-scharrat ist tot, tot vor Kummer um ihren Sohn, der für niemanden ein Verlust war, außer für sie. Hast du das gewußt? Ich habe es vor einer Stunde aus einem Brief meiner Mutter erfahren.«

»Nein, das habe ich nicht gewußt.«

Ich warf einen Blick zum Kopf des Tisches, wo der König gerade dabei war, einen Witz zu erzählen. Alles um ihn herum lachte schon laut, obschon die Pointe noch fehlt, und der König lachte mit, unterbrach sich, um ihre Freude zu teilen. Er machte nicht den Eindruck eines Mannes, der seine Frau verloren hat, doch vielleicht wußte er es noch gar nicht.

Und doch, wie hätte er es nicht hören sollen? Ich entsann mich der Herrin, die mit leeren Augen auf einem Ruhelager saß, während ihre Frauen sie fächelten, tot schon im Leben. Ja, natürlich, warum sollte sie nicht vor Kummer sterben, das arme vernachlässigte Geschöpf? Und warum sollte das den König bekümmern?

»Was hast du nicht gewußt – daß die Herrin Taschmetum-scharrat tot ist, oder daß meine Mutter schreiben kann?« Assarhaddon grinste und stieß mir den Ellbogen in die Rippen, damit ich seine witzige Bemerkung auch richtig würdigte. »Sie läßt einen Schreiber für sich arbeiten. Das kann sie sich jetzt leisten.«

»Ja, natürlich. Denn jetzt ist sie . . .«

»Ja – die Herrin des Palastes. Und du wunderst dich noch, warum ich so verdrießlich bin. Der König hätte den Verräter hängen sollen – sieh dir nur an, wie er ihn angrinst! Schwestern, hast du gesagt, aber keine Zwillinge?«

»Nein, keine Zwillinge.«

»Sind sie dann wenigstens Hexen? Kennen sie sich in der Schwarzen Kunst aus? Versteht sich eine von beiden auf Magie?«

»Vielleicht nicht die, welche du dir vorstellst.«

»Wenn sie Ägypterinnen sind, verstehen sie sich auf Magie. Alle Ägypterinnen verstehen sich auf Magie. Sie lernen es von ihrer Mutter.«

»Dann ist ja vielleicht eine davon eine Hexe. Vielleicht auch beide.«

»Assur meint es gut mit einem gewöhnlichen Menschen.«

*

Doch erst im Monat Ab, wenn die Sonne des Gottes Assur die Erde verbrennt, bis sie ziegelhart ist, kehrte ich nach Ninive zurück. Der König von Babylon war in diesem Jahr nicht gegen uns zu Felde gezogen, sondern hatte sein Heer in seiner Stadt gelassen, was wiederum Sanherib aufs äußerste verdroß. Niemand konnte behaupten, er sei Herr in Sumer, wenn er nicht die Straßen Babylons kontrollierte; und mein königlicher Vater wußte, daß seine ganzen Siege, die ganzen Tributzahlungen, die in seine Schatzkammer geflossen waren, die ganzen Ergebenheitsadressen von Unterkönigen nichts bedeuteten, wenn er zurückkehrte, ohne einen seiner treuen Untertanen auf den Thron von Babylon gesetzt zu haben.

Er wartete ungeduldig, daß die im Norden frisch aufgestellten Kompanien für den letzten Angriff so schnell wie möglich nach Süden gebracht würden. Und so schickte er mich nach Ninive zurück, ich sollte mich darum kümmern, daß sein Wille ausgeführt wurde.

Ich reiste mit einer Leibwache von zwölf Mann, und wir ritten, solange es Tag war, ohne eine Rast einzulegen. Am Ende des achten Tages waren wir in Sichtweite der großen Mauer. Ich betrat die Stadt nachts durch das Tor und in der Uniform eines gemeinen Soldaten, damit meine Rückkehr nicht zu falschen Gerüchten Anlaß gab – eine große Stadt ist wie eine Frau und glaubt jedes böse Getuschel, das sie hört.

Doch wenn ich etwa gedacht hatte, daß ich meine Ankunft vor meinem Diener Kephalos geheimhalten könne, so hatte ich mich getäuscht. Er stand an der Tür zur Offizierskaserne, als ich in die Morgensonne hinaustrat. So flink war er bei der Hand sich zu verneigen, daß ich beinahe über ihn gestolpert wäre.

»Junger Herr! Mögen die Götter dir tausendfaches Leben schenken!« rief er, während ich ihm wieder auf die Füße half – er schien bei jeder neuen Begegnung beleibter zu sein, und heute ging er fast schon über meine Kraft. »Du mußt mir verzeihen, aber erst vor einer Stunde kam mir deine Rückkehr zu Ohren.«

»Ich weiß überhaupt nicht, wie du davon hören konntest,

wenn man bedenkt, wieviel Mühe ich mir gegeben habe, sie vor der Welt geheimzuhalten. Wenn der Nachrichtendienst des Königs so gut funktionierte wie deiner, würde sich seine Herrschaft inzwischen bis in die Länder jenseits des Bitterflusses erstrecken.«

Als wir durch die Straßen der Stadt schritten, merkte ich, daß die Menschen uns Platz machten und sich verneigten, wenn wir vorbeigingen. Es war eine neue Erfahrung – beinahe jedermann schien zu wissen, wer ich war, denn allein die blaue Uniform eines *rab abru* konnte nicht soviel Ehrerbietung auslösen. Kephalos tat so, als merkte er nichts, doch mir fiel auf, daß er sich sehr gerade hielt und mit der ganzen Würde eines großen Fürsten durch die Menge schritt.

»Merkst du etwas, Gebieter?« sagte er schließlich aus dem Mundwinkel heraus – denn dergleichen offen zuzugeben hätte nicht zur Feierlichkeit seines Auftretens gepaßt. »Es gibt keinen Hund in Ninive, der seinen künftigen König nicht kennen würde.«

»Und wenn man von deiner Frechheit absieht, mich so zu titulieren, wie kommt es dann, daß die Hunde in Ninive in diesem einfachen Soldaten ihren *marsarru* erkennen?«

»Weil die ganze Stadt weiß, daß der Arzt Kephalos der Sklave des großen Tiglat Assur ist, den Ischtar, die Königin der Schlachten, liebt wie ihren eigenen Sohn.«

»Und jeder Hund in Ninive kennt natürlich den Arzt Kephalos von Ansehen.«

»Natürlich.«

Natürlich, dachte ich bei mir – denn wahrscheinlich schulden ihm die meisten inzwischen Geld.

Wie gut, daß ich an jenem Morgen noch nichts gegessen hatte, denn Kephalos hatte in seinem Hause beim Adad-Tor eine Art Festmahl richten lassen. Es gab Brot, Bier, Wein, Käse und Früchte so verschiedener Art, wie ich sie noch nie erblickt hatte; und die Diener, fiel mir auf, waren ausnahmsweise weiblich, alle sehr jung, und sprachen untereinander eine Sprache, die ich nicht kannte.

»Uqukadi«, flüsterte Kephalos. »Der Sklavenmarkt gibt für junge Mädchen im Moment nichts her, darum habe ich an die zwölf bis fünfzehn bei mir behalten, mit denen spekuliere ich – natürlich habe ich sie in meinen Büchern mit einem etwas niedrigeren Wert angesetzt, da ich sie doch unterhalten muß, aber du wirst feststellen, Gebieter, daß ich dich wirklich nicht schamlos beraubt habe. Wenn ihre Reize in ein paar Jahren erst einmal mehr ins Auge fallen, erzielen sie einen guten Preis.«

Er lächelte, gleichsam als wollte er zu seiner Klugheit beglückwünscht werden.

»Und wo verbirgst du die schöne Philinna, die so süß wie eine Feige ist?«

»Ach – sprich mir nicht von der, Gebieter. Augenblicklich ist sie oben in meinem Bett und schnarcht wie ein Wasserbüffel. Dieses Jahr habe ich auch nicht ein anständiges Tagewerk aus ihr herausgeholt. Sie hat es sich in den Kopf gesetzt, daß ich ohne ihre Umarmungen nicht leben kann – ich kann aber, Gebieter; ich konnte es und tue es auch die meiste Zeit. Da hast du auch einen der Gründe, warum ich mir das Haus voller kichernder Kinder geholt habe. Ich hatte gehofft, sie stellt sich der Herausforderung. Alles umsonst. Aber du, mein königlicher, junger Herr, du hast zufällig den richtigen Weg gefunden – schließlich weiß ich, daß du zu jung und gedankenlos bist, um zu solcher Weisheit zu gelangen. Das harte Leben eines Soldaten, nur in Gesellschaft von Männern – das ist der einzige Weg für jemanden, der sich eines gewissen Seelenfriedens erfreuen will.«

Ich lachte, denn das Bild von Kephalos, der sich seines Seelenfriedens inmitten eines überfüllten, stinkenden Lagers erfreute, und als bemitleidenswertem Opfer der Frauen, war zu schön – Kephalos, das war mir klar, würde nie sehr lange irgend jemandes Opfer sein.

»Wiewohl, wir sind beide mit unserer Beute gut gefahren, Gebieter. Wenn du nicht schon ein Prinz wärst, du hättest jetzt alles Recht, wie einer zu leben. Was mich angeht, so hält mich nichts bei der schweren Arbeit als meine Sorge um dein Wohlergehen und natürlich die bodenlose Habgier, ein Zug, der für jeden wahren Griechen schön und schrecklich zugleich ist – zweifellos bist du weniger angefochten, weil die Mutter sich immer schwächer vererbt. Ich ließ verbreiten, daß du jede dieser Frauen höchstpersönlich beschlafen hättest – und diese waren so stolzgeschwellt bei der Vorstellung, daß sie es nie im Leben abgestritten hätten –, und die Assyrer sind derart leichtgläubig, daß mir die Geschichte überall abgenommen wurde. Über einhundert Frauen – man denke sich! Diese Toren. Folglich wurde kräftig geboten, denn jedes Schwein frißt nur zu gern die Abfälle vom Tisch des Königs. Du bist sehr beliebt in der Stadt, Gebieter, und da du zu jener Zeit im Norden warst, verdächtigt dich auch niemand im Zusammenhang mit Arad Ninlils Tod . . .«

Hier hörte ich zum ersten Mal, was man überall erzählte, daß nämlich der *marsarru* vergiftet worden war. Es schien, daß seine Ärzte, als sie versuchten, seine Leiche umzudrehen, eine dickliche, schwarze Flüssigkeit bemerkten, die ihm aus Nase und Mund gelaufen war – und als man einem Hund davon ein paar Tropfen eingeflößt hatte, war er innerhalb von Stunden tot.

Natürlich hatte man die Sache auf sich beruhen lassen. Mord an einem Prinzen ist Privatangelegenheit des Königs – es ist nicht einmal geraten, öffentlich zuzugeben, daß sich dergleichen zutragen kann –, und so wurde auch niemand angeklagt. Wenn der Gebieter Sanherib einen Verdacht hatte, so behielt er ihn für sich. Und er würde zurückschlagen, wann und wie es ihm gefiel.

Merkwürdig war nur, daß mein königlicher Vater die ganze Zeit über, die wir seit meiner Rückkunft aus dem Norden zusammen gewesen waren, auch nicht ein einziges Mal den Tod seines Sohnes erwähnt hatte – nicht einmal flüchtig. Arad Ninlil, der nicht in der Gunst der Götter gestanden hatte, schien gleichsam nie gelebt zu haben.

Ich kehrte in düsterer Stimmung ins Haus der Krieger zurück. Mir war zumute, als ob ich mich in einem Spinnennetz verfing, das hauchdünn, aber doch sehr stark war.

Wessen Weg zum Thron wurde da freigemacht, meiner oder Assarhaddons? In den letzten paar Jahren hatte der Tod reiche Ernte unter Prinzen gehalten, und jetzt schien es, als ob jemand der Göttin Ereschkigal die Arbeit abnähme.

⋆

Mehrere Tage lang hielt mich die Arbeit mit dem neuen Heer des Königs in Atem. Wie gut, denn so blieb mir keine Zeit zum Nachdenken. Nur einmal gestattete ich mir den Luxus eines Tages und einer Nacht auf Drei Löwen bei meiner Mutter, die natürlich nichts hörte und nichts wußte und deshalb so zufrieden war, wie eine Frau nur sein kann, deren einziger Sohn in einem großen Krieg kämpft. Es waren ein Tag und eine Nacht bei der einzigen Frau, die ich kannte, welche nicht ununterbrochen Ränke schmiedete. Als ich dann aufs Pferd stieg, um nach Ninive zurückzukehren, da war mir zumute, als ob meine Rückkehr etwas Unkeusches an sich hatte.

Und ein einziges Mal ging ich natürlich auch in den königlichen Palast, um Assarhamat zu besuchen, die mein Herz so fest in der Schlinge hatte, daß ich mich nie wieder daraus befreien konnte.

Doch an jenem Tag war ich nicht der einzige Besucher. Als ich ihren Garten betrat, traf ich sie am Springbrunnen sitzend an, sie hatte Besuch von einer anderen Frau in einer schwarzen, mit Silberfäden durchwirkten Tunika, in der sie erstrahlte wie der nächtliche Himmel. Sogar der übers Haar gelegte Schal war mit Silber eingefaßt. Sie wandte den Kopf nach dem Neuankömmling und lächelte, als hätte sie mich erwartet. Sofort wußte ich, das war die Herrin Nakija.

Ich hatte sie viele Jahre nicht gesehen, seit meiner Kinderzeit nicht mehr, als sie mir so furchteinflößend wie ein

Skorpion vorgekommen war. Jetzt war sie nicht mehr jung, doch in meinen Augen jünger als jene erhabene Schönheit, die das Frauenhaus regiert hatte wie vor Zeiten Semiramis — auch kleiner, aber da spielte mir wohl mein Gedächtnis einen Streich. Da saß sie nun neben Assarhamat, und sie wirkten wie eine Mutter und ihre Tochter. Und wenn sie noch soviel lächelte, ich würde immer wissen, daß sie und ich bis an unser Lebensende Feinde sein mußten. Ich legte die Hand aufs Herz und verneigte mich.

»Du bist gewachsen, Tiglat — aber darf ich dich überhaupt noch bei diesem Namen nennen, erhabener Prinz?« Ihre Augen glitzerten spöttisch und lächelten einen Augenblick, die Antwort wartete sie gar nicht erst ab. »Und wenn dein Ruhm auch um die ganze Erde geht, ich glaube, dich hätte ich überall wiedererkannt. Geht es deiner Mutter gut?«

»Ja, Herrin, es geht ihr gut, und sie ist glücklich. Dir geht es hoffentlich ebenso.«

»Ja — mir geht es ebenso.«

Die Zeit war freundlich zur Herrin Nakija gewesen, welche überall in der Stadt als gutaussehende Frau bewundert wurde — da sie erst kürzlich aus der Abgeschiedenheit des Frauenhauses herausgekommen war, traf ihre eben entdeckte Schönheit so manchen wie eine Offenbarung.

Aber es war eine Schönheit mit dem Kitzel der Gefahr; man spürte einfach, daß sie eine Frau ohne Skrupel und Gefühle war, die sich nur auf die herzlose Leidenschaft des Leibes verstand. Ich begriff unschwer, warum mein Vater — so lautete jedenfalls die Geschichte — einem Schenkenbesitzer in Borsippa fünf Talente Silber gezahlt hatte, um diese wilde, dunkeläugige Sklavin in sein Bett zu bekommen. Doch falls er sie je geliebt haben sollte, konnte ich ihn nur bedauern.

»Wäre es möglich, Tiglat, daß du mir Nachricht von meinem Sohn bringst?« Wieder dieses Lächeln, als gäbe sie eine absonderliche Schwäche zu. »Ich habe ihm vor ein paar

Wochen geschrieben, aber natürlich nichts von ihm gehört. Zweifellos weißt du, daß eine Mutter immer das Schlimmste befürchtet.«

»Er leidet unter nichts anderem als furchtbarer Langeweile, Herrin. Auf diesem Feldzug geben wir uns nur mit Belagerungen ab – was bedeutet, daß Assarhaddon als Anführer der Reiterei ein langweiliges Leben führt. Seine Sicherheit ärgert ihn, er sehnt sich nach Gelegenheiten, uns alle mit seinem Heldenmut in Erstaunen zu versetzen.«

Ich grinste sie an. Das kostete mich nichts, und so haßte ich diese Frau nun auch wieder nicht, daß ich sie mit ihrem Sohn, meinem besten und engsten Freund, quälen würde.

»Du hast mir das schönste aller Geschenke gemacht, nämlich ein friedliches Herz.« Sie stand auf und streckte mir die Hand hin, die ich ohne nachzudenken ergriff. »Und zur Belohnung lasse ich dich jetzt mit dieser jungen Frau allein, die du, soviel ich weiß, mehr begehrst als allen Ruhm und Reichtum. Lebewohl, Tiglat Assur, du Günstling der großen Götter.«

Und nachdem dieser schwarze Schatten zwischen uns sich verzogen hatte, wandte ich mich Assarhamat zu, die mich mit Augen ansah, so tief wie der Tod selbst.

»Seit sie Herrin des Palastes ist, kommt sie oft hierher – es scheint, sie betrachtet mich bereits als ihre Schwiegertochter.«

Diese Augen, ach, ich hätte ewig in sie hineinschauen mögen. Ich hätte mich so in ihnen verlieren können, bis ich ganz leer geworden wäre, bis ich nichts mehr wollte, als nur ein kleiner Teil von ihr sein. Sie redeten mit mir die geheime Sprache meines eigenen Herzens, und doch sagten sie nichts. Ihr Schweigen verriet nichts, außer daß sie Geheimnisse kannten, die mir stets verschlossen bleiben würden.

Was hast du getan? hörte ich es in der Stille meines Gewissens fragen – eine nicht ausgesprochene, doch durchaus gestellte Frage. *Assarhamat, die ich mehr liebe als mein Leben, deine Leidenschaft macht dich taub, sogar für die rau-*

nende Stimme des Gottes; was hast du getan – oder vielmehr nur, zu was hast du deine Zustimmung gegeben?

»Habe ich dich etwa gefragt, warum die Herrin Nakija hier war, Assarhamat? Ich kann mich nicht entsinnen.«

Einen Augenblick später lag sie in meinen Armen, und unsere Lippen suchten sich mit einer hungrigen Zärtlichkeit, die alle Zweifel hinwegfegte. Sollte ich ein leises Unbehagen verspürt haben? Ich hatte vergessen, wie sich ihr Körper anfühlte, wenn er sich so fest an mich drückte. Ich hatte es vergessen – oder es war mir gleichgültig geworden. Ich wußte nur, daß ich nicht anders konnte, als ihre Liebe bedingungslos anzunehmen, so wie sie mir diese schenkte.

Wenn eine Sünde begangen worden war, so nahm ich in jenem Augenblick die Schuld dafür auf mich, machte sie und Assarhamat mein eigen.

»Liebst du mich noch?« flüsterte sie und zog mich zu sich herunter, damit ich ihren warmen Atem an meinem Ohr fühlen konnte. »Habe ich dich auf ewig verloren, Tiglat Assur, Günstling der großen Götter, oder erinnert sich etwas in dir noch an den Namen Assarhamat?«

Es hätte meiner Antwort nicht bedurft – sie hatte sie schon. Während wir so am Springbrunnenrand saßen, wanderten meine Hände über ihren Leib, das Blut dröhnte mir im Kopf wie die Kriegstrommeln der Elamiter, und Verstand und Ehre waren nur noch leere Worte. Nichts zählte, außer ihr – der Duft ihres Haares, die Rundung ihrer Brust unter meinen Fingern, ihre kleine, spitze Zunge, die wie ein Schmetterling auf einem Blütenkelch über meine Lippen huschte. Nichts zählte, nur dieser Augenblick, in dem Seele und Körper eins wurden.

Und dann stieß sie mich jäh fort.

»Ich habe nachgedacht«, sagte sie, »ich habe kaum noch an etwas anderes denken können.«

»Ja . . . ich auch . . . Nachts – dein süßer Leib . . .«

Ich erstickte fast an meiner Begierde. Ich versuchte, ihren

Hals zu küssen, doch auf einmal war sie nicht mehr mein. Sie gehörte nur sich selbst.

»Ich werde zum Ischtartempel gehen. Und du wartest dort auf mich – mit deiner geweihten Silbermünze.«

Es dauerte etwas, bis ich überhaupt begriff, was sie meinte. Und als ich in ihr entschlossenes Gesicht blickte, das wie aus Bronze gegossen wirkte, da wußte ich nicht einmal mehr, wer sie war. Das sollte noch Assarhamat sein? Wer war die Frau, die ich mit so unbotmäßiger Liebe lieben mußte? Ich wußte es nicht.

»Das ist ein Dienst, den jede Frau schuldet, von der niedrigsten bis zu edelsten. Und warum solltest nicht du das Siegel meiner Unberührtheit brechen? Tiglat Assur, den ich liebe wie auch die Götter und der König? Und warum solltest nicht du es sein, der du nach ihm König wirst?«

»Weil es verboten ist. Die Herrin Ischtar fordert, daß nur ein Fremder, der . . .«

»Die Herrin Ischtar ist auch die Göttin der Schlachten und hat dich zu ihrem besonderen Günstling auserkoren – was würde sie nicht vergeben . . .?«

»Das – das würde sie nicht vergeben.«

»Das und alles andere auch.«

*

Ich hielt mich nicht lange in Ninive auf. Ich wagte es nicht. Kaum hatte sich das neue Heer des Königs den Staub des Exerzierplatzes aus den Augen gerieben, da erteilte ich auch schon den Befehl zum Abmarsch bei Sonnenaufgang. Hinter mir ließ ich Liebe und Leidenschaft, vor mir lagen nur Gefahr und Not, doch ich floh aus Ninive wie vor dem Tod.

Nach drei Tagen Marsch erreichte mich ein Kurier mit dem Befehl, mich vor den Mauern Babylons mit dem Hauptheer zu vereinen.

Babylon! So weit war es also bereits gekommen. Die

größte Stadt der Welt, und unsere Soldaten lagerten vor ihren Toren.

»Wir bleiben hier und sehen zu, wie sie verhungert!« sagte der König zu mir. »Wir schneiden sie von ihren Nahrungsquellen ab und lassen ihr nur noch schmutziges Wasser zum Trinken. Das da, Tiglat, ist die Stadt, die meinen Sohn an die Elamiter verkauft hat. Es ist mir gleich, wie lange wir warten müssen. Die Stadt da schuldet mir viel, und bei den großen Göttern, sie soll mir dafür zahlen!«

Babylon, Marduks Stadt, mit Mauern von siebzig Ellen Höhe, die mit gebrannten Ziegeln verblendet waren, und mit Toren, die zu den Weltwundern zählten. Und wir würden sie erniedrigen und ihr das Leben nehmen. Zeit spielte keine Rolle. Monat würde zu Monat werden, das Hochwasser würde kommen und gehen. Der König, unser Gebieter, hatte in seinem Herzen beschlossen, daß er sie erobern und seinen Erstgeborenen rächen würde.

Und so geschah es, daß das Heer, welches ich aus Ninive herangeführt hatte, vor den Mauern Babylons lagerte und darauf wartete, daß es den Göttern beliebte.

XI

Fünfzehn Monate lang hielten die Heere des Gebieters Sanherib Babylon so zugeschlossen wie einen Krug mit gärendem Wein. Wir lagerten auf den Ebenen um ihre endlosen Stadtmauern herum; wir gruben Kanäle, daß der mächtige Euphrat, der mitten durch sie hindurchfloß, zu einem langsamen, schlammigen Rinnsal wurde; wir brachten ihre Ernten ein und schlachteten ihre Tiere. Sie hatten sich gerühmt, daß in Babylon sogar die Hunde frei wären, doch was war, wenn Babylon selbst so fest umzingelt wurde, daß es nicht mehr atmen konnte? Dann wurden die Hunde gegessen und sogar das Gras zwischen den Pflastersteinen. Und während die Stadt starb, warteten wir. Wie die Aasgeier kreisten wir und warteten.

Und fünfzehn Monate lang waren Assarhaddon und ich ununterbrochen im Feld. Der König war den Winter über nach Ninive zurückgekehrt – und nicht einmal dem gemeinen Soldaten bot sich Gelegenheit zu Heldenmut, es sei denn ein gelegentlicher Schlag gegen die eine oder andere Stadt, die Babylon zu Hilfe kommen wollte. Doch die meiste Zeit, Monat um Monat, blieben die Chaldäer in ihren Sümpfen und die Elamiter in ihren Bergen, und die Fürsten Sumers warteten friedlich zu Hause ab, ob die Königin der Städte tatsächlich fallen würde. Wir alle warteten – das Heer und die ganze Welt. Und Assarhaddon und ich blieben im Süden.

Doch müßig waren wir nicht. Die Belagerung einer großen Stadt erfordert Geduld, ja; doch man schlägt nicht einfach sein Zelt auf und wartet ab. Die Soldaten Assurs, Meister in dieser Art Kriegsführung, legten die Tunika ab, und nur mit dem Lendentuch bekleidet und unter dem Schweiß ihres Angesichts gruben sie sich in die Erde wie die Füchse.

Die Stadt Babylon ist noch größer als Ninive. Ein Mann braucht lange Beine, will er sie in der Zeit zwischen Mittag und Sonnenuntergang umrunden; und ihre Stadtmauer, die über den Ebenen emporragt wie ein Felswand, umgibt ein Wallgraben von der Breite eines Flusses. Der Graben war ein leichtes – wir brauchten nur den Euphrat in einen Kanal umzuleiten, und schon trocknete er aus –, doch die Mauer lernten wir hassen. Ich habe auf der Stadtmauer von Babylon gestanden, und es stimmt in der Tat, wenn Reisende erzählen, daß auf der Straße oben auf der Mauerkrone zwei Streitwagen nebeneinander herfahren können. Und ihre Stadttore waren die reinsten Fallen für Unvorsichtige, wo man einfach die Zugbrücke hochzog und die Angreifer dann von oben durch Bogenschützen abschlachten konnte.

Doch eine Mauer ist auch nur ein Ziegelstein auf dem anderen und nicht stärker als der Boden, auf dem sie steht.

Wir höhlten Tunnel in die Erde, fingen so weit entfernt an, daß die Babylonier uns nicht mit ihren Pfeilen erreichen konnten, und untergruben die Mauer – bis dann plötzlich ein Teil einfach in sich zusammensacken würde. Das war allerdings die Arbeit von vielen Monaten.

Doch lange bevor wir ihre Mauern zusammenfallen ließen, hatte Babylon schon angefangen zu sterben. Nach dem Ende des Winters konnte auch die strengste Rationierung der Hungersnot nicht mehr Einhalt gebieten; der Euphrat trug die Toten mit sich fort, und wir brauchten uns nur am Ufer unterhalb der Stadt aufzustellen und die Leichen zu zählen. So wußten wir, wie viele jeden Tag verhungerten. Und als wir den großen Fluß abgeleitet hatten, so daß durch die Mauern nur noch ein brackiges Rinnsal floß, brach in der Stadt die Pest aus. So starben viel mehr Menschen an Hunger und Krankheit, als wir bei unserem letzten Angriff töteten.

Und das alles kann man der feigen Arroganz eines einzigen Mannes anlasten, denn der Gebieter Sanherib hätte die Kapitulation der Stadt angenommen. Doch ihr König, Muschezib Marduk, der seinen Thron den Elamitern verdankte, wußte, daß die volle Wucht des königlichen Zorns ihn treffen würde und hielt deshalb so lange aus wie er konnte, uneingedenk der Leiden der Babylonier. Er sah zu, daß seine Truppen Brot und Bier hatten, während er vergebens darauf wartete, daß die Männer aus Assur abzögen. Am Ende konnte er weder sich noch seine Soldaten retten, weder sein Volk, ja, noch nicht einmal die Mauern der Häuser. Alles ging zugrunde, und die Götter sahen zu.

Und auf den Tag, an dem alles zu Ende gehen würde, warteten wir, das Heer Assurs, und arbeiteten geduldig wie die Ameisen. Fünfzehn Monate lang hielten wir die Totenwache.

Am schwersten tat sich Assarhaddon, denn die Monotonie der Belagerung warf ihn auf sich selbst zurück. Assarhaddon verstand sich aufs Kriegshandwerk, doch das hieß für ihn Bewegung; die Untätigkeit machte ihn gereizt. Langsam – so langsam, daß jemand, der ihn nicht von Kind auf kannte, es nicht merkte – verlor er den Glauben an sich selbst. Verdammte man ihn dazu, stillzusitzen und nachzudenken, dann wußte er nicht mehr, was er denken sollte. Er grübelte vor sich hin, und sein Gemüt, das sich ewig mit bösen Vorzeichen und den gewaltigen Mächten des Unsichtbaren beschäftigte, verfinsterte sich.

»Marduk ist ein mächtiger Gott«, pflegte er zu murren – in der Regel nur, wenn er betrunken war, aber das geschah zu jener Zeit häufig. »Er wird sich für die Zerstörung seiner Stadt an uns rächen.«

»Vielleicht hat er seine Stadt im Stich gelassen, denn alles geschieht nach dem Willen des Gottes.«

»Nein – Babylon ist eine heilige Stätte. Denk an meine Worte, Bruder. Das wird eines Tages auf uns zurückfallen.«

»Wir tun Assurs Willen. Wir sind sein Volk; von Marduk haben wir nichts zu fürchten, denn der wird nur in Babylon verehrt.«

Dann blickte er mich immer unter dichten Augenbrauen hervor ängstlich an, fast als hätte ich ihn beleidigt.

»Marduk ist der König der Götter – das sagt jeder.«

»Nur hier, Bruder.«

»Jedermann kennt die Geschichte von Marduks Macht und Größe. Hast du sie als Kind nicht gehört? Ach, ja doch – ich vergaß. Deine Mutter ist eine Ionierin.«

Und seine Mutter war natürlich Nakija, eine Frau aus dem Süden, die der König, ihr Mann, in Borsippa gekauft hatte und die von wer weiß nicht woher stammte. Was für Blödsinn hatte sie ihrem Sohn da eingetrichtert? Doch das wußte wohl nicht einmal er selber.

Ganze Tage kam er nicht aus dem Zelt, sprach mit niemandem außer seinen ägyptischen Konkubinen. Sie machten sich seine Schwäche zunutze und redeten ihm ein, daß sie sich darauf verstünden, die Toten zu beschwören, böse Geister zu vertreiben, die Zukunft eines Menschen aus seinen Exkrementen abzulesen und ich weiß nicht was für andere Narreteien. Assarhaddon schätzte sie so sehr, daß er sie nur selten schlug und keinem seiner Freunde gestattete, mit ihnen zu schlafen. So manches Mal hätte ich ihnen liebend gern die Kehle durchgeschnitten, denn sie richteten großes Unheil damit an, daß sie meinem Bruder so den Kopf verwirrten.

Doch ich glaubte, man könnte Assarhaddons abergläubische Melancholie ebenso gut auf den Mangel an Bewegung zurückführen; und wenn er wieder einmal einen Anfall hatte, ging ich in das Zelt des *rab shaqe* und richtete es so ein, daß er ausgeschickt wurde, einen Überfall auf irgendeine Stadt zu führen, wo man den Druck von Assurs Hand vergessen hatte, und dann kam er vier, fünf Tage später mit einem Sack zurück, der bis obenhin voll mit blutigen Köpfen war, führte mit Schätzen beladene Esel mit sich und genug Ochsen, um das Heer für einen Monat zu ernähren, und lächelte und lachte und erzählte Geschichten von seinen Heldentaten, die nicht einmal er selbst glaubte. Und danach war er wieder der alte – zumindest für eine Weile.

In meinem eigenen Gemüt sah es nicht weniger finster aus. Ich lebte nicht in der Furcht vor Schatten, aber das Warten zerrte an meinen Nerven. Hinter den Mauern von Babylon war nicht mehr zu sehen als die Spitze der großen Zikkurrat, die des Nachts – jede Nacht – im Fackelschein erstrahlte, während die Priester dem göttlichen Schutzherrn ihrer Stadt Opfer brachten. Die Menschen verhungerten, sie waren nicht nur unsere, sondern ebenso Muschezib Marduks Gefangene, und ihre Frömmigkeit war so verzweiflungsvoll, wie die von Menschen, die kein Entkommen mehr sehen als durch die Macht ihres großen Gottes.

Aus Ninive kamen Briefe von Kephalos. Da er in einer Schrift schrieb, die kaum jemand in den Ländern zwischen den Strömen lesen konnte, wagte er, von der Unzufriedenheit in der Heimat zu berichten. Man war geteilter Meinung über den Krieg des Königs gegen Babylon; viele dachten wie Assarhaddon und wollten die Stadt verschont wissen. Die Gründe dafür waren unterschiedlich: Angst vor Marduks Rache, sentimentale Anhänglichkeit an Babylon als der Mutter unserer Kultur und Gelehrsamkeit. Manche sagten auch, daß Sanherib über dem Tod seines Sohnes den Verstand verloren hätte, daß er Blut und Geld für eine blinde, sinnlose Rache vergeudete. Ein gefährliches Zeichen, daß man dergleichen über Assurs König sagte. Kephalos, der kein Tor war, schrieb seine Briefe auf Lederstücke, die ich säuberlich gefaltet ganz unten in Kästen mit Arzeneien und Vorräten fand, die er mir sandte. Und stets verbrannte ich sie.

Er schrieb mir auch über meine Mutter, die er auf meine Bitte hin regelmäßig besuchte, um ihr kleine Botschaften zu überbringen. Über Assarhamat schrieb er mir nichts.

Assarhamat – wie dieser Name sich in mein Gedächtnis eingebrannt hatte! Des Nachts sah ich sie in meinen Träumen, und obgleich ich zeitweise halb wahnsinnig von den Begierden des Fleisches war, blieb ich meinem Schwur treu und suchte kein Vergnügen bei anderen Frauen.

Vielleicht werde ich ja doch noch *marsarru*, dachte ich. Ich trug kein Verlangen, meinem Vater auf den Thron zu folgen, doch als sein Erbe könnte ich Assarhamat heiraten. Und wenn nicht ich, dann würde es Assarhaddon tun, dem sie gleichgültig war und der sie nehmen würde wie eine Schenkendirne, einfach weil ihm nichts anderes einfiel. Er würde seine Pflicht tun und Söhne mit ihr zeugen, und ich würde ihn dafür hassen. Das wollte ich nicht – ich wollte nichts als Assarhamat heiraten und in Frieden mit ihr leben. So war es vielleicht das beste, ich würde nach Assurs Willen der nächste König. Das waren die Gedanken, mit denen ich mich angenehm unterhielt, während ein Heer von fünfundachtzigtausend Mann darauf wartete, daß die Mauern Babylons zusammenfielen.

Und wenn ich nicht von Königswürden oder Assarhamat und ihrem süßen Leib träumte, übte ich mich in der Kunst des Nachschubs, denn klug, wie mein Vater war, hatte er beschlossen, daß wir die einheimischen Bauern für ihr Getreide und ihr Vieh bezahlten, statt es ihnen einfach wegzunehmen.

»Warum sollen wir ganz Sumer gegen uns aufbringen?« war seine Begründung. »Die Bauern haben den größten Teil ihres Marktes verloren, weil Babylon durch unsere Blockade verhungert. Ein Heer verzehrt weniger als eine ganze Stadt, und das Gold, womit wir zahlen, finden wir in Muschezib Marduks Schatzkammer – so als gehörte es schon uns. Die Stadt soll zahlen, wir haben zu essen, und das gemeine Volk, welches das Land bestellt, wird uns dafür segnen.«

Das war eine gute Politik. Und damit alles rechtens zuging, beauftragte der König seinen Sohn Tiglat Assur, mit den Dorfältesten über die Preise von Gerste, Ziegen, Bier, Brot, Käse, Honig, Butter und Eier zu verhandeln – die Liste fand kein Ende. Mir gefiel diese Arbeit weniger, denn bei den Männern Assurs genießen Kaufleute kein Ansehen.

Überdies war das eine Aufgabe, welche – so fanden ich und viele andere auch – einem Offizier meines Ranges und meiner Position nicht wohl anstand, und in der Offiziersmesse mußte ich mir einiges an Hänseleien gefallen lassen.

»Der König hat klug gehandelt, als er dich dazu aussuchte«, sagte Arad Malik, mein königlicher Bruder, der, gerade von einer Pflichttour durch den Libanon bei uns eingetroffen, zu einem richtigen Mann geworden war. »Die Ionier eignen sich gut als Händler – ich kenne die Ionier, die denken nur an Geld.«

»Hör nicht auf ihn«, sagte Sinqui Adad, ein *rab kisir* meines Alters, der neben ihm saß und seine Gesellschaft nicht gerade zu genießen schien. »Er ist ein Dummkopf, wenn er bis obenhin voll Wein ist.«

Ich lächelte und wünschte, diese groteske Szene hätte ein Ende.

»Danke, mein Freund – das sehe ich selbst.«

Doch Arad Malik schüttelte nur den Kopf und lachte.

»Nein«, fuhr er fort und schob alle Einwürfe mit einer trägen Handbewegung beiseite. »Nein, ich sage euch, der König hat gut gewählt. Da kann Tiglat wie seine Vorfahren auf der Kehrseite hocken, einen Beutel mit Kupferschekeln zwischen den Knien, und um den Preis von Hirse feilschen.«

»Etwa so, wie deine Mutter ihren Hintern verschachert hat?«

Das sagte nicht ich sondern Assarhaddon, dem nichts so sehr gefiel wie eine Urfehde.

»Oder stimmt es etwa nicht, daß der König von Hamath ihr an einer Schenkentür begegnete, wo sie auf Geschäfte mit ihrem Loch da unten wartete? Ich weiß wirklich nicht, was sonst an ihr die Männer angezogen haben mag, eine Frau mit grünen Brüsten, die ihr bis zur Mitte herabhängen. Was für eine Familie! Tiglats Großvater hat wenigstens nie etwas anderes als Sandalen verkauft.«

Ich kenne niemanden, der so leicht anbiß wie Arad Malik. Er war doch tatsächlich so dumm, daß er aufsprang und seinen Dolch zog – ich glaube, er wäre über den Tisch geklettert und hätte sich auf Assarhaddon gestürzt, wenn nicht Sinqui Adad und ein paar andere ihn auf seinen Platz zurückgezogen hätten. Und Assarhaddon, der sich schon darauf gefreut hatte, ihm das Schwert in den Bauch zu stoßen, war verständlicherweise enttäuscht.

Alle drei erhielten wir Messeverbot, damit wir diese Angelegenheit unter uns regelten – die anderen hatten nichts im Kopf, als ihre Mahlzeit in Frieden zu beenden –, doch Arad Malik hatte inzwischen etwas nachgedacht; er lehnte meine ausgesprochen höfliche Aufforderung zu einem Kampf auf Leben und Tod ab und machte sich mit einem Achselzucken und einem Fluch auf die Suche nach seinem Zelt.

»Du hättest ihn gar nicht um Erlaubnis bitten sollen. Du hättest einfach dein Kaninchenschlachtmesser da nehmen und ihn töten sollen«, sagte Assarhaddon, als wir zu seinem Quartier zurückgingen, wo es zumindest Brot und Wein gab. »Keiner hätte dich dafür getadelt – alle Welt weiß doch, daß Arad Malik mit herausgeschnittenem Herzen sehr viel liebenswerter wäre. Duelle sind einfach zu risikoreich.«

»Dann sollten wir ihm Lea zur Gesellschaft schicken – sie könnte uns den Gefallen tun, ihn bei lebendigem Leibe zu verspeisen.«

»Ha, ha, ha! Ja, das würde sie, was?« Assarhaddon schlug mir auf den Rücken, daß er mir beinahe eine Rippe brach. »Bei den sechzig großen Göttern, bei ihr bliebe von ihm nur eine verschrumpelte ägyptische Mumie zurück. Ha, ha, ha! Gleichwohl solltest du diesem unverschämten Hund, wenn du einmal König bist, lieber die Kehle durchschneiden lassen – ein vernünftiger Mann trifft Vorsichtsmaßnahmen.«

»Wenn ich König bin, gebe ich dir seine Mutter für deine Sammlung, und Arad Malik tut uns den Gefallen und stirbt vor Verlegenheit.«

»Ha, ha, ha!«

Doch es änderte nichts daran, daß ich immer noch mit meinen zwei Beuteln voller Kupferschekel zwischen den Knien dasaß. Ich murrte auch nicht dagegen, denn ich wußte, was sie noch nicht wußten, daß nämlich der Gebieter Sanherib schon bei sich beschlossen hatte, ich solle ihm nachfolgen und mich auf diesen Tag vorbereitete. Ein König muß alles über den Krieg wissen, und dazu gehört nicht nur Truppenführung, sondern alles bis hin zum Preis von Gerste und dem besten Gewicht für Pferdedecken im Winter.

Und so nahm ich denn alle paar Tage ein Dutzend Karren und eine Begleitmannschaft von zwölf Mann und machte mich nach einem weiteren dieser namenlosen, kleinen Dörfer auf, um in des Königs Namen mit einer Landbevölkerung zu verhandeln, die wahrscheinlich noch nie von Sanherib, dem Gebieter Assurs, gehört hatte. Und auf einer dieser Fahrten erneuerte ich meine Bekanntschaft mit einem, der mich besser zu kennen schien als ich selbst.

Ich ritt über die ausgedehnte, unwegsame Ebene, die

flach und fast konturlos war und die Jahrhunderte von Euphrat-Hochwassern als Beute angeschwemmt hatten, und folgte dem großen Fluß. In ungefähr zwei *beru* Entfernung gab es einen Palmenhain – ich konnte ihn deutlich erkennen, obschon wir ihn erst in einer Stunde erreichen würden, denn so geht es einem in den südlichen Ländern –, und ein Hain bedeutete im allgemeinen auch ein Dorf in der Nähe. Jedenfalls hatten wir dadurch eine Richtung und eine, wie ich glaubte, die ich mir selbst gewählt hatte, obwohl ich mir jetzt nicht mehr so sicher bin.

Er saß auf dem Stamm einer Palme, die wohl während des letzten Hochwassers entwurzelt worden war, den Leib hatte er in das gelbe, verblichene und fast zerschlissene Priestergewand gehüllt, das knochige Gesicht hielt er der Sonne zugewandt, auf seinen Lippen lag ein leises Lächeln, und dabei konnte er nichts erblickt haben, was ihn erfreute – ja, er konnte mit seinen milchigen Augen überhaupt nichts erblickt haben.

Ich bedeutete meinen Männern, etwas zurückzubleiben und ritt allein auf ihn zu, zügelte vor ihm mein Pferd, wartete und sagte nichts.

»Der Gott umgibt dich immer noch mit seinem heiligen Licht, Prinz«, sagte er schließlich. »Du bist weit gereist.«

»Nicht weiter als du selbst, *Maxxu.«* Ich lächelte und zuckte die Achseln, wußte ich doch nicht, ob er es sehen könnte oder ob er es bemerken wollte. Daß er mich erkannt hatte, erstaunte mich überhaupt nicht.

»Doch, weiter als ich. Ich bleibe immer am gleichen Fleck, und die Welt bewegt sich. Und nun machst du dich bereit, die große Stadt Marduks zu demütigen.«

»Tue ich etwas Unrechtes, heiliger Vater?«

»Du? Du tust überhaupt nichts, Tiglat Assur.«

»Dann etwa mein *sedu?«*

Ich hatte mich nicht über ihn lustig machen wollen, doch in meiner Stimme muß eine Spur Ungläubigkeit durchgeklungen haben. Jedenfalls richtete der *maxxu* die blinden

Augen auf mich, und seine Miene zeigte einen Ausdruck verächtlichen Mitleids.

»Du bist am Leben, während viele tot sind – hast du dir etwa eingebildet, du hättest nur durch eigene Kraft überlebt? Aber nein, nicht der *sedu* bringt das mächtige Babylon zu Fall. Es ist alles Gottes Wille.«

Ich beugte mich vor, und das Pferd tänzelte nervös unter mir. Jäh überfiel mich die Angst.

»Und ist es auch der Wille Gottes, daß ich einmal König werde, *Maxxu?* Wird er mich segnen?«

Doch er schüttelte den Kopf.

»Das sind ganz andere Fragen, Prinz. Und beide habe ich dir bereits beantwortet.« Er blickte wieder empor in die Sonne, die um diese Morgenstunde blendend und hell am Himmel stand, dann lächelte er wieder. »Geh jetzt, Prinz. Du mußt die Geschäfte dieser Welt besorgen – und die des Gottes.«

»Treffen wir uns wieder?«

»Geh jetzt, Prinz.«

Als ich zu meinen Männern zurückkehrte, sah mich mein *ekalli* Luschakin mit einem merkwürdigen Blick an.

»Wer war der alte Bettler, *Rab Abru?* Ein Freund von dir?«

»Woher soll ich das wissen?«

Als ich ein paar Minuten später zum Palmenhain zurückblickte, war der *maxxu* nirgends mehr zu sehen.

⋆

Der Monat Tisri war beinahe zu Ende, und die Nächte wurden allmählich kalt, als der König aus Ninive wieder zu seinem Heer zurückkehrte. Wir alle wußten, das bedeutete den endgültigen Angriff auf Babylon.

»Sie haben es sich selbst zuzuschreiben«, sagte er uns. »Sie haben klargestellt, daß es in Sumer keinen Frieden geben kann, solange diese Stadt nicht ihre Träume von Größe aufgibt, und so wollen wir sie denn aus ihren Träumen wekken. Wir werden die Stadt plündern. Wir werden ihre heiligen Stätten mit Feuer und Schwert einnehmen – wir werden ihre Tempel zerstören und ihre Götter in die Sklaverei führen. Und es soll ein solches Gemetzel werden, daß die Menschen bis zum Ende der Zeit mit Entsetzen davon sprechen. Wenn wir diese Stadt verlassen, wird kein Stein mehr auf dem anderen stehen. Wir werden den Lauf des großen Flusses umleiten, damit er sogar noch ihre Grundmauern fortschwemmt. Babylon soll aus dem Gedächtnis der Menschen getilgt werden.«

Wir standen um ihn herum; er saß in seinem Zelt, vor sich einen ausgebreiteten Plan der Stadt, der mit Kohle auf eine Schafshaut gezeichnet war.

»Wir haben die Mauer an drei Stellen zum Einsturz gebracht – dort, dort und dort. An diesen drei Punkten werden unsere Soldaten angreifen.«

»Es gibt aber noch eine innere Mauer, Erhabener, die keine Bresche hat. Und die wird zweifellos verteidigt.«

Der Gebieter Sanherib betrachtete seinen Sohn Assarhaddon mit dem Ausdruck erstaunter Verachtung.

»Und was soll mir das, äh? Die Verteidiger sind so schwach vor Hunger, daß sie kaum noch ihre Waffen halten können. Was wir hier heute planen, königlicher Prinz, ist keine Schlacht sondern ein Massaker.«

»Und doch wäre es klug, wenn ein Teil der Truppen durch das Flußbett eindringen würde – dort und dort.« Assarhaddon beugte sich vor und wies auf die Stellen, wo der Euphrat im Norden und im Süden durch die Stadtmauer hinein und wieder hinausfloß. »Das Flußbett ist jetzt fast ausgetrocknet.«

»Auch diese Stellen wird man zweifellos verteidigen.«

Die Männer um den Tisch nickten zustimmend, während der König in die Runde blickte. Das waren Offiziere, die ihr Leben lang unter diesem mächtigen Schatten gedient hatten und die wußten, was von ihnen erwartet wurde.

»Ja, doch dort müssen sie keine Mauer verteidigen, sondern nur ein ausgetrocknetes Flußbett – ein schlammiges Ufer von etwa acht bis zehn Ellen Höhe. Und wie du schon sagtest, Erhabener, sie haben sicher keine Kraft mehr.«

»Und was würdest du tun, vorausgesetzt, du überlebst?«

»Furcht und Schrecken verbreiten.«

Man brauchte nur Assarhaddons Augen zu sehen, um zu wissen, was er meinte. Und natürlich hatte er recht – genau solch ein Ablenkungsmanöver war für den Angriff erforderlich.

»Und was sagst du dazu, Tiglat Assur?«

Ich setzte den Mittelfinger auf das schwarze Viereck in der Mitte der Karte, das den Punkt markierte, wo die große Zikkurrat stand.

»Mit etwas Glück, Großer König, schaffen wir es, den Tempelkomplex zu erreichen und zu halten, zumindest für eine Weile. Das dürfte viele ihrer Soldaten von der inneren Mauer abziehen, denn gewiß fürchten sie für ihre heiligen Stätten.«

»Mit anderen Worten, du stimmst dieser absurden Idee zu?«

»Ich glaube, mein königlicher Bruder hat klug gesprochen, ja.«

»Dann sei es.« Der König stand von seinem Sitz auf, und wir traten alle, ohne nachzudenken, einen halben Schritt zurück. »Dann führst du die eine Spitze dieses Ablenkungsmanövers, Assarhaddon führt die andere. Ich wünsche euch dabei viel Vergnügen.«

Eine Stunde später traf ich Assarhaddon auf der Erde vor seinem Zelt sitzend, wie er schmollend einen Krug Bier trank. Als er mich erblickte, runzelte er die Stirn, gleichsam als riefe mein Gesicht bei ihm schmerzliche Erinnerungen wach.

»Er hätte überhaupt nicht auf mich gehört, wenn du nicht zugestimmt hättest. Er redet mit mir wie mit einem Idioten. Ich bin ein guter Soldat, doch er will nicht auf mich hören.«

Ich setzte mich neben ihn, nahm ihm den Krug aus der Hand und kostete das Bier, dann gab ich ihn zurück.

»Er hat zugestimmt. Wenn er nicht eingesehen hätte, daß du recht hast, er hätte nie nachgegeben.«

»Er hat nur nachgegeben, weil du mir beigepflichtet hast. Du bist sein Liebling, sein Günstling, während ich ...«

»Du hast noch nie mit ihm eine große Schlacht geschlagen. Es wird alles anders, wenn wir erst einmal Babylon eingenommen haben.«

»Vielleicht bin ich tot, wenn wir Babylon eingenommen haben.«

»Dann macht es dir nichts mehr aus.«

Seine Stirn runzelte sich einen Augenblick, und dann grinste er, denn er verstand die Pointe. Und doch sah ich deutlich, wie er litt, wo er doch nur beweisen wollte, daß in seiner Brust ein Soldatenherz schlug.

»Wir haben drei Tage Zeit zum Plänemachen«, sagte er, nachdem jeder von uns den Krug an die Lippen gesetzt hatte. »Wieviel Mann, meinst du, wird er uns geben?«

»Jeder hundert wäre am besten – weniger hieße die Katastrophe herausfordern, mehr würden sich nur im Wege stehen.«

»Dann kannst du ihn aber darum bitten. Jeder eine Kompanie. Schwertfechter mit guter Rüstung. Keine Bogenschützen. Das wird ein Kampf von Mann zu Mann.«

»Und wir dringen eine Stunde vor dem ersten Licht in die Stadt ein.«

»Ja – das wäre am besten.«

Und obschon es ein kalter Tag war, gingen Assarhaddon und ich in einem der Kanäle schwimmen, spielten wie die Kinder in dem grauen Wasser, gleichsam als hätten wir den Krieg vergessen.

Drei Tage später, eine Stunde bevor Assurs Sonne sich erheben würde, kauerte ich dann in abgestorbenem Schilf und Schlamm, der wie Pech klebte und in dem wir bis zu den Knöcheln versanken. Hinter mir warteten hundert

Mann. Ich brauchte nur den Arm zu heben, und Babylons Todeskampf würde beginnen.

Die äußere Mauer umfaßte nur die östliche Hälfte der Stadt und umschloß einen Wallgraben, dessen Hauptkanäle vom Fluß abzweigten, und eine innere Mauer. Die westliche Hälfte war durch den Wallgraben und die innere Mauer geschützt, und der Fluß, über den es nur eine Brücke gab, trennte sie von der östlichen Hälfte, wo Muschezib Marduk seine Kräfte zur Abwehr unseres Angriffs konzentriert hatte. Normalerweise wäre der Fluß ein ebenso großes Hindernis gewesen wie jedes von Menschenhand – sogar in der Dunkelheit konnte ich den Durchbruch in der inneren Mauer erkennen, wo er sonst geflossen war –, doch wir hatten seinen Lauf umgeleitet, und nun war er fast ausgetrocknet.

Wir trugen eine Tunika über der Rüstung, damit wir keinen Laut machten, doch wir konnten kein einziges Feuer erblicken – nichts deutete darauf hin, daß das Flußbett überhaupt bewacht wurde. Was würden wir jenseits der inneren Mauer antreffen? Hatten sie sich einfach dem Tod anheimgegeben? Nein, sie hätten nicht fünfzehn Monate lang ausgeharrt, um uns dann mit aufgerissenen, teilnahmslosen Totenaugen zu empfangen. Irgendwie war es zu leicht.

Auf einmal aber drehte der Wind; und da wußte ich Bescheid. Ja, so und nicht anders würden sie uns empfangen, denn plötzlich hing Verwesungsgeruch schwer in der Luft. Sie hatten das Flußbett als Massengrab genutzt.

Ich konnte hören, wie meine Soldaten hinter mir husteten und würgten – es war mehr, als ein Mensch ertragen konnte, und auch wenn man Mund und Nase bedeckte, wurde es nicht besser; der ekelhafte Gestank ließ sich durch nichts vertreiben. Wenn wir atmen wollten, mußten wir mit brennenden Fackeln für etwas saubere Luft sorgen. Entweder das, oder unseren Vorteil aufgeben und das Feld räumen.

Von allen Schrecken dieses harten Krieges kam keiner dem gleich, der uns erwartete, nachdem wir einer hinter dem anderen durch das Loch in der inneren Mauer gekrochen waren. Es dürften an die zehntausend Leichen gewesen sein, die man in das schlammige Flußbett geworfen hatte, wo sie am östlichen Ufer eine hohe Mauer von vielleicht zweihundert Schritt bildeten, die verwesenden Gliedmaßen ineinander verstrickt gleich dem Treibholz, wie es zur Zeit des Hochwassers angeschwemmt wird. Männer, Frauen, Kinder – jeden Alters, jeden Standes, mit aufgeblähten Bäuchen und zu Stöcken verschrumpelten Beinen. Weiter unten im Stoß waren sie zermalmt und verwest und schon seit langem nicht mehr als menschliche Wesen auszumachen. Ratten, aufgedunsen von Aas und durch ihr üppiges Leben kühn geworden, starrten ins Licht unserer Fackeln, dann verloren sie das Interesse und machten sich wieder an ihren grausigen Schmaus. Die Luft war schneidend vom Geruch des Todes und machte das Atmen zur Mühsal. Etliche meiner Soldaten wandten sich von dem furchtbaren Anblick ab, steckten den Kopf zwischen die Beine und erbrachen sich laut würgend. Andere konnte ich beten hören.

Aber Wachen standen nicht da. Das war ein Fehler, den ich ihnen kaum zum Vorwurf machen konnte – welche Macht könnte jemanden, sogar einen Soldaten, dazu bewegen, sich in die Nähe eines solchen Ortes zu begeben? Niemand hielt uns auf, nicht einmal, als wir die Brücke erreichten.

Die Brücke in Babylon ist berühmt, sie besitzt Steinpfeiler – und das in einem solchen Land, wo es nirgendwo Steine gibt –, schlanke und spitz zulaufende Pfeiler, die gleich Storchenbeinen im Euphrat stehen. Der Fahrweg selbst ist aus Holz, und mit unseren Enterseilen würden wir ihn mühelos erreichen. Über uns ragte die große Zikkurrat empor wie ein Berg.

»Wo bleibt ihr denn?«

Assarhaddon sprach gedämpft. Wir standen im Schatten der Brücke, doch dann blickte er mir überrascht und entsetzt über die Schulter.

»Nein – sei still. Ich sehe schon. Doch sag deinen Leuten um Gottes willen, daß sie die Fackeln löschen.«

Wir kletterten die Brücke hoch und machten uns auf den Weg in den östlichen Teil der Stadt. Assarhaddon und ich waren schon vorher übereingekommen, daß ich die Zikkurrat nehmen würde, während er Marduks Schrein angriff – in der Hitze des Gefechtes vergaß er sogar seine Angst vor den Göttern –, doch wir hatten noch nicht einmal den Tempelbezirk erreicht, als wir auch schon über Barrikaden aus Schutt klettern und um unser Leben kämpfen mußten. Die Babylonier hatten uns eine Falle gestellt, und wir waren hineingelaufen.

Wir waren in den engen Straßen gefangen, Bogenschützen beschossen uns von oben aus den Fenstern. Wir konnten uns nicht wehren. Wir konnten unsere Angreifer nicht einmal sehen – denn wenn ein Mann hochblickte, starb er mit einem Pfeil im Gesicht. Es hagelte Pfeile auf uns herab, und ihre Spitzen prallten von den Lehmmauern ab, daß sie schwirrten wie zornige Wespen.

Bei jeder Straßenkreuzung wurden wir von zwei Seiten angegriffen. Überall Durcheinander und Tod. Zuweilen fielen Steine und Ziegel auf uns herab und zerschmetterten meinen Männern den Schädel. Viele kamen in der Finsternis und dem Tumult ums Leben. Uns blieb nur der Weg nach vorn.

Ich glaube nicht, daß mehr als zwei von fünf Mann noch am Leben waren und kämpfen konnten, als wir schließlich den großen Platz vor der Zikkurrat erreichten. Die ersten Sonnenstrahlen verwandelten die Luft in helles Grau – endlich hatten wir Platz und konnten versuchen, uns neu zu formieren. Die Babylonier brannten nicht gerade darauf, zum Angriff überzugehen. Im Sockel der Zikkurrat tauchte aus einem der kleineren Seitentempel eine Gruppe Priester auf; einer, der wie der Anführer aussah, hob die Hand, als ob er uns mit dem bloßen Ansehen seines Amtes aufhalten wollte. Auf ein Zeichen von Assarhaddon hin fielen die Soldaten über sie her, machten sie nieder und ließen sie in ihrem eigenen Blute liegen. Die Zikkurrat gehörte uns.

Auf der zweiten Stufe dieses riesigen Gebäudes setzten wir uns, ruhten uns aus und blickten uns um. Überall herrschten Verzweiflung und jene wirre Hoffnungslosigkeit, welche die letzten Stunden einer dem Untergang geweihten Stadt kennzeichnen. Der Angriff hatte begonnen – jetzt wußte es auch der letzte. Den Einwohnern von Babylon war klar, daß ihr letztes Stündlein geschlagen hatte.

Schon konnte ich hier und da Feuer innerhalb der Stadt wüten sehen; die Straßen wimmelten von Menschen, viele darunter reich gewandet – wahrscheinlich hatten die meisten anderen Gold und Juwelen in ihre Lumpen eingenäht, denn wer anders als die Reichen könnte in einer hungernden Stadt wohl überleben?

Ich habe gesehen, wie mutwillige Knaben Mäuse fingen, sie in einen geflochtenen Korb setzten und sie dann zum Spaß in einen Teich warfen. Die Mäuse rannten wie wild herum, quietschten vor Entsetzen, kletterten an den Seiten des Korbes hoch und höher, während er sich langsam mit Wasser füllte und sank. Die Menschen, die ich von der großen Zikkurrat aus beobachtete, verhielten sich nicht anders. Sie verstopften jede Straße, rannten ziellos und verwirrt umher und trampelten sich in ihrer Panik gegenseitig nieder. Sie müssen gewußt haben, daß sie verloren waren, doch das machte für sie keinen Unterschied. Ohne Fluchtweg, ohne Hoffnung rannten sie hin und her, erkämpften sich einen Weg durch die Menge, angstvoll vom blinden Instinkt weitergehetzt. Und so liefen sie um so gewisser in ihren Untergang, weil ihre Truppen dadurch in der Stadt nicht mehr operieren konnten. Nur die große Prozessionsstraße nach Norden hin war noch relativ leer – genau aus der Richtung machten sich die Heere meines Vaters zum Angriff bereit. Wer wollte da schon nach Norden fliehen.

»Der König hat recht gehabt. Alles umsonst – da, sieh sie dir nur an.« Assarhaddon saß neben mir, ließ die Hände trostlos herabbaumeln und starrte wütend auf den Pöbel in den Straßen hinunter. »Denen ist die Verteidigung ihrer

Götter vollkommen gleichgültig. Ihre Götter haben sie im Stich gelassen, und sie wissen es. Und wir hocken hier wie die Hefeklöße, bis das Heer durch die Mauer bricht und diese Viehherde abschlachtet.«

Er war in düsterer Stimmung. Doch warum sollte ich ihn deswegen tadeln – wir brauchten nur nach unten in den Tempelhof zu blicken, und da lagen die Leichen unserer Soldaten, wo sie gefallen waren, die Opfer unserer Fehleinschätzung.

Die Mauer! Auf einmal traf es mich wie der Blitz, fast als hätte der Gott es mir eingegeben. Die Mauer – natürlich.

»Es ist nicht umsonst, wenn wir die Mauer nehmen können«, sagte ich, als redete ich mit mir selbst. Mein Bruder wandte den Kopf und sah mich an, und seine Augen weiteten sich; er hatte begriffen.

»Bei den sechzig großen Göttern . . .«

Wir brauchten nur unserer Blickrichtung weiter nach Norden zu folgen, da konnten wir am Ende der großen Prozessionsstraße das berühmte Ischtartor sehen. Wenn wir das einnehmen könnten, würde die Stadt am Mittag uns gehören.

»Aber wie schaffen wir das? Sie würden uns doch kommen sehen.«

»Mit einer Kriegslist, Bruder.« Ich grinste ihn an und fletschte die Zähne wie ein Krokodil. »Von oben sehen alle Soldaten gleich aus, und in der allgemeinen Panik . . .«

»Und wenn es nicht klappt, sind wir tot.«

Doch er stand schon auf, denn er hatte sich bereits entschlossen – dazu waren Soldaten schließlich da, um zu sterben.

Der Plan war einfach. Ich würde einen kleinen Trupp von ungefähr dreißig Mann nehmen und versuchen, mir den Zugang auf die Mauer zu erzwingen. Wenn ich die Babylonier überraschen, Fuß fassen und die Mauer halten konnte, wenn auch nur für eine Viertelstunde lang, dann hätte Asarhaddon die Chance, mich zu entsetzen wie auch das Tor selbst zu stürmen. Und wenn wir das Tor offenhalten konnten, war der Rest fast ein Kinderspiel.

Ich machte mich mit Männern aus meiner alten Kompanie auf, von denen viele seit Chalule bei mir waren, und so trabten wir denn im kalten, grauen Licht des Morgens den großen Prozessionsweg entlang. Wir trugen immer noch unsere Tuniken, verbargen darunter unsere Uniformen, die uns augenblicklich verraten hätten. In nicht einmal vier Minuten hatten wir das Tor erreicht.

Auf der Brustwehr direkt über dem großen, gewölbten Eingang standen drei Soldaten. Sie beugten sich darüber und betrachteten uns, vielleicht waren sie aufgeschreckt, vielleicht auch nur neugierig, wer konnte es wissen. Ihre Gesichter haben sich meinem Gedächtnis auf ewig eingeprägt.

Ich hatte einmal Zeichnungen vom Plan des Tores gesehen – jedes Heer hat dergleichen Zeichnungen, obwohl sich vermutlich niemand vorgestellt hatte, daß wir sie einmal brauchen würden – und versuchte mich zu entsinnen, wo sich der Treppenaufgang befand, der zu den Türmen hochführte. Ein Blick zeigte mir, daß er draußen nirgendwo sichtbar war. Wo war er? Wo?

Ich zog mein Schwert, hob es zum Gruße für die Soldaten dort oben, ohne dabei mein Tempo zu verlangsamen.

»Wir sind die Verstärkung«, rief ich – auf Aramäisch. Mein Herz donnerte wie ein Schmiedehammer. »Öffnet die Falltür.«

Ich lief weiter, geradewegs in die Torwölbung hinein, als hätte ich das schon tausendmal getan. Und auf einmal fiel in einer Nischc, wo sich der Durchgang jäh erweiterte und einen Raum von fast zwanzig Schritt bildete, ein Lichtviereck so wuchtig auf den gefliesten Boden, daß es fast zu hören war. Ja, dort war der Aufgang auf der Zeichnung gewesen. Jetzt fiel es mir wieder ein. Ja, sie hatten die Falle für uns geöffnet – und waren in unsere gelaufen.

Ich ging als erster die Treppe hoch. Oben am Eingang stand ein Soldat und hielt mir die große Holztür auf. Er lächelte. Er streckte mir sogar noch die freie Hand entgegen. Mit dem Schwert, das ich immer noch in der Hand hielt, stieß ich zu und unter seinen Brustharnisch, schlitzte ihm den Bauch auf wie einen Weinschlauch. Er starb mit kaum mehr als einem Aufstöhnen. Ich fing die Tür auf, als er fiel und warf sie zurück, damit ihr Eigengewicht sie offenhielt, und schon stürzten sich die beiden anderen auf mich.

Ich tötete einen, und während ich dabei war, hätte es mich fast meinen Kopf gekostet, wenn Luschakin dem anderen Mann nicht den Arm am Ellenbogen abgehackt hätte. Jetzt kamen unsere Soldaten, zwei Stufen auf einmal nehmend, den Treppenaufgang hoch, stumm und mit leuchtenden Augen. Innerhalb von Sekunden gehörte die untere Brustwehr uns. Ein weiterer Treppenaufgang führte durch das Tor zum oberen Turm, doch dieses Mal standen die Türen schon offen. Ich konnte sie über mir schreien hören – sie wußten, daß wir sie überrannt hatten.

»Assur ist König!« brüllte ich, daß mir schier die Lungen platzten – es war das Signal für Assarhaddon. Jetzt war nichts mehr zu verlieren. Plötzlich wurde mein Schrei von hundert Kehlen aufgenommen – »Assur ist König! Assur ist König!« Kein Gedanke mehr an den Tod. Mißlingen gab es nicht. Ich war wie in Ekstase. »Assur ist König!«

Sie stellten sich uns an der Treppe. Der erste hieb mit dem Schwert nach mir, schwang es in dem engen Raum von rechts nach links – das war sein größter und letzter Fehler. Ich parierte den Hieb und stieß nach oben, schnitt durch seinen Lederharnisch, als wäre es Strohgeflecht. Ich spürte, wie meine Männer von unten nachdrängten. Ich war unbesiegbar. Ich spürte, wie des Gottes *melammu*, diese leuchtende Aura, mich mit einem unüberwindlichen Strahlenmantel umgab. Vor mir waren andere, doch ich machte einen Schritt über die Leiche des Mannes, den ich getötet hatte, und schlug mir eine Gasse durch sie hindurch, gleichsam als wären sie Spinnweben. »Assur ist König!« schrie ich. »Assur ist König!«

Ich drängte nach draußen, in den Sonnenschein, und der Mann vor mir schreckte zurück, als hätte er einen Teufel gesehen. Ich schlug ihn mit der flachen Klinge auf die Schläfe, und er fiel um wie ein Klotz – ich tötete nicht mehr nur Menschen, ich räumte unter ihnen auf, trampelte sie nieder wie Schilf am Flußufer. Ich mußte meinen Soldaten eine Schneise schlagen. Es war ein herrlicher Augenblick.

Ich weiß nicht, wie viele wir getötet haben – wie viele *ich* getötet habe –, doch im zehnten Teil einer Stunde war alles vorbei. Wir standen da blutbespritzt, und unsere Lungen schmerzten vom Brüllen. Bald, sehr bald, würden die Babylonier zum Gegenangriff blasen, doch das zählte nicht mehr. Das Tor gehörte uns. Die Stadt gehörte uns – die Welt gehörte uns! Welchen Unterschied machte es noch, wenn wir im nächsten Augenblick tot waren? Wir hatten gesiegt!

Vom höchsten Turm dieses Tores, einem der größten Weltwunder, blickten wir herab und konnten die Soldaten Assurs, unsere Brüder, durch die geborstene äußere Mauer fluten sehen. Sie sollten es wissen – sie mußten es wissen. Hier, wo wir standen, ging es in die Stadt. Wir hatten ihnen das Stadttor geöffnet.

»Assur ist König!« schrien wir. Wir konnten ihre Gesichter sehen, als sie das hörten, als sie ihre Waffen zum Gruße hoben. Wir konnten nicht aufhören – wir mußten den Namen des Gottes rufen, bis uns die Stimme in der Kehle erstarb. »Assur ist König! Assur ist König! Assur ist König!«

⋆

Als die Sonne an jenem Abend unterging, stand kein einziger babylonischer Soldat mehr in Waffen. Die meisten waren tot, von einem Feind in Stücke gehauen, der sich wie ein Wahnsinniger rächte, der mit erbarmungsloser Gründlichkeit Jagd auf sie machte. Etlichen gelang es, sich zu verstekken, Lumpen anzuziehen, die Waffen fortzuwerfen; doch wenn sie sich eingebildet hatten, es gäbe für sie Erbarmen, wenn sie sich unter den Einwohnern verbargen, so war das ein tödlicher Trugschluß, denn es gab kein Erbarmen.

Der Tod ging durch die Straßen, wartete auf jeden, der sich zu zeigen wagte. Der König hielt sein Wort, und so mußte die Stadt Babylon fünf Tage lang Feuer, Tod und Plünderung erdulden, während das Heer Assurs sie durchstreifte, trunken vom Sieg und von der Wehrlosigkeit seiner Opfer. Sie waren wie ein Rudel wilder Hunde, diese Soldaten des Gottes. Sie töteten um zu plündern, aus Rache und zum Spaß. Ganze Familien wurden in den Mauern ihres Hauses abgeschlachtet. In den Straßen stand das Blut, überall lagen Leichen herum. Frauen wurden vor den Augen ihrer Männer und Kinder geschändet – nicht nur von einem Mann, sondern von zehn, zwanzig – und dann wurde ihnen, entweder aus Mitleid oder aus mutwilliger Mordlust die Kehle durchgeschnitten. Überall entstanden Feuer, die man brennen ließ. Es gab kein sauberes Wasser mehr, außer im Lager der Sieger, und keine Nahrung; und so wüteten auch weiterhin Krankheit und Hunger, denn innerhalb der Stadtmauern gab es kein Gramm Hirse zu kaufen, und kein Babylonier durfte sie lebend verlassen. Es war der helle Wahnsinn.

Ich machte keinen Versuch, dem Plündern und Morden Einhalt zu gebieten – der König in seinem Zorn hatte vergessen, daß Männer, denen man derart die Zügel schießen läßt, sich nur schwer wieder zur Ordnung rufen lassen; er hatte seinen Offizieren verboten einzugreifen, und so hielt ich mich zurück. Ich mochte die Menschen hier nicht und verspürte kein Mitleid mit ihnen. Wenn sie umkamen und ihre Stadt mit ihnen, ich weinte ihnen keine Träne nach – das richtet der Krieg in der Seele des Menschen an. Doch es dauerte nicht lange, da ekelte ich mich vor dem, was meine Augen sehen mußten.

Zunächst hielt ich es für schlechte Disziplin. Als Offizier konnte ich nicht gutheißen, was der König angeordnet hatte. Doch als ich dann durch die Straßen ging und sah, was die Plünderung einer großen Stadt bedeutet, da gelang es mir nach und nach nicht mehr, das alles nur mit den Augen des Berufssoldaten zu sehen, dem die Disziplin des Heeres am Herzen liegt. Der Mensch in mir entsetzte sich über die sinnlose Grausamkeit des Ganzen. In Toreinfahrten lagen die Leichen von jungen Mädchen, deren Gedärme mit dem Schwert durchwühlt waren; sie hatten den Kopf zurückgeworfen und den Mund zu einem stummen Schrei aufgerissen. Tote Kinder krümmten sich in der Gosse. Krieg ist das Geschäft von Königen und Soldaten – wenn sie verlieren, sterben sie, und das ist nur gerecht. Doch das hier waren Unschuldige. Keiner hatte Anteil am Mord an dem *marsarru* gehabt, noch hatten sie zusammen mit den Elamitern zu den Waffen gegriffen. Und doch waren auch sie Opfer von des Königs Zorn. Nach ein paar Tagen blieb ich im Lager, doch sogar von meinem Zelt aus konnte ich sehen, wie die Rauchsäulen zum Himmel stiegen, während Babylon brannte. Aus eigenem Antrieb wagte ich mich nicht mehr innerhalb ihrer Mauern.

Assarhaddon sah ich während dieser Tage nur einmal. Er hatte keinerlei Gewissensbisse, denn die Einnahme der Stadt und ihre Nachwirkungen, die rohe Gewalt, hatten seinen ganzen Anfechtungen ein Ende bereitet und ihn wieder glücklich gemacht. Ich sah ihn nachts, am zweiten Tage der Plünderung, als er vor meinem Zelt stehenblieb und mir seine Beute vorführte.

»Sieh mal. Zwillinge!«

Und da standen sie, gezogen von einem Seil, das ihnen um den Hals lief, zwei Mädchen, nackt, kaum mehr als Kinder, verängstigt, doch froh, am Leben zu sein, dunkeläugig, rundlich und hübsch – sich ähnelnd wie zwei Blütenblätter, die man von einer Blume gepflückt hat. Assarhaddon grinste und schien sehr zufrieden mit sich.

»Ich gehe jetzt in mein Quartier und probiere sie aus. Da kannst du sehen, Bruder, wie dem Gottesfürchtigen alles zum Besten gerät. Ha, ha, ha!« Ich konnte sein Lachen noch hören, als er längst schon in der Dunkelheit verschwunden war.

Und vielleicht hatte er recht, wenn er glaubte, sein Glück stünde ihm zu, denn Assarhaddon war wieder einmal um den Platz betrogen worden, der ihm rechtmäßig zukam.

Er und seine Männer hatten hart gekämpft, um den Toreingang zu sichern, und nur weil er dagewesen war, hatten wir diesen Teil der Mauer halten können, doch mich hatten alle auf dem Turm gesehen, als ich den Ruhm unseres Gottes hinausschrie. Mein Name war in aller Munde, ich wurde vom König für meinen Heldenmut geehrt und noch tiefer ins Herz geschlossen.

So war es vielleicht wirklich der Wille Gottes, daß ich nach meinem Vater König wurde, denn er erhob mich über meinen Verdienst. Er schien mich auserwählt zu haben, andere zu überstrahlen; und am Ischtartor meinte er wohl, den Menschen meine Erwählung kundtun zu müssen.

So schien es. Mir fielen Ruhm und Ehre zu, wo doch ein gerechter Anteil auch für Assarhaddon hätte abfallen sollen, den jedoch niemand groß, mächtig und tapfer nannte.

Ich hätte es ihm nicht übelgenommen, wenn er mich für nichts Besseres als einen Dieb gehalten hätte, der ihm seinen Ruhm stahl. Doch er tat nichts dergleichen. Oder wenn doch, so verwünschte er mich nur tief im Herzen, denn reden tat er nicht darüber. Wir redeten nie über solche Dinge, wir liebten uns wie immer mit brüderlicher Liebe.

Fünf Tage ging es so mit Mord und Todschlag und Plündern, und dann war es auch der König, der den Boden schlechthin haßte, auf dem Babylon stand, leid, und er befahl, mit dem Plündern der Stadt aufzuhören. Doch Soldaten, die man einmal losgelassen hat, sind nicht so einfach zur Ordnung zu rufen, daher mußten wir etliche hängen und weitere blutig peitschen, doch am Ende war im Heer wieder Ordnung eingekehrt. Sie murrten zwar, die Männer von Assur, doch sie gehorchten.

*

Die Beute aus dieser langen Belagerung war groß. Die Stadt Babylon besaß unvorstellbare Reichtümer, und die gehörten nun uns. Wir plünderten die heiligen Stätten und führten das Standbild des Großen Marduk in die Sklaverei nach Ninive; und in seinem Tempel fanden wir die Götterbilder von Adad und Schala, die Babylon vor vierhundert Jahren aus den Tempeln von Assur hatte mitgehen lassen. Und wir fingen sogar Muschezib Marduk, der sich König nannte; er hatte versucht zu entkommen, war aber gefangengenommen worden und wurde nun von Ketten zu Boden gedrückt.

Und als die großen Gebäude beraubt und ausgeplündert waren, zerstörten wir das Deichsystem, das den Euphrat bändigte. Wenn jetzt die Zeit des Hochwassers kam, würde der Fluß ansteigen und auch noch Babylons Grundfesten mit sich reißen. Die Rache Sanheribs sollte vollkommen sein.

Am letzten Abend, bevor wir das Gesicht wieder gen Norden wandten und uns auf den Heimweg machten, gab der König ein Festmahl. Als Ort dafür wählte er den königlichen Palast, der vom Feuer beschädigt und auf Befehl des Königs niedergerissen worden war, und so sollten wir inmitten von Ruinen speisen. All seine Hauptleute waren zugegen und all seine Söhne.

Auf diesem trostlosen Schuttplatz, umgeben von einer toten Stadt, schwelgten wir wie die Wahnwitzigen. Unser Herr, der Gebieter Assurs, war außer sich vor sieghafter Freude – er ordnete sogar an, daß man Muschezib Marduk hereinbrachte, damit er nackt und verzweifelt, an einen zerbrochenen Pfeiler des Hauses gekettet, in dem er einmal Herr gewesen war, die Festlichkeiten seiner Bezwinger mit ansehen konnte. Der König der Schatten würde nach Ninive gebracht werden und dort einen Tod von ausgesuchter Grausamkeit erleiden, einen Tod, wie ihn nur gestürzte Monarchen sterben; doch in jener Nacht kauerte er in der Ecke wie ein Hund.

Und wir, die Eroberer, tranken und schmausten und lachten, und bemühten uns, nicht nachzudenken oder uns allzu eingehend umzuschauen. Und der König, mein Vater, pries mich vor allen Menschen.

»Seht ihn euch an!« brüllte er mit strahlender Miene. »Noch nicht einmal zwanzig, und schon trägt er drei große Wunden auf dem Leib – und alle an der Front geholt! Was für ein Mann, was für ein Krieger ist er bereits – was für einen König würde er abgeben! Ist er nicht ein Sohn, wie ihn jeder Mann gern hätte? Ist es nicht so?«

Er hieß mich aufstehen, damit alle den Ruhm seiner Lenden sehen konnten. Und sie jubelten mir zu, diese Großen, denn sie kannten den Willen des Königs. Sie jubelten mir zu, sie riefen meinen Namen.

Ich mußte aufstehen und mir das anhören, und das Herz wurde mir schwer.

»Tue ich etwas Unrechtes, heiliger Vater?« hatte ich den *maxxu* befragt, und der hatte die blinden Augen auf mein Gesicht gerichtet und gelächelt, als fragte da ein Kind.

»Du? Du tust überhaupt nichts, Tiglat Assur.«

XII

Nach dem Fall von Babylon beförderte mich der König zum *rab shaqe* und Assarhaddon zum *rab abru* – einen Rang unter mir. Viel mehr als Ehrungen über sich ergehen zu lassen, gab es auch nicht zu tun, denn innerhalb von ein paar Tagen brach das Heer das Lager ab und machte sich auf den langen Heimweg nach Ninive. Im Land Sumer gab es keinerlei Widerstand mehr gegen die Macht von Assurs Willen. Die Stadt, die wir hinter uns ließen, als wir das Gesicht gen Norden wandten, bestand nur noch aus Ruinen, in denen nicht einmal mehr die Füchse hätten hausen können.

Doch im Land Assur rührte sich kein Mitleid. Die Zerstörung Babylons hieß nur, daß dieser lange Krieg schließlich ein Ende gefunden hatte. Die Menschen gedachten ihrer Leiden und ihrer augenblicklichen Sicherheit und freuten sich, von einem König regiert zu werden, der sich nicht davor scheute, Feinden gegenüber grausam zu sein. In den Grenzstädten, in denen der Haß auf die Elamiter und ihre Marionettenverbündeten am größten gewesen war, liefen die Menschen am Straßenrand zusammen, um ihren glorreichen Gebieter zu begrüßen und Muschezib Marduk Flüche nachzurufen, wie er da hinter dem Streitwagen des Eroberers hertrottete. Denen, welche das Werk unserer Hände in Babylon nicht gesehen hatten, galten wir als Helden.

Was mich anging, so bemühte ich mich, die Ohren vor dem Geschrei zu verschließen. Ich bemühte mich, weder zu hören noch zu denken, denn ich hörte nur die Schreie der Sterbenden und sah nur die Kadaver der Erschlagenen – und ich hatte Angst, das alles würde mich in den Wahnsinn treiben. Meine Seele litt Qualen, und des Nachts mochte ich nicht einmal mehr die Augen schließen.

Was sollte das? Ich kam mir so sündig vor und hatte doch nichts weiter getan, als dem zu folgen, was ich – wie jeder andere, wie sogar der Feind – stets für den Weg zu Tugend und Ehre gehalten hatte. Denn wer ist edler, wer ist bei allen Völkern geachteter als der Krieger? War ich denn etwas anderes? Etwa ein Mörder? Ein Dieb? Warum schämte ich mich dann so?

Doch ich bewegte diese Fragen nur tief im Herzen. Vielleicht empfanden viele so in diesem siegreichen Heerwurm, der sich nach Hause wand, aber das werde ich nie wissen, Soldaten reden nicht über ihre Anfechtungen.

War Assarhaddon auch nachdenklich? Ich glaube nicht. Assarhaddon war zu sehr mit seinen Frauen und der Begutachtung seines neuen Wohlstandes beschäftigt – der König hatte uns beide mit Gold überschüttet und mit Palästen und neuen Landgütern beschenkt, denn wenn er mich auch allen anderen vorzog, so hatte er inzwischen doch gemerkt, daß Assarhaddon nicht der Schlechteste war.

»Aber kannst du ihn nicht wenigstens zum *rab shaqe* machen?« fragte ich. »Wenn ich es verdient habe, dann auch er. Er ist der erste deiner Söhne und ein tapferer und einfallsreicher Kämpfer.«

»Du bist der erste meiner Söhne.«

»Dann gib ihm doch wenigstens ein Kommando, das seiner wert ist. Laß ihn beweisen, daß etwas in ihm steckt.«

»Ich weiß sehr wohl, was in ihm steckt.« Der König schüttelte den Kopf. »Ewig kommt er mir mit irgendeinem neuen Plan zur Eroberung Phrygiens oder Ägyptens oder sogar Arabiens – vielleicht, mein Sohn, kannst du mir erklären, was es in Arabien zu erobern gibt außer Sand? Und natürlich möchte er jeden dieser Feldzüge führen, deren alleinigen Oberbefehl ich selbst meinem erfahrensten Offizier nur mit Zögern anvertrauen würde. Er ist noch ein Knabe und hat nichts als seinen eigenen Ruhm im Kopf. Er ist in den Krieg verliebt und vergißt, daß dieser lediglich ein Machtmittel ist, seinesgleichen ist eine Gefahr in der Nähe des Thrones. Nein, ich werde ihm keinen eigenen Krieg geben, nicht einmal dir zu Gefallen. Dein Bruder bereitet mir Kopfschmerzen. Aber keine Angst – wenn ich einmal tot bin, dann kannst du ihn belohnen, wie du es für richtig hältst.«

Und seltsamerweise stimmte mein Bruder Assarhaddon diesen Ansichten in vielem zu. »Du solltest dich lieber zu der Überzeugung durchringen, daß ich der größte deiner Generäle werde«, sagte er mit einem Achselzucken. »Unser Vater will, daß du nach ihm König wirst. Und warum auch nicht? Du bist eine klügere Wahl als ich – dem würde jeder beipflichten, außer vielleicht meine Mutter –, aber wenn ich immer in deinem Schatten warten soll, bis unser Vater endlich in die Grube fährt, dann mache dich lieber auf eine unfriedliche Regierung gefaßt, denn ich habe vor, mich für die Kränkungen, mit denen man mich überhäuft, durch die Eroberung aller westlichen Länder zu rächen. Ich will in Theben und Memphis und in allen großen Städten am Nil Monumente meines Ruhms errichten, damit in tausend Jahren, wenn Tiglat-Assur längst vergessen ist, die Menschen beim Namen von Assarhaddon, dem Soldaten, noch in ihren Sandalen erzittern. Das schuldest du mir, Bruder, denn mich vernachlässigt man, damit du groß werden kannst.«

Wir rasteten in einem Dorf, keine zwei Tagesmärsche von Ninive entfernt, und Assarhaddon hatte gemeint, er wolle endlich wieder mit einem richtigen Dach über dem Kopf schlafen; und so verjagte er einen Bauern mit seiner Familie aus ihrem Haus und quartierte sich ein. Er lag rücklings auf einer Schlafmatte aus Schilf, während ihm die Zwillinge die Schenkel mit warmem Öl massierten, und so war er denn an jenem Abend sehr zufrieden mit seinem Leben.

»Ich weiß doch, Bruder. Ich habe mit dem König gesprochen . . .«

»Ach, was schert mich der König.« Assarhaddon grinste und zwickte einen der Zwillinge in die Brust, daß sie quietschte. Man brauchte jedoch keinen *baru,* um an seinen Augen abzulesen, wie unglücklich er war. »Wenn du bei ihm bist, ist der König vom Gejubel so taub, daß er nicht einmal den Namen Assarhaddon hört. Du und das halbe Heer, ihr könntet ihm mein Lob wochenlang in die Ohren brüllen, er würde es doch nicht merken – nicht etwa, daß dergleichen geschehen könnte, denn das Heer bekommt das Stichwort von ihm und singt nur noch ein Lob, nämlich deines. Nein, ich muß mich gedulden, bis du König wirst. Wenn du dann in der Hauptstadt bei deiner Gemahlin und bei deinen Eunuchen-Schreibern weilst und überlegst, welcher deiner Söhne dich wohl vergiften möchte, kämpfe ich deine Kriege und überstrahle selbst die Sonne.«

»Was soll ich dazu sagen, Bruder? Außer, daß ich bete, du mögest nicht bitter gegen mich werden, denn dir wird gegen meinen Willen ein Unrecht zugefügt.«

Und ein Unrecht blieb es. Was mußte Assarhaddon mit seinem Ehrgeiz, groß und mächtig zu werden – und warum sollte er nicht von Größe träumen, waren wir doch alle in der Vorstellung erzogen worden, unser Leben hätte kein höheres Ziel, als im Namen unseres Königs und seines Gottes Eroberungen zu machen –, was mußte er erleiden? War er denn ein Holzklotz ohne Gefühle? Nein, weiß Gott nicht. Er litt und empfand Bitterkeit. Und warum sollte er mich nicht hassen, der ich die Ursache seiner Leiden war?

Doch statt mich anzuklagen, streckte er mir die Hand hin und drückte sie mit seinen starken Fingern.

»Ich weiß doch, Bruder. Ich weiß.«

Und so hatte es den Anschein, daß wir alle mit der Zukunft zufrieden waren, die sich vor uns wie die Straße nach Ninive zu erstrecken schien. Warum sollte ich nicht König werden, wenn es sogar mein Hauptrivale wünschte? Natürlich mußte der Gott seine Zustimmung geben, doch hatte er mich nicht bereits als seinen besonderen Günstling ausgezeichnet? Wer außer Nakija wünschte es nicht – vielleicht nur irgend etwas in mir selbst. Ich mußte lediglich meine Seele von der Düsternis befreien, so schien es, und ich war begnadet wie niemand sonst.

So ging es weiter auf Ninive zu, ein Heer von Eroberern, das alle Dinge in den Ländern unter Assurs Herrschaft ins rechte Lot gebracht hatte. Und auch in Ninive pries man das Werk unserer Hände.

»Du hast es geschafft«, sagte Assarhamat leise zu mir, während ihr Mund fast mein Ohr berührte. »Der König liebt dich, und für die Menschen bist du glorreich. Gut gemacht, Tiglat Assur, den ich mit meinem ganzen Wesen anbete.«

Doch ich hörte kaum zu. Ich wollte nicht an meinen Ruhm denken, auch nicht an die Liebe des Königs oder wie ich in den Besitz von beiden gelangt war. Ich wollte nur noch im lieblichen Duft von Assarhamats Leib vergehen und alles außer ihr vergessen. Im Augenblick liebte ich mich nicht, darum wollte ich mehr als je zuvor nur noch sie lieben.

Während sie Worte flüsterte, ließ ich meine Hände über

ihren Leib gleiten, fand die weiten Ärmel ihrer Tunika, so daß ich ihre Brüste berühren konnte. Ich drückte meine Lippen in das weiche Fleisch ihres Halses, mich hungerte so danach, sie zu spüren. Was waren ihr Ehrgeiz oder meine Hoffnungen auf die Weltherrschaft verglichen mit den leidenschaftlichen Wünschen des Fleisches?

Und brannte sie nicht ebenso wie ich? Ihr Atem war heiß und kam in schnellen, kleinen Stößen, während sich ihre Nägel in meine Arme gruben. Wir saßen nebeneinander auf einer Marmorbank in ihrem Garten, und der einzige Laut war das silberne Plätschern des Springbrunnens; wir waren allein – wie immer hatte sie dafür gesorgt – und ich mußte nur den Saum ihres Gewandes heben, und schon würde ihr jungfräuliches Blut auf die kalten Steine fließen. Ich konnte meine Mannheit spüren, gespannt, pulsierend wie eine Kriegstrommel, und ich meinte, an meinem Begehren ersticken zu müssen, während sie in meiner Umarmung zu vergehen schien, gleichsam als wollte sie in meinem Körper aufgehen.

»Nein . . .« Das Wort war nur ein erstickter, leiser Laut wie ein unterdrücktes Schluchzen. »Nein, nicht hier – hier sind zuviele Spione. Zuviele Feinde.«

»Zum Henker mit deinen Feinden – was scheren sie mich. Ich kann nicht . . .«

Meine Hände zitterten. Ich versuchte, die Schließe ihrer Tunika zu öffnen, doch meine Finger schienen mir nicht zu gehorchen. Ich würde sie zerreißen . . .

»Nein – nicht hier, Tiglat. So höre doch!«

Gelassen und gewandt schob sie mich kräftig von sich fort, und als ich erneut nach ihr fassen wollte, da hatte sie schon meine Finger ergriffen.

»Warum tust du das? Warum?« Ich war so zornig, daß ich von der Bank aufstand und die Hände zu Fäusten ballte. Mir war, als haßte ich sie – ich hätte ihr alles antun, ihr alles sagen mögen. »Wenn du nicht möchtest, daß ich dich berühre, dann gehe ich eben zum Ischtartempel. Ich werde . . .«

»Gut . . . so geh doch! Heute noch! Suche dir eine Frau, die dir gefällt und wirf ihr ein Silberstück in den Schoß!«

Ich blickte ihr in die Augen und erkannte wieder die wilde, gierige Unbesonnenheit ihrer Liebe, als ob sie ohne diese umkommen müßte, sah die Gefahr, vor der sie die Augen verschloß. Eigentlich hätte sie vor Angst und Scham weinen müssen, doch sie tat es nicht. Sie lachte.

»Wenn du heute abend im letzten Tageslicht dorthin gehst, so warte an der Tür. Die Frau, die dort mit einem Witwenschleier über dem Kopf zu dir kommt, das bin ich.«

*

Die noch verbleibenden Stunden dieses Tages waren die längsten, die ich je durchlebt habe. Der Gefangene in seinem Käfig, der darauf wartet, daß die Sonne am Morgen seiner Hinrichtung aufgeht, leidet nicht weniger als der Liebende, der kein reines Gewissen hat, denn was Assarhamat mir vorgeschlagen hatte, war Blasphemie.

Ischtar schenkt ihren Segen der reinen Jungfrau, die ihre Unberührtheit nicht aus Leidenschaft opfert, sondern einem, der ihr fremd ist, einem Mann, mit dem sie einmal schläft und dann nie wieder. Solchen Frauen schenkt die in Lieblichkeit Gewandete Fruchtbarkeit und einen Ehemann mit starken Lenden, doch darf man ihren Tempel nicht durch Stelldicheins entweihen. In den Riten der heiligen Buhlerei war für solche wie Assarhamat und mich kein Platz, und das wußten wir beide sehr wohl. Meine Seele war finster. Ich würde sie treffen, da sie es so wünschte und weil ich mir viel zu sündig vorkam, um noch zu widerstehen; doch ich wußte, daß wir uns selbst das Urteil sprachen.

Assarhamat schien das leichtzunehmen, aber Frauen sind tapferer als Männer, die nur dem Tod ohne zu zittern ins Auge blicken können. Es hatte den Anschein, als ob sie sogar dem Zorn des Himmels ins Auge blicken könnte.

Aber vielleicht hatte sie sich nur in der Kunst des Selbstbetruges vervollkommnet.

Ich nahm mir ein Pferd und ritt vor die Stadt, folgte dem Fluß, bis ich in jede Richtung sehen konnte, ohne eine menschliche Gestalt zu erblicken. Dann stieg ich ab, band das Pferd an und setzte mich an die reißenden Wasser des Tigris, um seiner Stimme so lange zu lauschen, bis er alle meine bösen Ahnungen fortgeschwemmt hätte, bis ich wußte, was ich selber wollte.

Erwartete ich etwa, daß der *maxxu* erneut auftauchte, um mir den Willen des Gottes mitzuteilen und mir Seelenfrieden zu geben? Ich glaube nicht. Und doch hoffte ich, daß jene blinden Augen wieder auf meinem Gesicht ruhten, aber ich erwartete es nicht wirklich. Er kam natürlich nicht, doch seine Worte verfolgten mich, vermehrten meine Qualen noch. Er hatte von Ninive als einer toten Stadt gesprochen. Hier würde ich nichts finden, weder Ruhm noch Freundschaft noch Glück noch Liebe, hatte er mir gesagt. Aber ich hatte diese Dinge doch schon gefunden. »Höre auf die Stimme deines Herzens«, hatte er gesagt. »Du allein bist ohne Sünde.« Und doch war ich schuldbeladen, mein Herz zog mich in eine Richtung und dann in eine andere, als wollte es mich in zwei Teile reißen. Mein Lob war in aller Munde, nur nicht in meinem. Ich war mit mir selber uneins.

Nein, auch hier, an der Mutter aller Flüsse, fand ich keinen Frieden. Achtlos floß er an mir vorbei. Bereits seit den Tagen der Götter war er hier, und würde noch hier sein, lange nachdem die menschliche Rasse zu Staub geworden war. Er nährte uns alle und war doch teilnahmslos, so als ob die Fülle seiner Gaben ein Nichts wären wie wir selbst.

Lange hatte ich am Ufer gesessen. Das Pferd stupste mich mit dem Maul in den Rücken, als wollte es mich daran erinnern, daß im Haus der Krieger ein Stall auf es wartete. Ein richtiges Argument. Ich stand auf, stieg auf und wandte das Gesicht der Stadt zu, die ich, so war es geweissagt, Überleben sollte, denn es gab kein Entrinnen. Soviel wußte sogar ein Pferd und war aus diesem Grunde klüger als ich.

★

Der Ischtartempel ist ein riesiger, von Mauern umgebener Gebäudekomplex mit Gärten im Innenhof, fast eine Stadt für sich, und das war anders auch nicht gut möglich, denn schließlich beherbergte er an die zweihundert heilige Dirnen und gut zweimal soviel Diener- und Gefolgschaft, die meisten davon Eunuchen.

Die Frauen in diesem Tempelbezirk haben keine Ähnlichkeit mit den gewöhnlichen Dirnen, die ihrem Gewerbe in Weinschenken und auf den Straßen jeder Stadt der Welt nachgehen – denn der Dienst bei Ischtar, der Göttin der Liebe und Fruchtbarkeit, erniedrigt nicht. Die Tempeldirnen sind Frauen von großer Schönheit und ebensolchem Liebreiz – und zuweilen auch von beträchtlicher Intelligenz –, man ehrt sie, wohin sie ihren Fuß setzen, und sie sind von einer Aura unerklärlicher Keuschheit umgeben, als hätten sie ihre Unberührtheit an der Tempelpforte bewahrt, statt sie dort wie andere Frauen zu verlieren. Und es gab durchaus Fälle, daß eine von ihnen große Reichtümer ansammelte und sich zurückzog, zuweilen um sich mit einem bedeutenden Mann zu vermählen – und solch ein Mann brauchte nicht zu fürchten, daß man hinter seinem Rücken kicherte, er war eher Zielscheibe des Neides als roher Späße.

Die meisten Frauen, die in den Tempel kommen, denken jedoch mit keinem Gedanken an Dortbleiben. Sie verrichten ihre Andacht und gehen mit nichts als einer Silbermünze wieder nach Haus, die dann in die Stickerei ihrer Hochzeitstunika eingenäht wird, vielleicht auch mit einer Erinnerung, angenehm oder unangenehm, wie es gerade kommt, und vielleicht auch nicht einmal damit.

Der Tempel selbst gleicht nirgendwo einem Freudenhaus, denn Trunkenheit gibt es dort nicht, auch keine Scham, alles ist gefällig und ordentlich, und es fehlt dieses eigentümlich Spöttische, mit dem Dirnen in der Regel ihrer Arbeit nachgehen – es gibt keine geheuchelte Leidenschaft, ebensowenig wie die Vorstellung, daß Männer die reinen Toren sind, denen man das Geld abknöpft und sie dann fortschickt. Die Jungfrauen, die nur einmal eintreten, sind dafür zu unschuldig und zu ängstlich, und die heiligen Dirnen sind kundig genug, um sowohl ihren Kunden als auch sich selbst Lust zu bereiten.

Als der Tag zur Neige ging, wartete ich draußen vor dem Tempeleingang auf der großen Treppe aus abwechselnd blauen und gelben Ziegelbändern, die von der Straße aus emporsteigt. Auf den Stufen wimmelte es von Frauen, und so manch eine blickte sich nervös um – wird dieser Mann auf mich zukommen? oder dieser? oder jener? –, während andere nur gelangweilt warteten und wiederum andere, die unansehnlichen, die schon am längsten hier saßen, glasige Augen vor Hoffnungslosigkeit hatten, als blickten sie in die leere Zukunft, die sich vor ihnen erstreckte.

Assarhamat war noch nicht eingetroffen, und wie ich so dastand, starrten mich Männer und Frauen an; ich mußte wohl entweder hoffnungslos schüchtern oder wie einer von den Idioten wirken, die nicht wissen, welche sie wählen sollen. Doch mein Unbehagen hatte einen anderen Grund als nur die neugierige Aufmerksamkeit von solchen Menschen; es kam mir vor, als sähen die Götter zu.

Assarhamat kam nicht. Mein Schatten wurde auf den glasierten Ziegelsteinen länger und fiel über eine Sitzende und dann über die nächste, und noch immer kam Assarhamat nicht. Natürlich – sie hatte Vernunft angenommen und würde uns beide vor dieser entsetzlichen Sünde bewahren. Ich bemühte mich zu hoffen, daß es so wäre, und meine Augen spähten ängstlich die große, gerade Ischtarstraße hinauf und hinab. Ja, natürlich. Sie würde nicht kommen. Und ich Tor, da sehnte ich mich doch nach ihrem Anblick, nur weil ich wissen wollte, ob ihre Liebe größer war als ihre Besonnenheit.

In der zunehmenden Dunkelheit zündeten wartende Frauen Lämpchen aus Ton an, damit die Männer noch ihre Gesichter sehen konnten. Hier und da kauerten sie sich gemeinsam um ein Kohlebecken oder schlangen die Arme um die Knie und schliefen im Sitzen. Durch die stille Luft klang perlendes Gelächter – im Tempel würde noch geschäftiges Treiben herrschen, lange nachdem die übrige Stadt schlief.

Sie wird nicht kommen, sagte ich mir. Inzwischen war mir klar, daß dieses ihre Strafe war, daß sie jetzt in ihren eigenen Gemächern war, sicher und umgeben von ihren Frauen, und insgeheim beim Gedanken an meine närrische Nachtwache lächelte.

Oder vielleicht gar nicht so insgeheim. Vielleicht war es ein köstlicher Spaß, wenn sie ihren Frauen erzählte, wie sie sich an dem mächtigen Tiglat Assur gerächt hatte, dessen Name zwar glorreich war, der aber doch nicht mehr als ein Mann war und sich wie alle Männer von ein paar süßen Worten hinters Licht führen ließ. Noch nicht trocken hinter den Ohren. Ein Einfaltspinsel.

Doch nach dieser fröhlichen Melodie konnte auch ich tanzen. Assarhamat würde nicht mehr lachen, wenn sie hörte – und sie würde es hören, weil sie alles zu hören schien –, daß Tiglat Assur, der mächtige, heldenmütige, dessen Muskeln stark wie Eisen waren und der ein Herz aus Bronze besaß, daß ihr glorreicher Liebster in dieser Nacht, in der Nacht seiner Schande, nicht müßig gewartet, sondern eine andere Frau – und mehr als nur eine, viele, und dazu noch solche, die sonst viele kalte Nächte hätten warten müssen, arme, unansehnliche Dingelchen – in den Ischtartempel geführt hatte, ihnen Silber in den Schoß geschüttet und ihnen Träume für ein ganzes Leben geschenkt hatte . . .

Doch schon schämte ich mich der Idee, kaum daß sie mir durch den Kopf geschossen war, denn Assarhamat war schließlich doch noch gekommen.

Eine geschlossene Sänfte, wie sie nur von großen Damen verwendet wird, hielt am Fuße der Tempeltreppe. Die kleine Tür öffnete sich. Eine Frau mit rotem Trauerschleier stieg heraus. Ja, natürlich war sie gekommen. Ich schämte mich, daß ich sie in Gedanken schon betrogen hatte, schämte mich, daß ich an ihr gezweifelt hatte, freute mich, daß sie gekommen war und schämte mich auch dafür. Und war doch froh. Assarhamat, die schönste der Frauen, die ich so sehr begehrte, daß es mir an die Leber ging und mich ein grünes Feuer zu verzehren schien.

Ich sah, wie ihre zierlichen Füßchen bei jedem Schritt unter dem Saum ihrer Tunika hervorlugten, als sie die große Ziegelsteintreppe zur Tempeltür emporstiegen. Ich sah, wie Männer und Frauen gleichermaßen beiseite traten, um ihr Platz zu machen, denn soviel Pracht machte demütig und befangen. Niemand konnte ihr Gesicht sehen, doch hegte keiner Zweifel an ihrer Schönheit, denn davon zeugte jede ihrer leisesten Bewegungen, die Zartheit ihrer kleinen, beringten Hände, ihre großen, dunklen Augen, die leuchteten wie der nächtliche Mond. Sie war gekommen, an diesen Ort, in meine Arme.

Ich brauchte nur meine Hand auszustrecken, und sie berührte die Handfläche mit den Fingerspitzen. Für diesen Augenblick waren wir geboren worden, sie und ich. Diese Nacht, dieser Ort, sie gehörten uns. Ich brauchte nicht einmal ihren Namen auszusprechen. Sie nahm meinen Arm, und wir schritten durch die Tempelpforte.

Es war ein winziger Raum, in dem Assarhamat und ich ein Fleisch wurden. Der Aufseher, ein Eunuch, dem ich eine Goldmünze gab, die für seinen Lebensunterhalt reichen würde, bis die Sommersonne den Winter zu Tode verbrannt hatte, verschaffte uns ein Kohlebecken, damit uns nicht kalt wurde, und schloß eigenhändig den Vorhang aus Ochsenhaut vor dem Eingang. Ich breitete meinen Umhang auf dem Boden aus – wir brauchten keine Schlafmatte – und Assarhamat löste ihren Schleier und ließ ihn vom Gesicht gleiten. Da knieten wir beide nun, und unsere Leiber berührten sich, meine Hände lagen auf ihren Schultern, während mein Mund sich ihrem zum Kusse näherte. Es war wie ein Augenblick jenseits aller Leidenschaft, gleichsam als wären wir Zeugen eines Mysteriums. Unsere Lippen berührten sich – so sanft, daß es fast wie ein Zufall wirkte – und als ich dann spürte, wie ihre kleine, spitze Zunge nach meiner suchte, da begehrte ich sie mit dem Hunger dieser ganzen leeren Monate des Wartens, die wir hinter uns hatten. Meine ganze Sehnsucht nach ihr lag in jenem ersten Kuß. Für diesen einen Augenblick mit ihr wäre ich gern gestorben.

Doch ich starb nicht. Noch nie im Leben war ich so lebendig gewesen wie jetzt – und würde es so vielleicht nie wieder sein. Nichts zählte mehr für mich, nur wie süß ihr Mund war und wie warm der Duft ihres Haares, und wie ihre Hände meine Arme liebkosten. Ich lebte nur noch durch die Sinne und durch meine Liebe.

Assarhamat öffnete die Verschlüsse ihrer Tunika und ließ sie zu Boden gleiten. Das gedämpfte, rote Licht des Kohlebeckens flackerte auf ihren Beinen und ihrem Bauch, doch von der Mitte an aufwärts war sie in Schatten gehüllt. Ich legte ihr die Hände auf die Schultern, und sie bedeckte sie mit ihren und führte sie nach unten, bis sie ihre Brüste umschlossen. Ich konnte ihren schnellen, flachen Atem an meinen Handflächen pulsieren fühlen, als ich ihren Hals küßte, die weiche, kleine Grube zwischen ihrem Ohr und der Spitze ihres Kinns.

»Komm in mich hinein«, flüsterte sie, und ihr Atem war feucht und warm an meiner Wange. »Komm in mich hinein – tu mir weh. Es ist mir gleich, wie sehr du mir wehtust.«

»Nein, noch nicht. Jetzt noch nicht.«

Ich war hart wie frisch geschmiedetes Eisen, doch ich wollte ihr erst ein wenig Lust bereiten, ehe ich das Siegel ihrer Jungfräulichkeit brach. Ich zwang sie mit meinem Gewicht nieder, so daß ihr Rücken auf dem Umhang zu liegen kam, den ich auf den Ziegelfußboden ausgebreitet hatte, und fuhr mit der Spitze meiner Mannheit ganz sanft über ihre kleine, flaumige Spalte – ich fühlte, wie ihre Schenkel mich zu umschlingen und mich an sie zu ziehen suchten. Die Spannung steigerte nur noch ihr Begehren, und schon bald glitt ich in ihrer engen Spalte mühelos hin und her, und sie fing an zu stöhnen, zunächst leise, dann wurde es zum Schluchzen qualvoller Verzweiflung. Nur daß es keine Qual war, sondern leidenschaftliches Begehren.

Und endlich stieß ich zu und spürte, wie ihre Jungfräulichkeit erst widerstand und dann nachgab. Assarhamat schrie auf – doch nur einmal, denn beinahe im selben Augenblick wurde ihr Schmerz zur gierigen Ekstase, und ich stieß in sie hinein, und ihr jungfräuliches Blut ebnete mir den Weg. Und als ich meinte, meine eigene Lust nicht länger ertragen zu können, da stürzte es jäh und überwältigend ... Es gibt keine Worte dafür, keine Worte.

Hinterher lagen wir lange beieinander, in stummer Umarmung verschlungen. Ich drang erneut in sie ein, und dieses Mal war es ein noch größeres Fest der Sinne, doch nicht die gleiche, fast überirdische Verzückung, die zwei Menschen vielleicht nur einmal im Leben zusammen erfahren. Ich weiß es nicht zu sagen – meine Zeit mit Assarhamat war allzu kurz, doch ich habe in den Armen anderer Frauen nie wieder solch eine Freude erlebt.

»Hierher dürfen wir nicht wieder kommen«, sagte ich am Ende, als ich es über mich brachte, das Schweigen unserer vollkommenen Übereinstimmung zu brechen. »Wir dürfen nie wieder hierher kommen. Aber ich finde etwas anderes für uns – ich finde –«

Sie brachte mich mit Küssen zum Schweigen. Sie schien nicht zu hören, was schließlich auch nur Worte waren. Sie wußte, daß ich jetzt nie wieder ohne sie sein könnte, daß sie gewonnen hatte, daß ich sie immer lieben würde, auch wenn es mich das Leben kostete. Ja, natürlich wußte sie das.

»Ich finde uns ein Haus, irgendeinen ruhigen Ort, wo –«

»Du hast ein Haus«, murmelte sie, wie eine Mutter des Nachts mit ihrem Kind flüstert. »Oder zumindest hat dein Sklave ein Haus.«

»Ja, aber das Risiko – nicht nur für uns selbst, sondern auch für . . .«

»Kephalos? Was kümmert mich Kephalos! Wir tragen alle das gleiche Risiko, und er ist ein Sklave.«

Ich sagte ihr nicht, was ich tief drinnen fühlte, daß nämlich Kephalos viel eher mein Freund als mein Sklave war, daß es feige von mir wäre, ihn in meinen eigenen Untergang mit hineinzuziehen, daß sie offensichtlich kein Mitleid kannte. Derlei Dinge sagte ich nicht. Ich schwieg, denn ich wußte, ihre Liebe zu mir machte sie so, und ich wußte, daß ich tun würde, was auch immer ich tun mußte, daß nichts zählte, keine irdischen Bindungen, keine Ehrenschuld, keine Freundschaft, sondern nur die süße Berührung von Assarhamats Fleisch. Ja, ich wußte bereits, was ich zu tun hatte.

*

Die folgenden Tage konnte ich nicht frei über meine Zeit verfügen. Seit unserer Rückkehr aus dem Süden war der König rastlos und von neuer Energie erfüllt, als hätte die Eroberung Babylons ihn aus einer Trance erweckt, und ich war nun tatsächlich, nicht nur dem Namen nach, einer der königlichen Gefährten, und man erwartete von mir, daß ich zugegen war, während er sich an einer Folge von Lustbarkeiten und Pflichten ergötzte. Ich war bei den Sitzungen des Kronrates und seinen Festmählern anwesend. Ich stand hinter ihm, wenn er als Oberpriester von Assur zu seinem Gott betete. Ich hörte zu, wenn er seine Geschichten erzählte und lachte, wenn es ihm beliebte zu scherzen. Und wenn er jagte – er jagte jetzt beinahe jeden Tag, gleichsam als könne er die Freuden des Krieges nicht missen –, war ich an seiner Seite. Ich fuhr seinen Streitwagen, wenn er den Löwen seines Privatgeheges nachsetzte und wenn wir auf die großen Ebenen, die um Ninive lagen, hinausfuhren, um Herden von Wildeseln aufzuspüren. Wenn seine Treiber und seine Hunderudel ihm Wild in die Falle trieben, daß er es nach

Belieben mit der langen Lanze erlegen konnte, während die Tiere mit verfangenen Geweihen und entsetzt rollenden Augen in dem Netz um sich schlugen, trug ich seine Waffen und wischte ihm das Blut von Händen und Gesicht. Ich war sein Sohn und sein Günstling, und darum gehörte das zu meinen Pflichten. Und als ich dann erkannte, daß er am Ende doch nur ein Mensch und nicht das strahlende Abbild des Königtums war, für das die Welt ihn hielt, begann ich den Gebieter Sanherib zu lieben, dessen Samen ich war und der mich an sein Herz gezogen hatte.

Der Herrscher der Vier Enden der Erde war mittlerweile alt. Er hatte viele Schwächen, und sein Verstand hatte durch die tausend Ängste und Befürchtungen gelitten. Und obschon er sich immer noch an die Symbole seiner ruhm- und siegreichen Jugend klammerte, an seine Jagd und seine Zechgelage, an die ganze Herrlichkeit seiner Macht, war er vermutlich nicht blind für die Veränderungen an sich selbst. Er vertraute nur wenigen, doch auf die stützte er sich immer mehr. Der *turtanu* Sinahiusur – sein Bruder und vielleicht sein einziger wahrer Freund –, die Herrin Nakija, ich selbst und seine Tochter, die Herrin Schaditu.

In jenen Tagen sah ich Schaditu häufig. Wenn ich zur Linken des Königs saß, so saß sie zu seiner Rechten. Kam er von seinem beinahe täglichen Schlacht- und Jagdausflug zurück, so stand sie zu seiner Begrüßung mit einer Schale in der Hand am königlichen Tor, um ihm den Staub vom Gesicht zu waschen. Mehr als einmal, während wir uns an der Festtafel gegenübersaßen, glitt ihr bloßer Fuß unter den Saum meiner Tunika, und dann streichelten ihre Zehen meine Haut, und die ganze Zeit lächelte sie mich an wie die schamloseste Schenkendirne.

Und wenn ich auch nicht ihr Liebhaber wurde, so doch viele andere. Manch ein junger Mann büßte seine Lust auf ihrer Pritsche, und jeder – außer anscheinend der König – wußte davon. Oder vielleicht wollte er nur nichts wissen. Oder vielleicht wußte er es, und es war ihm längst gleichgültig.

Und dann war natürlich auch immer die Herrin Nakija zugegen. Sie teilte fast jede Nacht sein Bett, denn wenn der König auch seine anderen Frauen beschlief, dann nur, um den Schein zu wahren. Sanherib hatte viele Kinder gezeugt, doch im Winter seines Lebens reichte seine Leidenschaft nur noch für sie, die er zu brauchen schien, wie ein anderer Mensch die Luft zum Atmen. Die Herrin Nakija war schweigsam und ließ sich nur selten blicken, doch jedermann wußte, daß ihr Wort im Palast des Königs Gesetz war. Ich bemühte mich nach besten Kräften zu vergessen, daß sie überhaupt existierte, doch sie gehörte zur Stimmung jener Zeit, wie der Geruch des Todes im Wind.

Und so war ich denn eingeengt durch mein Leben bei Hofe mit meinem Bereitschaftsdienst, durch den ständigen Druck der feingesponnenen Intrigen dort und durch die quälenden, unausgesprochenen Rivalitäten in jener Welt der sanften Drohungen, zu welcher sich der innere Kreis um den König entwickelt hatte, so daß ich viele Ausreden vor mir selber fand, um meinen Besuch in Kephalos' Haus am Adad-Tor immer wieder aufzuschieben. Ich nutzte das weidlich aus, denn ich brannte nicht gerade darauf.

Doch schließlich mußte es sein.

Ich schickte Kephalos keine Nachricht, daß ich ihn besuchen wollte, denn ich fürchtete, er würde meinen Auftrag erraten. Kephalos wußte natürlich, was die ganze Stadt wußte, denn manch einer mußte das Gesicht des Mannes erkannt haben, der eine große Dame auf den Stufen zum Ischtartempel erwartet hatte – und ich wollte ihm keine Zeit geben, sich Ausflüchte auszudenken. Das war feige von mir, schließlich brauchte er keine Entschuldigung, außer daß er schlicht Vorsicht geltend machte; doch auch wenn man ihn überraschte, würde mein Sklave in seinem eigenen Interesse noch wendig genug sein. Ich jedenfalls war in dieser Sache gewiß nicht im Recht.

So tauchte ich eines Morgens einfach vor seiner Haustür

auf, zu einer Stunde, wo man annehmen konnte, daß er nicht geschäftlich zu tun hatte.

Der Knabe Ernos – nicht mehr ganz ein Knabe – begrüßte mich und nahm mir meinen Umhang ab, verneigte sich tief und schaute die ganze Zeit so finster, als witterte er Unheil, und als ich ihm zu verstehen gab, ich wünsche seinen Herrn ohne Verzug zu sehen, da führte er mich ins Obergeschoß des Hauses, wo ich Kephalos hinter einem verhängten Durchgang bequem und bis zum Bart in heißem, stark parfümierten Wasser einer riesigen, bronzenen Wanne liegend fand, einer Wanne, die groß genug war, um einem König als Sarkophag zu dienen. Und Philinna kauerte, nackt wie die Morgenröte, hinter ihm und rieb ihm den fetten Rücken mit einem Tuch. Beide blickten erstaunt und ärgerlich auf, als hätte ich sie bei etwas ertappt, daß sie lieber für sich behalten hätten.

»Bleib nur liegen, Ehrenwerter Arzt, sonst rutschst du noch aus und schlägst dir den Schädel auf. Merkst du, wie höflich ich bin? Ich habe dich nicht einmal gefragt, was du in dem Ding da tust – was ist das übrigens?«

»Die Unwissenheit meines jungen Herrn überrascht mich«, verkündete er großspurig, nahm Philinna das Tuch ab, machte es naß und wrang es über seinem Kopf aus. »Wer anders als das Heer des Königs, deines Vaters, hat das hier mit der Beute aus Babylon mitgebracht? Eine außerordentlich zivilisierte Errungenschaft, wie man sie von den Babyloniern auch erwarten durfte – man wäscht seinen Leib so viel wirkungsvoller und weitaus angenehmer als in einem Schwitzbad, wo gewöhnliches Gesindel zugegen ist und einem lästig fällt, wenn es überhaupt Lust hat, solch öffentliche Häuser aufzusuchen.«

Um seine Ansicht zu veranschaulichen, hob er den Fuß aus dem Wasser und gestattete Philinna, ihn mit soviel Energie zu säubern, als reinigte sie ihre Kupferkessel. Und dabei rollten ihre großen Brüste hin und her wie Wasserschläuche auf dem Deck eines dümpelnden Schiffes.

»Ja«, antwortete ich auf Akkadisch. »Assarhaddon findet es auch unterhaltsam, seine Frauen mit ins Bad zu nehmen. Es überrascht mich, daß du sie nicht mit hineinnimmst, Kephalos. Wäre das nicht bequemer für dich?«

»Die Zunge des Gebieters Tiglat Assur sticht für solch eine frühe Stunde schon wie eine Wespe. Könnte der Grund darin zu finden sein, daß er mit seinem Diener nicht zufrieden ist?«

Er musterte mich kurz mit zusammengekniffenen Augen, als wäre ich ein Patient, der mit Salben oder heißem Senfwasser kuriert werden müßte, dann heiterte sich seine Miene auf.

»Nein«, sagte er zuletzt. »Ich sehe, er ist nicht mit Kephalos, sondern mit sich selbst uneins. Philinna, reiche mir ein Tuch zum Abtrocknen und dann bereite dem Prinzen etwas zu essen. Auf alle Fälle, hinaus mit dir.«

Als der Türvorhang zufiel, wartete Kephalos, der sich bereits in ein Leinentuch von der Größe eines Segels gehüllt hatte, mit schiefgelegtem Kopf eine kurze Weile, als lauschte er auf etwas, dann trabte er zum Eingang und spähte hinaus. Er hinterließ riesige, nasse Fußtapfen auf den Fliesen; ich starrte sie verständnislos an – ich wußte schon nicht mehr recht, was ich hier eigentlich wollte.

»Sie ist fort. Niemand ist draußen«, sagte er lächelnd und nickend. Nachdem er dann seine Leinenhülle, die inzwischen feucht geworden war und wie eine zweite Haut wirkte, die er sich gerade abstreifen wollte, geordnet hatte, hob er die Hände mit einer zynisch resignierten Geste. »Wer seinen Hausdienern vertraut, ist ein Tor.«

»So darf ich dir denn nicht trauen, Kephalos?«

Seine Hände fielen langsam herab, und dabei schienen die Züge meines Sklaven zu schmelzen wie Wachs, seine Mundwinkel zogen sich herunter, während sich seine Stirn runzelte, als gäbe sie unter der Last seiner Sorgen nach.

»Ach, junger Herr, sprich es nicht aus«, sagte er, während er sich auf den Rand seiner großen Wanne sinken ließ. »Bitte, sage mir rasch, daß du nicht wegen der Herrin Assarhamat hier bist, denn zwar flüstert man allenthalben, daß du eines Tages König wirst, doch du bist noch nicht sicher ins Haus der Erbfolge aufgenommen, und wenn du jene auf deine Schlafmatte nimmst, spielst du mit dem Messer des Scharfrichters.«

Ich machte mir nicht die Mühe zu fragen, woher er wußte, was ich von ihm wollte. Ich brauchte nicht zu fragen, denn als ich mich mit der verschleierten Dame am Ischtartempel traf, hatte ich der Welt meine Absichten kundgetan. Zwar spürte ich, wie Niederlage und Verderben auf mich eindrangen, doch gleich dem Bauer, der zusehen muß, wie ihm ein Sommerhochwasser die Gersteernte fortschwemmt, zuckte ich nur die Schultern, als wäre mir die Sache gleichgültig. Doch wen führte ich damit schon hinters Licht?

»Sie ist Witwe, Kephalos, und kann tun und lassen, was sie will, bis sie wieder verheiratet wird. Außerdem hat man mir durch den *turtanu* Sinahiusur zu verstehen gegeben, daß man auf diesem Auge blind sei . . .«

»Das blinde Auge dürfte dir gehören, junger Herr, mit einem Dolch ausgestochen, sollte der Gebieter Assarhaddon König werden und dahinter kommen, daß du es mit seiner Braut getrieben hast.«

»Für Assarhaddon sind alle Frauen gleich – in diesem Punkt ist er nicht wählerisch. Außerdem liebt mich mein Bruder.«

»Ja, mein junger Narr von einem Herrn, aber *mich* liebt er nicht!«

Kephalos kam mit solcher Wucht auf die Füße, daß das Wasser aus seinem Bad fast auf den Fußboden geschwappt wäre. Außer sich stampfte er auf und ab, während seine Augen die ganze Zeit flehentlich an meinem Gesicht hingen. »Gebieter, glaube du nicht, daß man deinen Bruder mit Verzeihen überfordern sollte – wenn er herausfindet, daß du mein Haus als . . . Ach, ihr gelobten Götter des Westens, bei dem Gedanken allein wird mir schon ganz anders!«

»Soll das heißen, daß in dieser Sache kein Verlaß auf dich ist, Kephalos?«

»Nein, junger Herr, da es den Anschein hat, daß es mir nicht gelingt, dich von dieser Narretei abzubringen – es heißt nichts dergleichen.«

Mein Sklave, der schlaue und wohlhabende Kephalos, betrachtete mich mit etwas, das ein anderer fälschlich für bekümmerte Sorge gehalten hätte, gleichsam als wäre ich ein Sohn, der seines Vaters schönste Hoffnungen enttäuschte; doch ich wußte, dieser Blick hieß nur, daß er nachdachte.

»Alle Welt hat dich auf der Tempeltreppe gesehen, junger Herr. Es war äußerst unklug, die Dame dort zu treffen.«

»Doch vielleicht ist alle Welt nicht so schlau, daß sie auf den Namen der Dame kommt.«

»Alle Welt ist so schlau, junger Herr.« Er lachte kurz auf, der Witz schien ihm erst jetzt eingefallen zu sein. »Das ist der Preis des Ruhmes, jeder kennt dein Gesicht und interessiert sich für deine Angelegenheiten. Wenn man von der Herrin Assarhamat außerhalb vom Palast deines Vaters spricht, dann nur, weil sie von dem mächtigen Prinzen, dem Gebieter Tiglat Assur, geliebt wird, dessen Name man bis zu den Enden der Erde fürchtet.«

»Mach dich nicht über mich lustig, Kephalos. Es ist nicht klug, sich über mich lustig zu machen.«

»Ich mache mich nicht lustig, Gebieter – obwohl du dich wie ein riesiger Dummkopf aufgeführt hast und den Spott verdienst. Ich mache nur auf etwas aufmerksam, das allen Menschen klar ist, nur dir selber nicht.«

Er legte mir die Hand auf die Schulter und musterte ernsthaft mein Gesicht, damit ich merkte, daß er nicht spaßte. Und dann lächelte er.

»Komm, mein törichter, junger Herr. Ich will mich anziehen, damit wir beide unsere Würde wahren, und dann trinken wir mehr Wein als uns guttut und bereden, wie du die Umarmungen der Herrin Assarhamat gefahrlos genießen kannst.«

XIII

Das folgende Jahr, in dem ich mich in Liebe, Ruhm und Hoffnungen sonnte, war das glücklichste meines Lebens.

Kephalos, in allen Dingen des praktischen Lebens der Klügere, wußte sofort, daß es aussichtslos war, meine geheime Liebschaft mit Assarhamat vor den Augen des Palastes zu verbergen. Doch er meinte auch, daß wir von dort am wenigsten zu befürchten hätten, da Assarhamat den nächsten König heiraten mußte und aus diesem Grunde gewissermaßen Straffreiheit genoß. Niemand würde es wagen, gegen sie vorzugehen, solange ihr Betragen nicht zum öffentlichen Skandal wurde, und eben diesem Ziel widmete sich mein Sklave mit seiner ganzen Gerissenheit.

»Wir müssen«, sagte er und schüttelte heftig den Kopf – er war inzwischen mehr als nur ein wenig betrunken, und das machte zwar seine Bewegungen betonter, schien aber auf seine geistige Beweglichkeit keinerlei Einfluß zu haben –, »wir müssen um jeden Preis verhindern, daß über diese Affäre in der ganzen Stadt geklatscht wird. Die Herrin Assarhamat ist ein Preis, um den sich alle bewerben, denn sie bringt den Thron von Assyrien mit in die Ehe, und sollte deshalb jemand anders als du König werden, so kann er dich nicht umbringen, weil du sie im Bett gehabt hast – zumindest nicht öffentlich –, außer er fürchtet sich nicht davor, daß man die Legitimität seiner Nachkommenschaft in Zweifel zieht. Davor wird er zurückschrecken, solange das gewöhnliche Volk sie für tugendhaft hält, und das wird es auch, solange du diskret vorgehst. Sie ist Witwe und verstößt nicht gegen Sitte und Anstand, wenn sie sich mit dir vergnügt, doch dein Bruder, der Gebieter Assarhaddon, sollte er einmal regieren, will gewiß, daß auch nicht der Hauch eines Verdachtes entsteht, seine Söhne könnten nicht von ihm sein. Wie du sagst, er ist nicht wählerisch, was Frauen angeht, und ihm selbst mag es gleichgültig sein, doch hält man derlei Dinge am besten geheim.

Und darum, junger Herr, darfst du sie unter keinen Umständen hierher bringen, denn jedermann weiß, wessen Sklave der Arzt Kephalos ist, und sogar die guten Leutchen in Ninive sind nicht so blind, daß sie nicht bemerken würden, was sich direkt vor ihrer Nase abspielt. Außerdem geht es auch um die Sicherheit meiner Wenigkeit – Assarhaddon wird keine Bedenken haben, seinen Zorn an mir auszulassen, wenn ich dir zu offen dabei helfe, dich an der künftigen Herrin seines Palastes zu erfreuen. Nein, ich muß andere Vorkehrungen treffen.«

In jeder Stadt gibt es bestimmte Stadtteile, wo es sehr geraten ist, sich um seine eigenen Angelegenheiten zu kümmern und seine Nachbarn in Frieden zu lassen. Das eigene Kommen und Gehen wird nicht registriert, und wenn die Straße mitten in der Nacht von lautstarker Gewalttätigkeit geweckt wird, dann warten die Bewohner, bis es wieder ruhig ist. Vielleicht sieht dann jemand nach, der sich vergewissern will, daß der in der Gosse Liegende auch tatsächlich tot ist, und alsbald kehren alle wieder zu ihrer eigenen, tadelsfreien Nachtruhe zurück. In solch einem Stadtteil versteht es sich von selbst, daß alle Menschen Geheimnisse haben und daß es besser ist, so wenig wie möglich davon zu verlautbaren. In solch einer Gegend kaufte Kephalos zwei Häuser in verschiedenen Straßen, die zufällig eine gemeinsame Rückwand hatten.

»Das hier ist die Nergal-Straße, junger Herr.« Er fuchtelte mit dem Arm, als wehrte er einen Schenkenwirt ab. »Hier kann ein junger Mensch, der schnell zu seiner Erbschaft kommen möchte, für fünf Silberschekel einen Mann dingen, der seinem Vater die Kehle durchschneidet – es sei denn, der Name des jungen Mannes lautet zufällig Tiglat Assur; Mord an einem König ist ein zu ehrgeiziges Verbrechen selbst für solche, die das hier ihr Zuhause nennen. Doch sonst steht alles hier zum Verkauf, von kupfernen Kochtöpfen bis hin zur Gunst bartloser, kleiner Knaben. Man muß nur wissen wo.«

Ich blickte mich um und verstand unschwer, wie der Ort

zu seinem Namen gekommen war, denn jener Gott der Seuchen, der große Schutzheilige der Unterwelt, hätte sich hier in diesen aussätzig wirkenden Mauern heimisch fühlen können, in diesen Gemäuern, deren obere Stockwerke sich zur Straße neigten, als hielten sie so gerade noch zusammen. Im Gegensatz zu anderen Stadtteilen von Ninive, wo die Menschen so lärmend und mit sich selbst beschäftigt auf den Straßen wimmelten, daß kaum ein Durchkommen war, herrschte hier Stille; und nur ein paar verstohlene, schweigsame Gestalten standen herum – verschleierte Frauen und Männer, die einem den Rücken zukehrten, wenn sie sich beobachtet fühlten –, scharrten mit den Füßen, als ob sie auf jemanden warteten, den sie lieber nicht gesehen hätten. Auf diesem Ort schien in der Tat eine Art Fluch zu lasten.

Kephalos blickte mich offensichtlich amüsiert an, als wir die leere Straße überquerten – man hätte meinen können, wir wollten ihre Länge ausmessen.

»Ich kann mir schon denken, was in dir vorgeht, junger Herr, doch ich versichere dir, daß hier niemand auf dich zukommt und die Hand aufhält. Hier droht keine Entdekkung, denn diese Leute kümmern Staatsangelegenheiten wenig, und wahrscheinlich haben sie den Namen Tiglat Assur noch nicht einmal gehört. Außerdem sind sie zu sehr auf der Hut, um aus Habgier auf den Gedanken zu kommen, einen königlichen Prinzen zu erpressen. Du und die Herrin, ihr werdet hier schon ganz sicher sein – laß uns nun das Haus anschauen.«

Der Ort war wirklich wenig ansprechend; im Erdgeschoß gab es nicht einmal einen dreibeinigen Schemel, nur einen leeren Feuerrost und ein Paar Tonkrüge mit Spinnweben über der Öffnung. Oben, in dem größeren der beiden Zimmer, fand ich eine Decke, eine aufgerollte Schlafmatte an der Wand und ein Kupferbecken, das zum Waschen gedacht war.

»Komm her, Gebieter, und sieh dir meine Vorrichtung an.«

In die Rückwand war eine Öffnung gebrochen worden, die mit einem Vorhang aus Ochsenhaut verdeckt war. Kephalos schob ihn beiseite und öffnete eine schwere Holztür, die von unserer Seite aus verriegelt gewesen war. Wir traten in ein größeres Zimmer, welches das ganze Obergeschoß eines anderen Hauses einnahm. Die mit Fensterläden verschlossenen Fenster gingen auf eine Straße, die ich noch nie gesehen hatte.

»Die Herrin Assarhamat kommt in einer geschlossenen Sänfte zu diesem Eingang«, sagte er, während wir auf die Köpfe der Vorbeigehenden hinunterblickten. »Du wartest in dem anderen Haus auf sie – wie sollte da jemand auf die Idee kommen, daß es einen Zusammenhang zwischen deinen und ihren Besuchen gibt? Der Mann, dem ich diese beiden Gebäude abgekauft habe, behauptet, daß sie Schauplatz vieler heimlicher Liebschaften gewesen sind, von denen keine je aufgedeckt wurde. Siehst du da die Weinschenke gegenüber – sieht doch ganz schlicht aus. Dort mögen sich Leute verschnaufen, die nichts als ihren Schweiß zu verkaufen haben, und doch macht man oben sehr gute Geschäfte; die Räume werden stundenweise vermietet und sollen sogar großen Damen, die Lust auf muskulöse verschwitzte Träger und auf nach Pech riechende Bootsleute haben, nicht unbekannt sein. Eine geschlossene Sänfte ist kein so ungewöhnlicher Anblick in dieser Straße und zieht auch keine besondere Aufmerksamkeit auf sich.«

»Es ist einfach abstoßend«, sagte ich ruhig. »Was sie wohl von unseren ›Vorkehrungen‹ hält, wenn sie die sieht?«

Kephalos hob die Schultern, als ob das nicht zählte.

»Wahrscheinlich ist sie weitaus weniger heikel als du, mein einfältiger junger Herr. Frauen, auch solche wie die Herrin Assarhamat, die kaum mehr als Kinder sind, schreiten mit offenen Augen durch die Welt und machen sich weniger Illusionen als Männer. Heimliche Liebschaften sind ihr natürliches Element – warte nur ab, Gebieter. Es wird schon alles gut.«

*

»Es wird schon alles gut.« Kephalos, für den es keine Hindernisse außer die von Zeit und Ort gab, begriff nicht. Oder vielleicht war ich derjenige, der nicht begriff – wie soll ich das wissen. Es war alles so verwirrend, und so ist es auch geblieben.

Doch in einem hatte mein Sklave Recht; vor den Augen von meines Vaters Hof ließ sich nichts geheimhalten. Einen Monat später, als ich mich von meinem Bruder Assarhaddon verabschieden wollte, der nach Borsippa versetzt worden war – der König hatte ihn zum *shaknu* von ganz Sumer ernannt und ihm die uneingeschränkte Militärgerichtsbarkeit zugestanden –, wurde mir das deutlich zu Bewußtsein gebracht.

»Wie ich höre, du hast dir ein Haus in der Nergal-Straße gekauft«, sagte er gleich als erstes. »Das soll vermutlich für die schöne Assarhamat sein? Komm mit in den Garten und erzähle mir alles, damit ich weiß, wofür ich sie schelten kann, wenn sie erst Herrin meines Palastes ist. Eine Ehemann tut immer gut daran, ein kleines Geheimnis seiner Frau zu kennen, mit dem er sie dann zum Schweigen bringen kann, wenn sie ihn wegen anderer Frauen ausschimpfen will. Komm, denn auch ich habe dir Geheimnisse anzuvertrauen.«

Sein Arm lag beim Sprechen auf meiner Schulter, und er führte mich durch die karg möblierten Gemächer seines neuen Palastes – Assarhaddon teilte die Abneigung des Soldaten gegen zuviel Sachen, und so beinhalteten seine Vorstellungen von Luxus nicht jene Pracht, wie man sie in den Häusern reicher Kaufleute antrifft.

Doch trotz Vertraulichkeit und Vertrautheit, die wie gewöhnlich zwischen uns herrschten, war sein Benehmen mir gegenüber irgendwie verändert. Schwer zu sagen, was es war. Ich bin mir nicht einmal sicher, ob ich damals wirklich einen Wandel feststellte, doch irgendwie wußte mein Bruder jetzt, was Eifersucht hieß. Und wenn er mich auch damit aufzog, Assarhamat heiraten zu wollen – was konnte es ihm schon ausmachen, wenn sie und ich uns heimlich trafen, da Frauen für ihn nur ein Gelüst waren, das man befriedigte? –, trotz seines lustigen Tons lag etwas Drohendes in seiner Stimme, als wolle er mich warnen, daß er am Ende ohne Rücksicht auf mich doch noch seinen Weg machen würde.

»Und nun«, fragte ich, »sage du mir, woher du das hast?«

Er wandte den Kopf, blickte mir ins Gesicht und hob erstaunt die Brauen.

»Was? Ist das etwa ein großes Geheimnis? Meine Mutter hat es mir erzählt – wer denn wohl sonst?«

Ja, natürlich. Wer denn wohl sonst. Denn Nakija lebte wieder mit ihrem Sohn zusammen und sollte ihn sogar nach Sumer begleiten – wie sie dem König das abgerungen hatte, war mir nicht klar, aber sie hatte es geschafft. Ja, warum sollte nicht auch Nakija von meinen Umtrieben in der Nergal-Straße wissen?

Assarhaddons Garten war ein kahles, gefliestes Geviert unter dem blanken Himmel. Es war ein Ort, wo er nach einer in Schenken verbrachten Nacht allein in ein Löwenfell gehüllt sitzen und die kalte Nachtluft einatmen konnte, bis er wieder nüchtern war und Frauenstimmen ertragen konnte.

Ich wußte, daß seine Mutter ihn in immer gefährlichere und betäubendere Ausschweifungen trieb und dabei langsam die Leitung seines Hauses und seines Lebens übernahm und ihn mit der subtilen Schläue einer Spinne immer hilfloser in ihrem Netz verfing. Und Assarhaddon, der im Krieg mit dem furchtbaren und unbekümmerten Mut des blinden Sturmes kämpfte, fürchtete sie allmählich – oder fürchtete sie allmählich noch mehr. Es hatte den Anschein, als wolle seine Kindheit nie enden.

Wir saßen auf der Bank aus Zedernholz, und nachdem uns eine Dienerin, einer der babylonischen Zwillinge – welche, hatte ich keine Ahnung, denn sie glichen einander wahrlich wie die zwei Hälften eines Apfels – Wein und einen Teller mit Heuschrecken in Honig gebracht hatte, winkte er sie fort, wartete, bis sie sich in den Palast zurückgezogen hatte und blickte mich dann mit besorgtem Blick an.

»Wir müssen natürlich vorsichtig sein«, sagte er, und seine Stimme drang nur noch als Gemurmel an mein Ohr. »Sie wartet an der Tür und lauscht, dann läuft sie zu meiner Mutter und erzählt ihr alles, was sie gehört hat. Es ist nicht ihre Schuld, armes Dingelchen; sie kann nicht anders. Alle, meine sämtlichen Dienstboten, haben nämlich eine Todesangst vor Nakija. Man kann es ihnen nicht übelnehmen, doch man lernt, vorsichtig zu werden – auch wenn es nichts ausmacht. Am Ende findet meine Mutter ohnedies alles heraus.«

Er blickte in den Weinkrug in seiner Hand, als ob er meinte, er enthielte Gift, dann nahm er einen großen Schluck.

»Natürlich macht sie das mit Zauberei – hast du das nicht gewußt? Sie hat noch mehr Macht als der König, darum schickt er mich doch auch fort, damit ich mich im Schlamm von Sumer amüsiere. Sumer! Ich bitte ihn um die Garnison in Amat, weil ich Krieg gegen die Bergstämme führen will, und was gibt er mir, Sumer.«

»Das war vom König als Auszeichnung gedacht, Bruder.« Ich legte ihm die Hand auf die Schulter und schüttelte ihn, wie um ihn aus einer Betäubung wachzurütteln. »Du regierst über die reichste Provinz . . .«

»Regieren, aber nicht als König – ich bin der *shaknu* von Babylon, aber Assurnadinschum, den hat er zum Unterkönig gemacht, oder?«

»Er hat gemerkt, was du wert bist, Bruder. Er möchte dich groß machen. Und Assurnadinschum hat für den Titel König von Babylon mit seinem Leben gezahlt.«

»Er will mich aus dem Weg haben, während er dich an meiner Stelle zum *marsarru* macht.«

Assarhaddon grinste mich an – so grimmig, als haßte er mich.

»An meiner Stelle. Das überrascht dich, was?« fuhr er fort. »Denn ich werde nach dem Tode unseres Vaters regieren. Alle Omen sagen das aus. Vogelschwärme bilden meinen Namen. Du glaubst mir nicht? Dann frage meine Mutter. Sie hat ein Gefolge von Zauberern, und sie selber kann die Geister von Toten heraufbeschwören. Ich bin dabei gewesen, darum weiß ich, daß es stimmt. Ich habe es selbst gesehen, sie steht mit unserem Urahn Assurnassirpal in Verbindung, einem mächtigen König, wie du weißt. Er hat ihr gesagt, ich würde König und Vater von Königen. Und das wollte ich dir anvertrauen, Tiglat, mein Bruder – ich soll es sein, und weder du noch ich können daran etwas ändern.« An seiner Miene ließ sich nichts ablesen. Er zeigte nur triumphierend die Zähne, doch seine Augen blickten ängstlich.

»Hoffentlich gibt es im Süden einen Aufstand«, entfuhr es mir. Ich trank einen Schluck Wein und zog ein Gesicht, denn Assarhaddon war es gleich, was er trank, solange es ihm nur den Kopf benebelte. »Hoffentlich kommen die Chaldäer aus ihren Sümpfen gehüpft, so zahllos wie die Frösche im Sommer, daß du und dein Heer nicht einen Augenblick zur Ruhe kommen. Das wäre das Beste für dich, Bruder. Im Frieden trinkst du zuviel schlechten Wein und hörst zu sehr auf das Geschwätz von Frauen – vor allem auf Nakija. Besser, du meidest die Frauen, denn du bist ein vertrauensseliger Narr und glaubst alles, was sie dir einreden.«

»Wahrscheinlich hast du recht – ja, ganz sicher hast du recht.« Um seinen Worten Nachdruck zu verleihen, schlug mir Assarhaddon aufs Knie und brach mir fast das Bein. »Doch von Zeit zu Zeit braucht ein Mann Frauen, seiner Gesundheit zuliebe.«

»Was das angeht, so ist es deiner Gesundheit nicht zuträglich, unter demselben Dach mit deiner Mutter zu leben.

Darüber hinaus solltest du dir nur Fremde halten, Elamiterinnen und schwarze Äthiopierinnen, da du keinerlei Begabung für fremde Sprachen hast.«

»Und meine Zwillinge? Die ägyptischen Schwestern?«

»Laß ihnen die Zunge mit einem glühenden Messer spalten, damit sie dir nicht mehr den Kopf verwirren können.«

»Das klingt klug – das klingt gut.«

Jetzt lachten wir beide, stützten uns gegenseitig und brachten kein Wort heraus, so herrlich fanden wir den Witz. Wenn einer von uns etwas sagen wollte, brauchte er nur den Mund aufzumachen, doch dann trafen sich unsere Blicke, und schon wieder mußten wir kichern wie zwitschernde Vögel. Assarhaddon schien das ganze Königsein vergessen zu haben.

»Dann glaubst du also nicht an die Omen meiner Mutter?« fragte er zuletzt und bemühte sich dabei, mich nicht anzusehen, damit er nicht wieder lachen mußte.

»Ich glaube, deine Mutter möchte, daß du an sie glaubst – warum? Sagt dir die Aussicht, König zu werden, denn zu?«

»Nein.« Er schüttelte heftig den Kopf und trank noch einen großen Schluck aus seinem Weinkrug. Er wirkte schon ein wenig betrunken, und mein Bruder hatte stets den besseren Durchblick, wenn er ein wenig betrunken war. »Nein – *ich* habe wirklich keine Lust, mir ewig den Bart abzunehmen, wenn die Priester sagen, daß der Gott ein Sühneopfer verlangt. Ich habe keinen Spaß daran, mich nach frommen Riten zu kleiden und an allen ungünstigen Tagen wie ein *maxxu* zu fasten. Ein König hat keine Minute für sich allein. Wer möchte schon König werden, wenn er es vermeiden kann? Du vielleicht – ich aber setze die Reize der Herrin Assarhamat nicht so hoch an. Doch da ist immer noch das Omen meiner Mutter?«

»Assarhaddon, dein Kopf scheint aus einem roten Granitblock gehauen zu sein.«

Ich stand auf, um mir die Beine zu vertreten, denn es

wurde langsam kalt. Mein Bruder schloß sich mir an, und so durchmaßen wir den Garten bis zur entgegengesetzten Mauer, die auf die Enlil-Straße ging; dort hob er seine Tunika und erleichterte sich geräuschvoll, ehe er mir wieder den Weinkrug abnahm. »Dann glaubst du also, daß ich einfältig bin?« fragte er – gar nicht beleidigt, sondern eher aus Interesse.

»Ja. Du hast ja keine Ahnung, wie viele Berichte ich jede Woche bekomme, daß in Kalach irgendein Kind mit den Anfangsbuchstaben meines Namens auf dem Bauch geboren worden ist? Oder daß ein Blutstern, wie der auf dem Handteller meiner rechten Hand, in den Gedärmen einer Opferziege im heiligen Assur entdeckt wurde? So geht es jedem bedeutenden Mann im Lande – die Leute wollen sich bei ihm einschmeicheln, und so erzählen sie von Wundern oder Zeichen, die von der Göttin Ischtar gesandt sind. Nur ein Dummkopf glaubt derlei Zeug.«

»Ich bin deiner Meinung.« Er machte eine heftige Handbewegung mit der Rechten, als wolle er alle Gedanken an Widerspruch beiseite wischen. »Aber was ist mit dem Geist von Assurnassirpal? Wahrhaftig, Bruder, du wirst doch nicht etwas bezweifeln wollen, was ich mit eigenen Augen gesehen habe. Sage bloß nicht, daß du in deiner ionischen Gottlosigkeit schon so abgebrüht bist, daß du nicht an Totenbeschwörung glaubst!«

Armer Assarhaddon, der jetzt vollkommen betrunken und ganz entsetzt über seine eigene Vermutung war; ich beeilte mich also, ihm zu versichern, daß ich in allen Glaubensfragen so ehrbar war wie jeder andere.

»Aber sage mir, was genau hast du gesehen?«

Assarhaddon dachte einen Augenblick nach, ließ die Hände zwischen den Knien baumeln, während er auf dem Brunnenrand saß, der zur Gartenmauer gehörte und wahrscheinlich vor hundert Jahren ausgeschachtet und dann aufgegeben worden war – man konnte hinunterschauen, bis sich die geschwungenen Ziegelwände in der Finsternis verloren. Schließlich blickte er auf und machte eine konzentriert verquälte Miene.

»Gesehen? Gesehen habe ich sehr wenig – nur so einen weißen Rauch. Man sieht doch nichts dabei. Aber seine Stimme habe ich ganz deutlich gehört. Meine Mutter hat ihn gefragt, ob ich nach dem Gebieter Sanherib König werde, und er hat ja gesagt.«

»Nur ja? Weiter nichts? Nur ›ja‹?«

»Ja – was verlangst du eigentlich von dem Geist eines Königs, einen Wortwechsel? Tiglat, es gibt Zeiten, da ...«

»Deine Mutter führt dich hinters Licht, Bruder.«

Ich wollte etwas prüfen, und so nahm ich den inzwischen leeren Krug und ließ ihn in den Brunnen fallen, dabei zählte ich langsam, während er im Dunkel verschwand. Ich hörte ihn nicht einmal aufschlagen.

»Ein Rauchwölkchen und eine Stimme, die nur ein Wort sagt – ich kann allein in Ninive ein halbes Hundert Zauberer auftreiben, die dir für zwei Silberschekel den Geist jedes beliebigen Königs beschwören. Könige, die tot sind, Könige, die es nie gegeben hat. Du mußt ihnen lediglich einen Namen nennen – auch einen, den du erfunden hast; *die* kennen den Unterschied nicht – und wenn du einfältig genug bist, an solche Tricks zu glauben, dann kannst du mit jedem Beliebigen sprechen. Auf nach Ninive, ich will es dir beweisen.«

»Wir wollen lieber auf meine ägyptischen Schwestern«, gab Assarhaddon zurück und grinste wie ein Hund. »Du kannst die ältere haben – sie mag dich, und wenn die einen Mann mag, dann ... Nein? Ach, Bruder, seit du so vernarrt in die Herrin Assarhamat bist, taugst du nicht mehr zu fröhlicher Gesellschaft. Aber ich gebe dir noch zwei Monate in der Nergal-Straße, dann bist du wieder der alte und möchtest eine Änderung in deinem Speisezettel, was schließlich auch das gesündeste ist. Du wirst schon noch dahinterkommen, wie sehr eine Frau der anderen gleicht, wenn sie dir erst einmal die Kehrseite gezeigt hat.«

Als ich ihn für seine Unverschämtheit in den Brunnen werfen wollte, lachte er und wich mir aus und stellte mir dabei ein Bein. Selbst nüchtern war ich ihm im Ringen nicht gewachsen, doch zu meinen Gunsten kann ich sagen, daß er eine Viertelstunde brauchte, bis er mich am Boden hatte und ich mit dem Gesicht im Schmutz um Gnade flehte. Und dann gingen wir wieder ins Haus, säuberten uns mit heißem Wasser und wechselten die Tunika, ehe wir uns zum Essen aufmachten.

»Jetzt bin ich aber erleichtert«, verkündete Assarhaddon, als er mir den Nacken wusch. »Die Vorstellung, König zu sein, hat mir nie behagt – ich werde mich mit Macht, Reichtum, Vergnügen und ewigem Ruhm begnügen.«

»Ja, aber sei nicht zu erleichtert. Auch wenn deine Mutter noch so viele Lügen zusammenbraut, kannst du immer noch König werden. Ich sage da nicht mehr, als was jedermann weiß; wenn der Gott in dieser Sache seinen Willen kundtun möchte, dann wird er sich schon klar ausdrücken.«

*

Nach einer Woche war mein Bruder schon nach dem Süden aufgebrochen, und so war er beim Akitu-Fest nicht zugegen, das im Monat Sebat gefeiert wurde, nachdem in der Stadt der erste Schnee gefallen war.

In den Ländern zwischen den Strömen gibt es keine heiligere Zeit. Sie dauert elf Tage und ist Zeichen für die Erneuerung des Bundes zwischen Assur und seinem Volk und für den Beginn des neuen Jahres – welches eigentlich im Monat Nisan beginnt, mit dem Einsetzen des Frühlingshochwassers. Doch warum das Fest einmal um diese Jahreszeit und einmal um eine andere gefeiert wird, ist ein Rätsel, das man besser der Spitzfindigkeit von Priestern überläßt.

Während der Festzeit ist der siebente Tag nicht ungünstig wie in anderen Monaten, und alles wirkt glückbringend und fröhlich. Hätte ich Augen im Kopf gehabt, ich hätte schon damals erkennen können, daß mich mein Glück verlassen hatte, daß all meine Tage finster und böse waren, doch ich merkte nichts. Ich sah nur meinen eigenen Ruhm und mein Glück. Ich glaubte, daß der Gott mit mir ganz allein die Vereinbarung traf, mich über alle Menschen zu erheben, und daß dieses der Wille des Gottes Assur war, doch ich täuschte mich. Ich hätte seine Warnungen bemerken sollen, doch ich tat es nicht. Da er sie vor niemand geheimhielt, wem soll ich die Schuld daran geben, wenn nicht mir selbst.

Am ersten Tage des Akitu-Festes darf der König keine Nahrung zu sich nehmen, bis der neue Mond erscheint; und als wir an jenem Tag gesehen hatten, wie Sins blasse Sichel am östlichen Himmel aufstieg, beendete der König sein Fasten mit einem Festmahl in meinem Hause, wo er inmitten seiner Großen speiste, und ich saß zu seiner Rechten, als wäre ich bereits zu seinem Erben ernannt. Ich hatte Merope von Drei Löwen kommen lassen, damit sie bei mir sein und dieses große Fest miterleben könnte. Und der König zeichnete uns noch mehr aus, denn jene Nacht verbrachte er im Bett meiner Mutter – zumindest war es als Auszeichnung gedacht. Ob meine Mutter das auch so sah, sagte sie nicht, und ich dachte nicht daran, sie zu fragen.

Im Laufe jenes Tages, während sein Magen noch vor Hunger knurrte, nahm mein Vater mich mit zum Schrein von Schamasch, dem Gott der Entscheidungen; er erbat den Rat des Gottes in bezug auf Kabtia, den König der Schubrianer, ob man nämlich der Vereinbarung zum Schutz der Handelswege nach dem Nordmeer trauen könne. Es war eine reine Routinesache, doch für mich interessant, weil ich noch nie einen *baru* bei der Arbeit gesehen hatte und wußte, daß dem Gott schon bald eine viel bedeutsamere Frage vorgelegt werden würde, wer nämlich dem Gebieter Sanherib auf den Thron von Assur folgen solle.

Der König brachte seine Frage auf einem Tontäfelchen geschrieben mit, das er vor das Bild Schamasch' legte, welcher so prachtvoll golden glänzte wie seine eigene Sonne.

Wir warteten schweigend, während der *kalu* seines Amtes waltete und Bittgebete sang, während uns die *ginu,* die Opferziege, die man mit einer Silberkette am Altar angebunden hatte, mit großen, teilnahmslosen Augen anblickte. Der *baru,* ein Mann namens Rimani Assur, ein dünner, ernsthaft blickender Mensch in der Mitte des Lebens – ich entsinne mich, wie sein immer noch schwarzer Bart von Öl glänzte – beobachtete die *ginu,* denn jede Bewegung des Tieres, von seiner Ankunft im Tempel bis zur letzten Todesqual, war bedeutsam für die Auslegung des Willen Gottes.

Als der *kalu* endlich mit Singen aufhörte, blickten wir alle zum Bild der Gottheit hoch, das hinter seiner Weihrauchwolke verschwommen und majestätisch wirkte. Schamasch, die Augen Assurs – schließlich weiß jeder Gebildete, daß die Untergötter lediglich Aspekte des einen wahren Gottes, also Assurs, sind, der alle Macht, alle Glorie, alles Leben in seiner eigenen Göttlichkeit vereint. War Schamasch gewillt, in dieser Angelegenheit ein Urteil zu fällen? Die *ginu* starrte erst den Opferstein an, auf dem sie sterben sollte, dann mich und dann den König. Sodann schnaubte das Tier laut, so als hätte sich ein Strohhalm in seiner Nase verfangen, und der *baru,* der dies als Zeichen Gottes deutete, nahm das geweihte Feuersteinmesser von seinem Platz auf dem Altar, und nachdem etliche Priesternovizen die *ginu* von ihrer Silberkette befreit hatten, ergriff er sie bei den Beinen, hob sie auf den Opferstein und durchschnitt ihr die Kehle mit einem einzigen, kundigen Schnitt. Das Tier starb klaglos.

Dann verließen alle, abgesehen von dem *baru* und einem einzigen Helfer, das Heiligtum des Gottes, denn niemand außer ihnen durfte zugegen sein, wenn die Eingeweide der *ginu* beschaut wurden. Das war uralter Brauch, weil so niemand etwas gegen das Urteil des *baru* einwenden konnte. Alle Welt hielt ihn für einen heiligen Mann, der durch seinen Eid auf Schamasch gegen jegliche irdische Versuchung gefeit war.

»Erhabener, die Organe sind normal«, sagte Rimani Assur, als er aus dem Heiligtum zurückkam und sich vor meinem Vater, dem König, verneigte. Seine Arme waren rot bis zu den Ellenbogen. »Die Leber zeigt keine Veränderungen, und die Windungen des Darms folgen dem üblichen Muster. Nichts ist krank oder verformt. Der Gott erteilt dir in dieser Sache seinen Segen.«

Die *ginu,* oder besser der Kadaver einer toten Ziege, war bereits halb vom heiligen Feuer verzehrt, das Tag und Nacht vor dem Bilde Schamasch' brannte. Kein Mensch durfte ihr Fleisch essen, und ihre Asche würde man in den Tigris werfen. Was auch immer der *baru* gesehen hatte, es lebte nur in seiner Stimme und in den Akten, die er für das Tempelarchiv führte.

»Es ist gut, Priester«, antwortete der König und befolgte das Ritual der Entgegennahme, in dem er die Hände dankend zu dem Gott erhob. »Es sei, wie es der Gott der Entscheidungen verfügt.«

Da der Tempelkomplex einen Flügel des Palastes bildete, gingen mein königlicher Vater und ich zurück zu seinen Gemächern, um dort die restlichen Stunden seiner Fastenzeit zu verbringen. Seit vielen Wochen war ich das erste Mal wieder allein mit ihm. Er verlangsamte den Schritt; es schien, er genoß diese wenigen freien Augenblicke eines Tages, in dem eine Feierlichkeit die andere jagen würde.

»Genauso wird es in einem halben Jahr sein, wenn ich den Segen des Gottes für meinen Nachfolger erbitte. Du wirst König, wenn ich tot bin, äh? Du wirst deine Sache sehr gut machen.«

Der Gebieter Sanherib legte mir die Hand auf die Schulter, wobei er hochlangen mußte, denn ich überragte ihn inzwischen fast um Haupteslänge. Viele Male hatte er mir gesagt, daß er mich mehr als all seine anderen Söhne liebe, die lebenden wie die toten, und für mich war er mein Herr und König.

»Du mußt dem Gott Assarhaddons Namen vorlegen«,

gab ich zurück und war mir nicht sicher, ob da mein eigenes Herz sprach oder die Pflicht Vater und Bruder gegenüber; oder wollte ich nur gern noch einmal hören, daß man mir den Vorzug gab? »Er ist der Sohn von deiner rechtmäßigen Frau.«

»Dazu gibt der Gott seine Zustimmung nicht. Wo bei ihm der Kopf sitzen sollte, da hat Assarhaddon einen Korb voll Lehm. Er wird sich in der nächsten Regierung ordentlich machen, doch nur, wenn du über ihm stehst, so daß er keine Dummheiten anrichten kann. Er ist ein guter Soldat, dein Bruder, den du so zärtlich liebst, aber er ist ein Einfaltspinsel.«

Der König schien sich beim Gehen mehr und mehr auf mich zu stützen, ihm war wohl schwach vor Hunger.

»Assarhaddon würde einen schlechten König abgeben«, fuhr er fort. »Der Gott wird seine Zustimmung nicht erteilen – hat der Mächtige Assur nicht bereits gezeigt, daß er dir gewogen ist? Hat er dir nicht ein mächtiges *sedu* gewährt? Äh? Assarhaddon . . . pa!«

Wir erreichten das Ende eines langen Säulenganges und traten in den Sonnenschein eines Hofes. Der König nahm mir die Hand von der Schulter und reckte sich, als erwachte er aus einem Traum.

»Erkennst du den Ort? Nein?« Er lachte und beugte sich in der Mitte, um sich vor Vergnügen auf die Knie zu klatschen. »Sieh dich um, Tiglat Assur, Sohn Sanheribs, des Herrn der Erde, des Königs der Könige. Erinnerst du dich jetzt?«

Ja, jetzt entsann ich mich. Die Erinnerung schnürte mir fast die Kehle zu. Der Granitblock ruhte immer noch wie ein Opferaltar inmitten der Steinpflasterung – ich erinnerte mich, wie ich ihn blutbespritzt gesehen hatte.

All das mußte meine Miene wohl deutlich gemacht haben, denn der König nickte und lächelte nicht mehr.

»Hierher brachte dich der alte Bag Teschub, damit man dir deine Mannheit abschnitte wie seine eigene – bei den

Göttern, ob er wohl noch lebt? Er hat dich hierher gebracht, und die Priester warteten schon mit dem Messer. Doch ich merke schon, du hast es nicht vergessen.«

»Nein, ich habe es nicht vergessen. Auch nicht, daß du mich davor bewahrt hast.«

»Ich und der Fürst *turtanu,* mein Bruder Sinahiusur. Wohl eher er als ich. Und er hat recht gehabt. Recht – denn du hast mich seit jenem Tage viele Male stolz gemacht. Die Priester aber . . . Wußtest du übrigens, daß der *baru* Rimani Assur auch mein Bruder ist? Wußtest du das, äh?«

»Nein, Gebieter.«

»Es stimmt aber. Die Priester, die meisten jedenfalls, geben Assarhaddon den Vorzug, doch nicht Rimani Assur, der keinem den Vorzug gibt. Ich vertraue ihm, auch wenn er nur ein Priester ist. Überdies liebt dich das Heer. Und das Heer zählt in diesem Lande mehr als die Priester, die deinen Bruder nur deshalb lieben, weil bekannt ist, daß er große Stücke auf Omenleser und Wahrsager hält – sie hoffen, durch ihn zu herrschen. Etliche sprechen sich jedoch gegen ihn aus – Kalbi zum Beispiel; er kennt den Willen des Gottes –, doch die meisten . . . Doch Rimani Assur vertraue ich. Der Gott wird Assarhaddon nicht zum König machen – niemals! Und was das anbetrifft, daß er mein Sohn von einer rechtmäßigen Ehefrau ist . . .« Der Gebieter Sanherib breitete hilflos die Hände aus.

»Schon morgen würde ich deiner Mutter den Schleier der verheirateten Frau überlegen, wenn . . .«

»Wenn die Herrin Nakija nicht Einspruch erheben würde – und das außerordentlich energisch.«

Wir lachten beide, als teilten wir ein Geheimnis.

»Ja – sie würde mir das Leben zur Hölle machen!« Der König schob seinen Arm unter meinen, und wir gingen weiter. »Bei den Göttern, ich bin beinahe froh, daß sie sich nach Sumer abgesetzt hat. Sie fehlt mir zwar schon im Bett, aber ihre Zunge sticht wie ein Skorpionschwanz. Frauen, mein Sohn, sind der Fluch unseres Lebens . . .«

*

Am nächsten Tag, dem zweiten des Akitu-Festes, fand die große Prozession statt, in welcher der Gebieter Assur durch die Stadt zu seinem Neujahrshaus getragen wird, um dort noch einmal gegen Tiamat, das Ungeheuer des Chaos, zu kämpfen und erneut die Welt und den hellen Himmel zu erschaffen.

Die Zeremonien, die das Akitu-Fest begleiten, sind altehrwürdig und gleichen sich in allen Ländern zwischen den Strömen. In Sumer, wo seit Urzeiten Marduk König der Götter ist, feiert man natürlich seinen Sieg, und es ist seine Schöpferkraft, welche die Menschen in ehrendem Andenken halten. Aber ob der Ruhm nun Marduk oder Assur gebührt, der Mythos, der gefeiert wird, ist genau der gleiche, und die göttliche, lebensspendende Herrschaft beruht letztlich nicht auf den Namen von Göttern, sondern auf ihren sagenumwobenen Taten, denn schließlich erhalten die Götter ihre Namen von Menschen.

Die letzten Minuten vor dem ersten Morgengrauen befanden sich der König, seine Edlen und seine ganze Familie im Tempel des Gottes, wo Trommeln, lauter als der Donner, diesen weckten und wie die Stimme des Krieges durch die Stadt hallten. »Erwache!« sangen wir. »Erwache, Mächtiger Assur, Herr der Himmel, König der Götter, du, in dessen Namen alles geschieht, erwache aus deinem Schlummer! Geh auf wie deine eigene Sonne und leuchte über dem Volk deiner Diener!«

Und das große, goldene Bild des Gottes – nicht der Heilige Assur selbst, sondern nur sein Abbild, das Geschenk des Gottes, damit wir Menschen uns seiner Herrlichkeit nahen konnten – blickte mit teilnahmslosen Augen auf uns herab. Was waren schon die Menschen, warum wohl sollte er sie wahrnehmen? Was waren schon ihre Stimmen, warum sollte er sie hören? Und in seiner Barmherzigkeit hörte er sie doch, und seine helle Sonne erhob sich hinter den östlichen Bergen und spendete uns das Licht eines neuen Tages. Und dieser Tag gehörte ihm, der unsere Kraft und Erlösung war.

Und augenblicklich hörte man keinen Laut mehr, nur noch das verhallende Echo unserer Stimmen in der Stille. Die Luft erzitterte nicht, während die Menschenmenge, die nicht einmal mehr zu atmen wagte, schwieg und auf ihren König, den Oberpriester und Diener Assurs wartete.

Der König näherte sich seinem Gott, in seinen Händen trug er eine goldene Schüssel, in der heißes Fleisch, frisch vom Feuer, aufgehäuft war und das in der kalten Luft dampfte. Auch der König war wie aus Gold, es blitzte, als sich das Licht bei jeder Bewegung auf den Falten seiner Tunika spiegelte – prächtig war er anzusehen, genau wie sein Gott.

»Ich beschwöre dich, iß, Gebieter Assur«, rief er. »Ich beschwöre dich, Herr des Himmels und der Erde, nimm diese Gabe aus der Hand deines Dieners an.«

Die Schüssel wurde dem Gott vorgehalten, damit seine Augen sie sehen konnten, und wurde dann an einen Priester in gelbem Gewande weitergereicht, der sie forttrug. Es war getan.

»Ich beschwöre dich, iß, Herrin Ninlil!«

Nur erklang dieses Mal eine Frauenstimme. Zusammen mit allen anderen drehte ich mich um, ich wollte sehen, wem dieses Jahr die Ehre zufiel, und da sah ich meine Schwester Schaditu – nackt und mit ölglänzendem Leib. Ein Murmeln lief durch die Menge, denn dergleichen hatte kein Mensch erwartet.

»Ich beschwöre dich, Gemahlin des Gebieters Assur, Königin der Himmel, nimm diese Gabe aus der Hand deiner Dienerin an.«

Es war so still, daß ich ganz deutlich das leise Platschen ihrer winzigen, bloßen Füßc auf dem Steinboden hören konnte. Sie war schön. Ihr Körper war ein wahres Wunder, und wie alle, die sie sahen, erregte mich ihr Anblick. Zufällig stand ich dem *baru* Rimani Assur gegenüber, und ich sah, wie seine Augen glühten, so als ob das Leuchten ihres Fleisches ihn blendete. Vielleicht hätte ich schon damals die Wahrheit erkennen sollen.

Schaditu hielt dem Bild der Göttin ihre Gabe hin – Ninlil war kleiner und stand zur Linken ihres Mannes – und als man Schaditu die Schüssel abgenommen hatte, huschte sie zur Seite ihres Vaters, und er zog sie in eine liebevolle Umarmung. Denn der König liebte sie, und in seinen Augen konnte sie nichts Törichtes oder Schändliches tun.

Merope, der diese Riten fremd und seltsam vorkamen, stand neben mir und sah alles, was ich sah. Als wir nacheinander aus dem Tempel in den hellen Sonnenschein traten, zupfte sie mich am Ärmel.

»Mein Sohn, ist das – so Brauch? Mußte sie so nackt wie eine Dirne sein und nicht einmal einen Schleier über ihr Haar legen? Es scheint mir nicht schicklich.«

»Es ist ein ehrwürdiger Brauch«, sagte ich. Ich lächelte und nahm ihren Arm, denn was hätte sie im Frauenhaus auch von solchen Dingen lernen können? »Alle Sumerer, Frauen und Männer gleichermaßen, näherten sich ihren Göttern in ritueller Nacktheit – die Priester in Elam tun es bis auf den heutigen Tag. Doch dergleichen hat man im Lande Assur wohl an die hundert Jahre nicht gesehen. Vielleicht möchte die Herrin ja dem Tag den Stempel uralter Frömmigkeit aufdrücken, obschon ich nie gedacht hätte, daß Schaditu eine so tief religiöse Natur besitzt.«

»Ich glaube, sie ist kaum besser als eine Schenkendirne und will nichts anderes, als daß alle Männer sie begehren.«

Ich mußte über das Entsetzen meiner Mutter lachen.

»Ja«, sagte ich. »Nach dem, was ich über diese Dame weiß, hast du wahrscheinlich ins Schwarze getroffen.«

Doch irgendwie prägte sich mir nicht etwa das Bild meiner schamlosen Schwester Schaditu in der Pracht ihrer nackten Schönheit ein, sondern das des *baru*, des Königs Bruder, Rimani Assur, mit seinen wollüstig brennenden Augen.

Zuletzt wurde der Gott, den man in üppig bestickte und

mit goldenen und silbernen Fäden durchwirkte Gewänder neu eingekleidet und dem man die Lippen mit Wasser vom Berge Epi gewaschen hatte, aus dem Tempel getragen, Priester führten ihn auf einer Trage mit sich. Der König folgte, nach ihm kamen Priester und Musikanten, seine Edlen, die ganze versammelte Menge, und alles sang sein Lob, so daß die Herrlichkeit Assurs durch die ganze Stadt schallte und von den Bergen im Osten widerhallte. Nie hatte ich es stärker als in diesem Augenblick empfunden – wir waren das Volk Gottes, seine Auserwählten, die Diener des obersten Herrn der Himmel.

Wir folgten der Prozession durch die Straßen Ninives und durch das große Tor zum Akitu-Haus vor der Stadtmauer, das elf Festtage lang dem Gott als Wohnung diente. Es war ein kleines Gebäude, nach allen vier Seiten hin offen, das Dach von Pfeilern aus Zedernholz getragen. So konnten alle das göttliche Bild sehen, während er Zeuge der Feierlichkeiten war, die ihm zu Ehren unter freiem Himmel abgehalten wurden. Und davon gab es reichlich. An jenem Tag nun feierten wir den Triumph des Gottes über seine Feinde, die sterblichen wie die göttlichen gleichermaßen. Das war der Tag, an dem Muschezib Marduk und seine ganze Familie ihrem *simtu* begegnen sollten.

Ein König, dem das Glück hold ist, lebt in Pracht und Herrlichkeit, doch wenn er fällt, so ist sein Tod schlimmer als der Biß der Natter. Muschezib Marduk war feige gewesen und am Ende dumm. Seinetwegen hatte sich die Belagerung Babylons so qualvoll in die Länge gezogen, bis der König, mein Vater, und alle seine Soldaten vergessen hatten, was Mitleid bedeutete. Seinetwegen waren Tausende verhungert und Tausende durch das Schwert ihrer Feinde umgekommen. Und statt am Ende seine Diener um den Gnadentod mit dem Dolch zu bitten, hatte er versucht, sich in der Verkleidung eines einäugigen Bettlers aus dem Staube zu machen. Wenn er doch nur, als das noch möglich war, einen leichten Tod gewählt hätte.

Und wo war Muschezib Marduk an diesem zweiten Tage des Akitu-Festes? Er hatte einen einmalig günstigen Platz, denn er konnte die Feierlichkeiten – bei denen er noch am Leben war – unmittelbar von der Vorhalle im Haus des Gottes aus überblicken, wo er an einen der Zedernholzpfeiler gekettet war. Eigentlich hätte es kaum einer Kette bedurft, denn der Herrscher Babylons konnte nicht davonlaufen, jedenfalls nicht, solange sein Kopf aus dem Hals eines Bronzekruges hervorschaute, der für ihn gerade eben groß genug war. Muschezib Marduk hatte seit Tagen nicht einmal mehr seine Beine gesehen.

Diese Vorkehrung, das Neuste auf dem Gebiet der Folter, war ein wahres Wunder an Einfachheit. Man hatte das große Bronzegefäß, das acht, neun *sutu* Öl aufnehmen mochte, an der Bauchung auseinandergesägt, dann hatte man das ganze Oberteil abgenommen. So konnte man einen Menschen hineinstopfen wie viele, viele Maß Datteln. Dann war das Oberteil wieder aufgesetzt und mit Bolzen befestigt worden. Das sollte Muschezib Marduks letztes Haus sein. Die genaue Todesart war ein Geheimnis, sogar für ihn, doch den Krug würde er nie wieder verlassen, es sei denn als Abfall.

Und so wartete er, und der Hals des Kruges ging ihm bis an die Ohren, und er verfluchte die Götter mit so lauter Stimme, daß sie ihm vor Wut von Zeit zu Zeit brach. Die Menschen lachten ihn aus – und der König lachte mit seinem Volk. Merope und ich standen stumm inmitten der anderen Mitglieder der königlichen Familie, und sie umklammerte meine Hand.

Doch ehe man ihm erlaubte zu sterben, sollte der Gebieter Babylons alles verlieren, was ihm das Leben verschönt hatte, denn man hatte seine Königin und fünf seiner Kinder – darunter nur zwei Söhne, die übrigen waren wie Soldaten gefallen – mit ihm gefangen genommen. Die Rache meines Vaters sollte gründlich ausfallen.

Die Kinder kamen zuerst dran. Dem Ältesten, einem Knaben, fing gerade der Bart an zu sprießen, während das jüngste Mädchen kaum mehr als sieben war. Man hatte ihnen die Hände auf dem Rücken zusammengebunden; dann wurden sie eins nach dem anderen vor den Augen ihres heulenden Vaters auf die Knie gezwungen, damit der Scharfrichter des Königs ihnen den Kopf an den Haaren zurückreißen und die Kehle durchschneiden konnte. Und während Muschezib Marduk vor Gram tobte – man hatte ihm nicht gesagt, daß dieses geschehen würde, der Gebieter Sanherib hatte diese Überraschung geheimgehalten –, verbluteten die Früchte seiner Lenden beinahe klaglos. Als das letzte Kind tot war, wurden die Leichen auf einen wartenden Stoß aus Holz und Holzscheiten gehäuft; sie sollten später verbrannt werden.

Und während Muschezib Marduk an seinen Schluchzern fast erstickte und Arbeiter Stroh auf der blutgetränkten Erde ausbreiteten, warteten wir auf den nächsten Programmpunkt, den Höhepunkt des Festes – auf den Kampf zwischen dem Gebieter Assur und dem Ungeheuer des Chaos.

So ist nämlich die Welt entstanden: Am Anfang waren Apsu und Tiamat, die Götter des süßen und des bitteren Meeres. Sie zeugten Lahmu und Lahamu, Bruder und Schwester, Frau und Mann, und Anschar und Kischar, die ihre Eltern an Kraft, Schönheit und Schläue übertrafen. Anschar und Kischar gaben neben vielen anderen Göttern auch Anu, dem Gott des Himmels, das Leben, der wiederum Ea, den Gott der Weisheit und Zauberei erschuf, welcher weitaus größer war als sein Vater.

Doch die jungen Götter lärmten und störten die Ruhe des alten Apsu, der zu seiner Frau ging und sprach: »Ich werde sie vernichten, damit wir schlafen können.« Tiamat entsetzte sich und rief voller Wut: »Wir vernichten doch nicht, was wir selbst erschaffen haben«, doch Apsu setzte seinen Kopf durch und hob an, sich an seinen Kindern und Enkeln zu rächen. Ea jedoch, der klügste der Götter, band ihn mit einem Zauber und tötete ihn und verwandelte seinen Leib in einen Berg, wo er mit seiner Frau Damkina in aller Pracht wohnte. Und dort wurde ihnen Assur geboren, der herrlichste der Götter.

Inzwischen hatte Tiamat über das Schicksal ihres Ehegemahls Apsu nachgedacht und war zornig geworden. Sie beschloß, die Götter anzugreifen und zu vernichten, und nun war sogar Ea voller Angst. Am Ende wagte nur Assur, sich Tiamat im offenen Kampf zu stellen; und mit Hilfe eines Sturmes, der Tiamat so in den Mund blies, daß sie ihn nicht schließen konnte, ließ Assur einen Pfeil in ihre Kehle fliegen, der sie bis ins Herz traf. Als sie tot war, schnitt Assur ihren Leib in zwei Teile und erschuf aus einer Hälfte den Himmel und aus der anderen die feste Erde. Für diese beiden mutigen Taten wurde er sogar noch über seinen Vater zum König der Götter erhoben.

Und diesen Kampf erwecken die Männer Assurs jedes Jahr vor den Augen des Gottes zu neuem Leben. Der, welcher die Rolle des Gottes spielt, heißt der *limmu,* und in den Annalen wird ein jedes Jahr nach ihm benannt. Im ersten Jahr seiner Herrschaft ist der König der *limmu,* es folgen seine Hofbeamten in strenger Rangordnung. In diesem Jahr war Enlilbani an der Reihe, ein gutherziger, heiterer, recht militärischer Mann, dem die Rolle Assurs zufiel; er war Mundschenk an der Tafel des Königs und früher auch *rab shaqe* in dem Heer, das Babylon eingenommen hatte – dieser Zufall wurde als besonders günstiges Omen gedeutet.

Die Rolle der Tiamat sollte niemand anders als die Herrin Ahuschina spielen, früher einmal Königin von Babylon und Gemahlin Muschezib Marduks, der alles von seinem günstigen Platz im großen Bronzekrug mit ansehen konnte. In diesem Jahr sollte die Tötung des Ungeheuers des Chaos keine bloße Pantomime sein.

Die Herrin wurde nackt herbeigeführt, Gesicht und Leib hatte man ihr mit Gelb und Schwarz bemalt, den Farben von Salz und Lehm, und ihr die Handgelenke und Knöchel zusammengekettet. Sogar noch unter der Farbe wirkte sie hoffnungslos und schon halbtot. Sie wurde zwischen zwei

Stangen gebunden, und während sie die Leichen ihrer erschlagenen Kinder mit leeren, verständnislosen Augen anstarrte, näherte sich ihr Enlilbani, gewandet wie der Gott, vom Akitu-Haus, legte einen Pfeil auf seinen Bogen und traf sie ins Herz. Sie stieß einen Schrei aus und war tot.

Einer der gelb gekleideten Priester reichte Enlilbani eine schwere Axt mit Kupferblatt, und mit der machte er sich an die Arbeit, hackte den Körper der Königin in zwei Teile, schlug sie vom Hals bis zum Schritt mit mehreren mächtigen Hieben entzwei, daß das Blut nur so spritzte. Die Menge brüllte – das Schauspiel war nach ihrem Geschmack.

Und ich und meine griechische Mutter, der diese Dinge ganz neu waren? Was taten wir? Meine Mutter weinte. Sie wandte die Augen ab, barg ihr Gesicht an meiner Brust und weinte wie ein Kind. Und ich, der ich schon viel Schlimmeres gesehen hatte, ich empfand nur einen leisen Ekel. Dergleichen hatte ich nicht erwartet – der König hatte mich nicht in seine Pläne eingeweiht. Natürlich mußte ich als sein Sohn und als Mitglied des inneren Kreises zugegen sein, doch wenn ich das geahnt hätte, ich hätte es meiner Mutter erspart.

Und als dann zuletzt die Leichen seiner Königin und seiner Kinder zusammen auf dem Scheiterhaufen lagen, als ihm sein ganzes Leben über sein eigenes, armes Fleisch hinaus entrissen worden war, kam die Reihe zu sterben an Muschezib Marduk.

Soldaten näherten sich und holten die große Bronzeurne aus der Vorhalle des Akitu-Hauses. Sie legten ein Eisenband um ihren Hals, kippten sie um und zerrten sie über die Erde, daß sie hüpfte und rollte wie ein Floß in der Strömung des Flusses. Dann setzten sie die Urne in die Mitte des Scheiterhaufens, gossen Wasser in die Öffnung, wobei sie Muschezib Marduks Kopf beiseite schoben, um Platz zu schaffen. Er sollte bei lebendigem Leibe gekocht werden. Während unter ihm seine Familie zu Asche verbrannte, würde er wie ein Kaninchen im Topf des Jägers gesotten.

Als ihm dieses dämmerte, begann er zu schreien. Zuerst Worte wie – »Nein! Nein! Nicht das! Erbarmen! Nein!« – Und als die Angst am größten war, kamen nur noch schrille Schreie wie von einem Habicht.

Sie zündeten den Scheiterhaufen an mehreren Stellen an, doch das Holz war so frisch und harzig, daß es langsam und mit sehr wenig Rauchentwicklung brannte. Muschezib Marduk wurde nicht die Gnade des Erstickens gewährt, bevor das Feuer ihn erreichte. Nichts war mehr zu hören, als das Knistern der Flammen und das Schreckensgeheul, das nicht aufhören wollte, bis man sich am liebsten die Ohren zugehalten hätte. Der Herrscher Babylons starb erst, als das Wasser in seiner Urne schon kochte und aus der Öffnung sprudelte – zunächst klar, dann rosa von dem schäumenden Blut. Und nachdem die Urne glühend rot geworden war, machte sich sein Kopf selbständig, rollte herunter und fiel ins Feuer. So fand Muschezib Marduk sein Ende.

Als das Feuer niedergebrannt war, wurde die Asche eingesammelt und in den Tigris geworfen. Für Muschezib Marduk und seinen Samen gab es kein Grab und auch keine Opfergaben an Wein und Essen. Sie würden in der nächsten Welt kein Leben haben und völlig vergessen werden.

Ich führte meine Mutter fort. Wir schwiegen. Es gab keine Worte dafür, keine Worte.

XIV

Ich weiß noch, wie ihre Brust schmeckte. Ich weiß noch, wie sie sich unter mir bewegte und leicht mit der Hüfte zuckte, wenn sie sich dem Höhepunkt näherte. Ich weiß noch, wie gern sie mir ins Ohr biß. Ich weiß noch, wie meine Liebe zu ihr mich blind machte, und das Andenken daran ist ebenso Liebe, wie glühende Kohlen noch Feuer sind. Assarhamat – ach, die Wonne dieses Namens. Assarhamat.

Einmal, zweimal die Woche, so oft es ging, liebten wir uns in dem Haus in der Nergal-Straße. Dann wartete ich, elend und überzeugt, sie würde nie wiederkommen, bis ich ihre kleine Hand sanft an die Holztür klopfen hörte, die ein Gebäude vom anderen trennte, und wenn ich sie dann in meinen Armen hielt, trug ich sie zu unserem Bett – wir hatten ein richtiges Bett mit einer Matratze, die mit Rohwolle gefüllt war –, denn schließlich war die Herrin Assarhamat kein Soldat und liebte die Bequemlichkeit. Lange Zeit konnten wir kaum sprechen. Wir mochten die Lippen nicht von einander lösen. Wie ich alles an ihr liebte. Wie ich danach hungerte, ihren Leib ganz kennenzulernen, bis in die kleinste Einzelheit, mit Augen, Händen und Lippen.

Während der elf Tage des Akitu-Festes trafen wir uns nicht, denn jeder Tag war angefüllt mit Zeremonien und Festmählern und großen öffentlichen Ereignissen, die alle meine Anwesenheit zu erfordern schienen; doch jetzt waren wir wieder zusammen, und ich bedeckte ihren Mund mit meinem. Ich hätte in sie hineinkriechen, hätte innerster Teil ihrer selbst sein, hätte sterben und wieder lebendig werden mögen. Die Augen taugten nicht zum Sehen, der Atem nicht zu Worten, es gab nur die unbedachte Gier, eins zu werden, uns zu spüren, während unsere Sinne so ineinander aufgingen wie sich Honig in Wein auflöst.

Und als wir zuletzt still auf unserem Bett lagen, als die Leidenschaft sich erschöpft hatte und wir wieder einmal den Frieden nach der Lust genossen, da hörte ich Hagelschloßen auf das Dach schlagen – tip, tip, tip! gleich Vögeln, die Körner aufpicken, welche zwischen die Pflastersteine gefallen sind. Es hatte die ganze Nacht über gewittert, und so überraschte mich das nicht weiter. Es war ein durchaus angenehmes Geräusch, bei dem wir uns sicher und geborgen fühlten.

Assarhamat streichelte das Haar auf meiner Brust, als wolle sie es glattstreichen. Dabei berührten ihre Brüste ein wenig meinen Arm. Ich empfand . . . ich kann nicht in Worte fassen, was ich empfand. Es war ein Gefühl, als ob alles Glück nun zu nichts werden, als ob mein ganzes weiteres Leben nur Trauer um das Ende dieses einen Augenblicks sein müsse. Ich würde jedoch nicht trauern, denn diesen Augenblick hatte ich gelebt.

»Habe ich dir gefehlt?« fragte sie, ließ ihre Hand auf meinem Bauch ruhen, bewegte die Finger und kratzte mich dabei ein wenig mit ihren Nägeln.

»Wann?«

»Die ganzen letzten Tage – als du beim König und bei deiner Mutter warst.«

»Bist du etwa eifersüchtig auf meine Mutter?«

»Nein – nicht auf sie. Aber manchmal auf den König.«

»Warum? Warum solltest du wohl auf den König eifersüchtig sein?«

»Weil du für ihn dein Leben lassen würdest.«

Ich lachte und schloß sie in die Arme. Wenn das nicht albern war. Und das sagte ich ihr auch.

»Du hältst das nur für albern, weil du ein Mann bist«, gab sie zurück. Sie tat so, als wäre sie böse, drehte aber den Kopf nicht weg, als ich sie küssen wollte.

»Komm – warum bist du eifersüchtig auf den König? Du bist doch eifersüchtig?«

»Ja.«

»Warum also? Ich würde mein Leben ebenso für dich lassen wie für ihn.«

»Dann eben, weil du mich ihm zuliebe aufgeben würdest.«

»Wenn er es mir befiehlt, kann ich nicht anders.«

»Nicht wenn er es dir befehlen würde, sondern wenn er darum bäte.«

»Er ist der König. Wie könnte ich mich da weigern. Es wäre meine Pflicht.«

»Und die Liebe? Was ist mit der Liebe?«

»Liebe ist das, was ich zum Leben brauche – oder haben will. Die Pflicht ist das Leben. Sie ist mehr als nur das Leben. So ist das bei jedem Soldaten. Wenn du ein Mann wärst, würdest du das verstehen.«

»Aber ich bin kein Mann«, sagte sie und berührte mein Gesicht mit ihren Lippen, ließ mich ihren heißen Atem spüren, neckte mich mit ihrer Zungenspitze, als ich erneut versuchte, sie zu küssen. »Ich bin kein Mann – hast du das gewußt? Zeig mir, daß du schon immer gewußt hast, daß ich kein Mann bin.«

Und während sie noch lachte – ein Klang wie Messingglöckchen – griff sie unter die Decke und umfaßte meine Mannheit, die mittlerweile wieder so hart wie Eisen war, mit den Fingern und führte sie in sich hinein. Und während sie so an mir zerschmolz und während sie vor Begierde erschauerte und ein leises Schluchzen ausstieß, da wollte ich weder Könige noch Götter noch die Pflicht – ich wollte nur noch sie.

Als sie später schlief, stahl ich mich aus dem Bett und ging zum Fenster, öffnete die Läden und wollte einen Blick nach unten in die Straße werfen, die noch von Hagelkörnern glitzerte.

Was hatte sie mir sagen wollen? War es ein Scherz gewesen, nur eine Laune, eine weibliche Gereiztheit? Was wollte sie?

Und wie schon des öfteren in den letzten Tagen, tauchte überwältigend die Erinnerung an das Gesicht meiner Mutter auf, wie sie dem Gemetzel vor dem Akitu-Haus zusah. Hatte der König Furcht und Schrecken verbreiten wollen? Er hatte doch nur seine eigene Angst zur Schau gestellt – das ganze Schauspiel war grotesk und dumm gewesen.

Wenn ich einmal König war, würde ich dergleichen verhindern. Ich könnte Assarhamat besitzen – nicht heimlich, sondern offen, als meine Frau.

Und als meine Frau würde sie ihr Leben lang sicher sein. Ich wußte, sie ging blind und unbedacht vor – was sollte nur aus ihr werden, wenn ich sie nicht zu meiner Frau machen konnte? Sie weigerte sich zu sehen, daß sie auch etwas anderes werden konnte und glaubte, sie flöge aus eigener Kraft so hoch, wo es doch nur ein aufsteigender Wind war, der sie trug. Sie war imstande und vernichtete sich durch ihre eigene Unbesonnenheit, wenn sich die Welt nicht nach ihren Wünschen richtete. Und so wie ich sie liebte, so hatte ich auch Angst um sie.

Sie schlief immer noch, als ich die Fensterläden wieder schloß. Ich setzte mich neben sie auf das Bett und dachte: »Nur du zählst für mich – du, dieser Ort, dieser Augenblick.« War es falsch, sie so zu lieben? Ja. Ich wußte es, und es war mir gleichgültig.

Und als ob sie mich gehört hätte, zitterten ihre Lider, sie schlug die Augen auf und lächelte mich an.

»Um deinetwillen, würde ich auch König werden«, sagte ich plötzlich, wo ich doch gar nichts hatte sagen wollen. »Um deinetwillen, und um die Welt zu verändern.«

»Das würdest du tun, Liebster? Doch die Welt wird sich nicht gern von dir ändern lassen.«

⋆

Mein Heimweg führte mich durch einige der ärmeren Stadtviertel, wo die Straßen von Matsch und Abfällen rutschig waren und die Männer nach Erschöpfung und abgestandenem Bier rochen. Das hier waren die Häuser von Tagelöhnern, welche sich von Nacht zu Nacht einen Platz auf einer Schlafmatte mieteten und nie Geld genug hatten, um sich eine Frau zu kaufen, und deren Leiber nach ihrem Tode in vergessenen Gräbern ohne Grabbeigaben lagen, mit denen man den nagenden Hunger und den Durst der Seele befriedigte. Derartige Männer gaben entweder Soldaten oder Diebe ab, vorausgesetzt, sie hatten das Herz und die Kraft dazu; für ein etwas besseres Leben riskierten sie den Tod, doch sonst war ihnen schon vom Tag ihrer Geburt an ein harter Lebensweg vorausbestimmt.

Ich kam an einer Schenke vorbei – sogar hier gab es

Schenken, denn jedes menschliche Wesen braucht nun einmal ein wenig Ablenkung – und bemerkte, daß auf der anderen Straßenseite eine reichverzierte Sänfte stand, deren Seiten mit schwarzem Leder bezogen waren. Um sie herum hockten vier unzufrieden wirkende Sklaven, die sich umschauten, als fragten sie sich, ob dieser Ort wohl ansteckend wäre. Zwar waren sie Sklaven, doch ihre Miene besagte, sie hielten sich immer noch für besser dran, als ein freier Mann, der hier leben mußte. Zu meinem Schreck erkannte ich, daß sie wie königliche Sklaven gekleidet waren.

Jählings drang eine Lachsalve aus der Weinschenke. Meine Neugier war geweckt – es zog mich unwiderstehlich hinein.

Ein voller, stinkender Raum, mit Ziegelwänden ohne Farbe. Männer in den billigsten, graubraunen Tuniken saßen an Tischen und sogar auf dem Boden, spielten Glücksspiele oder redeten mit lauten Stimmen oder sahen nur zu, was auch immer an Lustbarkeiten geboten wurde. Als ich eintrat, ging eine leichte Bewegung durch den Raum, denn diese Leute waren es nicht gewohnt, auf Tuchfühlung mit einem hohen Offizier des königlichen Heeres zu stehen, doch Mittelpunkt des Interesses war ich durchaus nicht.

Oben auf einem Tisch am entgegengesetzten Ende des Raumes kauerte ein großes, nacktes, behaartes Untier von einem Mann auf Ellenbogen und Knien und trieb es grunzend wie ein Schwein mit einer Frau, deren weiße Beine unter ihm hervorschauten, wie Fühler eines unbekannten Insektes. Während alle zusahen, feuerten etliche das Ungeheuer an; ich erblickte zwei, drei, die Wetten abschlossen. Sie warfen einem alten Weib auf einem hohen Schemel, das aussah, als gehörte ihr der Laden, in fettige Stoffetzen gewickelte Münzen in den Schoß.

Von der Frau, dem Grund der ganzen Belustigung, konnte ich wenig erkennen, nur daß sie jung zu sein schien. Ich mußte etwas unternehmen– höchstwahrscheinlich zwang man sie gegen ihren Willen, denn wer würde wohl . . .?

Und dann drehte sie den Kopf zur Seite, als wollte sie unter ihrer abscheulichen, schwitzenden Last ein wenig Luft schnappen, so daß ich etwas von ihrem Gesicht sehen konnte. Ja, natürlich – was für ein Narr war ich doch – die Sänfte. Es war Schaditu!

Die Tochter des Königs in Person – das konnte ich nicht dulden. Mit ein paar schnellen Schritten war ich durch den Raum. Ich ergriff den Lümmel am Knöchel, verdrehte ihn, so daß er von meiner Schwester abließ und mit dem Hintern zuerst mit lautem Krach auf dem Fußboden landete.

Einen Augenblick war er wie betäubt. Dann zornig. Doch als er aufstehen wollte, kitzelte ihn die Kupferspitze meines Speeres an der Kehle.

»Raus!« brüllte ich. »Raus hier, alle miteinander, raus – wenn euch euer Leben lieb ist, raus!«

Mein Gegner brauchte einen Augenblick, bis er merkte, daß es mir ernst war, daß ich die Uniform eines *rab shaqe* trug und daß es besser für ihn war, wenn er gehorchte. Er hob seine abgelegte Tunika auf und verzog sich langsam.

»Willst du sie ganz für dich allein, mein junger Gebieter?« krächzte das alte Weib hinter mir. Allgemeines Gelächter, gedämpft und beklommen.

»Alle miteinander – habe ich gesagt, raus!«

Ich brauchte meinen Speer nur einmal durch die Luft zu wirbeln, und schon rannten sie zur Tür wie die Kaninchen. Und jetzt waren Schaditu und ich allein.

Zunächst bemerkte Schaditu das gar nicht. Sie stützte sich auf dem Ellenbogen auf, zog dabei die Knie an und blinzelte wie eine Eule.

»Was ...? Ach, du bist es, Tiglat – Bruder. Wie wär's, möchtest du auch einmal in die Kelter?«

Und mit einem undeutlichen Lachen – sie schien wirklich sehr betrunken zu sein – öffnete sie die Schenkel und zeigte eine Scheide, die vom Gebrauch leuchtend rot war und von Samen überfloß.

»Ich hatte Gäste – was meinst du ...?«

»Du widerst mich an«, sagte ich und wandte das Gesicht ab, während ich meinen Umhang abnahm. »Da, zieh dir das über.«

»Ach, Tiglat, sei doch nicht so böse. Komm – gib mir einen Kuß, mein süßer Bruder. Wir scheinen uns immer dann zu treffen, wenn ich nicht gerade meinen besten Tag habe.«

Sie legte sich meinen Umhang über die Schultern, beugte sich vor und hielt sich den Kopf mit den Händen. Ich vermutete, sie würde sich erbrechen, doch der Eindruck verflog sogleich, denn sie ergriff meinen Arm und legte ihre Schläfe daran.

»Ach, Tiglat, mein schöner Bruder, wenn du mich doch lieben würdest«, murmelte sie. »Deine Ablehnung treibt mich zu so etwas.«

»Du mußt dich wohl immer lustig machen, wie?«

Ich entzog ihr meinen Arm und überlegte, wieso ich ihr überhaupt erlaubt hatte, ihn zu nehmen. Bei Schaditu wurde jedem Mann beklommen zumute, und ich war ein Mann. Ich hob ihre Tunika auf; das war ein Fähnchen aus allerfeinstem Leinen, das jemand in Fetzen gerissen hatte – die Umstände konnte man sich leicht ausmalen. Nein, die würde sie nie wieder tragen können. Ihre Sandalen waren nirgendwo zu finden.

»Da, wickele dich in meinen Mantel. Es ist kalt draußen, und du gehst jetzt hinaus zu deiner Sänfte und dann nach Haus.«

»Jetzt noch nicht«, erwiderte sie und lehnte sich auf dem Tisch zurück, daß der Umhang sich öffnete. »Wir wollen hicr noch einen Augenblick verweilen – nur wir beiden.«

»Schaditu, wenn du nicht auf deinen zwei Beinen zu deiner Sänfte gehst, schleife ich dich hin, und wenn's sein muß, an den Haaren.«

»Das würdest du gewiß nicht tun, Bruder.«

»Und warum sollte ich wohl nicht, Schwester?«

»Weil du weißt, wie ich das genießen würde.«

Sie lächelte wie eine Katze. »Gib mir jetzt einen Schluck

Wein und sei ein wenig nett zu mir, Tiglat, schließlich weiß ich doch, daß du meinen Anblick nicht verabscheuenswürdig findest.«

Sie hatte recht. Dafür war Schaditu zu schön. Ihr Mund war wie geschaffen zum Küssen, ihre Augen waren schamlos, böse, doch sie bogen sich wie zum Lächeln nach oben, so als ob ihr der Anblick des anderen große Freude bereitete. Ihr Fleisch war so glatt wie Wasser. Dieser Leib schien zu locken: Komm, schmeck mich, nimm diese Brüste in deine Hand, stoß zu, zwischen diese Schenkel, und erfahre, wieviel Lust ich dir schenken kann. Ich war nur ein Mann, und ich spürte das auch. Und Schaditu war auch nicht blind.

Sie lag nackt auf meinem Umhang, hatte die Arme zurückgeworfen, und ihr Bauch hob und senkte sich beim Atmen. Ich ging, um ihr einen Becher Wein zu holen und setzte mich und wartete, daß sie ihn austrank und mich nicht länger folterte.

Sie setzte sich auf, nahm mir den Becher ab und lächelte in sich hinein, wie über einen geheimen Witz.

»Du liebst mich nicht, du liebst eine andere – das weiß doch alle Welt.« Sie hob die Schultern. »Mir ist es gleich. Mir ist es genug, daß du mich begehrst; ich stecke mich schon nicht zwischen dich und Assarhamat. Was für ein armseliges Dingelchen, wie kann sie einem Mann nur Vergnügen bereiten?

Ach, da schau an, ich habe dich schon wieder entsetzt. Ja, entsetzt.« Das Lächeln auf ihren Lippen verflog. »Du denkst, ich bin schlecht und gefühllos, schlimmer noch als die Schenkendirnen, die sich zumindest nur für Geld verkaufen, weil sie leben wollen. Vielleicht hast du recht – aber vielleicht ist das auch nicht das Leben, das ich mir ausgesucht hätte, wenn ich hätte wählen können. Und genau das konnte ich nämlich nicht. Ich habe einen Vater, der alt und närrisch ist und mich für alle Zeiten für sich haben möchte.«

»Du redest unklug, Schwester . . . ich möchte dich . . .«

»Was möchtest du, Bruder? Du glaubst doch nicht etwa,

du kannst mir einen Schrecken einjagen wie diesen Raufbolden da.« Sie tat sie so leicht mit der Hand ab, als wären ihr ehemaliger Liebhaber und seine Freunde Geister, die sie wegscheuchen könnte. »Ich sage, was mir paßt.«

»Wenn du ein Mann, ja, auch wenn du mein Blutsbruder wärst, ich würde dich für deine Unverschämtheit töten.«

»Aber ich bin kein Mann, und du bist mein Bruder. Ach, mächtiger Tiglat Assur – ich glaube, ich bin recht sicher vor deinem Zorn.«

Sie warf den Kopf zurück und lachte, und ich wünschte, ich wäre jemand anders und dürfte sie ohrfeigen, daß ihre spöttischen Lippen bluteten. Ich begehrte sie – es ließ sich nicht abstreiten – und hätte gleichzeitig nur zu gern ihren Leib zerbrochen wie einen morschen Zweig. Es gibt Frauen, die in uns eine Mischung aus Begierde und Haß wecken, und zu denen gehörte Schaditu.

»Sage ich etwa nicht die Wahrheit?« fuhr sie immer noch lachend, aber bitter fort. »Schaditu ist der Liebling des Königs und darf keinen Ehemann über sich haben, solange ihr Vater lebt. Hätte man mir einen Mann gegeben und hätte ich so leben dürfen wie andere Frauen, ich wäre vielleicht damit zufrieden gewesen und wäre nicht durch die Betten gemeiner Soldaten gewandert oder hätte mich nicht in den Schenken der Armen und Verachteten herumgetrieben. Aber vielleicht – wer weiß das schon? – hätte ich es ohnehin getan, weil mir Schlechtigkeit möglicherweise angeboren ist.

Komm in mich hinein, Tiglat. Eines Tages muß es doch sein, das wissen wir beide schr gut. Wir wollen uns gegenseitig Lust bereiten.« Sie blickte mich mit glühenden Augen an. »Nein? Heute nicht? Du hast dich wohl in den Armen einer anderen verausgabt, was?«

»Steh auf, Schaditu – du mußt fort von hier. Steh auf, oder ich schleife dich mit, und dann sehen wir ja, ob dir das Spaß macht.«

Als sie merkte, daß genug gehänselt war, stand sie vom

Tisch auf wie eine Königin von ihrem Thron und zog dabei meinen Umhang um sich, daß er ihr bis zu den Ohren reichte. Ihre Sklaven kamen auf die Beine, als sie uns sahen.

Ich blickte ihr nach, als die Sänfte die Straße hinunter entschwand; die Sklaven hatten es so eilig, daß sie dahintrabten wie die Hunde.

*

Doch für mich war das nicht nur die Zeit der schmachtenden Frauen. Ich brauchte durchaus nicht mit verbotenen Leidenschaften zu spielen, um das Gefühl zu haben, man liebte mich; ich war aller Welt Liebling.

Der König, der bei sich beschlossen hatte, ich sollte den Göttern wie den Menschen gleichermaßen wohlgefallen, schickte mich in die heilige Stadt Assur, damit ich in seinem Namen an all den altehrwürdigen Schreinen betete und bei der Gelegenheit auch die Garnison dort inspizierte, so daß die Priester merkten, in welch hohem Ansehen ich bei den Streitkräften stand.

Und das war recht schlau von ihm, denn unter der Oberfläche lagen die großen Mächte der Nation im Streit, welche über den letzten Krieg im Süden und über die Belagerung und Plünderung von Babylon uneins geworden waren. Die Priester und ihre Gefolgschaft betrachteten die alte sumerische Kultur als die Mutter und glaubten, daß man ein Sakrileg begangen hatte, daß sich die großen Götter für die Zerstörung von Marduks Stadt an uns rächen würden. Die Soldaten und alle, die wie die Kaufleute und Händler zum Gedeihen die Karawanenstraßen in den Westen benötigten, fanden, der König hätte richtig gehandelt, daß er Babylon zertrat und das Bündnis mit Elam für alle Zeiten zerstörte, ehe nämlich diese beiden uns überwältigen konnten. Diese setzten auf mich, weil der König mir den Vorzug gab und weil ich mich in jenem Krieg anscheinend ausgezeichnet hatte – und so sind wir blind für die Wahrheit, denn warum war Assarhaddon, außer in den Augen der Menschen, weniger ruhmreich als ich? Sie waren es also, die mich zum *marsarru* erhoben sehen wollten. Die babylonische Partei sah ihren Retter in Assarhaddon – er würde Marduks Zorn abwenden und seine Stadt neu erbauen. Und so sollte ich nach Assur reisen und mich bei den Göttern einschmeicheln und die Priester einschüchtern. Dergleichen Tricks, so gab mir mein Vater zu verstehen, machten die Staatskunst eines erfahrenen Königs aus.

Da er jedoch noch kein rechtes Zutrauen zu meiner hatte, gab er mir den Fürsten Sinahiusur mit, damit ich aus Mangel an Klugheit keine Schande über mich brachte.

Die Stadt Assur, die dem Gott heilig und Sitz unserer altehrwürdigen Könige ist, hatte ich außer als Soldat, der an ihren Mauern vorbeimarschierte, noch nie gesehen. Assur war schon Stadt, als Ninive und Kalach noch nicht einmal ihren Namen hatten. Ehe noch die Könige, die Städte und auch nur ein einziger Ziegel auf dem anderen lag, waren schon die ersten unserer Rasse aus den leeren Öden der westlichen Wüsten hierhergekommen und durch die Gnade des Großen Assur von ihrem Wanderleben erlöst worden. Dieser hatte ihnen gesagt: »Das soll euer Land sein, hier soll der Samen des Volkes sich vermehren und sich über alle Welt verbreiten. Ich gebe dir meinen Namen, auf daß alle wissen, ihr seid die Diener des Gottes.« Und so schlägt jedem, der zwischen den Strömen und Bergen geboren ist, das Herz höher, wenn er die ehrwürdige Stadt seiner Vorfahren sieht.

Sinahiusur und ich waren zu Pferde und nahmen eine Eskorte von fünfzig Mann mit. Es war eine Reise von weniger als zwei Tagen, gesetzt man reiste auf dem Wasser, doch wir wollten – zumindest teilweise – Eindruck machen, und ein Schilffloß, welches einen seekrank und durchnäßt und unsicher auf den Beinen entläßt, hat nichts Würdevolles an sich. Und so reisten wir über Land, wie es einem Soldaten geziemt. Nach vier Tagen erreichten wir die Stadttore von Assur.

Wenn ich noch Zweifel gehabt hatte, daß der Gott mich als König ausersehen hatte, dann verflogen sie wie die Schatten, als wir uns der Stadt näherten. Irgendwie, wie weiß ich nicht, hatte die Garnison Wind von unserer Ankunft bekommen. Viertausend Mann säumten die Straße – und hinter ihnen stand das gewöhnliche Volk, die Ladenbesitzer und die Bäcker, die Gerber und die Metallarbeiter, die Bauern und die Ziegelmacher, alle, alle waren mit Frau und Kind gekommen. Und sie riefen und sangen im Chor: »Assur ist König! Assur ist König! Assur ist König!«

Ich ritt allein an der Spitze meiner Eskorte – auch der *turtanu* war zurückgefallen, damit dieser Triumph ganz mir allein gehörte – und als mein Pferd nervös über die Straße tänzelte, streuten die Menschen Blumen auf meinen Pfad und Münzen, damit seine Hufe sie berührten und weihten, als ob ich schon ihr erwählter Gebieter wäre. »Assur ist König! Assur ist König!« schrieen sie, und dann zunächst nur die Soldaten, zuletzt aber alle zusammen: »Tig-LAT! Tig-LAT! Tig-LAT!«

Wie oft muß ein Mann wohl seinen Namen so aus dem Munde anderer gehört haben, bis er selbst glaubt, daß er ausersehen ist, der Auserwählte der Götter, ein Günstling des Himmels? Wie oft wohl, bis er sich im tiefsten Inneren selbst zum Narren macht?

An jenem Abend bewirtete uns der Gouverneur der Stadt, ein alter Soldat, dessen Augen glänzten wie Öllachen, als wir über den letzten Feldzug und die Herrlichkeit des Krieges sprachen. Er war der zweite Sohn des früheren *turtanu,* welcher ein Bruder des Großen Sargon gewesen war, und nannte Sinahiusur ›Vetter‹, war aber nicht dazu zu bewegen, mich anders als *gugallu* zu titulieren, ein Mittelding zwischen ›Held‹ und ›Befehlshaber‹. Zunächst nahm ich an, er wolle mich damit lediglich aufziehen, einen jungen Mann nämlich, der Gefahr lief, daß ihm die Situation zu Kopfe stieg, doch allmählich wurde deutlich, daß er es ernst meinte und nur Respekt zeigen wollte. Da es von einem seines

Ranges und Alters kam, war es mir peinlich, ich empfand es beinahe als Beleidigung des Mannes, den ich stets als meinen Gönner betrachtet hatte; doch Fürst Sinahiusur, der nur lächelte, Geschichten zum Besten gab und dem Wein zusprach, zeigte keinerlei Anzeichen, daß er ähnlich empfand, er schien meine Erhebung über ihn für richtig und natürlich zu halten.

Mittlerweile jedoch war mir etwas klargeworden, was mir vor ein paar Stunden, als mich der geborgte Glanz geblendet hatte, noch entgangen war. Das ganze Schauspiel war bestellt.

Die Staatskunst eines erfahrenen Königs. Schon bald würde nach Ninive berichtet werden, daß man mich im Triumph empfangen hatte. Daß ich beim Heer beliebt war, wußte jedermann, doch nun würde man mir auch die Gunst des Stadtpöbels zuschreiben, die nicht so gering anzusetzen ist, daß große Männer sie vernachlässigen dürften. So würden wir die Priester zum Schweigen bringen.

Und hatte nicht auch ich selbst angefangen zu glauben? Und war das nicht auch ein Ziel? Der gerissene, alte Fuchs, mein Vater, wollte mich zusammen mit allen übrigen übertölpeln. Und das alles hatte Fürst Sinahiusur von Anbeginn an gewußt.

Und so spielte ich die mir zugewiesene Rolle denn am nächsten Tage weiter, demütigte mich vor den Schreinen von Assur, Ischtar, Adad, Ea, Nergal, Schamasch, Sin, Nabu und – als reine Vorsichtsmaßnahme – auch vor Marduk. Ich brachte Wein und Früchte dar, ich verbrannte Schnipsel von meinem Bart als Sühneopfer für frühere Sünden, und ich schenkte Gold, Silber, Kupfer und kostbare Steine zum Schmuck der Götter. Ich lauschte demütig und stumm den Ermahnungen der Priester. Ich sah, wie mein *simtu* aus ölgestreiftem Wasser abgelesen wurde. Ich befragte die *barus.* Man sagte mir, es würde mir alles gedeihen. Ich würde groß werden im Lande Assur.

Am Abend ging ich zum Essen in die Kaserne, wo die

meisten Soldaten Veteranen aus den Kriegen im Süden waren, und man begrüßte mich wie einen alten Kameraden. Unter den gemeinen Soldaten gab es viele, die lediglich meine Hand berühren wollten – so mächtig kann ein Mythos sein, schließlich hatten viele von ihnen weitaus mehr gelitten und ihr Leben viel öfter aufs Spiel gesetzt als ich. Männer schaffen sich ihre Helden, um dann ihre edelsten Gefühle auf sie zu übertragen, denn was war ich schon weiter als ein Abbild all dessen, was sie selbst getan hatten? Ich kam mir sehr demütig vor, wie ich da in der Offiziersmesse saß, Wein mit Männern trank, die tapferer waren als ich und die nun für den Rest ihres Lebens erzählen würden, wie sie mit Tiglat Assur einen Krug geleert hatten.

Am Morgen brachen wir wieder nach Ninive auf. Noch einmal säumten die Soldaten und das gewöhnliche Volk die Straße, und noch einmal riefen sie meinen Namen, als ob sie die Macht der großen Götter beschwören wollten, doch dieses Mal stieg mir das nicht zu Kopfe wie Wein, und ich winkte und lächelte und wußte, daß es rein gar nichts bedeutete, daß es eine Illusion war wie das blaue Wasser, das man in der sonnenflirrenden Wüste erblickt.

Und Fürst Sinahiusur, der neben mir ritt, war wieder der *turtanu,* vor dem sich alle, mit einer Ausnahme, zu verneigen hatten.

»Du hast dich gut gehalten«, sagte er, während seine Augen unwillkürlich den Horizont absuchten – eine Angewohnheit, die allen früheren Befehlshabern zu eigen ist. »Du wirst weite Reisen machen, und die, denke ich, getrost ohne mich. Die Nation ist wie eine Braut, die sich an den Anblick des von ihrem Vater ausgesuchten Ehemanns gewöhnen muß.«

»Aber Assur hat bislang nicht gewählt, oder? Noch nicht?«

»Nein, aber der König hat gewählt.«

»Ich dachte immer, du bist für Assarhaddon.«

»Ich bin für das, was der König will, Tiglat.« Er wandte

sich mir zu, und ein abgespanntes Lächeln entblößte seine Zähne – die Linien um Augen und Mund wirkten wie Narben. »Und bei längerem Nachdenken stimme ich ihm zu, daß du besser auf den Thron paßt als dein Bruder. Doch man muß in dieser Sache den Gott walten lassen, denn was auch immer der König und ich uns ausdenken mögen, der Gott hat, wie du es ausdrückst, bislang nicht gewählt. Noch nicht.«

Er warf einen Blick über die Schulter, aber die Soldaten unserer Eskorte ritten an die zwanzig Schritt hinter uns, so daß wir so gut wie allein waren.

»Der König hört auf Frauen«, fuhr er schließlich fort. »Und wenn Frauen sich etwas in den Kopf gesetzt haben, können sie einen Mann durchaus dazu bringen sich einzubilden, er hätte die Macht, alles nach seinem Willen zu ordnen.«

»Doch die Frau in diesem Falle – ich nehme an, die Rede ist von Herrin Nakija – will nun bestimmt nicht, daß ich meinem Vater nachfolge.«

»Ja, das stimmt. Doch kommt es auf dasselbe hinaus, da sie den Glauben in ihm nährt, daß diese Sache, wie auch immer, durch die Wahl des Gottes entschieden wird. Das ist die Gefahr. Und dann gibt es neben der Herrin Nakija natürlich auch noch andere Stimmen. Die Herrin Schaditu strebt, wie dir gewiß nicht entgangen sein dürfte, mit ihrer ganzen nicht unbeträchtlichen Macht danach, sich bei denen von Geblüt einzuschmeicheln.«

Der Ton seiner Stimme und die betonte Art, mit der er ins Leere zu blicken schien, ließen keinen Zweifel daran, was er meinte. Was hatte er gehört? Welcher Klatsch war bis zu ihm gedrungen? Der *turtanu* hatte Einblick in alles, wie also hätte Schaditu vor ihm verbergen können, wie sie sich aufführte? Doch meine Beteiligung . . .

»Fürst, ich pflege mit meiner Schwester nicht dergleichen Umgang.« Er wandte mir das Gesicht zu und riß dabei auch das Pferd herum. Auf seiner Miene zeigte sich echtes Erstaunen.

»Nein, Tiglat«, sagte er, »von dir war auch nie ... Es ist vielleicht besser, wenn du vergißt, daß ich überhaupt darüber gesprochen habe.«

»Wie du wünscht, Fürst.«

Mehrere Minuten ritten wir schweigend dahin. Kein Laut war zu hören, außer den klappernden Hufen der Pferde auf der blanken Erde. Und dann räusperte sich Fürst Sinahiusur jäh, so als wollte er ankündigen, daß er einen inneren Dialog beendet hätte.

»Gleichwohl«, sagte er und faßte nach meinem Arm – seine Augen waren dunkel und ernsthaft, wie die eines Mannes, dem eine Illusion nach der anderen geplatzt ist. »Gleichwohl wäre es ratsam, wenn die Herrin Schaditu durch die nächste Regierung zu Tode gebracht würde.«

★

Fürst Sinahiusur hatte recht gehabt mit seiner Andeutung, daß weitere Reisen folgen würden. Ich ging nach Kalach, nach Arbela, nach Arrapha und Balawat. Ich betete an ihren Schreinen und speiste an den Tischen ihrer wichtigen Männer. Ich besuchte die Garnisonen von Zakho und Aqra und Hajiya. Ich lauschte den Geschichten der Soldaten und erzählte eigene. Und überall empfing man mich wie den Erben und Günstling des Königs, und die Menschen liebten mich, weil sie erkannten, daß es so der Wille meines Vaters war.

Und die Gesandten fremder Könige kamen zu mir, und ich sagte ihnen, was sie zu wünschen hörten: wie ich sie vor ihren Feinden beschützen würde, wie sehr ich ihren Gebietern gewogen wäre, gleichsam wie meinen eigenen Brüdern. Das nahmen sie mir natürlich nicht ab, darum bestach ich sie mit Gold und Silber, und sie schickten Briefe nach Haus, in denen sie von mir als einem sprachen, mit dem man auf jeden Fall rechnen mußte.

Und auch die große Hauptstadt des Gebieters Sanherib, Ninive, meine Heimat seit meinen Kindertagen, vernachlässigte ich nicht, obwohl sie beinahe nur noch ein Ort war, wo ich von Zeit zu Zeit abstieg, um mir das Gesicht mit kaltem Wasser zu waschen. In Ninive saßen die Reichen, deren Macht ich nicht unterschätzen durfte, und so umwarb ich die großen Kaufleute, die wie die Herren lebten, und Händler und Geldverleiher – wenn auch nicht direkt, denn das hätte sich für einen Prinzen von Geblüt nicht geziemt.

Ich schickte nach meinem Sklaven Kephalos und sagte: »Du bist den Vermögenden in allen Ländern Assurs und den Männern aus fremden Ländern, die hier in der Stadt leben und mit Metall und Holz und anderen kostbaren Dingen handeln, kein Unbekannter. Sprich du zu ihnen von mir. Sage, ich bin ihnen gewogen, denn sie bringen das Land zum Blühen. Sage ihnen, daß ich für Frieden und Ordnung sorgen will, wenn ich auf den Thron komme.«

Doch Kephalos zupfte sich an seinem Bart und runzelte wie üblich die Stirn.

»Junger Herr, was ist, wenn du doch nicht auf den Thron kommst? Wird sich der Gebieter Assarhaddon nicht daran erinnern, wie ich in den Basaren für dich geworben habe? Er liebt dich, wie du behauptest, doch mich liebt er nicht!«

»Wäre es dann nicht noch mehr geraten, du würdest mir helfen, König zu werden?«

Zuletzt stimmte er zu, und er ließ nicht nur ein paar Worte bei den reichen Fremden fallen, sondern sandte auch vom eigenen Geld bezahlte Geschichtenerzähler aus, damit das gewöhnliche Volk über meine Heldentaten staunen konnte. Schließlich wußte Kephalos, wo sein Weizen blühte und war für alle Zeiten mein Freund.

Und so arbeitete ich und träumte, *marsarru* zu werden – nicht weil ich König werden wollte, sondern weil ich Assarhamat liebte, welche die Frau des nächsten Königs sein mußte. Und weil ich mir einredete, ich befolgte den Willen des Gottes.

Assarhamat sah ich in jenen Tagen nur selten, doch sie beklagte sich nicht, denn sie wußte, was ich vorhatte. Wir liebten uns und bemühten uns, geduldig zu warten, glaubten, daß lediglich Geduld vonnöten wäre, um glücklich zu werden. Viele Male war ich drauf und dran, den König um ihre Hand zu bitten, und wahrscheinlich hätte er sie mir auch nicht abgeschlagen – für ihn wäre das zweifellos ein kluger politischer Schachzug, der meine Erwählung nur noch gewisser machen würde. Der König war mittlerweile kein Hindernis mehr. Und doch fragte ich nicht. Mir wollten die Worte des Fürsten Sinahiusur nicht aus dem Sinn: *»Doch man muß in dieser Sache den Gott walten lassen, was auch immer der König und ich uns ausdenken mögen.«* Wie ein frommer Mann, oder wie ein Feigling, zögerte ich, den Himmel zu versuchen. Ich fragte also nicht. Und Assarhamat und ich trafen uns weiterhin, wenn es möglich war, heimlich im Haus in der Nergal-Straße. Es war, als brächten wir Schande über uns, als wäre sie schon die Frau eines anderen und wir beide in sündige Liebe verstrickt und voller Angst, beim Ehebruch ertappt zur werden.

Und die ganze Zeit behielt der Gott seine Meinung für sich – oder sprach in Rätseln. Das erfuhr ich von dem Priester Kalbi, einem ehrlichen Einfaltspinsel, der nie gelernt hatte, sein Fähnchen nach dem Wind zu drehen und daher vertrauenswürdig war. Natürlich war es sein Schicksal, daß niemand auf ihn hörte, der die Macht gehabt hätte, seine unseligen Weissagungen abzuwenden. So treiben die Götter ihr Spiel mit uns, indem sie die Wahrheit als Unsinn erscheinen lassen.

Kalbi besuchte mich nur einmal. Ich sah ihn nie wieder, doch er hat damals einen unauslöschlichen Eindruck auf mich gemacht. Er war ein eigenartiger, kleiner Mann – gedrungen, mit jähen Bewegungen, eine ungepflegte Erscheinung und mit Augen, die aus ihren Höhlen hervorzuquellen schienen, so als würde von hinten nachgeholfen. Sein Vater war Nergaletir, der oberste *baru* zu Zeiten Sargons des Großen, und so stammte er von einer echten Linie von Propheten und Sehern ab.

Das trug sich im Monat Siwan zu, als das Hochwasser zurückging und das Land unter der heißen Sonne wieder zum Leben erwachte. Er kam zu mir, in meinen Palast in Ninive, wo ihn mir meine Diener meldeten, als ich gerade von einem Jagdausflug mit dem König zurückkehrte. Ich war müde und nicht in der Stimmung, dem Geplapper von Priestern zu lauschen, doch es ging nicht an, daß ich jemand nicht empfing, dessen Familie die Götter seit tausend Jahren ihr Vertrauen schenkten. Und so ließ ich ihm ausrichten, ich würde ihn empfangen, sowie ich mich gewaschen hätte; und beim Abendessen führten ihn meine Diener zu mir herein.

»Ich muß mich entschuldigen, daß ich dich habe warten lassen, Ehrwürdiger Priester. Bitte – komm und nimm Platz. Tu mir den Gefallen und speise mit mir.«

Doch Kalbi blieb einfach mitten im Zimmer stehen, verbeugte sich leicht aus der Mitte, während seine linke Hand heftig an seiner Tunika zerrte und mich seine hervorquellenden Augen so quälend intensiv anblickten, als ob er einen Schlag abwehren müßte.

»Ich – ich bin nicht zum Essen gekommen, Gebieter. Hab Dank, nein.«

»Dann nimm wenigstens Platz. Nimm wenigstens einen Becher Wein an. Nein? Gar nichts?«

Doch er rührte sich nicht. Er schien wie angewurzelt – oder vielleicht wollte er nur absichtlich unhöflich sein. Woher sollte ich das wissen.

»Ich kenne mich nicht aus mit den Gepflogenheiten von Prinzen, Gebieter.«

Er wartete schweigend, erwartungsvoll, beinahe ruhig, als wäre das Antwort genug. Doch auch meine Diener warteten, und das Mahl, welches mir mein Hausverwalter vorgesetzt hatte, wurde zweifellos langsam kalt, und so beschloß ich, um der Etikette willen nicht zu verhungern und fing an zu essen.

»Dann frage ich mich, was dich zu diesem Besuch veranlaßt haben mag«, sagte ich zuletzt und lächelte nicht eben freundlich.

»Ich komme mit Botschaften«, sagte er augenscheinlich erleichtert, weil man endlich zum Thema gekommen war. »Seltsame und widersprüchliche Botschaften – in Wahrheit eher Rätsel. Ich bin nicht in der Lage, sie zu entwirren, und da dachte ich bei mir, möglicherweise weißt du . . .«

»Ich?« Ich erlaubte mir ein Lachen, obschon mir der Sinn wirklich nicht nach Scherzen stand. »Ich habe keinerlei Übung in dergleichen. Warum kommst du damit zu mir?«

»Weil es dich ganz besonders angeht, Gebieter. Viele sagen, daß du der nächste König bist.«

»Viele, doch vermutlich nicht der Gott?«

»Nein, Gebieter.« Er schüttelte den Kopf. Das Blinzeln kam jetzt automatisch und schien seinen Kopf zu durchzukken, als wären seine Lider Schachteln, die man mit Gewalt geräuschvoll zuschob, was ihn wiederum erschreckte. »Ich habe den Gott viele Male befragt. Ich habe um Erkenntnis gebetet, doch er hält dein *simtu* geheim.«

»Aber in anderen Angelegenheiten spricht er zu dir?«

»Ja – in zweien. Von einer kommenden Herrschaft der Finsternis und von dem schwarzen Vogel, der über dem Gebieter Assarhaddon kreist.«

Ich schob den Teller fort, der Hunger war mir vergangen.

»Nimm dich in acht, Priester. Der Gebieter Assarhaddon ist ein ausgezeichneter Soldat, den man nicht beleidigen darf. Außerdem ist er mein Bruder, und ich liebe ihn, also nimm dich in acht mit dem, was du sagst.«

»Mein Wort zählt nicht, Gebieter, nur das des Gottes. Der Gott ist ihm nicht wohlgesonnen, er sendet böse Vorzeichen. Der Gebieter Assarhaddon wird niemals mit dem Segen des Gottes regieren.«

»Dann wird er nie regieren.« Ich trank einen Schluck Wein und täuschte eine Ruhe vor, die ich nicht empfand.

»Und wieso zeigt mir der Gott dann ein kommendes Tal der Finsternis? Dem Land Assur stehen böse Zeiten bevor – dessen bin ich gewiß.«

Und Kalbi sprach von Omen, von Kindern, die mit Organen von Mann und Frau zugleich geboren worden waren, von Erdbeben, von schwarzen Wolken, welche die Spitzen heiliger Berge verhüllten, von sterbenden Sternen, von Dingen, die man im Westen gesehen haben wollte, vom Mond, der blutige Tränen weinte.

»Es gibt im Ischtartempel eine Frau, Gebieter, die in Trance fällt, damit die Göttin durch sie sprechen kann. Es ist eine alte Frau, die seit ihrer Mädchenzeit im Tempelbezirk gelebt hat, und die Göttin hat schon viermal durch sie gesprochen. Letzte Nacht zum fünften Mal.

Doch die Göttin verbirgt die Wahrheit – sprach ich dir nicht schon von Rätseln, Gebieter? Statt dessen fragt sie: ›Warum muß der Blutstern hinter den westlichen Wassern verschwinden, erneut aufsteigen und dann für alle Zeiten untergehen, so daß das Land unter der Sonne verdorren kann?‹ Mir kam der Gedanke, daß du, Tiglat Assur, vielleicht eine Antwort darauf weißt, da doch der Gott deinen Leib mit einem Blutstern gezeichnet hat.«

»Ich habe keine Antworten darauf. Verlaß mich jetzt, Priester – verlasse mich, denn du beunruhigst mich.«

»Noch eine Frage, Gebieter, dann verlasse ich dich. Kennst du jemanden, der blind ist und dennoch sehen kann?«

»Was weißt du ...?« Ich stand so schnell auf, daß der Tisch vor mir ins Wackeln kam und mein Becher scheppernd zu Boden fiel. »Was weißt du über ihn? Ich ...«

»Nichts, Gebieter. Ich weiß gar nichts. Man sagt, daß es einen blinden *maxxu* gibt, der dich aufsucht. Was sagt er dir, Gebieter? Spricht er von einer Zeit der Finsternis?«

»Ich kenne keinen solchen Menschen. Er hat nie mit mir gesprochen.«

Wir starrten uns an. Der Wein schwamm auf dem Boden wie eine Blutlache – ich konnte den Blick nicht davon abwenden.

»Dann gute Nacht, Gebieter.« Er war fort. Ich blickte auf, wollte mit ihm sprechen, doch er war bereits fort.

*

So gingen mir viele Dinge im Kopf herum, während ich im Namen des Königs reiste und mit dem ganzen Volk darauf wartete, daß der Gott seinen Willen kundtat. Im Monat Ab sollten die Orakel gelesen werden, und als die Zeit herannahte, erhielt ich einen Brief von Assarhaddon, in dem er ankündigte, er habe vor, aus diesem Anlaß in die Stadt zu kommen und seine Mutter mitzubringen – ich glaube, es war eher anders herum, denn nichts hätte Nakija davon abgehalten, zu dieser Zeit in Ninive zu sein.

Der Tag seiner Ankunft war der heißeste jenes Sommers – sogar die Ziegelsteine der Stadtmauer brutzelten in der Sonne wie Bratfett. Ich beneidete meinen Bruder nicht um diese Reise, denn in Sumer konnte die Hitze nur noch schlimmer sein, doch als ich ihn in seinem Palast aufsuchte, war er nicht mit den Unannehmlichkeiten der Reise beschäftigt.

Ich traf ihn in seinem Garten im Schatten, den ein kränklicher Olivenbaum zu bieten hatte. Er hatte Angst, ins Haus zu gehen und bereits jetzt, kaum eine Stunde nach Mittag, war er schon zu betrunken, um noch einen Gedanken an eine Kopfbedeckung zu verschwenden.

»Komm in deine Gemächer«, sagte ich, als ich über ihm stand – er blickte mit großen, ängstlichen Augen zu mir hoch; ihm schien nicht einmal mehr einzufallen, wer ich war. »Komm Bruder. Bei der Hitze und bei der Menge Wein, die du schon im Bauch hast, bekommst du wahrscheinlich einen Schlaganfall.«

Er schüttelte den Kopf und schlug die Augen nieder.

»Bei den großen Göttern, Tiglat, für mich wäre es ein Segen, wenn ich friedlich in meinem eigenen Garten sterben könnte. Es ist furchtbar, furchtbar. Was für ein Mißgeschick aber auch. Ich fürchte, ich bin verdammt, mein Leben ist ruiniert, wenn man dieses *alu* nicht abwenden kann.«

Ich nahm ihm den Weinkrug ab und setzte mich neben ihn hin.

»Was für ein Mißgeschick denn?«

»Mißgeschick? Ach, du meinst das *alu.* Es hat sich auf der Reise zugetragen, fast vor den Stadttoren hier. Mir ist ein Mungo unter die Räder des Streitwagens geraten und von den Rädern zermalmt worden.«

»Ja? Mehr nicht?«

»Mehr *nicht?*« Er ergriff meine Tunika bei der Schulter, als wollte er mich wachrütteln. »Weißt du denn nicht, daß es kein schlimmeres Vorzeichen gibt, als wenn dir ein Mungo zwischen die Beine läuft? Im Augenblick prüfen die *aships* meiner Mutter noch, ob das *alu* nur dann eintritt, wenn der Mensch auf der Erde steht – ich war doch über der Erde, in meinem Streitwagen. Und wenn nicht, ob dann vielleicht irgendeine Zeremonie ...«

»Du brauchst dir wegen der heutigen Sonne keine Sorgen mehr zu machen, Bruder, denn dir ist das Hirn schon verschmort. Mir ist noch nie dergleichen Unsinn über Mungos zu Ohren gekommen.«

Assarhaddon richtete sich gerade auf, er schien sich seiner Würde bewußt zu werden.

»Du hast die Schriften nicht so gründlich studiert wie ich, Bruder. Denn wenn du das hättest ...«

»Seit wann bist denn du zum Gelehrten geworden?« fragte ich etwas verdutzt. »Soweit mir bekannt ist, kannst du kaum lesen.«

»Ich habe sie mir vorlesen lassen.«

»Wo? In Sumer?«

»Selbstverständlich.« Assarhaddon blinzelte erstaunt. »Gerade in Sumer kennt man sich besonders gut in derlei Dingen aus.«

»Dann tritt das *alu* auch vielleicht nur dann ein, wenn es ein sumerischer Mungo war.«

»Meinst du, dergleichen ...?«

»Bei den großen Göttern, Bruder! Komm ins Haus – auf der Stelle! Oder du läßt deinem *alu* kaum noch Arbeit übrig.«

Ich legte ihm den Arm um die Schulter, und er ging mit in seine Gemächer, wo seine Frauen seinen Kopf mit kühlem Wasser wuschen. Schließlich schlief er und konnte den bösen Zauber eines toten Mungo vergessen – zumindestens für eine Weile. Und das hatte nun seine Mutter aus ihm gemacht, in nur einem halben Jahr.

Am Abend des sechzehnten Tages im Monat Ab würde der Gott endlich sprechen. Ich verbrachte den Morgen dieses Tages in Assarhamats Armen in dem Haus in der Nergal-Straße. Wir mußten die Fenster offen lassen, denn im oberen Zimmer war es heiß wie in einem Backofen, doch irgendwie war Assarhamats Leib immer kühl.

»Das kann für uns das letzte Mal sein«, sagte ich, und als ich die Worte aussprach, war mir das Herz so schwer wie Stein.

»Und wenn nicht, was dann? Wenn du zum *marsarru* ernannt wirst, fragst du dann den König, ob wir heiraten dürfen?«

»Das werden die ersten Worte sein, die aus meinem Munde kommen. Das weißt du doch.«

»Ja, das weiß ich.«

»Aber wenn ich nun nicht *marsarru* werde?«

»Das wirst du.«

»Aber wenn ich es nicht werde?«

»Dann versprich mir – nur eines.«

»Wenn ich kann, ja.«

»Daß du morgen hierher zurückkommst.« Sie bewegte sich in meinen Armen, legte ihre Wange an mein Herz. »Daß du in der ersten Stunde nach Mittag hier sein wirst. Ich könnte nicht weiterleben, wenn ich dich nicht noch einmal sehen dürfte.«

»Ich werde da sein«, sagte ich. »Ich verspreche es. Und wenn ich dafür sterben muß.« – Und so durchwarteten wir jenen letzten Tag.

XV

Als die Auspizien besagten, daß Assarhaddon seine Nachfolge antreten müsse, zögerte der König zwei Tage lang. Es gab keine Ankündigung für das Volk, obschon jedermann sich seinen Reim darauf machen konnte – binnen Stunden nach der Erklärung des *baru*, daß die Eingeweide der *ginu* keinerlei Krankheiten aufwiesen, ging ein Mob zum Palast meines Bruders und bewarf seine Tür mit Abfall. Zwei Tage lang wurde Assarhaddon nicht zum *marsarru* ernannt und nicht ins Haus der Erbfolge aufgenommen. Das Volk wartete beklommen, während sein König mit seinem Herzen rang.

Man munkelte, daß einige unter den jüngeren Söhnen des Königs in den Reihen des Heeres den Aufstand probten. Doch es wurde nichts daraus; auch war bekannt, daß ein gewisser bartloser Schreiber verbreitete, die Priester hätten die Omen manipuliert, um den falschen Nachfolger auf den Thron zu bringen.

Und das alles kommt leider auf mein Haupt. Man kann es nicht meinem Bruder in die Schuhe schieben, daß sich so viele gegen ihn aussprachen, sondern mir, denn ich war sehr gründlich vorgegangen, als ich das Volk darauf vorbereitete, mich als den Erben des Gebieters Sanherib zu akzeptieren. Man hatte diese Hoffnungen in ihm geweckt, es als etwas Unabwendbares, als die Wahl des Königs und des Gottes und daher auch als seine eigene hingestellt. Natürlich kam es sich betrogen vor – und natürlich gab es meinem Bruder die Schuld daran. Das kam von meiner Anmaßung. Es war mein Fehler, nicht seiner.

Doch schließlich erschien der König in der Öffentlichkeit mit Assarhaddon zu seiner Rechten und erklärte, es sei der Wille des Gottes, daß der Sohn Nakijas, seiner einzigen lebenden Gemahlin, sein Erbe sein solle. Niemand jubelte, doch die Menschen nahmen es hin, und es herrschte Friede. Man vermerkte jedoch, daß der nächste Tag, der neunzehnte des Ab und der erste, daß die Sonne meinen Bruder als *marsarru* beschien, ein ungünstiger Tag war, an dem sich die Menschen in Lumpen kleideten und kein gekochtes Essen zu sich nahmen und ihre Frauen nicht beschliefen. So trat also Assarhaddon sein Erbe an, und so erfüllte sich die Weissagung des *maxxu* für mich. *»Glaube nicht, daß dich hier Glück und Ruhm erwarten, Prinz, denn der Gott hat einen anderen Weg für dich ausersehen. Hier wird dir alles bitter werden – die Liebe, die Macht, die Freundschaft.«*

Ich befand mich nicht in der Stadt, als der König sein Schweigen brach. Ich hatte bereits um die Ernennung zum *shaknu* von Amat, in den Nordprovinzen, gebeten und sie erhalten. Dort brodelte ein Grenzkrieg mit den Bergvölkern so andauernd vor sich hin wie ein Kochtopf auf kleinem Feuer. Ich würde wieder Soldat sein, redete ich mir ein, und vielleicht würde ich sterben, wenn auch keinen ruhmreichen, so doch zumindest wohl einen nützlichen Tod, denn mir war zumute, als hätte das Leben das letzte Wort auf meinem Täfelchen ausgelöscht – und dabei war ich noch nicht einmal zwanzig Jahre alt.

Doch bevor der König mich ziehen lassen wollte, mußten wir ihm ausreden, Assarhaddon gefangenzunehmen, damit er ihn in irgendeinem dunklen Verlies ermorden lassen konnte.

»Ich bin immer noch König«, tobte er und durchmaß mit großen Schritten seine Privatgemächer, hin und her, her und hin. Mitten in der Nacht hatte er nach mir schicken lassen, und er, ich und Fürst Sinahiusur waren allein hinter verschlossenen Türen. »Was auch immer Rimani Assur in den Gedärmen einer toten Ziege gefunden hat oder nicht, ich bin immer noch König! Äh? Ja? Du hättest sein Gesicht sehen sollen, Tiglat; seine Zähne klapperten vor Erregung, und sein Gesicht war so grau wie Granit. Dieser verfluchte Priester hat mich angelogen. Er und dein Bruder, der Edle von Esel, haben sich verschworen, und bei den großen Göttern, ich lasse die beiden noch vor Tagesanbruch an den

Hacken aufhängen. Äh? Wie ihnen das wohl gefällt? Diese Verräter – diese Verräter!«

Hin und her, so lief er, daß seine Sandalen auf dem gefliesten Boden klatschten. Ich war seiner Aufforderung in dem Glauben nachgekommen, daß ich der Erwählte sei, und sah seinem unermüdlichen, rastlosen Zorn jetzt mit müden Augen zu, mein Hirn war betäubt. Ich würde nicht *marsarru* sein, nie würde ich Assarhamat zur Frau haben. Mein Kopf schien nicht einmal diese beiden schlichten Tatsachen fassen zu können.

»Es gibt keine Verräter, Erhabener«, sagte ich zuletzt – meine Stimme kam wie von fern, als gehöre sie jemand anderm. »Du selbst hast Rimani Assur einen ehrlichen Mann genannt . . .«

»Ja, aber er ist ein Priester! Priester . . .« Der König, mein Vater, spuckte das Wort aus, als hinterließe es einen üblen Nachgeschmack in seinem Mund.

»Ein Priester, aber ein ehrlicher Mann. Und mein Bruder Assarhaddon ist der letzte, der wagen würde, dem Gott in seine Geheimnisse hineinzupfuschen. Wir – *du* mußt dieses als Assurs Willen annehmen.«

»Ich lasse Assarhaddon umbringen. Ich schlitze ihm eigenhändig mit dem Messer den Bauch auf, daß ihm die Gedärme herausfallen wie nasse Wäsche aus einem Korb.«

»Wenn du das tust, Vater, dann mußt du dich nach einem anderen Sohn umsehen, der nach dir regiert.«

Sein Kopf fuhr herum, er sah mich an und seine Augen loderten, doch ich fürchtete mich nicht vor seinem Zorn – mir war, als würde ich mich mein Leben lang nie wieder vor etwas fürchten.

»Wenn du Assarhaddon umbringst, wenn du so schlecht, so gottlos handelst, wenn du ihm sein Leben und seine Rechte als dein Erbe streitig machst, dann verlasse ich dieses Land und kehre nie wieder zurück. Erhabener, mich wirst du dann nie wieder sehen.«

»Äh? Was will eigentlich dieser Junge . . .«

»Dieser Junge ist klüger als du, Bruder«, sagte Fürst Sinahiusur traurig, aber ruhig. »Willst du dir etwa einen Bürgerkrieg auf den Hals holen?«

»Den haben wir ohnedies, äh? Den haben wir ohnedies, wenn ich einmal tot bin – oder glaubt ihr etwa, daß die Streitkräfte Assarhaddon akzeptieren, der Babylon schon morgen wieder aufbauen würde, wenn er könnte? Glaubt ihr etwa, die akzeptieren ihn? Ja? Äh? Was?«

Der König ließ sich auf einen Stuhl fallen und starrte auf seine Füße, als hätten auch sie ihn verraten.

»Sie werden ihn akzeptieren, wenn du es tust. Sie werden ihn akzeptieren, wenn Tiglat ihn akzeptiert.« Der *turtanu* blickte mich an. »Was sagst du dazu, Tiglat? Nimmst du den Willen Gottes an, oder spaltest du die Nation durch einen Krieg gegen den Bruder, den du, wie du sagst, liebst?«

»Du kennst meine Antwort darauf, Gebieter – du hast sie früher schon gehört.«

Er nickte. Er begriff.

»Ich habe Mitleid mit dir, Neffe«, sagte er schließlich. »So geht es, wenn Menschen sich einbilden, sie könnten dem Gott hineinreden, der am Ende doch seinen Willen durchsetzt; und doch ist es hart. Für dich ist die Strafe sehr bitter, obwohl du allein ohne Sünde bist.«

»Du allein bist ohne Sünde«, hatte der *maxxu* gesagt. Ich fuhr bei dem Echo zusammen, und Fürst Sinahiusur warf mir einen Blick zu, daß ich mich fragte, wieviel er wohl über jene Sache wissen mochte.

Und doch brauchte ich nur an Arad Ninlil zu denken, um meine Zweifel daran zu haben, ob ich tatsächlich so ohne Sünde war. War ich mir nicht mit Assarhamat darin einig gewesen? Wenn es so war, dann hatte der Gott ein Mittel gefunden, uns zu bestrafen.

»Ich werde Assarhaddon umbringen – ja, ich will sein Leben.«

Der König starrte mich mit erstorbenen Augen an. Er glaubte schon nicht mehr an seine Worte, und sein Ärger war verraucht, nur noch Kummer war geblieben. Ich ging zu ihm und kniete neben seinem Stuhl nieder, und er nahm mich in die Arme und weinte. Er weinte, als ob ihm das Herz brechen müßte.

»Und was wird aus dir?« fragte er zuletzt, als alle Tränen geweint waren und er sich beruhigt hatte. »Was wird aus dir, mein Sohn – äh? Assarhaddon wird sich auf dem Thron nie sicher fühlen, solange du am Leben bist. Das weißt du doch, nicht wahr?«

»Von Assarhaddon habe ich nichts zu befürchten und er auch nichts von mir.«

»Ja – es ist ein herrlich Ding um die brüderliche Liebe.«

Das sagte er mit einem gewissen Ekel, so als gestünde er sich eine gefährliche Schwäche ein. Er saß stumm da, blickte ins Leere und schien darüber nachzudenken, was Liebe alles anrichten konnte.

»Und was wird aus dir – hier, jetzt?«

»Ich muß die Stadt für eine gewisse Zeit verlassen«, erwiderte ich. »Für lange Zeit wohl. Die Unzufriedenheit mit dem Willen des Gottes darf kein Ziel finden. Gib Assarhaddon eine Chance, und er wird schon noch hell erstrahlen.«

»Wohin willst du, mein Sohn?«

»Erhabener, wenn du mich liebst, dann schicke mich dorthin, wo Blut vergossen wird. Ich möchte Krieg führen – lange und hart und furchtbar. Ich möchte, daß alles Weiche in meinem Herzen abgeschliffen wird.«

Der König, mein Vater, blickte den Fürsten Sinahiusur an, der zustimmend nickte.

»Ich weiß noch nicht, was ich tue«, murmelte er, und seine Augen schossen nervös hin und her, so als ob er nichts länger als einen Augenblick fixieren mochte. »Es ist noch nichts abgemacht – ich gebe dir dann Nachricht.«

Ich verneigte mich und verließ ihn. Er und sein *turtanu* – sein Bruder, wie Assarhaddon der meine war – würden bis in die ersten Stunden des Morgens miteinander reden, doch es konnte nur eine Entscheidung geben. Der König würde

Assarhaddon erheben, daß er der Nächste zum Thron war, und ich würde irgendein Mittel finden müssen, mir das Leben erträglich zu machen. Ich konnte ohne den König glücklich sein, jedoch sie nie wieder zu sehen, das ...

Ich trat in einen der vielen Gärten des Palastes, wo der dunkle Nachthimmel mich vor den Augen der Menschen verbarg, und lehnte mich dort in der Finsternis an einen Pfeiler und versuchte zu begreifen, warum ich nichts zu fühlen schien. Eine Hand schien mir den Atem abzuschnüren, doch mein Herz war erstarrt.

»So ist es, wenn man tot ist«, dachte ich. »Man ist eine Seele, die im Nachtwind herumflattert – körperlos, leidenschaftslos, ohne Bindungen an das Leben.«

Ein leichter Wind kam auf, ein heißer, drückender Wind, dick wie Wasser. Er blies durch mich hindurch, als wäre ich bereits ein Schatten.

»Assarhamat«, flüsterte ich, und augenblicklich schossen mir heiße Tränen in die Augen, und ich wußte, ich war immer noch ein Mensch, der unter dem Verlust seiner Liebsten litt. »Assarhamat ...«

*

In der ersten Stunde nach dem Morgengrauen führte man einen Boten zu mir, der mir die Befehle des Königs überbrachte – es sollte Amat sein. Ich würde also noch an diesem Abend Ninive in aller Stille und mit einer Eskorte von nur zwanzig Mann verlassen. Ich sollte mich beeilen; es waren schon Reiter in den Norden geschickt, man würde mich dort erwarten. Mir war wie in Kriegszeiten die volle Militärgerichtsbarkeit übertragen worden. Ich hatte nur noch einen Tag, ehe ich alles hinter mir ließ, was bis zu diesem Augenblick mein Leben ausgemacht hatte.

Amat – wie das Assarhaddon ärgern würde! Und das hatte der König sicher dabei im Sinn gehabt.

Ich wartete eine Stunde, noch eine. Und noch immer kam

niemand, um mir zu berichten, daß Assarhaddon zum *mars-arru* ernannt worden war – vielleicht hatte man ihm auch noch gar nichts gesagt. Ich mußte ihn besuchen, ehe ich aufbrach. Ich mußte ihm meine Ehrerbietung erweisen, damit später keine Zweifel daran aufkamen, ob er sich auf meine brüderliche Treue verlassen könne.

Assarhaddons Palast befand sich gegenüber vom Haus der Krieger, und so ging ich denn über den staubigen Kasernenhof, vorbei an Soldaten, die mich anstarrten, als wäre ich ein Naturwunder. War ich in Ungnade gefallen und des Todes? War ich der nächste König? Sie konnten es nicht erraten, und so wußten sie nicht, ob sie die Hand zum Gruße heben oder lieber gar nichts tun sollten. Die meisten starrten nur.

Ich ging geradewegs in die Gemächer meines Bruders. Keiner seiner Diener versuchte, mich aufzuhalten – sie verkrochen sich vor mir, als ob sie bei mir einen Dolch unter dem Umhang vermuteten.

Assarhaddon hatte die Angewohnheit, spät zu frühstükken, und so traf ich ihn immer noch bei Tisch, in einer schlichten Leinentunika, mit bloßen Füßen und umgeben von seinen Frauen. Ich legte die Hand als Faust aufs Herz und verneigte mich vor ihm.

Einer der babylonischen Zwillinge fing an zu kichern.

»Der Gebieter Tiglat ist heute morgen aber sehr förmlich«, zwitscherte sie – und die witzige Bemerkung wurde mit einem Schwall mädchenhaften Gelächters quittiert.

»Raus.«

Assarhaddon funkelte sie böse an, und das Gelächter erstarb auf der Stelle.

»Raus. Laßt uns allein – sofort!«

Wie eine Kette aufgeschreckter Wachteln stoben sie in alle Richtungen. Assarhaddon und ich waren ganz plötzlich allein.

»Dann hatten die Orakel meiner Mutter also doch recht«, sagte er.

»Ja, Gebieter. Sie hatten recht.«

Gebieter. Ich sah, wie sich das Gesicht meines Bruders veränderte, als ich ihn so titulierte – das Wort schien ihn unangenehm zu berühren.

»Der König ... hat er dich geschickt, damit du es mir sagst?«

Ich schüttelte den Kopf und bemühte mich um eine ausdruckslose Miene, wollte nichts weiter als Bote sein. Es gab jetzt soviel, was ich ihm, den ich liebte und der nie wieder ganz mein Freund sein würde, nicht mehr sagen konnte.

»Der König ringt sich schon noch dazu durch, die Dinge zu sehen, wie sie nun einmal sind«, sagte ich und blickte meinem Bruder dabei nicht ins Gesicht. »Die Aufforderung kommt noch, und dann führt er dich eigenhändig in das Haus der Erbfolge, doch – ich rate dir gut– laß ihm Zeit. Bleib hier in deinem Haus und empfange niemanden, bis er nach dir schickt.«

Er blickte mich mit schmalen Augen an, so als witterte er Verrat, doch schließlich nickte er.

»Du sprichst klug, Tiglat. Es sei, wie du mir rätst. Und jetzt– setz dich und nimm einen Becher Wein an wie ein Bruder. Oder hast du so rasch gelernt, mich nicht mehr zu lieben?«

Etwas in seiner Stimme sagte mir, daß ich ihn verletzen würde, wenn ich seinen Wunsch ablehnte, und so tat ich wie geheißen und ließ mir von ihm einen Becher einschenken, obschon ich meinte daran ersticken zu müssen.

»Es kann zwischen uns nicht mehr so sein wie früher«, sagte ich zuletzt. »Du wirst König im Lande Assur, und ich bin dein Untertan. Darüber sollten wir uns klar sein, Assarhaddon. Und es gibt auch noch andere Gründe.«

»Du meinst natürlich die Herrin Assarhamat.«

»Ich werde sie nie wiedersehen. Sie wird deine Frau und schenkt dir Söhne, die dir nachfolgen werden.«

»Tiglat, mein Bruder, was mich angeht, so kannst du sie nur zu gern haben. Bei den sechzig großen Göttern, ich schenke sie dir!« Er legte mir die Hand auf den Arm, ergriff ihn mit starken Fingern, als handelte es sich um etwas, was wir unter uns ausmachen könnten.

»Ich wollte, es wäre so einfach, Bruder.«

»Dann mache ich es gut – weiß Gott, ich mache es gut. Ich gebe dir gleich um gleich zurück, zweifach, dreifach! Du kannst Lea haben und die ägyptischen Schwestern – du hast die Wahl unter meinen Frauen. Laß mir nur die babylonischen Zwillinge, bitte. Ein wenig Vergnügen muß man doch im Leben haben.«

Es war rührend, und er meinte es ernst, jedes Wort. Ich wußte, er würde mich nie verstehen. Ich konnte nur den Kopf schütteln.

»Ich verlasse Ninive noch heute abend«, sagte ich. »Ich gehe in den Norden und führe Krieg gegen die Bergstämme. Es ist besser so.«

Assarhaddon zog die Hand zurück.

»Ich glaube, du bist eifersüchtig, Tiglat – eifersüchtig und boshaft. Ausgerechnet das Kommando, um das ich gebeten hatte. Ich, der ich nie mehr haben wollte. Was er mir vorenthält, das schenkt er dir mit vollen Händen!«

»Du hattest Sumer.«

»Sumer!« Er verzog angewidert das Gesicht. »Schafhirte bin ich in Sumer gewesen – ein Mann, der in Sumer regiert, kann eingehen aus Mangel an Bewegung. Der König gibt dir dieses Kommando nur, um mir zu zeigen, wie sehr er mich verachtet.«

»Er gibt mir dieses Kommando, weil ich ihn darum gebeten habe.«

»Dann verachtest also du mich.«

»Du weißt, daß das nicht stimmt.«

Einen Augenblick lang sah es so aus, als wollte er aufspringen und mich schlagen, und ich dachte schon, mit unserer Freundschaft sei es für immer aus. Doch dann beherrschte und beruhigte er sich.

»Ja, ich weiß.«

»Es ist nicht so gelaufen, wie wir es wollten – das ist alles.«

»Ja. So ist es.« Er spähte in seinen Becher, als suche er etwas. »Was meinst du, ist das die Auswirkung von dem *alu* des Mungo?«

Ich wußte keine Antwort darauf, und so schwieg ich.

»Wann brichst du auf? Heute abend?« fragte Assarhaddon schließlich, es schien, er hatte es ganz vergessen.

»Ja, heute abend.«

»Dann verpaßt du die Feierlichkeiten zu meiner Ernennung – das tut mir aber leid. Doch vielleicht hättest du ohnedies nur wenig Spaß daran.«

»Das könnte ich mir leichten und freudigen Herzens ansehen, Bruder. Doch bei deiner Hochzeit möchte ich nicht zugegen sein.«

»Frauen – was für ein Fluch.« Er schüttelte den Kopf, es schien, dieses nicht zu lösende Problem verdroß ihn. »Willst du auch ganz gewiß keine von meinen haben? Nicht einmal Lea?«

Ich konnte darauf nichts erwidern – in diesen Dingen war mein Bruder ein großer Lehmkopf. Ich erhob mich. Er erhob sich mit mir, und als ich mich noch einmal verneigen wollte, umarmte er mich. Er wußte genauso gut wie ich, daß dieses in einem gewissen Sinne ein Abschied für immer war.

In der Eingangshalle, die zur Haustür führte, jener Tür, an der die Einwohner von Ninive in weniger als einer Stunde ihrem Zorn Luft machen würden und wo jetzt schon ein geschäftiges Treiben von Leisetretern herrschte, traf ich Nakija.

»Dann bist du also nicht gekommen, um meinen Sohn zu ermorden, Tiglat Assur?« fragte sie und lächelte über ihre witzige Bemerkung – sie strahlte triumphierend. Auf mich wirkte sie eher wie eine Katze, die mit einer verletzten Maus spielt.

»Nein, Herrin. Er ist mein Bruder und mein Herrscher.«

»Doch vermutlich nicht mehr dein Freund?«

»Kann ein König Freunde haben, Herrin? Wenn ja, so bin ich immer noch sein Freund.«

»Dein Verhalten ehrt dich, Tiglat«, sagte sie und streckte mir die Hand hin. »Doch das war schon immer so. Meinen Glückwunsch, du hast einen edlen und beständigen Charakter.«

Ich wußte, sie machte sich über mich lustig, aber ich nahm ihre Hand und berührte sie mit meiner Stirn, denn sie war jetzt die Mutter des zukünftigen Königs und hatte ein Recht auf diese Ehrenbezeugung. Doch in meinem Herzen haßte ich sie.

Ich blickte mich um, sah die Männer, die uns von der Wand her im Auge hatten und sich nicht näher trauten – ja, sie wußten natürlich alle Bescheid. Mittlerweile wußte die ganze Stadt Bescheid. Doch Nakija hatte es immer gewußt. Das stand auf ihrem Gesicht zu lesen.

»So ist also der Wille des Gottes vollbracht«, sagte sie als Antwort auf eine Frage, die ich im Kopf noch kaum formuliert hatte.

Ja, natürlich. Sie hatte immer ganz genau gewußt, wie alles ausgehen würde. Wie war das nur möglich? Doch an einer Antwort lag mir nun wirklich nichts – ich hatte so ein Gefühl, damals schon, daß es eine Gnade wäre, die Antwort darauf nicht zu erfahren.

Als ich auf dem Heimweg durch das Haus der Krieger kam, machte ich bei der Kaserne der *quradu* halt und hielt Ausschau nach Luschakin, meinem alten *ekalli.*

»Hast du Lust auf einen weiteren Feldzug?«

Er sah mich kurz an und kratzte sich gedankenverloren das Kinn unter seinem Bart. Wie alle Welt, so hatte auch er etwas munkeln hören.

»Gegen wen kämpfen wir denn?« fragte er – die Frage war eigentlich gar nicht so unverschämt. »Wenn es nicht gegen den König geht, Prinz, bin ich dein Mann, sogar bis in den Rachen des Todes.«

»Nein, Luschakin, mein alter Kamerad, ich fordere dich

nicht zum Bürgerkrieg auf. Mein Bruder Assarhaddon soll seine Aussicht auf den Thron nicht durch mich einbüßen.«

»Dann ist es also wahr, Prinz, du wirst nicht *marsarru?«*

»Der Gott hat anders gewählt.«

Luschakin war kein Dummkopf, also sagte er nichts. Doch die Art, wie sich sein Gesicht verzog, machte recht deutlich, daß ihm eine andere Erklärung ebenso recht gewesen wäre.

»Was soll ich also tun?«

»Nur soviel – suche dir zwanzig Mann, die des Friedens überdrüssig sind. Sag ihnen, sie sollen heute abend marschfertig sein, aber kein Wort über mich. Die Stadt ist unruhig genug – ich will mich fortschleichen, keiner soll davon wissen. Sag ihnen, wir machen Krieg gegen die Stämme in den nördlichen Bergen, nichts sonst.«

»Es sei, wie du sagst, Prinz.«

Jetzt blieb mir nur noch eines zu tun, und dann war ich aller Bindungen los und ledig – so los und ledig wie ein Toter.

Seit meiner Unterredung mit dem König hatte ich nicht mehr geschlafen, und doch möchte ich meinen Gemütszustand an jenem Tage wirklich nicht auf den Mangel an Schlaf zurückführen. Alles hatte etwas eigentümlich Unwirkliches an sich – das, was ich da lebte, war nicht mehr mein Leben. Es schien mir, als stießen diese Dinge jemand anderm zu, und ich wäre dabei nur ein hilfloser Zuschauer. Oder genauer, es glich einem dieser Alpträume, bei denen man weiß, daß man träumt und daß es nichts als ein Alptraum ist.

»Gleich wache ich auf«, dachte ich ununterbrochen. »Ich wache auf und liege in meinem Bett. Ich bin wieder sechs Jahre und im Zimmer meiner Mutter im Frauenhaus und geborgen. Das hier kann doch nicht aus meinem Leben geworden sein.«

Das Haus in der Nergal-Straße wirkte wie tot, wie eine lang schon vernachlässigte Gruft. War das wirklich erst gestern gewesen, daß ich hier Assarhamat getroffen und sie so hoffnungsfroh in den Armen gehalten hatte? Das konnte nicht wahr sein. Seit Jahrhunderten hatte kein Mensch mehr einen Fuß in dieses Gebäude gesetzt. Der Raum mit unserem Bett glich einer Szenerie eines furchtbaren Unglücksfalles, dessen Andenken wie ein Fluch darauf lastet, so daß die Menschen jenen Ort meiden und ihn verfallen lassen.

»Ich werde da sein«, hatte ich zu ihr gesagt, *»und wenn ich dafür sterben muß«*. *»Ich werde sie nie wieder sehen«*, hatte ich zu Assarhaddon gesagt. Beide Versprechen mußte ich halten – ich hatte sie einfach geben müssen, aber nun schien eines das andere auszuschließen. Zerschmettert saß ich auf der Bettkante, mein Kopf dröhnte, und das Herz wollte mir die Brust zersprengen. Aus unerfindlichen Gründen hatte ich meinen Speer zu Hause gelassen, aber das war auch gut so. Sonst hätte ich ihn in dieser äußersten Verzweiflung wohl genommen und ihn mir ins eigene Herz gestoßen.

Wie von fern drangen die Geräusche unter meinem Fenster von der Straße, aus diesem Viertel, aus der ganzen Stadt, zu mir hoch. In Ninive ging das Leben weiter, ganz als gäbe es mich gar nicht – als ob es nichts ausmachte, daß Tiglat Assur alles verlieren sollte, was ihm das Leben versüßt hatte. Als ob dieses Leben nie gelebt worden wäre.

Ich habe keine Ahnung, wie lange ich so dasaß. Oder anders, ich dachte dabei nicht in Begriffen von Zeit und Raum. Und dann hörte ich ganz unerwartet ein leises Klopfen an der Tür in der Mauer, welche dieses Haus und das dahinter sich teilten. Tapp, tapp, tapp. Eine Pause. Tapp, tapp, tapp.

»Tiglat, bist du da?« kam zuletzt ihre Stimme.

Ich wollte sprechen. Ich machte den Mund auf und schloß ihn wieder, war nicht imstande, einen Laut hervorzubringen. Ich konnte nicht einmal vom Bett aufstehen – es war, als hätte ich meinen Körper nicht mehr in der Gewalt.

»Tiglat, antworte mir. Ich weiß, daß du da bist. Laß mich rein. Hör doch.«

Schweigen. Dann das Geräusch ihrer Faust, die auf die Tür einschlug, mittlerweile lauter.

»Tiglat, laß mich *rein.* Tiglat!«

Ich wartete. Ich schien nicht einmal mehr zu atmen. »Was ist, wenn sie fortgeht?« dachte ich ununterbrochen. Nie wieder würde ich dann diese Stimme hören. Sie würde für mich auf ewig verloren sein. Und doch konnte ich nicht antworten.

Jetzt schien sie wütend zu werden, sie hämmerte auf die Tür ein – wollte sie diese etwa aufbrechen? Ich konnte sehen, wie die Tür in ihren ledernen Angeln wackelte, als sie sie unten mit ihren Sandalen bearbeitete.

»Tiglat – TigLAT! Ich weiß, daß du da bist – du kommst immer, wenn du es versprichst. Merkst du denn nicht, daß man uns beide hereingelegt hat? Laß mich rein, laß mich rein!«

Die Worte purzelten durcheinander, bis es keine Worte mehr waren. Jetzt schluchzte sie nur noch, und am Geräusch merkte ich, daß sie vor der Tür kniete. Sie schluchzte und schluchzte und hämmerte so wild auf das rohe Holz ein, daß ihre Hände bluten mußten. Schließlich merkte sie, daß sie nichts ausrichtete. Wie ein gefangener Vogel, der mit seinen weichen Flügeln gegen die Stangen seines Käfigs schlägt, bis ihm die Flügel brechen und sein Herz zerspringt ...

Und dann hielt sie inne, und ich konnte nur noch ihr Weinen hören, ein leises Wimmern, wie das eines erschöpften Kindes. Und dann kam nichts mehr – Leere, das Nichts.

In einem langen Leben tut ein Mensch viele Dinge, bei deren Andenken ihn die Reue packt. Alle boshaften und grausamen und feigen Taten bilden auf seiner Seele feine Risse, wie auf der Glasur eines alten Kruges. Ich bin zu meinen Lebzeiten oftmals böse und feige gewesen, doch für nichts schäme ich mich so sehr wie für mein Schweigen, während Assarhamat mich anflehte, daß ich sie ein letztes

Mal in die Arme nähme. Ich hatte einfach Angst, und diese Angst ist fürchterlicher als die Angst vor Schmerz und sogar Tod. Ich hätte keinen Augenblick länger leben mögen, wenn ich sie gesehen hätte – nicht mit dem Wissen, daß es das letzte Mal war –, und ich brachte den Mut nicht auf, ihr das zu sagen. Nur noch ihr Weinen hinter der Tür verband mich mit unserer Liebe. Es blieb mir nichts, als ihr hilflos zuzuhören und zu beten, daß sie mich nicht zu schnell der Finsternis überantwortete.

Schließlich hörte ich, daß sie aufstand. Ich hörte, wie ihre Hände sacht an die Tür faßten, als sie sich daran aufrichtete. Würde sie jetzt gehen? Konnte ich sie aufhalten? Brachte ich noch soviel Mut auf, daß ich es versuchte?

Als sie nun sprach, klang ihre Stimme ruhig. Sie war noch etwas rauh vom Weinen, doch ziemlich ruhig. Sie klang kalt wie Frühlingswasser im Winter, in dem schartiges Eis schwimmt.

»Tiglat, ich weiß, du kannst mich hören«, sagte sie und schien dabei jedes Wort abzuwägen. »Ich weiß, du hast dich jetzt von mir abgewendet, und das verzeihe ich dir nie. Ich weiß, daß du mich liebst, und ich wäre frohen Herzens gestorben, nur um es ein allerletztes Mal von dir zu hören, doch jetzt hoffe ich, daß deine Liebe dir zum Fluch wird. Hoffentlich verfolgt sie dich, bis du stirbst, so wie sie mich verfolgen wird. Hoffentlich treibt sie dich in den Wahnsinn.«

»Versuch doch zu verstehen«, dachte ich. »Versuch es, Liebste, versuch einzusehen, daß ich keine Wahl und keinen Willen habe. Versuch doch, versuch es zu verstehen.« Doch sie wollte nicht verstehen. Warum auch? Sie durfte mich für diesen Verrat hassen.

»Ich werde Assarhaddon heiraten«, fuhr sie fort. »Ich werde ihm die Söhne schenken, die ein König braucht, und ich werde versuchen, in seinem Bett Lust zu finden – keine Liebe, denn alle Liebe ist in mir erstorben, aber Lust, wenn ich kann. Denk daran, dein Leben lang, jede Nacht, daß ich in Assarhaddons Bett liege. Seine Arme werden mich umfassen, nicht deine – nicht deine. Und es wird ...«

Das war das Ende, abgesehen vom Klang ihrer Schritte, als sie fortlief. Und als ich wußte, sie war gegangen, da – erst da – war es mir möglich, den Kopf in die Hände zu legen und zu weinen.

*

Es war schon dunkel, als ich mich auf den Heimweg machte. Es hatte lange gedauert, bis diese Willenslähmung – man möge mir nachsehen, daß ich meine Feigheit so bezeichne –, bis diese Willenslähmung nachließ, und dann langsam, ganz allmählich einem furchtbaren, blinden, ziellosen Zorn Platz machte. Sie war fort, und das für alle Zeiten. Was ich haßte, war das Leben, den Gedanken an die Stunden und Tage und Jahre, die sich vor mir erstreckten, und alle ohne sie. Ich wollte töten, verstümmeln, anderen ebenso weh tun, damit ich nicht völlig zerbrach. Was die Leute von mir gedacht haben mögen, als ich durch die Straßen torkelte, ich weiß es nicht zu sagen. Es war dunkel, und ich war in den Umhang eines einfachen Soldaten gehüllt – niemand hätte mich erkennen können. Doch kam ich mir selber halb wahnsinnig vor. Ich erinnere mich, daß mich einmal, zweimal jemand anblickte und dann rasch einen Bogen um mich machte.

»Bist du allein, Mächtiger Gebieter? Möchtest du mir nicht von deinen Sorgen erzählen und ein wenig Trost finden?«

Wer sprach da zu mir? Ich wußte es nicht; die Worte schienen aus dem Nichts zu kommen. Ich wandte den Kopf, und da sah ich eine kleine Hure neben mir stehen, kaum mehr als ein Kind. Sie lächelte unsicher, schien zwischen Angst und Not hin- und hergerissen.

Ihr Anblick machte mich rasend – dieses lächelnde, spöttische Gesicht, wie gern hätte ich es ihr zerschlagen. Wie ich sie haßte, diese gemeine Dirne. Ich hatte sie noch nie gesehen, und doch habe ich nie wieder einen Menschen derart gehaßt.

»Es wäre ein leichtes, sie umzubringen«, dachte ich. »Das Werk eines Augenblicks. Warum eigentlich nicht?« Und ich legte ihr die Hände um den Hals. Ich schüttelte sie, hob sie hoch, daß ihre bloßen Füße die Erde nicht mehr berührten. Mein Griff wurde fester . . .

Und genau so plötzlich war sie mir gleichgültig, und ich ließ sie fallen. Ich wollte einfach nicht mehr belästigt werden.

Sie war erschrocken, doch nicht verletzt. Ich nahm eine Handvoll Silbermünzen aus der Tasche in meinem Umhang – mehr Geld wahrscheinlich, als sie je im Leben gesehen hatte – und warf es ihr in den Schoß. Sie raffte es zusammen, rappelte sich auf und lief davon wie ein Kaninchen, denn zweifellos kam sie sich unbeschreiblich glücklich vor. Um Haaresbreite hätte ich sie ermordet.

»Ihr großen Götter, bewahrt mich vor dem Wahnsinn«, flüsterte ich. *»Hoffentlich treibt deine Liebe dich in den Wahnsinn«*, hatte sie gesagt. Diese Worte hatte Assarhamat zu mir gesagt, sie hatte mich so verflucht. Vielleicht war ich bereits . . .

Viel fehlte wohl nicht, mir sollte es recht sein.

Wie Assarhaddon besaß auch ich einen Palast in der Stadt, doch ich lebte nicht darin. Der König hatte mir im Gebäudekomplex der königlichen Residenz ein Quartier zugewiesen – er hatte mich in seiner Nähe haben wollen, gleichsam als könnte er im Bannkreis seiner *melammu*, dieser Aura, welche angeblich die umgibt, die Assur zur Herrschaft bestimmt hat, etwas davon auf mich übertragen.

Doch sollte er das vorgehabt haben, so war es ihm nicht gelungen. Ich fragte mich, als ich die kleine Seitentür öffnete, die in einen der Gärten führte, ich fragte mich doch, wer wohl morgen diese Räume bewohnen würde, wenn ich mich auf der staubigen Straße nach Norden befand, von wo ich vielleicht nie wieder zurückkehren würde.

Es war niemand da, der mir den Umhang abgenommen hätte, und so ließ ich ihn auf einer Bank liegen und setzte mich hin, denn zu mehr konnte ich mich nicht aufraffen.

In nicht einmal zwei Stunden würde ich meine Kriegsrüstung anlegen, mir mein Schwert und meinen Speer greifen und die wenigen Schritte zum Haus der Krieger hinübergehen. Dort würde ein Pferd auf mich warten und Luschakin mit seinen zwanzig Mann, und wir würden die Stadt wie die Schatten verlassen. Doch zwischen später und jetzt erstreckte sich eine leere Zeit.

Ich war durstig – wollte einen Becher Wein trinken. Ich ging in die große Eingangshalle, zögerte jedoch, einen Sklaven herbeizurufen, doch auch dort war ich allein.

Man läßt einen Prinzen von Geblüt nie allein im eigenen Haus. Seit der Zeit, da ich kein Knabe mehr war und mit Assarhaddon einen einzigen Raum im Haus der Krieger bewohnte, hatten mich immer Sklaven des königlichen Haushaltes bedient. Sie waren stets zugegen, waren so allgegenwärtig, daß ich gelernt hatte, sie genausowenig wahrzunehmen, wie die Möbel oder die Farbe der Wände. Doch nun waren sie vor mir geflohen. Was hatte das zu bedeuten?

Ein Gedanke schoß mir durch den Kopf. Jemand – vielleicht der König, vielleicht Fürst Sinahiusur, vielleicht jemand anders –, jemand hatte beschlossen, daß es für mich an der Zeit sei zu sterben. Wenn mein Haus leer war, dann einfach nur deswegen, weil niemand Zeuge sein sollte, wie die Mörder mich niedermähten wie Sommerweizen.

Auch gut. Der Gedanke ans Sterben barg für mich keinerlei Schrecken – der Tod war mir willkommen. Doch ich würde mich nicht zu billig verkaufen. Ich würde nicht ruhig dastehen und mir die Kehle durchschneiden lassen; das wäre ein würdeloser Tod, und ich wollte zumindest mit Würde sterben. Wer mich umbringen wollte, den würde der Spaß teuer zu stehen kommen.

Hinter dem Stuhl, auf dem ich beim Essen saß, hingen zwei gekreuzte Speere an der Wand; meine Art damit zu prahlen, daß ich Soldat war. Einen davon nahm ich herunter und prüfte die Kupferspitze mit dem Daumen. Ich würde nun nach denen suchen, die nach mir suchten, und dann würde man sehen, wie viele zusammen mit Tiglat Assur sterben mußten. Der Gedanke bereitete mir ein barbarisches Vergnügen.

Ich streifte die Sandalen ab, damit meine Füße kein Geräusch auf dem gefliesten Boden machten. Den Speer hielt ich mit beiden Händen, während ich mich auf die Suche nach meiner Jagdbeute machte.

Wo würden sie warten? Ob sie ahnten, daß ich Bescheid wußte? Ich versuchte, das Problem von ihrem Gesichtspunkt aus zu sehen. Sie hatten mich bei meiner Heimkehr nicht im Garten umgebracht. Man wollte wohl nicht riskieren, daß zufällige Zeugen vorbeikamen. Vielleicht bewachten sie die Eingänge, doch versuchen würden sie es nur in diesem Flügel des Palastes – ich sollte ohne Aufsehen sterben.

Also ins Schlafzimmer. Dort würde ich sie finden, wenn nicht schon vorher.

Bei einem Menschen, der weiß, daß seine Feinde ganz in der Nähe sind, schärfen sich alle Sinne wie die Schneide eines Eisenmessers. So konnte ich in jener heißen Nacht auch das leiseste Flüstern hören, denn die Luft war zu schwer, als daß auch nur ein Hauch einer Brise durch das offene Fenster geweht wäre. Ich hörte, wie der Staub durch den leeren Raum rieselte. Ich konnte das leise Zischen der Öllampe hören, die irgendwo brannte. Ja, ich konnte sogar die Dunkelheit hören. Wenn dort ein Mörder mit gezogenem Schwert gelauert hätte, ich wäre imstande gewesen, seinen Herzschlag zu hören, doch da war niemand. Vorsichtig und leise schlich ich mich den kurzen Flur entlang, der zu meiner Schlaffzimmer führte.

Unter der Tür, die nur einen Daumenbreit offenstand, drang der Schein eines flackernden, gelben Lichtes hervor. Da drinnen war jemand – ich kann nicht sagen, woher ich das wußte, aber es war einfach eine Tatsache, gleichsam als hätte jemand laut seinen Namen gerufen.

Vorsichtig drückte ich gegen die Tür, zunächst nur mit den Fingerspitzen, dann mit der ganzen Hand, und spürte, wie sie mir in den Lederangeln widerstand. Ich stieß sie auf.

Auf dem Fußboden neben meiner Schlafgelegenheit brannte eine Lampe und warf seltsame Schatten auf die Decke, als flatterten überall im Raum die schwarzen Schwingen böser Geister. Ich hatte beinahe das ganze Zimmer im Blick – es lauerte niemand in der Ecke, um mich zu töten. Es war niemand da.

Und dann bewegte sich die Decke auf meiner Schlafmatte. Ein Arm erschien, schob die Decke fort, und eine Frau setzte sich auf und lächelte mich an. Einen Augenblick, einen kurzen Augenblick, einen Herzschlag der Zeit lang, überkam mich eine wilde Hoffnung, doch dann merkte ich, daß die Frau Schaditu war.

»Ich habe deine Diener fortgeschickt«, sagte sie, ließ die Decke fallen und entblößte ihre Brüste. »Sie sind ihrem Herrn bemerkenswert treu ergeben, also mußte ich dem Gold, daß ich ihnen in die aufgehaltene Hand schüttete, noch ein paar Drohungen hinzufügen. Ich wollte, daß wir allein sind.«

Zumindest diese paar Sekunden lang war ich vermutlich völlig wahnsinnig. Ich schrie vor Wut wie ein Wilder, wog den Speer in der Hand und warf ihn mit äußerster Kraft. Die Spitze der Waffe bohrte sich nicht einmal drei Finger über Schaditus Kopf in die Wand. Hatte ich sie verfehlen wollen? Ich weiß es nicht zu sagen. Ich glaube nicht.

Zunächst riß sie die Augen ängstlich auf, doch das dauerte nicht lange. Ihre Brust hob und senkte sich, und sie zitterte, doch nicht weil sie sich fürchtete.

»O Tiglat«, murmelte sie, und ihre Stimme klang belegt vor Erregung, »du verstehst dich darauf, eine Frau wild auf dich zu machen!«

Und dann warf sie heftig den Kopf zurück und fing an zu

lachen. Der silberne Klang ihres Lachens erfüllte das Zimmer und vertrieb die Schatten, wie ein Hund einen rastenden Vogelschwarm auseinandertreibt – da war nur noch Raum für Schaditus klingendes Gelächter. Es war einfach überall, bis ich nur noch mit beiden Händen meinen Kopf halten wollte, damit er nicht barst.

»Hast du so um die Herrin Assarhamat geworben?« fragte sie, obschon sie vor Lachen kaum reden konnte. »Hast du so ihre Liebe erregt, Tiglat, hast du ihr so gezeigt, wie leicht du ihr Fleisch mit deiner Lanze durchbohren kannst? Komm – du darfst mit deiner anderen in mich hineinstoßen. So tief wie du nur willst.«

Und sie schob sich die Decke von den Beinen und öffnete diese, soweit sie konnte.

»Komm, Tiglat – du süßer, starker, lieber Bruder. Wenn das nicht ein leichtes Ziel für dich ist?« Ihre Brüste und Bauch bebten vor Heiterkeit.

Und genau so jäh hörte sie auf. Sie lächelte mich an, ein schlaues, wissendes Lächeln, als könnte sie mir bis ins Herz sehen.

»Du bekommst sie nie wieder, Tiglat«, sagte sie. »Andere Frauen schon – viele Frauen, soweit ich das beurteilen kann –, doch die Herrin Assarhamat nie wieder. Auf der liegt jetzt Assarhaddon wie auf einer Schenkendirne, und sie macht sich an die Arbeit, Könige zu werfen. Laß sie ihm doch, Tiglat Assur, du Held, du mächtiger Krieger. Komm, ich werde dir zeigen, wie wenig du verloren hast.«

Es gibt eine Grenze, die man nicht überschreiten darf, wenn man Mensch bleiben will. Sie ist vage, diese Demarkationslinie, welcher Wut, Lust, Kummer, Freude und rasende Angst Grenzen setzen. Hier liegt die Grenze dessen, was wir ertragen können, ehe diese uns überwältigen; und kein Mensch überschreitet diese Grenze aus eigenem Antrieb. Ich überschritt sie, als ich hörte, wie meine Schwester Schaditu sich über mich lustig machte. Ich haßte sie. Ich dachte, ich könnte weiter nichts fühlen, nur diesen bitteren

Haß, während sie schadenfroh den Leichnam meiner gestorbenen Hoffnungen betrachtete – ich dachte, das wäre alles, doch ich hatte mich getäuscht.

Wenn sie noch ein Wort sagte, dann . . .

Ich machte einen Schritt auf sie zu, dann noch einen und wußte kaum was ich tat, wußte kaum warum.

»Hast du etwa gedacht, es könnte anders ausgehen? Hast du etwa gedacht, ich würde dich diesem kalten Schoßhündchen überlassen?«

Und während sie mich noch mit den Augen verfolgte, und als mein Schatten schon auf ihren nackten Leib fiel, sprach sie immer noch mit dieser kehligen, schamlosen Stimme, deren Klang allein mir wie ein Dolch mit abgebrochener Spitze in die Brust zu stoßen schien.

»Du warst nie für eine ihresgleichen bestimmt, Tiglat Assur, mein lieber Bruder. Was kann sie dir schon bieten, was ich nicht auch . . .« Als ich über ihr stand, wollte sie mich berühren. Ich ergriff ihren Arm genau über dem Handgelenk und riß sie hoch – ich konnte die Erwartung in ihren Augen sehen, und sie erfüllte mich mit etwas, das ich für reinen Haß hielt, was aber weit entfernt von rein war. Ich hob die Hand und schlug zu, hart und ihr mitten ins Gesicht. Ihr Kopf ruckte so heftig zurück, daß es reichen mochte, ihr den Hals zu brechen. Als sie mich wieder anblickte, glühte Schmerz in ihren Augen, und ein Blutrinnsal lief ihr aus einem Mundwinkel. Und sie lächelte immer noch. Unerträglich, dieses Lächeln. Ich ballte die Hand zur Faust und schlug erneut zu. Sie schrie auf.

»Spotte noch einmal«, dachte ich. »Los – gib mir einen Grund, dich zu töten, ich brauche kaum noch einen.«

»O Bruder«, flüsterte sie mit aufgeplatzten Lippen. »Wie ich dich liebe! Da – laß mich dir das Blut von den Fingern lecken!«

Sie griff mit ihrer freien Hand nach meinem Arm und versuchte, sich hochzuziehen. Ich versuchte, sie abzuschütteln, doch sie umklammerte ihn wie in Todesangst.

»Laß mich deine grausamen Hände küssen«, sagte sie mit belegter, zitternder Stimme. »Laß mich . . .«

Ich konnte nicht anders. Ich litt so furchtbar, daß mir die Tränen über das Gesicht strömten. Meine Knie wollten nachgeben. Ich kniete neben ihr, ergriff ihren dünnen Hals mit beiden Händen. Ich wollte sie erwürgen. Ich würde sie umbringen, ja, das würde ich. Warum sah ich dann aber keine Furcht in ihren Augen? Warum liebkosten ihre Finger meinen Arm? Ich würde sie entzwei . . .

Doch ich tat es nicht. Auf einmal küßte ich ihr Gesicht rauh und haßerfüllt. Sie stöhnte leise, und ihre Zunge fuhr über meine Lippen.

»O verflucht!« flüsterte ich. »O verflucht!«

»Ja – ja . . . verfluche mich ruhig, ja.«

Ihre Hand glitt nach unten, griff unter meine Tunika, um meine Mannheit zu umfassen, die zu meinem Erstaunen geschwollen und hart war. Ihre Finger glitten auf und ab – ich konnte kaum noch atmen.

»Tu mir weh, Bruder – ja. Räche dich an meinem Körper, Tiglat Assur, du Günstling der Götter, du wahrer König. Töte mich, wenn es dir Spaß macht. Wer sonst hätte wohl das Recht dazu – was macht es mir schon, wenn ich sterbe.«

Doch ich tötete sie nicht. Ich bedeckte ihre Brüste mit meinen Händen, umschloß sie so fest mit meinen Fingern, daß sie vor Schmerz aufschrie. Und doch mischte sich in den Schmerz eine barbarische Lust, als hoffte sie, er würde nie aufhören. Und während ich ihr noch Schmerz zufügte, zog sie mir schon die Tunika über die Schultern.

Tiglat Assur, du Günstling der Götter. Letztens hatten mir die Götter ihre Gunst auf recht seltsame Art kundgetan. Doch ich kam nicht auf den Gedanken nachzufragen, was sie damit meinte – ich konnte keinen klaren Gedanken mehr fassen, mir war diese Sache gleichgültig und alles andere auch. Wenn ich diese Frau nicht nahm – nicht Schaditu, nicht meine Schwester, sondern lediglich diesen Körper, der sich unter mir wand –, dann würde die Wut mir wohl die Brust sprengen.

Ich stieß in sie hinein. Beim ersten Stoß krümmte sie sich nach hinten und fing an zu stöhnen; es war ein leiser, hohler Laut, gleichsam als wohnte ein Dämon in ihrem Körper und wollte jetzt heraus. Ihre Hüften bewegten sich gleichzeitig mit mir, zunächst langsam und dann schneller. Ich grub die Zähne in ihre Schulter, und sie schrie auf – und auch als ich meinen Höhepunkt erreichte, schrie sie auf.

Ich blickte sie nicht an, als ich mir meine Tunika wieder überzog. Ich schämte mich nicht für das, was ich getan hatte. Ich haßte sie nur und wollte ihr Gesicht nie wieder sehen.

»Kommst du wieder zu mir?« fragte sie leise und unterwürfig wie ein Kind.

»Nein – heute nacht breche ich nach dem Norden auf. Jetzt.« Jäh setzte sie sich auf und zog sich die Decke über. Selbst im flackernden Licht der Öllampe konnte ich erkennen, daß ihr Gesicht rot und zornig war.

»Du darfst nicht gehen. Das erlaube ich nicht. Ich sage dem König, was du getan hast!«

»Sag's ihm doch.« Ich warf ihr einen kalten, gleichmütigen Blick zu – ja, ich fühlte wirklich gar nichts. »Geh, sag's ihm doch. Aber wehe, du suchst mich noch einmal auf, Schaditu, denn beim nächsten Mal bringe ich dich wirklich um, und deine Todesart wird dir keine Lust bereiten.«

»Du Hund! Ich hasse dich! Mögen die Götter dich verdammen, Tiglat Assur . . . !«

Selbst noch als ich diese Wohnung für immer verließ, hörte ich ihre Verwünschungen hinter mir her gellen.

XVI

»Tiglat Assur, du Günstling der Götter, du wahrer König.«

»Hast du etwa gedacht, ich würde dich diesem kalten Schoßhündchen überlassen?« Während ich durch die Nacht ritt und die Lichter Ninives hinter mir verblaßten, pochten Schaditus Worte in meinem Kopf wie eine Wunde, an die jemand versehentlich gestoßen war. Wovon mochte sie gesprochen haben? War ihr das überhaupt klar gewesen?

»Merkst du denn nicht, daß man uns beide hereingelegt hat?« Was hatte Assarhamat mir sagen wollen, als ich sie verließ? Was war das für ein Geheimnis, das jeder außer mir zu kennen schien?

»Tiglat Assur, du Günstling der Götter ...« Diese Worte voll bebender Begierde.

Ich hatte meine eigene Schwester vergewaltigt, wenn es sich bei einem so willigen Opfer überhaupt um Vergewaltigung handelte. Sie wollte es zulassen und wollte es auf diese Art, doch auch wenn sie nicht gewollt hätte, ich hätte sie auf jeden Fall genommen, und ich hätte sie umgebracht, wenn sie Widerstand geleistet hätte. Doch da war kein Gedanke an Widerstand gewesen. Es schien, sie hatte mich genauso gern verführt wie ich sie vergewaltigt hatte.

Und doch hatte dieses Verbrechen – für das ich keine Reue empfand, weder jetzt noch später – mir Seelenfrieden geschenkt – wenn Frieden so etwas war wie diese tote, eisige, gefühllose Ruhe, die sich auf mich gesenkt hatte. Aber sie gab mir die Muße, vieles zu überdenken: wie Hoffnung zuschanden wurde, die leere Wand vor mir, die meine Zukunft war, die merkwürdigen Worte meiner Schwester. Und die Assarhamats.

Irgendwie, wie wußte ich nicht, hatte sie mir das Leben entrissen. Die Wahrheit sollte ich erst viele Jahre später erfahren.

Doch zumindest trachtete sie mir nicht direkt nach dem Leben. Ich glaubte nicht, daß Schaditu ihre Drohung wahrmachen und dem König von unserer Begegnung erzählen würde. Jedenfalls wurde ich nicht nach Ninive zurückbeordert. Es kamen keine Bewaffneten hinter mir her, um meinen Kopf zu fordern. Und als ich meinen Vater nach einiger Zeit wiedersah, da sprach er nicht davon oder benahm sich auch nicht so, als hätte ich ihm sein Herzenskleinod gestohlen.

Was hätte sie ihm denn überhaupt erzählen können? Vielleicht die Wahrheit? Soviel Dummheit war ihr durchaus zuzutrauen. Und vielleicht beschloß der König, nichts zu unternehmen. Wie schon gesagt, das sind Dinge, die ich nie wissen werde.

Was ich jedoch weiß oder erfuhr – die Nachricht erreichte mich nach einigen Wochen durch eine Depesche –, war die Tatsache, daß man einen Tag nach der Ausrufung meines Bruders zum *marsarru,* ehe er noch eine ganze Nacht im Haus der Erbfolge hatte schlafen können, den *baru* Rimani Assur im Heiligtum des Gottes Schamasch erhängt aufgefunden hatte.

Es bestand wohl kein Zweifel daran, daß er selbst Hand an sich gelegt hatte. Ein Wort der Erklärung hatte er nicht zurückgelassen, doch es war klar, daß sein Tod Selbstmord war. Er hatte ein Ende eines Ledergürtels an einen Türsturz genagelt, eine Schlinge gemacht, seinen Kopf hindurchgesteckt und den Schemel, auf dem er gestanden hatte, fortgestoßen. Und das Ganze hatte sich direkt vor den Augen des Gottes der Entscheidungen abgespielt.

Wenn das nicht eigenartig war! Und es machte auch einen eigenartigen Eindruck. Rimani Assur mochte sich aus vielen Gründen das Leben genommen haben – heute glaube ich, den Grund zu kennen, damals aber nicht –, doch die Stadt hielt durch das Zusammentreffen dieser beiden Ereignisse seinen Selbstmord für eine Reuetat, weil er Assarhaddon zum *marsarru* ausgerufen hatte. Und so sollte mein Bruder sein Leben lang mit diesem Fleck auf seiner Ehre leben, obschon ihn keine Schuld traf. Von Anbeginn lastete ein Fluch auf ihm.

Doch als ich in der, nur von Fackelträgern erleuchteten Dunkelheit die Straßen nach Norden entlangritt, da begriff ich nichts von diesen Dingen. Die lagen im Schoße der Zukunft und der Vergangenheit, und beide waren mir verschlossen.

Wir erreichten Drei Löwen noch vor dem ersten Morgengrauen, doch schon zu dieser Stunde kamen wir auf der Straße an Männern vorbei, die mit geschulterten Hacken auf dem Weg ins Feld waren. Sie starrten mich erstaunt an, als ich vorbeiritt, sie waren den Anblick von Bewaffneten nicht gewöhnt und erkannten ihren Herrn in der Dunkelheit nicht. Ich kann mir ungefähr denken, welch schreckliche Besorgnisse ihnen im Kopf herumgingen.

Als ich mich meinem Hause näherte, kam eine Küchenhilfe nach draußen, um zu sehen, wer da einen solchen Aufruhr machte. Es war eine riesige, robuste Frau, und sie trug eine Öllampe in der Hand und trat so vorsichtig auf, daß es angesichts der nackten Erde lächerlich wirkte.

»Aber, Schulmunaid«, sagte ich und lächelte über das ganze Gesicht, während ich vom Pferd stieg. »Habe ich mich denn so verändert, daß du mich nicht mehr erkennst?«

Sie warf einen Blick auf mein Gesicht, stieß einen Schrei aus und ließ die Lampe in den Dreck fallen, dann drehte sie sich um und floh ins Haus. Binnen einer Minute standen zwölf, fünfzehn Leute da, um sich zu überzeugen, daß der Herr unerwartet angekommen war. Sogar meine Mutter kam nur einen Augenblick später als die anderen – sie mußte noch geschlafen haben. Sie lief in meine Arme und barg das Gesicht an meiner Brust.

»Oh, Lathikadas«, schluchzte sie, »bist du's wirklich? Und ich habe gedacht . . . ich hatte solche Angst . . .«

»Nein, Merope, man hat deinen Sohn nicht umgebracht.« Ich ließ meine Hand auf ihrem bronzefarbenen Haar ruhen. »Der König hat mich nicht mit dem Leben dafür bezahlen lassen, daß ich ihm nicht nachfolgen kann.«

Ich gab Anweisung, meine Männer zu verköstigen und

Betten für sie aufzutreiben. Wir würden einen Tag und eine Nacht bleiben, das mußte reichen, meine Angelegenheiten zu ordnen. Ich rechnete damit, daß ich lange Zeit nicht zurückkehren würde.

Man bereitete mir ein Frühstück, und ich aß, während das Feuer im Schwitzbad angezündet wurde. Ich würde mich säubern und dann schlafen und dann mit dem Aufseher Tahu Ischtar sprechen, doch das konnte alles warten. Zunächst mußte ich meiner Mutter erklären, was sich alles zugetragen hatte und welche Zukunft vor mir lag. Das machte ich beim Frühstück, und sie lauschte meinen Worten und sagte nichts. Sie war so ruhig wie ein Mensch, der in stiller Besorgnis von Anbeginn an alles hat kommen sehen.

»Ich weiß nicht, was ich in Amat vorfinde«, sagte ich. »Ich schicke nach dir, sowie ich dort Fuß gefaßt habe, doch Garnisonstädte sind wilde Orte, es kann also noch ein wenig dauern . . .«

»Ich kann in einer Stunde reisefertig sein«, sagte sie ruhig, und das konnte man ihr sogar glauben. »Lieber folge ich dir zum Ende der Welt als hier allein zu bleiben.«

»Amat liegt am Ende der Welt.« Ich lächelte, denn ich wußte, was sie meinte. »Dahinter gibt es nur noch das Königreich Urartu und die Stämme der östlichen Berge – und die hält nur die Speerspitze des Landes Assur in Schach. Leider werden wir dort kaum auf eine kultivierte Gesellschaft stoßen.«

»Was macht mir das schon.«

»Was macht mir das schon.« Für Merope war alles sehr einfach – ihr Sohn hatte sich weh getan, als er mit den großen Jungen in Ninive gespielt hatte, nun brachen sie beide in eine Verbannung in den Bergen auf. Die Zeit und die Liebe würden alle Wunden heilen. Nur deshalb lebte sie noch.

Ich ging ins Dampfbad und schwitzte mir die Gifte aus, die sich in einem Menschen sammeln, dem etwas an die Leber gegangen ist, und dann schlief ich bis fast zum Dunkelwerden. Zum Träumen war ich zu müde, und das war ein Segen.

Als ich erwachte, wartete Tahu Ischtar schon unter dem Rebstock im Garten auf mich. Er stand auf und verneigte sich, als ich auf ihn zukam.

»Geht es deinem Sohn Qurdi gut?« fragte ich ihn, und er nickte.

»Er ist schon fast ein Mann, Gebieter. Ich glaube, er gibt einen guten Aufseher ab, wenn mir einmal mein *sedu* winkt.«

»Gebe Gott, daß dieses nicht zu bald geschieht, Tahu Ischtar.«

Wieder verneigte er sich mit der ganzen Würde eines großen Fürsten vor seinem König, denn hier stand ein Mann, der wußte, wie man mit Macht umging.

»Ich nehme an, du willst in Richtung Norden, Gebieter?« sagte er, als handelte es sich um die gleichgültigste Sache der Welt – nur der Gott allein weiß, was man hier davon begriff, wie es in Ninive stand. Aber mein Aufseher war weder blind noch dumm. Er muß sich so manches zusammengereimt haben.

»Ja. Und ich werde lange fort sein. Vielleicht komme ich jahrelang nicht zurück.«

»Eine unwirtliche Gegend, der Norden.«

»Ja, Tahu Ischtar, und seine Verbindung mit der Außenwelt ist dürftig. Ich halte es für das beste, wenn du die Verwaltung von Drei Löwen ganz übernimmst.«

»Ich soll also nicht schreiben, Gebieter?« Er hob leicht überrascht die Brauen, sonst ließ er sich nichts anmerken. Ich konnte nur lächeln.

»Ja, schreibe – schreibe auf alle Fälle. Berichte, wie die Ernte steht und ob das Hochwasser höher ist als im vergangenen Jahr. Der Mensch freut sich, wenn er dergleichen hört. Warte aber nicht auf Antwort, sondern tu das Erforderliche. Es könnte sein, daß eine Antwort nicht rechtzeitig eintrifft.«

»Es sei, wie es der Herr von Drei Löwen wünscht.«
Und so bestellte ich mein Haus für die Abreise.

★

Die Reise nach Amat dauerte zwölf Tage. Entlang der Straße gab es nichts, was man als Stadt hätte bezeichnen können, höchstens ein paar Dörfer; und wenn die Dunkelheit uns überfiel, stellten wir unsere Zelte irgendwo auf und schliefen auf der nackten Erde. Das war zunächst nicht schlimm, denn im Monat Ab schlafen viele gern im Freien, wickeln sich in eine Decke und legen sich auf das Dach, um der Hitze in ihren Häusern zu entkommen; doch als wir höher in die Berge kamen, wurden die Nächte kalt. Und als wir dann unser Ziel erreichten, freuten wir uns wohl alle auf ein Bett in einem warmen Zimmer.

Amat – wir standen auf einer Hügelkuppe und blickten in das Tal, in welches es sich schmiegte, als würde es in einer Hand gehalten. Dahinter ragte die Hackari-Kette so schartig auf wie gesplittertes Eis. In Bergen wie diesen, in solch heiliger Stille, dürften die Götter ihre Wohnstätte haben, von wo sie dann gleichmütig lächelnd auf die nichtigen Werke der Menschen herabblicken. Wie mag Tiglat Assur mit seinen kleinen Kümmernissen wohl auf jemanden wirken, welcher den Grundfesten der Erde entstiegen war und ewiges Leben hatte? Ein betrübter Mensch tut gut daran, nicht zu vergessen, wie nichtig er ist, und auch nicht, daß ihm das Herz brechen kann, ohne daß dabei die ganze Welt zugrunde geht. Wenn ich nach einem Ort gesucht hatte, an dem ich alles um mich herum vergessen konnte, dann hatte ich ihn gefunden.

Doch der Mensch ist nicht Gott und kann nicht auf den Bergspitzen leben, und so richteten wir den Blick ins Tal.

Die Stadt war, verglichen mit anderen Garnisonstädten, die ich gesehen hatte, armselig. Da gab es eine Festung und vor ihren Mauern an die zwanzig, dreißig geduckte, kleine

Häuser aus nicht getünchten Ziegeln, größtenteils Weinschenken und Bordelle und die Häuser von verschiedenen kleinen Händlern, die vom Geschäft mit den Soldaten lebten. Das Ganze hatte etwas Lasches an sich, so als hätten die hier stationierten Männer schon lange vergessen, daß sie zum assyrischen Heer gehörten.

Ich war *shaknu* eines ausgedehnten Gebietes, doch die meisten Grenzgebiete waren nur dünn besiedelt, und meine Hauptstadt schien kein Ninive zu sein. Um so besser, dachte ich. Da hatte ich Arbeit vor mir, und die Arbeit sollte mein Heil sein. Ich war schließlich nicht hierher gekommen, um mich wie in den großen Städten in Palästen der Lustbarkeit zu vergnügen.

Als ich mich dem Festungstor näherte, machten sich die Wachen, die ganz vertieft in ein Glücksspiel schienen, nicht einmal die Mühe mich anzurufen – ja, sie schienen kaum von mir Notiz zu nehmen. Ich ritt auf einen zu, der die Uniform eines *ekalli* trug, und als er aus der Hocke hochkam und sich umdrehte, um zu sehen, wer da etwas von ihm wollte, schlug ich ihn mit dem Peitschenstiel an die Schläfe, daß er zu Boden ging.

»Du und du!« brüllte ich und deutete aufs Geratewohl auf zwei Männer in seiner Gesellschaft. »Nehmt diesen Mann gefangen und steckt ihn in eurem Gefängnis in einen Käfig. Drei Nächte lang bekommt er weder Essen noch eine Decke; und wenn er danach noch am Leben ist, bringt ihn zu mir. Und jetzt holt mir jemand den befehlshabenden Offizier dieses Hundeloches und sagt ihm, daß der *rab shaqe* Tiglat Assur angekommen ist und gern zur Audienz vorgelassen würde – lauft schon, ihr Abschaum!«

Sie liefen, doch zweifellos nur, um sich ein Versteck zu suchen.

Das Festungsgelände bot einen betrüblichen Anblick. Die Exerzierplätze waren voller Schlammlöcher und unkrautüberwuchert; vor den Amtsstuben des Hauptquartiers spielten schmutzige Kinder auf den Dielen der hölzernen Gehsteige; die Gebäude sahen aus, als ob sie seit der Regierung von Sargon dem Großen keinen Farbpinsel mehr gesehen hätten, und die Mauern schienen nicht einmal ordentlich bewacht zu sein. Über allem lag die Langeweile wie ein Leichentuch. Es würde Monate dauern, ehe man Soldaten wie die hier einem Feind in der Schlacht entgegenwerfen konnte – hier würde mir keine Zeit für bittere Erinnerungen bleiben. Der König, mein Vater, hatte gut gewählt, als er Amat zu meinem Verbannungsort bestimmte.

Als meine Eskorte vom Pferd stieg und sich ebenso tief bestürzt umblickte wie ich, rief ich Luschakin mit einem stummen Wink zu mir.

»Kümmere dich darum, daß die Männer Quartier und Essen bekommen«, sagte ich zu ihm. »Dann sieh dich in diesem Saustall um – doch ohne, daß man auf dich aufmerksam wird – und berichte mir, was du vorgefunden hast.«

»Ja, mein Prinz. Wir sind weit fort von zu Hause, äh?«

Weiter noch, so stellte sich heraus, als sich irgend jemand von uns hatte ausmalen können. Als ich durch den Schlamm der Garnison zum Quartier des Kommandanten ging, hatte ich den Eindruck, ich befände mich nicht mehr in der zivilisierten Welt – sogar die Elamiter würden sich dieses Ortes geschämt haben.

»Wir haben nicht so schnell mit dir gerechnet«, sagte man mir, als ich den Vorbau betrat. Ich traf einen jungen Offizier an – wobei »jung« ein relativer Begriff ist, ich war nämlich knapp ein Jahr älter als er –, der den Eindruck erweckte, als würde er hin- und hergerissen zwischen seiner Pflicht, mir die, dem neuen *shaknu* zustehende, höfliche Begrüßung zuteil werden zu lassen oder mir den Weg zu vertreten. »Unser *rab abru* ist für einen Tag geschäftlich in der Provinz – ich kann nicht genau sagen, wo er sich aufhält. Aber abends ist er zurück, wenn du mir also erlauben würdest . . .«

»Ich vermute, du weißt genau, wo sich der *rab abru* aufhält«, sagte ich und fixierte den leuchtend gelben Stander, der zusammen mit der Fahne des Heeres über dem Festungstor hing und den Rang des höchsten Offiziers kundtat. Mein eigener befand sich in meinem Gepäck und würde noch vor Einbruch der Nacht aufgezogen werden. Ich reiste nie ohne ihn, und andere Kommandeure hielten es ebenso.

Ich lächelte, doch nicht sehr freundlich, denn dieser Adjutant tat schließlich nur das, was seine Ehrenpflicht gegenüber seinem Vorgesetzten war.

»Finde ihn. Binnen einer halben Stunde ist er hier, oder ich schicke ein Verhaftungskommando nach euch beiden aus. Ist das klar?«

»Ja, *Rab Shaqe* – mehr als klar!«

Beim Salutieren schlug sich der Bursche derart auf die Brust, daß er gewiß noch einen halben Monat lang einen blauen Fleck davon hatte. Er wieselte eilig zur Stadt, so schnell ihn seine Beine trugen.

Die Nordgrenze war kein begehrter Posten. Man schickte Männer in solche Orte, weil sie sich mächtige Feinde gemacht oder irgendwie Schande über sich gebracht hatten, oder, wie in den meisten Fällen, weil kein guter Kommandeur sie haben wollte; und so machten sie es sich hier bequem, so wie es sich ein Stein im Schlamm am Boden einer Pferdeschwemme bequem macht. Zweifellos waren die Soldaten hier, die wahrscheinlich seit vielen Monaten nichts aus der Hauptstadt gehört hatten, schon eifrig am fragen, was der *rab shaqe* Tiglat Assur wohl verbrochen haben mochte, daß man ihn nach Amat verbannt hatte. Mochten sie doch denken, was sie wollten, sie würden schon früh genug und zu ihrem Leidwesen erfahren, daß lasche Disziplin nicht zu meinen Verbrechen zählte.

Ich betrat das Gebäude des Hauptquartiers, denn was nutzte es mir, wenn ich draußen stehenblieb; und meine Unterredung mit dem Befehlshaber der Garnison – wenn er endlich auftauchte – führte ich wohl besser nicht im Freien.

Die Amtsstuben boten einen recht betrüblichen Anblick: die Fußböden schmutzig und staubig, und überall nicht ganz geleerte Weinbecher. Die Möbel sahen größtenteils aus, als ob sie bei näherem Hinsehen auseinanderfallen würden. Wie es um die Wohnquartiere bestellt sein mochte, das wagte ich mir nicht auszumalen.

Mir war klar, daß ich unter den Offizieren einige Exempel statuieren mußte – man kann von Soldaten nicht erwarten, daß sie besser sind als die Männer, die sie befehligen – und wer dabei den Anfang machen würde, das war noch leichter zu entscheiden. Der Garnisonskommandeur hatte sich auf einen unangenehmen Tag gefaßt zu machen. Ich konnte nur hoffen, daß er das ihm zugedachte Los auch verdiente.

Und als er dann schließlich kam – halb gezogen, halb getragen von seinem Adjutanten, wie ein Blinder oder ein Krüppel –, da enttäuschte er mich nicht. Ich konnte ihn über das halbe Zimmer hinweg riechen. Seine Uniform war zerknittert und voller Essensflecke, so sah es jedenfalls aus, und sein Bart war fettig und verfilzt. Zudem war er jetzt, knapp zwei Stunden nach Mittag, schon betrunken – so betrunken, daß er beim Sprechen so verständlich war wie eine grunzende Sau. Es hatte keinen Zweck, ihm in diesem Zustand Vorhaltungen zu machen. Wahrscheinlich würde er nicht einmal ein Fünftel davon verstehen.

»Säubere diesen Strolch«, sagte ich zu seinem Adjutanten, und ließ dabei meine Stimme gelassen, ja, fast gleichgültig klingen. »Schließ ihn im Schwitzbad ein, bis ihm wieder einfällt, daß er einen Verstand hat; doch binnen zwei Stunden ist er mir präsentabel und nüchtern. Außerdem holst du alle Soldaten zum großen Appell zusammen.«

»Und wann soll sich dir die Garnison präsentieren, *Rab Shaqe?*«

»In zwei Stunden. Alles in zwei Stunden, *Rab Kisir.*«

Der Mann sah aus, als hätte ich gerade sein Todesurteil gesprochen. Ich wartete im Hauptquartier. Ich würde mich nicht eher zeigen, bis die gesamte Garnison zur Inspektion angetreten war; es konnte ihnen nichts schaden, wenn sie die Bekanntschaft mit ihrem neuen Kommandeur unter den verschärften Bedingungen der Paradedisziplin machten. Keiner der Offiziere hielt es für geraten, mich zu stören – zweifellos hatten sie anderweitig zu tun. Nur Luschakin suchte mich auf.

»Bei den großen Göttern, Prinz, dieser Ort gleicht eher einem Hurenhaus als einer Festung«, sagte er, setzte sich und erbrach das Siegel eines Kruges, den er mitgebracht hatte. Er bot mir den ersten Schluck an – wir waren schon solange zusammen, daß mich mein Rang, seiner Ansicht nach, noch gerade eben zu dieser Artigkeit berechtigte –, dann legte er den Kopf zurück, ließ sich das Bier durch die Kehle laufen. »Der Ort scheint ebenso viele Dirnen wie Läuse zu haben. Bislang haben mir schon fünf verschiedene Frauen ihre Kehrseite angeboten, und dabei sind wir noch keine Stunde in der Kaserne. Wenn sie aber so schmutzig sind wie alles andere hier, dann fasse ich sie nicht mit der Heugabel an. Das Essen übrigens – zumindest das, was der gemeine Soldat bekommt – taugt zu nichts als zum Ausbessern der Mauern.«

»Und das Bier ist auch kein Genuß«, sagte ich und zog ein Gesicht, als er mir einen weiteren Schluck aus seinem Krug anbot.

»Ach, Prinz, wir sind ja alle durch das Bier in Sumer verwöhnt. Aus dem Wasser des Euphrat brauen sie das beste Bier der Welt – du kannst nicht erwarten, daß du dergleichen so hoch im Norden findest.«

Und Luschakin, für den Bier Bier war, trank seines mit einem großen Schluck aus.

»Ich will dir aber etwas anderes sagen«, meinte er und senkte dabei die Stimme. »Mach dir keine Hoffnungen, daß du mit Truppen wie diesen da in die Schlacht ziehen kannst und mit dem Leben davonkommst. Das ist Wildwuchs. Sie hassen den Gedanken an Krieg fast ebenso, wie sie ihre Offiziere hassen. Höre auf mich, Prinz, wenn die das Schwert eines Mannes aus den Bergen aufblitzen sehen, dann laufen sie wie die Hasen, jeder einzelne von ihnen.«

»Dann werden wir sie lehren müssen, daß es Schrecklicheres gibt, als alle Feinde zusammen.«

»Oh, ich glaube, das lernen sie bereits«, erwiderte Luschakin und zeigte breit grinsend die Zähne. »Wie alle Soldaten sind sie furchtbar neugierig auf ihren neuen Befehlshaber, und unsere Jungens, die haben ihnen vielleicht Geschichten erzählt.«

»Gut – lassen wir sie ruhig denken, daß ich zum Frühstück Säuglinge verzehre.« Ich mußte lachen. »Luschakin, ich bin froh, daß du mein Freund und nicht mein Feind bist, denn du hast nicht mehr Gewissensbisse als eine Natter.«

Mein *ekalli* zuckte nur die Achseln. Was ihn anging, so hatte ich nicht mehr gesagt, als was jedes Kind sehen konnte.

»Und was, Prinz, haben Gewissensbisse mit dem Soldatenhandwerk zu tun?«

Eine Stunde später trat ich in den kalten, grellen Sonnenschein hinaus, um mein neues Heer zu inspizieren. Sein Kommandant, der aussah, als wäre er lieber tot, aber nüchtern und in eine saubere Uniform gekleidet war, stand vor den angetretenen Reihen und musterte mich mürrisch und haßerfüllt.

Sogar aus der Ferne boten diese Männer von Assur einen traurigen Anblick. Ich sah verrostete Waffen und zerschlissene Bogensehnen, die man fälschlicherweise für ausgefranste Weizengarben hätte halten können. Ich sah Schmutz und Langeweile. Sie waren Soldaten, doch sie standen da wie Gefangene in einer Arbeitskolonne, und den meisten mußte das Heer in der Tat wie eine Art Knechtschaft vorkommen. Sie hatten ihren Stolz verloren – oder genauer vielleicht, sie hatten nie welchen besessen.

»Ich bin hierhergekommen, um den Befehl zu übernehmen«, rief ich noch vom Vorbau des Hauptquartiers aus. »Und nun will ich euch zeigen, wie man das macht.«

Auf ein Nicken von mir hin traten Luschakin und fünf Mann meiner *quradu* aus der Reihe vor und ergriffen den *rab abru*, faßten ihn bei den Armen und Beinen und trugen ihn nach vorn. Er war so verblüfft, daß er zunächst nicht einmal protestierte, doch er wurde ziemlich laut, als sie ihm die Füße durch Seilschlingen steckten und ihn mit dem Kopf nach unten an dem Baumstamm vor einem Pferdetrog festbanden.

Er brüllte und fluchte laut mit schriller, sich überschlagender Stimme, doch er war kaum zu hören, so sehr lachten seine eigenen Soldaten – daran konnte man ermessen, wie tief ihre Moral gesunken war. Wie konnten sie sich nur so darüber freuen, daß man ihren Kommandeur demütigte. Nun bot er in der Tat einen komischen Anblick, wie er da auf dem Rücken im Matsch lag und die Beine in die Luft streckte. Die Tunika war ihm bis zur Mitte herabgerutscht, doch Soldaten müssen ihre Offiziere schon sehr hassen, bis sie über deren Schmach lachen – und ein Offizier, der von seinen Männern gehaßt wird, ist ausnahmslos ein Mistkerl.

Als der *rab abru* gut festgezurrt war und man ihm die Sandalen ausgezogen hatte, wandte Luschakin sich zu mir um, salutierte forsch und wartete auf meine Befehle. Er wußte recht gut, wie die lauten würden. Wir hatten das ganze Schauspiel abgesprochen, und die Art der Bestrafung war sein Vorschlag – etwas, das er einst in Naharina gesehen hatte, als ein Araber beim Falschspiel erwischt worden war. Doch bei Soldaten muß vor allem der Schein gewahrt werden, und so wartete Luschakin denn.

»Zehn auf jede, *Ekalli.* Und schone deinen Arm nicht.«

Luschakin hatte eine Peitsche aus Nilpferdleder von knapp Armeslänge aufgetrieben. Während ein anderer unserer Soldaten den *rab abru* bei den Zehen ergriff und ihn damit zwang, die Füße so eben wie eine Tischplatte zu halten, fuhr Luschakin mit seiner Peitsche sanft über die Sohlen, als wollte er für die Hiebe maßnehmen.

Ich werde nie vergessen, wie der *rab abru* schrie, wie eine Frau nämlich, der die Wehen schlimm zusetzen. Die hübsche, kleine Peitsche zischte durch die Luft und biß sich in seine Fußsohlen, und jedes Mal brüllte er; es klang wie eine Mischung aus Entsetzen, Schmerz und fast so etwas wie Empörung. Luschakin gehorchte seinen Befehlen – bei jedem Hieb spritzte das Blut, er pellte die Haut so sauber ab wie mit einem Messer. Zehn Hiebe auf jede Fußsohle, bedächtig im Tempo, damit es nicht zu schnell vorbei war – das Pfeifen der Peitsche, der dumpfe, widerliche Laut, wenn sie ihr Ziel fand, das barbarische Geschrei des *rab abru*. Und während er litt, lachten seine Soldaten. Das Schauspiel schien ihnen ausnehmend gut zu gefallen. So etwas Lustiges hatten sie seit Monaten nicht zu sehen bekommen.

Als Luschakin fertig war, goß er kaltes Wasser auf die mittlerweile offenen Fußsohlen und schnitt den *rab abru* ab. Und nun wurde er zur Festung hinausgejagt, wo sein Wort bis zum heutigen Tage Gesetz gewesen war. Er wurde mit der Peitsche hinausgetrieben, und jeder seiner Schritte hinterließ einen blutigen Abdruck auf dem lehmigen Boden. Wenn er in der Stadt Freunde hatte, die ihm beistanden, dann konnte ihn das vor Entbehrung und Tod bewahren, doch für diese Garnison war er nicht einmal mehr ein Schatten. Sollte er je zurückkehren, war er des Todes. Im übrigen ließ sein Schicksal jedermann kalt.

Ich wartete, bis die Soldaten sich ausgelacht hatten. Ich stand schweigend da und musterte sie verächtlich, bis sie wieder still wurden.

»In einem Monat ziehen wir gegen die Gebirgsnomaden ins Feld. Das ist die letzte Gelegenheit, solange das gute Wetter anhält, und ich habe nicht die Absicht zu warten, bis es euch paßt. Wir haben nur einen Monat, um aus diesem Haufen hier ein Heer zu machen– sonst gibt es für euch nur eine Überlebenschance, daß nämlich die Barbaren Mitleid mit den Heeren Assurs haben und uns nur ihre Frauen und Kinder entgegenwerfen. Ich kann mir nicht vorstellen, daß ein solcher Pöbel, wie er da vor mir steht, sich jemals in Hoffnungen wiegen kann, gegen Männer zu bestehen.«

Jetzt lachten sie nicht mehr. Zweifellos hatten etliche schon mit dem Gebieter Sanherib gegen diese Gebirgsstämme gekämpft und wußten, daß ich die Wahrheit sagte. Vielleicht merkten sie auch zum ersten Mal, wie tief sie gesunken waren und hatten den Anstand, sich zu schämen. Immerhin ein Anfang.

»Mit eurem Kommandeur – eurem gewesenen Kommandeur, dessen Name hier nie wieder ausgesprochen werden soll – bin ich sanft verfahren, denn ich möchte den Tag meiner Ankunft nicht damit beflecken, daß ich jemandem das Leben nehme. Zweifellos stand er nicht allein da, denn kein Offizier versäumt seine Pflichten, wenn er weiß, daß seine Männer dergleichen nicht dulden; doch er möge eure Schuld mittragen. Ich forsche nicht weiter nach den Sünden der Vergangenheit. Ich frage also nicht, wer von euch falsch gehandelt hat oder feige gewesen ist oder einem anderen Essen und Trinken weggenommen hat – das alles möge vergessen sein. Doch wenn es noch einmal vorkommt, dann heißt die nächste Strafe, die ihr mit ansehen müßt, Tod. Und dann könnt ihr an den Festungsmauern die Häute von Verrätern sehen. Denkt daran und fürchtet meinen Zorn. Heute nacht wird kein Mann sein Bett zu Gesicht bekommen – ich nicht, und von euch gewißlich auch keiner. Ihr werdet mir diese Ungezieferhöhle säubern, und wenn es bei Fackellicht ist.

Und morgen, eine Stunde nach der Morgendämmerung, versammeln wir uns wieder hier, und dann werden wir ja sehen, ob ihr völlig vergessen habt, was den Menschen vom Tier unterscheidet. Wenn es so sein sollte, dann verspreche ich euch einen Tag, den ihr so schnell nicht vergeßt. Eure Offiziere teilen euch jetzt die Arbeit zu. Ihr könnt wegtreten.«

Den Rest des Tages verbrachte ich mit der Durchsicht der Buchführung, und das Glück war meinem Vorgänger hold, daß ich die Tafeln nicht eher gesehen hatte, sonst hätte er noch mehr Haut als nur die der Füße eingebüßt. Der Mann war nicht nur ein Trunkenbold, sondern auch ein Dieb gewesen, und nur die großen Götter wußten, was sonst noch alles.

Und als ich mich dann zum Abendessen setzte, konnte ich den Fackelschein sehen und das brennende Pech riechen. Das Mahl war recht ordentlich – Lamm mit Okra, Brot und Käse, nur das erbärmliche einheimische Bier machte mir klar, daß ich nicht an meinem eigenen Tisch auf Drei Löwen speiste. Bei einem solchen Mahl vergaß man leicht, daß der gemeine Soldat häufig ein Essen bekam, das vielleicht zum Ausbessern der Mauern taugte, doch ungeeignet war für Soldaten, denn mit einem Bauch voller Stroh kann niemand kämpfen. Ich beschloß, am Morgen den Befehl zu erteilen, daß Offiziere und Mannschaften die gleiche Verpflegung erhalten sollten.

Da die gesamte Garnison die Nacht durcharbeiten mußte, konnte ich nicht gut mein Bett aufsuchen, aber es wäre mir auch schwergefallen zu schlafen – der Lärm der Arbeitsmannschaften, die Befehle und Flüche, die hin- und herschallten, sie hätten einen Leichnam um den Schlaf bringen können. Hinzu kam noch die Kälte, die mich um diese Jahreszeit unvorbereitet traf. In Ninive schlief die halbe Bevölkerung zweifellos auf dem Dach, wo sie auf den leisesten Windhauch hoffte, während ich hier in Amat in einen alten Umhang gewickelt und mit haltlos klappernden Zähnen vor einem Kohlebecken saß. Fast beneidete ich die Soldaten da draußen, die sich wenigstens aneinander wärmen konnten oder durch die Arbeit warmgehalten wurden. Mir blieb nichts als Einsamkeit und Unbehagen und Muße, in welcher mich die Erinnerungen überfallen konnten – denn ich mußte feststellen, daß ich Assarhamat nicht einmal hier aus meinen Gedanken vertreiben konnte.

»Denk daran, dein Leben lang, jede Nacht, daß ich in Assarhaddons Bett liege . . .« Mittlerweile waren sie sicher verheiratet, und sie würde neben meinem Bruder schlafen, den

Bauch voll von seinem Samen. Sie würde ihm Söhne gebären – und irgendwann vergessen, daß es einmal einen Mann wie Tiglat Assur gegeben hatte. Das war ihre Rache an ihrem feigen Liebhaber, sie vergaß einfach, daß es ihn überhaupt gab.

Doch ich würde sie nicht vergessen. Ich hörte noch den weichen Klang ihrer Stimme, und sah sie vor meinem inneren Auge. Sehnsucht und Reue wollten mir wie mit großen Krallen die Brust zerreißen; ich wußte, sie tat recht daran, mich zu hassen, und meinte, auch nicht eine Nacht länger ohne ihre Vergebung und ihre Liebe und die kühle Berührung ihrer kleinen Hände leben zu können. Damals litt ich, wie ich von nun an jedes Mal leiden würde, wenn ihr Name in meinem Gedächtnis erklang, und das würde er zu jeder Stunde meines Lebens tun. Assarhamat. Assarhamat. Treibe mich in den Wahnsinn, aber verlaß mich nicht. Assarhamat.

Das erste graue Morgenlicht kam wie eine Gnade der Götter und fand mich in versöhnlicher Stimmung. Ich trat nach draußen, und der Exerzierplatz hatte sich vollkommen verändert – fort war das Unkraut, die toten Blätter waren zusammengekehrt, sogar die Kasernenwände strahlten in hellem Weiß. Und erst die Männer! Ich sah so manches abgehärmte Gesicht, doch zumindest waren ihre Uniformen sauber und ihre Waffen in Ordnung. In der Nacht war eine Art Wunder geschehen.

Aber ich bemühte mich um eine ausdruckslose Miene – es darf keinesfalls so wirken, als ob die erste Anstrengung schon ausreichte.

»Das hier ist zumindest ein Anfang«, sagte ich. »Ich gewähre euch drei Stunden Ruhe, ehe wir mit dem Drill beginnen. Dann wird man ja sehen, ob ihr euch noch irgendwie daran erinnert, daß ihr Soldaten seid.«

Als ich dann die Tür hinter mir schloß, konnte ich noch immer das Gemurmel ihrer Stimmen hören. Die Botschaft hatte ihnen nicht lieblich in den Ohren geklungen.

Eine Ordonnanz, jemand aus meiner *quradu*, nahm mir

den Umhang ab, während ich dem Bett zustrebte. Er war in der vergangenen Nacht der Glückspilz von Amat gewesen, denn ihn hatte nichts davon abgehalten, bis zum Morgen durchzuschlafen.

»Wecke mich in zwei Stunden«, befahl ich ihm. »Nicht vergessen, zwei Stunden.«

Ich zog mir die Decke über die Ohren, schloß die Augen und machte mir nicht einmal mehr die Mühe, die Sandalen abzustreifen.

⋆

Nur gut, daß die Bergstämme an jenem Nachmittag nicht Zeuge des Drills waren, sonst wären sie wohl wie die Heuschrecken über unsere Grenzen geschwärmt. Wir stolperten wie die Schlafwandler durch die Routineübungen. Zum Teil war es schlicht Müdigkeit, denn die Erschöpfung machte jedermann unbeholfen, doch am meisten schuld war die Pflichtvergessenheit – man hätte meinen können, daß man diese Männer erst heute morgen einberufen hatte. Erfahrene Soldaten fielen vom Pferd oder liefen in ihre eigene Lanze. Unsere Verluste wären einer kleinen Schlacht würdig gewesen, und dabei führten wir nur Krieg gegen uns selbst.

Dieses Schauspiel dauerte den ganzen Nachmittag. Meine *quradu* bildete ein Schlachtgeviert und nahm alle Gegner in einem Scheinkampf an, der mit Holzschwertern und Speeren mit abgedeckten Spitzen ausgetragen wurde. Den Streitwagendrill führte ich selber an, schließlich sollten diese Männer nicht denken, daß ihr Kommandant nichts weiter als ein Lehmkratzer war. Alles arbeitete bis beinahe zum Umfallen.

Aber wir machten Fortschritte. Am nächsten und am übernächsten Tag gelang der Drill schon besser, und am dritten Tag kam der Verpflegungsoffizier zu mir und bat darum, wieder Liniendienst tun zu dürfen – es hatte den Anschein, daß er um sein Leben fürchten mußte. Dem gab ich statt, beförderte Luschakin zum *rab kisir* und übergab ihm diese Geschäfte. Das freute ihn gar nicht, er meinte, die Götter hätten ihn nicht zum Küchensoldaten auserkoren, doch von Stund an verbesserte sich die Qualität der Rationen – sogar die des Bieres.

Und dann ließ ich am dritten Tag auch den *ekalli* frei, den ich am Festungstor verprügelt hatte; er wurde zu mir gebracht, als ich gerade zu Abend speiste. Es war ein gedrungener Mann mit abfallenden Schultern und langen, kräftigen Armen; ja, er hatte wirklich etwas Affenartiges. Durch seine Tortur war sein Gesicht hager und fast grau geworden, doch während er darauf wartete, daß ich redete – zweifellos war er auf das Schlimmste gefaßt: ich konnte ihn jetzt zu Tode prügeln oder ihn nackt und blutend wie den *rab abru* aus dem Lager treiben lassen oder ihn zum Garnisonsklaven degradieren –, machten seine Augen deutlich, daß er zu stolz zum Betteln war. Er hatte Kälte und Hunger und die Schrecken eines ungewissen Schicksals ertragen, doch wenn er eines nicht zugeben wollte, dann seine eigene Schwäche. Er musterte mich trotzig. »Mach mit mir, was immer du willst«, schien er zu sagen. »Du wirst schon merken, daß ich auch das noch hinnehme.« Ich kam zu dem Schluß, daß ich es mir nicht leisten konnte, auf solch einen Mann zu verzichten.

»Wenn du das nächste Mal auf Wache bist, dann paß gefälligst auf. Ich hätte dir auch einen Speer zwischen die Schulterblätter jagen können, und dann wärst du nicht mehr am Leben und würdest jetzt nicht so nach dem elenden Mahl deines Kommandanten gieren. Da – setz dich und iß. Es reicht für zwei, außerdem kann ich es nicht leiden, wenn ein Mann, mit dem ich spreche, abgelenkt ist.«

Er setzte sich und aß mit den Fingern wie ein gieriges Tier. Und als er fertig war, lehnte er sich auf dem Stuhl zurück und seufzte genüßlich.

»Hat es dir geschmeckt?« fragte ich eigentlich nur, um meine eigene Neugier zu stillen.

»Nein – es war nicht besser als der Schweinefraß, den wir übrigen bekommen. Und ich dachte immer, Offiziere sorgten besser für sich.«

»Nicht mehr.«

Beim Ton meiner Antwort mußte ihm eingefallen sein, daß dies kein geselliges Ereignis war, und schon sprang er auf und nahm eine Art Habachtstellung ein.

»Geh in deine Kaserne zurück, *Ekalli«*, fuhr ich fort. »Schlaf zur Abwechslung einmal ordentlich und sei mit deinen Männern um die erste Stunde nach dem Morgengrauen beim Drill. Du kannst gehen.«

»Dann behalte ich also meinen Rang, *Rab Shaqe?«* In seiner Stimme klang eher Erstaunen als Erleichterung durch.

»Ja. Doch bemühe dich, mir in den kommenden Monaten zu zeigen, daß ich keinen Fehler gemacht habe. Und dann verlasse ich mich darauf, daß du mir sagst, wenn ihr euch wieder über das Essen zu beschweren habt.«

»Ja, *Rab Shaqe.«*

Er war längst in der Dunkelheit verschwunden, als ich ihn immer noch vor sich hinlachen hören konnte. Sein Name war Girittu, und später erwies er sich als ein guter Soldat. Er gab mir nie Anlaß zu bedauern, daß ich Milde hatte walten lassen.

Und es kamen auch keine weiteren Beschwerden über das Essen, was vielleicht die allergrößte Umwälzung war. Besseres Essen führte einfach zu besserer Kampfmoral und die wiederum führte zu besseren Ergebnissen beim Drill. Alle, bis hinunter zum gewöhnlichen Schildträger waren fröhlicher, so als hätten sie den Sinn des Lebens entdeckt. Sogar die Lagerhuren sahen weniger schlampig aus. Innerhalb von zehn Tagen ähnelte die Garnison von Amat schon annähernd wieder einem Heer. Ich beschloß es zu riskieren und mit ein paar Kompanien am Ende der zweiten Woche zu einer Feldübung in die Berge zu ziehen.

Doch in der Nacht vor unserem geplanten Aufbruch wurde ich nachdrücklich daran erinnert, daß man mich in Ninive nicht vergessen hatte.

Ich hatte früh meine Schlafmatte aufgesucht, und da mir klar war, daß ich in dem vor mir liegenden halben Monat kein Bett, sondern nur eine auf der kalten Erde ausgebreitete Decke haben würde, hatte ich mir den zusätzlichen Luxus eines Kohlebeckens geleistet, so daß mein Zimmer beinahe ein Schwitzbad war.

Doch solche kleinen Extravaganzen rächen sich im allgemeinen, und so verbrachte ich eine unruhige, von Alpträumen gestörte Nacht.

Zaqar, der Gott, der über die Stunden des Schlafes herrscht, schickt uns Träume als Botschaften, flüchtige Blikke in die Zukunft und in unsere eigenen Herzen. Er straft die Bösen mit Schreckensvisionen, doch sogar darin ist er ein sanfter Gott, ein gnädiger Gott, denn diese führen dazu, um Vergebung zu suchen, und durch Vergebung erlangen wir Frieden und Ruhe. In jener Nacht strafte mich Zaqar für mein Kohlebecken, wie er den Säufer und Fresser straft; all meine Träume handelten von Gewalttätigkeit und Tod.

Ich war wieder in Babylon, und an den Ufern des ausgetrockneten Flusses häuften sich die Leichen. Ich fiel durch die Luft und hinein in diese verwesende Masse. Ich wollte mich freikämpfen, kletterte über glitschige Arme und Beine, die sich unter meinen Händen vom Körper lösten. Und irgendwo in diesem Wirrwarr wartete ein Mann mit einem Schwert auf mich, der mir die Kehle durchschneiden und mich unter den verwesenden Toten zurücklassen wollte. Wenn ich nicht freikam, würde er mich töten, oder ich erstickte unter den Toten. Ich konnte seine Stimme nach mir rufen hören – aus der Ferne, wie Mäusepiepsen. Und ich sank und sank ...

Und dann war ich mit einem Ruck wach und wußte, daß jemand bei mir im Zimmer war, der mir übel wollte, und daß der Gott mir eine Warnung hatte zukommen lassen.

Ich zögerte keinen Augenblick. Ich warf mich von der

Schlafmatte und rollte mich fort wie ein Holzklotz. Dann kam das Geräusch von splitterndem Holz, als die Schneide einer Kupferaxt in die Dielenbretter fuhr, genau dort, wo mein Kopf gelegen hatte. Im trüben, roten Licht des Kohlebeckens konnte ich umrißhaft die Beine meines Angreifers erkennen, als er sich bückte, um seine Waffe für einen zweiten Versuch loszureißen, und auf diese Beine warf ich mich.

Der Mann fiel nach vorn, stürzte geradewegs auf mich, und dann bemühten wir uns beide, uns wieder aufzurappeln. Mein Speer lehnte an der Wand dicht bei meiner Schlafmatte, doch ich konnte nicht an ihn heran, ohne in Reichweite seiner Axt zu kommen. Wir kamen zusammen hoch – mittlerweile hatte er die Axt wieder und grinste mich an, als er sah, daß ich keine Waffe hatte. Der Raum war klein, ausweichen war nicht möglich. Er brauchte nur einen Schritt nach vorn zu tun und die Axt auf mich herabsausen zu lassen . . .

Ich zuckte zurück und kam mit der nackten Ferse an das Kohlebecken hinter mir. Ich konnte seine Hitze als jähen, scharfen Schmerz fühlen, wie eine Messerklinge an meinem Bein.

Das Kohlebecken mit den immer noch heißen Holzkohlen – meine einzige Überlebenschance.

Eine rasche Drehung, ich griff nach unten, nahm es und hielt es mit beiden, Händen. Es schien unendlich schwer zu sein, und meine Hände zischten auf dem glühendheißen, schwarzen Metall. Es würde mich verzehren – ich konnte dieses fürchterliche Gewicht nicht länger halten, oder es brannte mir die Hände auf wie trockenes Gras.

Ich holte aus und warf. Ich warf damit nach dem Mann mit der Axt, und es erwischte ihn an der Brust und brachte ihn zu Fall. Er schrie, als die brennenden Holzkohlestückchen auf ihn herabprasselten. Einen Augenblick lang vergaß er alles außer der Tatsache, daß er in Flammen stand. Er ließ die Axt fallen – dazu hatte er keine Zeit mehr. Er wußte nicht einmal mehr, daß ich zugegen war.

Binnen Sekunden hatte ich meinen Speer ergriffen. Der Mörder lag auf dem Boden, brüllte vor Schmerz und schlug wie ein Verrückter um sich, um das Feuer zu löschen. Ich hob den Speer hoch über den Kopf und stieß ihn in seine Brust – sein Gebrüll erstarb in ihm, als würde es mit einem Messer abgeschnitten.

»Bei den Göttern, was ...«

Ich drehte mich um und sah meine Ordonnanz auf der Schwelle stehen. Ich drängte mich an ihr vorbei, und in meinen Händen klopfte der Schmerz, und mein Hirn war wie tot. Ich hatte kein Wort für den Mann.

Ich wartete im Vorbau, während man das Feuer löschte, saß auf einem Schemel und war so geistesabwesend wie ein Idiot. Jemand brachte einen Eimer mit kaltem Wasser, in den tauchte ich meine Hände. Sie waren angeschwollen, doch nicht zu schlimm verbrannt. Das erstaunte mich – ich empfand nichts weiter als dieses leichte, teilnahmslose Erstaunen. Anscheinend würde alles wieder gut werden. Dabei hatte das Feuer gebrannt, als wollte es bis auf die Knochen gehen. Hatte mich etwa wieder einmal mein *sedu* beschützt? Als der Lärm und das Durcheinander endlich abklangen, erholte ich mich langsam, und da überfielen mich ungebeten die unbeantworteten Fragen.

»Alles in Ordnung, *Rab Shaqe*. Das Feuer ist aus.«

Ich stand auf und ging in meine Schlafkammer – sie war jetzt ein Trümmerfeld, halb voll Rauch, und von den Wänden tropfte das Wasser. Der Mann, der mich hatte töten wollen, war selber tot, lag zusammengerollt auf dem Fußboden wie ein schlafendes Kind, mein Speer stand ihm immer noch aus der Brust heraus, als wollte er die Stelle markieren. Die Spitze hatte ihn fast ganz durchbohrt, deshalb war es gar nicht so einfach, sie wieder herauszuziehen.

»Zieht ihn nach draußen ans Licht«, sagte ich und gab die Waffe einer Ordonnanz – meine Stimme klang so belegt, als hätte ich sie lange nicht gebraucht. »Ich will sein Gesicht sehen.«

Etliche Soldaten rollten den Leichnam – zweifellos um den Fußboden zu schonen – in meine angesengte und blutverschmierte Schlafmatte und trugen ihn in den Raum, wo ich in der Regel meine Mahlzeiten einnahm. Dort hatten sich auch einige Offiziere eingefunden, ein paar noch in ihrer Schlaftunika, und gemeinsam untersuchten wir nun den Toten.

Er trug die Uniform eines gewöhnlichen Soldaten und sah aus, als wäre er zwischen zwanzig und dreißig. Er hatte nichts Ungewöhnliches an sich – ein Jedermann. Ich hatte ihn noch nie im Leben gesehen.

»Erkennt ihn jemand?«, fragte ich. Allgemeines verneinendes Stimmengewirr und Kopfschütteln. Keiner kannte diesen Mann – oder wollte es zugeben. Ich nahm die Hand des Toten, drehte sie um und musterte die Handfläche.

»Ruft die *rab kisirs* zusammen, sie sollen ihn sich einmal anschauen; wir wollen uns vergewissern, daß er nicht aus der Garnison ist, doch ich gehe jede Wette ein, der da war nie Soldat. Hier – nirgendwo Schwielen. Er hat richtig weiche Kinderhände.«

Ich bat um einen Becher Wein und goß ihn dem Toten über den Kopf, damit mein Trankopfer seinen Geist besänftigte. Dann erteilte ich den Befehl, die Rolle zu sämtlichen Kompanien zu tragen und zu prüfen, ob jemand fehlte – denn auch wenn der da nie gedient hatte, so sah seine Uniform doch gebraucht aus, und ich wollte wissen, woher er sie hatte.

»Durchsucht die Stadt. Prüft, ob man Fremde gesehen hat – er kann doch nicht aus dem Nichts aufgetaucht sein.«

»Was sollen wir mit der Leiche machen, *Rab shaqe?*«

Das war eine müßige Frage. Was macht man in dem Fall, daß der Einsatz die Weltherrschaft ist und die Spieler aus der eigenen Familie stammen? Ich wollte nicht wissen, wer diesen Mann geschickt hatte, doch ich wollte sichergehen, daß man an seiner Stelle nicht einen anderen schickte.

»Schneidet ihm den Kopf ab und laßt ihn in Salz legen«,

erwiderte ich. Dann stand ich auf und bemühte mich, gleichmütig auszusehen, obwohl sich meine Eingeweide anfühlten, als wären sie völlig verknäult. »Der geht nach Ninive, von wo er wahrscheinlich auch gekommen ist. Es gibt dort jemand, dem ich ihn als Geschenk schicken möchten.«

XVII

Am nächsten Morgen wurde in der Stadt, in einer Gasse hinter einem Freudenhaus, ein Soldat tot aufgefunden, die Hanfschnur, mit der man ihn erdrosselt hatte, trug er noch um den Hals. Man hatte ihm die Uniform ausgezogen, und als man die vom Mörder getragene der Frau zeigte, die dem Toten als Ehefrau gedient hatte, da erkannte sie diese an einem Riß, den sie im Umhang gestopft hatte. Dieses Geheimnis war also enträtselt. Ich erteilte den Befehl, daß von nun an die Festung nur auf Parole betreten werden durfte, welche täglich gewechselt wurde, danach ließ ich die Sache fallen. Meine Warnung an Ninive war sicher der beste Schutz gegen bewaffnete nächtliche Besucher, außerdem durfte sich ein Kommandant nur in beschränktem Umfang um sein eigenes Leben sorgen.

Zudem gab es andere Dinge, die mich beschäftigten, und dann würde ich auch eine Weile, mindestens aber eine Woche, nicht in der Garnison und somit unter Soldaten weilen, auf die Verlaß war und die mir nicht im Schlaf die Kehle durchschnitten. Die geregelten Gesetzmäßigkeiten des Soldatenlebens waren an sich schon Schutz genug.

Und so kam es, daß ich einen Tag, nachdem man der Truppe beim Morgenappell die Leiche des Mörders gezeigt hatte, aufs Pferd stieg – eine richtige Heldentat, denn meine Hände waren noch voller Salbe und in Leinenbinden – und die dritte, vierte und sechste Kompanie zu Felddienstübungen in die Berge führte.

Solange ich Soldat war, hatte ich für diese Art von Übungen viel übrig gehabt. Alles ist so unkompliziert – da ist die Arbeit, da ist das Essen, da ist der Schlaf. Eine Aufgabe wird so ausgeführt und nicht anders, Zweideutigkeiten gibt es nicht, ebensowenig Raum für unterschiedliche Auslegungen. Es geht um soldatische Fertigkeiten, die einfach sind, und es geht um die Gemeinschaft mit anderen Männern, welche die Welt nicht anders sehen als man selbst. Ich kann ausgezeichnet mit Speer und Bogen umgehen, bin ein sehr guter Streitwagenkämpfer, ein guter Reiter und ein mittelmäßiger Schwertfechter. Das war alles, worauf ich mich als Soldat verstand. Meine Männer hätten die Hand dafür ins Feuer gelegt, daß ich auch ein begabter Befehlshaber war, und abgesehen von meinem Rang hielten sie mich mittlerweile für einen der ihren. Es gibt kein größeres Glück, als so angenommen zu werden – zumindest keines, das mir erlaubt war.

Das Manöver verlief gut. Der alte Kommandeur war erst vor einem Jahr nach Amat versetzt worden und hatte also nur ein Jahr Zeit gehabt, Müßiggang und schlechte Disziplin einreißen zu lassen. Die Männer erinnerten sich schnell wieder daran, wie man kämpfte, aber noch waren wir ein Heer ohne Feind. Das würde nicht immer so bleiben – fast jede Nacht, die wir uns jenseitig unserer eigenen Grenzsteine und in grauen, öden Bergen befanden, wo keines Menschen Gesetz galt, konnte ich auf uns, auf unseren Kochfeuern und unseren Wachen die Augen von Fremdlingen spüren, die Augen von Barbaren, welche in Lederzelten lebten und niemanden »König« hießen, welche wußten, daß sie uns eines Tages im Kampf gegenüberstehen würden und uns an diesem Wissen maßen. Ich fragte mich immer wieder, was sie wohl sehen mochten.

Als wir nach Amat zurückkehrten, fand ich einen Gesandten des Königs von Urartu auf mich warten, der auf Unterhandlungen brannte. Das Thema: Krieg. Urartu war eine ruhmreiche und mächtige Nation gewesen, welche durch die Macht des Gebieters Sargon geschwächt worden war. Seit Menschengedenken hatte es einen Bund nördlicher Staaten regiert, der sich bis zum Oberen Meer erstreckte, doch der große König hatte im fünften Jahr seiner Regierung Karkemisch eingenommen und so den Übergang über den Euphrat blockiert und die Liga gespalten. Und nachdem er die westlichen Länder unter sein Joch gebracht hatte, marschierte der Gebieter Sargon in das Vaterland des Königs Rusa ein, der dem Tod nur dadurch entkam, daß er sich hinter den Mauern von Tuschpa, seiner uneinnehmbaren Hauptstadt verbarg, welche an drei Seiten von hochragenden Klippen und an der vierten vom Wan-See, auch Bebendes Meer genannt, geschützt war. Doch der Gebieter Assurs machte aus dem Land eine Wüste, eroberte das königliche Schatzhaus und schlachtete Rusas Untertanen zu Tausenden ab. Das bekümmerte Rusa so sehr, daß er durch eigene Hand starb, und unter der Regierung seines Sohnes war Urartu ein demütiger Vasallenstaat geworden, sandte Tribut nach Ninive und stellte in all seinen Haupttempeln neben Haldi, ihrem eigenen Kriegsgott, Bilder des Gottes Assur auf.

Doch im Lauf der Zeit war aus jenem großen Sieg so etwas wie eine Niederlage geworden, denn früher hatte Urartu als Bollwerk gegen die nördlichen Nomaden gedient und denen konnte es, schwach wie es geworden war, ohne Hilfe nicht mehr widerstehen. Und wenn es die Garnisonen, die jetzt unter meinem Befehl standen, nicht gegeben hätte, wären Kimmerier, Skythen und all die anderen großen Stammesgruppierungen von ihren Bergen herabgeströmt, um sich an den grünen Tälern des Tigris zu weiden. So hatte Sargon der Große, als er uns von diesem einen Feind befreite, einem anderen den Weg bereitet.

Der Gesandte war ein dünner Mann von ungefähr dreißig und fünf Jahren und nur knapp drei Fingerbreit kleiner als ich, wodurch er unter Assyrern immer noch groß wirkte. Er war dunkel wie ein Sumerer, hatte die glitzernden, schwarzen Augen, die dicke, fleischige Nase und das fliehende Kinn, die so typisch für seine Rasse sind. Abgesehen von dem Pelzfutter in seinem Umhang – eine sehr praktische Zutat in diesen Höhen – war er nach der neusten Mode in Ninive gekleidet wie alle Männer, die ich in Urartu gesehen habe. Ihre Sprache ist zwar anders, doch was Zivilisation und Kultur angeht, so verdanken sie uns ebensoviel wie wir den Babyloniern.

Ich lud meinen Gast zum Essen ein – soll er doch meine schlichte Soldatenkost probieren, dachte ich, dann weiß er, daß sich hier in Amat so manches geändert hat – und bat ihn zu warten, bis ich mir den Staub von zwanzig Tagen abgeschwitzt hätte und nicht mehr röche wie ein Packpferd. Und während er wartete und ich mich mit heißem Wasser säuberte, saßen meine Offiziere im Schwitzbad um mich herum, wischten sich die Stirn und erzählten mir, was sie gehört oder sich zusammengereimt hatten, wieso wohl König Argischti es für geraten hielt, einen Botschafter den weiten Weg von Tuschpa machen zu lassen, nur um mit dem neuen *shaknu* des Nordens Lamm und Brot zu speisen.

»Vielleicht kommt er gar nicht von Argischti, sondern will ihn stürzen – man munkelt, daß der König von seinem Vater die Anlage zum Wahnsinn geerbt haben soll.«

»Vielleicht machen die Urarter sich Hoffnungen, sie könnten jetzt weniger Tribut zahlen?«

»Es ist mir gleich, was er will. Für meinen Teil hoffe ich nur, daß er mit großzügigen Bestechungsgeschenken gekommen ist.«

Doch zur großen Enttäuschung aller brachte der Gesandte als einzige Bestechung hundert Krüge nairanischen Wein mit, von Trauben, welche am Rande des Bebenden Meers wachsen und erstaunlich süß und berauschend sind. Er und ich – sein Name war Lutipri – brachen an jenem Abend das Siegel von etlichen Krügen, tranken uns einen ziemlichen Rausch an und waren folglicherweise die besten Freunde.

Doch kennt die Freundschaft von Diplomaten, ebenso wie ihre Offenherzigkeit im betrunkenen Zustand, ihre Grenzen. Lutipri war nie so besäuselt wie es den Anschein hatte, und den Grund seines Besuches vergaß er auch nicht. Als wir da so zusammen auf der Bank in meinem Vorbau saßen, die Knie an einem Kohlebecken wärmten und dabei die kühle, sternenflimmernde, ernüchternde Nachtluft einsogen, damit wir noch ein wenig mehr trinken konnten, ehe uns unsere Diener zu unseren jeweiligen Ruhelagern abtransportierten, da vernahm ich endlich die Stimme von Argischtis Diener.

»Der Gebieter und König, mein Herr«, sagte er zu mir, wobei er die Schulter an meinen Arm lehnte und flüsterte, als handelte es sich um ein großes Geheimnis, »der Mächtige, der in Tuschpa wie Gott und von dem jedes Wort nördlich des Bohtan-Flusses Gesetz ist, möchte seinen königlichen Bruder Sanherib, den er liebt, wissen lassen, daß die Skythen im Lande Schubria aufsässig werden. Sie haben feste Siedlungen errichtet. Sie haben es sogar gewagt, ihre Pferde am westlichen Ufer des Bebenden Meeres zu tränken.«

»Das kann doch wohl nur eine mäßige Freude gewesen sein, denn wie ich höre, ist das Wasser dort brackig und ungenießbar.«

»Gleichwohl, sie sind bei uns eingedrungen. Und der König, mein Herr, beansprucht alle Gebiete, die an jenem Wasser liegen, für sich. Er kann es nicht dulden, daß Nomadenstämme weniger als zwei Tagesreisen zur See von seiner Hauptstadt entfernt leben.«

Ich überdachte das einen Augenblick und starrte in die glühenden Kohlen im Becken – ich empfand große Zuneigung zu diesem Kohlebecken, denn schließlich hatte es mir das Leben gerettet. Wenn mein Kopf doch aufhören wollte zu summen wie ein aufgestörtes Wespennest, damit ich mich denken hören konnte. Auf einmal packte mich ein großes Verlangen nach meinem Bett.

»Darf ich also annehmen, daß der mächtige Argischti, den alle Welt als heldenmütig kennt, eine Expedition gegen diese aufmüpfigen Barbaren unternommen und sie zerstreut hat wie Spreu im Wind.«

Schweigend saßen wir da, und ich schenkte meinem Gast aus einem der mitgebrachten Krüge Wein in den Becher ein und beglückwünschte mich, daß es noch zu solch einer unverbindlichen Bemerkung gereicht hatte, da sie dem Gebieter Lutipri, der auf seinem Sitz hin- und herrutschte, während er den ihm eingeschenkten Wein mit Abscheu betrachtete, so offensichtlich nicht zu gefallen schien.

»Das hat sich als nicht ratsam erwiesen«, sagte er am Ende. »Wie du zweifelsohne weißt, bedrängen uns von Osten die Kimmerier, die Meder und sogar die Mannäer. Natürlich sind sie alle zusammen noch immer keine Gefahr für unsere ruhmreichen Waffen, doch sie sind beharrlich. Sie bedrohen uns – und dich – direkter als die Skythen. Für diese paar Barbaren braucht es nichts als eine kleine Strafexpedition.«

»Ich sehe immer noch nicht ein, was uns das angeht. Dein König wird ohne Zweifel jederzeit mit ihnen fertig, solange sie nicht im Süden über den Bohtan gesetzt haben . . .«

»Ehem – genau das haben sie nämlich getan.«

Ich saß in der Falle. Ja, ich hatte mir selbst die Grube gegraben. Das sollte mir eine Lehre sein. Ich war weder klug noch alt genug, um es mit dem Gezischel von Nattern aufnehmen zu können.

»Der Monat Elul ist schon fast zur Hälfte vergangen«, sagte ich vielleicht ein wenig zu rasch. »In einem Monat beginnt es in den Bergen zu schneien. Die Zeit reicht nicht mehr für einen Feldzug – auch wenn es nur eine kleine Strafexpedition ist.«

»Am westlichen Ufer liegt das Land tiefer. Wenn man am Rand des Gebirges entlangmarschiert, könnte man es in, sagen wir, zehn Tagen schaffen. Ein blitzschneller Schlag und dann nach Süden und am Fluß entlang heimwärts. Alle

Welt kennt deinen Heldenmut, Gebieter Tiglat, wie du die Uqukadi besiegt und wie du heimlich die Mauern Babylons geöffnet und die Stadt eingenommen hast. Das hier wäre eine Kleinigkeit für dich.«

»Gebieter Lutipri, dich hat deine Mutter mit Skorpiongift gestillt.«

*

Am nächsten Tag unterhielten wir uns erneut und ausführlich, und dieses Mal waren wir beide nüchtern. Ich beklagte des längeren die Risiken einer derartigen Mission, und am Ende entlockte ich ihm das Versprechen, daß der König in Tuschpa dem Gebieter Sanherib zwanzig *mina* Gold zu den Kosten des Feldzuges zahlen würde, wenn wir die Skythen über den Bohtan zurücktrieben – zu mehr konnte ich mich nicht verpflichten, da die Jahreszeit für Feldzüge fast schon vorbei war. Dem stimmte der Gebieter Lutipri ziemlich schnell zu, denn ich gab mich mit vagen Zahlungsmodalitäten zufrieden. Einen Tag später machte er sich auf die Heimreise, und ich gab mir redlich Mühe, mich als hereingelegt und ausgenutzt hinzustellen.

Dabei war ich hocherfreut. Der ganze Plan sagte meiner Phantasie zu, und er war genau das, was auch die Garnison in Amat brauchte, um die Lethargie abzuschütteln – ja, genau das hatte ich ihr versprochen. Schon am Morgen nach jener trunkenen Unterredung mit König Argischtis verschlagenem Gesandten befahl ich die allgemeine Mobilmachung.

Der Marsch nach Schubria hinein würde uns nicht leichtfallen. Wir würden, wo es möglich war, die Berge umgehen und dem Lauf des oberen Tigris folgen, bis wir das Ende der Judi Gagh-Kette erreicht hatten, wo wir uns nach Norden schlagen würden, doch es war eine rauhe Wegstrecke. Meine Karten gaben wenig Einzelheiten her, darum mußte ich mich auf jene unter meinen Männern verlassen, welche aus diesen Gebieten stammten. Zweierlei war jedoch gewiß:

die Streitwagen, die ich mitzunehmen gedachte, mußten auseinandergebaut und auf Pferde verladen werden, und das würde unser Tempo verlangsamen; zweitens aber war Schnelligkeit alles. Lutipri hatte gesagt, ich würde meinen Bestimmungsort in zehn Tagen erreichen, das hieß wahrscheinlich, in zwölf Tagen, wenn mir das Glück hold war. Ich aber war wild entschlossen, des Südufers vom Bohtan in mindestens acht ansichtig zu werden.

»Nimmst du die dritte, vierte und sechste Kompanie mit, *Rab Shaqe?*«

»Ja, natürlich. Die sind augenblicklich meine einzigen erfahrenen Soldaten.«

»Aber sie müssen sich nach dem Manöver ausruhen, *Rab Shaqe* – du selbst mußt dich ausruhen.«

»Wir sind einen halben Monat in den Bergen gewesen. Welcher Feldzug dauert wohl nur einen halben Monat? Wir brechen erst dann auf, wenn wir diesen urartischen Schwindler von hinten gesehen haben, das gibt uns genügend Zeit zum Ausruhen. Trefft eure Vorkehrungen.«

Meine Offiziere erhoben keine weiteren Einwände, als sie merkten, daß ich für Einwände nur taube Ohren hatte und daß ich wild entschlossen war, noch vor Einsetzen des Schnees Krieg zu führen. Ich wußte, was ich tat – eine Garnison in den Klauen des Winters ist ein trostloser Ort für Männer, die vergessen haben, daß es noch anderes gibt als nur Frieden. Soldaten müssen einsehen, daß alles seinen guten Grund hat; wenn sie also für den Krieg üben, dann deshalb, weil der Krieg auch ihr Lebenszweck ist. Das würden meine Kopfkissensoldaten hier erst glauben, wenn sie die Schwerter ihrer Feinde in der Sonne blitzen sahen. Ich hatte nicht die leiseste Absicht, die Festung Amat wie eine wundgelegene Stelle vor sich hineitern zu lassen.

Ich würde ein Drittel der Garnison zurücklassen, denn ein großes Heer ist wie eine verletzte Schlange und kommt nicht schnell voran. Meine *quradu* kam mit, dazu noch sieben Kompanien. Wenn ich mit denen nicht siegen konnte, dann bedeuteten noch mehr Soldaten nur noch mehr Leichen, an denen sich die Krähen vollfraßen. Am Morgen des sechzehnten Tages des Elul verließ ich Amat mit Männern, welche ich größtenteils erst knapp einen Monat befehligte.

Im Feldzug führt ein Soldat ein härteres Leben als jeder Sklave, und so war dieser Marsch von beinahe vierzig *beru* durch eine unwirtliche, felsige Ödnis ein ebenso großes Martyrium wie eine Schlacht. Am ersten Tag, als die Männer noch frisch waren, schafften wir sieben *beru,* und als ich dann am Abend durch das Lager ging, da hatten die Soldaten, die ich um die Kochfeuer kauern sah, nicht einmal mehr genug Kraft, um mich zu verfluchen. Am zweiten Tag sichteten wir den Tigris als leuchtendes Band, das träge in der Ferne floß; und an jenem Tage marschierten wir sechs *beru,* aber ich hörte Murren, insbesondere am vierten Tag, welcher ungünstig war. Als anständige Menschen hätten wir in unseren Zelten bleiben müssen.

Ehrlich gesagt, das machte auch mir zu schaffen, doch noch mehr als böse Geister, diese vage und nicht wesenhafte Drohung, fürchtete ich mich vor dem Einsetzen des Winters, was für uns im Freien den sicheren Tod bedeutete. Und so sagte ich meinen Männern, wir stünden alle unter dem Schutz des Gottes Assur, welcher jede Sünde vergeben konnte, und unter dem meines *sedus,* das große Macht besaß. Als wir sodann weder von Räubern angegriffen noch von der Pest dahingerafft wurden, da glaubten mir viele — sie beschwerten sich zwar laufend weiter, was schließlich das Recht jedes Soldaten ist, doch von ungünstigen Tagen war nicht wieder die Rede.

Jeden Tag standen sie im Dunkeln auf, weil ich Befehl gegeben hatte, sich mit der Morgendämmerung in Marsch zu setzen, ob sie nun gefrühstückt hatten oder nicht. Genau um Mittag erlaubte ich eine Stunde Rast, und dann marschierten wir fast bis abends weiter. Damit es kein böses Blut gab, ging auch ich zu Fuß und benutzte mein Pferd als Packtier, den Offizieren hatte ich das gleiche befohlen.

Gegen Mittag des achten Tages, während die Männer rasteten, kehrten Späher zurück und berichteten, sie hätten den Bohtan hinter der nächsten Hügelkette gesichtet, und es gäbe Feldlager mit Wagen und viel Vieh auf den Weiden zu beiden Seiten des Flusses. Also hatte der Gebieter Lutipri nicht gelogen – jedermann wußte, daß unter den Nomadenvölkern allein die Skythen mit Wagen durchs Land zogen.

Ich befahl, das Lager aufzuschlagen, wo wir uns befanden. Die Männer waren erschöpft und erst in zwei Tagen kampffähig. Vorher sollte der Feind nicht von unserer Anwesenheit erfahren. Also durften keine Feuer angezündet werden. Wir würden warten, uns ausruhen und uns ruhig verhalten.

Die Neugier meiner Soldaten war recht leicht zu zähmen – die meisten waren es ganz zufrieden, daß sie sich nicht mehr vom Fleck rühren mußten –, doch meine eigene ließ sich nicht bezähmen. Ich wollte diesen neuen Gegner sehen, von dem so viel erzählt wurde und von dem so wenig bekannt war. Die Skythen waren nämlich zum ersten Mal in diesen Bergen, die schon so lange von wandernden Stämmen heimgesucht wurden, von denen ein jeder den anderen wie in aufeinanderfolgenden Wellen vor sich herschob, so daß alle immer weiter nach Westen gedrängt wurden. Woher die Stämme kamen, und was sie zu ihrer Wanderung trieb, wußte niemand, nicht einmal sie selber.

Ich ließ mein Pferd zurück und erklomm den letzten Hügel zu Fuß, und dann saß ich für den Rest jenes Nachmittags im Schatten eines großen Felsens und sah zu, wie ihr Vieh auf den üppigen Wiesen graste, während sie sich dem alltäglichen Einerlei ihres sonderbaren Lebens widmeten.

Wie die Kimmerier, die Mannäer, die Meder, die Uqukadi, die Sapardai und alle übrigen, sind auch die Skythen eine Nation von Viehhütern – ihr Leben wird von der ununterbrochenen Suche nach neuen Weiden für ihre Ochsen, Pferde und Schafe bestimmt. Im übrigen sind sie Banditen, welche seßhafte Menschen berauben und enteignen. Sie betreiben keine Landwirtschaft und verachten alle, die das tun. Alle Lebensformen, die sie zwingen, an einem Ort zu verweilen, sind für sie schlimmer als der Tod; sie behaupten, das führe zu weibischer Verweichlichung und daß man nur unter Nomaden echte Männer fände. Und da sie nur darauf aus sind, andere Völker auszuplündern und ständig ihre eigenen Weidegründe gegen andere Stämme verteidigen müssen, setzen sie kriegerische Tugenden natürlich sehr hoch an – noch höher sogar als die Assyrer, da bei den Skythen jeder Mann Krieger sein muß. Sie sind hervorragende Reiter und kämpfen nur zu Pferd. Ihre Waffen sind der Bogen, den sie ganz hervorragend zu handhaben wissen, und die Lanze. Sie tragen keine Schwerter, nur einen ziemlich langen Dolch im Gürtel. Vor einem ernstzunehmenden Gegner ziehen sie sich lieber zurück, doch in der Schlacht sind sie tapfer bis zur Unbesonnenheit und verschmähen es sogar, eine Rüstung auf dem Leib zu tragen. Es gibt nichts Schlimmeres, als ihnen als Gefangener in die Hände zu fallen, da ihre Grausamkeit legendär ist.

Das alles hatte ich einmal hier, einmal da gehört, und von meinem Ausguck auf dem Hügel erfuhr ich auch nicht viel mehr – abgesehen von zweierlei. Zum einen war da ihre merkwürdige Art, sich zu kleiden; oben herum trugen sie dicke, gesteppte Jacken, die ihnen fast bis zu den Knien reichten, doch unter herum bedeckten sie sich mit einem eigenartigen Kleidungsstück, desgleichen ich bei anderen Völkern noch nie erblickt hatte. Dieses Kleidungsstück war im Schritt zweigeteilt, so daß ein jedes Bein seine eigene Stoffröhre hatte, die es fast wie eine zweite Haut bis hinunter zum Spann bedeckte. Für Reiter schien das eine sehr praktische Mode zu sein, doch wie man sich in solch einer Ausrüstung wohl fühlen konnte, das wollte mir nicht in den Sinn.

Noch etwas erregte meine Aufmerksamkeit: es waren keine Frauen zu sehen. Um die Tiere kümmerten sich nur Männer und Knaben, doch nicht einmal in ihrem Lager – in dem, das mir am nächsten lag – konnte ich Frauen erblicken. Anscheinend kochten sie in ihren Wagen, die groß und mit einer Art Zelt überdacht waren und oben eine Öffnung für den Rauch hatten; also folgerte ich, daß die Frauen wohl in den Wagen blieben.

Grob gerechnet gab es in den beiden Lagern auf jeder Seite des Flusses zusammen an die viertausend Mann. Angenommen, daß davon die Hälfte kampffähig war, dann waren sie uns zahlenmäßig drei zu eins überlegen.

Doch ich hatte bereits jetzt einen Plan, und als der Tag zur Neige ging, kehrte ich zu einem kalten Mahl und zu einer Unterredung mit meinen Offizieren ins Lager zurück.

»Sie machen sich nicht einmal die Mühe, Wachen aufzustellen«, erzählte ich ihnen. »Sie rechnen nicht mit einem Angriff. Wir können bis zum übernächsten Morgen warten, dann sind auch unsere Männer wieder ausgeruht. Wir marschieren in sieben Schlachtgevierten über den Hügelkamm, drei vorn und vier dahinter. Die Reiter und die Streitwagen sind unsere Reserve. Wir warten bis zur zweiten Stunde, ehe wir uns bemerkbar machen, denn dann haben sie ihre Herden weit über die Weiden verteilt und können sie nicht rasch zusammentreiben – sie müssen also bleiben und kämpfen. Mit den Trommeln warten wir, bis wir sie fast erreicht haben; ich glaube nämlich nicht, daß wir den Männern damit Angst einjagen können, doch vielleicht scheuen ihre Pferde bei dem Lärm.«

In jener Nacht schlief ich wie ein Toter.

Den ganzen nächsten Tag bauten die Männer die Streitwagen zusammen oder bereiteten sich sonst auf die Schlacht vor. Mit derlei Dingen gab ich mich nicht ab. Ich hatte meine Befehle erteilt, das hatte zu genügen. Die Soldaten hier mußten glauben, daß ich keinerlei Zweifel an ihrem guten Willen oder ihren Fähigkeiten hegte. Also kehrte ich zu meinem Ausguck zurück und prüfte den Platz, wo die Schlacht stattfinden würde.

Der Hügel fiel so steil zur Ebene ab, daß man mit den Streitwagen nicht auf direktem Weg hinunterfahren konnte, doch es gab einen Pfad, der breit genug sein mochte und schräg zum Hügel verlief. Sie würden hintereinander herfahren und ihre Räder anfeuchten müssen. Da ich lediglich zwölf mitgebracht hatte, würde das kein Problem darstellen. Ich würde sie hinunterschicken, wenn die Infanterie und die Kavallerie bereits unten angekommen waren.

Die Skythen schienen ganz allmählich von einer Seite des Flusses zur anderen überzusetzen, denn der Bohtan, der um diese Jahreszeit vermutlich weniger Wasser führte als sonst im Jahr, stellte immer noch ein gewaltiges Hindernis dar. Wie lange ihre Truppen so geteilt sein würden, das wußte ich nicht zu sagen – auf alle Fälle war es ein sehr kurzlebiger Vorteil –, aber diese Männer hatten keine andere Wahl als zu kämpfen. Für sie gab es keinen Rückzug.

Meine einzige Sorge war, daß sie mir irgendwie entschlüpften. Andere Bedenken hatte ich nicht. Dieser Kampf stellte sich in meinem Kopf so klar dar, als ob er schon ausgetragen wäre. Vielleicht fand ich auf dieser grasbewachsenen Ebene den Tod – dieses Risiko geht schließlich jeder Soldat ein –, doch ob tot oder lebendig, der Sieg gehörte mir.

Zudem barg der Gedanke an den Tod keine Schrecken für mich. Wenn ich umkam, würde man meinen Leib mit Honig bedecken und nach Ninive bringen, wo mich die betrauern würden, die mich gern hatten. Und ich würde weder Reue noch Leid mehr kennen und gestorben sein, wie es einem Soldat geziemte, noch dazu als Sieger. Und Tote leiden keine Qualen mehr, weil die Liebste sie verlassen hat. Wenn ich hier morgen starb . . . Der Gedanke gefiel mir besser, als ich sagen konnte.

Und ich beschloß spornstreichs, daß ich selbst einen der Streitwagen fahren würde. Dieses Wissen würde den Männern Mut machen, und nach morgen würden sie mich dann nicht mehr brauchen. Es würde mir keinen Spaß machen, diesen Kampf aus sicherer Entfernung zu beobachten. Ich würde geradewegs in den Rachen des Todes fahren und ihm die Zunge herausziehen und sie auf diese Weise zwingen, bis zum Weltuntergang von meinem Ruhm zu künden.

In dieser Nacht tat ich kein Auge zu, doch meine Seele war friedvoll. Wovor sollte ich Angst haben? Welche Schrecken konnte das Morgen schon bergen, wo ich doch zum Sterben bereit war? Ich brauchte nur die Augen zu schließen, und Assarhamat war bei mir. Wenn ich mich erst einmal aus den Verstrickungen meines lebendigen Fleisches befreit hatte, galt das auf ewig. Wir hatten uns nie getrennt, nicht wirklich jedenfalls. Mein Leid war nichts weiter gewesen als die Irrungen und Wirrungen durch Gesehenes und Gefühltes – das Leben hatte mich durch seine Nähe blind gemacht. Der Tod war nichts, nur der Verlust der allerletzten menschlichen Illusionen. Das sah ich jetzt ganz klar.

Am nächsten Morgen, dem sechsundzwanzigsten Tag des Elul, hieß ich die sieben Kompanien Infanterie sich direkt hinter dem Hügelkamm aufstellen, wo man sie bis zum letzten Augenblick nicht sehen konnte. Ein schöner, heller Tag dämmerte herauf, und eine leichte Brise wehte uns entgegen, so daß man die Geräusche unserer Vorbereitungen nicht hören konnte; auch die Pferde des Feindes würden uns nicht wittern. Ich beobachtete, wie die skythischen Reiter ihre Tiere auf die Weide trieben. Ich wartete, bis der Tau auf dem Gras unter meinen Füßen vollkommen getrocknet war, und dann hob ich den Arm, das Signal zum Angriff.

»Ist das nicht ein schöner Tag, *Rab Shaqe?*«

Das war mein Fahrer Gadi, dessen Augen vor Freude strahlten. Der Bart wuchs ihm noch flaumig im Gesicht, er war kaum mehr als ein Kind. Es war seine erste Schlacht.

»Ja, ein schöner Tag«, erwiderte ich und rang mir ein Lächeln ab.

Die Soldaten strömten in Reih und Glied nacheinander den Abhang hinab, sie gingen langsam, damit die Schlachtformation intakt blieb. Nichts war zu hören, außer dem Knirschen ihrer Sandalen auf dem steinigen Boden. Bei ihrem Anblick ging mir das Herz auf.

Vom Hügelkamm bis zum Fluß waren es an die fünfzehnhundert *gar,* eine Entfernung, für die ein Mann eine Stunde brauchte, wenn er flott ausschritt. In einem Viertel dieser Zeit würden meine Männer auf der Ebene sein, denn diese Hügel waren nicht besonders hoch. Und wenn der Feind nicht mit dem Rücken direkt zum Wasser kämpfen wollte, dann hatte er nicht mehr als eine Stunde, um sich uns zu stellen – und von der würde er jede Minute brauchen, um zum Sammeln zu blasen und sich vom ersten Schreck der Überraschung zu erholen. Mittlerweile würden unsere Reiterei und die Streitwagen, wenn sie Glück hatten, die Ebene erreicht haben. Ich würde den letzten Streitwagen nach unten fahren.

Ich sah zu – und das durchaus mit Bewunderung – wie die Skythen sich benahmen, als ihnen endlich dämmerte, was da auf sie zukam. Nirgendwo Panik. Reiter, die Alarm schlugen, flitzten hin und her, und dann begannen ein paar hundert Mann die Tiere zusammenzutreiben, um so viele wie möglich über den Fluß und in Sicherheit zu bringen. Und als wir kampfbereit waren, da waren auch sie bereit, die Linien ihrer Reiterei hatten sich formiert und warteten. Es waren mehr, als ich gedacht hatte, knapp zweitausendfünfhundert Berittene. Sie hatten sich in vier Schlachtreihen aufgestellt und würden in Wellen angreifen.

Ich stieg auf meinen Streitwagen, der von den sechs Reitern umgeben war, welche meine Befehle austragen würden, und wies meinen Fahrer an, hinunter auf die Ebene zu fahren. Kaum waren wir unten, als auch schon die Kriegstrommeln zu dröhnen begannen. Die Schlacht war im Gang.

Die ersten Wellen der skythischen Reiterei griffen an, sie kreischten wie die Habichte und schossen ihre Pfeile viel genauer ins Ziel, als ich das vom Pferd aus für möglich gehalten hätte. Im letzten Augenblick hielten unsere Soldaten an und richteten das Pfahlwerk aus Eisenlanzen an allen vier Seiten ihrer Formation auf. Auf dergleichen war der Feind nicht gefaßt gewesen, daß nämlich Soldaten auf dem

Schlachtfeld ihre Reihen zu einer unangreifbaren Festung machen könnten; und wer nicht wie ein Kaninchen aufgeschlitzt oder von vor Angst verrückt gewordenen Pferden abgeworfen wurde, der zog sich ungeordnet zurück. Ich sah nur wenig Tote unter unseren eigenen Männern, das erste Scharmützel hatten wir also gewonnen.

Was würden sie jetzt machen? Was konnten sie machen? Sie waren an der Reihe, aber sie sollten keine Muße haben, darüber nachzudenken.

»Rückt weiter vor!« schrie ich, und ein Reiter wandte das Pferd und galoppierte in Richtung unserer Formation. Er erreichte die vorderste Linie des ersten Gevierts, bückte sich und sprach mit dem Flügelmann, und als er sich wieder aufrichtete, traf ihn ein skythischer Pfeil in den Hals, und er fiel vornüber – das geschah ihm recht. Nur ein Narr und Angeber ritt so ohne Deckung vor dem Feind zur Front. Soldaten hinten in einem Geviert haben genauso gute Ohren wie die vorderen.

Die zweite Welle der feindlichen Reiterei versuchte erst gar keinen direkten Angriff auf unsere Formationen – sie hatten erfahren, wie töricht das war. Statt dessen teilten sie sich in zwei Hälften und ließen einen Pfeilhagel auf unsere Linien herabregnen. Als ob ich das nicht erwartet hätte.

Die Skythen trugen keine Rüstung, doch sie waren wie bewegliche Zielscheiben und schwer zu treffen, außer mit ganzen Schwärmen von Pfeilen und Speeren. Wir waren natürlich fast unbeweglich, dafür aber besser geschützt, und doch töteten wir sie nur ein ganz klein wenig schneller als sie uns. Und sie waren soviel mehr. Ganz eindeutig wollten sie uns durch ihre Zahl zermürben – es schien ihnen nichts auszumachen, wie viele dabei umkamen. So ging es nicht.

Ich befahl die Streitwagen nach vorn – mein letzter Befehl in dieser Schlacht; die Zeit für Befehle war vorbei – und nahm mir einen Speer aus den Korbköchern, die innen an beiden Seiten meines Wagens angebracht waren. Von diesem Augenblick an war ich nur noch Soldat, unterschied mich in nichts von den anderen. Es war wie eine Befreiung von allen Fesseln. Als die Pferde schneller wurden, spürte ich, wie das Blut in meinen Adern hämmerte.

Ein Streitwagen ist eine furchtbare Waffe, insbesondere dann, wenn die Pferde eine Rüstung aus Leder mit aufgenähten Kupferschuppen tragen. Sie stürmen auf den Feind ein wie die rächende Hand Gottes und erfüllen die Herzen der Männer mit Furcht und Schrecken; an ihren Rädern befinden sich Sicheln von ungefähr Armeslänge, welche sich mit der Achse drehen und einen Mann oder ein Pferd bei der leichtesten Berührung zerstückeln können. Alle Soldaten, ob nun zu Pferd oder zu Fuß, fürchten nichts mehr als die Streitwagen.

Doch auch für die Streitwagen ist es gefährlich. Der Mann im Wagen ist ebenso ungeschützt wie sein Pferd; es bedarf nur eines glücklichen Treffers, schon fällt er; und er darf gewiß sein, daß viele Pfeile in seine Richtung fliegen. Dann kann ein Pferd lahmen, oder der Fahrer erwischt einen Stein und bricht ein Rad oder wird heruntergeworfen – wenn also dieser stürmische Angriff ins Stocken kommt, ist man hilflos, und hilflos sein heißt sterben.

Dann kann einem der Fahrer getötet werden. Und das geschah mir.

Er war kaum mehr als ein Knabe, der arme, kleine Gadi, der so erpicht auf Ruhm war. Ein Pfeil fuhr ihm in die Seite, genau unter seinem Arm und traf ihn ins Herz. Im Sterben wandte er sich zu mir um – der Ausdruck auf seinem Gesicht hat sich mir für immer eingeprägt, der Schmerz, den ich sah, und so etwas wie Reue, weil er dachte, er ließe mich im Stich – und er konnte mir gerade noch die Zügel in die Hand legen, ehe er, bereits tot, hintenüber fiel und auf das Schlachtfeld stürzte.

Doch ich hatte keine Zeit, mir über Gadi Gedanken zu machen. Ich war jetzt allein, unter meinen Füßen erzitterte der Boden des Wagens, während ich mit aller Macht versuchte, zwei halb wahnsinnige, kriegestrunkene Pferde zu zügeln. Ich wußte, was in ihnen vorging. Mir ging es ähnlich – ich empfand nur noch diese alles andere auslöschende Mischung aus Angst und Verzückung, die Ekstase des Kriegers. Ich war der Gott in Person, Adad der Donnerer. Ich würde Tod austeilen, würde Männern das Leben entreißen.

»Assur ist König!« schrie ich. Der Schrei brach ohne mein Zutun aus mir hervor. »Assur ist König! Assur ist König!« Das Donnern der Hufe war ein echtes Donnern – mir war zumute, als sollte ich die ganze Welt töten. »Assur ist König!«

Ein skythischer Bogenschütze zügelte sein Pferd, wollte auf mich anlegen, doch er brauchte dazu einen Augenblick zu lange. Ich drehte zu ihm ab, überrannte ihn mit meinen Radsicheln und ließ ihn und sein Pferd zerhackt wie ein Paar Schweine auf dem Schlachtfeld zurück. Ein anderer, dicht hinter ihm, wich mir aus. Dann wollte er mich von der Seite her angreifen, doch auch er war bereits ein toter Mann. Ich nahm die Zügel in eine Hand – ich hielt mich für stark genug, stark genug für alles –, hob den Speer und warf. Mein Ziel war mir sicher, der Mann glitt aus dem Sattel und versuchte noch, sich den Speer aus der Brust zu ziehen, während er schon starb, jedoch vergebens.

Ich raste auf dem Schlachtfeld vor und zurück, und ließ eine Staubfahne hinter mir, die ebensogut ein Feuer hätte sein können. Die skythische Reiterei konnte ihre Formationen nicht zusammenhalten – bald schon wimmelte sie ziellos umher, sammelte sich wie ein Bienenschwarm, und als der Pfeilhagel unserer Schlachtvierecke seinen Tribut forderte, verwandelte sich die Wiese rasch in einen Schlachtplatz.

Doch sie wollten nicht weichen. Die Skythen, die mit dem Rücken zum Fluß für ihr Vieh und die Sicherheit ihrer Familien kämpften, griffen uns wieder und wieder an und versuchten vergebens, uns zurückzudrängen. Ihr störrischer Heldenmut war töricht – welche Chancen hatten sie denn noch? –, doch er war immer noch eine Augenweide. Die Erde war mit ihren Toten bedeckt, aber sie wollten nicht aufgeben. In der Nähe töteten unsere Speere sie, in der Ferne unsere Pfeilschwärme, welche die Sonne zu verdunkeln schienen. Wieder und wieder stürmten sie gegen unsere Schlachtgevierte an, und wieder und wieder fielen sie wie die Funken vom Schleifstein und erloschen im Fallen. Wenn sie versuchten, sich neu zu formieren, trieben unsere Streitwagen sie auseinander – oder zu wirren Haufen zusammen, die sich verfingen wie Gerstenspreu.

Sie wollten nicht nachgeben. Zum Nachgeben waren sie zu hochmütig – und wegen ihres Hochmuts wurden sie abgeschlachtet.

Als die Sonne im Mittag stand, da veränderte die Schlacht, die sich inzwischen auf zwei Pfeilfluglängen dem skythischen Lager genähert hatte, ihren Charakter. Wie ein Mann, der die unbesonnene Aufgeregtheit der Jugend abgelegt hat und in seine nüchternen, beständigen, mittleren Jahre kommt, so wurde auch unser Kampf, der kein Wettstreit mehr zwischen Gleichen war, zum grimmigen, freudlosen, gefährlichen Geschäft des Todes. Selbst am Leben zu bleiben und den Feind zu töten – einen anderen Gedanken hatte keiner mehr im Kopf. Es war eine große Mühsal, eine harte Arbeit. Die Flanken meiner Pferde waren mit schweißigem Schaum bedeckt, und mir tat der Arm weh. »Macht Schluß«, dachte ich bei mir. »Macht Schluß mit diesem Wahnsinn.« Ich fuhr in den Feind hinein und kannte kein Erbarmen, entriß den Männern das Leben, nur damit sie aufhörten. Damit sie sich zurückzogen und ich barmherzig sein konnte.

Und als wir am Ende schon beinahe bei ihren Wagen und Kochfeuern angekommen waren, zogen sich die Skythen – etliche von ihnen – ein wenig zurück, sie wollten sich wohl daran machen, über den Fluß zu setzen, um zu retten, was noch zu retten war. Die anderen drangen um so stärker auf uns ein, und der Schlachtenlärm schrillte in unseren Ohren. Doch es ging dem Ende zu – endlich ging es dem Ende zu.

Und als ich einen Kreis schlug, um erneut anzugreifen, da

sah ich zufällig zu Boden und erblickte im langen Gras meinen Fahrer Gadi auf dem Rücken liegend. Gadi, dessen Mutter ihn nie wiedersehen würde, starrte mich mit glasigen, leeren Augen an – und ich hatte ihn schon beinahe vergessen gehabt.

Ich zügelte die Pferde kurz und brachte sie zum Stehen; die Haut über ihren Rippen bewegte sich wie bei einem Blasebalg. Gadis Augen schienen mich zu fixieren. *»Ist dir denn alles gleich?«* schienen sie zu sagen. *»Merkst du denn gar nichts? Ich bin tot. Ich bin Staub, und du hast mich vergessen.«* Ich empfand eine solche Reue, als hätte ich ihn selbst umgebracht, und dann einen furchtbaren, wilden, unsinnigen Zorn. Dafür sollten sie mir büßen, diese Wilden. Diesem Knaben sollten noch ein paar mehr in die Arallu folgen. Ich peitschte auf die Pferde ein, und der Streitwagen kam mit einem jähen Ruck in Bewegung, nahm Tempo auf, während die Räder jaulten wie Hunde.

Und da traf mich der Pfeil in den Rücken.

★

Danach war die Schlacht sehr schnell zu Ende. Als ich sah, daß die Skythen sich auf dem Rückzug befanden, erteilte ich den Befehl, unseren Angriff zu beenden. Wir standen auf dem Schlachtfeld, das jetzt uns gehörte, und sahen zu, wie sie hastig mit so viel Wagen und Vieh, wie es ihnen möglich war, über den Bohtan und damit in Sicherheit flohen. Warum sollten wir ihnen noch nachsetzen – sie hatten Männer und Pferde fast ohne Zahl verloren, und ich hatte nicht die Absicht, den Befehl zu einem Massaker zu geben.

Solange der Feind noch in Sicht war, ließ ich niemand merken, daß ich verwundet war. Sobald ich wußte, daß ich getroffen war – zunächst tat es überhaupt nicht weh; ich fühlte nur den Aufprall, so als hätte mir ein Freund auf den Rücken geschlagen –, faßte ich nach hinten und brach den Schaft ab, den ich fortwarf, ohne ihn überhaupt anzusehen.

Nun war die Fingerlänge, die unter meinem Schulterblatt hervorschaute, von meinem Umhang verborgen. Der Streitwagen stand jetzt, und umgeben von meinen Offizieren sah ich zu, wie mein Sieg sich vollendete. Ich sagte nur wenig, stand ganz still, denn ich konnte bei fast jedem Atemzug spüren, wie die Pfeilspitze auf meinem Knochen kratzte.

Dieses Warten war ein Martyrium – die Pfeilspitze brannte mir im Fleisch, und ich schwitzte vor Schmerz. Ich fühlte, wie das Blut unter meinem Harnisch hervortropfte. Ich stand mit zusammengepreßten Knien und stützte mich mit einer Hand auf das Rad meines Streitwagens und wartete, daß der letzte skythische Reiter das Schlachtfeld verließ. Die Verwundung eines Befehlshabers kann bei seinen Männern Panik auslösen, zumindest aber lenkt sie ab und gefährdet alles. Ich konnte warten. Diese Soldaten Assurs sollten ihren Triumph haben, sollten ihn erst ein wenig genießen, bis ich es sie wissen ließ.

»*Rab Shaqe,* an deinem Bein läuft Blut herunter. *Rab Shaqe,* was ist ... ?«

Ich konnte ihn kaum hören, er klang wie aus weiter Ferne. Ich drehte mich zu dem Sprecher um, doch in meinen Augen schien das Licht zu ersterben.

»Ich bin nicht – also ...«

Ich muß wohl ohnmächtig geworden sein, denn als ich wieder zu mir kam, lag ich mit dem Gesicht nach unten auf einer provisorischen Bahre und wurde zum Lager zurückgetragen. Die Reise war kein Vergnügen – mit jedem Schritt schien sich die Pfeilspitze tiefer in meinen Rücken zu bohren.

Um die Mitte des Nachmittags lag ich dann auf einem Feldbett in meinem Zelt und bemühte mich sehr darum, betrunken zu werden, während der Koch, der vermutlich mehr vom Fleischschneiden verstand als die meisten Männer, sein Messer in einem Kohlebecken erhitzte und sich bereit machte, mir die Pfeilspitze unter meinem Schulterblatt herauszuschneiden, wo sie festzusitzen schien. Ich freute mich nicht auf die Operation, er jedoch noch viel weniger.

»Vergiß nicht, daß du schnell machen mußt«, sagte ich zu ihm – er sah aus, als ob auch er ein wenig Wein nötig hätte, doch es war wohl besser, wenn er es erst hinter sich brachte. »Schneide tief, zieh das Ding mit deiner Zange heraus und verschmore dann die Wunde. Du brauchst keine Angst zu haben – dich trifft keine Schuld, was auch immer geschieht. Aber ich bitte dich, wenn du erst angefangen hast, sei nicht zimperlich.«

»Ja, *Rab Shaqe,* gewiß . . . Ja, *Rab Shaqe.«*

Wir warteten friedlich, er und ich, und sahen zu, wie die halb in den Kohlen vergrabene Eisenklinge langsam dunkelrot wurde.

»Sieh mal, was wir für dich aufgetrieben haben, *Rab Shaqe* – ist das nicht ein hübsches Vögelchen?«

Die Klappe meines Zeltes wurde aufgerissen und hindurch flog etwas – ich gebrauche das Wort absichtlich, denn ich glaube nicht, daß seine Füße den Boden berührten, ehe er aufs Gesicht fiel –, das ich zunächst für eine Leiche hielt. Ich war verärgert, dergleichen Scherze liebte ich nicht. Doch dann bemerkte ich, daß man dem Mann die Hände auf dem Rücken zusammengebunden hatte und daß er sich abmühte, auf die Beine zu kommen.

Drei Soldaten standen genau vor dem Eingang. Einen erkannte ich als den *ekalli* Girittu, dessen Gesicht staubverschmiert war, der aber trotzdem stolz grinste.

»Den haben wir unter den Toten gefunden. Er muß vom Pferd gefallen und mit dem Kopf auf einem Steinbrocken aufgeschlagen sein, denn er kam zu sich, als wir praktisch schon über ihm standen – wir waren dabei, ein wenig Beute zu machen, was du zweifellos verstehst, *Rab Shaqe.* Ein Mann muß für sein Tagewerk doch etwas vorzuzeigen haben. Sieh dir nur das ganze Gold an ihm an! Kann sein, er ist eine Art König.«

Und als ob er das veranschaulichen wollte, trat Girittu ins Zelt und zog den Mann hoch, so daß er auf die Knie kam und ich die Vorderseite seines schweren Mantels sehen konnte – dieser war mit runden Goldplättchen besetzt, deren jede auf den Stoff aufgenäht und so groß wie eine Kinderfaust war. Das war ganz klar ein Mann von Bedeutung.

»Sieh dir mal die klaffende Wunde an seinem Bein an, *Rab Shaqe.* Wir haben ihn geradewegs hierhergebracht, und der ist nicht einmal gestolpert. Das muß ihnen der Neid lassen – diese Skythen sind keine Weiber.«

Ja, sein Bein hatte tatsächlich ein Loch, genau oberhalb des Knies. Es sah nach einer Speerwunde aus. Sein Glück – oder sein Pech, je nachdem was ich mit ihm vorhatte –, daß er nicht daran verblutet war, doch die Wunde mußte ihn sehr schmerzen. Da ich gerade darauf wartete, daß das Messer des Kochs glühend wurde, konnte ich mit ihm fühlen.

Er war der erste Feind, den ich aus der Nähe zu Gesicht bekam – oder zumindest in Ruhe mustern konnte, denn ich hatte an diesem Tag mehr als nur ein paar aus der Nähe gesehen –, und er interessierte mich. Noch nie hatte ich einen Menschen erblickt, der so aussah wie dieser hier. Sein Gesicht wies eine rötliche Farbe auf, wie man sie bei Menschen zu sehen bekommt, die viel an der frischen Luft sind, nur daß er dunkler war. Doch das Ungewöhnliche an ihm war nicht die Farbe seines Gesichtes, sondern dessen Form – er hatte hohe und stark ausgeprägte Wangenknochen und richtige Schlitzaugen. Sofort schoß es mir durch den Kopf, daß wohl niemand auf der Welt einer Katze ähnlicher sah, ein Eindruck, der noch durch seinen dünnen Bart verstärkt wurde, der kaum mehr war als ein paar lange, schwarze Strähnen an Lippe und Kinn, genau wie die Schnurrhaare einer Katze. Ich fragte mich, woher um alles auf der Welt wohl Menschen kommen mochten, die dergleichen Gesichter hatten – welcher Ort brachte Menschen wie sie hervor?

Der da sah aus, als ob er zwischen dreißig und vierzig war, doch es ist nicht leicht, bei Menschen einer anderen Rasse das Alter zu schätzen.

»Gut, daß ihr ihn mir gebracht habt«, sagte ich. »Und es soll euer Schade nicht sein.«

Die Männer nickten und gingen fort. Ich blickte einen meiner Offiziere an, der zufällig neben dem Gefangenen stand.

»Schneidet ihn los.«

»Aber, *Rab Shaqe,* ist das . . .«

»Ich sagte, losschneiden, – keine Angst, ich lasse schon nicht zu, daß er dich beißt.«

Nach kurzem Zögern zog der *rab kisir,* ein gedrungener Mann, dessen Augen in dem breiten Gesicht so dicht zusammenstanden, daß er immer einen besorgten Eindruck machte, seinen Dolch aus dem Gürtel. Ganz kurz blitzte in den Katzenaugen des Skythen so etwas wie Mißtrauen auf – vielleicht bildete er sich ein, ich hätte gerade den Befehl zum Kehledurchschneiden erteilt –, doch sonst schien er ungerührt. Sowie die Bogensehne um seine Handgelenke durchtrennt war, brachte er die Hände nach vorn, als wollte er den angerichteten Schaden prüfen.

»Rab shaqe, das Messer ist soweit.«

Der Koch schien sich über seine eigene Meldung nicht zu freuen, doch die Sache duldete keinen Aufschub. Der Wein verlor schon seine Wirkung – hoffentlich würde ich mich vor diesem Barbaren nicht blamieren.

»Dann an die Arbeit«, sagte ich. »Stell dir vor, du zerlegst einen Braten fürs Essen, aber mach schnell.«

Er brauchte nur eine Drittelminute, bis er die Pfeilspitze aus meinem Rücken herausgeholt hatte, doch mir verging die Zeit nicht so schnell. Ich umklammerte die Beine des Feldbettes und biß die Zähne zusammen, aber ich hätte mir keine Sorgen zu machen brauchen, daß ich schrie. Vor Zuschauern fällt Tapferkeit nicht weiter schwer, und zudem traute ich mich gar nicht, Luft zum Schreien zu schöpfen, jedenfalls nicht mit dem glühenden Messer im Rücken. Und so brachte ich die Sache einigermaßen glimpflich hinter mich – jedenfalls lächelte der Skythe nicht mehr höhnisch. Er sah mit fast neidisch wirkendem Interesse zu.

Als der Koch fertig und das Loch unter meinem Schulterblatt mit Salbe bestrichen war, ließ er mir die Pfeilspitze in die offene Hand fallen.

»Die ist in Ninive hergestellt worden«, sagte ich auf Aramäisch. »Ich wußte doch, daß mich kein skythischer Pfeil treffen würde.«

In den geschlitzten Augen meines Gefangenen blitzte es auf, und da wußte ich, daß er mich verstanden hatte.

Ich setzte mich auf. Das war unangenehm, und ich war schwach vor Schmerz und vom Blutverlust, doch ein Prinz von Assur verhandelt mit Fremdlingen nicht auf dem Bauche liegend. »Wie heißt du?«

»Ich bin Tabiti, der Sohn Argimpasas«, sagte er zuletzt, nachdem er die Sache überdacht und beschlossen hatte, es wäre nicht ehrenrührig, meine Frage zu beantworten. »Ich bin Häuptling vom Stamme der Saken unter den Skoloti.«

»Skoloti.« Das ähnelte schon sehr dem akkadischen Namen, der »Ischkuzai« lautete; und so wußte ich, wen er meinte.

»Also, Tabiti, Sohn des Argimpasa, da du ein Mann von Rang bist, so erhebe dich von den Knien und nimm Platz.«

Ich winkte einem Adjutanten, und der holte einen Schemel und war so unklug, dem Häuptling des Saken-Stammes auf die Füße helfen zu wollen – Tabiti schüttelte ihn verächtlich ab, setzte sich aber.

»Warum hast du mein Volk angegriffen?« fragte er. Es lag nichts Anklagendes in seiner Frage. Er wollte nur Bescheid wissen.

»Weil der Fluß dort drüben die Grenze des Hoheitsgebietes unseres Gottes Assur ist – unser König ist nicht erfreut über euer Eindringen.«

Tabiti, der Sohn Argimpasas, nickte.

»Grenzen kümmern uns nicht«, sagte er.

»Es wäre besser, wenn dich diese hier kümmern würde.«

Er gab keine Antwort – er wirkte fast, als hätte er mich nicht gehört. Und dann bemerkte ich, daß er meine Brust anstarrte.

»Für einen so jungen Mann hast du dir schon eine Menge Narben geholt. Lästig, was, soviel Pech!«

Er lächelte und glich dabei noch mehr einer Katze. Mir war, ich hatte jetzt die richtige Antwort.

»Ich habe viele Schlachten geschlagen«, sagte ich. »Darum habe ich viele Narben. Das zählt nicht als Pech, solange man nicht getötet wird – oder verliert. Keines von beiden trifft auf mich zu, also bin ich nicht derjenige, der Pech hat.«

Keine Reaktion, doch das stand natürlich auch nicht zu erwarten. Dieser Mann war zweifellos darin erfahren, wie man sich gegenseitig Beleidigungen an den Kopf warf.

»Ich habe zwei Möglichkeiten«, fuhr ich verhalten lächelnd fort und hoffte, dieser Mann würde nicht meinen, daß ich ihn verspotten oder beleidigen wollte. »Entweder ich töte dich und verfolge dein führerloses Volk über den Bohtan hinaus, bis ich sie alle ausgerottet habe – und dir ist gewiß klar, daß dieses jetzt in meiner Macht liegt – oder du und ich kommen zu einer Verständigung, welche uns viel Blutvergießen ersparen würde.«

»Ich fürchte keinen Tod, den du mir zudenkst.«

»Womit hätte ich das angedeutet?«

Die Antwort entsprach nicht seinen Erwartungen. Er saß einen Augenblick ruhig da, schien kaum zu atmen, so als bewegte er etwas in seinem Herzen.

»Natürlich stellt sich jetzt die Frage, ob du für dein Volk sprechen kannst – und ob man jemandem aus deiner Nation vertrauen kann.«

»Mein Wort ist unter den Saken Gesetz«, sagte er mit einer Art kalter Wut, ja, er schien mir die Worte fast entgegenzuspucken. »Und das Wort eines Saken ist ein Bluteid.«

»Es freut mich, daß dieser Punkt geklärt ist.«

Wir saßen uns gegenüber, waren, so schien es, durch lediglich ein paar Ellen Luft getrennt. Wir befanden uns an den gegenüberliegenden Ufern einer unüberbrückbaren Feindseligkeit, jeder dem anderen so fremd, als wären wir beide keine Menschen. So mußte es sein – aber mußte es das wirklich? Ich stellte fest, daß sich bei mir die Überzeugung festigte, der hier wäre jemand, den ich verstehen und dem ich in angemessenen Grenzen auch trauen konnte.

»Du begreifst hoffentlich, daß dein Volk uns nicht entkommen kann, wenn wir ihm nachsetzen. Das hat nichts mit Mut zu tun – nach dem heutigen Tag muß mir kein Krieger vom Stamme der Saken mehr beweisen, daß er ein Mann ist. Ich spreche von Tatsachen, von Krieg und davon, wie er gegen ein Volk auf der Flucht geführt wird, wie seine Tiere getötet und wie seine Frauen und Kinder verhungern werden, nachdem Ehemänner und Väter tot sind. Du bist ihr Anführer, du mußt für sie in die Zukunft blicken. Habe ich mich deutlich ausgedrückt?«

Er sagte nichts. Eine ganze Weile schien er sich nicht einmal zu bewegen, und dann ließ er sich zu einem Kopfnicken herab.

»Also – schwört Tabiti, der Sohn Argimpasas, der Häuptling des Stammes der Saken unter den Skoloti mir einen Bluteid, daß er die Oberherrschaft des Königs Sanherib, des Königs der vier Enden der Erde, des Königs der Könige, anerkennt? Verpflichtet er sich, dem Gebieter Sanherib gegen seine Feinde zu helfen? Schwört er dem Krieg gegen das Land Assur ab und achtet er die Grenzen, die der König geachtet sehen möchte? Gibt er mir sein Ehrenwort darauf?«

Wieder saß er ruhig da und lauschte einer Stimme, die nur er hören konnte, und dann richteten sich seine Schlitzaugen auf mein Gesicht.

»Sanherib gilt uns nichts«, sagte er. »Wir haben weder seine Macht noch seine Tapferkeit im Krieg gesehen, und die Saken verneigen sich nicht vor einem leeren Namen. Wie heißt du?«

»Ich bin Tiglat Assur, der Sohn des Gebieters Sanherib und in diesem Lande ein Prinz.«

»Dann gilt mein Schwur Tiglat Assur, welcher der Sohn eines Königs ist und dem Stamm der Saken im ehrenvollen

Kampf schwer zugesetzt hat – ihm und keinem anderen. Bist du damit zufrieden?«

»Das muß ich wohl.«

XVIII

Wir kamen überein, daß beide Seiten am nächsten Tag ihre Toten einsammeln würden. Ich verbot weiteres Plündern, außerdem sollten keine Hände oder Köpfe mehr als Trophäen gesammelt werden. Unsere Verluste beliefen sich auf nicht einmal einhundert Mann, doch unter den Skythen hatte die Göttin Ereschkigal reiche Ernte gehalten – ihre Leichen bedeckten die Erde wie gemähter Weizen. Seltsamerweise schienen sie nicht böse auf uns zu sein. Ihre Niederlage hatte für sie wohl eher den Charakter einer Naturkatastrophe, war eine unpersönliche Sache, an der niemand Schuld trug und die man hinnehmen mußte.

Der Häuptling Tabiti und ich hatten abgesprochen, daß meine Truppen den seinen folgen würden, wenn sie sich an das westliche Ufer des Bebenden Meeres zurückzogen. Dieser Marsch würde an die drei Tage dauern, und von da wollte ich nach Osten, auf Tuschpa marschieren und im Wettlauf mit dem Schnee zurück nach Amat. Der Gebieter Lutipri ahnte noch nicht, daß ich die feste Absicht hatte, mir meine zwanzig *mina* Gold abzuholen. Zwar hatte ich meinen Männern verboten, den Feind zu plündern, den toten wie den lebendigen, aber ich wollte sie auch nicht um ihre Beute bringen; und mit dem Anteil des Königs konnte ich die Garnison ungefähr zwei bis drei Jahre unterhalten. Damit würde ich den Urartern einen bösen Streich spielen und ihnen einen Denkzettel verpassen, den sie gewiß nicht so schnell vergaßen. Der *shaknu* des Nordens ließ nicht mit sich spaßen.

Doch zunächst mußten wir unsere Toten begraben. Am

Ufer des Bohtan hoben wir eine lange Grube aus, damit unsere Kameraden die Befriedigung hatten, in der Erde zu liegen, die sie mit ihrem Blut erobert hatten, und bestatteten sie mit Grabbeigaben an Nahrung und Wein, um ihre Seelen zu besänftigen. Es war eine schlichte Zeremonie, das Werk eines Nachmittags, denn die Menschen, welche am rasch fließenden Tigris leben, machen sich keine phantasievollen Vorstellungen von der jenseitigen Welt. Die Pflicht den Toten gegenüber garantiert weiter nichts, als daß sie sanft ruhen und die Lebenden nicht belästigen.

Diese Meinung schien bei den Skythen jedoch nicht vorzuherrschen. Zunächst einmal fiel mir auf, als ich zusah, wie sie die Leichen ihrer toten Krieger einsammelten, daß sie keine Gräber aushoben, weder an dieser Stelle des Flusses noch an der anderen. Stattdessen wurden die Toten in lange Ledersäcke eingenäht, welche sie zur Hand zu haben schienen – vielleicht führte jeder Mann auf all seinen Reisen dergleichen mit –, die dann auf ihre Wagen geladen wurden.

In jener Nacht hielten die Überlebenden eine wilde Trauerzeremonie ab, wobei sie um Feuerstöße herumtanzten, die man sogar noch aus großer Ferne sehen konnte; sie zerrissen die kalte, stille Luft mit einem Gekreisch, daß es meinen kampferprobten Männern kalt den Rücken herunterlief. Ich sandte insgeheim Späher aus, und sie berichteten mir, daß viele Skythen sich in einer Art trunkener, trauernder Ekstase Pfeile durch die eigene linke Hand gebohrt hätten – und in der Tat erblickte ich in den darauffolgenden Tagen eine ganze Reihe mit genau solch einer Wunde. Diesen traurigen Lustbarkeiten gaben sie sich mehrere Stunden lang hin und hörten erst damit auf, als die Morgendämmerung den nächtlichen Himmel zu erhellen begann.

Und mit der Morgenröte setzte sich dann auch die skythische Karawane nach Norden in Bewegung, in Richtung des Wan-Sees, oder wie es bei ihnen hieß, des Bebenden Meeres.

Sowie der letzte ihrer Wagen das Lager verlassen hatte, setzten wir über den Bohtan. Sie sollen merken, daß wir ihnen auf den Fersen sind, dachte ich – sie sollen nicht vergessen, daß sie als besiegtes Volk in die Berge zurückkehren. Tabiti mußte begreifen, und davon wollte ich mich überzeugen, daß er uns nie ganz entrinnen konnte.

Es war ein paar Minuten nach Mittag, als einer ihrer Reiter mit einer Einladung von Tabiti, dem Sohn Argimpasas, an Tiglat Assur, den Sohn Sanheribs, bei uns eintraf, ich solle ihm an diesem Abend beim Essen inmitten seines Volkes Gesellschaft leisten. Er schlug vor, heute abend am Fuß einer hoch aufragenden Stelle zu lagern, welche er Surti hieß. Ich nahm trotz starker Einwände meiner Offiziere an; sie fürchteten, man würde mir dort die Kehle durchschneiden. Der skythische Reiter quittierte meine Antwort mit einem Grinsen, gerade so als hätte er einen persönlichen Sieg errungen, und galoppierte davon wie ein Wilder.

Meine Offiziere hätten leicht recht behalten können – diesen Barbaren war alles zuzutrauen –, doch eine Ablehnung kam nicht in Frage, ohne daß es beleidigend gewirkt hätte, und das hätte wiederum meine ganzen Pläne zunichte gemacht. Außerdem wollte ich auch gar nicht ablehnen. Ich brannte ganz ehrlich zu sehr darauf, diese Leute kennenzulernen, als daß mich etwas zurückhalten konnte.

Am späten Abend spornte ich mein Pferd zum Trab an und bahnte mir auf der Suche nach Tabiti vorsichtig einen Weg durch die Karawane der Saken. Tabiti ritt natürlich mit der Vorhut. Im Vorbeireiten bot sich mir viel Neues, und so zählen denn diese wenigen Stunden zu den interessantesten meines Lebens.

Zum ersten Mal erblickte ich auch ein paar skythische Frauen, die zu Fuß hinter den Wagen hergingen. Sie waren in schwere, bauschige Röcke gekleidet, die bis zur Erde reichten und in ausnehmend leuchtenden Farben gefärbt waren, in Leinenblusen mit vollen Ärmeln, die sie bis zu den Ellenbogen aufgekrempelt hatten, und in bestickte

Spenzer, die mit runden Gold- und Silberplättchen besetzt waren. Sie bedeckten das Haar mit einem Schal, gingen jedoch nicht verschleiert, wie es die verheirateten Frauen bei uns tun, so daß ich unschwer ihre Gesichter sehen konnte.

So fiel mir auf, daß die Skythen sich ihre Frauen aus vielen Ländern holten, entweder durch Tausch oder durch Eroberung, denn neben der rötlichen Haut, dem schwarzen Haar und den Katzenaugen, die bei den Männern überwogen – und auch bei den meisten Frauen –, sah ich hellhäutige Mädchen mit einem Teint wie Butter, Urarterinnen mit ihren fleischigen Nasen und ihrem fliehenden Kinn, ein, zwei Schwarze und etliche, die man sich gut in Sumer vorstellen konnte.

Eines hatten sie jedoch gemeinsam, und das beeindruckte mich stark, sie klagten nämlich allesamt bitterlich. Alle, ohne Ausnahme, jammerten, als ob ihnen die Leber platzen wollte; Tränen rannen ihnen über die Wangen, und das Haar fiel ihnen ins Gesicht. Zweifellos handelte es sich um die frisch Verwitweten – warum waren eigentlich keine Frauen von Überlebenden zu sehen? – und so dachte ich zunächst, die skythischen Männer wären so ausnehmend gute Ehemänner, daß ihre Frauen sie derart betrauerten. Doch dann dämmerte es mir, daß die Schluchzer und Seufzer nicht Ausdruck von Trauer, sondern von Angst waren – tödlicher, hoffnungsloser Angst. Welche Zukunft mochte ihnen bevorstehen? Ich hatte keine Ahnung.

Mir fiel auf, daß die Wagen von Knaben gefahren wurden. Die meisten sahen aus, als ob sie acht bis zehn wären, und vielen konnte man ihr Mischblut ansehen. Andere Kinder, welchen Geschlechts auch immer, erblickte ich nicht und auch keine anderen Frauen als die weinenden Witwen. Die Männer schritten entweder neben den Wagen einher und hielten eines der Pferde am Zügel, oder sie saßen zu Pferde.

Die Saken erweckten den Eindruck eines wohlhabenden Stammes. Sie hatten reichlich Pferde, schöne Pferde, wenn auch ein wenig kleiner als die unsrigen – wenn man die Wagen mengenmäßig zu den Pferden berechnete, so mochte jede Familie sechs, sieben besitzen, manche jedoch hatten mehr. Männer wie auch Frauen schienen sich gern zu schmücken: Viele hatten ihre Tuniken mit runden Gold- und Silberplättchen verziert, die mir schon zuvor ins Auge gefallen waren, und selbst die Ärmsten unter ihnen trugen noch Armbänder aus Kupfer. Unter den Männern sah ich etliche – diese trugen sich übrigens im allgemeinen noch prächtiger als die Frauen – mit Hemden und Tuniken aus einem Stoff, der das Licht einfing wie poliertes Metall und in intensiven Rot- und Grün- und Blautönen gefärbt war. Später erfuhr ich, daß man das Tuch »China« nannte, nach den Menschen, die es herstellten und daß es aus einem Land kam, das viele Monate nach Osten zu lag. Man erzählte mir auch, daß der Faden von Würmern gesponnen würde, welche auf Bäumen lebten, doch so leichtgläubig war ich nun auch wieder nicht, daß ich ihnen das abgenommen hätte.

Menschen starrten mich an, als ich vorbeiritt, doch nur als sonderbare Sehenswürdigkeit in ihrer Mitte. Niemand versuchte, mich zu belästigen oder unverschämt zu werden, auch zeigten sie nicht das leiseste Anzeichen von Feindseligkeit dem Befehlshaber jenes Heeres gegenüber, welches erst vor zwei Tagen den Tod auf sie herabgeregnet hatte. Andererseits machten sie auch wieder nicht den Eindruck, als hätten sie Angst vor mir oder wären durch ihre Niederlage eingeschüchtert. Wahrlich, ein bemerkenswertes Volk.

»Ah, der Gebieter Tiglat Assur, der Sohn Sanheribs. Weitergeben – wir lagern hier für die Nacht.«

Tabiti wandte mir das Pferd zu und zügelte es, daß es stand. Sein lässiger, mit gelangweilter, ausdrucksloser Stimme erteilter Befehl ließ den Reiter im Galopp zurück zu der Karawane flitzen, so als ob er vor einem direkt bevorstehenden Angriff warnen wollte.

Tabiti lächelte mir zu und zeigte dabei weiße, ebenmäßige

Zähne. Unmöglich zu erraten, was dieses Lächeln bedeuten mochte.

»Wir sind gut vorangekommen«, sagte er heiter. Nach dem Ton seiner Stimme zu schließen hätten wir eng befreundet und schon monatelang zusammen unterwegs sein können. Doch die Hand streckte er mir noch immer nicht hin. »Übermorgen lagern wir schon am Bebenden Meer, schätzungsweise am frühen Nachmittag. Gras und Wasser sind dort sehr gut, obschon das Meer selbst tot ist. Es ist sehr schön dort – wären wir doch nie von dort fortgegangen.«

»Und warum seid ihr das?«

Der Häuptling der Saken hob die Schultern und lächelte erneut sein nicht deutbares Katzenlächeln.

»Es tut uns nicht gut, wenn wir zu lange an einem Ort bleiben – nimm nur einmal die Urarter. Tuschpa ist eine schöne Stadt, viele Jahrhunderte alt. Ich habe sie aus der Ferne gesehen. Und doch müssen sich die Männer, die dort regieren, auf den König in Ninive verlassen, daß er für sie Krieg führt.«

»Ich bin zum Bohtan gekommen, um das Land Assur zu verteidigen, nicht etwa die Urarter.«

»Ach ja?« Tabiti, der Sohn Argimpasas, wölbte ungläubig die Brauen. »Dann frage ich mich, in welchen Geschäften sie ihren Botschafter nach Amat geschickt haben mögen?«

»Du hast also davon gewußt?«

»Ja – obwohl es mir nicht viel genützt hat. Ich wäre nie darauf gekommen, daß ... Du bist sehr schnell marschiert, Gebieter Tiglat. Hoffentlich bezahlen sie dich auch gut für soviel Mühe.«

»Zwanzig *mina* Gold.«

»So viel?«

Den Häuptling der Saken schien es vor Erstaunen vom Pferd zu ziehen, er sprang ab und übergab die Zügel einem Knaben, der seinen Wagen gefahren hatte und vermutlich einer seiner Söhne war. Ich machte es ihm nach, und zusammen schlenderten wir den Weg entlang, den die Räder seiner Karawane ausgefahren hatten. Eine geraume Weile sagte er nichts. Er schien in Gedanken versunken und war sich kaum bewußt, daß er nicht allein war.

»Dann frage ich mich«, hob er zuletzt wieder an, »ich frage mich, warum du in unsere Rückkehr eingewilligt hast. Tuschpa wird nicht gerade erfreut darüber sein. Vielleicht enthalten sie dir sogar deine zwanzig *mina* vor, falls du nicht so klug gewesen bist, sie dir im vorab geben zu lassen.«

»Soviel hätten sie nie im voraus gezahlt, doch jetzt werden sie mir zahlen – ich habe nicht vor, ihnen die Wahl zu lassen. Und was macht es mir schon, wenn sie nicht erfreut sind. Wenn sie dich vertreiben wollen, so mögen sie das selbst tun. Ich glaube, mein Gebieter in Ninive ist es genauso zufrieden, wenn ihr für alle Zeiten am Bebenden Meer bleibt und König Argischti Kopfschmerzen bereitet.«

»Ach, doch wenn nun dieser König kommt und uns vertreiben will ...«

»Das tut er schon nicht. Vermutlich ist er dazu nicht stark genug – warum hätte er sonst wohl seinen Gesandten zu mir geschickt? Ich glaube, du stirbst eher im Bett an wundgelegenen Stellen, als daß du aus dieser Richtung etwas zu befürchten hast.«

»Und der Gebieter Sanherib hat statt früher nur einen jetzt zwei Verbündete, die sich untereinander nicht ausstehen können. Du bist nicht weniger arglistig als eine Schlange, Gebieter Tiglat Assur – du würdest dich als Skoloti sehr gut machen.«

Er warf den Kopf zurück und lachte, genoß seinen Witz und verschränkte die Arme hinter dem Kopf, als wollte er sich bremsen. Er war zwar nur ein Barbar, doch er machte mir jählings klar, daß ich hier einen Mann vor mir hatte, der ohne weiteres ein Weltreich regieren konnte – und dazu Gelegenheit bekommen würde, wenn die Großen dieser Welt sich nicht vorsahen. Ich mochte ihn sehr gern, hoffentlich würde es nie erforderlich sein, ihn umbringen zu lassen.

»Aber komm jetzt«, sagte er und ergriff mich am Arm genau über dem Ellenbogen. »Wir wollen reden und essen und uns ein wenig zusammen betrinken. Man hat mir gesagt, daß deine Offiziere nicht erfreut darüber sind, daß du dich so weit aus dem Schutz ihrer Schwerter entfernt hast – fürchten sie, daß ich dich vergifte? Bilden sie sich wirklich ein, ich könnte derart einfältig sein . . .?«

★

Die Skythen machen nicht viel Umstände, was ihre persönliche Bequemlichkeit angeht. Tabiti und ich teilten unser Mahl hingelagert am Kochfeuer und speisten aus einer Tonschüssel wilde Hirse mit Rindfleischstücken. Es gab fermentierte Pferdemilch zu trinken, *safid atesh* geheißen – was so etwas wie »weißes Feuer« bedeutet –, widerlich von Geschmack, aber stark. Ich erfuhr, daß sie diese dem Wein vorziehen, welchen sie für weibischen Luxus halten.

Der Häuptling der Saken schenkte uns mit einer Kupferkelle aus einem Eisentopf ein. Man hielt die *safid atesh* in einem nassen Beutel aus Ziegenhaut kühl. Die einzige Extravaganz waren unsere Becher, nämlich Schalen aus Silber, die man in die Hirnschale von zwei menschlichen Schädeln eingelassen und mit Silberdraht befestigt hatte – Tabiti hielt seinen Becher, indem er Daumen und Zeigefinger durch die leeren Augenhöhlen steckte. Er erläuterte mir, daß es sich hier um die Überreste von Männern handelte, die er selbst im Zweikampf getötet hatte und daß es bei den Skythen Sitte sei, sich auf diese Weise eines denkwürdigen Gegners zu erinnern.

»Der hier«, sagte er und hielt seinen eigenen Becher hoch, damit ich das grinsende, fleischlose Gesicht bewundern konnte, »war der älteste Sohn eines Häuptlings von einem Unterstamm der Arier. Zu der Zeit war ich gerade sechzehn, und ich entriß ihm das Leben mit einem Dolch, nachdem er schon das Pferd unter mir getötet und ich mir dabei den Knöchel gebrochen hatte. Er stieg von seinem Pferd ab, bildete sich ein, nun bestünde keine Gefahr mehr und er könne mich schön langsam abschlachten, doch er bewunderte seine Heldentat einen Augenblick zu lange, und so schlitzte ich ihm den Bauch auf, daß ihm die Gedärme herausfielen wie Fische aus einem Netz. Der andere war ein Mann ohne Bedeutung, der mir einmal meinen Rang als Häuptling streitig machen wollte – seinen Schädel habe ich nur präparieren lassen, um seine Familie zu ärgern, sie sollen wissen, wo ihr Platz ist. Neidische Menschen gibt es überall.«

Dabei ging es mir durch den Sinn, wie ich mich wohl, wäre mir das Schlachtenglück am Bohtan nicht hold gewesen, als abgesägte Hirnschale und mit Silber belegt ausnehmen würde.

»Warum jammern die Frauen so?« fragte ich, weil ich neugierig war und das Thema wechseln wollte.

»Ach – drückt dir das aufs Gemüt?« Er lachte und schlug mir auf die Schulter, denn mittlerweile war er schon ziemlich betrunken. »Das soll dich nicht bekümmern. Sie jammern, weil sie ihren Gebietern in die nächste Welt folgen müssen, das ist alles.«

»Wie?«

Er sagte das so sachlich, daß ich mich schwer tat, ihm zu glauben, es sei ihm ernst damit, doch selbstverständlich war es das.

»Ist das bei euch nicht Sitte?« fragte er, und seine schmalen Augen wurden vor Erstaunen fast doppelt so groß wie normal. »Richtig, ich habe mich schon gewundert, warum deine Männer ihre Freunde so lieblos begraben haben, wie eigenartig, das hält man wohl überall anders. Wir glauben daran, daß ein Mann seine Freuden in das Leben nach dem Tod mit sich nehmen kann, und so wird ein großer Krieger mit seinem Wagen und seinem Gut, einschließlich Pferden und Frauen bestattet. Den Pferden schneidet man die Kehle durch, doch die Frauen werden erdrosselt – den Grund für diesen Unterschied kenne ich nicht, außer daß es eine uralte Tradition ist. Die Söhne erben das Rindvieh und die Schafe, denn es geziemt sich nicht, daß sie verarmt zurückbleiben, doch seine Frauen müssen ihm ins Grab folgen, so wie sie dem Wagen folgen, der seinen Leichnam trägt.«

Ich war in dieser Nacht gerade noch in der Lage, ohne Hilfe zu meinem Lager zurückzureiten – die *safid atesh,* welche nach ein paar Bechern nicht mehr so ekelhaft schmeckte, war stärker, als ich gedacht hatte. Als Tabiti meinen jammervollen Zustand bemerkte, bot er mir ein Bett an seinem eigenen Feuer an, doch mir war klar, daß ich mich nicht dafür verbürgen konnte, was meine Soldaten machen würden, sollte ich nicht zurückkehren, und lehnte deshalb ab. Ich glaube, ich war fast nüchtern, als ich endlich mein eigenes Zelt gefunden hatte, aber in jener Nacht schlief ich tief und fest.

Am nächsten Morgen machte sich die skythische Karawane noch vor dem Morgengrauen auf den Weg, und wir beeilten uns, ihr zu folgen. Eine Stunde lang fühlte sich mein Kopf an, als wäre er voller heißer Schlacken, doch nach einem anständigen Frühstück und mittels kalter, frischer Luft ging es mir rasch wieder besser. Es gibt Grenzen, wie elend einem Mann zumute sein kann, der an einem Feldzug weit fort von den vertrackten Ärgernissen des Alltagslebens teilnimmt. Hier ist alles einfach, und das ermöglicht es ihm, glücklich zu sein.

Und was für mich galt, galt auch für meine Truppen. Mittlerweile hatten sie die schreckensvollen Nachwirkungen der Schlacht überwunden, von der die Männer jedoch wie ausgewechselt – oder besser, vielleicht zum ersten Mal Männer waren. Sie hatten Zutrauen zu sich gewonnen, da sie die Grenzen der Angst erfahren hatten, und das zeigte sich selbst bei den geringsten Anlässen, beispielsweise in der Art, wie sie ihre Ausrüstung pflegten und sich um ihre Waffen kümmerten, in ihrem Umgang miteinander und mit ihren Offizieren. Sie hatten gelernt, daß ihr Leben einen Sinn hatte, und diese Entdeckung hatte sie von Trägheit und Selbstverachtung befreit. Sie würden nie wieder die alten sein. Wir hatten am Bohtan mehr als nur einen Sieg errungen.

Und so war ich recht zufrieden, als wir durch diese wilde Landschaft zogen, wahrlich, eines der erhabensten und schönsten Fleckchen Erde. Ich hatte genug Muße und ein friedvolles Gemüt, um die riesenhaften Tannen bewundern zu können, die uns beschatteten wie die Mauern eines Gefängnisses, um mit recht kindischem Entzücken dem zischelnden Geplätscher der zahllosen, schnell fließenden Bäche zu lauschen, die wir überquerten und die alle so kalt waren, daß man die Hand ganz taub aus dem Wasser zog, um mich zu verwundern, wenn sich der Wald vor einem nackten Granitfelsen teilte, welcher sich wie ein teilnahmsloser Gott über uns lustig zu machen schien. Ich begriff, warum die Skythen sich so für das Wanderleben begeisterten, denn an jenem Tag, als wir mit ihnen zogen, konnte man unmöglich traurig bleiben.

Kurz nach Mittag schickte ich einen eigenen Reiter nach vorn zum Häuptling Tabiti und lud ihn zum Essen bei mir ein. Es war mehr als nur eine schlichte Gegeneinladung – ich brannte darauf, erneut meine Unterhaltung mit ihm aufzunehmen, denn er war ein ganz einmaliger Mann, von dem ich viel Neues erfahren konnte.

Ein Heer auf dem Marsch führt keine Luxusdinge mit sich, und so hatte ich unseren Koch ins skythische Lager geschickt, um soviel Hammel zu kaufen, als er für dreißig Silberschekel bekommen konnte. Ich wollte für meine Abendeinladung zu essen haben und noch dazu einen Proviant an Frischfleisch für fünf, sechs Tage; doch entweder stand bei den Skythen gemünztes Silber nicht hoch im Kurs oder mein Mann war ein schlechter Händler, jedenfalls kam er nur mit zwölf Kopf Schafen zurück, das reichte gerade, um sechshundert Soldaten für einen Abend zu verpflegen. Aber dennoch gab es an jenem Abend ein Festmahl, und Tabiti, der so selbstbewußt auf einem lederbezogenen Schemel saß wie ein König an seinem eigenen Hof, füllte seinen Magen so bereitwillig, wie ich gehofft hatte.

An diesem Abend tranken wir weniger und redeten mehr, solange, bis auch die letzte Glut meines Lagerfeuers erloschen war. Ich erfuhr viel über den Stamm der Saken, über ihre Art zu leben und über ihre Beziehungen zu anderen Nomadenvölkern. Ich erfuhr, warum ich, abgesehen von den todgeweihten Witwen, nie eine ihrer Frauen zu Gesicht bekommen hatte. Sie schienen ihr ganzes Leben eingesperrt in den Wagen ihrer Väter und Ehemänner zuzubringen. Im Verlauf der Nacht wurde Tabiti immer weitschweifiger und erzählte mir seine ganze Lebensgeschichte und von den Wanderungen der Saken, so weit ihm diese bekannt waren. Er beschrieb Länder weit im Osten und mächtige Städte, welche sogar sein Großvater nur vom Hörensagen kannte. So gelangte ich zu der Erkenntnis, daß seine Welt größer war als meine, daß die Vier Enden, innerhalb derer mein Vater Sanherib im Namen Assurs den Anspruch erhob, König der Könige zu sein, nur ein Fleckchen sein mußten – so wie ein Bulle allein im Kornfeld sich für den Herrn der Schöpfung halten mochte.

»Und du, Gebieter Tiglat Assur, warum bist du größer als die anderen deiner Rasse? Und warum hat dein Bart eine andere Farbe, so wie nasser Sand, anstatt schwarz zu sein? Kommt es daher, daß du der Sohn eines Königs bist?«

»Nein. Das kommt daher, daß meine Mutter eine Ionierin ist, die man von den Inseln jenseits des Nordmeeres in den Harem meines Vaters Sanherib brachte.«

»Ach, eine Ionierin! Das erklärt vieles – etliche aus meinem Volk haben mit Ioniern um Schmuck und Waffen und dergleichen mehr gehandelt. Das ist ein gerissenes Volk, sehr geschickt und schlau. Dauernd hecken sie Neues aus und treiben sich überall herum und sehen sich an, was die Welt zu bieten hat. Zweifellos bist du dadurch zu solch einer arglistigen Schlange geraten.«

»Dann erbt ein Mann also seine Rasse?«

»O ja!« Er blickte mich an, als ob da ein Kind fragte. »Unser Geburtsort ist zufällig. Was zählt, ist nur das, was wir in unserer Haut sind. Doch vielleicht bist du, da nur deine Mutter Ionierin ist, ja zu einem richtigen Flußbewohner geworden, der nur glücklich ist, wenn er Lehm zwischen den Zehen spürt. Aber Mütter sind sehr unwichtig; die meine war ein Bauernmädchen, welches mein Vater aus ihrem Dorf am Ufer des euxinischen Meeres entführte, doch sieh mich an – es scheint mir recht wenig geschadet zu haben.«

Er warf mir einen schrägen Blick zu, er schien sich zu sorgen, seine Worte könnten mich beleidigt haben, doch ich lächelte nur.

»Ach – dieser Wein stammt aus Urartu«, fuhr er fort. »Ich habe ihn schon einmal probiert, als wir in der Nähe von Tuschpa geräubert haben. Er ist nicht der schlechteste, und wenn man sich ein Getränk lange genug durch die Kehle rinnen läßt, dann macht es auch betrunken.«

»Du hast recht – der Wein ist aus Urartu«, erwiderte ich. »Er gehörte zu den Bestechungsgeschenken von König Argischti, alles zusammen einhundert Krüge.«

»Nur einhundert Krüge? Eine schäbige Bestechung, das kommt ja fast einer Beleidigung gleich.«

»Ich denke doch, daß ich demnächst mehr bekomme.«

Tabitis Schlitzaugen schienen sich bei seinem grimmigen Grinsen fast zu schließen, ihm waren wohl meine zwanzig *mina* eingefallen. Er langte herüber und nahm meinen Arm in seine Eisenfinger, quetschte ihn, als ob er mir die Knochen brechen wollte.

»Ja, du tust gut daran, ihr Gold zu nehmen, vorausgesetzt, du kannst es bekommen. Setze aber kein großes Vertrauen in diesen König oder sonst jemanden aus seinem Volk – ein kluger Mann baut seinen Wagen nicht aus verrottetem Holz.«

Ich muß verdutzt ausgesehen haben, denn er ließ meinen

Arm los und trank einen großen Schluck Wein, seine Augen hingen immer noch an meinem Gesicht.

»Du planst also, auf dem Rückweg in Tuschpa Station zu machen, Gebieter Tiglat? Dann kannst du dir ja selber ein Bild machen.«

*

Am nächsten Tag – nur ein, zwei Stunden nach Mittag, wie der Häuptling der Saken vorausgesagt hatte – erreichten wir die brackigen Wasser des Bebenden Meeres. Und dort fand ganz unerwartet vor den Kriegern zweier großer Nationen eine eigenartige und ergreifende Zeremonie statt. Wir waren kaum abgestiegen, da ließ sich Tabiti einen seiner Schädelbecher bringen. Er steckte den Daumen und den Zeigefinger in die Augenhöhlen und hielt ihn in die Luft, daß alle ihn sehen konnten.

»Hiermit erkläre ich, daß der Gebieter Tiglat Assur, ein heldenmütiger Mann und ein Prinz in seinem Lande, vom heutigen Tage an mein Bruder ist«, rief er. »Und zum Zeichen dafür fordere ich ihn auf, sich dem Bluteid der Skoloti zu unterziehen.«

Er ließ sich den Schädelbecher mit Wein füllen, und dann zog er seinen Dolch aus dem Gürtel, schloß die Hand um die Klinge, zog diese einmal durch und fügte sich dabei einen Schnitt über den ganzen Handteller zu. Blut lief aus der Wunde, doch er versuchte nicht, es zu stillen – statt dessen ließ er es einfach in den Wein laufen.

Und dann bot er mir das Messer mit großer Feierlichkeit an.

Das gehört zu den Sachen, die schnell und ohne Nachdenken getan werden müssen, ehe man nämlich die Nerven verliert, denn nichts ist schlimmer, als sich selbst eine Verletzung beizubringen. Ich zog die Klinge mit einem jähen Ruck durch meine geschlossene Hand, und mein Herz hämmerte. Als ich die Hand öffnete, stellte ich zu meiner Erleichterung fest, daß der Schnitt, welcher am Daumenballen begann, nicht bis auf den Knochen gegangen war. Auch ich ließ Blut in den Wein fließen, ehe ich die Wunde mit einem Stück Stoff verband. Mittlerweile war ich in kalten Schweiß gebadet, und der Schmerz stach bis zum Ellenbogen, aber ich hatte es geschafft.

Tabiti, der Sohn Argimpasas, hob den Schädelbecher an die Lippen und trank einen großen Schluck. Ich tat es ihm nach. Als wir beide fertig waren, schlugen die Skythen sich mit der flachen Dolchklinge auf die Brust und kreischten Beifall wie die Habichte. Meine eigenen Soldaten, die ihnen nicht nachstehen wollten, hoben ihre Waffen mit dem Ruf: »Assur ist König!« Am Ende waren wir allesamt sehr zufrieden mit uns.

»Alle wahren Männer sind Brüder, und diese Welt ist ein sonderbarer Ort«, sagte der Häuptling der Saken. »Denk an diesen Eid, wenn du eines Bruders bedarfst.«

Er nahm meine Hand in die seine, und als ich ihm in die Augen blickte, schienen sie mir umwölkt. Ich dachte an Assarhaddon, jetzt *marsarru,* eines Tages mein König und Gebieter. Mein Bruder Assarhaddon, mein Freund, der im Bett meiner Liebsten schlief.

»Alle wahren Männer sind Brüder.« Dieser fremde und wilde Mann würde zu seinen Worten stehen und machte sie somit wahr. Die Welt war in der Tat ein sonderbarer Ort.

⋆

Wie soll ich das Bebende Meer beschreiben? Bis zu diesem Tage hatte ich nie eine so riesige Menge Wasser gesehen – mir schien, ich wäre am hintersten Ende der Welt angekommen, ich stünde nun am Ufer jenes großen Flusses, welcher die Welt in einer nicht enden wollenden Umarmung umgibt. Danach konnte nichts mehr kommen. Ich strengte die Augen an, doch ich konnte das andere Ufer jenseits dieses unermeßlichen, blauen, glatten Wassers nicht ausmachen.

»Du hast mich hereingelegt«, sagte ich zu Tabiti – halb im Scherz. »Wenn ich von hier losfahre, verschwinde ich für alle Zeiten über dem Rand.«

»Nein. Zwei Tage im Boot, vorausgesetzt du hältst dich immer ans rechte Ufer, und du bist in Tuschpa. Ich würde etwas darum geben, wenn ich König Argischtis Gesicht bei deiner Ankunft sehen könnte.«

»Ich komme nicht an. Ich sterbe und verderbe auf dieser Wasserwüste. Warum nennt man sie übrigens Bebendes Meer?«

»Hier in diesen Bergen gibt es oft Erdbeben, und wenn die Erde bebt, tanzt das Meer. Doch zu solchen Zeiten sind die Menschen an Land ebenso gut tot.«

»Wie vertraueneinflößend. Wir Männer von Assur sind nämlich keine seefahrende Nation.«

»Da – ich zeige dir etwas, das dich beruhigen sollte.« Er faßte in die Tasche seines Mantels, und als er die Hand öffnete, lag darin eine kupferne Pfeilspitze. »Paß auf.«

Er warf die Pfeilspitze ins Wasser – wir standen nicht mehr als ein paar Schritt vom Wasserrand – und sie schlug mit einem winzigen Plopp auf und verschwand.

»Na los – sieh hin.« Tabiti grinste mich an, daß seine Katzenaugen fast geschlossen wirkten.

Ich hätte es nie für möglich gehalten, wenn ich es nicht mit eigenen Augen gesehen hätte. Nach ein paar Sekunden stieg die Pfeilspitze wieder zur Oberfläche und trieb auf dem Wasser wie ein Holzstückchen.

»Wie ist das möglich?« entfuhr es mir. »Ist das Hexerei?«

»Wenn es Hexerei ist, dann ist sie nicht von mir. Jedes Metallstückchen – oder ein menschlicher Körper – schwimmt in diesem Wasser. Warum, das weiß ich auch nicht.«

Ich watete bis halb zu den Waden hinein und holte mir die Pfeilspitze. Dabei kam etwas Wasser in meine Wunde und brannte wie ein Wespenstich. Ich fluchte laut.

»Vielleicht kommt es von seinem bitteren Geschmack, daß alle Dinge darin schwimmen«, fuhr er fort, als ob ich ihm diese

Tatsache gerade wieder bewußt gemacht hätte. »Doch warum das so ist, das begreife ich nicht. Das große Meer nach Westen hin ist genauso bitter, und doch sinkt jedes hineingeworfene Metallstückchen wie ein Stein zu Boden.«

»Willst du damit sagen, daß ich bis Tuschpa schwimmen soll? Mit einem Heer von über sechshundert Mann? Pferde, Ausrüstung, alles – alle sollen wie die Korken auf- und abhüpfen?«

»Nein. Schicke deine Reiter und die Versorgungspferde auf dem Landwege – sie kommen ohne einen Haufen Fußsoldaten an ihren Fersen schneller voran. Du mietest dir von den Salzmachern, die von hier ungefähr eine Stunde nach Norden leben, ein Dutzend Boote. Die bringen dich und ein paar hundert Mann in weniger als zwei Tagen nach Tuschpa. Und wenn du den König dort so richtig wegen deiner zwanzig *mina* Gold in die Zange nimmst, kommt auch schon der Rest deines Heeres vor den Stadttoren an und verleiht deiner Beredsamkeit Nachdruck.«

»Ja – das könnte gehen«, erwiderte ich. Die Hand tat mir zwar immer noch weh, doch irgendwie schien es kein Schmerz mehr zu sein. »Das könnte sehr gut gehen. Tabiti, du bist ein Dieb und ein Schurke, aber ein Tor bist du nicht.«

Er lachte und schlug sich auf die Schenkel, und war ausgesprochen zufrieden mit uns beiden.

»Der Gebieter Tiglat Assur wird eines Tages schon noch lernen, daß Herrscher nur dann groß werden, wenn sie Diebe und Schurken sind. Was ist wohl der Unterschied zwischen einem Dieb und einem mächtigen König? Der Dieb stiehlt nur Kleinigkeiten.«

Und noch an diesem Nachmittag ritten Tabiti und ich zum Dorf der Salzsammler und saßen in der Hütte des Dorfältesten, tranken ein übles Gebräu, das nach Fischeingeweiden schmeckte und verhandelten über die Bedingungen meiner Seefahrt nach Tuschpa. Es war ein langwieriger Prozeß – Tabiti, welcher dieser Sprache mächtig war, feilschte wie ein Teppichhändler, und der Älteste raufte sich seinen weißen Bart und beklagte seine Armut in Worten, welche keiner Übersetzung bedurften. Ich brauchte nur zu lauschen, ab und an ungeduldig die Stirn zu runzeln und mich zu bemühen, der Rolle eines skrupellosen und störrischen Eroberers gerecht zu werden, bei dem man damit rechnen mußte, daß er eine ganze Siedlung abschlachtete, wenn er auf mehr Habgier traf, als ihm lieb war.

Am Ende räumte uns der alte Räuber durchaus gütliche Bedingungen ein, lächelte zustimmend und entblößte dabei schwarze Zahnstümpfe. Ich mußte ihm und seinen Bootsleuten nur zwanzig Silberschekel für vier Tage Arbeit zahlen, was zweifellos eine größere Summe war, als sie in einem ganzen Jahr aus dem Verkauf von Salz erzielten. Am nächsten Morgen würde ich mit zwei Kompanien Infanterie und Ausrüstung mit der Seereise beginnen.

Am letzten Abend mit den Saken wurde gefeiert, doch mit aller Vorsicht. Meine Soldaten hatten gelernt, sich frei unter diesen wandernden Barbaren zu bewegen, doch sie waren auf der Hut, tranken nur wenig und machten einen Bogen um ihre Wagen und ihre Frauen, denn ich hatte klargestellt, daß jeder des Todes war, der Anlaß zum Blutvergießen gab. Man konnte nicht wissen, wie weit die Gastfreundschaft dieser Menschen reichte, und da sie nun unsere Verbündeten waren und in Zukunft nützlich sein konnten, wollte ich keinen weiteren Ärger mit ihnen. Vermutlich hielt auch Tabiti seine eigenen Männer auf die gleiche Weise und aus den gleichen Gründen im Zaum.

Und wenn unsere Freundschaft und unsere Achtung füreinander noch so groß waren, ich wurde den Eindruck nicht los, daß er mir nicht gerade nachweinte, wenn ich endlich mit dem Heer abzog.

Am Morgen, als die Salzsammler ihre Boote zusammengeholt hatten und meine Soldaten, von denen einige bereits angstbleich aussahen, eingeschifft waren, legten wir ab, um nach Tuschpa zu fahren.

XIX

Man sagt, daß kein echter Assyrer sich wohl in seiner Haut fühlt, wenn er sein Leben einem Wasser anvertraut, das breiter als der Tigris ist und daß die großen Meere zahllose Dämonen beherbergen. Und so verwünschten denn auch meine Soldaten ihr Pech, solch einen Toren zum Befehlshaber zu haben, daß er glaubte, man könne das Meer mit den hölzernen Seiten eines Bootes zurückhalten; aber ich selbst genoß jede Stunde meiner ersten Seereise. Das Wasser blieb ruhig, also bestand keinerlei Gefahr. Während der zweieinhalb Tage waren wir stets in Sichtweite des Ufers, und jeden Abend zogen wir die Kiele auf den Sand und schliefen auf der festen Erde.

Aber es war doch ein Abenteuer. Vielleicht machte mir mein Magen nie zu schaffen, weil ich halb Grieche bin, ich spürte nämlich nichts von diesem grünen Schwindel, welcher das leiseste Schaukeln der Wellen für viele zu einem Martyrium macht und welchem man weder durch Zauberei noch durch Beschwörung abhelfen kann. Für mich war alles neu und interessant, und so hatte die Fahrt nach Tuschpa den ganzen friedlichen Reiz der Neuheit.

Unter anderem erfuhr ich, daß das Bebende Meer durchaus nicht nur Wasserwüste ohne Leben ist, wie es den Anschein hat. Jeden Abend, nachdem wir angelegt hatten, warfen die Salzsammler ihre runden Netze in den Wellen aus, welche ans Ufer plätscherten, und hatten in einer Stunde oder noch weniger genügend Fische, ein jeder nicht größer als die Handspanne eines Mannes, womit sie zumindest sich selbst ernähren konnten. Meine Soldaten weigerten sich ausnahmslos, sie eines Blickes zu würdigen und gaben sich mit Brot und getrocknetem Ziegenfleisch zufrieden, womit sie klüger handelten als ihr Befehlshaber. Denn als der Anführer unserer kleinen Flotte mir eine Art Delikatesse brachte, ein Exemplar seines Fanges, gut gebraten und auf einem Bett aus duftenden Kiefernadeln angerichtet, da war ich dumm genug, diese zu essen. Sie schmeckte stark nach Schlamm und war so brackig wie die Wasser, die sie hervorgebracht hatten. Ich lächelte und schmatzte anerkennend mit den Lippen, doch sobald es der Anstand erlaubte, ging ich in den angrenzenden Wald, steckte mir zwei Finger in den Hals und erlöste meinen Magen von dieser unangenehmen Bürde.

Die Salzsammler selbst schienen fast nur Fisch auf ihrem Speisezettel zu kennen. Zu meinem Entsetzen stellte ich fest, daß sie ihren Wein tatsächlich aus fermentierten Fischgedärmen zusammenbrauten; und das einzige Gemüse, das ich bei ihnen sah, war eine Art Knolle, ähnlich dem wilden Knoblauch, welche sie aus der feuchten Walderde gruben. Das Geld, das sie mit dem herauskristallisierten Salz verdienten, gaben sie fast ausschließlich für frisches Fleisch aus, doch war ihr Produkt nicht so rein, daß sie gute Preise damit erzielten, und so wären sie ohne ihre Netze gewißlich verhungert.

Diese Menschen zählten zu den primitivsten, die ich auf der ganzen Welt angetroffen habe. Ihr gesamter Wohlstand hing vom Bebenden Meer ab – und so war das Meer denn auch ihr Hauptgott – und das Leben, das sie ihm abrangen, war so trostlos wie diese bitterschmeckende Wasserwüste. Die Metallbearbeitung, das Maurerhandwerk und die Tischlerei, das alles waren Künste, die sie nicht kannten, und obschon sie in einem Land lebten, in dem es reichlich Holz und Steine gab, bestanden ihre Häuser lediglich aus geflochtenem Schilf über Rahmen aus gebogenem Holz. Ihre Armut rettete ihnen das Leben. Zwar waren sie von räuberischen Stämmen umgeben, doch besaßen sie nichts, was das Rauben gelohnt hätte, außer Frauen, die sie nach Art der Skythen vor habgierigen Blicken verbargen.

Aber trotz der Armseligkeit ihrer Umstände hatten sie eine auffallend offene, großzügige und heitere Gemütsart. Sie betrachteten uns, einen Haufen bewaffneter Soldaten, ohne Anzeichen von Furcht und waren durchaus bereit, das Wenige, was sie hatten, mit uns zu teilen. Für sie schien diese Fahrt nach Tuschpa ein Riesenspaß zu sein, ein Urlaub, eine Gabe ihrer freigebigen Götter. Es wollte mir nicht gelingen, sie zu verachten.

Am dritten Tag, genau eine Stunde vor Mittag, trafen wir zum ersten Mal auf urartische Kriegsgaleeren – sie schickten uns vier entgegen, um uns abzufangen, doch warum sie so viele brauchten, um mit zwölf, dreizehn kleinen Fischerbooten fertig zu werden, das war mir zunächst ein Rätsel.

Tabiti hatte den Salzsammlern versichert, ich sei ein mächtiger Prinz, der alles vor sich in den Staub warf und unter dem Schutz eines großen Gottes stand, und auf diese Zusicherung hin hatten sie es gewagt, sich über ihre eigene Grenze im Bebenden Meer hinaus- und in jene Gewässer zu wagen, wo die Kriegsschiffe des Königs Argischti argwöhnisch die Zufahrt nach Tuschpa bewachten. Als ich in den Bug unseres ersten Bootes trat, um meine Uniform zu zeigen – denn die war unsere einzige Verteidigung –, da hoffte ich sehr, daß ich ebenso viel Eindruck auf die Urarter machte.

Es war ein windstiller Morgen, und die großen Schiffe hatten ihre Segel gerafft und wurden von Ruderern bewegt, welche hinter schwarzen, hölzernen Wänden verborgen saßen, die wie schwimmende Klippen aus dem Meer aufragten. Fast meinte ich schon, die Urarter würden uns niederrudern und aus unseren kleinen Booten Treibholz machen, als sich im allerletzten Augenblick alle Riemen aus dem Wasser hoben und mitten in der Luft stehenblieben. Ein Offizier – oder zumindest jemand, dessen Benehmen diesen Eindruck erweckte – beugte sich über die Reling und spähte zu mir hinunter, als ob sich der Leichnam irgendeines merkwürdigen, abstoßenden Seeungeheuers in seiner Ankerleine verfangen hätte. Es war ein breitgesichtiger Mann mit dichten Augenbrauen und einem breiten, schwarzen Bart, gegen den ich auf der Stelle eine Abneigung faßte.

»Das ist verboten«, sagte er zunächst in seiner eigenen Sprache, und dann, als ich nicht reagierte, auf Aramäisch.

»Den Heeren Assurs ist nichts verboten«, gab ich auf Akkadisch zurück. »Sie sind überall daheim, wohin sie auch in der großen, weiten Welt kommen. Ich bin hier auf Einladung des Gebieters Lutipri, der nach Amat kam, weil er mich in eben diesem Monat um Hilfe gegen die Skythen bitten wollte. Die Skythen sind besiegt, und wenn du nicht höflicher bist, dann befehle ich einem meiner Soldaten an Bord zu gehen und dir die Zunge herauszuschneiden.«

Da schreckte er denn doch zurück, genau wie ich es beabsichtigt hatte, und sagte eine Weile gar nichts; zweifellos wußte er nicht, was er sagen sollte. Vor einem Augenblick war er sich noch allmächtig vorgekommen, und nun war er sich seiner Sache nicht mehr so sicher. Der da war kein kluger Mann – ich konnte fast sehen, wie die Gedanken in seinem Kopf arbeiteten. Endlich fand ich, ich hätte ihn genug auf die Folter gespannt.

»Diese guten, einfachen Menschen kehren jetzt nach Hause zurück«, sagte ich. »Ich halte es für geraten, wenn du mich und meine Soldaten an Bord deiner eigenen Schiffe nimmst und wir den Rest des Weges mit euch reisen.«

Als dieser Vorschlag nicht auf sofortige Zustimmung stieß, wartete ich vielleicht zehn Herzschläge lang – die ich ganz deutlich an meinem Hals pochen fühlte – und gestattete mir dann den Luxus, aus der Haut zu fahren.

»Ich habe gesagt, laß die Leitern herunter, du Flegel! Sind die Männer in Tuschpa derart furchtsame Wesen, daß sie sich vor einer Truppe von weniger als zweihundert Mann fürchten? Dein Kopf folgt deiner Zunge, wenn du mich noch fünfzehn Sekunden warten läßt!«

Schließlich dämmerte es selbst diesem trüben Verstand, daß ich unmöglich bluffen konnte – was hätte ich damit schon erreicht, außer dem Gang zum Richtblock – und die Leitern wurden tatsächlich herabgelassen. Meine Idylle war zu Ende, ich war wieder einmal Soldat und Diplomat. Ich winkte den Salzsammlern Lebewohl zu, mit denen ich kein einziges Wort in irgendeiner Sprache gewechselt hatte, und richtete mein Gesicht gen Tuschpa.

Um die Mitte des Nachmittags wurden wir dann jener Stadt ansichtig, die zu den schönsten der Welt zählt. Noch nie im Leben hatte ich so große Gebäude ganz aus Stein gesehen, und nie wieder würde ich welche erblicken, die das Auge derart blendeten. Die Tempel und Paläste der Ägypter sind ausgedehnt, schlau angelegt und sehr beeindrukkend, doch die endlosen Reihen von sandfarbenen Säulen ermüden. Theben und Memphis sind Orte, an die man sich schnell gewöhnt, ohne weiter Notiz von ihnen zu nehmen; Tuschpa jedoch entzückt stets aufs Neue, ist ein farbliches Schmuckkästchen, ein wahres Wunderwerk. Das konnte ich schon von den Werften aus sehen, hinter denen sich Mauern erhoben, die aus abwechselnd weißen und schwarzen Steinbändern zusammengesetzt waren und so vornehm und majestätisch wirkten wie eine hochgeborene Frau.

Der Kommandeur der urartischen Schiffe – denn als solcher stellte er sich heraus – hatte meine Soldaten auf seine drei übrigen Schiffe aufgeteilt und mich an Bord seines eigenen genommen, zweifellos gemäß der Theorie, daß eine Natter ohne Kopf harmlos ist. Er hätte sich nicht zu sorgen brauchen, ich war es ganz zufrieden, in seiner Kabine zu sitzen und seinen Wein zu trinken, auch nachdem wir gelandet waren und er eilends einen Boten losgeschickt hatte, meine Ankunft zu melden und um Anweisungen nachzusuchen.

Lange warten mußte ich jedenfalls nicht. Binnen einer Stunde öffnete sich die Kabinentür, und der Gebieter Lutipri selbst trat ein. Er sah nicht weniger verblüfft aus als mein unfreiwilliger Gastgeber, den er kurzangebunden fortschickte. Er setzte sich, blinzelte mich in dem Dämmerlicht an wie eine Eule.

»Der Herr und Gebieter Tiglat Assur«, hob er zuletzt an, »noch nicht einmal zwanzig Tage sind es her, seit . . .«

»Seitdem wir zum letzten Mal in Amat zusammen speisten – ja, Gebieter. Ich bin gekommen, dir von einem großen Sieg zu berichten. Die Skythen sind von den Ufern des Bohtan vertrieben, welche immer noch feucht von ihrem Blut sind.«

Dieser verschlagene Mensch kniff die Augen zusammen und betrachtete mich stumm. Ich grinste wie ein Schuljunge, dem gerade ein Kunststück gelungen ist, doch ich wußte, was er dachte. Schließlich hob er die Schultern, als ob ihm das gleichgültig wäre.

»Natürlich, mein Prinz, nie wäre es mir eingefallen, der ich dich so gut kenne, an deinen Worten zu zweifeln, doch – du mußt verstehen – mein König ... ich wage kaum nach Beweisen zu fragen ...«

»Welchen Beweis braucht es denn noch, da ich hier und am Leben bin?« Mein Grinsen wurde noch eine Spur breiter, dann fiel es in sich zusammen. »Sollte noch mehr erforderlich sein, so geh zum Bohtan und sieh dir die frischen Gräber an. Schicke Gesandte zu den Skythen, welche jetzt am westlichen Ufer des Bebenden Meeres lagern. Doch sprich mir nicht weiter von Beweisen, Gebieter.«

»Am westlichen Ufer?« Der Gebieter Lutipri schoß doch tatsächlich eine Handspanne von seinem Stuhl hoch. »Aber das ist urartisches Gebiet!«

»Das ich ihnen zugestanden habe – irgendwohin müssen sie doch, Gebieter. Hast du etwa angenommen, ich würde sie allesamt abschlachten, wo ich doch nur versprochen habe, sie vom Bohtan zu vertreiben –«

»Dazu hattest du kein Recht!«

»Es war das Recht der Notlage. Außerdem war es mir ein Vergnügen.«

König Argischtis Diener hatte mittlerweile sowohl seinen Platz als auch seine Fassung wiedergefunden und zuckte nur noch einmal die Schultern – ein Zeichen, daß er zu klug war, um sich gegen vollendete Tatsachen aufzulehnen.

»Und jetzt, Gebieter«, fuhr ich fort, »jetzt ist da noch die Sache mit den zwanzig *mina* Gold.«

*

Am Abend war aller Unbill vergessen. Meine Soldaten waren im Palastbezirk einquartiert und hatten Essen, Wein und Frauen erhalten, und ich war Gast des Königs bei einem Festmahl zu meinen Ehren. Das hieß nicht mehr, als daß die Urarter behutsam zu Werke gingen; sie brauchten Zeit, um die veränderte Situation zu überdenken und sich etwas einfallen zu lassen, wie sie die Zahlung ihrer Schuld umgehen konnten.

Mir war das nur recht, denn so bot sich mir die einmalige Gelegenheit, König Argischti und seinen Hof aus großer Nähe zu studieren. Ich saß neben ihm, zu seiner Rechten, neben diesem König, dessen Vater von meinem Großvater in den Selbstmord getrieben worden war, und hörte, wie er mich seinen Freund hieß, seinen Mitstreiter bei ruhmreichen Werken, doch sein Anblick machte mich innerlich schaudern.

Er war, wie die meisten seiner Rasse, hochgewachsen und beinahe fraulich schlank. Viel älter als ich war er nicht, doch sein Bart war bereits von Silberfäden durchzogen, und sein Blick hatte etwas Gehetztes, so als ob die Bürde seines Amtes schwer auf ihm lastete.

Was mögen ihm die kommenden Jahre bringen, fragte ich mich. Seine Nation war von Feinden umgeben, und seine Edlen – so munkelte man jedenfalls – intrigierten gegen ihn. Würde er über irgendeiner großen Katastrophe den Verstand verlieren, dem Beispiel seines Vaters folgen und sich in sein eigenes Schwert stürzen, oder würde ihm einer seiner Großen die Mühe abnehmen? Wie auch immer, es ging etwas von ihm aus, eine Art Aura, die andeutete, daß er keinen friedlichen Tod sterben würde.

Solange er jedoch noch lebte, schien er entschlossen, das in aller Pracht zu tun. Sogar der Gebieter Sanherib hätte ihn um die Üppigkeit seines Festmahles beneiden können, zu dem sich auch der letzte seiner Höflinge in eine ausnehmend kostbar bestickte Tunika gekleidet hatte; und so mancher, darunter auch der König, trug Gewänder, die von Gold und Silber nur so strotzten. Die Halle, in der wir speisten, hatte Wände aus einem glatten, grünen Stein, fast wie Glas, und die Tische waren aus süß duftendem Zedernholz. Musikanten aus Lydien und Ägypten unterhielten uns, ebenso wie hellhäutige Kurtisanen, welche unwahrscheinlich gewandt tanzten und ihre Brüste und Bäuche im Rhythmus der Flöten wiegten. Ein paar der Schönsten setzten sich neben die Gäste an die Tafel des Königs, redeten in vielen Zungen und boten ihren Tischherren kandierte Datteln, Wein und die Reize ihrer eigenen Person an; der Klang ihres Lachens war allein schon Musik. Meine hatte Haare von der Farbe polierten Leders und Augen, so grün wie Sommerfeigen. Ihr Leib duftete nach Honig und Öl, und sie griff mir immer wieder unter die Tunika, um meine Mannheit zu liebkosen, die zugegebenermaßen so steif wie eine Dolchklinge war.

König Argischti schien das zu belustigen. Schließlich legte er mir die Hand auf den Arm, beugte sich zu mir und murmelte: »Ein Prachtexemplar, wie? Mein Vater hat sie für meinen Harem gekauft, als sie noch ein Säugling war, und sie hat ihr ganzes Leben nur für mein Vergnügen gelebt. Ich schicke sie dir später in dein Zimmer – als kleinen Beweis der Liebe, die ich zu dir hege, Prinz.«

Ich lächelte und nickte – was hätte ich sonst auch tun können, da man Liebesbeweise von Königen nicht verschmähen darf? –, doch drängte sich mir die Frage auf, ob dieser Narr sich einbildete, daß mir eine Nacht in den Armen einer beliebigen Hure zwanzig *mina* Gold wert war.

»Ich bin dankbar für deine Gunst, Gebieter – mir und meinen Soldaten gegenüber. Abgesehen von dem meines Königs, unseres Herrn, dienen wir keinem anderen Willen als dem deinen.«

Nun war die Reihe zu lächeln und zu nicken an Argischti. So einfältig war er nun auch wieder nicht, daß er nicht genau verstanden hätte, was ich meinte.

»Und doch sind die Skythen innerhalb meiner Grenzen, Prinz – wie konnte das geschehen?«

»Es ist zu deiner eigenen Sicherheit, Gebieter«, erwiderte ich, vielleicht eine Spur zu rasch, so wirkte es wie eine einstudierte Antwort. »Wenn du nicht überall am westlichen Ufer Truppen stationierst – möglicherweise gelingt es dir ja, denn die kämpfen nicht wie Weiber –, wirst du dort immer den einen oder den anderen Stamm haben. Besser die Skythen als Nachbarn als andere, denn die haben die Macht Assurs zu schmecken bekommen, und ihr Häuptling Tabiti, der Sohn Argimpasas, hat mich seinen Bruder geheißen und den Bluteid der Treue geschworen. Solange also der König in Ninive und der König in Tuschpa Freunde sind, wirst du keinen Grund zur Klage über die Skythen haben.«

Die Drohung mochte zwar in Versprechungen verpackt sein, der König jedoch erkannte sie durchaus. Er lächelte noch einmal und brachte dann die Unterhaltung auf andere Dinge.

Sogar gemessen an Königen war seine Konversation bei Tisch leer, prahlerisch, geistlos. Er sprach über die Großtaten seiner Generäle, als wären es seine eigenen – wessen sich alle Könige gern rühmen –, doch Argischti stand allein da in seiner Unfähigkeit, zwischen sich und seinen Dienern zu unterscheiden, die er lediglich für Verlängerung seines eigenen Willens zu halten schien. Er war nicht einmal schlau genug, neidisch zu sein. Er machte den Eindruck, als befände er sich allein in seinem Königreich und wäre statt von Menschen von lauter Holzklötzen umgeben.

»Wie klug von mir, dich um Hilfe anzugehen«, bemerkte er beiläufig, »obschon ich einen so raschen Sieg nicht erwartet hatte. Die skythischen Barbaren wissen jetzt, daß man die Macht Urartus fürchten muß.«

Hatte er die Existenz des Gebieters Lutipri vergessen? Oder meine eigene? Und die Skythen dürften daraus wohl eine ganz andere Moral ableiten.

Ich wußte, daß der König, mein Vater, keine weiteren Eroberungen wünschte, doch der König, mein Bruder, mochte durchaus – wenn seine Zeit gekommen war – seinen Ehrgeiz nach Norden richten. Was für ein leichter Sieg, dachte ich, was für ein Spaß für Assarhaddon, diesem Pfau die Federn aus dem Schwanz zu zupfen.

Da ich schon vor langer Zeit gelernt hatte, daß es töricht ist, mit Narren und Schurken zu zechen, trank ich in jener Nacht nur wenig von dem starken urartischen Wein. Mehr als ein Mann jedoch versuchte, eine der Kurtisanen zu besteigen, um dann festzustellen, daß er zu betrunken war, um den Akt zu vollziehen. Und als sich der König schließlich zurückzog und wir übrigen tun und lassen konnten, was wir wollten, da konnte so manch einer nicht ohne Hilfe in seine Gemächer zurücktorkeln. Ich jedoch brauchte keine Hilfe. Als ich mich vom Tisch erhob, ging ich allein zum Balkon und sog die kalte, klare Luft ein – eine Mahnung, falls ich sie nötig hatte, daß der Schnee nicht ewig auf sich warten lassen würde –, bis der Nebel in meinem Kopf verflogen und ich so frisch wie ein Frühlingslämmchen war.

Aber nicht immer ist es ein Segen, nüchtern zu sein. Mir war nicht einsam oder bedrückt zumute, nur . . . Ich wußte nicht ganz, wie ich mich fühlte, außer daß meine Seele leer war.

Was war ich jetzt, da die Feinde meines Königs besiegt und meine Soldaten heil im Bett waren? Was hatte ich für mich? War eigentlich noch Leben in meinem Leib?

Doch das sind nur die Gedanken eines Mannes, der zu lange aufgeblieben ist und den schalen Nachgeschmack des Weines im Munde hat. Ich würde zu Bett gehen, und morgen würde die Welt schon viel freundlicher aussehen.

König Argischti hatte mir Gemächer nicht weit entfernt von seinen eigenen zugewiesen – zweifellos um mich besser unter seinem wachsamen, gehetzten Blick zu haben. Als ich diese Räume betrat, freute ich mich über das Kohlebecken, in dem die Kohlen noch rot glühten. Ich hatte mich schon ausgezogen und wusch mir gerade das Gesicht in einer

Schüssel mit kaltem Wasser, als ich das Mädchen bemerkte, das mir von meiner Schlafmatte aus zusah. Ich hatte sie ganz vergessen gehabt.

Zwielicht und Schatten machen alles reizvoll, und so erschien sie mir noch schöner, wie sie so dalag, sich an ihre verschränkten Arme lehnte und ihre Brüste sich beim Atmen hoben und senkten und meinen Blick bannten. Sie lächelte mich an, als ob sie alles über mich wüßte, als ob mein Herz offen vor ihr läge. Bei ihrem Lächeln mußte ich an eine Katze mit einer in die Enge getriebenen Maus denken – es schien *eine leichte Beute* zu besagen. »Mein Gebieter ist müde«, sagte sie mit einer Stimme sanft wie Leinen. »Komm zu mir, daß ich die Stirn meines Gebieters mit meinen kühlen Händen berühre.«

Ja, besagte das Lächeln. Ich *verstehe mich auf die Schwächen der Männer.* Ich brauchte nicht einmal einen Augenblick und wußte schon, daß ich die Berührung dieser kühlen Hände nicht spüren wollte.

»Ich habe zuviel Wein getrunken«, sagte ich. »Ich glaube, wir beide vergeuden nur unsere Zeit.«

Ihre glatten Schultern taten das ab. Was war schon Zeit, schien die winzige Geste zu besagen, außer daß man sie an dergleichen wie mich vergeudete.

Ich setzte mich auf einen kleinen Holzschemel und betrachtete sie stumm. Und als zuletzt auch ihr dämmerte, daß ich nur darauf wartete, daß sie ging, da stand sie von der Schlafmatte auf und näherte sich mir. Sie kauerte sich neben mich, liebkoste meinen Arm, und ihre Lippen berührten wie zufällig meine Haut.

War ich kein Mann mehr? Konnte ich denn nichts empfinden, nicht einmal Begehren? Doch. Das empfand ich schon. Ich ergriff sie bei den Schultern und musterte sie im dämmrigen Licht. Ich sah sie an, wie ich die Landkarte eines unbekannten Landes ansehen mochte. Ich schob sie fort – grob, so daß sie auf dem glatten Boden aufschlug. Das tat ich, dann verbarg ich das Gesicht in den Händen.

»Geh«, sagte ich mit erstickter Stimme. »Ich möchte dir nicht weh tun, aber . . . Geh.«

Ich konnte das Geräusch ihrer bloßen Füße auf dem Boden hören und dann das einer zuschlagenden Tür, und dann nichts mehr.

» . . . Ich hoffe, daß deine Liebe dir zum Fluch wird«, hatte sie gesagt. *»Hoffentlich verfolgt sie dich, bis du stirbst.«*

Die Morgendämmerung war schon fast da, ehe ich ein Auge zutat.

⋆

Am nächsten Morgen wurde ich nicht zum König gerufen. Zweifellos hielt er geheime Besprechungen mit seinen Ministern und Dienern ab, lauschte aufmerksam, während sie unter sich ausmachten, was er beschließen sollte. Nachdem ich dann die Kaserne aufgesucht hatte, wo meine Soldaten untergebracht waren, stand es mir frei, allein durch die große Stadt Tuschpa zu schlendern und ihre Wunder an Schönheit mit den Augen eines Fremdlings zu betrachten.

Den ganzen Tag wanderte ich durch ihre Straßen und kam aus dem Staunen nicht heraus. Der Tempel des Gottes Haldi, des Schutzpatrons der Urarter, war aus massivem Stein gebaut, den man in abwechselnd schwarzen und roten Bändern übereinandergetürmt hatte, die Tore hatte man mit rotem Granit umrandet. Drinnen waren die Wände in den leuchtendsten Farben bemalt und schilderten die Rituale seiner Anbetung, darunter befanden sich auch Dämonen, bei deren Anblick einem das Blut in den Adern gerinnen konnte, und Szenen von der Jagd und vom Landleben. Diese Leute waren Meister der Steinbearbeitung – ihre Friese, die sie in der Art von Ninive meißelten, waren schon erstaunlich genug, doch darüber hinaus hatten sie eine Technik entwickelt, wie man runde Bilder schaffen konnte. Das Abbild dieser furchterregenden Gottheit war so lebensecht, daß ich beinahe erwartete, es würde sich bewegen, mit den Augen im Rauch seiner brennenden Opfergaben blinzeln oder seine wilden Zähne fletschen. Die Tempel der Untergötter, die Paläste des Königs und seiner Edlen und die Arsenale und Garnisonen, ja, sogar die einfachsten Läden und Häuser waren erlesen verziert und vollendet in der Linienführung. Sollten die mächtigen Götter einmal auf die Idee kommen, sich eine Stadt zu bauen und wie die Menschen auf der Erde zu wohnen, könnten selbst sie nicht hoffen, Tuschpa an Herrlichkeit zu übertreffen.

Ich kehrte in bester Laune zum Palast des Königs Argischti zurück; ich befand mich in jener glücklichen Stimmung, die einen überkommt, wenn man sich für ein paar Stunden ganz verloren und fast seine eigene Existenz vergessen hat. So mag ein Mann empfinden, der mit seinen Kindern spielt, wie auch – so wurde mir erzählt – der Künstler bei der Ausübung seiner Kunst, ebenso wie sein Mäzen. Wie der einfachste Bauer, der sich am Sonnenuntergang erfreut. Dieses Tuschpa gab mir aus freien Stücken und ganz ohne zu wissen, daß es etwas zu geben hatte, und nicht nur für den Augenblick, sondern für einen ganzen Tag. Und von dem Augenblick an habe ich diese Stadt geliebt und es für ein großes Unglück gehalten, daß sie von einem törichten Weichling regiert wurde.

In meinen Räumen wartete der Gebieter Lutipri auf mich.

»Du hast letzte Nacht die Frau fortgeschickt«, sagte er, nachdem wir Platz genommen und uns Wein eingeschenkt hatten. »Der König war überrascht und – es muß gesagt werden – gekränkt.«

»War der König gekränkt, weil ich keine Lust zum Beischlaf hatte oder weil er mir jetzt meine zwanzig *mina* Gold zahlen muß, ganz gleich ob ich nun meinen Samen in seine Hure ergieße oder nicht?«

Lutipri fand diese Bemerkung so amüsant, daß er gezwungen war, sein Lächeln mit der Hand zu verdecken. So sagte er mir auf diplomatischem Wege, daß ich doch nicht so unhöflich über seinen Herrn sprechen dürfe.

»Mein Prinz, du mußt nämlich wissen, daß es in der ganzen Stadt Tuschpa keine solch große Summe gibt. Was sollen wir denn tun? Unsere Götterbilder einschmelzen?«

»Tuschpa ist reich – dein König ist reich. Als wenn ich das nicht überall hätte sehen können.« Ich hob die Schultern. »Jedenfalls kommt morgen der Rest meines Heeres an, vielleicht auch übermorgen, und die ersten Schneefälle des Winters folgen gewißlich auf dem Fuße. Wenn der Gebieter Argischti nichts dagegen hat, einem fremden Heer von an die siebenhundert Mann bis zum nächsten Frühling Quartier zu gewähren, so bleibe ich gern in Tuschpa. Ich könnte nicht mit gutem Gewissen aufbrechen, wenn ich den Handel nicht zum Abschluß brächte, den wir beide im Namen unserer königlichen Herren abgeschlossen haben. Wie könnte ich das auch? Wie könnte ich das wohl Assurs mächtigem König erklären?«

»Hast du siebenhundert Mann gesagt?«

»Ja. Mit Pferden und Ausrüstung. Hast du etwa geglaubt, daß ich die Skythen allein besiegt habe?«

Der Gebieter Lutipri stellte seinen Becher auf den Tisch und verzog dabei leicht den Mund, so als ob ihm der Geschmack nicht länger zusagte.

»Als Belohnung«, hob er an, wobei er vermied, mir ins Gesicht zu sehen, »und als Zeichen seiner Freundschaft ist mein König gewillt, dir zehn *mina* Gold anzubieten.«

»Und als sein gutes Recht, als Einlösung einer Schuld, ist mein König gewillt, zwanzig anzunehmen.«

»Ich glaube, es ist nicht klug, wenn wir beide uns heute weiter darüber unterhalten, mein Prinz.«

»Das mag sein.«

»Dann verlasse ich dich jetzt.« Er erhob sich und bot mir freundschaftlich die Hand. »Wollen wir hoffen, daß bis morgen alle klüger geworden sind.«

An jenem Abend speiste ich allein und dachte darüber

nach, wieviel ich wohl aus diesem gewieften Diener und seinem törichten Herrn herausquetschen konnte. Ich beschloß, mich mit fünfzehn *mina* zufriedenzugeben, was schließlich eine große Summe war – ich wollte nicht den ganzen Winter in diesen Bergen zubringen. Ich war *shaknu* des Nordens und nicht Statthalter in Tuschpa. Ich hatte in meinem eigenen Lande zu tun. Fünfzehn *mina* waren in der Tat eine stattliche Summe. Das sollte mir reichen.

Und heute würde es mir durchaus gefallen, wenn mir der König noch einmal seine Hure schicken würde. Ihrem Herrn gegenüber hatte ich mich klug verhalten, doch vergangene Nacht war ich ein Narr gewesen.

Seit meinem Aufbruch von Ninive hatte ich keine Frau mehr erkannt. Warum? Was wollte ich mir selbst beweisen? Assarhamat war für mich verloren, und ich mußte einen Weg finden, wie ich weiterleben konnte. Und ein Mann, der keine Frau erkennt, ist nur halb lebendig. Wenn die Frau zurückkam, würde sie von mir mehr als nur ihr gutes Recht erhalten.

Doch sie kam nicht. Ich verbrachte die Nacht allein und mußte mich mit meiner eigenen Gesellschaft zufriedengeben.

*

Von Land her führt der einzige Zugang zu Tuschpa über eine steile Felsklippe. Die Pfade sind schmal und gewunden und voller Plätze für Hinterhalte, und oben ragen Mauern aus den gleichen Steinen auf – so kann ein Invasionsheer wohl das Land verwüsten, doch die Hauptstadt selbst ist uneinnehmbar. Das mußte auch der Gebieter Sargon zehn Jahre vor meiner Geburt erfahren.

Doch der Gebieter Sargon hatte nicht bereits eine Truppe von einhundertfünfzig Mann innerhalb der Mauern gehabt.

Um die Urarter daran zu erinnern, gab ich zu der gleichen Stunde, als ich die Nachricht erhielt, man hätte den

Rest meines Heeres gesichtet, an die beiden Kompanien, welche mit mir gekommen waren, den Befehl aus, zum Appell anzutreten. Wir würden geradewegs auf den großen Platz der Stadt marschieren und im Anblick der Stadtmauern, die natürlich nicht zu dem Zweck gebaut worden waren, um von innen her angegriffen zu werden, auf die Ankunft unserer Kameraden warten. Wir waren König Argischtis Gäste. Wenn er uns angriff, konnte er gewiß sein, daß er sich den Zorn des Gebieters Sanherib zuzog. Sollte er sich die schwierige Lage nur in aller Ruhe durch den Kopf gehen lassen.

Der Gebieter Lutipri, der auf der Mauer stand und sich die Ankunft dieser Art Invasoren ansah, forderte mich auf, mich zu ihm zu gesellen. Meine Offiziere hatten ihre Befehle – sie beobachteten uns vom Platz aus, und ich brauchte nur den Arm zu heben, und schon würden sie diese Befehle ausführen, doch das wußte er genauso gut wie ich. Es wehte ein schneidender Wind, als er mir die Hand reichte.

»Jedenfalls ist es keine starke Streitmacht, mein Prinz«, sagte er mit einer Handbewegung zu den Reihen von Pferden und Männern hin, die sich auf der Talsohle tief, tief unter uns bewegten.

»Nein, es ist keine starke Streitmacht – nur ein Teil des großen Heeres, das unter dem Befehl meines erhabenen Gebieters Sanherib steht. Ein kleiner Teil.«

Schweigend sahen wir an die fünf Minuten zu. Die urartischen Soldaten auf den Mauern taten desgleichen. Keiner machte jedoch den Versuch einzugreifen, als meine Männer sich vorsichtig an den gefährlichen Anstieg auf jenen Pfaden machten, die man vor Jahrhunderten in die Steilwand geschlagen hatte. Schließlich legte mir der Gebieter Lutipri die Hand auf den Arm. »Mein König ist großzügig«, sagte er. »Du hast sein Herz gewonnen, und er gibt dir vierzehn *mina* Gold.«

Ich drehte mich zu ihm um und ließ mein Gesicht zu Stein erstarren. »Siebzehn.«

»Abgemacht.«

Wir schüttelten uns die Hand und waren wieder Freunde.

»Kannst du jedoch morgen aufbrechen?« fragte er und machte schmale Augen, während er in den Wind blickte. »Ich möchte nicht ungastlich erscheinen, doch . . .«

Ich mußte lachen. »Und ich, Gebieter, möchte nicht auf dem Heimweg im Schnee umkommen. Ja – ja, auf jeden Fall morgen.« Und ich stand zu meinem Wort. Den Kompanien, die gerade den Marsch aus dem Westen hinter sich hatten – und sich auf ein paar Tage Rast gefreut hatten –, gefiel das gar nicht, doch es war schon der fünfte Tag des Monats Tisri, und die Luft war wie Eis. In diesen Bergen kam der Winter früh.

Für den Marsch nach Haus brauchten wir zwölf Tage. Zunächst hielten wir uns östlich, überquerten die Toprah-Kette, bis wir an die Quellen des Großen Zab gelangten. Dann folgten wir einfach dem Fluß heimwärts. Es war ein langer Weg, doch wir brachten die Berge schnell hinter uns. Es lag bereits Schnee in der Luft, als wir noch einen Tagesmarsch von Amat entfernt auf den ersten Kundschafter der Garnison stießen. Er verweilte eine Stunde bei uns, dann schickte ich ihn im Galopp nach Haus, um unsere Rückkehr zu melden.

An jenem Abend lagerten wir keine zwei *beru* von unseren eigenen Toren entfernt. Wir hätten bei Dunkelheit schon in unseren Betten sein können, doch es war mir nicht recht, daß das Heer mitten in der Nacht wie ein Haufen Vagabunden zurückgestolpert kam. Diese Männer waren Eroberer, und ich wollte, daß sie sich auch so fühlten. Und Amat sollte das auch fühlen. Soldaten müssen wissen, daß sie Soldaten und nicht eine Meute Tiere sind, also würden wir noch eine weitere Nacht auf der kalten Erde schlafen.

Und am nächsten Morgen zogen wir unter Trommelgedröhn in die Stadt ein, und ganz Amat säumte die Straße und jubelte uns zu. Das waren nicht mehr die gleichen Männer, die vor etwas mehr als einem Monat ausgezogen waren

– ich war auch nicht mehr der gleiche. Wir waren Soldaten unseres Königs und Diener unseres Gottes, und wir brachten den Sieg mit heim. Als ich durch die Festungstore ritt und die Rufe »Assur ist König« hörte und hinter mir ein echtes Heer hatte, da war ich ein stolzer und glücklicher Mann.

Und ein erschöpfter dazu. Ich konnte es kaum erwarten, in meine eigenen Räume zurückzukehren, ein warmes Essen einzunehmen, meinen Leib sauber zu schwitzen und zwölf Stunden lang zu schlafen.

Doch was ich dort vorfand, ließ meine Erschöpfung wie durch Zauberei verfliegen.

Mein alter Diener hatte sich nicht verändert, außer daß er noch etwas fetter geworden war. Seine Tunika zeigte die erlesensten Stickereien, und sein brauner Bart duftete nach Myrrhe, doch fiel er vor seinem stinkenden, schmutzbedeckten Besitzer aufs Gesicht und umschlang dessen Knie.

»Junger Herr! – den Göttern sei Dank . . .«

»Ehrenwerter Arzt, was in Adads Namen tust du hier?«

Ich hob ihn auf, und während er sich noch die Tränen der Dankbarkeit abwischte – denn niemand hatte mehr am Wasser gebaut als Kephalos –, nahm er aus meiner Hand einen Becher Wein entgegen.

»Ach, Gebieter, dein verehrter Bruder, der *marsarru* schien das kleine Geschenk, das du ihm gesandt hast, nicht zu schätzen. Er schüttelte es vor meiner Nase – den Kopf da, Gebieter; ehrlich, ich habe kaum ein scheußlicheres Stück Arbeit gesehen –, hielt ihn eigenhändig bei den Haaren hoch und teilte mir mit, ›du kannst dem Gebieter Tiglat Assur, wenn du ihn siehst, ausrichten, er hat nichts von mir zu befürchten!‹ Deutlicher konnte er nicht mit dem Zaunpfahl winken – in Ninive wurde mir der Boden zu heiß unter den Füßen, und so packte ich und folgte dir zu diesem wilden Ort.«

Er blickte sich um, doch ohne rechte Begeisterung.

Der Kopf – ja. Den hatte ich beinahe vergessen. Aber

das machte nichts. Ich stand auf und legte Kephalos die Arme auf die breiten Schultern, denn sein Anblick war mir teuer.

»Und hast du deinen gesamten Haushalt mitgebracht?« fragte ich. »Wo in dieser kleinen Stadt wirst du Raum für alle finden?«

»Nicht alle, Gebieter – Philinna und den Knaben Ernos nicht.« Er hob die Schultern und stöhnte, als ob ihn die Erinnerung schmerzte.

»Am Ende, als ich ihrer Umarmung überdrüssig war, junger Herr, wie auch ihres ewigen Nörgelns, gestattete ich ihr, ihr altes Gewerbe wieder aufzunehmen, sie wurde Schenkendirne, und eine erfolgreiche obendrein. Sie konnte genug zusammenraffen, um sich freizukaufen – was ich von Anbeginn an für sie ins Auge gefaßt hatte – und besaß noch eine so gute Mitgift, daß die sogar mich verlockt hätte, wenn ich nicht soviel über die Frau gewußt hätte. Ihr Mann ist Lederhändler in der Ischtar-Straße, der arme Teufel. Was den Knaben angeht, so ist er leider nicht sehr gut geraten. Zweifellos florieren seine Geschäfte irgendwo, und er ist fleißig beim Kehlendurchschneiden.«

Ich lachte und umarmte ihn.

»Kephalos, du Hund, wie hast du mir gefehlt!«

XX

»Dein Königlicher Bruder, Assarhaddon, läßt sich in letzter Zeit kaum noch in Ninive blicken«, erzählte mir Kephalos – bei einem Abendessen, das sein eigener Koch zubereitet hatte. Es war ihm so lieber, und damit hatte er nicht unrecht. »Er hält sich in Kalach seinen eigenen Hof und herrscht dort, als wäre er bereits König. Man sagt, daß der Gebieter Sanherib seinen Anblick kaum noch erträgt, was übrigens auf Gegenseitigkeit beruht.«

Der ehrenwerte Arzt rülpste laut, denn er hatte gut gespeist und war mehr als nur ein wenig betrunken. In der Woche seit seiner Ankunft in Amat hatte er sich recht gut eingelebt und eine große Vorliebe für meinen nairanischen Wein gefaßt. Als ich dem nachging, fehlten mehrere Krüge.

»Ich weiß kaum, wie ich es dir beibringen soll, Gebieter – als ich aufbrach, munkelte man, daß die Herrin Assarhamat ein Kind erwartet.«

»Das kommt nicht sehr überraschend.« Ich bemühte mich, ausdruckslos zu klingen. »Kinderzeugen ist doch wohl der Zweck königlicher Ehen, nicht wahr? Und ich bin mir sicher, daß Assarhaddon schon eine ganze Reihe mit Konkubinen gezeugt hat.«

»Viele glauben – viele, Gebieter –, daß du der wahre Vater dieses Kindes bist.«

»Das kann doch nur die Herrin Assarhamat wissen. Und vielleicht nicht einmal die.«

»Ja, Gebieter, da kannst du recht haben.«

Eine Weile saß er still da, den Kopf auf die Seite gelegt, und musterte mein Gesicht. So einfältig war ich nun auch wieder nicht, daß ich nicht verstand, was er meinte.

»Meiner Meinung nach«, fuhr er fort, »meiner Meinung nach ist dieser Glaube aus der Hoffnung geboren, daß es wahr sein möge, denn der Gebieter Assarhaddon ist nicht beliebt . . .«

Ich winkte ärgerlich ab – dergleichen wollte ich nicht hören, durfte ich nicht hören – und Kephalos schwieg. Es war ein quälendes Schweigen, das andauerte, bis ich es selbst brach.

»Hast du meine Mutter gesehen?« fragte ich. Die Miene meines Sklaven heiterte sich auf, so erleichtert war er.

»Ja, Gebieter. Ich habe auf meiner Reise in den Norden auf Drei Löwen Station gemacht. Es geht ihr gut, und sie sehnt den Tag herbei, an dem sie zu dir kommen kann – obschon es, bei den Göttern, abgesehen von deiner eigenen strahlenden Person, recht wenig gibt, was einen nach Amat ziehen könnte.«

Ich lachte und schenkte ihm eigenhändig nach, denn Kephalos sagte durchaus die Wahrheit.

»Und aus diesem Grunde, mein Freund, und aus vielen anderen auch, freue ich mich, daß du gekommen bist, denn ich habe große Pläne. Sag mir, bin ich immer noch reich?«

»Ja, Gebieter, so reich wie immer.« Er nickte beifällig und wischte sich die Hände vorn in seiner Tunika ab, so als käme er bei der Erwähnung von Reichtum ins Schwitzen. »So reich wie man im Lande Assur nur sein kann, abgesehen vom König, deinem Bruder Assarhaddon und dem Fürsten *turtanu* – doch fand ich es ratsam . . .«

»Was denn, du Hund – heraus mit der Sprache!« Ich grinste, damit er wußte, ich machte nur Spaß. »Was war es, das mich an den Bettelstab gebracht hat?«

»Ich hielt es für klug, Gebieter, einen kleinen Teil deiner Reichtümer – meiner eigenen übrigens auch, Gebieter, denn in diesen unsicheren Zeiten muß ein Mann umsichtig sein – Handelsherren in Tyros und Sidon, ja, sogar in Ägypten, anzuvertrauen. Und diese Investitionen sind unter falschem Namen getätigt, so daß niemand weiß, soundso viele Talente Gold und Silber gehören Tiglat Assur, dem Sohn Sanheribs.«

Ich muß wohl verblüfft ausgesehen haben, denn Kephalos runzelte Brauen und Stirn.

»Gebieter, es könnte doch einmal der Tag kommen, an dem wir beide gezwungen sein werden, dieses Land zu fliehen – vorausgesetzt wir schaffen es noch. Und dein Bruder Assarhaddon hat, wenn er erst einmal König ist, einen langen Arm.«

»Von Assarhaddon habe ich nichts zu befürchten, Sklave, und er auch nichts von mir.«

»Junger Herr, du besitzt viele Tugenden, von denen ich nicht zu träumen wage, doch in diesen Fragen bist du wie ein Kind und mußt dich von einem Sklaven leiten lassen, dessen Charakter zwar weniger bewundernswert ist als deiner, der deshalb aber viel klüger in den Dingen dieser ganz und gar nicht bewundernswerten Welt ist.«

Und Kephalos, der natürlich im Recht war, starrte in seinen Weinbecher, als schämte er sich, meinem Blick zu begegnen. Doch ich, nicht etwa er, hatte Grund, mich zu schämen.

»Es tut mir leid, mein Freund«, sagte ich und legte ihm die Hand auf den Arm. »Das war von mir vorschnell und im Zorn gesprochen. Laß dich nicht von dem Geplapper eines Kindes kränken.«

»Ich bin nicht gekränkt, Gebieter. Was du sagst, stimmt – für den Augenblick. Der Gebieter Assarhaddon ist dein Bruder und liebt dich. Doch was jetzt stimmt, muß nicht ewig stimmen. Alles kann sich furchtbar verändern, wenn ein Mann mit einem schwachen Kopf plötzlich Herr der Welt ist.«

Er blickte auf und lächelte, und ich merkte, daß er mir verziehen hatte. Und natürlich war es klug von ihm, sich auf einen Tag vorzubereiten, der vielleicht niemals kam. Und wenn ich mich nicht traute, an dergleichen zu denken, so machte mich das wahrlich nicht edel gesinnter.

Es war jedoch an der Zeit, das Thema zu wechseln.

»Ich bin also immer noch reich?« fragte ich. »Du hast doch wohl nicht auch den allerletzten Kupferschekel nach Sidon und Tyros geschickt?«

»Nein, Gebieter – du bist immer noch reich. Wie es einem Prinzen geziemt.«

»Gut. Dann schicke nach Ninive und laß mir etwas von meinen Reichtümern nach hierher schicken. Ich brauche es, denn ich habe vor, meiner Mutter einen prächtigen Palast zu bauen. Und die Garnison will ich auch neu bauen, und das Städtchen – ich habe die Absicht, aus dem armen, kleinen Amat eine große Stadt zu machen. Und das nicht aus Ziegeln, sondern aus Stein. Und damit nicht jeder Schurke hier, der etwas zu verkaufen hat, und sei es nur die Arbeit seiner eigenen Muskeln, mich bestiehlt, brauche ich meinen schurkischen Sklaven, den großen Arzt Kephalos, dessen Hirn mehr Windungen hat als eine Schlange.«

*

Mein getreuer Diener torkelte an jenem Abend nicht nur sehr betrunken, sondern auch sehr glücklich ins Bett. Ich hatte ihm einen wertvollen Auftrag erteilt, ein Geschenk von außerordentlich hohem Wert. Er sollte den Bau einer großen Stadt überwachen – und bei solch einem Projekt, so kalkulierte er, würden ihm allein schon die Bestechungssummen ein luxuriöses Leben bis ins höchste Greisenalter sichern.

Doch als guter Gast brachte er natürlich auch Geschenke mit.

»Deine Mutter, die Herrin Merope, hat mir deinen Gemütszustand geschildert, soweit sie sich damit auskannte – sie sagte, du wärst wie ein junger Mann fortgeritten, der den Tod suchte. Ich bin dem selbst nach meiner Ankunft hier ein wenig nachgegangen, und was muß ich entdecken? Jedermann erzählt mir das gleiche, daß du nämlich völlig im Soldatischen aufgehst. Die Freudenhausbesitzer behaupten, sie hätten seit der Ankunft des Garnisonskommandanten noch keine Geschäfte mit ihm gemacht, und ich finde unter deinen Hausklaven keine einzige Frau, die diesen Namen verdiente. Ich warne dich, Gebieter, wenn das so weitergeht, wirst du nicht mehr lange ein geachteter Mann sein. Für jemanden in der ersten Blüte seiner jugendlichen Kraft geziemt es sich nicht, noch ist es vernünftig oder gesundheitsförderlich, wenn seine Hand seine Mannheit nur zum Pissen umfaßt. Was wird aus deiner Gesundheit, und wie sieht das wohl aus? Hör auf meine Worte, am Ende gibt das nur zu bösen Gerüchten Anlaß.«

»Und was würdest du, Kephalos, als mein Arzt und mein Freund mir empfehlen?«

Kephalos rieb sich mit dem Finger den Nasenflügel– eine Art Verbeugung vor meiner Klugheit, denn ich war ihn tatsächlich um Rat angegangen.

»Ich habe schon Schritte unternommen, Gebieter«, gab er zurück.

Schritte? Was für Schritte? Als ich eine Stunde später zu meiner Schlafmatte kam und ich sie dort auf mich wartend vorfand, da konnte ich mir meine eigene Überraschung nicht erklären. Der Raum wurde durch ein Kohlebecken erwärmt, das beinahe schon erloschen war und welches zusammen mit der Öllampe in meiner Hand die einzige Beleuchtung darstellte. Doch brauchte ich etwa den hellen Schein der Sonne, um zu merken, daß sie schön war?

»Ich bin Naiba«, murmelte sie, als ich mich neben sie hockte und ihr in die Augen blickte, welche groß und schwarz waren und mich so sehr an meine verlorene Assarhamat erinnerten. Sie schob die Decke fort, damit ich ihren nackten Leib sehen konnte – ich bin nur ein Sklavenmädchen, hieß die Geste, ich möchte durch meine Unterwürfigkeit Gnade vor den Augen meines Herren finden. »Ich bin Naiba, Erhabener.«

»Ja, das kann ich sehen.«

Da mußte sie lächeln, denn ihr Name bedeutete in der Sprache der Nomadenstämme »die Schöne«. Das Lächeln machte ihrem Namen Ehre, und ich freute mich, daß ich bei den Saken die Ohren offengehalten hatte.

»Gefalle ich dir, Erhabener?«

»Ja, du gefällst mir.«

»Dann komm in mich hinein und finde Trost bei mir.«

Sie war nicht viel mehr als ein Kind. Ich legte mich neben sie, und ihre mädchenhaften Brüste füllten kaum meine Hand. Als dann aber mein Mund ihren suchte, da schob sich ihre feuchte, spitze, kleine Zunge so drängend zwischen meine Lippen, daß sie in der Leidenschaft schon einige Erfahrungen gesammelt haben durfte. Ich umfaßte den Hals der Lampe und blies das Licht aus.

Im Dunkeln stand es mir frei, zu glauben, was immer ich wollte, und so wurde dieses Mädchen im Dunkeln für mich zu einer anderen Assarhamat. Ich war noch einmal in dem winzigen Zimmer im Ischtartempel, und meine alte Liebe kam so machtvoll zurückgeströmt wie frisches Blut. Als ich in sie eindrang, erschauerte sie unter mir, ihr Name kam mir auf die Lippen wie ein Schrei der Verzweiflung, doch ich konnte ihn nicht aussprechen. Sie zu genießen, sich an ihr zu erfreuen, wurde zur einzigen Sprache, derer ich mächtig war. Hätte ich meine Stimme gefunden, ich wäre nur an meinem eigenen Schluchzen erstickt – ich hielt sie noch einmal in meinen Armen und mußte für ein paar Augenblicke nicht allein sein.

In jener Nacht erkannte ich sie dreimal, ehe wir eng umschlungen einschliefen, und ich glaube, ich bereitete ihr auch Lust, obschon kein Mann sich dessen jemals gewiß sein kann. Sie war nicht Assarhamat. Natürlich wußte ich das. Sogar die Illusion verging nach dem ersten Mal, doch ich kann mir nicht vorstellen, daß Naiba erfaßt hat, was sie mir in jener Nacht bedeutete. Vielleicht jedoch verstand sie ein wenig, daß ich ihr etwas von meinem geheimen Ich anvertraut hatte, und wenn – und auch wenn nicht, denn welches Recht, sie um Verständnis zu bitten, hätte ich wohl gehabt –, dann war ich ihr dankbar. Und meine Dankbarkeit sollte nie enden.

»Sie ist eine von den Gefangenen, die du den Uqukadi als Tribut abgenommen hast«, erzählte mir Kephalos beim Frühstück. »Ich habe sie als Sklavin in meinem eigenen Haus behalten und habe das Siegel ihrer Jungfräulichkeit erst im vergangenen Jahr gebrochen, so ist sie eben zugeritten, ohne daß ich die Blüte zerstört hätte. Ich bin gewiß, sie hat deinem Diener keine Schande gemacht, Gebieter. Hat sie dir gefallen?«

So sprach er, während Naiba in einer dünnen Leinentunika, welche sich wie ein Schleier an ihre Brüste schmiegte, lächelnd neben meinem Ellenbogen kniete und mir Bier und

Weizenbrei mit Honig servierte. Sie hätte ein Holzklotz oder überhaupt nicht anwesend sein können.

»Wie könnte sie mir wohl nicht gefallen?« Ich legte ihr die Hand auf das Haar, das nach Zedernöl duftete, und sie drehte ein wenig den Kopf und küßte mir das Handgelenk. »Kind, wie alt bist du gewesen, als ich dich deinen Eltern geraubt habe?«

»In jenem Winter war ich gerade elf geworden«, erwiderte sie. »Aber meine Eltern haben mich nicht vermißt, denn meine Mutter war bereits tot, und mein Vater gehörte zu denen, welchen du den Kopf vor die Füße gelegt hast.«

Sie lächelte, als sie das sagte, als wäre es ihr gleichgültig, doch mir ging es durch und durch.

»Dann mußt du mich doch aber hassen, denn ich habe dir Leid zugefügt.«

»Wie denn, Erhabener?« Sie hob die Schultern, als ob ihr die Bemerkung ein Rätsel wäre.

»Weil ich deinen Vater vor deinen Augen getötet habe.«

»Ach das! Ich habe mir das Gesicht verdeckt und nicht hingesehen. Außerdem warst du der Sieger – und du hast doch nur die Clanführer getötet und sonst Erbarmen gehabt. Wenn mein Vater gesiegt hätte . . .«

Sie legte die Hände vor das Gesicht und lachte über diese amüsante Vorstellung.

»Und seitdem bin ich Haussklavin in Ninive, wo es jedem Straßenköter besser geht als den Uqukadi, deren Frauen den Pferden der Männer im Schnee zu Fuß folgen müssen. Und jetzt bin ich der Bettschatz eines großen Prinzen.«

»Da hast du's, närrischer junger Herr.« Kephalos grinste und faltete belustigt die Hände über seinem dicken Bauch. »Trotz der ganzen Skrupel deines empfindsamen Gewissens ist die Welt so wie sie ist, was sogar diese halbe Portion hier besser weiß als du. Du brauchst keine Angst zu haben – *die* wird dir im Schlaf kein Küchenmesser zwischen die Rippen jagen, nur um einen Vater zu rächen, welcher wahrscheinlich seinen Jagdhunden mehr Zärtlichkeit erwiesen hat als ihr. Für sie bist du Tiglat Assur, der Erhabene, der mächtige Prinz und Krieger, dessen Mannheit in sich aufzunehmen jeder Frau eine Ehre ist. Die da hat mit ihrem Leben ein gutes Geschäft gemacht, und sie ist klug genug, das zu wissen.«

»Und du hast für mich ein gutes Geschäft gemacht, mein Freund.«

»Hoffentlich, Gebieter«, erwiderte er, langte über den schmalen, kleinen Tisch und legte mir die Hand über die Schulter. »Zweifellos ist dir ihre Ähnlichkeit mit einer gewissen Dame, deren Namen wir nicht zu erwähnen brauchen, aufgefallen? Mir war das schon klar, als sie noch ein mageres Kind war, und so habe ich sie für dich aufgespart, denn ich wußte, der Tag würde kommen, an dem du solchen Trost gebrauchtest – jeder, wenn er nicht ein Tor war, konnte doch sehen, wie diese traurige Geschichte enden würde. Gebrauche sie, wie es dir beliebt, glaube, was immer du möchtest, bis es dir schließlich wahr erscheint. Es ist ungesund für einen Mann, seinen Samen wie ein Geizhals aufzusparen, daß er faulig wird und Leib und Seele vergiftet. Jede Frau ist besser als gar keine, und diese ist besser als viele.«

Kephalos sprach wirklich die Wahrheit, denn in den kommenden Monaten und Jahren brauchte ich das Mädchen Naiba in meiner Nähe. In jener ersten Nacht auf meiner Schlafmatte konnte sie nicht älter als dreizehn gewesen sein, und doch war sie von jenem Augenblick an die Frau in meinem Haushalt. Sie sah nach meiner Kleidung, schalt meine Diener und kümmerte sich um die Haushaltsausgaben. Und um mich kümmerte sie sich auch. Wenn ich auf einem Feldzug war, betete sie zu Assur und auch zu ihren eigenen Göttern, sie möchten mich beschützen. Wenn ich heimkehrte, führte sie mich ins Schwitzbad, zog sich nackt aus und rieb mir heißes Öl in die erschöpften Muskeln. Unter jenem Dach aß ich kein Mahl, daß sie nicht eigenhändig in den Schüsseln vor mich stellte und mich dabei lieblich und kindlich anlächelte. Sie schenkte mir und meinen Gästen Wein ein und half mir ins Bett, wenn ich davon zuviel getrunken hatte. Und jede Nacht, ob nun betrunken oder nüchtern, schlief ich ein, während sie die Arme um meine Mitte schlang und ihre kleinen, festen Brüste an meinen Rücken drückte.

Zwischen uns herrschte Zuneigung und Achtung und – das hoffe und glaube ich jedenfalls – sogar Leidenschaft. Doch keine Liebe. Zumindest nicht die Art Liebe, welche Assarhamat für alle Zeiten aus meinen Gedanken vertrieben hatte. Ich bin davon überzeugt, daß Naiba jene Geschichte kannte, auch wenn sie nie ein Wort darüber verlor; und sie war zu klug, als daß sie sich Gefühle gestattet hätte, welche über eine gewisse Zuneigung hinausgingen. Ich war ihr Gebieter, und die Berührung meines Leibes bereitete ihr Freude, doch das war auch alles. Und ich war es so recht zufrieden.

Denn zu jener Zeit stand mir der Sinn nicht nach Häuslichkeit – ich hatte nicht vergessen, und man ließ es mich auch nicht vergessen, daß ich *shaknu* des Nordens und Befehlshaber der Garnison Amat war und daß mich von den Feinden Assurs nur eine schmale Bergscheide trennte.

Da brauchte ich mir nur all die Tafeln anzuschauen, die nach meiner Rückkehr von Urartu auf mich warteten.

Darunter auch ein Brief vom König: »Warum hast du mir gar keine Nachricht gegeben?« fing er an. »Haben dir Räuber die Kehle durchgeschnitten und dich für tot in irgendeiner Felsenschlucht liegenlassen, oder hast du jene vergessen, welche dich lieben? Ich bin ein alter, von vielen Sorgen geplagter Mann, und meine Augen hungern nach deinem Anblick. Gib also Nachricht, damit ich weiß, daß du lebst und dich an deines Vaters Namen erinnerst.«

Noch ehe mein erster Morgen in Amat zu Ende ging, hatte ich schon einen Griffel genommen und meine Antwort verfaßt:

»An den König, meinen Gebieter, von seinem Diener Tiglat Assur. Möge es dem König, meinem Herrn, wohl ergehen. Mögen Assur und Schamasch dem König, meinem Herrn, gnädig gesonnen sein. Ich war auf einem Feldzug nördlich des Bohtan und möchte dir Kunde von einem großen Sieg geben ...«

Ich beschrieb ihm die Schlacht, den Mut der Skythen, meine Begegnung mit ihrem Häuptling Tabiti und das Bündnis, welches ich in seinem Namen abgeschlossen hatte. Und ich erzählte ihm von den siebzehn *mina* Gold, die ich aus den Urartern herausgequetscht hatte und beschrieb meine dortigen Eindrücke:

»Das ist keine Freundschaft, von der wir uns Hilfe erwarten können, denn ihr König ist ein Dummkopf, und die Stärke seiner Heere ist nichts weiter als ein Findling im Strom, um den die Bergstämme zu gegebener Zeit zahllos und recht rasch strömen werden – nimm als Beispiel nur die Skythen. Ich glaube, der Schnee, welcher ihre Täler und Bergpässe sieben Monate im Jahr erstickt, ist ein größeres Hindernis für die Nomaden als die ganze Streitmacht der Urarter. Ich glaube, für unsere Sicherheit müssen wir selbst sorgen.«

Und ich bat den Gebieter Sanherib, mir Verstärkungen zu schicken, damit ich eine Reihe von Feldzügen gegen die östlichen Stämme führen könne. Und ich bat ihn um die Erlaubnis, das Gold behalten und es zur Erhaltung und Verbesserung der Garnison verwenden zu dürfen.

Als die Antwort des Königs kam, bezog sie sich fast überhaupt nicht auf meinen Bericht. Anscheinend waren die nördlichen Grenzen zu weit entfernt, um ihn groß zu interessieren. Ihm lagen seine Sorgen mehr am Herzen, und es machte ihm Freude zu nörgeln:

»Dein Bruder, der Edle von Esel, belästigt mich fast täglich wegen Babylon. Ob du es glaubst oder nicht, er will die Stadt wieder aufbauen. Und da haben wir uns soviel Mühe gegeben, sie zu zerstören. Er behauptet, er fürchte den Zorn Marduks.

Er hockt in Kalach – außer Reichweite, zumindest

scheint er das zu glauben –, umgibt sich mit seinen Zauberern und Priestern und betut sich, als wäre er bereits König. Er bildet sich ein, er wäre ein besonderer Günstling des Himmels, und wenn ihm beim Aufwachen zufällig der Kopf nach einer durchzechten Nacht weh tut oder seine Lieblingshure plötzlich Läuse hat, dann muß er gleich die Omenbücher konsultieren, um den Sinn derlei seltsamer und unnatürlicher Ereignisse zu enträtseln. So zumindest berichtet man mir. Jeder Mensch sollte den Göttern die angemessene Ehrerbietung zeigen, doch sogar ein König darf sich hinhocken und seine Eingeweide entleeren, ohne zuerst die Wahrsager zu befragen. In dem ganzen Unsinn erkennt man das fleißige Wirken seiner Mutter ...

Aber, was soll's. Tu mit dem Gold, was du willst, ich jedenfalls werde dir sieben neue Kompanien Infanterie und fünf berittene Kompanien schicken, sobald das Frühlingshochwasser zurückgegangen ist. Ich wünschte mir, mein Sohn, du würdest nach Ninive kommen und sie selbst abholen. Wenn du doch hier wärest und wieder bei mir, denn wenn deine Verbannung bitter ist, meine ist es auch.«

Wenn man einen König zum Vater hat und einen Bruder, der Erbe des Thrones ist, so tut man gut daran, nicht viel auf Familienklatsch zu geben. Und darum ging ich in meinem nächsten Brief nicht auf diese Beschwerden über Assarhaddon ein. Statt dessen erkundigte ich mich nach der Gesundheit des Gebieters Sanherib und machte den Vorschlag, er solle bei bedrückter Stimmung bescheiden essen, sich Bewegung verschaffen und legte ihm die Jagd ans Herz, das beruhige die Leber. Darüber hinaus beschrieb ich ihm die geplanten Verbesserungen an den Garnisonsgebäuden und stellte klar, daß diese Verbesserungen auch einen Palast für mich innerhalb der Festungsmauern einbeschlossen. Damit gab ich ihm zu verstehen, daß ich mich hier in Amat als seßhaft betrachtete und keinen Gedanken an eine Rückkehr nach Ninive verschwendete. Seine Schwierigkeiten mit dem *marsarru* waren seine Sache und gingen mich nichts an.

Wenn das den König mäßigte, so ließ er es sich jedenfalls nicht anmerken. Die ganzen Jahre über, die ich im Norden lebte, informierte er mich regelmäßig über »den Edlen von Esel« – ich kann mich kaum entsinnen, daß er Assarhaddon jemals anders titulierte.

Der König, mein Vater, welcher von sich gesagt hatte, er wolle in seiner Regierung nur zweierlei erreichen, nämlich die Macht Babylons für alle Zeiten brechen und die Lande Assurs einem würdigen Nachfolger übergeben – und der nun erleben mußte, daß Assarhaddon beidem nicht gerecht wurde –, der Gebieter Sanherib verfiel jetzt beinahe von Stunde zu Stunde in ein mürrisches Greisenalter.

All seine Briefe an mich schrieb er eigenhändig, denn er traute keinem Schreiber. Und er schrieb mit außerordentlich unköniglicher Offenheit und machte aus seinem Herzen keine Mördergrube.

Doch ich redete mir ein, daß mich diese Dinge nichts mehr angingen, daß ich Garnisonskommandeur und *shaknu* war und nichts weiter, daß sich mein Anteil an den Staatsgeschäften auf ein Stück gebirgiger Ödnis beschränkte. Ich war jetzt ein Prinz mit nichts als einem Namen und einem Stammbaum, und von Beruf war ich Soldat des Königs. Der Name dieses Königs ging mich nichts mehr an.

*

Schon vor meiner Rückkehr hatte sich Kephalos das größte Haus gekauft, das Amat zu bieten hatte – verglichen mit dem Palast, den er in Ninive bewohnt hatte, ein beengter, kleiner Kaninchenstall, aber groß genug für angemessene Bequemlichkeiten. Die Schwierigkeit war nur, daß die Vorstellungen meines Dieners von Bequemlichkeit alles andere als angemessen waren.

»Ich bitte dich, Gebieter, entschuldige die Ärmlichkeit meiner Tafel«, verkündete er beim ersten Mal, als ich zu ihm zum Essen kam, »aber die Küche in diesem Gemäuer ist die reinste Räucherkiste. Mein Koch kann kaum sehen, so oft muß er sich den Ruß aus den Augen wischen, und unter solchen Bedingungen kann man, wie du sicher verstehst, keinen Luxus erwarten.«

Ich musterte das silberne Geschirr vor mir und erblickte eine solche Auswahl von Speisen, die selbst der König von Tuschpa als ausreichend für die Freßgier fremdländischer Besucher erachtet hätte. Ente nach Art der Hethiter, gebratenes, gewürztes Lamm, Heuschrecken in Honig, getrockneter Fisch, Weizen, Kürbis, Linsen, verschiedene Käsesorten und eine beinahe unvorstellbare Fülle von Früchten. Den Wein hatte er natürlich aus meinem Keller entwendet.

»In dieser Wildnis hier muß man sich an Entbehrungen gewöhnen«, fuhr er fort und seufzte laut, bevor er sich die Finger in einer kleinen Bronzeschale wusch und sie in einem Handtuch abtrocknete, das er einem der vier, fünf aufwartenden Mädchen abnahm. Eines war noch schöner als das andere, und sie schwebten im Zimmer ein und aus wie die Geister.

»Mit viel Mühe und ein wenig Glück können wir aus diesem Ort vielleicht etwas machen, was deiner würdig ist«, bemerkte ich trocken, denn sein Selbstmitleid war schon recht komisch.

»Ja, Gebieter – Macht zieht nun einmal Reichtümer nach sich, und so habe ich immer gewußt, daß ich es in deinen Diensten schaffen würde, als reicher Mann zu sterben.« Er blickte auf, und in seinen Augen blitzte etwas, das man entweder als Habgier oder als Ironie deuten mochte. »Erlaube mir deshalb, dir nach dem Essen gewisse Pläne vorzulegen, die ich auf deine Anweisungen hin habe zeichnen lassen. Ich denke, du wirst nicht enttäuscht sein.«

Ich hatte wirklich Großes vor. Ich wollte die Außenmauer erweitern, daß sie ein fünfmal so großes Gelände umfaßte wie der jetzige Festungsbezirk, und diese Erweiterung sollte in Stein ausgeführt werden, der nur einen Tagesmarsch entfernt reichlich in den Bergen vorkam. Da hatte ich mir keine kleine Aufgabe gesetzt, doch ich brauchte Platz, denn zu meinem Plan gehörte auch, daß ich die Garnison Amat von dreißig Kompanien auf hundert verstärken wollte, und das binnen fünf Jahren.

Und weil Eile geboten war, brauchten wir, so paradox es auch klang, Stein. Zum Ziegelmachen benötigte man die Sommerhitze, doch Stein konnte man auch im Winter brechen und schneiden. Außerdem mußte ich dreitausend Soldaten bis zum nächsten Feldzug beschäftigen.

Und das zog andere Arbeiten nach sich. Kasernen mußten gebaut werden, dazu Küchen, Amtsstuben und Werkstätten, und die Ställe mußten erweitert werden. Ein Heer, so wie ich es mir vorstellte, brauchte Exerzierplätze zum üben und viele Leder- und Metallhandwerker für die Ausrüstungen. Und da Soldaten und Handwerker und Schreiber bezahlt wurden und ihr Geld irgendwo ausgeben mußten, so würde man auch das Angebot an Lustbarkeiten in der Stadt verbessern müssen – doch das war vermutlich eine Sache, die sich von allein regelte.

Solch eine Arbeit nahm mehrere Jahre in Anspruch, doch dank Kephalos machten wir in diesem Winter einen guten Anfang. Wir inspizierten die Steinbrüche, und binnen eines Monats waren die ersten großen Steinblöcke auf Rollen aus Baumstämmen nach Amat unterwegs.

Die Männer von Assur verstehen sich hervorragend aufs Bauen. Und das ist auch das wirkliche Geheimnis ihrer Eroberungen – sie sind so ausgezeichnet in der Kunst der Befestigung, daß beinahe jede Stadt, die sie belagern, dem Untergang geweiht ist, weil nämlich Leute, welche eine Mauer untergraben, zunächst einmal wissen müssen, wie diese gebaut ist. Und so ist denn in den Heeren des Gottes kein Mann nur Soldat; stets hat er Kenntnisse als Zimmermann, Maurer oder vielleicht sogar als Baumeister. Damit hatte ich unter meinem Befehl alle Facharbeiter, welche ich brauchte.

Doch nur handwerkliche Fertigkeiten allein können nicht alles ausrichten. Die Erde wird nicht wie durch Zauber ausgehoben, und Steinblöcke, auch wenn sie noch so vollkommen geschlagen sind, bewegen sich nicht von selbst. Für diese Dinge braucht man ein riesiges Heer an Menschen ohne Begabungen außer starken Muskeln und zwei willigen Händen.

Für diese Schwierigkeit gab es jedoch eine Lösung, da mir meine Ernennung zum *shaknu* wie üblich die Vollmacht gab, Leute zur Arbeit zu pressen. Und die einheimischen Bauern, die im Winter Muße hatten, waren nur zu gern bereit, für einen halben Kupferschekel pro Tag mitzuarbeiten – das mochte zwar eine bescheidene Summe sein, doch sie reichte für einen Scheffel Datteln, und bei den Menschen hier war ein Scheffel Datteln ein unvorstellbarer Reichtum.

Im Monat Tebet dann, als die Erde schon einen Finger tief mit Schnee bedeckt war und die Arbeiter im Steinbruch ihre Steinblöcke brachen, indem sie Wasser in die mit Äxten gehauenen Spalten gossen und das Wasser über Nacht gefrieren ließen, da ging die große, neue Festungsmauern einem Mann schon bis zur Mitte, und ich machte mir die schönsten Hoffnungen, daß sie binnen zwei Jahren fertiggestellt sein würde. Noch schneller ging es mit meinem Palast voran, welcher zugleich als militärisches Hauptquartier und Sitz der Regierung der Nordprovinz dienen sollte. Ich durfte hoffen, daß er zur Hochwasserzeit bezugsfertig war.

Die Männer von Assur leben von der Landwirtschaft und vom Krieg, und das sind Beschäftigungen für die langen, heißen Sommermonate, wenn die Kälte sie aus ihrem harten Griff entlassen hat und das Hochwasser gekommen und gegangen ist. Im Winter schärfen wir unsere Schwerter und reparieren unsere Kornspeicher und warten. Das ist dann die Zeit, in welcher der Mensch aus Mangel an besserer Beschäftigung auf sich selbst geworfen ist. Es ist die Zeit der Erinnerung und der quälenden Träume. Es ist die Zeit der verbitterten Herzen.

Und so brannte ich nur so darauf, von Morgen bis Abend gefordert zu werden. Wäre ich im Süden stationiert gewesen, wo es keine Steine gab, es wäre mir schlimm ergangen, doch in Amat war kaum Zeit, meinem Hang zum Unglücklichsein zu frönen. Morgens arbeitete ich an meinem Schreibtisch; ich empfing meine Offiziere, las Berichte und widmete mich den hunderterlei kleinen Aufgaben, mittels derer eine Garnison von dreitausend Mann es warm hat, zu essen bekommt und in Zaum gehalten wird. Und nachmittags stieg ich aufs Pferd und ritt aus, um die Fortschritte bei der Arbeit zu prüfen. Nur abends suchten mich dunkle Schatten heim, und sogar dann war ich emsig – und wenn ich keine Arbeit fand, dann bewirtete ich meine Offiziere oder ging zum Plaudern zu Kephalos. Und dann gab es ja auch noch Naiba.

Es ist wirklich ein Vergnügen zuzusehen, wie auf eigenen Befehl langsam Mauern und Gebäude aufsteigen. Als wir den ersten Frühlingshauch spürten, waren die Festungsmauern auf Mannshöhe angewachsen, drei der neuen Kasernen waren bezugsfertig, und mein eigener Palast war abgesehen vom Dach und den Innenarbeiten fast beendet, so daß ich hoffen durfte, binnen weniger Monate einziehen zu können. Das erfreute mein Herz sehr, und diese Freude war eine Entschädigung für vieles andere.

Schließlich war ich noch ein sehr junger Mann, und ein junger Mensch kann kaum andauernd bedrückt sein, wie schrecklich auch immer seine Enttäuschungen sein mögen. Ich hatte eine Aufgabe im Leben, etwas, das jedem Tag Bedeutung zu verleihen schien, und auch mein Fleisch entbehrte nicht des Trostes. Und wenn ich dunkle Augenblicke erleben mußte – insbesondere dann, wenn die Öllampe ausgeblasen war und ich meinen Samen verbraucht hatte und darauf wartete, daß mir der Schlaf die Augen schloß –, dann waren es nur Augenblicke, verglichen mit den langen Stunden, in denen ich vergaß und meine Seele Frieden fand. Wenn ich auch nicht glücklich war, so doch zumindest zufrieden.

Als dann der Schnee zu schmelzen begann und das

Hochwasser wieder einmal anstieg, merkte ich, daß ich unruhig wurde. Die Arbeit ging gut voran und erforderte keine tagtägliche Überwachung mehr, und die Verstärkungen aus Ninive würden nicht vor Ende Iyyar eintreffen, das gab mir noch zwei Monate Zeit. In Amat hielt mich nichts. Ich war wie ein Tier im Käfig, rieb mir die Flanken an den Stangen, um meine Gefangenenzelle so groß wie möglich zu machen. Und da beschloß ich eine Rundreise durch die Provinzen.

Die Dörfer des Nordens sind klein und liegen weit verstreut, denn das Land ist nicht so fruchtbar wie im Süden. Meine neuen Untertanen würden also zu arm sein, um ihren neuen *shaknu* und eine große Streitmacht aufzunehmen, ohne daß es für sie eine beträchtliche Härte bedeutet hätte, und dann wollte ich auch nicht gern für einen Räuber gehalten werden. Ganz abgesehen davon wollte ich diesen Leuten verständlich machen, daß die Garnison Amat, der sie ihre Steuern zahlten und die ihre Männer zur Arbeit preßte, zu ihrem Schutz da war. Was würden sie wohl davon halten, wenn ich den Anschein erweckte, daß nicht einmal ich in meinen eigenen Provinzen ohne ein Heer zu meinem Schutze reisen konnte? Wie stand es dann um Sicherheit von Leib und Leben und Besitz anderer? Und so machte ich mich mit einer Leibwache von nur zehn Mann auf den Weg.

Es war noch einmal kalt geworden an dem Morgen, als wir aufbrachen, der kälteste Tag seit vielen Tagen. Der Atem unserer Pferde gefror und stieg wie große Federwolken in die Luft, und die Stoppelfelder des vergangenen Herbstes glitzerten von Reif. Naiba stand im Vorbau meines Hauses mit einer Decke um die Schultern und sah mit der bedenklichen Miene zu, welche Frauen haben, wenn die Männer zu unverständlichen Unternehmungen aufbrechen. Ich lachte ihr zu und schwang mich aufs Pferd. Es war schön, am Leben zu sein.

Wir folgten dem Großen Zab bis kurz nach Mittag in südlicher Richtung, hielten uns dann östlich und gelangten in eine Reihe von fruchtbaren Tälern, die von einem Flüßchen gespeist wurden, welches auf allen Landkarten, die ich zu Gesicht bekommen hatte, kaum mehr als ein Faden und zu beiden Seiten von Bergketten begrenzt war, deren Namen keiner von uns kannte. Der vom Schmelzwasser angeschwollene Fluß war bereits ein reißender Strom, und wir konnten deutlich hören, wie er auf seinem Grund riesige Steine mit sich riß. Am gegenüberliegenden Ufer war das Land viel flacher und offener, doch erst am Abend des zweiten Tages fanden wir eine Stelle, wo wir den Übergang wagen konnten. So kaltes Wasser hatte ich wohl noch nie erlebt.

Am Morgen des dritten Tages, nur gut eine Stunde, nachdem wir das Lager abgebrochen hatten, ritten wir in das erste Dorf ein, das wir seit unserem Aufbruch von Amat sichteten. Diese Dorfgemeinschaft bestand aus etwa sechzig, siebzig Familien, die in einer Ansammlung von Lehmziegelhütten lebten, welche wohl an die tausend Jahre am gleichen Fleck gestanden haben mochten.

Gemäß der Etikette, die derlei Dinge regelt – denn nicht einmal der *shaknu* des Königs darf sich einbilden, daß man die Männer von Assur wie ein besiegtes Volk behandeln darf –, zügelte ich mein Pferd etwa zwanzig Schritt vor dem Dorfrand und wartete. Und nach angemessener Zeit kam mir der Dorfälteste, ein weißhaariger, ledriger alter löwengesichtiger Mann mit dem Amtsstab in der Rechten entgegen. Er verneigte sich, gerade tief genug, daß es höflich, doch nicht untertänig wirkte, und stand dann stumm da.

»Du siehst aus, als genössest du hier Autorität«, sagte ich. »Ich überbringe dir die Grüße unseres erhabenen Gebieters, des Königs in Ninive, des Dieners unseres Gottes, des Herrn der Welt. Ich bin sein *shaknu,* und mein Name ist Tiglat Assur.«

»Dieser Name ist sogar hier bekannt, mein Prinz. Ich begrüße dich als den mächtigen Sohn eines mächtigen Vaters, so als wärest du der König selbst.«

An jenem Abend bewirtete uns das Dorf mit frisch geschlachtetem Lamm. Und ich war zu Gast im Hause des Ältesten, wo ich mit ihm und seinen Söhnen und den Söhnen seiner Söhne Bier trank. Draußen konnte ich das Gelächter meiner Soldaten hören, von denen die meisten wahrscheinlich in ganz ähnlichen Dörfern geboren worden waren und sich deshalb zweifellos recht heimisch fühlten. Und auch ich, der ich doch am Hofe des Gebieters Sanherib großgeworden war, spürte eine wohltuende Vertrautheit mit diesen weißgetünchten Wänden, innerhalb derer in einem gewissen Sinne alle Männer Assurs geboren werden, denn im Dorf liegen die Wurzeln unseres Lebens.

Allesamt, der Älteste und seine Nachkommenschaft und ihr Gast, der *shaknu,* saßen auf Binsenmatten auf der Erde, tranken aus Tonkrügen Bier und freuten sich an der Wärme des Kohlebeckens. Und der alte Mann erzählte mir aus den Tagen, als er Soldat im Heer des großen Königs Tiglatpileser war, welcher mit den westlichen Ländern Krieg geführt hatte.

»Damals war ich nur ein Knabe und hatte mich noch nie mehr als einen halben Tag von der Schwelle meines Vaters entfernt. Ich hatte das Glück, unter dem Gebieter Sargon dienen zu dürfen, der in der vorletzten Regierung König war. Das war ein mächtiger Mann – abgesehen von deinem lederfarbigen Haar und deinen blauen Augen könntest du, Gebieter, fast sein Geist sein.«

»Ich bin nicht einmal wert, sein Schatten zu sein, ehrwürdiger Vater, doch es schmeichelt mir, daß du meinst, mein Großvater lebte noch ein wenig in mir weiter. Ich wurde in der Stunde seines Todes geboren, und ich fürchte, das hier ist wohl das einzige Vermächtnis, welches mir von ihm überkommen ist.«

Ich öffnete die Hand und zeigte ihnen den Blutstern auf der Handfläche.

»Ich erinnere mich an den Blutstern, der dich auf diese Welt geleitete – und den Gebieter Sargon hinaus«, sagte der alte Mann ernst und schüttelte den Kopf. »Es ist ein schrecklich Ding, so von dem Gott gezeichnet zu werden. Es macht mich dankbar, daß ich nach Assurs Willen nur zu solch einem demütigen Geschick bestimmt bin.«

»Als Prinz in einem goldenen Haus zu wohnen, das scheint mir kein allzu hartes Los zu sein.«

Es war einer der Enkel, der so sprach, ein Mann ungefähr in meinem Alter und schon sehr betrunken.

»Der Sohn eines Königs zu sein, das ließe ich mir auch gefallen – frage doch den Gebieter Tiglat Assur, ob er tauschen möchte.«

In dem darauffolgenden Schweigen schluckte er schwer und schlug die Augen nieder.

»Dieser Tor aus meinen Lenden wollte nicht unehrerbietig sein, Prinz«, sagte der Älteste zuletzt. Es blieb mir nichts anderes übrig, als es scherzhaft zu nehmen und zu grinsen und mit ihm anzustoßen.

»So habe ich es auch nicht aufgefaßt, ehrwürdiger Vater. Beide sagt ihr die Wahrheit, denn ein Mensch ist das, was er aus sich macht. Wenn er in einem goldenen Haus unglücklich ist, dann trifft die Schuld daran niemanden als ihn.«

»Nein, Prinz – ein Mensch ist das, was Gott aus ihm macht.«

*

In jedem Dorf empfing man uns mit herzlicher Gastfreundschaft, die Männer von Assur achten nämlich ihren König und seine Diener und sind nicht hochfahrend gegenüber dem Fremdling in ihrer Mitte. Ich stellte fest, daß mein Name mir sogar in diese abgelegenen Orte vorausgeeilt war, und das schmeichelte meinem Stolz, doch brannte ich nicht mehr so darauf, vom Vater meines Vaters zu sprechen, und das Mal in meiner Hand zeigte ich auch niemandem mehr. Ich hatte in gewisser Weise geprahlt – schließlich war ich stolz darauf, von großen Königen abzustammen – und dafür war ich bestraft worden. Mir gefiel es durchaus nicht, daran gemahnt zu werden, daß ich nichts weiter war als ein Spielball des Gottes.

Wir durchritten diese aneinandergereihten Täler, bis wir einen Gebirgspaß fanden. Den überquerten wir und machten uns auf den Rückweg zum Großen Zab, über den ich setzen wollte, ehe das Hochwasser so hoch stand, daß die Pontonbrücken unpassierbar waren. Es war im Monat Nisan, an dem Tag, mit dem das Neujahrsfest in Ninive endete und das Bild des Gottes wieder in seinen Tempel zurückkehrte, als wir in den westlichen Teil des Gebietes unter meiner Oberhoheit gelangten.

Hier wurde nur wenig Landwirtschaft betrieben, und so war es denn auch nichts Ungewöhnliches, wenn wir tagelang ritten, ohne auf ein Dorf oder ein gepflügtes Feld zu stoßen. Doch das Wetter war mild, und es fehlte nicht an jagdbarem Wild, darum litten wir keine Not. Weil ich neugierig war – und keine Lust hatte, vor der Zeit nach Amat zurückzukehren –, führte ich meine kleine Truppe noch einmal ins Gebirge hinauf, zu Stellen, wo nur noch Karawanen reisen, wo niemand außer Geistern haust. Hier wäre ich gern auf ewig weiter gewandert.

Zuletzt erblickten wir, nachdem wir eine Reihe von Hügeln erklommen hatten, gegen Mittag vor uns einen hohen Berg. Er gehörte nicht zu einer Kette, sondern stand allein wie ein stolzer König, der keinen Vergleich duldet. Er schien sich ganz unvermittelt vor uns zu erheben. Der Gipfel verlor sich im Dunst, einsam und heilig.

Wir waren mehr oder weniger willkürlich gereist, waren keinem bestimmten Weg gefolgt und hatten kein Ziel, und doch konnte ich mich beim Anblick dieser so mächtigen und großartigen Felsenhänge des Eindrucks nicht erwehren, daß mich irgend etwas zu diesem Ort gezogen, daß ich gefunden hatte, wonach ich unbewußt die ganze Zeit suchte.

Unter meinen Soldaten war einer, der in einem Dorf, keine drei Tagesritte von hier entfernt, geboren worden war und behauptete, das Land etwas zu kennen. Ich hieß ihn kommen und wies auf den Berg.

»Was ist das da vor uns?« fragte ich ihn

»Das ist der Berg Epi, *Rab Shaqe«*, erwiderte er und lächelte, als ob ihn der Anblick freute. »Das ist die Wohnstätte des Mächtigen Assur und so alt wie die Welt.«

»Dann bist du schon einmal hier gewesen?«

»O nein, *Rab Shaqe,* diesen Ort darf niemand betreten. Aber wie könnte das auch anders sein. Da sieh – der Gott macht deutlich, was sein Eigentum ist.«

Ja, ich konnte es sehen. Sogar durch die Wolken konnte man noch ein mattes, gelbes Licht erblicken, das geringfügig zu flackern schien wie eine Öllampe, die man ins Fenster gestellt hat.

»Um den Gipfel ist ständig eine Wolke«, fuhr er fort, »aber der Gott offenbart sich. Es geht die Sage, wenn das Licht verschwindet, dann hat Assur sein Volk verlassen und es der Vernichtung preisgegeben.«

»Und den Berg darf niemand besteigen?«

»Nein, *Rab Shaqe.* Niemand darf sich dorthin wagen, außer denen, welche der Gott ruft – zumindest sonst darf niemand zurückkehren. Deren Knochen müssen dort auf den toten Steinen bleichen, und ihre Seelen finden auf ewig keine Ruhe, weil niemand ihnen Grabgaben von Wein und Essen darbringt. Diesen Ort überläßt man besser sich selbst«.

»Ich komme vom Berg Epi«, hatte der *maxxu* mir vor einer Ewigkeit gesagt. *»kennst du den?«* Und ich hatte mit nein geantwortet und gesagt, daß nur wenige dort gewesen seien. *»Nur wenige, ja. Aber auch du eines Tages.«* Anscheinend war dieser Tag endlich gekommen.

»Wir lagern heute abend am Fuße des Berges«, sagte ich und sah, wie er die Augen fromm und ängstlich aufriß. »Und morgen ersteige ich den Berg. Hab keine Angst – ich glaube, ich bin gerufen worden.« Ich lächelte ihm zu, denn er fürchtete sich.

»Es wird sich schon zeigen, nicht wahr, ob ich wiederkomme.«

»Ja, *Rab Shafle.* Es wird sich zeigen.«

Meine Soldaten waren ganz und gar nicht begeistert von dieser neuen Grille ihres Kommandanten. Meinem Befehl antwortete ein dumpfes Schweigen, und als wir uns dem Berg bis auf einen halben *beru* genähert hatten, da zügelten sie alle ihre Pferde und warteten, daß ich mich umdrehte und sie anblickte. An ihren Mienen war abzulesen, daß sie keinen Schritt weiter machen wollten.

Der *ekalli,* der mit mir am Bohtan gekämpft hatte und ein guter Mann war und sich nicht leicht ins Bockshorn jagen ließ, machte eine entschuldigende Geste zur Seite hin.

»Wir würden dir bis in den Rachen des Todes folgen«, sagte er, als ob das ein beschämendes Geständnis wäre. »Es gibt keinen Feind, mit dem wir uns nicht dir zuliebe herumschlagen würden, *Rab Shaqe.* Das weißt du. Aber wir haben Angst, daß wir uns gegen den Gott versündigen, und nun willst du, daß wir die Erde seiner heiligen Stätte mit unseren Fußabdrücken entweihen. Bitte, *Rab Shaqe . . .«*

»Sei unbesorgt, Sinduri«, sagte ich, denn seine Bitte, welche schon fast an Meuterei grenzte, rührte mich. Wie hätte ich sie tadeln können, schließlich fürchteten sie sich zu Recht vor dem, was ich vorhatte, und es stand mir nicht zu, den Zorn des Gottes über sie zu bringen. »Wir bleiben hier, fern von Assurs Stätte, und morgen reite ich allein weiter. Wenn ich ein Unrecht begehe, so soll niemand darunter zu leiden haben als nur ich selber.«

Das war ihnen genug, und so schlugen wir das Lager an einer Quelle auf, die wie ein Omen des Friedens aus einem kahlen Felsen hervorsprudelte. Wir brachten die Kochfeuer in Gang und aßen, und jeder fühlte sich sicher und geborgen, als er sich zum Schlafen legte.

Ich schlief in jener Nacht nicht. Ich hatte keine Angst, doch ich verspürte eine sonderbare Erregung, das, was ein Mann an seinem Hochzeitstag spüren mag. Jeder Mensch ist sich in seiner Existenz ein Rätsel – und darin bildete ich keine Ausnahme. Doch ich hatte das Gefühl, daß ich kurz vor jener Entdeckung stand, nach der jeder von uns solange sucht, wie noch Leben in ihm ist. Damals war ich noch so jung, daß ich mich nicht davor fürchtete.

In der Stunde vor dem Morgengrauen gewitterte es. Allerdings regnete es nicht, und es zuckten auch keine Blitze am Himmel, doch rollte der Donner so zornig, daß einem davon der Schädel platzen wollte. Wir saßen in unsere Umhänge gehüllt vor dem toten Feuer, fürchteten uns und warteten auf das Licht des Morgens.

»Tu's nicht, woran du dein Herz gehängt hast, *Rab Shaqe«*, flehten sie. »Der Gott, der durch jeden unserer Gedanken wie durch Wasser sieht, ist zornig. Kein *sedu,* auch nicht ein so mächtiges wie das deine, kann dich vor der Wut Assurs beschützen.«

»Doch, ich gehe«, sagte ich, auch wenn mein Mut schwankend wurde wie Schilfrohr im Wind. »Der Gott kündigt sich nur an. Wenn ich mich vor ein wenig Lärm schon fürchte, dann bin ich nicht wert, in seine Nähe zu kommen.«

Doch ich fürchtete mich. Und auch als das Gewitter vorüber war und die Sonne schien, konnte ich mein Frühstück nicht hinunterbringen. Aber ich mußte es tun, obschon ich nicht zu sagen wußte, warum.

Nachdem ich die Reinigungsriten vollzogen und meine Gaben an Brot und Salz und einen Schnipsel meines Bartes dargebracht hatte, verabschiedete ich mich von meinen Kameraden wie einer, der in den Tod geht, legte alle meine Waffen ab, nur nicht das Schwert, welches Assurs besonderes Symbol ist.

»Übermorgen ist ein ungünstiger Tag«, sagte der *ekalli* Sinduri zu mir und blickte mich an, wie ein Mensch, der gerade seinen Bruder begräbt. »Du mußt also morgen abend wieder vom Berg herunter sein.«

»Wenn ich bis dahin nicht zurück bin, dürft ihr annehmen, daß der Gott mein Leben gefordert hat.«

»Wir werden warten und beten und Assur Gaben darbringen, damit er dir diese Torheit verzeiht.«

Und so schieden wir voneinander, während das Gras noch naß von Tau war.

Am Fuße des Berges streifte ich meine Sandalen ab, kniete nieder und legte sie neben den Pfad, damit der Gott sehen konnte, daß ich seine heilige Stätte nicht entweihen und sie mit keinem anderen Fleisch außer meinem eigenen lebendigen in Berührung bringen wollte und daß ich mich seinem Willen unterwarf. Und so machte ich mich an den Aufstieg, der mich ins Ungewisse führte.

Schon bald war unser Lager nicht mehr zu sehen, denn die Spur, der ich die ersten sechs Stunden bis nach Mittag folgte, wand sich wie eine Schlange um den Berg hoch. Jeder Schritt brachte mich nur wenig höher, der Pfad war schmal und stellenweise schotterbedeckt, scharfe kleine Steine schnitten mir immer wieder in die Fußsohlen. Es schien ewig so weiterzugehen, immer ein wenig bergan, und das ermüdete mich allmählich wie der Wind, welcher einen Kiesel glättet. Aber die Spur war immer noch auszumachen. Darüber war ich froh, denn lange konnte sie nicht mehr währen.

Schließlich war es dann mit ihr zu Ende, und ich mußte über Granitblöcke klettern, krallte mich in Felsspalten oder an merkwürdigen Büschen fest, die beim ersten Griff loszubrechen drohten, oder an glatten Felswänden, die in der prallen Sonne brieten, bis sie so heiß wie die Wände eines Brennofens waren. Und immer schien ich mich senkrecht hochzuziehen, jedes Mal eine Elle. Es nahm und nahm kein Ende. Es schien, Assur wollte seine Geheimnisse gut hüten.

Zur dritten Stunde nach Mittag legte ich mich in den Schatten eines überhängenden Felsens um zu rasten, ich war zu müde um weiterzumachen; erst einmal mußte ich wieder Luft bekommen. Meine Arme und Beine, ja, sogar meine Brust schmerzten vor Erschöpfung. Ich konnte mich nicht entsinnen, jemals so zerschlagen gewesen zu sein. Und es schien, daß ich noch viele Stunden vom Gipfel entfernt war.

Ich werde es nie schaffen, dachte ich. So erledigt wie ich war, würde ich gewiß fehltreten und mein Hirn auf den Felsen unter mir verspritzen. Zudem wurde es bald dunkel. Und in der Dunkelheit zu klettern, hieß den Tod herauszufordern.

Ich hätte zurückkehren, am Abend, wenn das Licht nachließ, lagern und den Rest des Weges am nächsten Morgen machen können, doch auf die Idee kam ich einfach nicht. Es wäre auch sinnlos gewesen, da ich schon so weit gekommen war, denn kein Mensch entgeht dem Zorn des Gottes. Es gab keinen anderen Weg als den nach oben, wo ich nach Assurs Willen leben oder sterben würde, denn ich hatte mich in seine Hand gegeben.

Nach einer Weile fand ich, daß es Zeit zum Weitergehen war und stand auf. Vor mir befand sich ein schmaler Felssims, welcher hinter einer Felswand im Nichts zu verschwinden schien – keine sehr vielversprechende Richtung, doch eine andere bot sich mir nicht. Ich drückte mich mit dem Rücken an die glatte, ebene Felswand und suchte mir vorsichtig einen Weg.

Kaum war mein Rastplatz außer Sicht, da sah ich, daß sich das Sims zu einem Pfad erweiterte, der an der Vorderseite des Felsens steil hochführte. Man schien ungehindert darauf gehen zu können, denn er führte stracks geradeaus. Immerhin, der Gott hatte mich nicht umkommen lassen.

Es war ein leichter Weg, und dazu einer, den schon andere vor mir beschritten hatten. Tausend Jahre lang waren die heiligen Männer meiner Rasse hierher gekommen, um dem Gott zu begegnen und zu ergründen, was er mit den Männern Assurs vorhatte.

Hier und da fand ich etwas auf die Felsen gekritzelt– die ersten Zeilen eines Gebetes, zuweilen nur den Namen des Gottes. Zuweilen waren die Zeichen fast unleserlich geworden.

Ich war mit einer bestimmten Absicht hergezogen worden – hergezogen, denn mittlerweile war mir klar, daß ich nicht aus eigenem Antrieb gekommen war, sondern weil es dem

Einen so gefiel, der mich irgendwie zu seinem Instrument gemacht hatte. Er, welcher Erde und Himmel aus dem Leichnam der erschlagenen Tiamat erschaffen hatte, der den Menschen aus Flußlehm gemacht und ihm alle Fertigkeiten, alles Wissen und alle Weisheit offenbart hatte, eben dieser hatte meinen Fuß auf diese Reise gesetzt.

Und als ich dem ansteigenden Pfad folgte, machte der Gott sich mir bemerkbar. Ich sah zwei Omen, ein böses und ein gutes. Im Staub zu meinen Füßen erblickte ich verschüttetes Wasser in Form einer Schlange, ein Zeichen, daß mir im Leben Böses widerfahren würde. Es lagen noch richtige Wassertropfen auf der Erde, so als ob sie eben erst verschüttet worden wären. An die hundert Schritt weiter erschreckte ich einen Schwarm Wachteln, welcher nach links aufstob. Woher das verschüttete Wasser kam, wo hier doch kaum Regen fiel, ich wußte es nicht zu sagen. Warum Vögel an einem Ort nisteten, wo es keinen Grashalm zum Fressen gab, ich wußte es nicht zu sagen. Ich erkannte in diesen Zeichen den Willen Assurs, der mir bedeuten wollte, daß mir sowohl Böses als auch Gutes widerfahren würde, zunächst das eine, dann das andere.

Assurs Sonne wurde bereits rot am westlichen Horizont, als der Pfad in einen ebenen Weg mündete, der so war, als hätte man ihn mit der Maurerkelle geglättet. Das war der Gipfel – hier ging es nicht mehr weiter. Ich setzte mich, wickelte mich in meinen Umhang und sah zu, wie die Dunkelheit sich herabsenkte.

Ich kann mir das Licht nicht erklären, mit dem der Gott seine Anwesenheit an jenem Ort offenbaren soll. Von unten her kann man deutlich sehen, wie es den wolkenverhangenen Gipfel in einen heiligen Schein hüllt. Aber als ich dort ganz oben saß, war ich in der kalten, schwarzen Nacht allein. In seinem Heiligtum verbirgt sich der Mächtige Assur. Es bleibt ein Geheimnis.

Ein kühler, böiger Wind wehte, er spielte mit mir wie eine Frau, doch ich hatte kaum noch Kraft zum Frösteln. Ich war mehr als zerschlagen, da ich an diesem Tage noch nichts gegessen hatte und schwindlig vor Schwäche war. Mein Umhang war mein einziger Schutz vor der Kälte, doch wenn das körperliche Übelbefinden ein gewisses Maß übersteigt, dann kann man nicht einmal mehr schlafen. Ich werde die Nacht durchwachen, dachte ich, vielleicht offenbart sich mir dann der Gott.

Ich zog mein Schwert aus der Scheide und stieß es mit der Spitze in den weichen Boden. Das war nun mein Altar an diesem öden Ort.

Ich wartete. Der Wind ließ nach, doch die Kälte gefror zu Eis. Sie drang durch meinen Umhang, in mein Fleisch, ging bis auf die Knochen. Sollten Sterne glitzern oder der Mond scheinen, vor mir verbargen sie sich. Ich konnte mir die Hand vor Augen halten und nicht einmal die Finger ausmachen. Nichts unterschied eine Stunde von der folgenden. Nicht einmal mehr mein Hirn schien zu arbeiten.

Es muß ein Traum gewesen sein, obschon ich meine, gar nicht geschlafen zu haben. Ich wachte auch nicht mit einem Ruck auf – der Traum verblaßte einfach und ließ mich leer und ausgehöhlt zurück, und dann erweckte mich der erste Schimmer der Morgendämmerung wieder zum Leben. Aber es konnte nur ein Traum gewesen sein, denn Dinge, welche in Träumen geschehen, erschrecken nicht. Hätte ich das, was mir in jener toten Nacht gezeigt wurde, wach und mit den Augen der Vernunft erlebt, es hätte mir den Verstand geraubt. Und doch blieb der Traum wahr, auch wenn es nur ein Traum war, und was ich sah, war genau das, was sich zutragen sollte.

Assur ist das Licht der Wahrheit schlechthin. Er ist die Sonne, welche überall scheint, und er blendet die Menschen mit seiner Herrlichkeit. Er blendete den *maxxu,* damit er ihm Künftiges offenbaren konnte. Andere blendet er, damit sie durch die Welt gehen und nichts weiter sehen. Wenn ich ihn in jener Nacht sah – und bis zu meinem Tod werde ich daran glauben –, dann sah ich ihn als Licht und Feuer.

In jener Nacht sah ich viele Dinge und begriff gar nichts. Ich war nicht der *maxxu,* der blind für den Schatten der Dinge nur die Wahrheit sah. Ich würde von dem Berg zurückkehren und immer noch von der Welt geblendet sein, immer noch glauben, daß die Wahrheit ein Traum und der Traum die Wahrheit war.

Ich sah den großen Tigris, den Vater der Ströme, in Flammen stehen. Ich stand am anderen Ufer, Ninive gegenüber und sah, wie die Stadt der Menschen hinter einem Feuervorhang verschwand. Wurde sie von den brennenden Wassern verschlungen? Ich wußte es nicht. Ich wußte nur, daß sie auf ewig für mich verloren war und daß ich nie wieder durch ihre Tore schreiten würde.

Und dann war ich auf einmal in der Stadt, und die Stadt war ein Eisenkäfig, und mein Bruder Assarhaddon stand draußen, war in die Uniform eines gemeinen Soldaten gekleidet und schlug mit wutverzerrtem Gesicht mit dem Schwert an die Stangen. Und dann öffnete sich die Tür des Käfigs, und Assarhaddon deutete mit seinem Schwert auf die weglosen Wüsten und sagte »Geh!« Und der Käfig um mich herum wich zurück, und ich war allein auf der Welt

Und ich sah meinen Vater, Sanherib, den großen König, wie er vor dem Bild des Gottes betete. Seine Gewänder waren aus Gold, doch er war ein alter Mann, und sein Haar war weiß geworden und seine Kraft dahingeschwunden. Sein Ruhm war ein Nichts, und der Gott zermalmte ihn unter seiner hölzernen Hand.

Und die Hand des Gottes wurde zu Assarhaddons Hand, welche meine eigene hielt. Ich spürte, wie seine Finger in meiner schlaff wurden.

Und dann verblich alles zu einem hellen, weißen Licht, das die Welt erfüllte und für nichts mehr Platz ließ. Auf diese Weise endete der Traum, in einem blendenden Licht. Er endete, und ich befand mich wieder im Dunkeln. Ich weiß nicht, wie lange ich auf die Morgendämmerung warten mußte. Die Zeit schien für immer stillzustehen.

Doch die Morgenröte kam. Schon konnte ich umrißhaft mein Schwert erkennen, das immer noch in der Erde steckte. Ich versuchte, es herauszuziehen, doch es gelang mir nicht. Ich zog, bis ich meinte, der Rücken müßte mir durchbrechen, doch es wich nicht. Es schien in den Grundfesten der Erde verankert zu sein. Am Ende ließ ich es dort.

An meinen Rückweg habe ich kaum Erinnerungen. Ich war fast zu erschöpft, um überhaupt noch Fuß vor Fuß zu setzen, und in meinem Kopf summte es wie in einem Hornissennest – wieder und wieder kamen diese beunruhigenden Träume zurück wie die Geister Ermordeter, welche ihren Mörder heimsuchen. Aber der Gott muß meinen Fuß beschützt haben, denn bei Einbruch der Nacht erreichte ich endlich die Talsohle. Schon konnte ich das Lagerfeuer meiner Soldaten sehen.

»*Rab Shaqe,* du bist zurück! Der Gott muß dich vor allen Menschen begnadet haben.«

»Ich würde das kaum als Gnade bezeichen«, sagte ich mit tonloser Stimme, als ich mich ans Feuer setzte und in die Flammen starrte. Der *ekalli* Sinduri warf mir eine Decke über die Schultern, denn meinen Umhang hatte ich oben auf dem Berg vergessen, und jetzt zitterte ich vor Kälte. Mein Hirn war wie betäubt. Als ich endlich begriff, was er von mir wollte, da nahm ich einen Becher Wein aus seiner Hand entgegen und trank gierig.

»Du bist lebendig von einem furchtbaren und heiligen Ort zurückgekehrt, *Rab Shaqe.* Das ist mehr als Gnade.«

»Ja, aber er hat mich für meine Zudringlichkeit verflucht, Sinduri. Er hat mir die Zukunft gezeigt, mir aber ihren Sinn verborgen. Ich glaube, ich bin dazu verdammt, erst dann zu erkennen, wenn es soweit gekommen ist.«

XXI

Es wäre mir schwergefallen, genau zu erklären, wie diese Begegnung mit dem Unerklärlichen mich für immer veränderte. Vielleicht sollte ich lieber eingestehen, daß sie nicht mich, sondern die Kategorien meines Selbstverständnisses veränderte. Ich hätte nicht zu sagen gewußt, was ich auf dem Gipfel des Berges Epi gewonnen hatte – damals jedenfalls noch nicht–, klar war nur, was ich verloren hatte. Der Gott hatte mir mein Machtgefühl genommen. Er hatte mich Ereignisse mitansehen lassen, die außerhalb meiner Macht liegen sollten. Er hatte mich gelehrt, daß ich nichts war, daß ich keinen Willen hatte, daß ich lediglich Instrument einer Zukunft war, deren Lauf nach seinem Plan allein geregelt wurde. Trotz aller Einbildung auf seine jämmerliche Kraft hat der Mensch keinerlei Macht. Es gibt unter der Sonne keine andere Macht als die des Schicksals, und das verläuft, wie es dem Mächtigen Assur gefällt.

Mehr war auf einer Reise nicht zu lernen. Ich war der Lehren müde und trug kein Verlangen mehr nach seltsamen Abenteuern. Wir wandten unsere Pferde der aufgehenden Sonne entgegen und ritten der Heimat zu. Dazu brauchten wir zehn weitere Tage.

Schließlich wurden wir der Garnison ansichtig, die Stadt auf der anderen Seite, näher am Fluß, erblickten wir jedoch nicht. Ich freute mich, als ich sah, daß die Festungsmauern seit unserem Aufbruch um weitere zwei Ellen in die Höhe gewachsen waren. Als wir näherkamen, ließen die bei der Arbeit überraschten Soldaten die Werkzeuge fallen, mit denen sie gearbeitet hatten und stürzten uns jubelnd entgegen. »Assur ist König! Assur ist König!« erklang es aus vielen Kehlen, und Männer streckten die Hand aus, um mich beim Vorbeireiten zu berühren. Sogar Kephalos, mittlerweile so fett wie eine tragende Sau, kam die Straße entlanggelaufen, reckte die Arme in die Luft und brüllte wie ein Kameltreiber.

»Na!« keuchte er und klopfte mein Pferd beim Gehen auf den Widerrist, »dann läßt du deine Knochen also doch nicht in der Wildnis bleichen. Merkst du, wie die Mauern gewachsen sind? Diese Köter, diese Lagersoldaten, arbeiten jetzt gewißlich schneller, wo du wieder daheim bist, junger Herr, denn sie haben dich ins Herz geschlossen.«

Ich sah auf sein feistes, strahlendes Gesicht hinunter, und Freude und Dankbarkeit erfaßten mich, daß die Götter mir Jugend und Leben und die treue Liebe dieses diebischen Fremdlings gewährt hatten. Das lag mir schon auf der Zunge, doch dann lachte ich laut auf und schluckte es gerade noch hinunter.

»Es hat den Anschein, als ob auch du geschuftet hättest, Ehrenwerter Arzt – obschon man nicht merkt, daß es dich etwa schlanker gemacht hätte.«

Und dann mußten wir beide lachen. Ich war daheim – Amat war, so schien es, meine Heimat, und ich war froh darüber.

»Speise heute abend bei mir, Kephalos, und erzähle mir alle Neuigkeiten.«

»Nein, Gebieter«, gab er zurück und schüttelte den Kopf. »Du speist bei mir, denn dein Koch ist nur Soldat und versteht sich auf nichts als Ziegenfleisch im eigenen, abgestandenen Fett. Ich erlaube dir aber, daß du von deinem Wein so viel trinkst, wie ich mir gestattet habe, dir zu stehlen.«

⋆

Der Tisch vor uns war mit Tellern voller Früchte gedeckt, mit Heuschrecken in Honig, gewürztem Lammfleisch und seltsamer, süßduftender Hirse. Es gab Wein aus Goldbechern und eine hübsche Sklavin zum Einschenken. Das Leben an den Grenzen des Weltreiches hatte den Hang meines Dieners zum Luxus nicht schmälern können.

»Ist deine Reise gut verlaufen, junger Herr?« erkundigte er sich in jenem höflichen Ton, der deutlicher als alle Worte klarstellte, daß er mich für einen großen Narren hielt, welcher seine Zeit für nutzlose Herumtreibereien vergeudete. »Gewißlich hast du bemerkt, daß ich die Mauer der Festung während deiner Abwesenheit auf zweimal Manneshöhe gebracht habe.«

Er warf sich in die Brust und ließ gleichzeitig seine Hand über die Schulter des Mädchens wandern, bis der Daumen auf ihrer Brust zu liegen kam. Sie schien das als eine Art Signal zu deuten und schenkte ihm den Becher beinahe randvoll ein.

»So hoch schon, Kephalos?« sagte ich und unterdrückte mit Mühe das Lachen. »Und durch deiner Hände Arbeit, wetten das? Keine Menschenseele hat dir dabei geholfen!«

Er zuckte nur die Achseln, derlei Späße nahmen ihm nichts von seiner Würde.

»Bald kommt es noch dahin, junger Herr, denn wie du weißt, werden die gepreßten Arbeiter demnächst auf ihre Felder zurückkehren müssen. Die Bauerei wird von jetzt bis zum Ende des warmen Wetters nur noch recht langsam vorankommen.«

»Sei's drum. Eine große Stadt ist nun einmal nicht das Werk eines Winters, und dann sind ja wir beide hier, um die Arbeit in kommenden Jahren voranzutreiben.«

Die Aussicht schien ihn nicht gerade zu begeistern. Er saß eine Weile stumm da.

»Während deiner Abwesenheit sind Briefe eingetroffen«, erzählte er mir am Ende und mit leiser Stimme, während er sich in die Kissen zurücklehnte, die ihn auf seinem Sessel beim Speisen umgaben. »Aus Ninive, mit dem Siegel des Königs – und noch einer aus Kalach. Es ist fünf Tage her, daß die Reiter im Abstand von nur einer Stunde eingetroffen sind.«

»Und vermutlich hast du keine Ahnung, was in beiden stehen könnte?« fragte ich und wunderte mich über seinen Ton – was war denn schon Überraschendes daran, daß ich Briefe vom König erhielt?

»Ach, junger Herr . . .« Kephalos wand sich in seinem Sessel. »Ich würde es doch nicht wagen, meine Augen auf die Privatkorrespondenz meines Herren zu richten. Und außerdem weißt du, daß ich kaum mehr als ein paar Dutzend Symbole der dolchförmigen Schrift beherrsche.«

»Kephalos . . .«

»Gebieter?« Er lächelte gequält, denn ich würde die Wahrheit schon aus ihm herausquetschen – schließlich wußten wir beide nur zu gut, daß meine Schreiber, welche er bestach, ebenso in seinen wie in meinen Diensten standen.

»Rede, Kephalos. Was für Neuigkeiten kommen aus Kalach?«

»Keine, Gebieter. Nur daß der Gebieter Assarhaddon plant, die Garnison diesen Sommer zu inspizieren . . .«

»Inspizieren?« wiederholte ich – ich traute meinen Ohren nicht. »Inspizieren? Das Wort gebraucht er mir gegenüber?«

»Ja, Gebieter. Das Wort gebraucht er.«

»Und was sonst noch?«

»Und er möchte dir die nahe bevorstehende Geburt eines Sohnes kundtun. Er sagt, die Wahrsager sind davon überzeugt, daß die Herrin Assarhamat nicht später als in den letzten zehn Tagen des Monats Iyyar in die Wehen kommt.«

Ich glaube, wir dachten beide das gleiche. Ich hatte Assarhamat am sechzehnten Tag des Ab zum letzten Mal gesehen, und Kephalos konnte genausogut bis neun zählen wie jedermann.

Verärgert darüber, daß auch ich wußte, was er wußte, spähte er in seinen leeren Weinbecher und runzelte die Stirn.

»Sahisch, du faule Schlampe«, rief er auf Akkadisch, »sollen dein Herr und sein Gast etwa vor Durst umkommen? Denk an deine Pflichten, Mädchen, oder du fegst demnächst die Schlafkammern in einem Freudenhaus!«

*

Der Brief des Königs enthielt kein Wort über Assarhamat. Wenn sein Sohn und Nachfolger mit einem Erben gesegnet werden sollte, so hielt er es wohl nicht für geraten, das mir gegenüber zu erwähnen – vielleicht gefiel ihm die Aussicht nicht sehr, da er sich in seiner Botschaft fast ausschließlich schlecht über Assarhaddon erging.

»Der Esel ist im Süden gewesen, hat an den Schreinen der alten sumerischen Götter gebetet und Zauberer aufgesammelt – na ja, auch die Großen haben wohl ein Recht auf Zerstreuung. Andauernd liegt er mir in den Ohren, daß ich Babylon wieder aufbauen muß, ehe die Geduld des Himmels erschöpft ist, und vielleicht muß ich in dieser Richtung etwas unternehmen, ehe sich die Andersdenkenden um ihn scharen. Der Esel ist nicht beliebt, und so muß ich ihm den Weg zum Thron um so behutsamer ebnen.

Er will eine Reise in den Norden machen und will dich zweifellos mit seiner neuen Pracht tief beeindrucken. Da du ihn mehr liebst als ich, wünsche ich dir viel Vergnügen an seinem Besuch. Gewiß kann es nicht schaden, wenn er für ein paar Monate von seiner Mutter getrennt wird. Seit ich alt bin und keine Freude mehr an ihrem schönen Fleisch habe, ist mir klar geworden, daß es ein Fehler war, ihr den Schleier überzulegen und sie meine ›Frau‹ zu heißen, doch die Götter strafen alte Männer, indem sie ihnen die Augen für Torheiten öffnen, die nicht mehr rückgängig zu machen sind.

Geister flattern um meinen Kopf, und meine Seele ist bedrückt. Mein Sohn, ist denn alles vergebens gewesen . . .?«

Doch wenn mein Vater auch nur die flatternden Schwingen des Todes vernahm, die ganze Welt um ihn herum erwachte zu neuem Leben. Jeden Tag schien die Sonne ein wenig länger und schmolz den Rest des Winterschnees. Der Große Zab führte viel Schlick und trat beinahe schon über die Ufer. Das Leben war nicht mehr ganz so verdrießlich.

Da die neuen Kasernen beinahe fertig waren, schickte ich zehn meiner Offiziere in den Süden, um die Verstärkungen zu holen. Sie sollten sich sofort nach Rückgang des Hochwassers auf den Weg nach Amat machen. Sie hatten Befehl, bei ihrer Rückkehr auf Drei Löwen Halt zu machen und meine Mutter und einige ihrer Frauen mitzubringen. Die erste Phase meines Lebens an diesem Ort war abgeschlossen, und jetzt verlangte mich so sehr nach einem stetigen Leben, wie es ein Soldat für sich erwarten kann. Ich freute mich auf sie und auf die Feldzüge, die mit dem heißen Wetter wieder beginnen würden.

Die Nacht meiner Rückkehr war die letzte, die ich in meinen Räumen im alten Garnisonshauptquartier verbrachte, denn am nächsten Morgen bezog ich den neuen Palast. Die Amtsstuben und die Repräsentationsräume waren noch nicht fertig, doch mein eigener Flügel, wo ich nicht als *shaknu,* sondern als Privatmann leben konnte, waren bereit, mich aufzunehmen.

Die Kammer meiner Mutter roch noch nach nassem Mörtel, doch ich ordnete an, den Holzfußboden mit Sand zu schmirgeln und mit Wachs zu polieren, damit zu ihrer Ankunft alles bereit wäre. Naiba arbeitete vom Morgengrauen bis in die Nacht an der Einrichtung unseres neuen Haushalts, erschöpfte sich in dem ängstlichen Bemühen, alles bereit zu haben, daß man die Große Herrin Merope aufnehmen konnte, wie sie diese nannte. Schließlich war Naiba kaum mehr als ein Kind, und ich konnte sie nicht davon überzeugen, daß sie nichts zu befürchten hatte, daß die Große Herrin ein sanftes, harmloses Geschöpf sei, das selbst einmal Sklavin im Haus eines Herrn gewesen war.

Naiba war hier eine Fremde – wie meine Mutter, wie ich selbst. Wir waren schon ein sonderbares Paar, sie und ich. Was wohl meine Mutter von uns denken mochte, wenn sie hier eintraf?

Der Frühling würde die Antwort mit sich bringen – auf diese und auf viele andere Fragen. Es blieb nichts anderes, als zu warten wie der Fluß, der sich wieder in sein altes Bett zurückzog, nachdem er seine Gabe abgeladen hatte und die

Bauern aufs neue die Ochsen vor den Pflug spannten. Meine Soldaten, welche vor Langeweile schon ganz reizbar geworden waren, redeten von nichts anderem als von Feldzügen und Beute. Und aufs neue formierten sich auf dem Exerzierplatz in Amat die Schlachtgevierte von Assurs Heer. Es war Zeit für neue Unternehmungen, denn wieder einmal schien alles machbar.

Und am ersten Tag des Iyyar brachten Kundschafter die Nachricht, daß Wagen, Reiterei und Infanteriesäulen nicht einmal drei Tagesmärsche von der Stadt gesichtet worden waren. Ich erteilte den Befehl, alles für den Empfang der zwölf Kompanien Verstärkung vorzubereiten, die mir der König versprochen hatte.

Doch noch ehe sie eintrafen, ritt ich aus, um ihre Reihen aus der Ferne zu zählen und stellte fest, daß es nur acht waren, fünf Kompanien Fußsoldaten und drei berittene. Die mitgebrachten Depeschen enthielten keine Erklärung, und so mußte ich mich mit weniger zufriedengeben.

Trotz allem war es ein prächtiger Anblick, als sie auf die Festungstore zumarschiert kamen, um ihre Standarten zu präsentieren. Wir konnten das Dröhnen ihrer Kriegstrommeln schon eine Stunde lang hören, ehe der erste Wachtposten von der Mauer herabrief, daß er ihren Staub im Winde sähe.

Die Einwohner säumten die Straßen und jubelten, und ich wartete zu Pferde mit fast der ganzen Garnison, die zum Appell angetreten war, um sie am Tor zu empfangen. Die Trommeln wurden lauter, der Lärm nahm zu, und ich mußte mein tänzelndes Pferd hart zügeln. Ich spürte, wie mein Herz höher schlug, ich war stolz, Soldat zu sein, denn die Heere des Gottes boten einen herrlichen Anblick.

Wenige Minuten nach Mittag löste sich der Truppenkommandeur, der Uniform nach ein *rab abru,* aus der vordersten Heeressäule und kam im leichten Galopp auf mich zugeritten, um protokollgemäß seine Grüße zu überbringen und Zahl und Aufstellung seiner Kompanien zu melden. Er hatte ein prächtiges, schwarzes Dienstpferd und ritt, als ob er sich des herrlichen Anblicks, den sie zusammen boten, vollkommen bewußt sei. Er war schon fast herangekommen, als ich in ihm Arad Malik erkannte, meinen königlichen Bruder, den ich seit unserer Begegnung vor den Mauern Babylons nicht mehr gesehen hatte.

Er zügelte sein Pferd, brachte es jäh zum Stehen und reichte mir seinen Kommandostab. Das verschlagene Lächeln auf seinen Lippen, als ich ihn entgegennahm, war nicht zu übersehen, und jetzt trafen sich unsere Blicke.

»Ich überbringe dem Gebieter *Shaknu*, dem Königlichen Prinzen, dem Mächtigen Tiglat Assur, der Geißel Assurs, die Grüße des Königs«, sagte er und salutierte noch einmal. »Ich erlaube mir, meine eigenen hinzuzufügen.«

»Ich danke dir, Königlicher Prinz«, erwiderte ich und überlegte schnell, wer ihm diese Rede wohl einstudiert haben mochte. »Und sei mir willkommen, denn ich habe gelernt, die Vergangenheit mit einem blinden Auge zu sehen.«

Er fletschte die Zähne zu einem Grinsen – er hatte begriffen, was ich damit meinte –, und zusammen ritten wir zurück, um die Truppen zu begrüßen.

»Die Herrin Merope und ihre Frauen sind in einem Wagen direkt hinter der ersten Infanteriesäule, wo der Reisestaub sich nicht so unangenehm bemerkbar macht.«

Ich nickte – vielleicht weniger dankbar, als er es sich erhofft hatte, aber ich wußte nicht, wieso Arad Malik gekommen war und wollte mir keine Blöße geben.

Die Truppen zogen vorbei, und ich nahm ihren Gruß entgegen und erwiderte ihn. Ich sah kurz das Gesicht meiner Mutter hinter dem Vorhang ihres Wagens; sie lächelte und winkte, vielleicht ein wenig zögernd, so als wüßte sie nicht, ob sie willkommen war. Winken durfte ich nicht, doch lächeln war erlaubt, und das schien zu genügen.

»Die meisten sind noch ganz grün«, sagte Arad Malik plötzlich. Ich brauchte einen kurzen Augenblick, bis ich darauf kam, daß er die Verstärkungen meinte. »Es sind aber genug erfahrene Soldaten darunter. Willst du mit diesen da im Sommer schon auf einen Feldzug?«

»Ja – es sei denn, die Meder schickten einen Abgesandten, der mir die Füße küßt.«

Darüber lachte er, doch eine Spur lauter als es der Scherz wert gewesen war, und dann verfielen wir in Schweigen, während die Reihen der Soldaten an uns vorbeidefilierten. Ich merkte, daß er mich die ganze Zeit mit seinem typisch schrägen Blick musterte, doch ich gab mir Mühe, seinen Augen nicht zu begegnen. Wir hatten uns schon als Kinder nicht ausstehen können, warum zeigte er auf einmal ein so einnehmendes Wesen? Und wo hatte er, der selbst gemessen am Ton einer Offiziersmesse, ungeschliffen war, diese neue Kunst der Schmeichelei erlernt? Vermutlich würden Zeit und Umstände Licht in das Dunkel bringen.

Als wir die letzten Formalitäten hinter uns gebracht hatten und die acht neuen Kompanien in ihre Unterkünfte weggetreten waren, half ich meiner Mutter aus ihrem Wagen und führte sie, während ihre Frauen uns stumm auf den Fersen folgten, in meinen neuen Palast.

Drei Jahreszeiten eines Jahres waren vergangen, seit ich sie zuletzt gesehen hatte, und sie kam mir abgespannt vor; doch vielleicht war es nur die Reisemüdigkeit. Beim Gehen hielt sie sich an meinem Ellenbogen fest, so als hätte sie Angst zu stolpern.

»Hoffentlich findest du diesen Ort nicht zu unwirtlich«, sagte ich und bemühte mich um ein Lächeln, als sie mich mit feuchten, ängstlichen Augen ansah – so hatte sie mich schon oft angesehen, auch damals, als ich noch ein Kind war; das war der Blick eines Menschen, der kein Vertrauen in die Dauer des Glücks setzt. »Hier ist es im Winter kälter, doch weniger drückend im Sommer. Mir sagt das Klima jedenfalls zu.«

Sie gab keine Antwort, sondern lächelte und wandte den Blick ab und umklammerte meinen Arm nur noch fester.

»Hast du etwas gegessen, Merope?«

Sie schüttelte den Kopf. »Nicht seit gestern morgen, mein Sohn – es ging einfach nicht. Ich weiß, das ist dumm, aber ich . . .«

»Dann wirst du essen. Wir speisen jetzt, denn heute abend muß ich bei einem Festmahl für meine Offiziere anwesend sein, und dergleichen zieht sich gern hin, bis anständige Leute längst im Bette liegen. Aber ein paar Stunden haben wir noch.«

»Bist du zufrieden, Lathikadas? Hast du Frieden gefunden?«

»Wer auf der weiten Welt hat schon Frieden gefunden?« gab ich zurück und lachte gequält. »Ich habe gelernt, mit mir zurechtzukommen, was gar nicht so gering zu achten ist, und ich habe viel zu tun. Ich bin nicht unglücklich. Es wird sicher besser, da du hier bist.«

»Und denkst du immer noch an sie?«

Das war eine Frage, der ich lieber auswich. So hob ich nur die Schultern und lächelte.

»Ich habe eine Frau – ein Geschenk von Kephalos, die weiß, wie das so ist. Du wirst sie beim Essen kennenlernen. Hoffentlich magst du sie.«

»Wenn sie meinem Sohn gefällt, dann mag ich sie.«

Wir gingen die Stufen hoch und über die Steinveranda, und die Wachen öffneten uns die Tür. Meine Mutter blickte sich einen Augenblick staunend um.

»Das ist wahrlich ein Palast«, sagte sie zuletzt. »Wie für einen König.«

»Hier bin ich König, Merope – zumindest aber bin ich Statthalter des Königs und mache seine Würde anschaulich. Aber ich verspreche dir, ich sperre dich nicht in mein Frauenhaus ein.«

Sie lachte leise und schien zum ersten Mal wirklich glücklich zu sein. Immerhin, ein Anfang.

*

Die Wände des Bankettsaales waren bar aller gemeißelten Friese mit den Verewigungen meiner Siege im Krieg und meiner Geschicklichkeit auf der Jagd. Kephalos beklagte diesen Mangel stets aufs neue, denn er war der Meinung, das würfe ein schlechtes Licht auf die Majestät des *shaknu*, doch sonst fehlte es an nichts zur Bequemlichkeit und zum Vergnügen meiner Offiziere, der alten wie der neuen, als diese zum Begrüßungsmahl erschienen. Mein guter Diener, dem so viel an Äußerlichkeiten lag, hatte sich besondere Mühe mit dem Abendessen und den Lustbarkeiten gegeben. Drei Tage lang hatten sein Koch und ein ganzes Heer von Helfern soviel Köstlichkeiten zubereitet, daß man damit eine mehrfache Zahl von Gästen hätte sattmachen können. Als ich mich beim Eintreten umblickte, bemerkte ich zu meinem Erstaunen, wieviel hübscher Huren sich Amat doch rühmen konnte. Es waren sogar Musikanten da. Seit meiner Ankunft hier hatte ich auch nicht eine einzige Rohrflöte trillern hören, und dieser Kephalos hatte tatsächlich Musikanten aufgetrieben, damit die Huren tanzen konnten.

»Ich mußte jeden Tropfen genießbaren Weines aufkaufen, den man in diesem Hundeloch bekommen kann«, hatte er mir nervös erzählt und mich beim Ärmel gepackt, als ich mich setzen wollte. »Ich kann nur beten, daß es genug ist, Gebieter, doch nach ein, zwei Stunden, wenn alles hinreichend betrunken ist, lasse ich die minderen Jahrgänge servieren.«

»Mach dir keine Sorgen, mein Freund – ein Soldat trinkt nur, weil er ausgelassen und glücklich werden will. Der Wein muß betrunken machen, mehr braucht es nicht.«

Und nach dem betäubenden Jubelgeschrei zu schließen, das mich empfing, als ich meinen Platz einnahm, hatten die Männer Assurs diesen Zustand schon erreicht.

Ich selbst war auch nicht mehr gerade nüchtern, als ich einen unter meinen Gästen entdeckte, der kein Soldat war – und auch nie einer werden konnte. Nahe einer Ecke des von der Festtafel gebildeten Vierecks saß nüchtern und größtenteils von den Männern um ihn herum unbeachtet mein königlicher Bruder, der Schreiber Nabuscharusur. Er sah immer noch so aus wie bei unserer letzten Begegnung am Vorabend meines ersten Feldzuges, als wir beide eigentlich noch Knaben waren.

Wie er so dasaß, hätte er meine Aufmerksamkeit nie auf sich gezogen, wenn nicht eine der Huren aus weiblicher Bosheit einem Mann gegenüber, den sie nicht reizen konnte, damit angefangen hätte, ihn zu ärgern, ihre Freunde auf sein glattes Eunuchengesicht aufmerksam gemacht und versucht hätte, sich auf seinen Schoß zu setzen. Nabuscharusur, welcher an derlei Neckerei gewöhnt zu sein schien, schob sie einfach beiseite und fuhr fort, mürrisch ins Leere zu starren.

Ich winkte eine der Wachen heran.

»Jage die nackte Hündin hinaus«, befahl ich ihm. »Und gib ihr eine tüchtige Tracht Prügel mit der flachen Klinge deines Schwertes, ehe du sie gehen läßt, da sie es für richtig hält, meine Gäste zu ärgern. Achte darauf, daß ihre Kehrseite so wund ist, daß sie den nächsten halben Monat keine Lust verspürt, auf dem Schoß eines Mannes zu sitzen.«

»Es sei, wie du wünscht, *Rab Shaqe«,* sagte er grinsend. Der Befehl schien ihm sehr zuzusagen.

»Und bitte den Prinzen, meinen Bruder, den gelehrten Schreiber, mir Gesellschaft zu leisten.«

Als Nabuscharusur an meinen Tisch kam, stand ich auf und ergriff seine Hand, und die Offiziere um mich herum machten ihm Platz.

»Ich habe dich heute nachmittag nicht unter den vorbeiziehenden Truppen gesehen«, sagte ich, nur um etwas zu sagen – diese schweigsame Unglücksgestalt war kein einfacher Gesprächspartner.

»Ich bin nicht gut zu Pferd«, antwortete er. »Ich bin in einem Wagen mit den Frauen deiner Mutter gereist.«

Er lächelte dünn, so als gäbe er ein offensichtliches Gebrechen zu. Das war seine Art anzudeuten, daß er mir für mein Dazwischenfahren keinen Dank wußte, daß er sein

Schicksal angenommen hatte, wenn auch unwillig und daß er mir dankbar wäre, wenn ich meine Anfälle von Großzügigkeit anderen zukommen lassen würde. Irgendwie – warum wußte ich nicht zu sagen – flößte mir seine Haltung eine gewisse Achtung ein.

»Du fragst dich, wieso ich hier bin?« fragte er und lächelte sein verkniffenes, trübseliges Lächeln. »Warum ich mich auf eine solche Reise begebe? Ich stehe bei unserem Bruder Arad Malik als Schreiber in Diensten.«

»Ich kann mir gut vorstellen, daß er einen braucht«, sagte ich, denn mir waren die netten Ansprachen dieses Nachmittags eingefallen.

»Ja.« Das Lächeln wurde eine Spur breiter, so als wollte er meiner Bemerkung beipflichten. »Er ist ein Schwachkopf, aber sein Verstand reicht gerade noch, eben dieses zu erkennen und sich auf mich zu verlassen. Für mich ist er nützlich.«

»Als was? Als jemand, der für dich das Schwert führt?«

»Als Gegenspieler zu Assarhaddon.« Er hob die schmalen, weiblichen Schultern; er war sich klar darüber, daß er ein Risiko einging, doch anscheinend war ihm das gleich. »Er ist Soldat, Prinz und noch ein Mann. Dafür achten ihn die Menschen, und wenn ich ihm die Worte in den Mund lege, dann hören sie ihm auch zu.«

»Mit Hochverrat zu liebäugeln, ist ein gefährliches Spielchen, Bruder. Assarhaddon hat ein langes Gedächtnis für Kränkungen, und eines Tages wird er König sein.«

»Hat er das? Wird er das? Wer weiß. In derlei Angelegenheiten zählt nur der Wille des Gottes.«

»Der Gott hat seinen Willen bereits deutlich kundgetan.« Nabuscharusur sagte nichts, er antwortete mit einem weiteren Achselzucken. Ich hatte nicht den Eindruck, daß er sich so viel aus dem Willen des Gottes machte, wie er vorgab.

Mein Interesse an diesem Thema war nicht groß, und statt es weiter zu verfolgen, verfiel auch ich in Schweigen und richtete den Blick auf die Vorstellung in dem leeren, durch die Tische gebildeten Geviert, wo eine der Huren, nackt und ölglänzend, wie eine Verrückte tanzte, ihre Brüste im Takt zu den rasenden Trommelschlägen erzittern ließ und wie in wollüstiger Ekstase stöhnte. Meine Offiziere feuerten sie an und klatschten im Takt dazu – man hätte meinen können, sie hätten noch nie solch einen Tanz gesehen, dabei glich er hundert anderen, die ich bei dergleichen Anlässen erlebt hatte. Vermutlich war ich nur nicht betrunken genug.

»Verwunderlich, daß selbst ein Mann, der dem Kastriermesser entgangen ist, diese Lustbarkeit amüsant findet«, murmelte Nabuscharusur, so als gestünde er sich das lediglich selbst ein. »Die Frau da, welche sich für einen halben Silberschekel gern jedem hingeben würde, hat für einen Augenblick alle in ihren Bann gezogen. Eine merkwürdige Sache, die Macht des Fleisches. Das geht über das Begriffsvermögen eines armen Eunuchen wie ich es bin.«

»Ich könnte mir vorstellen, daß du dich auf andere Arten der Macht ziemlich gut verstehst, Bruder, und die sind eher im Hirn zu finden als in den Lenden.«

Ich hatte vielleicht mehr gesagt, als ich vorgehabt hatte. Unsere Blicke trafen sich, und Nabuscharusur lächelte.

»Es ist wohlbekannt, daß nicht alle Söhne Sanheribs auf den Kopf gefallen sind. Wir sprechen uns noch, Tiglat Assur.«

Und so geschah es, und das mehr als nur einmal während der zehn Tage, die sich meine königlichen Brüder als Gäste in der Garnison Amat aufhielten. Nabuscharusur mit seinen dünnen Armen und seinem bartlosen Gesicht hatte immer noch den gleichen hellen Kopf wie damals, als wir alle zusammen bei Bag Teschub die Schulbank drückten: hinzugekommen war der kalte Zynismus eines Menschen, für den das Leben keine Verheißungen mehr bereithält. Ein Lehmklumpen wie Arad Malik konnte immerhin tapfer in der Schlacht sein – zum Soldaten reichte es bei ihm gerade noch –, doch bei solchen Menschen ist Mut größtenteils ein Mangel an Phantasie. Nabuscharusur war ein ganz anderer Fall. Er sah die Wahrheit mit kaltblütiger Klarheit; er fürchtete nichts, weil ihm alles gleich war. Wenn Schaden angerichtet wurde, so war ein Nabuscharusur schlimmer als hundert Arad Maliks. Der *marsarru* wußte es noch nicht, aber er hatte sich einen ernstzunehmenden Feind gemacht.

Doch es war Arad Malik, der seine Zeit damit zubrachte, unter meinen Offizieren böses Blut gegen Assarhaddon zu machen. Als man mir das zutrug, schickte ich nicht nach dem *rab abru,* sondern nach seinem Schreiber.

Es war ein warmer Tag. Wir saßen unter dem Rebstock in meinem Garten beim Wein. Diese Unterhaltung war nicht für fremde Ohren bestimmt.

»Das muß aufhören«, sagte ich ihm. »Ich erwarte seinen Besuch innerhalb der nächsten drei Monate, und Assarhaddon weiß, wie man sich bei Soldaten beliebt macht. Über Arad Malik schwebt schon die Axt des Scharfrichters.«

»Tatsächlich? Solange der König lebt, ist er ziemlich sicher, denn dem ist es gleich, wie schlecht man über seinen Nachfolger redet, und dann überschätzt du wohl die Fähigkeiten des *marsarru,* sich einzuschmeicheln. Und Arad Malik weiß ohnedies, daß sein Leben keinen Pfifferling wert ist, wenn Assarhaddon König wird.«

»Woher weiß er denn das?«

»Von mir – ich habe ihm das gesagt. Und er kennt das jähzornige Temperament unseres Bruders gut genug, um mir das abzunehmen.«

»Und was ist mit dir?« fragte ich, obgleich ich die Antwort vermutlich schon wußte. »Warum bist du dieses Bündnis eingegangen? Was bedeutet es dir schon, wer der nächste König ist?«

»Stimmt – vorausgesetzt, es ist nicht Assarhaddon. Sage mir, Bruder, traust du mir schlicht Gehässigkeit als Grund zu?«

Nabuscharusurs Miene trug einen fragenden, leicht verächtlichen Ausdruck, so als ob er mich wegen meines Mangels an intellektueller Spitzfindigkeit bedauerte.

»Weißt du denn nicht, worüber man in ganz Ninive klatscht, Tiglat Assur?« fuhr er am Ende fort. »Ist dir denn nicht zu Ohren gekommen, daß der *baru* Rimani Assur sich aus Reue darüber erhängt hat, weil er bei Assarhaddons Erwählung seinen Eid gegenüber Schamasch, dem Gott der Entscheidungen, gebrochen hat? Du glaubst doch wohl nicht im Ernst, daß der Gott dir aus irgendeinem Grund diesen störrischen Ochsen vorgezogen hätte, der zu nichts anderem taugt, als in der Schlacht sein Leben zu lassen?«

Hinten im Garten stand ein Baum, in welchem etliche Amseln sich um die Sitzplätze zankten – seit Tagen schon kehrten sie zurück und zogen in großen Scharen am Himmel dahin. Ich konnte sehen, wie sie auf den noch kahlen Zweigen sitzend schwerfällig mit den Flügeln schlugen, und ihr drohendes, mißtönendes Gekreisch war vermutlich sogar noch hinter den Palastmauern zu hören. Ich hielt nichts von Omen, doch bei ihrem Anblick hätte ich gern einen Stein geworfen, um sie alle zu verscheuchen.

»Warum sollte Rimani Assur so etwas getan haben?« fragte ich, und erst, als ich den Klang meiner eigenen Stimme vernahm, wußte ich, was ich im Sinn hatte. »Was hatte er zu gewinnen? Ich weiß natürlich, daß die Priester Assarhaddon als Erben haben wollten, doch was hatte der *baru* von ihnen zu befürchten, solange ihn der König schützte?«

»Es gab Dinge, vor denen ihn nicht einmal der König schützen konnte.« Nabuscharusurs Erwiderung klang so sanft wie tröpfelndes Wasser. »Er hatte nämlich den Zorn des Königs zu fürchten, so munkelt man jedenfalls. Denn Rimani Assur hatte eine Schwäche – ein Gelüst, wenn du so willst – und das stillte er geradewegs am Tisch des Königs.«

»Ein Gelüst? Was für ein Gelüst denn?«

»Eines, an dem ich keinen Anteil habe. Und welches du, Tiglat Assur – wenn man den Geschichten, die man so hört, Glauben schenken darf –, bereits befriedigt hast.«

XXII

Ich machte erst gar nicht den Versuch, Nabuscharusurs Worte zu verstehen – ich wollte sie nicht verstehen. Selbst wenn er die Wahrheit sagte, so konnte ich den in der Vergangenheit angerichteten Schaden nicht wieder gutmachen. Assarhaddon war zum *marsarru* erhoben, und Assarhamat war seine Frau. Nabuscharusur schreckte vielleicht nicht vor einem Bürgerkrieg zurück, aber ich. Meinem Bruder den Platz streitig zu machen, hieß das Land Assur in Blut zu ertränken; und wer wußte schon zu sagen, ob der Sieger, wenn es vorbei war, nicht aus Schwäche eine leichte Beute für die Völker wurde, die an unseren Grenzen lauerten, wie die Schakale um einen verwundeten Löwen?

Aber meine Erinnerungen ließen mich nicht los. Ich konnte den Ausdruck auf Rimani Assurs Gesicht beim Anblick von Schaditus nacktem Fleisch nicht vergessen, als sie beim Akitu-Fest den Göttern opferte. Ich konnte ihre Worte in jener Nacht in Ninive nicht vergessen: *»Tiglat Assur, du Günstling der Götter, du wahrer König.« . . . »Hast du etwa gedacht, ich würde dich diesem kalten Schoßhündchen überlassen?«* So einfältig konnte und wollte auch ich nicht sein.

Schaditu hatte den *baru* verführt. Sie mußte ihm hinterher wohl gedroht haben – »Ich erzähle es dem König«, dürfte sie gesagt haben. »Er ist alt, und seine Liebe zu mir macht ihn blind. Ich erzähle ihm, daß du mich vergewaltigt hast. Du wirst einen Tod erleiden, um den dich kein Mensch beneiden wird.« Und aus Angst vor dem König hatte Rimani Assur verkündet, daß die Omen Assarhaddon begünstigten.

Was für eine unglaublich gottlose Tat! Fast mochte ich nicht daran glauben. Wie konnte es nur geschehen, daß ein Mann wie Rimani Assur den Gott verriet, dem er sein Leben lang gedient hatte? Warum? Nur um dem Tod zu entgehen? Solch eine Tat war schlimmer als der Tod, und am

Ende hatte er sich ohnedies umgebracht. Es war kaum zu glauben. Und doch glaubte ich es. Ich wollte nicht, doch ich mußte einfach.

Meiner Schwester Schaditu war ein so gottloses Verbrechen unschwer zuzutrauen. Ich brauchte auch nicht lange nach einem Motiv zu suchen – hatte sie mir das nicht selbst verraten? *»Hast du etwa gedacht, ich würde dich diesem kalten Schoßhündchen überlassen?«* Wenn die Frau, die ich liebte, in Assarhaddons Frauenhaus eingesperrt war, würde ich mich dann nicht meiner liebenden Schwester zuwenden? Und hatte ich nicht genau das getan? Es schmeichelte mir nicht einmal, daß sie mir zuliebe so viel riskiert hatte, denn für Schaditu war die ganze Affäre wahrscheinlich reines Spiel gewesen – die Art Spiel, die sie gespielt hatte, seit sie alt genug war, um sich ihrer Macht bewußt zu sein. Männer sind in den Händen kluger Frauen doch nur Ton.

Was aber hatte Rimani Assur in den Eingeweiden der Ziege gesehen, daß er sich aus Reue erhängte? Vielleicht nur, daß Assarhaddon nicht der von Gott Erwählte war. Vielleicht nur das. Es war unwahrscheinlich, daß ich es je herausbekommen würde.

Vielleicht hatte sich der *baru* auch aus einem anderen Grund das Leben genommen, und es war bislang niemand darauf gekommen. Aber was machte das noch, da es an meinem eigenen Fall nichts änderte. Assarhamat war die Frau meines Bruders und dazu bestimmt, Mutter einer Linie von Königen zu werden, welche herrschen würden, bis selbst die Götter zu Staub geworden waren, und ich konnte nicht König werden, ohne die Nation ins Verderben zu stürzen.

War das Kind, welches sie trug, von mir? Spielte uns der Erhabene Assur einen allerletzten Streich, indem er mich, der ich nicht König werden konnte, zum Vater von Königen machte? Es war alles so verworren und bereitete mir Kopfschmerzen, wenn ich nur daran dachte.

So bedauerte ich es auch nicht, als meine königlichen

Brüder nach zehn Tagen wieder nach Ninive aufbrachen. Ich stand auf der halbfertigen Festungsmauer und sah zu, wie der von den Pferden ihrer Eskorte aufgewirbelte Staub sich wieder legte und hoffte, sie würden nie wieder kommen und mich in Ruhe lassen. Ich war es leid, wie sie Zwietracht säten; zu gegebener Zeit würden sie ihren Aufstand ohne mich machen müssen.

»Ich erinnere mich noch an sie als Kinder«, sagte meine Mutter.

»Sie sind mittlerweile keine Kinder mehr. Wenn für den König die Zeit zu sterben gekommen ist, werden sie uns das Leben noch schwermachen.«

»Was wollten sie von dir, mein Sohn?«

»Wollen?« Ich konnte nur den Kopf schütteln und lachen, obschon es ein bitterer Scherz war. »Was wollen dergleichen wie Nabuscharusur schon? Gift verspritzen und es Nektar nennen. Die Welt so leer wie ihre eigenen Herzen machen. Nabuscharusur haßt Assarhaddon, weil Assarhaddon einmal so unklug war, über ihn zu lachen. Er haßt mich, weil wir als Knaben Freunde waren. Sich selbst aber haßt er am meisten, wegen all dessen, was das Kastriermesser und seine eigene Selbstverachtung aus ihm gemacht haben. Über Arad Malik sage ich nichts, denn er ist nur das Gefäß, in das Nabuscharusur seine Wut gießt – und mehr geht auch nicht hinein.«

Meine Mutter schwieg dazu, denn sie war klug und merkte, daß ich ebenso von meiner eigenen Wut gesprochen hatte.

Doch wenn sich auch mein Gemüt bei dem Gedanken an all das Böse, das uns bevorstand, verdüsterte – wie auch bei dem Gefühl von Hilflosigkeit, daß ich nichts verhindern konnte –, so war ich eigentlich zufrieden mit der Gegenwart. Ich besaß Meropes Liebe, Kephalos' Freundschaft und die willigen Umarmungen Naibas. Vermutlich genoß ich soviel häusliches Glück, wie es dem Menschen überhaupt vergönnt ist, und das auch noch ohne Störungen, denn meine

Mutter und meine Konkubine lebten in Frieden miteinander.

In der Tat war es mehr als nur Frieden, weil Merope, die alles über Sklaverei in fremden Landen wußte, meine Sklavin ins Herz geschlossen hatte, so daß sie eher wie Mutter und Tochter waren. Naiba beugte sich ihr immer als der Herrin, doch ich bekam nie heraus, welche von beiden nun tatsächlich meinen Haushalt führte, denn alle Entscheidungen, sogar die, was ich auf meinem Frühstückstablett vorfinden sollte, wurden im Verlauf langer Unterredungen getroffen – ich fand sie immer irgendwo zusammenhocken und mit leisen, verschwörerischen Stimmen miteinander über die unverschämten Marktpreise für Lamm und dergleichen reden. Meine Diener, welche fast alle selber Familie hatten, verstanden das sehr gut, und so galt bei ihnen das Wort von beiden. Wenn meine Mutter eine kleine Beschwerde oder Bitte hatte, dann konnte ich gewiß sein, daß Naiba sie vorbrachte, kaum daß mein Kopf das Kissen berührt hatte. Und genauso spielte dann Merope ihren Anwalt. Seitdem habe ich genug Lebenserfahrung gesammelt und weiß, daß es unter Frauen üblich ist, Bündnisse zu schließen, damit sie ihre Mannsleute regieren können.

Und so verlief unser Leben ohne Störung – ich hatte beinahe schon vergessen, daß es über Amat hinaus noch eine Welt gab –, bis der Monat Tammuz herannahte und ich mich innerlich auf den Besuch meines Bruders Assarhaddon vorbereitete.

Als das Hochwasser zurückging, erlebten wir einen ungewöhnlich heißen und trockenen Frühling. Die Erde briet unter Assurs erbarmungsloser Sonne und wurde bröselig, und Winde, die wie Feuer sengten, bliesen den Staub zu großen wirbelnden Wolken auf, welche Mensch und Tier blendeten und deren Wasserstellen verstopften. Die Ernte auf den Feldern verbrannte und verdorrte. Es war eine grausame Jahreszeit.

Bei solch einem Wetter werden die Nerven zu faserigen,

alten Bogensehnen. Es ist zu heiß zum Arbeiten, und es gibt kein Entkommen außer in Trunk und Streit. Ich weiß nicht, wie viele meiner Soldaten ich auspeitschen lassen mußte, um zumindest noch den Anschein von Disziplin aufrecht zu erhalten. Und ausgerechnet diese Zeit mußte sich der *marsarru* für seine »Inspektion« aussuchen.

Schon viele Tage vor seiner Ankunft hatte ich Nachricht von seinem Kommen. Der Gebieter Assarhaddon reiste mit einer Eskorte von zweihundert Soldaten und folgte aus Gründen der Bequemlichkeit dem Flußlauf. Meine Kundschafter begegneten seinen Vorboten an einer Stelle, wo der Große Zab eine riesige Schleife, gleich dem Ellenbogen eines Menschen, macht und seinen Lauf von Osten nach Westen richtet. Sie eilten nach Haus, um mir zu berichten, mit welchem Gepränge und Gefolge mein Bruder anrückte. Ich gab Befehl, daß zwanzig ausgesuchte Männer beim ersten Morgenlicht fertig zum Aufbruch sein sollten und machte mich am nächsten Morgen mit ihnen auf den Weg, Assarhaddon zu empfangen.

Ein großer Prinz, der auf seinen Stand bedacht ist, kommt nur langsam voran, wir jedoch brauchten nur dreimal das Lager auf- und abzubauen, bis wir über einen Hügel kamen und die Reisenden erblickten, wie sie langsam, den Ameisen gleich, die über frisches Pech krabbeln, die Straße am Fluß entlangzogen.

Assarhaddon saß nicht mehr zu Pferde wie in früheren Zeiten, sondern reiste im Streitwagen, was seiner Würde als *marsarru* auf Reisen eher geziemte. Wenn er in den Krieg gezogen wäre, sicher hätte manches anders ausgesehen, doch das hier war ein Staatsbesuch in den Provinzen. Ich konnte ihn sogar schon aus der Ferne sehen – nein, ich konnte die Baldachine sehen, mit denen man ihn vor der Sonne schützte. Ich ritt auf die Spitze der Karawane zu, die sofort zum Stehen kam, als sie uns erblickte, dann stieg ich ab und ging zu Fuß durch ihre Reihen, meine Waffen ließ ich ebenfalls zurück. Als ich meinen Bruder erreichte, legte ich die Hand auf das Rad seines Streitwagens und kniete mich in den Staub, beugte meinen Kopf wie vor dem König selbst. Als ich den Blick hob, grinste er mich an.

Er war prächtig anzusehen in seinen silbernen und goldenen Gewändern, mit seinem geölten Bart und dem juwelenglitzernden Turban, doch er war immer noch Assarhaddon. Mit einem lauten Lachen griff er nach unten, und als ich nach seinem Arm faßte, zog er mich auf den Streitwagen wie eine Ladung Holz. Mit einem groben Stoß stieß er seinen Fahrer auf die Straße.

»Da – du fährst«, sagte er und warf mir die Zügel in die Hände. Doch die Peitsche behielt er, und auf einmal galoppierten die Pferde davon, und Soldaten und Höflinge sprangen zur Seite, um nicht zu Tode getrampelt zu werden, und Assarhaddon lachte, als er sie auseinanderspritzen sah und peitschte auf die Pferde ein.

Wir donnerten im gestreckten Galopp die Straße entlang, die Räder rumpelten über alle Steine, und jedes Mal drohte uns ein Achsenbruch, der uns beide töten würde, und die Pferde schnaubten wie die Teufel und gingen mir beinahe durch. Hinter uns wirbelte eine Staubwolke auf, die man gewiß einen halben Tagesritt weit sehen konnte.

»Da ist ein guter Platz«, schrie er endlich, und seine Stimme ging fast in dem Donnern der Hufe und dem Geratter unseres Fahrwerks unter. »Halte hier an.«

Als ich die Pferde endlich gezügelt hatte, sprang Assarhaddon vom Wagen und fing an, wie ein Verrückter auf den Fluß zuzulaufen, wobei er sich im Laufen die Kleider vom Leib riß. Und als er dann auch noch das Lendentuch abgelegt hatte, sprang er ins Wasser und tauchte lange unter seiner trüben Oberfläche. Als er wieder hochkam, trieb er auf dem Rücken, hatte die Hände hinter dem Kopf verschränkt und sah außerordentlich zufrieden mit sich aus, während er gegen die Strömung strampelte. Ich tauchte hinter ihm her, und dann bespritzten wir uns beide mit dem schlammigen Wasser und lachten wie die Kinder.

»Bei den sechzig großen Göttern«, sagte er, nachdem wir aus dem Wasser gestiegen waren und am Ufer saßen und uns den Rücken von der Sonne trocknen ließen. »Ich sage dir, Tiglat, Bruderherz, einen Nachteil hat es, wenn man zu Ruhm und Ehre erhoben wird. Das ganze Gold und Silber da, das sie dir in die Tunika weben – genausogut könntest du in einem Feuerofen stecken. Ich dachte schon, ich würde zu Tode gebraten. Ah, Assur sei gelobt – ich bin froh, daß ich die Pracht eine Weile los bin!«

Er legte sich auf das steinige Ufer zurück und schloß einen Augenblick die Augen, auf seinen Lippen spielte ein verhaltenes Lächeln.

»Willkommen im Norden, Erhabener Prinz«, sagte ich in feierlichem Ton, und schon bogen wir uns vor Lachen.

An jenem Abend betranken wir uns in Assarhaddons Zelt ganz fürchterlich, scheuchten alle Schreiber und Stabsoffiziere hinaus und sangen zur besonderen Erbauung der fünf Lieblingskonkubinen, welche mein Bruder aus Kalach mitgebracht hatte, alle obszönen Lieder, an die wir uns aus unserer Jugendzeit im Haus der Krieger erinnern konnten.

War das ein Fest! Wir konnten nichts denken, als daß es herrlich war, wieder zusammen zu sein – und davon waren wir trunkener als vom Wein.

Das war denn auch das letzte Mal für viele Jahre, denn am Morgen fiel Assarhaddon, der inzwischen nüchtern, wachsam und vielleicht ein wenig ängstlich geworden war, wieder ein, daß er der *marsarru* war, und daß ein *marsarru* keinen Menschen lieben und keinem vertrauen darf, am allerwenigsten einem Bruder. Als ich auf der Straße nach Amat neben seinem Wagen ritt, brauchte ich gar nicht erst zu fragen, was sein Schweigen bedeutete.

»Vielleicht hast du es ja noch nicht gehört«, sagte er schließlich. »Meine Frau, die Herrin Assarhamat, hat mir einen Sohn geschenkt. Ob er nun von mir oder von dir ist, will sie wohl selber nicht wissen. Er heißt Siniddinapal, aber ich glaube, die Namensgebung war die reine Verschwendung von Atemluft. Er ist ein kränkliches Kind und macht es nicht lange.«

Dabei blickte er mir nicht ins Gesicht, sondern beobachtete meine Reaktion mit halbem Auge, und die ganze Zeit lächelte er ein verhaltenes, triumphierendes Lächeln, so als wüßte er sehr gut, daß das Kind von mir war und freute sich, daß es wahrscheinlich bald sterben würde.

»Der kleinen Mutter geht es jedoch gut, und sie wird mir weitere Söhne gebären – viele weitere Söhne, denke ich.«

Wir erreichten die Garnison erst nach fünf Tagen, und mit jedem Tag schien sich Assarhaddons Stimmung mehr zu verdüstern. Wir speisten zusammen und tranken Wein, doch die alte Sorglosigkeit wollte sich nicht einstellen. Nach dem dritten Becher sagte ich, mir reiche es. Und so betrank sich denn Assarhaddon allein mit der dumpfen Entschlossenheit eines Menschen, der Vergessen sucht. Im Wein ist Wahrheit, und als mein Bruder schon ganz erhitzt und nicht mehr auf der Hut war, da blickte er um sich, als ob jeder Mann am Tisch insgeheim sein Feind wäre, und redete von Spionen und Thronräubern. Er beschuldigte mich nie direkt, doch man konnte den roten Faden gut erkennen.

Und die ganze Zeit wollte er mich in seiner Nähe haben, so als ob er eine Trennung nicht ertrüge – nein, er hatte nur Angst, mich aus dem Blick zu verlieren. Doch wir waren selten allein zusammen.

Schließlich kam Amat in Sicht, und den letzten *beru* bis zu den Festungstoren stieg ich erneut vom Pferd und nahm die Zügel von Assarhaddons Leitpferd in die Hand, schritt neben seinem Streitwagen wie ein gemeiner Pferdeknecht und überließ es den Soldaten und Einwohnern, nur ihm allein zuzujubeln. Er war der *marsarru,* und diese Zurschaustellung von Unterwerfung und Loyalität war nicht mehr als sein gutes Recht, und trotzdem sagte sie ihm zu.

An jenem Abend legte er mir bei dem Festmahl in der neuen Offiziersmesse den Arm um die Schulter, als ob sich nichts geändert hätte.

»Der König spricht davon, dich zu seinem *turtanu* zu machen«, sagte er in vertraulichem und geheimnistuerischem Ton. »Ich weiß nicht, ob er mich damit nur ärgern will, oder ob es ihm damit Ernst ist, aber er redet davon. Ich denke, du solltest es wissen.«

»Und was ist mit dem Fürsten Sinahiusur?« fragte ich beim Gedanken an meinen alten Gönner. Assarhaddon schüttelte den Kopf.

»Er ist schon das ganze Jahr krank an den Beinen, und muß inzwischen am Stock gehen. Manche Männer altern schnell, wenn sie ihre besten Jahre hinter sich haben, und unser Onkel scheint dazuzugehören. Wie lange macht er es wohl noch? Zwei Jahre? Drei? Ich glaube, der König wird schon bald einen neuen *turtanu* brauchen.«

Das bekümmerte mich sehr. Was schuldete ich dem Fürsten Sinahiusur nicht alles, der mich vor dem Los Nabuscharusurs bewahrt und seitdem jeden meiner Schritte begleitet hatte? In meinen Augen war er immer alt gewesen, aber was zuvor nur das verengte Urteil eines Kindes war, schien jetzt Wirklichkeit zu werden – der große Mann, die zweite Stimme im Lande Assur, siechte dahin. Mir kam der Gedanke, daß ich ihn gern noch einmal sehen und ihm danken möchte, ehe er dahinschied, danken für seine Güte mir gegenüber, und seinen Segen zu erbitten, doch die Gelegenheit dazu bot sich wohl kaum.

»Und wenn seine Gebeine in einer Steinkiste in der heiligen Stadt liegen, trittst dann du an seine Stelle, Bruder? Kommst du als neuer *turtanu* nach Ninive zurück?«

»‚Nein.« Ich schüttelt den Kopf. Warum redete Assarhaddon nicht von anderen Dingen? Ich wollte allein sein, mein Gesicht in den Händen bergen und meinem Verwandten und Freund ein paar Tränen zollen, doch nicht einmal das schien möglich. »Nein. Ich bleibe hier als *shaknu* der Nordprovinzen, solange es mir der Gott gestattet. Und wenn ich Ninive nie wieder sehe, so ist das für mich ein Segen.«

»Gut – das freut mich.«

Assarhaddon nahm seine Hand von meiner Schulter und griff sich einen Spieß mit Heuschrecken in Honig, zog eine nach der anderen herunter und verspeiste sie mit einem Bissen.

»Weißt du noch, als ich aus dem Westen zurückkam?« fuhr er fort und leckte sich dabei die Finger. »Damals haben wir uns zum ersten Mal Gedanken darüber gemacht, was wäre, wenn einer von uns eines Tages König würde, und ich habe damals gesagt, wenn mir die Krone zufiele, dann würde ich dich zu meinem *turtanu* machen. Weißt du noch?«

»Ja. Ja, ich erinnere mich.«

»Ich möchte nicht, daß du vor dieser Zeit schon *turtanu* wirst, Tiglat, Bruderherz, denn der *turtanu* kommt in der Rangordnung noch vor dem *marsarru,* und es geziemt sich einfach nicht, daß ich, der ich einmal König sein werde, in irgend etwas hinter meinem Bruder zurückstehe.«

Ich wandte mich ihm zu und blickte ihn an und bemühte mich um eine so ausdruckslose Miene wie die leere Wand, doch in meinem Herzen wallte ein kalter, gefährlicher Zorn auf.

»Ich werde nicht der *turtanu* des Königs, und auch nicht deiner, wenn du König wirst, Bruder. Denn das würde sich ebensowenig geziemen.«

Zwar verließ das Lächeln nicht seine Lippen, doch so gefiel es ihm nun auch wieder nicht – ich konnte es an seinen Augen ablesen. Aber was scherte es mich noch, mir lag jetzt nicht mehr daran, ihm gefällig zu sein.

»Du gibst mir die Schuld, daß jener Schurke dich ermorden wollte – so ist es doch, wie? Darum hast du mir auch seinen Kopf geschickt. Er kam nicht von mir, Bruder.«

»Das weiß ich. Ich wußte es schon damals.«

»Warum dann aber . . .?«

»Weil wir beide wußten, von wem er kam, Bruder. Sag – hast du der Herrin Nakija meine kleine Gabe gezeigt?«

Assarhaddon grinste – nein, bedauerlicherweise war er nicht einmal beleidigt. Es ging einfach über sein Begriffsvermögen, wieso jemand dachte, die Unterstellung, seine Mutter pflege Umgang mit Mördern, könnte ihn beleidigen.

»Sie ist eine große und kluge Frau, Tiglat – es wäre unklug von dir, sie zu unterschätzen.«

»Ich glaube, die Gefahr dürfte ich kaum laufen.«

»Aber es stimmt, daß – na ja ...«

Er hob die Schultern, als spiele er auf eine belanglose, wenn nicht lächerliche Schwäche an.

»Sagen wir so – sollte sie jemals Milch in ihren Brüsten gehabt haben, so ist die schon lange zu Schlangengift geworden. Ja, ich habe ihr den Kopf tatsächlich gezeigt, und weißt du, was sie gesagt hat? Nein – ich sage es dir nicht. Du würdest es gar nicht spaßig finden. Ich habe ihr jedoch gewisse Dinge zu verstehen gegeben, und nun brauchst du dir keine Gedanken mehr wegen nächtlicher Besucher aus Ninive zu machen.«

»Gut. Es freut mich, daß sich dieses bedauerliche Mißverständnis aufgeklärt hat.«

Doch Assarhaddon schien immun gegen Ironie zu sein. An seiner Miene konnte ich ablesen, daß ihn bereits etwas anderes beschäftigte.

»Warum willst du nicht nach Ninive zurückkommen?« fragte er zuletzt, und die Falte zwischen seinen Augen deutete auf eine Mischung aus Besorgnis und Zorn hin. »Ist es wegen Assarhamat? Sie ist nämlich dort – der König will sie in seiner Nähe haben, obwohl sie meine Frau ist. Und ich muß dreimal im Monat den ganzen Weg von Kalach machen, das sind fast vier *beru*, nur um sie zu bespringen. So etwas von unbequem!«

»Nein. Ich habe nicht gewußt, daß sie in Ninive ist. Wenn es nicht noch andere Gründe gäbe, dieser allein würde ausreichen, daß ich hierbleibe.«

Von allen denkbaren Antworten schien er diese am wenigsten hören zu wollen. Seine klobigen Finger trommelten auf den Tisch, und er schien sich auf der Suche nach einem Ziel für seine Wut umzublicken.

»Keine Ahnung, warum du immer noch so viel auf ihre Umarmungen gibst, Bruder«, sagte er, und seine schwarzen, zornigen Augen schnellten herum und richteten sich auf mein Gesicht. »Von allen Frauen dieser Welt ist sie . . . Bei mir ist sie so kalt wie das Wasser im Teich.«

Was hatte er denn erwartet? Ich weiß es nicht. Ich weiß nur, daß ich seinen Arm genau über dem Handgelenk ergriff und ihn mit der ganzen Kraft meiner Finger niederdrückte, bis ich dachte, noch ein wenig mehr, und ich breche ihm die Knochen.

»Ich halte es für besser, Bruder, wenn wir nie wieder darüber sprechen.« Die Worte waren eher ein Zischen als ein Flüstern. »Ehrlich, ich halte es für besser . . .«

»Ja – ja!« Assarhaddon bekam seinen Arm unter Schwierigkeiten wieder frei. »Wie du willst. Ich dachte doch nur, nach so langer Zeit . . .«

»Dann bist du ein noch größerer Einfaltspinsel, als es selbst der König glaubt.«

Auf einmal stand er vom Tisch auf – es war, als hätte er gerade eine Schlange erblickt. Alle Augen im Saal richteten sich auf ihn, und sogar die Musik der Flötenspieler erstarb und schwieg. Einen solchen Ausdruck hatte ich bei ihm noch nie gesehen, fast als hätte ich ihn geschlagen.

Dann machte er auf den Hacken kehrt und verließ mit großen Schritten den Saal.

⋆

Dieser Zwischenfall wurde zweifellos in der Garnison viel beredet, und gewiß war er auch Inhalt von mehr als einer Geheimdepesche, die, wie ich nur zu gut wußte, den Weg zu dem einen oder anderen begierigen Leser in Ninive fand. Welchen Reim man sich dort darauf machte, konnte ich nur ahnen.

Zwei Tage lang sah ich Assarhaddon nicht. Er schloß sich mit den Mitgliedern seines Gefolges ein – unter dem Vorwand »amtlicher« Geschäfte –, nahm seine Mahlzeiten allein zu sich und ließ sich nicht blicken. Das überraschte mich nicht weiter. Es schien das Klügste, daß wir uns für eine Weile aus dem Wege gingen. Ich machte mir nicht einmal die Mühe herauszubekommen, was er wohl vorhatte.

»Er ist nicht glücklich, mein Sohn« – so lautete Meropes Urteil in der Angelegenheit. »Die Götter haben euch in ihrer absonderlichen Weisheit verschiedene Geschicke zugedacht, und er ist mit dem seinen genauso unzufrieden wie du mit dem deinen. Assarhaddon hat eigentlich ein leichtherziges und sorgloses Temperament. Als einfacher Soldat hätte ihm diese Welt sicher sehr zugesagt, doch als *marsarru* weiß er nicht ein noch aus, weiß nicht, was er tun, noch wem er trauen darf. Diese Würde hätte deinen Schultern besser angestanden.«

Ich konnte diese Schultern nur heben, die so geeignet für die Bürde der Macht waren, denn meine Mutter sprach klug.

»Und was soll ich nun tun?« fragte ich.

»Hab Mitleid mit ihm und sei sein Freund – was auch immer kommt.«

Am dritten Tag, nachdem Assarhaddon sich einmal wieder ans Tageslicht gewagt hatte, suchte mich einer seiner Offiziere auf.

»Der Gebieter *marsarru* möchte mit dir jagen, triff also Vorkehrungen«, verkündete er auf eine Art, als verhandele er mit einem Haushofmeister.

»Jagen?« wiederholte ich. Nicht der Inhalt, sondern die Form der Bitte erstaunte mich.

»Jagen – so ist es. Alles ganz einfach, nur ein paar Treiber und so. Was gibt es denn in dieser Gegend, was die Mühe lohnt?«

Er lächelte verkniffen. Er war groß, schlank, sehr gepflegt und um die dreißig, und er schien alles, was er um sich herum sah – mich eingeschlossen als einen, der sich sein Leben lang nur den Staub von Amat aus den Augen gerieben hatte

– mit verächtlichem Mitleid zu betrachten. Wie mochte mein Bruder wohl an dieses Prachtexemplar geraten sein, es war doch genau die Art von Palastoffizier, die er immer verabscheut hatte. Doch es hatte den Anschein, als ob sich der Geschmack mit den Umständen wandelte.

»Ich glaube, ein, zwei Wildschweine treibe ich schon noch auf«, gab ich trocken zurück. »Du kannst dem Gebieter *marsarru* sagen, daß morgen früh alles bereit ist.«

Ich hatte dabei an einen Ausflug von drei, vier Tagen gedacht – ich hatte gedacht, es würde Assarhaddon guttun, ein paar Nächte unter freiem Himmel zuzubringen, fern von seinen Höflingen, wie ein Soldat. Mein Gott, war ich naiv.

Den ersten Fehler, beging ich, als ich meines Bruders Wunsch nach Einfachheit unterschätzte. Bei Tagesanbruch trat er aus seinen Gemächern, blickte sich um, sah die von mir getroffenen Vorkehrungen, dann grinste er und schüttelte den Kopf.

»Der Gebieter Tiglat Assur hat sich zuviel Mühe gemacht«, sagte er – laut genug, daß es jedermann hören konnte. »Was meinst du, Bruderherz? Sollen wir nur ein paar Extrapferde hinten an den Streitwagen binden und allein losziehen? Sollen wir das Gesicht landeinwärts richten und für einen Tag verschwinden so wie früher als Knaben?«

Ich antwortete auch mit einem Grinsen, denn das gefiel mir durchaus, und warf einen Sack mit Vorräten auf meinen Streitwagen. Binnen fünf Minuten hatten Assarhaddon und ich die Festungstore hinter uns gelassen.

Die Ebenen östlich der Stadt können sich einer guten Jagd rühmen – man trifft dort Gazellen, Antilopen und Wildschweine in reicher Fülle an, und ab und an treibt es sogar einen Panther von den Bergen herab, um in der Nähe menschlicher Behausungen sein Glück zu versuchen. Wenn wir jedoch eine dieser großen Katzen zu Gesicht bekommen sollten, dann nur aus der Ferne, denn sie sind zu sehr auf der Hut, als daß man sie ohne Treiber herauslocken könnte. Wir überquerten die Pontonbrücke über den Fluß, während noch der Tau auf dem Gras lag, und Assarhaddon stieg aufs Pferd. Wir hatten verabredet, daß ich nach Süden fahren sollte, während er sich in nördlicher Richtung hielt, so würden wir vielleicht zwischen uns eine Herde zusammentreiben.

»Gib mir den Weinschlauch, Tiglat«, sagte er und streckte die Hand danach aus. »Verzeih mir meine Selbstsucht, aber das Hofleben hat mich verweichlicht, mir setzt die Hitze mehr zu als dir.«

»Mach dir keine Sorgen Bruder, ich kenne deinen Durst und habe zwei mitgebracht.«

Er lachte, als er den Weinschlauch nahm, und ritt davon, daß sein Pferd eine Staubwolke aufwirbelte. Danach sah ich ihn mehrere Stunden lang nicht wieder.

Ich beneidete Assarhaddon, denn das hier war kein gutes Gelände für die Jagd mit dem Streitwagen. Auch wenn die Felder von der Sonne ausgedörrt waren, so waren es immer noch Äcker, die von Bewässerungskanälen durchkreuzt wurden, welche einem Mann zu Pferd keine Schwierigkeiten machten, mich aber zwangen, nach kleinen, klapprigen Holzbrücken Ausschau zu halten, wie sie die Bauern hier und da für ihre eigenen Wagen gebaut hatten. Es gelang mir, einen Eber aufzuscheuchen, doch er war so klug, den nächsten Graben zu suchen und mich einfach abzuhängen. Zuletzt fuhr ich in Richtung der ersten Gebirgsausläufer, wo es zwar weniger Wild gab, ich aber zumindest besser vorankam. Dort stieß ich zufällig auf eine Herde Antilopen, die bei meinem Anblick davonstürmte, der ich aber nachsetzen konnte; zwei Antilopen, die als erste ermüdeten, erlegte ich mit dem Speer. Es war eine gute Jagd, und ein Lendenstück von einer frisch geschlachteten Antilope ist fürs Abendessen nicht zu verachten. Als die Sonne zwei Stunden über dem Zenit stand, machte ich mich auf die Suche nach meinem Bruder.

»Hast du Glück gehabt?« rief ich ihm über die weite, sonnenverbrannte Ebene zu. Er hatte sein Pferd angebunden und saß unter einem Felsenüberhang – ich konnte seine Umrisse im Schatten so eben ausmachen.

Er winkte zurück, als ob er merkte, daß er sich wohl kaum über eine solche Entfernung hörbar machen konnte. Ich ließ meine Pferde antraben.

Als ich dann die Räder des Wagens blockiert hatte, merkte ich, daß Assarhaddon nur sehr wenig Zeit auf die Jagd verwendet haben konnte. Auf der Erde neben ihm lag ein Beutel mit Datteln, den Weinschlauch hatte er auf dem Schoß, und der sah um einiges magerer aus als vor ein paar Stunden. Assarhaddon sagte nichts, aber das war auch nicht nötig. Seine Augen glitzerten, und seine Miene war intensiv und konzentriert, was bedeutete, daß er viel getrunken hatte.

»Du hast recht daran getan, aus der Sonne zu gehen«, sagte ich. »Doch wenn du dich nur besäuseln wolltest, so hätten wir auch in Amat bleiben können.«

»Nein – hier ist es privater. Außerdem bin ich nicht besäuselt.«

Das hörte sich fast traurig an, da war es wohl besser, ihn nicht mehr zu necken. Ich hob den Wasserschlauch vom Wagen und goß mir etwas Wasser in die Hände, um mir das Gesicht zu befeuchten. Ich weiß nicht mehr, wann ich merkte, daß er das Schwert aus der Scheide gezogen und neben sich auf die Erde gelegt hatte.

»Tiglat«, sagte er auf einmal, »warum willst du nicht mein *turtanu* sein, wenn ich König bin? Etwa, weil du dir immer noch Hoffnungen machst, selber König zu werden?«

Als ich mich nach ihm umdrehte, merkte ich, daß er mich nicht bloß reizen wollte. Er hatte sich vorgebeugt und balancierte die Hände auf den Knien, als ob er es tatsächlich wissen wollte.

»Ich kann nicht König werden, solange du lebst, Assarhaddon, außerdem ist das etwas, was ich nicht mit dir diskutiere, wenn dein Hirn vom Wein umnebelt ist.«

»Vielleicht machst du dir immer noch Hoffnungen?« fuhr er fort, als ob er nicht zugehört hätte. »Vielleicht glaubst du, daß der eine oder der andere deiner vielen Freunde mir einen Dolch in den Rücken stößt, und wenn ich dann richtig schön zu Staub geworden bin, dann hast du alles für dich – den Thron, Assarhamat, die Gunst des Gottes, alles.«

»Sei still, Assarhaddon, ehe ich vergesse, daß ich dich liebe.«

»Aber wenn du mich liebst, Tiglat, Bruderherz, warum tust du dich dann mit meinen Feinden zusammen?« Er saß mittlerweile in der Hocke und hielt das Schwert in der Hand. Jetzt konnte ich auch seine Augen sehen, die sich auf mich gerichtet hatten – er hatte sich einen finsteren Zorn angetrunken. »Warum hast du Arad Malik und Nabuscharusur bei dir empfangen, wo du doch wußtest, daß sie mich hassen? Warum, Tiglat? Hat Arad Malik dir den Thron angeboten, wenn du dich mit ihnen gegen mich stellt?« Man konnte ihn fast bemitleiden. Arad Malik – wie typisch für Assarhaddon, daß er alles in den falschen Hals bekommen hatte.

»Dir, Bruder, steht es nicht zu, mir vorzuschreiben, wen ich in meinem eigenen Hause empfange. Und mir steht es nicht zu, Leute abzuweisen, die mit einem Auftrag des Königs kommen.«

»Ich hab's ja gewußt – der König!« Er war so zornig, daß er doch tatsächlich mit den Füßen aufstampfte, das hatte ich seit unserer Kindheit nicht mehr bei ihm gesehen. »Immer der König! Er haßt mich, und warum? Einfach, weil ich nicht du bin!«

Als Schwertfechter hatte Assarhaddon kaum seinesgleichen. Im Nahkampf war er mir immer überlegen gewesen, hatte den Speer als die »Waffe eines Feiglings« bezeichnet – und das vielleicht nicht ganz zu Unrecht, denn ich mußte mir leider eingestehen, daß ich Angst hatte.

»Leugnest du, daß du bei ihrer Verschwörung mittust?« schrie er. Jetzt stand er und schien das Gewicht seines Schwertes in der Hand zu prüfen. »Leugnest du, daß du mit ihnen ein Komplott gegen mich schmiedest?«

Mir war jetzt sonnenklar, daß er von Anbeginn an vorgehabt hatte, mich zu dieser abgeschiedenen Stelle zu locken und umzubringen. So groß waren sein Mißtrauen und seine Eifersucht geworden. Doch die Macht der Gewohnheit, mich zu lieben, hielt ihn davon ab, mich einfach kaltblütig abzuschlachten – zunächst mußte er seine Leber mit Wein anheizen, ehe er sich dazu aufraffen konnte, sein Schwert auf mich zu richten.

Mein armer Bruder – trotz allem konnte ich ihn nur bedauern, sogar jetzt noch. Es stimmte, was meine Mutter gesagt hatte »... *er weiß nicht ein noch aus, weiß nicht, was er tun, noch wem er trauen darf.*« Außer daß er jetzt meinte, mir das Leben nehmen zu müssen.

Ich hätte dem Ganzen recht schnell ein Ende machen können. Dazu war nichts weiter nötig, als den Speer zu heben und ihn ihm ins Herz zu stoßen, doch wir wußten beide, daß ich das nie tun würde. Assarhaddon wollte einen Zweikampf, einen fairen Kampf zwischen gleichen – er war weder feige noch schurkisch, und es paßte nicht zu ihm, einen Wehrlosen zu töten. Zu mir genauso wenig. Sollte er bekommen, was er wollte.

Er schwankte etwas im Stehen – schließlich war er sehr betrunken, doch auch im betrunkenen Zustand war er ein ernstzunehmender Gegner. Ich konnte nur hoffen, daß er noch betrunkener war, als es den Anschein hatte.

»Ich leugne nicht, daß sie dich hassen«, sagte ich mit einem knappen Lächeln, und ließ den Zorn in mir hochsteigen. »Und, Bruder, ich leugne auch nicht, daß sie über dich gesprochen haben – daß du unbeliebt bist und dich nicht zum König eignest. Das stimmt schon. Kannst du das leugnen?«

»Und ob!« Der Zorn verzerrte sein Gesicht, während er lauthals protestierte. »Und ob – denn der Gott hat mich dir vorgezogen!«

»Tatsächlich? Hat man da nicht zusammen mit dem *baru* Rimani Assur etwas nachgeholfen, der sich dann aus Scham darüber erhängt hat? Mir sind Gerüchte über unsere Schwester zugetragen worden – Gerüchte, die gewiß auch dir zu Ohren gekommen sind, Bruder.«

»Ich bin der Erwählte des Gottes Marduk, des Königs der Götter! Ich bin der Erwählte, ich bin der Erwählte, ich bin der Erwählte!«

Soweit war es also mit ihm gekommen. Die Einflüsterungen seiner Mutter die ganzen Jahre über – es war kaum zu glauben ...

»Und jetzt möchtest du die Gunst des Himmels versuchen, wie?« Ich grinste ihn an, ein zorniges, haßerfülltes Grinsen, doch selbst jetzt, als ich mein eigenes Schwert zog, konnte ich die Liebe zu meinem Bruder nicht aus meinem Herzen vertreiben. »Dann komm her – wir werden ja sehen, wen der Gott liebt. Wir werden ja sehen, wer lebt und wer stirbt.«

Die Sonne glühte auf uns herab, so heiß, daß sie einem Mann geradewegs die Luft aus den Lungen brannte. Assarhaddon trat in den Sonnenschein und wischte sich die Augen mit den Fingerspitzen. Er ging langsam, breitbeinig. Nein, ihm machte der Kampf keine Freude, genauso wenig wie mir. Ich wartete und ließ ihn kommen.

Jetzt war er nahe genug heran, daß er mich mit der Schwertspitze berühren konnte. Sollte er betrunken sein, so merkte man das nicht mehr; er wirkte unverrückbar und unverletztlich, wie er da so auf den Fußballen wippte und auf meine Eröffnung wartete.

Wir umkreisten einander, jeder hielt beim anderen nach einer Blöße Ausschau. Als Knaben hatten wir das an die tausendmal im Spiel getan, doch nie war uns der Gedanke gekommen, daß daraus einmal Ernst werden könne. Beim ersten Ausfall fuhr Assarhaddons Klinge mit einem Zischen durch die Luft – zwar versuchte er noch nicht, mich zu treffen, er probierte nur selbstsicher aus, wie ich reagierte. Er spielte mit mir wie die Katze mit einer in die Enge getriebenen Maus.

Ich machte einen Ausfall, den er mit Leichtigkeit parierte, so wie ich es mir schon gedacht hatte. Er nahm seinen Vorteil jedoch nicht wahr – so dumm war er nun auch wieder nicht, daß er mir in die Falle lief. Er senkte sogar etwas die Schwertspitze, damit ich es noch einmal versuchte. Doch auch den Trick kannte ich.

Er hob die linke Hand und wischte sich wieder die Augen. Er schwitzte stark und blinzelte im Licht. Ja, er hatte zu viel Wein getrunken, um im hellen Schein der Nachmittagssonne kämpfen zu können. Sie lastete auf ihm wie eine Trage voller Steine. Ein geringer Vorteil für mich – ein Ausgleich für seine Geschicklichkeit.

Endlich machte er wieder einen Ausfall, hieb von links nach rechts und hätte mir die Brust gespalten wie das Karrenrad eine Feige, wenn es mir nicht irgendwie gelungen wäre, beiseite zu springen. Doch diesmal nutzte er seinen Vorteil, stieß einmal, zweimal, dreimal nach, und kam mit jedem Stoß näher, bis er mich zuletzt durch die Tunika in die Schulter traf, so daß mir das Blut über den rechten Arm strömte, während ich versuchte, ihm auszuweichen. Ich wußte nicht einmal, wie schlimm es mich erwischt hatte. Ich war zu sehr mit Überleben beschäftigt, als daß ich Schmerzen verspürt hätte.

Und dann schien er auf einmal zu schwanken – nicht lange, doch lange genug, daß ich mein Gleichgewicht wiedergewann. Er stand still und spähte mir ins Gesicht, blinzelte, als ob er plötzlich nicht mehr wüßte, wer ich war oder wie er hierhergekommen war. Das dauerte nur einen Augenblick, dieser Ausfall, dann stürzte er sich wieder auf mich. Doch diesmal fing ich den Schlag mit der Kante meiner Klinge ab.

Er wurde langsamer – ich konnte es merken. Das war meine Chance, ich mußte ihn zermürben.

Sein Gesicht und seine Arme waren mittlerweile schweißbedeckt. Er kämpfte verzweifelt. Ich blutete zwar als erster, doch er wußte, daß ihm nicht viel Zeit blieb, sich diesen

Vorteil zunutze zu machen. Er wollte mich fertigmachen, ehe ihn die Kraft verließ, und so setzte er mir nach, hackte nach meiner Schwertklinge, wie ein Mann, der Uferschilf mäht. Es fiel mir immer leichter, ihn zu parieren.

Und dann machte er seinen Fehler. Durch die Wucht eines Schlages kam er zu sehr in die Reichweite meines Schwertes, und mit der Schwertspitze erwischte ich ihn am Handrücken.

Es war kaum mehr als ein Kratzer, nur soviel, daß die Haut eben angeritzt war, und obschon es teuflisch wehtun mußte, war es eher die Überraschung, die das Blatt wendete. Assarhaddon stieß einen Schrei aus, das Schwert entfiel seiner Hand. Einer weiteren Aufforderung bedurfte es nicht.

Aus unerfindlichen Gründen kam es mir nicht in den Sinn, ihn auf der Stelle zu töten. Ich stürzte mich auf ihn, brüllte aus Leibeskräften und erwischte ihn mit der Schulter in der Magengrube. Ich hörte, wie die Luft aus ihm herausfuhr, als hustete er, während wir beide zu Boden gingen. Assarhaddon versuchte nicht einmal, mich abzuwehren – er war zu sehr damit beschäftigt, wieder Luft zu bekommen.

Als er endlich stillag, kniete ich auf ihm, mit einem Knie mitten auf seiner Brust und mit meiner Klinge quer über seiner Kehle, während Assarhaddon vor sich hinkeuchte und sich bemühte, wieder Luft in die Lungen zu bekommen. Es dauerte einen Augenblick, bevor ihm überhaupt aufging, daß ich auch noch da war.

»Du warst dir deiner Sache zu sicher«, flüsterte ich mit zusammengebissenen Zähnen – ich kannte nichts mehr als meinen Zorn. In jenem Augenblick war ich bereit, ihn zu töten. Vielleicht rettete ihn nur die Tatsache, daß ich ihn wissen lassen wollte, was mich zum Hassen gebracht hatte. »Die Götter sollen dich auf ewig verdammen, du selbstsicherer Kerl. Weich bist du geworden, Bruder. Aus dir ist ein verweichlichter, unbeholfener Trunkenbold geworden, sonst würdest du jetzt nicht auf dem Rücken liegen mit meiner Schwertklinge unter deinem Kinn.«

»Dann mach schnell«, krächzte er. »Los, mach schon – mach, was du willst. Bring mich schon um.«

Ich spürte, wie sich sein Körper in Erwartung des Schlages verkrampfte. Ich hob die Klinge. Er war bereits tot. Ich hatte mich entschieden, und so war sein Kopf schon so gut wie abgetrennt.

Nur daß mein Arm mir nicht gehorchen wollte. Und auf einmal wußte ich, daß ich es nicht tun, daß ich Assarhaddon nicht das Leben nehmen konnte.

Ich drückte ihm die Schneide ins Fleisch seiner Kehle, bis darunter ein dünnes Blutrinnsal erschien.

»Und wer würde dich rächen, wenn ich es täte, Bruder? Wer wohl? Das Heer vielleicht? Glaubst du das etwa? Oder der König? Nein – der würde vor Freude lachen und den Gott bitten, mich an deine Stelle zu setzen. Wie lange, glaubst du wohl, würde es dauern, bis ich ins Haus der Erbfolge aufgenommen würde, Bruderherz? Dann hätte ich alles, sogar Assarhamat. Ob die dich wohl betrauern würde, was? Würde ich mich im Schlaf vor der Wut deiner Witwe fürchten müssen?«

Er gab keine Antwort. Falls er es versuchte – falls er überhaupt etwas begriff –, Worte kamen nicht aus ihm heraus. Er starrte mich nur mit wildem Blick an und machte sich auf den Tod gefaßt.

»Oder rechnest du etwa darauf, daß deine Mutter deinen Geist mit meinem Blut besänftigt? Ehrlich, Assarhaddon? Ich glaube es nicht. Ich glaube, daß unser Vater, der klug genug ist, einen Skorpion zu erkennen, wenn er einen sieht, ihr binnen einer Stunde nach der Nachricht deines Todes den Kopf vor die Füße legt. Was glaubst du wohl, könnte meine Hand zurückhalten?«

Seine Lippen öffneten sich und bewegten sich, um ein Wort zu bilden, das keine Stimme hatte. Und die ganze Zeit ließ er mich nicht aus den Augen. Schließlich leckte er sich über die ausgetrockneten Lippen und versuchte es noch einmal.

»Ich bettele nicht«, flüsterte er. »Töte mich, und ich verfluche dich für meinen Tod.«

Jetzt weinte ich fast vor Wut. Ich griff ihn bei der Tunika und zog ihn hoch. Ich stieß ihn fort und versetzte ihm einen Schlag mit der flachen Klinge, der einem anderen Mann die Rippen gebrochen hätte.

Doch Assarhaddon knurrte nur vor Verblüffung. Als er sich am Ende aufsetzte, steckte er den Kopf zwischen die Beine und erbrach sich, färbte die Erde rot vom saurem Wein. Ich ging zum Streitwagen zurück und holte ihm meinen Wasserschlauch, daß er sich den üblen Nachgeschmack ausspülen konnte.

»Warum hast du mich nicht umgebracht?« fragte er zuletzt. »Nicht einmal ich hätte dir deswegen einen Vorwurf gemacht.«

Ich hatte keine Lust, ihm zu antworten. Ich wandte mich ab, und mein Herz zitterte immer noch in einer Mischung aus Zorn und Entsetzen. Lange brachte ich kein Wort heraus.

»Warum hast du mich nicht umgebracht?« wiederholte er schließlich. Merkwürdigerweise hörte er sich ganz ruhig an.

»Du bist am Leben – reicht dir das nicht?«

Er saß da, stützte die Ellbogen auf die Knie und starrte ins Leere. Er wirkte abgespannt, erschöpft.

»Das muß es dann wohl.«

Ich gab keine Antwort.

»Ich werde dich nicht um Vergebung bitten, Tiglat«, sagte er und starrte seine verletzte Hand an, ballte sie zur Faust und öffnete sie wieder. »Die hätte ich ohnehin nicht verdient.«

Er brauchte auch gar nicht zu bitten, denn wenn ich es auch nicht über mich brachte, etwas zu sagen, in meinem Herzen hatte ich ihm schon vergeben. Aber wir wußten beide, daß wir diesen Vorfall nie mehr vergessen konnten, daß er für alle Zeiten zwischen uns stand. Und das verschloß mir ebenso wie alles übrige den Mund; so hatte er es also zu einer endgültigen Trennung zwischen uns kommen lassen.

»Was ist mit deiner Schulter?« fragte er.

Ehrlich gesagt, ich hatte sie ganz vergessen. Als ich hinsah, merkte ich, daß es ein sauberer, nicht sehr tiefer Schnitt war. Er tat recht weh, doch das war ein gutes Zeichen.

»Sie bringt mich nicht um«, gab ich zurück. »Wie geht es deiner Hand?«

»Nichts als ein Kratzer, aber mir tun die Rippen weh.«

»Freut mich zu hören.«

Unsere Blicke trafen sich, und Assarhaddon grinste. Es tat ihm ehrlich leid. Ich lächelte verkniffen – zu mehr reichte es nicht. Dann setzte ich mich neben ihn und trank einen Schluck aus dem Wasserschlauch.

»Aber sie verschwören sich doch gegen mich, nicht wahr – Arad Malik und Nabuscharusur, meine ich.«

»Natürlich. Es war von kaum etwas anderem die Rede.«

»Du hättest mich wenigstens warnen können.«

»Hätte ich dir damit etwas erzählt, was du nicht bereits wußtest?«

Er schüttelte den Kopf.

»Der König ermutigt sie – oder stellt sich zumindest blind und taub. Der König ist jedem wohlgesonnen, von dem er meint, daß er mir schadet. Am ersten Tag, den ich auf dem Thron sitze, bringe ich Arad Malik um.«

»Arad Malik ist so zahnlos wie ein neugeborenes Baby. Bring statt dessen Nabuscharusur um.«

»Was – den Eunuchen?«

»Ja, den Eunuchen. Du wirst es nicht lange als König machen, Bruderherz, wenn du nicht lernst, Männer wie Nabuscharusur zu fürchten. Die Tatsache, daß sein Gehänge leer ist, heißt nur, daß er den Dolch hinter dem Rücken verbirgt.«

Assarhaddon nickte, als hätte er begriffen.

»Wir sollten lieber unsere Wunden verbinden«, sagte er, »und uns eine Geschichte für unsere Rückkehr ausdenken. Wir könnten doch sagen, daß wir den Streitwagen umgeworfen haben. Tiglat?«

»Ja – was ist?«

»Ich werde dir nie wieder mißtrauen.«

Darüber konnte ich nur lachen. Sogar in meinen Ohren klang es bitter.

»Meinst du wirklich?«

Wir fuhren nach Amat zurück, und Assarhaddon erteilte zur großen Bestürzung seines Gefolges den Befehl, daß man morgen nach Kalach aufbrechen würde. Wir umarmten uns beim Abschied, denn es standen viele um uns herum, doch ich glaube, wir wußten beide, daß wir uns beim nächsten Mal nicht als Freunde begegnen würden.

XXIII

Ungefähr fünf Tage nach Assarhaddons Aufbruch erreichte mich die Nachricht von einem feindlichen Einfall an der östlichen Grenze. Das war an sich nicht weiter schlimm – eine Horde medischer Räuber war in unsere Provinz Zamua eingedrungen und hatte ein paar Dörfer nicht weit vom Quellgebiet des Turnat überfallen, etwas, das nach so vielen Jahren, in welchen die Menschen Schlachtenlärm fast vergessen hatten, eigentlich zu erwarten stand. Für mich jedoch war es der Vorwand, auf den ich gewartet hatte.

Ich schrieb dem König in Ninive und bat ihn, mir für einen Feldzug ins Zagros-Gebirge den Oberbefehl über die Garnisonen im Osten zu übertragen. Ich wollte meine Schlachtstandarten bis direkt vor die Türpfosten der Barbaren tragen und sie, da sie einen Denkzettel nötig zu haben schienen, daran gemahnen, daß die Länder Assurs keine Bude in einem Basar waren, wo sich jeder nach Belieben bedienen konnte.

Die Antwort des Königs ließ nicht lange auf sich warten: »Mein Sohn, ich habe gelernt, dir deine Rastlosigkeit nachzusehen, und vielleicht hast du recht damit, daß wir zu lange

Frieden hatten und daß die östlichen Stämme bereits glauben, wir sind alle zu Weibern geworden. Ich gebe dir in dieser Angelegenheit freie Hand. Tu, was dir richtig erscheint.«

Doch ich hatte nicht darauf gewartet. Schon vor diesem Brief hatte ich Befehl erteilt, daß jede Garnison im Norden die Hälfte ihrer Streitmacht schicken sollte, um sich mit mir auf dem Kriegsschauplatz nahe der Grenzstadt Musasir zu vereinen. Ich brach mit den besten Kompanien der Festung Amat und dem Rest meiner alten Kameraden aus der *quradu* auf – darunter sogar Luschakin, der meinte, er hätte es satt, immer nur Küchensoldat zu sein, und er würde mitkommen, auch wenn er hinter den Packeseln hergehen müßte.

So begann mein zweijähriger Krieg gegen die Meder.

Sie sind ein seltsames Volk und in manchem mit keinem anderen zu vergleichen, dem ich in einem Leben voll sonderbarer Wendungen begegnet bin. Und seit meinen Jugendtagen, als ich gegen sie kämpfte, sind sie zu einer großen Nation geworden. Schon damals glaubten sie, daß die Zukunft ihnen gehörte, und vielleicht haben sie damit recht, denn es fehlt ihnen weder an Tapferkeit noch an Gerissenheit. Vielleicht kommen sie also über die Welt wie eine Heuschreckenplage, doch hoffentlich muß ich das nicht mehr erleben – sie werden dem Land meiner Vorfahren keine guten Herren sein.

Schon als Sanherib noch herrschte, hatten wir die Meder beinahe zweihundert Jahre lang bekämpft, nämlich seit den Tagen von Raman Ninari, dem dritten König dieses Namens, welcher die Heere in die östlichen Länder führte und dort auf eine Reiterrasse traf, die das Haar kurz trug, mit Lanzen kämpfte und sich ›Arier‹, also ›Edle‹ nannte.

Das Land dort ist fruchtbar, obschon nicht so gut bewässert wie die Ebenen des Tigris; und zu jener Zeit hatten die meisten Stämme das Wanderleben aufgegeben und waren in Städten und Dörfern entlang der zerklüfteten Abhänge des Zagros seßhaft geworden, wo sie in den Tälern Landwirtschaft betrieben und Pferde und Vieh auf den Steppen weideten, welche sanft zu den Salzwüsten im Norden abfielen. Woher sie einmal gekommen waren, ich weiß es nicht zu sagen, und ich habe auch nie jemanden getroffen, der es gewußt hätte, obschon die Meder von einem Heimatland erzählen, wo das Gras hoch ist. Ich weiß nur, daß sie als Eroberer kamen, daß jeder Stamm sein eigenes Gebiet hatte und sie sich die früheren Bewohner, für welche sie die größte Verachtung hegten, unterjochten, denn sie glaubten wahrhaftig, sie wären die Auserwählten des Himmels, und das machte sie grausam. Jedoch sind ihrer Grausamkeit durch ihre Schwäche Grenzen gesetzt, denn sie halten sich zwar für das Eine Volk, sind aber in viele Stämme unterteilt, von denen jeder die anderen so grimmig bekämpft wie alle übrigen Nationen. Doch das schien sich jetzt zu ändern.

Ungefähr zehn Jahre vor meiner Geburt, während der Herrschaft Sargons des Großen, machten sie einen räuberischen Überfall auf unsere Garnison Kharkhar, überraschten die Posten und richteten ein großes Gemetzel an. Ihr Anführer, ein gewisser Ukschatar, titulierte sich selbst König oder, in ihrer Sprache »Schah« aller Meder, und es gelang ihm in der Tat, einen Bund von Stämmen zu bilden, welcher die Heere Assurs einige Feldzüge lang in Atem hielt. Am Ende wurde Ukschatar gefangen und in den Westen verbannt, wo er starb, doch er hinterließ einen Sohn, einen Jüngling namens Daiaukka. Den Namen hatte ich seit meiner Ankunft im Norden schon oft zu hören bekommen.

Immer wieder finden sich Stämme zu losen Bündnissen zusammen oder einigen sich zu einem gemeinsamen Ziel unter dem Willen eines starken Führers, doch dergleichen Einigkeit dauert nur bis zum Sieg oder zur Niederlage. Wenn sie triumphieren, wenn ihre vereinte Kraft ausreicht, einen schwächeren Feind beiseitezuschieben, dann kommt es unvermeidlich zum Streit unter den Räubern um die Beute. Und wenn sie ihre ganze Kraft in einer teuer erkauften Schlacht nach der anderen ausbluten – und genau dieses Schicksal hatte ich den Medern zugedacht –, dann verlieren sie den Glauben an Führer überhaupt, und ihre Großen enden mit durchschnittener Kehle, während der gemeine Mann den Feind um Gnade bittet. Was ich fürchtete, war nicht etwa Daiaukka, und auch keinen anderen Stammeshäuptling mit ein paar tausend Lanzenträgern, der sich erdreistete, sich Schah der Arier zu nennen. Denn es war kein Mensch, der die Meder auf einmal zu so gefährlichen Gegnern hatte werden lassen, sondern eine Idee. Daiaukka war lediglich das erwählte Instrument einer neuen geistigen Kraft, welche die Hirne einfacher Hirten und Bauern vernebelte und sie glauben machte, sie wären etwas Besseres. Die Meder hatten nämlich eine neue Heilslehre und einen neuen Gott entdeckt.

Die Menschen des Westens glauben an viele Götter, und das macht sie tolerant anderen gegenüber. Den Ägyptern macht es nichts aus, daß die Babylonier Marduk anbeten, und den Babyloniern macht es nichts, daß bei den Hethitern Telepinu verehrt wird. Wer den Vorrang hat, das mögen die Götter unter sich ausmachen; jedenfalls hält man es für schicklich, daß ein jeder den Altären seiner Vorfahren seine Ehrerbietung erweist. Die Hebräer in Juda allerdings beten nur zu einem Gott, von dem sie glauben, daß er der Herr des Universums ist, doch sie sind ein kleines, zänkisches, unbedeutendes Volk. Mit den Medern jedoch verhielt es sich ganz anders.

Woher diese neue Religion kam, weiß ich nicht. Die Meder erzählen von einem großen Lehrer, einem Propheten ihrer eigenen Rasse mit Namen Zarathustra, doch wer er war oder ob er damals noch lebte oder ob er überhaupt jemals gelebt hat, das habe ich nie herausbekommen können. Aber er war das Sprachrohr eines Kultes, der keinem auf der ganzen Welt glich, und seine Sprache klang bedrohlich, denn seine Botschaft hieß Feuer und Schwert und eine Welt, die mit dem Blut der Unschuld reingewaschen werden sollte.

Dabei beginnt alles recht harmlos – es gibt nur einen

Gott, der vor allen anderen verehrt werden muß, und der heißt Ahura Mazda, der Allweise Herr, oder einfach Ahura genannt. Der Ahura ist ganz Reinheit – der Himmel ist sein Leib und die Sonne sein Auge –, und er hat all die anderen hehren Götter erschaffen, die Spenta Mainyu oder Freigebigen Unsterblichen, von denen es sechs gibt. Als Gegenschöpfung setzt ihnen Ahriman alle Dämonen der Welt entgegen, von denen er der Größte ist.

Die Meder glauben, daß die Geschichte sich in drei Perioden teilt, deren jede dreitausend Jahre dauert. Die erste davon war ein goldenes Zeitalter, in welchem Ahura und Ahriman eins waren und gemeinsam die Welt erschufen. Und da das Wissen um ein Ding von dessem Gegenteil abhängt, gab es das Böse nicht. Doch am Ende zerfielen die beiden, der eine wurde zu »Dem, der ganz Leben ist« und der andere zu »Dem, der ganz Tod ist«, und damit begann das zweite Zeitalter, die Zeit der Leiden und der Fehde zwischen Gut und Böse. Das dritte Zeitalter begann mit dem Erscheinen des Lehrers Zarathustra und endet schließlich mit dem Sieg des Guten und der Neuerschaffung der Welt, welche dann auf ewig fortbesteht.

Darin ist nichts enthalten, was sich sehr vom Glauben anderer Völker unterschiede, welche einen einzigen Gott als Herrn über alle anderen anbeten und wie alle vernünftige Menschen daran glauben, daß es böse Geister gibt. Der Unterschied liegt in der Art, wie man mit diesen Göttern und bösen Geistern umgeht, denn wo die Babylonier, die Ägypter, die Männer Assurs, ja, sogar die Griechen – eigentlich alle zivilisierten Nationen der Welt – glauben, daß es richtig ist, allen Göttern Gebete und Opfer darzubringen, den guten wie den bösen, um sie gnädig zu stimmen, da haben die Meder für Ahriman nichts als Verwünschungen übrig. Alles Böse, sogar das der Götter selbst, wird verachtet, und es ist Ziel von Gebet und Opfer, den Ahura in seinem Kampf gegen Ahriman zu bestärken, ihm Mut zu machen und seine Gliedmaßen mit todheilender Kraft zu versehen. So werden die Menschen in diesem Krieg der Götter zu Soldaten, und es liegt in ihrer Macht, den Endsieg des Lichtes über das Dunkel zu beschleunigen. Ihr Glaube an ihre Gebete, welche sie »Mantra« nennen, ist so groß, daß sie sich einbilden, daß schon die Worte an sich eine von den Göttern unabhängige Macht besitzen, so daß sie böse Geister abwehren können, selbst wenn ein Fremdling sie ausspricht, der nichts von ihrer Bedeutung weiß. Wie ich schon sagte, es ist ein seltsamer Kult.

Darum haben die Meder keine Probleme mit dem Leben. Ihre Welt teilt sich in Licht und Dunkel, Gut und Böse, Vollkommenheit und Verderbnis, und die Unterschiede zwischen dem einen und dem anderen sind völlig klar. Entweder betet man den Ahura oder aber man betet die Dämonen an – einen Mittelweg gibt es nicht. Die Anhänger des wahren Weges erwartet ein Lohn in diesem Leben und im nächsten; alle anderen verfallen der furchtbarsten Verdammnis.

Gerade die Einfachheit ihres Glaubens hat viel dazu beigetragen, daß die Meder solch ein tugendreiches Volk sind, denn ihr Leben lang sind sie mit einer beharrlichen Suche nach Reinheit beschäftigt. Sie sind gute Bauern, weil ihr Prophet lehrt, daß die Bebauung des Bodens und die Fruchtbarmachung von Wüsten dem Ahura wohlgefallen. Sie lügen nicht, nicht einmal einem Ungläubigen gegenüber, und verletzen auch nicht die allerkleinste Klausel eines Vertrages, weil der Ahura alle Falschheit verachtet. Sie sind gut zu ihren Tieren, insbesondere zu den Pferden, den Kamelen, den Hunden, den Hähnen und den Kühen, welche sie ganz besonders verehren, denn diese liebt der Ahura. Sie kennen keine Tieropfer und lesen die Zukunft nicht aus den Eingeweiden von Tieren.

Ja, die Meder sind so beschäftigt damit, alle Arten von Unreinheit zu meiden, welche sie mit Ahriman und den Mächten des Bösen gleichsetzen, daß der Tod für sie zu einem großen Problem wird. Da alle drei Elemente – Erde,

Feuer und Wasser – dem Ahura heilig sind, darf keines von ihnen durch die Berührung mit einem Leichnam befleckt werden, und so darf man ihn weder begraben, noch verbrennen, noch ins Meer werfen. Wie also entledigen sie sich der Toten?

Die Meder haben sich eine Lösung einfallen lassen: sie legen sie oben auf hohe Steintürme, welche sie recht passend »Türme des Schweigens« nennen, wo ihnen aasfressende Vögel schnell das Fleisch von den Knochen abpicken. Jeder, der eine Leiche berührt, ist gleichermaßen unrein und muß sich reinigen, indem er sich mit Kuhurin wäscht.

Weitverbreitet ist bei ihnen auch der Glaube, daß im Lande der Toten ein Gott namens Yama herrscht, welcher jeden Tag seine Hunde ausschickt, um die aufzuspüren, für welche die Stunde des Todes gekommen ist, und sie wie Vieh vor sein Angesicht zu treiben, wo dann das letzte Gericht abgehalten wird. Diese Hunde sind braun, haben breite Schnauzen und besitzen vier Augen, und aus diesem Grunde läßt man stets einen weißen Hund mit gelben Ohren – den man für einen angemessenen Ersatz hält – einen Leichnam gegen böse Geister bewachen.

Doch die Lehre, welche man dem Propheten Zarathustra zuschreibt, lautet etwas anders. Bei seinem Tode, so steht geschrieben, überquert ein Mensch die Brücke des Auswählers. Wenn er im Leben den Weg des Dunkels beschritten hat, so gleitet sein Fuß aus, und er fällt in das Haus der Lügen, doch wenn er dem Ahura nachgefolgt ist, dann erlaubt man ihm, das Haus der Lobpreisungen, die Wohnstätte der Reinen, zu betreten.

Reinheit, welche zu ewiger Seligkeit führt, ist jedoch in ihrem Glauben nicht ohne Lohn bereits auf dieser Welt, und diese Belohnungen werden von Generation zu Generation weitergegeben. Der Ahura beschützt seine Anhänger, gewährt ihnen Vieh und Pferde, viele Söhne und ein langes Leben. Und die tugendreichen Toten werden selber fast zu Göttern und erhalten von ihrer Nachkommenschaft Opfergaben, welche dann ihre Hilfe gegen die Macht Ahrimans anrufen können.

Und so waren diese Bergstämme, die sich erst kürzlich an Städte und ein seßhaftes Leben gewöhnt hatten, in den Augen aller zivilisierten Menschen zum Schrecknis geworden. Denn nur Zweifel und die Angst vor dem Tod ermöglichen es einem Volk, in Frieden miteinander zu leben, und davon waren die Meder durch ihren neuen Kult befreit worden. Ihr Rassendünkel ließ sie glauben, daß sie besser wären als der Rest der Menschheit, und nun hatte sie ihr Prophet auch noch Tugend und Verachtung aller gelehrt, die nicht dem Ahura nachfolgten, welcher Belohnungen in dieser und in der nächsten Welt verspricht. Krieg gegen das Böse war für sie Lebenszweck geworden, und das Böse erblickten sie überall außerhalb des Bannkreises ihrer eigenen Nation. Für solche Menschen ist der Tod eine Gnade, Eroberung Pflicht und Erbarmen die allerverächtlichste Schwäche. Mit dergleichen Menschen – zu einem Heer geschmiedet – konnte ein begabter und ehrgeiziger König sich die Erde untertan machen.

⋆

Am fünften Tage des Monats Tammuz wandte ich die Augen der aufgehenden Sonne entgegen und brach ins Land der Meder auf. Ich führte eine Streitmacht von sechstausend Mann an und würde noch einmal soviel in Musasir auf mich wartend vorfinden. Von dort würden wir uns nach Südosten halten und einer Kette von Gebirgsausläufern folgen, die dann ins Zagros-Gebirge übergingen, bis wir Zamua und die Festung Hamban erreicht hatten.

Die verschlafene kleine Garnisonstadt platzte auf einmal aus allen Nähten. Verhungerte, staubige Landbewohner mit soviel von ihren Habseligkeiten, als sie in Bündel eingeschlagen hatten tragen können, waren aus den weiten, östlichen Ebenen hereingeströmt, um hinter den Lehmziegelmauern bei den Soldaten ihres Gottes und Königs Schutz zu suchen. Sie waren vor der Wut der Meder geflohen, und das Entsetzen über das, was sie gesehen und erlebt hatten, stand ihnen noch im Gesicht geschrieben. Jetzt hungerten sie, weil die Garnison nicht genügend Getreide für alle hatte.

»Sie sind wie die Wölfe, Gebieter – sie kennen kein Erbarmen.« Das sagte mir ein alter Mann, der auf seiner Schlafmatte an der Stadtmauer lag und auf den Tod wartete. »Sie kommen. Sie stehlen unsere Ochsen und verbrennen unsere Felder und Häuser. Sie töten, wen sie antreffen. Ich bin alt, mir ist es gleich, aber so viele . . .« Und bei dem Gedanken an all das, was er nicht erzählen mochte und wollte, flossen ihm die Tränen aus den Augen. »Ich will hier sterben. Ich will nicht nach Hause zurück.«

»Ich gehe an deiner Statt«, sagte ich zu ihm. »Und alles wird wieder wie es war, denn der Gott ist gerecht.«

Er wandte sich mir zu, blickte mir ins Gesicht, so als hätte er mich nicht verstanden.

»Der Gott«, sagte er zuletzt. »Ja, der Gott . . .«

So wußten wir, was uns erwartete, wenn wir ostwärts marschierten und das verwüstete Gebiet betraten, welches als Dur Tuqe bekannt war.

»Dur« heißt »Festung«, doch wenn die Soldaten Assurs dort jemals eine Festung besaßen, so hatten sie sich längst in bequemere und leichter zu verteidigende Städte in den Flußtälern zurückgezogen, so daß man hier keine Ziegelmauern oder Wachtürme, keine Exerzierplätze und keine von Wagenrädern ausgefahrenen Straßen zu Gesicht bekam. Das hier war Boden, auf dem Gerste wuchs, wo seit Jahrhunderten die tödlichste Waffe, welche die Menschen getragen hatten, die Hacke war. Und hier hatten die Meder jetzt Tod gesät.

Ich war Soldat, ich war in bezug auf Grausamkeiten abgehärtet, doch mir wurde übel, als ich mich umblickte. Das war eine Landschaft des Schreckens. Auf den Rändern von Bewässerungskanälen hockten Vögel, die sich an Aas so sattgefressen hatten, daß sie kaum noch fliegen konnten. Die Leichen von Bauern, welche die Kanäle ausgehoben hatten, verstopften diese, und die Ebenen waren mit den kalten, geschwärzten Skeletten von abgebrannten Dörfern wie mit Pockennarben überzogen. Wir ritten stundenlang, ohne einen anderen Laut als den Wind zu vernehmen. Es gab einfach keinen. Alle waren geflohen – oder waren von den Medern abgeschlachtet worden. Das alles hatten die Meder getan. Die Arier. Die Edlen. Damals wußte ich es noch nicht, doch als meine Augen die entweihte Erde absuchten, da erblickte ich die Herrlichkeit ihres Ahura und die Wahrheit seiner Worte. Ich sah nur Tod.

»Ich werde diese Verwüstung dorthin zurücktragen, von wo sie gekommen ist«, dachte ich. »Ich werde sie zu Tausenden töten, ihre Frauen und Söhne in die Sklaverei führen, ihre Städte und Felder lasse ich in Flammen aufgehen. Sie sollen sich meines Namens bis zum Ende der Zeit erinnern, denn mein Herz kennt kein Erbarmen mehr.«

In jener Nacht lagerten wir neben einer Steilklippe, in die man das Bild des großen Sargon in doppelter Lebensgröße gemeißelt hatte. Es sollte dort von seinem Ruhm künden. Zu seinen Füßen hatte er sowohl Warnung als auch Fluch anbringen lassen: »Fremder, du kommst in das Land Assurs, des Herrschers der Himmel, des Gebers der Siege, des Sohnes der Weisheit und der Macht. Hier gilt das Gesetz von Königen, welche furchtbar im Kriege sind. Assur wird seine Feinde in ihrem eigenen Blute ertränken.« Seile liefen aus der Hand des Königs hin zu vier medischen Häuptlingen, welche vor ihm knieten, die Arme flehentlich erhoben, die Lippen von Ringen durchzogen, welche sie so gefügig wie Vieh machten. Nun kam es seinem Großsohn zu, diese stolze Behauptung des Königs wahr zu machen.

Die höheren Offiziere unseres hastig zusammengestellten Heeres, von denen einige schon mit mir am Bohtan und sogar in Babylon gekämpft hatten, während andere mir vollkommen fremd waren, bildeten einen Kreis um den Tisch in meinem Zelt, als ich meine Pläne für diesen Feldzug erläuterte. Vor uns lag die Kopie einer Landkarte, mit Kohle auf Ochsenhaut gezeichnet, welche der Gebieter Sargon in seinem Krieg gegen die Meder zehn Jahre vor meiner Geburt verwendet hatte. Darauf war fast nichts zu sehen, als eine zerklüftete Linie von Bergen, ein, zwei Flüsse und die Namen von zehn, zwölf Siedlungen, die alles sein konnten, von Dörfern mit fünfzig Familien bis hin zu großen Städten.

»Wir werden behutsam vorgehen müssen«, sagte ich zu ihnen. »Wir schicken zwei, drei Tage zuvor Späher aus, die den Weg für uns auskundschaften – wer Krieg gegen Fremde in deren eigenem Land führt, ist besser vorsichtig.«

»Die Meder werden denken, wir haben Angst«, sagte ein *rab abru* aus der Garnison Arzuhina, ein gedrungener, dunkler, kräftiger kleiner Mann namens Bel Itir, welchem der Ruf eines Feuerfressers vorausging. »Was soll das Ganze eigentlich? Da führt man dieses riesige Heer ins Feld, und was ist? Man tappt zaghaft herum wie ein Büffel mit dem Bauch voller Nesseln.«

Beim Sprechen glühten seine Augen im flackernden Lampenschein, so als ob er bereits das Gelächter seiner Feinde hörte und er mich allein für diese unerträgliche Demütigung verantwortlich machte.

»Laß die Meder doch denken, was sie wollen. Wenn wir ihnen in diesem Jahr nur die Spitze eines einzigen Fingers abschneiden, dann kommen wir im nächsten Jahr zurück und holen uns den Arm.« Ich lächelte, denn ich wußte, daß ein Mann wie Bel Itir sich schwertun würde, das zu verstehen.

»Ich will diese Barbaren zum Schweigen bringen«, fuhr ich fort und richtete mich nun eher an alle. »Wenn wir hier fertig sind, werden sich die Meder eine Generation lang nicht mehr von ihren Bergen heruntertrauen – und vielleicht nicht einmal dann. Doch das ist nicht das Werk eines einzigen Feldzuges. Sollen die Stämme doch denken, daß wir lediglich gekommen sind, um ein paar Dörfer abzubrennen, und daß wir, wenn unsere Ehre wiederhergestellt ist, zu den Bequemlichkeiten unserer großen Städte zurückeilen. Sollten sie sich etwa einbilden, daß wir mittlerweile verweichlicht sind, so werden sie ihren Irrtum recht bald einsehen und bereuen.

Also dann – ich schlage vor, daß wir dieser Bergkette bis Ellipi folgen, ungefähr bis dort, wo wir uns dann in drei Flügel teilen und an diesem Punkt, er heißt Ekbatana, wieder zusammentreffen . . .«

Und so marschierten wir nach Osten und hinein ins Land der Meder, eine Streitmacht von beinahe zwölftausend Mann. Und die ganze Zeit spürten wir die abschätzenden Augen unserer Feinde auf uns ruhen – mehr war es nicht, lediglich eine Art Vorhandensein, die einem das Atmen schwermachte. Es dauerte volle zwölf Tage, bis wir sie überhaupt zu Gesicht bekamen.

Den ersten Anblick dieser Kriegerrasse werde ich nie vergessen. Es war gerade eine Stunde nach Sonnenaufgang, und wir hatten kaum einen *beru* unseres Tagesmarsches zurückgelegt. Auf einmal hob ich den Blick und sah sie. Eine Gruppe von ungefähr zwanzig Reitern war auf der Kuppe eines niedrigen Hügels aufgetaucht – sie waren ganz einfach da, so als ob sie geradewegs aus der Erde gewachsen wären. Wie sie es geschafft hatten, an meinen Spähern vorbeizukommen, das konnte ich nur ahnen, aber schließlich war das ihr Land, und ich war nur ein ungebetener Fremdling hier.

Ich hob den Arm und brachte die Marschkolonnen zum Stehen.

So hatten wir also die Steppen des Zagros-Gebirges erreicht, dieses riesige Grasland, das sich unendlich zu erstrekken schien. Zu unserer Linken, an der hintersten Horizontlinie, lag eine ausgedehnte Salzwüste, sichtbar nur als schmales, blasses Band aus zerfließendem Licht. Man behauptet von ihr, daß die Sonne dort einen Menschen binnen einer einzigen Stunde umbringen kann, in dem sie sein Hirn zu

Sirup verkocht. Zu unserer Rechten waren die Berge, abweisend, kahl und voller verborgener Fleckchen – kleine Täler mit erstaunlich üppiger Vegetation, so jedenfalls wurde erzählt, der geheimen Heimat der medischen Stämme. Und nun schien es, daß sie hören wollten, welche unliebsamen Geschäfte uns von weit hergeführt hatten, denn eine so kleine Streitmacht wollte uns gewißlich nicht angreifen.

Als sie endlich begriffen, daß wir auf sie warteten, gaben sie ihren Pferden die Sporen und kamen herabgeritten, acht, neun in der vordersten Linie, offensichtlich wollten sie unterhandeln. Es handelte sich wohl um etliche einheimische Häuptlinge oder deren Stammesälteste; und sie beeilten sich nicht gerade.

Einige darunter waren Männer mit vielen Lebensjahren, die Gesichter von den Erfahrungen mit den Härten des Lebens gezeichnet. Ein paar mochten alt genug sein, um schon in den allerersten Feldzügen der Kriege meines Großvaters gegen diesen gekämpft zu haben. Sie wirkten wie Menschen, welche ein langes Leben als befehlshabende Krieger auf dem Rücken eines Pferdes hinter sich haben, Gestalten von ungeheurer Würde – mir fiel auf, daß zwei von ihnen, deren Haar so weiß wie Frost war, mir immer wieder Blicke zuwarfen, während sie aufgeregt miteinander murmelten. Etliche waren jünger. Ein paar vermutlich Einfaltspinsel, doch das war nichts Neues.

Einer von ihnen, ein gut aussehender Mann in der Mitte des Lebens und, wie die meisten seiner Rasse, schlank und groß, hielt sich ein klein wenig vor den anderen und wartete stumm und erwartungsvoll, wobei er mich mit beinahe verächtlicher Gelassenheit musterte, so als betrachte er dieses Treffen lediglich als eine Angelegenheit zwischen uns beiden. Er trug das Haar, welches noch sehr wenig Grau aufwies, kurzgeschnitten und mit einem roten Haarband zurückgebunden, und sein Bart war sorgfältig gelockt. Er hatte schwere Stiefel an, Hosen wie die Skythen und einen Schaffellmantel aus gewachsenem Pelz. Lediglich seine Haltung schien anzudeuten, daß er hier der Herr war.

»Ich bin Uksatar, der Sohn des Ianzu, welchen der Ahura liebt, und *parsua* der Miyaneh«, verkündete er wie ein Mensch, der davon ausgeht, daß man seinen Namen kennt.

»Und ich bin Tiglat Assur, Sohn des Gebieters Sanherib, welcher im Land Assur König ist.«

»Ich kenne deinen Namen, Gebieter. Ich hätte gern gewußt, was dich hierher geführt hat?«

»Wer das eine weiß, weiß auch das andere, Uksatar, Sohn des Ianzu, denn was außer dem Ruf des Gottes nach Wiedergutmachung könnte wohl einen Prinzen des Herrn der Welt zu solch einem Ort führen?«

Ich machte eine umfassende Handbewegung hin zum Horizont, als wollte ich auf dessen verachtenswerte Leere hinweisen. Uksatar, *parsua* der Miyaneh, schien die Beleidigung zu überhören.

»Dann willst du ein paar Lehmhütten und eine Handvoll gestohlenes Vieh rächen?« fragte er und hob offenbar erstaunt die Augen. »Wenn du lediglich einen Stamm Räuber bestrafen willst, dann führst du ein zu großes Heer mit – damit wirst du sie nie fangen. Wenn du aber gekommen bist, das Land der Arier zu erobern, so ist dieses auch nicht annähernd groß genug.«

»Es ist groß genug. Ein Mann, der Schafe hütet, braucht dazu nicht mehr als ein paar gute Hunde.«

»Ich merke schon, der Sohn Sanheribs, des Königs von Ninive, hat immer noch eine bissige Zunge«, erklang eine Stimme hinter Uksatars Rücken. Wir beide drehten uns nach dem Sprecher um, und da schob sich ein Pferd nach vorn. Der Mann, der es ritt, trug nicht mehr die blaue Tunika und die schwarze Weste der Uqukadi, doch ich erkannte ihn nichtsdestoweniger. Das Lächeln auf seinem dicken, fleischigen Gesicht war immer noch da, so als hätte sich nach unserer letzten Begegnung nichts geändert, und vielleicht hatte es das für ihn ja auch nicht. Sein Volk war zerstreut, tot oder in der Sklaverei, doch für ihn machte das vielleicht keinen Unterschied, denn dieser da war ein Führer, der letzten Endes nur sich selbst treu war.

»Dann hast du also überlebt«, bemerkte ich und beantwortete seinen Gruß mit einem kurzen Nicken. »Und bist allem Anschein nach auch in gedeihlichen Verhältnissen.«

»Ein kluger Mann, Gebieter Tiglat, entkommt stets mit mindestens einem Teil seines Vermögens, und ein Vermögender ist nie ohne Einfluß.«

Sein Lächeln wurde breiter, anscheinend sollte ich ihm dazu auch noch gratulieren. Das schien er tatsächlich zu erwarten.

»Doch wir haben schon vor langer Zeit gegenseitig Maß genommen«, fuhr er zuletzt fort und hob dabei die schweren Schultern. »Ist es nicht so, Gebieter? Unter diesen ehrenwerten Herren scheinen sich einige zu befinden, welche dich für einen mächtigen Geist halten, der zurückgekommen ist, um sie für eine einstige Freveltat zu bestrafen, doch ich habe ihnen versichert, daß du –«

»Es reicht, Upasch«, fuhr ihn der *parsua* der Miyaneh an – anscheinend gefiel es dem Gebieter Uksatar gar nicht, daß man mir seine persönliche Meinung kundtat. »Du schwatzt wie ein Weib. Es reicht, wenn der Fremdling begreift, daß wir seine Macht nicht fürchten und daß jene, welche in die Länder seines unreinen Gottes eingefallen sind, ohnehin kein Gesetz gebrochen haben, das bei uns Gültigkeit hätte.«

Er wandte sich zu mir, und seine Augen verengten sich; vielleicht dachte er, er könnte mich mit einem Blick töten.

»Zieh heim, Prinz Tiglat Assur, Sohn und Großsohn von Königen. Hier findest du nichts weiter als Tod und Verderben.«

»Das findet einer von uns auf jeden Fall«, gab ich lächelnd zurück – dieses Spiel hatte ich schon öfter gespielt. »Dann wünsche ich dir noch einen angenehmen Morgen und bin sogar bereit zu glauben, daß du so furchtlos bist, wie du behauptest.«

Ich hob die Hand zum Gruß, aber der Gebieter Uksatar fuhr bei der Geste zurück, als ob ich ihn schlagen wollte. Und nicht nur er – etliche in seinem Gefolge rissen ruckartig an ihren Zügeln, ich vernahm ein erschrecktes und aufgeregtes Gemurmel, das leise durch ihre Reihen lief.

»Dastesh!« rief einer von ihnen, als ob ihn die Überraschung überwältigte. *»Dastesh-setare-ye-kohn-e-Sargon!«*

Wie ein Mann wandten sie ihre Pferde und galoppierten davon, bis sie am Ende unseren Blicken entschwunden waren.

»Bei den sechzig großen Göttern, *Rab Shaqe.«* Luschakin kratzte sich verblüfft den Bart, während wir zu unseren eigenen Reihen zurückritten. »Was glaubst du, hat sie so durcheinandergebracht?«

Das konnte ich ihm nicht beantworten. Ich konnte lediglich den Kopf schütteln und mich ebenso wundern wie er.

»Ich kann es dir sagen.«

Es war der *rab abru* Bel Itir, der da sprach. Er holte auf und ritt ingrimmig und mit hängenden Schultern neben uns her und starrte ins Leere. Zuletzt rang er sich ein verkniffenes, grausames Lächeln ab.

»Ich kenne ihre Zunge ein wenig«, sagte er. »Der Mensch schnappt ein paar Brocken auf, wenn er draußen in der Wildnis stationiert ist – genug jedenfalls. Es ist das Geburtsmal, welches der *rab shaqe* auf seiner Handfläche hat, das sie erschreckt, der Blutstern, wie sie ihn nennen. Er ist das Mal unseres verstorbenen Königs, des Mächtigen Sargon. Sie fürchten, er findet keine Ruhe im Grabe und kehrt in der Person seines Enkels zurück, um sich zu rächen. Sie fürchten, daß uns ein Geist in die Schlacht führt.«

*

In jener Nacht hatte ich einen Traum. Der Traum handelte von einem Adler, der sich mühelos in die Luft erhob, große Kreise zog, während ihn der Wind höher und immer höher trug. Schließlich ließ er sich auf einem kahlen Felsvorsprung nieder. Er blickte herab, und ich sah mit seinen Augen, wie sich die Erde unter mir wie ein faltiger Teppich ausbreitete. Am nächsten Morgen erteilte ich den Befehl, die Steppe zu verlassen und mit dem Aufstieg in den Zagros zu beginnen.

Meine Offiziere müssen mich für verrückt gehalten haben, denn es gab keinerlei militärische Gründe, warum wir die Ebenen verlassen sollten, wo wir zumindest keine Hinterhalte zu befürchten hatten. Es schien überhaupt keinen Grund zu geben, nicht einmal einen, der mir einsichtig gewesen wäre. Ich hörte auf eine innere Stimme und wußte nur eines ganz genau, daß ich nämlich ihrer Aufforderung nachkommen und ihr folgen mußte, wohin sie auch führte.

Viele Tage lang bekamen wir die Meder nicht wieder zu Gesicht. Sie beobachteten unseren Vormarsch – daran bestand kein Zweifel; ich konnte ihre Augen beinahe auf uns spüren –, doch sie hielten sich bedeckt. Sie griffen auch nicht an, wie ich erwartet hatte. Sie hielten uns hin und warteten. Wir schienen alle zu warten.

Das Mal des Gebieters Sargon. Der rote Stern, welchen ich seit der Stunde meiner Geburt trug, seit der Stunde seines Todes, der ihn in eben diesen Bergen ereilt hatte. Sein *sedu* hütete meine Schritte – das hatte mir der blinde *maxxu* vor langer, langer Zeit gesagt. Vielleicht stimmte es sogar. Wenn er je mit mir war, wenn er mich je vor Schaden bewahrte und mich mit seinen eigenen Augen sehen ließ, dann hier im Lande der Meder, während ich auf dem zerklüfteten Grat des Zagros dahinwanderte und auf des Gottes Wort lauschte.

Und schließlich begriff ich. Nicht etwa, daß eine innere Stimme mir etwas gesagt hätte; ich erkannte, daß ich schon einmal hiergewesen war, diese Gebirgspässe erklommen und diesen Wind auf meinem Gesicht gespürt hatte – daß mir alles vertraut war, daß ich wußte, was mich erwartete und es erkennen würde, wenn ich es fand, den Ort, wo es geschehen würde. Und da verließ mich endlich die Furcht, denn ich war geborgen in Assurs Hand.

Am siebten Tage, nachdem wir die sicheren Ebenen hinter uns gelassen hatten, stießen wir auf eine Stelle mit Schiefer- und Kalksteinklippen, zu deren Fuß Quellwasser hervorsickerte wie Blut aus einer frischen Wunde. Dort stand ein Schäfer mit seinen Hunden und seiner Herde, ein Mensch ganz allein. Er sah uns mit wildem, angsterfülltem Blick an, wußte nicht, was besser war, bleiben oder fliehen. Das alles hatte ich schon einmal gesehen, mit den Augen meiner Seele, im Wachen und im Träumen. Ich befahl den Soldaten, das Lager aufzuschlagen, denn hier würden wir Rast machen. Ich ließ Bel Itir zu mir rufen, denn er allein verstand etwas von der Sprache dieser Länder.

»Hast du den Schäfer ausgefragt?« wollte ich wissen.

»Ja, *Rab Shaqe. Es* schien mir eine kluge Vorsichtsmaßnahme, obschon er behauptet, nichts zu wissen. Soll ich ihm die Kehle durchschneiden lassen?«

»Nein – laß ihn gehen, als Geschenk an den Gott. Hat er gesagt, von welchem Stamm er ist?«

»Ein Kullumiter, *Rab Shaqe* – er sagt, früher waren sie einmal groß, doch jetzt sind sie aus diesen Bergen fast verschwunden.«

»Hat er gesagt, was für eine Stelle das hier ist?«

»Er nennt sie die Stätte der Gebeine, *Rab Shaqe.* Er weiß nicht, wie sie zu diesem Namen kam.«

Ich wußte es, aber ich sagte es nicht. Und ich wußte nun auch, warum der *sedu* meines Großvaters, dieses ruhmreichen Soldaten, mich hierher geführt hatte. Die Stätte der Gebeine – ja, natürlich. Der große Sargon hätte erzählen können, wie es zu diesem Namen kam. Nargi Adad hätte sich umgeschaut und sich erinnert. Welchen anderen Namen könnte sie auch tragen? Die Ältesten der Miyaneh hatten zu Recht Angst gehabt.

»Errichtet an allen hohen Punkten Wachttürme«, befahl ich. »Die Männer sollen Fallgruben für die Pferde des Feindes ausheben – keiner rastet mir, bis die Arbeit getan ist. Ich will, daß dieser Ort befestigt wird, als würden wir belagert. Heute nacht schlafen wir alle in der Rüstung, jede Nacht, wenn es sein muß. Jeder Soldat steht die halbe Nacht Wache, einschließlich der Offiziere.«

»Dann erwartest du sie hier, *Rab Shaqe?«* fragte er mit einem verhaltenen Lächeln, so, als ob er mich für verrückt hielte.

»Sie werden kommen, Bel Itir, und wir haben uns auf sie vorbereitet. Nur keine Bange, die Erde wird sich schon noch von ihrem Blut rot färben.«

»Es sei, wie du willst, *Rab Shaqe.«*

Nein, es würde sein, wie es der Gott wollte. Der Mächtige Assur, der Herrscher der Himmel, Er, dessen Macht keiner bezwingt, dessen Licht blendet wie die Sonne, Er war es, der uns durch sein erwähltes Instrument, Tiglat, den Sohn und Großsohn von Königen, hierher geführt hatte, durch einen geringen Menschen, den er führte wie einen Hund, welcher seinen Herrn erkennt.

Solange wir noch Tageslicht hatten, schickte ich Reiter aus, die jeden Angreifer auskundschaften sollten. Wachen wurden auf allen Bergen rundherum postiert, wo sie sogar im Dunkel der Nacht das Nahen eines feindlichen Heeres hören konnten, auch wenn dieses die Hufe seiner Pferde mit Lappen umwickelt hätte. Unsere Vorratswagen, die wenigen, welche die Reise überstanden hatten, kippten wir um und ließen sie als Hindernis für die angreifenden Pferde liegen. Die Soldaten bereiteten ihre Waffen für einen Feind vor, den sie noch nie gesehen hatten, für dessen tatsächliche Anwesenheit sie jedoch mein Wort nehmen mußten. Keiner ruhte sich aus. Als die Sonne unterging, arbeiteten wir bei Fackelschein weiter.

Und zuletzt war alles fertig. Die Köche bereiteten unser Abendessen zu, schlachteten ein paar Pferde, damit die Soldaten ein wenig Fleisch bekämen, doch wir waren fast zu erschöpft zum Essen. Außerdem hatte jeder heute nacht nur ein paar Stunden Ruhe, während wir warteten.

Den ganzen Tag über waren die Reiter zurückgekommen und hatten immer wieder berichtet, sie hätten nichts gesehen – nicht einen Mann in Waffen, nicht einmal einen Ziegenhirten mit einem Stock zum Schlangentöten. Unser Feind wich uns aus, obschon ich nie daran zweifelte, daß er so nahe war, daß er uns mit den Händen hätte berühren können, wenn er gewollt hätte. In diesen Bergen gab es viele kleine Schluchten, wo fünftausend Mann sich sehr gut tagelang verbergen konnten, sogar monatelang, und an denen meine Späher zwanzigmal vorbeikommen konnten, ohne auch nur von einer schmalen Gesteinsrinne Notiz zu nehmen, welche mit Buschwerk verdeckt war und zu ihrem Versteck führte. Die Meder waren hier daheim. Warum also sollten wir auch nur ihren Schatten sehen, ehe es ihnen beliebte, sich zu zeigen. Und dennoch waren sie da.

Meine Offiziere versammelten sich in meinem Zelt. Ich skizzierte ihnen meine Pläne und was ich mir davon erwartete und wies jedem seine Rolle in der kommenden Schlacht zu. Sie lauschten mit mürrischer Aufmerksamkeit, sagten aber nichts, denn sie glaubten mir nahezu kein Wort. Etliche unter ihnen waren, glaube ich, gewillt, mich meines Kommandos zu entheben und mich an eine Stange gefesselt nach Ninive zurückzubringen, doch es war schon eine Sache, die Hand gegen den Sohn des Königs selbst zu heben, und so behielten sie ihre Meinung für sich und nahmen erst einmal meine Befehle schweigend entgegen.

Als ich nach draußen trat, warteten die Soldaten auf mich. Auch sie hatten ihre Zweifel, aber sie waren einfache Menschen, für die das Wort des *rab shaqe* Gesetz war. Da sie ihre Arbeit beendet hatten, warteten sie geduldig auf jenes Wort, um selbst abzuwägen, zu welchem Zweck man sie an diesen Ort geführt hatte. Das würden sie von dem Gebieter Tiglat Assur, dem *shaknu* der nördlichen Provinzen, dem Sohn und Großsohn von Königen, zu hören bekommen. Es war ihr gutes Recht.

Ich kletterte hinten auf einen Streitwagen und blickte in

das Gesichtermeer, sah eine große murmelnde Menge im flackernden Licht der Lagerfeuer und Fackeln. Was konnte ich schon sagen, was sie verstehen und mir glauben würden? Ich wußte es nicht. Ich öffnete die Lippen und ließ die Worte herausströmen.

»Männer von Assur, ihr seid die Diener eines weisen Gottes. Dem Adler gleich, so kreist er über uns und kehrt doch immer wieder in dasselbe Nest zurück. Er setzt in keinen Menschen Vertrauen und birgt die Rache in seinem Schoß und wartet, denn er ist geduldig. Er hat uns hierhergeführt, auf daß wir sein Werk vollbringen und mit eigenen Augen die unbesiegbare Macht seines Willens erblicken.

Wir stehen in diesem Augenblick auf dem Boden, den er für uns geheiligt hat, denn hier, auf dieser hohen und felsigen Ebene, kam vor mehr als zwanzig Jahren der große Sargon, der König im Lande Assur, den der Gott vor allen anderen Menschen liebte, durch die Hand seiner Feinde um. Hier fiel er. Diese kieselharte Erde trank scin Blut. Und jetzt hat uns der König von Himmel und Erde zu dieser Stelle zurückgeführt, damit wir den Tod unseres Gebieters am Ende doch noch rächen!«

Ihr Jubel umtoste mich wie Donner, hallte von den Felswänden wider und brachte mich zum Schweigen. Hätten sie mir im kalten Lichte des Morgens auch geglaubt? Glaubten sie mir jetzt, oder wollten sie lediglich glauben? Ich wußte es nicht zu sagen.

»Assur ist König!« schrien sie, »Assur ist König! Assur ist König! Assur ist König!« daß die Nacht erzitterte.

Glaubten sie mir? Ich weiß es nicht. Ich weiß nur, daß sie sich meinen Willen zu eigen machten und auf mein Wort hin für den Ruhm des Gottes sterben würden. Die Wahrheit findet man nur in den Herzen schlichter Menschen.

Ich hob den Arm, und da schwiegen sie endlich.

»Ihr alle kennt die Geschichte von dem Blutstern, welcher in der Todesnacht des Mächtigen Sargon am östlichen Himmel glühte – einige unter euch mögen ihn sogar gesehen haben, da er die Himmel wie eine Fackel erhellte. Und ihr alle kennt das Mal, welches ich in meiner Hand trage.«

Ich öffnete die Faust, damit sie es sehen konnten, und ein Murmeln lief durch ihre Reihen, weil alle Menschen sich vor derlei Dingen fürchten. Und das zu Recht.

»Das trage ich seit der Stunde meiner Geburt – die gleiche Stunde, in der König Sargon, der Vater meines Vaters, genau an diesem Ort seinem *simtu* begegnete. Ich wurde geboren, und er starb im gleichen Augenblick. Und in jener Nacht glühte der Blutstern am Himmel wie eine Wunde im Fleisch des Gottes persönlich – und der Heilige Assur hat mich nicht umsonst auf diese Weise mit seinem Mal gezeichnet!«

»Assur ist König!« schrien sie mit Stimmen, die dröhnten wie die Kriegstrommeln, »Assur ist König! Assur ist König!«

»Der Feind kommt hierher!« rief ich, als ich mich wieder hörbar machen konnte. »Vielleicht in dieser Nacht, vielleicht in der nächsten, aber er kommt, schleicht sich im Dunkeln heran wie ein Schakal. Ich kenne ihn – es sind die Erben jener, welche unseren König erschlugen, welche ihm das Leben entrissen und seinen Leichnam seinem Sohn, dessen Sohn ich bin, um Lösegeld vorenthielten und jenen zwangen, ihn für Silber und Gold zurückzukaufen, damit er in der Erde seiner Vorväter ruhen konnte. Sie kommen hierher zurück, weil sie glauben, daß sie noch einmal ein Gemetzel unter den Männern Assurs anrichten können, doch dieses Mal sollen dabei sie umkommen!«

Der Mächtige Sargon, den der Gott liebte, der Stolz seines Volkes. Es gab im Heer des Königs nicht einen Soldaten, der seinen Namen und sein Andenken nicht in Ehren gehalten hätte. Ja – sie würden kämpfen, diese gewöhnlichen Menschen, ob sie mir nun glaubten oder nicht, weil sie an ihn glaubten, weil er sein Volk groß gemacht hatte. Sie würden kämpfen, um seinen Tod zu rächen. Oder wenn nicht dafür, so doch für die Ehre, dort zu sterben, wo auch er gestorben war.

Jeder Mann stand in dieser Nacht schweren Herzens auf seinem Posten. Keiner schloß in jener Nacht ein Auge – keiner vermochte es. Wir alle warteten schweigend wie die Brüder, die Söhne desselben Geistervaters. Unser Hirn, unser Wille waren eins. Kein Wort fiel, denn da war kein Raum mehr für Worte. Wir alle verstanden auch ohne Worte. Darin war ich nur einer unter vielen.

In den letzten kalten Stunden vor der Morgendämmerung erhielt ich das geflüsterte Signal, daß unsere Wachen viele Pferde nahen hörten.

Von all den zahllosen Schrecken des Krieges ist Warten der schlimmste. Der Feind würde uns mit voller Wucht angreifen – wir kannten weder seine Zahl noch seinen Namen; er war lediglich der FEIND, vage, gesichtslos, ein schwarzer Schatten, der auf uns eindrang. Und sie würden im Dunkel der Nacht auf uns einstürmen, was alles irgendwie noch furchtbarer machte. Am hellichten Tage zu sterben war schon schlimm genug, doch bei Nacht . . . Der Mensch stellt sich vor, wie seine Seele blind und verloren wandern muß, keine Ruhe findet, auf ewig gemartert, die Beute von Dämonen. Darin unterschied ich mich nicht vom geringsten Soldaten, ich fühlte wie sie. Während wir an der Stätte der Gebeine warteten, war mir übel vor Angst.

Es war beinahe eine Erleichterung, als wir ihr Kriegsgeschrei vernahmen und ihre Pferde herandonnern hörten. Sie waren da – das Warten war vorbei, und wir konnten jetzt das Ende absehen.

Ich gab ein lautloses Signal, und auf der Stelle flammten hundert Feuerstöße auf – wir hatten das bergende Dunkel gebannt. Sollten sie doch unsere Zahl sehen. Sollten sie doch wissen, daß ihnen die Überraschung nicht gelungen war.

Und sie kamen dennoch. Ihre Pferde stürmten über die felsige Ebene und auf uns ein, doch wir hielten uns zurück. Wir warteten, sahen ihrem Angriff entgegen und wußten, daß sie die Fallen nicht bemerkt hatten.

Meine Leute hatten sich die Hände wundgearbeitet und einen langen Graben quer zum Eingang unseres Lagers ausgehoben. Sie hatten die Erde als Wall aufgeschüttet, der den feindlichen Reitern wie eine behelfsmäßige Rundumverteidigung vorkommen mußte, von der Art, wie sie Soldaten aufwerfen, die nicht wirklich mit einem Angriff rechnen – von der Art, wie sie Pferd und Reiter sekundenschnell überwinden. Den Graben sahen sie nicht, denn wir hatten ihn mit Schilfmatten abgedeckt und diese mit Erde bestreut, nicht genug, um jemanden bei Tage hinters Licht zu führen, doch bei Nacht fast unsichtbar. Sein Grund mit den stachligen Pfählen blieb ihnen verborgen. Den würden sie erst bemerken, wenn es zu spät war.

Die Meder galoppierten auf uns zu. Sogar jetzt, als sie die Erde zum Beben brachten, konnte ich sie nur als dunkle Welle erkennen. Doch sie waren zahlreich. Sie müssen acht- bis zehntausend Berittene gehabt haben – das war kein einzelner Stamm, der da sein Gebiet verteidigte. Wir kämpften nicht nur gegen die Miyaneh oder die Sagartier, gegen Männer, die ihrem Clan und einem Fleckchen Weideland die Treue hielten, sondern gegen einen mächtigen Staatenbund, eine Nation. Das hatte ich die ganze Zeit befürchtet. Ich konnte es erkennen, als ihre Reiter über die Ebene donnerten und die Erde vernichteten wie ein Brand das trockene Gras.

Auf Befehl und wie ein Mann schossen unsere Bogenschützen ihre Pfeile ab – wir hatten sie in Pech getaucht, und sie brannten wie Fackeln. Sie erhellten die Nacht und tauchten sie in ein gespenstisches Beinahe-Tageslicht, tauchten den Himmel in Rauch und ein unheimliches rotschwarzes Feuer. Die Meder brauchten nicht im Dunkeln zu sterben.

Und doch starben sie – fielen aus dem Sattel, und unsere brennenden Pfeile steckten ihnen noch in der Brust. Die Speerwerfer, die jetzt ihr Ziel klar ausmachen konnten, warfen, und der Tod pfiff durch die Luft wie ein Schwarm Vögel. Wie viele fielen, bevor sie den Graben erreichten, weiß ich nicht zu sagen.

Und am Graben . . . Wie soll ich das beschreiben? Als die Erde unter ihnen nachgab, wieherten ihre Pferde vor Entsetzen und Schmerz, brachen sich das Rückgrat beim Fall oder fielen mit dem Bauch in die grausamen Stangen; wenn das nicht furchtbar war? Sogar für uns, die das geplant hatten, deren Leben durch diese schreckliche Falle verschont blieb, war es unsäglich furchtbar. Wir standen auf dem Wall, und sie kamen zu unseren Füßen um, fielen in das grausige Knäuel aus Toten und Sterbenden. Und wer nicht auf der Stelle starb, den töteten wir, wenn er versuchte, herauszuklettern. Wir töteten sie mit Pfeil und Speer und verspritzten ihr Hirn mit großen Steinen. Zuweilen töteten wir sie mit dem Schwert und schnitten ihnen die Kehle mit Messern durch, welche wir im Gürtel trugen. Wir bereiteten der Göttin Ereschkigal ein Festmahl und ekelten uns in unseren Herzen.

Als die Meder merkten, daß wir ihre erste Attacke abgewehrt hatten, zogen sie ihre Reiterei zurück – das hier war kein Kampf, der durch Berittene gewonnen werden konnte. Fußsoldaten aber konnte kein Graben aufhalten, und die folgten nun in unzähliger Zahl, schwärmten um uns herum wie aufgestachelte Bienen.

Aber wir konnten sie empfangen. Unsere eigenen Soldaten strömten über den Wall und den Graben, welcher jetzt fast bis zum Rand voll toter Meder lag. Und wir waren kein Pöbelhaufen, sondern ein diszipliniertes Heer. Und wir hatten Streitwagen.

An jeder Seite des Grabens hatten wir einen kleinen Übergang freigelassen, gerade breit genug für unsere Streitwagen, die in Einzelteilen über diese Berge getragen und eilig zusammengebaut worden waren, damit sie auf das Schlachtfeld hinausfahren konnten, um dort ihre grausige Arbeit zu verrichten.

Ich selbst fuhr im ersten Streitwagen, so konnte ich sehen,

was sich im grauen Frühlicht dieser letzten fürchterlichen Stunde vor dem Morgengrauen abspielte. Das war keine Schlacht, sondern ein Massaker. Die verwirrten, erschreckten Meder, deren Pläne wir durchkreuzt hatten und denen nicht einmal mehr der Glaube an den Sieg geblieben war, kämpften mit vergeblichem Mut und fielen wie Korn vor der Sichel des Schnitters. Unser Heer schlachtete sie mit unbarmherziger Gründlichkeit ab. Sie hatten keine Chance. Als Menschen waren sie verloren.

Als dann die Sonne über die Berge stieg, war alles vorbei. Die wenigen, dic noch konnten oder wollten, waren vom Schlachtfeld geflohen, und so befanden sich wohl nur noch die Sterbenden und die Toten dort. Gespenstisches Schweigen hatte sich über das Land gebreitet.

Ich befahl meinem Fahrer anzuhalten und stieg vom Streitwagen. Ich wollte mir das Schlachtfeld genauer ansehen – wollte das Werk meiner Hände aus der Nähe betrachten, aber ich empfand eine seltsame Mischung aus Stolz und Ekel. Vielleicht gar nicht so seltsam, denn das Gefühl hatte ich auch schon früher gehabt. Vielleicht ist es das, was jeder erfolgreiche Befehlshaber erfährt, denn das Ende des gesamten geduldigen Soldatenhandwerks ist doch nichts anderes als der Tod.

»Sieh mal, *Rab Shaqe* – wir haben einen gefunden, der noch lebt und um sich schlägt«, rief ein Soldat mir zu. »Sieh mal, der hat kaum etwas abbekommen!«

Ich ging zu ihm, bahnte mir vorsichtig einen Weg durch das Knäuel von dahingestreckten Leichen, und es stimmtc. Ein medischer Berittener, dem ein Pfeil über die Stirn geschrammt war, lebte und war vermutlich nur bewußtlos von dem Aufprall. Jetzt war er aufgewacht, kauerte auf der Erde und blickte mit wilden, erschreckten Augen die an, welche ihn gefangengenommen hatten und ihn mit gezogenen Schwertern umringten, grinsten und sich schon auf den Spaß freuten, ihm ein Ende zu machen.

Doch zufällig hatte ich anderes mit ihm vor.

Es war ein gut aussehender Mann und so tapfer angesichts des Todes, wie von ihm zu erwarten stand. Er war jung, nicht älter als ich selbst, und so traf es ihn hart. Zweifellos hatte er gesehen, wie man bei seinem eigenen Volk mit Gefangenen umging und meinte, er wüßte, was auf ihn zukam.

»Verstehst du mich?« fragte ich ihn auf Aramäisch – er sah wie ein Sohn aus gutem Hause aus, so konnte man erwarten, daß man sich mit seiner Erziehung etwas Mühe gegeben hatte.

Er nickte. Ja, er verstand mich.

»Dann sieh her.«

Ich hockte mich auf die Erde neben ihn und hielt ihm meine Hand vor die Augen, daß er das Geburtsmal auf meiner Handfläche sehen konnte. Da wußte er, wer ich war – er erkannte den Blutstern, das Zeichen Sargons. Das alles konnte ich an seiner Miene ablesen.

»Wenn du zurückgefunden hast«, sagte ich, »geh zu deinem *shah* und frage ihn, wieso er geglaubt hat, daß ich zweimal in die gleiche Falle gehe.«

Nie wieder habe ich soviel Angst in den Augen eines Menschen gesehen. Er glaubte wohl, glaubte wirklich, daß er sich einem lebenden Geist gegenüber befand. Für ihn war ich nicht der Gebieter Tiglat Assur. Ich war der Zorn der Toten.

Ich stand auf und blickte mich um, es sollte so aussehen, als wäre mir dieser Teppich aus Toten gleichgültig.

»Sollen wir ihn jetzt töten, *Rab Shaqe?«* fragte der Soldat. Er tat mir fast leid, schließlich hatte er sich schon darauf gefreut.

»Nein – sucht ihm ein Pferd. Er reitet zu seinen Leuten zurück.«

XXIV

So entstand die Legende von Sargons Rückkehr in den Zagros. Wir entfalteten das Banner des Blutsterns, und es wehte uns voran an der königlichen Armeestandarte, direkt unter der geflügelten Sonnenscheibe Assurs, und erfüllte die Herzen unserer Feinde mit Entsetzen. Ich war der wiedergeborene alte Kämpe. Ich würde ihn rächen. Das alles glaubten die Meder – und der Gott möge mir verzeihen, halb glaubte ich es auch.

Den ganzen nächsten Monat folgten wir dem nördlichen Hang des Gebirges. Viele Weiler und Städte unterwarfen sich uns, und wir nahmen uns Geiseln, Pferde, Essen und was immer wir brauchten. Zuweilen kamen uns die Dorfbewohner, die in Kriegen stets die Hauptleidtragenden sind, mit Gaben entgegen, streuten Blumen vor meinen Streitwagen, als wäre ich wirklich ein zorniger Dämon, dessen Wut man auf diese Weise besänftigen konnte. Zuweilen versuchten ihre Priester, mich mit seltsamen Riten und Mantras zu verjagen. Ich war zur mythischen Gestalt geworden, und das machte mich schwindlig im Kopf, so wie es einem Menschen ergeht, der bei Hochwasser am Uferrand steht und fühlt, wie die dunklen Fluten ihn rufen. So stand es um mich, das war wie eine Krankheit, fast wie ein Sakrileg. Ich richtete Gebete an Assur und an den *sedu* meines Großvaters, bat um Vergebung, falls meine List die Göttlichkeit beider kränken sollte, doch sie spendeten mir keinen Trost.

Nur zweimal in dieser Zeit stellten sich uns die Meder zum Kampf und das nur in kleinen Überraschungsattacken, welche wir leicht zurückschlugen. Sie fochten tapfer und ließen viele Tote zurück, doch es war, als ob sie uns auf die Probe stellten, nach einer Schwäche suchten. Zur großen Entscheidungsschlacht wollten sie sich nicht stellen.

Doch wir vergeudeten unsere Tage auch nicht. Unsere Späher ritten weit ins Land, und die Landkartenzeichner und die Schreiber begleiteten sie, welche alles aufzeichneten, was sie sahen und hörten. Die Länder der Arier wurden langsam etwas mehr, als nur eine große, nichtssagende Leere; und sollte ich eines Tages erneut mit einem Heer zurückkehren – und ich wußte, so würde es kommen –, dann mußte ich mir meinen Weg nicht mehr im Dunkeln ertasten.

Um die erste Morgenröte des Monats Elul waren wir nur noch zehn Tagesmärsche von der Stadt Ekbatana entfernt, dem Ziel, das ich mir selbst gesteckt hatte, und immer noch flohen die Meder vor uns in die Sicherheit ihrer Berge. Diese leichten Eroberungen beunruhigten mich doch sehr.

Land kann man nicht erobern – nur Völker spüren das Joch. Das Land bleibt sich stets gleich, wer auch immer darauf stehen mag, und wenn ich heute soundso viel Gebiet in Besitz nahm, so würde sich das auf der Stelle ändern, wenn ich abzog. Und abziehen mußte ich, denn ich hatte nicht die geringste Absicht, Garnisonen zu errichten, wo es kaum etwas zu bewachen gab außer Felsen und Gras und gewundenen, kleinen Flußläufen, welche zwei Drittel des Jahres ausgetrocknet waren. Ich wollte dieses Land gar nicht besitzen. Ich wollte nur, daß seine Einwohner nicht auf den Gedanken kamen, es zugunsten der fruchtbaren Ebenen des Landes Assur zu verlassen. Und um das zu erreichen, mußte ich ihnen einen solchen Vorgeschmack auf ihre Niederlage geben, daß sie keine weitere riskierten. Und um das zu erreichen, mußte ich sie irgendwie zum Kampf herausfordern, denn ein Sieg ist immer ein Zusammenspiel zwischen Besiegten und Siegern. Doch den Gefallen wollten sie mir nicht tun.

Wir hatten ein Dorf eingenommen, welches so günstig gelegen war, daß man die Zugänge nach Ekbatana im Auge hatte. Als wir ankamen, hatten seine Bewohner es schon verlassen; in etlichen Häusern waren die Schlacken vom Kochfeuer noch warm. Hier begannen meine Offiziere und ich mit der Erstellung des endgültigen Plans für unseren Angriff auf die Stadt, die Hauptstadt der Ellipi, deren »Könige« sich bereits in der letzten Regierung Sargon unterworfen hatten und die man deshalb als Verräter ansehen konnte. Der Sieg würde uns teuer zu stehen kommen und überhaupt nichts entscheiden, denn was ist eine Stadt schließlich anderes als Ziegel und Stein?

Hier erreichte mich die Nachricht, daß ein Posten einen einsamen Reiter auf das Dorf hatte zureiten sehen, der eine Parlamentärsflagge trug. »Laßt ihn durch«, befahl ich. Wie hätte er uns auch schaden können?

Binnen zwei Stunden verneigte sich der Edle der Uqukadi, Upasch geheißen, vor mir wie ein fliegender Händler mit Teppichen.

»Der Gott segne dich, Mächtiger Eroberer, vor dem alle Welt . . .«

»Ja – schon gut«, gab ich zurück und bedeutete ihm sich zu erheben, denn dergleichen Unterwürfigkeit machte mich ungeduldig und erregte bei mir den bohrenden Verdacht, daß dieser ölige Barbar mich hinters Licht führen wollte. »Was hast du mir zu sagen, Barbar?«

Wenn ihn dieser Empfang aus der Fassung brachte, so ließ er sich nichts davon anmerken, sondern verfiel sofort wieder in jene Haltung amüsierter Verachtung, die er schon bei unserer ersten Begegnung vor fünf Jahren gehabt hatte. Er griff sich an die Ledermütze, die wie angegossen auf seinem kurzgeschnittenen Haar saß, dann lächelte er.

»Ich habe eine Botschaft von Daiaukka, dem *shah* aller Meder. Er möchte mit dir verhandeln, Gebieter.«

»Dagegen ist nichts einzuwenden. Ich garantiere ihm sicheres Geleit, wenn er hierherkommen möchte.«

»Allein, Gebieter – und an irgendeinem sicheren Ort. Er traut dir nicht mehr, als du ihm.«

Ich hob die Schultern, schließlich hatte ich nichts anderes erwartet. »Also gut. Treffen wir uns morgen, eine Stunde nach Mittag, auf der Ebene im Norden, einen halben Tagesritt von diesem Dorf entfernt. Ich werde keine Waffen tragen und eine Eskorte von zwanzig Mann mitbringen. Wenn er sich an diese Abmachung hält, dann rede ich mit ihm – allein.«

»Dem wird er zustimmen. Und – könnte ich jetzt mit dir ein Wort unter vier Augen sprechen?«

Er blickte in die Runde meiner Offiziere, als hätte er sich nicht klar genug ausgedrückt, und ich entließ sie und nahm dann auf dem einzigen Stuhl im Raum Platz, zog mein Schwert aus der Scheide und legte es auf den Tisch vor mich, falls mein Besucher etwa ehrgeizige Rachegelüste hegen sollte.

»Du verkennst mich, Prinz«, sagte er, und seine Augen hingen an dem Schwert, als wolle er dessen Länge abschätzen. »Ich bin nicht dein Feind.«

»Du bist mein Feind – Männer deinesgleichen sind jedes Menschen Feind.«

»Vielleicht. Ich habe schon so lange gelebt, junger Gebieter, daß mir die meisten meiner Illusionen geplatzt sind, außerdem sind Männer mit Idealen Eroberern nur selten nützlich.«

Er lächelte, als ob wir uns schon geeinigt hätten.

»Dann bist du vermutlich gekommen, um mir deine augenblicklichen Beschützer wie viele, viele Körbe Datteln zu verschachern?«

»Wieso sollte ich den Medern wohl Treue schulden, Gebieter?« Er machte eine Geste mit der linken Hand, als täte er allein schon die Möglichkeit einer solchen Vorstellung ab. »Erinnere dich bitte, daß ich dich früher schon habe Krieg führen sehen, so weiß ich also, daß du siegen wirst und nicht etwa Daiaukka – jetzt oder später, doch so muß es enden. Es darf einem Menschen doch wohl erlaubt sein, praktisch zu denken.«

»Also gut. Sage mir, was du willst und was du im Austausch dafür anzubieten hast.«

Und so wurden wir uns handelseinig. Ich mochte diesen Mann nicht und hatte keinerlei Grund, ihm zu trauen, aber ja, ich würde ihn im Lande der Arier groß machen. Und dafür würde er für mich Auge und Ohr im Rat von Daiaukkas Edlen sein. Er würde mir die Zahl von Berittenen und Fußsoldaten weitergeben, welche ein jeder *parsua* der medischen Stämme befehligte, würde von den Grenzen ihrer Loyalität, von den Eifersüchteleien unter ihnen und von den Schwächen eines jeden berichten. Er wollte den vollendeten Verräter spielen. Er würde mir sehr nützlich sein, denn ein Eroberer herrscht nicht mittels der Tugenden der Menschen, sondern mittels ihrer Charakterfehler. Und dennoch mochte ich diesen Mann nicht.

»Und was ist mit diesem Treffen? Was will Daiaukka? Ist es eine Falle?«

»Nein, Gebieter, denn Daiaukka hat gesagt, daß sie keine ist, und diese Menschen beflecken sich nicht mit Lügen. Vielleicht hofft er auf einen ehrenhaften Frieden.«

Das glaubte ich nun wieder nicht. Doch Daiaukka hatte recht daran getan, sich diesem Mann nicht zu eröffnen, also dürfte er klug sein. Ich würde ja bald sehen.

Daiaukka, der *shah* aller Meder, ritt ein schönes, schwarzes Pferd, das in der Schulter mindestens zwei Spannen höher stand als die seiner Begleiter. Man hatte mir erzählt, dieses Pferd sei seine einzige Schwäche, denn er besaß einen vollkommen integren Charakter, kannte weder Habsucht noch Gier noch Furcht. Er log nie und brachte es trotzdem fertig, so gerissen zu sein wie eine Natter. Grausamkeit und Mitleid waren ihm gleichermaßen unbekannt, da beide einen Mann nur von seinem Ziel ablenken, und sein Wille war so unbeugsam wie Granit. Es war sein Wille, daß die Meder eine große Nation werden sollten, so wie es sich sein Vater Ukschatar, der in der Verbannung gestorben war, erträumt hatte, und daß er ihr Herrscher sein sollte. Es war sein Wille, daß die Meder eines Tages Herren der Welt sein sollten, die Erben der assyrischen Rasse, für welche er nur unverhohlene Verachtung hatte.

Als ich ihn über diese zweihundert Schritt raschelndes Gras hinweg musterte, die Geschicklichkeit sah, mit der er sein tänzelndes, temperamentvolles Pferd im Griff hatte, und die knappe Anmut jeder Bewegung gewahrte, da ging mir langsam auf, daß ich hier wahrscheinlich dem gefährlichsten Feind gegenüberstand, den es für einen Menschen überhaupt geben kann. Er flößte mir Achtung und Bewunderung ein, ich konnte nur hoffen, daß er hier starb, in seinen Bergen und durch meine Hand. Ich betete zum Heiligen Assur, daß er die Welt vor der Reinheit von Menschen wie Daiaukka, dem *shah* aller Meder, bewahren möge.

»Und wenn er uns doch hereinlegt«, murmelte Luschakin – er hatte darauf bestanden, meine Leibwache anzuführen, hatte gesagt, daß ein törichter Prinz einen klugen Schuft als Rückendeckung brauchte.

»Er legt uns nicht herein, er hat uns sein Wort gegeben.«

»Dann sei selbst nicht so zimperlich. Nimm deinen Speer, und sowie er in Reichweite ist, ramme ihm das Ding in den Bauch wie einen Zaunpfahl. Sein Staatenbund wird nur durch ihn zusammengehalten – töte ihn, und schon streiten sich die Meder wieder untereinander.«

»Bis wieder einer kommt und seinen Platz einnimmt. Außerdem habe auch ich mein Wort gegeben, Luschakin.«

»Ihr ganzen hochwohlgeborenen Adligen habt statt einem Hirn doch nur Lehm im Kopf.«

Ich lachte, gab meinem Pferd die Sporen und ließ Luschakin und seine handverlesene Eskorte aus der *quradu* zurück. Daiaukka kam mir mitten auf der Ebene entgegen.

Einen Augenblick lang sprach keiner von uns. Unsere Pferde beschnupperten sich nervös, so als wüßten sie um die Feindschaft zwischen unseren Rassen, während der *shah* und der *rab shaqe* einander abschätzten. Es war ein interessantes Schweigen.

Damals war Daiaukka wohl dreißig Jahre alt, doch er hatte schon eine ganze Hälfte seines Lebens Krieg geführt, hatte die Bündnisse erneuert, welche nach der Verbannung seines Vaters auseinandergefallen waren, und jeder Tag dieses langen Ringens zeigte sich in seinem Gesicht, das so braun und wettergegerbt war wie sein alter Ledermantel. Er wirkte alterslos, beinahe gleichgültig. Sollte er je im Leben gelacht oder auch nur gelächelt haben, so gab es dafür keine Anzeichen. Nur die rastlosen Augen offenbarten den Menschen hinter der Maske.

»Du bist also Tiglat Assur«, sagte er am Ende, so als wäre diese Information für mich etwas Neues. »Du bist nach deinem unreinen Gott genannt, und dein Vater ist König in den westlichen Ländern, wo man Dämonen anbetet. Du siehst – ich weiß, daß du kein Geist, sondern ein Mensch wie alle anderen bist.«

»Und du bist Daiaukka, *shah* der Barbaren, dessen Vater von meinem Großvater in die Verbannung geschickt wurde. Nachdem wir uns nun gegenseitig Beleidigungen an den Kopf geworfen haben, sagst du mir vielleicht, was du willst.«

»Frieden.«

»Der Preis für Frieden ist Unterwerfung.«

»Dann einen Waffenstillstand.«

»Auch für einen Waffenstillstand muß man zahlen.«

»Du hast vor, die Stadt Ekbatana einzunehmen«, sagte er und blickte über meine linke Schulter zum Horizont hin, als hätte er unserer Unterhaltung kaum zugehört. »Man wird sie verteidigen. Ihr Verlust und der Verlust der Männer, welche sterben, um sie zu halten, wird mich nicht kampfunfähig machen, doch eine derartige Belagerung, auch wenn sie erfolgreich ist, kommt ein Heer wie deines teuer zu stehen – ihr seid weit von daheim und von Feinden umgeben. Wir beide müssen entscheiden, was billiger kommt, Krieg oder Waffenstillstand.«

»Ich bin nicht hierhergekommen, nur um mich wieder fortzuschleichen.«

»Nein, du bist gekommen, um einen großen Sieg über uns zu erringen – warum nur? Doch nicht, weil ein paar Dummköpfe drei, vier eurer Dörfer überfallen haben.«

»Nein, darum nicht.«

»Warum dann?«

Es schien ihn wirklich zu interessieren. Die rastlosen,

schwarzen Augen richteten sich mit konzentrierter Aufmerksamkeit auf mein Gesicht. Es konnte nicht schaden, wenn wir einander verstanden.

»Weil es sonst nicht lange dauert – es sei denn, man gebietet ihnen Einhalt –, daß die Meder sehnsüchtig nach den reichen Ländern schielen, in denen Assur König ist.«

»Ja – das stimmt.« Er nickte, als unterhielten wir uns über Gleichgültiges, und machte auf diese Weise sogar noch aus der Wahrheit Lug und Trug.

»Und ich möchte diesen ganzen ehrgeizigen Bestrebungen ein Ende machen.«

»Und dafür mußt du siegen. Doch das kann ich dir verwehren, indem ich deine Herausforderung einfach nicht annehme. Ich kann mich in diesen Bergen verstecken, bis der Schnee dich vertreibt.«

»Und während du dich versteckst, kann ich diese Nation, die du zusammenschmieden willst, vernichten. Ich kann Dörfer und Felder abbrennen. Ich kann das Vieh abschlachten. Wenn der Schnee kommt, steht dein Volk vor dem Hungertod, und es wird dir die Schuld geben – und mit Recht, denn es ist die Pflicht eines Königs, sein Volk zu schützen. Wenn er das nicht kann, ist er kein König.«

»Das stimmt ebenfalls. Und darum nützt eine Zeit der Waffenruhe beiden von uns.«

»Für wie lange?« Er dachte einen Augenblick darüber nach, ließ es sich durch den Kopf gehen. »Zwei Jahre.«

»Was sollte sich bis dahin geändert haben?«

»Dann bin ich kampfbereit. Dann bekommst du deinen Sieg – oder ich den meinen.«

»Aber den Waffenstillstand mußt du dir trotzdem erkaufen.«

»Warum? Er ist doch für uns beide von Vorteil.«

»Aber mehr für dich als für mich. Wenn ich bleibe, zerbreche ich vielleicht dein Bündnis ganz einfach dadurch, daß ich es aushungere. Nein, du mußt dir diese Waffenruhe mit Gold, Sklaven und Pferden erkaufen. Die Männer Assurs führen nicht allein um des Ruhmes willen Krieg, und ich will nicht als Bettler zu meinem Vater zurückkehren.«

»Es sei, wie du sagst, Tiglat Assur. Ich hatte auch gar nichts anderes erwartet, da alle Männer deiner Rasse Diebe sind. Ich schicke dir meine Abgesandten, die mögen die Bedingungen mit dir aushandeln. Wir treffen uns in zwei Jahren wieder.«

So jäh, daß es mir beinahe den Atem verschlug, riß er sein Pferd herum und ritt zu seiner eigenen Leibwache zurück. Unser Treffen war beendet und damit auch mein erster Feldzug in dic Ländcr der Arier.

*

Die Anweisungen, welche Daiaukka seinen Gesandten erteilt hatte, mußten auf Eile gedrungen haben, denn in weniger als fünf Tagen erzielten wir eine Einigung über die Tributzahlungen. Ich sollte aus dem Zagros mit vierhundert Pferden, einer gleichen Anzahl von Sklaven – für die Reise mit Lebensmitteln versehen, damit ich sie nicht auf unsere Kosten verpflegen mußte – und fünf *mina* Gold abziehen. Das war keine große Summe, doch genug, um meine Soldaten zu löhnen. Ich war zufrieden mit meiner Beute, denn was Daiaukka vermutlich gar nicht gemerkt hatte, er hatte mir einen nicht unbeträchtlichen Vorteil verschafft. Dieser kluge und gerissene Mann hatte bei der Zusammenstellung der Sklaven einen großen Fehler gemacht.

Nur ein strenger König schickt seine eigenen Untertanen in die Sklaverei, und der shah aller Meder hatte offensichtlich sentimentalen Gefühlen stattgegeben; fast alle Männer und Frauen, welche meine Bezahlung darstellten, waren Kimmerier aus dem Norden, die im Laufe einer Art Dauerfehde zwischen diesen beiden Völkern gefangengenommen waren. In der äußeren Erscheinung und ihren Sitten unterschieden sie sich nicht voneinander, nicht einmal in der Sprache, jedoch haßten sie sich wild und leidenschaftlich.

Und so betrachteten mich die kimmerischen Gefangenen als ihren Befreier. Es fand sich unter ihnen so mancher, der bereit, ja, sogar begierig darauf war, meinen Landkartenzeichnern und Schreibern zu helfen und sogar Seite an Seite mit den Soldaten Assurs zu kämpfen. Es ist ein Fehler, sich von einem Feind zu trennen, der schon lange im eigenen Haus Gefangener gewesen ist.

Daiaukka sandte mir eine weitere Gabe – in der Person von Uksatar, dem *parsua* des Miyaneh-Stammes und vier seiner Stammesältesten, womit er eingestand, daß es ein Fehler gewesen war, die Dörfer von Dur Tuqe verwüstet zu haben. Diesen Grund gab er an, doch ich zweifelte nicht daran, daß der *shah* dabei vor allem seine eigenen Ziele verfolgte. Vielleicht war ihm der Einfall gekommen, sich so von künftigen Angreifern auf seine Herrschaft zu befreien; oder vielleicht waren die Überfälle ohne seine Einwilligung geschehen, und er wollte ein Exempel statuieren. Oder vielleicht beides. Wie auch immer, ich durfte mit diesen fünf nach Belieben verfahren, was bedeutete, ich sollte sie töten.

Und das tat ich. Als unser Heer die Grenze zum Lande Assur überschritt, ließ ich die fünf mit Bogensehnen erdrosseln – da ihre Todesart keinen kümmerte als nur sie, sah ich keinen Grund, daraus ein Spektakel zu machen –, pfählte dann die Leichen auf hohen Stangen und ließ diese aufstellen, so daß sie nach Osten, in ihr Heimatland, blickten. Ich ließ sie dort als Warnung an all jene ihres Volkes stehen, die Gedanken an Plünderungen in den Ländern hegten, wo der Wille des Gottes Gesetz war.

Das alles geschah am sechsten Tage des Monats Tisri im ein und zwanzigsten Jahr der Regierung des Gebieters Sanherib. Am nächsten Tag, einem ungünstigen, blieben die Soldaten in ihren Zelten und ruhten sich aus, doch am übernächsten machten wir uns auf den Heimweg, zunächst nach Musasir und dann nach Haus, nach Amat, wo die Einwohner uns am zweiten Tage des Monats Marcheswan mit Dankgebeten empfingen und man in diesen Höhen schon den ersten Hauch von Schnee in der weißen Nachtluft spürte.

Die Garnisonsgebäude waren mittlerweile fertiggestellt und in Stein neu gebaut, der bis zum Weltuntergang stehen würde; auch die Festungsmauer war nahezu fertig. Sogar die Stadt, welche ich als eine Ansammlung von Lehmlöchern verlassen hatte, war nicht mehr wiederzuerkennen, so hatte sie an Pracht und Größe gewonnen. Die Arbeit war gut vorangekommen, und dafür wollte mein Sklave Kephalos dann auch ganz schnell den Ruhm einheimsen. Er war während meines Fortseins noch fetter geworden, und da sein Umfang ein unfehlbarer Gradmesser seiner Wohlhabenheit war, so stand durchaus zu vermuten, daß er weiterhin gute Geschäfte mit Bestechungen gemacht hatte.

»Dir, mein Gebieter, ist es auf diesem Feldzug nicht so gut ergangen«, sagte er, raufte sich den glänzenden Bart und schüttelte traurig resigniert den Kopf. »Der König der Meder hat dich hereingelegt, denn Gefangene wie die da, unbelehrbare Barbaren, erzielen keinen guten Preis auf dem –«

»Die Gefangenen, die meisten jedenfalls, werden bei Wintersende wieder nach Hause zurückkehren. Es sind Kimmerier, und ich will freundschaftliche Beziehungen zu diesem Volk, da sie erbitterte Feinde der Meder sind. Einige wenige werden bei uns dienen – und das aus freien Stücken –, wenn wir zurückkehren und alle Probleme mit Daiaukka bereinigen.«

Wir schlenderten durch den Garten hinter seinem Haus, das dem Palast, welchen ich mir als *shaknu* der Nordprovinzen gebaut hatte, in Pracht nur geringfügig nachstand. Duft von Weihrauchbäumen stieg mir in die Nase, und die Wasser eines Springbrunnens plätscherten silbern, angenehme Geräusche nach einem monatelangen Feldzug.

Kephalos protestierte nur mit einem leisen Stöhnen, so als ob das Silber, welches er an Provisionen verlor, aus seinem eigenen Fleisch geschnitten würde.

»Na gut, Gebieter, was sein muß, muß sein. Zumindest haben wir noch die Pferde.«

»Die Pferde gehen ans Heer.«

»Erhabener, das geht zu weit!« schrie er, stand still und stampfte mit dem Fuß auf dem Plattenweg auf. »Ich weiß, daß es dir gefällt, den *rab shaqe* zu spielen, den edlen Soldaten, der nur an seine Pflicht denkt, doch bei den großen Göttern, auf einen Mann, der seine eigenen Interessen nicht achtet, ist in gar nichts Verlaß. Wenn du darauf beharrst, dann laß mich die Pferde dem Heer wenigstens *verkaufen* – mit dem Trick fahren wir fast genauso gut, und du hast ein reines Gewissen.«

»Ans Heer, Kephalos, als Anteil des Königs an der Beute.«

»Dann traue ich mich fast nicht zu fragen, was du mit den fünf *mina* Gold vorhast.«

»Die sind schon unter die Soldaten aufgeteilt. Gemeine Soldaten kämpfen nicht ohne die Aussicht auf Beute.«

Seltsamerweise protestierte er diesmal nicht. Ich blickte ihn an, vielleicht war er krank, doch er lächelte.

»Kephalos, was hast du schon . . .?«

»Soldaten geben die Beute für Wein und Dirnen aus«, sagte er, als erklärte er mir ein Naturgesetz. »Ich habe eine Abmachung mit allen Schenken- und Freudenhausbesitzern in Amat, wodurch ich – sagen wir lieber, wir – den fünften Teil aller Einnahmen erhalte, die durch ihre Hände gehen. Im Austausch für gewisse . . . nennen wir es ›Rücksichtnahmen‹. Oder besser noch, sprechen wir überhaupt nicht davon, denn ein kluger Mann wirbelt keinen Schlamm am Boden seines eigenen Brunnens auf. Und so hat uns mein Scharfsinn doch noch etwas aus deiner Narretei gerettet. Sei dankbar, daß dein Sklave dich liebt und hart dafür arbeitet, dich vor dem Bettelstab zu bewahren.«

Ich protestierte nicht. Ich lachte nur und dachte bei mir, wenn ich je anderen Sinnes werden und doch noch König im Lande Assur werden wollte, dann wäre es das einfachste, ich ließe Kephalos den Thron für mich kaufen, da er zweifellos längst reich genug dazu war.

»Hast du schon die Briefe deines Vaters beantwortet?« fragte er und beobachtete mich mit halbem Auge – die Frage machte deutlich, daß er den Inhalt kannte, aber daran hatte auch niemals der geringste Zweifel bestanden.

»Nein. Aber gewiß bald.«

»Und kehrst du nun zurück?«

»Anscheinend muß ich wohl. Er ist der König, und es ist sein Wille.«

»Aber wenn du dich weigerst, wird er das doch verstehen.«

»Nein – er ist der König und hat mich nach Hause befohlen. Er weiß, daß sein Wille mir Befehl ist, selbst wenn ich mich auflehnen könnte.«

Wir schlenderten schweigend weiter. Der Wind hatte aufgefrischt, und es machte keinen großen Spaß mehr, draußen herumzuspazieren.

»Kommst du mit mir zurück?« fragte ich. Es war nicht einmal eine Aufforderung, doch ich hätte ihn gern um mich gehabt.

»Nein, Gebieter. Solange dein Vater lebt, bist du überall im Lande Assur sicher, doch Ninive ist ein Ort, wo jemandem, der den *marsarru* verärgert hat, Schlimmes zustoßen kann. Ich bleibe lieber hier, damit der Gebieter Assarhaddon nicht in Versuchung kommt, sich seine Hände mit meinem Blut zu beflecken.«

»Ich glaube, du tust ihm unrecht, mein Freund.«

»Ach ja?« Kephalos lächelte düster. »Wohl kaum, Gebieter. Du bist blind durch die Macht der Gewohnheit, denn du hast ihn gern und merkst nicht, was aus deinem Bruder geworden ist. Was aber aus uns beiden wird, wenn er König ist, das ist ein Thema, über das ich lieber nicht nachdenke.«

⋆

Der Gebieter Sanherib wollte keine Ausflüchte mehr hören. Es ging nicht mehr um Vater und Sohn – der König befahl die Anwesenheit seines *shaknu*. Als getreuer Untertan hatte ich nach Ninive zurückzukehren.

Am Abend meiner Unterhaltung mit Kephalos, zwei Tage nach meiner Rückkehr nach Amat, schrieb ich und gab nach.

Nicht später als am ersten Tage des Monats Kislef würde ich dem König meine Aufwartung in Ninive machen. Er ließ sich nicht länger hinhalten.

Ich ging in die Frauengemächer und unterhielt mich mit meiner Mutter darüber. Sie saß ruhig da und hörte zu, so wie sie es immer tat, bis ich geendet hatte.

»Nimmst du mich mit, mein Sohn, oder soll ich hierbleiben?«

»Du kommst zumindest bis Drei Löwen mit. Ich glaube, es ist das beste, du bleibst dort, bis ich weiß, was mich in Ninive erwartet.«

»Und was erwartet dich in Ninive, Lathikadas?«

»Ich weiß es nicht. Wohl nichts Gutes. Ich würde lieber hierbleiben, bis mir das Fleisch von den Knochen fällt, doch der König läßt sich nicht abweisen.«

»Er möchte seinen Sohn sehen.« Sie lächelte mich an, als ob damit alle Zweifel beseitigt wären. »Warum auch nicht? Du bist sein ganzer Stolz, und er liebt dich.«

Ich erwiderte nichts, denn welche Antwort hätte es darauf auch gegeben.

»Ich kann in zwei Tagen reisefertig sein«, fuhr sie zuletzt fort. »Ich bin eine alte Frau, und mich hält nicht viel an einem Ort.«

»Du bist nicht alt, Merope, und du bist immer noch schön. Zweifellos findet das auch der König.«

»Der König ist zweifellos zu alt, um überhaupt noch etwas an der Schönheit einer Frau zu finden. Doch du nicht. Willst du Naiba mitnehmen?«

»Ja – ich nehme Naiba mit. Du brauchst keine Angst zu haben, daß sich dein Sohn zweimal der gleichen Torheit schuldig macht.«

Mehr wurde zu dieser Angelegenheit nicht gesagt, und auch Assarhamats Name fiel nicht zwischen uns.

★

Assarhamat. Ich hatte mich beinahe zwei Jahre von Ninive ferngehalten. Mein Leben war sehr geschäftig gewesen. Ich hatte eine andere Frau auf meine Schlafmatte genommen. War aber auch nur ein Tag vergangen, ohne daß mir Assarhamat nicht durch den Sinn gegangen wäre? Der Gedanke an sie war wie ein Geist, der mich ungebeten heimsuchte. Ich war nie wirklich frei.

Sie erwartete wieder ein Kind – mein Vater hatte mir die Nachricht zukommen lassen. Der *baru* weissagte einen Sohn, der die Krone eines großen Volkes tragen würde, so daß sich die Prophezeiung, die sie mir genommen hatte, zu erfüllen schien.

Und ich war auf dem Rückweg – wenn auch nicht zu Assarhamat, so doch zu den Lehmziegelmauern Ninives. Noch einmal würde ich von den Wassern des Tigris, der Mutter aller Ströme, trinken. Noch einmal würde ich ihre prächtigen Tempel erblicken und auf ihren Straßen das Geschnatter vieler Sprachen hören. Ich war ihr Sohn. Ja, ich sehnte mich danach, sie wiederzusehen, auch wenn mir der Anblick das Herz in der Brust zerriß, denn welcher Mensch kann schon für alle Zeit auf unbekannten Pfaden wandeln und sich dabei nicht selbst fremd werden. Ninive – wie ich diese Stadt liebte, als ich meine Augen auf die Straße nach Haus richtete! Wie ich sie liebe, solange ich lebe, und dabei ist sie nur noch ein Name für mich.

So wurde es eine bittersüße Reise, denn der Mensch findet schnell Gefallen an seinem eigenen Schmerz, und die Erinnerung macht alles kostbar, sogar den Verlust.

Ich verließ Amat mit dem Gedanken an eine Rückkehr binnen zwei Monaten. Kephalos sollte seine Bauvorhaben weiterführen, und Luschakin, den ich zum *rab abru* befördert hatte, befehligte die Garnison. Die Zivilregierung lag in den Händen meiner Schreiber, die mich durch dreimal im Monat entsandte Reiter informieren würden.

Das Wetter war ungewöhnlich kalt, als wir aufbrachen, doch die Straßen waren gut, und wir reisten schnell, obschon unsere Eskorte vierzig Mann zählte. Der Wagen für meine Mutter und ihre Frauen behinderte uns kaum. Am Abend des zwölften Tages erreichten wir Drei Löwen gerade noch rechtzeitig zu einem Abendessen mit frisch geschlachteter Ziege.

»Die Götter sind uns wohlgesonnen, Gebieter. Der Fluß ist gnädig gewesen, und wir haben während deines Fortseins gute Ernten eingebracht.«

»Vielleicht wären die Götter uns noch viel wohlgesonnener, wenn ich überhaupt wegbliebe«, sagte ich, doch das war nicht die Art Witz, die Tahu Ischtar zu verstehen beliebte, und so verneigte er sich nur feierlich und hielt den Mund. Mein Aufseher hatte sich seit unserer ersten Begegnung vor vielen Jahren kaum verändert, doch sein Sohn, Qurdi, war mittlerweile herangewachsen.

Ich war nicht der einzige, dem das auffiel. Ein ansehnlicher Jüngling macht überall Eindruck, und als meine Mutter am Abend zuvor ihre Frauen dabei beaufsichtigte, wie sie unser Haus in Ordnung brachten, da hatte ich bemerkt, daß Naiba und er immer wieder Blicke tauschten, die man nur auf eine Weise deuten konnte. Und heute morgen hielt er, während er seinen Vater und mich auf einem Inspektionsrundgang durch die Gebäude begleitete, den Blick stur zu Boden gerichtet, so als ob er schon die Schmach spürte, die Schlafmatte seines Herrn entehrt zu haben. Ich fand die Situation außerordentlich belustigend.

Wir waren jetzt im Stall, und Tahu Ischtar zeigte mir ein schönes, silberfarbenes Fohlen, welches gerade vor ein paar Tagen geboren worden war. Es stand auf dünnen, unansehnlichen Beinen neben seiner Mutter, während mein Aufseher ihm den Hals mit seinen breiten, kundigen Händen streichelte. Er war ein stolzer Mann, der nie das Vertrauen enttäuschen würde, das ich in ihn setzte, und dieses Tier, für die Dienste eines anderen geboren, war ihm teuer.

»Es ist schön«, sagte ich. »So schön wie die Pferde im Zagros, auf welche die Meder so stolz sind – so schön wie das große, schwarze Untier, das ihren König trägt. Das gebe ich nicht her. Ich lasse es für den Krieg ausbilden und werde es selbst reiten.«

»Wie sollen wir es nennen, Gebieter?«

»Geist«, erwiderte ich. Der Name kam mir ebenso überraschend wie allen anderen, denn er war mir eben erst durch den Kopf geschossen. »Die Meder haben große Angst vor Geistern.«

»Es sei, wie du wünschst, Gebieter.«

Er machte den Pferdestall hinter uns zu, und wir traten wieder in den Sonnenschein hinaus. Es war ein schöner, kalter Tag, und das Blut rauschte mir in den Adern wie Wein. Wie schön, am Leben und im Besitz so vieler Güter dieser Erde zu sein. In jenem Augenblick beneidete ich keinen Menschen.

»Du hast alles gut verwaltet, Tahu Ischtar«, sagte ich. »Ich bin durch deine Mühe und Sorgfalt reich geworden. Was habe ich doch für Glück, daß ich mein Eigentum jemandem wie dir anvertrauen kann.«

Er sagte nichts, sondern runzelte die Stirn und warf seinem Sohn einen verstohlenen, schrägen Blick zu. Auch er hatte anscheinend die Botschaft in einem Paar dunkler Augen richtig gedeutet.

Als ich an jenem Abend die Öllampe neben unserer Schlafmatte gelöscht hatte, ließ ich meine Hand auf Naibas Hüfte aufwärtsgleiten, so daß ihre Nachttunika hochrutschte. Sie kuschelte sich an mich, öffnete die Beine, damit meine Hände das daunenweiche Haar in ihrer Spalte liebkosen konnten, während ich mit meiner Mannheit in sie eindrang. Lag in ihrer Umarmung weniger Leidenschaft oder etwa mehr? Wer war ich in dem Augenblick für sie, als ihr Leib sich aufbäumte und ihr Atem in gequälten, wimmernden Stößen kam? Die Lust macht die Frauen blind, und sie können sich jeden beliebigen Liebhaber dabei vorstellen.

Sie schlief in meinen Armen ein wie schon zahllose Male zuvor. Sie seufzte im Schlaf und träumte. »Ich habe sie verloren«, dachte ich. »Ich besitze ihren Leib, doch sie ist nicht länger mein.«

Was machte das schon? Ich hatte ihr ja auch nie gehört. Ich war nicht gekränkt, nicht einmal in meinem Stolz – es machte mir nicht einmal etwas aus. Es war einfach eine Art Streich, den mir der Gott gespielt hatte.

Ich würde warten. Naiba gehörte mir, und bislang hatte sich noch niemand an meinen Besitz vergriffen – was ging mich ihre Seele an. Es konnte schnell vorbei sein, und dann war alles wieder im Lot, und wenn nicht . . . Doch bis dahin hatte ich Zeit. Ich würde warten.

Ich hielt mich auf Drei Löwen noch weitere fünf Tage auf, und das schien zu reichen, daß sich etwas – vielleicht nur eine Verständigung, ein Wissen, wie es im Herzen des anderen aussah –, daß sich etwas zwischen meiner Konkubine und dem Sohn meines Aufsehers anbahnte. Naiba war immer noch eine Halbwilde und außerdem eine erwachsene Frau. Was hatte sie nicht alles über Männer im Hause meines Dieners Kephalos gelernt? Was würde sie nicht riskieren, um etwas für ihr Herz zu gewinnen? Was würde sie nicht verbergen? Jede Nacht diente sie mir im Bett, als ob sich nichts geändert hätte. Aber Qurdi – der arme Qurdi, einst ein festgliedriger Knabe, der auf dem Löwenfell geritten war, das sein Vater mir gebracht hatte, und ihm ins offene Maul gespäht hatte –, Qurdi war noch soviel Kind, daß ihm die Not im Gesicht geschrieben stand. Es lag ihm nicht, etwas in seiner Seele zu verbergen.

All das war mir klar.

Aber etwas war mir unerklärlich – daß es mich nämlich so wenig berührte. Ich liebte Naiba nicht, doch ist Liebe nur ein kleiner Teil dessen, was einen Mann und eine Frau verbindet. Sie gehörte mir, auch wenn ich ihr nicht den Schleier übergelegt und sie »Frau« genannt hatte. Vor einem Jahr wäre ich – was wäre ich wohl gewesen? Zornig? Ja, zumindest zornig. Und mein Zorn auf meine Leibeigene und ihren Liebsten wäre schrecklich anzusehen gewesen. Jetzt hoffte ich nur, daß die beiden diskret zu Werke gingen, daß es nicht zum Äußersten kommen würde und ich eingreifen müßte. Insbesondere wollte ich es vermeiden, eine Kränkung zu bestrafen, die ich nicht empfand.

Doch wenn mein Herz nicht vor Zorn bebte, war ich dann leer? Nein. Was aber war es dann? Ich prüfte mich und stellte . . . was fest? Erleichterung. Insgeheim machte es mir Freude, daß es zumindest eine Frau gab, die mir keine salzigen Tränen nachweinte, wenn ich mich von ihr abwandte. Die hier war keine Assarhamat.

Assarhamat. Ich brauchte nur ihren Namen auszusprechen, ihn in der tiefsten Tiefe meiner ruhelosen Seele zu flüstern, und alles war mir klar. Ich war zu ihr zurückgekehrt, es reichte schon, einfach einzuwilligen, in jene Stadt der toten Hoffnungen zurückzukehren, wo sie vielleicht, wenn es dem Gott so gefallen hätte, an meiner Seite als Gemahlin und Königin gesessen hätte. Mit jedem Grenzstein an der Straße nach Ninive kam ich ihr näher. Sie erfüllte mein Herz und ließ keinen Raum für die kleine Naiba, die mich mit ihren Armen so schützend umschlungen hatte, als ob sie nur auf diesen Augenblick gewartet hätte.

Das alles ging mir durch den Kopf, als ich Merope zum Abschied küßte und mich bereit machte, in die Stadt aufzubrechen, wo ich noch einmal der Sohn eines mächtigen Vaters war, überhäuft mit Gunst und Ehrungen, der Liebling des Weltreiches, der Herr über alles, nur nicht über meine eigenen, stummen Leidenschaften.

XXV

Wieder einmal schien er auf mich zu warten. Er saß vor dem letzten Grenzstein an der Straße nach Ninive im Staub. Ich wußte, wer er war, sobald ich die Gestalt aus der Ferne als einen Menschen ausmachen konnte und nicht einfach als ein Trugbild, das einem die Sonne mit entfernten Objekten vortäuscht. Ich war nicht einmal überrascht.

Er hatte sich seit unserer ersten Begegnung vor ungefähr sieben Jahren nicht verändert. Ich zügelte mein Pferd vor ihm, und mein Schatten fiel auf die Stelle, wo er auf der Erde hockte. Er blickte auf mit seinen blinden Augen, die sich auf nichts richteten, und er lächelte.

»Dann kommt der Gebieter Tiglat Assur am Ende doch noch heim«, sagte er. »Er ist willkommen.«

Ich wies den diensthabenden *ekalli* an, mit der Eskorte weiterzureiten und sagte ihm, ich würde sie rasch wieder einholen. Er starrte den *maxxu* mit einer Art entsetzter Miene an und gehorchte wortlos.

»Wer heißt ihn willkommen, Alter?« fragte ich. »Sprichst du für dich oder für jemand anders?«

»Wurdest du nicht gerufen, Prinz?«

Es ist möglich, daß ein Blinder über das Sichtbare hinauszusehen vermag, wie durch einen Schleier hindurch, der diese Welt verhüllt. So war es jetzt. Seine Augen waren auf mich gerichtet, doch was sich ihm offenbarte, war die nicht zu spürende Wahrheit hinter der Maske. Seine braunen, verwitterten Lippen teilten sich wie zu einem Lachen, doch es kam kein Laut heraus. Mit seinem Schweigen schien er mich zu verspotten. »Ich weiß, daß dich der Gott schickt«, rief ich, und die Vorahnung zog mir das Herz zusammen. »Rede – was willst du von mir?«

»Ich, Gebieter? Nichts.« Die mageren Schultern unter den verblichenen, gelben Gewändern taten das ab. »Hast du so viel gesehen und so wenig gelernt? Du hast doch den Berg Epi bestiegen, um dort zu beten und Träume zu empfangen? Hat dich denn der Gott nicht an der Stätte der Gebeine in seiner Hand gehalten? Und da fragst du noch, was ich von dir will?«

»Bist du dann gekommen, um mir etwas zu sagen? So rede! Hab Erbarmen mit mir, denn in mir ist alles dunkel!«

»So ist es besser, Gebieter. Lerne Demut, denn der Wille des Gottes bestimmt das Schicksal jedes Menschen. Ich bin nur mit einer Botschaft gekommen – daß du dein Herz fest machen sollst, denn nun kommt die Zeit des Abschiednehmens. In den kommenden Jahren wirst du ›Lebewohl‹ sagen, bis deine Zunge des Klanges überdrüssig ist.«

»Das ist das Los aller Menschen.«

»Ja – am Ende ihres Lebens. Doch du bist noch jung.«

»Werde ich deshalb nach Ninive geführt? Um ›Lebewohl‹ zu sagen?«

»Nein, um den Willen des Gottes zu tun.« Er hob einen dünnen Arm und schien mich zu entlassen, sogar aus seinen Gedanken. »Geh jetzt, Prinz, denn deine Augen machen dich immer noch blind. Geh.«

Ich hätte gern noch mehr gesagt, ich wollte doch noch so vieles wissen, aber ich merkte, es war vergebens, und so sagte ich nichts. Da saß ein alter Mann im Staub am Straßenrand, blind und armselig einem mächtigen Prinzen gegenüber, doch der Prinz war zu etwas geworden, das der Beachtung nicht lohnte. Ich war ein Nichts. Er schien meine Existenz vergessen zu haben.

Ich gab meinem Pferd die Sporen und ritt fort, ohne mich umzuschauen. Ich hätte es nicht gewagt.

*

Wie lange vermag etwas beunruhigen, nachdem man es schon vergessen hat, wie ein Schatten, der alles verdunkelt und dadurch selbst unsichtbar ist?

Die Berittenen des Königs kamen uns entgegen, als wir kaum noch zwei *beru* von den Stadttoren entfernt waren und eilten, unsere Ankunft zu melden. Ninives Mauern waren mit Fahnen behängt, und man kam uns mit Brot, Blumen und Wein entgegen. Ich ritt die Ischtar-Straße entlang, der Kopf dröhnte mir vom Gejubel der Menschen, und mein Vater stand auf den Stufen des Palastes und umarmte mich vor allen Leuten. Ich hatte den blinden *maxxu* und sein Gerede von Abschiednehmen vergessen. Ich hatte ihn aus meinen Gedanken verbannt.

Der König war außer sich vor Freude.

»Mein Sohn!« rief er, und seine Stimme brach vor Rührung. »Mein Sohn, der Eroberer ganzer Nationen! Keiner ist ruhmreicher als mein Sohn, der Stolz Assurs!«

Und die Leute jubelten, als ob ich mit hundert fremdländischen, an meinen Streitwagen gebundenen Fürsten gekommen wäre. Der Pöbel jubelt jedem Manne zu, wenn man ihn vor aller Augen auszeichnet; der König hätte das auch mit dem Sklaven veranstalten können, der ihm die Sandalen säuberte. Doch auch daran dachte ich nicht, denn mich liebte der König.

Um ihn herum standen auf der Treppe alle Großen des Hofes – besser, fast alle. Mir fiel auf, daß Assarhaddon fehlte. Und auch Fürst Sinahiusur.

Der König war zum Greis geworden.

»Heute abend wird gefeiert, äh?« sagte er und geleitete mich durch die großen Bronzetüren, die höher als vier Menschen waren. »Wir betrinken uns und sind lustig und verscheuchen alle dunklen Gedanken. Ja? Soll es so sein?«

»Ja – so soll es sein.«

Wo war ich mit meinen Gedanken, als ich redete? Der König, der mit seiner Hand meine Schulter umklammert hielt, als fürchtete er zu fallen, war meinen Schritten gefolgt. Ich hatte ihn beinahe vergessen gehabt, denn einen Augenblick lang ...

Sie hätte ein Schatten in jener riesigen Halle mit den bemalten Wänden und den Säulen aus Zedernholz sein können, von denen eine jede so dick war, daß zwei Mann sie nicht umfassen konnten. Ich wurde ihrer nur für eine Sekunde ansichtig, dann zog sie sich rasch in den Schatten zurück und war verschwunden. Aber doch nicht so rasch, als daß ich sie nicht bemerkt hätte.

Assarhamat, deren Gesicht ich im Dunkel jeder Nacht sah. Ich erkannte sie. Ich erkannte sie hinter ihrem Schleier, so wie ich sie noch mit herausgerissenen Augen erkannt hätte. Nur einen Blick – mehr schenkte sie mir nicht. Was sollte ich in jenem Blick lesen? Vielleicht nichts. Vielleicht nur toten Haß. Ich wußte es nicht.

Sie war hochschwanger. Das hatte zumindest gestimmt.

»Ja. Morgen ist noch Zeit genug, über Staatsgeschäfte zu reden. Ja? Morgen bin ich wieder König.«

Er drückte meinen Arm, und ich erwachte aus meinen Tagträumen. *»Sieh mich an«*, schien er zu sagen. *»Ich bin dein Vater, und ich liebe dich, und noch bin ich König.«*

Und doch konnte ich nicht übersehen, daß sein juwelenbesetzter Turban nicht mehr das Grau in seinem Haar verbarg und daß er kurzatmig wirkte. Sein Gesicht war faltig, und die Wangen waren eingefallen. Er war nicht mehr, was er einst gewesen.

Und wir betranken uns an jenem Abend wirklich und wurden lustig, doch es war nicht der Wein, der ihn benebelte. Er erzählte eine Geschichte, brach mittendrin ab, weil er vergessen hatte, was er sagen wollte, und wurde wütend, wenn jemand versuchte, seinem Gedächtnis nachzuhelfen. Und wie immer richtete sich sein Zorn auf Assarhaddon.

»Dieser verfluchte Knabe! Der bleibt immer Kind, ein greinender Säugling, der seiner Mutter am Rockzipfel hängt. Der wird nie ein Mann, und vielleicht nach dem Willen des Gottes auch nie König.«

»Es ist aber doch der Wille des Gottes, daß er regieren soll«, sagte ich, und legte dem Gebieter Sanherib die Hand auf den Arm – denn diese kleine Geste, die er vor zehn Jahren als unerträgliche Unverschämtheit aufgefaßt hätte, schien jetzt dazu angetan, ihn etwas zu beruhigen. »Und er war immer ein guter Soldat. Du hättest ihm ein Heer geben und ihn irgendeinen großen Krieg führen lassen sollen. Dann hättest du dich seiner nicht schämen müssen.«

»Ich schäme mich seiner jetzt.«

Mürrisch und nachtragend ballte der König die Faust und ließ sie auf den Tisch fallen.

»Wo ist die Herrin Schaditu?« schrie er plötzlich. »Wo ist sie? Warum ist sie nicht hier, ihren Bruder zu ehren?«

Seine Augen gingen in die Runde, suchten nach jemand, den er für diese Beleidigung bestrafen könne. Zuletzt blieben sie auf einem Kämmerer hängen, einem ältlichen Eunuchen namens Schupa, der ihm dreißig Jahre gedient hatte.

»Wird's bald? Los, hole sie!«

Der Kämmerer, welcher die Gemütsart seines Herrn kannte, verließ so schnell er konnte rückwärts und unter vielen Bücklingen den Saal, daß es aussah, als pickte ein Vogel Körner auf.

Ich blickte in die Runde, sah die anderen Gesichter an der Tafel, sah die Prinzen und Brüder des Königs und deren Söhne, sah meine eigenen Brüder, welche ihre Geburt über oder unter mich stellte, sah die Männer von niederer Geburt, welchen Geld oder Glück zur Macht an der Seite des Königs verholfen hatten, Männer, welche im Lande Assur groß gewesen waren, einige davon schon seit meiner Geburt. Einige konnten – oder wollten – mir nicht in die Augen schauen. Alle hatten Angst. Wußten sie, was sich zwischen Schaditu und mir in jener letzten Nacht abgespielt hatte? Nabuscharusur hatte es gewußt, oder geahnt. Vielleicht gab es nur einen in ganz Ninive, welcher nichts wußte, den König.

Genügte allein schon dieses Wissen, daß sie sich fürchteten? Reichte es nicht, daß sie Diener eines Königs im Dämmerschein seines Lebens waren, wenn der Erbe ihn so sehr haßte? Sie hörten zu, wenn mein Vater sich über seinen Nachfolger lustig machte, und sie sagten nichts – was konnten sie auch sagen? Wie vielen dieser Männer legte Assarhaddon wohl den Kopf an dem Tag vor die Füße, wenn er das Zepter in die Hand nahm? Nein sie hatten genug zu fürchten, auch ohne daß meine kleine Sünde noch ihr Gewissen drückte.

Und der König? Er hatte Schaditu schon vergessen. Ein arabisches Mädchen, mit einer Haut so hell wie Holzkohlenrauch, tanzte, ließ kleine Zimbeln zwischen Fingern und Daumen im Takt zur Musik eines Flötenspielers erklingen, der die gefältete Leinentunika der Ägypter trug. Der König lachte, klatschte in die Hände, und das arabische Mädchen lächelte mit den Augen. Der König hatte zuviel getrunken und konnte den Takt zur Musik nicht halten, doch das machte nichts. Und sein Zorn war in einem Augenblick träger Lust verraucht.

»Ist sie nicht schön, Tiglat, mein Sohn?« Er stupste mich mit dem Ellenbogen und schlug mir dabei fast den Becher mit Wein aus der Hand. »Ist sie nicht ein hübsches Ding? Ja? Und wie ihr das Öl auf Brüsten und Bauch glänzt! Die würde einem Mann ganz schön den Samen aus den Lenden pressen, äh? Ich schenke sie dir – hörst du das, du hübsche Schlampe? Ich schenke dich meinem Sohn, dem mächtigen Tiglat Assur, den die Götter lieben. Ha, ha, ha!«

»Erhabener, die Herrin Schaditu . . .«

»Ja? Was willst du, Schupa, äh?« Er drehte sich mit gerunzelter Stirn um, doch ich glaube, er hatte sich nur erschrocken.

»Die Herrin Schaditu . . .«

»Ja? Was ist mit ihr?«

»Sie läßt sich entschuldigen, Erhabener, aber sie hat Kopfschmerzen und will nicht kommen.«

»Ja? Was soll's. Warum läßt du mich nicht in Ruhe? Siehst du denn nicht, daß mein Sohn bei mir ist?«

Und am Ende, als die späte Stunde und der Wein und die eigene Schwäche den Herrn der weiten Welt überwältigten, da half ich ihm ins Bett. Ich schnürte seine Sandalen auf, legte ihm einen Umhang über und saß eine kleine Weile neben ihm, bis er eingeschlafen war. Der König war alt, und sein Leben rann wie verschütteter Wein beinahe lautlos aus.

Ich war in diesem großen Palast zum Mann herangewachsen und brauchte keine Lampe, die mir den Weg leuchtete, als ich nach der Tür suchte, welche nach draußen in einen in Dunkelheit gehüllten Hof führte. Er war leer. Da war niemand, nur die stille, ruhige Nacht. Ich setzte mich auf eine alte Bank aus Stein, legte die Hände um den Becher mit Wein, den ich mitgenommen hatte, und die Erinnerungen überfielen mich.

»Ich bin Tiglat Assur! Mein Vater ist Sanherib, der Herrscher der Erde, der König der Könige!«

Die Worte erklangen in meinem Gedächtnis, so als wären sie gerade ausgesprochen worden. Und ich hatte aufgeblickt und den König gesehen, welcher leuchtete wie die Sonne – genau hier, vor so vielen Jahren.

Der Herrscher der Erde, der König der Könige. Und da lag jetzt ein alter Mann, mein Vater, schnarchend in seinem Zimmer. Und Tiglat Assur – was war mit ihm?

Nichts als ein kleiner Blick auf sie, wie sie hinter einem Pfeiler nach ihrem früheren Liebsten ausspähte. Assarhamat, in deren Augen ein Mann sich verlieren konnte. Wenigstens hatte sie mich nicht vergessen, obschon das zweifellos für sie das beste gewesen wäre.

Ich probierte den Wein und stellte den Becher zwischen meine Füße. Er schmeckte mir nicht mehr, und die Nacht war zu lang gewesen.

»Mein Gebieter?«

Ich wandte mich um, sah aber niemanden. Und dann trat jemand aus den Schatten – eine Frau. Einen Augenblick lang dachte ich . . . Aber nein. Es war nur die kleine Araberin.

»Niemand konnte mir sagen, wo mein Gebieter heute nacht schlafen würde, darum habe ich mich auf die Suche nach ihm gemacht.«

Wovon redete sie nur? Und dann fiel es mir wieder ein, natürlich – das kleine Geschenk meines Vaters.

Wieso eigentlich nicht? Welchen Unterschied machte das schon?

»Komm her«, sagte ich und winkte ihr. »Komm her und laß dich anschauen.«

Sie kam, näherte sich lautlos auf nackten Füßen. Ich streckte ihr die Hand hin, welche sie nahm. Sie kniete vor mir nieder. Sie duftete nach Sandelholz und lieblichem Öl.

»Man sagt, daß du ein großer Eroberer bist«, sprach sie. »Heute nacht kannst du Arabien erobern.«

Ihr Lachen war wie Musik von silbernen Glöckchen. Sie öffnete ihre Tunika und ließ sie von den Schultern glciten, denn sie wußte, daß ich sie schön finden würde.

»Wir wollen uns ein bequemes Plätzchen suchen«, sagte ich und stand auf. »Wir können ins Haus der Krieger gehen und irgendeinen Kadetten aus dem Bett werfen.«

Vielleicht hatte ich doch etwas mehr getrunken, als ich meinte. Vielleicht stolperte ich. Ich stieß jedenfalls mit dem Fuß an den Becher, den ich auf der Erde abgestellt hatte, und der Wein ergoß sich auf die Steine wie Blut.

⋆

»Du bist jetzt nicht mehr im Frauenhaus, Prinz.«

Ich hatte geschlafen, die Nase in eine weiche Brust gedrückt, welche lieblich nach Öl duftete. Ehe ich noch wußte, wie mir geschah, spürte ich eine Hand, die sich um meinen Knöchel schloß und merkte, daß man mich unter der Decke hervorzog.

Es war Tabschar Sin. »Das Frühstück hast du verpaßt, aber du darfst mir bis zum Abendessen die Pferdeställe ausmisten«, sagte er grinsend. Und er winkte mit dem Armstumpf, der aus seiner grünen Uniform herausschaute, zur Schlafmatte hin.

»Wer ist deine Freundin?«

Ich wußte es nicht. Mir ging auf einmal auf, daß ich nicht die leiseste Ahnung hatte.

»Wer bist du?« fragte ich und wandte mich zu ihr um. Sie grinste, als hätte ich einen guten Witz gemacht. »Der *rab kisir* möchte deinen Namen wissen, und ich auch, denn du bist sehr hübsch. Was ist dein Name?«

»Welchen du mir geben möchtest, Gebieter – obschon ich als Zabibe geboren wurde. Meine Mutter hat mich nach einer Königin genannt.«

»Und daran hat sie recht getan.«

Tabschar Sin reichte mir eine Schüssel mit Wasser, und ich wusch mir das Gesicht, mittlerweile war ich wach und freute mich, ihn zu sehen.

»Zweifellos hat man mir im Haus meines Vaters Räume zugewiesen, doch ich weiß nicht wo. Geh und suche sie – und warte dort auf mich, Zabibe.«

Sie nahm ihr Gewand auf und ging, und ich bedauerte es nicht. Des Nachts, wenn man sich einsam fühlt und es gemütlich haben will, ist eine Frau etwas Schönes, doch das Tageslicht gehört den Männern.

»Komm«, sagte ich und legte Tabschar Sin den Arm um die Schulter – ich hatte ihn nicht so klein in Erinnerung gehabt. »Du mußt mir alle Neuigkeiten erzählen. Dabei leeren wir zusammen einen Krug, denn ich habe großen Durst auf das Bier von Ninive . . .«

Und so saßen wir mit dem Rücken an die Mauer meines früheren Kadettenquartiers gelehnt, genossen den Sonnenschein und waren schon ein klein wenig betrunken. »Weißt du noch?« fragte er am Ende mit geschlossenen Augen, während ein Lächeln seine Lippen umspielte. »Ich habe dir den ersten Unterricht im Schwertfechten erteilt, genau hier. Ich dachte, ›zähe ist er ja, doch im Zweikampf mögen ihm die Götter beistehen‹. Ich hoffe, du hast seitdem Fortschritte gemacht.«

»Kleine«, sagte ich in Gedanken an Assarhaddon. »Genug jedenfalls, um jeden betrunkenen Schurken daran zu hindern, mir die Kehle durchzuschneiden, aber meine Waffe ist es nicht.«

»Nein – das war Assarhaddons Waffe. Doch das war, ehe er *marsarru* wurde und vergaß, was es heißt, Soldat zu sein.«

Ich gab keine Antwort. Ich glaube auch nicht, daß Tabschar Sin eine von mir erwartete.

»Ich habe nur noch einen Kadetten.« Er seufzte wie ein Mann, der seine Leiden aufzählt. »Noch ein königlicher Prinz – und der geht mit dem Beginn des nächsten Feldzuges zum Heer.«

Etwas in seiner Stimme ließ mich aufblicken, ihn zum ersten Mal richtig ansehen, und da merkte ich, was mir zuvor entgangen war – daß Tabschar Sin alt geworden war wie alle anderen auch. Sein Bart wies jetzt mehr Weiß als Schwarz auf, und wenn er die Augen schloß, glich sein Gesicht fast schon dem eines Leichnams.

»Was wirst du danach machen?« fragte ich ihn.

»Ich weiß nicht, was soll's auch. Vermutlich kehre ich in mein Heimatdorf zurück, wo ich niemanden mehr kenne, und begieße meine Dattelpalmen.«

»Komm mit mir nach Amat. Bilde Soldaten aus, mit denen ich dann die Meder bekämpfen kann.«

»Ist das dein Ernst?« Er öffnete die Augen und blickte mich an, als hätte ich ihn aus dem Schlaf aufgeschreckt.

»Ja – das ist mein Ernst.«

»Dann habe ich ja vielleicht Glück, und ich werde in der Schlacht getötet.«

»Dann kommst du also mit?«

»Ja, natürlich komme ich mit. Vielen Dank, Prinz – das wird dann wie in alten Zeiten.«

»Nein. Besser.«

Ich nahm mir den Bierkrug, den er auf dem Schoß hielt und legte den Kopf zurück und ließ mir den Inhalt bis ganz hinten in die Kehle laufen. Ich war sehr zufrieden mit mir.

»Wo ist Assarhaddon?« fragte ich, ohne genau zu wissen warum.

»In Kalach. Aber morgen kommt er her, denn der König

hat ihn gerufen. Ich glaube, der König will sich die Gelegenheit, Assarhaddon zu demütigen, nicht entgehen lassen, also muß er in Ninive sein, während du hier bist, damit er auch ja mitbekommt, wie das Volk seinen Bruder liebt.«

»Werde ich denn geliebt?«

»Ja. Aber bilde dir nur nicht zuviel darauf ein. Es stimmt schon, daß man dich preist, weil du die Meder bekämpfst und die Babylonier haßt, aber du wirst wohl nur gepriesen, weil du nicht Assarhaddon bist.«

»Und doch haben die Götter ihm den Vorzug gegeben.«

»Sonst aber auch niemand.« Tabschar Sin bewegte die Schultern, als fröre ihn. »Es wird Ärger geben. Ich freue mich, daß ich nicht in Ninive bin, wenn Assarhaddon die Regierung übernimmt.«

»Doch zuvor kann noch vieles geschehen. Der König lebt vielleicht noch viele Jahre.«

»Ja, aber er regiert nicht mehr viele. Du hast ihn gesehen, Prinz. Wie lange noch, und dein Bruder wird König – faktisch, wenn auch nicht dem Namen nach.«

Er verlangte nach dem Bierkrug, doch nur um ihn wieder auf dem Schoß zu halten. Er schloß die Hand um seinen Hals und schien ihn dann völlig zu vergessen. »Darum also«, fuhr er fort und schloß erneut die Augen, »tut es mir nicht leid fortzugehen. Oder wenn mich eine medische Lanze trifft; es ist doch alles gleich.«

⋆

Den ganzen übrigen Morgen suchten mich Offiziere und Soldaten auf, von denen ich einige aus den Kriegen im Süden kannte, einige aber gar nicht. Immer schien ich Mittelpunkt einer Traube von Menschen zu sein, darunter etliche, welche mir Fragen stellten – wie die skythische Reiterei kämpfte und ob ich meinte, daß Streitwagen auf Feldzügen in den Bergen von Nutzen seien –, einige standen auch nur dabei und hörten zu. Etliche fragten sogar, ob ich sie gegen die Meder in Dienst nehmen möchte. Anscheinend waren meine Berichte aus dem Norden innerhalb des Hauses der Krieger gut in Umlauf. Niemals, so schien es, war ich bei den Streitkräften beliebter gewesen.

Doch das kam, wie Tabschar Sin schon angedeutet hatte, weniger auf mein Konto als auf das meines Bruders – ich war nicht er, und ich wollte ihm in seiner Liebe zu den Babyloniern nicht folgen, also wurde ich geliebt.

Seit dem Tage, da der Gebieter Sanherib Marduks Stadt geplündert und sie zur Ödnis, zur Heimat für Füchse und zum Nistplatz für Eulen gemacht hatte, gab es zwei Parteien, zwei Denkweisen im Lande Assur. Die eine fand, daß der König böse gehandelt hatte, als er die uralte Macht Babylons zerstörte. Sie sprach von ihr als der Mutter, und sie fürchtete den Zorn ihres Gottes. Sie wollte ihre Mauern wieder aufbauen, ihre Heiligtümer neu weihen, wollte, daß der König oder einer seiner Söhne wieder Marduks Hände ergriff und König in Sumer wurde. So wollten es die Priester und so manch anderer auch. Die andere Partei – und die hatte die meisten Befürworter bei den Streitkräften und beim gemeinen Volk – wollte, daß Babylon für alle Zeiten zerstört bliebe. »Warum sollten wir uns ein weiteres Volk von Feinden schaffen?« fragte sie. »Haben wir nicht genug Barbaren im Norden und Osten? Reicht das etwa nicht?«

Solange der König lebte, würde man für Babylons große Mauer keinen Stein auf den anderen setzen. So wollte er es. Doch wenn der König starb . . . Jedermann wußte, daß die Priester großen Einfluß auf Assarhaddon hatten, daß er oftmals von unseren schrecklichen Verbrechen gegen die alten Götter gesprochen hatte. Und so fürchteten sich viele.

Also sahen sich Volk und Heer nach jemand um, den sie Assarhaddon vorziehen konnten. Darum wurde ich geachtet, wo man ihn verachtete.

Doch wenn ich mich zum Rivalen meines Bruders erklärte, so hieße das, sich gegen die rechtmäßige Thronfolge und den Willen der Götter aufzulehnen, und dazu war ich nicht bereit. Wenn man endlich meine Haltung verstand, dann würde sich das Volk an meiner Stelle ein anderes Idol schaffen. Das war der Sinn von Tabschar Sins Warnung.

Und Tabschar Sin war klüger als ich, denn ich war noch so jung, daß mir die Aufmerksamkeit so vieler Menschen sehr schmeichelte. Die Eitelkeit der Soldaten, so sagt man, ist wie ein Loch im Sand – sie verschlingt alles.

Und der König war schon so alt, daß er wieder zum Kind wurde – und vergaß oder sich nicht mehr darum scherte, daß eines Tages ein anderer König das Land Assur regieren mußte –, denn er förderte meinen Hochmut noch und haßte Assarhaddon, der sich mit einer klügeren Politik hätte gewinnen lassen. Der König trug seinen Teil dazu bei, mich zum Feind meines eigenen Bruders zu machen, und dafür würden wir beide eines Tages zahlen müssen.

Aber wie ich schon sagte, ich war geschmeichelt. Was konnte es schon schaden, wenn man soviel von mir hermachte? Und stand das dem Eroberer vieler Völker nicht auch zu? Assarhaddon sollte den Thron bekommen, warum also ich nicht den Ruhm?

Assarhaddon sollte den Thron bekommen – und hatte er nicht schon als *marsarru* das, was mir mehr bedeutete als alle Throne? Hatte er nicht die Herrin Assarhamat? Es war ein Fehler gewesen, nach Ninive zurückzukehren – selbst ich erkannte das jetzt ganz klar –, doch mittlerweile hatte ich sie gesehen. Es hatte sich nicht vermeiden lassen. Das Gift kreiste bereit in meinem Blut.

Es war doch nichts Böses daran, wenn ich ihr einmal über den Weg lief. Hatte sie das nicht auch getan? Ein Paar Augenblicke, ein Wort – das war alles, worum ich bitten würde. Sie war hochschwanger, also war das Ganze vollkommen unschuldig. Es würde keinen Skandal geben. Das jedenfalls redete ich mir ein und glaubte es am Ende selbst.

Doch ein Geheimtreffen kam absolut nicht in Frage. In einem königlichen Palast gibt es keine Geheimnisse, und zweifellos war Assarhamat von Spionen umgeben – die

Herrin Nakija wollte, ebenso wie ihr Sohn, auf dem laufenden sein. Und sollte Assarhaddon je wieder anderen Sinnes werden und mich töten wollen, dann sollte das nicht aus Eifersucht auf seine Frau geschehen.

Und so beschloß ich bei mir, mich noch an diesem Abend aufzumachen und Assarhamat in ihrem Garten aufzusuchen. Vielleicht war sie so vorsichtig und wollte mich nicht sehen, doch das sollte mich nicht abhalten.

In der letzten Stunde des Tageslichtes saß ich dann auf der Steinbank neben dem Springbrunnen mit dem lachenden Wasser. Ein Eunuchensklave hatte mich hineingeführt und mich dort allein gelassen, während er seine Herrin suchte – oder fast allein, denn eine steifbeinige Katze, die längst zu fett war, um mir auf den Schoß zu springen, strich mir ums Schienbein. Ich hob sie hoch, schließlich waren wir alte Bekannte.

»Ja, ja, meine Freundin Lamaschtu«, murmelte ich und kraulte sie unter dem Kinn. Sie begann auf der Stelle zu schnurren und krallte sich aus purer Zufriedenheit in meinen Schenkel. »Du bist seit unserer letzten Begegnung recht ältlich geworden. Aber man sieht, daß deine Herrin dich immer noch liebt.«

»Ihre Herrin hat eben ein beständiges Herz.«

Ich blickte erschrocken auf, denn ihre Stimme klang so nahe, und da stand Assarhamat und stützte sich mit der Hand auf den Springbrunnenrand. Sie war gekommen, ohne daß ich auch nur ein Rascheln ihrer Gewänder gehört hatte.

»Was du von dir nicht behaupten kannst«, fuhr sie fort – ihr ausdrucksvolles Gesicht wirkte so hart wie polierter Stein. »Warum bist du hier, Tiglat?«

»Ich dachte, das wenigstens erforderte keine Erklärung.« Ich lächelte und spürte, daß ich einen Fehler gemacht hatte.

»Du hast also keine Gewissensbisse, daß du die Frau deines Bruders besuchst? Aber natürlich – wie konnte ich das vergessen. Assarhaddon ist ja in Kalach.«

Sie brachte ein Lächeln zustande. Sie schien sich nur mit Mühe daran erinnern zu können, so als hätte sie ganz vergessen, wie man das macht. Die Wirkung war denn auch nicht gerade heiter, doch ich glaube, sie erreichte damit, was sie wollte. »Ja, er ist in Kalach. Morgen kommt er hierher, und wir treffen uns im Beisein des Königs, doch gewiß siehst du ihn zuvor. Erzähle ihm ruhig, daß ich dich besucht habe.«

»Du willst mich also glauben machen, daß du keine Angst hast?« Sie setzte sich neben mich und hob die Katze von meinem Schoß auf ihren. »Na gut – ich glaube dir. Ich habe ohnedies nie gedacht, daß du auch in bezug auf Assarhaddon feige bist.«

»Bist du denn so unglücklich gewesen, Assarhamat?«

Der Blick, den sie mir jetzt zuwarf, das Erstaunen und das Erschrecken auf ihrem Gesicht – ich glaube, ich habe mich nie wieder so geschämt, obschon ich bis heute eigentlich nicht weiß, warum. Und dabei hat es mir an Gelegenheiten wahrlich nicht gefehlt.

»Ja. Ja, ich bin unglücklich gewesen«, gab sie zurück, und auf einmal konnte man ihrer Stimme die ungeweinten Tränen anhören. »Ich bin jetzt unglücklich und werde es zweifellos immer sein, bis mich der Tod erlöst – entweder seiner oder meiner, mir ist es gleich, wen es trifft. Ich bin fast zwei Jahre lang Assarhaddons Frau, und da wagst du noch zu fragen, ob ich unglücklich gewesen bin?«

Sie blickte auf ihren Bauch, der so rund wie eine Melone war, und preßte die Hände darauf, als ob sie ihn vor mir verbergen wollte. Und die Katze, welche vielleicht spürte, daß die angenehmen Zeiten vorbei waren, schlich sich still davon.

»Sie haben meinen kleinen Sohn Siniddinapal genannt, doch er ist nach ein paar Monaten gestorben. Ich habe ihn geliebt, aber er ist gestorben. ›Nur nicht die Hoffnung verlieren‹, haben sie zu mir gesagt, ›du kannst doch andere Söhne bekommen‹. Und nun ist mein Schoß wieder schwer, und ich hasse dieses Kind, noch ehe es geboren ist – es wird nämlich ein Sohn. Assarhaddons Sohn. Er wird König wie sein Vater, und ich wollte, ich könnte ... ich wollte, mein Mann bekäme einen Leichnam zum Erben!«

Es gibt eine Bitterkeit, wie sie nur Frauen kennen, das Gefühl, wie ungerecht es ist, daß sie ihren Leidenschaften derart ausgeliefert sind und daß allein schon die unbarmherzige Folgerichtigkeit der Natur sie verrät. Damit stehen sie – einige zumindest – außerhalb jenes Bannkreises, den wir in aller Unschuld die Wechselfälle des Lebens nennen, so als wären sie sogar für die Möglichkeit des Glücks gestorben und als Rachegeister wiedergekehrt. Das alles lernte ich in jenem einen Augenblick nur dadurch, daß ich in Assarhamats glühende, haßerfüllte Augen blickte.

Doch es handelte sich um die Erkenntnis eines Augenblicks. Er zerrann, als ihr schließlich die Tränen über das brennende Gesicht liefen. Sie wehrte sich nicht, als ich sie in die Arme nahm.

»Es tut mir leid«, flüsterte ich und küßte sie aufs Haar. »Es tut mir so leid. Ich wollte doch nur dem Willen des Gottes gehorchen und habe über uns alle nur Elend gebracht.«

»Ach, sprich mir nicht mehr von deinem Gott!«

Sie stieß mich fort, und ihr Ärger flammte erneut auf wie Glut unter der Asche.

»Dein Gott – der spielt doch mit uns! Ein Kind, das mit Steinen nach einem Vogelnest wirft, könnte nicht weniger Erbarmen haben. ›Der Wille des Gottes‹, so nennst du das. Assurs Wille – für ihn hast du mich in Assarhaddons Bett geschickt.«

Ich wollte etwas sagen, doch die Worte erstarben mir auf den Lippen. Ich konnte nur die Schultern mit beiden Händen halten und spürte die furchtbare Leidenschaft, die sie zittern machte.

»Weißt du, wie es für mich in seinem Bett gewesen ist – weißt du das, Tiglat?« Ein schreckliches, freudloses Lächeln verzog ihren Mund beim Sprechen. »In unserer Hochzeitsnacht hat er gesagt, ›Nun laß einmal deine Kehrseite sehen, Frau, man möchte doch gern wissen, ob mein Bruder dir die Kunst beigebracht hat, einem Mann zu gefallen‹. Das also habe ich unter dem Schleier der Ehefrau gelernt. Ich bin in Demut geschult worden. Aber ich glaube nicht, daß mein Mann und Gebieter bis zum heutigen Tage viel Freude an mir gehabt hat – weißt du, was er manchmal macht, wenn er betrunken genug ist? Er schickt mir seine Huren, daß sie mich unterrichten. Zuweilen kommt er sogar mit. Amüsieren dich diese kleinen Enthüllungen über mein Eheleben, Tiglat? Oder sollten sie dir vielleicht peinlich sein?«

Zugegeben, ich wußte in diesem Augenblick nicht, was ich empfand. Ich hätte überhaupt kein Wort herausgebracht. Die Luft in meinen Lungen schien zu Eis gefroren zu sein. Ich war so unfähig, etwas zu empfinden, wie die Fliesen des Fußbodens unter meinen Sandalen. Das glich dem Augenblick mitten im Kampfgetümmel, wenn man eine schlimme Verwundung erhält und jäh in einem blendenden, lähmenden Blitz vergeht – der Schmerz folgt nach, doch im Augenblick ist er noch fern.

Aber er folgt. Als ich wieder Luft bekam, wollte ich vor Wut brüllen. Die Hände juckten mir nach einer Waffe – einer Axt vorzugsweise. Ich wollte sehen, wie sich Assarhaddons Blut mit dem Staub vermischte. Ich würde ihn nicht bloß töten; ich würde ihn in kleine Stücke zerhacken und sie an die Hunde verfüttern. Warum nur hatte ich ihn nicht umgebracht, als ich es konnte? ›Seine Kehle unter der Klinge meines Schwertes‹...

Ich stand auf, ich zitterte vor dumpfer Wut. Ich wagte nicht, Assarhamat anzusehen. Ich konnte es nicht.

»Gut – ich bin froh, daß ich es dir erzählt habe«, sagte sie mit gelassener, leidenschaftsloser Stimme. »Da siehst du, was der Wille Assurs aus uns gemacht hat, Tiglat. Ich will nämlich kein Mitleid, du sollst dich nur schämen.«

»Dann hast du deinen Willen, ich schäme mich.«

»Dann bin ich glücklich.« Sie streckte die winzige, weiße Hand aus und berührte mich am Arm. »Denn es kommt der Tag, da werde ich dich bitten, von deinem Gott abzulassen – und zu mir zurückzukommen.«

XXVI

Der König erwartete, daß ich an diesem Abend bei einem Festmahl zugegen war, doch in meinem Herzen war kein Raum mehr für die Pflichten eines Untertanen und Sohnes. Ich hatte kaum noch einen Gedanken für den König. Ich wußte nur, daß ich auch nicht eine Stunde länger in Ninive bleiben konnte.

Und so ließ ich mich nicht entschuldigen und hinterließ auch keine Nachricht. Ich ging einfach hin, holte mir mein Pferd aus den Ställen im Hause der Krieger und ritt hinaus ins weite Land. Die Nacht bedeckte schon die Erde mit ihren Schwingen, doch auch das nahm ich kaum wahr. In meinem Kopf pochte es wie bei einer bösen Verwundung. Noch ein Wort, und er mußte platzen.

»Bin ich jetzt durch die Berührung deines Bruders so entehrt, daß du mich nicht mehr lieben kannst, Tiglat?« hatte sie gefragt und sich mit ihrer Frage über mich lustig gemacht. »Möchtest du noch mehr über seine Besuche in meinem Bett hören – du brauchst nur zu fragen, ich verschweige dir nichts. Wer, wenn nicht du, hätte ein Recht darauf zu erfahren, wie es um die intimen Beziehungen zwischen Assarhaddon und mir bestellt ist, was er so alles tut, um sich bei einer Frau einzuschmeicheln. Soll ich dir alles erzählen, Tiglat?«

Sie schien abwechselnd zu lachen und zu weinen, oder auch beides zugleich. Und am Ende warf sie sich schluchzend wie ein Kind in meine Arme.

»Laß mich nicht in dieser Finsternis allein, Tiglat – bitte, bitte. Wende dich nicht wieder von mir ab.«

Darauf gab es nichts zu sagen. Ich erinnere mich nicht einmal mehr, wie ich sie verließ. Ich erinnere mich nur noch an ihr tränenüberströmtes Gesicht.

Und so ritt ich halb wahnsinnig vor Wut und vor blindem hilflosem Kummer in die finstere Nacht hinaus.

Es kam mir vor, daß ich mein Pferd stundenlang galoppieren ließ, es peitschte, bis seine Flanken mit schweißigem Schaum bedeckt waren, bis es nicht mehr weiterlaufen konnte und einfach stehenblieb, nach Luft rang, während sich seine große Brust mit jedem Atemzug hob und senkte. Ich stieg ab, und wir gingen zu Fuß weiter, während die Lichter der städtischen Wachttürme hinter uns zurückblieben.

Der Wind fühlte sich an wie Eis und drang mit tausend Nadeln durch meinen Umhang. Es war so dunkel, daß ich nicht einmal mehr den Boden sehen konnte.

Aber als mein Kopf zuletzt klarer wurde, da empfand ich die Kälte als Ärgernis, als unwillkommene Ablenkung und sah mich nach einem Obdach um. Ich fand nur eine zerstörte Hütte, zweifellos die Unterkunft eines vor langer Zeit gestorbenen Bauern, ohne Dach, die Lehmziegelwände eingefallen und vom Wetter zerstört, doch immer noch so fest, daß sie mir Schutz vor dem Wind boten. Ich band mein Pferd an und kauerte mich in eine Ecke, den Umhang wikkelte ich mir um die Knie. Der Ort bot keinerlei Annehmlichkeiten, aber ich würde hier nicht erfrieren, und mich um mehr zu kümmern, machte mir irgendwie zuviel Mühe.

Keine Leidenschaft dauert ewig. Um die kühlen Morgenstunden herum war die meine dann zu einem dumpfen Groll geworden, der zwar immer noch finster war, mir aber die Brust nicht länger zerriß wie ein in einen Ledersack gesperrtes Wiesel. Die Vorstellung, Assarhaddon die Kehle durchzuschneiden, bereitete mir große Genugtuung. Sie gefiel mir – einen Augenblick lang empfand ich direkt so etwas wie Freude. Dergleichen war natürlich unmöglich – die Person des *marsarru* ist ebenso heilig wie die des Königs –, aber es reichte schon, mir das vorzustellen. Das ist immer der erste Schritt der Selbstheilung, die Illusion nämlich, daß eine einzige Tat alles wieder ins rechte Lot bringt.

Danach überlegte ich mir praktischere Lösungen. Wenn ich Assarhaddon nun nicht töten konnte, so konnte ich ihn doch bitten, seine Frau zu verstoßen – sie gefiel ihm nicht, und wenn sie ihm erst einen gesunden Sohn geschenkt hatte . . . Aber auch das war unmöglich. Jedermann kannte die Weissagung, daß sie Mutter von Königen sein sollte. Assarhamat war das rechtmäßige Siegel seines Anspruchs auf den Thron. Sollte sie von einem anderen Mann Kinder bekommen und sollten die Omen diese begünstigen, konnte sich kein Sohn von Assarhaddon sicher fühlen.

»Laß ab von deinem Gott und kehre zu mir zurück«, hatte sie gesagt. *»Laß ab von deinem Gott.«* Konnte ich dergleichen tun?

Man würde nicht zulassen, daß ich Assarhaddon ehrenhaft im offenen Kampf tötete, aber ich konnte bewerkstelligen, daß man ihn ermordete. Ja. Jeden Tag starben Menschen – hatte man nicht auch bei Arad Ninlils Tod Fragen gestellt? Es bestand gewiß kein Mangel an willigen Komplizen, falls ich einen dazu anstellen wollte, denn selten war ein Thronerbe unbeliebter gewesen als mein Bruder. Ein Becher mit vergiftetem Wein vielleicht . . .

Doch brächte ich das fertig? *Wirklich?* Nein. Mittlerweile haßte ich Assarhaddon, doch er war vor mir sicher. Für solch einen Verrat war ich nicht tapfer genug.

Was blieb mir also? Verstohlene Treffen mit Assarhamat? Nichts weiter? Vielleicht nicht einmal das.

Anscheinend ließ sich nicht jeder Knoten lösen.

Der Morgen graute. Assurs Sonne wollte sich hinter den östlichen Bergen erheben. Zunächst zeichnete sie nur deren zerklüftete Umrisse, während der Himmel quälend langsam perlgrau wurde. Dann zündete der Gott endlich sein Feuer an und erhob sich wieder einmal, um die dunklen Geister der Nacht zu verjagen. Er schenkte uns Leben für einen weiteren Tag.

Ich kann nicht behaupten, daß ich ihm großen Dank dafür wußte. Meine Beine waren steif vor Kälte, ich war hungrig, und ein dumpfer, störrischer Groll vernebelte mir das Hirn wie Weindünste nach einer durchzechten Nacht. Ich hatte eine scheußliche, giftige Laune, der alles, sogar die Morgensonne, zum Verdruß wurde.

Ich war viele *beru* von der nächsten menschlichen Behausung entfernt – weit und breit war nicht einmal ein gepflügtes Feld zu sehen –, aber als ich mich umschaute, hatte ich eine vage Vorstellung, wo ich mich befand. Möglicherweise war ich ein, zwei Mal auf der Jagd hier vorbeigekommen; mir kam die Gegend jedenfalls bekannt vor.

Binnen drei Stunden hatte ich ein Dorf erreicht – ohne danach zu suchen, ich fand es einfach. Die Bauern umstanden mein Pferd und riefen: »Gebieter, Gebieter! Der Gebieter Tiglat!« und ich war kaum abgestiegen, da umlagerten mich auch schon die Frauen und boten mir Bier aus riesigen Tonkrügen an und Körbe mit Früchten und gebratenem Lamm.

Anscheinend lebten hier Männer, welche in Chalule dabei gewesen waren. Wir setzten uns zusammen um die Kochfeuer – wie es schien alle sechzig, siebzig Bewohner mit Kindern und Alten – und feierten ein improvisiertes Fest.

Angesichts so hartnäckiger Gastfreundschaft kann man sich kaum auf sein privates Elend konzentrieren, sie lenkt einen davon ab. Also dauerte es eine geraume Weile, bis mir wieder einfiel, daß ich der unglücklichste Mensch unter der Sonne war. Ich schämte mich, daß ich das vergessen hatte, aber da war es natürlich zu spät, denn ganz gegen meinen Willen war ich recht fröhlich geworden, und ich dankte den großen Göttern, daß sie dem Menschen ein unbeständiges, kindliches Herz geschenkt haben, so daß seinem Kummer enge Grenzen gesetzt sind. Doch darauf war ich nicht allzu stolz.

»Bleib bei uns«, sagten die Ältesten. »Bring uns Glück und den Segen der Götter.«

Wieso nicht? dachte ich. Ja, hier bleibe ich eine Weile. Hier verstecke ich mich.

Doch für den Gebieter Tiglat Assur gab es kein Versteck. Am nächsten Morgen kam einer der königlichen Herolde mit Silberbändern am Amtsstab ins Dorf geritten.

»Der Gebieter Sanherib, der König der Vier Enden der Erde, grüßt den Königlichen Prinzen Tiglat Assur«, verkündete er in genau der Manier, als richtete er sich an eine große Menge und nicht an nur einen einzigen Mann. Er war groß und hatte ein glattes Gesicht, wirklich eine eindrucksvolle Erscheinung – das sind sie immer, diese höfischen Krieger mit ihren juwelengeschmückten Schwertern. »Ich bin einer von vielen, welche ausgesandt wurden, den Grund für das plötzliche Verschwinden des Gebieters Tiglat Assur zu entdecken.«

Das stand zu erwarten. Mein Vater, der auf seine alten Tage unter jähen Angstanfällen litt, hatte wahrscheinlich Kundschafter in alle Richtungen ausgesandt, die den Befehl hatten, mich zu finden oder nicht zurückzukehren. Möglich, daß seine Wachen jeden Stein in der Stadt umdrehten und mich lebendig oder tot suchten. Ich hatte grausam an ihm gehandelt. Zumindest hätte ich Nachricht hinterlassen sollen.

»Du kannst dem König erzählen, daß du mich gefunden hast«, sagte ich. »Ich bin hier, und hier bleibe ich auch für eine Weile.«

»Der Gebieter Sanherib bittet dich, auf der Stelle zurückzukehren.« Er richtete sich sehr gerade auf – was für ein aufgeblasener Esel er doch war.

»Das ist nicht möglich.«

Er lächelte. Und warum auch nicht? Schließlich sprach er im Namen des Königs.

»Und warum ist das nicht möglich?«

»Es ist nicht möglich, weil ich es nicht will!« schrie ich – mir war ganz einfach der Geduldsfaden gerissen. »Geh! Sage dem König, meinem Vater, daß ich komme, wann ich will. Verschwinde!«

Ich war so aufgebracht, daß ich mit dem Fuß aufstampfte, und der Mann fuhr doch wirklich erschreckt zusammen. Das waren mir Helden, diese Palasteunuchen. Binnen einer Minute saß er auf dem Pferd und wirbelte auf dem Heimweg nach Ninive Staubwolken hinter sich auf.

*

An jedem Tag meines Aufenthaltes bei den Dorfbewohnern ging ich allein auf die Jagd. Ich brachte Rotwild und Wildschwein mit heim, und meine einfachen Wirte freuten sich, so reichlich Fleisch schmausen zu können, doch mir machte das Jagen wenig Freude.

Ich wollte nur allein sein, und so saß ich denn den größten Teil des Nachmittags im Schatten einer Akazie und zerbrach mir über die seltsamen Wendungen den Kopf, welche Assarhamats, Assarhaddons und mein Leben genommen hatten. Die Grübelei brachte mich auf keine Lösung – es konnte auch keine geben, dafür hatte der Gott gesorgt –, doch allmählich schälte sich der Kern des Problems mit einer Klarheit heraus, die mich mutlos machte.

Wir saßen alle in der Falle – Assarhamat in einer Ehe, die sich auf Bitterkeit und Verachtung gründete. Assarhaddon in einer hohen Stellung, die weder seinen Wünschen noch seinen Anlagen entsprach, und ich . . . ich wollte eine Frau, die ich nicht haben konnte, immerhin, ein ganz alltägliches Schicksal, denn König in all seiner Pracht mußte ich nicht unbedingt werden. Warum war ich dann so außer mir? Ich wußte es nicht. Und wie mich dieses Nichtwissen bedrückte.

Und jeden Abend saß ich unter den Männern des Dorfes, und wir redeten über Krieg und Landwirtschaft – die beiden einzigen angebrachten Themen. Wir tranken Bier, bis wir schläfrig wurden, und im Schlaf quälten mich meine Probleme nicht länger. So lebte ich fünf Tage lang.

Am dritten Tag hatte der König erneut einen seiner Herolde entsandt, den ich ebenso abfahren ließ, obschon etwas höflicher als den ersten. Und in der Nacht des fünften Tages, als die Dorfbewohner längst in ihren Betten lagen, traf wieder einer ein, und dem versprach ich dann, ich würde nach Ninive zurückkehren. Er sagte, er hätte Befehl, mich zurückzubegleiten, doch ich machte ihm klar, daß ich dergleichen nicht zulassen würde. Ich war kein Knabe mehr, der die Schule schwänzte und am Ohr zurückgezogen wurde. Ich würde zurückkehren, wie ich gekommen war, allein.

Als ich am nächsten Morgen aufs Pferd stieg, gab mir eine Dorfbewohnerin eine Wasserflasche aus Ton und einen kleinen, roten, mit Datteln und getrocknetem Fleisch gefüllten Beutel mit.

Ich ritt fort, ohne auch nur zurückzublicken. Kein Laut war zu hören, außer dem Hufgetrappel meines Pferdes.

Das Nergal-Tor, welches auf die Straße nach Tarbisu geht, war noch nicht verschlossen, als ich ankam, und so brauchte ich, um eingelassen zu werden, nicht die Wache zu rufen und mich auszuweisen. Ich ritt einfach hindurch, nichts als ein weiterer Mann zu Pferd unter so vielen zu Fuß, von dem kaum jemand Notiz nahm. Ein Prinz, welcher seine Eskorte zurückläßt, wird zu einem normalen Menschen – ihn umgibt keine besondere Majestät, und kein Mensch erkennt ihn. Es tat gut, daß man zuweilen daran erinnert wurde.

Ich war kaum in meinen Gemächern, wollte meinen Umhang abnehmen und mir den Reisestaub aus den Augen waschen, da platzte auch schon ein Page herein und direkt hinter ihm der König selbst.

»Du verdienst die Füße dafür abgehackt, daß du dich auf diese Weise entfernt hast«, sagte er, doch gleichwohl umarmte er mich. »Und auf eine königliche Aufforderung nicht zu reagieren, darauf steht der Tod. Mein Sohn, und wenn ich dich auch noch so liebe, diese Unverschämtheit hätte dich das Leben gekostet, wenn da nicht dein Bruder Assarhaddon wäre. Deine Abwesenheit hat den Esel gezwungen, hier in Ninive länger zu warten, als ihm gefiel, und seine Ungeduld und sein Zorn haben mich außerordentlich amüsiert. Es macht nun einmal Spaß, ihn zu ärgern, doch dieses Mal ist er fast außer sich – redet von nichts anderem als von deiner ›gewissenlosen Frechheit‹ und wie er, wenn er der König wäre, dir dafür die Haut bei lebendigem Leibe abgezogen hätte. Dein Glück, daß er sich nun endlich als dein Feind zu erkennen gegeben hat. Komm – ich habe die Gäste dir zu Ehren warten lassen.«

Unser gemeinsamer Eintritt in die große Halle war so etwas wie eine Sensation, denn niemand wußte, warum ich die Stadt verlassen hatte, noch wie ich bei meiner Rückkehr in der Gunst des Königs stehen würde – Paläste sind die reinste Gerüchteküche, und vermutlich hatte die Hälfte der Männer, die heute abend mit uns speisen sollte, eine große Wende, gleichsam einen Erdrutsch erwartet, welcher ihnen Gnade oder Ungnade bringen mochte.

Dazu kam noch Assarhaddons allzu augenfällige Reaktion beim Anblick des Königs, der sich auf meinen Arm stützte. Sein Gesicht verfinsterte sich.

Und so gab das Festmahl meines Vaters Anlaß zu großer Unruhe und wurde, wie so oft in den letzten Jahren seiner Herrschaft, recht schnell zu einer trunkenen Orgie. Binnen knapp einer Stunde bewarfen sich erhitzte Höflinge von sonst einwandfreier Würde mit Bratenstücken. Ich sah, wie mindestens drei der jungen Tänzerinnen auf den Tisch gehoben, auf den Rücken gelegt und von Männern bestiegen wurden, die sich streng nach Rangfolge anstellten. Die Szene wäre einer Armeekaserne in der Provinz nach einem zweimonatigen Feldzug würdig gewesen.

Aber der König genoß alles. Er lachte und riß obszöne Witze und ermutigte jene, welche sich dem allgemeinen Vergnügen versagen wollten. Assarhaddon zu peinigen und die Lasterhaftigkeit seiner Edlen zu beobachten – das war alles, was ihm im Leben noch Freude zu machen schien.

Schließlich stand er auf, ging in eine Ecke, erbrach sich geräuschvoll und ließ sich dann ins Bett bringen.

Und die ganze Zeit tranken mein Bruder und ich nur wenig, als hätten wir das abgesprochen, redeten kaum mit unseren Tischgenossen und vermieden es tunlichst, daß sich unsere Blicke trafen. Es wäre für uns beide unerträglich gewesen zuzugeben, so jedenfalls wirkte es, daß der andere auch anwesend war.

Aber als der König endlich gegangen war, suchte auch ich das Lager auf und überließ Assarhaddon das Feld. Ich war Ninives überdrüssig. Ich wollte nichts als zurück in meine Garnison in Amat, wo ich getrost vergessen konnte und wo einem der Feind nur in der Schlacht begegnete. Nur zu gern hätte ich diese ganze glitzernde Verderbtheit meinem Bruder überlassen, der zweifellos nicht mehr Gefallen daran fand als ich. Das soll seine Strafe sein, dachte ich, daß er diesen Hundezwinger regieren muß, bis der Ekel ihm alles verdorben hat und er daran krepiert. Sobald der König mich entließ, würde ich diesem goldenen Netz entfliehen wie ein Vogel. Die Meder würden es mir tausendfach lohnen, wenn ich ihre Leichen zu Denkmälern meines unsterblichen Ruhmes auftürmte.

So einfach erscheint einem jungen Mann das verknäuelte Netz des Lebens, und ich war damals jung, obschon ich mir selbst alt und zynisch weise vorkam.

Die kleine Araberin Zabibe half mir in meinen Gemächern, die Gewänder abzulegen und rieb meine Glieder mit heißem, duftendem Öl. Unter ihren geschickten Händen schlief ich beinahe auf der Stelle ein. Beinahe, doch nicht ganz.

»Mein Gebieter ist viele Tage fortgewesen«, murmelte sie, während sie mir das Gesicht mit Wasser wusch, in welchem Blütenblätter schwammen. »Ich dachte schon, mein Gebieter hätte seine Dienerin vergessen.«

Ich hatte sie vergessen – sie war mir auch nicht einmal in den Sinn gekommen –, doch es schien unhöflich, das einzugestehen, und so lächelte ich nur.

»Zabibe lebt doch nur für die Gunst ihren Herrn«, fuhr sie fort, und ihre Stimme war so sanft wie flatternde Vogelschwingen. Ihre Fingerspitzen glitten über meine Mannheit, welche mittlerweile so steif wie Bronze war. Auf ihrer hellen Haut fing sich der Schein der Öllampe neben meinem Bett, daß sie wie der einzig wirkliche Gegenstand in meinem Zimmer wirkte. »Mein Gebieter muß lernen, all seine Sorgen abzulegen, sie fallen zu lassen wie ein beflecktes Gewand. Mein Gebieter muß Zabibe gestatten, sein Herz zu besänftigen.«

Ich lauschte ihrer Stimme, ich kam mir vor, wie ein Kind, an dessen Ohr ein Wiegenlied dringt; dabei wußte ich, daß ich lediglich dem gekonnten Geplauder einer Dirne lauschte, doch das war mir gleichgültig. Was machte es schon, ob es stimmte oder nicht? Was machte das mir schon? Ich hatte nur das Jetzt – konnte nur diesen Augenblick mein eigen nennen. Glück war ein Schatten, doch wenigstens war die Lust wirklich.

*

Am nächsten Morgen wachte ich mit Kopfschmerzen auf. Das seit Stunden erloschene Kohlebecken roch leicht nach Rauch, und Zabibe schnarchte wie ein Wasserbüffel. Das war das Ende der Leidenschaft – ein Wintermorgen, ein dröhnender Schädel und eine Frau, welche, kaum daß sie die Augen aufschlug, hören wollte, sie wäre das größte Göttergeschenk. Ich zog mir die Tunika an und schlüpfte still aus dem Zimmer. Heute abend mochte mir der Trost dieser Frau wieder willkommen sein, doch jetzt wollte ich mich nicht mit ihr abgeben. Ich machte mich zum Haus der Krieger davon, wo ich im Schwitzbad meine Seele wieder sauberschwitzen und mich an einem Soldatenfrühstück aus Bier und Hirsebrei laben konnte.

»Der Erhabene Gebieter Sanherib, der König der Vier Enden der Erde, grüßt den Königlichen Prinzen Tiglat Assur!«

In der Enge der Offiziersmesse dröhnte seine Stimme wie eine Kriegstrommel. Ich saß an einem Tisch mit dem Rükken zur Tür, und ich hätte mich nicht mehr erschrocken, wenn jemand mir eine Schwertspitze zwischen die Schulterblätter gejagt hätte. Ich drehte mich um und erblickte den Herold mit den Silberbändern am Stab, und der Mut verließ mich.

»Der Erhabene Gebieter Sanherib fordert den . . .«

»Ja – ja. Sag mir nur wo«, fuhr ich ihn an. Mittlerweile hatte ich dieses kleine Ritual einfach satt.

»Wenn du mir folgen möchtest, Gebieter – umgehend.« Er machte eine großartige, umfassende Geste, um mir den Weg zu zeigen, und ich stand lammfromm auf und folgte ihm.

Draußen wartete eine Sänfte auf mich – in meinem ganzen Leben hatte ich mich nicht in einer tragen lassen, schließlich waren meine Beine so gesund, wie Beine sein sollen; es dürfte nicht der richtige Augenblick sein, daß ich anfing, mich zu benehmen wie eine verhätschelte Konkubine; also schickte ich die Sänfte fort und folgte dem Herold zu Fuß. Wir überquerten das Gelände vor dem Palast, schritten durch das Igisigsig-Tor und kamen in die königlichen Gärten, welche in einem Winkel zwischen Fluß und der nördlichen Stadtmauer gelegen waren, einen Ort, den mein Vater liebte, und wo ich ihn mit einem Becher Wein in der Hand unter einem Rebstock sitzend vorfand. Assarhaddon war bei ihm und sah keineswegs fröhlicher aus als letzte Nacht.

»Dann hat unser Held schließlich Zeit für uns gefunden«, rief mein Bruder und funkelte mich im Aufstehen wütend an. »Ich bin erstaunt, daß er sich überhaupt die Mühe macht.«

Der König lachte und goß den Inhalt seines Bechers unter einem blütenbedeckten Busch auf die Erde.

»Unser *marsarru* hier hat mir gerade kundgetan, daß er deinen Feldzug gegen die Meder für nutzlose Verschwendung hält. Er sagt, unsere einzige Sicherheit liegt darin, sich nicht den Zorn der Götter zuzuziehen.«

Wieder lachte er und gab seinem Witz noch mehr Nachdruck, indem er mit der Sandale aufstampfte, und Assarhaddon runzelte die Stirn und schnaubte wie ein Bulle, dem die Fliegen zusetzen. Allem Anschein nach war das ein unaufhörlicher Streitpunkt zwischen ihnen.

»Wie immer hat der Gebieter *Marsarru* recht«, erwiderte ich. »Nur ein Tor riskiert den Zorn des Großen Assur, doch ich meine, es wird ihm nicht schlecht gefallen, wenn wir die Meder daran erinnern, daß er und nicht ihr Ahura der Herrscher der westlichen Länder ist.«

Ich schenkte ihm ein Lächeln. In jenem Augenblick haßte ich ihn, wie ich noch nie jemanden im Leben gehaßt hatte. Und nicht etwa wegen der Meder – oder der zerstörten Tempel Babylons oder der Ehre eines unsterblichen Gottes –, sondern wegen Assarhamat.

»Ja, Gebieter *Marsarru*«, griff der König ein. »Wolltest du womöglich andeuten, es könnte sich anders verhalten?«

Er saß da, hatte die Hände auf die Knie gelegt und drehte den Kopf von einem zum anderen. Seine Augen glitzerten boshaft vor Vergnügen, doch die Sonne, welche seinen grauen, alten Kopf beschien, offenbarte mitleidslos, daß er ein kraftloser Greis war.

Assarhaddon nahm einen Kiesel auf und warf damit nach einem Vogel, der in etwa zwanzig Schritt Entfernung auf einem Ast hockte. Er traf genau daneben, doch der Vogel flatterte auf.

»Die Meder sind keine größere Gefahr als der Vogel da«, sagte er. An seinen Augen ließ sich ablesen, daß er einer direkten Antwort ausgewichen war.

»Was meinst du damit, mein geliebter Sohn – jenen Vogel oder die unfehlbare Treffsicherheit deines Armes?«

»Der Gott Babylons muß wieder eingesetzt werden«, gab Assarhaddon zurück, wobei er den Spott des Königs zu überhören schien. »Marduk, der keine Beleidigung ungestraft läßt, hegt einen furchtbaren Zorn auf das Land Assur. Nichts wird uns gedeihen, ehe wir nicht die Stadt wieder aufgebaut haben. Wenn wir dieser Pflicht nicht nachkommen, ist unser königliches Haus dem Untergang geweiht.«

»Ich bin nicht in Sumer geboren«, sagte ich. »Ich bin ein Mann des Nordens und vertraue auf die Gnade Assurs.«

»Niemand muß uns daran erinnern, daß du ein halber Fremdling bist, o Gebieter Tiglat Assur.«

»Genauso wie sich jeder daran erinnert, daß deine Mutter ihren Hintern in den Weinschenken Borsippas zu verkaufen pflegte, o Gebieter *Marsarru.*«

Wutentbrannt sprang Assarhaddon auf, die Hand bereits am Schwertgriff. Ich glaube, wenn der König nicht zugegen gewesen wäre, wir hätten unseren Streit auf der Stelle beendet, doch auch mein Vater stand auf und trennte uns. »Wie könnt ihr es wagen!« schrie er. »Alle beide, wie könnt ihr nur! Bin ich etwa ein Landarbeiter und mit Lehm zwischen den Zehen geboren, daß ich mit ansehen muß, wie meine Söhne sich gegenseitig zu einem tödlichen Kampf aufstacheln? Ich verbiete es! Setz dich, Assarhaddon, denn dich trifft die meiste Schuld. Wir sprachen gerade über die Meder.«

Und genauso schnell wie sie aufgeflammt war, ging die Krise auch vorbei. Assarhaddon nahm wieder Platz, doch von diesem Augenblick an hätte er ebenso gut taub sein können, soviel Eindruck machten meine Worte auf ihn.

»Dann darf ich jetzt wohl von den Medern sprechen?« fragte ich – anscheinend hatten wir alle anderen Themen bereits abgehakt.

»Also, mein Sohn. Erzähle uns von den Medern.«

»Es ist ein kleines Volk. Sie sind ohne Bedeutung.« Mein Bruder blickte mich beim Sprechen nicht einmal an.

»Die Sagartier, die Miyaneh und die Iranzu – das sind lediglich Stämme. Ja, für sich allein genommen ist jeder ein kleines Volk und unbedeutend. Doch wenn sie zusammengehen und sich als eine Nation betrachten, dann sind sie bedeutend. Und genau das tun sie gerade unter einem Mann namens Daiaukka, welcher sich als ihr König bezeichnet. Ich habe diesen König kennengelernt, und er ist all das, was man an einem Feind am meisten fürchtet. Hinzu kommt noch, daß die Meder einen neuen Gott gefunden . . .«

Ich sprach eine Weile, erzählte alles, was ich in den östlichen Bergen erfahren hatte, und der König hörte sehr aufmerksam zu. Ab und an unterbrach er mich, um eine Frage zu stellen – nach einem Namen vielleicht, oder nach der Bedeutung irgendeines fremdländischen Wortes –, doch im übrigen hüllte er sich in undurchdringliches Schweigen.

»Und du glaubst, daß sie nach Westen marschieren wollen?« fragte er zuletzt und faltete die Hände im Schoß.

»Ja, Erhabener. Es sei denn, wir halten sie auf, und das bald. Die kommen aus ihren Bergen herunter wie die Wölfe. Sie brauchen einen Denkzettel, was sie ihr Ehrgeiz kostet, und wenn die Lehre furchtbar genug ist, dann lassen sie uns vielleicht für eine Generation in Frieden.«

»Und dafür brauchst du zweifellos ein großes Heer«, bemerkte Assarhaddon plötzlich. »Bei weitem größer als das, was du augenblicklich befehligst.«

»Ich werde mehr Männer brauchen, ja. Vielleicht sechzig Kompanien mehr.«

Mein Bruder nickte, so als hätte er diese Antwort erwartet. Das verkniffene Lächeln machte deutlich, daß sich seine schlimmsten Befürchtungen bestätigt hatten. »Gebieter und König«, fragte er, »hast du einmal überlegt, warum mein Bruder solch eine Streitmacht zusammenzieht? Gewißlich nicht, um die Meder zu bekämpfen. Es kann nicht sein, daß ein paar Barbaren aus den Bergen, die doch nur die östlichen Provinzen bedrohen, eine so heftige Reaktion nötig machen. Ich glaube, der Gebieter Tiglat Assur möchte sein Heer im Norden aus Gründen verstärken, die verdammt wenig mit den Medern zu tun haben.«

»Und welche Gründe dürften das sein, o Gebieter *Marsarru?*«

Der König wartete auf eine Antwort, er musterte seinen Erben mit schmalen, prüfenden Augen.

»Ich glaube, er bereitet sich auf den Tag vor, an dem ein neuer König in Ninive herrschen wird. Ich glaube, dieser König möchte er selbst gern sein.«

Assarhaddon verschränkte die Arme auf der Brust und richtete den Blick auf mich. *Ich habe dich erwischt,* sagten seine Augen. *Du glaubst, du hast es klug eingefädelt, aber ich habe von Anbeginn an gewußt, was du vorhast.*

»Wenn mein Bruder das glaubt, dann habe ich darauf eine sehr einfache Antwort.« Ich lächelte ihn an – in diesem Augenblick starb meine Liebe zu ihm. »Soll er das Heer doch selbst kommandieren. Soll es doch seine Waffe sein und nicht die meine – er ist ein fähiger Soldat und wird zweifellos einen Sieg erringen. Soll doch der Ruhm des Sieges ihm und nicht mir gehören.«

»Und du bleibst dann in der Hauptstadt und verschwörst dich mit meinen Feinden. Tiglat, für wie dumm hältst du mich eigentlich?«

»Ich schaffe mir also ein Heer im Norden, um dich deines Erbes zu berauben«, sagte ich und schüttelte spöttisch den Kopf. »Und gleichzeitig will ich in Ninive bleiben und dich deines Erbes berauben. Du mußt dich entschließen, Assarhaddon – was soll es denn sein? Du kannst dir aussuchen, welchen Verrat ich begehen soll.«

Der König lachte, und als mein Bruder antworten wollte, da hieß er ihn schweigen.

»Wir wollen lieber über ernste Angelegenheiten reden«, sagte der König. »Du, Tiglat, meinst, daß du die Meder eine Generation lang aufhalten kannst. Und dann kommen sie wieder?«

»Ja, Erhabener. Wenn sie einen neuen König gefunden haben, welcher sie vergessen läßt, wie mächtig Assur ist.«

»Ja – genauso ist es.« Er schüttelte betrübt den Kopf. »In meiner Jugendzeit bin ich einmal am Rande des Nordmeeres gewesen, als ich Krieg gegen die Hebräer und die

Städte Tyros und Sidon führte. Ich habe die Wellen jenes Meeres ans Ufer schlagen sehen – sie nähern sich und gehen zurück, einfach so. Und jede Welle ist höher als die vorhergehende, bis zur neunten und letzten. Dieser Daiaukka, welcher sich als König bezeichnet, der ist also die neunte Welle?«

»Nein, Gebieter. Sein Vater war vielleicht die erste, und er ist nur die zweite.«

»Dann hole für uns soviel Zeit heraus, wie du kannst, Tiglat, mein Sohn. Ich bin froh, daß ich alt bin und mir darüber keine Sorgen mehr machen muß.«

Bei diesen Worten erhob sich Assarhaddon und ging fort, ohne uns noch eines Blickes zu würdigen. Der König machte gar nicht erst den Versuch, ihn aufzuhalten.

»Würdest du so etwas tun?« fragte er zuletzt. »Würdest du gegen den Edlen von Esel Krieg führen, um an seiner Statt zu regieren?«

»Nein.«

»Wirklich schade. Du wärst der bessere König gewesen, doch wir haben nicht immer Einblick in des Gottes Pläne. Ich wage gar nicht daran zu denken, was einmal wird, wenn ich tot bin.«

Er strich sich mit der Hand über den Bart, welcher jetzt mehr als nur zur Hälfte grau war, und starrte in seinen Garten, doch seine Augen schienen nichts wahrzunehmen. Oder sah er etwa die Zeiten, die nach seinem Tod kamen? Ich weiß es nicht zu sagen.

»Du sollst deinen großen Krieg gegen die Meder haben«, sagte er am Ende. »Das ist wahrscheinlich das letzte Geschenk, welches du von mir erhältst. Ich bin alt und müde. Mit jedem Tag verrinnt meine Kraft, und allein komme ich nicht mehr gegen Assarhaddon an.«

»Allein, Erhabener?«

»Ja.« Er blickte mich an, und seine Miene veränderte sich jäh. »Dann hattest du also keine Ahnung? Mein Bruder, Fürst Sinahiusur, liegt im Sterben.«

»Nein – das habe ich nicht gewußt. Ich wußte nur, daß er krank ist.«

»Ja, im Sterben. Geh hin und besuche ihn, Junge, denn er ist dir immer ein Freund gewesen.«

*

Als ich in der Empfangshalle meines Onkels wartete, war ich beeindruckt von der Stille, die dort herrschte. Viele Leute waren gekommen, um dem *turtanu* ihre Ehrerbietung zu erweisen – die meisten zweifellos, um eine letzte Gunst zu erbitten –, doch niemand redete. Mir kam es vor, als ob sie alle auf die Ankunft von jemand warteten, der jederzeit eintreffen konnte und dessen Eintritt sie auf keinen Fall verpassen wollten.

»Wenn mir bloß das nicht zustößt«, dachte ich. »Wenn ich bloß meinem *simtu* in der Hitze des Gefechtes begegne. Lieber soll es kommen, wenn ich überhaupt nicht darauf gefaßt bin.«

»Fürst Sinahiusur wünscht dich zu sehen«, sagte sein Haushofmeister, beinahe flüsterte er mir die Worte ins Ohr. »Wenn du jetzt mit mir kommen möchtest, Prinz.«

Die Augen der anderen folgten uns, als wir die große Halle verließen. Wie viele unter ihnen waren wohl töricht genug, mich zu beneiden?

Das Schlafgemach war auffallend klein und spärlich möbliert, abgesehen von einigen Zederntruhen. Sogar beim Warten auf die ewige Ruhe lag Fürst Sinahiusur, der *turtanu* des Königs, am Boden auf einer ganz gewöhnlichen Schlafmatte. Ich setzte mich neben ihn, und er nahm meine Hand in die seine – sein Händedruck war erstaunlich schwach. Es schien, daß seine Krankheit ihn aufgezehrt hatte, denn unter der Haut seines Gesichtes zeichneten sich deutlich die Knochen ab.

Doch seine Stimme klang immer noch kräftig.

»Du hast den König getroffen«, sagte er. »Hat er eingewilligt, daß du gegen die Meder Krieg führst?«

»Ja, Fürst – aus mir soll wohl ein Eroberer werden.«

Er gab mein Lächeln nicht zurück, aber vielleicht durchschaute er ja auch meinen armseligen Witz.

»Ja. Ein Eroberer.« Er schloß für einen Augenblick die Augen, dann schlug er sie wieder auf, als wollte er alle Kraft für diese letzte Aufgabe zusammennehmen. »Auch aus Assarhaddon wird irgendwann ein Eroberer werden. Was daraus dem Land Assur wohl erwachsen mag?«

»Meinst du, daß ich falsch handele, Fürst?«

»Falsch? Nein. Doch was ich meine, spielt keine Rolle mehr – weder der König noch ich spielen noch eine Rolle. Sogar er weiß das. Assarhaddon und du, ihr beiden müßt die Zukunft unter euch regeln.«

Ich wollte reden, wollte ihm sagen, daß er zweifellos gesunden und noch viele Jahre leben würde, doch ich tat es nicht. Es hatte keinen Zweck, ihn anzulügen, wo er doch wußte, daß es eine Lüge war. In seinem Gesicht las ich das Wissen um seinen Tod. Es schien ihm nicht einmal mehr etwas auszumachen.

»Wenn ich tot bin, schneiden mich die Ärzte auf. Sie wollen sichergehen, daß ich nicht vergiftet wurde.« Er lächelte wie über die Narrheiten kleiner Kinder. »Sie werden feststellen, daß in meinem Bauch alles voller Fäulnis ist, denn ich sterbe nicht durch die Hand eines menschlichen Feindes. Wie ich mich wohl gegen den Gott versündigt habe, daß er mich mit einem solchen Ende straft?«

»Du bist ein frommer Mensch, Fürst – du kannst keine Sünden über dein Haupt gebracht haben.«

»Glaubst du?« fragte er und drückte meine Hand. »Möglicherweise, doch ich bin mir nicht sicher. Irgendwie sind wir alle vom Weg abgekommen, Tiglat. Und doch kann ich nicht herausfinden, wo. Es könnte doch sein, daß die Wahrsager falsche Hoffnungen in uns nähren. Vielleicht liegt unsere Sünde darin, daß wir uns einbilden, wir könnten den Willen des Gottes herausfinden.«

Eine geraume Weile saßen wir stumm da, während der

Fürst *turtanu* anscheinend seinen gewundenen Lebenslauf überdachte. Er hielt immer noch meine Hand, doch ich hatte den Eindruck, er hatte ganz vergessen, daß ich noch da war. Es kam mir vor, als ob er sich für meinen Besuch einen Augenblick aus seinem langen Sterben aufgespart hatte.

»Ich hatte gedacht, ich würde dich eher sehen«, sagte er zuletzt, und ich kam mit einem Ruck wieder zu mir. »Aber dann hast du die Stadt so plötzlich verlassen – nein, du brauchst mir nichts zu erklären. Wie jeder hier habe auch ich meine Spione und kenne den Grund. Was willst du nun tun, Tiglat, mein Junge? Was willst du tun?«

»Tun, Fürst? Was kann ich denn tun?«

»Das weiß allein der Gott.«

»Und doch schweigt er.« Ich schüttelte den Kopf und überlegte, wie wir auf dieses Thema gekommen waren. »Er hält seine Absichten vor uns verborgen, und so müssen wir in der Finsternis unseres eigenen Willens herumtappen.«

»Ja – verborgen. In dieser Sache wie in vielen anderen auch. Aber was macht das noch, Tiglat? Ist das Leben nicht wie ein Gewand ohne Saum? Du mußt mich wieder besuchen.«

»Ja, Fürst. Wann immer du es wünschst.«

Ich hatte Mitleid mit ihm – doch nur, weil er sterben mußte. Damals begriff ich nicht, was er vielleicht eingesehen hatte, daß nämlich die Welt viel böser war und die Absichten des Gottes noch verzwickter, als es selbst dieser kluge und fromme Mann jemals würde begreifen können. Vielleicht war er am Ende zu der Erkenntnis gekommen, daß er gar nichts verstand. Vielleicht ist das ja das letzte Geschenk des Gottes an jene Menschen, die seine Diener sind.

Er lächelte – lächelte auf eine Art, daß der Grund dafür geheimblieb. Doch ich besuchte ihn nicht wieder. Als ich ihn verließ, war es schon dunkel, und Fürst Sinahiusur sollte bei Sonnenuntergang des folgenden Tages sterben. Doch davon wußte ich nichts, als ich in meine eigenen Gemächer zurückkehrte. Ich wußte lediglich, daß ich bedrückt war. Zabibe erwartete mich.

»Jemand ist hiergewesen, Gebieter«, sagte sie. Ihre Stimme klang so unnatürlich entspannt, als ob es ihr Mühe zu machen schien, nicht mehr zu sagen. »Eine Frau – eine Haussklavin wohl, doch mit sehr guten Manieren. Sie wollte dich sehen, aber nicht warten. Sie hat etwas für dich dagelassen. Es liegt dort, auf dem Tisch.«

Ich nahm das kleine Päckchen, das in einen Leinenschal eingeschlagen war. Ich machte es nicht gleich auf, obschon Zabibe gerade darauf zu brennen schien. Ich wollte ihre Neugier nicht befriedigen.

»Hat sie ihren Namen nicht gesagt?« fragte ich.

»Nein, Gebieter.«

»Auch gut. Sag draußen, daß ich jetzt zu Abend essen will.«

Sie verneigte sich und ging.

Ich stand da und öffnete ganz in Gedanken den winzigen Knoten und fand darunter eine von den blau glasierten Broschen, mit welchen Frauen ihre Schleier festzustecken pflegen. Sie war geschnitzt, mit Katzengestalten geziert. Sie stammte aus Tyros – zumindest hatte mir der Händler das an jenem Morgen erzählt, als ich sie im Basar als Geschenk für Assarhamat kaufte. Es schien Ewigkeiten her zu sein.

XXVII

Den ganzen Winter über war Ninive wie ein alter Hund, der sich im Schlaf selber beißt. Es gab kleinere Unruhen – Schlägereien in Schenken, welche sich schnell zu einem Aufruhr ausweiteten, Brände in den ärmeren Vierteln. Man munkelte über schlimme Vorzeichen und die Geburt von Ungeheuern. Die Menschen waren unruhig, ohne zu wissen warum. Sie warteten auf ein Ereignis. Doch auf welches?

Sie hätten es nicht zu sagen gewußt. Man fand keine Ruhe mehr.

Für mich begann das mit dem Tod von Fürst Sinahiusur. In seinem Testament war ich als Alleinerbe eingesetzt, da er keine Söhne hinterließ. Ich kam in den Besitz seiner Paläste, seiner riesigen Ländereien entlang des oberen Euphrat und von Gold und Silber, das sich gar nicht berechnen ließ. Zusammen mit dem, was mir der König schon geschenkt hatte, machte es mich nach meinem Vater und meinem Bruder ganz gewiß zum reichsten Mann im Lande Assur.

Doch anscheinend sollte ich nicht nur Reichtümer erben, denn der König ernannte keinen Nachfolger als *turtanu.* Gerüchte – und die Stadt schwirrte von Gerüchten – besagten, daß er nur darauf wartete, daß ich ihn darum bat. Und wahrscheinlich auch Assarhaddon. Und möglicherweise auch ich.

Als man den Leichnam des Fürsten Sinahiusur zur Beisetzung neben dem Staub seiner Vorfahren herrichtete, machte mir schon eine Delegation von höheren Offizieren aus der *quradu* in meinen Gemächern eine Aufwartung.

»Der König ist zu alt, um noch allein zu regieren«, sagten sie. »Wenn du nicht das Amt deines verstorbenen Onkels übernimmst, wird durch diese Unterlassung viel – vielleicht das meiste – seiner Macht an Assarhaddon übergehen.«

»Und wäre das so furchtbar? Assarhaddon muß doch eines Tages selbst König werden – es kann ihm nicht schaden, wenn er lernt, mit Macht umzugehen. Außerdem kann der König doch jemand anders zum *turtanu* ernennen.«

»Wen denn? Wer sonst wäre für Assarhaddon annehmbar?«

»Für Assarhaddon wäre ich nicht annehmbar. Doch Assarhaddon ist noch nicht König. Warum sollte er den Ausschlag geben?«

»Weil die Menschen sich fürchten.«

»Warum?«

»Weil der *marsarru* geschworen hat, daß jeder, der während seiner Regierung über ihm stehen möchte, auf der Stelle des Todes ist.«

»Und das würde doch auch auf mich zutreffen? Ich bin genauso sterblich wie jeder, und mein Bruder würde mir nur allzu gern die Kehle durchschneiden lassen.«

»Wenn du der nächste *turtanu* bist, dann würde Assarhaddon vielleicht niemals König.«

»Meine Herren, ich bin kein Schwarzkünstler. Es liegt nicht in meiner Macht, meinen Vater auf ewig am Leben zu erhalten.«

»Es beliebt dem Gebieter Tiglat Assur, uns nicht zu verstehen.«

So lief das also. Doch wie konnte ich ihnen sagen, daß ich in dieser Sache schon mein Wort verpfändet hatte? War ich weiter an mein Versprechen gebunden, das ich gegeben hatte, als Assarhaddon noch mein Freund war? Das wußte nicht einmal ich selbst, aber darum ging es auch gar nicht.

Es wäre alles so einfach gewesen, wie die Offiziere der *quradu* nur zu gut wußten. Als *turtanu,* mit der vollen Unterstützung des Königs, hätte ich mir die Streitkräfte gewogen, hätte sie zum Instrument meines Willens machen können, so daß ich im geeigneten Augenblick Assarhaddon beiseite schieben und einen eigenen Anspruch auf den Thron erheben könnte – oder ihn, wenn mir das lieber war, als Strohpuppe belassen und die wahre Macht selbst ausüben. Beides war in der Vergangenheit schon vorgekommen. Ich könnte ihn sogar zwingen, Assarhamat zu verstoßen, damit ich sie heiraten konnte. Als *turtanu* kannte meine Macht keine Grenzen, allerdings nur, wenn ich den Mut hatte, sie zu nutzen.

Doch da gab es ein Hindernis. Ich war nicht bereit, meinem Bruder sein Geburtsrecht streitig zu machen. Ich war nicht einmal bereit, damit zu drohen und deshalb hatte es auch gar keinen Sinn, *turtanu* zu werden, oder? Der Gott hatte mich gezeichnet, meine Seele ebenso wie meinen Leib. Allzu viele Male hatte ich seine Gegenwart gespürt – er hatte sich mir zu häufig offenbart, als daß ich seinen Willen mißachten konnte, und es war sein Wille, daß Assarhaddon König sein sollte. Kurzum, ich fürchtete mich vor dieser Gottlosigkeit, zu der mich so viele Menschen drängten. Ich fürchtete den Zorn des Heiligen Assur. Vor ihm, wenn auch sonst niemand, war ich bereit, als Feigling dazustehen.

Was hatte noch der *maxxu* gesagt? *»In den kommenden Jahren wirst du ›Lebewohl‹ sagen, bis deine Zunge des Klanges überdrüssig ist.«* Das war mein unabänderliches Los, der Wille des Gottes. Daran führte kein Weg vorbei. Und so sagte ich denn das Wort »Lebewohl« zum ersten Mal während der Beisetzungsfeierlichkeiten für den Fürsten Sinahiusur, meinen Beschützer und meinen Freund.

Drei Tage lang lag seine sterbliche Hülle in seinem Hause aufgebahrt, damit die ganze Stadt kommen und sehen konnte, daß dieser große Mann, der erste Minister des Staates, tot war. Assarhaddon war bereits nach Kalach zurückgekehrt, und nach uraltem Brauch nahm der König nicht an den Trauerfeierlichkeiten teil, so daß ich als einziger aus unserer Familie die Totenwache bei dem Leichnam hielt. Im Laufe des Tages kamen und gingen Fremde, starrten in das tote Antlitz und eilten wieder fort. Der mächtige *turtanu* war nur noch ein Gegenstand der Neugier. Die Menschen schienen sich nicht zu erinnern, wer er war. Er schien schon vergessen, ehe er noch im Grabe lag, als ob selbst ein mit so wichtigen Geschäften ausgefülltes Leben sich am Ende doch auf nichts belief.

Am Ende fand dann die Prozession statt, eine gedämpfte und eigenartig ehrfurchtgebietende Zeremonie, die wohl das Ende der Unschuld kennzeichnete. Als sein Erbe führte ich die Trauergäste an, ging hinter dem schlichten Holzsarg, in welchem sein Leib in die heilige Stadt Assur gebracht werden würde, hin zu einem Steinsarkophag in der Königsgruft. Kein Laut war zu hören – die riesige Menschenmenge um den königlichen Palast herum war still, sie achtete das Schweigen, das sich bereits über den *turtanu* gesenkt hatte, als er noch am Leben war.

Am Stadttor wurde der Sarg auf einen Wagen geladen, und wir begaben uns in Begleitung einer Ehrengarde auf die fünftägige Reise nach Assur. Unterwegs glich ein Tag dem anderen. Niemand sprach ein Wort.

Fürst Sinahiusur, dessen Leichnam man mit parfümiertem Öl gesalbt hatte, lag endlich in seinem Grab. Die Grabplatte wurde wieder an ihren Platz gerückt und mit Bronzesiegeln verschlossen. Nie wieder würde ihn das Tageslicht erreichen. Sollte das wirklich ein Lebewohl sein?

Zu sterben. Etwas so Unfaßliches zu sein wie ein Geist – oder vielleicht nicht einmal das. Vielleicht nur blinder Staub, von jedem teilnahmslosen Wind über die Erde geweht. Schrecklich, darüber nachzudenken.

Als ich heim nach Ninive ritt, war mir zumute, als könnte ich hören, wie sich der Gott über mich lustig machte – sich über uns alle lustig machte.

*

Doch wenn Menschen auch sterben, das Leben stirbt nicht. Für Assarhamat, die ich seit meiner ersten Rückkehr nach Ninive nicht mehr getroffen hatte, war die Zeit beinahe gekommen, daß sie neues Leben schenken sollte.

»Assarhaddons Sohn soll Schamasch Schumukin heißen«, sagte sie. Sie lag auf einem Ruhebett in ihrem Schlafgemach. Ich saß neben ihr, und sie hielt meine Hand in ihren langen schlanken Fingern gefangen. »Merkst du, wie er versucht, den Herrn der Entscheidungen zu bestechen? ›Schamasch hat einen Namen geschaffen‹. Ich habe Angst, daß die erste Tat dieses Kindes der Mord an seiner Mutter ist. Ich habe so schlimme Träume gehabt, Tiglat. Ich habe so furchtbar Angst und weiß doch nicht warum. Ich sollte doch alle Angst hinter mir haben, wie auch das Erbarmen des Gottes. Warum wohl sollte ich mich fürchten, da ich doch gern sterbe?«

»Was für Träume, Assarhamat?«

»Ich träume von Feuer – überall ist Feuer, rote und goldene Flammen wie Schlangenzungen. Um mich herum brennen die Wände eines großen Palastes. Und ich habe sie selbst mit der Fackel in Brand gesteckt. Ich sterbe durch eigene Hand, und doch bin ich es nicht. Ich sehe das alles mit den Augen eines anderen Menschen.«

»Hast du einen *sha'ilu* zu Rate gezogen?«

»O ja, mehrfach.« Sie lachte, doch es war eher ein hysterischer Anfall, der nur Sekunden dauerte, und drückte meine Hand nur noch fester. »In deines Bruders Haus herrscht ja kein Mangel an allen Arten von Wahrsagern. Ich hatte die Auswahl, und alle streichen sie sich den Bart und sehen ernst aus und versprechen dir die Wahrheit. Einer sagt, die Flammen bedeuten Assurs Zorn, weil ich irgendeine Pflicht versäumt habe. Ein anderer versichert mir, daß ich die helle Sonne in meinem Schoß trage – wer möchte das wohl von Assarhaddons Samen glauben? – und daß sie die Welt erhellen wird. Ich habe endlose Dummheiten von diesen weisen Männern zu hören bekommen, soviel jedenfalls, daß eine die andere aufhebt. Und doch glaube ich, daß der Gott sich rächen, mich mit dieser Warnung vor meinem eigenen Tod verspotten will.«

»Du stirbst gewiß nicht, Assarhamat«, murmelte ich, schob meinen Arm unter ihren Nacken und zog sie an mich – ich sagte, was meines Wissens die Wahrheit war, und doch wußte ich nicht, woher sie mir kam. »Du und ich, wir sind noch nicht miteinander fertig.«

Sie lächelte, und ich ertappte mich bei der Überlegung: *»Warum sollte der Gott sich an Assarhamat rächen wollen? Was mochte sie getan haben?«* Doch dann berührte sie meine Lippen mit den Fingerspitzen und ich sah, wie ihr die Tränen in die großen, dunklen Augen stiegen.

»Verzeih mir – verzeih mir, daß ich dich so verlassen habe.«

»Ich verzeihe dir, Tiglat. Wie könnte ich wohl nicht?« Jetzt hatte sie die Arme um meinen Hals geschlungen, und ich spürte, wie sie zitterte – oder vielleicht zitterte ja auch ich. »Ich habe dir schon seit langem verziehen, Liebster. Und habe ich dich nicht auch verflucht? Du mußt mich nur lieben, dann hebe ich den Fluch auf.«

»Nein, tu das nicht. Du hast mir doch nur gewünscht, daß meine Liebe mich verfolgen soll, und das ist kein Fluch. Während dieser ganzen Zeit ist mir klar geworden, daß ich ohne dein Bild vor Augen mehr als nur tot bin.«

Wir weinten beide. Wir hielten uns umschlungen und weinten, denn wir waren dem Leben wiedergegeben. Nichts war mehr wichtig, außer daß wir einander gehörten, solange noch Odem in unserer Brust war. *»Laß von deinem Gott ab«*, hatte sie zu mir gesagt – und hatte ich nun nicht endlich den Mut dazu gefunden? War sie jetzt nicht mein, allen Göttern und Menschen zum Trotz?

Doch der Gebieter Assur ist klug. Klüger, als ich gedacht hatte.

*

Der Blinde ist im Dunkel und stellt sich lichtumflossen vor. *»Deine Augen machen dich immer noch blind«*, hatte der *maxxu* gesagt. Doch ich muß zudem noch taub gewesen sein, daß ich seine Warnung in den Wind schlug. Ich war noch einmal glücklich, Assarhamats Liebe blendete mich.

War sie so blind wie ich? Ich glaube nicht – Frauen sind einfach zu gerissen. Sie handelte böse, und es machte ihr nichts aus. Sie fürchtete weder Menschen noch Götter. Diese Art von Mut besitzen nur Frauen.

»Ich habe von deiner neuen Araberin gehört«, sagte sie zu mir. »Ninsunna, meine Dienerin, hat gesehen, wie sie in dein Zimmer ging.«

»Ein Geschenk des Königs.« Ich grinste dümmlich und schämte mich. »Ich schicke sie fort.«

»Nein – nicht. Wenn du das tust, wird darüber geklatscht, denn eine verschmähte Frau redet, auch wenn sie nur eine Sklavin ist. Behalte sie. Schlaf mit ihr. Soll sie sich doch einbilden, daß sie deine Favoritin ist. Wir können uns nur selten treffen, und mir ist es gleich, was du mit deinem Samen machst; wichtig ist nur, ich besitze dein Herz.«

Männer machen sich nur zum Narren, sollten sie sich einbilden, sie wären raffiniert. Nur Frauen und Nattern sind raffiniert.

Zwanzig Tage später wurde Assarhamat von einem gesunden Sohn entbunden, der nach seines Vaters Willen den Namen Schamasch Schumukin erhielt, und mit ihren Ängsten war es vorbei. Sie starb nicht. Sie war am Leben und sagte mir auf Wiedersehen, als ich nach dem Akitu-Fest und dem Frühlingshochwasser die Straße nach Norden einschlug.

★

Zuerst ging es nach Drei Löwen, ich wollte meine Mutter besuchen und ein paar ruhige Tage verbringen, ehe ich mich mit den Kompanien frisch ausgehobener Soldaten auf den Weg zur Garnison Amat machte. Ich werde jagen, dachte ich bei mir, und in der Abenddämmerung zusammen mit meinen Bauern Bier trinken. Ich freute mich schon richtig darauf, aber in meinem eigenen Haus erwartete mich nur eine weitere heimliche Liebschaft.

An jenem ersten Abend trat Naiba beim Essen nicht in Erscheinung. Ich fragte nach ihr, doch meine Mutter senkte die Augen und flüsterte ein paar so undeutliche Worte, daß ich nichts verstand.

»Merope, gibt es etwas, was du mir sagen möchtest?«

»Nein, mein Sohn.« Sie schüttelte den Kopf, wagte aber immer noch nicht, die Augen zu heben. »Da ist nichts, was ich dir sagen möchte.«

Die leichte Verschiebung der Betonung bei diesem einen Satz redete eine deutliche Sprache. Nein – sie *wollte* mir nichts sagen.

»Aber wenn da etwas wäre, dann würdest du es mir sagen, nicht wahr?«

Schweigen.

Wie viele Möglichkeiten gab es wohl? Warum machte ich mir überhaupt die Mühe zu fragen, da ich nur zu leicht erriet, was sich während meiner Abwesenheit zugetragen hatte.

»Schick mir morgen früh Naiba«, sagte ich und stand auf. Auf dem Tisch an meinem Platz stand noch ein halbgeleerter Krug mit Wein, den ich mitnahm, denn mehr Gesellschaft würde ich nicht auf meiner Schlafmatte haben. »Vorher will ich sie nicht sehen, doch beim Frühstück hat sie anwesend zu sein.«

»Lathikadas, ich . . .«

»Was ist, Mutter?«

»Nichts«, gab sie zurück. Und dann blickte sie mit trokkenen, heißen Augen zu mir auf. »Außer – laß Gnade walten, mir zuliebe.«

»Ja, Mutter. Morgen früh werden wir ja sehen, wie weit meine Gnade reicht.«

Ich ging zu Bett.

In jener Nacht schlief ich wie ein seit vielen Jahren Toter. Keine Träume – nichts. Und am nächsten Morgen ging es mir schon viel besser.

Naiba brachte mir mein Frühstück herein. Sie war sehr still und blickte mir nicht in die Augen, sondern wandte den Blick ab. Sie mußte nichts erklären.

»Liebst du diesen Knaben?« fragte ich plötzlich – kurz zuvor hatte ich noch gar nichts sagen wollen. »Du weißt, von wem die Rede ist. Von Qurdi, dem Sohn meines Aufsehers Tahu Ischtar.«

»Erhabener, ich . . .« Sie sah mich an, und die Tränen stiegen ihr in die Augen – ihre Augen, welche so sehr Assarhamats glichen.

Natürlich hatte sie Angst, doch ich hatte Frauentränen mittlerweile satt.

»Also, wenn du ihn haben willst, dann sollst du ihn auch bekommen«, sagte ich gelassen, brach mir dabei einen Kanten vom Brot ab und tunkte ihn in mein Bier. »Ich rede heute morgen mit seinem Vater, um zu sehen, was er an Mitgift verlangt – nein, nein, Mädchen, steh auf. Genug davon.«

Sie hatte sich vor mir auf die Erde geworfen, umschlang meine Knöchel und küßte mir wild unter Tränen die Füße. Mir war fast zum Lachen zumute, wie einfach schien es doch, zumindest diese eine Frau glücklich zu machen.

»Hör auf, Naiba – hör auf der Stelle damit auf! Ja, so ist es besser. Wir sprechen noch darüber, nachdem ich alles geregelt habe. Geh – laß mich in Ruhe frühstücken.«

Am Ende trocknete Naiba sich die Augen und ging. Ich konnte das Platschen ihrer nackten Sohlen auf den Steinfliesen hören, dann erstarb das Geräusch wie Wind, der trockene Blätter vor sich hertreibt.

Als einer meiner Hausdiener kam, um das Frühstück abzuräumen, befahl ich, im Schwitzbad ein Feuer anzuzünden und mir einen Krug von dem nairanischen Wein zu bringen, den ich aus Amat mitgebracht hatte – er war mittlerweile fast leer, doch das betrübte mich nicht sehr, da König Argischti zweifellos schon bald wieder einen Gesandten schikken und um eine weitere Gefälligkeit bitten würde. Ich ging ins Schwitzbad und saß über eine Stunde in der heißen, dampfigen Luft. Danach kleidete ich mich an und salbte mir Haar und Bart mit Öl. Ich war wieder ein Mensch. Sodann ließ ich nach Tahu Ischtar schicken.

»Aufseher, steht deinem Sohn der Sinn danach, sich eine Frau zu nehmen?«

Es war ihm anzumerken, daß ich ihn überrascht hatte. Seine Miene legte sich in besorgte Falten, und er verneigte sich tief.

»Gebieter, ich schäme mich«, setzte er an. »Diese Sache – diese Beleidigung meines Herrn –, sie betrübt mich sehr . . .«

»Ich habe lediglich gefragt, ob er heiraten will, Tahu Ischtar. Ich forsche nicht weiter nach. Die Sklavin Naiba versteht sich auf alles, was die Schlafmatte anbelangt und wird deinen Sohn glücklich machen. Sie ist eine Barbarin, gewiß, und wohl ein paar Jährchen älter als Qurdi, aber das ist an sich noch nichts Schlimmes – es verhielte sich anders, wenn beide Kinder wären. Und sie weiß auch zu arbeiten. Ich werde ihr zehn Silberschekel mitgeben, damit sie nicht als Bettlerin zu deinem Sohn kommt. Was meinst du dazu, Aufseher?«

Ich kann nur raten, was Tahu Ischtar wohl erwartet hatte, doch in diesem Augenblick verließ ihn seine gewaltige Würde, der Unterkiefer fiel ihm herab. Da stand er nun vor mir und wußte nichts zu sagen. Ich hatte alle Mühe, daß ich mir das Lächeln verbiß.

»Aber – Verzeihung«, fuhr ich fort, als deutlich wurde, daß ich keine Antwort erhalten würde. »Vielleicht hast du etwas gegen das Mädchen.«

»Nein, Gebieter. Ich . . . Sie ist deine . . . Es ist eine große Ehre für meinen Sohn, wenn er . . . Zehn Silberschekel – das ist eine gewaltige Summe.«

»Dann dürfen wir den Handel als abgeschlossen betrachten?«

Ich streckte ihm die Hand hin, Tahu Ischtar blickte sie an, als wüßte er damit nichts anzufangen, dann ergriff er sie und schüttelte sie heftig.

»Mein Sohn wird sein Leben lang in deiner Schuld stehen, Gebieter«, sagte er, schrie es beinahe. »Es ist eine Ehre für mein Haus, wo du doch –«

»Kein Wort mehr davon.« Ich befreite meine Hand – was gar nicht so einfach war –, und wir gingen ins Haus zurück. »Sie sollten heiraten, wenn ich im Winter aus Amat zurückkehre. Während meines jetzigen Aufenthalts auf Drei Löwen verpflichte ich mich, das Mädchen nicht mehr auf meine Schlafmatte zu nehmen, sie kann unter dem Schutz der Herrin, meiner Mutter, leben, welche sie auch jetzt noch wie eine Tochter liebt.«

»Was deine Schlafmatte angeht, Gebieter, so möchten wir dir keine Ungelegenheiten bereiten«, erwiderte Tahu Ischtar kopfschüttelnd – er war ein Mann, der wußte, was sich schickt. »Sie bleibt dein Eigentum, bis mein Sohn ihr den Schleier überlegt, denn bei einem königlichen Prinzen ist das etwas anderes. Mein Sohn darf sie nicht schelten, wenn sie –«

»Dennoch wird sie jetzt wie eine Tochter meines Hauses gehalten. Ich werde sie nicht mehr erkennen, bis Qurdi bereit ist, sie zu nehmen.«

Dabei beließen wir es. Ich verabschiedete mich von Tahu Ischtar und ging ins Haus, um Naiba und meiner Mutter zu sagen, daß sie eine Hochzeit vorzubereiten hatten. Dann war ich des Redens überdrüssig, ließ mein Pferd satteln und ritt mit einem Köcher voller Speere auf die Wildschweinjagd. Bei meiner Heimkehr war es schon dunkel.

Und als man dann eine Woche später von meinem Hausdach den Staub erblicken konnte, welchen die Heersäulen meiner neuen Soldaten aufwirbelten, da verabschiedete ich mich von meiner Mutter.

»Ich bin nur drei, vier Monate fort«, sagte ich ihr. »Und die ganze Zeit bin ich bei der Truppe, darum ist es besser, du bleibst hier.«

Sie sagte nichts, nickte nur und küßte mich. Binnen zwei Stunden war ich bei meinem Heer.

Als ich mich nach Norden wandte, hatte ich hinter mir dreitausend Mann, die erste Rate, welche mein Vater mir für den Krieg gegen die Meder versprochen hatte. Sie würden den Sommer über ausgebildet werden, würden in Amat überwintern und dann unter die erfahrenen Soldaten aus vorherigen Feldzügen eingereiht werden.

Doch ich setzte nicht alle Hoffnungen auf die Kraft von Assurs Waffen, denn ich hatte die Absicht, Daiaukka das Leben noch schwerer zu machen, als er es sich überhaupt vorstellen konnte. Zu diesem Zweck sandte ich einen Reiter nach Norden, über das Kaschiari-Gebirge und über den

Bohtan nach Schubria, wohin er folgende Botschaft tragen sollte:

»An den Gebieter Tabiti, den Sohn Argimpasas, den Häuptling der Saken unter den Skoloti. Nimm Grüße und Ehrerbietung von deinem Blutsbruder, dem Gebieter Tiglat Assur, dem Sohn Sanheribs, der im Lande Assur König ist. Sollte sich der Gebieter noch der Liebe entsinnen, die er dem Gebieter Tiglat Assur geschworen hat, so möge er nicht später als am ersten Tage des Monats Iyyar ein Pferd besteigen und eilen, sich mit ihm in der Garnison Amat zu vereinen, wo sie zusammen nairanischen Wein trinken und die Eroberung fruchtbarer Länder planen können.«

Und er war schon vor mir da, lagerte mit fünfzig seiner Krieger am Fluß, als ich in Amat ankam.

»Du hast mehr Fleisch auf den Rippen«, sagte er und lächelte dabei sein Katzenlächeln, während er meine Zügel hielt, damit ich absteigen konnte. Ich war gar nicht erst an den Festungstoren vorbeigeritten, sondern geradewegs in sein Lager gekommen. »Hast du bei all den Verschwörungen in Ninive keine Zeit für ein wenig gesunde Bewegung gefunden?«

»Warum hast du mit deinen Reitern nicht Quartier innerhalb der Festungsmauern genommen? Ich habe angeordnet, daß man dich mit allen Ehren empfängt, und jetzt finde ich dich hier am Flußufer hockend. Hat man meine Befehle mißachtet, oder liegt es nur daran, daß die Skoloti alle Bequemlichkeit verachten?«

»Nein, man hat deine Befehle befolgt. Deine Offiziere haben uns freundlich behandelt, vor allem dieser fette Ionier, der sich wie ein Fürst kleidet – wie war doch gleich sein Name?«

»Kephalos«, erwiderte ich mit einem insgeheimen Lächeln. »Der ist nicht Soldat, doch er ist ein gerissener Bursche und mein Freund.«

»Ich bin auch ein gerissener Bursche. Dieser Ionier will mit Pferden handeln, aber da du sagst, daß er dein Freund ist, werde ich ihn nur ein wenig übers Ohr hauen.«

»Wenn du als reicher Mann sterben willst, dann kann ich dir nur raten, such dir ein anderes Opfer.«

»Zweifellos ein guter Rat, denn gewiß kennst du das Sprichwort: ›Traue eher einem Hebräer, als einem Phönizier und eher einem Phönizier, als einem Ionier, doch traue keinem Ionier.‹ O Entschuldigung, ich vergaß, daß du selbst ein halber bist.«

Wir lachten beide, doch so leicht war ich nicht vom Thema abzubringen.

»Du hast mir immer noch nicht gesagt«, meinte ich, »warum du hier in Lederzelten kampierst, statt die Gastfreundschaft der Garnison in Anspruch zu nehmen.«

»Ich versuche doch, dir das klar zu machen, Prinz Tiglat Assur, doch du willst nicht zuhören.« Er setzte sich auf eine, im Schatten seiner Zeltplane ausgebreitete Pferdedecke und bedeutete mir, seinem Beispiel zu folgen. Als wir es uns beide bequem gemacht hatten, klatschte er in die Hände, und ein kleiner Knabe, zweifellos ein weiterer von Tabitis zahlreichen Söhnen, brachte uns dampfende Tücher, mit denen wir uns Hände und Gesicht säubern konnten, und dann zwei Kupferbecher und einen Schlauch mit fermentierter Pferdemilch, *safid atesh* – letzteres eine Aufmerksamkeit, auf die ich gern verzichtet hätte.

»Erwarte nicht zuviel Vertrauen«, fuhr er zuletzt fort, nachdem er seinen Becher geleert und uns beiden erneut eingeschenkt hatte. »Meine Männer würden mich für einen großen Toren halten, wenn ich so weit mit so wenig Begleitung reiste und dann innerhalb der Festung, hinter Steinmauern, von bewaffneten Fremdlingen umgeben, nächtigte. Ich achte dich als Soldat, Prinz, und würde dich nicht mehr lieben, wenn du mein leiblicher Bruder wärst, der Sohn von derselben Frau meines Vaters Argimpasa. Doch deine Soldaten waren erst vor kurzem meine Feinde in der Schlacht, und ein Mann muß doch etwas umsichtig zu Werke gehen. Sei also nicht gekränkt.«

Ich war nicht gekränkt. Eigentlich war er noch mehr in

meiner Achtung gestiegen, und ich merkte, wie klug es war, ihn in meine Pläne einzubeziehen.

Wir saßen noch bis zum späten Nachmittag bei *safid atesh* zusammen, und wie schon zuvor schmeckte sie weniger ekelhaft, nachdem ich genug davon getrunken hatte. Es war von vielem die Rede, Klatsch, welcher ihm vom Hof des Königs Argischti zugetragen worden war – es sah so aus, als ob dieser Monarch tatsächlich allmählich so wahnsinnig wurde, so wie jedermann erwartet hatte –, vom angeblichen Reichtum Ägyptens, von der berüchtigten Falschheit der Lydier, eigentlich von allem, außer von den Medern und meiner Auseinandersetzung mit ihnen. Mir fiel auf, daß er dieses Thema genauso sorgsam mied wie ich.

Doch schließlich mußte es einer von uns anschneiden.

»Du verstärkst deine Garnison«, sagte er zuletzt. »Du mußt aus Ninive dreitausend Soldaten mitgebracht haben – und ich habe zwanzig Streitwagen gezählt. Deine Truppenstärke am Bohtan war nicht einmal halb so groß. Und dann ist mir auch aufgefallen, daß du viele Pferde auf der Weide hast.«

»Anscheinend ist dir wenig entgangen.«

»Ein Nomade hält stets die Augen offen.« Tabiti, der Häuptling der Saken, hob die Schultern wie eine große Katze, die sich in der heißen Sonne reckt, und grinste. »Mein Eindruck ist, daß du dich auf eine Endabrechnung mit dem Gebieter Daiaukka vorbereitest – oder etwa nicht? Die Geschichten über deinen Feldzug letzten Sommer sind bei mir nicht auf taube Ohren gestoßen. Ich bin doch hier, weil du Verbündete gegen die Meder suchst.«

»Und ist das nicht auch der Grund für dein Hiersein – ist ein solches Unternehmen nicht nach deinem Geschmack?«

Doch mein Freund, der Barbar, der meinte, es beim Feilschen mit Kephalos aufnehmen zu können, schenkte uns wieder die Becher mit seinem starken, ekelhaft schmeckenden Gebräu voll. »Ich bin aus Liebe zu dir hier«, sagte er, und als sich unsere Blicke trafen, lächelte er ein wenig.

»Krieg, das ist etwas anderes – eine praktische Angelegenheit, wobei ein Führer an das Wohlergehen seines Volkes denken muß.«

»Und das heißt – was?«

»Das heißt, mein Bruder, daß ich wie jeder gute Skoloti und wie jemand, dessen Vater sich nicht schämen muß, ihn seinen Sohn zu nennen, nun endlich hören möchte, womit du mich bestechen willst.«

★

Wir wurden in kurzer Zeit handelseinig. Bis zum Abendessen hatten Tabiti und ich ausgehandelt, daß die Saken von Norden her angreifen würden, um die Mannai – einen eher wegen ihrer strategischen Lage denn als Krieger bedeutenden Stamm, welcher Musasir und das Quellgebiet des Kleinen Zab bedrohte – aus dem Bündnis mit Daiaukka herauszusprengen. Die Belohnung meines Freundes sollte soviel fruchtbares Weideland südlich und östlich des Urmia-Sees sein, wie er verteidigen konnte, und seine Anwesenheit dort würde ein ständiger Hemmschuh für den Ehrgeiz der Meder sein. Schwierigkeiten erwarteten wir uns lediglich von den Urartern.

»Wir müssen im Norden am Rand des Bebenden Meeres entlang und uns dann südlich halten«, sagte Tabiti und zog dabei dessen Umrisse mit dem Finger in den Staub wie eine Ziege, die sich reckt, um Trauben zu stehlen. »Wir machen einen Bogen um Tuschpa, doch König Argischti beansprucht die ganzen Länder immer noch für sich und wird uns wahrscheinlich nicht einfach durchziehen lassen.«

»Doch, wenn er weiß, daß ihr weiterzieht – warum sollte er euch über die Grenze treiben, wenn ihr schon auf dem Weg dorthin seid? Diese Sache kann ich für euch in Ordnung bringen.«

»Glaubst du? Überzeuge dich lieber davon, denn wenn ich im nächsten Sommer gegen die Mannai Krieg führen soll, muß ich diesen ganzen Sommer unterwegs sein. Eine Verzögerung kann ich mir nicht leisten – das Land der Urarter ist ein unwirtlicher Ort, wenn es erst einmal schneit.«

»Du mußt mir hierin schon vertrauen. Wir fallen von Norden und Westen über die Meder her wie zwei Hände, die sich um ihre Kehle schließen.«

»Na schön. Ich habe Schubria satt, und meinem Volk dürfte ein Sommer mit Krieg guttun. Kein anständiger Skoloti stirbt im Bett – das ist seiner nicht würdig.«

Es war ziemlich dunkel, als ich durchs Festungstor ritt. Zunächst erkannten mich die Posten nicht.

»Wir waren uns nicht einmal ganz sicher, ob du angekommen bist, *Rab Shaqe*«, schrien sie von der Brustwehr herab, nachdem ich sie angerufen hatte und sie meine Stimme erkannten. »Wir dachten schon, du wolltest für immer in Ninive bleiben.«

»Mich kann nichts lange von Amat fernhalten – wo es doch der Garten des Gottes ist oder? Macht das Tor auf, ihr Hunde, oder ich lasse euch auspeitschen.«

Sie lachten, und auf einmal war ich von den Soldaten umringt, die mir den Weg beleuchteten – es waren so viele, daß mein Pferd aus Angst vor all den Fackeln fast durchging. Ehrlich gesagt, mir war zumute, als wäre ich wieder zu Hause, denn auch ich war Soldat, und die wahre Heimat des Soldaten ist seine Garnison.

Die Festung war inzwischen nahezu fertig. Ihre große Mauer, deren Steine noch nicht behauen waren und die noch die glitzernden Kerben vom Steinbruch aufwies, ragte über den Reihen der Ziegelsteinkasernen, über den Exerzierplätzen und den Ställen empor. Überall saßen Soldaten mit ihren Frauen draußen und genossen die kühle, feuchte Nachtluft, und ihre Öllampen blinkten in der Dunkelheit um sie herum wie Sterne, die in Ungnade vom Himmel gefallen waren. Gemurmel von zahllosen Unterhaltungen, hier und da von Gelächter unterbrochen, zuweilen auch das ruhelose Schnauben von Pferden und das Geräusch ihrer Hufe auf der festgetretenen Erde. Die Kochfeuer waren jetzt fast kalt, aber immer noch hing der Geruch von Fleisch und Hirse und gebratenen Zwiebeln in der Luft. Ja, ich war wirklich daheim. Ninive mit seinen ziegelsteingepflasterten Straßen und seinen Intrigen lag weit hinter mir.

Die Fenster des Palastes, welchen Kephalos für mich gebaut hatte, leuchteten mir entgegen – zweifellos fragten sich meine Diener, was ihren Herrn aufgehalten hatte. Ein Pferdeknecht nahm mir das Pferd ab, und ich stieg die prächtige Steintreppe hoch, als sich auch schon die hohen Zedernholztüren öffneten, um mich einzulassen. Die Frauen des Hauses knieten, und die Schreiber mit ihren Leinentuniken verneigten sich aus der Mitte. Der *shaknu* war zurückgekehrt und mit ihm die Autorität des Königs. Der Augenblick meiner privaten Rückkehr war gekommen und auch schon vorbei.

»Gebieter Tiglat Assur, viele geschäftliche Dinge harren –«

»Und morgen werden es nicht weniger sein, Uschnu«, fuhr ich ihn an und bedeutete ihm wegzutreten. »Lassen wir sie bis dann, äh? Die Straße von Ninive ist lang, und ich habe das Gefühl, als hätte ich alle *berus* an diesem einen Tag zurückgelegt.«

Mein Oberschreiber verneigte sich abermals, meine Antwort schien ihm nicht recht zu behagen, aber ich machte mich daran, meinen ledernen Brustharnisch abzulegen, während eine Sklavin mir die Sandalen von den Füßen zog.

»Möchte der Erhabene noch zu Abend essen?« fragte sie und wischte mir mit einem feuchten Lappen den Staub von den Knöcheln. Sie blickte hoch und lächelte unsicher, so als hätte sie Angst, ich würde sie plötzlich schlagen. Hatte ich mich denn so ungeduldig angehört?

»Nein, Gamelat – danke.« Sanft nahm ich ihr das Tuch aus der Hand. Sie war eine der Frauen meiner Mutter, ich hatte sie gekauft, als wir zum erstenmal nach Drei Löwen zogen. Sie kannte mich schon jahrelang. »Ein wenig Wein vielleicht, und dann will ich ins Bett.«

Sie kam hoch wie ein Hund, der die Stimme seines Herrn hört.

»Ja, Gebieter. Sofort.«

»Ach, Gamelat – wo ist denn der Gebieter Kephalos? Eigentlich hatte ich ihn heute abend hier erwartet.«

»Er war auch hier, Gebieter. Er ist . . . fortgegangen. Soll ich ihn zurückholen lassen?«

»Nein – es ist nicht wichtig.«

Da saß ich nun in der Eingangshalle und trank den Wein, den Gamelat mir gebracht hatte, und war froh, allein zu sein, andererseits wiederum zu müde, um noch zu meiner Schlafmatte zu wanken. Minutenlang war mein Kopf ganz leer, doch dann überkam mich ganz allmählich wieder die angenehm traurige Erinnerung. »Assarhamat.« Der Name kam ganz ohne mein Zutun heraus. Assarhamat. Ich brauchte an nichts weiter zu denken, und schon erfüllte sie in meine Seele.

Auf alle Fälle war sie im Augenblick in Sicherheit. Assarhaddon würde ihr Bett den ganzen Sommer über meiden, jedenfalls so lange sie seinen Sohn stillte, und ich war weit genug fort, daß auch nicht der Hauch eines Skandals sie berühren konnte. Ob sie an mich dachte? Ich wollte es nur zu gern glauben.

Ich stand auf. Genug – ich würde schlafengehen.

Wo mochte Kephalos sein? Es paßte so gar nicht zu ihm, mich nach einer langen Abwesenheit nicht zu begrüßen. Er war dagewesen – jedenfalls hatte Gamelat das gesagt. Was mochte ihn fortgetrieben haben?

Aber mir war es gleich, zumindest heute abend. Morgen würde ich wieder einmal meinen Schreibern und meinen Soldaten, meinen Freunden sowie meinen Feinden gehören. Heute abend wollte ich nicht der Gebieter Tiglat Assur sein, *rab shaqe* im Heer des Königs, *shaknu* des Nordens, Sohn des Gebieters Sanherib und Herr eines fetten, schurkischen

Griechen, welcher mich behandelte, als wäre ich sein Besitz und nicht umgekehrt. Heute abend wollte ich niemand mehr sein. Ich wollte nur noch schlafen.

Aus meiner Schlafkammer fiel flackernder Lichtschein. Gut – irgendeine aufmerksame Sklavin hatte eine Lampe für mich brennen lassen. Was für ein Glück ich doch hatte, daß ich von derart aufmerksamen Menschen umgeben war. Das darf ich nicht vergessen, dachte ich, ich muß mich erkenntlich zeigen. Doch auch das hatte Zeit bis morgen.

Ich zog den Vorhang zur Seite und erstarrte. Neben meiner Schlafmatte wartete Zabibe auf mich. Das flackernde, gelbe Licht auf ihrer aschenfarbenen Haut verlieh ihrer Schönheit etwas Dämonisches, so als ob sie alle verbotenen Lüste verkörperte.

»Mein Gebieter hat mich doch nicht etwa vergessen?« fragte sie, und ihr Lächeln verspottete mich. Sie verschränkte die Arme und schob mit den Fingerspitzen die Ärmel ihrer Tunika herunter, um ihre Brüste zu entblößen. »Wenn du mich zurückgelassen hättest, es hätte deiner armen Sklavin das Herz gebrochen.«

★

»Gebieter, diese Frau ist ein Teufel. Seit ihrer Ankunft vor drei Tagen hat sie deine Diener das Fürchten gelehrt – mich hat sie mit ihren Verwünschungen sage und schreibe am Tage deiner Ankunft aus deinem Haus vertrieben, und jetzt fürchte ich mich, dorthin zurückzukehren.«

Beim Sprechen raufte sich Kephalos immer noch mit zitternden, unruhigen Fingern den Bart. Er blickte sich um, als ob zu befürchten stünde, daß er nicht einmal hier, in seinem eigenen Haus, vor Zabibe sicher sei.

»Sie führt sich auf, als wäre sie bereits die Herrin im Palast des *shaknu*«, fuhr er am Ende fort. »Als ob sie Naibas Platz eingenommen hätte – oder sogar den der Herrin, deiner Mutter – und niemand hat den Mut, sich ihr zu widersetzen. Mein Gebieter ist doch hoffentlich nicht so entsetzlich dumm, daß er dieser Frau den Schleier überlegt?«

»Nein, Kephalos – hab keine Angst. Ich werde mir wohl kaum eine Frau nehmen, glaube ich.«

»Ja, Gebieter, die Frage lautet doch aber, was *sie* glaubt. Ich warne dich – die da ist von der Sorte, welche mit Sachen wirft.«

»Mit Sachen wirft?«

»Ja, gewiß doch. Bei der scheppern die Weinbecher an die Wand wie Hagel auf die Dachpfannen.« Er hob die Schultern, als erstaunte es ihn, daß ich Einfaltspinsel etwas anderes erwartet hatte. »Gib ihr eine Tracht Prügel, Gebieter. Erinnere sie daran, wer Herr im Palast eines königlichen Prinzen ist. Das ist das klügste. Nimm dir eine Peitsche aus Nilpferdhaut und prügele sie, bis du ihr die Haut der Kehrseite in Fetzen geschlagen hast, denn wenn du ihr nicht klarmachst, wo ihr Platz ist, dann macht sie dir bald das Leben so zur Hölle, daß du dich noch nach der friedlichen Geborgenheit des Krieges sehnen wirst.«

»Ja, ich verprügele sie. Wenn auch nur dir und der Wiederherstellung der Ordnung unter meinen Hausdienern zuliebe, ich verprügele sie.«

»Ja nicht vergessen, Gebieter.«

Allmählich beruhigte sich Kephalos wieder, nachdem ich ihm Vergeltung zugesichert hatte und wir seinem Wein reichlich zugesprochen hatten. Während wir darauf warteten, daß seine Diener uns ein Frühstück richteten – da ich wußte, daß mein ehrenwerter Sklave das Bett frühestens zwei Stunden vor Mittag verließ, hatte ich selber noch nichts gegessen –, erzählte er mir alles, was sich während meiner Abwesenheit in Amat zugetragen hatte, insbesondere von seinen gerissenen Heldentaten in eigener und auch in meiner Sache.

»Dieser Barbar, der in einem Lederzelt wohnt«, vertraute er mir an, wie einer, der Geheimnisse mitzuteilen hat. »Dieser Tabiti – der hat viele schöne Pferde und reichlich Gold. Woher er das wohl alles hat?«

»Er schneidet unvorsichtigen Toren wie dir die Kehle durch«, sagte ich und reichte ihm meinen Becher, daß er mir nachschenkte. »Laß ihn fürs erste ungeschoren – nach dem Feldzug im nächsten Sommer wird er weitaus mehr besitzen, was du ihm dann abluchsen kannst.«

»Das ist klug.« Der gelehrte Arzt nickte ernsthaft – er war schon zu betrunken, um den Sarkasmus zu bemerken, doch wie gewohnt, war sein Hirn noch klar genug, um das Wichtigste zu erfassen. »Du willst also diesen Stamm nomadischer Diebe groß machen – zu einem gefürchteten Volk. Und dieser Tabiti ist also dein Freund. In künftigen Jahren, wenn erst einmal dein Bruder auf dem Thron sitzt, wirst du solche Freunde vielleicht nötig haben.«

»Es geht hier nicht um Hochverrat, Kephalos. Du hörst dich schon an wie die Klatschmäuler in Ninive, von denen jedes eine andere Geschichte zu erzählen weiß, was ich alles aushecke, um Assarhaddon zu verraten.«

»Die Rede war nicht von Verrat, Gebieter, aber ein Mann, welcher mächtige Verbündete hat, wird mit Achtung behandelt.«

Ich stellte mich taub. Seit mein Bruder zum *marsarru* ernannt worden war, hatte ich mich im Taubstellen geübt, wann immer ich etwas nicht hören wollte. Nach einer Weile verließ ich Kephalos' Haus und kehrte zu meinen Schreibern zurück, die nur darauf brannten, mich mit Arbeit zu überhäufen. Und als es dunkelte, da hatte ich ganz vergessen, wie klug mein Bündnis mit den Skythen war, die ohnedies ihre Zelte zusammengelegt hatten und sich schon wieder auf dem Rückweg nach Schubria befanden. Ich rieb mir die Augen und wollte nichts weiter, als eine halbe Stunde im Schwitzbad, dann essen und zu Bett.

Erst im Schwitzbad, während ich zusah, wie der Dampf vom glühenden Holzkohlebecken aufstieg, fiel mir Zabibe wieder ein. Diese Hexe – wie konnte sie es wagen, mir ohne Erlaubnis von Ninive zu folgen? Nicht einmal eine Ehefrau würde auf die Idee kommen, sich so aufzuführen.

Natürlich war sie mir nicht gefolgt. Sie war vor drei Tagen in Amat eingetroffen, in einer Sänfte wie eine große Dame – kein Wunder also, daß sich meine Diener vor ihr fürchteten.

Wer hatte ihr eine Eskorte gestellt? Eine Sklavin begibt sich nicht aus eigenem Antrieb auf eine solche Reise. Jemand hatte ihr befohlen, mir nachzureisen, hatte ihr Geld und Schutz zukommen lassen. Jemand hatte sie geschickt. Wieso war ich nicht schon früher darauf gekommen.

Ich hatte es mit einer Spionin zu tun.

Die Frage, für wen, stellte sich nicht – denn wer interessierte sich schon für das, was ich machte und plante.

Sollte Assarhamat das erraten haben? *»Soll sie sich doch einbilden, daß sie deine Favoritin ist«*, so lautete ihr Rat. Ja, Assarhamat würde das alles besser verstanden haben als ich. Ich, der ich nicht einmal geruhte zuzuhören, wenn mein Sklave mir riet, mir den Schutz mächtiger Freunde zu sichern.

Kurz dachte ich daran, diese arabische Schlampe in meines Vaters Frauenhaus zurückzuverfrachten, doch nur ein, zwei Sekunden lang. Was konnte sie denn schon in Amat über mich in Erfahrung bringen, was nicht nach Ninive dringen durfte? Oder vermutlich eher nach Kalach?

Nein – sollte sie doch bleiben. Warum Assarhaddon und seiner Mutter die Mühe machen, für sie jemand anders auftreiben? Ich würde sie benutzen wie eine Schenkendirne und sie nach Belieben alle Geheimnisse ausspionieren lassen.

Doch heute abend wollte ich, zumindest in dieser Sache, den klugen Rat meines Freundes Kephalos befolgen und ihr ein paar Kerben auf der Kehrseite beibringen, die sie dann daran gemahnen mochten, daß sie sich hier nicht als Herrin aufspielte. Ich brauchte mir nur die angstvollen Augen meiner Diener ins Gedächtnis rufen, und schon kochte ich wieder vor Zorn.

»Ekalli, geh zum Fluß und schneide mir eine grüne Rute

ungefähr von der Länge meines Armes. Überzeuge dich, daß sie gerade und geschmeidig ist und streife die Rinde ab. Außer vom unteren Ende.«

Er grinste und zeigte dabei seine vom Dattelsaft verfärbten Zähne. Er war noch ein Jüngling und eben erst aus irgendeinem Dorf gekommen, doch er wußte, daß sie nicht für seine Hinterseite bestimmt war. Er hatte schon gelernt, sich um nichts weiter zu kümmern.

Die Peitsche pfiff durch die Luft, daß es sich wie aufgeschreckte Bienen anhörte. Das Holz mit der abgestreiften Rinde war noch feucht. Ich lächelte bei dem Gedanken, wie ich mein arabisches Äffchen tanzen lassen würde.

Neben meiner Schlafkammer gab es einen winzigen Raum, den ich benutzte, wenn ich allein speiste. Dort wartete sie auf mich mit zwei, drei anderen Frauen meines Haushalts und deckte den Tisch fürs Essen. Sie trug nur eine dünne, weiße Leinentunika, die ihr nicht einmal bis zum Knie reichte und die sie angefeuchtet hatte, daß sie ihr am Körper klebte. Als ich sie erblickte, kauerte sie neben meinem Stuhl, so als gehörte der schon ihr.

Ja, selbstverständlich duckten sich meine Sklavinnen vor ihr – sie war die Konkubine ihres Herrn, sie hatte Gnade vor seinen Augen gefunden, war die Frau, in die er seinen Samen ergoß. Vermutlich besaß sie Macht, vielleicht sogar Macht über Leben und Tod, und sie gab sich Mühe, dieser Vermutung noch weitere Nahrung zu geben.

Doch das würde sich ab heute abend ändern.

Als sie mich sah, lächelte sie, doch als sie die Rute in meiner Hand sah, gefror ihr Lächeln, und in ihren schwarzen Augen flammte Angst auf.

Geräuschlos wie Mäuse flohen die anderen Frauen aus dem Zimmer.

»Erhabener, ich . . .«

Doch ihre Stimme erstarb, als ich meine Peitsche hob und die Spitze sanft auf ihre nackte Schulter fallen ließ.

»Du bist zu weitgegangen«, sagte ich und machte, daß

meine Stimme fast tonlos klang. »Eine Hure mit einem hübschen Leib, welche zum Klang von Flöte und Zimbeln zu tanzen versteht, welche sich darauf versteht, ein wenig Begierde zu wecken und schon glaubt, daß sie mächtig ist.«

»Wenn es meinem Gebieter gefällt . . .« Sie senkte die Augen, die mittlerweile zu glänzen begonnen hatten – wie so viele Frauen wußte sie um die Macht der Demut. Ja, sollte der törichte Mann doch glauben, daß sie sich ihm ganz und gar unterwarf.

»Deinem Gebieter gefällt das nicht. Es gefällt ihm nicht, wenn seine Diener, denen er seit vielen Jahren traut und die ihm treu ergeben sind, wie herrenlose Hunde von seiner Schwelle gejagt werden. Nein – das gefällt ihm nicht.«

Mit einem jähen Ruck ergriff ich sie beim Ärmel ihrer Tunika. Als ich sie auf die Knie zerrte, gab der Stoff mit einem häßlich reißenden Geräusch nach, und sie war halbnackt. Sie kauerte zu meinen Füßen, das Gesicht beinahe auf dem Fußboden, doch ich nahm eine Handvoll ihres langen schwarzen Haares und riß ihr den Kopf zurück, daß sie mich ansehen mußte.

»Du – bist – weniger – als – nichts«, sagte ich mit zusammengebissenen Zähnen und ließ die Peitsche im Takt dazu hüpfen. »Du – bist – in – diesem – Haus – überhaupt – nichts!«

Bei jedem Schlag erschien eine dünne rote Linie auf ihrem Rücken. Sie starrte mir ins Gesicht, und Schweiß glänzte auf ihrer Stirn, und sie stöhnte leise. Zunächst dachte ich vor Schmerz, doch es war nicht vor Schmerz – zumindest nicht nur vor Schmerz.

»O . . . mein Gebieter – mein Herr und Gebieter . . .«

Ihre Stimme schien von einem geheimen Ort ganz tief in ihr drinnen zu kommen. Ihre Hände, die meine Knie umklammert hielten, schlüpften unter den Saum meiner Tunika, und sie schob mein Lendentuch beiseite. Ich verlieh meinem Arm mehr Nachdruck, bis die Peitsche ihr wie die Schneide eines Schwertes ins Fleisch zu schneiden schien, daß das Blut floß, doch das machte sie anscheinend nur noch gieriger.

»Mein erhabener Gebieter . . .«

Die Worte klangen undeutlich, gedämpft. Sie drückte ihr Gesicht in meine Lenden und nahm auf einmal meine Mannheit in den Mund. Ich konnte ihre Atemstöße hören, während sie mich wie ein verhungerter Bettler zu verschlingen schien.

Ich bin nicht aus Stein. Meine Sinne waren nicht tot. Mein ganzer Zorn war verraucht, an dessen Stelle jetzt etwas unendlich Brutaleres trat. Die Peitsche fiel zu Boden, ohne daß ich es bemerkte.

Sie ließ einen Augenblick von mir ab, umklammerte aber immer noch meine Beine; als sie aufblickte, standen Tränen in ihren Augen – keine Schmerzens- oder Angsttränen, sondern Tränen nicht erfüllter Sehnsucht.

»Mein Gebieter . . . bitte . . .«

War ich in Trance gewesen? Mit einem Ruck kam ich zu mir und stieß sie fort– so hart, daß sie zu Boden fiel. Ich drehte mich um und verließ den Raum, der Kopf brannte mir.

Zwei Stunden lang saß ich draußen auf einer Steinbank in meinem Garten und atmete die kalte Nachtluft ein. In meinem Kopf ging alles drunter und drüber, die Gedanken jagten sich so schnell, daß ich sie nicht fassen konnte. Was war das in mir, das mich mit einem so köstlichen, furchtbaren Bangen erfüllte? War ich ein wildes Tier oder ein Mensch? Ich wußte es nicht – wollte es nicht wissen. Und doch konnte ich dieses Wissen, das nur darauf wartete, von mir Besitz zu ergreifen, nicht ignorieren.

Ich dachte an Assarhamat und meinen Bruder. Ging es so bei ihnen zu? War ich auch nicht besser – oder war Assarhaddon soviel klüger als ich?

Ja, natürlich. Assarhaddon mit seiner bedächtigen, derben, vorsätzlichen Geilheit – der zumindest wußte über sich Bescheid.

Schließlich hatte ich meine übertriebene Zerknirschung satt. Mein Hirn raste. Ich würde trinken, bis ich wieder ruhig war, und dann schlafen gehen.

In meiner Schlafkammer fand ich Zabibe, sie wartete und trug immer noch dieselbe weiße Tunika, welche kaum mehr als ein Fetzen war.

Das hatte ich nicht erwartet, nicht gewünscht, doch sie war trotzdem gekommen. Ein Silbergefäß mit Wein, noch kellerkühl, stand am Fuß meiner Schlafmatte, daneben ein goldener Becher.

Die noch immer blutbefleckte Peitsche lag auf meinem Kissen.

Zabibe schenkte Wein ein und hielt mir eigenhändig den Becher an die Lippen. Ich trank, obschon mir die Kehle wie zugeschnürt war. Ich trank und spürte, wie meine Begierde schon wieder erwachte. Und dabei haßte ich sie jetzt.

Das verstand sie – und es gefiel ihr.

»Zeig mir deine Kehrseite«, sagte ich.

Sie ging auf Knie und Ellenbogen, den Kopf zur Wand gerichtet. Die Striemen auf ihren Schultern wirkten im Lampenlicht beinahe schwarz. Ich konnte sie stoßartig atmen hören, so als ob eine heftige Leidenschaft jeden Atemzug in hundert Teilchen zerstückelte.

Ich legte ihr die Hände auf die Hinterbacken und teilte diese. Als ich in sie hineinstieß, entrang sich ihren Lippen nichts als ein seliges Wimmern, sie begrüßte den Schmerz.

Es schien, diese Frau hatte gefunden, wonach sie suchte, und das wollte ich auf keinen Fall verstehen.

XXVIII

Zabibe bewahrte die Peitsche auf. Sie beließ diese nun jede Nacht zusammen mit einem Gefäß voll Wein und nur einem Becher am Fußende meiner Schlafmatte. Wenn ich sie nicht benutzte, wurde Zabibe zunächst unruhig und dann kalt und gleichgültig, doch sie war es, die sie aufbewahrte, sie versteckte, sie hütete wie einen Schatz. Auf sie konzentrierte sich ihr wilder Sinnenhunger, sie war Instrument des Rausches, der fast einer religiösen Verzückung gleichkam, so als ob die Weidengerte ihr Idol geworden war, das Symbol ihres Gottes, zu dem sie durch Unterwerfung und Schmerz um Erlösung flehte.

Zunächst bedeckte ich ihren Rücken und ihre Hinterbakken mit zornigen Striemen, Male, die sie zuweilen noch tagelang trug, doch bald brauchte ich sie nur sanft auf dem Rücken zu berühren, sie die harte, geschmeidige Oberfläche der Peitsche auf der Haut spüren zu lassen, und schon schluchzte sie vor Verlangen. Dann bat sie mich, sie nicht zu schonen – nur das nicht. Sie wollte, daß ich sie bedrohte, mit Schmerz, ja, sogar mit Tod. Sie wollte, daß ich ihr wehtat. Manchmal ergriff ich ihre Brust und drückte sie zwischen Daumen und Zeigefinger, daß es einen blauen Fleck gab. Und ich tat Schlimmeres, Dinge, bei deren Andenken ich mich schäme. Einmal, zweimal vergaß ich mich und brachte sie beinahe um, und das schien sie fast zu wünschen, so als ob das ihr Glück vollkommen machte. Es war ein unerklärliches Verlangen.

Und ähnlich ging es auch mir. Dieses grausame Spiel spielten wir monatelang beinahe jeden Abend, ohne seiner überdrüssig zu werden, eher schien unser Appetit dabei noch zu wachsen. Langsam wurde Zabibe zu einer Obsession.

Was Männer und Frauen verbindet, ist so unterschiedlich wie das Spiel des Sonnenlichtes auf geriffeltem Wasser und ebenso rasch veränderlich. Hier ist nicht die Rede von Liebe, denn diese habe ich nicht oft im Leben erfahren, und ich liebte Zabibe nicht, ebensowenig wie sie mich. Uns verband nur die Leidenschaft, und Leidenschaft kann mit Verachtung, ja, sogar mit Haß Hand in Hand gehen. Diese Frau erregte mit ihrem Fleisch und ihrem schmerzvermischten, heftigen Verlangen eine kalte, köstliche Lust in mir. Mehr war es nicht.

Und was war mit Assarhamat? Hatte ich sie vergessen? Gierte ich so danach, meinen gerade geweckten Appetit auf Grausamkeit zu stillen, daß sie mir aus dem Sinn kam? Wohl kaum. Ich hatte eher den Eindruck, daß ich mich um so mehr nach Assarhamat sehnte, je stärker ich mich in Zabibes Netz verfing.

»Mir ist es gleich, was du mit deinem Samen machst«, hatte sie zu mir gesagt, *»Wichtig ist nur, ich besitze dein Herz.«* Ich habe gelernt, Achtung vor der Klugheit von Frauen zu haben, und darin war Assarhamat klug. Sie wußte, sie hatte keine Rivalin. Wen außer Assarhamat konnte ich schon lieben? Ich erschöpfte meine Lenden in einem stetig wachsenden wollüstigen Rausch in Zabibe, und mit jedem Tag wurde mir ihr Anblick verhaßter.

Und ich glaube nicht, daß es ihr anders erging. Ich glaube, wir lernten, uns gegenseitig zu hassen, während wir uns mit unserer beider Lust quälten.

Doch bestand Amat nicht nur aus Zabibe. Ich war nicht nach dort entsandt worden, um mich mit einer Dirne zu vergnügen, sondern um Schlachten für meinen Vater zu schlagen. Ich mußte ein Heer auf den Krieg vorbereiten, und so dachte ich zuweilen tagelang nicht an sie, während ich mich der ehrlichen, fröhlichen Härte des Drills widmete.

Ich beförderte Männer aus den Kompanien, welche schon bei den Feldzügen der letzten beiden Jahre mitgemacht hatten und gab ihnen den Befehl über die Rekruten, die gerade aus Ninive eingetroffen waren. Tabschar Sin führte jetzt den Oberbefehl über die Ausbildung in der Garnison, und wenn er dafür bürgte, daß seine Knäblein auf dem Exerzierplatz anständige Soldaten waren, dann führte ich vier, fünf Kompanien auf einmal zu Manövern ins Gebirge, in Gewaltmärschen, die manchmal zwölf, manchmal auch fünfzehn oder zwanzig Tage dauerten.

Danach kehrten wir mit sonnenverbrannten Gesichtern und blutenden Füßen zurück, denn ich wußte, was diese Männer im Lande der Meder erwartete und ersparte ihnen nichts; und die Bauernjungen, als welche sie ausgezogen waren, kamen als Soldaten heim.

Und jedesmal bat mein alter Lehrer darum, uns begleiten zu dürfen, und erhielt von mir jedesmal die gleiche Antwort: »Tabschar Sin, willst du mich vor diesen greinenden Knäblein beschämen? Als ihr Kommandeur und als Veteran gar mancher Schlacht genieße ich jetzt bei ihnen etwas Ansehen, doch was wird daraus, wenn sie sehen, wie ich neben jemand verblasse, der so alt ist, daß er eine Hand in den Kriegen meines Großvaters verlieren konnte?«

»Ich verstehe durchaus, Prinz«, gab er mir dann zurück, wobei er mich mit schmalen, anklagenden Augen anschaute. »Du hast Angst, daß ich zu alt bin und euch aufhalte.«

»Ich habe eher Angst, daß wir *dich* aufhalten, alter Freund.«

»Dann versprich mir nur eines – daß du mich nicht daheim läßt, wenn du im nächsten Sommer in den Zagros marschierst. Ich spüre noch Kraft für ein paar anständige Schlachten in mir, und ich möchte diesen Schuft Daiaukka, den du so bewunderst, mit eigenen Augen sehen, damit ich mir selber ein Urteil bilden kann, ob er alles das ist, was du behauptest.«

»Es sei, wie du wünschst. Doch erst im nächsten Sommer, nicht in diesem.«

Hatte ich etwa geglaubt, daß Tabschar Sin anderen Sinnes würde? Ich weiß nicht, was ich mir dabei dachte, doch der Gott möge mir vergeben, daß ich ein derartiges Versprechen gab – und es dann auch noch hielt.

So verbrachten wir unsere Tage, widmeten uns dem Kriegshandwerk, freuten uns, daß uns der Schwertarm müde und die Sandalen staubig wurden. Und so verglühten die heißen Sommermonate, bereiteten den nahenden Winterregen den Weg und mir die Rückkehr nach Ninive.

In einem gewissem Sinne hatte man mich gar nicht fortgelassen.

Der König hatte nach dem Tod des Fürsten Sinahiusur keinen neuen *turtanu* ernannt und sich nach besten Kräften bemüht, allein zu regieren. Was aber nie gut gelaufen wäre, denn das Weltreich des Gottes war zu riesig und mein Vater mittlerweile zu alt. Und doch versuchte er es. Ich konnte seine Bemühungen an den Briefen ermessen, welche fast täglich in meinem Hauptquartier in Amat eintrafen:

»Heute habe ich Gesandte aus Aschdod empfangen. Sie bringen mir in einer öffentlichen Audienz Geschenke von ihrem König und Briefe, in welchen man mich als gütigen Vater ihres ganzen Volkes bezeichnet, doch unter vier Augen sagen sie mir, daß sie seiner Herrschaft müde sind und bitten mich um Erlaubnis, ihn zu stürzen und den Sohn an seines Vaters Stelle zu setzen. Dieser Knabe, das Kind einer meiner Frauen, die ich Scharru-ludari gab, als ich ihn nach dem Aufstand des Zedekia von Askalon in seiner Herrschaft bestätigte und ihm den Thron seiner Vorväter zurückgab, ist ein böses Bürschchen . . .

Aus Dilbat meldet man mir den Ausbruch der Pest, und man erzählt, daß der Mond an drei aufeinanderfolgenden Nächten blutige Tränen geweint haben soll. Die Priester sagen, ich solle fasten und mir den Bart als Zeichen meiner Zerknirschung über meine Missetaten gegenüber Sin und Nergal abrasieren, doch wenn ich gefehlt habe, warum strafen die Götter dann Dilbat, dieses verfluchte Hundeloch, dessen Bürger, wie du sicher weißt, sich zu den Elamitern und diesen Hurensöhnen, den Babyloniern, geschlagen und mir meinen ältesten Sohn genommen haben? Ich sehe einfach nicht ein, warum man mich damit belästigt . . .

Es ist früh, ich weiß, doch ich habe für diesen neuen Sohn, den Assarhamat deinem geliebten Bruder, dem Edlen von Esel, geworfen hat, die Omen befragt. Ich hielt das für eine einsichtige Vorsichtsmaßnahme, da dieses kleine Balg uns bedauerlicherweise nicht den Gefallen tut und stirbt wie das vorangegangene. Er scheint so gesund zu sein wie sein Vater, leider, doch die Götter, die klug sind, haben das größtenteils wieder gutgemacht und erklärt, daß zumindest dieser nie auf meinem Thron sitzen wird. Die Leber der Ziege, so sagte man mir, war schon voller Maden und ihr Herz war so schwarz, als ob es im Feuer gelegen hätte . . .«

Im Feuer gelegen. Mir fielen wieder Assarhamats Träume von einem Flammentod ein, und ich fragte mich, was ihr der Gott der Entscheidungen damit wohl offenbart haben mochte.

Meine Antworten waren wie üblich vorsichtig und enthielten sich irgendwelcher Ratschläge, als der König, mein Vater, mich darum bat. Ich wollte nicht *turtanu* sein, weder dem Namen nach noch faktisch, weder in Ninive noch in Amat. Assarhaddon sollte König werden, welchen Sinn hatte es da, das Unabwendbare vorwegzunehmen?

Und so brach ich denn am ersten Tage des Kislef, als die Straßen noch schlammig vom ersten Winterregen waren, mit einer Leibgarde von hundert Mann nach Süden auf. Zabibe reiste in einem Wagen mit uns, doch sie fand keine Freude an der Reise und jammerte mir die Ohren voll, wenn ich mich nicht in acht nahm und in die Nähe ihres Wagens kam, was aber nicht oft geschah. Ich schlug mein Zelt auf der Erde auf und überließ ihr die Bequemlichkeiten des Wagens. Ich beschlief sie nicht, außer einmal, als wir für die Nacht in einem Dorf in der Nähe von Elkosch Halt machten. Da ich mehr Bier getrunken hatte, als mir guttat, warf ich sie über einen Tisch und entledigte mich dessen, was sich in einer Woche der Enthaltsamkeit angesammelt hatte. Am nächsten Morgen machte sie mir bittere Vorwürfe, daß sie fast bis zur Morgendämmerung hätte aufbleiben müssen, um sich die Splitter aus Brust und Bauch zu ziehen.

»Halt den Mund, Frau«, sagte ich zu ihr, »oder ich verkaufe dich an einen Karawanentreiber, der schlimmer stinkt als seine Kamele.«

Als wir uns nach zehn Tagen meinen eigenen Ländereien

näherten, befahl ich dem *rab kisir* meiner Eskorte, diese und den Wagen nach Ninive zu führen. Ich wollte ein paar friedliche Tage auf Drei Löwen verbringen, und mein Rest an Schamgefühl sagte mir, daß meine Mutter nichts von Zabibe erfahren durfte.

Es ist ein schönes Gefühl, wenn man nach monatelanger Abwesenheit wieder nach Haus kommt. Als ich das Erbe des Fürsten Sinahiusur angetreten hatte, war ich Herr vieler schöner Anwesen geworden, von denen ich die meisten nie erblickt hatte, doch Drei Löwen war mein Zuhause. Hier war ich nicht *rab shaqe* oder *shaknu,* und auch nicht der Gegenspieler großer Fürsten. Hier war ich nur Landbesitzer und Bauer. Hier aß ich mein eigenes Brot und trank mein eigenes Bier. Und hier, unter dem Boden meines Hauses, hoffte ich, eines Tages meine letzte Ruhe zu finden.

Die letzte Ernte dieses Jahres war eingebracht worden, und die Felder standen kahl und voller trockener Stoppel. Der Schlamm längs der Böschungen an den Kanälen sah wie geschmolzener Granit aus – sie enthielten kaum noch genug Wasser, daß es einem Ochsen bis an den Bauch ging. Die Himmel wiesen eine bleierne Farbe auf, und in weiter Ferne konnte ich das gedämpfte Donnern Adads hören, doch regnen würde es diese Nacht nicht. Als ich dann in den verlassenen Hof einritt, sah ich es hinter den östlichen Bergen blitzen.

Die Hausdienerinnen standen zusammengedrängt im Vorbau meines Hauses, unterhielten sich murmelnd und starrten mich an, als ob sie keine Ahnung hätten, wie ich hierhergelangt sein mochte. Aus dem Stall kam ein Knabe gelaufen, der mir das Pferd abnahm.

»Na«, sagte ich, grinste über das ganze Gesicht und überlegte dabei, was wohl los sein mochte, »will denn keine von euch ihrem Herrn einen Becher Bier bringen? Wo ist die Herrin, meine Mutter?«

»Hier bin ich, mein Sohn«, sagte sie und trat aus dem Schatten des Eingangs. »Die Götter seien gepriesen, daß sie dich verschont haben und du zu mir zurückkehren durftest.«

Ich küßte sie auf den Mund, und wir gingen ins Haus, wo ich mir das Gesicht in einem Becken mit angewärmtem Wasser wusch. Und die ganze Zeit stand meine Mutter neben mir und hielt die Hände vor der Taille gefaltet wie eine Bittstellerin. Was für eine neue häusliche Katastrophe mochte uns befallen haben? Doch dann schlich sich Naiba leise wie eine Katze ins Zimmer und stand zerknirscht neben dem Kamin. Die Augen hielt sie gesenkt; sie schien auf ihren Bauch zu blicken, der sich unter ihrer Tunika wölbte wie eine Sommermelone.

Bei ihrem Anblick mußte ich denn doch lachen, und sie lief weinend fort, und verbarg dabei das Gesicht in den Armen.

»Vielleicht sollten wir die Verlobungszeremonie nicht länger hinauszögern«, sagte ich am Ende, als ich meine Stimme wieder in der Gewalt hatte. »Es wird das beste sein, die heiße, kleine Hündin rasch zu verheiraten oder der junge Qurdi ist schon Vater, ehe er Ehemann ist.«

»Dann bist du nicht böse, Lathikadas?« Meine Mutter starrte mich mit einer ängstlichen Mischung aus Dankbarkeit und Erstaunen an, so als wäre sie erleichtert, mich bei einer Schwäche ertappt zu haben.

»Nein, Merope, ich bin nicht böse«, gab ich zurück und legte ihr den Arm um die Schulter. »Ich habe das Mädchen nämlich seit fast einem Jahr nicht mehr angerührt, sie schläft ja wohl in deinem Zimmer, nicht in meinem, und darum interessiert mich das nicht mehr. Wenn es Qurdi nichts ausmacht, aus welchem Grunde dann wohl mir?«

⋆

Am nächsten Morgen empfing ich Tahu Ischtar und seinen Sohn. Da es ein offizieller Besuch war, kam ich ihnen vor der Tür meines Hauses entgegen. Sie verneigten sich tief und überreichten mir Geschenke wie besticktes Tuch, Kupferschmuck, Brot, Dattelwein und Früchte in Honig. Die nahm ich im Namen meiner Sklavin entgegen und gab damit die Zustimmung zu der Verlobung. Zuletzt trat Naiba von meiner Mutter begleitet in den Sonnenschein hinaus, und ihr künftiger Ehemann goß ihr parfümiertes Öl übers Haar. Zunächst errötete sie vor Freude, brach dann aber erneut in Tränen aus und mußte nach drinnen gebracht werden, während Merope sie umhegte wie eine brütende Henne.

»Meine Frau benahm sich auch so, wenn sie ein Kind erwartete«, sagte Tahu Ischtar, nachdem die Frauen verschwunden waren. »Ihre Leber ist voller Dämonen. Es ist doch ein großer Segen, wenn man als Mann geboren wird.«

Wir drei tranken zusammen Bier, und Tahu Ischtar und ich kamen in Anbetracht der Umstände überein, die Hochzeit zu feiern, ehe ich nach Ninive zurückkehren mußte. Qurdi stand stumm da, während wir uns unterhielten, und bohrte die Zehen in den Sand. Er würde eine Frau haben, ehe er noch drei Tage älter war, doch bis dahin wollte er anscheinend noch Knabe sein.

Am nächsten und übernächsten Tage regnete es von Mittag bis Sonnenuntergang, so daß man nicht einmal mehr Freude an der Jagd hatte. Ich bemühte mich, meiner Mutter nicht im Wege zu stehen, denn die Vorbereitung von Naibas Hochzeitsfest erforderte viel Arbeit, und so zog ich mich schließlich in eine der Scheunen zurück, setzte mich auf einen Sack Hirse und ließ mich mit Bier vollaufen. Ich kam mir fehl am Platze vor und wäre gern in Amat gewesen.

Doch am dritten Tag schien die Sonne wieder, und um die dritte Stunde des Morgens, als es auf dem Hof von Bauern aus den umliegenden Dörfern wimmelte, führte ich Naiba zum Haus Tahu Ischtars, ihres neuen Schwiegervaters, und dann setzte sie sich vor die Tür und Qurdi legte ihr einen Schleier über und erklärte mit lauter Stimme, daß sie nun seine Frau sei. Er wirkte sehr zufrieden mit sich, und alle jubelten, denn man hatte den Knaben gern – und nicht einmal Naiba weinte soviel, wie zu erwarten stand. Zuletzt trat ich vor und zahlte Qurdi feierlich ihre Mitgift aus, zählte ihm die zehn Schekel Silber in die Hand, damit alle sehen konnten, daß der Sohn des Aufsehers nun ein vermögender Mann war.

Zur Bewirtung der Hochzeitsgäste waren sieben Ziegen gebraten worden, und die spülten wir mit vielen großen Krügen Bier hinunter. Alle waren fröhlich, und bei Sonnenuntergang führte Qurdi seine neue Frau zum ersten Mal in seines Vaters Haus, obwohl ich nicht weiß, ob er in der Lage war, sie zu beschlafen, da sie doch hochschwanger war. Aber ich glaube, beide waren sehr zufrieden mit diesem Handel.

Bald danach suchte ich mein eigenes Lager auf und nahm mir zur Gesellschaft einen Krug starken Dattelwein mit. Ich war zufrieden mit meinem Tagewerk, denn ich wollte Qurdi wohl und hatte Naiba gern, doch ich kann nicht behaupten, daß es eine ungeteilte Freude war.

»Ich werde keiner Frau den Schleier überlegen«, dachte ich. »Und wenn ich Söhne habe, so werden es die Kinder von Konkubinen sein.« Ich brauchte nur die Augen zu schließen, und schon erblickte ich Assarhamats Antlitz – Assarhamat, die ich liebte und die meines Bruder Frau und Mutter seiner Söhne war.

Ein Mann, der genug Dattelwein trinkt, hat keine Träume. Er schnarcht sorgenfrei wie ein Schwein. Das gehört zu den Wohltaten der großen Götter.

⋆

»Der Gebieter Tiglat Assur, der mächtige *rab shaqe,* macht sich also nichts aus Wein? Richtig, ich vergesse doch immer wieder, daß er nur das frische Blut von Medern trinkt!«

Das erntete viel Gelächter. Ich besuchte ein Festmahl, welches Nabu Paschir – der Sohn eines der nachgeordneten Brüder des Königs – gab, damals noch ein unbedeutender

Mann, der sich jedoch Hoffnungen machte, unter der nächsten Regierung besser zu fahren. Ich weiß nicht einmal mehr, warum ich hinging, schließlich wußte ich, daß sich dort kaum jemand als mein Freund zu erkennen geben würde.

Doch der Scherz kam gut an. In dieser Runde konnte Assarhaddon es sich leisten, seinen Witz sprühen zu lassen.

»Im Frühling will mein edler Bruder einen großen Krieg führen«, fuhr er fort, vielleicht hatte ihn mein Schweigen dazu ermutigt. »Er hat tatsächlich vor, zwanzigtausend Mann in die östlichen Berge zu führen – so eine Art Expedition zum Pferdediebstahl.«

Wieder wurde gelacht, denn es war schon spät, und alle waren betrunken, sogar die Huren. Die Flötenspieler saßen in einer Ecke, hatte die Knie zur Brust hochgezogen und schliefen zufrieden. Auf dem Tisch standen Lachen von verschüttetem Wein.

Ich wartete, sagte aber nichts. Die Männer zu meiner Seite hatten sich abgewandt, sahen hin zu meinem Bruder und bemühten sich nach besten Kräften, meine Anwesenheit zu vergessen. Alle übrigen – jedenfalls alle, die außer Reichweite meiner Hände saßen und meinten, es sich deshalb leisten zu können, an dem Spott Vergnügen zu finden – teilten ihre Aufmerksamkeit zwischen Assarhaddon und mir. Es war ein Spiel, und in dieser Runde schadete sich niemand damit, wenn er mein Feind wurde.

Er ist der *marsarru*, sagte ich bei mir. Seine Person ist heilig, und niemand darf ihn öffentlich beleidigen. Wenn ich reagierte, würde ich mich nur lächerlich machen.

Und doch war es Assarhaddon, mein Kindheitsfreund, mein Bruder, den ich einst geliebt hatte. Jetzt wischte er sich die fettigen Finger an seiner silberdurchwirkten Tunika und grinste mich an, denn mein Anblick war ihm widerwärtig. Wie hatte es nur so weit kommen können?

»Der große Kriegsherr – da hockt er nun in diesem Lehmhüttendorf, das er eine Garnison nennt, und sinnt über Viehdiebstähle bei Nomaden nach, die seit dem Tag ihrer Geburt nie zweimal an demselben Ort geschlafen haben. Ach, wie ist das alles doch glorreich!«

»Ja, und seine Mutter ist eine ionische Schenkendirne, die nicht einmal mehr der König . . .«

Ich kannte nicht einmal den Namen dieses Schweins. Er saß nur zwei, drei Plätze von Assarhaddon entfernt und glotzte mich mit aufgerissenen, geistlos zwinkernden Augen an – vielleicht war er tatsächlich so einfältig zu meinen, er säße in einem Zauberkreis der Unberührbarkeit, doch er mußte seinen Fehler an meiner Miene erkannt haben, denn die Worte erstarben ihm auf den Lippen.

Die gesamte Runde verstummte, als ich mich erhob. Männer spritzten zur Seite, als ich den Teil des Tisches umwarf, der zwischen uns stand, sie wußten, daß einer von ihnen sich selbst das Todesurteil gesprochen hatte.

»Nein! NEIN – ich . . .«

Niemand mochte dazwischenfahren, und der Kerl war zu betrunken und zu erschrocken, als daß er sich verteidigt hätte. Ich ergriff ihn mit der linken Hand beim Bart, und mit der rechten zog ich den Dolch aus dem Gürtel. Ein rascher Schnitt, und es war erledigt, ich durchtrennte ihm die magere Kehle so tief, daß ich auf den Knochen stieß.

Das Blut spritzte nur so, über mich, über den Tisch und sogar noch an die Wand hinter uns – er selbst schrie nicht einmal auf. Ich ließ seinen Bart fahren, und er fiel rücklings über die Bank, auf der er gesessen hatte, sackte zusammen, als wäre er aus Wasser.

»Ich habe die Beleidigung gerächt«, schrie ich, und meine Augen funkelten böse und herausfordernd. »Wenn jemand Genugtuung für die Tat fordert, so weiß er, wo er mich findet.«

Ich machte auf dem Hacken kehrt und ging. Als ich mir einen Weg zur Tür bahnte, was Stunden zu dauern schien, hörte ich hinter mir Assarhaddons Stimme.

»Zur Hölle mir dir, Tiglat!« brüllte er. »Das sollst du mir büßen– zur Hölle mit dir, Tiglat!«

Doch niemand versuchte, mich aufzuhalten, und als ich nach Haus ging, da starrten die Leute auf der Straße lediglich – es ging sie nichts an, wenn meine Kleidung, meine Hände, ja, sogar Gesicht und Bart blutbefleckt waren. Ich muß wie ein Schlachter ausgesehen haben.

Ich war ein Schlachter. Ich hatte einen Mann allein aus dem Grunde umgebracht, weil er meine Mutter beleidigen wollte. Hatte ich ihn wirklich deswegen umgebracht? Nein, ich hatte ihn umgebracht, weil er nicht Assarhaddon war – weil mir diese Tatsache erlaubte, ihn umzubringen. Das Blut, welches meine Tunika getränkt hatte und nun trocknete wie Lehm, hätte Assarhaddons sein sollen.

Meine Sklaven kamen mir an der Tür entgegen. Sie wären einst die Sklaven des Fürsten Sinahiusur gewesen, ebenso wie der Palast, den ich bewohnte, ihm gehört hatte, und so kannten sie mich kaum. Sie sagten nichts, doch was müssen sie wohl gedacht haben, als ich mich vollkommen auszog und sogar noch meine nackte Haut voll Blut war, und ich nach Wein, heißem Wasser und parfümiertem Öl rief? Ich machte mir nicht die Mühe, darüber nachzudenken.

Ich bedauerte gar nichts. Über mich jedenfalls machte sich niemand lustig. Das war als Warnung an den Gebieter *marsarru,* den Erwählten Assurs, gedacht, denn man machte sich nicht über mich lustig. Ich bedauerte gar nichts. Nichts – ich . . .

⋆

Natürlich war der König wütend. Gleich am nächsten Morgen ließ er mich zu sich rufen. Ich traf ihn im Garten an, wo er auf einer Steinbank saß, Assarhaddon direkt hinter sich. Assur sei Dank, wir waren unter uns. Hier schuldete ich meinem Bruder keinen besonderen Respekt.

»Ich hätte gern gewußt, warum du dir dergleichen erlaubt hast«, sagte mein Vater in gelassenem, vernichtendem Ton.

»Ich hätte gern gewußt, wieso du dazu kommst, einem Mann vor zwanzig, dreißig meiner Edlen die Kehle durchzuschneiden, und dir Hoffnungen machst, ungestraft davonzukommen.«

Assarhaddons und meine Augen trafen sich, er lächelte verkrampft. Anscheinend wollte er das, wenn auch aus unerfindlichen Gründen, selber gern wissen.

»Erstens waren das nicht deine Edlen, sondern die deines Sohnes und Erben, des Gebieters *marsarru*. Zweitens sollte er, der andere im Schutze seines Amtes mit Schmutz bewerfen darf, seinen gedrillten Affen beibringen, daß sie den Mund halten, denn sie sind nicht unantastbar. Wenn ich einen Mann getötet habe, so kommt das über Assarhaddons Haupt – es ist nicht meine Art, mir die Spottreden seiner Kreaturen stumm anzuhören.«

»Ist das wahr?« Der König drehte sich um und blickte Assarhaddon an. »Ist das wahr, äh? Hat das Schwein die Unverschämtheit gehabt, meinen Sohn zu beleidigen?«

»Der Gebieter Tiglat speit Feuer, wie es einem Eroberer geziemt, doch davon wird Giritti Marduk nicht wieder lebendig.«

»Hieß er so?« fragte ich und gab Assarhaddons angespanntes, verächtliches Lächeln zurück. »Ich habe gar nicht gewußt, daß man dergleichen Ungeziefer auch noch mit einem Namen ehrt.«

»Du solltest dir mit dem Kehledurchschneiden den Lebensunterhalt verdienen, Tiglat. Du würdest dir in den Hintergassen Ninives einen großen Namen damit machen.«

»Und der Gebieter *marsarru* könnte Hurenhausbesitzer werden, da ein derartiges Leben so ganz nach seinem Geschmack zu sein scheint.«

»Schluß damit!« schrie der König und sprang von seiner Bank auf, als hätte sie sich in eine Platte aus rotglühendem Eisen verwandelt. »Ich bin ein alter Mann, und jetzt ist Schluß damit – ich bekomme Kopfschmerzen vom Gebrüll zorniger Stimmen. Kein Wort mehr, hört ihr!«

Der Ausdruck um Assarhaddons Lippen veränderte sich nicht, außer daß das Objekt seiner Verachtung jetzt mein Vater und nicht ich war.

»Es tut mir leid, daß ich deine Geduld auf die Probe gestellt habe, Erhabener, doch da es sich um eine Kränkung der königlichen Würde handelt –«

»Ja – Würde.« Der König wiederholte das Wort, als appellierte er damit an uns. »Ja – Würde. Die Würde unseres Hauses . . .«

Die Launen eines Greises sind so wechselhaft wie der Himmel im Frühling. Und auf einmal, scheinbar von einem Atemzug zum anderen, wandelte sich seine Haltung völlig.

»Nein – jetzt fällt es mir wieder ein.« Er ergriff mich beim Arm und drückte ihn, als wollte er seine Kraft prüfen. »Eine Beleidigung, auf die man antworten mußte – dem Schwein beliebte es, meinen Sohn zu verunglimpfen. Was sagte er noch, äh, Tiglat? Ach, was soll's . . .«

Er nahm wieder Platz, und seine ängstliche Miene veränderte sich. Er ließ die Hände auf den Knien ruhen und wirkte ganz zufrieden und friedlich.

Assarhaddon und ich tauschten über dem Kopf des Königs einen Blick. Mein Bruder hob die Augenbrauen, als wollte er sagen: »Da siehst du, wie es um ihn steht.«

»Doch du mußt dich schützen, mein Sohn.« Der Gebieter Sanherib, der Herrscher der Vier Enden der Erde, blickte zu mir hoch, und seine Miene war erneut ängstlich besorgt. »Geh ins Haus dieses Mannes, dieses Giritti Marduk, und lege Opfergaben von Brot und Wein auf seine Bahre, damit sein Geist sich nicht an dir rächt.«

»Das erscheint mir eine recht einsichtige Vorsichtsmaßnahme zu sein«, warf Assarhaddon ein und nickte weise.

»Siehst du? Assarhaddon pflichtet mir bei.« Der Blick des Königs schweifte von einem zum anderen. »Tu das, Tiglat – Tu das auf der Stelle. Und jetzt geht, alle beide. Ich möchte die Vögel füttern, die auf ihrem Zug nach Süden in meinem Garten Rast machen. Sie kennen mich und haben keine Angst vor mir, doch wenn Fremde dabei sind, dann kommen sie nicht. Geht.«

Ich ging, doch ich besuchte Giritti Marduks Haus nicht, noch bot ich seinem Geist Opfergaben an, denn wegen des Zorns von seinesgleichen, ob nun lebendig oder tot, machte ich mir kaum Sorgen. Die Schatten der von mir Getöteten konnten mich ruhig meinen lebenden Feinden überlassen.

Assarhaddon hatte ein, zwei Sachen dazugelernt, seit er den Segen des Gottes erhalten hatte. Irgendwo, irgendwie hatte er sich Raffinesse erworben – genug jedenfalls, daß er mit dem König umzugehen wußte. Ja, natürlich. Der König schwand dahin. Noch ein paar Jahre, und Assarhaddon würde alle Macht im Lande Assur auf sich vereinen. Alles, was die Offiziere der *quradu* vorausgesagt hatten, würde eintreffen.

Doch mittlerweile hatte ich mich mit der Erkenntnis abgefunden, daß ich durch ein Skorpionnest wandelte. Davon wurde mir nicht mehr schwindlig.

Als ich nach Haus kam, sah ich eine Sänfte warten. Die Sklaven, welche vor meiner Tür kauerten, trugen die Tuniken des königlichen Haushalts. Im Audienzzimmer, wo sich zu Zeiten Sinahiusurs die Bittsteller gedrängt hatten, traf ich nur die Herrin Schaditu an.

»Du hast gesagt, du würdest mich bei unserer nächsten Begegnung umbringen«, murmelte sie. Sie saß auf einem Tisch und die Umrisse ihrer Beine schimmerten durch ihre hauchdünne Tunika. »Doch ich glaube, heute wohl nicht. Ich glaube, für den Augenblick hast du dich an Blut reichlich gütlich getan.«

Sie lächelte und ließ durchblicken, daß sie alles wußte, daß meine Verbrechen mich für sie nur noch anziehender machten. Ich wußte, sie war böse, und ihr verführerischer Leib brachte ihren Opfern Ungnade und Tod, und doch konnte ich mich des Gedankens nicht erwehren, daß sie trotzdem schön war.

»Nein, ich bringe dich nicht um. Doch ich schicke dich

mit einer Kehrseite nach Haus, die dir in Fetzen herunterhängt, wenn du mich weiter zappeln läßt, was der Grund deines Besuches ist.«

»Willst du mich bedienen wie die kleine Sklavin Zabibe?« Das Lächeln auf ihren Lippen wurde weicher, so als ob diese Aussicht ihr eher zuzusagen schien. »Sie ist eine Spionin, wußtest du das?«

»Ja. Für die Herrin Nakija.«

»Es hat den Anschein, daß mein geliebter Bruder mit den Jahren klug geworden ist. Küß mich, Tiglat.«

»Warum bist du gekommen?«

»Erst küß mich, dann sage ich es dir. Küß mich – ich weiß doch, daß du gern küssen willst.«

Sie sprach nichts als die Wahrheit, denn ich befand mich in einer eigenartig unbekümmerten Stimmung. Ich beugte mich vor und küßte sie, und sie warf mir die Arme um den Hals und erzwang sich mit ihrer spitzen Zunge den Weg zwischen meine Lippen. Meine Hände fanden ihre Brüste – die Brustwarzen lagen hart in meiner Hand, und ich umfaßte sie mit den Fingern und drückte fest zu. Die Arme fielen ihr herab, und sie stöhnte vor Schmerz, wollte sich aber nicht entwinden. Nur ihre Augen, in denen die Tränen standen, flehten mich an.

»Es scheint, du und meine treulose Konkubine, ihr seid von der gleichen Sorte«, zischte ich.

»Ja – von der gleichen Sorte.«

Ja. Es war an ihrem flehentlichen Blick abzulesen.

»Spiel nicht mit mir, Schaditu. Ich gehöre nicht zu deinen Liebhabern im Palast.«

»Wenn es doch so wäre, Tiglat, mein Liebster. Ich wünschte mir, du . . . Oh! Ich glaube, die Male deiner Daumen trage ich bis ins Grab.«

»Sag mir, warum du gekommen bist, oder du liegst schneller darin, als dir lieb ist.«

»Lieber würde ich in deinem Bett liegen«, flüsterte sie, warf sich mir wieder an den Hals und küßte mich auf den

Mund. »Ich liebe dich, Tiglat, denn du bist der einzige Mann in Ninive, der keine Angst vor mir hat.«

Ich machte mich los und trat zurück, bis ich außer Reichweite war, denn sie entflammte in der Tat meine Leber.

»Ich habe mehr Angst vor dir als alle anderen.«

»Nein, nicht vor mir, sondern nur vor dir. Daß du dich verrätst. Und du hast Glück – oder vielleicht bist du nur stärker als wir anderen –, denn bislang hast du es nicht getan.«

»Und du, Schwester?«

»O ja – und darum habe ich auch soviel Angst.«

Das konnte ich sehen. Sie stand ihr in den Augen geschrieben, diese Angst. Aber es war keine Angst vor Menschen, oder vor dem, was Menschen ihr antun konnten, oder etwa vor dem Tod. Ihre Seele machte ihr Angst. Sie hatte Angst, verlassen zu werden und zu verzweifeln. Sie hatte Angst wie jemand, der ins Dunkel geraten ist und weiß, daß er nie wieder herausfindet.

»Heraus mit der Sprache«, sagte ich und verbannte das Mitleid aus meinem Herzen – warum sollte ausgerechnet ich Mitleid mit Schaditu haben. »Was hat dich hierhergeführt?«

Auf der Stelle verschloß sie sich wieder. Spröde und reserviert saß sie auf dem Tisch und spielte mit ihren bemalten Fingernägeln. Anscheinend war sie darauf aus, mich um ihre Gunst buhlen zu lassen.

»Was willst du denn wissen?« fragte sie und blickte mich nicht an, betrachtete aber ganz versunken ihre Fingernägel.

»Warum du hierhergekommen bist?«

»Das habe ich doch schon gesagt – weil ich dich liebe. Und weil ich Partei ergreifen muß, und das schnell.«

Das bedurfte keiner Erklärung. Die ganze Stadt ergriff Partei – oder versuchte mich zu zwingen, ihr eine Partei anzubieten, auf deren Seite sie sich schlagen konnte.

»Der König wird nicht mehr sehr lange König sein«, fuhr sie ganz unnötigerweise fort, »er ist alt und müde, also muß ein jüngerer Mann seinen Platz einnehmen. Bleibt nur noch zu regeln, wer das sein wird, du oder Assarhaddon. Du wärst mir lieber, doch um meiner selbst willen muß ich zu denen gehören, welche ihr Gewicht in die Waagschale des Gewinners werfen.«

»Die Frage ist bereits geregelt. Assarhaddon ist der Erwählte des Gottes. Er ist *marsarru* und wird König.«

»Ach?« Sie warf mir einen Blick zu und lächelte, als hätte ich etwas Lustiges gesagt. »Kann sein, wenn du es wünschst, daß dann Assarhaddon König wird. Doch du könntest sein *turtanu* sein. Die Streitkräfte folgen dir in allem, und die Streitkräfte haben nun einmal das Sagen. So was hat es früher auch schon gegeben, daß ein *turtanu* den König in der Hand hatte. Vielleicht hat es der Gott ja so gewollt.«

»Schaditu – Schwester – warum hat sich der *baru* Rimani Assur das Leben genommen? Hat der Gott das auch gewollt?«

Sie wandte den Blick ab, saß einen Augenblick mit ruhigen Händen da und blickte ins Leere. Trotz all ihrer Schlechtigkeit war sie nicht feige, ich konnte mich nämlich nicht erinnern, daß sie bislang Furcht gezeigt hatte, richtige Furcht. Und in diesem Augenblick fürchtete sie sich.

»Woher soll ich das wissen? Mich interessiert bei Männern nur der Leib, nicht ihre Herzen.« Sie lachte – ein hohes, silbriges Lachen, wie das unfrohe Lachen von Verrückten. Und noch immer wandte sie die Augen ab.

»Du hast ihn verführt, oder?« Ich nahm ihr Gesicht in meine Hände und zwang sie, mich anzusehen. »Du bist in sein Bett gegangen, und da hat er sein Amt verraten.«

»Woher weißt du . . .?«

»Das weiß doch jeder – ich war nur der allerletzte. Die Geschichte wurde mir in Amat von jemand zugetragen, dessen Namen du kaum gehört haben wirst.«

»Das ist nicht wahr. Es ist nicht wahr! Die Herrin Nakija –«

»Was? Hat sie dich etwa gezwungen? Oder seid ihr beiden einfach darauf gekommen, daß ihr euch für ein gemeinsames ehrgeiziges Ziel zusammentun könnt?«

Sie riß sich los und starrte mir nach einem Weilchen mit dem trotzigen Mut der Verlorenen ins Gesicht. Nein, sie würde es mir nicht sagen. Doch sie stritt auch nichts ab.

»Was hat Rimani Assur in den Omen gesehen, Schwester? Weißt du das?«

»Wenn ich es dir sagen würde, und wenn dieses Wissen dir behilflich wäre, Assarhaddon den Thron zu stehlen, würdest du ihm auch seine Frau nehmen oder würdest du mich nehmen?«

»Ich würde Assarhamat nehmen.«

»Dann dürfte die Wahrheit wohl mit Rimani Assur gestorben sein.«

Wieder dieses Lachen, und es klang genauso bitter. Denn jetzt hatte sie Partei ergriffen.

Ich schlug zu – schlug ihr mit dem Handrücken hart ins Gesicht. Sie fiel zu Boden, und als sie sich umdrehte und mich ansah, rann ihr Blut aus dem Mund. Doch sie lachte immer noch.

*

An diesem Abend besuchte ich Assarhamat in ihren Gemächern. Es war mir gleichgültig, wer davon wußte. Assarhaddon würde noch zehn Tage in Ninive bleiben – wenn er davon hörte und etwas dagegen hatte, so sollte er ruhig kommen.

»Laß ab von deinem Gott«, hatte sie gesagt. Mir kam es vor, als hätte der Gott mir den Rücken zugekehrt. Wenn es ihm beliebte, seinen Willen geheimzuhalten, dann stand es mir frei, nach meinem zu handeln.

Sollte Assarhaddon doch etwas dagegen haben! Dieses Mal würde ich meiner Hand nicht Einhalt gebieten.

Ich fand sie in einem Raum neben ihrem Schlafgemach. Sie sah abgespannt aus, so als ob ihre kürzliche Schwangerschaft an ihren Kräften gezehrt hätte, und ihre Brüste waren prall von Milch.

»Ich will das Kind meines Mannes nicht stillen«, sagte sie – und der Gedanke schien ihr Freude zu bereiten. »Von mir bekommt er nichts als sein Leben. Man holt Hirtenfrauen, daß sie ihn nähren. Was könnte sich mehr für Assarhaddons Sohn geziemen.«

»Ich möchte dich in mein Haus holen. Dann gehen wir nach Amat – soll Assarhaddon doch hinter uns herkommen, wenn er den Mut aufbringt.«

Sie schien mich nicht zu hören. Sie bemerkte mich kaum, so sehr war sie mit ihrem eigenen Elend beschäftigt.

Was hatte ich uns beiden nur angetan?

»Und trotzdem gedeiht er«, fuhr sie fort – hatte sie am Ende doch den Verstand verloren? »Er ist gesund und kräftig wie sein Vater. Aber *dieses* Kind wird nie die Krone von Assur tragen.

Begehrst du mich, Tiglat? Immer noch? Dann komm mit – komm. Nur ins Nebenzimmer, wo ich meinen Rücken ausruhen kann. Wir brauchen nicht bis nach Amat zu gehen, denn es ist ja doch alles gleich.«

Und sie meinte, was sie sagte. Sie stand auf, ergriff mich mit beiden Händen am Arm und zog mich mit. Die Tür zu ihrem Schlafgemach stand halb offen – wieso war mir das nicht aufgefallen?

»Wenn Assarhaddon uns zusammen ertappt, was kann er schon machen?« Sie lächelte und zog mich über die Schwelle. »Ich muß den Sohn gebären, der nach ihm herrschen wird, und dieser Sohn muß erst noch den Weg in meinen Schoß finden. Was kann Assarhaddon schon machen?«

Es war ein kleiner Raum, und drinnen kauerten zwei von Assarhamats Dienerinnen in einer Ecke und legten und falteten weiße Leinentücher – Frauenarbeit, nur ihnen verständlich. Sie blickten auf, und als sie mich sahen, standen sie auf und gingen. Sie beeilten sich, und in ihren Augen leuchtete die Angst, denn sie wußten, daß ihre Herrin etwas

Wahnwitziges tat. Hinter ihnen schloß sich beinahe geräuschlos die Tür.

Wortlos zog sich Assarhamat die Tunika über den Kopf und stand nackt vor mir. Sie war schön – für mich noch schöner als das Leben –, doch ihr Leib war nicht mehr jung. Ihre einst so kleinen und festen Brüste waren schwer, wollten schier platzen, und ihr Bauch war faltig und wies Schwangerschaftsstreifen auf. Ich fiel vor ihr auf die Knie, legte meine Wange an ihr armes Fleisch, und Tränen des Mitleids stiegen mir in die Augen.

»Bin ich denn so häßlich geworden, Tiglat?« murmelte sie, während ihre Finger mir das Haar zurückstrichen. »Ist es auch mit der Liebe vorbei?«

»O nein – Liebste, meine Liebste!« Wieder und wieder schluchzte ich diese Worte, denn andere fielen mir nicht ein. »O Liebste, meine Liebste.«

So hielten wir uns eine geraume Weile umschlungen, waren allein, und nur das flackernde Licht einer einzigen Lampe leistete uns Gesellschaft. Wie lange, das weiß ich nicht zu sagen. In meinem Kopf war nur ein Gedanke, Assarhamat. Ich hatte alle Scham und Pflicht vergessen. Ich war ein leeres Gefäß, bis sie mich wieder mit meiner Liebe zu ihr füllte.

An jenem Abend waren wir wieder ein Fleisch. Ich drang in sie ein, und wir wurden eins. Mit Assarhamat war es anders als mit anderen Frauen, denn ich dachte mit keinem Gedanken an die Lust. Es war ein stummes Sehnen der Sinne nach Freude, doch ich liebte sie nicht wegen der Lust. Ich ertrug es einfach nicht, von ihr getrennt zu sein, meine Seele war in ihrem Leib gefangen, und ohne sie schwebte ich in der leeren Luft umher wie ein Geist. Ich wußte, ich war am Leben, doch nur, weil ich bei ihr war. Wir waren ein Fleisch.

»Komm mit mir«, sagte ich, als wir wieder sprechen konnten. »Komm mit, und dann kann uns nur noch der Tod trennen.«

»Wie bald wäre das?«

»Was macht das schon? Ich kann dich nicht noch einmal verlassen.«

»Du mußt – du weißt, daß du es mußt.«

»Ich weiß gar nichts, außer, daß ich dich liebe.«

»Ich komme aber nicht mit, Tiglat.« Sie ließ mich aus ihren Armen und setzte sich auf ihrer Schlafmatte auf. »Die Zeiten sind vorbei. Du redest nur von dem, was sein sollte, nicht was sein kann. Du hast schon gewählt – oder vielleicht hat der Gott für dich gewählt.«

»Erst kommst du, und dann dieser Gott oder wer auch immer.«

»Das sagst du jetzt und glaubst es auch jetzt. Doch morgen oder übermorgen sieht das schon ganz anders aus. Du gehörst ihm, nicht mir. Das begreife ich jetzt. Ich nehme es ihm nicht einmal mehr übel. Es ist einfach so.«

»Warum?«

»Weil es sein Wille ist.«

Ich wußte, daß sie die Wahrheit sprach, daß sie stärker war als ich. Der Gedanke an Abschiednehmen, an die Tage oder Jahre ohne sie, war mir unerträglich. Und in meinem Herzen verfluchte ich den Namen des Gottes.

»Nun kommt die Zeit des Abschiednehmens«, hatte der *maxxu* gesagt, *»bis deine Zunge des Klanges von Lebewohl überdrüssig ist.«*

Ich erhob mich in der Dunkelheit, während sich die Welt noch in die Schwingen des Todes hüllte, und ging.

*

»Finde ich keine Gnade mehr vor den Augen meines Gebieters?« Zabibe spielte so listig wie eh und je die Zerknirschte. Sie kniete vor mir, in Lumpen gehüllt und mit nackten Schultern. »Er beehrt mich nicht mehr wie einst. Er verbannt mich von seinem Angesicht, und ich kann mir an den Fingern abzählen, wie viele Nächte ich seit unserer

Rückkehr auf seiner Schlafmatte verbracht habe. Wenn ich gegen meinen Herrn gefehlt habe, dann möge er mich bestrafen, wenn es sein muß, mit dem Tod. Wenn er sich nur nicht von mir abwendet, denn das ist noch schrecklicher als der Tod.«

Sie berührte mit der Stirn den Fußboden und umschlang meine Knöchel, badete meine Füße in Tränen. Sie war sehr überzeugend, doch eine Frau ist niemals gefährlicher, als wenn sie ganz Schwachheit und Demut scheint. Mir wurde klar, daß es ein Fehler gewesen war, sie zu vernachlässigen.

»Dann bring mir meine Peitsche«, sagte ich.

Doch eine wunde Kehrseite und die Koseworte, die dazu gehören, wenn man es kurz und heftig mit einer Frau treibt, würden sie nicht ein für allemal zufriedenstellen. Zabibe wußte, daß sie eine Rivalin hatte, und sie würde keine Ruhe geben, bis sie diese entdeckt hatte. Schließlich hatte man sie mir für derartige Entdeckungen angedient. In Wahrheit hatte ich es satt, mit ihren Lügen zu leben. Und ich hatte etwas mit Zabibe vor.

Noch einen halben Monat, und ich würde mit zehn Kompanien Soldaten nach Amat zurückkehren. Sie würden in der Festung bleiben, während ich mein neues Heer ins Zagros-Gebirge führte. Bis dahin hoffte ich, mit allem reinen Tisch gemacht zu haben.

»Wir müssen abwarten«, sagte ich zu Assarhamat. »Vielleicht falle ich auf diesem Feldzug, oder vielleicht betrinkt sich Assarhaddon und bricht sich auf einer Treppe das Genick. Oder vielleicht ist der Gott am Ende dieser Narretei überdrüssig und vernichtet die Welt. Uns bleibt nichts, als abzuwarten.«

Und das stimmte. In all den Monaten, die ich in der Stadt weilte, traf ich sie nur fünf Mal, die Tage dazwischen bestanden nur aus Warten. Ich lebte für diese spärlichen Stunden mit ihr und für nichts sonst. Nicht einmal der Gedanke an den Krieg mit den Medern sagte mir noch etwas –

Ruhm und Gefahr galten mir nichts, wenn sie mich so weit von ihr fortführten. Ich vernachlässigte Zabibe nicht aus falscher Rücksichtnahme. Nein, das nicht, ich vergaß einfach die meiste Zeit, daß es sie überhaupt gab.

Während dieser Monate in Ninive hörte ich viele Stimmen, doch ich hörte ihnen nur mit halbem Ohr zu. Der König war alt und würde bald für immer dahin sein, doch der Tod des einen war das Leben für viele, und die Verschwörungen gediehen, wie die Maden im Bauch eines toten Löwen. Überall wurde gemunkelt.

Dauernd traf ich Leute, bekannte und unbekannte. Diese Begegnungen mochten wie zufällig wirken – ich erhielt eine Einladung zur Jagd, und in einer Gesellschaft von vielleicht hundert Leuten befand ich mich plötzlich mit einem *rab abru* zusammen, der die Garnison Rasappa befehligte und auf Heimaturlaub war. Beim Jagen hat man Zeit, man unterhält sich. Es wurden bestimmte Andeutungen bezüglich der augenblicklichen Situation fallengelassen, Beschwerden über Assarhaddons Babylon-Politik. Ich antwortete etwas Belangloses, und auf einmal sicherte mir der Mann seine Unterstützung zu, falls ich meinem Bruder den Thron streitig machen wollte. Dieses und anderes geschah mir drei-, vier-, ich weiß nicht wie viele Male.

Manche Begegnungen waren nicht so zufällig. Am fünften Tag vor dem Beginn des Akitu-Festes, zwei Stunden vor Tagesanbruch, weckte mich mein Haushofmeister. Er sagte, ich hätte einen Besucher, der sich nicht abweisen ließe. Der Mann wäre in einer Sänfte gekommen und trüge eine Tunika mit einer Kapuze, welche sein Gesicht verbarg – mein Haushofmeister war sich nicht einmal sicher, ob es sich um einen Mann handelte. Er vermutete einen Mörder.

Ich nahm meinen Speer, der an der Wand lehnte und machte mich zu diesem seltsamen Besucher auf. Ich fand ihn, und als wir allein waren, zog er die Kapuze herunter. Es war mein königlicher Bruder, der Schreiber Nabuscharusur.

»Überrascht dich mein Besuch?« sagte er und lächelte nur mit den Lippen.

»In Ninive kann mich nichts mehr überraschen«, gab ich zurück. »Wenn eine Frage erlaubt ist, ohne daß ich unhöflich wirke, was führt dich um diese Stunde zu mir, Bruder?«

Nabuscharusurs schmale, nervöse Hand spielte mit dem Ärmel seines Umhangs. Um seine Augen waren Fältchen, so als ob er ständig in die Ferne blicken müßte. Er war ein Mann – falls man ihn als Mann bezeichnen konnte –, dessen Leben ständig auf Messers Schneide stand.

»Ich komme, um dir zu sagen, daß du Feinde hast.«

»Das überrascht mich nicht, schließlich habe ich keinen einwandfreien Lebenswandel.«

»Du machst dich über mich lustig, Bruder.«

»Nein, Bruder.« Ich schüttelte den Kopf und lächelte, aber auch nicht freundlicher als Nabuscharusur selbst. »Wenn sich einer über den anderen lustig macht, dann du über mich. Ich bin nicht so einfältig, wie du zu glauben scheinst.«

»Wisse dann, daß es in deinem eigenen Hause Spione gibt – diese Zabibe zum Beispiel.«

»Das hat man mir bereits erzählt. Na und? In dieser Stadt verdient sich doch die eine Hälfte der Bewohner ihren Lebensunterhalt damit, daß sie die andere bespitzelt. Erzähle mir etwas, das ich noch nicht weiß.«

»Diese Frau hat, um sich ihren Lebensunterhalt zu verdienen, der Herrin Nakija versprochen, daß sie dich vergiftet. Ich würde aus ihrer Hand keinen Wein mehr annehmen, Bruder – aha, da habe ich dir also doch etwas zu sagen gewußt.«

»Ja. Und wenn ich fragen darf, warum machst du dir die Mühe, Bruder, und woher weißt du das?«

»Ich mache mir die Mühe, weil ich immer noch Hoffnungen auf dich setze, Tiglat.« Er hob die schmalen, weiblichen Schultern, so als ob er seine Hoffnungen schon lange aufgegeben hätte. »Du bist ein Narr, den die Vergangenheit blind für die Zukunft macht, doch das muß nicht immer so sein.

Und was meine Kenntnisse von dieser Sache angeht – wie du schon angedeutet hast, gibt es keine Geheimnisse, die man nicht in Ninive feilbieten würde.«

Er verneigte sich und ging, und wie üblich weinte ich ihm keine Träne nach. Nabuscharusur fühlte sich nicht wohl in seiner Haut, und diese Aura von Unbehagen umgab ihn ständig. Sie machte jedem zu schaffen, der die gleiche Luft wie er atmete. Ich ging in mein Schlafgemach zurück, den Gedanken an Schlaf hatte ich aufgegeben, ich wollte auf die Morgendämmerung warten.

Und am nächsten Abend fand ich Zabibe mit ihrer Peitsche und einem Silbergefäß mit Wein an meiner Schlafmatte. Sie lächelte mich an, und da wußte ich, daß mir Nabuscharusur das Leben gerettet hatte.

»Ich bin nicht durstig«, sagte ich. »Aber trink du doch, wenn du möchtest. Trink, ehe der Wein warm wird.«

Sie schüttelte den Kopf.

»Nein – ich mache mir nichts aus Wein.«

Ich hatte sie genau diesen Wein aber unzählige Male trinken sehen.

»Na gut. Wenn du mich böse machen willst.«

Ich griff nach der Peitsche, und wieder lächelte sie. Zweifellos dachte sie, mir würde die Kehle vor Lust schon noch trocken werden und ich würde irgendwann vor dem Morgen den Wein trinken und sterben.

Sie hob den Saum meiner Schlaftunika und nahm meine Mannheit in ihren Mund. Ich schlug ihren Rücken mit der Peitsche, und sie stöhnte, während ich den Druck ihrer Zunge spürte. Und solange sie an mir saugte, schlug ich sie bis aufs Blut. Zweimal drang ich in dieser Nacht in sie ein. Doch den Wein rührte ich nicht an.

Am nächsten Morgen, noch vor Sonnenaufgang, verließ ich die Schlafende und nahm das Silbergefäß mit. Die Köche waren schon wach, und so ging ich in die Küche und nahm mir einen der langen, dünnen Brotlaibe, wie sie nur die Diener aßen. Niemand fand das sonderbar.

Der Garten hinter meinem Haus war in den letzten Lebensjahren des Fürsten Sinahiusurs vernachlässigt worden. Alles war von Unkraut überwuchert, und Ratten hatten sich angesiedelt – freche Kreaturen, fast so groß wie Katzen, die weder Mensch noch Tier noch Gott fürchteten. Ich ging nach draußen, setzte mich auf eine Steinbank, brach Stücke vom Brotlaib ab, tunkte sie in den Wein und warf sie auf den Gartenpfad.

Und schon kam eine Ratte. Sie stand ganz still, als sie mich sah und beobachtete mich aus winzigen, grausamen Augen, und als sie sich am Ende überzeugt hatte, daß ich ihr nichts tun wollte, kam sie heran und beschnupperte das Brotstückchen. Sie fraß es und dann noch eines. Ich wartete. Sie sah sich nach mehr um, ihren langen, nackten Schwanz zog sie hinter sich her.

Und dann richtete sie sich auf einmal steil auf den Hinterbeinen auf und fiel um. Ich ging zu ihr und trat mit der Sandale nach ihr, nur um sicherzugehen. Sie war so leblos wie ein Stück Holz.

Dann stimmte es also – es konnte gar keinen Zweifel geben. Ich schüttete den restlichen Wein auf die Erde.

Zabibe konnte nur schlecht ihr Erstaunen verbergen, daß ich noch am Leben war.

»Sag einer Dienerin, sie soll mein Frühstück bringen«, befahl ich ihr. »Mach rasch, ich bin halb verhungert.« Und das war ich in der Tat. Einem Mann, der gerade dem Tod entronnen ist, schmeckt alles gut. Ich stand in der Schuld meines Bruders Nabuscharusur.

Und Zabibe würde mir dafür zahlen. Weiß Gott.

⋆

Am Morgen sollte ich nach Amat aufbrechen. Die Kasernen im Haus der Krieger leuchteten hell vom Schein der Fakkeln, während die Soldaten ihre Ausrüstung für den langen Marsch instandsetzten. Es waren frisch Ausgehobene, und sie wußten, daß einige von ihnen in den Krieg ziehen würden. Heute nacht würden sie kaum ein Auge zutun. Ich kannte ihre Gefühle. Ich brauchte nur an den langen Weg nach Chalule zu denken.

Doch mir klangen die Ohren nicht vom Waffengeklirr und dem Donner der Pferdehufe. All das hatte für mich seine beängstigende Fremdartigkeit verloren, nein, ich eilte in die Arme einer geliebten Frau. Mich von ihr zu trennen, das war schlimmer als der Tod.

Assarhamat erwartete mich in ihrem Schlafgemach. Ihre Frauen, jedenfalls die, welchen sie traute, würden bis ungefähr eine Stunde vor Tagesanbruch für uns Wache stehen. Assarhaddon hatte sich den ganzen Monat über in Kalach aufgehalten, wo er angeblich darauf wartete, daß ich in den Norden zurückkehrte.

Nur eine Öllampe brannte neben ihrer Matte. Assarhamat stützte sich auf einen Arm auf, während sie sich mir mit einem Lächeln zuwandte. Ich kniete vor ihr nieder, und sie berührte mit den Fingerspitzen leicht meine Haut und küßte mich auf den Mund. Unsere Küsse wurden gieriger, beinahe wild. Es fiel kein Wort. Zu Worten fehlte uns die Zeit. Wir liebten uns so wie Verhungerte gierig schlingen, als ob uns alles im nächsten Augenblick entrissen würde.

»Was machen wir nur in der langen Zeit unserer Trennung?« fragte sie zuletzt, als unsere Leidenschaft verraucht war und sie sich an mich kuschelte.

»Wir werden leiden«, erwiderte ich, denn eine andere Antwort gab es darauf nicht. »Wir werden die Hoffnung nicht aufgeben, und wir werden warten.«

»Wie lange wohl?«

»Das weiß ich nicht.«

»Es liegt in des Gottes Hand.«

»Ja.«

»Ja.«

Draußen, in Assarhamats Garten, summten die Zikaden. Der Tigris, unsere Mutter, führte Hochwasser, und die Welt erwachte zu einem neuen Jahr. Und im Morgengrauen sollte ich aufbrechen, um gegen die Meder zu kämpfen.

»Tiglat ...«

»Ja?«

»Ich glaube, ich erwarte ein Kind.«

Ich hielt sie in meinen Armen und rührte mich nicht, ja, ich atmete nicht einmal. Was fühlte ich? Eine Art kalten Schreck – doch das kam nur von der Überraschung.

»Ist es von mir?«

»Hoffentlich, ja. Es könnte auch von Assarhaddon sein, denn er nimmt es mit seinen königlichen Pflichten genau, doch wahrscheinlich nicht. Ich glaube, es ist von dir, und wenn auch nur aus dem Grunde, daß ich es bereits liebe.«

»Dann bin ich froh.«

»Ich auch.«

In einer Stunde, dachte ich – vielleicht nicht einmal das –, müssen wir Abschied nehmen. Wie soll ich das aushalten? Wie soll ich das jetzt überhaupt aushalten?

*

Doch ich hielt es aus. Mein Herz war tot, doch auch das hielt ich aus. Assurs goldene Sonne schien auf mich und die dreitausend Soldaten hinter mir herab; es war ein Schauspiel, das die Einwohner von Ninive bejubeln konnten. Jetzt gehörte ich weder Assarhamat, noch unserem ungeborenen Kind, ja, nicht einmal mir selbst, sondern dem König und seinem Heer und dem Pöbel, der für eine Stunde einen Helden haben will und sich an seinem Namen die Kehle heiser brüllt, um ihn sodann zu vergessen. Wieder einmal war ich etwas so Totes wie ein GROSSER MANN.

Ich machte für eine Nacht halt auf Drei Löwen und sagte meiner Mutter Lebewohl – der *maxxu* hatte Recht gehabt, meine Zunge war des Wortes überdrüssig –, und dann marschierten wir nach Norden, folgten den Gebirgspfaden, die schwierig waren, welche aber die Reise abkürzten und auf jeden Fall eine gute Übung für den kommenden Feldzug bedeuteten.

Zabibe war in einem Wagen irgendwo beim Troß. Ich schickte nicht nach ihr. Ich wartete.

Schließlich hatten wir den Gebirgskamm erklommen und konnten den Großen Zab in der Morgensonne wie eine silbrige Schlange glitzern sehen. Als wir unsere Pferde darin tränkten, waren wir nicht mehr als zwei Tagesmärsche von Amat entfernt.

In jener Nacht schliefen wir in der Nähe eines ziemlich großen Dorfes, das Adini hieß und dessen Ältester zu meinem Zelt kam, sich verneigte und um den Segen des Königs bat. Den gab ich ihm und fragte, ob es in seinem Dorf einen Schmied gäbe, der uns die Achse eines Wagens reparieren könne. Es gab ihn.

»Es muß aber ein kräftiger Mann sein, denn der Wagen ist schwer – man braucht vier Ochsen zum Ziehen.«

»Oh, der schafft das, Gebieter, denn er ist selber so stark wie ein Ochse.«

»Gut. Dann schick ihn zu mir.«

Die Achse hätte bis Amat warten können, ich jedoch nicht. Es dauerte keine halbe Stunde, da erschien der Schmied, und er war genauso, wie ich ihn mir erhofft hatte – ein Riese mit Armen so dick wie Schenkel und einem Gesicht voller winziger Brandnarben von seinem Schmiedeofen. Auch war er sehr häßlich und hatte zu allem Überfluß noch ein Auge verloren; in der leeren Augenhöhle trug er einen Kupferschekel. Ich sah ihm bei der Arbeit zu, und als er fertig war, lud ich ihn zu einem Krug Bier ein. Da saßen wir nun ganz zufrieden beieinander, als hätten wir uns unser Leben lang gekannt, und der Schmied kratzte sich das verfilzte schwarze Haar auf dem Bauch, während er trank. Er gefiel mir recht gut.

»Sag, Schmied, hast du eine Frau?« fragte ich.

»Leider nicht, Gebieter«, antwortete er und grinste dabei ziemlich dümmlich. »Ich hatte eine, doch die ist mir gestorben. Jetzt haben ihre Kinder keine Mutter mehr und ich niemand, der mir Essen kocht.«

»Das muß ja ein großer Verlust für dich sein. War sie schön?«

»Nein, Gebieter. Dafür war sie zu mager, und ihre Haut war so rauh wie Granit, doch ein Einäugiger kann keine Königin für seine Schlafmatte erwarten. Und eine bissige Zunge hatte sie außerdem.«

»Dann hast du sie vermutlich geschlagen.«

»O ja, Gebieter. Ich habe sie verprügelt – so wie jeder richtige Mann. Doch das hat sie nicht sanfter gemacht.«

Mehr brauchte ich nicht zu wissen. Ich ging in mein Zelt und holte etwas, das ich in Ninive erstanden hatte – eine schöne Peitsche, nicht viel länger als die Spanne eines Männerarmes, doch aus Schweinsleder geflochten und in Salzwasser eingeweicht.

»Komm mit, Schmied.«

Wir gingen zurück zum Troß, und ich machte Zabibes Wagen ausfindig, wo sie nackt wie die Morgenröte auf einem Teppich ruhte und ihre Zehennägel bemalte. Sie lächelte, als sie mich sah, doch ehe sie sprechen konnte, ergriff ich sie beim Handgelenk und zerrte sie hinunter in den Staub. Das eine Auge des Schmiedes funkelte bei ihrem Anblick vor Entzücken, warum auch nicht, vermutlich gab es in seinem Dorf keine, die ihr gleichkam.

»Hier ist eine neue Frau für dich, Schmied . . .«

»Nein – Gebieter, NEIN!« Zabibe versuchte, sich meinem Griff zu entwinden, doch ich hielt sie fest. »Erbarmen, Erhabener . . . Nicht! Nein!«

Ich reagierte nicht auf ihr Geschrei. In dieser Sache, die unter Männern ausgemacht wurde, redete ich nur mit dem Schmied.

»Natürlich hat auch diese eine bissige Zunge, doch ich verspreche dir, daß sie dich lieben wird, wenn du sie nur hart genug schlägst. Diese Peitsche gebe ich dir als Mitgift.«

Ich riß sie am Arm, daß sie ihrem neuen Mann in die Arme taumelte. Der fing sie recht geschickt auf. Sofort ging sie mit den Nägeln auf ihn los, doch er lachte nur und versetzte ihr einen spielerischen Schlag, der sie in den weichen Frühlingsschlamm schickte. Sie kam hoch, und Tränen flossen ihr aus den Augen, auf der Wange bildete sich ein blauer Fleck, an dem sie noch viele Tage ihre Freude haben würde.

»Herr, bitte ...« jammerte sie und streckte die Hand nach mir aus. »Schweig, Frau, denn du verdienst Schlimmeres. Hast du dir wirklich eingebildet, ich würde mir eine Mörderin auf die Schlafmatte nehmen?«

Der Schmied packte sie beim Handgelenk und zerrte sie auf die Füße. Zabibe mit ihren nackten, lehmverschmierten Beinen schwieg endlich. Ihre Augen standen voller Tränen und flehten um Gnade, doch sie wußte wohl, daß es keine gab.

»Vielen Dank, Gebieter – sie gefällt mir.« Der Schmied streichelte ihr Schulter und Brust, ihm machte es nichts aus, daß sie vor ihm zurückzuckte. »Sie ist so schön, daß es mir egal ist, wie ihre Zunge beißt.«

»Ja, aber vergiß nicht, sie zu verprügeln. Zieh ihr die Haut von der Kehrseite«, sagte ich und lächelte grimmig und zufrieden, denn mir gefiel der Anblick, den die beiden zusammen boten. »Und – noch eine Warnung: Wenn du nicht lebensmüde bist, laß sie stets dein Essen vorkosten, ehe du selber davon ißt. Sie ist eine Araberin und verwendet seltsame Gewürze. Du willst doch wohl nicht an Magenbeschwerden eingehen wollen?«

In ihren Augen glühte es auf, als ich das sagte – so feurig, daß ich es beinahe bereute, sie zu verlieren. Klar, sie haßte mich. Doch hatte mir ihr Haß jemals etwas ausgemacht?

»Nimm sie, Schmied, ehe ich es mir anders überlege.«

Das ganze Heer konnte ihr Geschrei hören, als er sie fortführte. Die Luft schrillte von ihren Verwünschungen.

»Hoffentlich wenden sich die Götter von dir ab, Tiglat Assur«, kreischte sie. »Hoffentlich stirbst du einen furchtbaren Tod im Land der Meder, und hoffentlich fressen die Hunde deine Leiche.«

Wie viele Frauen hatten mich nicht schon mit Verwünschungen überhäuft? Ob es den Göttern jemals in den Sinn gekommen war, auf sie zu hören?

XXIX

Die Krähen hatten in zwei Jahren gute Arbeit geleistet. Außer den Knochen, die noch von vor sich hinfaulenden Sehnen zusammengehalten wurden, war von den Leichen Uksatars und der vier Ältesten des Miyaneh-Stammes nicht viel übriggeblieben. Sogar die Kleider, in denen der Tod sie ereilt hatte, waren verrottet, so daß nicht einmal die, welche wie ich bei ihrer Exekution zugegen gewesen waren, sie auseinanderhalten konnten.

Geist, mein Schlachtroß, war mittlerweile zu einem prächtigen Hengst, einem Kriegspferd herangewachsen, das sich nicht vor der Schlacht oder Blutgestank fürchtete. Er schnaubte nervös und schlug die Erde mit den Hufen, als ich einen Augenblick anhielt, um mir das grausige Schauspiel anzusehen – fünf Skelette, gepfählte Männer, die zur Warnung dienen sollten und mit leeren Augenhöhlen zu den östlichen Bergen starrten, von denen sie, man glaubte es kaum, Krieg gegen das Land Assur hatten führen wollen.

Natürlich war die Warnung vergebens gewesen. In den vergangenen zwei Jahren hatten medische Räuber immer wieder, besonders aber im letzten Winter, diese Grenze überschritten und sich aus den umliegenden Dörfern geraubt, was sie nur konnten. Das überraschte niemanden, wußten sie doch, daß ich ohnedies zurückkommen würde; warum also sollten sie ihre angeborene nomadische Habgier zügeln?

Mir kamen diese Übergriffe ganz gelegen, doch das

konnte ich nicht gut zugeben. Sie lieferten mir nämlich eine Rechtfertigung für den Krieg, mit dem wir nun das Volk des Ahura überziehen wollten. So waren wir also nicht einfach grausame Räuber, die aus Freude am Abschlachten und an dem, was auch immer wir mitnehmen konnten, eingedrungen waren, sondern der bewaffnete Zorn unseres Gottes, der es nicht zuläßt, daß man sein Volk beraubt und ermordet. Wichtiger noch, es zeigte, daß auch Daiaukkas Macht über die Stämme seines Staatenbundes ihre Grenzen hatte.

Daiaukka war bestimmt kein Narr und wußte, daß brennende Dörfer westlich des Diyala und Viehdiebstahl wohl kaum den Angriff, der unausweichlich kommen mußte, mildern würden. Zudem wußte er, daß meine Kriegspolitik umstritten war, daß ich den König, meinen Vater, erst noch für dieses Unterfangen gewinnen mußte, und er war klug genug, sich zu sagen, daß über jede in Brand gesteckte Hütte, über jeden getöteten Bauern, über jedes Maß gestohlene Gerste nach Ninive berichtet wurde und nur noch meine Behauptung erhärtete, die Meder seien eine Bedrohung und müßten vernichtet werden.

Daiaukka wußte also, daß diese Provokationen an der Grenze dumm waren, und wenn er ihnen nicht Einhalt gebot, dann hieß das, er konnte es nicht. Sein Wort war bei den Stämmen im Zagros also doch noch nicht ganz und gar Gesetz, auch wenn er sich selbst als *shah-ye-shah*, als König der Könige über die Arier titulierte.

Und als ich diese fünf vom Stamme der Miyaneh anblickte, welche man auf meinen Befehl hin erdrosselt hatte, auf deren Schädeln hier und da noch ein paar übriggebliebene trockene, verschrumpelte, sonnengedörrte Fleischfetzen hingen, und die grinsten wie Dämonen, denn sie hatten ja Zeit gehabt, darüber nachzudenken, wie lächerlich und töricht ihre Verbrechen gewesen waren, da bedauerte ich es nicht, daß man die Warnung in den Wind geschlagen hatte. Ich versprach Assur, daß die Meder auf viele Jahre hinaus keine mehr nötig haben würden.

Ich ritt zurück ins Lager, diese Zeltstadt auf einer großen Ebene, wo das Heer des Nordens noch einen letzten, langen friedlichen Nachmittag genoß, ehe wir unsere Sandalen zum letzten Mal im Diyala netzten und ins Land der Meder zogen. Geist zerrte am Zügel, er brannte darauf zu laufen. Seine lange, silberweiße Mähne wehte im Wind, und unter dem Fell seines mächtigen Leibes konnte man das Spiel seiner schwellenden Muskeln sehen. Er war ein prächtiges Tier, kraftvoll und schnell. Ich war überzeugt davon, daß er mir Glück bringen würde.

Kaum hatte ich das Lager betreten, da jubelten mir schon Männer zu, winkten und riefen meinen Namen. Wenn ich Gesichter sah, die ich kannte, lächelte ich und winkte auch, denn der Soldat muß glauben, daß sein Wohl dem Kommandeur am Herzen liegt. Die hier hatten mir ihr Leben anvertraut, auch wenn ich sie gegen einen Feind führte, der für seinen Mut und seine Wildheit berüchtigt war, und da sie überleben und siegen wollten, schufen sie sich ein Idol und nannten es Tiglat Assur. So ist das nun einmal. Ein Mensch wird hoch erhoben, nur damit viele andere ihre Hoffnungen und Pläne auf ihn setzen können.

Und in diesem Jahr würden wir wieder das Banner mit dem Blutstern mit uns führen, es wehte an unseren Standarten unter der geflügelten Sonnenscheibe Assurs, und so glaubten hoffentlich nicht nur meine eigenen Männer an den Mythos vom *sedu* des Mächtigen Sargon.

Doch ich verließ mich nicht allein auf die Zauberkraft meines eigenen Rufes. Das Heer, welches ich in den Zagros führte, war zwanzigtausend Mann stark, gut ausgebildete und disziplinierte Männer, die wußten, was von ihnen erwartet wurde. Viele hatten schon frühere Feldzüge mitgemacht und kannten die Schrecken der Schlacht. Wenn wir uns nicht behaupteten, so war der Fehlschlag meine Schuld, nicht die ihre. Doch wir würden uns behaupten – davon war ich fest überzeugt.

»Wann sollen wir das Lager abbrechen, *Rab Shaqe?«*

fragte Luschakin, während er Geist an der Trense hielt, daß ich absteigen konnte.

»Eine Stunde vor dem Morgengrauen«, erwiderte ich. »Und paß auf, daß jeder Soldat beim ersten Licht marschbereit ist. Die Meder sollen merken, daß wir trotz unserer großen Zahl noch beweglich sind.«

»Glaubst du, sie beobachten uns schon?«

»Ganz sicher.« Ich sah ihn an und riß die Augen auf ob soviel Einfalt. »Seit dem dritten Tag nach unserem Aufbruch aus Amat sind uns ihre Kundschafter immer an die fünf Stunden voraus gewesen. Du solltest mit mir in der Vorhut reiten, dann könntest du die Äpfel ihrer Pferde sehen.«

Tabschar Sin lachte. »Sieh dich lieber vor, Prinz, dieser Einfaltspinsel nimmt dir das auch noch ab.«

Als Luschakin merkte, daß man ihn hereingelegt hatte, lachte er mit. Da ich beide Männer noch aus den Tagen meiner grünen Jugend kannte, durfte ich mir einen Scherz erlauben.

»Gleichwohl«, sagte ich, »sind sie da. So dumm, daß sie sich zu erkennen geben, sind sie nun auch wieder nicht, aber sie sind da. Ich spüre, daß sie uns nicht aus den Augen lassen.«

In meinem Zelt lagen Karten, gewiß die besten, die je vom Land östlich des Diyala gemacht worden waren und gezeichnet von den kimmerischen Sklaven, die wir auf unserem letzten Feldzug aus der Sklaverei befreit hatten. Es gab nicht einen Felsen auf den Steppen des Zagros, der dort nicht verzeichnet stand. So brauchten wir wenigstens nicht blind durch die Gegend zu stolpern.

»Wir müssen uns an die weiten Ebenen halten«, sagte ich zu meinen Offizieren. »Ein Heer von dieser Größe ist im Gebirge nicht von Vorteil, und warum sollten wir Daiaukka Gelegenheit zu Hinterhalten geben? Unsere Größe ist unser Vorteil – wie viele Berittene die Meder auch ins Feld führen, sie haben keine Aussicht, uns zu überwältigen –, doch sollte sich ein Riese als Schlachtfeld nicht das Innere eines Bierkruges aussuchen.«

»Vielleicht wollen sie uns einfach nicht zur Kenntnis nehmen und warten in ihren Bergen, bis der Winter kommt und wir den Rückzug antreten müssen.«

»Daiaukka will kämpfen. Ein König, der sein Volk nicht beschützen kann, ist keiner – das ist ihm klar. Wir richten im Zagros so furchtbare Verheerungen an, daß er zum Kampf gezwungen wird.«

Nach Ende der Zusammenkunft blieben Luschakin und Tabschar Sin zurück, und wir drei tranken Wein und unterhielten uns bis über die schwärzeste Stunde der Nacht hinaus, wie schön es doch früher gewesen war. Alle drei hatten wir die Hoffnung auf Schlaf aufgegeben, und zu solchen Zeiten ist es besser, wenn man nicht allein ist.

Um die Stunde, da sich die Sonne wieder am perlgrauen Himmel zeigte, hatten sich die Heere von Assurs Rache bereits in Bewegung gesetzt. Gegen Mittag überquerten wir dann den Fluß und betraten Boden, den unsere Feinde ihr eigen nannten.

In der Abenddämmerung des zweiten Tages berichteten Späher, sie hätten das erste medische Dorf gesichtet. Ich gab Befehle für den Morgen aus.

»Nehmt eine Kompanie mit. Zerstört alles. Jede Mauer, jede Bauernhütte – einfach alles. Verbrennt, was ihr an Erntevorräten findet, und treibt soviel Vieh hierher, wie ihr schaffen könnt. Es gibt gar keinen Grund, warum unsere Soldaten morgen abend nicht Fleisch zu essen bekommen sollten. Schlachtet den Rest und werft die Kadaver in die Brunnen. Tötet jeden Mann in Waffen und alle, die sich widersetzen. Verschont die übrigen. Gebraucht, wenn nötig, die Peitsche, um sie zu vertreiben. Das Land soll von herumziehenden Bettlern wimmeln, die Daiaukka füttern muß, wenn er kann. Niemand belästigt mir die Frauen, schließlich sind wir keine Barbaren.«

Die Meder bauen ihre Häuser aus Stein, doch die Dächer

sind aus Holz. Sie brannten noch am nächsten Abend und tauchten den nächtlichen Himmel in ein böses Dunkelrot. Meine Soldaten freuten sich darüber – und wieso auch nicht, da unsere Feinde mit uns ebenso verfahren waren? –, doch bei dem Anblick gefror mir das Herz zu Eis.

Und so ging es viele Tage. Kompanien schwärmten aus und räuberten und plünderten. Unsere Getreidewagen brachen fast zusammen unter der Last, und wir hatten Pferde, Rindvieh und Ziegen, daß wir damit eine zehnmal so große Streitmacht hätten ernähren können. Wir fanden Silber und Gold, und das verteilte ich als Beute unter den Plünderern, behielt aber wie üblich den fünften Teil als meinen Anteil.

Es dauerte nicht lange, da kamen auf unserem Marsch die Dorfältesten zu uns, ähnlich wie bei unserem letzten Feldzug, und boten Tributzahlungen an, wenn wir sie verschonten. Doch es gab kein Erbarmen.

»Ihr habt euch mit einem bösen König verbündet«, sagte ich zu ihnen. »Ihm habt ihr diesen Rachefeldzug zu verdanken, denn er hat gegen das Land Assur Krieg geführt. Was ihr erleidet, das hat zuvor mein eigenes Volk erlitten – dieses und Schlimmeres. Jeder, der Daiaukka nachfolgt, muß erfahren, welchen Preis mein Gott von denen fordert, die seine Macht verspotten.«

Bei meinen Worten wehklagten die Ältesten, und die Stimme brach ihnen, und sie rauften sich den Bart.

»Aber, Erhabener, wir sind doch nur Bauern und Hirten. Wir sind keine Krieger, die mit Waffen in das Land Assur eingedrungen sind. Verschone uns.«

»Sind meine Leute nicht auch Bauern und Hirten gewesen? Reiten eure Söhne nicht in Daiaukkas Heer? Aber ich will mich ein wenig gnädig erweisen – jedenfalls gnädiger als die, an denen ich mich rächen will. Ich setze euch eine Frist von einem Tag. Rafft zusammen, was ihr könnt, und zieht in die Berge. Eure Wagen müßt ihr zurücklassen, ich schenke euch jedoch, was ihr auf dem Rücken forttragen könnt. Nehmt es und sucht Daiaukka. Erzählt ihm von euren Leiden und fordert seinen Schutz, denn der steht euch zu. Erzählt ihm, daß der Gebieter Tiglat Assur, der Sohn eines Königs und ein Prinz in den Ländern des Westens, seinen Vernichtungsfeldzug erst dann beendet, wenn er mit Gewalt vertrieben wird oder seinen Feind in einer offenen Schlacht besiegt hat.«

Ich hob die Hand zum Gruß, damit sie den Blutstern auf meinem Handteller sahen und wußten, wem sie da lauschten.

Diese Kunde lief zusammen mit meinen Worten von Dorf zu Dorf, und Wehklagen erfüllte die Steppen des Zagros, und Wege und Pfade wimmelten von Flüchtenden. Wie Wasser, das sich vor dem Bug eines Schiffes teilt, so trieben unsere vorrückenden Heeressäulen jenes Volk auseinander, das sich die Arier nannte. Immer wieder konnten wir in der Ferne die Staubwolken erkennen, welche ihre nackten Füße aufwirbelten, als sie sich auf die aussichtslose Flucht vor der Vernichtung machten.

Und stets fanden wir ihre Siedlungen menschenleer, fanden in den Höfen Ziegen angebunden und die Getreidespeicher voll, denn sie wußten, wenn sie dieses Abkommen brachen, würden wir über sie hinwegreiten und aus ihren Leichen Hundefutter machen. Was wir nicht als Beute mitschleppen konnten, verbrannten oder schlachteten wir.

Mehr als einmal ließen sie ein paar Frauen zurück, aber vielleicht blieben die Frauen ja auch aus eigenem Antrieb. Einmal fand ich in der Hütte eines Dorfältesten zwei Frauen – seine Ehefrauen, so sagten sie, und er ein Mann in den Siebzigern. Sie hatten ihr Los satt und baten mich, ihnen unter den Soldaten Assurs einen jungen Ehemann zu suchen. Sie würden sich über jeden Mann freuen, der diesen Namen verdiente, sagten sie, und um das unter Beweis zu stellen, boten sie mir an, sie zu beschlafen. Ich hatte schon viele einsame Tage hinter mir und war den beiden gern zu Diensten.

Nachher gab ich jeder zwei Schekel Silber und erlaubte

ihnen, im Troß mit dem Heer zu ziehen, nach dem Friedensschluß sollten sie dann die Wahl unter den Freiern treffen und nach Sitte meines Landes den Schleier nehmen. Und sie waren es wohl zufrieden.

Doch für die meisten Menschen im Land der Meder war es ein furchtbarer Sommer. Langsam wurde das Land zur Ödnis. Im Winter würde es eine Hungersnot geben, und viele Flüchtlinge würden die Rückkehr nicht mehr erleben, sondern in den Bergen umkommen – würden den Tod als Ende ihrer Leiden willkommen heißen. Wir handelten böse, doch es war an Daiaukka, dem ein Ende zu setzen.

Und so überraschte es mich auch nicht, als ein Abgesandter von ihm eintraf, der das Zeichen des Parlamentärs trug.

Wenn die Meder unterhandeln wollen, schicken sie einen Reiter mit einer Lanze, von deren Spitze weiße Bänder flattern. Beim Näherkommen schwenkt er den Speer über seinem Kopf, daß die Bänder in der Sonne leuchten. Ein Mann zu Pferd reicht nicht aus, um ein Heer in Angst und Schrecken zu versetzen, und so hätten wir ihn auch ohne diese aufwendige Zurschaustellung seiner Absichten durch unsere Linien gelassen.

Sowie er im Lager war, stieg er ab, und ohne daß ein Wort fiel, brachte ihn eine Wache geradewegs zu meinem Zelt.

»Kommst du von Daiaukka?« fragte ich ihn.

»Ich überbringe eine Botschaft des *shah-ye-shah*«, erwiderte er, als wolle er meine Unverschämtheit korrigieren, denn ich hatte eine so hochgestellte Persönlichkeit bei ihrem Geburtsnamen genannt. »Er möchte sich mit dir treffen – allein. Er sichert dir freies Geleit zu.«

Es war ein gut aussehender, hochgewachsener Jüngling mit Augen, so groß wie die einer Frau und einem schönen, glänzenden, kunstvoll gelockten Bart. Er lächelte und zeigte dabei die Zähne. Er war sich des Eindrucks wohl bewußt, den er auf mich machte.

»Warum sollten wir für das Leben unseres Prinzen auf

dergleichen ›Zusicherungen‹ bauen?« fragte Luschakin ihn. Die Frage kam beinahe einer offenen Herausforderung gleich. »Warum sollten wir Daiaukkas Worten glauben?«

»Weil ich daran glaube«, verkündete der Abgesandte – also, wenn das nicht ein Pfau war. »Ich bin Tanus, der älteste Sohn Rameteias, des *parsuas* vom Stamm der Upascha. Ich bleibe hier, bis der Gebieter Tiglat Assur unversehrt zu euch zurückgekehrt ist.«

Er blickte in die Runde und schien zu warten, daß man ihm zu seinem Heldenmut auch noch gratulierte.

»Wo soll ich mich mit dem *shah-ye-shah* treffen?« fragte ich. »Oder soll das eine Überraschung sein?«

»Er erwartet dich in zwei Stunden von hier zu Pferde in der Nähe der ersten Gebirgsausläufer – dort.«

Ich konnte sie jenseits der Steppe erblicken, eine kahle, verklüftete Felswand. Vor dem grünen Grasland hoben sich die harten Felskanten ab, als wären sie aus so großer Tiefe emporgewachsen, daß sie die Geister irgendeiner uralten Schöpfung sein mochten, die zurückgekommen waren, um die grüne Welt heimzusuchen. Und dahinter schimmerten blauschwarz und diesig wie gehärtetes Eisen die Berge des Zagros. Dort wollte mich Daiaukka treffen, allein, an einem geheimen Ort seiner Wahl, wo niemand uns sah und mir auch niemand zu Hilfe eilen konnte.

»Gut«, sagte ich, ohne zu zögern, »bei den Gebirgsausläufern also. Wie finde ich ihn dort?«

»Darüber mache dir keine Sorgen, Gebieter. Der *sha-ye-shah* wird dich finden.« Er lächelte mit schmalen Augen und wies die ganze Arroganz eines Primitiven auf, der von der Welt wenig mehr als sein eigenes Dorf gesehen hat. Ich mochte ihn nicht.

»Dann mache ich mir keine Sorgen – hierüber nicht, und über andere Dinge auch nicht.« Ich imitierte sein Lächeln. »Luschakin, führe den Gebieter Tanus zu meinem Zelt. Gib ihm zu essen und sorge bis zu meiner Rückkunft für seine Bequemlichkeit.«

Tabschar Sin stapfte hinter mir her, als ich mir mein Pferd holte, jede Bewegung seines harten, alten Leibes veranschaulichte seinen Zorn – doch er tat mir wenigstens den Gefallen zu warten, bis unsere Geisel außer Hörweite war.

»Ist dir das Gehirn verschmort, Prinz?« zischte er mich an, blickte sich dabei aber um, ob man seine Respektlosigkeit nicht doch gehört hatte. »Weißt du denn nicht mehr, was du diesen Menschen schuldest, die du ans Ende der Welt geführt hast? Ihr *shah-ye-shah,* dieser unter einer Satteldecke geborene Barbar, hat gewiß zwanzig tüchtige Männer dabei und wartet nur darauf, daß er dir die Kehle durchschneiden kann.«

»Möchtest du, daß sich die Meder einbilden, der *sedu* des großen Sargon hätte Angst vor ihnen?« fragte ich und legte ihm den Arm um die Schulter.

»Ja – sie sollen wissen, daß die Männer von Assur nicht von einem Einfaltspinsel befehligt werden, der sein Leben fortwirft wie einen zerschlissenen Sandalenriemen.«

»Oh, danach steht mir der Sinn nun wirklich nicht.« Ich lachte, denn ich liebte meinen alten *rab kisir,* den Schrecken aller Soldatensöhne des Gebieters Sanherib, als wäre er mein eigener Vater. »Und wenn ich mich hierin irre, dann darfst du mich wieder die Ställe im Haus der Krieger ausmisten lassen.«

»Ich werde dich in einem Ledersack zurückschicken«, gab er zurück, schrie es fast mit zusammengebissenen Zähnen. »Nimm wenigstens eine Eskorte mit – nur ein paar Mann.«

»Nein. Daiaukka hat ›allein‹ gesagt.«

»Warum sollten ausgerechnet wir darauf hören, was Daiaukka sagt und was er nicht sagt? Laß mich mitkommen. Gegen einen alten Mann mit einer Hand kann er doch nichts einzuwenden haben.«

»Wenn er dich sieht, denkt er gewiß, daß ich mit der Absicht gekommen bin, ihn umzubringen. Nein, er hat ›allein‹ gesagt. Ich habe keine Angst vor ihm, denn der *sha-ye-shah* hat sein Wort gegeben.«

»Auf das Ehrenwort eines Barbaren ist wohl kaum Verlaß?«

»Auf das Ehrenwort dieses Barbaren mehr als du denkst.«

Die Sonne war vielleicht eine Stunde auf ihrer westlichen Bahn gesunken, als das hohe Steppengras meinem Pferd nicht mehr um die Knie strich und wir uns an den Aufstieg in die felsigen Gebirgsausläufer des Zagros machten. Geist suchte sich vorsichtig einen Weg zwischen den scharfen Feuersteinen. Er schien zu spüren, wie gefährlich diese schmalen Pfade mit ihren Windungen und jähen Gefällen waren, wo jeder Felsvorsprung zwanzig Mann im Hinterhalt verbergen konnte und unser beider Leben sich vielleicht nicht weiter erstreckte als die paar Schritte auf sicherem Grund. Er drehte die langen Ohren hierhin und dorthin, horchte angespannt auf das leiseste Gewisper. Aber da war kein Laut. Daiaukka wartete irgendwo vor uns und schwieg wie ein Grab. Ich setzte meinen Glauben auf sein Wort und meinen schützenden *sedu,* doch mir war beklommen zumute.

»Du bist also gekommen. Nun können wir uns wenigstens wie Männer unterhalten, die einander verstehen.«

Er war einfach da. Ich hatte ihn nicht kommen hören. Ich hob lediglich die Augen und sah ihn vor mir. Er ritt immer noch sein prächtiges, schwarzes Pferd, und auf einem anderen, das diesem wie ein Zwilling glich, saß ein hübscher, drahtiger Knabe von acht, neun Jahren, offenbar sein Sohn, und dazu einer, der trotz seines glatten Gesichtes bereits die mädchenhafte Hübschheit der Kindheit abgelegt hatte. Ich hatte den Verdacht – ja, ich befürchtete –, daß er als Erwachsener seinem Vater gleichen würde wie ein Ei dem anderen.

Daiaukka hatte keine weiteren Begleiter mitgebracht, und außer einem Kurzschwert im Gürtel trug er keine Waffe. Ich hatte recht behalten – das hier war kein Mann, der sich zu einem Verrat hergeben würde.

»Mein Ältester«, sagte er, ohne dem Knaben auch nur einen Blick zuzuwerfen. »Er heißt Khshathrita, und ich habe ihn mitgebracht, damit er sich dein Gesicht ansehen und etwas über den Charakter von Männern lernen kann.«

Diese Erläuterung wäre nicht nötig gewesen. Der Knabe Khshathrita musterte mich mit Augen, die sich jede Einzelheit meiner Erscheinung bis zum Tode einzuprägen schienen. Sein Vater hatte ihn mitgebracht, um mir begreiflich zu machen, daß dieser Kampf nicht mit einer oder zehn Schlachten beendet wäre, sondern in der nächsten Generation und der übernächsten weitergehen würde, solange der Samen Ukschatars lebte, und vielleicht noch darüber hinaus. Daiaukka wollte mir zeigen, daß mein Feind nicht ein Mann, sondern eine ganze Nation war, und daß Nationen immer wiedergeboren werden. Das sollte mir eine Lehre sein.

»Ich habe dein Heer gesehen«, fuhr er nach einer kurzen Pause fort. »Es bietet einen schönen Anblick und erfüllt die Herzen einfacher Dorfleute mit Angst und Schrecken. Es wird hier, auf den Grasebenen Mediens, zugrundegehen.«

»Entweder das eine oder das andere — das dürfte wohl ziemlich feststehen. Doch ich glaube nicht, daß ausgerechnet die Knochen der Männer Assurs in der Sonne trocknen werden.«

Ich lächelte dem Knaben zu, der sich ganz kurz vergaß und das Lächeln erwiderte. Mir drängte sich die Frage auf, was er von diesem Vorgeplänkel zwischen seinem Vater und mir halten mochte. Begriff er, daß es bedeutungslos war, eine Art Geisterbeschwörung, an die niemand glaubte? Wohl kaum.

»Mir folgen dreimal soviel Männer wie dir«, gab Daiaukka zurück. »Wir haben Pferde ohne Zahl. Zieh ab, wenn du die Heimat wiedersehen willst. Wie kannst du dir nur einbilden, daß du dich hier behauptest?«

»Aber ich habe mich behauptet — mehr als einmal — und das gegen weitaus überlegenere Streitkräfte. Du kannst soviele Krieger hinter dir haben wie du willst, wir werden dich trotzdem besiegen. Wir sind kein Pöbel, Daiaukka. Wir sind Soldaten Assurs und haben eine Welt erobert, die größer ist, als du dir jemals vorstellen kannst. Die Klinge eines Dolches muß nicht länger als dein Finger sein, und doch schneidet sie bis aufs Herz, wo ein Schwert aus Lehm am eigenen Gewicht zerbröckelt.«

Er sagte nichts, denn einer Antwort bedurfte es nicht. Ich konnte alles in seinen stolzen, schwarzen Augen lesen – er gehörte nicht zu denen, die man mit ein Paar Drohungen einschüchtern konnte. Ja, ich würde meine große Schlacht bekommen, da sie Daiaukkas Absichten ebenso diente wie meinen. Er wollte mir nur zu verstehen geben, daß er sich vorgenommen hatte, am Ende meinen Kopf auf seiner Lanze aufzuspießen.

»Wenn du dich so gar nicht vor dem Tod fürchtest, dann holst du also dein großes Heer aus den Bergen?« fragte ich. Diese Frage spielte keine Rolle, doch die nächste – nämlich nicht falls, sondern *wann.*

Der *shah-ye-shah,* der Herrscher der Arier, nickte nur.

»Ja«, sagte er zuletzt. »Zeit und Ort bestimme ich, doch wir treffen uns wieder. Wir prüfen unsere Tugend an deiner, und dann wird man sehen, wem der Ahura wohlgesonnen ist.«

»Krieg hat recht wenig mit Tugend zu tun, Daiaukka. Sieger ist, wer am wenigsten Fehler macht.«

Er schenkte mir ein mitleidiges Lächeln, weil meine Seele so kleinlich war.

»Zum Abschied habe ich ein Geschenk für dich«, sagte er abschließend. Ohne hinzusehen, faßte er hinter sich, und sein Sohn reichte ihm einen Lederbeutel. »Wie du schon gesagt hast, Sieger ist, wer am wenigsten Fehler macht.«

Er ließ den Lederbeutel zu Boden fallen und wandte ohne ein weiteres Wort sein Pferd auf dem steinigen Pfad. Ich wartete, bis er und sein Sohn außer Sichtweite waren, dann stieg ich ab, hob den Beutel auf und öffnete ihn. Er enthielt den Kopf Upasch', des Edlen der Uqukadi, der geglaubt hatte, er könne mir seinen neuen Herrn wie viele, viele Scheffel Hirse verkaufen. Ich zog ihn an den Haaren heraus und blickte ihn an. Er war noch nicht lange tot, denn er stank noch nach frischem Blut. Seine im Tod glasigen Augen blickten erschrocken, so als hätte man ihn überrascht. Vielleicht hatte man das ja auch. Anscheinend hatte er dieses Mal nicht vor seinem *simtu* davonreiten können.

Ich fand den Weg hinunter auf die Grassteppe und kehrte ins Lager zurück. Noch eine Stunde, dann wurde es dunkel, und da verkündeten die Trommeln der Posten meine Rückkunft.

Und Tanus von den Upascha kam mir entgegengeritten. »So bist du also doch lebendig wiedergekommen«, sagte er, und es klang, als hänselte er mich wegen meiner Zweifel, am Ehrenwort seines Königs.

»Ja, ich bin zurück. Und wir beide sehen uns erst an jenem Tag wieder, an dem das Gras rot von Blut ist.« Darüber lachte er. Er war so siegesgewiß, und er lachte. Seine Augen sahen nur die heranrückende große Schlacht – vielleicht war es seine erste, und deshalb konnte der Sieg niemand anderem als ihm gehören. Er war noch so jung, daß er daran glaubte. Er gab seinem Pferd die Peitsche und galoppierte davon, zurück in seine Berge und zu seinem Volk und seinem mächtigen Herrscher.

»Der arme Narr«, dachte ich. »Er begreift gar nichts.«

Die Soldaten jubelten mir zu, als ich durch das Lager zu meinem eigenen Zelt ritt. Sie jubelten aus Erleichterung darüber, daß ich nicht tot in irgendeiner Felsenschlucht lag, sondern zurückgekommen war, um sie heil wieder nach Haus zu führen, nachdem wir auch den letzten Meder getötet hatten – so denkt jeder Soldat, und ein Befehlshaber, der das nicht weiß, ist verloren. Sie schrien meinen Namen und brüllten sich heiser und trommelten mit der flachen Schwertklinge auf ihre Schilde, als ich meine Hand hob und ihnen den Blutstern auf dem Handteller zeigte. Sie waren wie Kinder, die Angst im Dunkeln haben, und ich und der *sedu* des großen Sargon waren ihr einziges Licht.

»Tabschar Sin«, sagte ich, als der alte Mann mir mit einem Becher Wein entgegenkam, »es wird ein Gemetzel geben, wie man es seit Chalule nicht mehr erlebt hat. Vielleicht auch noch schlimmer, denn die Meder werden kämpfen, bis wir sie mit den Rädern unserer Streitwagen zermalmt haben.«

»Sind wir dann vergebens hierhergekommen, Prinz?« fragte er – in seinen Augen konnte ich lesen, daß er nur meinen Wagemut prüfen wollte, denn niemand hatte vor dem Tod weniger Angst als meiner alter *rab kisir.* Ich konnte nur lachen.

»Nein. Wir haben keine Wahl«, sagte ich, als mein Lachen erstarb. »Wir müssen hier mit ihnen kämpfen oder ein Jahr später vor den Mauern Ninives. Wir haben keine Wahl.«

»Dann werden wir sie schlagen«, sagte er, als sei das selbstverständlich. »Der Gott wird uns nicht im Stich lassen.«

»Ja, wir werden sie schlagen.«

In jener Nacht ging ich zu Bett und dachte an Daiaukkas Lächeln bei unserem Abschied. Auch er glaubte an den Beistand seines Gottes.

*

Die folgenden zehn Tage bewegten wir uns langsam und vorsichtig voran. Ich wollte mich nicht von Daiaukkas Heer überrumpeln lassen, und so schwärmten unsere Späher nach allen Richtungen aus, sogar bis in die Berge, und brachten Kunde von allem, was sich innerhalb von zwanzig *beru* rings um unsere Marschkolonnen tat. Wir sahen sie nie – sie waren so unsichtbar wie der Wind – und doch bestand kein Zweifel daran, daß die Meder in der Nähe waren, auf uns warteten und sich zur Schlacht formierten.

Am Nachmittag des zehnten Tages dann, inmitten eines Sandsturms, welcher von der nördlichen Wüste her blies, Männer und Pferde schier ersticken wollte und den Himmel auf uns herabfallen ließ, bis er wie eine Gruft aus Sand wirkte, da kam ein einsamer Reiter in unser Lager. Er war in die Tracht der Meder gekleidet, und hatte sich über Mund und Nase einen langen Schal mit kleinen Silbermünzen am Saum gebunden, so daß man nur noch seine Augen sehen konnte. Als die Posten ihn anriefen, wollte er zu mir gebracht werden.

»Was ist denn?« fragte ich ungeduldig, denn es war wirklich kein Vergnügen, in den rauhen, körnigen Wind hinauszutreten – an solch einem Tag verließ keiner sein Zelt, wenn er nicht unbedingt mußte. »Was willst du von mir?«

Doch erst als er noch einen Schritt nähertrat und ich seine Augen sehen konnte, da dämmerte es mir. Mit ihrer Wachsamkeit und ihrer Intelligenz ließen sie an eine Katze denken. Dieser Mann war kein Meder. Ich schickte den Posten fort.

»Komm herein«, sagte ich, sobald wir allein waren. »Du bringst sicher Nachricht von dem Gebieter Tabiti.«

»Bruder, ich bin der Gebieter Tabiti.«

Mit einer einzigen flinken Bewegung nahm er den Schal ab, und auf einmal war es der Häuptling der Saken, der da vor mir stand. Er lachte über meine Überraschung, und dann fielen wir uns in die Arme.

»Hoffentlich hat der Gebieter Tiglat Wein zu diesem entsetzlichen Ort mitgebracht«, sagte er, während er sich den Staub von Armen und Schultern klopfte. »Meine Kehle ist ausgedörrt, jetzt gäbe ich direkt etwas um dieses widerliche Gesöff aus Urartu. Bei den Göttern, sind das etwa die fetten Weiden, wo sich die Skoloti ein Reich erobern sollen, das großen Prinzen wohl ansteht?«

»Bei Windstille machen sie einen besseren Eindruck, und, ja, Wein ist auch vorhanden.«

Ich ordnete an, daß man eine Ziege briet, und während

wir darauf warteten, öffneten Tabiti und ich einen Krug und betranken uns. Er war sehr erschöpft, da er sein eigenes Lager vor zwanzig Tagen verlassen hatte, um das Terrain zu erkunden und das Heer Assurs zu finden.

»Wir haben die Wagen und die Frauen und Kinder am Ufer des Urmia-Sees gelassen«, berichtete er. »Ich habe zehntausend tüchtige Männer, und wir kommen rasch voran. Sie sind vielleicht keine acht Tage hinter mir und halten sich an das Vorgebirge des Elburs. Ich mußte durch die Wüste, die zwischen uns und ihnen liegt – ein elendes Fleckchen Erde, wo nur Skorpione hausen mögen. Ich habe gesehen, wo sich die Meder sammeln. Sie haben gut gewählt, wenn sie dort kämpfen wollen, denn sie lagern auf einer Anhöhe etwa acht Tage von hier. Daiaukka muß fünfundfünfzigtausend Mann mitgebracht haben.«

»Er sagt sechzig.«

»Dann eben sechzig. Ich glaube ihm. Und du hast wieviel, dreißigtausend?«

»Zwanzig.«

»Dreißig gegen sechzig – sei's drum.« Tabiti hob die Schultern, als ob das keine Rolle spielte. »Du hast meine Saken am Bohtan geschlagen, wo wir dir an Zahl noch weiter überlegen waren.«

»Wissen die Meder schon, daß ihr heranzieht?«

»Nein, ich glaube nicht. Die Menschen in den nördlichen Bergen sind alle Kimmerier und hassen die Meder. Sobald wir kamen, haben sie den Häuptlingen, die Daiaukka über sie gesetzt hat, die Kehle durchgeschnitten und uns zu einem Freudenfest geladen. Ich glaube nicht, daß die Nachricht von unserem Kommen nach Süden gedrungen ist. Es ist wirklich eine Lust, in ein Land einzufallen, in dem man als Befreier begrüßt wird.«

Ich sagte darauf nichts, denn ich hatte andere Erfahrungen gemacht. Aber anders als Tabiti hatte ich ja auch nicht die Absicht, mich hier anzusiedeln.

»Ist das wichtig?« fragte Tabiti auf einmal. »Hängen deine Pläne von der Überraschung ab?« Beinahe hätte ich gelacht.

»Nein, Bruderherz. Ich habe den dunklen Verdacht, daß Daiaukka durch nichts zu überraschen ist – nicht einmal durch seine eigene Niederlage.«

»Dann muß er mächtige Geisterbeschwörer in Diensten haben.« Der Häuptling der Saken runzelte die Stirn und schüttelte den Kopf. »Zauberei ist im Krieg von großem Vorteil. Vielleicht sollten wir ...«

»Nein – darum geht es nicht.« Jetzt mußte ich doch lachen, aber Tabiti war mittlerweile schon so betrunken, daß er nicht beleidigt war. »Es ist einfach so, daß der *sha-yeshah* die Gewohnheit hat, weit im voraus zu denken. Seine Pläne hängen nicht vom Erfolg in dieser oder der nächsten Schlacht ab, nicht einmal davon, daß er selbst überlebt. Er baut an den Grundmauern eines Hauses, in dem er nie wohnen wird, aber den Entwurf dazu hat er im Kopf. Eines Tages, lange nach seinem Tod, werden die Meder eine große Nation sein, die Herrscher der weiten Welt. Dafür arbeitet er. Er weiß, daß es so kommen wird, und anscheinend reicht ihm dieses Wissen.«

»Dann ist er verrückt – doch ein Verrückter von der gefährlichsten Sorte, weil er andere mit seiner Verrücktheit anstecken kann.«

»Ja, mein Freund.« Ich schenkte uns nach und machte einen tüchtigen Zug, der in meinem Hirn Klarheit zu schaffen schien, obschon ich merkte, wie mir die Nebel zu Kopfe stiegen. »Ja, er ist außerordentlich gefährlich.«

Tabiti blieb den nächsten Tag und die Nacht bei uns, und in dieser Zeit erzählte er mir alles, was er gesehen hatte, seit sie in die Länder gekommen waren, wo sich die Meder als »Herren« bezeichneten. Er war ein kluger Mann und hatte die Augen offengehalten. Hätte er mehr Ehrgeiz besessen, er wäre eine ebenso große Gefahr wie Daiaukka gewesen, doch seine Träume richteten sich nicht auf Weltreiche, zudem wollte er nicht der Habgier fremder Götter dienen. Er wollte nur ein wenig gut bewässertes Weideland für sein Volk und natürlich einen gewissen Anteil am militärischen Ruhm. Vielleicht war er wegen seiner Klugheit zu beneiden. Und zumindest im Augenblick war er mein Freund und zog mich ins Vertrauen.

»Die Kimmerier wollen nicht kämpfen«, erzählte er. »Ich habe versucht, mich mit ihnen zu verbünden, doch sie haben zuviel Angst und wären uns ohnedies zu nichts nutze – sie haben Hundeherzen und würden vielleicht rennen und Daiaukka die Füße lecken, sowie er nach ihnen pfeift. Wenn wir in deiner großen Schlacht nicht siegen, dann haben wir sie schnell auf dem Hals.«

»Erzähle, was hast du von Daiaukkas Heer gesehen.«

»Was gibt es da schon zu erzählen?« Er spuckte aus, wollte anschaulich machen, wie sehr er seine Feinde verachtete, doch wir kannten beide die Wahrheit. »Es sind viele, und sie haben viele Pferde – ich habe eine Stunde zu Pferd von ihrem Lager entfernt auf einem Felsvorsprung gelegen, aber ich habe nicht die Augen eines Sperbers, daß ich die Federn auf ihren Pfeilen zählen konnte. Außerdem hatten sie Patrouillen ausgeschickt. Ich habe mich nicht getraut, dort lange zu verweilen.«

»Das ist mir klar. Vorsicht ist die erste Tugend eines Befehlshabers. Ich frage lediglich, was du gesehen hast.«

Damit war Tabiti, der Sohn Argimpasas, zufrieden, er starrte mit schmalen Augen auf die diesige, schattige Linie der Berge im Süden. Wir standen vor der Feldschanze, die uns als Schutz gegen Überraschungsangriffe diente, und die Sonne stand tief in unserem Rücken.

»Eines ist mir aufgefallen«, sagte er zuletzt. »Sie hatten an jedem Ende des Lagers Einfriedigungen für ihre Pferde errichtet. Nicht das, was man bei ihnen erwartet hätte – vielleicht hat sich Daiaukka ja darin unterrichtet, wie man Krieg nach Art der Männer von Assur führt.«

Er lächelte, denn er meinte, einen Witz gemacht zu haben. Mir aber gefror das Herz zu Eis. Wenn die Meder ihre

Reiterei in einzelne Flügel aufteilten und die Fußtruppen die Mitte bildeten, so konnte das nur bedeuten, daß sie angefangen hatten, sich zu Kampfeinheiten zu formieren statt nach Stämmen wie einstmals. Es bedeutete, daß Daiaukka in der Tat etwas aus dem Feldzug vor zwei Jahren gelernt hatte. Es bedeutete, daß er seine Männer nicht mehr in formlosen Wellen auf uns losschickte, die wie Barbaren kämpften, nämlich jeder nur auf seinen eigenen Ruhm und vielleicht auf ein wenig Beutegut bedacht und von niemand sonst getragen als von seinem Pferd, seinem Mut und dem Wohlwollen seiner Götter; diesmal würden sie uns, wie unbeholfen auch immer, als disziplinierte Streitmacht angreifen. Es bedeutete, daß Daiaukka die Taktik entdeckt hatte.

XXX

Drei Tage, nachdem Tabiti uns verlassen hatte, um zu seinen Männern zurückzukehren, stießen meine Späher zum ersten Mal auf Daiaukkas Streitmacht. Man berichtete mir, daß man sie gesichtet und sich sogar Gefechte geliefert hätte, und so ließ ich die Patrouillen verstärken.

Die Meder begannen mit einer Reihe von Überfällen – eher lästige Störungen als Schlachten, sie wollten nur unsere Abwehr prüfen. Im Gegenzug schickte ich zwei Kompanien Berittene zu einem Nachtangriff aus, die überrannten einen Außenposten des Feindes und kehrten mit frisch abgeschlagenen Köpfen zurück. Danach hörten die Überfälle auf.

Zwei Tage später begleitete ich eine der Patrouillen und sichtete zum ersten Mal Daiaukkas Lager.

Wir hielten oben auf einem Felsvorsprung, vielleicht derselbe, auf dem Tabiti sich versteckt hatte, um von dort einen ersten Blick auf unseren gemeinsamen Feind zu werfen. Doch wir versteckten uns nicht – das war keine Mutprobe, denn ich war nicht allein und auch nicht mehr als drei Stunden im schlanken Galopp von meinen eigenen Postenlinien entfernt. Und man sollte mich auch sehen. Mittlerweile kannten die Meder den großen silbernen Hengst und seinen Reiter, doch ich wollte ihnen zu verstehen geben, daß ich gekommen war und daß die Stunde der Abrechnung geschlagen hatte.

In etwa einem halben *beru* Entfernung durchquerte eine feindliche Reiterabteilung das Tal, aber sie bestand nur aus fünf Mann, und so war klar, daß sie sich nicht mit uns anlegen würden. Zuletzt hielten sie an. Sie bewegten sich nicht weiter; sie warteten einfach ab, was wir tun würden, während sie die Eindringlinge genau musterten. Einer von ihnen saß auf einem schönen, schwarzen Pferd – die Entfernung war zu groß, als daß ich hätte sicher sein können, doch vermutlich war es Daiaukka selbst.

Tabiti hatte recht gehabt. Der *shah-ye-shah* hatte sich den Platz gut gewählt. Sein Lager stand auf dem höchsten Punkt eines langsam ansteigenden Geländes, so daß seine Berittenen viel Platz zum Operieren hatten, während das dichte, trockene Gras allerhand Hindernisse vor meinem Streitwagen verbergen konnte. Um an Wasser heranzukommen, mußten wir im Talgrund lagern, eine enge Stelle, von der wir uns, sollte es soweit kommen, nur in Unordnung zurückziehen konnten. Und dann der Wind. Er blies den ganzen Tag heiß wie der Odem von Dämonen und wechselte jäh die Richtung, sobald die Sonne im Zenit stand. Ab Mittag, wenn wir im Nahkampf mit den Medern waren, wenn unsere Pfeile und Speere ihn am nötigsten brauchten, würden wir den Wind gegen uns haben.

»Zeit und Ort bestimme ich«, hatte er zu mir gesagt. *»Wir prüfen unsere Tugend an deiner, und dann wird man sehen, wem der Ahura wohlgesonnen ist.«*

Er hatte seinen Platz gewählt – und er hatte gut gewählt. Doch ich schwor, daß ich den Zeitpunkt der Schlacht wählen würde, auch wenn es mir nichts einbrachte.

»Ich habe genug gesehen«, sagte ich. »Wir wollen zurück

und das Lager abbrechen. Es scheint, wir haben eine Verabredung.«

Auf dem Rückweg ritt ich mit der Nachhut, denn ich wollte allen Fragen aus dem Wege gehen und mir überlegen, wie wir vorgehen könnten. Als ich dann meiner Grübelei überdrüssig war, lauschte ich der Unterhaltung von zwei Soldaten direkt vor mir, einem Paar Bauernjungen, die noch so grün waren, daß sie meinten, verglichen mit ihrem Heimatdorf wäre die restliche Welt ein armseliger Ort. Das gefiel mir, denn sie redeten weder von Krieg noch von Taktik oder der Narrheit ihres Befehlshabers – davon schwirrte mir der Kopf schon genug.

»Sieh dir nur diese Wüste an«, sagte der eine und deutete verächtlich auf das Tal, wo er in ein paar Tagen vielleicht schon tot liegen würde. »Warum die Meder nur für solch einen Boden kämpfen – nichts als Steine und staubtrocken. Hier kann ein Mann hundert Kupferpflüge zuschanden machen, ehe er ein Feld von der Größe gepflügt hat, daß es eine Frau ernähren kann.«

»Aber nur, wenn sie wenig ißt.« Der andere Soldat lachte und stieß seinem Kameraden in die Rippen. »Und tüchtig pissen muß sie auch – ich kann mir nicht vorstellen, wie man das Land hier bewässert. Bei den sechzig großen Göttern, sieh dir nur das Gras an! Bei dem Wind setzt der erste Blitz doch alles in Brand, und dann ist alles schwarz, soweit das Auge reicht . . .«

Ich lauschte jetzt nicht mehr – ich hatte genug gehört. Das Herz klopfte mir in der Brust wie ein Schmiedehammer.

Am nächsten Abend hatten wir unsere Feldschanze auf dem Talgrund ausgehoben und waren darin so sicher wie es eben ging. Daiaukka hatte nicht versucht, uns davon abzuhalten. Warum auch, wir schlossen ja nur die Falle, in die wir getappt waren.

Als die Offiziere der Nordarmee an jenem Abend in meinem Zelt zusammenkamen, herrschte keine gute Stimmung.

»Das ist Wahnsinn«, sagten sie. »Wir sollten uns zurückziehen und die Schlacht auf einem günstigeren Gelände erzwingen.«

»Wir können nicht zurück«, sagte ich. »Wir sind die Herausforderer, und Daiaukka hat angenommen. Unser Rückzug wäre ein erster Sieg für ihn – er hätte bewiesen, daß wir Angst vor ihm haben. Auf bessere Bedingungen für die Schlacht können wir nicht hoffen, denn wenn wir jetzt die Konfrontation vermeiden, dann kann er in seine Berge zurückkehren und behaupten, daß er uns besiegt hat. Und dort wird er nur noch stärker, während wir schwächer werden.«

»Wir haben keinen Platz zum Operieren, und nachmittags haben wir den Wind gegen uns.«

»Dann müssen wir die Meder auf ihrem eigenen Gelände bekämpfen, und wir müssen siegen, bevor der Wind sich drehen kann. Und unsere skythischen Verbündeten greifen am Nachmittag an – im Rücken der Meder.«

»Du setzt zuviel Vertrauen in diesen Banditen Tabiti. Wahrscheinlich hat er uns längst an Daiaukka verkauft.«

Meine einzige Antwort war ein kaltes Schweigen, angesichts dessen Männer, die von Anbeginn an meine Waffenbrüder gewesen waren, nur die Augen niederschlagen und sich verlegen räuspern konnten.

»Das Gras ist hier zu hoch«, fuhren sie zuletzt fort. »Wir können die Hälfte unserer Streitwagen verlieren, ehe sie überhaupt die feindlichen Linien erreicht haben.«

»Zu dem Gras sind mir ein paar Sachen eingefallen. Gebt den Befehl aus, daß die Kochfeuer die ganze Nacht brennen sollen und jeder drei Stunden vor dem ersten Morgengrauen bei seiner Kompanie und marschfertig ist. Sagt den Köchen, daß sie bis dann das Frühstück bereit haben sollen. Wir haben alle einen langen Tag vor uns.

Und – nicht vergessen – wenn wir morgen siegen, dann will ich Daiaukka auf jeden Fall lebend haben. Wir führen gegen eine Idee Krieg, weniger gegen einen Mann, und dieser König der Meder ist tot gefährlicher für uns als lebendig.«

Zwei Stunden nach Mitternacht kam der letzte Erkundungstrupp ins Lager zurück, fünf Männer, die es riskiert hatten, sich zu Fuß und im Dunkeln den feindlichen Linien zu nähern; wären sie entdeckt worden, nichts hätte sie vor dem entsetzlichen Tod bewahrt, den die Meder ihren Gefangenen zukommen lassen.

»Was habt ihr gesehen?« fragte ich sie.

»Nicht viel, *Rab Shaqe.* Sie tanzen.«

»Tanzen?«

»Ja – sie tanzen. Und heulen wie die Teufel. Sie springen der Reihe nach durch große Feuerstöße. Wenn du mich fragst, die sind alle volltrunken, doch kein Wein, den ich kenne, verleitet zu solchen Sachen.«

»Dann werden wir uns bemühen, ihnen, wenn möglich, einen ebenso unterhaltsamen Tag zu verschaffen«, sagte ich mit einem verkniffenen Lächeln. Der Mann blickte mich an, als ob ich den Verstand verloren hätte.

»Ja, *Rab Shaqe* – wenn du es sagst.«

Ich schickte ihn für eine Stunde ins Bett, ehe das ganze Heer begann, sich zur Schlacht aufzustellen. Ja, natürlich mußte er denken, daß ich wahnsinnig war. Vielleicht hatte er sogar recht. Die Idee, die mir da gekommen war, hörte sich wahnsinnig genug an, sogar für mich. Ein wahnsinniger Befehlshaber, der seine Soldaten gegen einen wahnsinnigen Feind führt – schöne Aussichten, die er da mit auf seine Schlafmatte nahm.

»Die Angst drückt mir die Seele ab, Prinz. Was hast du vor?«

Das sagte Tabschar Sin. Er war so leise hinter mir aufgetaucht, daß ich ihn gar nicht bemerkt hatte.

»Ich, vor?« Ich drehte mich um und lächelte. »Ich habe nichts weiter vor, als das, was du mich gelehrt hast, *Rab Kisir* – siegen oder sterben. Vielleicht auch beides.«

»Damit treibt man keinen Scherz, Prinz. Ich höre schwere, schwarze Flügel über uns rauschen.« Man brauchte ihn nur anzuschauen, und schon wußte man, daß es an dem war. Ich schämte mich, denn es gehört sich nicht für einen jungen Mann, über den Tod Witze zu reißen.

»Hast du gehört, was die Patrouille gesagt hat?« Er nickte. »Wenn die Meder so gern durchs Feuer laufen, werden sie morgen einen vergnüglichen Tag haben. In der ersten Stunde vor dem Morgengrauen, wenn der Wind tüchtig bläst, lasse ich das Gras hinter unserer Schanze in Brand stecken. Ich will eine Flammenlinie von der ganzen Breite des Tales haben, und innerhalb von zwei Stunden trägt der Wind das Feuer geradewegs hinauf zu Daiaukkas Lager. Und nicht weit dahinter folgen wir.«

»Und das Feuer bereitet unseren Streitwagen den Weg.« Tabschar Sins grauer, alter Kopf nickte, während er sich das durch den Kopf gehen ließ. »Und die Meder müssen auf der Anhöhe und mit dem Wind im Gesicht gleich gegen zwei Feinde kämpfen.«

»Und wenn sie durchbrechen – falls sie durchbrechen –, gehen ihre Pferde durch, und ihre Schlachtreihen sind zerstört. So stelle ich es mir vor. Doch in meinem Kopf sind meine Pläne immer vollkommen und klappen auch immer. Ich wollte, ich könnte dieses Gefecht dort kämpfen, statt hier in diesem Tal.«

»Und die Hitze? Fast alle unsere Soldaten sind barfuß, und so über verbrannte Erde zu laufen . . .«

»Wir folgen eine halbe Stunde hinter dem Feuer. Wenn es sich so schnell ausbreitet, wie ich hoffe, dann hat die Erde Zeit abzukühlen.«

»Wenn der Wind aber dreht?«

Ich legte ihm den Arm um die Schulter, denn ich liebte ihn. Und doch wäre es mir lieber gewesen, wenn er nicht ausgerechnet meine schlimmsten Ängste in Worte gefaßt hätte.

»Dann«, sagte ich und blickte hinaus in die Dunkelheit, wo die Lagerfeuer der Meder nur winzige Lichtpunkte wie sterbende Sterne waren. »Dann weiß ich, wie einfältig ich gewesen bin und daß mir der Gott am Ende doch den Rükken gekehrt hat.«

*

Mitten in der Nacht sammelte sich die Nordarmee beim gespenstisch flackernden Schein von tausend Lagerfeuern zum Angriff. Ich konnte die Angst in den Gesichtern der Männer sehen – es war ihnen nicht einmal gewährt, bei Tageslicht auf den Feind zu treffen, sondern sie sollten vielleicht noch vor Sonnenaufgang sterben, so daß ihre Seelen in dieser furchtbaren Finsternis umherirren würden. Es ist ein schrecklich Ding, sich im Dunkeln auf eine Schlacht vorzubereiten.

Ich hatte schon an die fünfzig Mann der *quradu* unter Luschakins Befehl ausgewählt, Männer die ich zum Schweigen verpflichtet hatte und die auf mein Signal hin über unsere Schanze springen und mit ihren Fackeln diesen schauerlichen Großbrand entfachen würden. Sie mußten als erste sterben, wenn die Sache schiefging – und darum waren sie vielleicht sogar zu beneiden.

Niemand außer ihnen und Tabschar Sin war in meine wahnsinnigen Pläne eingeweiht. Nicht einmal meine Offiziere. Ich wollte ihnen keine Zeit zum Nachdenken geben, sie sollten keine Zeit haben, das Risiko, die Gefahr für Leib und Leben aller abzuwägen. Sie würden es noch früh genug erfahren.

In der letzten Stunde vor dem Morgengrauen frischte der Wind auf, wie ich gehofft hatte. Ich stieg auf meinen Streitwagen, fuhr hinaus und stellte mich meinen Soldaten.

»Assur gewährt uns die Gnade«, schrie ich, und meine Worte gingen von Reihe zu Reihe, wo sie für die Männer wiederholt wurden, welche zu weit entfernt waren, daß sie diese hören konnten, »daß wir die Meder hier aufhalten können, auf einem Boden, den sie ihr eigen nennen, und nicht vor den Mauern unserer stolzen Städte. Es wird eine furchtbare Schlacht, eine Schlacht auf Leben und Tod – ihrem oder unserem. Doch wir führen nicht allein Krieg. Wir haben viele Verbündete. Ehe noch die Sonne im Zenit steht, wird Daiaukka merken, daß ihn die Skythen im Rükken bedrohen. Und vorher – bevor auch nur ein Assyrer sein Schwert ziehen muß – müssen die Meder mit einem Feind kämpfen, der schrecklicher ist als alle Menschen. Da seht hin, das helle Feuer Assurs, des Herrschers der Himmel!«

Ich hob den Arm. Luschakin und seine Männer kletterten über die Schanze und hielten ihre Teerfackeln in das Gras. Augenblicklich starrten wir alle in einen gelben und dunkelroten Feuervorhang, der zischte wie eine zornige Schlange; es war ein furchtbarer Anblick.

»Seht, wie der Wind den Brand fortträgt!« Ich brüllte – ich konnte mir über der Wut des Feuers kaum noch Gehör verschaffen. »Seht ihr, wie es auf die Feinde des Gottes zurast! Faßt euch ein Herz – macht euch bereit, ihm zu Sieg und Ruhm nachzufolgen!«

Nicht einmal das Feuer konnte so laut brüllen wie das Heer Assurs. Wie ein Mann schrie es aus zwanzigtausend Kehlen: »Assur ist König! Assur ist König! Assur ist König!« Ich glaube, in diesem Augenblick, als sie sich endlich ein Herz gefaßt hatten, wären sie mir sogar in die Flammen gefolgt.

Das Feuer fegte dahin, rascher, als ich es für möglich gehalten hatte, und machte die Nacht zum gespenstischen Tag. Ein grausam-schöner Anblick – was wohl Daiaukka dachte, als er es herannahen sah.

»Langsam jetzt, im Schritt – vorwärts!«

Wir rückten vor, die Pferde wieherten und ließen sich kaum noch halten, kletterten über die Schanze und auf die verbrannte Erde, die unter unserem Fuß schon abgekühlt war. Das Feuer raste weiter, immer weiter vor uns dahin, wurde von einem unerbittlichen Wind auf das Lager

Daiaukkas zugetrieben. Assur hatte Erbarmen gehabt und uns einmal mehr nicht im Stich gelassen.

Ich fuhr einen der großen Streitwagen, den ein Gespann von vier Pferden zog, alle durch eine glitzernde Kupferrüstung geschützt. Sogar hinter dem Rauchvorhang konnte ich erkennen, daß der Nachthimmel heller wurde. Der Morgen dämmerte herauf.

»Wenn nur Tabiti Wort hält«, dachte ich bei mir. »Wenn er nur seine Reiter Daiaukka in den Rücken schickt – und wenn auch nur, um uns zu rächen, falls wir scheitern.«

Ich war noch nicht weit gefahren, keine zweihundert Ellen über verbrannte Erde, als ich auch schon den ersten toten Meder fand, den toten Leib verrenkt und schwarz vom Feuer, die Augen offen, die Augäpfel ausgelaufen und die Lippen zu einem grotesken Grinsen verzogen. Vermutlich hatte er spionieren wollen, war von der jähen Flammenwand überrascht worden und konnte nicht mehr entkommen. Das mußte ein entsetzlicher Tod gewesen sein.

Und es waren noch mehr – wieviel mehr, ich weiß es nicht zu sagen, Pferde und Männer, deren Todesschreie im Gebrüll der Flammen untergingen. Hatte Daiaukka etwa auch eine Überraschung geplant gehabt? Schwer zu wissen.

Wir hatten schon den halben Talgrund durchquert, ehe wir unseren Feind wieder erblickten. Das Feuer bewegte sich jetzt einmal hierhin, einmal dorthin, schien zusammenzusinken, um dann wieder aufzuflammen. In einer dieser Pausen brachen die Meder durch – zwei-, vielleicht dreitausend Mann mit Pferden, denen man für den Angriff die Augen verbunden hatte, die aber immer noch halb wahnsinnig vor Angst waren. Mit einem Schrei, dem Gebell von Hunden gleich, die man auf eine frische Blutspur angesetzt hat, rissen die Meder ihren Pferden die Tücher ab und kamen auf uns zugeritten. Ein Pfeilhagel, und das erste Viertel fiel tot vom Pferd, doch sie gingen unaufhaltsam vor. Mit dem Feuer im Rücken und den sicheren Tod vor Augen, kamen sie und hatten den Namen ihres Gottes auf den Lippen, ehe sie starben. Ein Mann darf sich etwas auf seinen Feind einbilden, und so waren diese gewiß tüchtige, tapfere Männer, und sie im Kampf zu töten, stellte eine Ehre dar.

Und ob wir sie töteten! Geblendet und verwirrt durch das Feuer, hatte es die medischen Reiterformationen auseinandergetrieben, und so konnten diese Männer nur noch wie zornige Bienenschwärme angreifen. Es gelang ihnen einfach nicht, unsere Schlachtformationen aufzubrechen – sie konnten uns nur zusetzen und dann durch unsere Pfeile und Speere und unter den Rädern unserer Streitwagen fallen. Sie kämpften mit prachtvollem Mut und warfen dabei ihr Leben fort. Noch im Sterben schienen sie den Tod zu verachten.

Ich rollte auf dem Schlachtfeld hin und her und trieb die medischen Reiter auseinander, wenn sie versuchten, sich zu einem Angriff zu sammeln. Mittlerweile lag die geschwärzte Erde voll von toten und sterbenden Männern, gleich Blättern, die nach einem heftigen Regen vom Baum gefallen sind; und mein schwer gepanzerter Streitwagen, den acht Mann zusammen kaum bis zum Knie anheben konnten, rumpelte über sie hinweg, als handelte es sich um Steine auf der Straße. Ich konnte die Schreie hören, wenn die Räder, welche mittlerweile schlüpfrig von Blut waren, plötzlich heranrollten und einen Mann zermalmten. Einer, dessen Beine ich schon überfahren hatte, versuchte, sich an meinen Pferden zu rächen und hieb mit seinem Schwert wie wild nach ihren Bäuchen. Ich lenkte zur Seite, gerade noch aus seiner Reichweite heraus, und stieß ihm im Vorbeifahren meinen Speer in den Nacken. Er fiel vornüber und dem Tod in die Arme.

Und so kämpften und starben die medischen Reiter. Sie hielten unsere Attacke ein wenig auf – doch das schien Grund genug, daß sie so wütend und aussichtslos gegen uns anstürmten.

Mittlerweile hatte das Feuer den höchsten Punkt des langen Abhangs und damit die Schanzen rings um Daiaukkas

Lager erreicht. Der Wind hatte zwar nachgelassen, wehte aber immer noch stark, und so konnten diese ihn nicht aufhalten. Das Feuer sprang über, und schon brannten sogar die Zelte. Als die letzten Meder sich zur Flucht wandten, hielt ich meinen Streitwagen an; die Pferde sollten sich ausruhen, und ich wollte mich umsehen. In kürzester Zeit hatte das Feuer alles verbrannt, so als hätte hier noch nie niemand gewohnt.

Doch wo waren die Meder geblieben?

Natürlich – wieso hatte ich das nicht eher gemerkt? Sie waren hinter der Wand aus Flammen und Rauch entkommen und sammelten sich in der Ferne, außerhalb unserer Reichweite und außerhalb der des Feuers. Darum also hatte uns ihre Reiterei mit so verwegenem Mut angegriffen, sie hatte etwas Zeit herausholen wollen, falls der Wind drehte.

Und er drehte – das Glück konnte schließlich nicht ewig auf unserer Seite sein. Nachdem der Wind das Feuer vom Tal bis geradewegs auf den Hügel getrieben hatte, ließ er nach. Das Feuer schien in Daiaukkas Lager gefangen, wo es langsam ausbrannte. Und dort würden wir auf unseren Feind treffen, mitten in der Asche seines Bollwerks. Nun würde es nicht mehr lange dauern, bis wir uns ineinander verkeilten.

Die Sonne stand eine Stunde vor Mittag, als wir den Rand von Daiaukkas ausgebranntem Lagerplatz erreichten. Binnen Minuten hatten Arbeitskolonnen Löcher in die Erdwälle gegraben und den Graben ringsum aufgefüllt, so daß unsere Streitwagen durchfahren konnten. Wir nahmen das Lager in Besitz, hatten damit aber gar nichts erobert, nicht einmal die verbrannte Erde an sich. Wir waren lediglich auf dem Schauplatz unseres militärischen Martyriums angekommen – und als der Rauch abzog, konnten wir sehen, wie die Meder sich zum Gegenangriff aufstellten.

Und da standen sich nun die beiden großen Heere auf nicht einmal einem halben *beru* flacher, feuergeschwärzter Erde gegenüber. Jetzt konnten wir auf ebenem Grund kämpfen – diesen taktischen Vorteil hatte Daiaukka verloren –, doch er hatte seine Männer geordnet zurückgezogen, und seine Streitmacht war der unseren immer noch weit überlegen. Und mittlerweile waren alle, die Meder ebenso wie wir, erschöpft, abgestumpft und des Gestanks von Blut überdrüssig; und das hieß, die nun folgende Schlacht würde mit der verzweifelten Grausamkeit von Männern geführt werden, die dem Leben schon entsagt hatten.

Die Reihen der Meder waren so aufgestellt, wie sie es von uns gelernt hatten: die Fußsoldaten in der Mitte, die Berittenen auf beiden Flügeln. Streitwagen hatten sie nicht, das war eine Waffe, mit der sich die Bergvölker noch nicht angefreundet hatten, doch war unser Schlachtfeld so begrenzt, daß zu befürchten stand, wir würden unsere nicht vorteilhaft einsetzen können – jetzt kam die Zeit für den Nahkampf, die härteste und erbarmungsloseste Kriegsart. Doch einer mußte anfangen.

Es herrschte Schweigen, jene furchtbare Stille vor dem Sturm, während der die eine Seite auf die andere wartet. Ich konnte die Rüstung meiner Pferde scheppern hören. Alle, sogar die Meder, schienen auf mein Signal zum Anfang zu warten.

Als ich es schließlich nicht länger aushalten konnte, hob ich den Arm und schrie: »Assur ist König!« Augenblicklich wurde der Schrei von zwanzigtausend Kehlen aufgenommen. Ich ließ die Peitsche knallen, der Streitwagen ruckte an, und schon stürmte ich auf die Meder ein.

Ich spürte, wie tausend Speere auf meine Brust zielten, doch mir war es gleich – die Schlacht hatte angefangen, und als ich mit etwas zusammenstieß, was mir wie eine Wand von feindlichen Reitern vorkam, da glaubte ich, so unsterblich wie die Götter schlechthin zu sein.

Worte sind zu armselig, um die folgende Stunde zu beschreiben. Sie verschwamm zu einer blutbefleckten Vision, war Taumel und Schlachtenrausch. Ich kam mit dem Rad meines Streitwagens an einen Felsklotz und brach eine Achse; da schnitt ich einem der Leitpferde die Zugriemen durch, doch ehe ich noch mit nichts als meinen Kurzschwert und einem einzigen Speer bewaffnet aufsteigen konnte, sah ich einen Meder auf mich zugaloppieren, dessen Lanzenspitze mich bereits wie einen Apfel aufzuspießen schien. Er war schon mehr als vierzig, fünfzig Schritt heran, ehe ich überhaupt bemerkte, daß er auf mich einstürmte, doch ich schien unendlich viel Zeit zu haben. Mit einer einzigen flüssigen Bewegung drehte ich mich um und streckte mich wie eine aufgerollte Schlange. Ehe noch der Speer meine Hand verließ, wußte ich schon, daß er sein Ziel finden würde. Den medischen Reiter warf es rücklings vom Pferd, daß er mir tot beinahe vor die Füße fiel, und die Spitze meines Speers ragte ihm noch eine Handbreit aus dem Rücken.

»Gut«, dachte ich, »da habe ich ihn ja wieder.« Ich setzte dem Mann den Fuß auf die Brust und zog meinen Speer mit einem raschen Ruck heraus. Dazu ist ein Mensch fähig, wenn er im Blutrausch ist.

Den ganzen Tag schien ich in einem Zauberkreis geborgen. Nichts konnte mich treffen. Hundert Schwerter und Lanzen und Pfeile ohne Zahl zielten auf mich, erreichten mich jedoch nie oder trafen daneben, oder es gelang mir, sie abzuwehren. Zuweilen war ich ganz von Medern zu Fuß und zu Pferd umgeben, und doch mähte ich sie wie Sommergerste. Ich hatte keine Angst – was hatte ich auch zu befürchten, wenn der Tod ein Gott war, der von meinem rechten Arm Besitz ergriffen hatte?

Am Ende konnte ich mich jedoch aus diesem Zauberbann befreien. Auf einmal stand ich ganz allein da, kein Feind war in Reichweite meiner Hand, und als ich mich nach einem umblickte, da sah ich das Schlachtfeld voller toter und sterbender Männer – Meder und meine eigenen Männer lagen in jener Waffenruhe beieinander, welche unter den Leichen aller Nationen herrscht. Es war ein blutiger Tag gewesen, und die Sonne stand nicht einmal zwei Stunden nach Mittag.

Wir waren in eine furchtbare Sackgasse geraten, in der die beiden Heere sich nur gegenseitig abschlachten konnten und jeder darauf hoffte, den Todesstoß auszuteilen, ehe er ihn selber traf. Fast alle meine Schlachtformationen hielten stand, doch die Meder mit ihrer riesigen Zahl und ihrem erstaunlichen, waghalsigen Mut bedrängten uns hart. Die Reiterei auf beiden Flügeln erweckte nicht einmal mehr den Anschein, als verfolgte sie eine gemeinsame Strategie, ihre Pferde schlängelten sich durch die Soldatenmassen und suchten sich Ziele, wo immer sie diese fanden.

Schlimmer konnte es gar nicht kommen, dachte ich. Die Götter haben den Krieg erfunden, um die Menschen für ihre Freveltaten zu strafen. Und dann: Wir müssen uns von ihnen lösen. Wir müssen . . .

Doch was? Ich war jetzt kein *rab shaqe* mehr – ich war nur ein Soldat unter vielen. Die Zeit für großartige Strategien war längst vorbei, und diese Männer, die keinen Ausweg mehr aus diesem so gräßlichen Blutbad finden konnten, würden auf einer oder auf beiden Seiten nur dann voneinander ablassen, wenn sie zu erschöpft waren, um noch weiter standzuhalten.

Doch zuvor . . .

Ich konnte etwas hören – einen schrillen Schlachtruf, der aus dem Nichts zu kommen schien wie der Schrei eines Jagdfalken, der sich auf seine Beute stürzt. Das war ein eigenartig vertrauter Laut, und doch wollte mir nicht einfallen, wo ich ihn früher schon einmal gehört hatte . . .

Und dann ging es mir auf. Ich wandte den Kopf und wußte, was ich sehen würde – die skythischen Reiter, die von einem Felsen in der Nähe wie eine Lawine aus Männern und Pferden herabdonnerten. Tabiti hatte Wort gehalten.

Auch meine Männer hatten sie gehört – ebenso die Meder – und auf einmal schien sich das Schlachtenglück zu wenden. Plötzlich faßten die Soldaten Assurs wieder Mut und gingen erneut vor, ehe sich noch der erste Angriff der

Skythen ausgewirkt hatte. Die Meder fingen an zu wanken, und dann lösten sich von einem Augenblick zum anderen ihre Reihen einfach auf, wie eine verfaulte Planke unter dem Fuß eines Mannes nachgibt.

Manche Dinge geschehen schnell. Was ein paar Minuten zuvor noch eine Schlacht gewesen war, wurde auf einmal zur wilden Flucht. Wie aasfressende Vögel machten die Skythen einem Feind ein Ende, der schon zu Tode verwundet war. Daiaukkas tapfere Soldaten, welche nicht Fersengeld gaben, wurden bei unserem siegreichen Vorstoß einfach niedergetrampelt. Die nun folgende Metzelei war entsetzlich anzusehen.

Und so ging es weiter, bis die Dunkelheit beide Seiten zum Einhalten zwang. Solange das Tageslicht noch ausreichte, erlitten die Meder Tod und Verstümmelung. Wer verwundet war oder sein Pferd verloren hatte oder bei unserem raschen Vordringen überrollt wurde, kam um wie ein Schaf auf dem Schlachtblock. Und die Sieger nahmen Rache, sammelten Trophäen, als da sind Köpfe, Hände – ich erinnere mich noch an die Haut vom Arm eines Mannes, die jemand samt den Fingernägeln abgezogen hatte und die rot von Blut war. Getrocknet würde sie einen Überzug für einen Köcher abgeben.

Meine eigenen Soldaten waren das Gemetzel allmählich leid. Sie hatten schon Stunden vor dem Morgengrauen mit Kämpfen angefangen und konnten kein Blut mehr sehen, deshalb hatten ihre Offiziere keine Mühe, sie zur Ordnung zu rufen. Doch die Skythen waren gerade erst eingetroffen, und da sie sich um den gerechten Anteil an der Schlacht betrogen fühlten, war die Versuchung natürlich groß, sich nach Art der Barbaren an den Resten gütlich zu tun. Das waren nicht meine Männer, denn die hätte ich zurückpfeifen können.

Wollte ich das überhaupt? Ich wußte es nicht. Zunächst kam es mir nicht in den Sinn, daß ein Eingreifen meinerseits irgendwie erforderlich sein könnte. Die Erschöpfung war mir auf das Hirn geschlagen, und so konnte ich eine ganze Zeit nur unverständig wie ein Tier auf das zunehmende Blutbad starren. Sobald die Meder sich zur Flucht gewandt hatten, sammelten sich auch schon meine leitenden Offiziere auf dem Schlachtfeld um mich und warteten auf meine Befehle. Es war an der Zeit, ins Leben zurückzukehren.

»Luschakin!« rief ich – jählings packte mich die Angst. »Luschakin, nimm dir soviel Männer, wie du brauchst, und suche Daiaukka. Wenn er noch auf dem Schlachtfeld ist, finde ihn! Finde ihn lebendig, wenn du kannst – denn wenn ihm erst ein skythischer Bandit die Kehle durchgeschnitten hat, ist er für uns nur noch von wenig Nutzen – ob nun lebendig oder tot, finde ihn!«

»Rab Shaqe, außer dir hat ihn noch nie jemand gesehen«, lautete seine außerordentlich vernünftige Antwort. »Wie sollen wir denn die blutverschmierten Meder auseinanderhalten?«

»Dann macht eben Gefangene – findet ein paar, die bereit sind, ihren Herrn im Austausch für ihr eigenes Leben zu verkaufen. Beeilt euch!«

Als Luschakin aufs Pferd stieg, wie ich ihn geheißen hatte, versuchte ich angestrengt nachzudenken. Es gab Befehle, die mir in diesem Augenblick ganz von selbst von den Lippen hätten gehen sollen – wie hießen die doch noch? Mein Hirn schien keinen anderen Gedanken fassen zu können, als Daiaukkas zerhackter und blutiger Leichnam.

Er durfte mich nicht betrügen. Nicht jetzt – nach all dem, was hier geschehen war.

»Denk nach!« befahl ich mir. »Heute bist du hier der Sieger. Spiele die Rolle gefälligst!«

»Die Männer haben noch eine Stunde Zeit«, sagte ich, »und dann ist Schluß hier. Und schickt Patrouillen aus und sucht nach den Resten, die von Daiaukkas Reiterei entkommen sind. Laßt sie in Ruhe, ich will nur wissen, wie viele es noch sind.«

»Und was ist mit den Skythen, *Rab Shaqe?«*

»Ja, was ist mit den Skythen, *Rab Shaqe?«*

Ich blickte auf, und da beugte sich Tabiti über den Hals seines Pferdes und grinste mich mitleidsvoll an. Er sah so frisch aus, als wäre er gerade erst aufgestanden.

»Die überlassen wir ihrem Räuberhauptmann«, sagte ich. »Wie geht es dir, Bruder? Der Tag hätte auch ohne dich uns gehört, doch vielleicht wird man später sagen, daß auch du ein wenig dazu beigetragen hast.«

Der Häuptling der Saken warf den Kopf zurück und lachte wie ein Schakal. Und als wäre ihm etwas eingefallen, riß er sein Pferd herum und musterte prüfend das Schlachtfeld.

»Von den Fußsoldaten sind nur wenige entkommen«, sagte er. »Doch die Berittenen haben mehr Glück gehabt. Das ist schade, weil die Meder so schöne Pferde haben. Aber ein Räuber muß sich mit dem zufriedengeben, was er an Beute findet, Bruder.«

Und wieder lachte er. Tabiti war klug, und so wußte er, daß er mit seinem Tagewerk durchaus zufrieden sein konnte.

»Doch ich verplaudere mich«, fuhr er fort und nahm die Zügel auf. »Meine Männer wollen mich bei ihrem Sport dabeihaben.«

»Tabiti . . .«

»Ja, Bruder – was ist?« Seine Katzenaugen sahen mich groß und fragend an.

»Der *shah* Daiaukka, wenn du ihn lebend findest . . .«

»Dann töte ich ihn. Na und, Bruder?«

»Ich brauche ihn lebendig, wenn das nicht zuviel gefragt ist.«

»Du möchtest ihn also selber töten – ja, verstanden.« Er lächelte so belustigt, daß seine weißen Zähne nur so blitzten. »Wenn er mir über den Weg läuft, rette ich ihn für dich. Lebe wohl, Bruder.«

Er ritt fort wie ein Knabe, der auf Kaninchenjagd gehen will. Seine Weltsicht war so unkompliziert, daß ich ihn darum beneidete.

Das Schweigen, welches seinem Aufbruch folgte, wurde von hastigen Stimmen und dem Geschrei der Sterbenden durchbrochen. Die wahren Schrecken kommen stets am Ende der Schlacht, und das ist vielleicht ganz gut so, denn sonst würden die Menschen vergessen, daß Kämpfen eine ernsthafte Angelegenheit und kein leichtfertiges Unterfangen ist. Ich sah Soldaten mit blutgetränkten Tuniken mitten unter den Leichen ihrer Feinde sitzen und sich die trockene Kehle aus Ziegenlederschläuchen mit Wasser netzen, das Frauen eingefüllt hatten, die noch nicht wußten, daß ihre Söhne und Ehemänner tot waren. Und schon fingen meine Männer an, sich um ihre Beute zu streiten – wenn man sie jetzt sich selbst überließ, würde es nicht lange dauern, und sie schnitten sich gegenseitig die Kehle durch. So sieht das ruhmreiche Ende des Krieges aus.

»Ich habe es satt«, sagte ich zu niemand direkt. »Jemand soll mir ein Pferd holen, ich will zum Lager zurück. Habt acht, daß meine Befehle auch alle ausgeführt werden.«

Es war beinahe dunkel, als ich schließlich mein Zelt erreichte. Endlich hatte ich nicht mehr den Blutgestank in der Nase und konnte mich direkt aufs Abendessen und dann vielleicht – welch unvorstellbarer Luxus – auf eine durchschlafene Nacht freuen, doch es sollte nicht sein.

Ein Grüppchen von Männern wartete auf mich, und vor ihnen lag etwas auf der Erde, das in eine Decke gewickelt war. Keiner sprach.

Ich wollte nicht verstehen, denn ich hatte mehr zu sehen bekommen, als mein Hirn fassen konnte, doch schließlich begriff ich, daß diese Decke nur einen weiteren Leichnam verhüllte – davon gab es soviele, was also sollte mir dieser hier?

Und dann ahnte ich etwas, und das Herz gefror mir. Ich kniete neben dem Toten nieder und deckte sein Gesicht auf. Es war Tabschar Sin, der mich mit großen, milchigen Augen anstarrte, denen man noch den Todesschreck ansah.

Ich hatte schon viele Schlachten erlebt, doch bis zu diesem Augenblick hatte ich wohl nicht gewußt, was es heißt, seinen Feind zu hassen.

*

Es gibt Zeiten, da schafft man es einfach nicht, betrunken zu werden. Wie sehr ich mich auch bemühte, es war aussichtslos. Mit jedem Schluck wurde alles nur noch schlimmer, mein Hirn fühlte sich an, als ob ein kleines Kind mit einem Dolch spielte und sich in seiner Unbeholfenheit immer tiefere Schnitte zufügte.

Und so war ich in keiner guten Gemütsverfassung, als ich da am Lagerfeuer vor meinem Zelt saß, zu meinen Füßen die eingehüllte und für die Bestattung vorbereitete Leiche von Tabschar Sin. Eine Lanze hatte ihn unter dem Arm getroffen, und der Lanzenschaft war erst abgebrochen, als die Spitze ihm schon mitten durch die Brust gegangen war. Man sagt, daß eine solch schwere Verwundung keine Schmerzen bereitet, daß ein Mensch bereits tot ist, ehe er überhaupt den Stoß spürt, der ihn tötet. Ich kann nur hoffen, daß es wahr ist.

Er war seinem *simtu* als gewöhnlicher Soldat begegnet und hatte unbemerkt auf dem Schlachtfeld gelegen, ehe jemand daraufkam, daß er der alte Mann war, der dem Prinzen Tiglat die ersten Lektionen im Kriegshandwerk erteilt hatte, und den der *rab shaqe* fast wie einen zweiten Vater liebte. Und ich hatte ihn geliebt, aber ich konnte nicht einmal um ihn weinen. Was war mir abhanden gekommen, daß ich keine Tränen um Tabschar Sin vergießen konnte? Warum äußerte sich mein Kummer nur in finsterem Haß?

Der Wein schmeckte bitter – das Leben war bitter, und der Tod lediglich der letzte grausame Scherz des Gottes. Morgen früh würde ich meinen alten *rab kisir* begraben, und ich gab mir selbst das Versprechen, daß viele medische Gefangene seinen Geist besänftigen würden, indem sie ihr Herzblut auf seinem Grab vergossen. Das würden sie mir büßen, obschon es eher mein Fehler als der ihre war – ich hätte ihn in Amat lassen sollen, wo er dann im Bett gestorben wäre. Doch das war gleichgültig. Die Meder würden mir dafür zahlen. Ich würde mir eine Axt suchen, sie auf seinem Grabhügel niederknien lassen und ihnen eigenhändig den Kopf abschlagen. Sie würden meinen Fehler wiedergutmachen. Schlafmangel zusammen mit den Strapazen der Schlacht, dem Kummer und meinem schlechten Gewissen machten mich grausam.

Oder vielleicht war ich doch betrunken. Vielleicht wäre es besser, das anzunehmen. Sonst könnte ich wohl schwerlich erklären, was geschah, als sie mir Daiaukka brachten.

Sie hatten lange dafür gebraucht, den ganzen Nachmittag und Abend – Luschakin und seine Spitzel hatten alle Männer von Rang zusammengetrieben, die sie unter den überlebenden Medern finden konnten; einige Glückliche, die man gefangengenommen, andere, die man einfach auf dem Schlachtfeld gefunden hatte und die noch soviel Leben in sich hatten, daß es die Mühe lohnte, sie mitzunehmen. An die zwanzig, dreißig warteten an Händen und Füßen gefesselt auf den Knien vor meinem Zelt; warteten, was der Eroberer über ihr Schicksal beschloß. Zweifellos rechneten die meisten mit dem Tod, doch ich war mir noch nicht schlüssig geworden. Ich hatte noch keinen Gedanken daran verschwendet. Man brachte mir einen weiteren Mann, ich musterte ihn, bis ich sicher war, es handelte sich nicht um Daiaukka, und dann verbannte ich ihn aus meinen Gedanken und widmete mich wieder meinen privaten grämlichen Grübeleien.

Doch dann stand er endlich vor mir, war am Leben und mir in die Hand gegeben. Ich kam hoch und sah Luschakin an, der aber grinste.

»Ja, *Rab Shaqe*«, sagte er. »Ich dachte mir schon, daß es der da ist. Diese Sklaven können es doch nicht lassen und verkaufen dir soviele Daiaukkas, wie es Körner an einer Gerstenähre gibt, doch dieses Mal habe ich ihren Worten ein wenig mehr Vertrauen geschenkt. Der ist zurückgeblieben, dieser Held da. Er war immer noch dabei, sich gegen einen Haufen von diesen skythischen Schurken zur Wehr zu setzen, und das mit nichts als einem angekohlten Zeltpfahl. Es hat ihnen ganz und gar nicht gefallen, daß ich ihnen ihre Beute wegschnappte, das kann ich dir sagen – und das bekommst du vermutlich auch noch von deinem Freund Tabiti zu hören, denn wir mußten einen von ihnen ein wenig beschädigen, ehe sie sich auf ihre Manieren besannen.«

»Führe den Rest ab und laß mich mit ihm allein«, sagte ich, und Luschakin runzelte die Stirn.

»Du meinst doch nicht etwa allein, *Rab Shaqe* – der da ist . . .«

»Der da ist recht harmlos.« Ich lächelte und versuchte mich in Geduld. »Mach dir keine Sorgen um mich, Luschakin. Ich bin noch in der Lage, mich gegen einen unbewaffneten Feind zu verteidigen, dem man die Hände auf dem Rücken gefesselt hat.«

Zögernd tat er, was ich ihn geheißen hatte; und dann saß der *shah-ye-shah* auf einem Holzklotz mir gegenüber am Feuer und musterte mich mit wachsamen, schwarzen Augen.

»Ich schneide deine Handfessel durch, wenn du mir dein Ehrenwort gibst, daß du das Gastrecht nicht verletzt«, sagte ich. Daiaukka schien kurz zu überlegen, dann nickte er.

Ich zog den Dolch aus dem Gürtel und schnitt die Lederschnüre um seine Handgelenke durch. Dann schenkte ich einen Becher Wein ein und stellte ihn neben seinen rechten Fuß. Daiaukka nahm den Becher und trank ihn mit einem Zug aus. Ich schenkte ihm nach, und er leerte den Becher erneut, und da ließ ich einfach den Krug neben ihm stehen. Möglicherweise hatte er seit dem Morgen keinen Schluck Wasser mehr bekommen. Ich nahm wieder Platz.

»Wieviel von deinem Heer ist noch irgendwo vorhanden und einsatzbereit?« fragte ich. »Ein Drittel, oder?«

»Ich glaube nicht soviel – und die Besten sind alle tot.«

Weder sein Gesicht noch seine Stimme ließen auf einen Hauch von Anteilnahme schließen. Wenn wir uns über das Schicksal von fremden Menschen unterhalten hätten, er hätte nicht weniger Gefühl zeigen können. Und wieder dachte ich, wie bereits bei unseren früheren Begegnungen, was für ein bemerkenswerter Mann er doch war.

»Und du weißt, was nun geschieht«, fuhr ich fort. »Schon morgen früh kommen deine überlebenden Edlen und bieten mir ihre Unterwerfung an. Es gibt ein Wettrennen, wer sich mir als erster zu Füßen wirft, und ein Stamm wird dem anderen die Schuld dafür geben, wer mit diesem Krieg angefangen hat – und alle werden dir die Schuld in die Schuhe schieben. Du hast das Spiel verloren, Daiaukka, und die Nation, von der du geträumt hast, die du aus diesen Ziegenhirten machen wolltest, ist tot.«

»Im Augenblick ja. Aber am Ende mußt du hier abziehen, Gebieter, und dann träumen die Männer wieder.«

Er setzte wieder den Becher an die Lippen und trank langsam wie ein Mann, der mit sich im reinen ist. Was er sagte, war schlicht und einfach die Wahrheit.

»Ich möchte dir nicht das Leben nehmen«, sagte ich, und mir war so unbehaglich zumute, als ob ich heute irgendwie der Verlierer sei. »Ich verschone dich, wenn du versprichst, dem König in Ninive zu huldigen. Mein Rat ist, nimm besser die Konsequenzen dieser Niederlage an und hoffe, wie du selbst sagst, auf bessere Zeiten.«

»Besser für wen, Gebieter Tiglat Assur?« Er lächelte mich an, als ob da ein Kind in seiner Unschuld fragte.

»Besser für dein Volk, das sich lieber nicht wieder erheben sollte, solange ich lebe – das nämlich einen *shah* meiner Wahl bekommt, wenn du dich weigerst.«

»Ach ja? Ja, natürlich. Ja, vielleicht wäre das besser für sie.«

»Dann unterwirfst du dich also?«

»Nicht heute abend, Gebieter.« Er stellte den Becher wieder neben seinen Fuß und bedeckte das Gesicht mit den

Händen, als wollte er die Erschöpfung fortwischen. »Du bekommst meine Antwort morgen früh, wenn es dir recht ist, doch nicht eher. Mein Leben ist in deiner Gewalt, und du kannst es mir nehmen, wann immer es dir beliebt, doch ich verspreche nichts, nur weil ich erschöpft und kleinmütig bin.«

»Dann sollst du Zeit bis morgen haben – Wache!«

Luschakin kam mit dem Schwert in der Hand auf uns zugestürzt, als erwartete er, daß mir Daiaukka an die Kehle wollte, statt mir gegenüber am Feuer zu sitzen und zu feilschen wie ein Karawanentreiber. Ich glaube, er war enttäuscht.

»Such dem *shah-ye-shah* für diese Nacht ein Bett«, befahl ich ihm. »Du machst es ihm bequem, sorgst mir dafür, daß es ihm an nichts fehlt.«

»Bequem – ja, *Rab Shaqe.* Ich habe da eine sehr bequeme Kupferkette, die will ich ihm um den Hals legen.«

Jetzt lachte Daiaukka gar. Der Mensch schien sich vor gar nichts zu fürchten.

»Stelle eine Wache auf, wenn es dich beruhigt«, erwiderte ich. »Aber bring ihn mir morgen früh, wenn ich nach ihm schicke.«

Ob Daiaukka in dieser Nacht geschlafen hat? So wie ich ihn kannte gewiß, was mich auch nicht weiter überrascht hätte. Ich jedenfalls tat kein Auge zu. Ich blieb am Lagerfeuer sitzen und hielt neben Tabschar Sins Leichnam die Totenwache, und bis zum hellichten Tag leistete mir niemand außer einem Becher Wein dabei Gesellschaft.

Möglich, daß mir die Weindünste das Hirn vernebelten – falls ich richtig betrunken war –, wie hätte ich mir sonst wohl einbilden können, Daiaukka säße in der Falle, denn ich hatte doch tatsächlich vor, ihn selbst als erste Grabbeigabe an den Geist meines toten Freundes abzuschlachten, wenn er der Macht Assurs nicht huldigte. Und das sollte vor den Augen seiner überlebenden Edlen geschehen, sie sollten erfahren, was der Preis für Widersetzlichkeit war. Vor ihren Augen würde ich ihren *shah* demütigen, oder ich überantwortete ihn dem Tode, und auch das vor ihren Augen. Die ganze Nacht über tröstete ich mich mit dieser Vorstellung. Und so kann sich denn ein Mann unendlich klug vorkommen, während er gleichwohl ein Narr ist.

Der Morgen nahte. Ich befahl, Tabschar Sins Grab hinter unserer Lagerschanze auszuheben, in jener Erde, die er und ich und viele andere mit unserem Schwert zur höheren Ehre Assurs und unseres Königs erobert hatten. Ich legte seinen Leib in die flache Grube und bedeckte ihn eigenhändig mit Erde. In einem Jahr, wenn darüber Gras gewachsen war, würde niemand mehr seine Ruhestätte finden können. Dieses sollte zu einem Tag der Bestattungen werden, Tabschar Sin war lediglich der erste.

Auf der geschwärzten Ebene erwies ich meinem alten Freund die letzte Gefälligkeit, welche ein Mann dem anderen erweisen kann, und viele sahen mir dabei zu. Schweigend standen die Soldaten der Nordarmee dabei, denn sie wußten, daß es auch für sie bald Zeit wurde, ihren Kameraden, die tot auf dem Schlachtfeld lagen, die letzte Ehre zu erweisen.

Die besiegten Meder, unsere Feinde von gestern und heute unsere Gefangenen, sahen auch zu und fragten sich zweifellos, ob das lange Dunkel des Todes auch auf sie warten mochte. Tabiti, der mich seinen Bruder hieß, stand hinter mir – er lächelte verhalten, so als ob er schon seine Beute zählte. Auch Daiaukka war anwesend, undurchschaubar wie immer, aber ich hatte es längst aufgegeben, seine Gedanken erraten zu wollen.

Ich stand auf und wischte mir den Dreck von den Händen. Zwei Tage und Nächte hatte ich nicht geschlafen, mein Kopf tat weh, und ich hatte einen bitteren Geschmack im Mund, doch das kam von der Neige im Weinkrug und war darum nicht unverdient. Aber meine Seele war ruhig, und irgendwie war mein Zorn verraucht. Es war klar, was jetzt kommen mußte.

»Wenn die Meder wollen«, rief ich, so daß alle mich hörten, »dann kann Assurs Krieg gegen sie zu dieser Stunde enden. Jeder, der niederkniet und dem König, meinem Vater, dem Gebieter Sanherib, dem König von Assur und Kalach und Ninive, dem Herrscher der Vier Enden der Erde, dem Herrn dieser Stätte und der ganzen Welt, den Eid der Unterwerfung schwört, ist mir willkommen.«

Wie ein Mann warfen sich die medischen Edlen, die Großen der Arier, auf die Knie und schworen – alle, außer einem. Denn der Gebieter Daiaukka, der *shah-ye-shah*, um dessen Schwur allein es mir ging, blieb stehen.

»Du willst also nicht schwören, Gebieter?« fragte ich ihn. Warum enttäuschte mich das eigentlich nicht? Warum war ich wohl froh darüber, daß er sich nicht unterwarf? Nur, weil er ein edler Mann war, den niemand demütigen würde – ja, das mochte der Grund sein.

»Nein.« Er schüttelte den Kopf und verschränkte die Arme. »Huldige, wer da mag, ich jedoch nicht. Ich habe nämlich den Eid abgelegt, als der einzige *shah* der Arier zu leben und die Feinde aus meinem Land zu vertreiben oder bei dem Versuch zu sterben.«

»Einst hast du mir erzählt, es käme zu einer Schlacht, und dann würde man ja sehen, wem der Ahura wohlgesonnen sei. Willst du das Urteil deines Gottes nicht annehmen?«

Schon als ich die Worte aussprach, wußte ich, daß ich einen großen Fehler begangen hatte.

Daiaukka wußte das natürlich auch und lächelte ein wenig.

»Nein, Gebieter – denn du lebst und ich auch. Der Wettstreit zwischen deinem und meinem Gott kann nur zwischen uns beiden ausgetragen werden. Es steht jetzt in deiner Macht, mich, wenn du willst, zu töten, doch damit hast du nichts bewiesen. Uns beiden bleibt nur der Zweikampf auf Leben und Tod.«

Ich konnte die Erregung spüren, die durch die Menge lief, welche diese Herausforderung gehört hatte. Tabiti trat vor und legte mir die Hand auf den Arm.

»Das darfst du nicht tun«, flüsterte er nervös. »Töte ihn jetzt – oder ich mache es für dich!«

»Niemand außer mir tötet ihn«, antwortete ich. Ich hatte mich damit abgefunden, daß nicht Daiaukka mir, sondern ich ihm auf den Leim gegangen war. »Ich sitze in der Falle. Er fordert eine Machtprobe, seine Kraft gegen die meine – sein Zauber, wenn du so willst, gegen meinen. Wenn ich mich weigere und ihn wie einen Hund erschlage, dann stirbt er nie, sondern ist in diesen Bergen für alle Zeiten König. Er läßt mir keine Wahl.«

Tabiti ließ mich los, er wußte, daß ich recht hatte.

»Eine Bedingung aber«, sagte ich, so daß alle es hören konnten. »Es steht in des Gottes Hand, wer lebt oder stirbt, doch der Krieg muß vorbei sein. Wenn ich siege, halten die *parsua* das, was sie heute dem König, meinem Vater, geschworen haben. Wenn ich sterbe, muß mir der Gebieter Daiaukka versprechen, die Grenze zwischen unseren beiden Ländern zu achten, solange er lebt.«

»So sei es.« Er nickte – warum sollte er auch nicht zustimmen? Was hatte er schon zu verlieren? »Und ich bitte den Gebieter Tiglat Assur um eine einzige Gunst. Ich brauche drei Tage, bis wir uns wieder treffen und diese Sache zwischen uns ausfechten. Ich nehme nicht Reißaus, ich will nur noch einmal meinen Sohn sehen.«

»So sei es.«

Und so war es denn abgemacht, ein Zweikampf auf Leben und Tod, in drei Tagen.

XXXI

Ich hatte die Hoffnung gehabt, einen gefangenen Daiaukka dazu zu bringen, daß er um Frieden bat. Diese Hoffnung war gar nicht so abwegig, da die meisten Menschen bereit sind, im Austausch für ihr Leben anständige Bedingungen anzunehmen, doch da diese Hoffnung sich zerschlug, hätte ein klügerer Befehlshaber als ich befohlen, daß man den *shah-ye-shah* in aller Stille tötete und damit die Meinung aufrechterhielt, er sei in der Schlacht gefallen. Auch die Meder hätten das vorgezogen, denn damit hätten sie ihm die Schuld für den verlorenen Krieg in die Schuhe schieben können. Und in späteren Jahren hätte er einen passenden Helden abgegeben, einen Märtyrer, in dessen Namen sie zum Kampf hätten rufen können, wenn sie sich wieder stark genug fühlten, uns herauszufordern. Und für einige Jahre zumindest wäre das auch für mich von Vorteil gewesen, da ich als sein Bezwinger das Erbe von Daiaukkas beträchtlichem Ruhm als Krieger angetreten hätte. Ein armseliger Ersatz zwar für die unterwürfige, gedemütigte, in Verruf geratene Figur, die ich aus dem lebenden Daiaukka hatte machen wollen – wie konnte ich mir nur jemals einbilden, daß er sich dazu hergeben würde? –, doch es wäre der Mühe wert gewesen. Ich hätte ihm die Kehle durchschneiden sollen, als das noch in meiner Macht lag.

Statt dessen beging ich den größten nur möglichen Fehler und gab meinem unversöhnlichsten Feind Gelegenheit zu einer öffentlichen Herausforderung, die ich ihm kaum abschlagen konnte. Als die Worte erst heraus waren, konnte ich seine Ermordung nicht mehr anordnen, ohne vor den Zuhörern, auf die es ankam, seinen geschlagenen und entmutigten Anhängern nämlich, als Feigling dazustehen.

Jetzt führte nichts mehr an einem Zweikampf vorbei, mein schützender *sedu* gegen die wieder aufgelebte Magie seines Namens – und Daiaukka noch dazu ein Mann, der nichts mehr zu verlieren hatte. Der *shah-ye-shah* hatte mich in eine Falle gelockt, weil er ganz klar sah, was ich in einem Augenblick der Unzurechnungsfähigkeit vergessen zu haben schien, daß dies nämlich ein Krieg war, der nicht mit einer Schlacht oder einem Sieg endete; daß Taktik und Waffen am Ende weniger ins Gewicht fielen, als die Legenden, die sich um einzelne Männer rankten.

Und so hatte ich Daiaukka die Gelegenheit verschafft, sich zu einem Mythos zu stilisieren, der von seiner Rasse bis zum Ende aller Tage hoch in Ehren gehalten werden würde.

Doch ich hatte bis zu unserer letzten Begegnung drei Tage Zeit. Ich lieh Daiaukka ein Pferd und sah ihm nach, als er im Vorland der Berge verschwand, wohin, das wußte ich nicht, aber es war mir gleichgültig. Er würde zurückkommen, und nur das zählte. Den Gefallen, daß er sich aus dem Staub machte, würde er mir nicht tun, denn er war ein Mann, für den der Tod keine Schrecken barg.

Was ich von mir nicht sagen konnte. Ein Zweikampf, bei dem einer nur überlebt, wenn der andere stirbt, ist entsetzlicher als jede Schlacht, denn in der Schlacht ist die Gefahr eher allgemein – kein Feind trachtet einem einzelnen nach dem Leben – und es geschieht nur äußerst selten, daß an einem Tag die Hälfte aller Kämpfenden fällt. Ich schäme mich auch gar nicht zuzugeben, daß ich Angst vor Daiaukka hatte, schließlich war er tapfer und stark und gerissen und kannte seit frühester Jugend kein anderes Leben als das des Kriegers. Ihn nicht zu fürchten, hieß keine Augen im Kopf und kein Hirn zum Denken zu haben. Ich war nun einmal nicht so unempfindlich wie ein Holzklotz, und so hatte ich schreckliche Angst.

Doch da ich mir diese Qualen selbst zuzuschreiben hatte, würde ich auch allein dafür büßen. Für das Heer war es ein großes sportliches Ereignis, und es wurde hoch gewettet, wie man mir berichtete.

Die drei Tage meiner Gnadenfrist setzte ich mich mit meinen Offizieren zusammen und machte Pläne für unseren Rückzug. Wir würden an einem Ort namens Zakruti, nicht weit von unserer Grenze, eine Garnison errichten und dreitausend Mann dort lassen. Die übrigen würden nach Amat und in die Garnisonen Zamua und Namri zurückkehren, ganz gleich ob nun Daiaukka siegte oder ich, denn das Kriegsglück beruht nicht auf dem Leben eines einzelnen Mannes.

Am Abend vor Daiaukkas Rückkehr trat der Gebieter

Tabiti, der mich seinen Bruder hieß, mit seinen Schädelbechern und einem Schlauch mit *safid atesh* unter dem Arm in mein Zelt. »Die Meder haben ihr *hamoa,* damit trinken sie sich Heldenmut an, doch das hier ist besser«, sagte er, faßte in die Augenhöhlen, schenkte einen Becher ein und hielt ihn mir hin. »Da – trink. Ich weiß, daß sie dir nicht schmeckt, doch du brauchst etwas, und Wein macht die Sinne stumpf. Trink.«

»Kann denn jeder sehen, daß ich Angst habe?«

»Nein. Du trägst es wie ein Mann, doch mir muß man nicht erst sagen, daß du Blut schwitzt. Wer fürchtet den Tod wohl nicht?«

»Daiaukka, möglicherweise.« Ich trank einen Schluck von der *safid atesh* und schnitt sofort eine Grimasse – auch bei längerer Gewöhnung schmeckte sie nicht besser. »Ich glaube, Daiaukka hat keine Angst vor dem Tod.«

»Dann ist er kein Mensch. Und wenn er kein Mensch ist, dann kannst du ihn töten, wie du willst, ohne deine Ehre zu beflecken, weil du damit die Welt von einem Dämon befreist. Sag – hast du schon einmal dergleichen Zweikampf ausgefochten?«

»Nein.«

Ich hielt es für geraten, ihm den Vorfall mit Assarhaddon zu verschweigen, denn beide Fälle hatten nichts miteinander zu tun.

»Also, Daiaukka erwartet, daß du ihm zu Pferd begegnest, nur mit einer Lanze und einem Kurzschwert bewaffnet. So halten es alle Stämme, die Kimmerier, die Skoloti und sogar diese Hunde, diese Meder. Man würde es nicht verstehen, wenn du nicht so kämpfen wolltest – jedermann würde dich für einen Feigling halten. Ich habe dich zu Pferd gesehen, und für jemand, der hinter Lehmmauern geboren ist, hältst du dich gut, doch verglichen mit einem Nomaden ist es nicht eben viel.«

»Danke. Nur ein Freund könnte mich so gütig beurteilen.«

»Sei nicht gekränkt, denn ich spreche doch nur aus, was du selber auch weißt, und es ist nur zu deinem Besten. Daiaukka ist ein hervorragender Reiter. Solange er ein Pferd zwischen den Schenkeln hat, ist er im Vorteil – vergiß das nicht.«

Mittlerweile hatte ich schon viel getrunken, denn mein Herz sollte ruhig werden, doch mir war durchaus klar, daß Tabiti die Wahrheit sprach.

»Die Meder schätzen Pferde sehr – vergiß auch das nicht. Daiaukka wird sich große Mühe geben, deinem Pferd nichts zu tun, denn wenn er seinen Tod verschuldete, wäre das ein Frevel, für den er seinem Gott Rechenschaft ablegen muß. Das gilt jedoch nicht für dich.«

»Was willst du damit sagen?«

»Töte sein Pferd. Sobald es dir möglich ist, töte sein Pferd. Zwinge ihn, auf dem Boden zu kämpfen, wo die Chancen zumindest gleich sind. Würde es deinen Geist trösten, wenn ich diesen Daiaukka für dich töte, falls du verlierst?«

»Nein.«

»Aber vielleicht töte ich ihn zu meinem eigenen Trost. Ich habe dich meinen Bruder genannt, und der Mann, der dir das Leben raubt, vergeht sich auch gegen mich. Ja, ich glaube, ich bringe ihn auf alle Fälle um, damit erspare ich mir Gewissensbisse. Doch mit Rücksichtnahme auf deinen überfeinerten Sinn für Anstand werde ich dabei nach Sitte der Skoloti raffiniert vorgehen – ich lade ihn zum Essen ein und verabreiche ihm ein langsam wirkendes Gift. So kommt niemand darauf, daß er durch meine Hand gestorben ist.«

»Das darfst du nicht, Tabiti, mein Bruder. Das ist kein würdiges Ende für einen solchen Mann.«

»Wenn du dir seinetwegen so große Sorgen machst, dann mußt du ihn schon selber töten, Gebieter Tiglat Assur.« Tabiti lächelte das schlaue Lächeln eines gerissenen, gefährlichen Tieres. »Ich gehe jetzt – und vergiß nicht, was ich dir wegen seines Pferdes gesagt habe.«

Er stand auf und ging, den Schlauch mit der *safid atesh* ließ er mir da. Den Rest jener Nacht saß ich bei einer einzigen Öllampe, deren Licht die Geister verscheuchte. Ich trank nur soviel, daß es meine Angst ein wenig dämpfte und mich vom Nachdenken abhielt. In jener Nacht kam niemand in die Nähe meines Zeltes – ob man das angeordnet hatte oder ob meine Männer mich für einen Pechvogel hielten und mich darum mieden, ich weiß es nicht zu sagen. Gleichwohl, ich war es so zufrieden, denn mir stand der Sinn nicht nach Gesellschaft.

Zuletzt kam der Morgen und mit ihm Daiaukka. Er hatte sich Gefolgsmänner mitgebracht, an die dreihundert Bewaffnete, und bat, daß sie diesem Zweikampf zwischen uns beiden zusehen dürften, um sich selbst davon zu überzeugen, daß ihr *shah-ye-shah*, wenn er unterläge, keinem Verrat zum Opfer gefallen wäre – was er nicht sagte, denn das wäre unhöflich gewesen, war, daß er sich, glaube ich, absichern wollte, um im Falle eines Sieges über mich, mein Lager mit ihrer Hilfe lebendig zu verlassen. Ich hatte nichts dagegen, da beides ausgesprochen einsichtige Vorsichtsmaßnahmen waren.

Und er hatte seinen Sohn Khshathrita mitgebracht. Der Knabe stand neben seinem Vater und zeigte trotz seiner Jugend die selbstbewußte Haltung eines Mannes und wollte nicht aufhören, mein Gesicht mit großen, ernsten Augen zu mustern, während Daiaukka und ich uns über die letzten Einzelheiten einig wurden.

Wir kamen überein, daß wir auf der schmalen, ebenen Fläche zwischen unseren Lagerschanzen kämpfen würden, er würde sich im Norden aufstellen und ich im Süden, damit niemand die Sonne im Rücken hatte, was ein Vorteil gewesen wäre. Daiaukka trug eine Lanze von fünf Ellen Länge, und ich würde meinen Speer dabeihaben. Darüber hinaus durfte jeder einen kleinen, runden Schild und ein Schwert von nicht mehr als einer Elle Länge mitbringen, das war aber auch alles.

Das Pferd, das Daiaukka ritt, war nicht jenes, welches ich ihm gegeben hatte, sondern der schöne, schwarze Hengst, den ich schon zweimal gesehen hatte. Ich schließe daraus, daß er ihn aus mir unbekannten Gründen am Tag der Schlacht nicht geritten hatte. Ich saß auf Geist, der zu spüren schien, daß es an diesem Morgen einen Kampf auf Leben und Tod geben würde, und so wieherte er und schlug die Erde mit den Hufen, als verzehrte ihn die Wut.

Möglich, daß sich vierzigtausend Mann, Meder, Skythen und die Soldaten Assurs, versammelt hatten, um dem Wettkampf zuzusehen, doch war nichts weiter zu hören, als das Wehen des Windes über unseren Köpfen. Niemand sprach oder lachte oder räusperte sich gar. Ich wurde den Gedanken nicht los, daß sich das ausnahm, als wäre ich bereits gestorben. Ich stieg aufs Pferd und ritt zu meinem Ausgangspunkt – am anderen Ende des Feldes wartete Daiaukka bereits und hob die Lanze zum Gruß, als ich anhielt und ihm das Gesicht zuwandte. Ich hob meinen Speer zum Zeichen, daß ich bereit war.

Ein Meder ging zur Mitte des Feldes und entfaltete ein weißes Banner. Er ließ es zu Boden flattern – das Zeichen zum Beginn – und lief zu seinen Kameraden zurück. Jetzt war es nur eine Angelegenheit zwischen dem *shah-ye-shah* und mir.

Einen Augenblick lang rührte sich keiner von uns – fast hätte man meinen können, daß nichts geschehen würde –, doch dann trieb Daiaukka sein Pferd zum leichten Galopp an. Ich folgte seinem Beispiel und gab mich den Göttern anheim. Es gab keinen Weg zurück.

Was würde er tun? Wie kämpfen Männer mit dem Speer vom Pferderücken? Unter diesen Bedingungen konnte man gewißlich nicht genau zielen und treffen. Man hatte mich für nützliche Kriegskünste ausgebildet, doch nicht hierfür. Ich würde abwarten, was sich tat.

Lange brauchte ich nicht zu warten. Daiaukka kam immer schneller auf mich eingestürmt. Als uns am Ende nicht mehr als ungefähr fünfzig Schritte trennten, senkte er die Lanzenspitze und zielte auf meine Brust.

Ich hatte keine Zeit mehr auszuweichen – hatte keinen anderen Schutz als den Schild an meinem linken Arm, und Daiaukkas Spitze fuhr durch die Lagen aus Ochsenleder als wären sie aus Leinen. Und schon fiel, während Daiaukka an mir vorbeidonnerte, mein Schild zu Boden und rollte davon wie ein Faßreifen. Blut lief mir über die Schulter, doch wie durch ein Wunder hatte es mich nicht vom Pferd geworfen. Ich richtete mich auf und wandte ihm das Gesicht zu, während mir das Gelächter der Meder in den Ohren dröhnte.

Daiaukka hatte es nicht eilig. Er galoppierte weit an mir vorbei, dann ließ er sein Pferd langsam traben und schwenkte herum. Er war ruhig, überlegt und wußte nur zu gut, daß ich als erster blutete, was ihm natürlich zum Vorteil gereichte. Die Art, wie er die Hand auf den Schenkel legte und mich musterte, hatte beinahe etwas Verächtliches an sich.

Das machte mich ärgerlich – und das war auch gut so, denn diesen Ärger brauchte ich jetzt.

Die Wunde an meiner Schulter tat sehr weh, machte jedoch die Schulter nicht unbeweglich. Ich hatte nicht vor, mich von ihr umbringen zu lassen, ehe Daiaukka es tat. Ich hatte nicht vor, es überhaupt soweit kommen zu lassen.

Nun war die Reihe anzugreifen an mir. Ich balancierte den Speer in der Hand, und als ich in Reichweite war, warf ich, wobei ich Geist scharf nach rechts riß, um Daiaukkas Lanze zu entgehen. Es war ein schlechter Wurf, der ihm nichts tat, sondern nur über seine Schulter ging und sich dann mit der Spitze in den Staub bohrte. Ich ritt darauf zu und beugte mich vor, um ihn zu ergreifen.

Doch mein Gegner wollte mir keine Gelegenheit geben, daß ich mich erholte. Kaum hatte ich den Speer in der Hand, da hörte ich auch schon das Donnern der Hufe hinter mir und warf mich zu Boden, was mir das Leben rettete.

Als er sah, daß er mich verfehlt hatte, brachte er sein Pferd zum Stehen und riß es herum – ich hatte gerade noch Zeit, wieder auf Geist' Rücken zu klettern und den Rückzug zu bewerkstelligen.

Wieder lachten die Meder, dieses Mal noch lauter, und das Schweigen meiner eigenen Soldaten legte Zeugnis dafür ab, wie sie sich meiner schämten.

Bei meinem Fall war die Wunde weiter aufgerissen, so daß mir das Blut in Strömen über den staubverkrusteten Arm floß. Ich konnte ihn nicht abbinden, denn Daiaukka stellte sich bereits wieder auf, bereitete sich auf den nächsten Angriff vor. Schmerz durchzuckte mich, als ich versuchte, die linke Hand höher als bis zur Schulter zu heben, es war, als ob jemand Sand ins rohe Fleisch riebe.

Geist schnaubte laut und stieg – er zumindest war nicht bereit, klein beizugeben.

Ich schlug einen Bogen und versuchte, zwischen Daiaukka und mich eine Entfernung zu legen, und als ich meinte, Platz zum Manövrieren zu haben – sollte es doch endlich zum Zusammenstoß kommen –, ließ ich Geist die Zügel schießen.

Als ich heran war, warf ich erneut, zielte jedoch nicht besser, und der Speer traf nicht. Vielleicht aber erschreckte er den schwarzen Hengst, denn auch Daiaukka verfehlte sein Ziel, die Spitze seiner Lanze kam zu spät, um mich noch zu treffen.

Doch jetzt führten nicht mehr die Menschen Krieg, sondern die Pferde. Die beiden großen Hengste prallten beinahe Schulter an Schulter aufeinander, und alles ging zu Boden, Männer wie Pferde. Ich kam auf die Füße, zog mein Kurzschwert und versuchte durch die Staubwolken auszumachen, was da vor sich ging. Und dann sah ich Daiaukka, auch er hatte das Schwert gezogen. Zwischen uns waren die Pferde, die stiegen hoch und schlugen mit den Hufen aufeinander ein und schienen den Kampf ihrer Herren zu ihrem eigenen gemacht zu haben. Es war eine wilde Szene –

und einen Augenblick sahen wir einfach zu, wir konnten uns nicht bewegen vor ehrfürchtiger Scheu.

So ging es nicht weiter. Ich lief nach meinem Speer, und es gelang mir, ihn aufzuheben, ehe Daiaukka mich erwischte. Als er ihn in meiner Hand erblickte, lief er in Deckung hinter den Pferden – seine Lanze war anscheinend nicht zum Werfen gedacht, und er wollte mir kein Ziel bieten.

Ich pfiff nach Geist. Er kam, doch unwillig. Auf seiner Brust, wo ihn die Hufe des schwarzen Hengstes getroffen hatten, war Blut.

Dieses Mal hatte ich genügend Zeit zum Aufsteigen, da Daiaukka sein Pferd noch nicht wieder eingefangen hatte, doch ich zögerte einen Augenblick, dachte, jetzt ist es leicht, den großen, schwarzen Hengst zu töten. Ein Pferd ist kein Mensch und denkt nicht an Ausweichen – ich brauchte nur meinen Speer zu heben und zu werfen.

»Töte sein Pferd«, hatte Tabiti gesagt. *»Zwinge ihn, auf dem Boden zu kämpfen, wo die Chancen zumindest gleich sind.«*

Ein guter Rat, nur, womit sollte ich dann noch kämpfen? Ich würde lediglich mein Schwert haben und Daiaukka beides, Lanze und Schwert. War das besser?

Ich kletterte auf Geist' Rücken und fragte mich, ob ich nicht einen Fehler machte.

Wieder standen wir uns gegenüber. Ich wartete auf Daiaukkas Angriff. Dieses Mal würde ich ihn wohl kaum überstehen, doch er schien jetzt zu zögern. Warum? Was ging in ihm vor? Ich hatte nicht die leiseste Ahnung.

Und dann ging es mir auf – die Bewegungen seines Pferdes, das ungeduldig tänzelte, wie es gute Hengste tun, wirkten etwas eingerostet. Und auch auf seiner Brust zeigten sich hier und da halbmondförmige, blutende Wunden. Da hatte also Geist weitaus besser abgeschnitten als sein Herr und die Waage im Gleichgewicht gehalten.

Daiaukka spürte, daß sein Pferd verwundet war, vielleicht auch dessen Angst, und so zögerte er und ließ das Tier

Atem schöpfen. Und die ganze Zeit hielt er den Blick auf meine Speerspitze gerichtet.

Er hätte sich keine Sorgen zu machen brauchen – ich warf nämlich gar nicht gut. Ich hatte den Trick noch nicht heraus, wie man das vom Pferderücken aus tat, doch zumindest schien ich langsam besser zu werden. Aber wenn ich bei den nächsten zwei, drei Versuchen mein Ziel besser treffen sollte, so wäre das der reine Zufall, und das erschien mir denn doch ein zu schwacher Haken, um davon mein Leben abhängig zu machen. Bei diesem Angriff oder beim nächsten würde Daiaukka mich unweigerlich töten.

Aber hatte ich denn eine Wahl? Wenn ich abstieg, mußte ich mich auf einen einzigen Wurf verlassen. Mein Speer hatte die Herzen vieler Reiter getroffen, doch immer in der Schlacht, wo viele Würfe auf ein einziges Ziel gerichtet sind. Daiaukka hatte nur mich als Gegner und konnte somit meine Speerspitze gut im Auge behalten. Er konnte ausweichen und abschwenken und parieren und mich am Ende zu einem verhängnisvollen Wurf verleiten. Und wenn das geschehen war und ich außer meinem Kurzschwert keine Waffe mehr hatte, konnte er über mich hinwegreiten, mich in den Staub trampeln und töten, wie immer es ihm beliebte. Nein, ich wagte es nicht, vom Pferd zu steigen.

Er war mittlerweile bereit – man konnte es an der Haltung seiner Schultern erkennen, an der Art, wie seine Hand sich um den Lanzenschaft schloß. Er würde sich auf mich stürzen, und ich hatte keine Wahl, als mich ihm zu stellen und dabei zu versuchen, daß ich ihn erwischte, während er angriff.

Ich ließ Geist die Zügel schießen – er war weitaus kampffreudiger als ich – und versuchte, mich dem Rhythmus seines Galopps, den vorbeischwirrenden Geräuschen, dem Stoß anzupassen, wenn seine Hufe alle vier auf einmal die Erde zu berühren schienen. Ich mußte meinen Wurf auf den Augenblick abstimmen, wenn Geist durch die Luft zu fliegen schien.

Daiaukka stürmte über die Ebene wie eine blinde Naturgewalt, vor der es keine Rettung gibt. Seine Lanze war schon auf mich gerichtet, als der Speer aus meiner Hand flog – es war ein guter Wurf, der sich wie ein Raubvogel auf ihn herabstürzte. Er sah ihn – er wußte Bescheid. Er hob seinen Schild, und der Speer traf die Kante und riß mit der Kupferspitze an ihm.

Doch der Wurf war nicht gut genug, mein Speer prallte ab und schlitterte wie eine Schlange über den Boden. Und ich hatte zu lange gewartet. Ich konnte Daiaukkas Lanze nicht mehr ausweichen – sie erwischte mich in der Seite, und ich spürte, wie sie in mich eindrang, sich in mich hineinbiß. Ich wandte mich zur Seite, und der Schaft brach ab. Ich fiel zu Boden; der Aufprall ging mir durch und durch und riß mir den Bauch noch weiter auf, während die Lanzenspitze mir immer noch zwischen den Rippen steckte.

»Er hat mich getötet«, dachte ich. Für einen Augenblick konnte ich nicht auf die Füße kommen – die Beine versagten mir den Dienst. Ich spürte, wie mir das Blut durch die Finger rann, während ich versuchte, mich zusammenzuhalten. »Ich bin ein toter Mann, auch wenn er, ohne sich umzusehen, den Platz verläßt.«

Irgendwie mußte ich es bis auf die Knie geschafft haben. Dann auf den einen Fuß, dann auf den anderen. Wie ein Sklave würde ich jedenfalls nicht sterben – wo war mein Speer?

Zwanzig Schritt zu meiner Linken. Er hätte genauso gut in einem anderen Land liegen können. Wie sollte ich wohl auch nur halb soviel Schritte schaffen, ehe ich mich zu Tode geblutet oder Daiaukka mich wie einen Frosch auf der Straße zertrampelt hatte?

Daiaukka schwenkte herum und hielt an. Einen Augenblick beobachtete er mich nur, vielleicht wartete er ja darauf, daß ich zusammenbrach und von ganz allein starb. Er hatte gesiegt – er wußte es, und ich wußte es auch. Ich würde sterben, und er würde leben. Auf diese Entfernung hin konnte ich sein Gesicht nicht sehen, doch ich wußte, was in ihm vorging.

Und Geist – was war mit Geist? Er trabte einen Augenblick durch die Gegend, wußte nicht, was er jetzt tun sollte. Er schnaubte laut. Ich rief, doch er gehorchte nicht. Sogar mein Pferd wußte, daß ich ein toter Mann war.

Ich sah, wie Daiaukka das Schwert aus dem Gürtel zog. Die Klinge blitzte in der Sonne, als er sie über seinem Kopf schwenkte, ich sollte nämlich wissen, daß er kam.

Nein – ich wollte nicht einfach nur dastehen und auf den Todesstoß warten. Ich war der Sohn eines Königs. Ich würde meinem Vater, dem König von Assur und den Soldaten, die mir bis an diesen Ort gefolgt waren, nicht die Schande machen, daß ich mich niedermähen ließ wie eine Gerstengarbe. Zwanzig Schritt war nicht weit, wenn sich daran die Entfernung zu einem ehren- und mannhaften Tod bemaß.

Mein Bauch fühlte sich an, als wäre er mit glühenden Kohlen gefüllt, und meine Knie wankten. Dennoch konnte ich mich bewegen. Ich machte einen Schritt, dann noch einen und noch einen. Daiaukka wartete – das Ganze schien ihn zu belustigen.

Und dann hieb er dem großen, schwarzen Hengst mit der flachen Schwertklinge auf die Hinterbacken, und Mann und Tier setzten sich ruckartig in Bewegung. Zunächst war es nicht mehr als ein Trab, doch dann wurden sie langsam schneller – sie stürmten auf mich ein. Jetzt war es soweit.

Ich machte noch einen Schritt und noch einen. Ich war verloren. Ich war bereits tot. Was sollte da noch . . .?

Und dann kam Leben in Geist, seine großen Hufe schlugen um sich, wirbelten die Erde hoch. *Sein* Kampf war noch nicht vorbei. *Er* ließ sich nicht so leicht besiegen.

Ich kann nicht beschreiben, was für einen Laut er ausstieß – bislang hatte ich noch nie ein Pferd einen Laut von sich geben hören, der zu einer fauchenden, großen Katze zu gehören schien. Sein Schlachtruf ließ die Luft erzittern, während er auf den schwarzen Hengst einstürmte.

Ein mächtiger Satz, der ihn fast auf den Rücken des anderen Pferdes trug, und seine Hufe schlugen zu. Sein Hals streckte sich, die großen, vierkantigen Zähne hatte er gefletscht, so als wollte er den Feind in Stücke reißen. Und wiederum gingen die Pferde zu Boden, und auch Daiaukka wurde auf die Erde geschmettert und überschlug sich mehrfach.

Diese Gelegenheit verschenkte ich nicht. Ich würde sterben, doch das nicht allein. Ich schaffte die restliche Entfernung in einem schmerzhaften, ruckartigen Trab so schnell es eben ging. Ich hob meinen Speer auf. Er lag in meiner Hand – ich war wieder ein Mann.

Ob ich noch werfen konnte? Ich wußte es nicht. In der ganzen linken Körperseite hämmerte der Schmerz, und jeden Augenblick konnte ich zusammenbrechen. Doch ich würde versuchen zu werfen. Ich mußte es versuchen.

Daiaukka wollte auf die Füße kommen. Er war betäubt – ich glaube, mich hatte er ganz vergessen. Er schaute sich um, als ob ihm nicht einfallen wollte, was geschehen war. Er drehte sich zu mir um.

Das war meine allerletzte Gelegenheit. Ich zwang mich, den Schmerz zu vergessen, reckte mich und warf. Daiaukka sah es, doch er schien nicht zu begreifen. Beide schauten wir dem Speer nach, der in hohem Bogen durch die Luft flog.

Genauso gut hätte ihn ein Blitz treffen können, so wenig konnte er dem Speer entgehen, und sein Einschlag löste die gleiche Schreckensreaktion aus. Die Spitze fuhr ihm direkt unter dem Schlüsselbein in die Brust, und drang weiter ein, bis der Speer ihm bis zur Hälfte im Leib steckte. Ich hätte den Augenblick des Aufpralls auch mit geschlossenen Augen wahrnehmen können, denn die Meder schrien laut auf. Daiaukka gab nicht einen Laut von sich.

Er brach zusammen. Er schwankte nicht und fiel nicht wie andere Menschen – er wurde einfach schlaff und sackte in sich zusammen.

Jetzt hatte ich alle Zeit der Welt. Ich ging langsam auf ihn zu, denn zu mehr war ich nicht imstande. Ich zog mein Schwert.

Das war gar nicht nötig. Er lag auf der Erde und konnte sich anscheinend nicht bewegen. Ich kniete mich neben ihn.

Keine zwanzig Schritt von uns entfernt wirbelten die Pferde Staub auf, wieherten und hatten uns vergessen. Wenn man sie nicht bald trennte, würden sie sich gegenseitig umbringen.

Über Daiaukka hatte sich schon die Stille des Todes gesenkt. Er lebte, doch nur wenig, und lag auf der Seite. Er blickte mir ins Gesicht, und sein Mund formte ein Wort, doch es kam kein Laut. Seine Zunge wollte sich die Lippen befeuchten, und dann versuchte er es noch einmal.

»Glaubst du . . .?« Seine Augen schlossen sich. Einen Augenblick hielt ich ihn für tot, doch dann öffneten sie sich wieder. »Glaubst du, daß es jetzt aufhört?«

Ich konnte bereits das Trapp, Trapp, Trapp von Sandalen hören, während die Zuschauer auf uns eindrangen; sie brannten nur so darauf, die letzten Augenblicke im Leben eines Mannes mitzubekommen. Wir waren nicht mehr allein. Noch ein Augenblick, und wir würden, lebendig oder tot, unseren neugierigen Völkern gehören.

»Es wird nie aufhören«, sagte ich.

Er lächelte, und dann wurde er still. Jetzt war er endlich tot.

*

Vom Rest jenes Tages, vom nächsten und von vielen, die noch kommen sollten, ist mir sehr wenig im Gedächtnis geblieben. Ich schwebte zwischen Leben und Tod, und der schwarze Vogel verdunkelte mit seinen Schwingen meine Seele.

»Bei den sechzig großen Göttern, ist das eine klaffende Wunde! Man kann ihm ja bis auf die Leber sehen!«

Ich weiß noch, daß jemand das sagte, als man mich auf einer Decke vom Kampfplatz trug, doch dann weiß ich nichts mehr. Daiaukkas Gesicht im Tode, ein paar Sätze – alles andere fehlte, sogar der Schmerz.

Was ich also von dieser Zeit weiß, während mein Leben an einem seidenen Faden hing wie ein Spinnennetz im Wind, das weiß ich nur aus späteren Erzählungen: die Gerüchte, die durch das Lager schwirrten, bereits als man mich zu meinem Zelt zurücktrug; die Stimmen, die unter meinen Soldaten laut wurden und nach Rache an den Medern schrien; der furchtbare Wind, der die ganze Nacht hindurch bis zur nächsten wie verrückt blies und die Erde blankfegte, wo Daiaukka und ich unser Blut vergossen hatten – das wurde auf beiden Seiten für ein schlimmes Omen gehalten –, das alles wußte ich nicht. Denn ich war nicht dort, sondern an einem völlig anderen Ort.

Um die Meder während dieser unruhigen Zeit in Schach zu halten – schließlich weiß niemand, wozu verzweifelte und besiegte Männer fähig sind, wenn sie bei ihrem Feind Verwirrung vermuten –, hatten die Offiziere, denen ich den Befehl übertragen hatte, den Knaben Khshathrita als Geisel genommen. Das war eine einsichtige Vorsichtsmaßnahme, denn nach des Vaters Tod konzentrierte sich das Machtstreben der Zagros-Stämme allein auf den Erben. Ohne ihn waren sie keine Nation, und das wußten sie. So würden sie sich ruhig verhalten und abwarten, während der Sohn ihres *shah-ye-shah* an den Lagerfeuern ihrer Feinde blieb.

Meine Soldaten behandelten den Knaben freundlich, denn die Manner von Assur sind sehr kinderlieb, aber trotzdem muß es für ihn ein schreckliches Martyrium gewesen sein. Schließlich war er nur ein Kind und von Menschen umgeben, die man ihm als Ausbund an Grausamkeit geschildert hatte, und zudem wußte er nicht, was mit ihm geschehen würde, sollte ich sterben – etwas, das so gewiß erschien und so nahe bevorstand wie der nächste Sonnenuntergang. Doch trotz allem benahm er sich so würdig und ruhig wie ein Mann und wie jemand, der aus dem Samen von Königen ist. Sein Vater hätte sich bei seinem Anblick nicht schämen müssen, denn Daiaukka lebte in seinem Sohn weiter.

Als sich einmal der Nebel in meinen Hirn verzog, schlug ich die Augen auf, und da saß der Knabe auf der Erde neben meiner Pritsche, ließ die Hände auf den Knien ruhen, so als ob er eine lange Nachtwache hinter sich hätte. Seltsam, ihn hier zu erblicken, den Sohn meines erschlagenen Feindes, doch diese merkwürdige Wendung beunruhigte mich nicht. Ich nahm einfach an, daß ich träumte. Viele Tage lang hatte mir in meinem unruhigen, totenähnlichen Schlaf weitaus Seltsameres geträumt, was also sollte mir dieser unaufdringliche Knabe an meinem Bett? Wenn es sich um einen Traum handelte, dann war er vielleicht ein Götterbote, der mir offenbaren wollte, ob ich am Ende meinem *simtu* begegnen würde – was mich, so geschwächt wie ich war, kaum noch kümmerte. Und so nahm ich seinen Besuch recht gelassen auf.

»Lebst du nun, oder stirbst du, Gebieter Tiglat?« fragte er mit leiser Stimme, so als ginge diese Sache nur uns beide an.

»Ich weiß nicht«, erwiderte ich. »Geht es schon lange hin und her?«

Er hielt drei Finger hoch.

»Soviele Tage, Gebieter. Wann weißt du es denn?«

»Genauso früh wie du, mein Junge.«

Ich schloß die Augen und ließ mich in jenen Dämmerschlaf zurückgleiten, der mich wie die Fluten eines unergründlichen Meeres zu umfangen schien.

Später – wieviel später hätte ich nicht zu sagen gewußt – wachte ich wieder auf, und es gelang mir, ein paar Schluck Bier zu trinken. Der Knabe war nirgendwo zu erblicken.

An mehr erinnere ich mich nicht, bis es zuletzt nach etwas, was mir durch meine Träume wie eine lange und beschwerliche Reise durch ein Land voller Ungeheuer vorkam, der Göttin Ereschkigal beliebte, die Hand zu öffnen und mich freizugeben.

»Ah, anscheinend willst du doch weiterleben!«

Das war Tabiti, der wie eine Wäscherin am Kopfende meiner Pritsche hockte. Ich mußte die Augen verdrehen, wenn ich ihn sehen wollte, und die pochten mir vor Anstrengung schmerzhaft in den Höhlen. Die Wunde in meiner Seite fühlte sich an wie ein Skorpionnest, und ich schien in Schweiß gebadet zu sein.

»Etwas zu trinken«, flüsterte ich mit belegter Stimme. »Etwas . . .«.

Der Becher wurde mir an die Lippen gehalten, ehe ich zu Ende gesprochen hatte. Dieses Mal war es kein Bier, sondern Wein mit Wasser vermischt. Nichts kann jemals wieder so gut schmecken, wie diese ersten paar Schluck. Kühl rannen sie mir geradewegs durch die Adern, so als wären die bis zu diesem Augenblick leer gewesen.

»Was ist das . . .«

Ich faßte nach unten, um zu betasten, was mir soviel Schmerzen bereitete. Daiaukka und seine Lanze hatte ich ganz vergessen, bis mich der stechende Schmerz einer frischen Wunde daran erinnerte. Ja – und dann fiel mir alles wieder ein.

»Er hat dir eine Wunde beigebracht, die ist so groß, daß man hineinfassen und deine Därme an ihren Schlingen herausziehen könnte, Bruder. Sie haben dich jetzt zugenäht, aber das war gar nicht schön, und du hast dabei viel Blut verloren. Die Wunde hat zu eitern angefangen, und du hast viele Tage hohes Fieber gehabt, doch jetzt ist es gesunken.«.

»Wie viele Tage?«

»Daiaukka ist seit zehn Tagen Krähenfraß. Bis zu diesem Augenblick haben wir gedacht, du würdest der nächste Gang in diesem Festmahl. Es stand auf Messers Schneide.«

»Mein Pferd – was ist mit Geist?«

»Ein wenig mitgenommen, doch lebendig und wohlauf.« Tabiti lachte leise. »Hast du gewußt, daß er diesen großen

Schwarzen umgebracht hat? Er hat sich auf ihn geworfen und ihn in die Rippen getreten, als wären es die Wände eines Hühnerstalls. Was für ein prächtiges Tier, dein Pferd. Gib mir ein Vorkaufsrecht auf ihn.«

»Den verkaufe ich niemals. Er hat mir das Leben gerettet.«

»Das weiß ich – er und dein *sedu.* Ich glaube, du sollst noch lange nicht sterben, Bruder.«

Er beugte sich näher zu mir wie ein Mensch, der ein Geheimnis mitzuteilen hat.

»Die Zauberer der Meder sagen ihnen schon seit ein paar Tagen, daß du durchkommst. Sie sagen, daß es dumm von Daiaukka war, mit jemand zu kämpfen, der unsterblich ist, und niemand widerspricht ihnen. Es ist ein Wunder.«

Mehr sagte er nicht, denn er merkte, daß seine Worte Eindruck auf mich machten. Statt dessen gab er mir erneut Wein zu trinken – vielleicht hatte man noch mehr als nur Wasser beigemischt, denn ich schlief schon bald wieder ein, und dieses Mal schlief ich fest und gut und drei, vier Stunden lang. Danach fühlte ich mich kräftiger.

Es hatte den Anschein, daß mich die Götter wieder einmal, und aus mir unerfindlichen Gründen, verschont hatten.

Die nächsten Tage besuchte mich niemand außer Tabiti, dem Knaben Khshathrita und einmal, zweimal Luschakin. Der Befehl über die Nordarmee lag in seiner Hand, und er belästigte mich nicht mit seinen Angelegenheiten. Es verging ein Monat, ehe man mich wieder daran erinnerte, daß ich ein *rab shaqe* war. Zunächst einmal mußte ich mich daran erinnern, daß ich am Leben war.

Am Ende jenes Monats traf jemand ein, den ich zu allerletzt im hintersten Busch von Medien erwartet hätte. Eines Morgens, als man mir zum Frühstück löffelweise Gerstenschleim einflößte, den man für die einzige Nahrung hielt, welche meine armen, durchstoßenen Eingeweide vertragen konnten, da hörte ich vor meinem Zelt jemand mit der Wache reden und um Einlaß bitten.

Auf einmal wurde daraus ein Gebrüll und ein wildes Fluchen – und das auf Griechisch! Es hörte sich nach einem Gerangel an, und dann flog die Zeltklappe auf und ließ das helle Sonnenlicht und meinen Freund Kephalos herein.

»Junger Herr, alle Götter des Westens und alle echten Zauberer seien gepriesen, daß ich dich am Leben finde!« sagte er, während er unter großen Mühen, denn er war so fett wie eh und je, neben meiner Pritsche niederkniete und mir den Arm küßte, während ihm die Tränen rannen wie einer Frau. Kleider und Bart waren staubig, und er roch nach dem Schweiß von vielen Tagen, und doch gab es niemand, dessen Anblick mir willkommener gewesen wäre.

»Vor fünf Tagen hat man mir in einem kimmerischen Dorf in der Nähe von Heschir gesagt, daß du noch atmest, doch ich habe nicht gewagt, daran zu glauben. Ich bin sofort aufgebrochen, als der Reiter mit der Nachricht in Amat eintraf, Erhabener – ich habe meinen Medizinkasten zusammengepackt und mich auf die Reise gemacht. Ewiger Dank sei Apollon, dem Mäusevernichter, daß er dich bewahrt hat!«

Er konnte nicht mehr sprechen, denn seine Gefühle übermannten ihn, und Tränen erstickten ihm die Stimme. Auch ich weinte, denn die Liebe und Treue, die er mir erwies, gingen mir zu Herzen. Wir weinten miteinander. Es war eine außerordentlich rührselige Szene, die uns beiden jedoch guttat.

Und eine Stunde später, als sich mein Sklave beruhigt hatte und einen Becher Wein in der Hand hielt, da erzählte er mir die Geschichte seiner Reise.

»Wie du dir zweifellos vorstellen kannst, war die Nachricht von deiner siegreichen Schlacht und von der Niederlage und vom Tod des medischen Königs Anlaß zu viel Jubel in ganz Amat. Manche träumten von Ruhm und Ehre, andere vom Ende von Krieg und Gefahr und Kriegssteuern und die Dirnen und Schenkenbesitzer gar vom Beutegut der Soldaten – da ging es beinahe unter, daß du, Erhabener, dir eine böse Verwundung geholt hattest und in einigen Stadtvierteln bereits für tot erklärt warst, ja, so unbeständig ist die menschliche Zuneigung.

Ich ging zum *rab abru,* diesem Sohn eines Bordellbesitzers, diesem Marduk Paschir – es war dumm von dir, junger Herr, ihm den Befehl über die Garnison zu geben, denn dieser gemeine Zwerg haßt dich und intrigiert hinter deinem Rücken mit deinem Bruder, dem *marsarru,* – und bat ihn so demütig, wie es sich für einen Sklaven geziemt, um eine Eskorte für die Reise nach hier. Und was meinst du, was geschah – auch wenn du es kaum glauben magst –, er schlug mir das wahrhaftig ab! ›Ich kann keinen Mann entbehren‹, sagte er und versuchte erst gar nicht, höflich zu sein. ›So wie die Dinge stehen, fehlt es mir an Mannschaften, und ich kann einfach keine zehn, ja nicht einmal fünf tüchtige Soldaten entbehren, die sich für einen fetten ionischen Sklaven in den Zagros davonmachen.‹

›Ich bin der Arzt des *rab shaqe*‹, gab ich ihm zur Antwort. ›Er liegt schwer verwundet danieder und schwebt in Lebensgefahr. Ich brauche eine Eskorte, damit ich ihn pflegen kann.‹

›Soweit ich weiß, ist er jetzt schon so gut wie tot. Was meinst du, wie lange brauchst du, bis du sein Lager erreicht hast? Zwanzig Tage – vorausgesetzt, man schneidet dir nicht unterwegs die Kehle durch. Spar dir die Mühe, Arzt. Der ist schon Krähenfraß, ehe du auch nur sein Zelt von außen gesehen hast.‹«

Kephalos richtete sich auf, pumpte die Brust voll Luft und streckte den Bart nach vorn, als ob jemand gewagt hätte, ihn daran zu ziehen.

»Du kannst dir vielleicht vorstellen, was ich ihm darauf geantwortet habe«, sagte er.

»Nein, ich habe auch nicht die leiseste Ahnung – du mußt es mir schon sagen.«

Seine Augen wurden einen Augenblick schmal, er schien zu überlegen, ob ich mich über ihn lustig machte, doch dann rang er sich anscheinend dazu durch, daß ihm das so oder so gleichgültig war und streckte die Hand aus, wie ein König, der sein Urteil spricht.

»›Und wenn er nicht sterben sollte – was dann?‹ fragte ich ihn. ›Oder wenn er einen Monat später durch Mangel an richtiger Pflege sterben sollte? Marduk Paschir, ich darf dich daran erinnern, daß der Gebieter Assarhaddon noch nicht König im Lande Assur ist und daß der Gebieter Sanherib seinen Sohn liebt und nicht versäumen wird, die zu bestrafen, welche in seinen Augen Schuld an dessen Tod haben. Bei Sonnenaufgang breche ich in den Zagros auf, ob du mir nun eine Eskorte bewilligst oder nicht, und wenn ich nicht zurückkehre, dann kannst du dich darauf verlassen, daß Briefe mit dem Inhalt dieser Unterredung den Weg nach Ninive finden werden!‹

Und siehe da, junger Herr, am Morgen wartete die Eskorte vor meiner Tür.«

Das mochte stimmen, denn Marduk Paschir, der mir als eine Kreatur meines Bruders bekannt war und nicht zögern würde, mir in der Schlacht in den Rücken zu fallen, wagte es nicht, sich den Zorn des Königs zuzuziehen.

Was Kephalos dann aber von seinen folgenden Abenteuern erzählte, war so offensichtlich gelogen, daß ich ihm das nicht abnahm. Er wollte mir einreden, daß räuberische Banditen ihm während seiner gesamten Reise zugesetzt hätten und er sich wilde Gefechte mit den Überbleibseln von Daiaukkas Heer liefern mußte, dazu noch alle Arten von Unsinn, alles, was ihm eben so einfiel. Und jede Geschichte, eine noch phantastischer als die vorangegangene, machte seinen Mut und seine Schläue auf eine Art und Weise anschaulich, wie ein alter Soldat wohl seine Kriegsnarben vorführen mag. Als ich einen Monat später bei einem der Soldaten nachfragte, welcher zu seiner Eskorte gehört hatte, da wurde mir versichert, daß nichts passiert wäre, daß die ganze Reise ereignislos verlaufen sei. Das hatte ich schon an jenem ersten Tag gewußt, als ich noch auf meiner Pritsche lag und ihm lauschte.

Dennoch, Kephalos war gekommen. Er hatte sich auf die Reise begeben, hatte Not und Ungemach, und wenn auch keine tatsächliche Gefahr, so doch gewiß die Angst davor auf sich genommen, und das alles mir zuliebe. Und so lauschte ich seinen Lügengeschichten ohne zu lächeln, denn mochte Kephalos in anderen Dingen auch unehrlich sein, mir war er ein echter Freund.

Und möglicherweise hat er mir tatsächlich das Leben gerettet, denn immer wieder überfielen mich neue Fieberschübe, und die behandelte Kephalos mit soviel Erfolg, daß ich nie wieder in das Delirium fiel, welches mich die ersten Tage nach meiner Verwundung so in Gefahr gebracht hatte.

Außerdem war es tröstlich, ihn an meiner Seite zu wissen. Er brachte Nachricht von meiner Mutter und von dem ganzen Klatsch in Ninive, und mit ihm konnte ich offen sprechen, schließlich kannte er all meine Geheimnisse.

Und Kephalos entschied auch, daß ich noch nicht in der Lage war, in jenem Sommer das Wagnis einer Rückreise nach Amat auf mich zu nehmen, und redete mir gut zu, in der Garnison Zakruti zu überwintern. Und so packte man mich dann Mitte des Monats Tisri – in jenen Bergen fällt der Schnee früh – auf einen mit Stroh ausgepolsterten Wagen und brachte mich dorthin. Es war eine Reise von nur zehn, zwölf *beru*, doch sie dauerte drei Tage. Und als wir am Ende angekommen waren und ich zum ersten Mal seit vier Monaten wieder hinter Lehmmauern schlief, da war ich zu Tode erschöpft.

Der Knabe Khshathrita blieb als Geisel den ganzen Spätherbst und den folgenden Winter bei mir, und zwischen uns entwickelte sich langsam eine eigenartige Vertrautheit. Er kam gern für eine Stunde zu mir, saß auf einem Schemel neben meinem Bett und plauderte ein wenig mit mir. Er schien es mir nicht nachzutragen, daß ich seinen Vater getötet hatte, und darüber hinaus war ich wohl der einzige unter seinen Gefangenenwärtern, der wie er selbst aus königlichem Samen stammte, zu Großem berufen war und somit seine Lage wirklich verstand. Er erwarte viel von sich, und so ist es nicht gelogen, wenn ich sage, daß er sich wie ein Mann betrug, und dabei war er doch nur ein Kind. Man brauchte keine Wahrsager für die Feststellung, daß Daiaukkas Sohn und Erbe einsam war.

Er redete viel von seinem Vater, den er innig verehrte. Und mit der Begeisterung eines Kindes beschrieb er mir die Sitten und die Religion der Meder, welche er für die allertugendreichste Rasse hielt. Und in seiner Unschuld erzählte er mir viel von Daiaukkas Plänen für diese neue Nation, die Arier, die der Ahura liebte und die dazu ausersehen war, alle Völker der Erde hinwegzufegen. Und von Khshathrita hörte ich auch, daß wir noch eine Gnadenfrist von ein paar Jahren hatten; soviel jedenfalls gewährte dieser gefährliche Mann dem Land Assur noch.

»Mein Vater hat mir vor seinem Tod viel von dir erzählt«, sagte der Knabe. »Er hat gesagt, wenn es dem Ahura nicht beliebte, ihn zu verschonen, dann könnte dieses nur bedeuten, daß der Gebieter Tiglat, auch wenn er ein Ungläubiger sei, unter dem Schutz des Gottes stehe – unter dem Schutz dieses *sedu*, von dem deine Soldaten erzählen. Er hat mir gesagt, daß ich mit dir Frieden halten und nie die Nation gegen deinen König in den Krieg führen solle, solange du zu seiner Rechten stehst. Darauf mußte ich ihm einen Eid schwören. Er meinte, das dürfte mir weiter nicht hinderlich sein, da du unter der Herrschaft deines Bruders in Ungnade fallen würdest.«

»Vielleicht bist du, mein junger Freund, noch weitaus gefährlicher als dein Vater.« Das sollte ein Spaß sein, und ich lächelte, denn er war ein so ernstes Kind. »Vielleicht sollte ich dich töten lassen, damit du in späterer Zeit dem Land Assur keinen Schaden zufügen kannst.«

»Nein – das wäre nicht klug«, sagte er und schüttelte den Kopf. Es wirkte, als hätte er lange und ernsthaft über alle Eventualitäten nachgedacht. »Ich habe doch Brüder, mit denen ich freundschaftlich verbunden bin. Wenn ich sterbe, wird mir gewiß einer von ihnen nachfolgen, und sie bindet kein Eid.«

»Dann muß ich also nehmen, was ich bekommen kann. Aber kannst du dafür geradestehen, daß es in deiner Macht liegt, den Stämmen diesen Frieden aufzuzwingen?«

»O ja, schließlich bin jetzt ich *shah.* Es wird noch ein paar Jahre dauern, bis sie meinen Willen zu spüren bekommen, aber es wird noch länger dauern, bis irgendein Arier wieder Lust auf Krieg hat.«

Trotz seiner grünen Jugend war dieser Knabe klug. Er besaß bereits jenen Einblick in Menschen und Macht, für die es in meiner Muttersprache kein Wort gibt, was die Griechen jedoch »Politik« nennen.

Wir wurden sehr gute Freunde, Khshathrita und ich. Als ich endlich mein Bett verlassen und schließlich am Stock ein wenig umhergehen durfte, verbrachten wir viel Zeit damit, gemeinsam die Umgebung von Zakruti zu erforschen, welches im übrigen ein so gottverlassener Ort war, wie ich nie wieder einen erblicken wollte. Er wuchs mir richtig ans Herz, und ich beneidete Daiaukka um einen so prächtigen Sohn und hoffte, daß ich nie gezwungen sein würde, ihn töten zu lassen, denn der Befehl würde mir sehr schwerfallen.

Und so verging die Zeit meiner allmählichen Gesundung. Bald war ich auch imstande, mich jeden Nachmittag für ein paar Stunden meinen Briefschaften und Geschäften zu widmen. An dem Tag, als ich wieder die volle Befehlsgewalt über die Garnison übernahm, hatte es stark gefroren. Die Kälte ging mir bis auf die Knochen, schien sich in meinen Wunden festzubeißen – seitdem ist kein Winter vergangen, ohne daß mich jene alte Narbe nicht geplagt hätte –, aber ich war geheilt und wurde immer kräftiger. Als der Schnee dann von den Felsen herabtropfte, war ich in der Lage, wieder auf einem Pferd zu sitzen und konnte sogar schon auf die Jagd gehen.

Doch noch ehe ich imstande war, viel mehr zu tun, als

mit einer Decke über den Knien auf der Schwelle meines Hauses zu sitzen, da empfing ich schon Abordnungen von Stämmen, auch von denen, die sich nicht an der Auseinandersetzung beteiligt hatten. Sie kamen nach Zakruti, um mir zu huldigen. Sie häuften Schätze auf der Erde auf und verneigten sich tief, denn es schien, allein die nackte Tatsache, daß ich Daiaukkas Lanze entgangen war, gab mir einen gottähnlichen Status, den eines bösen Geistes vielleicht, doch eines, den man besser mit Gaben und Ehrungen besänftigte. Sobald sie mich verlassen hatten, suchten sie natürlich den Knaben Khshathrita auf und versprachen ihm Bündnistreue – er selbst erzählte es mir, zudem ließ ich ihn selbstverständlich überwachen –, doch dafür konnte ich sie nicht tadeln. Ich stellte das Heer Assurs im Zagros dar, und ich hatte alle Gewalt über Leben und Tod. Doch der Knabe war ihr shah, und an ihm hing ihr Herz.

Als der Frühling kam und mit ihm die Zeit zur Rückkehr nach Amat, da traf eine Gesandtschaft der *parsua* ein, um Khshathrita abzuholen. Ich gab ein Festessen, bei dem diese Häuptlinge aus den Bergen unbehaglich herumsaßen und nicht wußten, wie sie sich in Gegenwart ihres Eroberers und auch des Herrschers, auf den sie vereidigt waren, benehmen sollten. Am nächsten Morgen, der zufällig sein zehnter Geburtstag war, schieden der *shah-ye-shah* und ich als Freunde.

Danach dauerte es nur noch einige Tage, bis ich den Befehl ausgab, in der Garnison Zakruti alles für den Marsch nach Haus vorzubereiten. Wir hatten uns lange genug in diesen östlichen Bergen aufgehalten.

Die Reise war weder ereignisreich noch schnell. Abgesehen von Kriegszeiten, kommt ein Heer von dreitausend Mann nur gemütlich voran, und mir ging es noch nicht so gut, als daß ich viele Stunden zu Pferde hätte durchhalten können. Kephalos beklagte sich bitterlich, daß er nicht zum Karawanentreiber ausersehen sei, und am Ende hatte er sich so wundgeritten, daß er in einem Wagen fahren mußte. Als wir Amat erreichten, hatten wir dazu knapp einen Monat gebraucht.

Auf meinem Tisch warteten viele Tontafeln aus Ninive auf mich. Die erste, welche ich las, kam vom Gebieter Sanherib:

»Es wird dich freuen zu erfahren, daß die Herrin Assarhamat wieder einmal einen Sohn geworfen hat, aber einen, dem der Herr der Entscheidungen wohlgesonnen ist. So hat nun dein Bruder, der Edle von Esel, endlich einen Erben, obschon ihn dieses nicht besonders zu freuen scheint. Ich sage dazu nichts, außer daß mich die Herrin Assarhamat ins Vertrauen gezogen hat und ich deswegen für das Kind den Namen Assurbanipal gewählt habe.«

So war also das Kind, von dem Assarhamat mir erzählt hatte, geboren worden – unser Kind. Und der König wußte Bescheid.

Assurbanipal. »Assur hat einen Sohn als Erben geschenkt« – das bedeutete der Name. Es überraschte mich gar nicht, daß Assarhaddon nicht erfreut war.

Aber ich freute mich. Mein Sohn, der eines Tages König der Welt sein würde. Unser Sohn, Assarhamats und meiner.

XXXII

Der nun folgende Sommer und der Herbst verliefen ruhig, und wenn ich auch nicht glücklich war, so doch zumindest zufrieden. Jeder Tag hatte seine eigene Sorge, doch die Geschichte meiner Gefühle bestand größtenteils aus leeren Seiten. Meine Mutter kehrte nach Amat und an ihren Platz als Herrin im Palast des *shaknu* zurück; sie, Kephalos und meine Freunde innerhalb der Festung stellten meine einzige Gesellschaft dar. Ab und an traf ein Besucher ein, doch diese Unterbrechungen waren kurz. Mir war es so auch lieber. Nach Ninive kehrte ich nicht zurück. Von Zeit zu Zeit erreichten uns Gerüchte über die eine oder andere Intrige, doch durch die große Entfernung – und durch meine Herzensblindheit – war es mir ein leichtes, sie zu ignorieren. Ich tat meine Arbeit und genoß meine kleinen Freuden, und die Welt ließ mich ihrerseits zumeist in Frieden.

Das sollte sich am ersten Tag des Monats Sebat mit der Ankunft eines Kuriers vom Befehlshaber der Palastgarnison in Ninive ändern.

Er traf spät am Abend ein – wie ich am nächsten Morgen hörte, war sein Pferd vor Erschöpfung tot unter ihm zusammengebrochen, sobald er innerhalb der Festungsmauern war – und seine Botschaft, so erzählte er dem wachhabenden Offizier, duldete keinen Aufschub. Eine aufgeschreckte Hausdienerin weckte mich; ich befahl, den Besucher ins Audienzzimmer des Palastes zu führen.

Es war ein *rab kisir*, ein junger Mann, zweifellos aus einer bedeutenden Familie, die ihn als erste Stufe zu einer herausragenden Karriere in die *quradu* geschickt hatte. Er sah gut aus, war von sympathischem Äußeren, hatte anmutige Bewegungen, und machte ganz und gar nicht den Eindruck, als hätte er schon an einer richtigen Schlacht teilgenommen. Doch das mußte nicht unbedingt seine Schuld sein.

»Prinz, die Botschaft ist nur für dich bestimmt«, sagte er und warf mißtrauische Blicke auf die Offiziere, welche mich zu dieser Begegnung begleitet hatten. Man hatte ihn bereits durchsucht und ihm das Schwert abgenommen, daher bestand keine Gefahr, daß er mich ermordete. Ich ließ meine Offiziere wegtreten, doch sollten sie in Rufweite bleiben.

»Wieso hat er mich ›Prinz‹ genannt?« fragte ich mich verwundert. Mich nicht mit meinem Armeerang anzureden, stellte einen Bruch der militärischen Etikette dar.

Sobald wir allein waren, fiel er auf ein Knie, wie er es sonst wohl in Gegenwart des Königs tat.

»Der Gebieter Sanherib ist tot«, verkündete er, ohne den Blick vom Boden zu heben. Das also war es.

»Wann?«

»Vor zehn Tagen.«

»Warum hast du gewartet? Ein guter Reiter schafft die Strecke von Ninive in fünf Tagen.«

»Es gab Unruhen in der Stadt. Der Garnisonskommandeur hielt es für das beste . . .«

». . . abzuwarten, bis sich die Situation geklärt hatte? Ach so. Der König ist also tot, und man hat eine ›Situation‹.« Gelang es mir, meine Miene zu einer gleichmütigen Maske erstarren zu lassen? Aber was empfand ich wirklich? Schreck, ja – aber was sonst? Ich wußte es nicht. »Gab es keine Warnzeichen? Ist meinem Vater etwas zugestoßen?«

Ich kannte die Antwort, als er den Kopf zum Sprechen hob. Ich konnte sie in seinem Gesicht lesen.

»Gebieter . . .«

»Ja– rede!«

»Der Gebieter und König wurde ermordet.«

Er kam wieder auf die Füße. Wir standen uns eine ganze Weile gegenüber, uns beiden hatte das furchtbare Wissen die Sprache verschlagen. Jemand – bislang nichts als ein Mann ohne Gesicht und ohne Namen –, jemand hatte es gewagt, die Hand gegen den Erwählten Assurs zu erheben. Die Tatsache an sich, das schier nicht zu Fassende, ließ für nichts anderes Raum. Ich spürte weder Kummer noch Furcht noch Zorn. Diese Gefühle waren zu klein, als daß sie von mir noch hätten Besitz ergreifen können; mir war, als hätte sich die Erde geradewegs vor meinen Füßen auf getan.

»Wie hat sich das zugetragen?« fragte ich zuletzt und verwunderte mich über den Klang meiner eigenen Stimme. »Wo . . .? Wie hat sich das zugetragen?«

»Er war zum Gottesdienst im Schamasch-Tempel. Jemand – wer, das weiß man nicht genau – ergriff ein Götzenbild von einem der Untergötter und erschlug ihn damit.«

Wie in meinem Traum, dachte ich. Die Zukunft, die mir auf Assurs heiligem Berg offenbart worden war – und die ich nicht verstanden hatte. Mein Vater, zerschmettert von der hölzernen Hand des Gottes.

»O gottlose Tat . . .« Zu mehr reichte es nicht. Was war das nur für ein Mensch, der den Himmel so wenig fürchtete, daß er dergleichen tun konnte? »O gottlose, schlimme Tat . . . Wer? Wenn du es weißt, so rede – schnell!«

Ich ergriff den Boten bei seiner Tunika und schüttelte ihn, wie ein Hund eine Ratte. »Wer, verflucht noch mal? Rede!«

»Mein Prinz, ich weiß es nicht. Ich . . . Es steht nicht fest . . .«

Ja, natürlich wußte er es. Ich ließ ihn los und beschwichtigte die Wut in meiner Leber.

»Wer?« wiederholte ich jetzt gelassener.

»Man glaubt, daß deine königlichen Brüder Arad Malik und Nabuscharusur . . .«

Ja, gewiß doch. Wie konnte ich nur so einfältig sein, darauf nicht zu kommen. Wer, außer Arad Malik, der zu einfältig war, um die Ungeheuerlichkeit des Verbrechens zu begreifen, und außer dem schlauen, mitleidslosen Nabuscharusur, der weder den Gott noch Menschen fürchtete, wer sonst hätte es wohl sein können? Natürlich, diese beiden – es war eher verwunderlich, daß sie solange damit gewartet hatten.

»Und es hat Unruhen gegeben?«

»Ja, Prinz. Die Stadt ist in offenem Aufruhr.« Er nickte rasch, als wollte er seine eigenen Worte bestätigen. »Der Garnisonskommandeur möchte gern wissen, was du vorhast.«

»Was ich vorhabe?«

Wovon sprach der Mann? Bis Ninive waren es beinahe dreißig *beru,* und das über unwegsames Gelände. Ich würde eine Woche brauchen, bis ich dort mit einem Heer eintraf – wieso zählten da meine möglichen Absichten?

Doch vielleicht stellte ich mich nur begriffsstutzig. Der verlegene Ausdruck in den Augen des *rab kisir* ließ darauf schließen.

»Prinz, vielleicht . . .« Er verstummte und schöpfte tief Atem. Es wirkte, als machte er sich auf eine Aburteilung gefaßt. »Es ist so, daß Arad Malik damit droht, sich selbst zum König auszurufen. Das kann mittlerweile schon geschehen sein, und wenn der Aufstand in seinem Namen geführt wird . . . Prinz, wie kommst du nur auf die Idee, daß man Arad Malik tatsächlich auf dem Thron von Assur haben möchte?«

Was ich vorhatte. Während der *rab kisir* auf die Beantwortung meiner Frage wartete, überdachte ich zum ersten Mal, was jetzt alles von meinem Vorhaben abhing.

Natürlich, ich hatte es; der Garnisonskommandeur war kein Freund des *marsarru* – wieso war mir eigentlich erst eben eingefallen, daß Assarhaddon jetzt König war? – und er bat darum, daß ich mich erklärte. Das bedeutete, die Garnison verhielt sich neutral, weder unterstützte noch unterdrückte sie den Aufstand, ehe man nicht von mir gehört hatte.

Und so hatte man diesen eleganten, jungen Mann geschickt, der zu schlau war, um die Sache in zu viele Worte zu kleiden, der aber doch wissen wollte, ob ich bereit war, mich mit Unterstützung des Heeres zum König auszurufen.

Man bot mir an, den Aufstand gegen Assarhaddon anzuführen.

Ach ja, der *rab kisir* wartete immer noch auf Antwort.

»Du kannst dem Garnisonskommandeur ausrichten«, setzte ich an, wobei ich jedes Wort abwog, als ob viele Leben davon abhingen, was durchaus der Fall war, »du kannst ihm ausrichten, meine Absichten sind folgende: Ich schreibe einen Beileidsbrief an den Gebieter *marsarru* – Verzeihung, an den König –, in welchem ich ihn der ganzen gehorsamen Treue versichere, die er von einem Untertan und einem Familienmitglied erwarten darf.«

»Dann wirst du nicht . . .?«

»Nein, ich werde nicht.« Ich fixierte ihn mit einem Blick, der besagte, daß mich seine Anfrage doch sehr verwunderte. »Eines will ich noch tun – ich werde dem Garnisonskommandeur nahelegen, daß er in Ninive für Ruhe und

Ordnung sorgt und die Verräter Arad Malik und Nabuscharusur verhaftet. Anderenfalls könnte der Gebieter Assarhaddon bedauerliche Schlußfolgerungen ziehen.«

»Aha. Und eine andere Botschaft hast du nicht, Prinz?«

»Keine.«

Bei diesem Wort nahm er Habachtstellung ein und salutierte. Dann machte er auf dem Hacken kehrt und verließ mich. Was aus ihm wurde, weiß ich nicht, denn ich sah ihn niemals wieder.

Sehr wahrscheinlich standen meine Offiziere direkt hinter der Tür und warteten nur darauf, daß ich sie hereinrief. Aber ich rief sie nicht. Ich war nicht gefaßt genug, um überhaupt mit jemand zu sprechen, und so kehrte ich in meine Gemächer zurück und ließ mir von einer Sklavin einen Krug mit Wein bringen. Ich brauchte Zeit zum Nachdenken, und ich brauchte etwas, das mich beschwichtigte.

War meine Antwort richtig gewesen? Und, wichtiger noch, hatte ich klug gehandelt? Diese Fragen gingen mir immerfort im Kopf herum, und doch kam ich stets zu dem gleichen, unabdingbaren Schluß – ich hatte gar keine Wahl gehabt. Die Zeit, mich gegen meinen Bruder aufzulehnen, war mit der Herrschaft meines Vaters abgelaufen. Vor seinem Tod hätte ich meine Nachfolge als so zwingend hinstellen können, daß Assarhaddon es nicht wagen würde, sie in Frage zu stellen. So forderte ich aber lediglich einen Bürgerkrieg heraus und möglicherweise den Untergang des Reiches. Ich hatte meinen Entschluß vor langer Zeit gefaßt, und es war jetzt zu spät, ihn umzustoßen.

Doch was wurde aus mir, da der König tot war? Über Assarhaddon machte ich mir keine Illusionen – die Tatsache, daß ich mich diesem törichten Aufstand gegen ihn nicht angeschlossen hatte, würde mich nicht retten. Vergebung konnte ich von ihm nicht erwarten. In dem Augenblick, wo er sich stark genug fühlte, würde er sich für das Unrecht rächen, daß ich ihm durch meine Existenz angetan hatte, wie auch dafür, daß ich der Augapfel unseres Vaters gewesen war.

Mag sein, der Augenblick würde nie kommen. Vielleicht würde er es sich zweimal überlegen, ehe er den *shaknu* des Nordens angriff, den *rab shaqe* eines riesigen Heeres mit einer Offizierstruppe, welche ihrem Kommandeur treu ergeben war. In Amat, am Ende der Welt – von Ninive und Kalach aus gesehen – und weit entfernt vom Staatsrat, war ich kaum ein Ärgernis. Vielleicht scheute er die Risiken, die er einging, wenn er seine üble Laune an mir ausließ. Vielleicht gab er sich damit zufrieden, alles beim alten zu belassen.

Ich würde abwarten. Ich würde ihm eine Nachricht zukommen lassen, die ihm meine Treue zusicherte und ihn andererseits daran erinnerte, falls das nötig sein sollte, daß das Kasernenleben die Nordarmee in den letzten vier Jahren nicht gerade verweichlicht hatte. Ich würde die Antwort meines Bruders abwarten und dementsprechend reagieren.

Und falls Assarhaddon so dumm sein sollte, mich . . .? In dem Fall war ich mir nicht sicher, was ich tun würde.

Der Wein half nicht. Ich trank vier Becher, einen hinter dem anderen weg, und sie bewirkten nichts weiter, als daß ich meine Blase entleeren mußte. Als ich ins Audienzzimmer zurückkehrte, fand ich dort alle meine Offiziere auf mich warten.

»Der König ist tot«, sagte ich. »Hier regiert jetzt der Gebieter Assarhaddon. In Ninive gibt es Unannehmlichkeiten, doch die gehen uns nichts an. Wir halten eine Trauerzeit von sieben Tagen ein – wenn diese Bekanntgabe morgen beim Appell verlesen wird, steht außer der Tatsache, daß der König tot ist, nichts weiter darin. Jetzt geht in eure Kammern zurück.«

Sie gingen wortlos. Vielleicht hatten sie mehr erwartet, vielleicht konnten sie aber auch die Zukunft besser lesen als ich und wollten nur nichts sagen.

Ich trat auf den Balkon an der Ostseite des Palastes und sah, daß der Himmel bereits perlgrau wurde. Mittlerweile würde meine Mutter auf sein, und ich mußte es ihr sagen.

Sie weinte. Das hatte ich eigentlich nicht erwartet. Sie verbarg das Gesicht in den Händen und weinte.

»Er war mein Herr«, sagte sie, als die Tränen am Ende versiegt waren. »Er war mein Herr, der Vater meines Sohnes. Ich kann es nicht fassen, daß er tot sein soll.«

Ich saß eine Weile bei ihr und ging dann hinaus in den Garten, wo nichts zu hören war als in der Ferne das Gelärme der Dienstboten in der Küche. Meine Mutter hatte recht. Ich konnte es nicht fassen, daß der König tot sein sollte. Zum ersten Mal sah ich das nicht als Staatsangelegenheit – der Mann, der mich gezeugt hatte, war in diesem Augenblick Staub in seiner Gruft.

*

Die folgenden Tage über hielten uns Kuriere – und zuweilen gewöhnliche Offiziere und Männer, die aus verschiedenerlei Gründen aus ihren Garnisonen desertiert waren und den Weg nach Amat gefunden hatten – ausgezeichnet über die Ereignisse im Süden auf dem laufenden. Arad Malik hatte sich tatsächlich zum König ausgerufen, und überraschenderweise hatte sich die Garnison Ninive auf seine Seite geschlagen. Assarhaddon war nach Assur marschiert, um seinen Thronanspruch geltend zu machen, und sowohl in jener Stadt als auch in Kalach hatten ihm die Garnisonen Treue gelobt. Mardin, Tischkhan und Samsat waren zusammen mit vielen anderen Städten im Westen, wo Assarhaddons Babylon-Politik unpopulär war, zu den Aufständischen übergegangen, doch die Garnisonen des Südens sandten dem rechtmäßigen König Soldaten für den Kampf. Der Bürgerkrieg stand vor der Tür. Ich hatte keinen Anteil daran, doch das änderte nichts. Möglicherweise – das deutete nicht nur einer meiner Offiziere an – hätte ich ihn verhindern können, wenn ich mich anders entschieden hätte. Der Mensch kann noch soviel denken und tun, am Ende geht es doch nach dem Willen der Götter.

Und so sah ich aus der Ferne zu, wie sich die Dinge entwickelten. Assarhaddon marschierte, um seinen Thronanspruch durchzusetzen, mit einem Heer von an die zwanzigtausend Mann als erstes auf Ninive. Damit übertraf er die dortige Garnison zahlenmäßig, so daß diese sich in eine Stadt am oberen Euphrat namens Khanirabbat zurückzog, wo die Aufständischen sodann ihre Streitmacht sammelten. Man berichtete mir, daß Assarhaddon nach seinem Einzug in den Palast unseres Vaters den Tigris beinahe zu Fuß überqueren konnte, so war er mit den Leichen jener Einwohner aufgefüllt, die er für ihre Untreue hatte bestrafen lassen.

Mein Brief an den neuen König war in gebührender Form abgefaßt – Lobpreisungen des Gebieters Sanherib, Glückwünsche und ein Treuegelöbnis. Daß ich von dem Aufstand wußte, erwähnte ich nicht. Ich machte keine Angebote. Wenn Assarhaddon für diesen Bürgerkrieg Unterstützung von meinem Heer wollte, so brauchte er nur darum zu bitten. Ich würde warten, so nahm ich mir vor, bis ich darum gebeten wurde. Auf gar keinen Fall warf ich mich meinem Bruder zu Füßen.

Aber es kam keine Antwort. Der Monat Sebat ging ins Land, und noch immer blieb Ninive stumm.

Ich ging beinahe jeden Tag auf die Jagd. Der Boden war stark gefroren und das Wild nicht der Rede wert, doch mir bot sich dadurch die Gelegenheit, meine Gedanken von dem bevorstehenden Gewitter abzulenken und allein zu sein – ich war es leid, von jedermann mit der Frage in den Augen angesehen zu werden: »Und was tust du, *Rab Shaqe?* Was tust du?« Die Tiere in den Bergen westlich des zugefrorenen Flusses fragten nicht nach ihrer oder meiner Zukunft. Doch blicken ließen sie sich auch nur selten.

In der Zeit meiner Genesung hatte ich mir angewöhnt, mittags eine Mahlzeit zu mir zu nehmen – der Mensch entwickelt schlechte Gewohnheiten, wenn er den ganzen Tag herumliegt und gesagt bekommt, daß er seine Kräfte schonen soll, aber ich mußte wirklich mehr Fleisch ansetzen. An jenem Tage band ich Geist an und setzte mich hinter einen Bruch aus verkrüppelten, windschiefen Bäumen und öffnete meinen Lederbeutel, um zu sehen, was mir Merope gegen das Verhungern eingepackt hatte. Ich war damit beschäftigt, ein Stück gepökeltes und gepfeffertes Rindfleisch zu verspeisen, als sich ein einsamer Reiter ostentativ, jedoch ohne Eile näherte, das Gesicht in der Kapuze der Tunika verborgen.

Etwa dreißig Schritt entfernt zügelte er sein Pferd und schien gewillt, ruhig darauf zu warten, daß ich seine Gegenwart zur Kenntnis nahm. Er trug keine Waffe, und nichts an seiner Haltung wirkte bedrohlich. Ich hielt ihm den Weinschlauch hin. »Fremder, wenn dich dürstet . . .«

Er schob die Kapuze herunter. Es war Nabuscharusur.

Ja, natürlich war ich überrascht. Er lächelte sein eigenartiges, unfrohes Lächeln, so als hätte er einen Sieg errungen.

»Meine Spione berichteten mir, daß du beinahe jeden Tag hierherkommst«, sagte er. »Ich dachte mir, es lohnt sich, dich allein abzufangen.«

»Und hast du mich nun ›gefangen‹, Bruder?«

»Das war doch nicht so wörtlich gemeint, Tiglat. Ich möchte nur ein, zwei Worte unter vier Augen mit dir reden — das wirst du mir doch nicht abschlagen, oder?«

»Du bist der Mörder unseres Vaters und Königs und ein Verräter an seinem Erben. Ich sollte dir nichts abschlagen, abgesehen von dem, was die ganze Länge meines Schwertes am meisten spürt.«

»Du wirst mich dennoch anhören, Bruder.«

»Ja, ich glaube schon.«

Er stieg vom Pferd und ließ die Zügel zu Boden fallen — aha, ein Wallach; möglich, daß sie sich aus diesem Grund verstanden.

Als er sich neben mich setzte, bot ich ihm den Weinschlauch noch einmal an, und jetzt nahm er ihn und tat einen tüchtigen Zug. Schließlich kannten wir uns seit Kindertagen.

»Die Kälte«, sagte er. »Vielleicht spüre ich sie mehr als du.«

»Ich spüre sie auch. Sie kriecht in meine Wunden, daß sie schmerzen.«

»Ich habe gehört, daß es dich im Osten beinahe erwischt hätte.«

Sein Lächeln war auf einmal besorgt und, ohne daß er sich dessen wohl bewußt war, spöttisch. Ja, er würde diesem großen, eingebildeten Toren die Gelegenheit geben, sein Soldatengarn zu spinnen.

Es ist immer ein Fehler, wenn man den Rest der Menschheit verachtet. Ich wartete stumm.

»Ein Bürgerkrieg steht vor der Tür«, fuhr er zuletzt fort, als er sah, daß ich nicht vorhatte zu sprechen. »Und eine große Schlacht, vielleicht schon in ein paar Tagen. Assarhaddon marschiert bereits nach Norden. Das hätte man verhindern können, wenn du auf mich gehört hättest.«

»Das hätte man verhindern können, wenn du nicht den König ermordet hättest, Nabuscharusur. Hättest du deine Hand gezügelt, dann wäre jetzt alles ruhig und unser Vater noch am Leben.«

»Es war nötig. Außerdem habe nicht ich ihn getötet – ich war zugegen, doch Arad Malik hat zugeschlagen.«

»Worauf er nie im Leben gekommen wäre, wenn du ihn nicht dazu angestiftet hättest. Verschone mich mit deinen Haarspaltereien, Bruder.« Ich verstummte, trank einen Schluck Wein und sagte mir, es hat keinen Zweck, jetzt in Wut zu geraten.

»Warum war es ›nötig‹, den König umzubringen?« fragte ich am Ende, als ich meine Stimme wieder in der Gewalt hatte.

»Weil er Assarhaddon nachgegeben hatte. Die Mauern rings um Babylon wachsen empor – man baut die Stadt wieder auf.«

»Und was dürfte dir das ausmachen? Dir, der du die

Götter so wenig fürchtest, daß du selbst den König ermordest?«

»Du hast recht, ich fürchte die Götter nicht.« Nabuscharusur tat den gesamten Himmel mit einer Bewegung seiner mageren Hand ab. »Ich zittere nicht vor Götzenbildern aus Holz – warum auch? Glaubst du, daß es die Götter gibt, Tiglat? Wirklich?«

Er hob die Schultern. »Ich glaube an das, was ich sehen kann. Ich glaube, daß die Mauern rings um Babylon emporwachsen. Ich glaube, daß der König Assarhaddon seine Macht überlassen hatte, weil er alt war und sich nicht mehr darum scherte, was sich außerhalb seines Palastgartens tat. Und wer ist daran schuld, Bruder, wenn nicht du?«

»Ich . . .?«

»Ja, du. Das Herz des Königs ist gestorben, als er merkte, daß nicht du, sondern Assarhaddon nach ihm König werden mußte.«

»Und jetzt möchtest du Arad Malik zum König machen.«

»Ja, wenn es sein muß. Arad Malik ist Assarhaddon vorzuziehen, wenn auch nur, weil er meine Strohpuppe ist. Und er ist nicht Assarhaddon – darum hat er Anhänger, eben weil er nicht Assarhaddon ist.«

»Und du hetzt zum Bürgerkrieg auf, nur damit statt des einen Narren ein anderer auf den Thron kommt?«

»Ja, wenn es sein muß. Doch das liegt bei dir, Tiglat.«

Jetzt kam die unabdingbare Pause, die mir gerade genug Zeit für die Frage ließ, warum ich mir das eigentlich anhöre? Vielleicht, weil ich es gern hören wollte.

Gerissen, wie Nabuscharusur nun einmal war, gab er mir gerade genug Zeit, den Gedanken zu formulieren, doch nicht mehr.

»Die Heere sammeln sich westlich von hier«, fuhr er fort, so als hätte er lediglich Atem geschöpft. »Sie sind gleich stark, also wird die Schlacht ein böses Blutbad – und das ist vermutlich nicht das Ende. Weißt du noch, Tiglat, als wir klein waren und Assarhaddon seine Lektion nicht lesen konnte und dem alten Bag Teschub die Tafel an den Kopf warf?«

»Ja, ich weiß noch.«

»Daran hat sich nichts geändert. Was Assarhaddon nicht versteht, vernichtet er. Er versteht diesen Aufstand, den Grund dafür nicht, und wenn er siegt, vernichtet er die halbe Nation, nur als Balsam für seinen angeschlagenen Stolz. Und wie ich schon sagte, die Heere sind gleich stark, und wer wüßte besser als du, daß Männer zu solchen Zeiten alles Mitleid aus ihren Herzen verbannen.«

»Ich kann daran nichts ändern.«

»Ach, wirklich nicht?«

Ich saß auf der kalten Erde, den Weinschlauch zwischen den Knien, und wollte nicht verstehen. Ich starrte ins Leere und versuchte, mein Hirn völlig auszuschalten, damit diese Viper keine Macht über mich bekam. Ich würde die Schuld nicht auf mich nehmen, die er auf mich häufen wollte. Ich würde nicht . . .

Nabuscharusur lächelte, als wüßte er bereits um das Ende.

»Viele folgen Assarhaddon, ohne ihn zu mögen«, hob er wieder an und wandte dabei den Blick ab. »Sie wissen nicht, was sie sonst tun sollen, da sie sich nicht zu Arad Malik schlagen können, ohne den Mann zu akzeptieren, der ihren König erschlagen hat. Und, wie ich schon sagte, Arad Maliks einziger Anspruch besteht darin, daß er nicht Assarhaddon ist. Nur ein Wort von dir, Tiglat, rufe dich zum König aus, und schon schmilzt Assarhaddons Macht dahin wie Frost im Frühling.«

»Und Arad Malik? ›Schmilzt‹ der auch ›dahin‹?«

»Den Dummkopf kannst du mir überlassen.«

»Findest du auch hier jemanden, der ihn umbringt?« fragte ich, während ich mich Nabuscharusur zuwandte und mir ein Lächeln gestattete – mochte er daran ablesen, was er wollte. »Geht auch er den Weg unseres Vaters und Königs? Und nach ihm, wer sonst noch? Etwa ich?«

»Nach ihm habe nicht ich die Macht, Tiglat, sondern du.«

»Und doch würdest du mir die Schuld für meines Bruders Tod zuschieben – für den Tod von zwei Brüdern, Arad Maliks und Assarhaddons auch.«

Nabuscharusur hob lediglich die Schultern.

»Zwei müssen auf jeden Fall sterben. Du hast die Wahl, welche beiden, zu was auch immer du dich entschließt – Arad Malik und Assarhaddon, oder Arad Malik und ich. Ich behaupte nicht, daß es eine leichte Wahl ist, nur daß du sie treffen mußt. Du, und niemand sonst. Ausweichen gibt es nicht, denn Ausweichen ist an sich schon eine Wahl. Doch eines solltest du bedenken – wenn es dir beliebt, Assarhaddon zu verschonen, dann wird er dir am Ende deinen Kopf vor die Füße legen. Assarhaddon haßt dich, oder sollte dir das entfallen sein.«

Er stand auf und klopfte sich lässig die Erde von der Tunika, so als wäre ihm das völlig gleichgültig.

»Ich erwarte jetzt keine Antwort, Bruder«, sagte er. »Du hast Bedenkzeit, doch wenn ich dich auf dem Schlachtfeld sehe, weiß ich, welche Seite du gewählt hast – wenn du es über dich bringst zu wählen.«

Er stieg aufs Pferd und ritt davon, verschwand in der Ferne.

*

Endlich, wirklich im allerletzten Augenblick, erhielt ich eine Antwort aus Ninive. Sie war nicht namentlich an mich gerichtet, sondern lediglich an den Garnisonskommandeur von Amat und den *shaknu* der Nordprovinzen und entsprach nicht meinen Erwartungen:

»Befehl des Königs: Eine Streitmacht von 25 000 Mann ist in den Festungen Amat, Zamua und Namri zusammenzustellen. Sie hat in Eilmärschen nach Khanirabbat in der Provinz Gozan vorzurücken, um sich dort mit einem Heer unter dem Befehl des Königs zu vereinen, und das nicht später als am letzten Tage des laufenden Monats.«

Sonst stand da nichts weiter, keine Bestätigung meines Briefes, kein Wort davon, daß ich mehr war als einfach einer von vielen gesichtslosen Feldoffizieren im Dienste des Königs. Die Unterschrift stammte von einem gewissen Scha Nabuschu, dessen Name mir nichts sagte.

Man sollte es nicht für möglich halten. Daß Assarhaddon mich beleidigen wollte, war klar ersichtlich, doch wenn er beabsichtigt hatte, mich in die Arme seiner Feinde zu treiben, dann hätte ihm nichts Besseres einfallen können. Es verwunderte mich nicht, daß mein Bruder mich verachtete, doch allein schon der gesunde Menschenverstand hätte ihm sagen müssen, daß er seine Ziele etwas länger geheimhalten sollte.

Er bat um fünfundzwanzigtausend Mann – vielmehr, er forderte sie. Fünfundzwanzigtausend Mann würden die nördlichen Garnisonen gefährlich dezimieren, doch wahrscheinlich machte sich Assarhaddon mit einem Bürgerkrieg am Hals darüber keine Sorgen.

Sofort schickte ich Kuriere los, welche die angeforderten Soldaten im Eilmarsch nach Amat schickten. Ich hatte keine Ahnung, was ich mit ihnen anfangen sollte, wenn sie hier eintrafen.

Dergleichen bleibt in einer Garnison nicht sehr lange Geheimnis, und so gab es bei Einbruch der Nacht wahrscheinlich keine Seele in Amat, die nicht von Assarhaddons Brief wußte. Und wie immer stand in aller Augen die unausgesprochene Frage: »Und was tust du, *Rab Shaqe?* Was tust du?« Eine Stimme jedoch erdreistete sich, mir Ratschläge zu erteilen, und die gehörte selbstverständlich Kephalos.

»Du hast nur zwei Wahlmöglichkeiten«, sagte er, nachdem er die Sklavinnen fortgescheucht hatte, welche uns das Essen gebracht hatten – ich war erst vor zwei Stunden von ihm eingeladen worden, den Abend bei ihm zu verbringen, daher wußte ich, was auf mich zukam.

»Der Befehl des Gebieters Assarhaddon besagt, daß du nicht länger hier in Amat bleiben und Neutralität wahren kannst. Wenn du so weitermachst, dann bist du für jeden der Sieger ein Verräter, und sollte das dein Bruder sein, dann wird er zweifellos mit seinem Heer bis vor unsere Haustür marschieren, sobald er mit den Aufständischen fertig ist. Vermutlich dürfte seine Streitmacht der unsrigen zahlenmäßig weit überlegen sein.«

»Und seine Truppen erschöpft und geschwächt, während meine ausgeruht sein würden. Außerdem hat Assarhaddon wenig Erfahrung als Befehlshaber. Auch wenn er fünfzigtausend Mann mitbrächte, ich hätte keine Angst davor, gegen ihn ins Feld zu ziehen.«

»Aus dir spricht nur dein verwundeter Stolz – du weißt, daß deine Worte töricht sind. Außerdem würdest du die Nation nie in einen zweiten Bürgerkrieg stürzen, und das so schnell nach dem ersten. Nein, du mußt jetzt wählen.«

Ich nickte matt und starrte in meinen Weinbecher; ich war müde, des Lebens müde. »So ist es«, sagte ich. »Alles was du sagst, stimmt.«

»Was wirst du also tun? Du bist in diesem Konflikt das Zünglein an der Waage. Der, auf dessen Seite du dich schlägst, wird siegen. Du kannst Assarhaddon zum König machen, oder du kannst ihm einen Ring durch die Nase ziehen und ihn hinter deinem Streitwagen nach Ninive schleifen. Was soll es sein?«

Und wie immer lief alles auf die gleiche Frage hinaus: »Und was tust du, *Rab Shaqe?* Was tust du?« Und ich wußte darauf noch immer nichts zu antworten. Mir blieb nichts, als mit den Achseln zu zucken.

»Vergiß nicht, junger Herr, daß du dich in höchste Gefahr begibst, wenn du dich zu Assarhaddon schlägst. Er wird es dir nicht danken.«

»Das hat mir schon mal jemand gesagt, erst vor ein paar Tagen.«

»Dann sieht noch jemand außer deinem armen Sklaven die Wahrheit. Ich weiß nicht, ob Assarhaddon auf den Atem unter deinen Rippen aus ist, junger Herr, doch gewißlich nimmt er dir alles, was dir das Leben versüßt. Du und alle deine Freunde, sie alle werden büßen müssen.«

Er raufte sich den großen, braunen Bart und starrte mich flehentlich an – ich wußte genau, was er damit meinte.

»Außerdem«, fuhr er fort, während er sich aufrichtete und einen Schluck Wein trank, so als ob diese Dinge keinen von uns etwas angingen, »außerdem würdest du einen besseren König abgeben als Assarhaddon. Wenn Assarhaddon König ist, dann herrschen doch nur die Zauberer und Wahrsager – die und die Herrin Nakija. Du bist zumindest halb Grieche und nicht so sehr Opfer abergläubischer Ängste.«

»Ach nein?« Da mußte ich doch lachen. »Es ist der Wille des Gottes, daß Assarhaddon dem Gebieter Sanherib auf den Thron von Assur nachfolgt. Immer wieder werde ich auf diese eine Tatsache zurückgeworfen.«

Kephalos faßte über den Tisch und legte mir die Hand auf den Arm.

»Und wenn dem so ist, junger Herr, dann gebe ich jede Hoffnung auf.«

★

Im grauen Licht der Morgendämmerung sah ich zu, wie sich die Kompanien auf dem Exerzierplatz aufstellten, achtzehntausend Mann. Ich würde fünfhundert Mann zurücklassen, bis von Zamua und Namri Verstärkungen eintrafen, von denen mir siebentausend unmittelbar nach Khanirabbat folgen sollten. Selbst Kephalos kam mit, obschon ich ihn freigelassen und ihm einen Platz in einer Handelskarawane verschafft hatte, die ihn Assarhaddons Zugriff entziehen würde. Aber nein, er wollte mitkommen.

»Meine kürzlichen Erlebnisse auf dem Feldzug haben mich abgehärtet, Erhabener, und da du dich nun einmal nicht von dieser Torheit abbringen läßt, darf ich dich nicht meines Rates berauben.«

Er grinste etwas halbherzig und blickte sich dabei um wie ein Mensch, welcher mit dem Leben abschließt. Zur Stunde befand er sich auf einem der Vorratswagen und beschwichtigte seine Ängste mit Wein. Ich würde sicher der Nagel zu seinem Sarg sein, und dabei hätte kein Diener von seinem Herrn ein besseres Los verdient gehabt.

Es war ein bitterkalter Morgen. Auf der Erde lag gefrorener Schnee. Keine gute Jahreszeit für einen Feldzug, doch dem gewöhnlichen Soldaten ist dafür keine Jahreszeit recht. Dazu sollten diese Männer nicht gegen Barbaren kämpfen, die in Zelten lebten, sondern gegen ihre eigenen Brüder – an ihren Mienen war abzulesen, wie sie diesen Bürgerkrieg haßten.

»Ein schlimmer Tag, der uns zum Lebewohl zwingt«, sagte meine Mutter, die in einem pelzgefütterten Mantel neben mir stand. »Ich habe Angst, du handelst böse, Lathikadas.«

»Wenn ich für Assarhaddon kämpfe? Ja, Merope, das ist böse, doch in dieser Sache kann ich nur böse handeln, was auch immer ich mache, und selbst noch, wenn ich gar nichts mache.«

»Kannst du denn nicht zurück?«

Tränen standen meiner Mutter in den Augen, als sie sich mit dieser Frage an mich wandte, auf die sie die Antwort ebenso gut wußte wie ich. Ich sagte nichts, sondern schloß sie nur in die Arme. Ihr Schluchzen klang bitter und erinnerte mich an den Tag, an dem ich als Kind das Frauenhaus verlassen und mich dem Urteil des Königs gestellt hatte. Was war denn jetzt so anders?

»Du bist im Lande Assur ein großer Mann gewesen«, sagte sie zuletzt. »Dein Gott hat sein Versprechen eingelöst. Ich verzweifle an der Zukunft.«

»Merope, ich bin doch schon viele Male in den Krieg gezogen. Bitte, bleib ganz ruhig.«

»Wie kann ich ruhig bleiben, wenn alles in mir sagt, daß meine Augen dich nie wiedersehen werden.«

Was konnte ich darauf schon antworten, da ich wußte,

daß mein Bruder Assarhaddon binnen eines Monats meinen Kopf auf seiner Lanze aufgespießt haben konnte. Die Worte des *maxxu* gingen mir wieder durch den Kopf, daß jetzt die Zeit zum Abschiednehmen gekommen war. Konnte ich ihr das sagen? Wohl kaum. Ich konnte nichts tun, außer schweigen.

Ich konnte ihr nicht einmal zureden zu fliehen, falls ich umgebracht würde, denn sie hatte schon gesagt, daß dieses für sie nicht in Frage käme.

»Wenn du stirbst, dann ist es mir gleichgültig, was aus mir wird«, hatte sie gesagt. Doch vielleicht würde sich Assarhaddons Zorn nicht auch noch an meiner Mutter vergreifen. Mit dieser Hoffnung mußte ich mich zufriedengeben.

Ich küßte sie ein allerletztes Mal und löste mich aus ihrer Umarmung. Jetzt gehörte ich weder ihr noch mir selbst, sondern dem Gott und einem Bruder, der mich haßte.

»Lebewohl«, sagte ich.

Den Ausdruck ihres Gesichtes bei diesem Wort werde ich bis zu meiner letzten Stunde nicht vergessen.

Ich stieg auf Geist und ritt durch das Festungstor, hinter mir folgte widerwillig die Nordarmee.

Die Menge, die sich zu unserem Abschied am Straßenrand versammelt hatte, schwieg. Meine Mutter hatte recht gehabt – es war ein schlimmer Tag.

Und in der Menge erblickte ich nur für einen Augenblick ein Gesicht, das gleich wieder untergetaucht war. Das braune Gesicht eines Mannes, für dessen Augen das Sonnenlicht gestorben war. Und genau in diesem Augenblick, der fast schon vorbei war, ehe er gekommen war, schien er zu lächeln und sich darüber lustig zu machen, daß ich nicht mit seinen Augen sehen konnte.

XXXIII

Zu einer anderen Jahreszeit mochte die Umgebung von Khanirabbat recht ansprechend sein, doch im Winter war sie nichts als häßlich und trostlos. Die Stadt selbst lag natürlich verlassen – und überall sonst, auf den Hügeln und der Ebene, die sich zum Euphrat hin erstreckte, war das Gras verdorrt und gelb, und die kahlen Äste der wenigen Bäume zitterten im Wind wie die Finger einer alten Frau mit Schüttellähmung. Abgesehen vom Wind war kaum ein Laut zu hören, denn selbst die Krähen schienen die Flucht ergriffen zu haben.

Assarhaddon hatte sich keine drei Stunden zu Fuß vom Lager der Aufständischen eingerichtet, aber das Gelände war so beschaffen, daß beide Parteien kaum den Rauch der Lagerfeuer ihrer jeweiligen Feinde sehen konnten. Und so tauchten denn stündlich feindliche Spähtrupps auf, und schon vor meiner Ankunft dort – am sechsundzwanzigsten Tage des Sebat – war es zu mehreren Geplänkeln gekommen.

Beinahe die erste Neuigkeit, die ich hörte, war, daß der König sich furchtbar ängstigte, weil vergangene Nacht der Königsstern Marduks von einem gelben Ring umgeben am Himmel aufgetaucht war. Die Astrologen hatten verschiedene Erklärungen zur Hand, doch alle stimmten darin überein, daß dieses ein böses Omen für das Land Assur bedeutete – am Vorabend eines katastrophalen Krieges eine recht schlüssige Folgerung.

Ich sagte »beinahe« die erste Neuigkeit, die erste war nämlich, daß mein Bruder mich auf keinen Fall empfangen wollte. Ich sollte mich mit der Nordarmee abgesondert als Flügel zu Assarhaddons linker Hand aufstellen – die ungünstige Seite – und seine Befehle abwarten.

Sei's drum. Mein Zelt wurde auf einer kleinen Anhöhe aufgeschlagen, meine Standarte vor dem Eingang aufgezogen, doch ich wagte mich nicht unter die Soldaten. Ich stellte Wachen auf, die niemand außer Assarhaddons Boten Zugang gewährten. Meine Mahlzeiten nahm ich allein ein. Ich hielt mich abseits, und mein Hirn brütete düstere Gedanken aus wie ein Schlangenei, das von der Sonne gewärmt wird.

Als der Bote des Königs endlich kam, trug er keine Silberbänder an seinem Amtsstab gebunden – ich wurde nicht einmal mehr als Mitglied der königlichen Familie betrachtet. Hinter ihm schritt ein fetter, kleiner Mann mit schütterem Bart und den blanken, hervorquellenden Augen eines Frosches. Das war anscheinend Scha Nabuschu, der sich erlaubt hatte, mir Befehle im Namen des Königs, seines Herrn, zu schicken.

»Du bist des Befehls über die Nordarmee enthoben«, verkündete er. »Du darfst dich im Lager frei bewegen und behältst deinen Rang als *rab shaqe* – im Augenblick jedenfalls –, doch es ist dir untersagt, dich an der kommenden Schlacht in irgendeiner Weise zu beteiligen, nicht einmal als gewöhnlicher Soldat. Dieser Sieg soll dem Gebieter Assarhaddon ganz allein gehören.«

Ich sagte nichts.

»Bist du damit einverstanden?« fragte er in herausforderndem, wenn auch ein wenig unsicheren Ton.

»Ist mein Einverständnis denn vonnöten? Ich bin der Diener des Königs. An ihm ist es zu befehlen, und an mir zu gehorchen.«

Scha Nabuschus Lippen kräuselten sich zu einem Lächeln, er konnte es wohl nicht unterdrücken.

»Wer übernimmt den Befehl?« fragte ich.

Der kleine Mann zögerte kurz – bildete er sich etwa ein, Assarhaddon wollte das geheimhalten? Es ist doch immer das gleiche. Diener einfältiger und wechselhafter Herren haben ewig Angst.

»Ich habe die Ehre«, erwiderte er schließlich. Ja – vielleicht hatte er nicht nur vor meinem Bruder Angst. »Du wirst deinen Offizieren die Befehle des Königs übermitteln und sie anweisen, sich hier mit mir um die fünfte Stunde nach Mittag zu treffen.«

»Sie sind jetzt nicht mehr meine Offiziere, und ich bin nicht in der Lage, irgend jemand Anweisungen zu erteilen.«

Für den Augenblick schienen wir in eine Sackgasse geraten zu sein. Scha Nabuschu machte den Mund auf und wollte etwas sagen, doch anscheinend fiel ihm nichts ein. Ich war entzückt.

»Aber gewiß doch«, sagte ich. »Ich werde mich darum kümmern.«

Meine Offiziere – das heißt, nicht mehr meine – waren nicht erfreut.

»Wer ist diese Strohpuppe?« fragte Luschakin. »Hat man je von ihm gehört? Wie können wir von unseren Männern erwarten, daß sie ihr Leben für so einen riskieren?«

»Die Männer werden nicht gehorchen. Die erkennen doch nur die Autorität des *rab shaqe* an. Sie werden desertieren.«

»Und wir sollten lieber als erste desertieren – diese Beleidigung kann man einfach nicht hinnehmen!«

»Wir müssen sie hinnehmen«, sagte ich so gelassen wie möglich, denn ihre Treue rührte mich, was ich mir aber nicht anmerken lassen durfte. »Es ist der Wille des Königs.«

»Und was ist dein Wille, *Rab Shaqe?«*

»Daß ihr mit eurem neuen Kommandeur zusammenkommt und den Befehlen gehorcht, die er im Namen des Königs erteilt. Was auch immer eure Gefühle in dieser Sache sind, oder was auch immer geschehen mag, behaltet eure Gefühle bitte bei euch und ermahnt auch die Truppe dazu. Ein Mann schneidet sich nur zu leicht die Kehle mit der eigenen Zunge durch.«

»Und was ist mit dir, *Rab Shaqe?«*

»Mit mir? Ich meine, daß mein *simtu* wie das eines jeden auf der Tafel des Gottes geschrieben steht. Vielleicht erfahre ich ja recht bald, wie es aussehen wird.«

Dann verabschiedete ich mich von ihnen, schüttelte jedem

die Hand, denn von Stund an mußte ich für sie wie gestorben sein. Wie sollten sie sonst wohl ihr eigenes Leben retten? Und dann ging ich. Ich legte Geist Zaumzeug an und ritt in die umliegenden Berge. Doch schon als ich das Lager verließ, bemerkte ich zwei Reiter, die mir folgten – mein Bruder ließ mich nicht aus den Augen.

Die Zeit des Abschiednehmens. Weiß Gott, wenn das nicht eine Zeit des Abschiednehmens war; und wie eh und je war mir das erst aufgefallen, als sie bereits da war. Der König, mein Vater, meine Mutter, das Heer, welches ich liebte wie ein Mann seine Frau, vielleicht sogar mein eigenes Leben.

Und natürlich Assarhamat. Sie hatte ich zuerst verloren, und gab es nur sie in meinem Herzen, selbst jetzt noch.

Ich würde sie nie wiedersehen. Da Assarhaddon jetzt König war, würde er sie in seinem Frauenhaus einsperren, und ich würde sie nie wiedersehen. Sie nie wieder in all ihrer Lieblichkeit zu erblicken, als wäre ich blind oder in einer finsteren Welt ohne Licht! Was zählte denn sonst noch, was hatte ich schon vom Tod zu befürchten?

Ich tat nach dem Willen des Gottes, doch in meinem Herzen verfluchte ich ihn.

Assarhamat, Assarhamat – allein schon der Name barg alle Wonnen des Lebens. Leben hieß sich zu erinnern, und sich zu erinnern, hieß Schmerz. Nein, ich hatte keine Angst vor dem Tod. Davor wurde die Macht des Königs, meines Bruders, zum Schatten. Sollte er seinen Willen haben.

Ich schlug einen Bogen um das Lager – hoffentlich zum Ärger meiner beiden Begleiter, die sich fünf- oder sechshundert Schritt hinter mir hielten, aber die Mühe scheuten, sich zu verbergen –, bis die Dunkelheit sich über die Erde gelegt hatte und die Soldaten es sich um die Kochfeuer gemütlich machten. Als ich überzeugt war, daß mir mein Zelt wieder gehörte, ritt ich zurück. Soldaten, denen ich begegnete, grüßte ich lässig. Sie wußten noch nicht, daß ich in Ungnade gefallen war, vielleicht war es ihnen aber auch gleichgültig, denn für ihresgleichen ist der König fast so fern wie die Götter selbst.

Ich speiste gut zu Abend und streifte mir die Sandalen ab. Und jetzt ins Bett – wie wunderbar friedlich ist doch einem Menschen zumute, der Abschied vom Leben genommen hat. Wie wohl Assarhaddon schlafen mochte. Wahrlich, ich beneidete ihn nicht.

Die zusätzlichen dreitausend Soldaten würden erst in zwei, drei Tagen aus Amat eintreffen, doch ein Blick am nächsten Morgen genügte, um festzustellen, daß sich die Streitmacht des Königs wie durch Zauberei beträchtlich vergrößert hatte. Das Stück offenes Gelände, welches sich zwischen unserem Lager und dem der Hauptarmee erstreckte, war nun voll behelfsmäßiger Zelte und Kochfeuer. An die dreitausend Mann waren gleichsam aus dem Nichts aufgetaucht. Das waren die Deserteure der Aufständischen, die gekommen waren, um Frieden mit Assarhaddon zu machen, solange das noch möglich war.

Und das war nur vernünftig. Die letzten Tage über mußten Späher den aufständischen Kommandeuren berichtet haben, daß die Nordarmee heranzog und sich ganz eindeutig auf die Seite des Königs schlug. Die Waagschale neigte sich klar zu Assarhaddons Gunsten, und das hatten meine Brüder, die Verräter, einfach nicht vor ihren Anhängern geheimhalten können, wie sehr sie sich auch bemühen mochten. Zudem wirft kein Mann, der seine fünf Sinne beisammen hat, freudig sein Leben für eine verlorene Sache fort.

Die Soldaten, welche ich an jenem Morgen sah und die wie die Bettler vor Assarhaddons Schwelle lagerten, gehörten lediglich zur ersten Welle, die Arad Maliks Sache verriet. Es würden noch mehr kommen – und wenn ich mich nicht ganz und gar täuschte, sogar noch viel mehr.

Und Assarhaddon war nicht so töricht, sie abzuweisen. Er wußte, daß ein Feind, den die Hoffnung auf Gnade lockt, schwach wird und sich nur noch durch Verzweiflung aufrecht erhält. Auch wenn diese Überläufer beim König nie wieder in Gnade stehen würden, weil sie sich zuerst auf die Seite der Aufständischen geschlagen hatten, so durften sie doch leben und ihm dienen. Assarhaddon würde sie verwünschen und bedrohen und ihnen dann verzeihen – den meisten jedenfalls – und das wußten sie. Und weil sie es wußten, blutete sich Arad Maliks Heer friedlich aus, ehe auch nur ein Soldat zum Schwert griff.

Und jede Nacht hörten die Posten die gedämpften Geräusche, wenn sich Männer durch die Dunkelheit schlichen, einzeln, zu zweit und zu dritt, Offiziere und Fußsoldaten und Reiter mit ihren Kriegspferden; und jede Nacht hieß man sie, sich vor die Lagerschanze zu setzen; dort warteten sie, ängstlich auf der kalten Erde zusammengekauert, daß Assarhaddon sie begnadigte. So ging es die ganze Nacht, hinter sich hatten sie nur den sicheren Untergang und vor sich nichts als soviel Sicherheit, wie ihnen ein Kniefall vor meinem Bruder und das Flehen um Gnade einbringen mochte. Im grauen Licht des Morgens wurden sie schließlich eingelassen und erhielten ein Frühstück und durften schlafen, wo sie noch Platz fanden.

Und sie waren Assarhaddon dankbar – selbst ein Hund ist dankbar, wenn man ihm sein Leben läßt –, doch als ich mich unter sie mischte und hier und da ein Gesicht sah, das mir bekannt war und zu dem ich sogar den Namen wußte, da sah ich stets die gleiche Anklage auf ihrer geschlagenen Miene: »Blick uns nur an, Prinz Tiglat Assur, Lieblingssohn des Gebieters Sanherib, deines Vaters, welcher der Herr der Welt und der wahre König des Landes Assur war. Blick uns an und sieh, wie tief wir gesunken sind. Jetzt müssen wir uns vor Assarhaddon verneigen – du weißt, welche Zukunft uns und die Nation erwartet. Und die Schuld daran trägst du, niemand anders als du.«

Doch die hier hatten zumindest noch eine Zukunft. Andere, die in der Nacht kamen, liefen dem Tod in die Arme, denn die Gnade des Königs galt nicht für alle. Mein Bruder hatte ein gutes Gedächtnis, wie nicht wenige entdecken mußten, die ihre Zunge in den Tagen des Gebieters Sanherib nicht im Zaum gehalten hatten.

Zusammen mit anderen Offizieren forderte man mich auf, bei der Hinrichtung eines gewissen Zakir Nergal zugegen zu sein, der in der Garnison Ninive *rab abru* gewesen und mir als jemand bekannt war, der sich nichts sonderlich Schlimmes hatte zuschulden kommen lassen. Und doch hatte er irgendwie des Königs Majestät beleidigt und sollte dafür zahlen, indem man ihn in Ketten briet, eine herkömmliche und althergebrachte Strafe, doch eine, welche man meines Wissens zu Lebzeiten meines Vaters nicht angewendet hatte. Ganz sicher kein schönes Schauspiel.

Kephalos begleitete mich, wie er sagte, aus medizinischem Interesse. Ich warnte ihn, doch er wollte nicht hören.

»Mach dir meinetwegen keine Sorgen, junger Herr«, sagte er und lächelte über meine kindische Angst, »schließlich ist ein Arzt den Anblick von Schmerz gewohnt. Sei versichert, daß ich weitaus Schlimmeres in der Praxis meines Vaters auf Naxos gesehen habe – kein Grund also, sich meinetwegen zu beunruhigen.«

Wir nahmen unsere Plätze am Richtplatz ein, welcher nichts als ein Stück nackte Erde war, wo aber seit dem vergangenen Abend ein großes Holzfeuer brannte – da es ein kalter Morgen war, freuten wir uns über die Wärme, obschon Zakir Nergal das gewiß anders sah – und warteten auf die Ankunft des Königs. Sein Stuhl stand bereits dort, und zuletzt kam er und war gar prächtig anzusehen in seinen goldenen Gewändern und seinem juwelenbesetzten Turban. Er nahm Platz und blickte sich um wie ein Gastgeber bei einem Festessen. Sollte er mich gesehen haben, so ließ er sich davon nichts anmerken.

Ich sah meinen Bruder seit zwei Jahren zum ersten Mal wieder, und da es nicht wahrscheinlich schien, daß wir uns noch viele Male begegnen würden, ehe er sich entschloß, was er mit mir machen wollte, war ich neugierig darauf, was ihn das Königsein gekostet hatte. Er machte nicht den Eindruck eines Mannes, dem seine Pracht und Herrlichkeit viel Freude bereiteten.

Assarhaddon war sogar noch ein wenig jünger als ich, und doch zeigte er schon jenen ängstlich besorgten Ausdruck, den ich so viele Male auf meines Vaters Gesicht gesehen hatte. Da saß er nun, stützte die Wange in die Hand, und das ganze Gold, welches dazu gedacht war, die Augen der anderen zu blenden, konnte nicht das Mißbehagen in seinen eigenen überstrahlen. Es wäre besser gewesen, man hätte ihn das Leben eines Soldaten führen lassen, so wie wir beide es uns in unserer Kindheit erträumt hatten, und ich glaube, er selbst wußte das auch.

Das Feuer war mittlerweile zu einer Handspanne glühender Holzkohle herabgebrannt; es war zwar mit Asche bedeckt, aber dennoch glühte es darunter so rot wie Blut. Man hatte die Kohle zu einem Rund zusammengeschoben und darüber einen riesigen Dreifuß errichtet, dessen weit ausgestellte Beine sich ungefähr vierzehn, fünfzehn Ellen über dem Boden trafen. Vom Scheitelpunkt hing ein Eisenring herab, durch den eine lange Kupferkette mit einem Haken am Ende lief.

Assarhaddon nickte. Die Lustbarkeiten konnten beginnen.

Eine Wache von vier Mann brachte den Gefangenen, der Kupferketten an Händen und Füßen hinter sich herzog – er rieb sich immerfort die Handgelenke, so als ob ihn die Fesseln wundrieben. Ich kannte Zakir Nergal seit zehn Jahren, doch wenn man mir nicht gesagt hätte, was er heute morgen erleiden sollte, ich hätte ihn kaum wiedererkannt. Solch eine Veränderung kann im Menschen vorgehen, wenn er eine ganze Nacht lang Zeit gehabt hat, sich auf den kommenden Tod vorzubereiten – insbesondere auf einen solchen Tod. Vor drei Tagen noch hatte er sich im Ruhm gesonnt, ein Mann von hohem Rang bei dem Usurpator Arad Malik, und nun dieses.

Er sah bereits tot aus. Sein Gesicht war schmal und hager, und seine großen, erstorbenen, starren Augen machten deutlich, daß er kaum begriff, was ihm geschehen sollte. Und doch hatte er Angst. Er war halb verrückt vor Furcht – wenn die Wachen ihren Griff um seine Arme gelockert hätten, gewiß wäre er zusammengebrochen.

Er sagte kein Wort. Sein Mund stand offen, doch er schnappte nur nach Luft. Er sah aus, als wäre er nicht mehr der Sprache mächtig.

Doch dem König, meinem Bruder, schien es auch die Sprache verschlagen zu haben. Er blickte den Verurteilten an, und die Hitze seines finsteren Zorns stieg ihm ins Gesicht, doch er fand keine Worte für seine furchtbare Wut, die ihn ebenso in ihre Fesseln schlug wie die Kupferketten Zakir Nergals Hand- und Fußgelenke. Zuletzt gab er sich geschlagen und setzte sich und gab mit einer zerstreuten Geste das Signal, die Sache in Angriff zu nehmen.

Zakir Nergal hatte die ganze Zeit den eisernen Dreifuß angestarrt, so als begriffe er nicht, wozu er dienen sollte. Man zerrte ihn bis an die Kohlen heran und zwang ihn auf die Knie – das erforderte nicht viel Kraft. Die Ketten, mit denen er gefesselt war, wurden in seinem Rücken zusammengeklinkt und die Enden in einen Eisenring gehakt. Diesen Haken hakte man seinerseits in das Ende der Kette, welche zum Scheitelpunkt des Dreifußes lief. Während Zakir Nergal neben den glühenden Holzkohlen kniete, begannen die Wachen an der Kette zu ziehen und ihn hochzuhieven wie einen Eimer aus dem Brunnen.

Und jetzt fand er auch seine Stimme wieder. Sein Schrekkensgebrüll wurde selbst für die Luft zur Qual.

Sie gewährten Zakir Nergal kein schnelles Ende. Als man nun an der Kette zog, schaukelte er über dem Kohlebett hin und her, doch das war nur als Vorgeschmack gedacht. Rasch zogen ihn die Wachen hoch, bis er mit dem Bauch nach unten fast an der Spitze des Dreifußes hing, wo er die Feuersglut kaum mehr spürte als wir Zuschauer.

Elle um Elle ließen sie ihn dann langsam auf die Kohlen

herab. Er hatte sich mittlerweile so heiser gebrüllt, daß er kaum noch Stimme hatte, doch immer noch war er sehr lebendig, wand sich hin und her und versuchte zu entkommen – wohin wohl, denn wenn er aus den Ketten freikam, würde er doch nur geradewegs in den glühenden Tod fallen, der dort auf ihn wartete. Doch ein Mensch kämpft gegen den Tod, und selbst wenn es kein Entkommen gibt, er kämpft dennoch.

Langsam kam er dem Feuer näher.

Er war immer noch am Leben und bei Bewußtsein, als sich Brandblasen auf seinem Gesicht und Hals bildeten – riesige Blasen voll Wasser und Blut. Dann fing sein Haar an zu rauchen, dann brannte es und dann die Kleider. Und noch immer war er am Leben, wand sich in seinen Ketten; mittlerweile fanden die Wachen, er sei nahe genug über dem Feuer und befestigten das Ende der Kette mit einem Eisenbolzen in der Erde.

Endlich schwieg er. Stunden schienen vergangen zu sein, und doch hatte das Schauspiel seines Martyriums nur ein paar Minuten gedauert. So schnell stirbt ein Mensch nicht an Brandwunden, und so ist er hoffentlich in dem dünnen, weißen Rauch erstickt. Da baumelte er ungefähr in Mannshöhe leblos über den glühenden Kohlen und brutzelte wie ein Braten, den man vergessen hat. Als von einem Fuß ganz einfach das Fleisch abfiel und der Knochen aus der Fessel rutschte, da hörte ich neben mir Würgegeräusche. Ich drehte mich um und sah Kephalos, wie er den Kopf zwischen die Knie steckte und sein Frühstück von sich gab.

Assarhaddon rührte sich nicht. Er sah zu, wandte den Blick nicht von dem grausamen Geschehen ab, das er angeordnet hatte, und sein Gesicht war so ausdruckslos wie eine Maske. Diesen Teil des Königseins hatte er anscheinend gelernt – er durfte nichts fühlen.

Als er genug hatte, stand er auf und entließ uns. Wer wäre auch schon gern geblieben? Ich führte Kephalos in mein Zelt zurück und flößte ihm Wein ein, bis er aufhörte zu schluchzen.

»Bei den Göttern«, sagte er zuletzt, »was seid ihr doch für eine brutale Rasse, ihr Assyrer.«

Ich konnte nur lächeln, obwohl mir nicht danach zumute war.

»Vermutlich ist es überall so«, sagte ich. »Assarhaddon ist nicht schlimmer als andere auch. Das ist die Gerechtigkeit der Könige.«

*

Und doch unterband die Gerechtigkeit der Könige keineswegs die nächtliche Wanderschaft von Deserteuren des aufständischen Heeres. Jeder Morgen fand sie in immer größerer Zahl vor den Schanzen lagernd, und wenn auch Assarhaddons Rachegelüste ein paar davon erwischten, so lebten andere, und darum waren alle bereit, ihr Glück zu versuchen.

Die Hinrichtungen gingen weiter. Der eiserne Dreifuß war täglich in Gebrauch, und zeitweise lag der Geruch von gebratenem Fleisch wie ein Leichentuch über dem Lager. Ich gab Assarhaddon keine Schuld daran, denn es ist eine kluge Politik, Exempel davon zu statuieren was das Gesetz dem Verräter zudenkt. Wer wie er ringsum von Aufruhr umgeben war, durfte sich nicht den Anschein von Schwäche leisten. Und doch glaube ich, daß der Grund für den Tod so vieler nicht Klugheit, sondern Angst war. Mein Bruder versuchte, seine eigenen Zweifel zu töten.

Am letzten Tag des Sebat erhielt ich eine Botschaft. Ein Freund, ein gewisser Sinqi Adad, der Arad Malik abgeschworen hatte, doch nicht der Gnade des Gebieters Assarhaddon teilhaftig wurde, sollte am nächsten Morgen über den Kohlen braten – er hatte um meinen Besuch gebeten.

»Wir sind zusammen Kinder gewesen«, erzählte ich Kephalos. »Er hat in Babylon mit uns gekämpft – er war ebenso Assarhaddons Freund wie meiner. Wie grausam, daß er so sterben muß.«

»Wie grausam, daß überhaupt jemand so sterben muß«, gab mein Diener bewundernswert klarsichtig zurück.

»Ich würde es verhindern, wenn ich könnte.«

Ich blickte ihn fragend an, und Kephalos, dem nichts Gutes schwante, runzelte die Stirn. Schließlich nickte er.

»Schlimm, wenn es herauskommt«, sagte er und holte ein kleines Tonfläschchen aus seinem Arztkoffer. »Eigentlich war dies hier für dich gedacht, falls du zu Schaden kommen solltest, doch mach damit, was du für richtig hältst, mein törichter, junger Herr.«

Ich dankte ihm und machte meinen Besuch.

Sinqi Adad saß im Schmutz an einen Eisenpflock gebunden. Haar und Bart waren dreckig und verfilzt, und er hatte längliche Blutergüsse auf Armen und Rücken, da, wo ihn die Wachen mit ihren Lanzen geschlagen hatten. Er sah erschöpft und schwach aus. Es ist nicht Sitte, Essen an einen Todeskandidaten zu verschwenden, doch ich hatte Brot und Wein mitgebracht, und niemand hielt mich davon ab, es mit in die Einzäunung zu nehmen.

Ich kniete mich neben ihn und streckte ihm den Brotlaib und den Weinkrug hin. Mit zitternden Händen riß er eine Ecke von dem Fladen ab, stopfte sie sich in den Mund und spülte sie mit Wein hinunter. Es dauerte einige Minuten, ehe er zu einer Unterhaltung fähig war, doch als er den dringendsten Hunger gestillt hatte, blickte er mich aufseufzend an und nickte.

»Danke«, sagte er. »Das ist zwar keine Sühne dafür, daß du zu Assarhaddon gehalten hast, doch trotzdem vielen Dank.«

»Ich habe immer klargestellt, daß ich für die rechtmäßige Erbfolge bin. Niemand darf behaupten, ich hätte ihn getäuscht.«

»Kann sein, doch der Mensch glaubt stets, was er glauben möchte.«

Er grinste verkniffen. Unter diesen Umständen war das bemerkenswert mutig.

»Du hättest Arad Malik, diesen Straßenköter, sehen sollen, als er die Nachricht erhielt, daß du dich mit deinem Heer auf Assarhaddons Seite geschlagen hattest. Wenn die Götter auf dergleichen Verwünschungen hörten, du wärest in jenem Augenblick einen furchtbaren Tod gestorben.«

»Ist es schlimm drüben?« fragte ich, ohne recht zu wissen warum.

»Schlimm?« Er zog die Brauen hoch, als wüßte er nicht, was ich meinte. »Es ist genauso schlimm wie hier, nur größer.«

Seine gefesselte Hand machte eine umfassende Geste bis zur Einzäunung.

»Wann wird Assarhaddon die Schlacht erzwingen, was meinst du? Morgen? Übermorgen? Jeder dort drüben weiß, daß es kein Entrinnen gibt, wenn sie erst unter jenen Mühlstein geraten. Schon als ich mich aufmachte, schnitten Soldaten ihren Offizieren die Kehle durch. Ja, es steht sehr schlimm.«

»Dann gibt es vielleicht gar keine Schlacht. Vielleicht wird Assarhaddon zu gegebener Zeit seinen Feind vor sich auf den Knien haben.«

»Du bist doch nicht immer so dumm gewesen, Tiglat.« Er riß sich wieder ein Stück Brot ab und verschlang es heißhungrig, dabei sah er mich die ganze Zeit an, als hätte er mir ebensogern das Herz herausgerissen. »Es gibt viele, die einen ehrenhaften Tod in der Schlacht einem lebenslangen Dienst für deinen Bruder und für seine babylonischen Götter vorziehen. Ich war schwach und so töricht zu glauben, daß ich mir mit der Unterwerfung das Leben erkaufen könnte – da siehst du, wie ich mich geirrt habe. Und nun muß ich sterben, weil ich Assarhaddon einst ins Gesicht gesagt habe, daß er sich nicht einmal zum königlichen Taubenpfleger eigne, geschweige denn zum König. Andere, die tapferer sind als ich, werden dieses Schicksal nicht riskieren.«

Jählings ließ er das Brot in den Dreck fallen und schlug die Hände vors Gesicht. Er schluchzte jetzt.

»Ach, daß es so weit kommen mußte«, sagte er am Ende und wischte sich die Tränen mit den Fingern ab – er lächelte, weil es ihm peinlich war. »Und alles für Arad Malik ... Das frißt an meiner Seele. Wer hätte den schon gern als König gehabt? Er ist um nichts besser als Assarhaddon. Aber Nabuscharusur – oh, wie ich den Tag verfluche, an dem ich dieser beschnittenen Schlange zum ersten Mal Gehör geschenkt habe.«

»Warum? Und wenn schon?« Ich hob die Schultern, denn ich begriff nichts. »Was hat Nabuscharusur ...?«

Sinqi Adad umklammerte mit beiden Händen meinen Arm und schüttelte mich, als wollte er mich aus dem Schlaf wecken.

»Er hat jedermann erzählt, daß Arad Malik nur für dich den Platz hält, Tiglat. Er hat jedermann glauben gemacht, daß dieser Aufstand in deinem Namen geschieht!«

Zuletzt gab er meinen Arm frei und ließ die Hände in den Schoß fallen. Die Erkenntnis, welch ungeheuerlichen Fehler er gemacht hatte, schien seine ganze Kraft verbraucht zu haben.

»Ich habe doch schon gesagt, daß der Mensch stets das glaubt, was er glauben möchte.«

Ich faßte in die Tasche meiner Tunika und zog das Fläschchen so heraus, das Kephalos mir gegeben hatte, daß es nur Sinqi Adad sehen konnte.

»Was ist das?« fragte er. Vermutlich war er zunächst nur verwundert. »Nimm das ein, ehe man dich morgen holt.«

»Was ist das? Gift?«

»Nein – dazu fehlt mir der Mut. Wenn ich dir Gift geben und den König um sein Schauspiel betrügen würde, dann würde ich letzten Endes noch deinen Platz über dem Feuer einnehmen. Nein, es ist kein Gift.«

»Was ist es ...?«

»Es dämpft den Schmerz und die Angst. Es erleichtert den Tod. Du wirst sterben, doch leiden wirst du nicht. Nimm es erst ein, wenn sie kommen, dich zu holen, sonst hält seine Wirkung nicht lange genug vor. Und vergrabe das leere Fläschchen im Dreck, wenn du getrunken hast, damit dir niemand darauf kommt.«

Er versteckte das Fläschchen in seinen Lumpen und ergriff mich wieder beim Arm.

»Du gehst ein furchtbares Risiko ein, Tiglat – mögen die Götter dich dafür segnen.«

»Betrachte es als meinen Aufstand gegen Assarhaddon. Es tut mir leid, daß du dich in mir getäuscht hast, mein Freund.«

»Wir haben uns gegenseitig ineinander getäuscht, du nicht mehr als wir anderen auch.«

Und so schieden wir von einander. Ich ging in mein Zelt zurück und verbarg mich vor den Menschen. Am nächsten Morgen ging ich nicht hin, um Sinqi Adads Ende beizuwohnen, doch man erzählte mir, er sei tapfer gestorben.

In jener Nacht traf ein Botschafter von Arad Malik ein und bat um Bedingungen für die Kapitulation. Er kam mit einer Waffenstillstandsfahne, und Assarhaddon schickte ihn in einem Ledersack zurück, den Leib an hundert Stellen vom Schwert durchbohrt, so daß kaum noch ein Tropfen Blut in ihm war. Da wußten die Aufständischen, woran sie waren.

Es war klar, daß die Schlacht, falls es eine geben würde, bald stattfinden mußte – Assarhaddon wäre sich ohne Schlacht betrogen vorgekommen. Und so trieb man die Pläne voran. Ich wurde nicht zu den Stabsbesprechungen gebeten, doch selbst ein Prinz in Ungnade hat noch seine Informanten, und so wußte ich, daß der Befehl ergangen war, am nächsten Morgen ins Feld zu ziehen, was der zweite Tag des Monats Addar sein würde. Zusätzlich erteilte mir noch Scha Nabuschu Anweisungen.

»Du nimmst nicht daran teil«, sagte er mir noch einmal. »Du darfst nicht kämpfen, nicht einmal als gemeiner Soldat. Der Ruhm dieses Tages soll ausschließlich dem König gehören.«

»Du wiederholst dich. Aber hab keine Angst – ich will den Sonnenschein des Gebieters Assarhaddon gar nicht verdunkeln. Ich werde nur als Beobachter zugegen sein, meine Buße dafür, daß morgen viele sterben müssen, doch andererseits bin ich froh, daß ich dem Kampf fernbleiben kann. Das Schlachterhandwerk liegt mir nämlich nicht.«

Die Antwort sagte ihm nicht zu, doch hatte er begriffen. Den ganzen Tag über waren Schleifsteine zu hören gewesen. Jedermann wußte von der Wagenladung Äxte, die mein Bruder aus Ninive mitgebracht hatte. Jedermann konnte erraten, wofür sie gedacht waren.

An jenem Abend war ich in Luschakins Zelt geladen, wo die höheren Offiziere der Nordarmee, die morgen unter Scha Nabuschu kämpfen würden, eifrig dabei waren, sich sinnlos zu betrinken. Niemand hatte Angst vor einer Niederlage – und unter solchen Umständen denkt kaum jemand daran, daß er fallen könnte, nicht einmal durch einen dummen Zufall –, doch der Stimmung nach war es eine.

»Der Neffe meiner Frau war in der Garnison Ninive«, sagte einer von ihnen. »Er ist bislang nicht unter den Deserteuren gewesen – was sage ich ihr bloß, wenn ich nach Amat zurückkehre?«

»Wir werden alle unsere Waffen säubern und Reinigungsriten vollziehen müssen. Diese Art Kampf steigt den Göttern unliebsam in die Nase.«

»Man sagt, der Gebieter Assarhaddon hat vor . . .«

Ich hob die Hand um anzudeuten, daß ich mir keine Beleidigungen des Königs anhören wollte, und da schwiegen alle. Ich glaube, auch sie gaben mir bei sich die Schuld dafür, daß ich sie ins Unglück geführt hatte. Ich blieb noch ein wenig länger, und dann ging ich.

Und am nächsten Morgen, im grauen Licht vor dem Morgengrauen, platzte mir vom Lärm der Kriegstrompeten beinahe der Schädel.

»Warum hat man mich nicht geweckt?« fragte ich, als ich aus meinem Zelt stolperte, den Brustharnisch aus Kupferplatten nur halb umgeschnallt. »Und wo in Ischtars Namen ist mein Pferd?«

Die Ordonnanz schüttelte den Kopf, so als schämte er sich einzugestehen, daß er an allem schuld sei.

»Letzte Nacht abgeholt, *Rab Shaqe«*, sagte er. »Man hat dir stattdessen eine braune Mähre dagelassen, doch mit der ist nicht viel los. Die ist kaum mehr als Krähenfraß.«

»Mein Pferd?« Ich blinzelte ihn an und mochte es kaum glauben. »Man hat mir mein Pferd genommen?«

»Ja, *Rab Shaqe* – alle kennen es nämlich vom Sehen . . .«

Ja, natürlich. Assarhaddon wollte sichergehen, daß ich unsichtbar wäre, selbst wenn es mir in den Kopf kam, die Schlacht aus der Ferne zu beobachten.

»Dann lege der Schindmähre Zaumzeug an.«

Sie war wirklich kaum mehr Krähenfraß. Über ihren Schulterknochen war nur noch das Fell, und wenn ich sie zum Galopp zwang, würde sie vermutlich tot umfallen. Doch da ich nicht vorhatte, ein derartiges Ansinnen an sie zu stellen, war sie recht und schlecht zu gebrauchen. Sie paßte zu ihrem Reiter, denn anscheinend waren wir beide untauglich für den Krieg.

Ich hielt mich an eine niedrige Hügelkette, wo ich niemandem in den Weg kommen würde, und bewegte mich irgendwo zwischen der Hauptmacht von Fußsoldaten und den Reiterkompanien, welche die Vorhut bildeten und als erste auf Arad Maliks Heer stoßen würden. Und da der Gott mich zum Zeugen gemacht hat, will ich die furchtbare Wahrheit über jenen Tag nicht verschweigen, der ein so fürchterliches und sinnloses Blutbad sah. Denn die Schlacht von Khanirabbat war nicht als Schlacht zu bezeichnen, sie war ein Gemetzel.

Knapp eine Stunde nach Sonnenaufgang gab es die ersten Geplänkel. Die Reiter der Aufständischen warteten im Hinterhalt und griffen massiert Assarhaddons Berittene an, alle auf einmal. Ich konnte ihr Kriegsgeschrei sogar noch einen halben *beru* entfernt hören, und kurz sah es so aus, als ob sie tief genug in die feindlichen Schlachtformationen eingedrungen wären, um diese auseinanderzutreiben. Doch was können dreihundert Mann – wahrscheinlich hatten sie nicht einmal mehr soviel – schon gegen drei- oder viertausend ausrichten? Und wie überwältigen wohl Bienen ein Frettchen, das versucht, ihren Bienenstock auszuräubern? Die Berittenen des Königs schwärmten aus, verschluckten die Aufständischen und verstellten ihnen den Rückweg. Binnen einer halben Stunde war der Kampf vorbei, und die Erde war mit Pferden und toten und sterbenden Männern von beiden Seiten bedeckt. Doch an dem Sieger bestand kein Zweifel. Es war die letzte Reiterattacke dieses Tages. Die Aufständischen hatten ihren letzten Reiter als Leichnam auf dem welken Gras liegengelassen.

Zwei Stunden später waren die Fußtruppen an der Reihe. Die Aufständischen hatten vier- bis fünfundzwanzig Schlachtgevierte aus eiligst zusammengestellten Kompanien, da sich diese durch die Desertionen der letzten Tage ausgeblutet hatten – es waren nicht einmal dreitausend Mann, nicht der fünfte Teil ihrer ursprünglichen Stärke, und die wollten nun gegen Assarhaddons Heer antreten, das mittlerweile auf siebzig-, achtzigtausend Mann angewachsen war.

Von der Taktik schweige ich lieber, denn was hilft Taktik noch, wenn auf einen Mann zwanzig, dreißig kommen? Die Aufständischen wurden einfach zermalmt – anders kann man es nicht bezeichnen. Sie kämpften tapfer wie Männer, welche wissen, daß sie keine Wahl mehr haben, außer die der Todesart; doch sie kämpften ohne Hoffnung.

Gegen Mittag war alles vorbei, außer das Abschlachten. Von Assarhaddon ausgewählte Männer gingen mit ihren Äxten über das Schlachtfeld und erschlugen alle Verwundeten, die sie fanden und holten sich von den Gefallenen Trophäen – ein Wagen fuhr herum und sammelte die Köpfe ein. Wer das Pech hatte oder die Dummheit beging, sich lebend gefangennehmen zu lassen, wurde noch unwürdiger behandelt. Offizieren zog man auf der Stelle die Haut ab;

man pflockte sie an irgendeiner leeren Stelle an und häutete sie wie die Kaninchen. Ich zählte wenigstens vierzig Männer, die dieses Schicksal traf, zweifellos aber waren es mehr, als ich sah. Die gewöhnlichen Soldaten verschonte man für den Augenblick. Sie wurden zusammengetrieben und fortgeführt, doch damit waren sie nicht gerettet. Später hörte ich, daß sie vom Schlachtfeld geradewegs nach Kalach marschieren mußten, eine Entfernung von fünfzig, sechzig *beru*, für die ausgeruhte und gut verproviantierte Männer kaum weniger als zehn Tage brauchen, und diese hatten weder Essen noch Wasser. Dort mußten die wenigen Überlebenden dieses Martyriums als Arbeitssklaven an den Ziegelmauern für Assarhaddons neuen Marduk-Tempel arbeiten. Den Sommer wird wohl keiner von ihnen mehr erlebt haben.

So trug es sich in Khanirabbat zu. Da ich die Götter meiner Vorfahren ehre, wie sollte ich wohl falsch Zeugnis ablegen.

Ich sah alles mit an und war froh, daß ich so weit entfernt war. Aber ich machte mir die bittersten Vorwürfe, weil ich der eigentliche Urheber dieses Blutbades war. Die Omen hatten kundgetan, daß der Gott Assarhaddon zum König im Lande Assur ausersehen hatte, und ich hatte mich dem gebeugt, weil ich Skrupel hatte, mich dem Gott einer Frau zuliebe zu widersetzen. Ich will hier nichts beschönigen, meine Motive waren wirklich nicht hehrer – mein einziger Gedanke war Assarhamat, und ich opferte sie, weil ich gehorchen wollte.

Aber war das hier der Wille des Gottes? Seine Söhne, die Blüte der Nation, ein Festmahl für Vögel und Hunde? Hatte ich wirklich gehorcht, oder hatte ich mir soviel auf meine noble Geste eingebildet, daß ich darüber alles andere vergaß? Was hatte ich getan? Ich hatte die Entscheidung über mein eigenes Schicksal – über das Schicksal von Tausenden, vielleicht über das der ganzen Nation und der übrigen Welt – den Eingeweiden einer Ziege überlassen.

Einige Eindrücke wird man nie wieder los. So werde ich

nie das Gemetzel von Khanirabbat vergessen. Ich werde nie meine Schuldgefühle und meine Scham vergessen. Seit jenem Tag hat sich die Welt für mich verändert. Hier verging mir die letzte Illusion der Jugend – daß ich mich von Sünde reinhalten könne.

★

Den restlichen Tag, bis das Licht vollkommen geschwunden war und die blutgetränkte Landschaft sich endlich in schamhaftes Dunkel hüllen konnte, streiften Trupps durch die Hügel und suchten nach denen, die sich Assarhaddons Rache entziehen wollten. Vielen gelang das, glaube ich, nicht, doch einer schlug dem Arbeitslager und dem Richtschwert ein Schnippchen. Denn mein Bruder Nabuscharusur starb nicht in Khanirabbat, obschon es wirklich der reine Zufall war, daß ich und nicht jemand anders ihn fand.

Die Sonne war beinahe untergegangen. Ich ritt ziellos umher, denn die Aussicht, ins Lager zurückzukehren, war nicht verlockend. Ich wollte nicht Mördern, die ich kannte, seitdem ich erwachsen war, ins schuldbewußte Gesicht blikken. Diese letzte Demütigung wollte ich ihnen und mir ersparen. Und so ließ ich denn die braune Mähre laufen, wohin es ihr beliebte und gab lediglich acht, daß ich sie dem Schlachtfeld fernhielt.

Ich kam an einem Haufen Felsbrocken vorbei, die aufeinandergetürmt waren wie Zwiebeln in einer Schüssel. Ich hielt einen Augenblick – aus unerfindlichen Gründen – und trank einen Schluck aus dem Wasserschlauch, den ich an einem Riemen um die Schulter geschlungen trug. Ich erwartete nichts, blickte nach nichts aus, und dann hörte ich auf einmal den Laut, schwach, aber dennoch unverkennbar. Da kratzte Metall auf Stein.

Ich drehte mich um, spähte – und sah nichts. Wieder horchte ich und hörte nichts. Da war nichts. Ganz sicher nicht.

Und dann spähte ich noch einmal in eine der tiefen Felsspalten in diesem Haufen Felsen hinein und erblickte verschwommen, doch unverkennbar die Umrisse einer menschlichen Figur, die dort totenstill kauerte und sich verbarg.

Ich zog mein Schwert. Dann blickte ich mich um, merkte, daß niemand in der Nähe war und steckte es wieder in die Scheide. Wie dumm von mir.

»Komm heraus. Von mir hast du nichts zu befürchten.«

Die Gestalt kam in Bewegung. Allmählich tauchte Nabuscharusur im staubigen Zwielicht auf. Wen ich auch immer erwartet hatte, ihn gewiß nicht.

Am Ausgang der Höhle setzte er sich und hielt dabei immer noch den Dolch in der Hand. Er blickte mich mit einer Mischung aus Abscheu und Erleichterung an.

»Nichts von dir zu befürchten, Bruder, was veranlaßt dich nur zu solchen Redensarten, ganz gleich, ob das nun Spaß oder Ernst ist. Ich muß mich doch sehr wundern. Nichts von dir zu befürchten – bei den Göttern!«

Er sah erschöpft aus, elend wie ein Bettler, wenn da nicht die Goldarmbänder an seinen Armen gewesen wären. Seine schöne Wolltunika, die am Morgen beinahe königlich gewirkt haben mußte, war zerknittert und schmutzig. Und doch war er ganz der Alte, sein abartiger Stolz war ungebrochen.

»Dann ist es also vorbei«, fuhr er fort. »Gib mir einen Schluck von deinem Wasser, Tiglat – wie ein Freund.«

Er trank gierig, und als er mir den Schlauch zurückgeben wollte, winkte ich ab.

»Danke. Und jetzt tu mir noch einen Gefallen und töte mich, ehe du mich mit zu Assarhaddon nimmst. Sag ihm einfach, du hättest mich tot gefunden.«

»Wo ist Arad Malik?« fragte ich, eher um das Thema zu wechseln als aus Neugier. Was kümmerte mich Arad Malik.

»Verschwunden – gestern ausgerückt. Er hat nicht einmal Assarhaddons Antwort auf sein Kapitulationsangebot abgewartet, der Feigling. Um dem die Mannheit zu rauben, brauchte es kein Kastriermesser. Sind alle tot?«

»Ja, fast alle. Die noch leben, auch bald, oder aber sie werden die Toten beneiden.«

»Nach unserer Unterhaltung in Amat wußte ich, daß es aussichtslos war. Ich wußte, du würdest nicht auf mich hören, denn dir dröhnen die Ohren doch andauernd von dieser Stimme, die nur du hören kannst. Du denkst, es ist die Stimme des Gottes, doch das ist sie nicht.«

Er schüttelte den Kopf, dann lachte er bitter auf, und es klang beinahe wie ein Klagelaut.

»Du bist ein Feigling, Tiglat, ein viel schlimmerer als Arad Malik, der zumindest einmal frei gehandelt hat, als er nämlich den Mut aufbrachte, unseren Vater zu erschlagen. Dir legt die überlebte Treue Fesseln an – und die Angst, ein einziges Mal etwas zu tun, nicht weil es richtig ist, sondern weil dein Herz danach begehrt. Seit du die Herrin Assarhamat aufgegeben hast, bist du in die Selbstverleugnung verliebt gewesen. Ich wußte, du würdest dich auf Assarhaddons Seite schlagen.«

»Und warum bist du dann nicht geflohen?«

»Wie Arad Malik?« Er lächelte nachsichtig wie über einen schlechten Witz. »Auch wenn ich nur ein Eunuch bin, so dürftest du mir doch etwas Würde zugestehen, Bruder. Nein – ich habe diese Sache in Gang gesetzt, und nun soll sie mich führen, wohin sie will.«

Das Lächeln erstarb und machte so etwas wie erschöpftem Aufgeben Platz.

»Und nun töte mich. Ich habe verloren, doch da ich lieber den vollen Preis dafür nicht zahlen möchte, traue ich mir nicht zu, selber das zu tun, was getan werden muß. Töte mich, Tiglat.«

Ich jedoch stieg vom Pferd und legte Nabuscharusur die Zügel in die Hand.

»Ich habe schon genug auf meinem Gewissen«, sagte ich. »Außerdem stehe ich wegen dieser Sache mit Zabibe in deiner Schuld. Nimm das Pferd und flieh – nichts hier lohnt mehr das Dableiben, und in der Dunkelheit stehen deine

Chancen gut. Halte nicht an, nicht einmal einen Tag lang, bis du außer Assarhaddons Reichweite bist.«

Das mußte ich ihm nicht zweimal sagen. Er stieg aufs Pferd und warf sich den Wasserschlauch über die Schulter.

»Bilde dir nur nicht ein, daß ich dir dankbar bin, Tiglat, Bruderherz«, sagte er – und man konnte den Abscheu und Haß in seinen Augen in der Tat nicht falsch deuten. »Und auch nicht, daß dieses hier die Rechnung zwischen uns beiden begleicht, denn du schuldest mir weitaus mehr als dein elendes, kleines Leben. Mit uns allen wäre es nicht so weit gekommen, wenn du dich zu uns geschlagen hättest. Für das, was hier geschehen ist, stehst du bei allen in der Schuld.«

Ich klatschte der Mähre aufs Hinterteil, daß sie antrabte, und sah wieder einmal zu, wie Nabuscharusur einem ungewissen Schicksal entgegenritt. Hoffentlich sah ich ihn nie wieder.

Im Dunkeln ging ich zurück zum Lager, das blasse Licht der Kochfeuer leitete mich. Als ich mein Zelt erreichte, fand ich nur Kephalos mit einer so ergebenen Miene vor, als hätte er alle Schrecken der Welt gesehen.

»Das war ein schlimmer Tag«, sagte er. »Meine Augen haben zuviel sehen müssen!«

»Ja, es war ein schlimmer Tag – selbst ich bin den Krieg leid. Wollen wir nach Haus?«

»Nach Haus, junger Herr? Du meinst nach Amat?«

»Nein, nach Drei Löwen. Ich möchte lieber dort warten, bis Assarhaddon über mein *simtu* entschieden hat. Wir müssen nur Pferde auftreiben.«

Wir warteten den Morgen nicht ab. Nach beendeter Schlacht stand Geist wieder neben meiner Standarte angebunden, und für Kephalos lieh ich mir ein anderes Pferd. Wir brachen im Dunkeln auf und leuchteten uns den Weg mit Laternen, die wir am Ende eines Pfahls befestigten. Nach allem, was geschehen war, kam uns die Straße nach Süden angenehm vor.

XXXIV

Da ich annehmen mußte, daß meine Tage gezählt waren, wollte ich auf das Ende vorbereitet sein. Sobald wir auf meinem Landgut eingetroffen waren, schickte ich Kephalos nach Ninive, er sollte mir einen Schreiber holen, daß ich mein Haus bestellen konnte. Binnen drei Tagen war er zurück. Inzwischen war ich zu dem Entschluß gekommen, es sei das beste, Drei Löwen sofort auf meine Mutter zu überschreiben. Sollte man mich nämlich zum Verräter erklären, würde mein Besitz dem König verfallen. An den Rechtstiteln meiner anderen Güter änderte ich nichts, denn wenn ich jemand, der mir nahestand, einen bedeutenden Anteil an diesem unermeßlichen Reichtum vermachte, bedeutete das die sichere Konfiskation. So wie die Dinge lagen, würde Assarhaddon nicht gegen meine Mutter vorgehen, wenn nicht seine Bosheit allein schon Grund genug dafür wäre. Und meinem früheren Sklaven vertraute ich Rechtstitel an, die ihn ermächtigten, mit dem Gold, das er bei den Handelsherren in Sidon und Ägypten hinterlegt hatte, nach eigenem Ermessen zu verfahren.

»Ich kann dir nur raten, mach dich schnell auf«, sagte ich. »Es wird eine Weile dauern, bis meinem Bruder wieder einfällt, daß er etwas gegen dich hat, doch die Weile dauert nicht ewig.«

»Ich könnte nach Naxos gehen und dort als reicher Mann leben«, sagte er mit einem tiefen Seufzer. »Die griechischen Inseln sind der beste Ort für einen Menschen, der es bequem und angenehm haben will – Lebensglück, junger Herr. Kann ich dich nicht dazu überreden, mit mir zu fliehen?«

»Nein. Wenn ich Assarhaddon um seine Rache betrüge, wen, glaubst du wohl, trifft sein Schlag?«

»Du denkst dabei an die Herrin Merope?«

»Ja. Die Zeit reicht nicht, sie zu holen – zweifellos überwacht man mich aus diskreter Entfernung immer noch. Ich muß bleiben.«

»Dann bleibe ich auch. Ich verweile solange, bis sich dein Schicksal entschieden hat. Vielleicht darf ich etwas nützlich sein. Kann sein, es ist hinterher immer noch früh genug.«

Ich umarmte ihn und sagte unter Dankestränen, er solle doch bitte fliehen, doch er wollte nicht hören.

»Nach dem Willen meines Herrn bin ich jetzt ein freier Mann«, sagte er hoheitsvoll, »und kann kommen und gehen, wie es mir beliebt. Also nehme ich mir die Freiheit abzuwarten, wie das alles ausgeht. Ich tue, was mir richtig erscheint.«

»Dann lasse es dir richtig erscheinen, nach Ninive zu gehen und dort etwas in Erfahrung zu bringen. Du bist ziemlich sicher, wenn du in der Menge dort untertauchst – die Stadt wimmelt von Fremden, und einer mehr oder weniger fällt nicht auf.« Das tat er, und so durfte ich diese letzten Tage meiner Freiheit allein genießen, so gut es eben ging.

Ich würde auf Drei Löwen warten, bis Assarhaddon mich zu sich befahl – und das würde bald sein, denn ich wußte, lange würde er der Versuchung nicht widerstehen können, mich in seine Gewalt zu bringen. Doch bis zu jenem Augenblick würde ich ihn aus meinem Hirn verbannen und meinem Vergnügen leben. Und so ging ich denn jeden Tag auf die Jagd, obschon es durch die Winterszeit bedingt nicht viel Wild gab; trank mehr Wein als mir guttat und schlief so lange und gut, wie es mir möglich war. Wenn meine Diener und Pächter etwas von meinen Sorgen ahnten, so ließen sie es sich nicht anmerken. Das Leben war beinahe angenehm.

Bei meiner Rückkehr hatte ich festgestellt, daß Naiba Mutter eines prächtigen Sohnes war, eines zähen, kleinen Knabens, der schon auf stämmigen Beinchen umherlief, während sie schon wieder ein Kind erwartete. Sie wirkte glücklich, ebenso ihr Mann. Das wiederum freute mich, denn so hatte doch nicht alles, was ich getan hatte, kummervoll geendet.

Wenn ich vor den Göttern vielleicht auch unschuldig dastand, so schien das nicht mehr auszureichen, um die Schuld abzuwaschen, mit der ich mich in Khanirabbat irgendwie befleckt hatte. Vielleicht hatte Nabuscharusur recht gehabt: Ich hatte geglaubt, ich horchte auf den Willen Assurs, und dabei waren es die ganze Zeit über vielleicht nichts weiter als meine eigenen, laut gewordenen Ängste gewesen.

Mein Bruder, der Eunuch, hatte recht gehabt, als er behauptete, daß alles mit Assarhamat begonnen hatte. Ich hatte mich von ihr abgewandt und fand mich dabei hochherzig – war ich denn etwa nicht hochherzig gewesen, wo mir doch das Herz so blutete? Und mit jedem Jahr ohne sie schien es schlimmer zu werden, jedes war ein weiterer Schritt in die Finsternis hinein. Aber ich hatte mich auf diese Reise begeben, und nun mußte ich gehen, wohin sie mich auch führte.

Wie hätte ich wohl anders handeln können? Je näher Assarhaddon dem Thron kam, desto törichter erschien seine Erwählung zum *marsarru,* und je mehr sie als der Wille des Himmels hingestellt wurde, desto störrischer hatte ich daran geglaubt. Da ich Assarhamat verloren hatte, wie hätte ich mir wohl eingestehen können, daß ein so großes Opfer, wie wir es dem Schicksal dargebracht hatten, so roh verworfen werden würde. Je mehr man für etwas zahlt, desto stärker hängt man daran. Das ist wie Habgier, und sie macht blind – sie brennt die Augen aus. Mich hatte geistige Habgier blind gemacht, und so hätte ich jeden Preis gezahlt, nur damit Assarhaddon König wurde.

Nabuscharusur hatte recht gehabt, als er mich einen Feigling schimpfte. Ich hatte Angst vor allem, außer vielleicht vor dem Tod.

Fünf Tage vergingen, und dann zehn. Assarhaddons großes Heer war vom oberen Euphrat zurückgekehrt – eines Tages erblickte ich bei einem Ausritt weit in der Ferne den Staub seiner Marschkolonnen. Mittlerweile war mein Bruder in Ninive, hatte seinen Sieg gefeiert und hielt Umschau. Ich wartete weiter. Mir eilte es nicht.

Schließlich traf der Bote des Königs ein – ein Mann nur, also würde man mich wenigstens nicht in Ketten abführen.

»Du bist vorgeladen«, sagte er. »Der König weist dich an, die Stadt allein zu betreten, und das so unauffällig wie möglich.«

»Vielleicht sollte ich mich als Bettler verkleiden«, erwiderte ich. »Oder vielleicht möchte mich der König lieber wie einen gewöhnlichen Verbrecher hinten an einen Wagen gebunden vorführen lassen.«

»Du weißt, was der König will.«

»Ja – das weiß ich.«

Da ritt er nun ungerührt davon, dieser Bote. Er war nicht einmal vom Pferd gestiegen, aber mir war auch nicht nach Gastfreundschaft zumute.

Gut, gut. Ich würde also ohne Aufsehen in Ninive einziehen – auf die Idee wäre ich sowieso nicht gekommen, doch es war gut so. Ich würde allein reiten, ein Mann zu Pferd, der keinerlei Rangabzeichen trug. Ich würde aussehen wie ein wohlhabender Bauer, der in Geschäften in die Hauptstadt kam, vielleicht auch auf einen kleinen Urlaub. Assarhaddon sollte sich nicht beklagen müssen.

Am Morgen ging ich begleitet von meinem Aufseher Tahu Ischtar in die Pferdeställe und legte dem gescheckten Wallach, auf dem ich nach Ninive reiten wollte, Zaumzeug an. In dem benachbarten Verschlag trat Geist gegen die Tür und schnaubte nervös, als wüßte er Bescheid.

»Ich werde einige Zeit fort sein«, sagte ich. »Daß ihr euch ja gut um dieses Pferd kümmert! In Medien hat es mir einst das Leben gerettet.«

»Es sei, wie es der Herr von Drei Löwen wünscht.«

Mein Aufseher unterstrich seine Antwort mit einer tiefen Verneigung und legte dabei die Hand aufs Herz. Wieviel er wohl wußte? Besser, ich fragte nicht danach.

»Der bin ich nicht mehr, denn ich habe das Gut meiner Mutter überschrieben. Ich weiß, daß du ihr genauso treu dienen wirst, wie bislang mir, Tahu Ischtar.

Gut, dann – abgemacht.« Ich schwang mich aufs Pferd und streckte ihm die Hand hin. Tahu Ischtar ergriff sie mit beiden Händen. »Möge dir alles zum Guten gedeihen und möge das Kind in Naibas Bauch wieder ein Enkel werden, an dem du deine Freude hast.«

»Lebewohl, Gebieter. Mögest du überall in Gottes Hand stehen.«

Er wußte, wir würden uns nie wiedersehen. Es war seiner Stimme anzuhören.

»Lebewohl, Aufseher.«

Als er meine Hand losließ, gab ich meinem Wallach die Sporen zu spüren und ließ den Ort hinter mir, der mir Heimat gewesen war.

*

In der ersten Stunde des Morgens erreichte ich den Grenzstein meiner eigenen Ländereien, wahrscheinlich würde ich erst zwei Stunden nach Mittag durch das Große Tor in Ninive reiten. Wenn ich eine schnellere Gangart eingeschlagen hätte, wäre ich eher dort gewesen, doch ich hatte gut gefrühstückt und wollte trödeln, denn in Ninive erwartete mich ohnedies nichts Angenehmes.

Die Landstraße verlief längs des Tigris, der zu dieser Jahreszeit nicht viel Wasser führte. Seine kalten, schwarzen Fluten rauschten über den steinigen Untergrund und zischten wie die Nattern – auch er war auf dem Weg nach Ninive.

Was dort wohl geschehen würde? Würde man mir falsche Zeugen gegenüberstellen, Männer, die für Gold aussagten, ich hätte mich mit Arad Malik verschworen? Würde sich Assarhaddon wirklich zu dergleichen hergeben, wo er doch besser als jeder andere wußte, daß ich unschuldig war?

Doch nicht einmal als König konnte er es wagen, mich meiner wahren Verbrechen anzuklagen, denn wie dürfte er wohl vor der Welt zugeben, daß sein Sohn und Erbe, der Knabe Assurbanipal, dem die Götter wohlgesonnen waren, nicht von ihm, sondern von mir stammte? Nein, wenn er das wußte – und wie sollte er wohl nicht –, er würde den Mund halten.

Und dann. Was blieb noch? Ein Mörder – ein gedungener Mörder, der sich in den Schatten verbarg? Wahrscheinlich. Jedermann würde die Wahrheit kennen, doch niemand würde sie aussprechen. Ein König kann mit noch so vielen Skandalen auf dem Buckel regieren, doch die Menschen – wenn man ihnen die Wahl läßt – glauben stets, was sie glauben wollen.

Das hatte Sinqi Adad gesagt, ehe man ihn bei lebendigem Leibe briet. War das die Weisheit, die nur den Verdammten aufgeht?

Die Sonne auf meinem Gesicht fühlte sich angenehm an. Das Leben war eine Gabe des Himmels, auch wenn es nur eine Stunde dauerte.

Auf der Straße nach Ninive war alles für mich klar.

Unterwegs traf ich wenig Leute, bis ich zum letzten Grenzstein vor den Stadttoren kam – die gleiche Stelle, wo ich zum allerletzten Mal mit dem *maxxu* gesprochen hatte. Da, wo die ausgefahrenen Radspuren jäh tiefer wurden, kam ich an einer Gruppe Bauern mit Wagen vorbei; es mochten drei, vier sein, die am Straßenrand hielten und sich auf dem Weg zum Markt an einem Krug Bier und einer Unterhaltung erfreuten. Einer blickte mich an, als ich vorbeiritt, und das plötzliche Erstaunen auf seinem Gesicht zeigte mir, daß er mich erkannt hatte. Fünf Minuten später überholten mich eben diese Wagen in schlankem Trab, doch die Männer wandten im Vorbeifahren den Blick ab.

Ich hielt am Wegesrand und verzehrte mein Mittagsmahl an einer Stelle, von wo aus ich die Mauern Ninives bereits sehen konnte.

Wie hatte das alles nur geschehen können? Ich kannte jeden Schritt auf unserem Weg nach unten, und doch begriff ich einfach nicht, wie Assarhaddon und ich, die Freunde und Brüder von einst, jetzt so unversöhnliche Feinde sein konnten. Wie seltsam, doch wie unabänderlich. Mein Leben ein Scherbenhaufen, er unzufrieden und ruhelos – es war bitter. Am meisten bedauerte ich diesen Haß zwischen uns, und den sogar noch mehr als den Verlust Assarhamats, deren Liebe ich mir zumindest hatte bewahren können. Wenn es nun die Klinge des Mörders sein sollte, die aus dem Verborgenen zustach, ich würde den Abschied vom Leben nicht bedauern. Aber es bekümmerte mich, daß der Preis dafür aus Assarhaddons Schatzkammer gezahlt werden würde.

Nach Beendigung meines Mahls brach ich zum letzten Teil meiner Reise auf. Als ich bis auf fünfhundert Schritt an das Große Tor herangekommen war, da sah ich bereits, daß eine Menschenmenge zusammenlief.

Und als ich dann auch diese Hälfte des Weges zurückgelegt hatte, da säumten sie schon die Straße, warfen Blumen und Goldmünzen vor die Hufe meines Pferdes, wollten mich und selbst noch mein Pferd anfassen und jubelten mir zu.

»Assur ist König! Assur ist König! Assur ist König!« sangen sie wild und ausgelassen und mit erhitzten Gesichtern. Als ich durch das Große Tor ritt, warfen die Lehmziegelmauern das Echo ihrer Rufe zurück. Auf der Ninlil-Straße, die zum Königspalast führte, drängten sich die Menschen – Fremdlinge und Einheimische, Kinder und Männer, Frauen, die mir ihre Säuglinge hinstreckten, damit mein Schatten über sie fiele. Ich konnte mir kaum einen Weg bahnen, so heftig drang der Mob auf mich ein.

Und dieser Jubel überall, der gleiche Ruf aus vielen tausend Kehlen: »Assur ist König! Assur ist König!« Es kam mir beinahe vor, als wollten sie mich oder ihren Gott beschwören, oder alle beide.

»Das«, so dachte ich, während mir das Herz in der Brust hämmerte, »das ist die schönste Stunde meines Lebens. Was auch immer kommt, dergleichen erlebe ich nie wieder.«

Im Osten gibt es ein Sprichwort, daß die drei schönsten Dinge im Leben die Liebe, die Macht und die Rache sind. Die Menge, die gekommen war, mich bei meiner Rückkehr nach Haus zu begrüßen, schenkte mir alle drei, und wenn auch nur für einen kurzen Augenblick. Was auch immer in den nächsten Stunden und Tagen auf mich zukam, meine Rache an Assarhaddon hatte ich schon im vorab genossen.

Selbst an Markttagen, wenn die Straßen von Menschen wimmeln, schafft ein Fußgänger den Weg vom Großen Tor zum Palast des Königs in fünfundvierzig Minuten. An jenem Tage brauchte ich zu Pferd dafür nicht weniger als zwei Stunden. Die Menschen Ninives wollten mich nicht ziehen lassen. Der Kopf dröhnte mir von ihrem Gejubel, und ihre Verehrung machte mich so trunken wie Wein. Die hier hatten mich zumindest nicht vergessen.

Auf den Stufen zum Königspalast herrschte ein ebensolches Gedränge. Angelockt von dem Tumult, waren die Edlen von meines Bruders Hof in all ihrer Pracht, angetan mit ihren Amtsgewändern erschienen, um etwas mitzuerleben, was sie zweifellos nie und nimmer erwartet hatten und kaum verstehen konnten. Ich sah viele bekannte Gesichter, aber auch viele unbekannte. Ich sah Bestürzung, Erschrekken, ja, sogar Furcht. Ja, natürlich hatten sie Angst.

Und am Ende erschien Assarhaddon persönlich auf den Palaststufen – der König in goldenen Gewändern, der wieder einmal kam, um das Volk seiner verhaßten, rebellischen Hauptstadt zu beschwichtigen. Er hob den Arm, bat um Schweigen, doch die Menge nahm vom ihm keine Notiz. Sie sang fröhlich weiter – »Assur ist König! Assur ist König! Assur ist König!« – so als ob ich ihr König wäre und sie mir nach der Krönungszeremonie folgten.

Am Fuße der Treppe zügelte ich schließlich mein verschrecktes, verängstigstes Pferd und stieg ab. Assarhaddon befand sich oben auf der Treppe vor den großen Türen, die in ihren kupfernen Angeln offenstanden, ich am Fuß der Treppe, und so begegneten wir uns nun zum ersten Mal wieder von Angesicht zu Angesicht.

Ich stieg die Stufen bedächtig eine nach der anderen

hoch. Vor mir teilte sich die Menge der Edlen, während der Pöbel immer noch hinter mir herjubelte. Schritt für Schritt – es schien eine Ewigkeit zu dauern.

Zuletzt stand ich vor ihm. Auf seinem Gesicht lag ein kaltes, höhnisches Lächeln, so als hätte er die ganze Zeit diese Treulosigkeit erwartet. Und sie jubelten noch immer.

Ich fiel vor Assarhaddon auf die Knie.

Auf einmal schwieg die Menge. Kniend streckte ich ihm, meinem König und Gebieter, als Zeichen meiner Huldigung die Hände hin. Und dann drückte ich die Stirn vor ihm in den Staub. Das war eine Geste, die niemand mißdeuten konnte.

Die Welt schien den Atem anzuhalten. Ich hob den Kopf und sah den Haß in den Augen meines Bruders – ja, dafür haßte er mich um so mehr. Ich kam wieder auf die Füße.

Assarhaddon sagte nichts. Er drehte sich einfach um und ging durch die geöffneten Türen nach drinnen.

★

Man teilte mir mit, es sei der Wille des Königs, daß ich nicht in meiner eigenen Residenz, in dem Palast, den ich vom Fürsten Sinahiusur geerbt hatte, leben, sondern im Königspalast Wohnung nehmen sollte. In Wahrheit stand ich inoffiziell unter Arrest – ich konnte mich zwar innerhalb des Palastes und im Haus der Krieger, wo jetzt Assarhaddon treu ergebene Truppen aus dem Süden einquartiert waren, frei bewegen, doch in die Stadt durfte ich nicht.

Natürlich hatten sie Angst vor dem Pöbel. Sie hatten Angst, daß ich auch noch nach meiner öffentlichen Huldigung dem König die Krone rauben könnte – doch ob ich dazu auch noch die Macht hätte, wer konnte das wissen.

Ich glaube, das Volk war von mir enttäuscht. Es hatte erwartet, daß der Prinz Tiglat Assur als ihr Befreier, als ihr Held einzog. Es hatte auf ein Wunder gehofft. Und wie immer wurde ich bejubelt und geehrt, weil ich nicht mein Bruder war. Und nun hatte ich ihm als Untertan gehuldigt.

Doch was mochte es Assarhaddon gekostet haben, daß ich ihm vor aller Augen Treue gelobt hatte? Was aus freien Stücken gegeben wird, kann man nicht fordern. Wie es ihn erbost haben mußte, daß ich da mit dem Gesicht im Staub lag und ihm als König huldigte, nur weil es mir so beliebte. Der Sieg gehörte mir – nicht ihm, sondern mir. In jenem Augenblick hatte ich ihm alles heimgezahlt. Davon würde sich sein Stolz nie wieder erholen. Sein Leben lang würde er nicht vergessen, wie ich ihn beschämt hatte. Ein Mensch kann siegen, auch auf den Knien.

Und jetzt wartete ich immer noch auf sein Urteil, obschon das kaum noch zu zählen schien.

Ich war allein. Sklaven brachten mir Essen und sorgten still und gewandt für meine übrigen Bedürfnisse. Niemand sprach. Drei Tage lang störte niemand meine Einsamkeit.

Am dritten Abend jedoch besuchte mich jemand. Als ich vor dem Kohlebecken in einer Art Audienzzimmer saß, da fiel ein Schatten über den Fußboden, und ich erblickte meine Schwester, die Herrin Schaditu – ich weiß noch, daß ich dachte, wenigstens kein Mörder.

Auf einmal waren die Sklaven verschwunden, hatten sich einfach in Luft aufgelöst.

»Ich dachte, du hättest dich mittlerweile für eine Seite entschieden«, sagte ich und war doch dankbar für die menschliche Wärme, welche sie zu bieten hatte.

»Habe ich auch. Doch unser Bruder nimmt seine Frauen nicht so ernst, als daß es ihn kümmerte, wohin oder zu wem sie gehen.«

»Dann gehörst du inzwischen also zu seinen Frauen?«

»Ja – hast du etwa geglaubt, Assarhaddon ist so zimperlich wie du?« Sie lächelte und setzte sich neben mich auf das Ruhebett. Es war nur ein Lächeln, weiter nichts. »Eine Krähe stiehlt, was immer sie an Brocken findet. Assarhaddon kennt mein Bett, so wie andere Männer auch. Manchmal frage ich mich allerdings, ob er mich außerhalb des Bettes überhaupt erkennen würde. Was ist mit der Sklavin?«

»Der Araberin Zabibe? Die habe ich einem einäugigen Schmied gegeben. Wenn sein Arm – und sein Magen – stark genug sind, ist sie vielleicht sogar glücklich mit ihm.«

Darüber mußte Schaditu lachen. Sie warf den Kopf zurück und lachte wie ein Schakal. Und dann warf sie mir die Arme um den Hals und bedeckte meinen Mund mit ihrem. Ich spürte, wie ihre Zunge zwischen meine Lippen schlüpfte. Meine Hände umfaßten ihre Brüste, und meine Mannheit schwoll an.

»Mach schon«, flüsterte sie. »Was sollte dich wohl abhalten.«

Nichts, wirklich nichts. Schaditu seufzte leidenschaftlich, als ich in sie hineinstieß.

Und dann war es vorüber, als wäre es nicht gewesen. Sie fuhr sich mit der Hand übers Haar und lächelte abermals.

»Vielleicht fragst du dich, warum ich gekommen bin? Nein – nicht deswegen. Zumindest nicht allein deswegen.«

»Weswegen denn sonst?«

»Um dir zu sagen, daß du in Gefahr bist.«

Jetzt war ich mit Lachen an der Reihe.

»Ich in Gefahr ...?« Ich erstickte beinahe vor Lachen. »Ich ... Schaditu – Schwesterlein – glaubst du etwa, ich weiß nichts von meiner Gefahr?«

»Assarhaddon kocht vor Wut«, sagte sie und überhörte diesen unpassenden Lachanfall. »Als er in die Stadt eingezogen ist, die Gefangenen an seinen Streitwagen gebunden, das Heer hinter sich, mit dem er einen großen Sieg errungen hatte, da haben die Leute stumm dagestanden. Nur die Trommeln haben gedröhnt. Und als du ...«

Ihre Handbewegung ließ den Satz in der Luft zerflattern.

»Das hast du aus seinem Triumph gemacht – ein Nichts, weniger als ein Nichts. ›Glaubt der etwa, daß ich König von seinen Gnaden bin?‹ fragt er, und man schämt sich, ihm zu antworten. Wenn er sich getraute, er würde dich umbringen.«

»Und traut er sich?«

»Du kennst ihn doch. Das kommt auf seine Träume und seine Wahrsager an – und auf seine Mutter.«

»Wenn es auf die ankommt, dann bin ich bereits tot.«

Sie gab keine Antwort, sondern stand auf und ging durch das verschattete Zimmer zur Tür, die immer noch offenstand.

»Lebewohl, Tiglat Assur«, sagte sie. »Dich zu lieben, ist eine Schwäche, aber ich liebe dich dennoch. Ob wir uns wohl jemals wiedersehen?«

Und dann war sie fort.

Ich blieb bis zur Morgendämmerung auf und ging erst dann zu meiner Schlafmatte. Zur Gesellschaft legte ich mein Schwert neben mich.

Als mir ein Sklave am nächsten Morgen das Frühstück brachte, stand eine Schüssel mit Datteln auf dem Tablett. Ich hatte noch keine zwei, drei von ihnen gegessen, als ich ein Lederstückchen, nicht größer als meine Hand fand, das aufgerollt dazwischen gelegen hatte. Die Schrift darauf war Griechisch.

»Ich, der ich selbst einer gewesen bin, verstehe mich auf die Kunst, Sklaven zu bestechen. Wenn du mich brauchst, flüstere dem Hund, der dir dieses gebracht hat, meinen Namen ins Ohr.«

Ja, wer sonst als Kephalos hätte wohl durch die Mauern von meines Bruders Palast einen Weg zu mir gefunden? Wer sonst hätte es versucht? Doch ich würde ihn nicht brauchen.

Ich hatte bereits die Aufforderung erhalten, dem König in der dritten Stunde nach Mittag meine Aufwartung zu machen.

Assarhaddon lag von seinen Konkubinen umgeben auf einem Ruhebett und ließ die Füße über den Rand baumeln, und eine Schwarze mit schweren Golddrähten im Haar, sonst aber nackt, wusch sie ihm in einer silbernen Schüssel. Ich legte die rechte Hand aufs Herz und wollte mich tief verneigen.

»Wehe, du tust mir das noch einmal an, Tiglat!« brüllte er, stieß die Schwarze mit den Füßen beiseite und sprang auf. »Ich lasse mich nicht ein zweites Mal verhöhnen.«

»Mein Gebieter . . .«

»Hör auf damit!«

Er hob den Arm, wies auf mich und funkelte dann alle übrigen zornig an. »Raus mit euch – alle. Merkt ihr nicht, daß ich zu tun habe? Raus!«

Einen Augenblick lang war nur das flinke Platschen von nackten Füßen zu hören. Erst als wir allein waren, schien Assarhaddon gelöster zu werden.

»Sie können lästig sein«, sagte er fast entschuldigend, und dann blickte er mich gespannt und eher flehentlich an. Auf einmal schien sich nichts zwischen uns geändert zu haben.

»Wer ist die Schwarze? Ist sie neu?«

»Ja.« Er lächelte, doch mehr in sich hinein. »Ein Geschenk von . . . Tiglat, du hast mir wirklich einen üblen Streich gespielt.«

»Sollte ich dich beleidigt . . .«

»Ich habe gesagt, hör auf damit! Verdammt noch mal, ich weiß doch, wenn du in diesem Ton sprichst, dann machst du dich nur über mich lustig.«

»Du bist der König, Bruder«, sagte ich, und es gelang mir beinahe, ihn zu bemitleiden.

»Ach wirklich? Ja. Na und?« Unzufrieden schmollend wie ein Kind warf er sich auf das Ruhelager zurück. »Bei den sechzig großen Göttern, ich wünschte, ich wäre es nicht.«

»Du bist es gleichwohl. Und daran kann keiner von uns etwas ändern.«

Auf einmal grinste er mich an.

»Ach – wirklich nicht?«

»Nein.«

Eine geraume Weile sagte er nichts, sondern lag nur auf dem Rücken und starrte zur Decke. Ich wartete, denn was hätte ich sonst auch tun sollen.

»Du bist nach Khanirabbat gekommen«, sagte er zuletzt und starrte immer noch zur Decke. »Du hättest dich auf die Seite der Aufständischen schlagen – vielleicht sogar an meiner Stelle König sein können. Und doch bist du gekommen.

Und als ich diesen Idioten Scha Nabuschu geschickt habe . . .«

»Du bist der König. Sollte es dir entfallen sein, wir hatten uns bereits darüber geeinigt. Ich bin Soldat und Diener des Königs.«

»Und wenn der König dein Leben fordert?«

»Dann werde ich wohl sterben.«

»Und wenn ich einmal sterbe, so rechnest du dir aus, dann wird Assurbanipal, der kleine Bastard von der Herrin Assarhamat, an meiner Stelle herrschen. Hast du bemerkt, daß ich meinen Sohn einen Bastard genannt habe – ihn, den alle Welt, unwissend wie sie ist, meinen Sohn heißt? Oder hast du dir etwa eingebildet, ich würde nicht dahinterkommen?«

Jetzt blickte er mich an. Wäre er statt eines Menschen ein Gott gewesen, sein Blick hätte mich zu Asche versengt. Und immer noch sagte ich nichts.

»*Mein* Sohn wird herrschen, Tiglat – Bruder. *Mein* Sohn, und kein anderer. Ich trage dir das nicht nach – gerade das nicht –, denn ich hasse sie genauso wie sie mich. Doch mein Sohn wird eine Krone tragen.«

»Das entscheidet der Gott. Er wird deinen Nachfolger ebenso wählen, wie er einmal dich gewählt hat. Sich etwas anderes einzubilden, ist reine Eitelkeit.«

Der Gebieter und König sprang auf, er zitterte vor Wut, und sein Gesicht wurde so finster wie eine Gewitterwolke.

»Der Gott verdamme deine schwarze Seele, Tiglat.«

»Und dir möge der Gott all das gewähren, was du unseres Wissens nach verdienst – Erhabener.«

Einen Augenblick lang – nur einen einzigen – dachte ich, Assarhaddon brächte es fertig, die Worte auszusprechen, die ihn wieder zu meinem Bruder gemacht hätten. In seinen Augen lag etwas, da schien die schmerzliche Erkenntnis zu dämmern, die ein Mann empfindet, der endlich weiß, was er gerade verliert. Wir standen uns gegenüber. Noch war alles drin. Und wie anders wären dann unser beider Lebensgeschichten verlaufen.

»Wache!«

Auf der Stelle war ich von zwei Soldaten flankiert. Und als ich Assarhaddon noch einmal ins Gesicht blickte, wußte ich, daß der Augenblick vorbei war – oder daß das, was ich zu sehen vermeint hatte, nichts als meine eigene letzte, vergebliche Hoffnung gewesen war. Jetzt glitzerten in seinen Augen unversöhnlicher Haß und die Gewissenlosigkeit des Despoten.

»Ihr begleitet den Gebieter Tiglat Assur hinaus«, sagte er, und seine Stimme erstickte fast vor Zorn. »Ich glaube, irgendwo dürften wir noch den Eisenkäfig haben, in dem der König von Babylon, der Gebieter Nergaluschezib während seines Aufenthaltes bei uns Wohnung genommen hat. Sucht ihn – und stellt ihn meinem Bruder zur Verfügung.«

Einer der Soldaten versuchte, mich am Arm zu packen, doch ich schüttelte ihn ab und legte ihm die Hand so kräftig aufs Gesicht, daß er hinfiel.

»Wehe, du wagst es!« flüsterte ich mit zusammengebissenen Zähnen. »Ich komme mit, weil es der König so will, doch aus keinem anderen Grund. Wage nicht noch einmal, mich anzufassen!«

Beide Soldaten waren bewaffnet, ich hatte keine Waffe, nicht einmal einen Dolch, und doch trat der, welcher noch stand, einen Schritt zurück. Er warf dem König einen flehentlichen Blick zu, so als hätte er Angst, ich könnte ihn erschlagen wie ein Blitz.

Und auch Assarhaddon hatte Angst.

»Ja, gewiß doch«, sagte er und rang sich ein kurzes, falsches Lachen ab. »Wo bleiben eure Manieren, benehmt euch gefälligst – schließlich ist er der Gebieter Tiglat Assur. Ein Held und ein Prinz!«

Sein Gelächter schallte hinter mir her, als mich die Soldaten abführten.

★

Anscheinend warf man in unserer Familie nie etwas fort. Der Käfig stand in einer Ecke des Palastverlieses, und auf seinen Stangen lag der Staub von mehr als zehn Jahren.

Der Gefängniswärter, ein freundlicher alter Mann und ein ehemaliger Soldat, dem der halbe linke Fuß fehlte, säuberte ihn für mich, so gut es eben ging, und gab mir sogar noch ein Kissen zum Sitzen – der Käfig war nicht groß genug, als daß jemand darin hätte stehen können. Er brachte mir meine Mahlzeiten – Brot und Wasser – und versuchte, mich durch Gespräche aufzuheitern, so gut er es vermochte. Er erinnerte sich noch sehr gut an Nergaluschezib und hatte mitgeholfen, ihm die Krone aufzunageln. Er erzählte mir, daß der Käfig seitdem nicht wieder in Gebrauch gewesen sei.

Er hatte eine Frau und wohnte in der Stadt. Sein Kommen und Gehen ermöglichte es mir, mit der Zeit auf dem laufenden zu bleiben und die Tage meiner Gefangenschaft zu zählen. Und am zwanzigsten, vermutlich mitten in der Nacht – obschon man das in einem fensterlosen Verließ nicht so genau wissen konnte – bekam ich Besuch.

Den hatte ich gewiß nicht erwartet. Ich nahm an, daß ich wahrscheinlich, abgesehen vom Gefängniswärter, nur noch den Mann zu sehen bekommen würde, der mir die Kehle durchschneiden sollte. Doch er war es nicht. Es war die Mutter des Königs, die Herrin Nakija.

Damals war sie zwischen vierzig und fünfzig, und sah, abgesehen vom Grau in ihrem Haar, immer noch so aus wie die Frau, an die ich mich aus meiner Kindheit erinnerte. Ihre Tunika und ihr schwarzer, silberdurchwirkter Leinenschleier waren sich gleich geblieben. Die Zeit hatte ihrer Schönheit nichts anhaben können.

Der Gefängniswärter – nicht mein Freund, sondern seine Ablösung, die nie sprach – brachte ihr einen Schemel, und sie nahm Platz und bedeutete ihm, fortzugehen. Eine geraume Weile sagte sie nichts. Sie starrte mich nur durch die Stäbe hindurch an, so als ob mein Anblick ihr ungeheure Freude bereitete.

»Wie geht es deiner Mutter, Tiglat?« fragte sie zuletzt.

»Gut, Herrin, als ich sie das letzte Mal sah. Das war vor einem Monat und ein paar Tagen.«

»Mein Sohn hat einen neuen *shaknu* nach Amat geschickt, also wird sie vermutlich auf dein Gut, ach ja, Drei Löwen, zurückkehren?«

»Wo man sie hoffentlich in Frieden läßt.«

»Natürlich, Tiglat.« Sie lächelte. »Deine Mutter ist ein liebes Herzchen, und ich will ihr nichts Böses.«

»Das freut mich zu hören, Herrin.«

Sie schwieg erneut. Und dann lachte sie jäh auf, so als ob sie an einen Witz denken müßte. Es war ein brüchiges, silbriges Lachen von der Art, die mir aus Erfahrung bei Frauen verdächtig war.

»Vielleicht erinnerst du dich nicht mehr daran«, sagte sie. »Es war, als du noch klein warst – da habe ich einmal zu deiner Mutter gesagt, du würdest dein Leben noch als Ziegelmacher für die Stadtmauer beschließen.«

»Ja, daran erinnere ich mich. Soll das also mein Schicksal sein?«

»Das ist ja die Schwierigkeit, Tiglat – dein Schicksal. Und wenn mir der Gedanke noch so sehr zusagt, wie du da im Lendentuch schwitzt und bis zum Ellenbogen und zu den Knien im Lehm steckst, ich glaube nicht, daß daraus etwas wird.« Sie schüttelte den Kopf und machte den Eindruck, als ob sie am liebsten durch die Stangen greifen und mich trösten würde.

»Man muß immer an den Stadtpöbel denken«, fuhr sie fort. »Einen Mann, den dieser ins Herz geschlossen hat, wie er dich, darf man nicht öffentlich demütigen – das würde er nicht zulassen. Bleibt noch mein Sohn. Er möchte dich töten, doch ich bin mir nicht sicher, daß er sich das traut. Und selbst wenn er seinen ganzen Mut zusammenrafft, wäre das nicht klug, oder? Wie können wir dich umbringen, wo du beim Pöbel und beim Heer so gut angeschrieben bist und öffentlich unserer Macht gehuldigt hast? Andererseits bleibt uns keine andere Wahl, denn Assarhaddon wird nie wirklich König, so lange er in deinem Schatten steht. Wie ich schon gesagt habe, es ist schwierig. Darum habe ich auch den Entschluß meines Sohnes noch nicht gefaßt.«

Das Lächeln, welches ihr Gesicht die ganze Zeit über nicht verlassen hatte, veränderte sich ein wenig.

»Oder hast du etwa gedacht, du wärst in Assarhaddons Gewalt? Nein – in meiner, Tiglat. Hast du geglaubt, ich würde meinem Sohn eine so weitreichende Entscheidung überlassen?«

»Er ist der König, Herrin, nicht du.«

»Ja, er ist der König. Aber nur, weil ich ihn dazu gemacht habe, und ohne mich wird er nicht sehr lange König bleiben. Das weiß er – bald jedenfalls.«

»Der Gott hat ihn zum König gemacht, Herrin.«

»Nein, Tiglat.« Sie schüttelte den Kopf so sanft wie eine Mutter, die ihr Kind belehrt. »Der Gott hatte damit nichts zu tun. Ich und niemand anders habe ihn zum König gemacht.«

So war es denn wahr. Die Gerüchte, die ich aus Nabuscharusurs Mund gehört hatte – sie waren wahr. Man hatte die Omen gefälscht. Es handelte sich also nicht um Wunschdenken bei den Männern, welche die jähe und unerwartete Erhebung meines Bruders enttäuscht hatte, sondern um die Wahrheit. Vielleicht – und bei dem Gedanken lief es mir kalt über den Rücken –, vielleicht hatte Schaditu nicht gelogen, als sie mich den »wahren König« nannte.

Zum ersten Mal seit der Ermordung meines Vaters griff die Angst mit kalten Fingern nach mir – nicht die Angst vor dem Tod, sondern vor dem, was noch schlimmer ist. Alles umsonst, sagte ich mir. Alles, mein ganzer mühsam erkämpfter Verzicht, umsonst. Ich hatte nicht dem Willen des Gottes gedient sondern dem Nakijas.

Die ganze Zeit – Nakijas.

»Und Arad Ninlils Tod . . .?«

»Das war nicht ich, Tiglat – zumindest nicht direkt.« Sie legte die Finger zusammen und an die Lippen, daß es wirkte, als empfände sie nur belustigtes Mitleid. »Darf ich den Namen Assarhamat aussprechen, oder ist sie für dich immer noch so ohne Fehl und Tadel, so unschuldig? Was für leichtgläubige Narren Männer doch sind. Ja, Tiglat, sie hat getan, was ich nicht fertigbrachte, wenngleich ich das ausgeheckt habe. Wenn wir auch sonst nichts gemeinsam haben, hierin hatten wir uns zusammengefunden. Sie hat ihn beim Essen vergiftet, und das direkt vor den Augen seiner Mutter. Dazu braucht man schon Mut und ein so verhärtetes Herz wie das meine. Und zur Strafe dafür ist sie die Frau meines Sohnes, und du kannst mir glauben, das ist nur gerecht.«

Ich wollte nichts mehr hören. Ich verbarg mein Gesicht in den Händen.

»Mach mit mir, was dir beliebt, Herrin«, sagte ich. »Ich bin verdammt für alle Zeit, und das durch dich.«

»Ja, Tiglat – soviel weiß ich auch.«

Sie stand auf, denn nun hatte sie erreicht, was sie wollte und konnte mich ruhig meinen Gedanken überlassen.

»Assarhamat leidet nicht allein«, sagte ich zuletzt, und das Herz wollte mir vor Qual zerspringen. »Der Gott läßt dergleichen nicht ungerächt.«

Sie blieb kurz stehen, die Hand schon auf dem Türgriff, und lächelte abermals.

»Vielleicht nicht, Tiglat, obschon mich dein barbarischer nördlicher Gott recht wenig schert. Anscheinend läßt er seinen Zorn nicht an mir aus. Sieh dich nur um. Ich nämlich verlasse dieses Verlies, und du mußt hierbleiben. Ob du wohl jemals wieder herauskommst?«

*

Ich kam heraus, denn die Stimme des Gottes läßt sich nicht zum Schweigen bringen. Wäre mir sein Versprechen und alles, was er mir offenbart hatte, wieder eingefallen, ich hätte seine Absichten besser verstanden.

Doch es fiel mir nicht ein. In den nun folgenden Tagen hatte mein Herz jede Hoffnung fahren lassen. Ich lag im Dunkeln und wartete nur noch auf den Tod.

Doch nicht der Tod kam, sondern Assarhaddon in der Tunika eines Soldaten. Er kam mit seiner Leibwache aus der *quradu.* Er kam mit einem Schwert in der Hand.

»Laß ihn heraus«, befahl er dem Gefängniswärter. Und dann schien sein Zorn mit ihm durchzugehen, und er schlug mit seinem Schwert auf den Käfig ein, daß die Stäbe dröhnten. »Laß ihn heraus, habe ich gesagt!«

Der Traum! Hatte mir der Gott das nicht vorhergesagt? Die Stadt, ein Käfig, und Assarhaddon, der mit seinem Schwert an die Stäbe schlug . . .?

Es stand ihm im Gesicht geschrieben. Er wollte mich töten, doch ich brauchte keine Nakija, um zu merken, daß er sich nicht traute. Ich grinste ihn an. Ich hatte keine Angst vor ihm, denn ich hatte die Zusage des Gottes.

Der Gefängniswärter entsperrte das Schloß und öffnete ein schmales Türchen. Zum ersten Mal seit einem Monat konnte ich mich wieder zu voller Länge aufrichten, doch die Knie wollten unter mir nachgeben.

»Komm raus aus deiner Hütte, du Hund, du«, knurrte mein Bruder mit zornesfinsterer Miene.

Zuletzt mußten mir zwei Soldaten behilflich sein. Ich stand, an den Käfig gelehnt, in dem ich gesessen hatte wie der Fuchs in der Falle, und verhöhnte Assarhaddon. Dazu brauchte ich nicht einmal zu sprechen. Schon ein Blick auf sein Gesicht genügte, und ich verhöhnte ihn, denn er war es, der Angst hatte, nicht ich.

»Mach schon«, murmelte ich. »Du hast doch das Schwert in der Hand. Was also sollte dich daran hindern. Töte mich, dann bist du für alle Zeit König – Faß dir ein Herz, sei endlich ein Mann.«

»Tiglat, wehe, du . . .«

»Stoß zu!« brüllte ich, denn mir war ohnedies alles gleich. »Jetzt oder nie.«

Beide wußten wir, daß es keine andere Wahl gab.

Er brauchte lange für seinen Entschluß. In seinem Herzen, auf seinem Gesicht, spiegelten sich die widersprüchlichsten Gefühle. Ja, er wollte mich töten. Ja, dazu war er hergekommen.

Und bis zur Stunde weiß ich nicht, was außer dem Willen des Gottes seine Hand aufhielt. Am Ende warf er sein Schwert auf den Ziegelfußboden.

»Säubert ihn! Der Gebieter Tiglat Assur, mein königlicher Bruder, sieht wie ein Mistkutscher aus.«

Er blickte in die Runde und erwartete Beifall für seine witzige Bemerkung. Doch es herrschte Schweigen.

»Er soll sich sein Urteil nicht wie ein Sklave anhören«, sagte er, und seine Stimme klang wieder gelassen; er blickte mich an, als spräche er nur mit mir. »Bringt ihn binnen drei Stunden zu mir.«

Er machte auf dem Hacken kehrt und ging.

Ich hatte drei Stunden Zeit. Man brachte mich in meine Gemächer zurück, obschon ich zunächst kaum gehen konnte, doch allmählich kehrte diese verlorengegangene Kunstfertigkeit zurück, und dann gaben mir Sklavinnen zu essen und badeten mich. Das waren nicht meine Dienerinnen, sondern Assarhaddons, denn ich hatte sie noch nie zuvor gesehen. Sie sprachen nicht. Es war so einsam wie in meinem Gefängnis, und das war auch besser so.

»Soll er seinen Willen haben«, sagte ich bei mir. »Soll er mich töten, wenn er will, aber die Schmach dieses Tages wird immer an ihm haftenbleiben.« Das tröstete mich, der Gedanke, daß ich irgendwie gewonnen hatte – daß es noch etwas zu gewinnen gab.

Und am Ende meiner Gnadenfrist kleidete man mich in die Silbertunika eines Prinzen und brachte mich in den großen Saal vor das Angesicht des Königs. Dort wartete er, jedoch nicht allein.

Dieser große Saal war gar prächtig. An der Tür standen die riesigen geflügelten Stiere mit menschlichen Köpfen und

Bärten, die Schutzgeister der Könige. Die Wände waren mit gemeißelten und bemalten Friesen bedeckt, welche die ruhmreichen Siege unseres Vaters verherrlichten. Hunderte Male hatte ich hier den Gebieter Sanherib gesehen, wie er mit seinen Edlen speiste, Recht sprach und Tribut von den Herrschern unbedeutender Nationen entgegennahm. Die ganze Macht und Stärke des Landes Assur wurde hier ebenso anschaulich wie in seinem Heer und in den Tempeln seiner Götter. Fremdlinge, die man hierherführte, erbebten. Doch wenn wir hierherkamen, wir, die Prinzen und das gewöhnliche Volk, für das die Stimme des Königs die Stimme des Großen Assur persönlich war, dann erschauerten wir vor Stolz.

Und jetzt war Assarhaddon hier, umgeben von seinen Edlen und der Glorie des Königtums, und strahlte in seinen goldenen Gewändern wie die heilige Sonne und hielt das goldene Schwert, das Zeichen seines Amtes, in der Hand. Er stand etwas für sich und wartete, und seine Miene war unbewegt und wie leblos.

Als ich eintrat, verstummte alles und richtete den Blick auf den König. Ich legte die Hand aufs Herz und verneigte mich, denn er war der König. Das konnte ich nicht ändern, und deshalb mußte ich mich davor verneigen.

Er hob den Arm und richtete das Schwert auf meine Brust.

»Der Prinz hier ist mein Feind«, sagte er, und seine Stimme füllte den Saal. »Im tiefsten Innern erkennt er keinen König an – er war sogar schon zu Lebzeiten meines Vaters, des Gebieters Sanherib, aufsässig. Gern würde er seine Auflehnung verbergen, doch bei mir gelingt ihm das nicht. Denn ich allein kenne mich aus in seinem falschen Herzen, ich, der ich sein Bruder gewesen bin.«

Er senkte das Schwert und ließ den Blick umherschweifen, um abzuschätzen, wie seine Worte ankamen.

Doch das waren nicht seine Worte, das wußte ich mittlerweile, sondern Nakijas. Ihre Stimme hörte ich – und ihre

Klugheit. Sie hatte mir gesagt, was kommen würde – sie hatte zwischen uns alles klargemacht. Und so konnte ich Assarhaddon nur bemitleiden, denn er schien das nicht zu wissen.

»Hiermit verbanne ich ihn.«

Gemurmel von Stimmen, von vielen Stimmen, die alle mit anderen Worten dasselbe sagten. Und während sie noch summten wie Fliegen über dem Aas, wechselten mein Bruder – er, der mein Bruder gewesen war und sich nun von mir losgesagt hatte –, wir wechselten einen stummen Blick, der alles sagte, was es zu sagen gab.

»Er verlasse diese Stadt«, fuhr er fort, während er mir in die Augen blickte. »Und er scheide für alle Zeit aus dem Lande Assur und allen Ländern, in denen man die Macht von Assurs König spürt. Nach fünf Tagen werde ich Reiter ausschicken, um mein Urteil zu verkünden. Trifft man ihn danach noch an, so ist er vogelfrei. Der Mann, der mir seinen Kopf bringt, empfängt eine Belohnung.«

Und so erhielt ich eine Gnadenfrist von fünf Tagen, fünf Tage Vorsprung vor meinen Verfolgern. Fünf Tage, um mich in Sicherheit zu bringen.

»Er verstecke sich in den finsteren Ländern jenseits der Sonne. Er fürchte die Rückkehr, denn sein König haßt ihn. Entfernt ihn aus meinen Augen! Geh!«

Ich wurde abgeführt. Ich wußte kaum wohin, denn mir schwirrte der Kopf. Fünf Tage. Fünf Tage, binnen derer ich das Land meiner Geburt verlassen mußte. Bis zu meinem Tode als Verbannter umherzuziehen. Nie wieder die . . .

Assarhaddon, der mit seinem Schwert auf eine weglose Wüste deutete und jenes eine Wort aussprach: »Geh!«

Zu gegebener Zeit hatte der Gott alles offenbart.

Und so begannen die Tage meiner Wanderschaft. Ich sah, wie sie sich trostlos vor mir erstreckten. Ich dachte, mein Leben sei vorbei. Endlich war der Gott fertig mit mir. Seit meiner Geburtsstunde in der Nacht des Blutsterns hatte ich noch keine zwanzig und fünf Jahre gelebt.

EPILOG

Mein jüngster Großsohn hat eine Tochter, Deianira geheißen. Sie ist vier Jahre alt und interessiert sich sehr fürs Schreiben, und so sitzt sie jetzt auf der Bank neben mir und sieht mir zu, wie ich meine Erzählung auf das Pergament aus Ziegenleder kritzele – ich bin in meiner Verbannung reich geworden und kann mir diesen Luxus leisten.

Weil sie beschwerlicher ist und weil sie in dieser Gegend ohnedies niemand lesen kann, habe ich die dolchförmige Schrift seit fünfzig Jahren nicht mehr verwendet. Beinahe ebenso lange habe ich meine Muttersprache, das Akkadische, nicht mehr gesprochen. Anscheinend bin ich völlig zum Griechen geworden, und während ich also die Buchstaben forme, benenne ich sie für die kleine Deianira. Zuweilen klettert sie von der Bank, nimmt sich einen Stock und zieht sie im Staub nach. Bald wird sie alle erfaßt haben.

Sie ist ein kluges Kind und eine große Freude für mich. Mir gefällt der Gedanke, daß sie vielleicht einstmals als alte Frau diese Geschichte ihren eigenen Urgroßkindern vorliest und daß sie sich mit ein wenig Zuneigung des alten Mannes erinnert, der sie geschrieben hat, daß sie sich dieses Augenblicks erinnert, als wir zusammensaßen und ich das Pergament mit Buchstaben bedeckte, und daß ich so nicht ganz und gar tot bin. Mit derlei Eitelkeiten trösten sich alte Männer.

Ein Mann in der Blüte seiner Jugend erwartet von den Göttern alles – Reichtum, unsterblichen Ruhm, Lust, Liebe –, er fordert sie als sein gutes Recht. Altwerden heißt allmählich erkennen, daß die Götter diesen Bitten nur wenig Beachtung schenken. Die Stimme, die im Wind Antwort gibt, spricht von anderen Dingen, von Klugheit und Geduld, die sich mit der Zeit von selbst einstellen. Reichtum, unsterblicher Ruhm, Lust – all das ist schal. Wirklich ist nur die Liebe. Glücklich, wer dieses erkennt, denn sie ist die beste Gabe des Gottes. Wenn die Götter einen Menschen blind machen, ihn verderben wollen, dann schenken sie ihm die anderen Dinge. Zuweilen haben sie Erbarmen und nehmen sie ihm fort. Mir haben sie es gewährt, daß ich im Schatten meiner Rebstöcke sitzen und die Tochter meines Großsohns lehren darf, und dafür ich bin ihnen dankbar.

Seltsam sind die Geschicke der Menschen. Ein Kind, in der bitteren Stunde meiner Verbannung geboren, wäre jetzt alt, verwelkt wie ich und zum Sterben fertig. Und doch lebe ich noch. Alle sind sie tot – Assarhaddon, Nakija, Assarhamat und alle übrigen. Sie sind Geister, die ich noch einmal auf den Seiten meiner Geschichte beschworen habe, meiner Geschichte, die noch nicht beendet ist. Denn ich hatte mich geirrt – der Gott war am Ende doch noch nicht mit mir fertig.

Ich würde Verbannung und Vergessenwerden, Glück und Kummer und ein wenig über die Herzen der Menschen erfahren. Und eines Tages würde ich in das Land Assur zurückkehren. Ich würde die Geheimnisse erfahren, welche mir damals verborgen waren, und der Wille des Himmels würde sich offenbaren. Mein Leben, das ich für beendet hielt, fing gerade erst an.

Doch die Kräfte eines alten Mannes sind begrenzt, und so muß jene Geschichte noch ein paar Tage warten.

Ein Roman um die Eroberung Konstantinopels

Als Band mit der Bestellnummer 10546 erschien:

Mit dem Fall dieser mächtigen Stadt am Bosporus im Jahr 1453 ging ein Bollwerk der abendländischen Kultur und des Christentums verloren. Im Mittelpunkt des dramatischen Geschehens steht der Held und Abenteurer Johannes Angelo, dessen Liebe zu einer griechischen Prinzessin vom Untergang Konstantinopels überschattet wird.

BASTEI LÜBBE

Spannend wie ein Kriminalroman und großartig erzählt

Als Band mit der Bestellnummer 11366 erschien:

Erstes Jahrhundert nach Christus. Der ehemalige Sklave Lucius Cäcilius Aphrodisius aus der campanischen Stadt Pompeji wird Zeuge einer geheimnisvollen Mordserie. Bei seinen Nachforschungen stößt er auf eine uralte Prophezeiung: Im achten Monat des Jahres 832 nach der Gründung Roms wird Pompeji, die samtweiche Quitte im Garten der Venus, untergehen . . .

BASTEI LÜBBE